KB044292

빈센트 반 고흐, 영혼의 편지들

II

일러두기

1. 빈센트 반 고흐의 그림 180여 점과 그의 편지 대부분을 수록했습니다.
2. 편지에는 시간 순서대로 번호를 붙였고, 그 뒤에 사용된 주 언어를 표시했습니다.
3. 또한 편지의 수신인이 테오가 아닐 경우에 번호 앞에 '라, 베, 빌'을 붙여 구분했습니다.

예) 133프 : 테오에게 보낸 133번째 편지로, 프랑스어로 쓰였습니다.
라58네 : 판 라파르트에게 보낸 58번째 편지로, 네덜란드어로 쓰였습니다.
빌23영 : 여동생 빌레미나에게 보낸 23번째 편지로, 영어로 쓰였습니다.
베22프 : 에밀 베르나르에게 보낸 22번째 편지로, 프랑스어로 쓰였습니다.

4. 연대기 순으로 정렬했으나, 날짜 표기가 없는 편지들이 많아서 추정도 많습니다.
5. 형제간의 일상적인 편지이기에 서로 명확히 언급하지 않고 넘어가는 사건들이 많아서, 내용이 어렵지 않음에도 이해하기 힘든 부분들이 종종 있습니다. 이에 독자들이 읽기 편하도록 관련 사항들을 각주로 간략히나마 적어두었습니다. 또한 기울임체로 표기된 부분들은 빈센트가 개인적으로 강조했던 부분입니다.
6. 다음 글들은 편집부 번역임을 밝혀둡니다(『1914년 네덜란드판』 서문, 『빈센트 반 고흐 탄생 100주년 기념판』 서문, 122a, 193a, 462a)

빈센트 반 고흐, 영혼의 편지들

II

빈센트 반 고흐 지음 | 이승재 옮김

더모던
Themodern

회색 펠트 모자를 쓴 자화상
Self-Portrait with Grey Felt Hat
파리, 1886~1887년 겨울
마분지에 유채, 41×32cm
암스테르담, 국립미술관

자화상

Self-Portrait

파리, 1887년 여름

캔버스에 유채, 41×33.5cm

하트퍼드, 워즈워스 아테네움

감자 캐기(다섯 명)
Potato Digging (Five Figures)
헤이그, 1883년 8월
캔버스에 유채, 39.5×94.5cm
함부르크, 개인 소장

감자 심기
Potato Planting
뉘넌, 1884년 9월
캔버스에 유채, 70.5×170cm
부퍼탈, 폰 데어 호이트 미술관

양 떼와 양치기
Shepherd with Flock of Sheep
뉘넌, 1884년 9월
마분지 위 캔버스에 유채, 67×126cm
멕시코시티, 소우마야 미술관

가지치기한 버드나무가 있는 풍경
Landscape with Pollard Willows
뉘넨, 1884년 4월
패널 위 캔버스에 유채, 43×58cm
개인 소장

토탄 캐는 배와 두 사람
Peat Boat with Two Figures
드렌터, 1883년 10월
패널 위 캔버스에 유채, 37×55.5cm
아센, 드렌츠 박물관

열린 문 앞에 앉아서 감자 껍질을 벗기는 촌부
Peasant Woman Seated before an Open Door, Peeling Potatoes
뉘넌, 1885년 3월
패널 위 캔버스에 유채, 36.5×25cm
개인 소장

토탄 밭의 두 촌부
Two Peasant Women in the Peat Field
드렌터, 1883년 10월
캔버스에 유채, 27.5×36.5cm
암스테르담, 반 고흐 미술관

땅 파는 촌부
Peasant Woman Digging
뉘넌, 1885년 7~8월
패널 위 캔버스에 유채, 37.5×27.5cm
덴보스, 노르드브라반츠 미술관

감자 캐는 촌부
Peasant Woman Digging Up Potatoes
뉘넌, 1885년 8월
패널 위 캔버스에 유채, 41×32cm
암스테르담, 반 고흐 미술관

들판의 낡은 탑
The Old Tower in the Fields
뉘넌, 1884년 7월
마분지 위 캔버스에 유채, 35×47cm
개인 소장(1969년 12월 10일 런던 소더비 경매)

뉘넌 목사관
The Vicarage at Nuenen
뉘넌, 1885년 10월
캔버스에 유채, 33×43cm
암스테르담, 반 고흐 미술관

바람에 날린 나무들이 있는 풍경
Landscape with Windblown Trees
1885년 117월
캔버스에 유채, 32×50cm
소재 불명

나무 사이의 농가들
Farmhouses among Trees
헤이그, 1883년 9월
패널 위 캔버스에 유채, 28.5×39.5cm
바르샤바, 요한바오로 2세 박물관

정면에서 본 직조공
Weaver, Seen from the Front
뉘넌, 1884년 7월
패널 위 캔버스에 유채, 47×61.3cm
로테르담, 보이만스 반 뵈닝겐 미술관

왼쪽에서 본 직조공과 물레
Weaver Facing Left,
with Spinning Wheel
뉘넌, 1884년 3월
캔버스에 유채, 61×85cm
보스턴, 보스턴 미술관

흰 모자를 쓴 촌부의 머리
Head of a Peasant Woman with White Cap
뉘넌, 1885년 3월, 캔버스에 유채, 43×33.5cm
암스테르담, 반 고흐 미술관

흰 모자를 쓴 늙은 촌부의 머리
Head of an Old Peasant Woman with White Cap
뉘넌, 1884년 12월, 마분지 위 캔버스에 유채, 33×26cm
개인 소장(1981년 6월 30일 런던 소더비 경매)

검은 모자를 쓴 촌부의 머리
Head of a Peasant Woman with Dark Cap
뉘넌, 1885년 12월,
패널 위 캔버스에 유채, 35×26cm
개인 소장

검은 모자를 쓴 촌부의 머리
Head of a Peasant Woman with Dark Cap
뉘넌, 1885년 1월
패널 위 캔버스에 유채, 40×30.5cm
런던, 내셔널 갤러리

검은 모자를 쓴 촌부의 머리
Head of a Peasant Woman with Dark Cap
뉘넌, 1885년 1월
패널 위 캔버스에 유채, 39.5×30cm
개인 소장

감자 먹는 사람들
The Potato Eaters
뉘넌, 1885년 4월
패널 위 캔버스에 유채, 72×93cm
오테를로, 크뢸러 뮐러 미술관

감자 먹는 사람들
The Potato Eaters
뉘넌, 1885년 4월
캔버스에 유채, 81.5×114.5cm
암스테르담, 반 고흐 미술관

눈이 내린 안트베르펜의 낡은 주택의 뒷마당
Backyards of Old Houses in Antwerpen in the Snow
안트베르펜, 1885년 12월
캔버스에 유채, 44×33.5cm
암스테르담, 반 고흐 미술관

질그릇과 감자가 있는 정물
Still Life with an Earthen Bowl and Potatoes
뉘넌, 1885년 9월
캔버스에 유채, 44×57cm
개인 소장
(1975년 4월 15일
암스테르담 막 판 바이 경매)

채소와 과일이 있는 정물
Still Life with Vegetables and Fruit
뉘넌, 1885년 9월
캔버스에 유채, 32.5×43cm
암스테르담, 반 고흐 미술관

포플러가 있는 길
Lane with Poplars
뉘넌, 1885년 11월
캔버스에 유채, 78×98cm
로테르담, 보이만스 반 뵈닝겐 미술관

차례

Den Haag

9-2

네덜란드

/

헤이그

1883년 1월

/

1883년 9월

257네 ___ 1883년 1월 3일(수)

테오에게

어제 편지를 썼는데, 너한테 온 편지 잘 받았고, 고맙다는 말과 함께 네 편지가 내게 얼마나 큰 힘이 되었는지 말해주려고 다시 펜을 들었다. 사실, 좀 걱정이 되긴 했어. 네가 최근에 내 작품을 보지 못했으니 혹시 내가 나약해지기 시작했다고 의심하는 건 아닌가 하고 말이야.

나는 그 반대로 점점 더 열심히 작업에 임하고 있어. 그리고 이것저것 도전해본 덕분에 다양한 것들을 어떻게 하는지도 점점 알아가기 시작했어. 그래도 아직 갈 길은 멀다. 지난 편지에 석판화 전용 연필로 흑백 그림을 시도해본다고 했었잖아.

칭찬이 너무 과하더라. 그런데 네가 나를 그렇게 좋게 봐주니까 더더욱 실수하지 말아야겠다는 자극이 된다. 어쨌든 이런저런 시험을 해본 덕에 한 걸음 앞으로 나아간 것 같다고 너한테 말은 했었는데, 아무래도 나 스스로 그런 말을 하는 건 적절치 않은 것 같다는 생각이 들어. 한 걸음 앞으로 나아갔을 수도 있고, 아무것도 아닐 수도 있으니까. 그래서 최근의 습작 2점을 골라 보내니 그걸 보고 네가 얘기해주면 좋겠다.

지금까지 사용한 방법보다 더 효과적인 방법을 찾아보다가 검은색의 효능과 관련해서 네가 설명해준 방법으로 제작되는 영국식 복제화에 맞춰보려고도 해봤어. 뷔오가 견본으로 보낸 종이에 흑백으로 대충 그린 크로키에도 맞춰보고. 혹시 기회가 되거든, 손재주 있는 사람에게 내가 보내는 그림을 복제화로 만들 수 있는지 물어봐주면 좋겠다(이와 별도로 이 데생이나 비슷한 분위기의 다른 그림이 취향에 맞는지도).

그림 속 감성에 관한 *네 의견*이 더 궁금하다. 이미 말했다시피, 내가 내 그림에 대해 이렇다 저렇다 말하기가 참 그래서 말이야.

그런데 난 솔직히, 아직 완성된 것도 아니고, 섬세한 면이 많이 떨어지기는 하지만 주제가 확실한 데생보다 이런 습작이 더 마음에 들어. 자연 그 자체에 대한 생생한 기억을 전해주는 것 같거든. 무슨 말인지 넌 알 거야. 진정한 습작 속에는 삶이 담겨 있어. 화가는 작품 속에 자신이 아니라 자연을 담아내려 노력하니까. 그래서 나중에 생산되는 최종 결과물보다 습작을 더 좋아하는 편이야. 전혀 다른 결과물이 나오는 게 아닌 이상은 말이야. 그러니까 여러 습작으로 최종 결과물 하나를 만드는 거. 그런 거 있잖아, 여러 사람을 그려서 하나로 만들 때.

이런 게 진정한 예술이야. 예술이 자연을 뛰어넘는 순간이랄까……. 들판에서 씨를 뿌리는 사람보다 밀레가 그림으로 탄생시킨 〈씨 뿌리는 사람〉에 더 영혼이 깃든 모습이잖아.

혹시 내 방식이 연필은 안 된다는 의견을 조금은 누그러뜨릴 수 있는지, 네가 직접 보고 말해줘. 그래서 여기 〈대중의 얼굴〉 몇 점 보낸다. 앞으로도 이런 주제로 몇 장 더 그릴 거야. 전체를 합해서 〈대중의 얼굴〉이라는 이름이 무색하지 않을 연작을 만들고 싶거든.

아우야, 나는 열심히 노력해서 모두가 수긍하는 그림을 그리고 싶어. 아직은 그런 수준에 이

르지 못했지만 몸부림치고 투쟁하듯 노력해서 꼭 그 자리에 오를 거야. 난 진정한 무언가, 신선한 무언가, 영혼이 담긴 무언가를 그려내고 싶어. 그래서 앞으로 나아갈 거야. 앞으로!

지금까지 한 말이 너한테 확실한 설명이 될 거야. 내가 원하는 건, 언젠가, 작은 데생 한 점이 인쇄물로 나온 걸 보고 만족하겠다는 게 아니라, 제대로 된 연작을 모아서 복제화를 만드는 거야. 아무튼, 다양한 방법에 관한 정보나 조언은 언제든 환영이다.

지나는 길에 구필 화랑 진열장에서 포르투니의 대형 동판화 〈수도사〉와 또 다른 작품 〈카빌리아의 시체〉와 〈죽은 친구를 지키는 남자〉를 봤어. 그런데 그 순간, 얼마 전 너한테, 포르투니가 그저 그렇다고 했던 말이 후회스럽더라. 정말 아름다웠거든. 내가 굳이 설명하지 않아도 어떤 건지 알 거라 믿는다.

볼디니도 마찬가지야.

그런데 포르투니가 이 동판화 3점을 통해 표현한 그 진지함은 그의 뒤를 따르는 사람들에게서는 찾아보기 힘들어. 모두들 포르투니가 〈모델 고르기〉에서 보여준 그런 방식을 따라 하기 위해 애를 쓰는데도 말이야.

이게 바로 브리옹과 드 그루, 이스라엘스 등의 작가들이 가지고 있는 진중하고 고귀한 분위기와 근본적으로 *대조를 이루는 특징*이야.

「비 모데른」 최신호 하나만 보내주면 좋겠다. 대신, 네가 말했던 그런 그림이 수록된 거였으면 해. 여기서는 도대체 그 잡지를 구할 수가 없더라(내가 가지고 있는 건 몇 개 되지도 않지만 다 예전 것들이야).

조만간 네가 찾아오면 보여줄 것도 많고, 미래에 관한 얘기도 하고 싶다. 내가 미술상이나 그림 좋아하는 사람들을 만나 원활한 관계를 유지하지 못한다는 거 너도 모르는 거 아니잖아. 나한테는 죽기보다 싫은 일이야. 내 바람이라면 그저 지금 같은 관계를 계속 유지하는 건데, 번번이 네 발목을 잡는 것 같아 마음이 무겁다. 하지만 누가 알겠어, 또 다른 해결책이 생길지, 아니면 가장 힘들 때, 네 어깨에 짊어진 짐을 나누어질 사람이 나타날지 말이야. 내 그림이 제법 그럴듯해서 눈에 띄면 그렇게 될 수도 있을 거야. 지금 그리고 있는 것들보다 더 큰 목소리를 내는 그림을 내가 그릴 수 있으면 말이지.

나는 소박한 생활을 좋아해서 이런 상황이 달라지지 않았으면 하는 바람이지만, 일을 크게 벌이면 그만큼 많은 비용을 감당해야 할 상황에 놓이는 거야. 난 계속 모델을 세우고 그림을 그릴 생각이야. 언제나, 계속해서. 그리고 언제까지 너 혼자 모든 짐을 짊어지고 가게 하지도 않을 거고.

이제 시작일 뿐이다, 아우야. 시간이 흐르면 분명 제대로 보상을 받을 거야. 그나저나 연필만 사용한 결과물의 단점을 백악을 써서 보완할 수 있을지, 네 생각을 좀 알려주면 좋겠다. 이런 데생을 그리다가 혹시 내가 간접적으로나마 본격적인 석판화에 빠져들게 되는 건 아닌가 모르겠다. 네 생각도 그렇지 않니?

잘 있어라. 편지 고맙고, 내 말 명심하고, 악수 청한다.

너를 사랑하는 형, 빈센트

258네 ___ 1883년 1월 5일(금) 혹은 6일(토)

아끼고 사랑하는 동생에게

편지와 더불어 습작 몇 점 같이 보낸다. 얼마 전부터 계속 머릿속에 이런 생각이 맴돌더라.

물론 수고스럽겠지만 내가 그린 스케치를 봐줄 수 있다면, 조만간, 그간 그려놓은 대략 60여 점 정도 되는 그림을 작은 상자에 넣어 보내면 괜찮지 않을까 하는 생각. 그러면 너도 집에서 편하게 살펴볼 수 있을 테니까. 이렇게 하면 네가 조만간 내 화실에 오기 전에, 내가 작년에 그린 것들을 미리 봐놓고 올 수 있다는 장점이 있어. 만에 하나, 네가 시간을 얼마 낼 수 없으면 이 많은 습작들을 건성으로 볼 수밖에 없잖아. 그래서 그림을 미리 보는 게 낫겠다고 생각하면, 조만간 그림을 보낼 수는 있는데, 이번 여름에 여기 올 때, 다시 가져다주면 좋겠다. 꼭 필요한 것들이거든. 나중에 쓸 데가 있어서 그래.

내가 계획하고 있는 일은 이 습작들이 한자리에 모여 있을 때 가능해. 아무튼, 그림을 살펴보다 보면, 재미도 있을 거야. *고아 남자*들을 많이 그렸는데 전형적인 특징을 가진 사람이 몇 있거든. 어쨌든, 네 생각은 어떤지 꼭 알려주기 바란다.

새해를 맞이하니 이래저래 내야 할 돈들이 많아져서 벌써 빈털터리 신세구나. 남은 게 거의 없다는 뜻이야. 가능하면 10일을 넘기지 않고 그 전에 보내주면 좋겠다. 꼭 그렇게 해주면 고맙겠어.

잘 있어라, 아우야. 내 그림이 네 마음에 조금이라도 들었으면 좋겠다. 악수 청한다.

너를 사랑하는 형, 빈센트

너한테 보내주려는 그림들은 석판화 복제화처럼 남자, 여자, 아이들을 그린 다양한 인물화야.

259네 ____ 1883년 1월 10일(수) 추정

테오에게

오늘 아침, 네 편지를 읽다가 네가 쓴 글에 깊이 감동했다.* 이 사회에서는 그런 행동을 두고 이렇게 말하지, '도대체 왜 그런 일에 신경을 써?' 사실 어떤 의도를 갖고 일부러 그런 행동을 하는 게 아니라, 그럴 수밖에 없는 상황이기 때문일 때가 많아. 어떤 상황인지 파악되는 순간부터 그 끝을 알 수 없는 연민의 정이 생기고, 그렇게 되면 더 이상 주저할 이유가 없어지지. 네 경우가 그런 것 같다. 내가 무슨 말을 더할 수 있겠냐. 내 생각에, 이런 경우에는 그저 네 감정에 충실해야 하는 게 아닐까 싶다.

빅토르 위고가 말했어. "Par dessus la raison il y a la conscience(이성 위에 양심이 있다)." 살다 보면, 그렇게 하는 게 당연하거나, 좋아 보이는 행동이 있어. 그런데 거기에 이성과 계산의 잣대를 들이대면 정말 그런지 판단이 모호해지고 뭐라 설명할 수 없을 때가 있어. 지금도 우리가 속해 있는 이 사회는 이런 행동을 경솔하다거나 무모하다거나, 아니면 멍청하다거나, 아무튼 그런 행동으로 여기는 경향이 있어. 사랑과 공감이라는 묘한 힘이 이미 내 안에서 깨어나 작용하는데 무슨 말이 필요하겠어? 자신의 감정에 이끌리거나 충동적으로 행동하는 사람들을 사회가 배척하는 경향이 있다는 논리로 반박하는 게(사실 반박에 관한 문제는 아니지만) 불가능하다고 가정해보자. 하나님에 대한 믿음을 가진 사람은 가끔 양심이라는 부드러운 내면의 목소리를 듣기도 하는데, 필요 이상으로 남들에게 이런저런 이야기를 하느니 천진난만한 아이처럼 그 목소리에 귀 기울이는 게 더 나은 법이야.

이런 상황에 놓인 사람이 갈등을 겪게 된다는 건 충분히 예상할 수 있어. 특히 내면의 갈등이

* 테오는 형에게 자신이, 병들고 혼자 사는 여인을 알게 돼 그녀를 도와줬다고 고백한다.

심할 거야. 왜냐하면, 뭘 해야 할지, 뭘 하지 말아야 할지 알 수 없는 상황이 발생하기 때문이지. 그런데 이 갈등을(혹시 모를 실수까지 포함해서) 겪는 게, 무관심하거나 기계적으로 감정을 차단하는 것보다 훨씬 낫고, 더 많은 걸 가르쳐주지 않을까? 이런 관점에서 보면 소위 정신력이 강하다고 자부하는 사람들은 알고 보면 오히려 정신력이 약한 사람들일 거야.

그래서 나는 네 행동에 충분히 공감한다. 나 역시 현실 속에서 겪는 문제가 있고 지난번에 만나 이야기한 뒤로 내가 겪은 일을 들려줄 수도 있으니, 궁금한 게 있거나, 앞으로의 일, 조언이 필요하면 언제든 말만 해라.

네가 곧 네덜란드에 올 계획을 가지고 있다니 그 소식만으로도 기쁘다.

그리고 사랑이라는 건 시작한 순간부터 집념을 가지고 밀고 나가야 한다. 그러니까 상대가 네 사랑에 응답했을 때를 말하는 거야. 응답이 없다면 또 그것만큼 사람을 무력하게 만드는 일도 없겠지만 말이야.

아무튼 이렇게 속마음을 털어놔줘서 고맙다. 그리고 가만 생각해보니, 네 경우는 그래도 안심이 된다. '열정'이라기보다 마음 깊은 곳에서 우러나는 연민 같은 감정에 가까우니 말이야. 네 생각을 방해할 정도의 일도 아닌 것 같고. 오히려 네 다른 능력에 자극제가 되고 더 성숙할 기회를 줄 뿐만 아니라 네 힘을 빼놓는 게 아니라, 더 키워줄 아주 진지한 경험이 될 것 같거든.

그런데 그림에 관한 이야기 몇 가지를 더 늘어놓으려는데, 그런다고 날 원망하지는 말아라. 노인의 얼굴을 '사실적'이라고 생각한다니 정말 기분 좋구나. 모델 양반의 외모가 워낙 '*사실적*'이었어. 그래서 습작 여러 점을 그렸지. 오늘도 석판화 전용 연필로 하나 완성했다. 그다음에 데생 위에 물을 적신 다음 젖은 종이에 붓질을 했어. 성공했을 때 상당히 섬세한 색조를 만들어낼 수 있긴 하지만 상당히 위험한 작업이라 실패할 때도 많았어. 성공하면 줄무늬도 안 남고, 검은색 색조도 상당히 섬세하게 살아나서 거의 동판의 검은색에 가까워 보여. 그래서 역광을 받는 여자 얼굴도 한번 그려봤는데, 전체적인 검은 색조에 옆모습을 빛으로 강조했어.

얼굴 그림 2점 외에 *얼굴 그림 5장이 든 다른 두루마리도 받았니*? 내 기억이 정확하다면 1월 5일인가 6일에 보냈어.

아마 여러 번 보다 보면, 그것들도 다른 것과 비슷한 인상을 받을 거야. 그 습작들 전부 자연적인 게 그대로 녹아 있거든. 내가 자연과 투쟁하면서 빼앗아 온 기질을 모델을 통해 처음부터 끝까지 데생으로 고스란히 옮겨놨기 때문이야. 당장이라도 너한테 보여주고 싶다. 결과물에 만족해서가 아니라(개인적으로도 좀 모자라다 생각하고 아직 많이 부족해) 그 안에 어떤 강렬한 기질이 내포돼 있는데 그게 자연스럽게 두드러지면서 고유의 특징을 갖춰나가는 걸 깨달았기 때문이야.

헤이그에 처음 왔을 때 가장 먼저 내 눈길을 끌었던 건 헤이스트였어. 어쨌든 계획이 점점 구체화되고 있긴 하지만 이런 일을 벌이는 건 정말 힘들구나.

오늘은 버나드의 데생 복제화를 봤어. 디킨스의 소설에 수록된 인물 삽화인데, 예전에 런던에 있을 때 원본을 본 적 있었어. 니콜라스 마스의 그림만큼 강렬한 느낌이 인상적이긴 했는데 감수성이나 구상이 현대적이긴 해. 보면 볼수록 열정과 자극을 불러일으키는 그림이야. 왜냐하면, 나도 내 모델들을 그런 방식으로 그려볼까 생각했거든. 그래서 나한테 주문을 걸었어. 전진하라고! '흑백 그림'의 대가가 될 때까지, 박차를 가해야 해. 예술과 사랑은 똑같은 거야. 미슐레의 표현에 따르면 "je l'ai depuis longtemps(오래전부터 가지고 있었어)"와 "je ne l'aurai jamais(결코 가질 수 없어)" 사이에서 흔들리는 게 예술이고, 또 사랑이야. 그래서 우울하다가도 쾌활해지고 열정적으로 옮겨가게 되는데 이 과정이 길어지면서 흔들리는 강도도 점점 커지는 거야. 빅토르 위고는 "comme un phare à éclipse(켜졌다 꺼지는 등대의 등불 같다)"고 말했고. 정말 그런 거야.

1월 5일인가 6일에 보낸 편지와 두루마리를 받았으면 지금쯤 내가 빈털터리가 됐다는 걸 아마 알 거다. 오늘은 월세도 내야 하고 모델 세 명에게는 비용을 나중에 준다고 기다리게 했어. 게다가 필수 화구들도 꼭 사야 하는 상황이야. 쉬지 않고 정말 열심히 그리는데 모델들이 말 그대로 내 재산을 탕진해가는 수준이다.

그래서 하는 말인데 혹시 이번 달에는 추가로 돈을 더 보내주면 진짜, 정말 도움이 될 것 같거든? 네가 얼마 전에 편지에 쓴 글을 떠올리면서 부탁을 망설였었어. 너도 고민거리가 적지 않다는 거 나도 충분히 알기 때문이야. 그런데 내 사정은 이렇다. 쉬지 않고 계속 그림만 그렸는데, 생활비를 받으면 그 즉시, 절반 이상을 지출해야 할 상황이야. 최대한 아끼고 뺀 상황이라 지금보다 *더 아껴 쓰는 건 불가능해*. 그런데 지금 내 영역이 점점 확장되고 있다. 특히, 몇 주 전부터는 본격적으로 진행되는데 감당할 여력이 안 된다. 내 말은 필요한 비용을 말하는 거야. 습작을 보고 나면 내 말이 이해 갈 거다. 어쨌든 이 문제를 꺼내서 미안하다. 그런데 내 상황이 많이 안 좋다. 내야 할 돈이 매일 계속 밀리고 있어. 그러다 보니 10일 주기의 마지막 날이 되면 항상 남는 게 하나도 없다.

편지 좀 빨리 보내주기 바란다. 그리고 네가 털어놓은 속내 이야기, 내가 충분히 공감하니 걱정 말고. 잘 있어라, 아우야. 악수 청한다.

너를 사랑하는 형, 빈센트

260네 ____ 1883년 1월 13일(토)

테오에게

네 편지를 받은 뒤로, 네가 해준 이야기가 머릿속을 떠나지 않는구나. 그 문제가 자꾸 마음에 걸려 다시 펜을 든 거야. 지금은 몸과 마음이 아픈 환자를 마주 대한 경우라고 할 수 있어. 그래서 두 배로 진지해야 해. 완벽한 회복을 위해서는 생필품 등을 비롯한 경제적인 지원만으로는 부족해. 사랑과 쉴 수 있는 자기 집, 그게 가장 효과가 확실한 치료제야. 적어도 내가 지난겨울에 깨달은 사실이야. 그리고 그 이후로도(예를 들어, 지금까지도) 확실히 깨달았어. 왜냐하면, 내 마음이 이야기해준 걸 경험을 통해 확인할 수 있었거든. 인간의 목숨을 구하는 건 대단한 동시에 아름다운 일이야. 하지만 그만큼 어려운 일인 데다 신경 써야 할 것도 아주 많아.

집 없는 이에게 집을 마련해주는 것, 그래, 그건 훌륭한 일이야. 세상이 뭐라고 하든, *절대로* 나쁜 일일 수가 없어(그런데도 때론 범죄로 여겨지기도 하지).

이 문제에 대한 생각이 멈추지 않는다. 사람들은 과연 어떻게 상황을 바라볼까? 이 일로 인해 네가 세상과 갈등을 빚게 되는 건 아닌가? 그런 의문이 들지만 정작 나는 뭐라고 답해야 할지 모르겠구나. 상황을 자세히 알지 못하기 때문이야. 하지만 이 편지를 쓰게 된 또 다른 이유는 꼭 조언을 해주고 싶기 때문이야. 물론 너도 여러모로 생각해봤겠지만.

이런 일은 긴 시간이 걸린다. 어떤 식으로든 신경 쓴 만큼 효과는 있겠지만, 이 정도로 망가진 몸과 마음이 완전히 회복되려면 적어도 몇 년은 걸릴 거야. 지금 그녀와 아이들이 내 곁에 앉아 있어. 작년과 비교하면 상황이 얼마나 많이 달라졌니! 그녀는 더 건강하고 강인해졌어. 신경질 내는 경우도 현격히 줄었고. 아들 녀석은 또 얼마나 건강하고, 밝고 귀여운지 모를 정도야. 엄마 젖만 먹는데도 통통하게 잘 자라.

그런데 딸아이가 불쌍해. 내 그림에서도 보일 텐데 힘든 시절을 지나온 그 흔적이 여전히 얼굴에 남아 있거든. 그래서 걱정이야. 그래도 1년 사이에 많이 달라졌어. 처음에는 정말 심각했는데, 지금은 어린아이 기질을 되찾은 것 같거든.

어쨌든 상황이 완벽히 정상적으로 안정된 건 아니지만 작년에 감히 기대했던 것에 비하면 엄청나게 좋아졌지. 지금 와서 돌이켜보면, 이런 생각이 들기도 해. 그때, 그녀가 유산했더라면 더 나았을까? 아기에게 먹일 모유가 부족했더라면, 큰 딸아이는 방치되고 정신적으로도 버림받은 상태였다면, 그녀가 참혹한 가난 속에 여전히 파묻혀 있었더라면, 그랬다면 더 나았을까?

나는 한 순간도 주저하지 않고, 이렇게 말했을 거야. "그래, 어디 한번 해보자고." 그랬더니 원초적인 모성애가 그녀에게서 보여졌고, 차차 그녀는 구원을 받았어. 이런 발전이 어떻게 가능했지??? 의사 덕분도, 어떤 탁월한 치료 덕분도 아니야. 자신만의 집이 생겼다는 안심, 그리고 규칙적이고 동기가 부여된 생활 덕분이었어. 스스로 건강을 챙겼다기보다(왜냐하면 그녀는 그럴 *능력이 없거든*) 이제는 불안한 마음을 쉬게할 수 있기 때문이야. 심지어 일이 더 힘들고 고되더라도 말이야. 내 눈앞의 이 확실한 선례를 통해, 내가 정말 하고 싶은 말은, 네가 좋은 결과를 내고 싶다면 반드시 네가 말한 그녀가 지내는 환경에 각별히 신경을 써줘야 한다는 거다. 음울한 호텔 방에 머물게 해서는 안 되고, 좀 더 가족적인 환경에서 마음 편히 지낼 수 있게 해줘야 해. 이걸 꼭 명심해라. 왜냐하면 정말 중요하거든. 아주 평범하고 단순한 일상에 젖어들 필요가 있어. 빈방에 홀로 있거나 사람들과의 교류를 끊는 건 안 돼. 네가 그녀를 숨기고 싶어한다는 게 아니라, 그녀 자신을 위해서 그렇다고. 하지만 그녀가 격한 감정에 노출되는 일은 되도록 피해야 해. 그녀가 정상적인 일상으로 빨리 돌아올수록 상황은 나아질 게다.

네가 그녀를 당장 네 집으로 데려갈 수 있다면야, 이런 조언은 안 들은 셈 쳐라. 하지만 그럴 수 없잖아. 네가 지금 당장 그런 일이 내키지 않을 테니.

고독과 권태가 치명적이다. 그녀는 좋은 사람들과 대화를 나눠야 해. 그녀는 가족적인 환경에 있으면 기뻐할 거야. 그러니까, 아이를 돌보느라 정신이 없다거나 하면 말이지. 안타깝게도 그녀에게 아이가 없다니, 상황이 더 어렵네. 맞아, 가장 실질적인 해결책은, 네가 그녀에게 가족적인 환경을 마련해주는 거야. 내 생각에 지금 네 관심사는 온통 '이 삶을 구해야 해', 이것뿐이다. 넌 이타적으로 너 자신보다 그녀를 더 걱정하고 있어.

내 경우는 작년에 그녀에게 마련해줄 거처가 하나밖에 없었어. 바로 내 집. 다른 방편이 있었더라면 나도 단번에 그녀를 내 집에 들이진 않았을 게다. 현재 맞닥뜨리는 불가피한 여러 곤란함들을 피하기 위해서라도 말이지. 그러나 네 경우는 다르다. 넌 임시로 그녀(네가 말한 그 여인 말이야)가 지낼 어딘가 안전하고 조용한 곳을 찾아봐줄 수 있잖아. 그녀의 회복에는 시간이 오래 걸릴 텐데, *피할 수만 있다면* 굳이 세상의 편견에 맞설 필요는 없잖아. *하지만 불가피하다면* 옳다고 생각하는 대로 행동해야 해. 지난여름 난 그녀를 거리에 내버려두느니, 차라리 세상의 온갖 편견, 아니, 그보다 더 많은 편견이 있었을지라도, 그런 편견에 맞서는 쪽을 택했지. 하지만 넌 더 신중하게 처리할 수 있고, 또 그래야만 한다. 만약 나라면, 그녀에게 적합한 거처를 찾겠어(빈방에 교류도 없이 홀로 두지 않고). 그녀는 평범하고 일상적인 활동과 환경을 더 빨리 가질수록 더 좋아.

내 마음속에 있는 이야기를 어떻게 다 꺼내 보여줄 수는 없지만 어쨌든 항상 네 생각은 한다. 데생 하나를 방금 마무리했는데 포즈를 취한 여자를 그렸어.

아우야, 작년에 내가 경험한 바에 따르면, 비록 힘든 일, 너무 힘들다고 느껴질 정도의 순간도 있고, 고민거리에 난처한 일까지 끊이지 않을지 모르지만, 혼자 사는 것보다는 그녀와 아이들과 함께 지내는 게 비교할 수 없을 정도로 나은 것 같아. 서로를 알아가는 과정도 필요하잖아. 그게 정상이기도 하고 신중하기도 한 거야. 그래서 사정이 허락했다면 나라면 그렇게 거처를 찾아줬을 거야. 그런데 그녀에게는 갈 곳이 우리 집밖에 없었어. 그런 사정은 감안하고 들어라. 어쩌면 남들이 수군거리는 상황은 피할 수 없을지도 몰라. 아무튼, 나는 그녀를 포기하라고 조언하고 싶은 마음은 없다. 그런데 자칫, 네 모든 걸 무너뜨릴 수도 있는 이 사회에서는 좀 더 신중하게 행동하는 게 낫겠다고 말한다면 무슨 뜻인지 너도 대충 알겠지. 그러니 신중해라. 어쨌든 가장 중요한 건 그녀가 건강을 회복하는 일이고, 나머지는 그 이후에 신경 써도 괜찮아.

혹시 주변에 상황이 나아질 때까지 자신의 거처에서 그녀를 받아줄 지인들은 없니? 최선은 같이 지낼 사람이 있는 공공요양원이나 사설요양원 같은 곳으로 보내는 거야. 이미 문제가 다 해결됐을 수도 있겠지만 이렇게 길게 설명하는 건, 내가 아직 아는 게 전혀 없기 때문이야. 그러니 만약 이 여자가 네 삶을 바쳐서 사랑하고 싶은 여자라는 생각이 들면, 일단 너한테는 좋은 일일 것 같다. 또 그렇게 변함없는 사랑을 통해 그녀도 다시 밝아질 거야.

네가 언제 올 수 있을지 궁금하다. 그런데 큰 무리가 되지 않으면 예전 습작들은 가져다주면 좋겠다. 그리고 돈을 좀 더 보내줄 수 있는지 부탁했었잖아. 내 상황이 많이 곤란해서 그러니 그렇게 좀 해주면 좋겠다. 그렇다고 나 때문에 그녀에게 해줄 걸 하지 말라는 건 아니다. 그리고 네 편지 읽고, 나 역시 네 짐을 줄여주기 위해 두 배로 더 노력하고 있으니 안심해라. 그런데 정확히 또 이게 문제가 되는 게, 꾸준히 그림을 그리려면 돈이 들 수밖에 없다는 거야.

네 소식 들은 지도 좀 된 것 같으니 조만간 편지해라. 라파르트는 건강이 나아진 것 같더라. 그 친구한테 편지가 왔어. 지금도 계속해서 온갖 형태의 얼굴을 그리고 있다. Adieu. 마음으로 악수 청한다.

너를 사랑하는 형, 빈센트

261네

(편지 머리말과 꼬리말이 잘려 나감)

네게는 내가 편지 쓰느라 시간을 다 보내는 것처럼 보일 수도 있겠다. 그런데 어쩔 수가 없다. 날 믿고 이렇게 네 속내를 털어놓았으니 내가 어떻게 감동하지 않을 수 있겠냐. 이런 경우는 사실 아주 힘든 경우라, 과연 어디까지 가야 하는지 예측할 수가 없어. 아마 너도 겪게 되겠지만 이런 생각이 들 거야. 그녀를 도와주고 나서 단순한 친구로만 여겨야 하는 건지, 아니면 주저하지 않고 평생 곁을 지키며 같이 살고 싶은 아내로 삼아야 하는 건지, 그게 바로 이 여자인지, 이 여자가 아닌지.

아마 넌 이 문제를 이미 고민해봤을 거야. 적어도 지금 고민하고 있거나. 그렇지 않다면 그거야말로 이상한 일일 테니까.

어쨌든 나도 고민의 과정을 거쳤는데 쉽지 않았어. 당시 정황이 이런저런 결정을 강요하는데, 나는 아무런 대책도 없었거든.

난 이런 생각을 했었어. 두 집 살림할 여력은 없지만, *한* 가정 꾸릴 여력은 된다고. 그래서 그녀에게 상황 설명을 하고 내가 할 수 있는 것과 내가 해줄 수 없는 것들을 설명해줬지. 그리고 둘이 함께 어떻게든 해결해 나갈 수 있겠지만, 같은 집에서 살지 않는 한 나도 어떻게 해줄 여력이 없다고. 정황은 달라 보일지 모르겠지만 너도 같은 문제를 겪고 있는 셈이야. 작년에 네가 했던 말이 기억나. 옳은 말이고 사실이기도 했어. "결혼은 웃기는 일입니다." 그래, 진짜 딱 그래. 그러고 또 이렇게 말했지, "그 여자랑 결혼하지 마세요." 그래서 내가 그랬어. 상황이 달라질 때까지 더 이상 그 얘기는 하지 말자고. 너도 알다시피 그 이후로, 그 얘기는 하지 않았지만, 너도 알다시피 그녀와 나는 지금도 서로 믿고 의지하며 지낸다. 당시 결혼하지 말라는 네 말이 틀렸다고 생각하지 않기 때문에 지금 네가 했던 말을 네게 되돌려주는 거야. 너도 기억하겠지만 그 말을 한 건 내가 아니라 바로 너였어. 네가 했던 말을 다시 꺼낸 건, 그때 그길로 그녀와 결혼하지 않은 걸 잘했다고 생각하기 때문이야. 그러니 그 점을 일단 잘 생각해봐라. 일단 결혼은 나중 일로 여겨도 될 만큼 서로 사랑이 무르익는 과정을 거치는 게 좋을 거야. 모두에게 안전하고, 아무도 상처받지 않을 테니까.

처음부터 너한테 하고 싶은 말이 하나 있었어. 너도 이미 다 아는 얘기일 거야. 이번 일로 네가 어떤 곤란한 일을 겪게 될지는 모르지만, 그녀를 돕기로 한 고결한 네 마음, 나는 아주 높이 산다. 그리고 네 마음을 높이 사기 때문에, 큰일이든 작은 일이든, 어려운 일이 생기면 나를 믿고 고민을 털어놔도 아무 문제 없다고 생각해주면 좋겠다.

아무튼 나는 이번 일을 부정적으로 보진 않는다. 좋은 결과가 있었으면 하는 바람이야. 너를 위해서도, 그녀를 위해서도. 다만 (다시 한 번 강조한다) 그리 머지않아, 서로에 대한 실망감에서 비롯된 위기가 닥칠 거야. 아이라도 하나 있다면 그 녀석이 피뢰침 같은 역할을 할 텐데 말이야. 그런 아이가 없으니, 위기가 닥치거든(*지금 당장*이 아니라 *나중에*), 주저하지 말고 마음을 열고 나한테 허심탄회하게 다 털어놔라. 왜냐하면, 애석하게도 그 마음 안에 사랑을 좌초시키는 암초가 종종 숨어 있기 때문이야. 충분히 구할 수 있는 사랑인데도 말이야. 그런데 그 암초만 잘 피해 가면, 항해할 수 있는 길이 나와.

너한테 편지는 자주 하는 편이지만, 작업도 쉬지 않고 있어. 너하고 마주 앉아 이야기하고 싶은 마음이 굴뚝 같다. 내일은 방수모 쓴 사람의 얼굴을 그릴 예정이야. 옛날부터 나이가 들었든 젊든 상관없이 어부의 얼굴을 그려보고 싶었거든. 한 번 그려보고는 기회가 없었어. 그런데 이번에 아주 특징이 살아 있는 모델을 만났어. 나이 든 어부인데 산전수전 다 겪은 노련한 양반이야.

262네 ___ 1883년 1월 26일(금) 혹은 27일(토)

테오에게

네 지난 편지를 곰곰이 생각하면 할수록, 마음에 깊이 와닿는 게 있더라.

그러니까(두 인물이 서로 닮지 않다는 건 논외로 치고) 싸늘하고 냉혹한 인도를 지나던 너와 내 앞에, 암울하고 서글픈 모습의 여인이 나타났던 거야. 그런데 너도 그렇고, 나도 그렇고 우리는 가던 길을 계속 가는 대신, 걸음을 멈추고 인간적인 마음이 하는 이야기에 귀를 기울였어.

이런 만남은 거의 유령의 출몰과 비슷해. 적어도 지난 일을 돌이켜보면 이해가 갈 거야. 창백한 얼굴에 서글픈 그 눈빛이 (시커먼 바탕으로 서 있는 에케 호모*로 보이면서) 나머지는 다 사라졌던 그때의 기억.

에케 호모에 대한 느낌이 그래. 현실에서 여자의 얼굴로 마주친 에케 호모도 똑같은 느낌이었어. 물론 전혀 다른 느낌이겠지만, 그 첫인상만큼은 결코 잊을 수 없을 거야.

그녀와의 만남이 아마 네 생각을 10년 전, 혹은 20년 전, 아니 그보다 더 먼 과거로 데려갔을 거야. 그러니까 그녀 안에서 너 자신을 다시 발견한다는 소리지. 너조차 잊고 있었던 네 일부(그건 네 과거야) 같은 거. 그녀와 함께 1년 정도 함께 지낸 뒤에도, 그녀를 알기 전과 똑같은 눈으로 현재를 바라보고 있을지는 잘 모르겠다.

영국 데생 화가가(패터슨) 그린 여성의 얼굴 그림 아래, 돌로로사Dolorosa라는 이름이 적혀 있는데 그 이름이 그 인물에 대해 이런저런 이야기를 들려주고 있어.

지금 머릿속에 두 여인이 떠오르고, 동시에 핀웰의 그림도 기억나. 〈자매〉 거기서 저 돌로로사를 다시 발견했어. 어둑해지는 방에 검은 원피스 차림의 두 여성이 있는데, 한 사람은 방금 돌아와 코트를 옷걸이에 걸고 있고, 다른 한 사람은 한 손에 하얀 바느질감을 든 채 코끝으로 탁자 위 앵초(櫻草) 향기를 맡고 있어.

핀웰은 페렝(그의 초기작)을 연상시켜. 또 어느 정도 테이스 마리스 느낌도 풍기는데 좀 더 차분한 감수성이 인상적이지. 시적 감수성이 풍부한 시인이라서 평범하고 일상적인 사물에서도 숭고한 면을 들여다보는 사람이고. 워낙 작품이 희소해서 몇 개 못 봤는데도 하나같이 다 기억에 깊이 남았어. 10년이 지난 지금까지도 또렷하니까.

당시만 해도 데생화가들을 자주 언급했지. "Too good to last(너무 좋아서 오래 못 간다)." 헤르코머의 예언은 현실이 됐어. 하지만 그 원칙이 완전히 죽은 건 아니야. 그리고 지금도 문학이나 예술 분야에서, 당시만큼 괜찮은 구상의 작품은 찾아보기 힘들어.

난 영국의 여러 가지 것들을 싫어하는데, 그 흑백의 데생들과 디킨스가 그걸 만회해주고도 남아. 현재의 모든 것을 부정한다는 뜻은 아니다. 전혀. 다만 반드시 지켜가야 할 그 시절의 세련된 정신들이 사라져가는 것 같아. 예술에서. 그런데 삶에서도 마찬가지야. 내 설명이 너무 모호하다만 달리 표현할 방법을 모르겠구나. 나도 정확히 이거다 하고 아는 게 아니라서. 하지만 건전하고 고귀한 출발점에서 벗어나 다른 길로 이탈해버린 게 흑백화만은 아니야. 오히려, 그 온갖 활동들에도 불구하고 회의주의, 무관심, 철저한 무감각 등이 만연하다. 그렇지만 이런 설명 역시 너무 모호하고 막연하네. 그래서 이런 것에 너무 신경 쓰지 않으려고. 내 그림만 생각하기에도 시간이 모자라니까.

* "Ecce Homo(이 사람을 보라)"라는 뜻의 라틴어로, 성경에서는 예수를 지칭한다.

이번 주에도 여전히 얼굴 그림을 그렸어. 주로 여성인데, 자루를 쥔 사람도 있어.

보이드 휴턴Boyd Houghton이라는 작가의 작품을 본 적 있니? 「그래픽」 초기에 참여했던 작가인데 알려지지는 않았지만(이미 사망했어) 나름 자기 흔적을 확실히 남긴 사람이야.

언젠가 네가 도미에의 〈바리케이드〉에 대한 이야기를 썼는데 그걸 읽다가 휴턴이 떠올랐었어. 그 사람도 당시에, 맹렬히 시위하는 여성과 바리케이드를 그리곤 했었거든. 그러다가 미국으로 떠났지. 내가 아는 그 사람 작품은 〈퀘이커 교도들〉, 〈모르몬교 교회〉, 〈원주민 여성들〉하고 〈이민자〉 정도야. 특히 바리케이드를 무대로 그린 그림에는 유령이 나타날 것 같은 분위기를 잘 살렸어. 고야처럼 신비로운 분위기가 느껴진다는 게 더 정확하겠다. 고야 같은 화풍으로 미국적인 그림들을 그렸는데 놀랍도록 절제된 특징들이 가끔 메리옹도 연상돼. 그의 목판화는 거의 동판화처럼 보일 정도야.

세간의 평은 "*too good to last*"라지만, 정확히 그런 이유로 *오래가는 명작*이 희소한 거야. 매일 만들어지는 게 아니고, 기계적으로 찍어낼 수도 없지만, 탄생하지. 어디 사라지지 않고 오래도록 남아. 나중에 또 다른 명작이 탄생해도, 첫 번째 작품의 가치는 그대로야. 그러니 이러저러한 게 보편화되지 않는다고 속상해할 필요는 없어. 특이한 거라도, 좋고 아름다운 가치는 남을 테니까.

카다르Alfred Cadart가 동판화를 시작했을 때 어땠지? 그것들도 "too good to last"였었나?

요즘도 아름다운 동판화들이 많이 쏟아진다는 건 안다. 하지만 내가 말하는 건 그 시절 동판화가 협회Société des Aquafortistes에서 냈던 연작물들이야. 페렝의 〈두 형제〉, 도비니의 〈무통의 공원〉, 브라크몽Joseph Auguste (Félix) Bracquemond의 작품 등등. 그걸 보면 여전히 생생하니, 아니면 사그라졌니?

비록 사그라졌더라도, 영원히 기억되어야 할 만큼 중요하지 않니? "too good to last"라는 말이 무색하게. 도비니, 밀레, 페렝, 기타 여러 화가들은 동판화가 무엇인지 제대로 보여줬어. 바로 「그래픽」이 흑백 데생이 무엇인지 보여줬듯이 말이야.

바로 이게 영원한 진리야. 원한다면 얼마든지 여기서 힘을 얻을 수 있는 거야.

그러니까, 언제든 여러 사람들이 같은 것을 사랑해서 함께 일한다면, 그들의 연합은 힘을 발휘할 수 있어. 뭉치면, 각자가 다른 방향으로 발버둥칠 때보다 더 큰일을 해낼 수 있어. 함께 일하면 혼자일 때보다 강해지고 전체를 이루지만, 결코 각자의 개성이 사라지진 않아. 그렇기에 라파르트가 어서 완쾌했으면 좋겠어. 우리가 실제로 함께 일하는 건 아니지만, 많은 부분에서 둘의 생각이 같거든. 그 친구, 곧 나아질 거야. 목판화에 관해서는 이미 진지한 이야기를 진행 중이었어. 그나저나 그 친구와 더 가까운 사이로 지냈으면 좋겠다. 같이 탄광촌에 그림도 그리러 가고, 또 다른 것도 함께 할 수 있을 정도로 말이야. 그런데 일단 지금은, 그 친구나 나나, 얼굴 그림에 좀 더 집중해야 할 것 같아. 확실한 솜씨를 갖출수록, 계획한 것들의 실현 가능성이

훨씬 높아질 테니까. 편지에 보니 열이 좀 있고 (그게 전부라고) 몸에 힘이 없다고 적긴 했는데, 무슨 병을 앓고 있는 건지 더 이상 자세한 설명은 없어.

또 눈이 내렸었는데 녹고 있어. 해빙의 날씨가 무척 아름답다. 오늘은 눈이 녹는 걸 보면서 멀리서 봄이 찾아오는 게 느껴지더라. 네가 여기 올 무렵이면 훨씬 더 날이 좋을 것 같다. 봄이 기다려지기도 해. 그래야 밖에 나가 신선한 공기도 마음껏 마실 수 있으니까. 집 안에만 있자니 갑갑하거든.

내가 그린 어부 얼굴이 참 마음에 들어. 네가 봐도 과연 마음에 들지 그게 궁금하다.

마지막에 그린 건 턱선을 따라 얼굴 가에만 수염을 기른 남자였어.

보이드 휴턴의 그림 중에서 〈나의 모델들〉이라는 게 있는데 어느 복도에서 목발을 짚고 있는 남자와 앞 못 보는 남자, 그리고 꼬마 등이 화가에게 크리스마스 인사를 건네는 장면이야. 모델과 작업하는 건 유쾌한 일이야. 그들에 대해 많은 걸 알게 되거든. 올겨울에 같이 작업한 사람들은 영원히 기억에 남을 것 같아. 에두아르 프레르의 재치 넘치는 한 마디가 기억난다. 괜찮은 모델은 끝까지 놔주지 않은 탓에 "celles qui posaient dans le temps pour les bébés posent maintenant pour les mères(전에는 아기로 모델을 섰었는데, 지금은 엄마로 모델을 선다)."

Adieu, 테오야. 곧 편지하고, 좋은 일만 있기 바란다. 내 말 명심하고, 악수 청한다.

너를 사랑하는 형, 빈센트

263네 ____ 1883년 2월 3일(토)

테오에게

네 편지만 초조히 기다리는 중이다. 벌써 2월 3일이라(오늘은 편지 오는 시간도 지났거든) 혹시 몰라 이렇게 편지하는 거야. 네가 평소보다 사나흘 늦게 편지를 쓴 거면 걱정할 게 없지만, 지난겨울에 분실된 편지도 있고 해서 혹시 네가 2월 1일 전에 편지를 보냈으면 미리 알아두라는 뜻도 있어. 그런 경우라면 우체국에 가서 알아볼 수 있을 테니까.

그런데 가만 보니 집배원들이 스헹크베흐로 온 편지는 직접 배달하는 대신, 여기 사는 사람들에게 맡겨버리기도 하더라. 그만큼 일을 덜하는 셈이니까. 어떻게 아느냐 하면, 지난번에 집배원이 나한테 그런 식으로 편지를 맡겼었거든. 나야 물론 당사자에게 편지를 건네줬지만 그렇게 사라졌을지 모를 내 편지가 떠오르더라고. 아무튼!

요즘은 비바람이 기승을 부린다. 특히 밤중에 더 심해. 바다도 풍랑이 대단할 거야.

아픈 친구는 좀 어떠냐? 나한테 상세히 털어놓는 네 마음에 깊이 감동했는데(그녀가 자신에게 사기 친 남자의 빚까지 갚아야 했다는 이야기며) 인품이 대단한 사람 같더라.

'집에' 찾아가도 없다는 그 의원 얘기를 들으니까 「펀치」가 내무장관(Home Secretary)에게 붙였던 호칭이 떠올랐어. 이 저명인사를 늘 '*Seldom-at-Home* Secretary(내무부에 거의 없는 장관)'로 칭했지. 'Seldom-at-Home'인 사람이 얼마나 많니. 디킨스는 이런 부류들을 '무늬만 장관'이라고 불렀어.

많은 사람들이 이 'how-not-to-do(무늬뿐)'인 자들의 사무실 앞에서 한숨을 내뱉으며 긴 줄을 서고 있다. 아마 베네치아의 '탄식의 다리'에서 들렸던 한숨들만큼이나 깊겠지.

요 며칠간 몸 상태가 상당히 좋지 않았어. 아마 과로 때문인 것 같아. 과로로 인한 피로 누적의 결과가 아주 고약했어. 구정물 같은 일상이 반복되니 잿더미에 파묻힌 기분이야.

이럴 때면 가까운 곳에 친구 하나라도 있으면 좋겠다. 그러면 흐릿한 안개라도 사라질 텐데.

앞날에 대한 걱정도 참 많아지는 때야. 작업 생각만 하면 우울해지고 무력감에 빠지고 그래. 더 이야기하면 위험할 것 같다. 여기서 그만!

그래도 수채화를 그리려고 스케치 하나를 했어. 땅 파는 사람인데, 정확히 말하면 스헹크베흐의 도로 보수원이지. 썩 잘 그린 건 아니야. 그리고 콩테로 인물화 몇 점을 그렸는데 그게 훨씬 나아 보인다.

콩테만 쓴 게 아니라 종이에 물을 먹여서 그림자 효과가 잘 퍼지게 했고 빛의 색조를 좀 올렸어.

몸 상태가 감기에 걸려도 놀랄 일이 아닐 정도야. 어쨌든, 진지한 작업을 시작하기 전에 이 무력감에서 벗어나야 하니까.

요즘은 프리츠 로이터의 『나의 감옥 시대』라는 책을 읽는 중이야. 상당히 흥미로워. 독일 사람들은 자기들 고유의 유머 감각이 있는데 영국사람들하고 참 많이 달라. 헤르코머의 〈농촌의 카니발〉이라는 그림이 있는데 피터르 브뤼헐의 감성이 묻어나는 그림이야.

헤르코머 얘기가 나와서 하는 말인데, 얼마 전에, 좀 부실하지만 그 사람에 관한 일종의 전기를 읽었어. 그런데 이런 부분이 내 관심을 끌더라. 한동안 빈집에서 지내며 그림을 그렸는데, 그게 완공도 되지 않은 집이었다더라고. 월세 낼 돈이 없었대. 나중에 「그래픽」에 들어가고 나서야 상대적으로 안정된 생활을 할 수 있었다는데 「그래픽」에서도 별로 인정받지 못했었어.

〈첼시 병원의 마지막 소집〉의 초안도 거절당할 정도였지. 최종본 데생이 다소 날카롭다는 것만 빼면 거의 차이도 없었는데 말이야.

「그래픽」의 운영진들이 *전부* 거부했었다더라고. 당시 편집장만 빼고(이 사람이 아직도 여기서 근무하고 있다면 그거야말로 놀랄 일이다).

아무튼, 그 편집장은 끝내 그 그림을 잡지에 실었고, 나중에 헤르코머에게 더 꼼꼼하게 그려달라고 부탁했다고 해.

이게 바로 파리와 런던을 놀라게 했던 그림의 출발점이었어.

지금은 말 그대로 대부분이 데생 초안도 수작으로 인정받지.

전기에 따르면 그에게는 그림 그리는 작업이 결코, 쉽지 않았대. 애초에 일종의 장애가 있었기 때문에, 그걸 극복하느라 어마어마하게 고민하고 노력했다더라고. 어쨌든 적잖은 사람들이 (지금도 여전히) 그의 그림을 별로라고 여긴다는 게 이해할 수 없어. 그의 작품만큼 진지한 그림은 상상하기도 힘든데 말이야.

네가 여기 오면, 〈노부인들을 위한 요양원〉이라는 목판화 복제화를 보여줄게. 상대적으로 덜 알려졌지만 유명한 그림만큼 아름다운 작품이야. 이스라엘스의 〈카트베이크의 봉제 학교〉 같은 분위기를 풍겨.

아직 편지를 쓰지 않았으면 조만간 네 답장을 받을 수 있으면 좋겠다.

아프다는 친구는 어떤지 근황도 궁금하다. 너와 그녀에게 행운을 빈다. 아버지 생신을 겸해 또 축하하고. 아버지께는 그 전에 석판화 복제화를 보고 이런저런 말씀을 하신 게 있는데 그 그림의 데생을 보내드렸어. 아버지가 지적하신 부분에 동의해서라기보다, 당신이 원하시는 게 어떤 부분인지 내가 잘 알고 있으며, 그렇게 해드릴 수 있다는 걸 보여드리기 위해서였어. 그런데 제대로 완성했는지는 모르겠다. 항상 최선을 다하지만 항상 다른 사람들을 만족시킬 수는 없더라. 아버지가 그림이 마음에 안 드신다고 말씀하신 건 아닌데, 행간에 그런 게 읽히는 것 같아. 정말 별로일 수도 있고. 어쨌든, 집에 가면 너한테 보여주실 거야. 그런데 이 부분에 대해서는 아무 말 말아라. Adieu.

너를 사랑하는 형, 빈센트

264네 ___ 1883년 2월 5일(월)

테오에게

편지와 돈, 아주 잘 받았다. 정말 고맙다.

아프다는 그 친구에 대해 네가 쓴 편지를 읽고 또 읽다 보니 이런저런 생각이 들더라. 묻고 싶은 것도 많아지고 해서 이렇게 편지도 더 쓰게 된다. 그런데 나는 그 친구를 네 편지로만 알고 있는 터라 모든 게 모호하고 막연하구나. 그래서 관련된 이야기를 썼다가 두 번이나 찢어버렸어. 그런데 이건 좀 알아주면 좋겠어. 부지불식간에도 수시로 걱정하고 있다는 것 말이다. 그 친구의 고통을 생각하면 우울하긴 하지만, 그것만 빼면 이런 만남은 네가 감사해야 할 상황이 아닐까. 그 친구가 지금 당장 네게 일상의 행복을 가져다주는 건 아니라는 사실은 나도 이해하고, 또 전적으로 동감한다.

황야일지, 브르타뉴 지방의 옛 해안일지, *je ne sais quoi(뭔지 모르겠지만)*, 그녀의 고향을 떠오르게 할 무언가는 네가 그 친구와 긴 시간을 함께 보내다 보면 알겠지만, 점점 약해지면서 사라지는 게 아니라 점점 강해질 거야. 네가 쓴 표현이 강렬하더라. '그녀는 나중에 양치기와 함께 다니는 양치기견 같은 사람이 될까요, 아니면 더 나은 사람이 될까요?' 시간이 지나면 항상 많은 게 달라지는 것 같지 않니? 하다못해 똑같은 사랑에도, *사랑에 대한 충성에 따라* 수없이 다른 면, 수없이 다른 모습이 있을 정도야. 그리고 끝없이 달라져.

이 일은 어려운 시기를 거쳐야 해. 나라면, 미래가 불확실하다는 이유로, 그녀에게 나중에 일자리를 찾아보라는 말은 가급적 하지 않겠어. 그 친구 다리 때문에라도* 말이야. 불확실한 미래는 그냥 불확실하게 두는 게 좋을 것 같다. 내가 걱정되는 건, 바로 그 끔찍한 통증에 시달리다가 전혀 적절치 않은 순간, 이걸 해야 한다, 저걸 해야 한다며 편견에 사로잡힌 행동을 하지 않을까 싶은 거야. 아픈 사람, 특히 여성일 경우, 이런 경우가 빈번해. 그게 그녀를 고집스럽게 만들 수도 있어. 본인이 원치 않더라도. 그렇게 되면 네가 괴로울 거야. 네가 그녀에게 일자리를 권한 건 미래를 위해, 그녀에게 *자유와 독립*을 보장해주려는 선의였는데, 그녀는 네 의도와 달리 무관심으로 받아들 수 있을 테니까. 내 말이 모호하게 들리겠지. 하지만 이런 선의를 여자들이 항상 이해해주는 건 아니야. 유머도 마찬가지야. 항상 조심히 행동하는 게 옳지만, 가끔은 그로 인해 오해가 생기고, 또 그로 인해 삶이 힘들어지기도 해. (그런데 내가 볼 때, 우리한테 책임이 있는 건 아니야.)

헤이여달이 나와 함께 있는 여인을 보면 그림으로 그릴 구석을 찾아낼지는 모르겠다. 그녀의 일상 속에서 말이야. 그런데 도미에라면 분명히 무언가 그릴 거야.

헤이여달이 말했었지. "Je n'aime pas qu'une figure soit trop corrompue(난 타락한 인물은 좋아하지 않아)." 그런데 그림을 그리다가(여자가 아니라 한쪽 눈에 안대를 한 남자 노인을), 그 말이 *틀렸다*는 걸 깨달았다. 망가진 모습 속에도 표현으로 꽉 차 있거든. 프란스 할스의 〈힐러 보버Hille Bobbe[Malle Babbe]〉나 렘브란트의 그림속 얼굴들을 봐. 헤이여달 *의도*야 물론 옳았겠지. 그게 아니라면 기억해야 할 이유가 없어.

지난번 편지에 레르미트Léon Augustin Lhermitte의 작품에 대해서 물었잖아. 흑백화에 대한 기

* 테오의 친구는 발에 난 종양 때문에 수술한 것으로 추정된다.

고글에서, 거의 매번 '흑백화의 밀레 혹은 쥘 브르통'으로 꼽히더라. 예를 들면, 그가 절벽의 노부인들을 그린 데생에 대해, 보는 사람이 깜짝 놀랄 정도로 기교가 더없이 과감하고 대담하고 강력하다는 거야. 다른 것들과는 전혀 다른 분위기를 풍긴다고. 그러면서 르그로에 견주는데, 그것도 르그로 최고의 걸작인 데생이나 동판화에 견줄 수 있다면서. 〈신도석〉 같은 강렬한 작품 말이야.

아우야, 여전히 몸이 좋지 않다. 각별히 조심하라는 구체적인 지침도 받은 상태야. 가끔 눈이 유난히 침침해진다. 예단하고 싶지는 않지만, 특히 밤이 되면 눈에서 분비물이 심하게 흘러나와 속눈썹에 엉겨붙어 앞을 보는 것도 힘들 정도야. 모든 게 흐릿하게 보여.

지난 12월 중순부터 쉬지 않고 그림에 집중했잖아. 특히 얼굴 그림 그리느라고. 지난주에는 일부러 자주 외출해서 여기저기 돌아다니며 바람도 쐬고 머리도 식혔어. 목욕도 자주 하고 찬물로 머리도 감고 그랬다. 그런데 요즘은 마음이 심히 불안해. 습작이 차곡차곡 쌓이고 있는데도 기쁘지가 않더라고. 하나같이 마음에 안 들어서.

이번 주에도 라파르트에게 편지가 왔어. 조금씩 건강을 회복해가는 중이래. 기력이 바닥 난 상태였다가 지금은 간간이 산책하러 나간다더라고. 그 외, 글씨도 또박또박 잘 쓰고 작업과 관련된 다양한 일에 대해서도 명확하게 설명하더라.

바깥 날씨는 점점 봄기운을 찾아가고 있어서 종달새가 찾아와 벌판을 누비며 노래 부를 날이 가까워지고 있어.

넌 여름 전에 한 번 올 수 있는 거냐???

네가 못 오게 될까 걱정이다. 지난겨울에 만든 습작들을 가지고 너와 할 얘기가 참 많다. 라파르트와도 그런 얘기를 하고 싶어. 그 친구는 건강이 나아지면 올 수도 있을 거야.

1주일쯤 휴식하려고 해. 바깥에 나가 돌아다니며 생각도 새롭게 하고. 그려뒀던 습작들로 수채화를 그려볼 건데, 당장은 못 하고.

내가 유유자적 돌아다니고 있으면 아주 즐겁게 사는 것처럼 보일 수도 있을 거야. 사실은 전혀 그렇지 않은데. 그 생각을 하니 헛웃음밖에 안 나온다.

저녁에 해가 지고 나면 은빛 테두리가 은은히 빛나는 어두운 구름 효과가 정말 장관을 이루는데 베자위덴하우트나 보스칸트를 거닐다 보면 이런 경험을 자주 한다. 너도 아마 예전에 봤을 거야. 화실 창문 밖으로 보면 풍경이 상당히 아름다워. 저 멀리 벌판도 근사하고. 저 멀리서 봄이 다가오는 느낌이 밀려오는 것 같아. 지금 당장 온화한 공기가 느껴지는 것도 같고.

Adieu, 아우야. 편지 고맙다. 아프다는 친구에게도 좋은 일 있기 바란다. 그럴듯한 것을 찾아내 그림이든 습작이든 그릴 수 있으면 좋겠다. 어쩔 수 없이 쉬어야 하는 건 정말 죽을 맛이야! *꼭 해야 할 일이 있으니 쉴 수도 없거든*. Adieu. 악수 청한다.

너를 사랑하는 형, 빈센트

라20네 ___ 1883년 2월 4일(일) 추정

친애하는 라파르트

자네 편지와 자네가 찾은 목판화 목록 고맙게 잘 받았어. 정말 보고 싶은 작품들이 눈에 띄더라고. 특히 드 그루와 랑송.

자네 건강이 빠른 속도로 회복되고 있다니 정말 기뻐. 자네가 병석에 눕기 전까지 주기적으로 석판화와 관련된 이야기를 주고받았었잖아.

그 뒤로, 나름 이런저런 시도를 해봤어. 석판화에 직접 그리기보다 석판화 전용 연필을 많이 사용했어. 아주 괜찮은 물건이더라고.

내가 자주 편지 쓴다고 그걸 나쁘게만 보지 말게. 대신 자네는 좀 더 자주 편지해주면 좋겠어. 궁금한 소식이 너무 밀렸거든. 물론, 자네 탓이 아니라 병 때문이지.

내가 가지고 있는 「그래픽」에 흥미로운 것들이 아주 많이 있더라고. 10여 년 전, 런던에 있을 때 매주 「그래픽」이나 「런던 뉴스」 인쇄소 진열장에 찾아갔었어. 거기서 받은 인상들이 너무 강렬해서 이렇게 시간이 흐른 지금도 또렷이 그림들을 기억하고 있어. 가끔은 그때와 지금을 가르는 시간이 아예 없다는 느낌도 들 정도로 생생해. 어쨌든, 당시 그 데생들이 심어준 열정이 아직도 고스란히 남아 있어. 언젠가 자네가 시간 들여 여기 와서 이것들을 본다면, 결코, 후회하지 않을 거라 장담하지.

자네가 대다수 네덜란드 사람들과 다른 시각으로 흑백화를 바라본다는 건 나도 알아. 자네가 이를 통해 나름대로 표현하고 싶은 게 있는 건지 정확히는 알 수 없지만, 적어도 자네가 어떤 편견을 가지고 있지 않다는 건 알겠어. 어쨌든 서로가 서로를 배척할 수 없는 건 사실이니까. 흑백화는 다른 방식으로 진행했을 때 잃게 되는 소위 '자연발생적인' 효과를 거의 대부분, 상대적으로 짧은 시간 안에 가능하게 해주는 방식이라 할 수 있어.

과연 런던 그림들(예를 들어 헤르코머의 〈생 질의 싸구려 하숙집〉, 필즈의 〈임시 수용소〉)을 채색하더라도, 지금의 흑백화에 담긴 감정과 매력이 결코 뒤떨어지지 않을 거야.

흑백화의 강렬한(뭔가 거친) 힘이 날 강하게 끌어당겨. 그리고 또 하나, 흑백화의 대가는 자네나 내가 모르는 사람이야. 전시회 평들을 읽다 보니, 브르타뉴 지방 어부들의 일상을 주로 그리는 프랑스인 레르미트라는 자를 '흑백화의 밀레 혹은 쥘 브르통'으로 칭하고, 여기저기서 자꾸 언급되더군. 그의 작품을 봤으면 좋겠어. 일전에 테오에게 얘기했더니 몇 차례 좋은 정보를 알려줬어(도미에의 그림에 관해서도).

그나저나 바구니 위에 앉아서 빵을 썰고 있는 노인을 그린 석판화 복제화는 망쳤어. 데생을 석판에 전사하는 과정에서 상단 부분이 뿌옇게 번졌거든. 그나마 긁개로 망친 부분을 대충 손보기는 했지. 잘 살펴보면 이 방식이 그래도 결과물은 그리 나쁘지 않고 질감 같은 것도 잘 '살릴' 수 있다는 걸 알 수 있어. 특히, 바구니나 바지, 진흙 묻은 장화 같은 게 그래. 처음에는 복제화가 상당히 조잡하다고 생각했었는데 지금은 생각이 달라졌어. 나중에 다시 할 기회가 생기면 똑같이 하되, 뒷배경에 조금 힘을 더 실어주고 싶어.

헤르코머의 전기를 읽다가 그가 초반에(〈첼시 병원의 일요일〉 스케치로 수모를 겪을 당시) 대중의 그림을 그리고 싶어 하는 화가가 있는지 이리저리 찾아다녔다는 내용을 봤어. 그 과정에서 그레고리를 만나게 됐다더라. 그레고리는 보불전쟁 크로키로(〈붉은 깃발 아래 파리〉가 이 사람 그림인지는 한동안 모르고 있었어. 〈극장 안의 야전병원〉도 있고) 그림을 시작한 화가였어. 나중에는 배 안에서 바라본 풍경만 그린 사람이지. 어쨌든 그레고리와 헤르코머는 가까운 친구 가 됐어.

자네가 건강을 회복하고 있다고 생각하니, 지난여름 일이 떠오르네. 당시 나도 몸이 나아지고 있었거든. 또 기억하는 게 하나 있어서 자네한테 말해야겠어. 이미 말했었던가, 확실히 기억은 안 나. 지난여름에 내 화실에 왔을 때, 모델이라고 내가 소개했던 여성, 기억해? 그녀가 임신했다는 사실을 알게 됐고, 그래서 도와주려고 모델로 계속 불렀다는 얘기도 기억할 거야.

그리고 얼마 뒤, 나는 병에 걸렸어. 당시, 그녀도 레이던에 있는 병원에 입원해 있었지. 나는 입원한 병원에서 너무 무섭고 두렵다는 그녀의 편지를 한 통 받았어. 나는 겨울을 지내면서 내가 할 수 있는 한, 그녀에게 필요한 걸 다 해줬어. 당시, 난 도대체 내가 어떻게 해야 하나 진지하게 고민했었거든. 그녀를 계속 도울 수 있을까? *그래야만 할까?* 내 몸도 정상이 아닌 데다, 미래는 암울할 따름인데. 그런데도 나는 병상에서 일어나, 솔직히 의사의 만류를 뿌리치고, 그녀를 보러 갔어. 그렇게 지난 7월 1일, 레이던의 병원에 도착했어. 밤사이, 그녀는 아들을 낳았고, 아기는 그녀 곁에 있는 요람에 누워 있었지. 들창코만 담요 밖으로 빼꼼히 내민 채로. 세상이 어떻게 돌아가는지도 모르면서. 나같이 불쌍하지만 그래도 끝없이 노력하는 화가는 아기가 모르는 걸 알 수 있지.

어떻게 해야 할까? 당시, 나는 고민이 너무 많았어. 아이를 낳는 과정도 난산이었고. 그런데 살다가 그냥 아무것도 하지 않거나 '그게 나랑 무슨 상관인데?'라고 생각한다고 해서 그게 범죄일까?

어쨌든, 나는 그녀에게 이렇게 말했어. 몸이 좀 괜찮아지면 우리 집에서 같이 지내자고. 내가 할 수 있는 건 해주겠다고. 그런데 그녀에겐 다른 아이 하나가 더 있었어. 거의 방치되다시피 지내는 불쌍한 여자아이였지. 사실, 내 능력 밖의 일이었어. 「그래픽」 사 모으는 것보다 힘든 일이었지. 그런데 달리 내가 어떻게 할 수 있었겠어? 인간에게는 심장이 있잖아. 어떤 상황이 닥쳤을 때 뒤로 물러설 생각부터 하면 세상 살 자격이 없는 거야. 그렇게 그녀는 우리 집에 들어오게 됐어. 당시, 아직 다 완공되지 않은 집으로 이사 갔고, 그 덕에 비교적 저렴한 월세로 지낼 수 있었지. 지금도 거기 살고, 내 예전 화실에서 두 집 건너, 138번지야. 우리는 지금도 같이 살아. 병원 요람에서 얌전히 잘 자던 그 아기가 그때 같지 않긴 하지만.

이제 칠팔 개월 됐는데 아주 무럭무럭 잘 크고 있어. 요람은 내가 직접 중고상을 찾아가 어깨에 짊어지고 가져왔어. 암울했던 그 겨울, 집안의 등불이 되어준 녀석이지. 아이 엄마는 성치도 않은 몸으로 모든 걸 정상으로 바로잡으려 열심히 일하다 차츰 기력을 회복해갔어. 내가 하고자 하는 말은, 예술 속으로 깊이 파고들려다가 동시에 삶 속을 깊이 파고들었다는 거야. 그러니까 예술과 삶은 함께 가는 거야.

친구라고 여겼던 이들이 나한테 등을 돌리는데, 뭐, 그다지 놀랄 일도 아니야.

그러나 다행히 내 가장 친한 친구, 그러니까 내 동생은 그러지 않았지. 그 녀석이나 나나 사실 형제라기보다 친구에 더 가까워. 녀석은 단지 이런 일을 이해만 해주는 게 아니라, 본인도 여러 힘든 사람들을 도와줬고, 또 돕고 있어. 아무튼 그녀를 만나면서 친구들을 잃긴 했지만, 그녀는 이 집에 어둠보다 빛을 더 많이 가져왔어. 덕분에 집이 더 집다워졌고. 사실, 근심 걱정이 쌓일 때면 악천후에 혼자 배를 타고 떠도는 기분이었거든. 뭐, 바다에 나가면 위험하기도 하고 물에 빠질 수 있다는 걸 알지만, 난 바다를 너무나 좋아하고, 암울한 미래가 펼쳐질지 몰라 불안한 가운데서도 마음은 차분해.

자네와 이런저런 이야기를 나누고 싶어지네. 어떻게든 자네가 여기 와서 「그래픽」이라도 보고 갈 수 있으면 얼마나 좋아. 그나저나 달라진 내 근황을 미리 다 털어놓는 건, 살다가 겪는 이런 일을 자네가 어떻게 생각하는지 모르기 때문이야.

지금이 보헤미안의 시대였다면 나처럼 집이 화실인 경우가 이상할 것도 없었을 거야. 하지만 우린 이미 그 시대 보헤미안들과 너무 멀리 떨어진 시대를 살고 있어. 솔직히 나로선 잘 이해가 가지 않는 부분인데, 요즘 화가들은 체면 차리는 걸 중요히 여기는 사람들이 많아. 뭐 그렇다고 그런 걸 챙기는 사람을 뭐라고 나무랄 생각은 없어.

다시 말하지만, 우리가 지금 보헤미안의 시대를 살고 있었다면 난 기꺼이 되는대로 살았을 거야. 그런데 친애하는 나의 벗, 라파르트. 지금 나는 애가 둘이나 딸린 한 가련한 여자와 동거를 하고 있고, 그 이유와 이런저런 다른 이유로 적잖은 지인들이 나한테 등을 돌렸어. 그래서 우리 집에 오라고 초대하면서 이렇게 말할 수밖에 없군. "조만간 「그래픽」을 보러 우리 집에 들르지 않겠나?"

또 하나 말해야 할 게 우리 아버지가 이 상황을 전해 들으셨을 때 결코, 달가워하시진 않았지. 아니, 어떻게 받아들여야 하나 갈피를 잡지 못하셨을 거야. 적어도 내가 이런 일을 벌일 줄은 예상도 못 하셨을 테니까. 그 뒤로 아버지를 한 번 뵙긴 했어. 여기에 자리잡은 뒤로 그게 처음이었지. 이런저런 문제가 있어서 내가 집을 나와야 했었거든. 그런데 상황을 더 자세히 알게 되시자 처음과는 달리 보시더라고. 내가 집을 떠날 때 겪었던 불화는 그리 오래 지속되지는 않았어. 그리고 아버지와의 관계도 같이 지내고 있는 여인을 만나기 전처럼 다시 봉합할 수 있었지. 아버지는 그녀가 여기 있을 때도 한 번 다녀가셨어.

세상에 오해는 정말 얼마나 많은지 모르겠어. 싸우는 대신 조금만 서로 양보하면 모든 게 나아질 텐데!

아, 벗이여! 이 세상에 보헤미안들이 계속 살아 남았으면 좋겠어. 특히, 화가들 사이에서만큼은.

그렇다고 단지 내 동거녀 때문에 지인들이 내게 등을 돌렸다고 오해하지는 말게. 그건 여러 이유 중 단 *하나*에 불과해. 주된 이유는 내 그림 그리는 방식 때문이었어. 그래도 지난여름에는 *제법 그럴듯한* 습작도 그렸는데 말이야. 결과적으로, 여기서는 화가들과의 관계가 실망스러울 따름이었어. 앞으로는 나아질 수 있을까???

여기서 활동하던 화가 하나가 최근에 정신병원에 입원했어. 복스라는 풍경 화가야. 그 친구가 거기 갇히기 전까지 도울 방법이 거의 없었어. 병을 앓는 동안 특히, 마우베 형님에게 이래저래 많은 도움을 받긴 했었지. 그런데 그렇게 되고 나니, 다들 그 친구에 관해 좋은 이야기만 하더라고.

여러 차례 그를 도울 기회가 있었는데도 도와주지 않았고 그의 습작까지 거절한 사람이 얼마 전에 이렇게 말하는 걸 들었어. "디아스보다 솜씨가 나은 친구야." 과장도 정도라는 게 있어야지. 한 1년 전쯤인가, 화가 본인한테 직접 들은 이야기에 따르면 자신이 영국에서 무슨 메달을 받았는데 낡은 싸구려 은값을 받고 팔았다더라고. 또 브레이트너르라고 나랑 거의 비슷한 시기에 병원에 입원했던 화가 친구는 학교 선생님이 됐던데, 내가 알기로, 그 친구는 그 일을 별로 좋아하지 않았어.

지금이 화가들에게 좋은 시대일까??? 헤이그에 처음 왔을 때, 다른 화가들과 친분을 맺고 친구를 사귀기 위해 나를 받아주는 화실은 다 찾아다녔어. 그런데 이젠 그런 것에 관심 없어. 왜냐하면, 참 씁쓸한 이유인데, 화가들이 진심으로 대하는 것처럼 보여도 속을 들여다보면 하나같이 상대의 발을 걸어 넘어뜨리려는 생각뿐이기 때문이야. 치명적이지. 서로 돕고 믿는 관계여야 하잖아. 안 그래도 사회에 적들이 많은데, 우리끼리 상처를 주고받지 않는다면 훨씬 더 좋을 텐데. 그런데도 많은 이들이 질투심에 사로잡혀 번번이 험담을 일삼지. 그 결과가 어떻게 됐어? 위대한 하나, 서로 힘을 합치는 화가 집단이 되기는커녕, 각자 제 껍질 속에 파묻혀서 홀로 일하지. 그리고 현재 가장 주목받는 이들 또한, 질투심 때문에 자기 주변에 사막을 둘러쳐(얼마나 불행한 일인지).

유화든 데생이든 치열하게 경쟁하는 건 매우 긍정적인 일이야. 정당하기도 하고. 그러나 화가들이 서로의 적이 되어서 그림 외의 다른 무기들을 동원해 싸우는 건 안 돼.

어쨌든, 이런저런 상황이 자네를 막는 게 아니라면 「그래픽」이라도 보러 여기 한번 들러줘. 좋은 작품이 많이 수록돼 있거든. 그리고 그 참에 두 권씩 가지고 있는 건 어떻게 할지 자네하고 상의도 하고 싶고. 그런 게 제법 많은데 그중에서 훌륭한 것도 제법 있어. 헤르코머의 〈미망인〉, 〈병원의 노부인들〉(〈생 질의 싸구려 하숙집〉), 프랭크 홀의 〈이민자들〉, 〈기숙학교〉. 스몰의 〈인쇄업자 캑스턴〉, 프레드 워커의 〈낡은 문〉까지. 목판화 복제화 수집에 중추를 이룰 아주 중요한 작품들이지. 자네가 보낸 이전 편지를 돌이켜보니, 자네가 이걸 받고 좋아해 주기만 한다면 내가 아무런 조건 없이 선의로 그냥 자네에게 준다고 해도 자네가 거절할 거라는 거, 잘 알아.

그 부분은 어떻게든 해결할 방법이 있을 거야. 그걸 받는다고 자네가 양심에 가책을 느낄 필요도 없어. 어떤 식으로든 해결 방법을 찾게 될 테니, 우선은 자네 건강이 계속 나아지기를 기원하자고.

자네가 하루빨리 여기 와주기를 바라는 또 다른 이유는 지난겨울 습작 여러 점을 만들어놨는데 그걸 보여주고 자네하고 얘기도 하고 싶어서 그래. 이 편지에 쓰는 이야기 중에는 전에도 이미 써 보낸 것들이 있을지도 모르겠어. 그런데 지금도 여전히 기분이 어리둥절할 때가 있고 침울해질 때도 있어. 다른 사람들 때문에 겪은 불쾌한 일 때문인 것도 같고. 지금 이런 얘기를 하는 건 자네가 속 좁은 사람도 아니고 내가 벌인 일에 대해 이해하지 못하겠다고 따질 사람도 아니라는 걸 잘 알기 때문이야. 그리고 무엇보다, 자네가 왔다 간 뒤로 많은 변화가 있었는데, 이것저것 보러 오라고 초대하면서 아무런 설명도 해주지 않거나 많은 이들이 나를 피해 다니고 우리 집에 발길을 끊었다고 말해주지 않으면 그건 솔직하지 못한 행동이기 때문이야.

새 화실은 이전에 비해 널찍한 편이긴 한데, 혹시 주인이 세를 올리지 않을까, 나보다 월세를 더 잘 내는 세입자를 찾지는 않을까, 그게 걱정이야. 어쨌든 최대한 오래 머물고 싶은 괜찮은 화실이지.

그간 모은 「그래픽」이 예전에 자네가 본 것의 두 배 정도 된다고 생각하면 결코, 적지 않다는 걸 알 수 있을 거야. 아직도 초기작을 더 모았으면 하는 바람이야.

과거에 다른 여자들로 인해 실의에 빠지고 환멸을 느낀 적도 있었어. 전에는 내가 지금 여기까지 오게 되리라 상상한 적도 없었거든. 그런데 지금 내 곁에 있는 그녀는 내 안의 무언가를 움직이게 한 사람이야. 철저히 홀로 버려진 어머니의 모습에 나는 주저할 수가 없었지. 그때도 그랬지만 지금도 내가 잘못한 건 아니라는 생각이야. 아이를 가진 한 여성을 이토록 철저히 외면할 수는 없는 거니까. 그녀는 홀이나 힐즈의 데생 속 인물 같아.

혹시 오게 되거든, 일정을 너무 짧게 잡지는 말게. 「그래픽」에 아름다운 그림이 많아. 여기까지 오는 게 너무 힘든 일이 아니라면, 비록 자네 몸 상태가 정상은 아니겠지만, 이 그림들을 보면 어느 정도 자극도 되고 기력 회복에 도움이 될 거야. 게다가 집이 역에서도 가까워).

어쨌든, 자네 편한 대로 하게. 악수 청하네.

자네를 사랑하는 친구, 빈센트

265네 ___ 1883년 2월 8일(목)

테오에게

아버지 생신을 진심으로 축하드리며, 네게도 편지 고맙다는 인사 전한다. 기쁘게도 방금 받았어. 무엇보다 수술이 다 끝났다니 정말로 반가운 소식이다. 네 이야기를 읽으며 어찌나 짜릿하던지! 최악의 위기는 넘겼기를, 적어도 한 고비는 넘겼기를 바란다. 가엾은 여자들! 여자들이 남자들만큼 숙고하고 분석하는 힘과 탄성이 있지 않다고 해서, 비난할 수 있을까? 난 아니라고 생각해. 왜냐하면 여자들은 남자보다 더 많은 고통을 감내해야 하기 때문이야. 그녀들은 더 고통받고, 또 고통에 예민하지.

여자들이 우리 남자들의 생각을 이해하지 못할 때도 있긴 하지만, 남자가 자신들에게 괜찮은 사람인지 아닌지를 제대로 파악할 때도 많아. 완벽히 구분해낸다고 할 수는 없지만 '간절한 마음'이 있고, 또 여자들 고유의 선의를 지니고 있잖아.

어쨌든 수술이 끝났으니 너도 한시름 놓았겠구나.

인생은 수수께끼 같아. 그런데 사랑은 수수께끼 속에 들어 있는 또 다른 수수께끼더라. 한결같은 모습을 유지하는 건 말 그대로 불가능해. 그런데 변화라는 현상은 밀물과 썰물에 비교할 수 있어. 수시로 교차하지만, 바다 자체를 바꾸는 힘은 없잖아.

지난번에 편지 쓰고 난 뒤로 눈을 좀 쉬게 했는데 잘한 일인 것 같아. 그래도 여전히 화끈거리긴 하더라.

어떤 생각이 들었는 줄 알아? 화가로서의 삶 초반에는 부지불식간에 스스로 삶을 힘들게 만들지. 화가로서의 역량이 부족하다고 느껴지고, 과연 잘해낼지 아닐지 불확실하니 불안하고, 또는 잘하고 싶다는 욕망은 엄청난데 자신감은 없고. 그러다가 열병같은 감정에 사로잡혀 서둘러 그려나가지만, 또 그렇게 쫓기듯 작업하는 건 원하지 않고.

달리 방법이 없어. 그냥 이 시기를 뚫고 나가는 수밖에. 원래 그런 시기고, 또 그래야만 하는 시기야.

이때는 습작에서도 초조함과 무료함이 같이 나타나는데, 화가 자신이 그토록 갈구하는 차분함과 대담함과는 정확히 반대되는 특징이지만, 그렇다고 이때 억지로 대담하게 그리려고 해봐야 소용 없지.

이 과정에서 속이 뒤틀리고, 신경질적으로 동요하거나 과도하게 흥분하는 경우가 있어. 한여름, 폭우가 쏟아지기 직전에 느끼는 갑갑함 같은 것. 얼마 전에 그런 기분을 다시 느꼈어. 하지만 그럴 때마다 하던 일을 바꿔가면서 모든 작업을 처음부터 다시 해나갔어.

작업 초반에 겪는 고통은 습작의 결과에도 고스란히 이어져.

하지만 나는 거기에 주눅 들지 않아. 내 경우도 그랬고, 또 다른 사람들 경우도 그랬고, 결국, 그것들을 떨쳐내는 모습을 직접 봤기 때문이야.

아마도 이 고통스러운 작업은 평생 이어질 거야. 하지만 그 결과는 늘 처음처럼 보잘것없지는 않아.

네가 레르미트에 대해 쓴 내용은 흑백화 전시회 평에 적힌 내용과 일치해. 공교롭게 대상을 표현하는 그 거친 방식만큼은 렘브란트 외에는 그 누구에게도 뒤지지 않을 정도라는 내용도 있었어. 이런 평을 받는 사람은 유다를 어떻게 바라보고 있는지 궁금하기도 해. 네가 편지에서 레르미트가 그린 율법학자들 앞의 유다에 관해 썼었잖아. 빅토르 위고 정도면 *눈으로 보고 있다는 착각이 들 정도로* 그 장면을 아주 상세히 묘사했겠지. 그런데 그 얼굴을 그림으로 표현하는 건 정말 까다로운 일이다.

도미에 복제화들을 발견했어. 〈Ceux qui ont vu un drame et ceux qui ont vu une vaudeville(비극을 본 자들과 희극[vaudeville]을 본 자들)〉. 도미에 작품들이 점점 더 궁금해진다. 핵심이 뚜렷하면서도 심오해. 재치가 넘치는 동시에 감성과 열정도 가득하지. 가끔은 〈술꾼의 변천사〉를 보고 있노라면(직접 보진 못했지만 아마 〈바리케이드〉도 마찬가지겠지) 하얗게 달궈져 빛나는 쇠붙이 같은 열정이 보여.

프란스 할스가 그린 몇몇 얼굴에서도 비슷한 특징이 엿보여. 싸늘해 보일 정도 차분한 그 얼굴들을 들여다보고 있으면……. 분명, 격렬한 감정에 휩싸여서 그렸는데, 자연과 거의 한몸을 이룬 것처럼 자연에 종속된 채로, 차분하고 단호하게 손을 놀려 이런 얼굴을 그려낼 정신력을 가진 화가의 능력에 놀라지 않을 수 없어. 드 그루의 습작이나 데생 속에서도 비슷한 무언가를 느낄 수 있었어. 레르미트 역시 하얗게 달궈진 쇠붙이 같은 사람이야. 멘첼도 그렇고.

발자크나 졸라의 작품 속에도(예를 들면 『고리오 영감』) 글로 달궈진 빛나는 쇠붙이 같은 열정에 버금가는 문장들이 있어.

가끔, 완전히 새로운 방식으로 작업하고 싶어진다. 더 큰 모험을 하고 싶은 거지. 그런데 모델을 세우고 인물화 연습을 더 할 필요가 없는 건지는 잘 모르겠어.

그리고 화실에 들어오는 빛을 내 마음대로 통제할 방법도 찾는 중이야. 빛이 너무 위쪽으로 들어오는데 너무 강렬한 것 같아서. 좋은 방법을 찾을 때까지는 마분지 같은 종이로 가려놓긴 하는데 집주인한테 말해서 덧창을 설치해달라고 해야 할까 봐.

말했다시피, 이미 썼다가 찢어버린 그 편지에는 네 생각과 비슷한 내용이 많이 있었어.

갈수록 내가 완벽하지 않고 단점이 많다는 걸 깨닫고(남들 역시 그렇지만) 막연하게 떠올렸던 어려움들에 차례로 명확하게 맞닥뜨리고 있지만, 좌절하지 않고 무관심의 늪에 빠지지 않는다면 그 역경을 거치며 성숙해지리라고 믿는다. 성숙해지려면 이 역경을 견뎌내야만 해.

가끔은 내가 서른 살밖에 안 됐다는 게 믿어지지 않는다. 훨씬 더 늙은 기분이거든.

날 아는 이들에게 실패자 취급을 당할 때면 *확* 늙는 기분이야. 개선되고 있지 않다면 정말 그렇겠지. 그런데 *정말로 개선된다는 느낌이 안 들면* 너무나 낙심이 되고, 어차피 안 변할 거, 아무것도 하고 싶지가 않다. 기분이 좀 더 안정되고 편안해지면 그 30년 세월이 기쁘기도 해. 미래를 대비할 수 있는 무언가를 배운 것 같아서, 앞으로의 30년을 버틸 힘과 열정이 느껴지거든. 내가 그렇게 오래 산다면 말이지.

상상해보건대, 앞으로 나는 괜찮은 작품들을 그려내서, 이제까지의 30년보다 더 행복한 나날을 보낼 거야.

하지만 현실적으로, 그건 *나만* 잘해서 될 게 아니야. 세상과 환경도 받쳐줘야지.

내 역할이자 책임은, 주어진 환경을 최대한 이용해서 발전하려고 최선의 노력을 하는 거야.

열심히 일하는 사람으로서, 서른이라는 나이는 막 안정기가 시작되는 시기이기에, 젊고 활기가 넘친다고 느낀다.

하지만 동시에 삶의 제1막이 끝난 시기이기도 한 거야. 그래서 다시는 돌아오지 않을 것들을 떠올리면 좀 서글프기도 하다. 후회에 젖는다고 해서 감상벽에 빠진 바보는 아니지. 자, 서른엔 많은 것들이 새로 시작되는 한편, 예전 것들이 전부 다 끝나는 것도 아니야. 다만 삶이 이것저것 해주지 않는다는 건 이미 배웠어. 오히려 삶은 씨 뿌리는 시간일 뿐 수확은 현세에서 이루어지지 않는다는 진리를, 더욱더 명쾌하게 깨달았거든.

아마도 그래서 세상 사람들의 의견에 무심해져야 하나 봐. 세평이 우리를 너무 짓누르면 털어내야 해.

이 편지도 찢어버리고 안 보내는 게 나을지도.

네가 그녀의 건강 걱정하는 건 충분히 이해한다. 사실, 그런 염려와 배려가 건강 회복에 아주 큰 부분을 차지하기도 해. 적극적으로 뛰어들어야 하는 거야. 이런 말도 있잖아. 어떤 일이 잘되기를 바라면, 남의 손에 맡기지 말고 직접 하라고. 두루두루 보살피면서 큰 그림을 놓치면 안 된다는 거야.

지난 며칠, 진정한 봄 날씨가(그러니까 지난 월요일도) 이어지기에 제대로 만끽했지.

사람들도 계절 변화를 피부로 느끼더라고. 헤이스트 지역이나 빈민촌 주택 지역의 경우 겨울이 워낙 힘들고 괴로운 계절인 탓에 봄은 해방의 시간이야. 가만히 보면 봄의 첫날은 복음의 의미를 지니고 있어.

봄이 찾아온 첫날, 무언가를 하기 위해서가 아니라, 정말로 봄이 찾아왔는지 확인하기 위해서 생기 하나 없이 어두운 얼굴로 바깥에 나오는 사람들을 보고 있으면 가슴이 미어지는 것 같다. 가끔은 튤립이나 스노드롭, 국화나 알뿌리 식물 같은 걸 파는 상인들이 모여 있는 시장에 나가보면, 온갖 사람들이 몰려나와 있는 걸 볼 수 있어. 그 행인 중에 얼굴이 양피지 같은 관공서 공무원이 있는데, 딱 에밀 졸라의 소설 속에 등장하는 조스랑이야. 닳아빠진 검은색 외투, 기름기가 배어든 옷깃까지, 아! 스노드롭 옆에 서 있던 그 모습, 정말 장관이었어.

가난한 사람이나 화가들은 똑같이 날씨에 감정을 싣고 계절의 변화에 민감하게 반응하는 반면, 유복한 사람들은 거의 신경도 쓰지 않고, 별다른 감정상의 변화도 없는 것 같더라. 땅 파는 일 하는 어느 인부가 한 말이 인상적이었어. "나는 겨울이면 겨울 밀만큼 추위에 떱니다."

네가 돌봐주고 있는 환자도 봄이 오면 좋아하겠구나. 쾌유를 기원한다. 어쨌든 수술이라는 게 애들 장난은 아니잖아. 그 소식을 네 편지로 읽을 때도 무시무시했었어.

라파르트도 나아지고 있대. 그 친구 뇌막염을 앓았다고 얘기했던가? 전처럼 작업하고 그러려면 조금 더 시간이 필요할 것 같더라. 그래도 가끔은 산책하러 나가고 그러나 봐.

그나저나 나아지지 않으면 찻(茶)물로 눈을 씻으라는 네 조언을 따라볼 생각이야. 조금씩 나아지고는 있으니 일단은 그대로 둬보려고. 전에는 눈 때문에 이렇게 고생한 적은 없었거든. 올 겨울에는 치통으로도 고생했어. 아무래도 너무 과로한 탓인 것 같아. 지금은 그림 그릴 때, 눈이 침침한 정도가 처음에 비해 많이 나아졌어.

시간 나거든, 곧 편지하고, 내 말 명심해라. 악수 청한다.

너를 사랑하는 형, 빈센트

혹시 브라우에르스흐라흐트에 있는 빈민촌 주택을 아니? 병원 맞은편이야. 날이 좋아지면 그쪽으로 그림 그리러 나가볼 생각이야. 이번 주에 거기 가서 크로키 몇 장 그렸거든. 정원 딸린 작은 주택들이 줄지어 있는 동네인데, 집들이 아마 구빈원 소유인 것 같아.

라21네 ____ 1883년 2월

친애하는 라파르트

오늘 아침에 자네 편지 잘 받았어. 고마워. 그리고 뭐 자네한테 다른 걸 기대한 건 아니지만, 내가 한 이야기를 통 크게 받아주고 이해해줘서 또 고마워. 보다 명확하게 상황 설명을 하기 위해 더 상세한 이야기를 하게 되더라도, 자네 생각에는 변함이 없기를 바랄 따름이야. 내 행동은 솔직하고 선의에 바탕을 둔 거라는 사실에 대해서 말이야. 그녀를 만났을 당시, 그녀는 이미 한 발을 무덤 속에 디딘 상태였어. 몸과 마음이 철저히 무너진 터라, 레이던 병원 교수의 설명에 따르면, 유일한 희망은 평범하고 가족적인 일상을 영위하는 길이라고 했어. 그런 조건 속에서도 몇 년은 지나야 *간신히* 정상에 가까운 상태로 돌아올 수 있다더라고.

그녀의 과거에 관해서는, 자네도 나만큼이나 '타락한 여인'을 비난하겠지. 프랭크 홀이 그림으로 표현한 적이 있는데(내가 알기로 복제화가 나온 적은 없어), 그림 아래에 이렇게 적었지. "Her poverty but not her will consents(죄는 그녀가 아니라 그녀의 가난에 있다)." 벗이여, 바로 지금 이 순간 나는 이 동네에서 그런 여인을 딱 4명(내 여인까지 포함해서) 알고 있는데, 그러니까 그녀들은 매춘을 했거나, 남자에게 속고 버려졌거나, 사생아를 낳았지. 그녀들의 운명이 어찌나 서글픈지 그 비극에서 빠져나올 기회를 (특히나 3명은) 생각할 수조차 없어. 머리로야 가능하지만 현실적으론 어림 없어. 그래서 난 문제의 그 여성과 나의 관계를 그냥 스쳐가게 두지 않겠다고 다짐했어.

지난 편지에 썼던 '과거의 상실감'은 말할 수 없는(적어도 지금은) 사건에 관련된 거야. 그렇지만 자네에겐 이만큼은 털어놓기로 했어. 사랑에 잔인하게 상처를 입은 남자는, 그 상실감이 너무 깊어서 *담담하게* 절박하고 침통하다네. 그러니까, 마치 불에 달궈져 *하얘진* 철이나 쇠 같다고 할까. 돌이킬 수 없이 철저히 실망했고, 그 실망감을 치유할 수 없는 영원한 상처로 가슴에 묻어둔 상태인데, 태연한 표정으로 멀쩡하게 일상을 보내야 해……. 이런 심리 상태에 있는 남자가 어느 한 여자와 우연히 마주친 거야. 그 무엇으로도 치유될 수 없을 것 같은 불행한 여자를. 그런데도 연민이, 사랑이, 혹은 결속이 강하게 일지 않겠어? *사랑*이 죽었다고, *동정심도* 살아나면 안 되는 거야?

이제는 그만 목판화 복제화 이야기로 넘어가야겠어. 일상의 작업이라는 건 별로 달라질 게 없는 일이야. 그 일상의 작업에 깊숙이 빠져드는 건, 측정할 길 없이 깊은 곳을 들여다보는 것만큼 그리 위험한 일도 아니지.

이번에는 자크의 근사한 작품, 〈벌목꾼〉을 찾아냈는데 아쉽게도 유아용 물감이 묻어 있었어. 그래도 대부분 잘 지워내긴 했지. 정말 근사한 복제화야.

도미에 작품도 2점이 있어. 〈비극을 본 자들과 희극을 본 자들〉과 〈미술 애호가〉.

의자에 앉은 여성 둘이(한 명은 아이를 데리고 있고) 대화하는 그림과 노신사 두 명이 공적인 일을 진지하게 논하는 그림은 오베를렌더 그림인데 둘 다 상당히 사실적이야. 그의 다른 그림에 비해 인물들이 다소 작은 편에 속해.

에드몽 모렝의 걸작 중에는 〈샹젤리제 밤나무〉와 〈카누 경주〉 그리고 〈포도 수확〉이 특히 눈에 띄어. 존 루이스 브라운은 〈숲속의 사냥꾼〉이, G. 도레의 〈떨어지는 나뭇잎〉은 오래된 작품인데 대충 한 것처럼 보이지만 감성이 충만해. 발레리오의 〈집시들〉, 르누아르의 〈신년의 걸인들〉 등도 있어.

새 복제화는 대략 이 정도야.

자네도 「하퍼스」의 크리스마스 특별호를 가지고 있다니 반가워. 이 특별호는 어쩌면 'too good to last(너무 좋아서 오래가기 힘들겠어).' 애비의 〈겨울 여인〉과 〈네덜란드 순찰대〉는 정말 아름다운 그림이야! 이 두 작품만으로도 그가 그린 〈올드 버지니아의 크리스마스〉의 대형 복제화가 얼마나 아름다울지, 자네도 대충은 짐작할 수 있을 거야. 스웨인이 그걸 얼마나 판화로 잘 옮겨놨는지 연필 선까지 살아 있는 느낌이 들 정도야. *전혀 판화 같지 않다니까.* 자네가 가지고 있는 칼데콧의 〈브라이튼의 산책〉도 마찬가지일 거야.

「하퍼스 매거진」은 예전에 출간된 과월호 몇 권을 가지고 있는데 올해는 구독할까 해. 그런데 연말에 중고로 나오는 물건들도 있을 것 같긴 해.

그나저나 크리스마스 특별호 부록에 있는 복제화 같은 결과물을 얻어낼 방법에 대해 지금도 알아보는 중이야. 시험에 사용할 종이 견본도 가지고 있고 흑백화에서 사용된 색 농도에 대한 정보와 작업 방식도 알아놨어. 그런데 종이가 제법 신기하더라고. 간혹 기본색에 오톨도톨한 질감이 꼭 잿빛 안개 같은 느낌이 들 때가 있어. 특히 눈 내린 효과를 낼 때 아주 좋을 것 같아. 선영(線影)이 있는 종이도 있어.

자네에게 줄 다냥의 〈튈르리 공원〉도 있고, 몽바르의 〈아랍인 걸인〉도 있어. 그리고 두 권씩 있는 「그래픽」에서 추린 것 외에 작은 복제화도 몇 점 더 있고.

자네가 병을 앓기 전에 쓴 편지에 따르면 에일뷔트의 〈보트에 탄 두 여성〉을 2점 가지고 있다고 했잖아. 마침 나한테는 그게 없더라고. 물론, 에일뷔트의 다른 큰 그림은 몇 개 있긴 한데, 그냥 그렇다고 말하는 거야.

혹시 내가 와싱턴 어빙의 『예전 크리스마스』하고 칼데콧이 삽화를 넣은 어빙의 『스케치북』, 그리고 『브레이스브리지 홀』에 대한 이야기를 했는지 기억이 가물가물해. 런던의 맥밀런 출판사에서 출간된 판본이 있는데 권당 6펜스야. 그 책에 보면 칼데콧 삽화가 대략 100여 점씩 수록돼 있어. 어떤 그림들은 멘첼의 그림 같은 느낌도 들어.

언제 기회가 되면 드 그루의 〈브뤼셀의 겨울〉 주제가 무언지 제대로 공부해보고 싶어.

레르미트 얘기를 했던가? 흑백화의 대가인 것 같아. "흑백화의 밀레 혹은 쥘 브르통"이라는 평이 있거든. 어느 평에서는 〈브르타뉴 해안 절벽에서 기도하는 여성들〉, 〈가난한 이들의 의자〉, 〈재래시장〉 등을 언급하더군.

이 여인과 두 자녀를 우리 집에 들이는 과정에서 소소하게 언짢은 일 몇 가지에 심하게 기분 나쁜 일들을 겪긴 했지만, 이 관계 덕분에 오히려 더 평온해지고 차분해졌어. 지난겨울에는 정말 열심히 작업했고 제대로 된 모델도 몇 명 만날 수 있었어.

지금은 그때처럼 작업하지는 않아. 몇 달간, 정말 쉬지도 않고, 휴식도 없이 주로 얼굴 그림 그리는 데 몰두했더니 기력이 빠져나가고 피곤해지는데 도저히 감당이 안 되더라고. 특히, 무언가를 보는 것도 힘들 정도로 눈 상태가 안 좋아졌어. 얼마 전부터는 밖으로 나가 많이 걷고, 그림은 거의 안 그렸더니 눈이 좀 정상으로 돌아오는 것 같더라고.

아마 자네가 아직 못 본 습작이 150여 점 정도 될 거야.

우리 집에 변화가 있다고 해서 내가 그림을 덜 그려도 되는 건 아니야. 오히려 더 해야 하는 상황이지. 거의 분노를 뿜어내듯 작업에 열중해. 이렇게 표현해도 될지 모르지만, 차분한 분노라고 할 수 있어. 요즘은 한동안 소홀했던 문학에 다시 관심을 두기 시작했어.

자네도 아이가 생기면 기쁠걸세. (자기 아이를 임신한 여자를 내치다니, 그들은 자신들이 무슨 짓을 한 건지 알까?) 아기는 집에 'rayon d'en haut(천국의 빛)'을 가져다주지. 여자라는 존재에 대해서는, 가바르니의 말 기억하지? "Il y a une créature insupportable, bête, méchante, c'est la jeune fille. Il y a une créature sublime et dévouée, c'est cette fille devenue mère(세상에 참아주기 힘들고 멍청하고 못된 존재가 있으니, 젊은 처자들이다. 세상에 숭고하고 헌신적인 존재가 있으니, 바로 엄마가 된 그 젊은 처자들이다)." 젊은 여성들을 비하하려고 한 말이 전혀 아니야. 그보다는, 어머니가 되기 전 그녀들 속에 있던 허영심이 나중에, 아이를 위해 희생해야 하는 순간이 오면 숭고한 감정으로 바뀐다는 사실을 강조한 것이지.

「그래픽」에서 패터슨의 그림을 봤어. 위고의 『93년』에 삽화로 들어간 데생인데 제목이 〈돌로로사〉야. 그녀를 처음 만났던 그 순간 표정이, 정확히 그림 속의 여인을 닮아서 정말 놀랐었어. 이 책에는 위험에 처한 아이 둘을 만나면서 갑자기 심경의 변화를 일으키는 오만하고 냉정한 남자의 이야기가 나와. 천성이 이기적인 그였지만, 그 상황에서 위험을 무릅쓰고 아이들을 구해내지. 소설 속 이야기 같은 상황을 우리가 겪게 될 일은 거의 없지만 가끔은 우리도 마음 한구석에서 뭐라 정의할 수 없이 모호한 선한 천성 같은 걸 느낄 때가 있어.

디킨스의 『신들린 사람』에 보면 많은 진실이 담겨 있어. 혹시 자네도 이 책 알아? 『93년』이나 『신들린 사람』에 나오는 상황을 직접 겪어본 적은 없지만(오히려 그 반대였지) 책을 읽는 동안만큼은 내 안에서 많은 일이 벌어지고, 많은 게 깨어나는 것 같았어.

Adieu, 악수 청하네.

자네를 사랑하는 친구, 빈센트

라22네 —— 1883년 2월

친애하는 라파르트

몸은 잘 회복되고 있는 거지? 소식이 몹시 궁금하네. 얼마 전에 1870~1880년 사이에 출간된 「그래픽」 과월호 스물한 권을 구입했어. 어떻게 생각해? 이번 주에 두 권이 더 생길 거야. 아주 싸게 구했어. 그런 게 아니면, 자네도 알다시피 내 형편에 이 많은 걸 어떻게 구했겠어. 이 물건들이 나왔을 때 나 말고도 관심을 보이는 사람이 또 있었다더라고.

자네가 아픈 동안 난 계속 *흑백화*를 그렸는데, 「그래픽」을 보고 흑백의 농도 등을 좀 더 배울 수 있겠지. 마주 앉아 이런저런 이야기를 나누고 싶어, 이 친구야. 할 얘기가 아직도 많거든! 최근 들어 얼굴 그림을 많이 그려보고 있어. Heads of the people(*군중들의 얼굴*) 말이야. 방수복 입은 어부 얼굴도 그려봤고.

「그래픽」을 좀 더 들여다본 다음에 더 길게 편지할게. 물론 많이 따라 그려볼 거고.

자네가 얼마나 구입했는지, 복제화의 개수뿐만이 아니라 전반적으로 자네가 흥미롭게 본 그림은 어떤 거였는지 등을 알려주면 좋겠어.

퍼시 맥코이드Percy Thomas Macquoid가 그린 〈젊은 여성의 얼굴〉이 환상적이었어. 직접 *채색한 뒤에* 목판화로 제작한 거야. 그 이후로 내 수중에 들어온 작품 목록이야.

B. 콩스탕, 〈병에 걸려 나일강 강변에 드러누운 농부들〉
쥘리엥 뒤프레, 〈소 치는 여인〉
스미스, 〈사우스 램버스 가〉
리들리, 〈조정 경기〉
로빈슨, 〈조정 경기〉
그린, 〈화이트채플 가〉
레가메, 〈뉴욕의 교도소〉
툴스트루프, 〈해양 병원 화실〉
애비, 〈겨울 여인〉과 〈피터 스타위베산트〉
라인하트, 〈어부〉
버나드, 복제화 6점
Ed. 프레르, 〈나무 줍는 사람들〉
버크먼, 〈헴스테드 황야의 당나귀〉과 〈양귀비 줍기〉
윌러(워커), 〈팁 걸스〉(석탄상)

「그래픽」 구하는 데 어려움이 좀 있었어. 예를 들면, 나한테 책을 판 유대인 서적상의 아버님, 어머님 초상화를(각각 2장씩!) 그려드려야 했거든. 그래도 횡재한 셈이잖아?

그런데 이제는 내가 주인인데 정작 잡지를 아직도 못 받았다는 게 좀 황당하기는 해. 다른 책들과 함께 보관 중인데 유대인 서적상이 이번 주 안에 찾아서 갖다준다고 했어. 가바르니의 석판화 100점이 수록된 『가장무도회』도 있어. 난 한 권 있는데, 혹시 자네도 가지고 있나? 다른 책들도 더러 흥미로운 모양이더라고.

곧 길게 편지하지. 하루속히 건강 회복하기를 기원하네. 조속히.

자네를 사랑하는 친구, 빈센트

라23네 —— 1883년 2월

친애하는 벗, 라파르트

드디어 「그래픽」을 받았어. 늦은 밤, 찬찬히 살펴봤지.

혹시 자네 70~75년 사이에 출간된 과월호를 본 적 있나? 어쩌면 자네가 뭉텅이로 구입한 것들에 포함돼 있을 수도 있을 거야. 안 봤다면, 기회가 돼서 이 초기본을 본다면 자네도 깜짝 놀랄 거야.

자네가 구입한 과월호 뭉치에 그 초기본들이 꼭 포함돼 있기를 진심으로 바라네. 아니라면 내가 나중에 편지로 길게 설명해줄게. 흥미로운 내용이 하나둘이 아니야. 어쨌든 자네가 직접 보기 전까지는 말이지. 그래도 어떻게든 구해서 직접 소장하는 게 좋을 거야.

말이 나온 김에 하나 예를 들면, 탄광을 무대로 한 리들리의 연작 삽화가 있는데 화풍이 꼭 휘슬러 아니면 시모어 헤이든의 동판화를 닮았어. 보이드 휴턴Arthur Boyd Houghton의 삽화도 있는데 미국을 배경으로 한 비슷한 작품이야.

이토록 흥미로운 작가인지 여태 몰랐어. 코뮌 시대를 배경으로 한 크로키도 그렸어. 페트롤뢰즈pétroleuses*, 바리케이드 등등.

헤르코머는 정말 대단해. 오늘 처음으로 그 사람의 대형 복제화들을 봤거든. 〈노부인 요양원〉, 〈노인 요양원〉, 〈구두 수선공〉, 〈스키틀 게임〉 그리고 고아 남자들 여러 점과 요양원 등등.

「그래픽」 초기본에는 핀웰과 프레드 워커의 삽화를 비롯해 C. 그린Charles Green, 버크먼, 브르트닐Edward Frederick Brewtnal, 스몰, H. 우즈, 맥베스Robert Walker Macbeth, 그레고리 등이 가난한 동네를 배경으로 그린 온갖 크로키들이 다 들었어. 프랭크 홀의 〈구조된 아기〉도 환상적이고.

홀의 〈나는 곧 부활이요 생명이니〉도 환상적이었어.

홀의 〈기차역〉도 이하동문.

홀의 〈구경하기〉도 이하동문.

이 3점은 지난 10년간 전혀 보지 못한 작품들이야.

다시 보이드 휴턴 이야기로 돌아가지. 〈퀘이커 교회〉, 〈모르몬교〉 등은 정말 사실적이야.

필즈의 괜찮은 복제화도 몇 점 있었어.

뒤 모리에의 대형화는 어둠 속에서 보니 화려하게 빛이 나는 느낌이었어.

여기까지 하지. 보물 같은 그림들이 수록돼 있다는 건 자네도 잘 알 거야.

자네가 새롭게 찾아낸 건 뭐가 있는지 정말 궁금해. 혹시 70~75년 사이에 출간된 「런던 뉴스」를 가지고 있다면, 그 안에 뭐 흥미로운 게 있는지도 알고 싶어. 새로 가지고 온 물건 중에 분명 2개씩 겹치는 게 있을 거야.

그것들을 어떻게 해야 할지 모르겠어. 「그래픽」 시리즈는 제본 상태도 괜찮고 전체적으로 깨끗해. 그걸 뜯어내야 한다니 유감스럽지만, 그렇게 하면 작가별로 작품을 따로 모아 정리할 수 있다는 장점이 있어.

이거 봐, 친구. 만약 자네가 받은 뭉텅이에 내가 말한 「그래픽」 초기본들이 들었으면 자네는

* 파리 코뮌 당시, 석유를 이용해 곳곳에 방화를 지르는 등 적극적으로 참여한 여성을 일컫는 용어다.

알아야 할 건 다 알게 되는 셈이야. 그런데 없으면 조만간 내 화실에 들러 직접 들여다봐도 괜찮아. 그러면 어떤 분위기인지 확실히 알 수 있을 테니까.

처음에 잡지를 넘기는데 10년 전 런던 생활이 새록새록 떠오르더군. 얼마나 그림에 빠져들었는지 그 뒤로 지금까지 홀의 그림인 〈구조된 아기〉와 헤르코머의 노부인들 그림이 머릿속에서 떠나지 않아.

그런데 동시에 우울하기도 했어. H. 헤르코머의 말이 사실로 드러나고 있는 걸 보고 있는 기분이 그렇다는 거야. 얼마 전에 자네가 전해준 그 내용, 「그래픽」 최신호의 내용이 아무리 괜찮다고 해도 판매 부수가 어마어마하게 줄어든다는 그 내용 때문이야.

하지만 초기본은 확실히 달라!

70년 판은 몇몇이 비는데 70년대부터 80년대까지는 전부 가지고 있어.

총 21권이야.

비어 있는 초기본도 아마 곧 채워 넣을 수 있을 거야.

그나저나 별일은 없는 거지? 곧 편지해주면 좋겠어. 짧든, 길든.

지금도 여전히 몸 상태가 좋지 않거나 집에서 편히 앉아 초기본들을 훑어보고 싶다면 내가 보내줄 수도 있어.

재기 넘치고 강렬하면서 힘찬 이런 삽화들을 보고 있으면 오래 숙성된 포도주에서나 느낄 수 있는 자극적이고 원동력이 될 수 있는 무언가를 느낄 수 있어.

Adieu, 마음의 악수 청하네.

자네를 사랑하는 친구, 빈센트

라24네 ____ 1883년 2월

친애하는 벗, 라파르트

「그래픽」을 들춰보기 시작한 뒤로 며칠이 지났어. 그 안에 얼마나 아름다운 그림들이 수록돼 있는지 자네한테 설명하려면, 아무리 짧게 한다 해도 책 한 권 분량은 써야 할 거야. 그렇지만 정말 주옥 같은 복제화들은 꼭 언급하고 가야겠어.

대표적으로, 프랭크 홀의 〈구조된 아기〉 같은 것. 우비를 걸친 경찰들이 템스 강변 근처 교각과 건널목 사이에 버려진 아기를 구조해 안고 있는데, 구경꾼들이 신기하게 쳐다보고 뒷배경으로 안개 너머 도시의 잿빛 그림자가 어렴풋이 보여.

같은 작가가 그린 장례식 장면도 있지. 조문객인 듯한 사람들이 공동묘지로 들어가는데 엄숙한 감정이 묻어나오는 그림이야. 작가는 이 그림에 〈I am the Resurrection and the Life(내가 부활이요 생명이다)〉라고 이름 붙였어.

또 네쉬가 그린 장례식 장면도 있는데, 이건 배경이 선상이야. 상갑판 난간 앞에 시신이 있고 선원들이 주변을 둘러싼 가운데 선장이 기도문을 낭독하고 있어.

아마 올여름 내가 보낸 작은 복제화를 통해 홀의 〈삼등석 대합실〉은 자네도 봤을 거야. 그런데 「그래픽」에 크게 수록돼 있더군. 이루 말할 수 없이 아름다운 그림이야.

C. 그린의 작품은 이미 관심을 두고 있었어. 그런데 〈병원 벤치〉 같은 걸작을 그릴 수 있는 사람인 줄은 전혀 몰랐네. 환자들이 앉아서 의사를 기다리는 장면이야. 〈리버풀 항구〉와 배에서 내려 땅을 밟는 승객들을 그린 〈또다시 육지로〉도 괜찮고. 더비 경마 구경꾼들을 그린 〈저기 온다〉(버크먼도 같은 제목으로 같은 주제를 그린 적이 있어)도 있어. 고든 톰슨Gordon Thompson도 누구인지 몰랐는데 이 사람 그림 중에도 더비 경마 구경꾼들이 있어. 〈클랩햄로(路)〉인데 마침 내가 예전에 런던에서 그 근처에 살았어. 믿을 수 없을 정도로 대단한 삽화인데 뒤러나 마체이스Quinten Massys (Matsys) 화풍을 닮았지. 퍼시 멕코이드, 에일뷔트, 티소의 작품은 자네도 잘 알잖아. 이 사람들 작품을 볼 때마다 'non plus ultra'*야! 우아함과 부드럽고 섬세한 감정 표현에서는 정말이지 non plus ultra야.

이들과 비교하면 핀웰과 프레드 워커는 종달새 옆에 있는 밤꾀꼬리라고 할 수 있어. 예를 들어, 핀웰이 「그래픽」에 〈자매〉를 그렸거든. 검은 옷을 입은 두 자매가 어두운 방에 있는 그림인데, 지극히 단순한 구도에 어느 봄밤 들리는 긴 밤꾀꼬리 울음소리에 비할 정도로 엄숙한 분위기를 잘 담아냈지. 갓난아기를 그린 핀웰의 삽화가 2점 더 있고, 프레드 워커는 〈낡은 문〉과 〈난민들의 항구〉가 눈에 띄어.

당연히 헤르코머의 작품도 있는데(이전에 말했던 복제화는 빼고) 〈전례〉(교회 신도석), 〈화이트채플 빈민들을 위한 잔치〉, 〈생 질의 싸구려 하숙집〉, 〈구빈원〉(여성), 〈숯꾼〉, 〈여인숙〉, 〈추기경의 로마 산책〉, 〈스키틀 게임〉, 〈카니발〉, 〈초조한 시간〉, 〈밀렵꾼 체포〉 등이 볼만해. 다음으로(대형 인물화를 제외하고) 〈일요일, 첼시에서〉라는 이름으로 소개된 〈마지막 소집〉의 초기 스케치도 있어. 최근호에 이 복제화에 관한 기사가 실렸지. 처음에 헤르코머가 「그래픽」 편집진에게 이 그림을 보여줬을 때 다들 시큰둥했는데, 유일하게 편집장만 삽화로 완성해오라고 시키더니 곧장 수록해줬다더라고.

운이라는 건 이렇게 찾아오는 건가 봐. 왜냐하면 「그래픽」은 나중에 〈마지막 소집〉의 최종본을 감상하고 있는 관람객들을 그린 삽화를 잡지에 실어줬거든.

리들리가 그린 광부들 인물화는 자네도 알 거야. 〈조정 경기 관람하는 구경꾼들〉은 나한테 있어. 〈병원〉은 이미 오래전부터 가지고 있었고. 둘 다 완성도가 높은 작품들이야. 얼마 전에는 광부들을 주인공으로 한 데생 예닐곱 점을 발표했어. 그중에 〈광산과 광부들〉은 휘슬러나 시

* 고흐가 쓰려던 표현은 '극치' 혹은 '최고로 좋다'는 뜻의 프랑스어 표현 'nec-plus-ultra'다.

모어 헤이든의 동판화 작품을 상당히 닮았어. 스태니랜드가 그린 〈갱 입구로 향하는 사람들〉도 있고 탄광촌을 배경으로 한 그림들도 괜찮아.

유독 내 마음을 끌어당기는 삽화는 〈올드 버지니아의 크리스마스〉라고, 스웨인이 판화로 만든 작품이야. 언뜻 보면 칼데콧이나 바너드의 그림처럼 펜화 같은데 인물들이 제법 큰 편이야.

스몰이 그린 근사한 삽화도 있어. 〈국왕에게 인쇄 견본을 보여주고 있는 인쇄업자 캑스턴〉이야. 보고 있자니 레이스가 떠오르더라. 물론 스몰의 그림은 아름다운 것들이 많지만 내 눈에는 이 그림과 〈경작 경주〉가 단연 최고 같아. 〈포위된 파리에서 줄 선 사람들〉도 기가 막히고, 마찬가지로 〈런던 스케치〉와 〈아일랜드 스케치〉 여러 점도 괜찮아.

그린의 그림 중에는 〈내가 남겨두고 왔던 여자〉가 유독 눈에 들어와. 전장에서 돌아온 병사들 무리 중에서 자신을 기다리고 있던 애인과 재회하는 한 병사가 주인공이야. 〈아일랜드 교회의 문지기〉도 절대로 뒤지지 않아. 보턴의 〈이지러지는 신혼〉도 있어. 네쉬의 〈일꾼들의 회의〉, 〈배〉, 〈일요일 밤의 바다〉도 있고.

그레고리는 〈포위된 파리의 병원〉을 그렸고 버크먼은 〈헴스테드 황야〉를 그렸어.

필즈는 교도소 안마당에서 사진 찍히는 강도 살인범을 붙들고 있는 경찰들을 그렸어. 살인범이 사진 찍히기 싫어서 몸부림을 치지. 반대편 구석에 사진사와 구경꾼들이 있고.

보이드 휴턴의 그림은 미국을 배경으로 한 것들이 괜찮아. 대부분 소형화인데 꼭 동판화 같기도 해. 큰 그림도 몇 점 있어. 〈붉은 깃발 아래 놓인 파리〉, 〈모르몬교 예배소〉, 〈이민자 선실〉 등인데 서로 분위기가 전혀 닮지 않았어. 세세한 묘사가 꽤나 놀라운 수준인데 누군가의 동판화와 비슷해(그렇긴 한데, 누구지?). 포르투니 아니면 휘슬러? 아무튼 상당히 궁금해.

에드윈 에드워즈는 〈구조된 아기〉, 〈해수욕〉, 〈만남〉 등이 있어. 누구의 작품인지는 몰라도 러시아-투르크 전쟁을 배경으로 한 복제화 2점과 〈오스만 파샤〉, 〈격전이 지나간 전쟁터〉 등은 묘사가 상당히 사실적이야.

스톡스의 〈설교 시간〉과 〈마지막 성사〉. 호지슨의 〈배와 어부〉. 고우의 〈노 서렌더〉. 로슨의 〈포로가 된 봄〉. 스몰의 〈백조 조사〉, 〈폴로 경기〉, 〈조정 경기〉, 〈여왕의 여인들〉, 〈왕립학교〉, 〈달리기 경주〉. 그린의 〈예술가〉, 〈돌멩이〉, 〈승산 없는 내기〉.

사실 줄줄이 열거하는 거야 쉽지만 마무리짓는 건 차원이 다른 문제야. 아직도 늘어놓을 게 한두 개가 아니거든. 솔직히 끝이 없어. 그나마 지금까지는 대형화 위주로 적었고, 소형화 중에서 하나를 언급하자면, 헤르코머, 그린, 스몰이 삽화를 그린 위고의 『93년』. 이런 식으로 삽화가 들어간 책은 거의 없거든. 이 책에 삽화가 들어간 건 정말 다행이야. 충분히 그럴 가치가 있어.

그런데 출간 첫해 잡지 1년 치가 비어. 그나마 몇 장 정도는 오래전부터 가지고 있긴 했어. 그중에는 필즈의 〈구빈원 입구〉(집과 노숙자), 〈빈 의자〉(디킨스의 서재)도 있어.

건강도 많이 나아졌을 테니 곧 편지하게.

자네를 사랑하는 친구, 빈센트

그나저나 이번 주에는 두 권을(1876년 판) 더 구했어. 이미 가지고 있었지만, 워낙 환상적인 복제화가 수록돼 있어서 또 산 거라, 두 권을 소장하니 굉장히 만족스러워. 무엇보다 헤르코머의 〈노부인〉이 가장 마음에 들어. 걸작이야 걸작. 그렇지 않아?

퍼시 멕코이드가 그린 여성 인물화 〈공포시대〉.

그리고 작은 그림으로 〈고양이 – 중국〉, 〈고등어 낚시〉.

마지막으로 대형 복제화 〈화실 한구석〉도 있어. 마네킹이 바닥에 쓰러져 있고 개 두 마리가 의류를 물어뜯는 장면이야. 귀한 그림이지만 썩 마음에 들지는 않아. 너무 기교만 부린 느낌이어서. 필즈가 그린 멋진 소설 삽화도 있어. 황혼을 배경으로 공동묘지 입구에 서 있는 두 남자를 그린 그림이야.

내가 이런 문제 앞에서 망설이고 있다는 거, 자네도 들으면 이해할 거야. 만약 마음에 드는 복제화를 잡지에서 뜯어내 따로 보관하면 보기도 편하고 작가별로 정리도 편하겠지. 그런데 여러 관점에서 유용할 잡지의 글들을 훼손하는 거잖아. 물론 그림에 대한 평은 대부분 허식이지만 전시회 정보 등 이래저래 유용한 내용도 적지 않거든.

그리고 또, 『93년』 같은 위고의 연재소설을 더는 읽을 수 없게 된다는 문제도 있어.

제본에 사용되는 종잇값이 만만치 않아. 그런데 큰 그림들은 일단 제본을 해두면 접어서 보관하는 것보다 훨씬 보기 좋지. 그리고 작가별로 분류하면 나중에 찾아보기도 쉽고.

어쨌든 나 같은 사람이 헤이그 같은 예술 도시에서 최고의 중고서적 경매 입찰자라는 사실이 너무 웃기지 않나? 아마 입찰자가 더 많이 나와주기를 바랐겠지만, 실상은 그렇지 않아. 이 잡지들이 내 수중에 떨어질 거라고는 나도 기대하지 않았었거든.

유대인 서적상이 이 물건들이 경매에 나오기 전에 내게 알려줬어. 그래서 좋아하긴 하지만 경매에 입찰은 힘들 것 같다고 했지. 그 뒤로 그 양반이 그냥 사버렸다더라고. 입찰자가 아무도 없었대. 그래서 마음이 동하면 언제든 사가라고 그러더라. 상황이 달라진 거지. 그래서 동생의 도움을 얻어 잡지들을 산 거야. 권당 1플로린을 줬으니 헐값이지!

이것들을 전부 손에 넣게 돼서 기쁘긴 하지만 이 분야에 관한 관심이 사라진다는 게 서글퍼. 이런 보석 같은 물건을 손에 넣는 건 정말 환상적이야. 그런데 사람들이 여기에 더 관심을 가져주면 좋겠어. 당분간 이런 과월호를 구할 수 없게 되더라도 관심이 좀 많아지면 더 좋을 것 같아.

오, 라파르트! 아쉬운 게 어디 이거 하나겠어. 요즘은 가치 있는 것들에 관한 관심이 거의 사라졌어. 오히려 더러운 잡동사니나 쓰레기 보듯 경멸스러운 시선으로 깔본다네.

자네는 우리 시대가 너무 무미건조해지고 있다고 생각하지 않나? 아니면 내 상상력이 너무

지나친가? 열정도, 따뜻함도, 진정성도 사라진 시대잖아! 그저 장사치 비슷한 인간들이 나와서 '사물의 본질에 따라 바람직한 변화들이 일어날 것'이라고 말하는데(대단히 만족스러운 설명 아니야?), 난 아직도 '사물의 본질'이 뭔지 명확하게 보이질 않아.

어쨌든 「그래픽」 탐독이 불쾌한 일은 아니지. 그렇지만 잡지를 보면서 은연중에 이기적인 생각도 들어. '내 그림이랑 무슨 상관이야? 난 지루해지지 않을 건데. 이 시대가 지루해졌어도.' 하지만 인간이 늘 이기적일 수 없는 탓에, 이기심이 사라지자마자 곧바로 씁쓸하고 슬퍼진다네.

라25네 ____ 1883년 2월 10일(토) 추정

친애하는 벗, 라파르트

방금 목판화 복제화 두루마리를 받았어. 진심으로 고맙네. 하나같이 다 아름다워. 에일뷔트Ferdinand Heilbuth 복제화는 내가 소장한 것보다 단연 뛰어나더군. 자네가 거의 완벽하게 복제화 찍어내는 방법을 이야기했던 게 기억났어. 왜 갑자기 떠올랐을까? 아마도 그 방법에 놀라서일 거야. 이전에 동생이 편지로 세세하게 설명해주었던 내용과 똑같았거든. 언제 한번 여기 오면, 우리가 한 작업물들을 보여주겠네. 자네도 보면 놀랄 거야. 나도 그랬으니까. 자네라면 보자마나, 우리가 어떻게 회색, 흰색, 검은색의 효과를 냈는지 완벽히 이해할 거야.

요즘 가장 내 마음에 드는 복제화는 루카스John Templeton Lucas의 〈과거의 빛〉이야. 한 편의 안데르센 동화 같지 않아? 아름다우면서도 꽤나 사실적이지. 우연히 〈새해 전야〉라는 그림을 봤는데 독일 작가라는 것밖에 몰라. 눈 내리는 밤에 탑 위에서 근무를 서고 있는 야간 경비원을 그렸어. 말하자면, 자매편 같다고 할까. 새겨진 선들이 어찌나 힘차고 강렬한지.

마르케티Ludovico Marchetti의 〈무게 측정〉은 생명력이 넘치는데 놀랍도록 스몰Small의 그림과 닮은꼴이야.

구소브Karl(Charles) Gussow의 흥미로운 복제화도 2점 있어. 〈두 노인〉이 제법 괜찮아.

윌리엄 블랙의 〈불행한 미남〉도 매혹적이야. 이 목판화 복제화가, 〈과거의 빛〉과 비교해봐도, 얼마나 강렬하게 찍혔는지! 이미 알고 있던 인물화도 몇 점 있어. 「뤼니베르 일뤼스트레Univers Illustré」에서 봤거든. 하지만 대부분은 처음 보는 것들인데, 몇몇은 정말 환상적이야! 특히 모래언덕인지 황야인지 하는 밤색 배경 속에 흰색으로 작은 인물이 그려진 그림. 또 눈밭에서의 산책이나 검은 옷을 입고 불가에 앉은 노부인 그림도 훌륭해. 개인적으로는 가족적인 아늑한 분위기를 그린 걸로는 최고라고 하겠어.

그런 인상만 풍기는 걸 수도 있지만, 상당히 새로워. 이런 훌륭한 작품들을 보내주다니, 다시 한 번 진심으로 고맙네.

혹시 〈눈싸움〉을 가지고 있나? 「런던 뉴스」에 실린 프레르Ed. Edouard Frère의 대형 복제화야. 소년들이 운동장에서 눈 뭉치를 던지며 노는 장면인데 얼마 전에 1장 더 생겼어. 동시에 보티에Benjamin Vautier의 〈체포〉라는 커다랗고 아름다운 복제화도 손에 넣었지.

빨리 여기 와주면 좋겠어. 자네가 보고 싶다는 이기적인 바람 때문만은 아니야. 자네가 「그래픽」 초기본들을 직접 보면 목판화가 얼마나 중요한 분야인지 절대적으로 확신하게 될 거라고 믿어서야. 자네가 목판화를 가볍게 여긴다는 뜻이 아니야. 오히려 그 반대인 걸 내가 누구보다 잘 알지.

다만, 아마도 자네가 아직 못 봤을 복제화들이 내게 몇 점 있는데, 그것들이 자네의 관심을 더 풍부하고 확실하게 채워줄 거야. 복제화를 소장하고 계속 들여다보면, 더 깊은 아름다움을 발견하게 되지. 동봉하는 헤르코머의 작품 3점은 아마 알 텐데, 자네가 소장하고 있었으면 해서 보낸다네.

이봐 친구. 내가 자네한테 핀웰George John Pinwell과 워커Frederick Walker 얘기를 많이 했었잖아. 여기 정말 제대로 된 워커의 걸작이 있어. 내 찬사가 너무 과장된 건가?

아무튼, 군소리 말고 받아주게. 「그래픽」 덕분에 2장씩 생긴 다른 복제화도 마찬가지고. 내 생각에, 이런 복제화들은 그림 그리는 사람에게는 일종의 성경 같은 존재라서 마음의 안정을 얻기 위해서 이따금 몇 페이지씩 들여다보고 그래야 해. 그냥 아는 걸 넘어서 항상 화실 손 닿는 곳에 두고 지내야 하는 그림들이야.

아마 자네, 이 그림들을 받으면(이미 가지고 있는 것들이 아니라면) 이걸 갖게 돼서 참 행복하다고 절감할 거야. 그리고 절대로 잃어버리지 않겠다고 다짐할 테고.

행여 이런저런 복제화를 받는 게 다소 부담스럽다면, 작년에 복제화를 가져간 걸 후회하는지 되돌아봐. 아닐걸. 왜냐하면, 무슨 이유에선지 자네가 올해는 전년과 비교해 수집품에 더 많은 관심을 쏟았잖아. 이렇게 복제화들을 소장하고 있어야, 그 그림들을 자꾸 생각하게 되고 인상이 더 명확하고 강렬해지지. 당연히 자네도 비슷한 경험을 하게 될 거야. 이 그림들이 점점 자네의 친구가 될 걸세. 자, 나로서도 자네에게 복제화 준 일을 전혀 후회하지 않아. 자네는 그 그림들의 가치를 알아보고 그만큼 애정을 쏟는 사람이니까. 이것들을 나처럼 좋아해줄 사람이 거의 없지. 그런 감식안과 마음을 가진 자네와의 우정이 내게는 정말 소중하다네. 이런 우정 없이 어떻게 살 수 있겠어.

예전에는 화가들 대부분이 예술에 대해 자네나 나처럼 느끼고 생각할 거라 막연히 생각했었어. 그런데 전혀 그렇지 않잖아.

여기까지만 하지. 어쨌든, 내 말 믿고, 그냥 그림을 받아주게. 건강을 완전히 회복해서 여기 오면 다른 것도 주겠네.

홀Francis Montague Holl의 〈아일랜드 이민자들〉을 보면, 일전에 편지에 썼던 여성과 비슷한 여성이 있다네. 중심인물처럼 보이는, 두 팔로 아기를 안은 여성 말이야. 세부사항은 뒤로하고 그림 전체를 봤을 때 그렇게 보인다는 거야. 그녀를 설명하기에 가장 좋은 예일 거야.

이보게 친구, 속히 건강을 되찾고 되는대로 빨리 편지해주게. 내가 보내는 그림 받는 거, 부담스러워도 말고. 다시 한 번, 고맙다는 말 전해. 마음으로 굳은 악수 청하네.

자네를 사랑하는 친구, 빈센트

266네 ____ 1883년 2월 11일(일)

사랑하는 아우야

일요일이 돌아와서 다시 네게 편지를 쓴다. 네가 최근에 속마음을 허심탄회하게 털어놔줘서 내가 얼마나 감동했는지 몰라. 그런데 그 마음을 충분히 따듯하고 진실되게 표현하지 못했던 것 같아. 진실한 사랑이 'illusion perdue(잃어버린 환상)'으로 변할 수 있느냐는 질문에 대해서, 그런 일이 실제로 종종 일어나기도 한단다. 하지만 네 사랑이 그렇다면 무척 놀랄 일이다. 내 경우도 마찬가지고.

기묘하게도, 미슐레의 말처럼, "사랑은 처음에 거미줄처럼 연약하지만, 밧줄처럼 강해진다."

하지만 서로에 대한 신뢰가 바탕이 되어야겠지.

요즘은 헤이스트에 자주 간다. 작년 초에 그녀와 걸었던 도로나 골목길을 말이야. 날이 습하지만 거기는 정말 아름다워. 그래서 집에 돌아와 그녀에게 말해줬지. "작년에 같이 다니던 때와 달라진 게 없더군." 왜 이 이야기를 하느냐면, 네가 환멸에 대해 말했기 때문이야. 아니, 아니지, 사랑은 시들기도 하고 다시 피어나기도 해. 자연처럼. 하지만 결코 전부 죽지는 않는다. 밀물이었다가 썰물이었다가 해도, 바다는 바다 그대로듯이. 사랑도, 여자에 대한 사랑이든 예술에 대한 사랑이든, 지치고 무력감을 느낄 때가 있지만, 그러나 영원히 환멸감에 시달리지는 않아.

우정처럼 사랑에도, 그냥 감정만이 아니라 긍정적인 행동도 있어야 해. 그렇게 행동과 노력이 필요하기 때문에, 그 결과 지치고 무력감을 느끼게 되는 거라고.

진심 어린 진실한 사랑은 분명 축복이지만, 그렇다고 어려운 시기가 없을 순 없지.

다행히 내 눈은 더 악화되진 않고 좀 괜찮아졌는데, 그래도 완치는 아니라서 조심해야 해. 참, 그래서 너무 속상하다. 너와 얘기를 나누면 얼마나 좋을까. 작업 때문에 낙담했거나 의욕을 잃고 무력해진 건 아닌데, 지금 정체기라서 그래. 그러니까, 날 이해해주는 사람과 속을 터놓고 얘기를 나눠봤으면 싶은데, 지금은 여기에 믿을 사람이 아무도 없어. *아무도 믿을 수 없다는 뜻은 아니야.* 전혀 그런 말이 아니고, 불행히도 지금 주위에 그런 사람이 없다는 뜻이야. 가끔 내가 헤이그에 처음 왔던 때를 떠올린다. 3년을 구필 화랑에서 일했는데, 처음 두 해는 별로 즐겁게 지내지 못하다가 마지막 해에 무척 행복해졌었지. 그러니 이번에도 그렇게 될 수도 있지 않을까?

내가 좋아하는 말이야. "When things are at the worst, they are sure to mend(상황이 최악일 때는, 앞으로 나아질 일만 남았다)." 그래서 가끔 나 스스로에게 물어봐. "혹시 최악에 도달한 게 아닐까?" 그렇다면 앞으로 *나아질 일*을 반갑게 기다릴 수 있으니까. 글쎄, 두고보자.

얼마 전에 미슐레의 『민중』을 읽었어. 지난 겨울이니까 최근은 아니지. 그런데 며칠 전에 그때 읽었던 내용이 불쑥 머릿속에 떠오르는 거야. 급하게 빨리 쓴 책 같더라. 그래서 이것만 읽으면 그렇게 좋은 줄도 모르겠고 별 감흥도 없을 수 있어. 하지만 나는 『여자』, 『사랑』, 『바다』, 『혁명의 역사』 같은 굵직굵직한 저서를 읽어서, 『민중』이 내가 굉장히 좋아하는 화가의 기초 스케치만 모아놓은 책으로 생각됐어. 그래서 더 매력적이었고. 난 미슐레의 스타일이 부럽다. 물론 몇몇 화가들이 이스라엘스의 기법을 헐뜯어도 된다고 생각하듯, 미슐레의 방식을 문제삼는 작가들도 많은 게 사실이야. 미슐레는 강한 감정을 마치 종이 위에 스며들게 하듯이 글을 쓰는 사람이야. 형식에 전혀 구애받지 않고. 최소한의 기교나 일반적인 형식 따위는 깡그리 무시하고, 이해할 사람은 이해하라는 식으로 써. 내 생각에 『민중』은 최초의 발상이나 첫인상이라기보다 깊이 연구 중이지만 아직은 미완의 단계에 머문 구상에 가까워. 어떤 대목은 무언가를 그대로 본떠서 쓴 것 같고, 또 어떤 대목은 깊이 있게 연구해서 추가한 것 같거든.

입고 다니는 털 코트를 보면 더 복의 형편이 상당히 여유로워진 모양이야. 몇 달을 못 보다가, 며칠 전에 바로 저 화려한 털 코트를 걸친 그를 만났어. 그런데 어쩐지 그 자신은 여유로워 보이지 않더라. 왜, 그런 사람 있잖아. 행복한 척하고 주변에서도 다들 행복하게 보는데, *네 눈에는* 왠지 불행해 보여서 안쓰러운 사람. 그런데도 마음 깊은 곳에서는 알지. 만약 그와 친해지려 해도, 그가 자신을 놀린다고 여길 테니까 자신감도 우정도 줄 수 없다고. 그런데 어떻게 친해지더라도 결국 "내가 선택한 길이니까 바꿀 생각 없어"라는 말을 듣고 서로에게 아무런 영향도 주지 못할 거라고. 더 복이 딱 이래. 나는 그를 정말 이해하고 그의 많은 작품들을 무척 좋아하지만, 우리는 서로에게 큰 도움이 될 수 없는 사이 같아. 특히나 삶에 대해서, 또 예술에 대해서 시각이 완전히 정반대거든. 우정을 포기하는 건 어려운 일이야. 하지만 그 친구의 화실에 가서, 중요한 얘기는 꺼내지도 않고 시시콜콜한 잡담이나 나누고 예술에 대한 견해들을 솔직히 밝힐 수 없다면, 차라리 그 화실에 발을 끊는 게 덜 슬플 것 같아. 나는 진짜 우정을 나누고 싶기 때문에, 관습에 얽매인 친구 관계에 맞추기가 무척 어렵다.

두 사람 모두 우정을 유지하고 싶어한다면, 의견이 조금 달라도 쉽게 절교하는 일은 없고, 좀 다퉜더라도 금방 화해해. 하지만 형식적인 관계라면 씁쓸한 결말을 피할 수 없어. 한쪽이 뭔가 제약을 받는다고 느끼면, 직접 말로 표현하지 않더라도 서로에게 확실히 불쾌한 인상을 지속적으로 주니까, 서로에게 도움을 주는 관계가 될 가망이 없어. 그런 형식적인 관계는 불신을 낳

고, 불신은 또 온갖 음모로 이어져. 서로에게 아주 조금이라도 진실되게 대한다면, 우리 삶은 훨씬 편안해질 텐데 말이야.

그런데 한편으론, 이런 지치는 상황에 적응이 되는데, 이건 정상적이지 않아. 갑자기 30년, 40년, 아니 50년 전으로 돌아갈 수 있다면, 지금보다는 훨씬 마음이 편하겠지. 말하자면 적어도 너나 나는 그럴 거야. 그런데 지금으로부터 50년 후에 *지금* 이 시대로 되돌아오고 싶을지는 모르겠다. 왜냐하면, 타락 혹은 '가발의 시대De pruikentijd'* 다음이라면 돌아올 생각도 하지 않겠고, 발전의 시대가 tant mieux(그나마 다행일 테니까).

미래에 가발의 시대가 다시 도래한대도 전혀 이상할 게 없어. 네덜란드 역사에서 가발의 시대라 하면, 원칙을 포기하고 상투적인 것들로 독창적인 것들을 대체하는 현상들이 나타났지. 네덜란드 사람들은 렘브란트의 〈직물 길드 이사회De Staalmeesters〉**처럼 될 수 있지. 그런데 소금의 맛이 사라져버리면 가발의 시대, 곧, 정체기에 접어든다는 것을 의미해. 하루아침에 일어나는 변화는 아니지만, 언제든지 그렇게 될 수 있어.

이렇게 단기간에(고작 50여 년) 모든 게 뒤죽박죽 엉망이 될 정도로 어마어마한 변화가 일어났다는 게 도저히 믿기지 않는다. 그런데 역사를 들여다보면, 상대적으로 급격하고 지속적인 변화가 벌어지고 있다는 게 보여. 그래서 난 개인적으로 이렇게 결론을 내렸어. 사람은 누구나 저울에 각자의 무게가 있고(제아무리 가볍다 해도), 그렇기에 각자의 생각과 행동들이 변화를 만들어낸다고. 고통은 짧고, 진지할 가치는 충분해. 만약 진지하고 굳건하게 살아가는 사람들이 많아진다면, 이 시대 전체가 좋아질 거야. 적어도, 힘이 넘치는 시대가 될 수 있어.

맞아, 난 최근의 네 편지 내용을 종종 생각한다. 네가 만난 여성과 이미 1년째 내 곁을 지키는 여성은 아주 많이 다르지. 그러나 둘 다 불행을 겪었고 여성이라는 점이 똑같아.

너도 그렇게 생각하지 않니? 그런 상황의, 그러니까 아주 연약하고 무력한 상태의 사람을 만나면, 완전히 방어막이 무너지면서 도저히 그 사람을 버리고 떠날 수 없잖아. 아무리 생각해도 이건, 유령과의 만남 비슷한 거야. 에르크만-샤트리앙의 소설 『테레즈 부인』 읽어봤어? 한 여성이 회복해가는 과정을 생생하고 감동적으로 묘사한 대목이 나와. 내용은 단순한데, 깊이가 있어.

『테레즈 부인』을 모르면 꼭 한 번 읽어봐. 분명히, 너도 좋아하고 감동 받을 테니까.

가끔은 나와 함께 사는 여인이 책을 전혀 이해하지 못해서 유감이다. 예술은 말할 것도 없고. 그런데 (그녀가 문학과 예술을 전혀 모르는데도) 내가 이토록 그녀에게 애착을 가진다는 건 우리 두 사람 사이에 진정한 관계가 형성돼 있다는 증거가 아닐까? 나중에 그녀가 뭐라도 배우게

* 18세기 말~19세기 초반의 시기로, 상류층들이 가발을 썼기 때문에 붙여진 이름이다. 네덜란드 경제가 최고로 발전한 최절정의 황금기였지만, 그와 동시에 형식과 외양만 엄격하게 따지면서 지성이 쇠퇴하기 시작했다.

** 빈센트가 존경스럽고 실용적인 사람들을, 렘브란트의 저 그림 속 사람들로 지칭했다.

될지 누가 알겠어. 그렇게 되면 우리 둘 사이를 더 강하게 연결해주는 끈이 하나 또 늘어나는 셈이지. 그런데 지금으로선 아이들 돌보는 것 외에 다른 데 신경 쓸 겨를이 없어. 아이들은 그녀를 현실 속에 꼭 붙잡아두고 있어. 그런데 현실은 좋은 학교라고 할 수 있어. 나는 책이나 현실이나 예술이나 다 같은 거라고 생각해. 현실과 동떨어진 삶을 사는 사람은 지루하다. 반면에 현실 한가운데 서서 살아가는 사람은 자연스럽게 모든 걸 알고 느끼지.

내가 현실에 발 딛은 예술을 추구하지 않았다면, 그녀를 보면서 멍청하다고 생각했을 거야. 물론 그럴 일이 없었으면 더 좋았겠지만, 나는 지금의 현실에 만족해.

이번 주에는 규칙적으로 작업할 수 있으면 좋겠어. 그림을 늦게 시작한 만큼, 내가 뒤처진 부분을 만회하려면 두 배 이상 노력해야 한다는 걸 내가 누구보다 잘 알고 있어. 사실, 나이가 많아서 남들보다 뒤처졌다는 그 생각이 영 신경 쓰인다.

지금이면 몽마르트르가 미셸Georges Michel이 화폭에 담아내는 묘한 효과가 두드러질 시기겠구나. 마른 풀들과 모래가 잿빛 하늘과 대조를 이루는 그 분위기. 어쨌든 여기 목초지도 지금은 미셸을 떠올리게 하는 색으로 변해가고 있어. 황갈색 땅, 마른 풀, 곳곳에 물웅덩이가 보이는 길, 검은 줄기를 가진 나무들, 회색과 흰색이 어우러지는 하늘, 저 멀리 무미건조해 보이지만 빨간 지붕이 도드라져 보이는 집들.

모든 효과들이 무척 놀라워. 미셸의 비밀은(베이센브뤼흐와 마찬가지로) 정확한 구도를 잡고 전경과 후경의 비율을 상세히 측정해서 원근법 안에서 선이 향하는 방향을 제대로 느끼게 해주는 데 있어. 우연히 얻어진 효과가 아니야. 수많은 미셸의 작품들을 보면, 수치들이 대단히 정확한데 그걸 아이들이 놀이하듯이 쉽게 해내고 있어. 마치 *과학*처럼. 미셸 본인도 아마 그렇게 척척 되기 전까지는 *마음대로 되지 않아* 좌절하고 답답했을 거야.

보기엔 단순해도, 그 안에는 방대한 과학 지식이 깔려 있어. 도미에의 작품도 마찬가지고.

자, 이만 줄여야겠다. 아직 답장 전이면 속히 편지해다오. 네 여자친구가 수술 후에 후유증 같은 건 없는지 걱정이다. 라파르트가 병석에서 일어나 처음으로 보낸 편지에 랑송을 비롯한 여러 작가들의 목판화 복제화를 구했다고 열정적으로 설명했다는 게, 참 신기하지 않니? 그 친구, 이제 내가 끌어줄 필요가 없을 정도로 열의가 대단해. 처음엔 여느 사람들처럼 시큰둥했는데. 벌써 수집품 목록이 대단하더라고. 그 친구 수집품이나 앞으로의 계획에 영국 화가들의 영향력이 많이 느껴져. 물론 본인은 절대로 따라 할 생각은 없겠지만. 그런데 병을 앓기 전에 맹인전문병원까지 가서 습작을 한 일은, 헤르코머나 프랭크 홀 같은 데생 화가들에 대한 애정에서 나온 직접적이고 실질적인 결과라고 봐야지.

Adieu, 아우야. 곧 편지하고, 마음으로 악수 청한다.

너를 사랑하는 형, 빈센트

라26네 ____ 1883년 2월 13일(화) 추정

친애하는 벗, 라파르트

어제는 지난번에 자네에게 그림들을 보낸 후에 새로 생긴 복제화들을 정리했네. 「그래픽」에서 뜯어낸 낱장 상태 그대로인데, 당분간은 이대로 보관하다가 시간 여유가 생기면 제본해서 보내지.

자네도 레가메Félix Elie Régamey의 〈야외 강제노역〉을 좋아할 것 같아.

아쉽게도 강제노역과 관련된 다른 그림들, 산책이나 점심시간의 복제화는 1장씩뿐이야. 놀랍도록 간결한 그림들인데도 〈야외 강제노역〉보다 더 개성이 살아 있어.

홉킨스Arthur Hopkins의 〈보트 경기〉와 〈날씨〉를 보면 퍼시 멕코이드Percy Macquoid가 떠오른다네. 특유의 개성에, 그 탁월한 조명효과!

혹시 자네는 〈첫 더위가 찾아온 날〉을 누가 그렸는지 아나? 정말 아름답지 않나?

쥘 페라Jules Descartes Férat의 소품들 〈어제의 감옥〉과 〈오늘의 감옥〉은 폴 르누아르Charles Paul Renouard의 소품들과 아주 잘 어울려.

내가 보낸 것들 중에서 자네가 이미 가지고 있는 게 있으면 편할 때 되돌려 보내주면 좋겠어. 물론 전혀 급한 건 아니야.

에일뷔트의 커다란 그림 〈물가에서〉도 하나 더 있다네. 여인이 물가 근처에 놓인 통나무 위에 앉아 있지. 이렇게 제목과 설명을 달면 자네의 소장품과 겹치는 게 있는지 쉽게 알 수 있을 거야. 이 그림은 안 보냈는데, 자네가 당연히 가지고 있겠지 했거든. 그런데 확실한 건 아니잖나. 아주 매혹적인 그림이니, 확인해보게. 대드Frank Dadd의 복제화는 그린Henry Towneley Green의 〈간판화가〉와 잘 어울리는 그림이야.

〈가난한 아일랜드 학생〉은 M. 피츠제럴드Patrick Michael Fitzgerald의 그림인데 〈머서티드빌의 전당포〉를 그린 사람이야.

아일랜드를 배경으로 한 작은 그림 〈낡은 오두막〉과 〈농부의 집〉은 누가 그렸는지 모르겠는데, 아무튼 좋은 그림이야. 특히 두 번째 그림이 매우 뛰어나. 이것저것 다 뒤죽박죽 섞인 상태라서 말이야.

〈성금요일〉은 반즈Robert Barnes의 그림일 거야. 그러고 보니 오래전부터 자네한테 주려고 코로의 근사한 초상화 하나를 보관하고 있었다는 게 기억났어. 이 편지에 동봉하지. 틈날 때마다 「그래픽」을 뒤지고 있는데 그때마다 보물 같은 그림을 하나씩 건진다니까!

급하게 몇 자 적는 거야. 화실을 정리하던 중에 보낼 그림들도 같이 정리하느라고. 자네 마음에 드는 게 있으면 좋겠네. Adieu, 악수 청해.

자네를 사랑하는 친구, 빈센트

267네 ___ 1883년 2월 15일(목) 추정

테오에게

네 편지, 진심으로 고맙게 받았다. 동봉해준 것도 무척 반갑고. 내게 정말 큰 도움이 돼. 우선, 그 여성의 과거가 내가 짐작했던 것과는 완전히 다르다니 참 다행이라는 말부터 하고 싶어. 말하자면, 그녀는 가난과 불행뿐만 아니라 다른 일들도 겪었다는 거잖아. 그러니까 그녀는 너의 수준 높은 교양과 넓은 안목을 제대로 인정하겠구나. 어릴 때부터 불행에 짓눌려 살아오느라 별로 아는 게 없는 여성에 비해서 말이지. 예를 들어, 그녀가 읽었다는 책 제목만 들어봐도, 많은 다른 여성들은 전혀 갖추지 못한 감수성을 지녔다는 뜻이거든.

사회적 위치와 개인적으로 겪은 온갖 부침이 그녀의 성격을 만들지. 내가 볼 때, 네게 잘 어울리는 여성 같다. 그래, 그녀가 건강을 되찾으면 너한테 정말 정말 좋은 일이야. 그리고 난, 그녀가 네 아내가 되기를 진심으로 바란다. 왜냐하면 여성은 삶을 통째로 뒤바꿔주거든.

그녀 같은 여자를 온전히 존중하고 이해하는 남자가 없다면 어떻게 될까? 딱한 처지에 놓이겠지. 그래, 네 말대로, 유령이나 그림자 같은 존재가 되었을 거야. 네가 떠나버리면 그녀가 다시 예전으로 돌아가면 어쩌나 걱정이다(그녀의 사정도 건강도 나아졌다만).

그리고 내 생각에는, 그녀뿐만 아니라 네게도 끝이 없고 어마어마한 행복일 거야. 더 이상 혼자가 아니라는 감정이 느껴지는 것만으로도 말이야. 외로움은 우리 같은 남자에게 가끔은 지독하게 견디기 힘들거든.

하지만 이스라엘스의 시는 아무도 이해할 수 없어. 그래, 그건 너무 끔찍해서 누구라도 이해하고 수용하기 힘들다.

'홀로 방황하는 인간…….'

미슐레의 말에는 심오한 뜻이 있어. "Pourquoi y a-t-il une femme seule sur la terre(어떻게 이 땅에 외롭게 혼자인 여인이 있는가)?"

언젠가 네가 이런 말을 했어. 엄밀히 말하면 글로 썼지. "진지함이 고품격의 익살보다 낫다." 내 생각과도 정확히 일치해. 여성은 *진지하게 대해야* 하는 거 아니야? 우리 남자들의 삶은 여자와의 관계에 달려 있어. 여자도 마찬가지고. 그렇기 때문에 여성을 상대로 괜한 농담을 하거나 낮잡아봐서는 안 돼. 신중하게 읽어보면 발자크가 쓴 『결혼생활의 소소한 불행petites misères de la vie conjugale』은 아주 아주 진지한 이야기고, 오롯이 좋은 의도로 쓰여진 이야기야. 부부를 갈라놓는 게 아니라, 하나로 이어주기 위한 의도 말이야. 하지만 모두가 그렇게 해석하진 않지.

네 편지에서 한눈에 띄는 대목이 있더라. 네가 상대하는 그 여성은, 예를 들어, 너와 함께라면 과거로 되돌아갈 수도 있고, 네가 예술을 바라보는 시선을 그대로 따라 배울 수 있는 사람이라는 거잖아. 이게 얼마나 소중한 일이냐.

정말 축하한다, 내 사랑하는 아우야. 네 편지 내용에 따르면, 그녀는 미슐레가 했던 말에 너무나 잘 어울리는 여성이야. "Une dame c'est une dame(여성은 여성이다)."

그녀에게서 아리 쉐페르의 그림 속 모습도 보일 것 같구나.

그러고 보니, 미슐레의 책이 그녀에게 힘이 되고 길잡이가 될 수 있겠어.

빅토르 위고도 그렇고.

그리고 미슐레 본인이 여성들에게 도움이 될 거라고 권한 책이 있어. 토마스 아 켐피스의 『그리스도를 본받아』. 원문을 말하는 거야. 성직자들이 마음대로 바꿔놓은 판본 말고.

하지만 아무래도 프랑스 문학은 네가 나보다 더 잘 알겠지.

토마스 아 켐피스의 책은, 말하자면, 아리 쉐페르의 〈위로자 그리스도〉만큼 아름다워. 그 어느 것과도 비교할 수 없는 명작이지. 고의로 훼손되고 왜곡된 판본은 나도 여럿 읽어봤어. 속아서 산 걸 아직도 하나 가지고 있는데, 각 장이 끝날 때마다 끔찍한 설명이 달려 있어.

그나저나 환자에게 *신선한 공기*를 선사하고 싶을 때면, 내가 어떤 책을 추천할 것 같아? 바로 보드메르의 동판화 복제화가 수록된 테오필 고티에의 『그 집의 자연La nature chez elle』. 옛 연작들을 「릴뤼스트라시옹」이나 「르 몽드 일뤼스트레」에서 구할 수 있어. 그런데 최근의 개정판을 보니 훨씬 얇아졌고 신선한 맛도 떨어져. 게다가 글도 테오필 고티에 글이 아닌 것 같더라. 그림은 보드메르가 맞는데, 초기의 활기를 잃은 후기작 느낌이고.

아우야, 일전에 말했듯이 방수모 쓴 어부 얼굴을 정말 즐겁게 그리고 있다. 내가 받은 방수모에는 물고기 비늘도 묻어 있었어.

그녀가 수술받은 다음날 병원 혹은 그 진료소로 그녀를 만나러 갈 때, 정말 떨렸을 거야! 이루 말로 다할 수 없는, 상당히 강렬한 감정에 사로잡혔겠지? 어쨌든 네가 그 수술을 언급하니까, 작년 여름 시엔이 입원한 병원을 찾아갔던 기억이 떠오른다.

얼마 전에 네가 로랑스에 대해 얘기했었잖아. 주로 대형 데생이나 유화를 그린다고. 그땐 그 작가를 잘 몰랐는데(동양적인 풍경화를 그리는 작가로만 알았지), 오늘 쿠르트리의 동판화를 봤는데 그게 장 폴 로랑스의 그림을 본뜬 거더라고. 혁명기의 한 장면이었어. 아주 좋았어. 특히 몇몇 인물과 얼굴이 눈길을 끌더라.

하지만 어쩌면 원본 그림이 동판화보다 수준이 떨어질 수도 있겠어.

쥘 구필 그림은 여전히 좋니? 왜 묻냐면, 에밀 와우터스나 회테릭크스 같은 이들의 그림에서 사실적인 강렬함이 사라지고, 그 자리를 정확한 묘사와 섬세한 감수성이 채웠는데, 초기작의 생동감에 훨씬 못 미칠 뿐만 아니라 소심해보이기까지 해서 그래.

그 사람도 이런 식이라면 참 유감스러울 것 같다.

이스라엘스처럼 대담한 화풍을 끝까지 유지하는 화가들이 드물어.

최근에 새로 출간된 R. 칼데콧의 삽화집을 봤는데, 그중에서 와싱턴 어빙의 『스케치북』 삽화집 두 권을 샀어. 두 권 합해서 1실링밖에 안 해. 세기 초를 배경으로 어느 마을의 크리스마스

축제 분위기를 묘사하는 내용이야. 작은 데생들은 자크나 멘첼의 데생처럼 힘차다. 여기 오면 목판화 복제화를 보여줄게. 칼데콧을 비롯해서 독창적이면서 꽤 흥미로운 작가들이 여럿 있어. 저녁 시간이나 일요일, 이럴 때 너를 만나 여유롭게 시간을 보낼 기회가 자주 있으면 얼마나 좋을까. 남들이 전혀 관심 가지지 않는 것들을 찾아다니기도 하면서 말이야.

지금은 엘리엇의 『미들마치』를 읽는 중이야. 엘리엇은 발자크나 졸라처럼 분석력이 있는 작가인데 영국의 상황을 영국식 감수성으로 분석하는 능력이 있어.

잘 있어라, 아우야. 다 잘 될 거야. 그리고, 다시 한번 진심으로 고맙다는 말 전한다.

너를 사랑하는 형, 빈센트

라27네 ___ 1883년 2월 20일(화) 추정

친애하는 벗, 라파르트

일주일 전쯤에 편지와 함께 목판화 복제화 두루마리를 보냈는데, 받았나?

그걸 보낸 뒤에 내 「그래픽」을 다 분해했다네. 이렇게 한 결정적인 이유가 있어. 우선, 잡지 21권을 일일이 들여다보는 건 참 많은 시간이 걸리는 허드렛일이야. 특히나, 대부분은 나는 전혀 관심이 없는 잡동사니들이니까 더 그렇지.

또한 나는 그림들을 스몰, 헤르코머, 그린, 프랭크 홀 등 작가별로 따로 모아두는 게 편해. 규칙 없이 아무렇게나 쌓아놓는 것보다. 이런 식으로 분류해 놓았더니 단 몇 시간 만에 전체를 훑어볼 수가 있어. 단, 특징이 살아 있는 근사한 복제화만 모았을 경우에 말이지. 이젠 필요한 복제화를 찾느라고 오랜 시간을 들이지 않아도 되고.

그래서 결행했다네. 일단 그림은 뜯어서 다 분류했는데, 제본은 아직이야. 표지 21개는 스크랩북 표지로 재활용했고, 가지고 있던 다른 복제화들까지 채워 넣어 '「그래픽」 목판화 복제화 스크랩북'을 완성할 거야. 무척 수고스럽지만 신나는 작업이야. 내 화실에 이렇게나 좋은 작품들이 많이 있다니 얼마나 행운이야!

당연히 두 개씩 겹치는 그림들도 꽤 나왔어.

거기다 처리할 일도 하나 더 있어. 집주인과 마찰이 좀 있었지. 화실 환경을 바꾸는 문제로. 어쨌든 내 화실은 빛이 더 잘 들어오게 됐고 내 그림이며 작품집, 판화, 책 들을 정리해서 꽂을 견고한 책장도 생겼어.

그런데 내가 월세가 아직도 밀려 있어서 껄끄러운 관계인 거야. 월세도 저렴한 편인데 말이야. 물론 집주인한테 이것저것 얻어내는 게 쉽진 않았어. 그러다가 합의점을 찾았는데 어쨌든 내게는 이득이야. 집주인도 세놓는 데 문제가 좀 있었고, 내가 원한 건 나무 몇 조각이었는데 집주인에게는 당장 필요한 물건도 아니었지.

어쨌든 합의를 본 덕에 화실 환경이 훨씬 나아졌어. 집주인에게 조목조목 따져 이런저런 걸 얻어내서 정말 기쁘다네. 프리츠 로이터Fritz Reuter의 『나의 감옥 시대Uit mijn gevangenistijd』를 읽다가 그런 아이디어를 얻은 거야. 자네도 아는 책일걸. 요새(要塞) 같은 감옥에서 수감생활을 하던 프리츠 로이터와 다른 재소자들이 교도관에게 이런저런 특권을 얻어내는 상황을 유쾌하게 풀어낸 이야기야. 로이터 얘기가 나온 김에, 「마른 풀Gedroogde kruiden」에 나오는 주인공 브레지히Bräsig는 정말 대단하지 않나? 하베르만Hawermann도 그렇고. 크나우스Ludwig Knaus나 보티에에 버금가는 인물들이지.

최근에 커다란 인물화(상반신이나 거의 무릎까지) 작업을 시작했는데 계단에 있는 벽에 걸 생각이야. 두툼한 판지 6장에 흑백으로 그리고 있어.

조만간 여기 오면 내 목판화 복제화 수집품을 보여줄게. 총 30여 점 정도 되지. 아마 보이드 휴턴의 〈모르몬교도〉, 〈인디언〉, 런던 스케치들, 파리 코뮌 시대를 배경으로 한 몇 점 정도는 꽤 흥미로울 거야. 그리고 이민자와 모르몬교도 예배가 주제인 대형화들도 있어.

지금 나한테 뒤 모리에George Louis Palmella Busson Du Maurier의 대형 복제화가 7점 있어. 우선 가장 아름다운 〈디에프의 추억〉. 자네도 이미 아는 그림이지. 〈악기 연습〉, 〈할머니와 할아버지의 경쟁〉, 〈저녁 식사 전〉. 그리고 내 '「그래픽」 작품집'에 있는 〈배틀도어와 셔틀콕〉, 〈원숭이 우리 앞에서 그린 스케치〉, 〈크리켓 경기〉도 있어.

〈여학생 기숙학교〉라는 대형 복제화는 없어. 아마 초창기에 출간된 「그래픽」에 나와 있을 텐데. 뒤 모리에의 그림 중에서 가장 큰 작품일 거야. 뒤 모리에와 에드워즈 양MEE. Miss Mary Ellen Edwards의 연작이야. 에드워즈 양의 몇몇 판화 작품은 뒤 모리에 버금갈 정도로 수준급이야.

혹시 J. D. 린턴(약자로 J. D. L.)James Dromgole Linton을 아나? 그자가 그린 여성 인물화(코뮌 시대가 배경인)가 있는데 정말 근사해. 〈유대교 회당〉, 〈타워〉 등도 놀랍지. 그런데 C. 그린의 대형화도 보는 맛이 있을 거야. 특히 병원 환자들이 앉아 있는 벤치가 환상적이야.

자네한테 보낸 두루마리에 편지를(보내준 것 등에 대해 고맙다는 말을 적었네) 동봉했는데, 그게 무슨 문제가 있었나 보더라고. 왜 아직 자네한테 도착하지 못했는지 알려주려고 이 편지를 썼다네.

건강은 계속 회복되고 있지? 작업은 다시 시작했고? Adieu, 곧 또 편지하지. 자네가 보낸 두루마리 잘 받았는데 편지는 없더군.

자네를 사랑하는 친구, 빈센트

268네 ___ 1883년 2월 20일(화) 혹은 21일(수)

테오에게

일요일에 진작 편지 쓰고 싶었는데, 좀 기다렸어. 뭘 좀 그리느라 바빴는데 결과가 어떻게 나올지 잘 모르겠다. 몇 주 전에 프리츠 로이터의 『나의 감옥 시대』를 읽었는데, 프리츠 로이터와 친구들이 교도관에게 특권을 얻어내 편하게 수감생활 한 이야기가 유머러스하게 묘사되어 있어.

이 책을 읽다가 아이디어 하나가 떠올랐어. 집주인에게 요구해 내 작업환경 개선에 필요한 조치를 얻어내기로 말이야.

그래서 집주인이 사는 프로뷔르흐로 여러 번 찾아가서 이것저것 등등을 요구했지.

거기엔 내가 가져다 쓰고 싶은 낡은 덧창과 널빤지 몇 장이 있었거든. 그런데 끝까지 안 내주려는 걸 기어이 받아왔지.

너도 알다시피, 화실에는 창문이 3개야. 그 창문으로 빛이 잘 들어와. 어마어마하게 쏟아지지. 심지어 창문을 막아도 그래. 그래서 예전부터 어떻게 해야 하나 고민해왔어. 그런데 집주인은 내가 비용을 대지 않으면 아무것도 해줄 수 없다는 거야.

그렇지만 이번에 찾아가서 덧창 6개와 긴 널빤지 대여섯 장을 얻어왔어. 덧창 톱질로 2등분으로 잘라서, 필요에 따라 위쪽이나 아래쪽 창문을 여닫아 빛의 유입을 조절하게 해뒀어. 여기 작게 스케치해뒀으니, 이걸 보면 꽤 교묘하게 작동하는 걸 알겠지.

널빤지는 벽감에 달아서 커다란 벽장처럼 쓸 수 있겠어. 데생, 복제화, 책 등을 넣어두고, 외투며 코트, 숄, 모자, 모델에게 씌울 방수복 등을 거는 옷걸이로도 적합할 것 같아.

집주인한테 월세도 꼬박꼬박 잘 내왔기에, 아주 간단명료하게 말했지. 지금 받는 월세가 너무 적다고 생각한대도 굳이 반박하진 않겠지만, 내게는 그마저도 대단히 버거운 금액이고, 창문으로 쏟아지는 빛이 조절되지 않으면 이런 식으로는 더 이상 작업을 해나갈 수 없다고.

그러니 이걸 개선해줄 수 없다면, 나로서는 다른 화실을 찾아볼 수밖에 없다고 말이야.

돈이 있다면야 더 내겠지만, 지금으로서는 더 낼 여력이 안 된다는 말도 했어. 그러니 월세 인상은 협의가 불가능하고, 내가 그 집에 남든지 떠나든지는 이 개선안을 집주인이 수락해주느냐에 달렸다고도 했지. 내가 떠나도 개의치 않겠다면, 뭐, 좋게 헤어지겠지만 친구 관계는 거기서 끝이고.

그랬더니, 집주인이 *그건 아니고* 뭔가를 해준다고 했고, 결국 내가 인건비만 내기로 합의 봤어. 그가 벌써 여러 번 화실에 다녀갔어. 잔머리를 굴리는 사람이긴 한데 지독한 구두쇠는 아니야. 자기 예상보다 화실 상태가 좋다고 생각했나봐(작년 7월에 와보고 이번에 왔으니까). 일단 화실에 와서 동의하더니, 내 기대보다 훨씬 빠르게 진행시키더라.

사람들을 화실 안에서만 만나면 얼마나 좋을까! 난 화실을 벗어나면 사람들과 잘 지내기가

Maar nu heb ik door een nieuwe
attagne 6 sluts blinden en een
stuk of 6 lange planken. De blinden
worden nu
doorgezaagd
zoodat er
luiken komen
waarmee men
manoeuvreeren
kan en naar
verkiezing men
't licht
kan afsluiten of
laten invallen
't zy van boven
't zy van onder

Uit het krabbeltje ziet ge dan ik wel zien
het kan heel goed.
En de planken zijn voor eene groote
kast tot bergplaats van teekeningen prenten
boeken. en kapstok voor diverse keelen
busen oude jassen doeken hoeden en
den zuidwester met te vergeten – en ook voor de

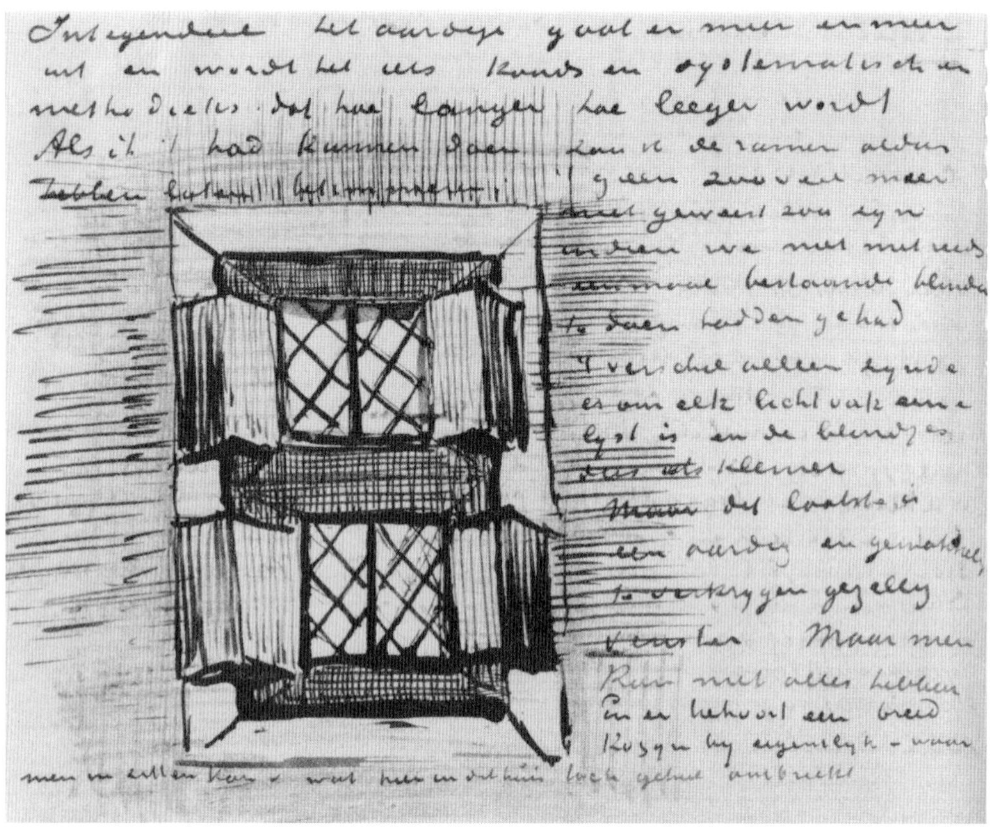

힘들고, 뭘 부탁하기도 어려워.

제법 큰 인물화를 몇 장 그리고 있어. 상반신 혹은 무릎까지 나와. 비록 모두 평범한 그림들이지만, 전에 그려둔 습작 몇 점과 함께 복도와 계단에 장식으로 걸 거야.

보다시피, 내가 그림에 전념하고 있는 걸 다시 한 번 알 수 있겠지. 이렇게 집중하다 보면 새로운 아이디어들도 떠오르고 그래.

예를 들면, 프로뷔르흐에 가서 집주인과 나무를 고를 때 본 작업장 인부들 얼굴이 상당히 인상적이었어. 지하를 만들려고 땅을 파내고 기초 공사를 하고 있더라고. 네가 편지에 묘사했던 몽마르트르에서 작업하던 인부들 모습이 떠올랐지. 채석장에서 인부가 사고로 다치는 장면을 목격했다고 했던 그날 일 말이야.

너도 알다시피, 난 이미 빛을 막기 위해 창틀에 캔버스를 걸어 두고 지냈잖아. 이걸 이젠 다른 용도로 잘 쓰겠더라고. 그러니까, 진한 색이나 연한 색 캔버스를 걸면 인물화를 그릴 때 좋은 배경이 되지.

이제는 창문을 한두 개 가릴 수 있으니까, 조명을 마음대로 써서 효과를 훨씬 더 강렬하게 만들 수 있어. 예전에는 빛 간섭이나 반사 때문에 조명 효과가 사라져버렸었거든.

내가 혼자 비용을 다 부담해야 했다면 엄두도 못 낼 일이었어. 어쨌든 다하고 나니까 마음이 편하다.

좋은 채광이 절실히 필요했거든. 특히 마지막에 보냈던 그림들, 내가 최근에 강렬한 검은색으로 그렸던 인물화들을 그릴 때 새삼 다시 깨달았지.

다 잘됐으면 좋겠는데, 이 스케치들을 보면, 설치가 워낙 간단해서 분명히 잘될 거야.

요즘 집들은 참 형편없이 지어졌어. 조금만 더 신경 썼으면 편한 집이 됐을 텐데. 지금 창문을 렘브란트 시대의 십자 창문과 비교해봐. 그때는 다들 본능적으로 적절히 조절된 빛만 원했는데, 이젠 더 이상 그런 빛은 없는 것 같아. 지금은 어떻게든 차갑고 강렬해서 은은한 맛이 전혀 없는 빛을 추구하지.

노동자 주택들을 처음 짓기 시작했을 때는 괜찮았는데, 그 후로 20~30년 동안 전혀 아무것도 나아진 게 없어. 오히려 정반대로, 원래의 매력들이 점점 사라지고, 차갑고 구조적이고 방법적인 부분들만 남아서 갈수록 불만족스러워.

내가 집을 지었다면 창문을 예전 방식으로 달았을 거야. 덧창이 안 달려 있더라도, 그걸 고치는 데 돈이 많이 드는 것도 아니고. 유일한 차이라면 각각의 판유리마다 창틀이 분리될 테니, 덧창 크기도 덩달아 더 작아진다는 거지. 하지만 그렇게 하면 쉽게 창문을 더 훌륭하고 기분 좋게 만들 수 있어. 그렇지만 모든 걸 충족할 순 없지. 그리고 앉을 수도 있을 정도로 넓은 창턱도 필요한데, 이 집에 그런 건 없어.

네가 돌봐주는 그 친구 소식이 몹시 궁금하다. 차분하게 잘 지내기를 바라고, 정상적으로 빨리 회복되면 좋겠구나. 그런데 이런 변화는 원활하고 신속히 진행되지 않더라. 꼭 또 다른 불미스러운 일이 따라와. 그러니 언제나 두 눈을 부릅뜨고 지키고 있어야 해.

지난주에 위고의 『파리의 노트르담』을 다시 읽었어. 10여 년 전에 한 번 읽었던 건데. 다시 읽으면서 내가 뭘 찾아냈는지 알아? 적어도 내 생각이 그렇다는 건데, 빅토르 위고가 의도를 가지고 이 소설에 담아내려던 걸 알아냈어. 카지모도에게서 테이스 마리스를 볼 수 있었거든.

『파리의 노트르담』을 읽는 사람들 대부분은 카지모도를 우스꽝스러운 광대로 여길 거야. 그런데 너나 나는 절대로 그 인물을 어리석다고 생각하지 않아. 너도 나처럼 위고 말의 진리를 느끼지. 'Pour ceux qui savent que Quasimodo a existé maintenant Notre Dame est vide. Car non seulement il en était l'habitant mais il en était l'âme(카지모도가 한때 존재했었음을 아는 이들에게, 이제 노트르담은 텅 비었다. 그는 단순한 거주자가 아니라 그곳의 영혼이었기 때문이다).'

『파리의 노트르담』을 레이와 드 그루(간혹), 라지, 드 브리엔트, 앙리 필 등의 화풍을 추구하는 예술 사조의 상징으로 여긴다면, 테이스 마리스를 이 문장 안에 넣을 수 있어. 'Maintenant il y a un vide pour ceux qui savent qu'il a existé car il en était l'ame et l'âme de cet art-là, c'etait lui(그가 존재했었음을 아는 이들에게는 이제 빈자리만 남아 있다. 그는 영혼이었기 때문이다).' 그래, 테이스 마리스는 여전히 존재해. 하지만 전성기도 아니고, 힘이 넘치는 상태도 아니야. 온전한 것도 아니고. *환멸에 젖을 대로 젖은* 상태지.

여기 화가들이 범하는 가장 멍청한 실수는, 지금까지도 테이스 마리스를 낮잡아 본다는 사실이야. 그건 자살행위나 다름없이 끔찍한 짓이야. 왜냐고? 테이스 마리스는 대단히 고귀하고 숭고한 존재의 화신이니까, 그를 조롱하는 화가는 곧 자기 자신을 비하하는 것이나 마찬가지거든. 마리스를 이해하지 못하는 사람들이 대단히 안됐어. 그를 이해하는 사람이라면 그가 이토록 놀림감이 되고 있다는 사실에 슬퍼할 거야. 'Noble lame, vil fourreau. Dans mon âme je suis beau(고귀한 칼에, 누더기 같은 칼집. 내 영혼은 아름답습니다).' 테이스 마리스에게, 카지모도에게 해당되는 말이지.

아직 답장하기 전이면 곧 편지해라. 내 말 명심하고. 악수 청한다.

너를 사랑하는 형, 빈센트

268a네

(편지지 맨위 여백에 적힌 글)

오늘까지 밤이나 아침에 잠에서 깨서 눈을 뜨려 하면 눈꺼풀이 잘 떨어지지 않았는데, 간밤에는 처음으로 아무렇지 않았다. 흰자위가 좀 불편하고 충혈되기는 했는데 그게 다고, 눈두덩이 좀 부었는데 이것 역시 좀 괜찮아지려는 것 같다.

사랑하는 동생에게

어제도 편지했지만, 오늘 네가 보내준 편지와 돈, 잘 받았다는 소식 전하려 몇 자 더 적는다. 또한 그 친구 심리 상태가 '다소 의기소침'해졌다는 게 마음에 걸린 탓도 있고.

내 상상이 과한 것일 수도 있지만, 정말 기우에 불과하다면 tant mieux(오히려 더 잘됐어). 괜한 걱정이라면 그것만큼 반가울 일도 없겠지. 그 친구의 우울이 신경 쓸 정도는 아니고, 차차 사라진다면, 그러면 훨씬 더 좋겠지.

그런데 그 상태가 지속되고 이상하다고 판단되거든(내가 보기에는 그런 것 같으니) 일단 조심해야 해. 상황이 더 심각해졌을 때 최고의 치료자는 의사가 아닌 바로 너 자신이야.

의기소침과 불안증이 사라지지 않는 건 아무래도, 그 친구가 조만간 너와 헤어져야 할 거라는 생각에 괴롭기 때문인 것 같다. 네가 그 친구를 진심으로 신경 쓰고 아무리 많은 걸 해줬더라도 말이다.

우린 형제잖아. 그렇지? 동시에 친구기도 하고. 우린 생각을 솔직히 주고받는 사이니만큼 지금 내 생각을 가감없이 밝혀도 불쾌하게 듣지 않으면 좋겠다. 이런 문제는 조금이라도 조치가 늦으면, 순식간에 비극적인 방향으로 흘러갈 수 있기 때문이야. 그 친구, 내가 보기에 정신적으로 너무 쇠약하고 긴장한 데다 지쳐 있어. 보기에는 차분할지 모르겠지만 정신적으로나 육체적으로나 상태가 매우 심각해.

그래서 침울한 상태가 계속 사라지지 않고, je ne sais quoi(뭔지 모를 무언가가) 그녀의 회복에 꼭 필요한 휴식을 방해하거나, 그녀가 생각을 너무 속으로만 곱씹고 말하지 않는다면, 분명, 그녀는, 내 생각에, 자신의 나약함과 신경과민 증세에 시달리다 두려움에 떨며(거의 미치기 일보 직전까지) 지내게 될지 모른다. 네가 자신을 사랑하는지 아닌지 알 수 없어서 말이야.

그녀의 마음은 흥분하고 포효하는 대양 같은 사랑을 품고 있을지도 몰라. 하지만 절대로 입 밖으로 꺼내 말하진 않을 거야. 왜냐하면 네가 단도직입적으로 고백하지 않는 이상 네 사랑을 계속 의심하기 때문이야.

남몰래 느끼는 두려움이 너무 큰 나머지(주변을 감싸고 떠다니는 우울증의 구름이 아주 작아서 네가 거의 느끼지 못할 정도라도 말이야. 남들은 더 못 느낄 테고) 그 은밀한 두려움이 너무 심해서 회복이 *아예 불가능*할 수도 있어. à tout prix(어떻게든) 지금 그녀가 느끼는 불안감을 달래주지 못하면 후유증이 상당히 심각할 거야. 조심스러워서 *지금*은 그런 말을 하고 싶지 않고, 건강이 다 회복되고 그녀 스스로 자유로워질 때까지 기다리고 싶은 마음 잘 안다.

혹은 같은 말을 반복하고 싶지 않고, 이런 생각도 들거야. 나는 그녀의 친구라고, 나는 믿어도 된다는 걸 이해시키기 위해 충분히 노력했다고.

하지만 같은 말을 반복한다만, 만약 의기소침한 상태가 지속되면(그녀의 *휴식*을 방해하는 가장 큰 장애물이지. 휴식이 없으면 회복도 없어) 다시 한 번 네 마음에서 우러나는 말을 그녀에게 들려줘라.

사랑하는 아우야, 내 말은 엉뚱하고 경솔한 말이 아니라 개인적인 경험을 통해 진심에서 우러나는 말이야. 그러니 그 경험이 내게 가르쳐준 내용을 귀기울여 들어봐라. 우리 집 여자가 출산할 때, 그 위험한 난산을 겪고, 거의 죽기 직전까지 갔는데, 바로 그 순간 그녀는 고비를 넘겼고, 아이는 살아서 건강해졌지.

출산 12시간 후에 면회를 갔을 때 그녀는 완전히 탈진한 상태였어. 내가 도착하자 마치 아무 일도 없었다는 듯 일어나 앉으며 밝고 활달한 표정을 지었는데, 두 눈은 삶의 기쁨과 감사의 마음으로 밝게 빛나고 있었어. 그녀는 어떻게든 건강을 회복해야 했고, 또 그렇게 하겠다고 약속했어.

(*그러한 약속을 믿는* 게 얼마나 중요한지 알 거야. *회복의 의지* 역시도! 이미 지난 편지에 네가 썼잖아. 그래, 네가 제대로 본 거야.)

하지만 며칠 뒤에 그녀에게서 짤막한 편지를 받았는데 무슨 말을 하는 건지 알 수가 없었고,

실망스러웠어. '내가 분명히 다른 여자와 같이 있을 거'라는 거야. 너무 이상하고 말도 안 되는 소리였어. 나도 병원에서 막 퇴원해서 몸 상태가 정상이 아니었지만, 그녀가 정신적으로 불안하고 혼란스럽다는 건 충분히 이해했기에, 즉시 그녀를 보러갔지. 그러니까, 가능한 최대한 서둘렀다고. 주중에는 문병이 허락되지 않아서 그다음 주 일요일에 갔으니까, 여드레 후였지. 아주 *피골이 상접*한 상태였는데, 초록으로 뒤덮였던 한 그루 나무가 혹한에 시달리다 싹까지 얼어붙어버린 모양새였어. 더더구나 쭈글쭈글한 아기도 병치레를 하고 있었지. 의사 말이, 아기가 황달 증세가 있는데, 눈까지 이상해서 장님이 되는 건 아닌가 걱정이라고 했어. 아기 엄마는 황달 증세는 없었지만, 낯빛이 누렇고 허여멀겋게 뜬 상태에다, 아무튼 그랬어. 일주일 만에 완전히 말라붙고 시들어버렸지. 더 자세히 뭐라 표현할 말이 없다. 그 모습은 가히 충격적이었으니까.

어떻게 해야 하지? 어떻게 이런 일이 있지? 무슨 말을 하지? 그녀는 *쉴 수가 없다*고 말했어. 극도로 의기소침해진 상태인 게 확실했어. 뚜렷한 이유도 없고, 그 전 일요일 이후 아무런 일도 없었는데도 말이야.

좋아. 그래서 난 이렇게 생각했어. 뭔가 해야겠다고. 그런데 뭐가 문제인지를 모르니, 뭐든 되는대로 다 찔러봤지.

나는 화난 척했어. 대체, 이게 당신이 약속을 지키는 방식이냐고. 그러고는 그녀에게, 건강을 되찾기로 했던 약속을 상기시켰어. 또 아기가 아픈 것도 못마땅하다는 식으로 반응하고는, 이게 다 당신 잘못이라고 나무라면서 편지에 쓴 내용이 무슨 뜻이냐고 물었어. 한마디로, 비정상적인 상황이라 *비정상적*인 방식으로 그녀를 대한 거야. 거칠게 몰아붙였다고. 하지만 마음속으로 너무 딱했지. 그 결과 그녀가 정신을 차리긴 했지. 마치 몽유병 환자가 잠에서 깨듯이. 나는 병원을 떠나기 전에 다시 한 번 그녀에게, 물론 말투를 전혀 바꾸지 않고, et plus vite que ça(지체없이) 회복하겠다는 약속을 상기시켰어!

사랑하는 아우야, 그 순간부터 그녀는 빠르게 회복되었고, 얼마 지나지 않아 내가 그녀와 아기를 병원에서 데려왔어. 아기는 꽤 오래 아팠는데(아마도 그녀가 처음 며칠간은 아이보다 나를 더 신경 써서 돌봤기 때문일 거야) 지금은 아기 토끼처럼 아주 건강해. 처음에는 떠지지도 않던 그 작은 두 눈이 지금은 아기 토끼처럼 초롱초롱하고. 그녀를 데리러 갔을 때 산부인과 병동 대기실에서 기다리는데, 갑자기 그녀가 두 팔로 아기를 안고, 비통한 표정으로 나왔어. 아리 쉐페르인가 코레조인가의 그림 속 그 여인처럼 말이야.

다시 말하지만, 너의 그녀 역시 남모를 근심 걱정에(당연히 뚜렷한 근거가 없는) 시달리고 있다는 내 판단이 틀렸다면 참 다행이다. 하지만 우울감이 계속되면 다시 한 번 그녀에게 건강을 되찾겠다고 약속하게 만들어야 해. 그리고 *네가* 그녀의 회복을 간절히 바라고, *네가* 그녀 없이 살 수 없다고 분명하게 말해줘. 너도 아는지 모르겠지만, 이기적으로 들릴까봐 그런 말을 꺼낼 때 조심스러워지는데, 이런 경우엔 불편할 이유가 없는 게, 그게 바로 그녀를 구하는 길이기 때문이지. 그러니까 이기적인 게 아니야. 두 사람이 헤어지는 게 쉽지도 편안하지도 *않다*는 걸 서로가 너무나 잘 아는 사이라면, 그건 이기심과 상관없어. 둘이 하나가 될 필요가 있는 게 아니라, *둘은 이미 하나거든*. 단지, 반드시 말로 표현해야 해. 왜냐하면 그런 허심탄회한 고백이, 환자에게는 건강 회복에 있어서 *절대적*이거든.

이 얘기만 계속하고 있구나(너무 장황한 설교로 듣진 마. 이 문제에 관해선 내 생각을 고스란히 전해야만 할 것 같아서 그래). 며칠째 자꾸 네 환자가 내 경우와 겹쳐 보였거든(내 착각일 수도 있어. 이유는 잘 모르고. 그런데도 계속 누군가에게 감정이 이입될 때가 있잖아). 출산 이후 우리 집 여자가 보인 반응과 너무 닮은꼴이라서.

네가 수술 과정을 묘사한 부분을 읽은 다음부터 계속 이런 생각이, 머릿속에서 떠나지 않더라고. 그러다가 그 친구가 의기소침하다는 네 말에, 이 이야기를 안 할 수가 없었다. 그녀의 심리 상태를 명확히 이해해보려고 할 때마다, 거의 매번 처음부터 드는 생각은, 그녀에게 닥친 연속된 불행은 그녀를 갈팡질팡하게 만들었을 거라는 거야. 그러니, 그녀에게 맞는 유일한 치료법은 사랑뿐이야. 문자 그대로의 꽉찬 사랑.

네가 없으면 그녀는 끝이라는 게 내 생각이야. 네가 없으면 그녀에게는 어떠한 회복도, 어떠한 미래도 없는 셈이야. 네 편지를 읽다 보면, 미래에 관한 아주 중요한 문제의 답을 네가 은근히 피하는 듯 보이는 대목들이 있어. 과연 그녀가 널 계속 영원히 사랑할지를 의심하는 것 같단 말이야. 내 판단은 하나뿐이야. 그녀는 널 사랑해. 그래서 네게 묻고 싶은 건 단 하나야. 그녀에게 영원히 사랑한다고 말했니? 아니면 조심하느라고, 혹은 그녀에게 상처를 줄까봐, 여태 아무 말도 하지 않은 거야?

그럴듯한 정당한 이유가 없으면 언급조차 자제해야 할 이런 지극히 사적인 주제를, 굳이 계속 거론하는 건, 그녀의 반응과 얼마 전 우리 집 여자가 보인 반응이 너무 닮아서야.

1. 둘 다, 위험한 수술을 받았고, 마취에도 불구하고 수술 과정 내내 가만히 누워만 있지는 않았어.
2. 둘 다, 수술 직전까지 두려움과 긴장감과 근심 걱정에 사로잡혀 있었고, 신경계가 감내하기 힘들 정도로 정신적인 고통을 겪고 있었어.
3. 둘 다, 난관을 극복하고 건강을 회복하려면 몸과 마음의 휴식이 절대적으로 필요해.

내 생각에 이런 유사성은 상당히 중요해. 이제 네가 상당히 낙담한 것 같다고 말하니, 우리 집 여자가 얼마나 위중해졌었는지, 내 말을 귀담아들을 필요가 있어. 그냥 방치했을 때 심각하다 못해 위험해질 수 있고, 그것도 *불과 며칠 사이에* 위협적인 양상으로 돌변할 수도 있다는 걸 말이야. 그런데 이것도 같이 알아둬. 우리 집 여자는 새로운 사랑에 대한 확신 덕분에 마음이 차분해지며 기쁨과 희망으로 미래를 바라보게 되자, 수술 이후에도 매우 빠르게 육체적인 건강을 회복했다는 사실도 말이야.

나 역시, 그 전까지는 내가 절대로 그녀를 떠나지 않을 것임을 최대한 느끼게 해주려고 애썼어. 그런데, 말이 아닌, 내 능력이 닿는 다른 노력들로만. 아니, 말로도 해줬지. 하지만 그런데도, 불쑥불쑥 의심이나 걱정에 사로잡히더라. 내가 그녀를 안심시키려고 노력할 때마다 금세 사라졌지만.

너도 기억할 거야. 이전 편지에 네가 직업에 관해 언급했을 때 내가 반대의견을 냈잖아. 그때 이미 내 머릿속엔 모호한 의심이 피어오르긴 했어. 그런데 이번에는 우울증 초기 증상에 대해 말하고 있잖아. 아, 바로 이 부분을 내가 걱정하고 있었다고!

내 걱정이 단순한 기우기를 바란다. 하지만 이 우울증과 근심 걱정, 그리고 회복을 방해하는 무언가가 여전히 사라지지 않았다면 내 생각에, 오직 너의 사랑과 너의 변함없는 마음만이 그녀를 안심시키고 회복의 단계로 더 가까이 이끌 수 있어.

Adieu, 아우야. 진심으로 네 상황에 공감하는 마음으로 쓰는 편지다. 내가 진심으로 이 모든 상황이 나아지기를 바란다는 거, 너도 잘 알 거야. 편지며 동봉해준 것, 다시 한 번 고맙다. 내 의도와 달리, 이 편지가 '제법 우울하게' 길어진 탓에 다른 이야기를 쓸 자리가 없구나. 내 말 명심하고, 악수 청하면서 행운을 기원한다.

너를 사랑하는 형, 빈센트

269네 ___ 1883년 2월 23일(금) 추정

테오에게

보내준 편지 잘 받았고 짤막하게나마 고맙다는 말 전하려고 펜을 든다.

그리고 네 환자 상태에 관해 좋은 소식을 들으니 기쁘구나. 잘됐다.

하나의 사랑 속에도 여러 가지 종류가 있어. 그리고 여자가 건강을 회복하면 사랑의 양상이 또 달라지는데 그것 또한 굉장한 경험이야. 중요한 건 인내하고 견디며 기다리는 거야. 다양함을 추구하는 사람은 믿고 기다려야 해. 많은 여자를 만나고 싶은 사람은 한결같이 한 사람만 만나야 하는 법이야.

여기는 이제 완연한 봄이다.

지금 화실 상황이 영 말이 아니야.

문제의 덧창을 다는 동안 대충 그린 크로키 하나 동봉한다. 손도 제대로 안 보고 그냥 보내는 이유가 뭐냐고? 일단 이거 하나는 너도 알아보지 않을까 싶어서야. 이제는 커다란 창문 3개로 쏟아져 들어오던 햇살을 조절해서 전혀 다른 조명 효과를 내게 됐거든.

크로키를 보면 알겠지만, 1번 창문은 아래쪽을 닫을 수 있고 나머지도 부분적으로 닫을 수 있어. 그러니까 요양원 병실 문과 비슷하다고 할 수 있지.

2번 창문은 위쪽을 닫을 수 있어. 그리고 인물화 장식이 들어간 스테인드글라스처럼 보이기도 해. 왼쪽으로 배경이 어두운 이유는 창문이 완전히 닫혀 있어서야.

덧창이 없는 상태에서 창문 3개로 쏟아져 들어오는 직사광선의 효과와 비교하면 어떤 차이가 있을지 상상해봐라. 그러면 이제 마음대로 조명의 밝기를 조절하면서 편하게 작업한다는 게 쉽게 이해될 거야. 직사광선 말고도 전에는 모든 효과를 잡아먹는 반사광도 문제였어.

볕도 잘 들지 않는 골방에서 자기 일에 열중하고 있는 어느 노부인에게서 강한 개성을 보았고 신비로운 분위기마저 감돌았는데, 막상 그 양반을 내 화실에 앉히면 그 분위기가 온데간데없이 사라져서 매번 절망했거든. 고아 남자 모델도 직사광선이 쏟아져 들어오는 내 화실보다 어두운 통로 같은 데서 마주칠 때 훨씬 분위기가 있었어.

게다가 갈수록 더 골칫거리였어. 널찍한 창문 3개를 통해 들어오는 빛이 너무 강렬해서 가리개나 종이상자로 차단할 수는 있어도, 조절할 수가 없어서.

이제야 모든 문제를 해결할 수 있게 된 셈이야.

크로키 상태가 형편없긴 하지만 덧창을 달고 있는 바로 그 현장에서 직접 보면서 단숨에 그린 거야. 그러니 앞으로는 빛의 양을 조절하면서 작업하겠구나 대번에 느껴질 게다. 말로 설명하는 것보다 그림으로 그려 보내는 거 더 나을 것 같았어.

결과적으로 화실 조명 문제는 원하는 대로 해결이 된 것 같으니, 이제는 다른 곳에서 그림의 대상이 될 사람을 발견해도 내 화실에서 조명 환경을 똑같이 만들어서 작업하는 게 가능해지는 거야. 모델이 빛을 받는 방향이 앞쪽인지, 뒤쪽인지, 오른쪽인지, 왼쪽인지, 위쪽인지, 아래쪽인지 등등 말이야.

조만간 네가 와서 보면 네 마음에도 들 거다. 벽장 문제도 많이 나아졌어. 덧창이 창문보다 널찍해서 크기를 조절해야 한 탓에 공사가 좀 까다로웠지. 이제 그 과정도 얼추 마무리돼서 아주 만족스러워. 화실 분위기가 내가 원했던 대로 조화를 이루게 됐어. 조만간 낡은 나무 등을 더 구하면 다락방도 사용할 수 있도록 손을 볼 생각이야.

그림같이 꾸며놓을 수 있을 것 같거든. 그런데 그건 부차적인 일이야. 화실이 10배는 더 나아진 것 같아.

하지만 낡은 덧창을 여러모로 손보느라 아쉽게도 비용이 애초 예상보다 늘어났어.

그래서 부탁하는데, 3월 1일에 맞춰서 돈을 주겠다고 약속해서, 가능하면 평소에 보내주던 걸 늦어지지 않게 하루라도 좀 더 일찍 보내주면 좋겠다. 이 모든 과정을 거치면서 화실이 완전히 달라졌다는 걸 너도 이해했을 거라 믿는다. 정말 마음에 들어. 제대로 바뀌지 않을까봐 내내 걱정했었거든.

그 친구에 관해 좋은 소식을 들어서 반갑다고 했었잖아. 그런데 그 친구가 고향으로 돌아가는 게 능사는 아닌 것 같다. 어쨌든 네 말대로, 앞으로의 일을 논하기 전에 무엇보다 중요한 건 그녀가 건강을 회복하는 일이지. 봄을 맞아 더 나아지기를 기원해보자!

급히 쓰고 있다, 아우야. 아직 치울 게 너무 많아. 창문 공사 결과는 대단히 만족스러워.

일단 지금까지의 판단으로는 상당히 효과적이야. 지난여름에 왔을 때 속수무책으로 밀고 들어오는 직사광선이 어땠는지 너도 기억할 거야. 내 크로키를 보면 알겠지만, 이제 내 화실에서 빛의 양을 마음대로 조절하는 게 가능하고 작은 공간에서 포착한 조명효과도 똑같이 재현할 수 있어. 또 다른 장점이라면, 작은 공간의 경우 그림 그릴 인물하고 적당한 거리를 두는 게 불가능한데 화실에서는 필요한 만큼 거리를 둘 수 있다는 점이야.

Adieu. 진심 어린 마음의 악수 청한다.

너를 사랑하는 형, 빈센트

오늘밤은 왠지 꿈속에서 방수복 걸친 어부들이 윤곽이 두드러지게 강조해주는 빛을 사선으로 받으며 일하는 모습을 볼 것 같다!

라28네 ____ 1883년 2월 말에서 3월 초 추정

친애하는 벗, 라파르트

자네 편지 잘 받았어. 내가 하고 싶었던 말이 바로 그거야. 이제 어떻게 해야 할지 잘 알게 됐어. 이 기회에 또 뭐 괜찮은 게 있는지 계속 찾아볼 거야.

우선, 〈불행한 미남〉은 나한테 없어. 정말 괜찮은 그림이라 손에 넣었으면 좋겠는데. 오늘이나 내일 중으로 「홀리데이」 82호를 자네한테 보내지. 케이튼 우드빌이나 놀스 등의 아름다운 삽화가 수록돼 있어.

아래 복제화들도 마찬가지야.

르롤: 〈강가에서〉

스몰: 〈공원〉, 〈크리켓 경기 관람객〉

로빈슨: 〈구조〉

로버슨: 〈파도를 가르며 맞는 크리스마스〉

르누: 〈도움의 손길〉, 〈워싱턴 초상화〉. 정말 근사해!

오버렌드: 〈희망과 두려움〉

모리스: 〈벼 베는 사람들〉

코흐: 〈강도 소굴〉

마이에르하임: 〈원숭이 학교〉
크나우스: 〈새끼 돼지〉
프랭크 홀: 〈귀환〉
로휘선: 〈모래언덕에서〉
에델펠트: 〈예술가의 집에서〉, 〈메리 크리스마스〉
엠슬리: 〈집 근처에서〉
비에르헤: 〈전기 박람회〉
카우프만: 〈비센부르의 학교〉
헤이우드 하디: 〈동네 의사〉, 〈크리스마스 성가〉
오버렌드: 〈온실 안에서〉
코흐: 〈루더의 조정 경기〉

자네는 나한테 없는 프랭크 홀의 그림 두세 점을 가지고 있어. 그나저나 마차 객석에 앉은 두 사람 그림은 정말 아름다워! 다른 것도 그렇고, 〈사별〉도 마찬가지야. 그 그림들은 내가 아주 잘 알아.

자네한테 보낸 그림 하나가 〈현역병 소집〉과 아주 잘 어울릴 거야. 왜냐하면 내가 보낸 건 〈귀환〉이거든. 자네가 소장한 홉킨스의 그림은 내게 없지만, 대신 다른 걸 얻었어(〈가장무도회〉와 〈자선 행사〉).

버크먼이 그린 〈요양원 앞에서〉도 상당히 흥미로웠어. 혹시 올해 출간된 잡지에 수록됐던 건지 확인해서 알려주면 좋겠어. 그렇다면 나도 구해보려고. 복제화는 잘 모르지만, 그 사람 작품은 좀 아는데, 정말 근사해. 이 주제는 분명 아주 잘 다뤘을 거야. 헤르코머의 〈어려운 시기〉도 모르는 작품이고 오버렌드의 〈북극의 예배 시간〉도 모르는 작품이야.

마지막 목록에 든 모렝, 레가메, 불랑제 등의 작품도 전혀 몰라. 자네가 작가를 잘 모르겠다고 한 그 조정 경기 그림이 전경에 배의 한 부분이 보이고 검은 옷을 입은 여성이 앉아 있는 거라면, 폴 르누아르 작품이야.

자네한테 줄 다냥의 환상적인 작품이 더 있어. 〈튈르리 공원의 멋쟁이〉하고 몽바르가 그린 〈아랍인 걸인〉. 그런데 이 두 점은 약간 찢어지긴 했지만 그래도 잘 손봐서 붙이고 제본도 했어. 둘 다 판형이 커서 보낼 수가 없어. 접지 않으면 소포가 너무 커지는데 접으면 안 되는 그림이거든. 조만간 여기 들리거든(지난여름처럼) 그때 가져갈 수밖에 없겠어.

프랑스 작품들이라 아마 자네가 이미 소장했을 수도 있지. 그러면 내가 그냥 가지고 있겠네. 유난히 아름다운 것들이니까. 아무튼, 자네한테 없는 거라면 꼭 알려줘. 일단 따로 보관해두지. 내가 보내준 것들을 받는 게 부담스럽다는 자네 마음에 대해 다시 한 번 생각해봤어. 충분히 이해하고 존중하네. 그렇지만 내가 무언가를 보내는 걸 호의로 여기지 말고, 그냥 자연스러운 일이라고 여겨줘.

왜냐하면, 나는 내가 자네를 친구로 여기는 걸 자네가 불편해하지 않았으면 좋겠거든. 마찬가지로 자네도 나를 친구로 여겨줬으면 하는 마음이고. 친구란, 단지 감정의 문제가 아니라 행동도 따르기 마련이라는 점에서는 자네도 나와 생각이 비슷할 거야.

그렇기 때문에 자네한테 없는 게 나한테 2개가 있다면, 기꺼이 자네한테 보내주고 싶은 게 내겐 너무나 자연스러운 일이야. 자네도 브뤼셀에서 생활하던 시절, 자네 화실을 기꺼이 내주면서 나를 도와줬잖아.

자네한테 몽바르의 〈달력〉 중에서 7개가 있다고 했었는데 몇 월 것들인지 알려주면 자네한테 없는 걸 채워줄 수도 있을지 몰라. 지금 보니 스태니랜드의 그림이 또 2점씩 있어서 돌맨 그림과 함께 보낼 생각이야.

F. D.라는 이름 약자나 어떤 그림 하나를 찾아야 해. 혹시 화풍으로 내가 작가를 알아볼 수 있는지 확인해야 하거든. 작가 이름이 F. 대드라고 해도 놀랄 일은 아니야. 〈합승마차의 도착〉이라는 그림 아래 적힌 이름 약자는 누구인지 모르겠더라고. 스코틀랜드 스케치를 하나 구했는데 그 안에 〈연어 낚시꾼들〉이 있었어.

케이튼 우드빌은 보면 볼수록 정말 솜씨가 대단해. 자네가 소장한 것 외에 〈야간 방문〉도 있고, 나한테는 아일랜드를 배경으로 한 다른 대형화들이 있는데 오켈리, 그레고리, 대드의 작품과 함께 보면 마치 한 편의 연작 같아.

오늘아침에는 청소부들이 쓰레기를 쌓아두는 하치장에 다녀왔어. 세상에 그런 장관은 따로 없을 거야! 마치 버크먼 그림의 한 장면 같았어. 내일은 쓰레기 하치장에서 쓸만한 물건들을 가져다줄 거야. 특히 고장 난 가로등이 기대되는데, 그냥 화실에 두고 감상해도 좋고 그림 그릴 때 소품으로 써도 좋을 것 같아. 녹도 슬었고 좀 구부러지기도 했어. 청소부가 가져다주겠다고 약속했어. 양동이, 바구니, 냄비, 그릇, 통, 철사, 가로등, 배관 파이프 등 사람들이 버린 물건들이 쌓여 있는 게 꼭 안데르센의 동화 속 한 장면 같았어.

아마 오늘밤에는 그 장면이 꿈에 나올 것 같은데, 무엇보다 올겨울에 거기서 작업하는 꿈을 꿀 것 같아. 혹시 자네가 헤이그에 오면 그곳에 데려가주지. 그 밖에도, 겉보기에는 변변치 않아 보여도 예술가들에게는 천국 같은 그런 장소도 몇몇 꼽아놨어.

데생 한 점이 오래전부터 나를 기다리고 있어. 필요한 그림이라 이제 신경을 좀 써줘야 할 것 같아. 조만간 복제화 몇 점이 더 갈 거야. 자네한테 2장씩 있는 그림은 언제든 환영이라는 거, 알아주기 바라네.

Adieu, 자네 작업도 번성하기를 기원할게. 요즘 날씨가 너무 좋지 않나? 제대로 된 '싸늘한 10월' 날씨 같아. 늪지대와 마른 풀들이 절묘하게 장관을 이루고 있잖아!

마음의 악수 청하네.

자네를 사랑하는 친구, 빈센트

자네가 다녀간 뒤로 이번 여름, 화실 환경에 많은 변화가 있었어. 공간이 더 넓어지고 실용성도 더 갖추게 됐지. 작업 효율이 떨어질 일은 없을 거야.

「런던 뉴스」 1년치가 3.5플로린이라는데, 과월호라도 흥미로운 그림만 건질 수 있으면 크게 비싼 가격은 아니야. 어쨌든, 모든 건 그 안에 든 그림에 달린 거지.

브뤼셀에서 봤던 무료 급식소 기억하나? 지난겨울 시청 근처에 '로이어르'라는 급식소가 문을 열었어. 개장할 때 가봤더니 가난한 이들을 대상으로 아침에 수프를 무료로 나눠주더군. 그때 그리기 시작한 데생을 작업한다는 말이었어. 모델은 헤이스트 동네에서 만날 수 있었고 배경이 되는 거리는 브뤼셀 왈롱 지구에 있는 오트가나 블레가와 많이 닮은 모습이었어. 그림에 어울리는 사람들을 찾는 것도 당연히 중요하지만, 전체적인 분위기를 살리는 게 가장 우선이야. 무료 급식소가 브뤼셀에 있든, 런던에 있든, 헤이그에 있든, 그 특징은 버크먼의 〈요양원 앞에서〉와 거의 비슷하잖아. 마지막 편지에 내가 스케치로 그려 넣은 남자가 바로 이 그림에 들어가는 모델 중 하나야.

〈나폴레옹 왕자의 장례식〉이 윌리의 그림이었나?

라29네 ___ 1883년 2월 23일(금)에서 26일(월) 사이로 추정

친애하는 벗, 라파르트

그토록 기다렸던 편지, 고맙게 잘 받았어. 솔직히 내가 최근에 보낸 복제화들을 자네가 아름답게 봤다는 건 놀랍지 않아. 목판화에서 워커의 〈대피항〉이나 헤르코머의 〈하숙집〉만큼 아름다운 작품을 찾기는 힘들지. 얼른 여기 와서 나머지 것들도 가져가라고. 자네가 직접 와서 분류하는 게 낫겠어. 자네가 뭘 가졌는지 모르니 일일이 목록을 작성할 수도 없고. 자네가 당분간은 방문할 시간이 안 나는데 빨리 보고 싶다면, 이렇게는 할 수 있어. 우선 내가 2장씩 가진 그림들을 모두 보낼 테니 자네가 필요한 것만 추리고 나머지를 되돌려보내는 거야. 자네가 원한다면 기꺼이 그렇게 해줄 수 있으니 알아두라고.

그런데 한 가지 부탁이 있어. 자네가 가진 헤르코머의 〈노부인 요양원〉(프랑스 삽화 전문잡지에서 뜯어낸 것) 중에서 가장 상태가 좋지 않은 복제화를 줄 수 있을까? 나도 물론 그 그림이 있는데, 복제화 수집을 시작한 지인에게 길잡이가 되어주고 싶어서 그래. 판 데르 베일러Van der Weele라는 화가인데 고등학교 미술 선생님이야. 벌써 동판화도 10점이나 찍어냈어(좀 얇은 편이지만 제법 괜찮아). 화실에 갔더니 경작이 끝난 밭에 어둠이 내린 장면을 그린 스케치가 있고, 건초더미 쌓는 사람들을 동판화로 만들려고 준비해둔 판도 있더라고. 이쪽에 열의가 대단할 친구라, 복제화들이 그 친구 작품 활동, 특히 흑백화 작업에 도움이 될 것 같아. 석판화든 동판화든 데생이든 전부 다.

부탁이 한 가지 더 있는데, 역시 그 친구를 위한 거야. 자네가 2장씩 소유한 다른 복제화들도 좀 주면 좋겠어. 예를 들면 레가메의 〈집시〉를 아직 자네가 가지고 있을 것 같거든.

기회가 되면 자네에게도 소개해줄게. 굉장히 힘이 넘치는 친구야. 자네한테 없는 복제화를 그 친구에게 주겠다고 할 수는 없으니, 내게 없는 그림들 복제화 목록을 알려줄게.

헤르코머, 〈죽음의 문턱에서〉
멘첼, 〈낮잠〉과 〈사냥터〉
르누아르, 〈보육원 아이들〉과 〈조정 경기〉
E. 프레르, 〈눈싸움〉
에일뷔트, 〈물가에서〉

이번 주에는「르 몽드 일뤼스트레」와「뤼니베르 일뤼스트레」과월호 몇 권을 구입했어.

이제 〈보육원 아이들〉 복제화 6점이 2장씩이야. 혹시 자네가 빼먹을까봐 제목들도 적었네.

〈유기〉, 〈탁아소〉, 〈변화〉, 〈68번 762〉, 〈식당으로 가기-식사 시간〉, 구루병과 선병증에 걸린 아이들의 스케치

혹시 없는 게 있으면 보내줄게. 그리고 필즈Samuel Luke Fildes의 〈찰스 디킨스의 빈 의자〉 복제화도 하나 구해 놓겠네. 누가 준다고 약속했거든.

일전에 말했던 석판화 인쇄용 종이 견본도 동봉하네. 석판화 전용 연필과 석판화 잉크로 조금 끄적여봤어. 하나의 견본 위에 다양한 방식을 다 시도해보고 싶었거든. 자네에게 이런 식으로 그리라고 가르치려는 건 전혀 아니야. 당연하지 않나. 그냥 남은 종이 조각에 끄적인 건데, 제대로 다시 만들 시간이 없어서 그래.

여기서 알아야 할 건 무얼까? 우선은 종이 재질일 테고, 다음엔 어느 면에 그려야 좋은지야. 마지막으로는, 전반적으로 뭐든 다 무난하지만 석판화 잉크는 피하는 게 낫다는 거야. 잉크가 워낙 잘 퍼져서 흘러버릴 때가 있거든(오톨도톨한 석판 위에 엎어 놓을 때 그림을 적셔서 전사가 되도록 압착기에 넣기 때문이야). 그래서 잉크가 흐르면 그림이 아니라 검은 반죽 같은 게 결과물로 나오지.

그래도 가능하긴 해. 잉크를 석판 자체에 칠하는 방식으로 시도는 해볼 수 있어.

개인적으로 목판화 복제화 제본용으로 아주 쓸만해 보이는 거친 종이도 견본으로 하나 같이 보낼게. 종이가 거칠고 고유의 아름다운 색을 띠어서 목판화 복제화가 더 돋보이는 효과가 있어.

화실 환경이 달라지니까 결과물도 달라졌어. 빛의 효과가 탁월해서 정말 흡족하다.

「그래픽」에서 목판화 복제화를 뜯어서 제본하는 작업을 마쳤어. 이제 보기에도 편하고 찾아보기도 쉽게 정리됐어.

혹시 데지얼Edward Gurden Dalziel이라는 삽화가 알고 있나? 그 사람이 그린 〈선술집〉이, 꼭 C. 그린의 화풍이야. 정말 아름다워.

이보게 친구, 조만간 다시 긴 편지 쓸게. 더 늦기 전에 석판화 복제화에 쓸 종이 견본을 보내주고 싶었는데, 할 일이 많았어. 안부 전하면서, 곧 편지하고, 내 말 명심하게.

자네를 사랑하는 친구, 빈센트

자코멜리Hector Giacomelli가 그린 〈까마귀의 비상〉이라고 환상적인 커다란 복제화가 하나 있어. 보드메르가 그린 〈수리부엉이〉는 알고는 있지만 내 수중에는 없어. 아마 「릴뤼스트라시옹」 과월호에도 근사한 삽화들이 많을 거야.

270네 ____ 1883년 3월 2일(금) 추정

테오에게

편지도 고맙고, 보내준 것도 고맙게 잘 받았다. 그 친구 상태가 나아졌다니 반가운 소식이야. 빈혈 증상에서 벗어난 건 정말 행운이다. 공감과 호의를 통해서 희망과 활기를 새롭게 품은 덕분이라는 건 의심의 여지 없는 사실이야.

시들어가던 마음이
가득 피어나고 있네
놀라서 바라보는 사람들도
모르고 있지, 저 멀리 분수대에서
비를 뿌려주고 계신 줄을*

수채화로 거칠게 그린 스케치는(어제 정오 무렵에 보냈으니) 이미 받았겠지.

* 롱펠로의 시 〈올라프 왕의 전설(The saga of king Olaf)〉에서

이 그림이, 네 질문에 대한 답이야.

그런데 최근에 그린 건 아니야. 몇 달 전에 시작했고, 그 뒤로 두어 번 손을 좀 봤는데, 그래도 아직 초벌 상태나 큰 차이는 없었어. 그 이후에 다양하게 습작과 데생을 좀 했어. 특히 인물화와 얼굴을 집중적으로 그렸는데, 딱 이런 분위기를 염두에 두고 그린 게 대부분이야. 마무리하려면 얼굴, 손, 발의 특징하고 질감을 좀 더 살려야 해. 그런데도 보내는 이유는, 내가 이제는 강조색을 예리하게 짚어낸다는 걸, 이제껏 그려온 수채화들보다 훨씬 잘 보여주는 그림이라서야. 희뿌연 안개 속에서도 선명하게 발견해내지. 아직 미완성이고 완벽하지도 않지만, 이런 분위기가 강가나 유대인 동네를 다니며 무작위로 택해서 그림으로 담고 싶은 거리 장면이야. 그냥 운으로 그려진 게 아니야. 이젠 어떤 장면을 봐도 색채와 채도 효과를 이 정도까지는 담아낼 수 있다. 이번 그림을 내가 지난겨울에 보낸 *인물화 그림이나 석판화 복제화*와 비교해보면, 다양한 *실패작*들을 통해 내가 무엇을 표현하려고 애쓰는지 확실히 보일 게다.

얼굴의 대형 습작들은(방수복이나 숄, 삼각숄, 흰 머리쓰개, 실크해트, 모자 등을 착용한 인물화가) 아직도 많이 있는데, 다 지금 네게 보내는 것과 궤를 같이하는 그림들이야.

그런데 나는 아직 실패를 더 경험해야 해. 수채화는 손놀림의 숙달도와 속도가 관건이기 때문이야. 그림 전체에 조화로운 효과를 담아내려면 반쯤 젖은 상태인 종이에 그려야 해서 두 번, 세 번, 생각할 여유가 없어. 그러니까 그림을 하나씩 완성해가는 게 아니라, 20~30개의 인물들을 빠르게 그려내야 해. 수채화에 관한 유명한 격언이 두 개 있어. 'L'aquarelle est quelque chose de diabolique(수채화에는 사악한 요소가 담겨 있다).' 다른 하나는 휘슬러가 한 말로 "네, 2시간 만에 그렸지만, 2시간 만에 그려내기 위해 수년간 공부했습니다."

이 얘기는 그만하자! 수채화가 정말 마음에 들어서 절대로 포기할 일은 없어. 틈날 때마다 꾸준히 그리고 있지. 그런데 모든 것의 기본은 인물화 지식이야. 그래야 남자든 여자든 아이든 얼마든지 그려낼 수 있지. 다른 식으로는 절대로 내가 원하는 그 수준까지 도달할 방법이 없다는 게 내 생각이다.

스케치 하나하나 손보고 다듬는 것보다, 전반적으로 한 차원 더 높은 지식과 능숙한 솜씨를 갖추는 게 내가 원하는 바야. 한 달 내내 그림 그릴 때는 측연(測鉛)을 던져 수심을 재듯 간간이 수채화를 그려. 그때마다 어떤 문제점을 해결했음을 확인하지만, 동시에 또 다른 문제점을 발견한다. 그러면 난 또다시 그걸 해결하기 위해 계속 그려나가는 거야.

그나저나 물감이 완전히 바닥났다. 물감만 동난 게 아니야. 두어 번 비교적 큰돈들이 나가서, 궁한 정도가 아니라 완전히 바닥난 상태구나.

완연한 봄이 왔으니 유화를 다시 더 그려보고 싶어. 바로 그런 이유로 지금 수채화를 그리지 않은 거야.

그런데 간접적으로는 늘 신경 쓰고 있고, 화실 환경이 바뀌었으니 이젠 명암 대비 효과를 더 잘 연구할 수 있겠어. 붓 사용을 늘리고, 흑백화도 붓으로 시도해볼 거야. 단조로운 색의 그림자 효과도 해보고, 중간색 담채화도 해보고, 세피아, 먹물, 갈색 염료도 써보고, 백악을 사용해서 빛을 더 밝게 표현해볼 생각도 가지고 있어.

지난여름 천연 크레용이라는 거 나한테 주고 간 거 기억하지? 그걸 한번 써보려 했었는데 그땐 잘 안 되더라고. 그래서 남겨뒀었는데, 얼마 전에 그걸 다시 써봤어. 그걸로 그린 크로키 동봉한다. 보다시피 온화하게 느껴지는 검은색이 상당히 특징적이야. 혹시 이번 여름에도 같은 걸 가져다주면 좋겠구나. 이게 큰 장점이 있어. 단단한 부분이 손에 쥐기 쉬워서, 크로키 같은 걸 할 때 얇아서 쥐기 힘들고 번번이 부러지는 콩테보다 훨씬 편해. 그래서 야외에서 크로키를 할 때 쓸만해.

아우야, 모든 걸 다 말로 설명하려니 어렵고, 수채화에 관한 네 질문에 단지 글로만 답하고 싶지가 않았어. 다른 사람이 그 스케치를 보는 일은 없었으면 한다. 전체적인 분위기 말고는 마음에 드는 구석이 하나도 없거든. 더더욱 열심히 노력해서, 석판화에서 인물화의 질감과 특징을 살린 것처럼 수채화에서도 똑같은 결과를 얻어낼 거야.

지금 너한테 보내는 이런 스케치를 그려서 마무리를 하지 못하고 보내려니 마음이 참 불편

Kan ik nu voor een deel weergaaf goed 't keers
bestudeeren met modellen.
Lichten de ramen van
onderen dichtgemaakt
zoo dat het licht van
boven op de groep
figuren valt.
Zoo kan ik ze
op 't atelier plaatsen
en krijg dan b.v.
de kantlichtjes boven
op de figuren.
Zooals op de squares.
Ik heb hier reeds
naar gezocht met
den weesman de vrouw en de kinderen – ik krijg
prachtige dingen. Lust om te te maken

해. 이게 끔찍하게 싫어서 이런 식의 작업은 하지 않는데, 다만 내 실력이 늘었는지 확인하고 싶을 때만 그리지. 그런데 요즘은 다시 용기와 흥미가 샘솟고 있다. 작업해야 할 습작의 수가 많아졌기 때문이야.

화실 환경이 달라졌으니 내 그림 솜씨도 좋아질 게다. 첫날부터 그렇다는 게 아니라, 앞으로 몇 달간 고군분투해서 깨닫게 될 거라는 뜻이야.

너한테 보낸 수채화 속의 효과 같은 건, 이제 웬만하면 화실로 모델을 불러서 그려도, 완벽하게 구현해낼 수 있다.

여기 아래쪽 창문을 닫아두니까 빛이 인물들 위로 떨어지잖아. 화실에서 빛을 조절해서 인물들을 모아 놓고, 대각선으로 인물 위에 빛이 떨어지게 할 수 있다는 거야.

수채화도 마찬가지고.

고아 남자며 고아 여자, 아이들도 벌써 이런 식으로 그리려고 해봤어. *뛰어난* 결과가 나올 것 같아. 인물화를 그리고 싶은 마음은 가득하지만, 동시에 또 실패할 거라는 예상은 하고 있어. 그래도 내게 *기운을 주는* 실패였으면 좋겠다. 용기를 앗아가는 게 아니라.

보내준 돈에서 적잖은 부분을 당장 써야 했기에, 혹시 더 보내줄 수 있으면 좋겠구나. 하지만 네 형편에 따라 결정해라. 지금 그리는 작품들이 여럿이라서 마음 내킬 때마다 이것저것 번갈아 하는 중이야. 네가 와주면 정말 좋겠다. 너한테 습작들도 보여주고 작업 이야기도 하고 싶거든.

Adieu. 다시 한 번 고맙다. 마음으로 악수 청한다.

너를 사랑하는 형, 빈센트

271네 ―― 1883년 3월 3일(토)

테오에게

무료 급식소에서 그린 스케치 동봉한다. 대형 홀 같은 곳인데 우측에 있는 문 위쪽에서 빛이 아래로 쏟아져 들어오는 장면이야.

화실에 와서 똑같은 환경을 재현했어. 뒷배경에 하얀 판을 설치하고 그 위에 실제 비율과 넓이에 맞춰 배식 창구를 그렸거든. 가장 뒤에 있는 창문과 가운데 창문 아래쪽을 가려서 빛이 P에서 들어오게 했어. 실제 현장처럼.

모델을 거기에 세워두면, 급식소 배식 창구 앞에 선 사람들을 보는 것과 똑같아.

위 스케치에서, 화실에 선 사람들의 위치를 확인할 수 있어. 인물 배치할 공간에는 표시를 해뒀지. 물론 거기에 인물들을 어떤 자세로 그려 넣을지는 시간을 두고 천천히 구상할 텐데, 당연히 내가 본 장면과 똑같아야지.

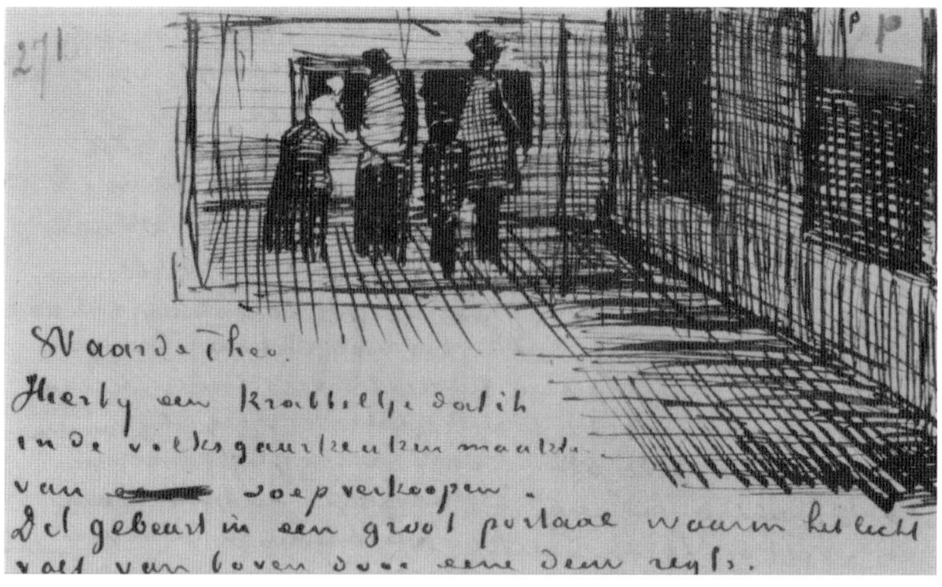

이건 수채화로도 다시 그려보고 싶어. 더 심화해서 표현해볼 생각이야. 이젠 화실에서 인물화를 그릴 방법이 더 늘어난 기분이 든다. 화실이 바뀌기 전인 이번 여름에 이런저런 시도를 해봤지만, 내 인물화 색감이 영 무미건조하고 차갑게 느껴져서 별로 그리고 싶은 생각이 안 들더라고. 감히 단언하자면, 강렬한 빛 아래에선 색채가 확 다 죽어버렸어.

나한테 가장 필요한 게 뭔지 알아? 배경색을 확실히 살리는 데 필요한 밤색이나 회색 천 조각들이야. 이번 그림의 경우 벽은 흰색이고 널은 회색, 바닥은 좀 더 진한 색으로 칠해진 배경이었어. 세세한 부분까지 주의 깊게 살핀 터라 주변 장식을 정확하게 재현하는 게 가능할 것 같아. 소품들도 이미 몇 가지 준비돼 있고 의상도 여러 벌 갖춰놨지. 어제는 천으로 대충 기운 그럴듯한 작업복을 하나 구입했어. 이런 종류의 옷이 어디 있는지 일부러 찾아헤맸다. 이 부분을 더 신경써 두면 모델을 불렀을 때 그냥 운에 맡기는 것보다 결과물이 더 좋아져.

나는 사공이 자기 배를 좋아하듯 내 화실이 마음에 든다. 그래서 더더욱 화실을 알차게 꾸미고 싶은데 주머니 사정이 마음대로 하도록 허락하질 않는구나. 그래도 소품들은 한번 장만해

두면 계속 가고, 또 지금은 구할 기회가 있는데 나중에는 그럴 수 없을 수도 있거든.

화실 환경을 바꾸는 데 예상했던 비용을 초과했다. 직접 비용보다는 간접 비용이 말이야. 완성되려면 꼭 갖춰야 할 것들이 의외로 더 많더라고.

너도 네 환자 친구 때문에 이래저래 들어가는 돈이 많겠구나. 네가 지금 당장 추가로 돈을 보내줄 수 없다 하더라도 그림을 중단하고 팔짱만 끼고 기다리진 않을 거야. 게다가 얼마 전에도 한 차례 돈을 보내줬었잖아. 그러니 일단 내가 어떻게든 해결할 수 있을 거라 말하고 싶구나. 하지만 가슴속에선 계속 작업을 이어나가서 실력을 키우고 싶은 욕망이 활활 타오른다.

또 다른 동기부여 요소는, 라파르트도 작업에 전념하고 있다는 사실이야(이전보다 더). 나도 그 친구만큼은 따라가고 싶거든. 그러면 둘이 함께 발전할 테고, 서로의 경험을 통해 서로를 도와줄 수 있잖아.

유화는 나보다 훨씬 많이 그렸고 데생도 나보다 먼저 시작했어. 그런데 지금 우리 그림 솜씨는 거의 비슷한 수준이야. 유화야 그 친구가 능수능란하게 그릴지 몰라도, 데생만큼은 결코 뒤지고 싶지 않아. 내가 원하는 건 그 친구나 나나, 같은 길을 계속 걸어가는 거야. 무료 급식소나 병원 같은 곳을 다니며 대중들의 얼굴을 그리면서 말이야. 조만간 여기 오겠다고 약속했는데 그 친구와 함께 대중들을 그린 그림 중에서 나중에 석판화로 찍어내도 *괜찮을 것*들을 고르고 싶다.

이것 외에도 수많은 이유들이, 우물쭈물하지 않고 앞만 보고 달리라고 날 채찍질해.

어쨌든 네가 보내줄 수 있든 없든, 난 이전보다 더 근사한 그림을 그리겠다고 약속하마.

화실 환경이 달라지면서 벌써 새로운 경험들이 시작됐어.

그런데 네가 조속한 시일 내에 돈을 조금만 보태주면 내 앞길에 장애물이 좀 줄어들 것 같기는 하다. 안 그래도 난제가 많은 상황이거든. 화구도 부족하고 모델을 부를 수도 없고 다른 변화를 줄 수도 없고 말이야.

그나저나 내가 말한 '더 근사한 그림'이라는 건 상대적인 거야.

보관함에 잠들어 있는 습작 중에 얼굴 그림이 몇 점 있는데(노인 등등) 지금은 손을 볼 수도 없고, 그럴 마음도 없어. 왜냐하면 실물이 투영된 그림들이라 당연히 고유의 특징이 담겼는데, 동시에 별로 마음에 들지 않는 부분도 당연히 있거든. 그래서 "수일 내로 잘 그려낼게"라고 장담할 수가 없는 거야.

그래도 '더 근사한 그림'이라고 말한 건, 지난겨울에 내가 만든 습작에는 거의 사용하지 않은 명암 대비를 좀 더 많이 해서 다른 시점으로 그리겠다는 뜻이야.

어쨌든 지금이라도 당장 약속할 수 있는 건, 내일 화실에 손님 여럿이 올 텐데, 우리 집 여자의 어머니와 그녀의 막냇동생 그리고 동네 꼬마 소년이 와서 우리 집 식구들과 같이 포즈를 취해줄 거야. 일단 여기 그 첫 스케치 동봉해 보낸다.

라파르트도 늘 모델을 불러서 그려. 내 생각에, 이것보다 더 나은 방법은 없어. 한 모델과 좋은 관계를 유지하면 모델을 더 잘 이해하게 되지. 결과적으로 이 편지는 너한테 이미 보낸 습작과 비슷한 분위기의 수채화를 그리기로 계획을 세웠고 당장 내일부터 모델과 함께 작업을 시작한다는 걸 알리기 때문에 어제 보낸 편지를 보완하는 내용이라고 할 수 있겠다. 네가 가지고 있는 것보다 더 나은 그림을 그리면 좋겠어. 과연 그렇게 할 수 있을까??? 해보기 전엔 모르겠다.

일단 시작했지만, 아직도 부족한 것들이 있어. 그렇지만 그 대신 지금까지 없었던 거 하나를 갖게 됐잖아. 더 좋은 빛 말이야. 빛이 몇 가지 색 물감보다 훨씬 더 값어치 있다. 혹시 물감 몇 가지를 추가로 보내줄 수 있으면 제발 그렇게 해주기 바란다. 그런데 지금까지도 네게서 워낙 많은 걸 받아놓고도 그 결과물이 여러모로 나조차 만족하지 못할 수준이니, 부탁할 엄두가 나지 않는구나. 그래도 대수에서처럼 음수가 둘이 모이면 양수가 되듯, 내 *실패*의 결과물도 겹겹이 쌓이면 *성공*적인 결과물이 될 수 있을 거라 기대한다.

Adieu, 환자 친구에게도 안부 전하며 무엇보다 너의 회복을 기원한다.

너를 사랑하는 형, 빈센트

272네 ___ 1883년 3월 4일(일) 추정

테오에게

어둠이 내리니, 그냥 웃자는 생각에, 오늘 그린 데생을 편지와 같이 보내기로 했어. 이전 편지에 언급했던 그림이야. 오늘 아침에 급식소 배식구 앞에 선 남자아이와 여자아이하고 구석에 선 여성을 수채화로 그리기 시작했어. 그림에 신선한 맛이 많이 떨어지는데 그 이유는 부분적으로는 수채화에 적합하지 않은 종이 때문이야.

그래도 이제는 화실에서 채색화를 그릴 조건이 갖춰진 셈이니 첫 시도에 포기하지는 않을 거야. 오전 시간은 그렇게 흘러갔어. 오후엔 지난여름에 네게 얻고 마지막으로 남은 천연 크레용으로 데생을 했어. 이것도 동봉한다. 충분히 마무리된 건 아닌데 일상 정경을 담은 그림이라 활력이나 인간적인 감정 등이 어느 정도 느껴질 거야. 다음에는 더 잘 해봐야지.

이 그림으로 수채화의 문제가 다 해결된 건 아니지만, 내 화실 창문이 만들어내는 조명 효과를 네게 설명하려고 그렸던 그림에 대한 네 질문에 답변은 어느 정도 될 것 같다. 혹시 천연 크레용을 우편으로 조금 더 보내줄 수 있으면 정말 큰 도움이 되겠다.

천연 크레용은 생명과 영혼을 지니고 있어. 그래서 콩테의 운명은 이제 암울할 것 같아. 겉으로는 비슷해보이는 바이올린이 2대가 있는데, 막상 연주해보니까 하나는 아름다운 선율을 만들어내고, 다른 하나는 아예 소리도 안 나오는 거지.

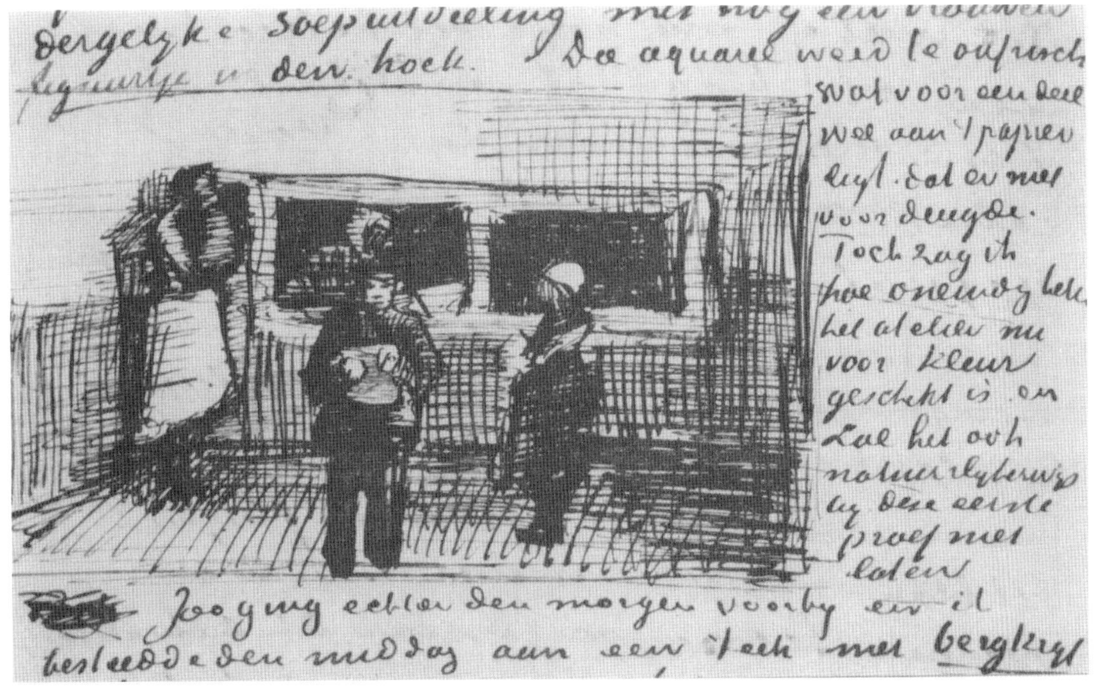
dergelyke soepuitdeeling met nog een vrouwen
figuurtje in den hoek. Die aquarel werd te opzettelyk
wat voor een deel
wel aan 't papier
ligt. Dat er niet
voor deugde.
Toch zag ik
hoe onendig beter
het atelier nu
voor kleur
geschikt is en
zal het ook
natuurlykerwys
by deze eerste
proef niet
laten.
Zoo ging echter den morgen voorby en ik
besteedde den middag aan een teek met bergkryt

천연 크레용은 울림이 풍부한 소리를 지녔고 화가의 의도를 이해하고 지혜롭게 경청한 다음 잘 따라주는 반면, 콩테는 무심하고 비협조적이라고 말해도 과언은 아닐 거야.

천연 크레용은 진정한 집시의 영혼을 담고 있어. 그러니 어려운 일이 아니라면, 이 환상적인 물건을 더 보내주면 정말 고맙겠다.

최적의 조명을 갖추고 천연 크레용에 석판화 전용 연필을 가지고도 삽화 전문잡지에 어울리는 그림 하나 못 만들어낼 수도 있어.

잡지사가 원하는 건 시사적인 삽화잖아. 예를 들어 국왕의 생일을 맞이한 점등식 현장을 삽화로 그리라면 나는 전혀 내키지 않아 하며 그리겠지. 그런데 잡지사 양반들이 시사적인 삽화 아래 맞춰 넣을 서민들의 일상을 그리라고 하면 누가 보더라도 만족할 수 있게 최선을 다해 그릴 게 틀림없어.

천연 크레용이 더 생기면 빈민구호소 남자 인물화를 몇 장 더 그려볼 생각이야.

그리고 이번에 동봉하는 그림과 다른 구도의 무료 급식소 그림을 받아보게 될 거야. 이건 시작일 뿐이야.

이 판형이 너무 크다고 생각할지도 모르겠다. 모델을 세워놓고 작업할 시간이 더 주어진다면 그림의 크기 따위는 아예 논할 필요도 없을 만큼 생명력 넘치게 그릴 수 있어. 그렇다고 작게는 못 그린다는 것도 아니야. 크기야 얼마든지 축소할 수 있지. 거칠게 그린 스케치 여기저기 마음에 들지 않는 게 많긴 해도 머지않아 나아질 거라는 확신은 있어.

모델을 서주는 이 사람들 보고 있으면 집에 온 것같이 편해진다는 거 넌 이해하겠니?

최근에 조지 엘리엇의 『급진주의자, 펠릭스 홀트』에서 이런 문장을 읽었어.

"The people I live among have the same follies and vices as the rich, only they *have their own forms of folly and vice* – and they have not what are called the refinements of the rich to make their faults more bearable. It does not much matter to me – I am not fond of those refinements, but some people are, and find it difficult to feel at home with such persons as have them not(내가 어울려 지내는 자들 중에는 부자들처럼 광기를 부리거나 악행을 일삼는 자들이 있다. 다만 그들 *나름의 광기와 악행이지*. 그리고 그들에게는 부자들처럼 자신들의 과오를 단순한 실수로 꾸미고 덮는 기교가 없다. 난 상관없다. 그런 기교를 좋아하지 않으니까. 하지만 어떤 사람들은 그런 기교가 필요하다고 생각하기 때문에, 그렇지 않은 자들을 상대할 때 불안해 한다)."*

내 생각과 정확히 일치하진 않지만, 딱 이런 기분이 들 때가 종종 있었어.

화가로서 모델을 서주는 이 사람들을 바라볼 때, 단순히 만족스러운 게 아니라 마음이 아주 편안해져. 게다가 이들을 보고 있으면 집시들이 연상되는 특징이 두드러져 보여. 어쨌든 그림에 참 어울리는 사람들이라는 생각이야.

요즘 편지를 꽤 자주 썼는데, 다음 편지는 10일 이후에나 쓸 수 있겠다. 혹시 큰 문제가 없으면 평소 생활비는 그 날짜 넘어가기 전에 보내주라. 뢰르스 씨한테 돈을 주겠다고 했거든. 그 약속은 꼭 지켜야 해. 안 그랬다간 앞으로 그 양반한테 필요한 물건을 부탁할 수가 없어. 오래전부터 가게에 있던 물건 여러 개를 내가 구입하겠다고 하니 거의 원가에 주겠다고 했거든. 뭐, 그 양반 말이 그랬어. 무엇보다 종이 묶음이 있는데 지금은 남들이 거의 사용하지 않지만, 나한테는 매끈한 종이에 비해 훨씬 유용한 거야. 네가 천연 크레용을 보내준다면 더더욱 좋겠다.

Adieu, 좋은 일만 있기를 바라고, 환자 친구에게도 안부 전하고, 내 말 명심해라,

형은 너를 사랑한다, 빈센트

라30네 ____ 1883년 3월 5일(월) 추정

친애하는 벗, 라파르트

지난 2월 27일자 편지, 고맙게 받았어. 그래서 오늘 이렇게 답장하는 거야.

석판화 이야기부터 하지. 잉크화도 연필화도 같은 종이를 사용했다는 게 보일 거야. 이곳 스파위스트라트Spuistraat 지역에 있는 스뮐더르스 지업사Jos. Smulders & Co.에서 구입한 거야. 창고

* 정확한 인용은 아니고 특히나 마지막 문장은 빈센트가 변형시켰다.

는 란Laan에 있고, 다양한 크기의 석판들도 갖추고 있어. 거기서는 '콘페이퍼'라고 부르던데, 어느 교구에서 다양한 지도를 석판화로 제작하려고 주문했었다는군.

그것이 몇 장 남았길래 내가 다 사버렸지. 다시 주문해놓겠다고는 하던데, 그랬는지는 모르겠어. 어쨌든 스뮐더르스 측도 이런저런 사정을 알고 있으니 며칠 안에 우편으로 다시 주문할 수 있을 거야. 가격은 좀 비싸. 장당 1.75플로린. 이 종이에 사용하는 전용 석판화 연필도 있는데, 이건, 가격이 더 비싼데도 일반 석판화 연필보다 품질이 떨어지는 것 같더군. 액체든 고체든 석판화 잉크는 스뮐더르스 지점 어디서든 다 팔 거야. 석판화에 꼭 필요한 재료니까.

내가 사용하는 긁개는 이렇게 생겼어. 스뮐더르스에서 산 건데…… [판독 불가] …… 머리 긁는 긁개를 쓰기도 해. 에칭 바늘로 빠르고 섬세한 선을 그릴 때, 검은색 위에 흰색을 넣는다거나 할 때만 사용하는 편이야.

마찬가지로…… [판독 불가] …… 자네도 뭐든 긁개로 사용할 수 있어. 형태는 별로 상관없거든. 나는 가끔 주머니칼도 써.

시험 결과에 비용이 얼마나 들까? 일단 고정가로 해준다고 약속은 받았어. 인쇄 비용과 석판 비용까지 포함해서. 기존에 낸 금액과는 차이가 날 거야. 그때는 인쇄업자도 방식을 잘 몰라 번

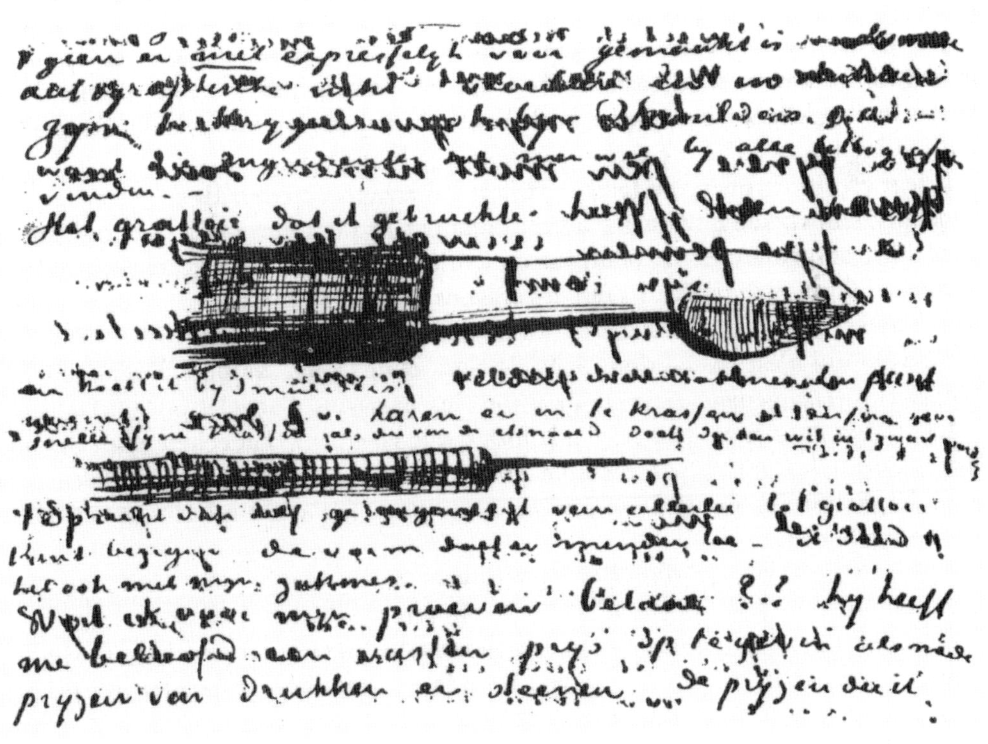

번이 실패만 했었거든. 스퀼더르스에서 제법 구미가 당기는 가격을 제시하긴 했는데 그쪽도 일단 천천히 계산을 해봐야 할 거야. 각각 크기가 다른 석판 12장에 인쇄 비용이 포함될 것 같아. 그래서 한 번 찍을 때 1세트(12장)냐 2세트(24장)냐 하는 식으로 말이야. 거기에 종이 비용이 추가되지. 지난번에 만났을 때 보니까 엄청나게 바빠 보였는데 3월 말에 다시 얘기하자더라고. 그래서 그때 다시 가게에서 만나 전부 계산해보기로 했어. 그때까지 정확한 실비는 알 수가 없어.

복제화를 뽑아낼 때 석판화 잉크가 흐르고 번지는 문제는 선 두께와 직접 관련은 없어. 제법 두껍게 그은 선들이 선명하게 찍힌 결과물들을 많이 봤거든. 자네 동료 중에 가는 펜으로 데생하는 친구가 있다고 했잖아. 뭐, 그 친구 마음이겠지만, 내 생각에 잘못된 방식 같아. 그 방식만 고집하다가 절대 얻어낼 수 없는 결과에 집착하게 될까 걱정이야.

가는 펜으로 그리면서 생동감을 유지하려면 방법은 하나야. 동판화(에칭). 석판화 전용 잉크로 작업하겠다면 절대로 일반 펜보다 더 가는 펜을 사용하면 안 돼.

아주 가는 펜은, 우아하고 고상한 사람들과 마찬가지로, 놀랍도록 아무짝에도 쓸모가 없을 때가 종종 있어. 내가 볼 때, 가는 펜은 일반 펜이 보여주는 유연성이 떨어져.

작년에 제법 값이 나가는 특수 펜대 6개와 온갖 펜을 구입했었거든. 그런데 하나같이 결과가 신통찮아. *딱 봤을 때에는* 제법 실용적으로 보였는데. 어쨌든, 나도 잘은 모르니까, 가는 펜 중에도 괜찮은 게 있겠지. 석판화 잉크와 최대한 가는 펜의 조합으로도 얼마든지 좋은 결과를 만들어낼 수 있을 테고. 그러니 해보게. 시험해보고 성공하면 그 결과를 꼭 알려줘. 비록 일반 펜으로 그은 거칠고 대담한 선이 더 나은 결과를 가져온다는 내 생각에는 변함이 없지만 말이야.

한 가지 더. 혹시 천연 크레용을 아나? 작년에 내 동생이 2개를 가져다줬어. 이 정도 크기로 2개. 그걸로 그림을 그렸는데 처음에는 별 신경을 쓰지 않아서 그냥 잊고 있었지. 그러다 얼마 전에 한 조각이 눈에 보여 다시 써봤는데 색이 놀랄 만큼 아름답더라고. 진정한 검은색이었어.

그래서 어제 그걸로 데생을 그렸어. 급식소 배식구 앞에 선 여성과 아이들. 솔직히 말해서 이 결과물이 정말 마음에 든다네. 자네가 검은색 색조를 비교할 수 있게 무작위로 선을 그어봤어. *색감이 기가 막히게 따뜻하지 않나?*

그래서 즉시 동생에게 편지해서 더 구해달라고 했지. 혹시 받게 되면 자네에게도 보내줄까? 그런데 자네도 이미 천연 크레용을 알고 있고 거기서 구할 수 있다면, 자네가 좀 구해서 보내주면 좋겠네. 석판화용 연필과 함께 번갈아가면서 쓰려고. 천연 크레용은 영혼과 생명을 품고 있는 것 같아. 마치 화가가 원하는 바를 정확히 이해하고 따라주는 듯하거든. 그래서 '집시 크레용'이라고 부르고 싶어. 두꺼워서 목탄 전용 끼우개에 안 들어가. 가만 보고 있으면 꼭 한여름 밤 경작해놓은 밭 색깔이야! 어떤 단위로 파는지는 모르겠지만 50리터쯤 구비해두고 싶은데 가능할지는 모르겠어.

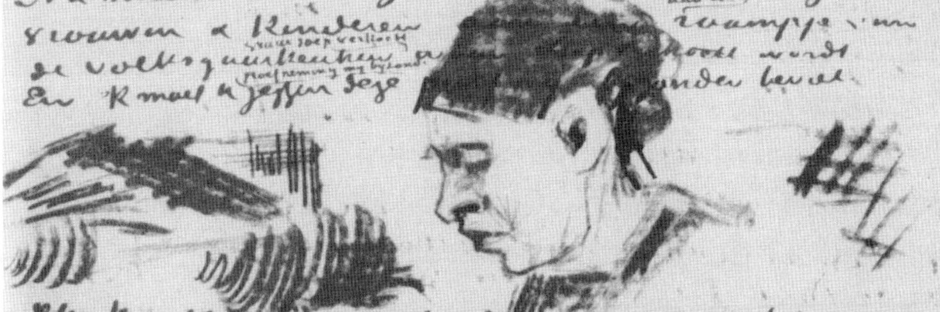

『보즈 앨범Album des Vosges』은 벌써 꽤 옛날에 출간되었는데 아직도 있어. 그리고 아름답기도 하지.

자네가 열거한 목판화 작품들은 하나같이 다 아름다워. 특히 랑송Auguste André Lançon의 작품들. 나한테 〈밀수꾼〉은 있는데, 〈구호 위원회〉는 없어. 그리고 얼마 전에 〈무료 급식〉이 2장 생겼고(똑같은 그림 같기도 하고, 아닌 것 같기도 해) 〈넝마주이〉도 2장 생겼고. 그러니 자네한테 하나씩 보낼 수 있다는 뜻이야.

폴 르누아르가 그린 고양이, 돼지, 토끼 스케치는 아는데 소장하고 있지는 않아. 내가 가진 건 〈강베타의 연설〉과 〈1월 1일의 걸인들〉이야.

레가메 형제의 근사한 그림 2점도 찾았어. F. 레가메Félix Elie Régamey의 〈일본에서 찾은 고아원〉과 기욤 레가메Guillaume Urbain Régamey가 그린 흰 망토를 걸치고 검은 말의 고삐를 쥐고 있는 병사들인데, 채색 스케치를 복제한 거야. 아주 멋져. 두 형제의 짧은 일대기를 읽었는데, 기욤은 서른여덟에 죽었다더라고. 어느 가을에 전시회에서…… [판독 불가] …… 병사의 그림을 선보였는데, 벨랑제Hippolyte Bellangé 그림과 비슷했대. 나중에는 은둔생활을 했다는데 병을 앓는 바람에 삶이 망가진 것 같더라고. 그래도 죽기 직전까지 수년간 붓을 놓지 않았대. 그렇게 사망 후에 훌륭한 습작들이 발견되면서 전시회에 소개된 거고. 그때까지는 그런 습작이 있는지도 몰랐다는 거야. 대단하지 않아?

F. 레가메는 여행을 많이 하는데 자네도 알다시피, 일본화풍이 강해. 자네가 프랑스 목판화에 관해 가진 전반적인 의견에 나도 동의하네. 영국 작가들은 목판화의 영혼을 꿰뚫어본 사람들이라 동판화만큼이나 개성 강한 목판화의 본질적인 특징을 아주 잘 살려내. 버크먼Edwin Buckman의 〈런던의 쓰레기장〉이나 워커Frederick Walker의 〈대피항〉이 대표적이지. 그런데 뵈첼Ernest Philippe Boetzel과 라비에유Jacques Adrien Lavieille도 이 목판화 예술을 정확히 간파하고 있었고, 최고의 대가는 스웨인Joseph Swain이지. 몰러Frederick William Moller가 모사한 랑송의 판화 작품은 매우 독창적이야. 마찬가지로 뵈첼이 모사한 페렝François Nicolas Auguste Feyen-Perrin의 작품과 라비에유가 모사한 밀레의 작품도 얼마쯤 가치 있고. 하지만 그것들 말고는, 글쎄, 프랑스 작가들은 판화를 영혼 없이 싸늘한 산업으로 전락시켰지.

자네가 더 복의 근황을 물었잖아. 못 본 지 꽤 오래됐어. 입원한 뒤로는 한 번도 찾아가지 않았지. 그게, 매번 내가 찾아가거나 만날 때마다 "아, 조만간 자네 화실에 한 번 들르지" 하고 말했는데, 그 말투를 잘 생각해보니 그 친구가 하고 싶은 말은 이런 뜻이었던 것 같더군. "내가 자네를 찾아가기 전까지는 더 이상 내 화실에 찾아오지 않았으면 하네. 내가 찾아갈 일이 있을지는 모르겠지만." 어쨌든 나도 그 친구를 찾아가지 않았네. 불청객이 되고 싶진 않으니까. 지금은 아마 대형 유화 작업을 하고 있을 거야. 지난겨울 그 친구가 그린 소품들을 몇 점 봤는데 상당히 아름다웠어. 화실에서 말고, 얼마 전에 길에서 두어 번 마주친 적은 있네. 털 코트에 가죽

장갑 차림이더라고. 한마디로, 경제적인 여유가 흘러넘치는 분위기였어. 그리고 사방에서 그 친구가 엄청나게 부유해졌다는 말을 전해듣고 있다네.

그 친구 그림은 대부분 아름다워. 그렇지만 라위스달의 화풍은 전혀 느껴지지 않아. 아마 자네가 보고 느낀 최종적인 인상도 그랬을 것 같은데. 솔직히 그 친구 화실이 정말 궁금한데, 왜냐하면 그 친구 그림이 과연 내가 기대했던 것만큼 아름답더라는 확신을 얻고 싶어서야. 하지만 지금은 회의적이네. 작년에 그 친구에 대한 인상이 꽤 별로였거든. 시종일관 밀레 이야기를 하면서(환상적이라고!) 위대한 작가, 대범한 작가라고 찬사를 멈추지 않았지. 그러다가 언젠가 스헤베닝언의 어느 숲에 함께 갔다가 내가 먼저 밀레 이야기를 꺼낼 기회가 있었지. “밀레가 지금 이 자리에 있었다면, 저 구름과 잔디와 27개의 나무둥치를 바라보면서, 곁에 삽을 내려놓고 나무 둥치에 앉아 요기하고 있는 무명옷 차림의 저 남자의 존재를 잊었을까, 아니면 저 남자가 앉아 있는 전경의 일부로서 밀레의 관심을 끌어당겼을까?” 그러면서 또 덧붙였어. “밀레에 대한 애정이라면 나도 자네한테 뒤지지 않아. 그래서 밀레에 대한 찬사를 듣는 게 아주 반갑다네. 그런데 내 말을 너무 기분 나쁘게 듣지는 말게. 난 밀레가 자네가 여러 번 반복적으로 말했던 것처럼 사물을 바라본다고 생각하지는 않아. 밀레는 다른 그 어떤 누구보다 *인간미 넘치*는 화가야. 물론 그도 풍경화를 그렸고, 그 풍경화가 아름답다는 건 두말하면 잔소리지. 그러나 자네가 하는 말, 그중에서도 *특히* 밀레에 관한 말은 도저히 받아들일 수 없어.”

아무튼, 라파르트. 더 복이라는 친구는 보면 볼수록, 밀레나 라위스달보다 빌더르스Johannes Warnardus Bilders에 가까운 사람 같아. 물론 내 판단이 틀렸을 수 있어. 나중에 그 친구의 장점을 제대로 알아볼 날이 올지도 모르고. 그렇게만 되면 더 바랄 게 없겠어. 나도 빌더르스의 그림을 진심으로 좋아해. 더 복의 그림들도 마음에 드는 게 한두 개가 아니야. 어쨌든 그 친구 그림에는 신선하고 우아한 맛이 살아 있거든. 하지만 예술에는 분야가 많아. 화려한 꽃보다 가시가 더 많은 분야도 있는 거고. 난 그런 분야에 더 마음이 끌려.

라위스달도 여러 차례 변신의 과정을 거쳤다는 거, 나도 잘 알아. 그의 걸작은 폭포나 숲이 우거진 장대한 풍경 같은 그림이 아니라 〈다갈색 물가에 있는 방파제〉와 루브르에 있는 〈숲〉이야. 여기 마우리츠하위스Mauritshuis에 있는 〈판 데르 호프의 풍차〉와 〈오버르베인의 세탁장〉도 마찬가지야. 나중에는 소박한 분위기가 돋보이는 유화들이 더 많아졌지. 아마도 렘브란트와 델프트의 페르메이르Johannes (Jan) Vermeer의 영향일 거야. 더 복도 나중에 그렇게 되기를 바라지만, 글쎄, 그렇게 될까? 그가 가시밭이 아니라 꽃밭에서만 지내고 있으면 참으로 안타까울 것 같아. 그냥 그렇다는 거야.

의도치 않게 얼마 전부터 그 친구와 서먹해졌지만, 밀레에 관한 약간의 논쟁과 또 그와 비슷한 내용의 소소한 견해차 외에 심각한 일은 없었어. 그에게 불만도 전혀 없고. 그저, 난 아직 더 복의 그림에서 밀레나 라위스달의 흔적을 발견하지 못했다는 것뿐이야. 현재로서는 빌더르스 분위기밖에 모르겠어. 후대 빌더르스Albertus Gerardus (Gerard) Bilders 말고. 그래도 내가 그 친구를 철저히 무시했다면 이렇게 그 친구 이야기를 쓰지도 않았을 거야.

바뀐 화실 환경 덕분에 아직도 무척 행복하다네. 특히, 다양한 모델을 불러서 작업해보니 결과가 한결 좋아. 전에는 모델이 와도 화실에서는 그림자라는 게 만들어질 수 없었어. 강렬한 반사광이 그림자를 다 잡아먹었거든. 모든 효과가 다 무력화되었지. 그런데 이런 불편함이 이제는 싹 사라졌어.

내가 석판화 인쇄를 포기했다고 생각지는 말게. 요즘 들어 이래저래 지출이 많았고 또 앞으로도 사야 할 게 많아서 당분간은 석판에 쓸 돈이 없어. 게다가 좀 늦어진다고 손해 볼 것도 없고. 대신 천연 크레용 작업에 몰두하고 싶어.

내가 정말로 원하는 게 뭔지 아나? 자네 화실에 가는 거야. 자네 화실뿐만 아니라 자네가 평소에 산책하고 거닐며 그림에 담을 대상들을 찾는 길도 궁금해. 위트레흐트에도 아기자기하고 정감 가는 주택과 길들이 있을 테니 말이야.

헤이그는 아름다워. 엄청나게 다양하고. 올해는 열심히 작업할 거야. 이따금 금전적인 어려움 때문에 작업을 중단해야 할 때도 있는데(자넨 그 기분 잘 알 거야) 바로 그 이유 때문에 흑백화 작업에 더 집중할 거야. 작품을 많이 그리고 싶고, 또 그려야만 하니까.

수채화나 유화도 비용이 많이 드니까 수시로 중단되거든. 그런데 천연 크레용이나 연필은 모델비와 약간의 종잇값을 빼면 돈 들 일이 없어. 가진 돈은 얼마 없지만, 화구에 투자하느니 차라리 모델에게 그 돈을 쓸 거야. 모델비를 아까워한 적은 단 한 번도 없어.

혹시 칼라일Thomas Carlyle 초상화 가지고 있나? 「그래픽」에 실린 근사한 초상화 말이야. 지금 『의상 철학Sartor resartus』을 읽는 중이야. 칼라일은 낡은 옷과 형식주의, 종교의 교리를 비교하면서 설명하는데 재미도 있고 진지하고 인간적이야. 이 책에 대해 이래저래 악평이 많았어. 칼라일의 다른 책들도 마찬가지고. 저자를 괴물로 여기는 사람들도 많더라고. 『의상 철학』에 관한 평을 예로 들면 이런 거야. '칼라일은 인간의 옷만 벗기는 게 아니라 아예 피부까지 벗겨냈다.' 말도 안 되는 소리야. 오히려 그는 셔츠를 살갗이라고 말하지 못할 정도로 진지해. 인간을 하찮은 존재로 치부하는 게 아니라(어림도 없지!) 오히려 인간을 이 우주에서 높은 위치에 있는 존재로 여기는 사람이야. 또한 인간에 대한 신랄한 비판보다, 인류에게 아주 큰 애정과 사랑을 품고 있지. 칼라일은 괴테에게 많은 걸 배웠는데, 그에게 더 큰 가르침을 준 사람은 따로 있어. 직접 글을 쓴 적은 없지만, 자신의 말이 고스란히 책으로 만들어진 그 주인공. 그래, 바로 예수를 말하는 거야. 예수는 칼라일 이전에 온갖 헌옷에 형식주의를 대입해 설명했었어.

이번 주에 6펜스 시리즈 판본으로 새로 출간된 디킨스의 『크리스마스 캐럴』과 『신들린 사람』(런던, 채프먼 앤드 홀)을 구입했어. 버나드Frederick Barnard의 삽화 7장이 수록돼 있는데 단연 〈고물상〉이 압권이야. 디킨스와 관련된 건 뭐든 아름다워. 특히, 저 두 권은 어릴 때부터 지금까지 매년 다시 읽는 책인데도 볼 때마다 느낌이 새로워. 버나드는 디킨스의 작품을 정말 제대로 꿰뚫어봤어. 얼마 전에 버나드의 흑백화를 봤어. 디킨스 소설 속 주인공들을 그린 연작이었는데 갬프 부인, 리틀 도릿, 사이크스, 시드니 칼튼 등 여러 인물이 있었어.

몇몇 인물은 정말 완벽 그 자체라 풍자화 주인공으로 써도 손색이 없을 정도야. 개인적인 생각이지만 디킨스처럼 화가 같기도 하고 삽화가 같기도 한 작가는 아마 또 없을 거야. 그는 저 소설 속 인물 중 한 사람이 *부활*한 것 같아. 아동서에서 버나드의 그림을 스웨인이 모사한 목판화를 본 적 있는데, 검은 옷의 형사가 저항하는 흰옷 차림의 여성을 끌고 가고 그 뒤로 거리의 부랑아들이 쫓아오는 장면이었어. 별 소재도 없이 빈민가의 특징을 이토록 잘 살려내는 건 거의 불가능한 일이야. 어떻게든 자네에게 줄 거 하나 구해볼 거야. 작은 그림이거든.

불행히도 필즈Samuel Luke Fildes의 〈디킨스의 빈 의자〉와 몇몇 그림은 구할 수 없었어. 그림을 주겠다고 약속한 사람 말이, 1년여 전에 이미 처분했다는 사실을 까맣게 잊고 있었다더라고.

곧 편지해 주게. 여러모로 자네 작업에 좋은 결과가 있기를 바라네.

아! 나한테 프랑스어로 번역된 디킨스의 작품이 있어. 거의 전집에 가까운데 디킨스가 직접 편집에 참여한 판본이기도 해. 언제인가 자네가 디킨스의 영어 원서는 흥미진진하게 읽는 게 힘들다고 말했던 게 기억나서. 광부들의 사투리가 수시로 등장하는 『어려운 시절』처럼 까다로운 영어 표현이 문제라고 했었잖아. 그러니 만약 프랑스어로 읽고 싶다면 줄 수도 있어. 아니, 이 프랑스어 전집을 다른 물건과 바꿀 생각도 있어. 자네 마음에 든다면 말이지. 나는 영어판 『하우스홀드 에디션』을 구할 계획이야.

Adieu, 마음으로 악수 청하네,

자네를 사랑하는 친구, 빈센트

1883년 2월 10일자 「그래픽」에 프랭크 홀의 작은 인물화가 있어. 〈다락방의 아이〉라고, 아주 사실적이야. 이 그림 하나 때문에 잡지까지 산 거야.

존 리치John Leech와 크루크섕크George Cruikshank의 삽화도 개성이 있지만, 버나드의 삽화는 더 공이 들어간 작품이야. 하지만 리치는 거리의 꼬맹이들을 상당히 그럴듯하게 그리는 재주가 있지.

273네 ____ 1883년 3월 6일(화) 추정

사랑하는 동생에게

이렇게 빨리 다시 편지 쓸 생각은 없었어. 알다시피, 지금 온갖 종류의 데생을 그리는 중이었거든. 지금 막 남아 있던 천연 크레용 조각으로 크로키 하나를 마쳐서 세피아 먹물로 색을 넣었다. 자연의 면면을 그림으로 담을 때 천연 크레용만큼 탁월한 도구는 없는 것 같아.

오늘아침에는 도시 외곽 자위트바위텐싱얼Zuid Buitensingel 너머 목초지까지 산책을 다녀왔어. 과거에 마리스Jacob(Jaap) Hendrik Maris가 살던 곳 근처이자 쓰레기 하치장이 있는 곳이야. 한참을 거기 서서 뒤틀리고 기울어진 모습으로 나란히 늘어선 버드나무들을 쳐다봤어. 생전 처음 보는 모습들이었거든. 채소밭 (최근에 가래질한) 경계를 따라 늘어선 나무들이 더러운(아주 더러운!) 진창에 반사되어 비치는데, 이미 봄기운이 밀어낸 초록 잎사귀들이 반짝이고 있는 거야. 거친 밤색 나무껍질이 주는 어둡고 선명한 따뜻한 색조에 비옥함이 묻어나는 채소밭이 어우러진 장면을 보는데, 곧바로 천연 크레용이 떠올랐어. 그러니까 천연 크레용이 더 생기면 바로 이런 장면을 그려보고 싶어.

동봉하는 스케치가 아주 미흡하다만, 몇 부분만큼은 네가 생각했던 내용에 대한 답이 되리라 본다. 이번에도 일상의 정경이야. 내가 상세한 묘사를 빼먹는 걸 미덕으로 여긴다고 오해는 말아라. 전혀 그렇지 않아. 그런데 너나 내가 보고 싶은 상세한 묘사는, 나중에 추가하는 성격의 묘사가 아니잖아. 애초에 그림을 시작할 때부터 들어가야 하는 부분들인데, 그래도 이번 스케치보다는 더 상세해야겠지. 생생함을 잃지 않아야 하기에, 정확한 인상을 표현하려다 보니 종종 표현의 완성도가 떨어지는구나. 그래도 난 색조에 다양한 변화를 주면서 작업해볼 생각이야. 'Y mettre des détails(세부적인 부분들을 그려넣는 것)'보다는, 오히려 'dégrossir(거칠게 다듬는 것)'이 내 관심사야. 말하자면, 형태를 사실적으로 그린다는 뜻이지. 이 스케치에서는 그런 면이 충분히 보이진 않지만, 세피아 먹물을 조금만 써도 분위기가 많이 달라진다. 아마 어제 보낸 것과 비교해보면 천연 크레용 활용법이 여러 가지라는 걸 너도 이해할 수 있을 거다.

어제 라파르트에게 석판화 인쇄에 관해서 편지하면서 천연 크레용 이야기를 했어. 그 친구한테 그걸로 그린 크로키 몇 장을 보내고 싶어서 우리 집에 있는 아기가 여러 자세를 취하는 모습을 그렸어. 그게, 천연 크레용은 크로키에도 아주 적합하더라. 게다가 빵 부스러기를 쓰면 색조를 절반으로 낮출 수도 있어. 아주 어두운 그림자 효과를 만들어내는 것도 괜찮을 것 같긴 하지만, 그땐 석판화 크레용을 쓰면 돼. 그것도 색조가 온화하거든.

인물화를 보면 알겠지만, 화실 내부의 빛 조절이 훨씬 좋아졌어. 요즘은 바깥 날씨가 정말 좋지 않니?

내가 지금 여러 작업을 진행하고 있다는 건 너도 알 거야.

게다가 잡다하게 이래저래 처리해야 할 일도 많고. 그런데 다양한 기법들도 무척 배우고 싶어. 그러면 작업할 때 자극도 되고, 이런저런 아이디어도 많아지니까.

천연 크레용 쓸 생각을 조금 더 일찍 했으면 좋았을걸. 여러모로 쓸모가 있더라고. 콩테만큼 단단하지는 않아서 그런지 긁어야 하는 경우도 거의 없어.

혹시 생활비를 약간 더 보태줄 수 있으면 내가 작업을 중단해야 할 일은 없을 것 같은데 가능

할지 모르겠다. 이런 부탁을 하는 건 평소 하던 작업 외에 다른 일에 좀 필요해서야.

혹시 이스라엘스의 대형 동판화 2점 얘기했던가? 파이프담배를 피우는 남자와 어느 노동자의 집 안을 표현한 그림이야. 정말 아름다워! 이스라엘스가 동판화 작업을 계속해서 얼마나 다행인지 몰라. 사실, 작가 대부분이 동판화 작업을 포기했거든. '동판화가 클럽'이 태동하던 초기만 해도 다들 열정에 불타올랐었는데 말이야. 어쨌든, 대부분은 동판화 분야에서 두각을 드러내지 못했지. 지금도 몇몇이 여전히 작품을 만들어내긴 하지만 몇 년 전 작품이나 완성도가 비슷해. 그런데 이스라엘스 영감님은 여전히 젊음을 간직하고 있어. 백발이 다 되어가는데도 나날이 발전을 거듭하니 얼마나 대단해! 정말 진정한 젊음이자 늘 푸른 힘의 원천이야.

세상에! 다른 작가들이 이 양반만큼만 했어도 세상은 아름다운 네덜란드 동판화 작품으로 둘러싸였을 거다. 내가 가진 이스라엘스의 동판화 2점은, 아마 초기작일 텐데, 정원에서 삽을 든 소녀와 바구니를 짊어진 여성이야. 혹시 본 적 있어? 아마 벨기에 동판화가 협회가 찍어낸 작품일 거야.

아무튼, 마지막으로 남은 천연 크레용 *조각*으로 크로키 2점을 마무리했어. 그러고도 아주 조금은 남았는데, 작은 크로키 정도는 그릴 수 있을 것 같아. 이제부터는 평소에도 천연 크레용으로 작업을 할 생각이야.

Adieu, 악수 청한다.

너를 사랑하는 형, 빈센트

274네 ___ 1883년 3월 11일(일)

테오에게

3월 9일 자 편지, 고맙게 받았다. 환자 친구 상태는 호전되었니? '무소식'이 '희소식'이면 좋겠다. 거기도 여기처럼 지난주에 날이 추웠다면 환자에게는 절대 좋지 않았을 거야.

그나저나 편지로 예술 이야기를 더 많이 나누고 싶다고 했지? 나야 언제나 그러고 싶지. 가끔은 그런 마음이 아주 강렬히 일기도 하지.

종종 이런저런 주제에 관해, 이런저런 습작에 관한 네 의견이 궁금해. 이렇게 그리면 쓸만한 그림이 될까, 이런저런 목적을 달성하려면 이런저런 식으로 계속 그려도 되는지 등등.

나보다 네가 당연히 더 잘 알고 있을 정보도 궁금하고, 시장 동향, 방향 그리고 어떤 그림들이 주로 다뤄지는지 등등도 듣고 싶어. 물론, 편지로도 소통은 가능하지. 그런데 글로 쓰면 시간도 많이 들고 쉽지도 않아. 게다가 매번 상세히 설명하는 것도 쉬운 일이 아니야.

지금 같이 습작이 여러 점 쌓인 상황에서는 만나서 이야기를 나누는 게 무엇보다 중요해. 그리고 화실이 얼마나 달라졌는지도 너한테 보여주고 싶다. 그러니 조속한 시일 내에 네가 네덜란드에 올 수 있기를 기대한다.

사랑하는 아우야, 이 형이 너의 묵묵한 지원을 얼마나 고마워하는지, 얼마나 큰 마음의 빚을 느끼는지 알아주면 좋겠구나.

이 마음을 어떻게 글로 다 표현할 수가 없어. 내 그림이 아직도 내가 원하는 만큼 그려지지 않아서 늘 너무나 실망스럽다. 커다란 난제들이 산재해 있어서 한 번에 해결하는 건 불가능해. 발전한다는 건 광부의 작업과 같다. 뒤따르는 사람들이나 자기 자신을 위해서라도 어떻게든 빨리 전진하고 싶은데 그게 마음처럼 쉽지 않지. 하지만 이런 임무를 마주했을 때 돌파구는 바로 인내와 믿음이야. 솔직히 나는 어려움에 대해서는 크게 생각하지 않아. 그럴수록 더 길을 잃고 혼란스러워질 뿐이니까.

실 여러 개를 동시에 엮어서 천을 짜는 직조공은 그 과정을 하나하나 따져가며 일할 여유가 없어. 그보다는, 일에 완전히 몰입해서, 생각 않고 그저 행동할 뿐이지. 설명할 순 없고, 그저 일의 과정을 *느끼는* 거야. 너나 나나 둘 다 어떤 확실한 계획대로 움직이는 건 아니지만, 서로 의견을 주고받음으로써 우리 안에서 뭔가가 서서히 무르익어간다는 *느낌*이 상호간에 강해지지. 내가 원하는 게 바로 이런 거야.

오전에 판 데르 베일러의 집에 다녀왔어. 그 친구 지금 땅 파는 사람과 말, 모래 화차를 주제로 대형 유화를 그리는 중이야. 색감도 채도도 상당히 강렬해. 잿빛 아침 안개도 분위기 있고. 데생도 구성도 힘이 넘치고 스타일이나 특징도 살아 있어. 지금까지 그 친구가 그린 그림 중에서 단연 최고다. 늙은 백마 한 마리와 모래언덕을 배경으로 한 풍경화 등 습작도 3점을 그렸더라고.

아마 이번 주중에 내 화실에 들를 텐데, 나도 그 순간을 고대하고 있어.

지난주에 길에서 우연히 브레이트너르와 마주쳤어. 로테르담에 정착했는데 형편이 안정적인가 봐. 판 데르 베일러가 아침에 그 친구 편지를 받았는데 다시 발병했다더라. 아니나 다를까, 지난주에 마주쳤을 때도 안색이 영 형편없어 보였어. 콕 짚어 말할 수는 없지만 낙담한 듯한 분위기도 느껴지고 자기 작업 이야기도 거의 하지 않더군. 말투도 이상했고.

아, 그리고 놀랄 일이 하나 있었어. 아버지한테 편지를 받았는데 다정다감하고 쾌활한 분위기가 묻어나는 데다 그 안에 25플로린이 들었더라. 전혀 예상치 못했던 공돈이 생겨서 내 몫을 보내셨다는데, 정말 자상하시지 않냐? 그런데도 내 마음은 좀 불편하다.

머릿속에 이런 생각이 들더라고. 혹시 아버지가 여기저기서 내가 어렵게 살고 있다는 말을 전해 들으셨나, 하는. 만약 그래서 보내신 돈이면 솔직히 반갑지는 않다. 왜냐하면 그건 사실이 아닌 뜬소문이니까. 그런 이유로 아버지가 내 걱정을 하시는 건 불필요해. 이런 내 생각을 설명해야 한다면, 아마 아버지보다 네가 더 잘 이해할 거야.

내 관점에서 보면 난 *대단히 부유해*. 돈은 없지만 (매일 그렇진 않아도) 부유한 사람이야. 내가 온 마음을 다해 헌신하고픈 일을 찾았기에 부유하고, 그 일이 내 삶에 의미와 열정을 부여해 주니까 풍요롭다.

물론 기분이야 그날그날 달라지지. 그렇지만 평균적으로 평온하다. 나는 예술에 굳은 *신념*이, 나를 분명히 안식처로 데려가는 강력한 흐름이라는 확신이 있어. 비록 당사자가 적극적으로 노력해야겠지. 어쨌든, 내게 맞는 길을 찾아서 불행한 사람으로 꼽히지 않는 건 대단한 축복이야. 그게, 상대적으로 어려운 상황을 겪을 때도 있고, 어둠이 가시지 않는 날도 있겠지만 난 절대로 불행한 사람이 아니야. 그런 생각은 옳지 않다.

네 편지에서 이 부분에 나도 가끔 *동감한다*. "가끔은 이 상황을 어떻게 헤치고 나가야 할지 막막합니다."

그래, 난 그런 느낌을 *여러 방면에서* 느낀다(*금전*적인 부분만이 아니라, *예술*에서도, 그리고 *삶*에서도). 그런데 그게 별난 생각일까? 진취적으로 나아가려는 사람이라면 누구든 이런 순간을 겪지 않을까? 우울한 순간, 난처한 순간, 비통한 순간 등은 우리 모두가 얼마쯤은 겪는 문제지. *자의식*을 가진 인간의 전제조건이니까. 자의식이 없는 사람들도 더러 있지. 하지만 그걸 가지고 있는 사람들은 비록 어려운 상황에 부닥치더라도, 정말 감당하기 힘든 일을 덤으로 겪지 않는 이상, 자신이 불행하다고 생각하지 않아.

때로는 안도하고, 때로는 내면에서 새로운 힘이 솟구치지. 그래서 다시 일어나 좋은 날을 맞이하는 거야, 그러지 못한 사람도 있을 거야. 좋아. 하지만 그렇다고 해서 특별할 필요도 없어. 그리고 다시 한번 강조하지만, 난 *그게 인간의 숙명*이라고 생각해.

아버지의 편지는 내 편지에 대한 답장이었어. 내가 기억하는 한, 유쾌한 내용이었어. 화실에 변화가 생겨서 아주 마음에 든다는 이야기 등을 적었거든. 내가 돈 문제나 다른 문제로 어려움을 겪고 있다고 생각하실 내용은 전혀 안 적었어. 게다가 아버지 답장에도 그런 분위기는 느껴지지 않았어. 좋은 이야기만 하셨거든. 그런데 아버지 편지를 받는 순간 돌연 그런 생각이 떠올랐던 거야. '아버지가 내 걱정을 하고 계신가?' 내 생각이 틀렸다면, 아버지의 진심 어린 편지를 받고 내가 그런 생각을 주로 했다고 답장하는 건 적절하지 않아. 뜻하지 않은 선물 덕에 언감생심 꿈도 못 꾸던 일을 할 수 있게 돼 감사드리고 싶은 게 내 진심이거든. 너한테 이렇게 내 생각을 전하는 이유는 기회가 되면, 내가 걱정하는 부분을 네가 아버지께 잘 말씀드려주면 좋겠다 싶어서야. 난 아버지가 안심하시길 바라는데, 그건 나보다 네가 훨씬 더 잘하는 일이니 말이야.

결과적으로 내게는 이게 다 너무나 반가운 뜻밖의 횡재야. 수채화 그리기 일정을 다시 계획할 거거든. 그리고 뢰르스 씨 외상값도 당장 갚아야지. 화실에 필요한 자잘한 물건들도 사고.

가만 보니 요즘 들어 데생이나 유화에 필요한 화구 가격이 훌쩍 뛰었더라. 그림 계획을 세웠다가 포기해야 하나 심각하게 고민해야 할 화가들이 한둘이 아니겠더라고. 내가 바라는 건 「그래픽」이 운영하는 화실 같은 공간이 더 많아지는 거야. 그림 솜씨와 의지를 입증해 보여준 사람에 한해서는 화구들을 얼마든지 빌려주는 공간. 예전에 카다르Alfred Cadart는 자비로 동판화 찍을 장비를 갖출 수 없는 다른 화가들을 도와줬지.

다른 사람들보다야 이래저래 사정이 나은 편이다만 그래도 내가 해보고 싶은 걸 과감하고 열정적으로 다 할 수는 없는 처지야. 나가는 비용이 너무 많거든. 모델비에 생활비에 집세에 물감에 붓까지 등등.

모든 게 방직기 돌리는 것과 비슷해. 여러 실이 서로 엉키면 안 되지.

모두가 같은 상황들에 직면해 있는 게 사실이야. 유화든 데생이든 화가들 대부분이 이렇게 압박감에 짓눌리고 있는데, 왜 전쟁에 나선 병사들이 대형을 이루듯이 서로 손을 맞잡고 같이 일하려 하지 않을까? 그리고 도대체 왜 비용이 거의 들어가지 않는 예술 분야는 사람들에게 무시를 당할까?

네가 보내준 천연 크레용 말이야, 그게 플라츠 광장점에서 온 건지는 모르겠다. 내가 아는 건, 네가 지난여름에 들고 왔다는 것뿐이야. *아니면 에턴에서 받았던가?* 상점에 가보니 자투리로 된 천연 크레용 대여섯 개가 있던데 크기가 너무 작아. 그냥 그렇게 알아두라고. 푀르스 씨한테 부탁했더니, 야프 마리스도 자주 주문한다더라.

남은 걸로 스케치 2점을 더 그렸어. 요람이랑, 이미 너한테 보냈던 그림과 비슷한 거 하나. 이번에는 세피아 먹물을 좀 많이 썼다. 두 사람이 있는 인물화 스케치에 대해 네가 지적한 부분들에 답하자면, 원근법 효과를 주려고 그랬어. 그래서 작은 아이하고 바구니 위에 앉은 여성의 크기가 차이가 나 보이는 거고. 구도 외에 또 마음에 걸렸던 게 그거였는데 네가 편지에 지적했더라. 두 인물의 색감이 거의 같다는 부분. 천연 크레용이 석판화 크레용만큼 강렬한 색은 못 내기 때문이기도 해.

하지만 주요 원인은, 내가 원하는 만큼 충분한 시간을 들여 작업할 수 없기 때문이야. 한 그림을 오래 그릴 수 있으면 더 세심하게 그릴 수 있지. 색감도 다르게 가고. 그런데 나는 거의 항상 쫓기듯 서둘러 작업해야 했어. 모델에게 이것저것 주문할 엄두도 안 났고. 비용을 후하게 쳐줄 수 있으면 이런저런 포즈를 주문하고 더 긴 시간 그릴 텐데. 지금도 이미 내가 주는 돈에 비해 이것저것 많은 걸 부탁하고 있거든.

더 중요한 다른 이유가 없을 거라는 건 아니야. 아마 내 실력이 지금보다는 더 능숙해야 하겠지. 그런데 나는 지금의 나 자신에게 어느 정도는 만족하고 있어. 그래, 지금보다 시간을 덜 들이고도 능숙하고 섬세한 그림을 그릴 수 있게 되면 좋겠지.

사랑하는 아우야, 네 환자 친구가 어서 건강을 회복하기 바란다. 네가 묘사해주는 파리의 정경을 어서 빨리 다시 받아서 읽고 싶구나. 네 덕분에 생긴 노를 가지고 최선을 다해 잘 젓고 있으니 안심해라. 내 손에 들린 노가 물살을 헤치고 나가는데 짧다고 생각지는 않는다. 어떻게 하면 이 노를 더 잘 활용해서 최고의 효과를 낼 수 있을지를 더 고민하고 있으니 안심하고. 어떤 결과에 다다르지 못한 건 전적으로 다 내가 부족한 탓이다. Adieu. 마음으로 악수 청한다.

너를 사랑하는 형, 빈센트

라31네 ____ 1883년 3월 15일(목) 혹은 16일(금)

친애하는 벗, 라파르트

지난 일요일, 판 데르 베일러 집에 다녀왔어. 유화 작업을 하고 있는데 지금까지 내가 본 그 친구 그림 중에서 단연 최고였어. 안개를 배경으로 운하를 따라 늘어선 모래 화차를 그렸거든. 대상이나 구상이나 기법이나 화풍이 꼭 마우베 형님 그림하고 비슷하더라고.

비슷한 정서를 품은 그림이긴 해도 그만의 독특한 특징이 잘 살아 있었어. 그리고 크기도 제법 커. 이런 말을 하는 이유는 앞으로 이 친구가 크게 될 것 같기 때문이야. 그래서 자네도 이 친구와 알고 지냈으면 좋겠어. 어쩌면 목판화 복제화가 이 친구와 친분을 쌓을 계기가 될 수도 있겠어. 나중에 자네가 직접 이 친구를 만날 때 내가 말했던 복제화를 건네주거나(자네한테 2장씩 있는 헤르코머와 다른 작가 작품들), 아니면 내 편에 이 친구에게 그림을 보내면서 자네가 전하고 싶은 말을 전해도 되고. 예를 들면, 자네가 선물로 주는 거라거나, 이미 이 친구 그림을 본 적 있다거나, 잘 알고 지내고 싶다거나, 뭐 그런 식으로 말이야. 그러니까 내가 기대하는 건 이런 거야. 두 사람이 안면을 트고, 관계를 이어나가서 진정한 친구 사이로 발전하는 거.

오늘은 자네한테 목판화 복제화를 두루마리에 넣어 보낼 거야. 「그래픽」에 수록된 두 페이지에 걸쳐 이어진 그림이야. 난 몇 개 더 있어. 그런데 이 그림은 접을 수가 없어. 손을 좀 보고(찢어졌거든) 제본한 상태라서 말이야. 값어치가 큰 건 아닌데, 내 생각에 자네한테 없을 것 같거든. 만약 자네가 가지고 있으면 판 데르 베일러에게 줘도 돼.

그러니 시간 나거든 혹시 그림이 있는지 확인해보게. 있다면 다시 돌려보내 주고.

나머지는 나중에 자네 마음대로 골라도 상관은 없지만, 자네가 여기 오게 되면 같이 해야 할 다른 것도 많을 것 같으니, 일단 이런 식으로 중요한 작품을 먼저 추려놓는 것도 좋을 것 같아. 그건 그래도 당장 할 수 있는 일이잖아.

나는 시간이 나면 즉시, 자네에게 보낼 작은 그림들을 추려놓을 생각이야. 그래야 자네한테 있는지, 없는지 확인할 수 있을 테니까.

그전까지는 일단 랑송의 작품 2점만 동봉해서 보내네. 프랑스 판화들이라서 「그래픽」을 정리하다 보면 빠트릴 수도 있어. 그런데 자네한테 없는 거라면 분명, 자네 마음에 들 거야. 홀의 〈기숙학교〉, 스몰의 〈경작〉, 〈인쇄업자 캑스턴〉은 정말 멋지지 않나?

위트레흐트에도 다시 겨울이 찾아왔겠지.

같이 보내는 그림은 창밖으로 보이는 장면을 그린 스케치야. 어둠 속에서 불가에 앉아 눈 덮인 창밖을 바라보고 있으면 기분이 아주 편해져.

여기서도 천연 크레용을 구할 수 있었어. 여태까지 한 번도 못 들어본 물건이었는데 알고 보니 그렇게 귀한 것도 아니었더라고. 혹시 자네도 이미 알고 있었던 거 아니야? 아니라면, 미리 말해주는데, 데생 마무리에 아주 유용한 도구야.

Adieu, 친구. 마음으로 악수 청하고, 조만간 편지하게. 내 말 명심하고.

자네를 사랑하는 친구, 빈센트

라32네 ___ 1883년 3월 21일(수) 추정

친애하는 벗, 라파르트

자네 편지 잘 받았어. 〈타일 장식가〉 유화 작업을 다시 시작했다는 소식, 정말 반가웠어. 그리고 자네 편지 읽다 보니, 조만간 여기 올 듯한데, 그렇다면 더더욱 내가 2개씩 가지고 있는 복제화를 하루라도 더 빨리 보내야겠군. 자네도 더 기다리는 것보다 이게 낫지 않을까? 어쨌든, 자네도 복제화 여러 점을 직접 눈앞에 두고 보면 만족스러울 거야. 그리고 「그래픽」 작품집을 좀 뜯어내서 제대로 붙어 있지 않은 복제화 사이에 판화 작품들을 분류해서 넣어놨어. 그 덕에 자네한테 헤르코머의 〈하숙집〉을 비롯해 여러 다른 그림들을 이 편지와 함께 보낼 수 있게 된 거야. 이렇게 재분류하다가 하나씩 더 생긴 복제화와 잡지에서 뜯어내서 사진 복제가 아니라 판에서 직접 찍은 그림들도 보내.

그중에서 보이드 휴턴의 그림 몇 점도 보일 거야. 〈리버풀 항〉, 〈셰이커 교도, 에번스〉, 〈황야로 배달되는 편지〉, 〈나이아가라 폭포〉 등등. 내가 가진 「그래픽」 초기본의 보이드 휴턴 작품을 보면 이 작품의 진가에 대해 내가 자네한테 글로 설명했던 내용을 더 잘 이해할 수 있을 거야. 판 데르 베일러도 이번 주에 그 그림을 처음 보고는 경탄을 금치 못했지.

이번 주에는 외바퀴 손수레를 모는 노인들을 데생했어. 석판화로도 찍어볼까 생각 중인데 아직은 잘 모르겠어. 데생은 꾸준히 하고 있네. 이미 말했다시피, 판 데르 베일러가 이번 주에 화실에 왔었거든. 안 그래도 그때, 모델을 세워두고 그리던 중이었어. 우리는 내가 모델과 함께 그린 외바퀴 손수레에 앉아 「그래픽」을 들춰보면서 이런저런 이야기를 나눴지. 보이드 휴턴의 그림 하나가 유독 우리 관심을 끌었어. 아마 자네한테도 한 번은 언급했을 거야. 크리스마스 당일에 「그래픽」 사무실 복도를 그린 그림. 모델들이 삽화가를 찾아와 새해 인사를 건네며 수고비 같은 걸 기다리는 그 장면 말이야. 모델 대부분이 장애가 있는 사람들이야. 목발을 짚는 남자가 맨 앞에 서 있고 앞 못 보는 사람이 뒤에서 그의 옷자락을 붙잡고 있는데, 동시에 등에는 걷지 못하는 사람을 업었어. 그 뒤에는 또 앞 못 보는 사람이 앞 사람의 옷자락을 붙잡고, 또 그 뒤에는 머리에 붕대를 감싼 부상자가 다리를 절뚝이며 따라가지. 그리고 그 뒤로 다른 사람들이 줄을 서 있고. 판 데르 베일러에게 물었어. "이거 봐, 우리가 *충분히 모델을* 세우고 그림을 그리나???" 이렇게 대답하더라고. "얼마 전에 이스라엘스가 내 화실에 와서, 모래 화차 유화를 보더니 말했지. 앞으로는 무엇보다 모델을 앞에 세우고 그리는 일에 열중하라고."

화가들 주머니 사정이 괜찮아지면 너도나도 가리지 않고 모델을 불러 그림을 그리겠지. 그런데 잔돈푼을 모아서 모델에게 쓸 수도 있는 거잖아! 과거에 「그래픽」이 그랬던 것처럼, 협업 차원에서 화가들이 매일 모델과 만나서 그림을 그릴 수 있는 장소를 임대할 수도 있겠고!

결과적으로 *서로를 격려해주고*, 모델을 불러 작업하고, 최대한 의견을 모아 이런저런 걸 결정할 수 있어야 해. 그렇게 미술상이나 그저 그런 평범한 애호가들의 구미에 맞는 그림을 그릴

게 아니라 힘이 넘치고 진실을 담고 있으며 정확하고 솔직한 그림을 그리는 방향으로 나아가야 하는 거야.

내 생각에, 모든 건 결국, '모델을 앞에 세우고 그리는 일에 열중하라'는 말 속에 포함돼 있어. 그런데 무슨 운명의 장난인지, 이렇게 모델을 세우고 그린 그림은 "못마땅한" 그림 취급을 받고 있어. 결코 허구가 아니고 엄연한 현실인 이런 *편견은 이제 사라져야 해.* 화가들이 힘을 모아 한 번에 날려버려야 한다고. 그러려면 화가들이 서로를 지지하고 응원해야 해. 미술상들이 대중을 상대로 이야기하게 내버려둬서도 안 돼. 화가들도 자신들의 목소리를 내고 할 말은 해야 해. 그래, 화가들이 자신의 작품에서 말하고자 하는 바를 대중이 잘 이해해주지 못한다는 주장은 나도 어느 정도는 인정하지만, 화가들이 대중이라는 밭에 뿌리는 씨앗은 미술상이나 그 주변의 이해 당사자들이 뿌려대는, 전혀 변할 리 없는 관습이라는 씨앗에 비하면 풍부한 수확량을 보장해주는 건 확실해.

이런 생각을 하다 보면 자연스레 전시회의 영역까지 넘어가. 자네는 전시회를 준비하고 있잖아. 좋은 거야. 그런데 나는 전시회를 그렇게 중시하지 않아. 이전에는 지금보다 전시회를 중요하게 생각했었어. 왜 그랬는지, 아마도 지금과는 다른 시각으로 전시회를 바라보았기 때문이겠지. 어쩌면 내가 전시회 이면에서 벌어지는 일들을 경험할 기회가 있었기 때문일 수도 있어. 아니면 그냥 무관심한 것일 수도? 전시회 결과에 대해 착각하는 사람들이 적지 않으니까. 그런데 지금은 이 부분에 대해 더 얘기하고 싶지 않아. 개인적으로 한마디만 하자면, *전시회 입맛*대로 구분되는 작가들의 모임보다는 서로 공감대를 가지고 있고 의지와 *끈끈*한 우애, 서로에 대한 믿음과 신뢰를 바탕으로 뭉친 *화가*들의 연합이 훨씬 이롭다는 거야.

전시실 벽에 나란히 걸린 그림들을 바라봐주는 거로 그걸 그린 화가들 사이에 화합이 도모될 수 있다고는 생각지 않아. 그런데 이 화가들 사이에는 정신적인 화합이 아주 중요하다는 게 내 의견이야. 나머지 문제는 부차적이라 해도 과언이 아닐 만큼 이 화합의 방향이 절대적으로 중요해. 남들 눈에 제아무리 규모가 크고 중요한 단체라 해도 화가들의 정신적인 화합을 도모하는 모임을 대체할 수 있는 단체는 없어. 이런 단체가 없다는 건 밟고 다닐 땅이 없다는 소리와 마찬가지야. 나는 전시회 한 번으로 끝나는 건 결코, 원하지 않아. 내가 바라는 건 재구성, 아니 더 정확히는, 화가들이 협력하는 모임을 새롭게 조직하고 혁신해서 더 강하게 만들어 나가는 거야. 이들의 모임은 대단한 영향력을 갖출 수 있기 때문에 전시회에도 이득이 될 수 있어.

자네가 다시 〈타일 장식가〉를 시작했다니 반갑고 몹시 궁금하네. 자네의 다른 그림과 마찬가지로 이번 그림도 관심이 아주 커. 어떤 그림인지 글로 듣거나 눈으로 직접 보고 싶어. 자네가 그 작품을 전시회에 출품할지 말지의 문제는, 자네가 그 작품에 마음에 드는 액자를 고르는 것만큼이나 내가 관여할 문제는 아니라고 생각하네. Adieu. 곧 편지해주게.

자네를 사랑하는 친구, 빈센트

275네 ____ 1883년 3월 21일(수) 추정

테오에게

편지하고 보내준 건, 진심으로 고맙게 받았다. 환자 친구 상황이 달라졌다는 소식, 반갑게 읽었고. 무엇보다 그게 희소식인 것 같아 더더욱 기뻤어.

그 친구가 다른 사람들에게 좋은 영향을 끼치고 있다는 소식도 흥미롭다. 한 사람의 선의가 큰일을 만들어낼 수도 있어. 효모에 비유한 표현은 정말 재치가 넘쳤다. 선의를 가진 남녀가 똑같은 생각으로, 똑같이 진지하게, 똑같은 곳을 바라보고 있으면 이 세상에 못 할 일이 어디 있겠니?

이 부분을 종종 생각해봤지. 사실, 두 사람의 결합은 힘이 두 배로 커지는 걸로 그치지 않거든. 오히려 몇 배나 더 커질 수 있어. 수학에서 사용하는 거듭제곱처럼 말이야.*

게다가 네가 편지에 묘사한 내용을 보면 집이며 동네며 삯마차 정거장이며, 상당히 괜찮을 것 같기도 해. 지금까지 네가 상세히 묘사해준 동네 중에서는 가장 나아 보이거든. 마차 정거장이 정말 훌륭해 보인다. 혹시 코가 빨갛다는 그 마부를 설득하면 여기 와서 내 그림의 모델이 되어줄까?

네가 비셀링예Elbert Jan van Wisselingh 씨**와 교류하고 있다니 반가울 따름이다. 그러니까 그 양반이 파리로 돌아갔구나. *여전히 코티에*Daniel Cottier *씨 회사에서 일하는 건가?*

다시 만날 기회가 있으면 내 안부도 전해주면 좋겠다. 그 양반이 언제 네덜란드에 들려주면 정말 반가울 거야. 예전에 그러겠다고 했었는데. 그 약속을 잊지 않게 다시 한 번 상기시켜주길 바란다. 안 그래도 런던에 관해 물어볼 것도 많거든. 혹시 그 양반이 내 석판화는 봤니? 그 양반과 다시 연락하고 지냈으면 해. 이래저래 매력적인 면을 지닌 양반이거든. 아는 것도 많고 예술에 관해 정확하고 독창적인 아이디어도 넘치지. 어쨌든, 남다른 양반이야.

동봉한 크로키는 오늘 이른 아침부터 그리기 시작한 그림을 본뜬 거야. 지금까지 내가 한 것 중에서 가장 마음에 드는 그림 같아. 적어도 빛과 그림자 표현만큼은 말이야. 비록 이 종이를 정확히 어떻게 가치 있는 그림으로 만들지는 나도 잘 모르겠지만 그래도 일단 네게 보낸다. 비율도 정확하지 않고 전경도 너무 넓다만, 네가 보면 내가 화실 조명 효과를 제대로 활용하고 있음을 단번에 알아볼 거야. 모델이 역광으로 서 있어서 단순한 윤곽선으로는 묘사가 힘들었어. 빛의 방향도 한쪽으로만 몰아서 모델의 특징을 살렸더니 색조가 스스로 어우러지면서 조화를 이루더라고. 이런 구상으로 눈앞의 장면을 재현하려면 어려움이 따를 수밖에 없어. 게다가 머리도 많이 써야 해. 인물을 어느 위치에 배치해야 하는지, 인물의 특징을 최대한 선명하게 부각

* 테오가 아마도 마리와의 결혼을 언급했던 것 같다.

** 런던의 코티에 회사에서 미술상으로 일했고(1874~1882), 1882년 독립해서 파리의 미술상으로 활동했다.

헤이그

하려면 조명을 어떻게 조절해야 하는지 등등 말이야. 특히, 빛에 대해서는 실외에서 본 것과 실내에서 본 것을 사전에 철저히 분석해야 상상으로 똑같이 재구성할 수 있어.

천연 크레용을 찾았다니 정말 다행이다. 넌 이미 보냈다고 편지했는데 아직은 우체부가 갖다주지 않았어. 혹시 네가 깜빡했을까 봐 말해두는 거야. 이미 보냈다면 조만간 도착하겠지. 나는 나대로 석판화 크레용을 장만했어. 천연 크레용이랑 같이 사용할 거야. 두 개를 동시에 쓰면 꼭 좋은 결과물이 나올 것 같거든.

이번 주에는 외바퀴 수레를 그려봤어. 그런데 등지고 선 이 노인을 그린 건 정말 사실적이야. 판 데르 베일러가 인사차 찾아왔었는데(모델을 세워두고 그리고 있었거든) 수레에 앉아서 같이 목판화 복제화를 봤어. 그 친구도 판화 복제화를 수집하기 시작했는데 고인이 된 목판화가 스탐의 작품부터 모으려는 것 같아.

아직 너한테 말을 안 했는데 얼마 전에 「그래픽」을 거의 다 모았어. 1870년 초에 발간된 것부터 사 모았지. 물론 전부 다 가지고 있는 건 아니야. 쓰레기 같은 것들도 많은데 나는 주옥같은 것들만 간추렸지. 이렇게 훑어보다 보면(예를 들어 잡다한 것들과 뒤섞이지 않게 따로 분류해둔 헤르코머의 작품들만 쭉 훑어보더라도) 재미도 있고 또 한눈에 보여서 편해. 게다가 작가 개개인의 역량이나 특징 같은 걸 찾아낼 수도 있고 또 작가마다 차이점도 한눈에 알아볼 수 있어.

레르미트라는 작가의 작품을 한번 봤으면 좋겠어.

화실 환경이 달라져서 얼마나 행복한지 말로 다 설명할 수가 없다. 내가 그리기로 마음먹은 인물화를 다시 그릴 생각에 마음이 얼마나 벅찬지 몰라.

판 데르 베일러가 이번 겨울에 화실에 왔다가 얼굴 습작 몇 점 보고 갔거든. 분명, 나중에 쓸모가 있을 거야. 다른 습작도 마찬가지야. 신나는 이야기 하나 해줄까? 판 데르 베일러가 겨울에 다녀갔다고 했잖아. 벌써 몇 달 전 일인데, 땅 파는 사람들 습작을 그리던 중이었어. 그중 하나로 석판화를 찍기도 했거든. 그때, 내 습작들을 보고 갈 때만 해도 별 관심이 없어 보였었어. 그런데 그 친구, 지금, 이젤 위에 올려놓고 그리는 유화가 땅 파는 사람들이야. 어딘가에서 일하고 있는 사람들을 유심히 관찰했나 보더라고.

아무튼, 이번에 왔을 때는 내 습작을 다시 살펴보다가 땅 파는 사람들이 나오자 예전과 다른 의견을 내놓더라. 적어도, 다짜고짜 "이런 저런 게 별로다"라는 식으로는 말하지 않았어. 그래서 나도 이번에는 그런 말을 안 했지. 그런데 그 상황을 겪으며, 남은 물론이고 나 역시도 "*그렇지 않다*"거나 "*틀렸다*"는 식의 착각이 잦을 수 있음을 깨달았어. "그렇게는 안 된다"는 판단을 나 역시 남들만큼이나 많이 하고 있었더라. 물론 자기 생각에 확신을 가질 수도 있지. 하지만 솔직하려면, 자기 의견을 철회할 줄도 알아야 해.

편지에 묘사한 삯마차 정거장과 큼지막한 공중변소가 이런저런 광고지로 도배되었다는 그 묘사, 정말 대단했어. 네가 그림으로 그린 것이나 다름 없었어!

그나저나 그런 구조물에 광고를 붙였다니, 광고에 대한 풍자가 아닐까. 그 반대거나.

예를 하나 들면, 공영전당포 출입구에 붙은 광고 전단지를 봤는데, 이런 문구가 큼지막하게 적혀 있었지.

광고
'Eigen Haard(나의 집)'

너도 알겠지만 「Eigen Haard」는 삽화 잡지 제목이잖아. 내용도 제법 괜찮아. 자세히 살펴보면 건질 게 아주 많기도 하고.

가바르니는 현관에 이런 문구가 적힌 집을 그린 적이 있어. 'On prend des enfants en sevrage(이유기 아이들 받아요)'. 현관 계단 앞에 허름한 차림의 여성과 입에 파이프 담배를 문 남성이 서 있는데, 보육 기관 원장 같은 분위기야. 그런데 담벼락에 붙은 전단지에는 이런 문구가 적혀 있는 거야. 'Perdu un enfant(미아(迷兒))'.

같은 작가의 〈Au rendez vous de la fraternité(우애의 시간)〉이라는 것도 있는데 주정꾼들이 싸움박질하는 선술집 앞 간판이야.

라파르트는 암스테르담에서 열리는 전시회에 대형 유화를 출품할 거야. 작업대에 앉아 일하고 있는 타일 장식가 넷을 그린 그림이야. 좋다는 얘기가 많이 들린다. 나는 전시회 같은 데 출품할 그림은 그리고 싶지 않지만, 작업량만큼은 라파르트에 뒤지지 않을 거야.

우리는 한 사람이 이쪽으로 가면, 다른 하나는 저쪽으로 가는 식으로 서로에게 자극이 되고 또 그만큼 더 마음이 통하는 관계다. 경쟁이, 질투심을 넘어서면, 최선을 다해 최대한 잘해내는 것과는 달라져. *서로에 대한 존중*이지. "Les extrêmes se touchent(극과 극은 통하니까)." 질투심에 어떤 긍정적인 가치가 있다고 생각지는 않지만, 서로 보조를 맞추며 나란히 걷기 위한 노력이 없는 우정은 우정으로서의 가치가 없어.

이제는 점점 여러 모델을 동시에 그려보고 싶어진다. 좀 더 복잡한 구도로.

그런데 당장 하고 싶어서 안달이 난 정도는 아냐. 처리해야 할 일이 제법 남아 있어서.

판 데르 베일러 집에 갔다가 그 친구가 작업 중인 대형 유화 *습작*을 봤어. 상당히 공들인 아름다운 작품이긴 한데, 습작이 만들어지는 과정을 알고 있고 그 습작들과 최종 결과물 사이에 어떤 차이가 있는지 아는 사람들은 습작의 단계에서 최종 그림까지 가늠하지는 않지.

당연히 습작만으로는 그림의 *크기*나 통일성을 가늠할 수 없어. 습작에는 피사체만 그려져 있거든. 사람이냐 말이냐는 중요하지 않고, 배경도 부실하니까. 그러니까 내 말은, 전경이나 후경이 따로 없다는 말이야. 배경들이 도드라지지도 않고 *실제 그림에서처럼 자리도 제대로 잡*

지 못한 상태야. 그런데 습작을 보며 모두가 이걸 이해할까? 조만간 내 화실에 오면 너도 내 습작들을 볼 텐데, 이 사실을 염두에 두고 있어라. 이번 주에는 그냥 가벼운 마음으로 비율을 바꾼 인물화를 그려봤어. 나중에 큰 그림에 넣어보려고. 선 몇 개 추가로 더 긋고 세피아로 색조를 조금만 조정해서, 개인적으로는 감히 그림 같다고 표현하는 결과를 얻어냈다. 내가 말하고자 하는 바는 더도, 덜도 말고 이런 거야. 공간에 대한 나의 시선이 판 데르 베일러와 다르다고 여기지 말아 달라는 거.

Adieu 곧 편지해라. 행운을 기원한다.

너를 사랑하는 형, 빈센트

이 크로키로 편지 말미에 내가 하려던 말이 뭔지 너도 이해할 수 있기를 바란다. 여기는 전경이 전혀 없지만, 진짜 습작에는 조금 더 그려졌어. 예를 들어, 이 습작을 땅 파는 사람 습작, 그러니까 석판화로 찍어낸 그 습작과 합친다면, 전경에 평지를 조금 넣고, 후경에 울타리 같은 잡목림을 펼쳐놓은 다음, 그 위로는 빛이 들어오는 방향만 알 수 있게 하늘을 조금 그려놓으면 딱 좋을 거야. 그러면 가로로 긴 구도의 그림을 그려야 인물들이 주변에 자기 자리를 잡고 들어갈 수가 있겠지.

그런데 습작에 이 모든 걸 다 표현해버리면 인물이 너무 작아져서 인물화 습작으로 아무 쓸모가 없어져. *분위기*라는 게 그렇게 어려운 일도 아니야. 내 습작만 괜찮다면 뭐 이런 부분은 걱정도 아니야.

공간, 하늘, 폭 등을 내가 무시했다고 생각지 말아라. 그 부분부터 시작하면 안 돼서 그런 거니까. 기초 공사부터 다지고, 때가 되면 지붕을 올려야지.

276네 ____ 1883년 3월 18일(일)

테오에게

그동안 네가 편지로 전해준 묘사 덕분에 파리 분위기를 느껴본 적이 많았어. 이번에는 내가 여기 화실 창밖으로 보이는 눈 내린 작업장 풍경을 전해줄게.

집 모퉁이를 그린 크로키도 보낸다. 같은 겨울날 경험한 두 개의 느낌인 거야.

온통 시가 감도는 듯한 분위기인데, 그걸 종이에 옮겨 적자니, 이것 참, 눈으로 보는 것만큼 생생하지가 않네. 그래서 수채화로 그렸다. 이 수채화를 스케치한 건데 생동감이나 힘이 좀 떨어진다.

여기서도 천연 크레용을 찾을 수 있다고 이미 말했었지. 그걸로 잘 작업하고 있다.

개인적으로, 지난주에 불어닥쳤던 한파가 올겨울의 백미가 아니었나 싶어. 신비로울 정도로

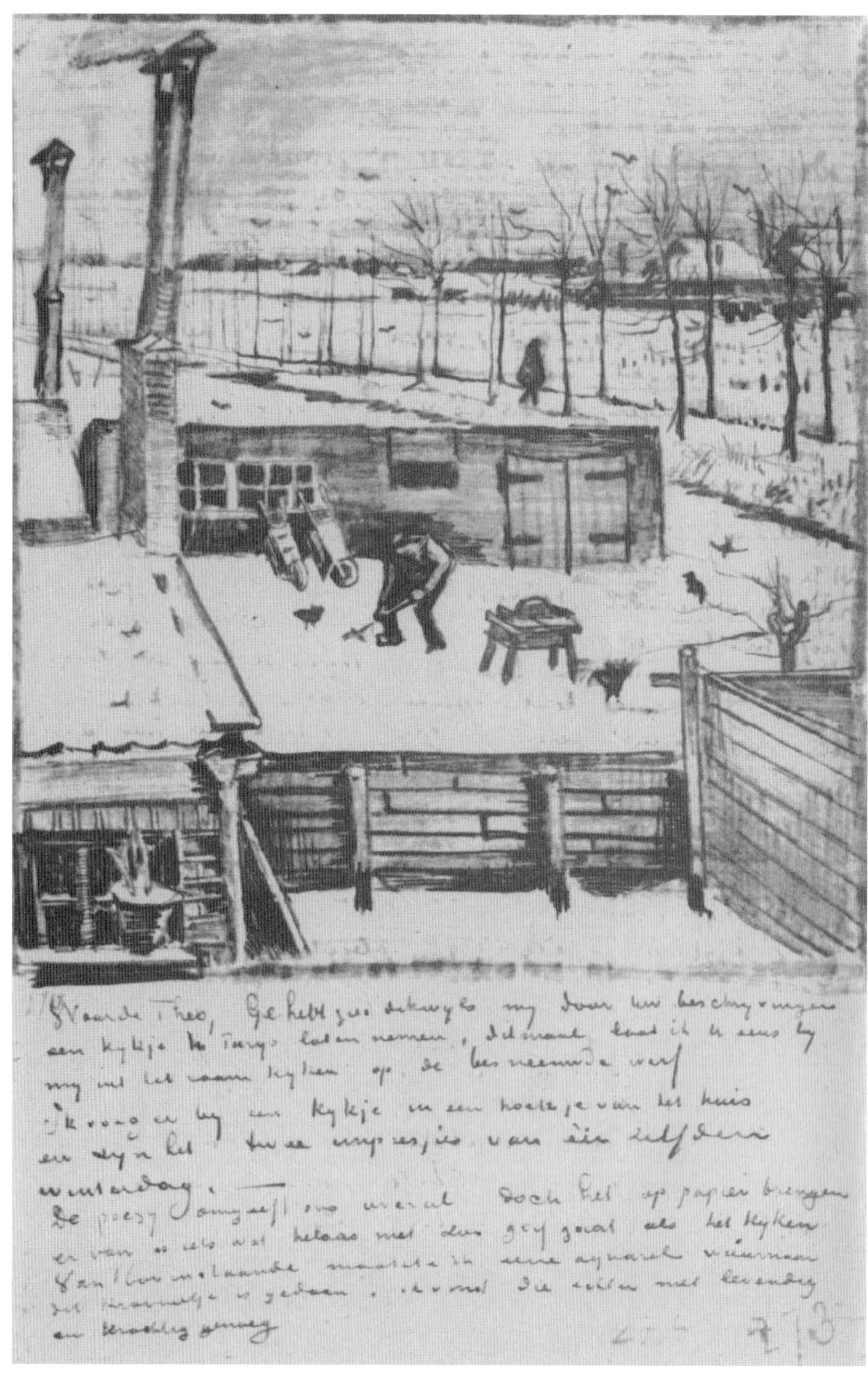
Waarde Theo, Ge hebt zoo dikwijls mij door uw beschrijvingen
een kijkje te Parijs laten nemen, dezemaal laat ik u eens bij
mij uit het raam kijken op de bewuste werf
Ik voeg er bij een kijkje in een hoekje van het huis
en zijn het twee impressies van één zelfden
winterdag.
De poezy omgeeft ons overal doch het op papier brengen
er van is als wat helaas niet zoo gauw gaat als het kijken
er van [illegible] eene aquarel waarvan
[illegible] gedaan. [illegible] die echter niet levendig
en krachtig genoeg

아름다워서. 눈으로 뒤덮인 풍경이며 오묘한 하늘이며. 오늘은 눈이 녹는데 그 또한 멋있더라. 하지만 이게 *전형적인* 겨울 날씨지. 이렇게 말하면 어떨까 싶은데, 옛 기억이 떠오르는 날씨. 가장 평범한 것들에서도 승합마차나 우편 마차 시대가 떠오르더라고.

여기, 딱 그런 꿈 같은 상태에서 그려본 작은 크로키도 보낸다. 이 남자, 마지막 승합마차를 놓쳤던지 동네 여인숙에서 하룻밤을 묵어야 했지. 그리고 일찍 일어나서 추위를 떨치려고 브랜디 한 잔을 주문하고 여주인(하얀색 농민 모자를 쓴 여인)에게 돈을 지불하고 있어. 그런데 여전히 너무 이른, 이제 막 동이 터오는 새벽이라(우편 마차라도 타야 했으니까) '해장술'에 가까울까. 달빛 덕분에 바의 창밖으로 눈이 반짝여. 주변의 모든 것들이 기묘하면서도 환상적인 그림자를 만들어내고 있다.

이 이야기는 사실 아무 의미 없어. 작은 스케치도 마찬가지고. 다만 내가 말하고자 하는 바가 네게 조금 더 잘 전달될 수 있을 것 같아서 말이야. 그러니까 요즘은, 왜라고 딱 부러지게 설명할 수는 없지만 무얼 보더라도 종이 위에 재빨리 옮겨보고 싶다. 눈이 주는 효과 덕분에, 온 자연이 형언할 수 없이 아름답거든. 마치 '흑과 백의 전시회' 같은 느낌이야.

기왕 그림을 끄적이기 시작한 김에, 천연 크레용으로 휙휙 그린 데생도 같이 보낸다. 요람 앞에 앉은 소녀야. 네가 언급했던 여자와 소녀와 비슷한 느낌을 내봤어. 이 천연 크레용, 정말 묘한 물건이야. 바지선 선원을 그린 작은 크로키는 데생을 보고 그린 건데, 중성 잉크와 세피아로 담채화 느낌이 물씬 난다.

최근에 보낸 그림들이 네 눈에 신통치 않아 보인대도 놀랍지는 않다. 사실 다른 결과물이 나오기 힘든 상황이거든. 난제가 하나 있어서 그래. '흑백' 작업의 특성상 항상 전체를 아울러 봐야 하는데, 그게 항상 가능한 게 아니거든.

스케치든 습작이든 10점 그려본 솜씨와 100점 그려본 솜씨는 차이가 날 수밖에 없어.

분량의 문제가 아니라(그래, 분량 얘기는 잊어라) 내 말은, '흑백' 기법은 제법 포용성이 있어서, 마음에 드는 인물을 10여 개의 다른 포즈로 그릴 수 있는 반면에, 수채화나 유화는 딱 한 가지 포즈로 고정해서만 그려야 하지. 10장의 데생 중에서 9장이 다 엉망이라고 가정하자. 나야 물론 성공작과 실패작의 비율이 이 수준에 머물지 않기를 바라지만 어쨌든, 지금은 그렇다고 가정하자고. 네가 화실에 오면 일주일 내내 하나가 아니라 여러 개의 습작을 네 앞에 내놓을 수 있어. 그중에서 네 마음에 드는 게 하나도 없지는 않을 거라고 확신한다.

나머지 그림들도 완전히 실패작은 아닐 테고. 마음에 들지 않는 습작도 시간이 지나서 보면 어느 순간 이런저런 면에서 쓸모가 생겨 다른 그림의 재료가 되더라.

그래서 네가 여기 다시 오면 네 조언을 기다리는 그림들을 여럿 보게 될 거야. 그런데 또 어려운 건 이런 거야. 나는 레르미트의 데생에 대해 아는 게 전혀 없고(너한테 부탁했던 거, 기억할 거야) 시세리Cicéri도 수채화와 예전의 석판화 데생 견본만 알아(최근에 그린 흑백의 데생은 전혀 본 적도 없고). 그래서 작은 크로키에 관해 네가 편지에 지적하고 싶었던 말을 정확히 이해하는 게 꽤 어려웠어. "위에 언급한 데생들과 비슷한 분위기로 그릴 수는 없으세요?" 저 둘은 나보다 월등히 뛰어난 화가들이야. 그렇다고 네 생각도 실현 불가능한 건 아니야. 내가 계속 배워가고 있으니까, 언젠간 실현되지 않겠냐? 그래서 절대로 불가능하진 않아. 다시 한 번 장담하는데, 언젠가 내가 저 작가들에 버금가는 그림을 그리게 되면, 어느 정도 포용성이 있는 '흑백' 기법을 완벽히 터득했다는 뜻일 기야. 그 길만 찾으면 그다음은 얼마든지 그려낼 수 있어. 당연히 피나는 노력이 뒤따라야 하겠지만 그거야 내가 늘 해왔던 일이고.

그래서 말인데, 비록 네 조언을 머릿속에 담아두고 작업했다만, 이번에 천연 크레용으로 그려서 보내는 데생들이 네 눈에 아직 미흡하더라도 크게 실망하지 말고, '많으면 많을수록 나아진다'는 말을 떠올려주면 좋겠다. 그리고 네 관심을 끌기 위해서라면, 나는 기꺼이 괜찮은 1장을 건지기 위해 10장의 그림을 그려나갈 것임도 알아줬으면 한다. 요컨대 언젠가 네가 화실에 왔을 때, 내가 얼마나 활발히 작업하고 있는지 볼 거야. 앞으로도 계속 나를 활발한 사람으로 여겨줄 거라 믿고. 그렇지? 평소에도 활발히 작업하는 사람이 꾸준히 성실하게 작업을 이어나갈 경우, 당면한 목표가 없어도 그러한데, 정확한 목표가 생기면 2배나 더 많은 걸 해낼 수 있다는 것도 알아주기 바란다. 삽화가로 활동하는 것도 가능한 방향이라면 방향이지.

얼마 전에 프리츠 로이터Fritz Reuter의 『건초Gedroogde kruiden』를 다시 읽었는데 놀랍도록 재밌었어. 마치, 크나우스나 보티에 그림 같더라고.

혹시 레가메Regamey라는 데생 화가를 알아? 다양한 개성을 가진 그림을 그려. 그의 목판화를 본 적 있는데 〈교도소 연작〉하고 〈집시〉, 〈일본사람들〉이 대표적이야. 네가 여기 오면 목판화 복제화를 꼭 보여줄게. 지난번에 네가 다녀간 이후에 여러 개 구했어.

햇살이 더 밝게 빛나고, 모든 게 다 새롭고 매력적으로 보이겠구나. 그래, 진정한 사랑의 효과지. 정말 놀라운 일이야. 사랑에 빠지면 판단력이 흐려진다는 말은 틀렸어. 왜냐하면 사랑은 오히려 더 또렷하게 바라보게 해주고, 그 어느 때보다 힘이 넘치게 해주거든. 사랑은 영원한 거야. 겉모습은 달라질지 모르지만, 근본은 절대 변하지 않아. 사랑에 빠졌을 때와 사랑에 빠지기 전은, 정확히 램프에 불이 들어왔을 때랑 꺼졌을 때의 상태나 같아. 램프가 늘 거기에 있고, 성능도 아주 좋아. 그 램프가 지금 빛을 내고 있어. 본연의 역할을 하는 거지. 여러모로 편안해지니 작업의 결과도 역시 나아지는 거고.

허름한 옛 빈민 구호소조차 어찌나 아름다운지, 도저히 글로 표현할 수가 없구나. 이스라엘스는 그걸 완벽히 표현해냈다만, 그걸 눈여겨본 사람들이 이렇게나 없었다니 참 이상한 일이야. 내가 여기 헤이그에서 만나는 매일매일은, 말하자면, 대부분의 사람들이 못 보고 지나쳐가는 세상이야. 그들이 알고 있는 세상은 내가 보는 세상과 매우 다르지. 내가 감히 이렇게까지 이야기할 수 있는 건, 인물 화가들조차 그런 대상을 그냥 지나쳐버리는 걸 직접 겪어봤고, 그들과 동행하다가 마주치는 특징적인 인물들에게 "저 더러운 인간들!" 혹은 "더러운 종자들!"이라고 내뱉는 말을 들어보았기 때문이다. 화가의 입에서 나올 거라고는 도저히 상상할 수도 없는 말들이었어.

그래, 그럴 때마다 생각이 많아지더라. 헹커스Henkes와 나눴던 대화가 기억났어. 과거에도 현재에도 늘 사물을 명쾌하게 꿰뚫어보는 사람이었기에, 더더욱 놀랐지. 마치 사람들이 진지하고 아름다운 걸 의식적으로 피해 다니는 것 같다는 느낌이 들어. 한마디로, 스스로 재갈을 물고 날개까지 뽑아내려는 것처럼 말이야.

그렇기 때문에 몇몇 사람들은 더더욱 우러러보게 되지만, 계속 이런 식이라면 나머지는 오래지 않아 시들해지고 쇠락해질 거야. 과거의 보헤미안들은 이 부분에서 아주 강한 사람들이었어. 그리고 생산적이기도 했고. 그런데도 일부는 보헤미안을 가치 없는 부류로 여겼지. 하지만 잘 생각해봐. 통 속에 든 찌꺼기까지 긁어먹으려고 욕심을 부리다가 코가 뚜껑에 끼일 수도 있어. 그냥 바람 불어서 촛불을 끌 수도 있는데 처음부터 성급하게 커다란 도구를 꺼내 드는 건 아무 소용 없어. Adieu. 마음으로 악수 청한다.

너를 사랑하는 형, 빈센트

277네 ___ 1883년 3월 29일(목) 추정, 그리고 4월 1일(일)

테오에게

우연히 얼마 전에 드디어 레르미트의 그림을 봤다. 그냥 가벼운 목판화 복제화였어. 교회 의자에 앉은 노부인 그림이었는데, 그 옆에 여자아이가 무릎을 꿇고 앉아 있었어. 복제화 상태가 썩 좋은 편은 아니었지만 분위기 파악에는 아무런 문제도 없었어. 내 느낌에는 어느 정도 드 그루나 르그로와 직접적으로 궤를 같이하는 작가 같아. 레르미트의 작품은 밀레와 브르통의 작품과 분명 많은 관계가 있을 거야.

비록 목판화 복제화 품질은 그저 그랬지만 며칠 동안 계속 머릿속에서 그 그림이 맴돌더라. 지금도 생각나. 워낙 레르미트라는 사람에 대해 들은 게 많아서 나름 가려가면서 기회가 되면 그 사람 그림을 찾아보려 애쓰고 있었거든. 흑백화에 관한 논평에 대해 너한테 이미 편지했던 거, 기억할 거야.

천연 크레용은 잘 받았어. 구해줘서 정말 고맙다. 아주 괜찮은 물건이야. 그런데 이전에 너한테 받은 것과 비교하면 더 부드럽지만 길이는 절반이야. 나한테는 단단하고 더 긴 게 잘 맞는 것 같아. 그래도 이것만으로도 감지덕지야.

이걸로 큰 데생을 그려봤어. 석판화 크레용 같은 다른 것도 같이 써보고. 〈땅 파는 사람〉. 그림 속 구호소의 노인은 너도 이미 모델로 익숙할 거야. 검은 대지에서 허리를 숙이고 일하는 민

머리 남자. 내 머릿속은 이런 생각으로 꽉 찼다. '땀 흘려 일한 자가 양식을 얻으리니.'* 삽을 든 여성과 땅 파는 남자 그림은 언뜻 보면 까다롭고 복잡한 기법이 동원된 것 같진 않지? 그렇지만 어떻게, 어떤 방식으로 그려졌는지도 정확히 알 수 없을 거다.

하지만 평범한 콩테로 작업했으면 싸늘한 죽음이나 금속 같은 분위기만 느껴져서 보는 이가 이렇게 말했을 거야. "이건 생명도 아니고 자연도 아니야!"

회색 조와 생명의 온기, 그리고 순수한 검은 색조를 동원하면 싸늘한 죽음이나 무쇠 같은 분위기를 피할 수 있어.

이런 사소한 부분 때문에라도 일부러 천연 크레용이나 석판화 크레용 같은 도구들을 찾아 나서는 거야. 네가 이걸 보내줘서 얼마나 좋은지 모르겠다.

어떤 화가가 오늘 아침에 이 데생 2점을 보고 갔어. 나컨이라는 사람인데, 날 만나러온 건 아니었고 다른 길에 사는 판 데벤터르라는 화가가 우리 집에 사는 줄 알고 현관문을 두드렸던 거야. 그런데 주소를 가르쳐주면서 잠깐 내 화실에 들어와 그림 좀 보겠느냐고 물었더니 그러겠다더라고. 마침 이젤 위에는 그 〈땅 파는 사람〉이 올라와 있었어. 그 그림을 보더니 이렇게 말했어. "진지하게 연구하고 능숙하게 그린 데생이군요."

일단 그 말은 깊게 들어가지 말자. 그래도 나컨의 말이 기분 좋긴 하더라. 아직 완성 단계도 아닌 데생에 대해서 그런 칭찬을 받을 줄은 예상하지 못했거든. 하지만 그게 다야. 이 얘기를 하는 이유는, 그 그림을 천연 크레용으로 그렸기 때문이야. 보다시피 네가 애써 귀한 물건을 구해서 보내주면 나는 여러모로 쓸모 있게 활용한다.

그런데 어느 수준이 되어야 천연 크레용으로 목탄화처럼 그릴 수 있을까? 레르미트는 상당히 모범적인 사례 같더라. 아직 갈 길은 멀지만, 궁극적으로 가고자 하는 방향이 그거야. 그런 희망을 품는 게 일상이야. 어쨌든, 조만간 네가 여기 오면 다시 의논해보자.

최근에 석판화와 관련해서 스묄더르스 씨하고 얘기를 나눴다. 길 가다 만났는데 나한테 석판화 찍을 일이 있냐고 묻더라. 나야 당연히 그러고 싶지. 그런데 먼저 라파르트와 상의를 해보고 싶어. 그 친구한테 내 습작을 먼저 보여주고 싶거든.

일꾼들의 인물화 연작은 꼭 어떤 존재 이유를 가지고 있는 것 같은 생각이 자주 들어.

밀레, 코로, 도비니의 그림을 본뜬 에밀 베르니에의 석판화 복제화는 상당히 수준이 높아. 한 분야에서 대가라 불릴 만한 사람을 만나 이야기할 수 있으면 얼마나 좋을까! 단순히 복제화를 찍어내는 게 목적이 아니라, 석판화의 가능성을 폭넓게 이해하고 싶거든.

남다른 회색의 색조와 독특하게 표현된 질감으로 구성된 데생 원화를 떠올려봐. 보드메르는 그 방법을 찾아냈어. 그는 예술가처럼 독창적인 동시에 소위, 석판화의 색조, 아니, 다양한 회

* 창세기 3장 19절

색조를 표현해내는 사람이야. 어느 면에서는 가바르니의 석판화와는 또 다른 차원의 석판화라고 할 수 있어. 보드메르의 복제화는 마무리 상태가 실제 그린 것 같은 수준이야. 〈바 브레오에서〉와 〈사슴들의 싸움〉 같은 실제 석판화 작품은 물론 「릴뤼스트라시옹」이나 「르 몽드 일뤼스트레」에 수록된 복제화 모두 그렇다는 거야. 개인적인 생각인데, 경외심이나, 혹은 남들의 지적, 조언에 대한 욕구 혹은 필요성을 자기 작업이 제자리걸음 걷는 핑계로 사용해서는 안 돼. 그러니까 자신의 작업을 전적으로 남들에게 의존하면서도 '남들의 도움은 필요 없어'라고 주장하는 건 경솔하다는 거야.

내 눈에는 인쇄술이라는 게 기적 같기도 해. 밀알이 이삭으로 자라는 기적처럼. 일상의 기적. 그게 일상이라서 더 위대한 거고. 석판이나 동판 위에 데생이라는 씨앗 한 알을 뿌리면 여러 점의 복제화를 수확할 수 있어.

작업하면서 이런 생각을 항상 머릿속에 떠올릴 뿐만 아니라, 그게 내게는 대단한 열정의 대상이라고 하면, 넌 이해할 수 있겠니? 지금은 무엇보다 씨앗, 그러니까 데생이, 비록 시간이 걸리더라도, 최고의 품질을 갖추도록 가꿔나가야 할 시간이야. 수확이 풍성하다면 만족스러울 것 같다. 그렇게 되도록 한눈팔지 않고 지켜볼 거야.

곧 또 편지하고, 내 말 명심해라. 악수 청한다.

너를 사랑하는 형, 빈센트

이 편지를 며칠 동안 그냥 가지고 있었어. 오늘 일요일은 편지 쓸 시간이 훨씬 많거든. 지금 빅토르 위고의 『레 미제라블』을 읽는 중이야. 예전에 읽은 기억이 있기는 하지만 이런저런 그림을 다시 보고 싶듯, 때가 되면 또 읽고 싶은 책이야. 놀랍도록 아름다운 작품이거든. 미리엘인지 비엥브뉘인지 주교라는 인물은 정말 숭고한 인물상이야.

지난 편지에 네가 환자 친구 이야기를 하면서 주변에 '영향을 끼친다'고 했잖아. 미리엘 주교를 보면 코로나 밀레가 떠올라. 직업은 주교와 화가로 다르지만 말이야. 화가들 세계에서 코로는 물론 밀레, 더 나아가 브르통 같은 이들은 그들의 작품과 상관없이 다른 사람들에게 진정한 영향을 끼치고 그들의 도움이 없으면 스스로 일어날 수 없는 다른 사람들에게 큰 용기를 불러일으키는 사람들이야.

너도 『레 미제라블』은 알 거야. 브리옹이 그린 아름답고 설득력 있는 삽화도 봤는지 모르겠다. 어떤 감정과 기분을 고스란히 간직하고 싶다면 꼭 다시 읽어볼 가치가 있는 작품이야. 무엇보다 타인에 대한 사랑, 그리고 숭고한 'quelque chose là-Haut(저 높은 곳의 무언가)'가 있다는 믿음 같은 감정 말이야.

오후에 몇 시간을 소설 속에 빠져들었어. 그러다가 해 질 녘에야 화실에 앉았지. 창밖을 보니 넓고 어두운 전경 뒤로 삽으로 골라놓은 땅과 정원이 보여. 대부분 따뜻하고 깊은 색조의 흙색이었어. 그 사이로 노란 모래 오솔길이 하나 나 있고, 길가에는 초록색 잔디와 작고 가느다란 포플러나무가 서 있어. 후경으로는 잿빛 마을 그림자와 기차역의 둥근 지붕, 종루, 굴뚝들. 어디를 봐도 주택 뒷마당이 보이는데 해 질 무렵에는 모든 게 하나의 잿빛 덩어리 같은 그림자 속으로 녹아들어가는 듯해. 삽질하지 않은 흙색 땅의 전경에는 길 하나가 가로지르는데 그 뒤로 위로 솟은 종루와 함께 보이는 잿빛 도시 그림자, 그 위로 거의 지평선에 가까운 위치로 붉은 태양이 지고 있는 모습이, 완전히 위고 소설의 한 장면 같다. 너도 분명히 감명받았을 거야. 네가 이 장면을 묘사했으면 나보다 훨씬 잘 그려냈을 텐데. 네 생각이 나는구나.

천연 크레용으로 데생한 게 있다고 했었잖아. 어제 두 번째 데생을 시작했어. 바느질하는 여자인데, 명암 대비 효과에 신경을 좀 썼어. 비록 요즘은 내가 전처럼, 일하는 사람들의 인물화 석판화 계획에 대해 거의 말을 안 하고 있지만, 화실에 찾아오면 내가 언제나 그 계획을 머릿속에 넣어두고 다니는지 금방 깨닫게 될 거야.

그래서인지 인물들을 더 아름답게 표현하는 게 점점 어려워진다.

이미 씨 뿌리는 사람, 풀 베는 사람, 빨래통에서 빨래하는 여자, 여자 광부, 직조공, 땅 파는 사람, 삽을 든 여자, 구호소 노인, 식사 전 기도하는 남자, 퇴비 든 외바퀴 수레 끄는 사람 등은 그려놨어. 필요하면 다른 인물들도 그릴 거야. 그런데 이 모든 걸 다 준비하고, 모델을 눈앞에 두고 생각한다고 해서 그 결과가 꼭 만족스러운 건 아니란다. 오히려 그 반대일 때가 많아. 맞아, 이렇게들 생각하지. '그래, 이렇게 하는 거 똑같긴 하지만 더 잘, 더 진지하게 해야지.'

실현 불가능하다고 여겼다면 이런 생각도 안 했을 거야. 하지만 이런 데생이 이미 존재한다는 엄연한 사실은 이것들을 더 잘 그리고 싶다는 욕망이 단순한 생각에 머무는 게 아니라 현실적인 노력이 뒤따른다는 걸 의미하는 거야.

아직 더 구체화된 계획은 없다. 왜냐하면 그림을 그리는 게 훨씬 더 흥미로워서.

이 모든 그림들은 다 한 방향으로 향하고 있지. 네가 최근 편지에서 말했던 방향으로. 물론 레르미트의 목탄화 수준을 *따라가려면 아직 갈 길이 멀어*.

무슨 말인지, 넌 이해할 거야.

내 생각에, 레르미트의 비밀은 인물들을 속속들이 파악하고 있다는 사실이야. 특히, 건장한 사람과 억센 노동자들을 실감나게 표현할 뿐만 아니라 대중들 사이에서 그림에 어울릴 사람들을 기가 막히게 선별해내는 능력이 있어. 그 수준까지 도달하려면, 말만 해서는 안 되고, 반드시 *일해야지*. 최대한 근접하게 해내려고 말이야. 말로만 거들먹거리는 건 주제넘은 행동이거든. 실질적인 작업이야말로 레르미트 같은 작가에 대한 존경이자 신뢰이자 믿음의 증거라고 할 수 있어.

혹시 애비라는 미국 데생가 그림 본 적 있어? 요즘 뉴욕에 〈타일 클럽〉 혹은 〈타일 화가〉라는 데생가 모임이 있어. 「하퍼스」 크리스마스 특별호에 소개된 그 사람 삽화 여러 점을 본 적이 있거든. 왜 묻냐면, 그 모임 소속 작가들이 모두 함께 파리에 간 모양이더라고. 그중 한 사람이 신문에 기고한 익살스러운 스케치를 보니 그렇다는 거야.

내가 볼 때, 애비는 상당히 영리한 작가야. 그 사람 인물화를 보고 있으면 보턴이 떠올라. 보턴도 그 모임 회원인가 명예 회원이더라. 그런데 내 생각엔, 보턴 한 사람의 역량이 나머지 회원 전부를 합친 것보다 월등해. 게다가 안 좋은 소문 같은 것도 거의 없어.

아무튼 애비 역시 나름 강렬한 작가야.

내가 가지고 있는 작품은 눈 위에 서 있는 어느 여성의 작은 인물화인데 가만 보고 있으면 보턴이나 에일뷔트의 그림이 연상돼.

크리스마스(워싱턴 대통령 시절이나 그 이전 시대) 분위기를 그린 큰 데생은 헨리 파일의 화풍을 닮았어. 나름 특징적인 작가인데 그게 정말 대단해. 그런데 그 특징이라는 건 보턴도 있고, 어쩌면 보턴이 훨씬 더 남다른 특징을 가지고 있기도 하지.

이런 말을 하는 건 미국 작가들이 전부 다 형편없는 건 아니라는 내 의견에 너도 동의한다고 생각하기 때문이야. 그 반대로, 극과 극은 서로 만나지. 끔찍하고 말도 안 될 정도로 소란스럽기만 하고 실력은 전혀 없는 얼치기만 모여 있는 가운데에도 가시밭 가운데 숨어 있는 백합이나 스노드롭 같은 이들이 있기 마련이야.

밤이 깊었지만 『레 미제라블』을 조금 더 읽어야겠다. 마음이 따뜻해지는 책이야. 뒤프레나 밀레 영감님, 그리고 드캉의 그림 같은 책이야. 이른바, 열정이라는 감정으로 써낸 그런 책이지.

졸라의 새 소설도 얼마 전에 나왔더라. 내 기억이 맞다면 아마 제목이 『여인들의 행복 백화점』이었을 거야.

278네 ____ 1883년 4월 2일(월) 추정

테오에게

편지는 아주 반가웠고 안에 동봉해준 건 정말 고맙다. 그렇다고 해도 네가 말한 것 이상으로 힘들었을 걸 생각하니 너무 미안하구나. 어쨌든, 네가 빌려준 그 돈은 다 돌려받을 수 있기를 진심으로 바란다.

그래, 헨드릭이 인도에서 돌아왔구나. 그 친구나 가족들은 다 잘 지내니? 혹시 어디가 아파서 돌아온 건 아니야? 예전에 보면, 다른 두 형제와 달리 헨드릭이 유독 연약해 보였는데, 네 생각에도 그렇지 않아?

요즘은 테레빈유로 희석한 인쇄용 잉크를 사용해 붓으로 그려보는 중이야. 상당히 진한 검은색을 만들어낼 수 있어. 거기에 아연백을 섞으면 우아한 잿빛이 나오지. 또 거기에 테레빈유를 다소 섞으면 밝은 담채 효과도 낼 수 있어.

아마 뷔오가 네게 준 종이에 작업하면 아주 잘 맞을 것도 같고.

네가 여기 오면 당연히 이 이야기를 다시 하자. 어떤 데생으로 작업할지는 내가 설명해줄게. 1년 전만 해도 진한 검은색을 어떻게 얻어낼지 고민이었는데 인쇄소에서 몇 가지를 알아냈어. 덕분에 견본 제작과 명암 대비 효과에 관한 연구를 더 진지하게 할 수 있었어.

생일 축하해줘서 고맙다. 우연인지 아주 좋은 하루를 보냈어. 땅 파는 남자로 아주 근사하게 어울리는 모델을 만났거든. 장담하는데 그림 작업이 점점 더 신이 나서, 감히 말하자면, 작업을 하면 할수록, 따뜻한 생명력이 느껴져. 그러고 보니 네 생각이 많이 나는구나. 이렇게 그림을 그릴 수 있는 게 다 네 덕분이니까. 난처한 상황을 겪지 않고 말이야. 그러니까, 내 손발을 묶어놓으려는 작자들과 상대할 일 없게 해준다는 뜻이야. 난제들은 종종 자극제가 되기도 해. 조만간 그림에 더 많은 힘을 쏟아부을 시간이 올 거야.

내가 추구하는 이상적인 작업 환경은 모델을 세우고 그림을 그리고 항상 더 많은 모델을 부를 수 있는 조건을 갖추는 거야. 가난한 자들 무리에게 내 화실이 춥거나 일이 없을 때나, 쉬어갈 곳이 필요할 때, 일종의 '대피항'이 될 수 있게 말이야. 그들에게 내 화실은 따뜻하게 불을 쬘 수 있고, 먹고 마실 수 있을 뿐만 아니라 몇 푼이라도 돈을 벌 수 있는 곳이 되는 거야. 지금은 극소수에게나 가능한 일이지만 앞으로는 판을 더 키우고 싶다. 아직은 몇 명뿐이고, 그들로 해내야 하지만(한 명도 놓쳐선 안 돼), 좀 더 늘려나갈 수 있어.

네가 편지에, 언젠가는 비록 상업성의 가치와는 좀 거리가 있더라도 내 작품의 가치를 있는 그대로 받아들일 애호가들이 나올 거라고 썼잖아. 아, 나도 진심으로 그 말을 믿고 싶다. 내 작품 속에 온기와 사랑을 조금 더 불어넣을 수 있게 되면 그 작품은 친구를 찾아갈 수 있을 거야. 끊임없이 노력하는 게 관건이야.

속도는 비록 더디지만 환자 친구 상태가 호전되고 있다니 다행이다. 여기는 이제 완연한 봄이 찾아온 터라 저녁이 이루 말할 수 없이 아름다워. 거기도 여기만큼만이라도 날씨가 좋으면 환자 친구한테 참 좋을 것 같다. 그 친구는 벌써 일어났니?

오늘은 구호소 노인이 모델을 서주러 올 거라서 그림 그릴 준비를 해놔야 해.

이번 주에 판 데르 베일러를 또 만났는데, 그 친구가 조만간 또 화실로 와주면 좋겠다.

너도 전시회 때문에 할 일이 쌓여 있겠구나. 혹시 언제쯤(대충이라도) 네덜란드에 들를지 말해줄래? 건강 잘 챙기고, 여유 시간 나면 편지하고, Adieu. 악수 청한다.

너를 사랑하는 형, 빈센트

라33네 ___ 1883년 4월 3일(화) 추정

친애하는 벗, 라파르트

3월 30일에 자네가 보낸 목판화 복제화 소포를 받았어. 그런데 그 안에는 자네 편지가 없기에 며칠을 더 기다렸는데, 아무래도 고맙다는 말 몇 마디라도 먼저 전해야 할 것 같아 이렇게 펜을 들었어. 그림들 정말 고맙게 잘 받았네. 나한테 없는 것도 여러 점 있더라고(토마스의 〈유령 이야기〉, 길버트의 〈크리스마스 캐럴〉, 오베를렌더Adam Adolf Oberländer의 〈교회에서〉 등이야).

나머지는 판 데르 베일러에게 주니 정말 좋아하더라고.

지금은 아마 전시회에 출품할 유화를 그리느라 정신이 없겠군.

자네하고는 석판화 복제는 물론이고 흑백화 기법 전반에 걸쳐서도 지속적으로 의견을 나누고 싶어. 가능하다면, 당장이라도 자네를 다시 만나고 싶은 마음 간절해. 어서 빨리 자네 근심거리가 과거지사가 됐으면 좋겠어.

오늘은 짧게 쓸 생각이야. 자네가 이런저런 일로 바쁘다는 거 잘 아니까.

그래도 이거 하나는 묻고 싶네. 이런 방식의 흑백 데생은 어떤지 자네 생각이 궁금해. 연필이나 목탄 데생 말이야. 약해지거나 효과가 부족하다는 고민 같은 건 하지 말고 최대한 연필이나 목탄으로 마무리까지 해봐. 그런 다음에, 팔레트에 일반 인쇄용 잉크, 약간의 갈색, 흰색 유화 물감을 섞는 거야. 물감과 자연 상태로는 타르처럼 걸쭉한 인쇄용 잉크를 적당히 잘 섞은 다음, 테레빈유(당연히 기름 말고)와 붓을 가지고 다시 원 데생을 그리는 거야. 요 며칠, 내가 이렇게 작업을 했어.

주재료는 당연히 테레빈유로 희석한 인쇄용 잉크야(테레빈유로 씻어내면 데생이 흐려지는 효과를 낼 수 있는데 동시에 탁해지게 두면 더 진한 검은색 색조를 만들어낼 수도 있어). 이런 식으로 작업하다 보면 아름다운 결과를 얻을 수 있는 것 같다.

아무튼, 다음 기회에 더 자세히 알려줄게. 지금 이런 방향으로 계속 시도 중이거든. 지금은 소위 '시체 집합소'라고 부르는 영안실에 놓인 관 옆에 서 있는 남자 고아를 그리는 중이야.

Adieu, 마음으로 악수 청하고, 선물 보내줘서 정말 고마워.

자네를 사랑하는 친구, 빈센트

물론, 자네도 인쇄용 잉크와 테레빈유만 사용해서 더 간단한 방법이 있는지 시험해볼 수 있을 거야. 일반 인쇄용 잉크를 말하는 거지, 석판화용 잉크가 아니야. 가지고 있는 게 없으면 아무 인쇄소에서나 구할 수 있어.

내 경험상, 인쇄용 잉크는 오톨도톨하고 까칠하고 여기서는 보통 파피에 토르숑이라고 부르는 종이하고 아주 잘 맞아(와트먼 토르숑과는 전혀 다른 종이야). 스뮐더르스에서 최근에 각기 크기가 다른 파피에 토르숑을 주문했는데 큰 종이가 묶음에 3.75플로린이야.

279네 ____ 1883년 4월 11일(수) 추정

테오에게

편지와 안에 든 50프랑 고맙게 잘 받았다. 편지도 그렇고 나머지도 그렇고 언제나 반가울 따름이야. 환자 친구 소식은 잘 읽었어. 그 친구가 건강을 회복하며 상황이 달라지니 이래저래 난처한 일이 발생하는 것 같구나. 사실, 너도 예상했던 일이잖아. 마음속에 갈등이 일어날 거라는 거. 그래도 그런 일만큼은 없기를 바라자. 참 이상도 하지! 우리는 그런 일들을 아주 간단하고 자연스럽다고 생각하잖아. 당연하다고 말이야. 그런데도 이렇게 생각해. '왜 사람들은 우리가 이렇게밖에 행동할 수 없도록 만든 게 자신들인 줄을 모를까?' 그러면서 통칭 '양심'이라고 불리는 일종의 감각신경을 지져서 무뎌지게 만들었다고 결론을 내린다. 참, 가엾은 사람들이야. 나침반도 없이 삶을 여행하고 있는 거잖아. 모든 것의 토대가 되는 인류애라는 것이 모두의 마음에 들어 있다고들 생각한다. 하지만 인류애보다 더 좋은 토대가 있다고 믿는 이들도 있어. 뭐, 별로 알고 싶지도 않아. 왜냐하면 지난 몇 세기 동안 사랑이 최고임이 증명되어져 왔으니까. 난 그 사실만으로도 충분해. 『레 미제라블』에서 가져온 시구절인데 정말 좋지 않아?

Si César m'avait donné	만약 황제가 내게
La gloire & la guerre	영광과 전쟁을 허락할 테니
Et qu'il me fallût quitter	포기해야 할 것이
L'amour de ma mère	어머니에 대한 사랑이라고 말한다면
Je dirais au grand César	나는 위대한 황제에게 말하리
Reprends ton sceptre & ton char	당신이 하사하는 홀과 마차를 물리라고
J'aime mieux ma mère, o hé	나는 내 어머니를 더 사랑한다고
J'aime mieux ma mère	내 어머니를 더 사랑한다고

이 대목에서(1830년 혁명 시대 학생의 노래였어) '어머니에 대한 사랑'은 '공화국에 대한 사랑'이나 '인간에 대한 사랑', 그러니까 한마디로 '인류애'를 뜻한다고 볼 수 있어.

지금 이 사회는 아무리 천성이 선하고 고귀한 여성도, 돈벌이가 없거나 가족의 보호를 받을 수 없게 되면 순식간에 매춘이라는 어마어마한 소용돌이 속으로 빨려 들어갈 위험이 아주 큰 사회야. 이런 여인을 돕는 것보다 당연한 일이 어딨겠어? 다른 대안이 없고, 상황이 어쩔 수 없다면, il faut y mettre sa peau(목숨을 걸고) 결혼까지 불사해야 하는 거야.

적어도 내가 볼 땐, 한번 보호를 시작했으면 완전히 안전해질 때까지 도와주는 게 원칙이야. 자비를 써가면서라도. 그런데 그게 사랑이라는 감정 없이 가능할까?

가능할 수도 있겠지. mariage de raison(정략결혼)이라면. 하지만 결혼의 고유한 원래 목적에 비춰서는 아니야.

더구나 지금의 네 경우는 다른 평범한 상황(내 경우)과는 달라. 문제의 당사자가 커다란 매력을 지니고 있고, 내가 알기로는, 둘 사이에 감정의 공감대가 형성돼 있잖아. 전혀 다른 상황에서 만났고, 극적인 면은 덜하지만, 그래도 네 생각이 두 갈래로 나뉠 수는 있을 거야.

위에 적은 대로, 그 부분에 대한 내 생각은 알 거야. '딱한 처지에 놓인 불행한 여인을 어디까지 도울 수 있는가?' 내 대답은 '끝까지!' 그렇지만 사랑에서 가장 기본이자 중요한 원칙이 신의라면, 네가 했던 말을 그대로 들려주마. "결혼이란(그러니까, 합법적인 결혼 말이야) 정말 이상한 거야!" 네 말이 아주 정확하다. 그런 면에서는, 난 과연 헤어지는 게 더 나을지 나쁠지, 거절해야 맞는지 아닌지 전혀 모르겠다. *puzzling(퍼즐)이라고 부를 만큼 복잡한 상황인 거야. It puzzles me too(나조차 퍼즐 맞추는 기분이야).* 넌 그런 일 없기를 바란다. 이 말이 진실이지. "결혼은 단지 한 여자와 하는 게 아니라, 한 가족을 만나는 일이다." 물론 견디기 힘든 가족을 만나면 영 난처하고 불행해지기도 하지만 말이야.

이제 그림 이야기로 돌아가자.

다시 인쇄용 잉크를 사용했다. 이번 주에는 잉크에 흰색을 섞어봤어. 방법이 두 가지인데, 흰 유화 물감을 그대로 짜서 섞어도 되고, 약국 같은 데서 파는 아연백 가루를 섞으면 더 낫다. 그걸 테레빈유로 희석하면 종이를 투과하지 않아서 뒷면에 기름 얼룩이 생기지 않아. 게다가 잘 마르고 쉽게 증발하지. 인쇄용 잉크는 일반 물감보다 더 선명하다.

쥘 뒤프레 작품은 정말 환상적이야! 구필 화랑을 지나다가 진열장에서 작은 바다 그림을 봤어. 아마 너도 아는 그림이겠지. 거의 매일 저녁 나가서 감상해. 그나저나 너는 뒤프레나 그 비슷한 작가들 그림에 다소 시들해졌겠다. 파리에서는 훨씬 많은 그림들을 접할 테니 말이야. 여기서는 기회가 거의 없어서, 그림을 한 번 봐도 정말 아름답게 기억하게 돼.

지금은 『레 미제라블』 후반부를 읽고 있다. 매춘부 팡틴이 무척 인상적이야. 오! 팡틴 같은 인물을 현실에서 만나는 게 불가능하다는 건 나도 잘 알아. 그런데 위고가 만들어낸 인물은, 그의 소설 속 다른 등장인물들도 다 그렇지만, 정말 현실 세계에서 옮겨다 놓은 듯이 사실적이야. 현실 속에서 반드시 마주쳤을 전형적인 인물들이라니까.

혹시 최근에 지라르데Paul Girardet나 아이헨스Philipp Hermann Eichens 같은 애쿼틴트 판화가를 만날 기회가 있었다면, 넌지시 이것 하나만 물어봐주면 고맙겠다. 판화로 찍어내려는 데생은 주로 무슨 도구로 그리는지 말이야. 인쇄용 잉크를 주로 쓴다고 대답할지도 몰라. 그렇게 대답하면 또 그 잉크를 뭘로 희석하는지, 어떻게 사용하는지도 좀 물어봐줘.

네가 판화가들에게 물어보고, 그들의 말을 내게 전해주면 그 과정에서 내가 겪는 문제점의 해법을 찾아낼 수도 있을 거야. 비록 '*종이 위에* 다양한 색조를 표현하려면 인쇄용 잉크를 뭐로 희석하는지?'라는 질문에 대한 직접적인 답은 아니라도 말이지.

분명, 지금 내가 사용하는 것과 다른 인쇄용 잉크가 있을 거야. 그것만 알면 나머지는 차차 알아낼 수 있는데. 내가 했던 것처럼 인쇄용 잉크를 테레빈유로 희석하면 데생에서도 애쿼틴트 판화 효과를 낼 수 있어. 예전에 영국 판화가 모트램Charles Mottram의 데생을 봤는데 보턴의 그림을 모사한 복제화였어. 그가 어떤 식으로 찍어낸 건지가 알고 싶어.

그런 정보가 지금 당장 꼭 필요한 건 아니지만, 혹시라도 오가는 길에 뭐 비슷한 이야기를 듣거나, 여러 데생 기법에 대해 듣는 게 있거든 나한테도 꼭 알려주기 바란다.

소엑*의 미망인과 그 어머님은(두 분이 여태 함께 있는지) 나도 알지. 예전에 그 집에 몇 번 가봐서 잘 기억하고 있어. 두 분 모두 호의적이셨지. 꼭 우리 부모님을 떠올리게 하는 분들이었어. 얼마나 익숙했는지, 우리 가족 같은 느낌이 참 많이 들었어. 꼭 수베스트르Emile Souvestre의 글이나 E. 프레르의 그림 속 주인공 같은 사람들이야. 다른 데서도 볼 수 있지만, 특히 파리지앵에게서 더 많이 보이는 인물이지. 볼 때마다 꼭 복음서에 나오는 여인들 같다니까. 왜냐하면 그 표정이 꼭 들라로슈의 〈성금요일〉이나 랑델의 〈우는 이에게 축복이 있을지어다〉의 인물과 비슷하거든. 이런 비교로는 부족하다는 거, 나도 잘 알아. 당연히 들라로슈, 레르미트, 헤르코머의 그림 속 인물들보다 훨씬 더 깊고 진지한 면모가 있을 테니까.

뭐, 내 생각도 그래. 수베스트르, 프레르, 랑델 등의 시대에는 이런 비교가 유행했었지. 하지만 밀레나 다른 작가들과 비교하면, 이런 식의 비교는 절대 맞지 않고 진실도 아니야.

안케르가 아직 살아 있나? 그 사람 작품이 종종 떠오르는데 정직하고 섬세한 분위기가 느껴져. 화풍도 브리옹처럼 여전히 보수적이야.

아우야, 형은 정말 네가 여기 화실에 와주면 좋겠다. H에게 돈을 돌려받기를 진심으로 기원한다. 난 요즘 돈 나갈 일이 많았던 터라 남은 게 정말 거의 없다. 어쨌든, 20일이 가까워져 오는데 가능해지는 즉시 편지 바란다. Adieu. 악수 청한다.

너를 사랑하는 친구, 빈센트

280네 ____ 1883년 4월 21일(토) 추정

테오에게

편지 고맙고, 동봉해 보내준 것도 고맙다.

편지 아주 흥미롭게 읽었어. 어디서 문제가 발생했는지 네가 정확히 파악하고 있으니 다행이구나. 예를 들어 S** 같은 여성들은(넌 둘 사이가 좋다고 말했다만), 고의는 아니어도, 말에 신

* 빈센트와 테오 모두의 파리 지인. 테오의 여자친구 마리가 건강을 회복하는 동안 그의 집에 신세를 졌다.

** 소엑의 미망인과 그 어머니

중하지가 않아. 네 환자 친구와 그 친어머니의 관계를 언급했을 때, 네게 달가울 것 같진 않았어. 그렇지만, 뭐 그것도 흔한 일이지.

하지만 모녀 관계가 그 정도로 암울한 지경이라니 참 슬프구나. *희망*을 가지려는 사람이라면 치명적으로 낙담하겠어.

어머니가 친구들에게 영향력을 행사하며 이런저런 이야기를 하면, 다른 무엇보다 더, 여성들을 *퇴행*시켜서, 때로는 생각과 언행의 발전을 방해해. 때론 정말 시급하게 필요한데도 말이야.

어떤 문제가 발생할 수 있을지, 네가 미리 완전히 내다보지 못한 건 참 다행스럽다만, 그 일이 널 비껴가지 않은 건 유감스럽다. 그녀가 가족의 영향으로부터 완전히 독립될 수 있다면 네가 앞으로 겪어야 할 골치 아픈 일이 적어지지 않을까.

문제는 정확히 어떤 형식의 골치 아픈 일이 벌어질지 예측할 수 없다는거야. 예방조치를 취하더라도 이런 생각이 들겠지. '됐어, 하지만 지금과 정확히 반대로 하는 게 나을 수도 있어.'

졸라의 소설 서문 어딘가에서 읽었어. 'Ces femmes ne sont cependant pas mauvaises, l'impossibilité d'une vie droite dans les commérages et les médisances des faubourgs est la cause de leurs fautes & de leurs chûtes(그렇지만 이 여성들이 나쁜 게 아니다. 온갖 뒷말과 비방이 난무하는 가운데에서 올바르게 사는 건 애초에 불가능했다. 그게 바로 그들의 실수와 몰락의 이유다).'

그녀가 정신이 깨어서 네 생각과 뜻을 이해하고, 결국 네 내면의 삶에 동참해준다면, 강한 유대감이 생겨서 골치 아픈 일들을 사라지게 할 수 있어.

그런데 그녀 가족과 관계를 맺으면, 사적이고 비공식적으로 남겨두고 싶었던 영역이, 앞으로 공식화(사람들은 아주 경솔하게 떠벌리고 다닐 때가 많아)되는 문제가 생긴다. 모든 사람이 신중히 행동하는 게 아니야. 가족 구성원 중에서 가장 현명해야 할 것 같은 연로한 어르신들이 오히려 너무나 쉽게 소문을 퍼뜨리기 일쑤여서, 그 양반들에게 말한 사실이 후회스러울 때가 있어. 갈수록 더한 게, 참견하지 않곤 못 배긴다니까. 아, 늑대 같은 인간들.

우리가 이렇게 멀리 떨어져 있지 않다면 얼마나 좋을까. 어제 쓴 편지에 조만간 네가 겪게 될 문제들을 아주 상세히 적으려다 말았다. 나조차도 어떻게 헤어날 수 있는 건지 모르겠더라고. 게다가, 난 여전히 진실한 사랑은 사라지지 않는다고 믿는다. 적어도 우리가 심판하듯 행동하지만 않는다면. 하지만 내가 방금 쓴 걸 벌써부터 지우고 싶은 마음이야. 틀렸거든. 사랑도 당연히 사라질 수 있지. 다만 사랑 속에는 부활의 힘이 담겼어.

Ce que l'homme tue, Dieu le ressucite(인간이 죽인 걸, 신이 살려내신다).*

판 데르 베일러가 또 찾아왔었어. 어쩌면 이 친구가 피트 판 데르 펠던을 소개해줄 것 같다.

*《레 미제라블》에서

너도 아마 그 사람이 그린 농민이나 어부 등의 인물화를 봤을 거야.

예전에 한 번 만났었는데 인상이 아주 좋았어. 엘리엇의 소설 『펠릭스 홀트』에 등장하는 인물이 떠오르더라. 넉넉하면서도 투박한 분위기가 꼭 쌓아놓은 짚단 같기도 해. 문명의 외관에 큰 비중을 두지 않지만, 속으로는 다른 사람들보다 훨씬, 아주 많이 앞서가는 사람 같아.

그는 진짜 예술가야. 그래서 더더욱 잘 알고 싶고 또 믿음이 간다. 분명히, 배울 게 있을 거야. 판 데르 베일러의 소개가 아니더라도, 언젠가 꼭 만날 것 같아.

라파르트가 지난 월요일에 여기 화실에 오기로 했었는데, 여동생이 병으로 앓아누워서 못 온다고 연락했더라. 아마 이번 주에 오지 않을까 싶다.

지금은 모든 그림을 붓과 인쇄용 잉크로 그리고 있어.

이 말은 해야겠구나. 돈이 좀 떨어졌다. 네 탓은 아닌데, 내 탓도 아니야. 아무리 계산해봐도 더 이상 아낄 수는 없어. 심지어 어떤 계획들은 실행하는 데 돈이 더 들어. 시작했더라면 중간에 포기해야 했겠지. '돈만 아니라면 이것도 저것도 그렸을 텐데'라는 생각이 들면 서글퍼진다. 그럴 때마다 제대로 써보지도 못한 힘이 그대로 마음속에 유폐되는 게 너무 싫어. 불평을 하자는 게 아니야. 작업을 할 수 있어서 너무나 감사할 따름이다. 다만 내가 원하는 만큼 왕성하게 할 수가 없다는 말이지. 영국 속담에 "Time is Money(시간은 돈이다)." 그래서, 형편만 넉넉했다면 이것도 하고 저것도 할 텐데, 그러지 못하고 하루하루 지나가는 걸 보는 게 너무 마음 아프다.

무슨 말인지 넌 이해할 거야. 돈을 더 쓸 수 있었으면 하는 그 심정 말이야. 모델도 더 자주 부르고 싶고, 사고 싶은 화구들도 많아. 여태 습작 한 점 팔지 못했지만, 적어도 습작 그리는 데 들어간 비용 이상의 값어치가 있는 작품들이야. 화실은 더 개선되고 쓸모 있어졌어. 그래서 전속력으로 달리고 싶은데, 아쉽게도 증기기관을 절반밖에 돌릴 수가 없구나.

다시 말하지만, 내 처지를 불평하자는 게 아니고, 너한테 더 큰 희생을 강요하는 것도 아니다. 이미 네가 할 수 있는 것 이상으로 짐을 짊어져주고 있으니까. 그냥 널 더 잘 이해시켜서 내 마음도 편해지려는 것뿐이야. 내가 종종 고민거리에 짓눌린다는 걸 너도 잘 알고 있으니까. 그래, 사람은 누구나 주어진 형편에서 최선을 다해야지. 그리고 우리 힘으로 치울 수 없는 장애물은 인내하며 견디는 수밖에.

이번 주에는 누워 있는 인물들을 그려봤어. 언젠가는 모델로, 남녀는 물론이고 시신이나 병자도 필요하겠어.

얼마 전에 이스라엘스의 집 앞을 지나칠 일이 있었어. 사실, 집에 들어가 본 적은 없어. 그날따라 문이 열려 있는데, 들여다보니 통로 청소를 하고 있더라. 그래서 통로에 걸린 그림들을 볼 수 있었지. 뭘 봤는지 알아? 헤르코머의 대형화 〈마지막 소집(첼시 병원의 일요일)Last muster (Sunday at Chelsea)〉. 그리고 롤의 유명한 그림 복제화 사진인 〈광부들의 파업Grève de Charbonniers〉.

이 주제는 예전에 편지로 얘기했었다. 혹시 〈마지막 소집〉이 사진 제판으로도 있는지 모르겠네. 나한테는 중심인물 둘을 표현한 커다란 목판화 복제화랑 그림 완성본이 나오기 한참 전에 그린 초기 스케치가 있어.

Adieu, 아우야. 환자 친구에게도 쾌유를 빈다. 네가 하는 일에도 행운이 깃들기를.

너를 사랑하는 형, 빈센트.

281네 ____ 1883년 4월 30일(월)

테오에게

나도 네 생일을 맞아 몇 마디 적어 보내고 싶더구나. 한 해 동안 좋은 일만 있기를 바라고, 직장에서도 하는 일이 모두 잘 풀렸으면 좋겠다. 무엇보다 환자 친구한테 지금까지 공들인 만큼 보람이 있기를 바라고, 그 친구도 완쾌해서 새 삶을 살 수 있기를 기원한다.

네가 여기 다녀간 게 거의 1년 전인 거 알고 있어? 그래, 당장이라도 널 보고 싶구나. 한 해 동안 작업한 것들을 모두 보여주고 싶거든. 미래에 대해서도 이것저것 이야기 나누고.

작년과 비슷한 시기에 올 계획인 거야? 어쨌든 날짜가 정해지면 꼭 알려주기 바란다.

예전에 네가 스웨덴 회화를 자주 얘기했었잖아. 헤이여달, 에델펠트Albert Gustaf Aristides Edelfelt 같은 작가들 말이야. 이번 주에 에델펠트의 그림 복제화를 구했어. 〈해변의 예배〉라고, 보고 있자면 롱펠로의 시가 떠올라. 아주 괜찮은 작품이야. 이런 풍의 그림들이 세상을 더 아름답게 만들어준다. 〈카이로의 무기상marchands d'armes au Caïre〉 같은 이탈리아나 스페인 회화 등은 오래 보고 있으면 지루하거든.*

이번 주에도 인물화 하나를 그렸어. 황야에서 토탄을 줍는 여인이 모델이야.

또 무릎을 꿇은 남자도 그렸어.

모델들의 특징을 제대로 표현하려면 인물화 골격을 무엇보다 잘 파악하고 있어야 해. 적어도 나는 그게 가장 좋은 방법이라고 생각해.

에델펠트는 표현력이 정말 탁월해. 인물의 표정뿐만 아니라 자세에서도 감정이 느껴지거든.

스웨덴 화가 중에서 가장 뛰어난 이를 아니? 빌헬름 라이블Wilhelm Maria Hubertus Leibl이라고, 독학한 화가가 아닐까 싶다.**

그 사람 복제화가 1점 있는데, 아마 1882년 빈 전시회에 갑자기 출품하게 됐던 그림일 거야. 교회 의자에 나란히 앉아 있는 여성 모습으로, 체크무늬 원피스(티롤식) 차림의 여성과 머리

* 소위 동양풍의 그림이 유행을 타면서, 이를 무작위적으로 따라그리는 풍조를 비판하는 말이다.

** 빌헬름 라이블은 독일 화가인데, 빈센트는 스웨덴 화가로 잘못 알고 있었다.

에 검은 숄을 두르고 무릎을 꿇은 두 노부인이 주인공이야. 보고 있으면 숭고함이 느껴지는 게 꼭 메믈링이나 퀸텐 마시스 그림 같기도 해. 당시에 화가들 사이에서 대단한 화젯거리였지. 그 이후에 라이블이 어떻게 되었는지는 모르겠다. 어쨌든 테이스 마리스 화풍을 많이 닮은 그림이야. 영국에도 비슷한 화풍의 독일 화가가 있어. 수준은 좀 덜하고. 파울 데 가소브Karl (Charles) Gussow라고, 오베를렌더랑도 좀 비슷하고. 오베를렌더는 너도 아마 인물화 몇 개는 알 거야. 어쨌든 스웨덴에도 능력 있는 화가가 여럿 있어.

네 소식이 궁금하구나. 지난번에 모녀 관계들에 대해 말했었잖아. 내가 자신 있게 말할 수 있는 건, 우리 집 여자와 나 사이에 발생하는 문제 중 열에 아홉은 직간접적으로 그녀 모녀 사이의 영향을 받는다.

그런데, 어머니들이 딱히 고약한 건 아니야. 행동은 완전히 잘못하고들 있지만 말이지.

그들은 자신들이 무슨 행동을 하고 있는지 모르기 때문이야.

오십 대가 넘는 여성들은 대개 의심이 많아서, 주위 사람들을 불신하거나 꾀를 부리지. 네가 더 듣고 싶다면 나중에 구체적으로 말해주마. 모든 여성이 나이를 먹을수록 더 엄격해지고 딸들을 통제하고 조종하려 드는 건 아니다만, 그런다면 완전히 틀린 거야.

그들의 방식이 나름 raison d'être(타당한 이유)가 있는 경우도 있지만, 그걸 철칙으로 삼고 '모든 남자는 다 사기꾼이고 멍청하다'고 주입해서는 안 돼. 여자들이 더 현명하니 남자들을 속여야 한다고 말이야. 만에 하나, 이런 '엄마 방식'을 정직하고 진솔한 남자에게 적용한다면, 그 남자는 완전히 망가질 거야.

요즘은 이런 일이 얼마나 흔해졌는지 누구나 비슷한 경험 한 번씩은 다 해봤을 정도야. 그러니까 특별할 일도 아니라는 거지.

우리가 사는 지금 이 사회는 아직은 모두가 *이성*을(이성 본연의 의미뿐만 아니라 양심 차원에서도) 지키고 존중하지는 않지. 그런 사회가 되도록 노력하는 게 우리의 의무야. 그리고 성격을 판단할 때, 현 사회의 분위기를 반영하는 너그러운 마음을 가져야 하는 거야.

졸라의 작품은 정말 훌륭하구나! 특히 요즘은 『목로주점』이 자주 떠올라. 그나저나 넌 발자크를 어디까지 읽었니? 난 『레 미제라블』을 다 읽었어. 빅토르 위고는 졸라나 발자크와 다른 방식으로 사회를 분석하지만, 역시나 그 시선이 아주 예리하고 깊다.

이 모녀 관계 문제를 어떻게 풀어야 할지 아니? 난 완전히 잘못된 결과를 맞이했어. 그녀의 어머니가 우리랑 같이 살려고 완전히 집으로 들어온 거야.

내가 지난겨울에 제안하긴 했지. 그녀의 어머니가 너무나 힘든 시기를 보낼 때라서, 내가 "당신들 두 모녀는 서로 워낙 친밀하니까, 그냥 우리랑 같이 살자"고 제안했어. 그들은, 꽤나 궁색한 처지인데도, 나의 소박한 생활방식을 좋아하지 않더라. 나는 그냥 원칙을 말했을 뿐이고, 상황에 이끌려 말했을 뿐이야.

많이들 가족의 내면적 삶보다 외연의 겉모습을 더 신경 쓴다. 그러면서 자신들이 잘하고 있다고 생각하지. 온 사회가 그래. 진짜 실체를 이끄는 게 아니라, 그런 척하는 데 혈안이 되어 있어. 다시 한 번 말하는데, 이들은 고약한 게 아니라 멍청한 거야.

그녀들의 의견 차이가 얼마나 큰지, 네 환자 친구와 그 어머니 사이의 관계를 잘 살펴봐라. 그렇다고 내가 그 어머니가 꿍꿍이를 가졌다고 의심한다고는 오해하지 마. 다만, 그런 어리석은 행동을 보인대도 놀랍지 않다. 네 환자 친구도(다른 여성들과 마찬가지로) 따라야 할 규율을 선택하면서 실수하는 경향이 있을 거야.

여성의 가족이 험담하고 폭력적인 가족일수록 어머니가 그 가족의 중재자로서 아주 공격적이고 적대적이지. 원래부터 고약했던 게 아니라고.

내 경우에는, 그녀가 우리 집에 들어와 같이 사는 게 최선이었어. 다른 가족 구성원의 집에서 지내면서 다른 식구들에게 당하고 휘둘리는 것보다는 말이야.

네 환자 친구 어머니가 그 가족의 대표 격인지 생각은 해봤나 모르겠다. 그래서 조심하라고 충고하는 거야. 어쩌면 너희 두 사람이 조용히 넘어갔으면 하는 것들을, 그들은 그렇게 생각하지 않을 수 있다는 거, 너도 예상은 했을 거야.

넌 그 환자 친구에게 내내 완전히 정직했고 진실했어. 그게 중요해. 그래야 어떤 일이 있더라도 네 미래가 밝을 테니까. 하지만 똑바로 살아도 문제들은 계속 터져나올 수 있어. 그래도 이제 새로 시작하는 한 해에는 문제들이 없기를, 반대로 좋은 일만 있기를 바란다.

아직 편지 쓰기 전이면 속히 편지하는데, 난 이미 보냈다면 좋겠구나. 잘 지내라, 아우야. 마음으로 악수 청한다.

너를 사랑하는 형, 빈센트

282네 ___ 1883년 5월 2일(수) 혹은 3일(목)

테오에게

네 편지와 동봉해준 건 언제나처럼 반갑다. 늘 그랬듯, 진심으로 고맙구나. 네 걱정거리를 누구보다 잘 알기에 네 도움이 더더욱 고마울 따름이야.

네 환자 친구 소식은 새롭진 않은데, 어떤 면에선 새롭기도 하다. 부모님께 편지했다면, 아니, 그럴 생각이라면, 네 마음이 편해진다면야 그게 맞지. 난 두 분께 네 문제에 관해 한마디도 한 적 없어. 집은 물론이고 다른 어디서도 내가 이런저런 속사정을 알고 있다는 티를 내지 않았어. 누가 묻더라도 지나가는 말로 불과 며칠 전에 들은 것 같다는 식으로 반응할 거야. 어쨌든, 지금까지는 누구도 내게 그런 걸 물은 적도 없고.

그러니 그 부분은 안심해라.

자, 네가 바라는 대로 10월에 맞춰 일이 진행되기를 기원한다. 당장이라도 그 시간이 오면 좋겠구나. *그녀*는 물론이고 *널* 위해서도 진심으로 그렇게 되기를 바란다. 나도 그게 최선이라고 생각해. 무엇보다 *무슨 일이 있었는지 자세히 아니까*. 그렇게 만난 사이라면 이렇게 헤어지면 안 되는 거야.

이번 여름에 그녀를 데리고 네덜란드에 한 번 다녀갈 수 있기를 바란다. 혹시 알아, 덕분에 내가 우리 집 여자와 겪는 문제가 어느 정도 해소될 수 있을지도.

그리고 전시회가 열렸어. 조만간 테르스테이흐 씨와 C. M.을 만나겠어. 1년여 전에 그 두 양반과 이런저런 일이 있었지. 주로 테르스테이흐 씨와의 문제였어. 그 뒤로 될 수 있는 대로 마주치지 않으려고 피해 다니는 중인데 그 양반도 아마 눈치는 챘을 거야. 그렇다고 나도 뭐 지난 일 가지고 지금까지 전전긍긍하는 건 아니야.

만약 테르스테이흐 씨가 내 이야기를 하면 그 말을 자르고 이렇게 물어봐줘. "빈센트 형님이 그 뒤로도 성가시게 굴던가요? 그런 게 아니라면, 선생님께서도 빈센트 형님을 힘들게 하지 마십시오." 그 양반 일 때문에, 조심하는 차원에서 내가 매번 구필 화랑을 피해 다녀야 하는 게 유쾌하진 않다. 너도 알다시피, 그 양반은 아버지한테 나에 관한 편지까지 쓴 사람이잖아. 자신이 나한테 관심을 끊은 건 모두 내 탓이라고. 그 양반은 여태 그 의견을 철회한 적이 없다.

어쨌든 나도, 그 양반 의견이 여전한 이상, 플라츠의 화랑에는 발도 들이지 않을 생각이야. 테르스테이흐 씨와 마주칠까 두렵거나 그 양반으로부터 숨고 싶은 게 아니라, 그냥 충돌을 피하고 싶을 뿐이야. 나와 절연하고 싶다면, 나도 도와줘야지. 되도록 그자와 마주치지 않으려고 최선을 다할 거야. 굳이 그 사람 생각을 되돌리려 애쓰진 않아. 어떤 면에서 보면 테르스테이흐 씨 생각이 꼭 틀린 것만도 아닐 수 있어. 그렇지만 다른 시각도 있잖아. 그 양반이 했던 것과는 다른 관점에서 상황을 볼 수도 있단 말이야. 그래도 어쨌든 그건 그 양반 마음이지.

내가 그 양반을 어떻게 생각하는지는 너한테 얘기했었잖아. 그런데 적어도 내가 기억하는 한, 나는 마우베 형님과의 일을 비롯해 여러 차례 겪은 불쾌한 경험 때문에 온 동네 돌아다니며 폭로하고 싶었어도 꾹 참았어. 이런 모든 정황이 유감스럽게도 내가 그 양반을 평가하는 데 부정적인 영향을 끼쳤을 거라는 사실은 나도 기꺼이 인정해. 그렇다고 내 입장을 철회할 생각은 없어. 다만 그 양반이 아버지한테 편지했던 내용을 번복한다면(자신이 내게 관심을 끊은 건 전부 다 내 탓이라는 말 말이야) 나 역시 이 모든 불쾌한 상황의 원흉이 테르스테이흐 씨라는 내 의견을 철회하지.

내가 더 조리 있게 설명한다면 너도 좀 더 상황을 인지하고 마음의 평화를 찾고 서로를 더 이해할 수 있을 텐데 아쉽다. 내가 무심해서 그런 게 절대로 아니야.

테오야, 만약, 작년 한 해가 지난 5월부터 시작됐다고 치면, 지난 한 해는 결코, 아무런 고민 없는 순탄한 한 해는 아니었어. 그렇지? 하지만 상관 없어. 아무런 고민 없이 편하게 사는 게 내 이상이자 목표는 아니니까. 다만 내게 결코 녹록한 상황은 아니었다.

네가 보내주는 돈이 적다고 생각한 적은 단 한 번도 없어. 오히려 네 여윳돈 이상을 무리해서 보내주고 있잖아. 그렇지만 내가 계속 그림 실력을 발전시키고 살림을 꾸려가기에, 우리 집 여자와 내가 빠듯이 버텨내는 정도야. 가끔은 이런 꼬인 관계들이 뼈저리게 후회돼. 내 일과 직간접적으로 관련돼 있어 돈독한 관계를 유지해야 할 사람들을 일부러 피해 다녀야 하는 이 말도 안 되는 상황 말이야. 다 좋아지면 좋겠는데.

뭐, 이제는 나도 어느 정도는 체념한 상태야.

지금은 동시에 여러 그림을 그리고 있어. 중단할 수 없는 일들인데 주머니 사정이 상당히 곤란하다. 네가 라파르트 얘기를 썼잖아. 유감스럽게도 우리 집에 온다고 얘기해 놓고 결국은 안 왔어. 그 친구한테 돈을 좀 빌려달라고 하면 분명, 거절하지 않았을 텐데. 사실, 지난겨울 본인이 먼저 제안했었거든. 불행히도 병으로 앓아눕는 바람에 빌려주겠다는 돈이 사용될 작업과 관련된 이야기는 더 이상 나누지 못했지. 석판화 작업과 거기에 맞는 데생 작업 말이야. 그 친구 아버지가 대신 편지하셨더라. '아들 녀석이 병으로 누웠소. 사정은 나도 들어 알고 있으니, 필요하면 내가 대신 보내겠소.'

말씀은 감사했지만 덥석 그렇게 해주십사 하는 건 좀 무례하잖아. 그래서 이렇게 말씀드렸어. '감사합니다. 일단 아드님이 회복될 때까지 기다리겠습니다.' 그리고 그 친구는 건강을 되찾았는데 그 뒤로 그 이야기는 더 꺼내지 않고 다른 작업에 열중하고 있어. 그렇게 우리 일은 중단된 상태에다 시시각각 새로운 장애물이 앞을 가로막는다. 일단 혼자 인쇄용 잉크와 석판화 크레용 등으로 데생하고는 있는데 비용이 너무 많이 들어가. 그 친구 책임은 전혀 아니지만, 또 그렇기 때문에 내가 돈을 좀 빌려달라고 해도 거절하지 않을 이유이기도 해.

아무튼, 돈을 좀 부탁하긴 할 건데, 우선 편지를 기다려보고. 편지 한 번 해서 이런저런 걸 설명하면 답장이 오기까지 시간이 좀 걸리거든. 그 친구, 편지만큼은 부지런하지 않아.

오늘 아침 네가 보내준 돈이 도착했을 때 이미 빈털터리 신세였어. 사실, 그렇게 지낸 지 한 일주일 정도 됐어. 게다가 화구들도 떨어졌어. 전에 스밀더르스에서 합의해둔 가격으로 종이를 주문해서 가지고 왔어. 비록 여윳돈이 없는 상황이지만 인쇄용 잉크랑 석판화 크레용 등 필요한 다른 물건들도 주문했고. 그것 외에 여기저기 돈도 갚았고 급한 생활비도 지출했고. 거기다가 작업을 중단할 수 없어서 모델을 불렀던 비용도 지불했고.

너한테 10프랑쯤 더 보내줄 수 있는지 부탁하는 게 너무너무 미안하다. 그렇지만 일주일 동안 작업한 게 거기에 달렸거든. 라파르트가 당장 답장할 리가 없고, 모델은 불렀는데 줄 돈이 하나도 없는 상황이야. 만에 하나 라파르트가 편지로 돈을 조금 보내주면 한동안은 작업에 숨 돌릴 틈은 생기고, 혹시 네가 좀 보내주면 한 주일은 무난하게 지나갈 거야. 그런데 둘 다 안 된다면, 투자한 시간을 통째로 날리게 되니 난감하다. 내 탓은 말아주기 바란다. 도저히 피할 수 없는 것들만 깐깐하게 지출했는데도 이렇게 된 거니까. 물론 네가 못 보내준다고 해서 우리가 당장 죽을 일은 없어. 하지만 대수롭지 않은 비용 때문에 큰 문제가 발생할 때도 있고, 지금이 딱 그런 경우야. 라파르트가 좀 도와주면 좋겠는데. 긴 가뭄 끝에 비가 쏟아지기를 바라는 밭이 된 심정이다.

다시 한 번 환자 친구한테 좋은 일이 있기를 기원한다. 여기는 요즘 날이 아주 좋아. 거기도 나쁘지는 않을 것 같다. 날씨가 좋으면 그 친구에게도 좋을 거야. Adieu.

너를 사랑하는 형, 빈센트

283네 ____ 1883년 5월 7일(월) 추정

테오에게

전시회 준비에 한창 바쁘겠구나. 필요할 때를 대비해, 너한테 편지를 쓰려고 우표 하나를 남겨두고 있었어.

라파르트에게 편지를 했는데 평소처럼 여전히 답장은 없다. 그 친구, 가끔은 답장에 한 달이 걸리기도 해. 대체로 그래.

좀 곤란하면 평소보다 덜 보내줘도 되는데 최대한 빨리 보내주면 좋겠다. 다음 주에 판 데르 베일러와 모래언덕에 나가서 그림을 그리기로 약속했거든. 내가 아직 모르는 것들을 그 친구가 설명해준다고 했어.

요즘은 모래언덕에 나가 그렸는데, 모델이 필요해. 모델이 없으면 더 이상 진행할 수가 없다.

한마디로, 고민거리라는 뜻이야. 그러니 속히 답장 부탁한다. 일은 꽤 잘 되어가고 있어. 지금 그리고 있는 데생은 네가 보면 좋아할 것 같다.

너한테 행운이 있기를 기원한다, 아우야. 너도 많이 힘들 거라는 거 안다. 성공이 있을지어다! Adieu, 이제 밖으로 그림 그리러 나가야 한다.

너를 사랑하는 형, 빈센트

라34네 ____ 1883년 5월 9일(수) 추정

친애하는 벗, 라파르트

아침에 자네가 보낸 전보 잘 받았어. 안 그래도 자네를 맞으러 나가려다 자네가 올 수 없게 됐다는 소식을 들은 거야. 그래서 고심 끝에 계획을 포기하기로 했어. 자네가 작업하려 말하고 이동하고 그런 걸 의사가 좋아하지 않을 것 같다는 생각이 들었거든.

내가 안부 인사차 자네를 찾아가는 건 *반대하지 않지*? 내가 찾아간다고 자네한테 해가 될 일은 없으니까. 오히려 그 반대이면 모를까. 화가마다 기질들이 다르잖아. 작업에 공을 들이다 보면 일시적으로 쇠약해지기도 하고 정신적인 긴장 탓에 신경이 날카로워지고 우울해지기도 하고. 그런데 또 회복되기도 해. 정신적인 긴장 덕에 쇠약해진 몸이 나아지는 경우 말이야.

동료들과 토론하고 이치를 따지는 게 피곤할 때면 혼자만의 시간을 보내는 게 도움이 될 수 있는데, 내가 알기로 자네는 안 그렇잖아. 그래서 내가 찾아갈까 했던 거야.

그런데 이런 생각이 들었어. '라파르트의 집에 가면 아버님 어머님, 여자 형제, 남자 형제를 비롯해 일꾼 등이 있을 텐데, 의사가 푹 쉬어야 한다고 했으니 다들 그 친구가 쉴 수 있게 보살피겠지. 이런 상황에서 불쑥 찾아가면 그 친구에게 안 좋을 수도 있어. 서로 난처해질 수 있다는 거지.' 내 경우는 약해졌다, 회복됐다 두 경우의 힘을 확실히 느낄 수 있어. 그 원인은 하나야. 작업하면서 정신적으로 긴장하기 때문이지. 난 두 번째인 회복의 힘을 믿어. 나뿐만 아니라 다른 사람들도 그래. 작년에 아팠을 때, 난 의사의 조언을 한 귀로 흘려들었어. 별 도움 안 되는 조언이라거나 내가 의사보다 더 잘 안다고 여겨서가 아니야. 바로, 난 그림을 그리기 위해 사는 거지 건강하게 잘살려고 사는 게 아니라는 생각 때문이었어. 가끔은 '목숨을 버리는 이는 목숨을 얻으리라' 같은 묘한 말이 무슨 뜻인지 깨달음을 얻는 날이 있어.

그래서인지 나는 같은 병으로 입원한 다른 몇몇 환자들보다 *훨씬 빨리* 건강을 회복할 수 있었어. 그들이 얼마나 고생했는지는 내가 누구보다 잘 알고 있거든.

친애하는 벗이여, 지금 자네한테 직접 하고 싶은 말을 이렇게 글로 대신하는데, 부디 힘을 아끼기 바라네. 자네가 추구하는 목표와 직접적으로 연결되는 일이 아니면 굳이 애써서 할 필요가 없다는 말이야.

교회 장식도 장식예술과 크게 차이는 없어. 그런 일은 꽉 찬 탄약통을 들고 다니다가 통이 비면 언제든 다시 채워 넣을 사람들이나 할 일이지, 제한된 탄약으로 경계 근무를 서야 하는 저격수가 할 일은 아니야. 저격수의 경계 태세와 위치가 모든 걸 좌지우지할 수 있으니까. 다른 사람들은 실수해도 넘어가지만 자네 같은 사람은 사소한 실수 하나로도 비난받을 수 있어. Le mieux en ce cas etant l'ennemi du bien.* Ergo(고로) 최선을 다하지 말게.

자네의 위치가 얼마나 중요한지, 자네의 책임감이 얼마나 막중한지에 대해 자네도 나와 같은 생각인가? 그렇다고 확신은 서지 않아. 언제나 두 가지 관점이 존재하니까. '그렇다'와 '그럴 수도 있다.' *명확한* 양심을 가진 사람이라면 전자라고 단정하지 못해. 그래서 후자의 경우를 강력한 현실로 받아들이지. 왜냐하면 우리가 아무리 미완성에 흠이 많아도, 이상을 숨기거나 무한대로 향해도 내 알 바 아니라는 듯이 내버려두질 못해. 내가 자네가 차지하고 있는 자리가 중요하다고 여기는 몇 가지 이유가 있어. 그러다 보니 자네를 바라보는 내 마음이 좀 무겁기도 해. 라

* "지나치게 완벽을 기하려다가는 오히려 일을 그르친다"는 속담. 직역하면 "최선(最善)은 선(善)의 적이 될 수 있다."

파르트는 과연 무엇을 하게 될까? 어느 쪽을 택할까?

지금은 이런 철학적인 질문을 던질 때가 아니야. 현실로 돌아가자고. 조만간 자네를 꼭 만났으면 좋겠어. 자네의 작업물을 못 본 게 벌써 1년이 넘었어. 자네가 여기 왔었을 때도 마찬가지였어. 게다가 자네도 석판화 말고는 내 작업물들을 하나도 못 봤잖아.

내 말에 동의한다면 약속을 잡아서 조만간 만나세. 말이 나와서 그런데, 언제쯤 이른 아침에 자네 화실로 찾아가 자네를 놀라게 하면 되는지 날짜를 알려줘. 자네가 여기까지 오는 걸 망설인다는 건 잘 알아. 각혈이 멈추질 않으니. 그러니 방문은 일단 각혈이 완전히 멈출 때까지 보류하는 게 좋겠어. 대신, 자네 편지를 받게 되면, 자네 마음대로 거동해도 의사가 만류할 필요가 없게 되는 그날로 당장 자네를 찾아가지.

보다시피, 자네가 전보로 알린 그 편지를 받기도 전에 편지 쓰는 거야. 그렇다고 내 계획이 달라지는 건 아니야. 오히려 더 확실해질 거야.

내가 장식예술 그 자체를 부정적으로 여긴다고 생각지는 말게. 단지, 지금 이 시점에, 우리가 네덜란드에 살고 있다는 이런저런 이유 때문일 뿐이야. 강한 정신력과 부활에 대한 의지가 지배적인 힘의 시대에는 남는 힘을 장식예술에 쏟아부어도 아무런 문제가 없어. 하지만 내가 문제 삼는 건 열정과 힘이 정신력, 특히 젊은 사람들의 정신력을 지탱해주지 못하는 시대야. 그러니 힘을 가진 이들이 그 힘을 집중했으면 하고 바랄 수밖에. 즐거운 시기가 있으면, 혹독한 시기도 있지 않은가. 그렇기 때문에 평안한 분위기에 편승하지 않도록 애써야 해. 관습처럼 보이는 모든 게 지금은 멀쩡하지만, 그게 우리를 가발의 시대로 몰고 갈 수도 있으니까. 아무런 발전도 없는 그런 시대로.

쇠락의 시대에는 장식에서 관심을 돌리기 바라네. 이럴 때는 현재는 무시하고 노련한 les vieux de la vieille(옛사람들)과 어울릴 방안을 찾아야 해.

친애하는 벗이여, 어떤 문제들은 내 개인사나 개인적인 어려움보다 더 걱정스러워. 자네를 직접 만나 이야기를 나누고 싶은 것도 단지 내 개인적인 어려움 때문은 아니야. 그래서 기꺼이 나를 도와주겠다는 자네의 제안에 고맙다는 말을 전하기 전에 이런저런 이야기들을 꺼낸 거야. 자네 도움 덕에 마음도 편하고 달갑지 않은 일을 할 필요도 없어졌거든. 다시 한번 고마워. 그런데 솔직히, 이런저런 문제를 고민해야 하는 와중에 내 개인사를 꺼낼 수밖에 없는 게 참 못마땅하네.

자네를 만나러 가더라도 상황은 마찬가지일 거야. 그런데 자네한테만큼은 장밋빛 미래가 전혀 보이지 않는다는 사실을 숨길 수가 없어. 과연 내가 생각했던 걸 실천에 옮길 수 있을까? 자네와 얘기하며 내게 길잡이가 되어줄 조언을 구하고 싶어. 자네만큼은 내 작품의 긍정적인 면을 볼 수 있는 사람이라고 자부해. 그래서 자네 조언은 어떤 면에서는 내게 상당히 많은 도움이 돼. 예를 들어, 자네 조언으로 다양한 내 습작을 한꺼번에 마무리할 수도 있을 거야. 만들어놓은 습작이 꽤 있거든. 거기다가 여러 인물이 한꺼번에 등장하는 커다란 그림 두세 점을 머릿속에 구상 중인데 아무래도 내 습작 중에서 가져다 쓰지 않을까 싶어.

그만큼 나한테는 자네 의견이 중요하기 때문에 자네만큼은 내 생각을 미리 알고 있어야 해. 비록 전체적으로 동의할 수는 없더라도 어느 정도는 내 아이디어를 이해해주면 좋겠어.

새로운 경향에 대한 반감은 있지만, 이스라엘스나 마우베 형님, 마리스의 그림까지 다 적대적으로 여기지는 않아. 이 사람들 그림, 정말 대단하지. 그런데 이들의 화풍에서 출발한 새로운 경향은 분위기가 엇비슷하지만, 오히려 이 대가들과는 정반대로 가고 있어. 난 이런 방향에 반대한다는 거야. 판 데르 베일러란 친구는 진지한 친구라 어느 길이 올바른 길인지 이해하고 있어. 지난주에 그 친구 습작을 유심히 관찰해봤거든.

그런데 자네 역시 올바른 길로 향하고 있네. 비록 내가 좀전에 언급했던 그런 새로운 경향으로 빗나갈 때도 종종 있는지 직접 확인할 길은 없지만 말이야. 내 의견은 언제든 철회할 수 있지만 나한테는 그렇게 보여. 물론, 나 역시 최선의 방향을 찾아가는 중이야. 바로 이스라엘스, 마우베, 마리스 등의 화가가 걸어간 길로. 내가 그 방향으로 많은 발전을 이뤘는지는 아직 모르겠어. 앞으로 또 얼마나 나아질 수 있는지는 더더욱 알 수 없고. 하지만 나는 지금까지 최선을 다했고 앞으로도 그럴 거야. 그런데 장식예술과 관련된 자네 작업에 대해 내가 혹여 이래저래 가르치려 드는 듯한 말투를 썼다면 그건 남쪽과 북쪽으로 떨어진 거리만큼이나 내 의도와 거리가 멀어. 다만, 사실적이고 정직하면서 진지한 예술을 추구하는 사람으로서 진심을 담아서 하는 말이야. 내 길을 찾았기 때문에 이런 말을 하는 게 아니라, 나 역시 그 길을 찾아가는 중이기에 하는 말이라네.

내 생각에 우리는(자네뿐만 아니라 나 역시 자네만큼이나) 장황하고 산만해지는 걸 경계하고 집중력과 단호함을 추구해야 해. 내가 자네를 찾아가 하고 싶은 이야기는 실질적인 작업에 관한 내용이지 이론이나 철학 따위가 아니야. 그런 건 실질적인 내용에 비하면 월요일 아침처럼 따분한 것들에 지나지 않아.

자네가 「그래픽」에 수록된 하워드 파일의 삽화에 관한 내용을 편지에 적었잖아. 그게 혹시 테르보르흐나 니콜라스 더 케이서르의 그림을(〈펜과 식민지 개척자들〉) 떠오르게 하는 다중구도의 그림이라면 나 역시 강렬한 인상을 받아서 잡지를 주문했어. 그래, 정말 아름다운 그림이야! 「런던 뉴스」도 샀는데 거기에 킹의 복제화가 하나 있었거든. 런던 지하철 객차에 앉은 인부들을 그렸지.

그리고 뒤마가 출간하는 「살롱 1883」도 구독했어. 창간호가 1프랑이고 1년에 12부가 배송되는 월간지야.

자네 잘못은 아니지만, 자네가 여기 화실에 올 수 없다는 게 너무 아쉬워. 지금까지는 솔직히 자네를 찾아가는 게 망설여졌어. 왜냐하면 적잖은 주변 사람들이 나를 찾지 않게 되면서 나 역시 그들을 찾아가는 걸 자연스레 주저하게 되더라고. 상황이 이렇게 된 거는 일면, 내가 우리 집 여자와 그녀의 두 아이를 받아줬기 때문이겠지. 그래서 나와는 점잖은 관계를 유지하기 힘들다고 생각하더라고. 그런데 자네는 잠정적이라고 해도 자네 입으로 그들과 생각이 다르다고 했으니 나도 거리낄 필요가 없는 셈이잖아.

내 입장은 이렇네. 이런 이유로 누군가가 나를 피한다면, 나도 굳이 그 사람과 같이 있을 일을 만들지 않아. 환영받지 못하는 곳에는 가지 않겠다는 거야. 조금은 이해가 가긴 해. 조금, 정말, 아주 조금, 눈곱만큼은 그들의 편견이 이해가 간다고. 그저 사회적 관습에 어떻게든 매여 있으려는 이들의 편견 말이야. 나로서는 그냥 그들이 원래 그런 사람들인 걸 받아들이면 그만이야. 그만큼 나약한 인간들이니 굳이 그들과 싸울 필요는 없다고 생각해. 그러니까 공격하고 비난할 이유도 없어. 이런 관점에서 보면 나는 화약을 *아주 많이* 절약할 수 있는 거야. 내가 너무 잘난 체하는 건가?

자네는 있는 그대로의 나를 받아주면 좋겠어. 그리고 의사의 처방에 반하는 게 아닌 한, 내가 자네를 찾아가도 될 때가 되면 내게 알려주기 바라네.

나를 도와준 점, 다시 한 번 고맙다는 말 전해. 자네한테 답장을 받을 수 있으면 아주 반가울 거야. 그런데 몸 상태가 허락지 않으면 무리하지 말고 나중에 쓰게.

Adieu, 마음으로 악수 청하네.

자네를 사랑하는 친구, 빈센트

나는 화가가 그림 그리는 것 외에는 아무것도 할 수 없고, 해서도 안 된다는 주장을 받아들일 수 없어. 그러니까 독서나 그 비슷한 행위를 시간 낭비로 보는 이들이 많은가 본데, 나는 그로 인해 그림을 덜 그리거나 못 그리게 되는 게 아니라 오히려 그림과 직접 관련된 영역에 관한 공부를 통해 그림을 더 많이, 더 잘 그리게 될 수 있다고 생각해. 게다가 세상을 바라보는 관점과 삶을 대하는 자세는 우리 작업에 큰 영향을 끼치는 요소잖아.

사랑하면 할수록, 더 많은 걸 할 수 있게 돼. 단지 감정에 불과한 사랑은 사랑이 아니야.

내가 보내는 목판화 복제화가 자네 마음에 들면 좋겠어. 기회 되면, 자네가 이미 소장한 복제화들은 되돌려 보내주게. 판 데르 베일러에게 줄 생각이거든. 내게 2장씩 있는 복제화들을 세심하게 고르고 확인했어. 프랑스 판화 작품 몇 점도 추가했고. 나머지 것들은 언젠가 자네가 여기 오게 되거든 같이 확인해보자고. 자네의 복제화들 중에도 내게 없는 게 있을 거야. 어쨌든 자네 마음에 들면 좋겠어. 시간 나는 대로 편지 부탁해.

284네 ___ 1883년 5월 10일(목) 추정

테오에게

50프랑 든 편지 잘 받았다. 적어도 나한테는 숨통을 틔워주는 구원의 손길이었어. 라파르트에게 소식이 오긴 했는데 확실한 건 아직 아무것도 없어.

내 편지에 대한 답장에서, 나를 도우러 여기 오겠다고 했었는데, 나중에 "몸이 다시 안 좋아졌습니다"라고 덧붙이더니 "돈을 동봉합니다"라고 끝맺었어.

그런데 추신에 다시 이렇게 번복했어. "직접 돈을 들고 갈 듯합니다. 내일 갈게요."

그리고 다음날, 전보가 왔지. "갈 수 없음. 편지 보냈음."

그러니까 약속은 받았지만 지켜지진 않은 거지. 거위 놀이인 셈이야. 너도 기억할걸. 거위를 죽 따라가다가, 다른 거위를 마주치면 뒤돌아서 다시 출발점으로 되돌아가는 놀이.

그래도 그 친구 잘못은 아니지. 큰병에 걸렸던 터라 후유증을 겪고 있으니까. 여동생도 같은 병에 걸렸다더라고. 그래서 다들 걱정했는데 다행히 회복했대. 그런데 아무리 생각해도 라파르트, 많은 에너지가 들고 신경까지 자극하지만 큰 가치는 없는 일을 하고 있어. 그 친구가 앓아눕기 전에 들은 바로는 위트레흐트 화가 협회 100주년 기념행사의 장식을 담당한다고 했었어. 지금은 교회 장식 작업 중이고. 내가 두 가지 작업이 다 마음에 안 든다고 편지했었거든. 그런데 공교롭게도 두 번 다 일을 끝마친 후에 앓아눕더라고. 과로야 그럴 수 있지. 하지만 말했다시피, 그렇게 탄환을 퍼부을 가치가 있는 작업이 아니었다고. 그래서 다시 편지했다. "자네는 저격수야, 저격수. 탄약통에 든 탄약을 가지고 다니는 몇 안 되는 그런 저격수라고. 그러니 피할 수 없는 경우가 아니라면 굳이 실탄을 쓸 필요가 없어."

아우야, 네가 우리 사촌 H에게 빌려줬다는 그 돈이 성질 더러운 사냥개나 그와 비슷한 묘한 존재로 변하는 건 아닌가 두렵다. 그 녀석, 엉뚱한 데 돈을 쓰잖아. 그래서 그렇게 써버린 돈을 다시 지폐 같은 현금으로 돌리는 게 불가능할 수도 있다는 거야. 말이나 개를 좋아하는 여타 사람들처럼 악질적인 브로커가 쳐놓은 덫에 걸려들었으니 말이야. 나도 그 친구가 협상에서 성공적인 결과를 얻어내기를 누구보다 바라는 사람이야. 그 덕에 조만간 네게 빌린 돈을 고스란히 갚았다는 소식만큼 반가운 일도 없으니까. 그 친구, 예전에 농장에 개를 풀어서 키우겠다는 원대한 계획을 세우기도 했었어. 사육 사업은 대단한 일이긴 하지. 그런데 지금은 말도 꺼내고 싶지 않아. 그 사업 덕에 막대한 수익을 거두어들인다는 이야기가 아닌 이상은 말이야.

환자 친구는 퇴원한 거냐? 그렇더라도 병원에 있을 때만큼이나 힘든 나날이 이어질 수 있어.

미슐레 말이 맞아. "Une femme est une malade(여인은 질병이다)." 여자들은 변해, 테오야. 날씨처럼 변하지. 그 변화를 읽어내는 눈을 가진 사람이라면 모든 날씨 속에서 아름답고 좋은 걸 볼 거야. 눈이 와도, 태양이 작열해도, 폭우가 몰아쳐도, 잔잔한 날에도, 온갖 추위와 더위가 기승을 부려도 아름답고 좋은 걸 찾아내. 그들이야 모든 계절을 두루두루 좋아하고 1년의 단 하루도 빠뜨리지 않고 오롯이 누리고 싶어 할 테지. 한마디로, 있는 그대로를 받아들이고 만족해. 하지만 1년 동안 벌어지는 날씨의 변화를 여성들의 변하는 마음으로 받아들이고, 이 수수께끼에는 이유가 있다고 믿으면(이해 불가한 부분에도 굴복하며), 다시 말해서, 모든 걸 이런 식으로 받아들여도, 우리 고유의 기질과 가치관이 우리가 하나로 연을 맺은 여인과 언제나 일치하거나 조화를 이루지는 못해. 그래서 용기와 믿음과 평정심을 가지고 있더라도 불안하고, 못마땅하고, 의심스러워지는 거야.

우리 집 여자가 출산할 때 분만을 담당했던 교수는 회복까지 몇 년이 걸릴 거라고 했어. 그러니까 그녀의 신경이 여전히 날카로운 채로, 여성적인 변덕이 강하게 작용할 거라는 뜻이야.

더 큰 위험은(너도 이해하겠지만) 과거의 실수를 되풀이할 수 있다는 거지. 이 위험성은, 정신적인 부분이지만, 신체적 상태와도 밀접한 관련이 있어. 그래서 건강 회복과 실수 반복 사이에서 요동칠(내 개인적인 표현이다) 일을 항상 걱정하고 있어. 간혹, 우리 집 여자가 가끔은 정말, 나조차도 견디기 힘들 정도로 끔찍하게 굴 때가 있어. 불같이 화를 내고 악의적으로 행동하는 등, 가끔은 절망적이기도 해. 그러다가 어느 순간 이성을 되찾고 나중에 이렇게 말하는 거야. *"그때 내가 대체 무슨 짓을 한 건지 모르겠어요."*

작년에 네가 뭐라고 편지했었는지 기억해? 내가 그녀의 어머니까지 떠맡게 될까봐 걱정이라고 했지. 가끔은 그랬어야 했다 싶다. 그 양반은 자신이 원하면 대단히 호탕해질 수 있는 분이라 일 처리를 훨씬 더 잘했을 거야. 그런데 지금은 오히려 내게 도움보다는 골칫덩이일 때가 더 많아. 그게, 그녀의 행실이 바르지 않은 건 대개는 그 양반 잘못이야. 그리고 그 어머니의 행실이 바르지 않은 건 그 뒤에 있는 가족의 잘못이지. 그 자체로는 별 문제 아니다만, 건강 회복을 가로막거나 좋은 영향을 짓밟고 무력화시킨다는 게 문제야.

우리 집 여자의 행실에는 분명히 단점이 있지만(달리 어쩔 수 있었겠어?) *그녀가 나쁜 사람은 아니야*. 하지만 그 단점과 못된 습관들은 고쳐야겠지. 부주의하고 무관심하고 무력하고 주변머리가 없는 점 등, 아, 고칠 게 어디 한두 가지겠어! 하지만 전부 뿌리는 같아. 잘못된 교육, 수년에 걸쳐 형성된 잘못된 가치관, 나쁜 무리들의 나쁜 영향. 난 지금 정확한 사실을 말하는 것뿐이지, 절망에 빠진 넋두리가 아니야. 그저 내 사랑이 장미 정원에 앉아 달을 바라보듯 아름다운 게 아니라, 그저 월요일 아침처럼 평범한 사랑인 걸 네가 알아줬으면 하는 거야.

티소가 그린 소형화 중에 시든 가지 사이로 걸어가는 한 여성이 있어. 〈꽃길, 눈물길Voie des fleurs, voie des pleurs〉.

그래, 우리 집 여자는 더 이상 꽃길을 걷지 못해. 어린 시절엔 자기만의 길을 자신의 직감대로 걸어갔겠지만, 삶은 이제 가시밭길, 눈물길이 됐어. 특히나 작년에. 올해도 그녀에게는 가시밭길이 펼쳐져 있고, 앞으로 다가올 시간도 마찬가지야. 하지만 그녀가 잘 버텨내면 다시 일어날 수 있어.

그러나 가끔 위기가 닥친다. 내가 오랫동안 조용히 관찰해온 그녀의 단점을 지적하려 할 때가 바로 그런 순간이야. 몇 가지만 예를 들면, 옷을 기우거나 자신이 직접 아이들 옷을 만드는 문제가 그래. 한참이 지나서야 어느 날 뚝딱 해치워버리지. 뭐, 그것도 많이 나아진 거야. 다른 부분도 마찬가지고. 나 역시 고쳐야 할 부분이 한두 가지가 아니야. 인내심을 갖고 꾸준히 작업하는 모습을 보여 모범이 돼야 하거든. 그런데 아우야, 이렇게 하고, 저렇게 하는 게 좋다는 걸 간접적으로라도 남에게 보여주는 게 생각만큼 쉽지는 않더라. 나 역시 해야 할 일을 안 하고 지나갈 때가 있거든. 그러니 그녀가 나아지기를 바란다면, 나 자신부터 바로잡아야 할 것 같다.

우리 집 사내아이는 무럭무럭 잘 자란다. 여자아이는 얼마 전에 심하게 앓기도 했고, 좀 방치된 채로 지내고 있고.

사내 아기는 얼마나 활달한지 몰라. 벌써부터 사회제도나 관습에 반기를 드는 모습을 보인다니까. 내가 알기로, 보통 아기들에게는 버터 수프를 먹이거든. 그런데 이 녀석은 버터 수프를 주면 한사코 안 먹겠다고 거부해. 아직 이도 나지 않은 녀석이 빵 조각을 물어뜯고 우물거리면서 까르르 웃거나 소리를 지르고 키득거리는데 버터 수프를 다시 떠주면 입을 앙다물고 벌리지를 않아. 가끔은 내 화실로 기어와 구석의 물건 자루 옆에 자리를 잡고 앉아. 그러다가 내 그림을 보고 소리를 내며 반응을 하기도 하는데 대부분 조용히 앉아서 벽에 걸린 내 습작들을 들여다본다. 세상에, 진짜 귀엽다니까!

그나저나 습작의 수가 꾸준히 늘고 있어. 네가 보면 틀림없이 마음에 드는 게 있을 거야. 소장하고 싶은 것도 있을 테고. 어떻게 하든 네 마음이고, 내 습작 중에서 마음에 드는 건 얼마든지 네 것이라고 말해주고 싶구나. 다만 습작들은 다른 그림 탄생의 배경이 돼. 예전 것들을 더 개선해서 그릴 수도 있고. 나로서는 확신이 안 드는데, 어서 네가 와서 봐줬으면 좋겠다.

기대에 부푼 마음으로 「살롱 1883」을 들춰봤어. 특히 초판본 위주로 살펴봤는데 새로운 기법으로 제작된 아름다운 복제화들이 많더라. 비록 지금도 삽화 잡지를 많이 가지고 있지만 새로 잡지를 구독한 건 인쇄용 잉크와 석판화 크레용 작업과 관련이 있어서야. 아우야, 내 데생들을 이 방식으로 찍어내면 결과물이 근사할 것 같더라. 특히, 인쇄용 잉크와 석판화 크레용으로 검은색의 강도를 끌어올린 결과물들 말이야. 게다가 이 복제화들을 통해서 갈색 톤의 담채화도 만들 수 있을 것 같아. 아무튼, 네가 여기 오게 돼서 다시 이야기할 수 있으면 좋겠다.

어쩌면 내가 말해주고 싶은 것들을 목록으로 상세하게 만들어둬야겠다. 그러면 네가 그걸 내 습작과 함께 가져가서, 예를 들면, 뷔오 같은 사람에게 보여주면 아마 나한테 길잡이가 될 해답을 주지 않을까 싶기도 하다.

얼마 전에 카미유 르모니에의 『거친 남자Un mâle』를 읽었어. 아주 괜찮은 책이야. 졸라의 문체가 묻어나. 모든 것을 사실적으로 관찰하고 분석하고 있거든.

구필 화랑 진열장에서 프로망텡이 그린 대형 유화를 봤어. 〈자작농들의 전투〉. 새로운 화풍들도 몇 봤는데 다는 아니야. 쥘리엥 뒤프레의 그림도 다시 봤어. 이전 편지에 내가 몇 번 언급했던 작품 말이야. 내가 본 2점은 작년 겨울, 잡지에서 본 복제화에 비해 다소 틀에 박힌 분위기가 지배적이고 멋도 좀 덜한 것 같더라.

라파르트의 출품작이 암스테르담 전시회 심사를 통과했다는 소식은 들었냐?

밤이 늦었다. 신속히 돈을 보내줘서 정말 고맙다. 라파르트가 보냈다던 편지가 너무 오래 걸리지 않으면 좋겠다. 그리고 H가 말하는 가축 사업은 번창했으면 하고. Adieu, 만사가 두루두루 평안하기를 기원한다.

너를 사랑하는 형, 빈센트

프로망텡은 정말 영리한 *탐구자*야. 또한 꾸준히 탐구하고 성실한 작가이기도 하고.

285네 ____ 1883년 5월 20일(일) 추정

테오에게

라파르트가 다녀갔다는 소식 짤막하게나마 전하려고 펜을 들었다. 가을에 갚기로 하고 25플로린도 빌렸어. 그 친구가 찾아와주니 정말 반갑더라. 아침에 와서 마지막 밤 기차 시간까지 있다가 갔어. 종일 이것도 보고, 저것도 보면서 시간을 보냈지. 게다가 라파르트는 인쇄용 잉크와 테레빈유로 시범 삼아 채색 스케치도 그려봤어. 내일은 그 친구가 어떤 작업을 했는지 보러 내가 그 친구 화실에 갈 예정이야. 유쾌한 하루였어. 외모도 그렇고 행실도 다 달라졌더라. 예전보다 훨씬 나아 보여. 어깨도 더 널찍해졌는데 보는 눈도 그만큼 더 넓어진 분위기야.

그 친구한테 빌린 돈은 아주 유용하게, 꼭 필요했던 것들을 구입했다.

예를 들어, 야외에서 그릴 때 필요한 두툼한 스케치북이 가장 필요했어. 또 바지도 한 벌 사야 하고, 내일은 위트레흐트에 갈 차비도 써야 해. 어쨌든 많은 도움이 됐어.

거기다가 뜻하지 않게 아버지도 짧게 다녀가셨어. 내가 지금 그리는 노동자들의 인물화가 마음에 드신 모양이더라.

라파르트에게 빌린 돈으로 스케치북을 주문 제작할 때 수채화전용 스케치북도 만들었거든. 받자마자 바로 그림을 그려봤어. 모래언덕 위 초가집을 그렸는데 전경에는 외바퀴 손수레 등을, 후경으로 땅 파는 사람을 넣었어. 아! 테오야, 머지않아, 기필코 수채화 기법도 확실히 터득할 거다.

며칠 전, 아니 사실 몇 주 전부터 야외 스케치에 동행이 생겼다. 젊은 측량사인데 그림을 그리고 싶어 해. 자신이 그린 데생을 가져와 보여주는데 솜씨는 형편없어. 그래서 왜 형편없는지 설명해줬지.

그러고 나서 다시는 볼 일이 없을 줄 알았거든. 그런데 어느 날, 다시 나를 찾아와 말을 걸더라고. 자신이 시간이 좀 생겼는데 내가 야외 스케치를 나갈 때마다 따라가도 되겠냐고. 그런데 테오야, 이 친구가 풍경화에는 좀 소질이 있어 보여. 오늘은 목초지와 나무, 모래 언덕을 스케치로 그려왔는데 제법 그럴듯했어. 다만, 이 친구, 10월에 자격증 재시험을 치러야 한다더라. 그리고 아버지가 그림에 시간 쏟는 걸 싫어하신다네. 그래도 이 친구, 측량사로 일하며 그림도 병행할 수 있을 것 같아. 처음으로 알게 돼서 서로를 알아가던 시기의 라파르트를 다시 보는 기분이었어.

이 친구, 날 만나기 전에 그린 것들은 대부분 이루 말할 수 없이 끔찍해. 그래서 우선, 한동안 데생만 해보라고 충고해줬지. 이것저것 많이 그려보게 했는데 영 마음에 들어하지 않더라고. 그래도 나를 믿고 있어. 오늘 아침에는 다시 야외 스케치에 따라가겠다고 하더라. 이번에는 결과가 아주 좋았어. 그림 솜씨가 전과는 확 달라졌거든.

네 편지가 기다려진다. 라파르트가 너한테 안부 전해달라고 했어.

별일 없는 거니? 환자 친구는 좀 어때? 아버지가 네가 올여름에 들를 거라고 편지했다고 하시더라. 그걸 내가 얼마나 바라는지 말로는 설명 못 하겠다.

전시회 삽화 카탈로그에서 레르미트가 그린 〈수확〉을 봤어. 정말 아름다운 그림이더라. 노동의 순간과 농부의 표정을 정말 사실적으로 표현한 그림이었어.

Adieu. 조만간 네 편지가 왔으면 좋겠다. 또다시 돈 문제를 겪고 있거든. 시내에 나갔다가 아르놀뒤스 씨를 봤는데 일행이 있더라. 하나는 트립* 같았고, 마우베 형님도 같이 걷고 있었어. 제법 먼 거리이긴 했는데 마우베 형님이 가운데서 걷는 모습이 〈강도 둘 사이에 있는 예수님Le Christ entre deux larrons〉 같더라. 해가 쨍쨍한 날이었는데 걸어가는 세 사람 그림자가 벽에 비치니까, 그게 꼭 두 경찰 사이에 끌려가는 사람 같더라고.

어쨌든 상상의 산물이긴 해도 "보이는 그대로였다." 아우야, 행운을 빌며 악수 청한다.

너를 사랑하는 형, 빈센트

286네 ___ 1883년 5월 21일(월) 추정

테오에게

지금 막 위트레흐트에서 돌아온 길이야. 라파르트를 만나고 왔지. 네 편지를 보니 너무 반가웠다. 편지만큼 안에 든 것도 정말 고맙고. 며칠 쉬었다니 들던 중 반가운 소식이네. 파라두 정원의 날씨는 환상적이겠지. 맞아, 내가 그런 시도를 꺼릴 이유가 없지. 그리고 너희 두 사람은

* 아르놀뒤스와 트립 모두 미술상들이다.

멋진 그림의 모델이 될 테고.

그래도 나는 땅 파는 사람들을 보는 게 더 좋아. 그런 모습이 천국을 제외하고 더 보기 좋은 모습이거든. '땀 흘린 만큼 빵을 먹을 수 있다'라는 엄한 가르침에 더 신경 써야 해.

그런데 아름다움은 반대되는 것과 대비될 때 더 커지는 것 같아.

네 편지를 보니 내가 우리 집 여자에 관해 쓴 내용을 신경 쓰는 것 같더라. 다시 한 번 바로잡히긴 했는데 앞으로 더 나아졌으면 하는 바람이야.

조만간 네가 오면 글보다 말로 훨씬 편하게 설명해줄 수 있을 것 같다. 다시 한 번 말하지만, 우리 집 여자의 몸과 마음이 완쾌되려면 몇 년은 걸릴 거야. 그러니 만에 하나 내가 그녀와 관계된 일 때문에 걱정이라고 편지에 적더라도 너까지 당장 걱정할 필요는 없어. 어쩔 수 없는 일이니까. 다만, 다른 사람들한테는 말하지 마. 평소에는 그녀도 별문제 없이 잘 지내. 건강도 좋아지고 있고. 게다가 내가 겪는 일이 딱히 유별난 것도 아닌데, 근심 걱정이 끊이지 않는다. 나중에 다시 이야기할 기회가 있을 거다. 아무튼, 그녀를 나쁘게 보지 않아주면 좋겠다. 그녀의 성격에도 긍정적인 면은 있어. 만사가 순탄히 흘러가면 이 긍정적인 면이 내가 신경 써주는 것보다 훨씬 큰일을 해주곤 한다.

이제 라파르트가 찾아왔던 일을 좀 얘기하고 싶어. 그 친구를 다시 봐서 정말 기뻤다. 앞으로는 더 자주 볼 수 있을 거야. 그 친구 그림을 봤어. 실 잣는 여자를 그렸는데 크기도 제법 크고 진지하고 사실적인 분위기에 공감이 갔어. 거기다가 목탄으로 그린 것도 보여줬는데 맹인 요양원이며 인상적인 인물이 여럿 보이는 대장간이며, 아주 근사했어.

두 번째 〈타일 장식가〉는 암스테르담에 가 있었지만, 습작과 스케치는 이미 전에 봤어.

내가 느낀 건, 그 친구 시야가 긍정적으로 달라진 것 같다는 거야.

우리 우정이 해를 거듭할수록 더 공고해지고 서로가 서로에게 든든한 버팀목이 될 수 있으면 좋겠어. 공동묘지를 그린 작은 수채화를 보여줬는데 독특하면서도 감수성이 남다른 게 눈에 띄더라고.

혹시 벨기에 화가 중에 뫼니에를 알아? 라파르트 그림에서 그 사람 화풍이 떠오르더라고.

둘이서 현재는 물론이고 미래에 대해서 이런저런 이야기도 한참 주고받았어.

나는 목탄으로 대형 인물화를 그려보고 싶다는 생각이 들었어.

테오야, 작업에는 언제나 적잖은 비용이 들더라. 그런데 여러모로 처지가 자유롭지 못하다. 물론, 생활비도 많이 들어. 안 먹고 안 입고 살 수는 없는 데다 월세도 내야 하고. 그런데 라파르트가 내 그림들을 보고 좋아해주니 힘이 나더라. 나도 그 친구 그림을 보고 왔는데 그 친구도 내 그림을 높게 봐주니 기분은 좋더라고.

난 항상 내가 노력을 덜하는 건가 불안했다. 더 잘 그리고 싶고, 그러려고 있는 힘껏 노력하는데 가끔은 그게 모자란 것 같아서 화가 치밀어. 라파르트를 보면, 고급 화구들을 사용하고 모델도 얼마든지 부를 수 있어. 게다가 그 친구 화실은 쾌적하고 분위기도 좋아.

나중에 여기 올 때 예전 습작들을 좀 갖다주렴.

다른 것들을 또 골라가면 되니까. 이번 기회에 대형화를 구성할 습작들을 몇 개 같이 골라놓는 것도 괜찮겠다. 일단, 내 화실이 아니라 다른 곳에 보관해도 될 정도로 마무리가 된 습작이 뭐가 있는지 생각해봐야겠어.

라파르트 화실에 다녀오면서 머릿속에 수많은 계획과 희망이 가득 찼어. 그 친구가 모은 습작의 결과물을 봤거든. 그러니까 각 습작 속 인물을 하나의 큰 그림 속에 모았다는 뜻이야. *나도 그런 그림을 그릴 수 있어*. 단지 시간 문제일 뿐이야. 그때까지는 모델을 세우고 인물화 그리기를 멈출 수 없어. 그래야 좋은 결과물을 얻지. 가장 나은 방법은 내 습작을 전부 너희 집, 아니면 우리 집에 모아두고 보면서 고르는 거야. 그리고 용기를 잃지 않고 꾸준히 노력하는 게 관건이야.

내일 아침에는 판 데르 베일러랑 같이 나갈 생각이야. Adieu, 아우야. 다시 한 번 고맙다는 말 전한다. 좋은 일만 있기를 바란다.

혹시 네 여자 친구는 그림을 좋아하니? 조만간 그 친구가 좋아할 만한 그림 하나 보낼 수 있을 것 같다.

너를 사랑하는 형, 빈센트

라35네 ___ 1883년 5월 21일(월) 추정

친애하는 벗, 라파르트

방금 집에 왔는데 자네 엽서가 와 있었어. 아침에 내가 출발하자마자 도착한 것 같아. 엽서를 보니 오후에는 물론이고 오전에도 모델과 약속이 있었던 모양인데, 왜 말해주지 않았어? 나도 같이 갈 수 있었을 텐데.

자네 그림을 볼 수 있어서 정말 반가웠어. 자네를 찾아가 만났던 것도 반가웠고. 다만 자네 계획을 방해한 것 같아 걱정이야.

하지만 내 잘못은 아니야. 자네 엽서를 못 받았었잖아. 집에 돌아와서 봤다니까.

다시 한 번 말하는데, 자네 그림 정말 괜찮았어. 특히, 실 잣는 여인의 스케치가 눈에 확 들어오더라고. 대단한 그림이야. 정말 사실적이라니까!

그런데 목탄으로 〈타일 장식가〉를 그리지 않은 게 좀 아쉽긴 하네. 이 기회에 한 번 그려보면 어떤가? 왜냐고? 유화 결과물이 이토록 아름답다면 목탄은 틀림없이 더 아름다울 테니까. 더 사실적이고 완벽한 분위기를 전달하는 그림이 될 수 있어. 게다가 목탄이 만들어내는 *흑백* 효과 혹은 *빛과 어둠*의 효과는 남다른 멋이 있고, 또 복제화를 찍기에도 적당하지만, 사진으로 찍어내면 흰 얼룩처럼 나올 파란색 때문에 큰 감동을 전해주지 못할 거야.

맹인들 얼굴 그림도(습작) 남달랐어. 올해가 다 가기 전에 다시 한번 맹인 요양원에 같이 가는 건 어떨까?

디킨스의 글인데, 인물화 전문 화가가 작업 중에 하는 생각을 너무나 잘 묘사하고 있어.

"I was occupied with this Story during many workinghours of two years. I must have been very ill employed, if I could not leave its merits and demerits as a whole to express themselves — on its being read as a whole. But, as it isn't unreasonable to suppose that I may have held its various threads with a more continuous attention than any one else can have given to them during its desultory publication, it isn't unreasonable to ask that the weaving may be looked at in its complete state, and with the pattern finished. (필자는 지난 2년간 이 이야기를 쓰려고 적잖은 시간을 할애했다. 그러니 이야기를 끝까지 읽어도 그 장단점을 잘 모르겠다면, 필자는 허송세월했다는 뜻이다. 하지만 이 이야기가 책으로 출간되기까지, 필자가 그 어느 독자보다 *꾸준히 신경 쓰며* 이야기의 씨줄과 날줄을 엮어왔다고 생각하는 게 터무니없지 않듯, 이야기의 장단점은 끝까지 다 읽고 나서 평가해달라는 부탁 역시 터무니없지는 않으리. 『리틀 도릿』의 서문에서)"

아주 적절한 설명이네, 친구. 인물화 전문 화가도 전체로 평가해야 하지.

난 오늘 그런 시각으로 자네를 바라봤고 자네에게 공감했네.

자네 역시, 나를 전체로 바라봐줬으면 좋겠어. 다른 이들 대부분은 그렇게 보지 않거든.

그리고 또 정말 반가웠던 게 자네 화실에 위고나 졸라 디킨스 등 인물화 전문 화가다운 작가들의 책이었어. 조만간 에르크만-샤트리앙의 『어느 농부의 이야기』를 보내줄게. 프랑스 혁명을 중심으로 다루면서 1789년 헌법 체계를 현대판 복음서에 비유하는 내용이 나오는데, 나는 이게 프랑스 혁명이 현대의 기원 원년이라는 비유만큼이나 숭고하다고 생각해. 인물화 화가라면 이런 책을 싫어할 리가 없지. 인물화 화가의 화실에 현대 소설 같은 작품이 없다면 얼마나 공허하겠어. 자네도 나와 같은 생각이라고 믿어.

그런데 롤이 그린 〈광부들의 파업〉을 깜빡했어. 자네한테 아마 2장이 있을걸? 내가 하나 가지고 있었는데 그걸 판 데르 베일러에게 주기로 약속했거든. 우리끼리 말인데 그 친구, 외국 작가들의 다양한 그림들을 들여다볼 필요를 느끼는 것 같더라고. 아무래도 네덜란드적 편견에 좀 끌려다니는 것 같아. 그런데 대형 유화 작품을 보면 그런 편견에서 자유로운 것 같기도 해.

그나저나 인쇄용 잉크에 관해서는 자네한테 말해주고 싶어. 여기저기, 이래저래, 대상을 가리지 말고 자유롭게 써보라고. 종이 위에, 습작 위에 사용해서 그 효과를 직접 확인해보라는 거야. 대신, 테레빈유를 너무 아끼지는 말게. 그렇게 해보면 아마 여러모로 소득이 있을 거야. 내가 모델을 섰던 자네 습작은 마른 뒤에 보니까 아주 괜찮아 보였어. 그런데 목탄으로 밑그림을 그렸다면 훨씬 더 나았을 거야.

그리고 하나 더. 천연 크레용으로 그린 크로키는 붓과 물로 지울 수 있어. 인쇄용 잉크를 시험해보면 더 많은 걸 배우고 발견할 거야. 아마 자네라면 나보다 더 잘, 더 많은 걸 알아낼 수도 있겠지.

자네가 가지고 있던 레르미트, 페레, 바스티엥 르파주 등이 그린 삽화들은 정말 대단해! 내가 자네였다면 맹인들 얼굴 같은 걸 더 많이 그렸을 거야. 나도 나중에 가느다란 크레용으로 그려볼 생각이야.

Adieu. 악수 청하네.

자네를 사랑하는 친구, 빈센트

디킨스, 발자크, 위고, 졸라 같은 작가들의 작품 대부분을 읽어보기 전에는 어디 가서 이들을 잘 안다고 말하면 안 된다는 내 생각에, 자네도 동의하지? 미슐레나 에르크만-샤트리앙도 같은 범주의 작가라고 할 수 있어.

라36네 ____ 1883년 5월 25일(금) 추정

친애하는 벗, 라파르트

거듭 말하지만, 자네를 만나고 열의가 솟구치는 마음으로 집에 돌아왔어. 나 역시 여러 인물이 들어가는 큰 그림을 여러 점 그려보기로 마음먹었거든. 이미 하나 시작했지. 〈토탄 캐는 사람들〉인데 대략 가로 1미터에 세로 50센티미터 크기야.

모래언덕에서 본 장면이 상당히 인상적이었다고 말했던 거, 기억하나? 꼭 바리케이드 세우는 작업과 비슷해 보였어. 자네 화실에서 돌아오자마자 바로 작업에 들어갔지. 이미 전부터 머릿속에 넣고 어느 정도 숙성해둔 장면이었거든. 그림에 들어갈 다른 인물들도 마찬가지로 다 생각해뒀고 습작도 끝마친 상태야.

자네가 돈을 빌려주지 않았다면 지금 이 작업을 하고 있을 수 없었을 거야.

나도 자네 것과 비슷한 나무 표구 틀을 주문했어. 액자 없는 걸로. 아직 칠은 안 했지만 역시나 자네 *액자*처럼 호두나무 색으로 칠할 생각이야. 표구 틀에 그림을 고정하고 그리는 맛이 괜찮더군. 자네 그림을 보자마자 나도 그런 거 하나 구해야겠다고 생각했지.

「하퍼스 위클리」에서 라인하트의 삽화를 찾았어. 이제껏 본 그의 작품 중 단연 최고로, 제목이 〈강기슭에 떠밀려온 익사자〉야. 한 남자가 강가로 떠밀려온 시신 한 구의 신원을 확인하려고 그 곁에 무릎을 꿇은 장면이야. 몇몇 어부들과 주변을 지나던 여성들이 경찰에게 사망자에 관한 이야기를 하고 있어. 마치 자네가 소장한 〈난파선 희생자〉와 비슷한 분위기인데, 화풍은 레가메랑 또 닮았어. 어쨌든 아주 괜찮은 복제화야. 세상에는 아름다운 게 참 많지 않나?

〈토탄 캐는 사람들〉을 목탄, 천연 크레용, 석판화용 잉크로 스케치해봤어. 인쇄용 잉크로는 아직 제대로 된 효과를 보지 못했고. 그러니까 아직은 이 그림에 내가 기대했던 만큼의 활력은 불어넣지 못했다는 뜻이야. 목탄의 유일한 단점이라면 너무 쉽게 지워진다는 거야. 그래서 조심히 다루지 않으면 의외의 발견 덕에 상세하게 묘사했던 부분들이 순식간에 사라져버릴 수 있어. 그런데 나는 또 덜 신중할 필요도 있거든.

친애하는 벗이여, 나는 지금 분명, 자네 마음에도 들 만한 대형화 여러 점을 구상 중이야. 자네가 『레 미제라블』을 읽었다면 좋겠는데. 그 작품을 알면 내 계획을 설명하기가 훨씬 수월하거든. 이 작품을 읽고 계속해서 내 머릿속에 떠오르는 다양한 장면과 이야기들을, 자네 역시 인상 깊게 느꼈을 테니 말이야. 난 꽤 오래전에 『레 미제라블』을 읽었는데, 작품 속에 묘사된 여러 장면과 이야기가 자꾸 떠올라서 책을 다시 찾아 읽었다네.

자네나 나나 학교에서 역사를 배우기는 했지만, 아마 자네도 나처럼 그걸로는 부족할 뿐만 아니라 무미건조하고 틀에 박힌 것들이라고 여기고 있을걸. 난 요즘 보다 명확하고 전체적인 시점으로 역사를 바라보고 싶어졌어. 특히 1770년부터 현재까지를. 현대사의 가장 큰 역사적 사건은 뭐니뭐니해도 프랑스 혁명이야. 지금까지도 세상사의 중심축을 이루고 있잖아.

런던과 파리를 배경으로 펼쳐지는 디킨스의 『두 도시 이야기』를 읽다가 이런 생각이 들었어. 당시 시대상에서 훌륭한 그림의 소재들을 찾을 수 있겠다고. 딱 역사적인 사건과 관련됐다는 게 아니라, 일상의 소소한 사건이나 있는 그대로의 시대상 같은 분위기 말이야. 내가 최근에 보여준 하워드 파일이나 애비의 그림을 떠올려봐. 〈뉴욕 크리스마스의 과거〉와 〈올드 버지니아의 크리스마스〉 등등.

그 시대로 거슬러 올라갔다가 우리 시대로 되돌아오면 모든 게 달라진 시대상이 한눈에 보이지. 그리고 특별히 관심이 가는 순간들이 있을 거야. 그 순간들은 프랑스와 영국의 책 속에 무척이나 인상적이고 상세히 묘사된 덕에 과거의 일들을 또렷이 되돌아보는 게 그리 어려운 일은 아니야.

작품에 자신이 살아온 당대를 주로 묘사했던 디킨스도 『두 도시 이야기』를 쓰고 싶다는 욕망을 거부할 순 없었어. 그래서 그의 소설에는 가로등이 들어서기 전의 런던 거리 풍경 같은 흘러간 과거에 대한 묘사가 자주 등장해.

그런데 네덜란드에서는 그런 과거의 시대상을 돌아볼 수 있을까? 그러니까 첫 가로등이 설치되던 시대, 그런 가로등이 전혀 없던 시대의 분위기를 살펴볼 수 있느냐는 거지. 1815년 전후로 교회 신도석이나 장례식이 어땠는지 상상해보라고. 이사하는 장면, 산책하는 장면, 혹은 당시의 겨울 거리, 그 이후의 겨울 거리 등등을 말이야.

『레 미제라블』의 배경은 그 이후 시대지만, 난 그 안에서 내가 찾던 걸 발견했어. 증조할아버지나 그보다 조금 뒤인 할아버지 시대는 어떤 분위기였을지 상상하게 만드는 그런 과거의 모습들을 말이야. 「그래픽」의 삽화가들은 다들 위고의 『93년』에 삽화를 그렸는데, 칼데콧이 단연 최고였어.

자네는 『93년』과 『레 미제라블』을 읽고 어떻게 느꼈을지 궁금해. 이 두 작품을 아름답게 생각했을 거라고 확신하네. 자네 화실에 갔을 때 그 옛날 과거 속 사람들이 모여 살았을 것 같은 동네를 여기저기서 보았어. 언젠가 그 옛날과 관련된 그림들에 관해 다시 한 번 얘기할 날이 있을 거야. 올 여름에 약속대로 꼭 다시 내 화실에 와주게. 파리에 있는 동생도 이번 여름에 올 것 같거든. 그 녀석한테도 자네 작품을 보여주고 싶어. 테오가 오면 같이 자네를 만나러 갈 수도 있을 거야.

마음으로 악수 청하네.

자네를 사랑하는 친구, 빈센트

287네 ____ 1883년 5월 30일(수) 추정

테오에게

이번 주에는 커다란 그림을 정말 열심히 그렸어. 편지에 크로키 동봉한다.

이런저런 이야기를 나누다가 라파르트가 이런 말을 하더라. 내 첫 그림이 상당히 괜찮았다고, 그런 방향으로 계속 또 그려보면 좋겠다고 말이야.

기억나니? 그림 그리던 초기에 네게 보냈던 크로키 비슷한 그림. 〈겨울 이야기〉와 〈지나가는 그림자〉 등등. 당시에 *네가* 동작이 살아나지 않는다고 말했었어. 기억나? 네 지적은 정확했어. 그 후로 몇 년째 인물화를 그릴 때 동작을 제대로 표현하려고 애써왔어. 무엇보다 신체의 골격과 체형에 익숙해지려고. 그러다 보니 상상력이 자극되면서 다양한 인물들이 동시에 들어가는 그림을 그리고 싶어지더라.

라파르트가 그림을 시작했던 초기의 열정에 대해 말하는 걸 듣다가, 그때 생각이 났어. 이번 크로키는 대충 그려본 거긴 한데, 내 초년생 시절에 비해 동작이 약간 살아난 분위기가 느껴졌으면 한다. 모래언덕에서 일하는 〈토탄 캐는 사람들〉이야. 완성본은 가로 1미터에 세로 50센티미터 정도 될 거야.

자연에서 볼 수 있는 아름다운 광경이야. 보고 있으면 그림으로 옮길 소재가 무궁무진해. 이번 주에만 여러 번 거기 가서 만든 습작들이 다양해. 라파르트가 보고 갔는데, 그 친구가 다시 왔을 때 이것들을 어떻게 구성해 보여줄까는 아직 고민 중이었어. 그러다가 이런 구도를 생각해낸 거야. 여러 인물을 한 그림에 넣고 나니까 나머지는 저절로 따라오더라. 골방에서 새벽 4시부터 작업을 시작했어.

여러 인물이 들어가는 그림을 그리기 시작하니까 이전에 구상했던 그림들도 시도해보고 싶

어졌다. 습작 여러 점도 이미 해뒀거든. 그렇게 준비 중이야. 그리고 액자도 만들어놨지. 그림을 커다란 나무 액자에 넣을 거야. 완성본이, 너도 자신 있게 삽화 잡지사 편집자들에게 보여줄 수 있을 만했으면 좋겠다. 마찬가지로 네가 개별적인 인물화 습작보다 이런 그림을 더 좋아해주면 더없이 좋겠구나.

그런데 어떤 그림이 될지는 아직 잘 모르겠어. 네가 여기 올 때쯤이면 알 수 있겠지. 어쨌든, 아우야, 네가 오기 전에 이런 그림을 그릴 수 있게 돼서 정말 기쁘다. 분명 우리가 *더 밝은* 미래를 그려볼 수 있을 거야.

난 그럴듯한 작품을 그리고 싶어. 무언가를 생각하게 만드는 그림.

내가 레이스의 〈성벽을 도는 사람들〉을 세상에서 가장 아름다운 그림 중 하나라고 생각한다는 거 알지? 요즘 유행하는 경향 때문이 아니라 그 그림이 영원한 무언가를 표현한 감정을 담고 있어서야. 현실과 자연을 여러 다른 방식으로 해석할 방법이 있어. 그리고 지금도 레이스의 시대에 더 많이 찾고 느꼈던 무언가를 발견할 수도 있어. 느끼는 걸 표현하고 형태를 파악하기까지 끊임없는 노력이 필요하다!

라파르트를 다시 만나니 얼마나 기쁘고 힘이 나던지! 그 친구 그림은 정말 괜찮았어. 화실에 찾아갔더니, 내가 와줘서 정말 기쁘고 힘이 난다고 했어. 함께 이런저런 이야기를 나누는 동안 새로운 아이디어가 떠오르더라고.

너도 네덜란드에 오면 라파르트를 꼭 만나보면 좋겠다. 그 친구 화실과 내 화실은 요즘 사람들이 아니라 옛사람들 화실과 많이 닮았어. 어쨌든 양쪽 모두 네 마음에 들 거야.

라파르트는 대장간 그림을 막 완성했더라. 지난겨울에 〈맹인 요양원〉과 〈타일 장식가〉 작업을 했는데 특징이 살아 있고 정감이 가면서 진중해 보였어.

그런데 네가 이해해줘야 할 게, 이런저런 작업을 하려면 비용이 들 수밖에 없다는 거야. 라파르트가 돈을 빌려주지 않았더라면 이 그림은 절대 그리지 못했을 거다. 비록 습작은 이미 준비된 상태였지만 이 그림은 물론 다른 그림을 위해서도 매일 모델이 필요했거든. 실력을 키우려면 모델 세울 비용이 필요해.

다른 그림도 몇 가지 생각해뒀는데 주머니 사정이 또 발목을 잡고 있다. 너도 알다시피 행운 덕분에 엄두도 못 내던 작업을 할 수 있게 됐잖아. 그래서 하는 말인데 혹시 괜찮으면 며칠 내로 추가로 돈을 좀 보내주면 좋겠다.

내 그림, 그러니까 〈토탄 캐는 사람들〉은 파라두와는 다른 차원의 풍경을 담고 있어. 그런데 나도 파라두 같은 분위기에 호감을 느낀다면 믿을 수 있겠어? 혹시 모르지. 내가 언젠가 파라두를 배경으로 하는 풍경화를 그리게 될지도.

아직 전이면, 곧 편지해주기 바란다.

직접 보면 그림이 그렇게 크다고 생각하지 않을 거야. 인물들 비율이 달라서 생동감이 느껴지고, 그래서 각각의 인물을 따로 연구할 필요가 있었지. 여기 등장인물들 습작은 이미 다 해뒀어. 목판하고 천연 크레용, 인쇄용 잉크를 사용해서 그렸어.

자, 행운을 빈다. 속히 편지해라. 며칠 전에 판 데르 베일러와 모래언덕에 그림 그리러 나갔다가 사람들이 모래를 퍼 담아 가는 장소를 발견했어. 외바퀴 수레를 들고 다니는 사람들 모습이 보기 좋더라.

Adieu, 마음으로 악수 청한다.

너를 사랑하는 형, 빈센트

288네 ___ 1883년 6월 3일(일)

테오에게

편지와 동봉해준 건 고맙게 잘 받았다. 오늘은 일요일이다. 이번 주 내내 미친 듯이 작업에 열중했어. 오늘만큼은 느긋하게 네게 편지를 쓰고 싶었거든. 사실 요즘 이런저런 일에 정신이 팔려서 긴 편지를 못 썼잖아. 더더욱 네게 편지를 쓰고 싶었던 건, 네 편지를 보니 만사가 원활하게 돌아가지 않아 보여서야. 또 그만큼 오늘은 평소보다 진심을 더 담아 글을 쓰고 싶기도 했어.

내 경우엔(내 쥐꼬리만 한 수입을 생각해보면) 아버지 어머니는 내가 모아둔 돈도 없이 결혼한다는 것에 반대하실 수밖에 없었겠지. 그래, 어느 정도는 나도 인정해. 포기하진 않겠지만, 적어도 두 분이 그렇게 말씀하신 걸 이해는 해. 그런데 테오야, 두 분이 *네 경우까지* 같은 이유를 거론하며 반대하시는 건 이루 말할 수 없을 만큼 고약하고 가식적이라고밖에 말할 수 없어. 넌 번듯한 직장도 있고 봉급도 두둑이(*그것도*, 두 분에 비해 상당히 많이) 받는데 말이야. 솔직히, 목사들이야말로 이 사회에서 가장 불경스러운 인간들이자 매정한 물질주의자들이야. 목사라는 신분 말고 개인의 자격을 말하는 거야. 윤리적인 측면에서 보면 어떤 특정한 상황에서는 결혼에 반대할 수도 있어. 말 그대로 결혼이 *진짜 무일푼*으로 직결되는 경우들 말이야. 하지만 그런 경우에도 도덕적 정당성은 온데간데없이 사라지는 법이야. 그러니 네가 결혼 후에 *궁핍*해지리라고 가정하는 건 어이없는 거야.

구필 화랑 나으리가 경제적인 이유를 들어 누군가의 결혼을 반대한다고 가정해보자. 그 양반을 비롯해 그 양반만큼 돈 많은 양반은 그럴 수 있어. 오히려 다른 반응을 기대하는 게 이상한 일일 테니까.

하지만 아버지 어머니가 그런 말씀을 하신 건 정말 옳지 못해. 오히려 겸허하게 받아들이고 소박한 것에 만족하셔야 할 양반들이 말이야. 두 분 반응을 정말 이해할 수 없다. 난 우리 집 식구들이 더 높은 곳만 바라보고 올라서기보다, 절제된 삶을 살며 마음의 평화를 추구하기를 바란다. 그럴 힘이 있으면 우리 마음의 교양 수준을 끌어올리고 인간성을 회복해서 한마디로, 검소한 삶을 원칙으로 삼았으면 좋겠어.

그래서 더더욱 아버지 어머니가 그런 말씀을 하신 게 유감이고, 슬프다. 끔찍이도 실망했어.

되돌릴 방법이 있다면 어떻게든 되돌려놓고 싶은 심정이야. 난 아버지를 자랑스럽게 여기고 싶어. 복음서 의미 그대로, 가난한 마을의 목사님이셨으니까. 그런데 *'the dignity of his calling(목사라는 소명의 품위)'*에 전혀 어울리지 않는 그런 말씀을 하실 정도로 옹졸해지셨다니.

아버지는 어느 가련한 여인이 마음의 평안을 찾을 수 있도록 버팀목이 되어주셔야 할 분이잖아. *그녀* 편에 서주셔야 하는 분이라고. 버림받은 가련한 그녀를 위해서 말이야.

아버지가 크게 실수하신 거야. 무엇보다 복음 전파를 사명으로 삼은 분이기에 두 배로 비인간적인 행동이야. 그런 여인의 앞길을 가로막고, 구원에 이르는 길에 장애물을 깔아놓으시는 건 사악한 행동이라고. 대다수 다른 목사님들도 아버지처럼 말씀하실 게 너무나 뻔해. 바로 그런 이유로 내가 이 양반들을 사회에서 가장 불경스러운 부류로 여기지.

너도 그렇고 나도 그렇고 솔직히 죄라고 여겨질 수 있는 행동을 할 수도 있잖아. 그런데 우리는 무정하고 무자비한 사람들이 아니야. 우리는 동정심이라는 걸 가졌어. 아마 우리 자신이 죄 없이 완벽하다고 믿지 않기 때문일 거야. 이 세상이 어떻게 돌아가는지도 알고, 목사 양반들처럼 잘못을 저질렀거나 나약한 여인들이 그런 삶을 사는 게, 마치 그들만의 잘못인 양 손가락질하고 비난하느라 시간을 허비하지 않기 때문이기도 하고. 네 친구는 품위 있는 집안의 정직한 여성이야. 아버지는 정말 *크게* 잘못하신 거야.

문제가 발생했다고 해보자. 그러면 아버지는 영혼을 구제하는 목사님으로서 네가 그녀가 난관을 극복할 수 있게 돕고 지원하도록 이끌어서 궁극적으로 그녀를 구원의 길로 인도하셔야지. 아버지 같은 사람이 곁에 있으면 위안을 얻어야 하잖아. 이 사회가 그런 위안을 주지 않으니까. 천만에! 그 양반들은 오히려 평범한 사람들보다 상황을 더 악화시켜.

아버지가 그런 반응을 보이셨다니 도저히 믿을 수가 없다.

여기 오셨을 때도, 나와 우리 집 여자의 관계를 인정할 수 없다는 식으로 말씀하셨어. 그래서 내가 그녀와의 결혼을 거부하지 않을 거라고 말했지.

그러자 그 내용은 *피하면서* 다른 이야기를 꺼내시더라. 헤어지라고 직접적으로 말씀은 안 하시고, 그녀와 같이 지내는 게 개탄스럽다는 정도의 유감만 표하셨어.

나 역시 입 아프게 그 문제를 설명하지 않았고. 아버지가 상관할 문제가 아니니까. 절대로. 어쨌든 너는 네 문제를 아버지 어머니께 말씀드렸으니 네 할 일은 다 한 셈이야. 대신 이제부터는 두 분이 보다 이성적이고 합리적으로 반응하셨을 때만큼이나 자주 조언을 구하거나 속마음을 털어놓지 않는 게 네게 이롭다. 두 분은 잘못된 방향으로 가고 계셔. 더 겸손하고 더 자비를

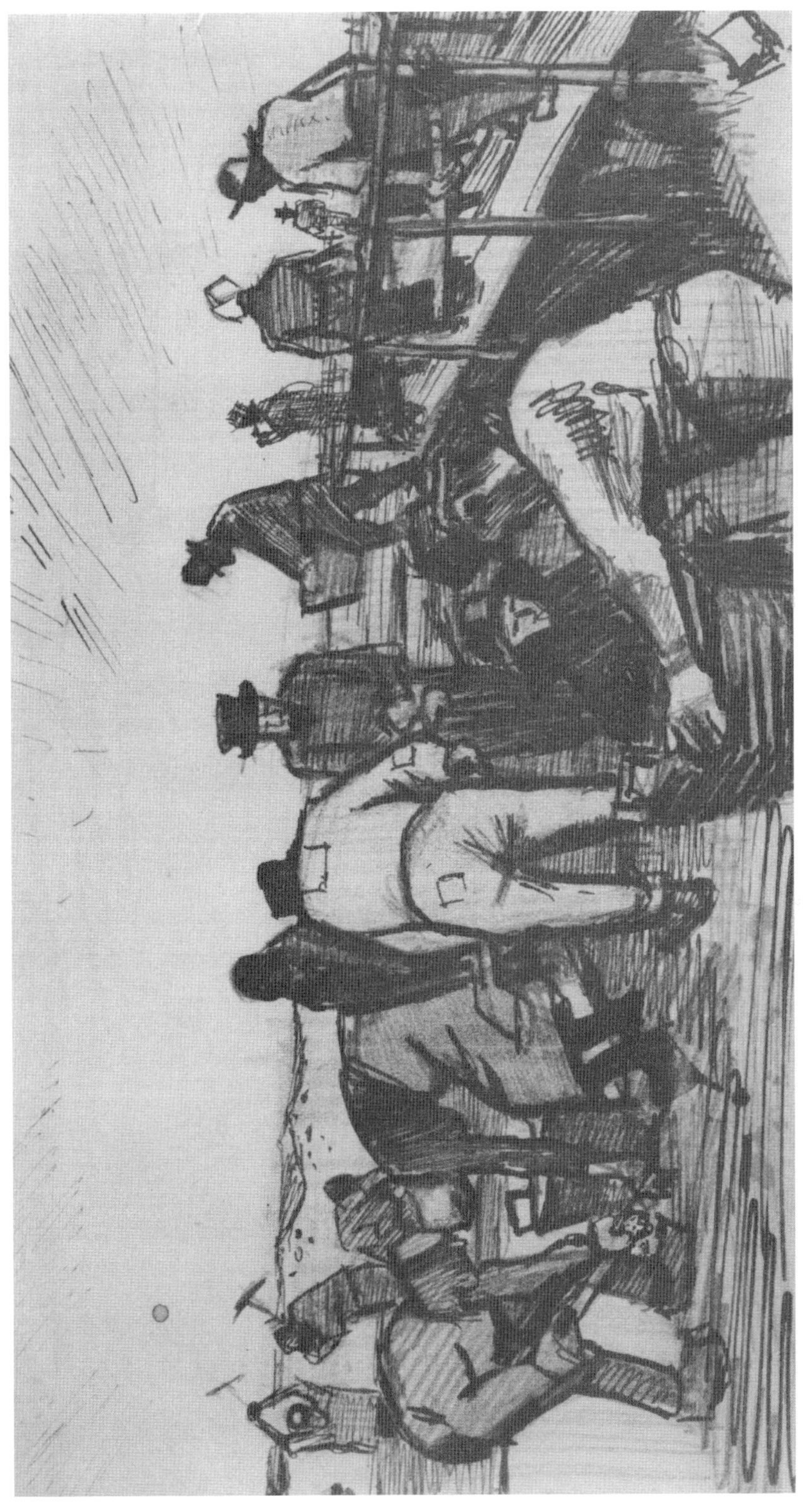

보여주셨어야 했어.

그래서 네가 편지에 상황이 좋지 않다고 썼겠지. 실로 유감스러운 상황이다. 그런데 진짜 문제는 네가 겪고 있는 그 상황이 계속될 수도 있다는 거야. 그러니 용기를 잃지 말고 힘과 평정심을 최대한 끌어모아야 해.

크로키로 보냈던 내 첫 번째 다중구도 데생이 드디어 완성됐다는 소식을 전할 수 있어서 기쁘다. 목탄으로 데생을 시작했는데 중간에 붓과 인쇄용 잉크로 손을 좀 봤어. 그림에서 생동감이 느껴진다는 뜻이야. 게다가 두 번째로 자세히 들여다보면 처음에 발견하지 못했던 특징들이 또 눈에 들어오더라고.

너한테 크로키를 보낸 뒤에 비슷한 데생을 한 번 더 그려봤어.

예전에(작년) 네가 몽마르트르 언덕의 채석장에서 발생한 사고를 편지에 적었었는데, 기억하니? 인부들이 모여 있고 그중 하나가 부상자였다고 했잖아. 그 분위기와 비슷한 그림인데 일하는 인부들만 그렸어.

판 데르 베일러와 함께 데케르스의 모래언덕에 다녀왔어. 거기서 모래 실어나르는 인부들을 보고, 그 뒤로 혼자 다시 가서 그들을 모델 삼아 아침저녁으로 꾸준히 그렸지. 그래서 탄생한 게 두 번째 데생이야.

외바퀴 수레나 삽으로 작업하는 모습이야. 크로키로 한번 그려볼 건데 구도가 복잡해질 것 같고 크로키로는 인물을 구분하는 게 쉽지 않겠어.

인물들은 상세하게 작업한 습작에서 본떠 온 거야.

복제화로 만들 방법이 있으면 정말 좋을 것 같아.

첫 번째 데생은 회색 조의 종이에, 두 번째 것은 노란색 조의 종이에 그렸어.

테오야, 내 화실에 한번 들러주면 좋겠다. 다양한 습작들을 보면 내가 이것들을 왜 그리는지 알 수 있거든. 다중구도의 그림에 유용한 것들이야.

그림 틀도 하나 주문해서 마련했어. 엄밀히 말하면 표구용 틀이야. 흰 목재로 돼 있었는데 호두나무 색으로 다시 칠했고 테두리 안쪽은 검은색이야. 틀로 종이가 고정되니까 작업하기가 훨씬 수월해.

여러 인물이 동시에 들어가는 커다란 다중구도 작품을 그릴 준비는 끝났어. 새로 그릴 두 그림에 사용할 틀도 갖춰놨고. 이번에는 숲에서 일하는 나무꾼들이나 넝마주이가 일하는 쓰레기장, 모래언덕에서 일하는 감자 캐는 사람들의 모습을 그려볼 생각이야.

라파르트의 화실에 다녀오길 정말 잘한 것 같아. 안 그래도 자신감이 떨어지던 터였는데 그 친구 호감 덕분에 힘이 좀 나더라. 그런데 테오야, 네가 이 데생과 습작들을 본다면 내가 한 해 동안 얼마나 힘들고 괴로웠을지 이해할 거야. 인물 하나를 '벼려서 만드는' 건 극도로 힘든 일이야. 쇠를 벼리는 작업과 다를 바 없어. 모델을 관찰해서 그린 다음 만지고 다듬는데, 처음에는 마음먹은 대로 되지 않지만 결국은 점점 뜻한 대로 그림이 그려지거든. 꼭 쇠를 뜨겁게 달군 다음 때리고 벼려서 원하는 모양으로 만들어가는 과정과 흡사하지. *그다음에는* 작업을 계속 이어나가는 게 중요해. 두 그림은 언제나 모델을 두고 그린 거야. 아침부터 밤까지 고생해 가면서.

회사 일이 잘 안 풀린다고 네가 편지를 써 보낼 정도라니 애석할 따름이다. 힘든 시기일수록 우리가 더 큰 힘을 내자. 나도 그림 그리는 일에 두 배로 더 신경 쓸게. 그 대신 너도 돈 보내는 일에 두 배로 신경 써 주면 좋겠다. 네가 보내주는 돈은 내게 모델이자 화실이자 일용할 양식을 의미해. 그걸 줄인다는 건 나한테는 목이 졸려 죽거나, 물에 빠져 죽는 운명과 다를 바 없어. 그러니까 내 말은, 나한테 없어서는 안 될 요소라는 거야. 돈이 줄어도 마찬가지고. 공기 없이 사는 것과 다를 바 없다고. 이 두 그림은 이미 오래전부터 마음속에서 구상해왔는데, 그간 비용 문제로 실행하지 못했지. 그런데 라파르트가 돈을 빌려준 덕에 그렸다. 창의력은 억누른다고 없앨 수 없어. 마음으로 느끼는 건 결국 겉으로 표현돼야 하거든.

내가 요즘 자주 하는 생각이 있는데, 영국의 「그래픽」이나 「런던 뉴스」 쪽 사람들과 인연을 만들고 싶다는 거야. 잘 성사되면 좋겠어. 난 정말 잡지에 실릴 수 있는 여러 인물이 담긴 그림을 본격적으로 그려보고 싶어. 보턴과 애비는 〈그림 같은 네덜란드〉라는 제목의 작품 여러 점을 함께 그려서 뉴욕의 「하퍼」에 발표했어(「그래픽」의 대리인이기도 해).

라파르트의 화실에서 삽화를 봤는데, 크기는 작지만 묘사가 무척 상세하더라(분명히 큰 그림을 본떠서 그린 거겠지). 그래서 이런 생각이 들었어. 「그래픽」과 「하퍼」에서 삽화가를 네덜란드에 보내야 할 일이 있다면, 차라리 그들에게 양질의 그림을 제공할 수 있는 네덜란드 데생화가를 고용하는 게 더 낫지 않을까.

나는 간간이 그림을 그려주고 매번 상대적으로 비싼 사례비를 받는 것보다 월 단위로 고정적인 비용을 받는 게 더 좋을 것 같아. 그리고 지금 작업대 위에 올려둔 것과 비슷한 그림들을 연작으로 그릴 생각이야. 그것 외에 다른 계획도 있어. 그러려면 일단 런던으로 가야 해. 내 습작과 데생들을 가지고. 그래야 여러 잡지사를 찾아가 편집자들을 만나서 보여주지. 헤르코머나 그린, 보턴 같은(아마 몇몇은 지금 미국에 있을 거야) 작가들이나 다른 작가들도 만날 수 있을지 몰라. 그들이 런던에 있다면 말이지. 거기 가면 복제화 인쇄 기법과 관련된 정보도 더 얻을 수 있을 거야. 라파르트도 자기 그림 들고 동행하겠다고 할지도 모를 일이지. 그 친구랑 같이 계획했던 일들을 변경하든, 그렇지 않든, 런던행을 진지하게 한 번 고민해봐야 할 것 같아.

매달, 잡지 두 페이지에 걸쳐 인쇄되는 큰 그림을 하나씩 그리고, 한 페이지나 반 페이지 크기의 그림도 그려낼 거야. 큰 그림이나 작은 그림은 복제화로 잘들 만들겠지만 두 페이지에 걸친 그림은 가로로 긴 그림이 더 잘 어울려. 작은 그림들은 펜이나 연필로 그릴 수도 있어.

삽화 잡지사 편집자들이 잡지에 들어갈 삽화 그리는 일을 업으로 삼고 싶어 하는 사람을 매일 만날 수 있는 건 아니라고 생각해.

자유시간에 약 15분쯤 걸려서 네게 보낼 큰 크로키를 그려봤어. 편지에 동봉할게. 이걸 보면 내가 그림의 특정 크기를 고집하지 않는 걸 알 수 있을 거야. 특정 크기의 그림에서는 사람들이 이런 거나, 저런 걸 더 선호한다고 하면 그렇게 그릴 수도 있어. 그런데 나 자신을 위해서는 큰 그림이 좋아. 손이며 발이며 머리 등을 자세히 연구할 수 있으니까.

네 생각에 이제는 내가 다양한 주제를 〈토탄 캐는 사람들〉이나 〈모래 푸는 사람들〉과 비슷한 분위기로 그릴 수 있을 것 같지 않아? 예를 들면 나무꾼들 말이야. 어쨌든 이런 분위기로 그린 그림은 삽화 잡지에 당당히 한자리를 차지할 수 있을 정도로 생동감이 넘치는 것 같아.

그런데 다시 한 번 말하지만, 고정급 받는 일자리를 찾기 전까지는 네가 보내주는 돈 없이 생활이 절대적으로 불가능해. 그나저나 이번에 내가 받은 건, 받은 만큼 고스란히 그간 빌리고 밀린 돈 갚는 데 써야 해. 여러 차례 모델을 서준 사람 셋에게 줘야 할 돈도 있고, 목수에게도 줄 돈이 있고, 월세도 내야 하고, 밀린 빵값에 식료품 비용, 구둣방에도 갚을 돈이 있고, 또 생필품도 사야 하고……. 거기다가 지금 내 앞에는 새로 그림을 채워 넣을 새하얀 종이 2장이 놓여 있어. 무슨 일이 있어도 이 2장을 채워야 해. 매일 모델이 필요하고, 무슨 수를 써서라도 그들의 모습을 종이 위에 담아내야 해. 난 어떻게든 그렇게 작업을 이어나갈 거야. 그런데 며칠 안에 빈털터리가 된다는 사실을 네가 알아주면 좋겠다. 그렇게 되면 이달 10일까지, 끔찍하고 참담하고 끝이 없을 것 같은 여드레를 보내야 한다.

아, 아우야! 누군가 내 그림을 사준다면! 그림 그리는 일은 내게 꼭 필요해. 미룰 수도 없고, 그림 말고 다른 건 관심도 없어. 말하자면, 그림을 못 그리게 되면 다른 일체의 즐거움들도 사라지고 우울에 빠진다. 실들이 뒤엉키며 방적기에 잡아놓았던 문양이 망가지는 모습을 속수무책으로 바라보는 직조공이 된 기분이지. 그간 고민하고 애쓰고 공들였던 작업이 물거품이 되는 상황을 지켜보는 기분.

그러니 계속 힘차게 작업할 수 있도록 날 이끌어줘. 노인 요양원에서 작업할 수 있게 해달라고 부탁할 생각이야. 보호소 노인은 이미 많이 그려봤는데, 여자 노인도 그만큼 그려봐야 하고, 그 주변 환경도 그려보고 싶거든. 그리고 이제는 네게도 그 친구를 돌봐줄 책임이 생겼으니. 내 생활이 장밋빛이 아닌 걸 알 거야. 게다가 우리 집에는 애가 둘이나 있어.

습작과 커다란 다중구도의 데생을 네가 꼭 봐야만 해. 특히, 경제적인 관점에서 말이야. 내가 런던에서 하려고 계획한 일을 너는 파리에서 할 수도 있겠다. 잡지사 관계자들을 만나서 이 커다란 다중구도 데생을 보여주는 식으로 말이야. 그런데, 상대가 일말의 주저함 없이 그림을 받아들일 거라는 확신이 없으면 시도도 하지 않는 게 좋을 것 같아.

이런 다중구도는 공들여 그리기 시작하면 들어가는 비용이 한도 끝도 없거든. 각 인물마다 다른 모델이 필요해. 습작을 활용한다고 해도 일일이 손을 봐야 하는데 그것 역시 모델을 세워두고 해야 해. 모델 여럿을 부를 수만 있으면 난 더 잘할 수 있어. 훨씬 더 잘. 그래서 말인데 아우야, 네가 이번에는 돈을 보내줄 수 없을 것 같다고 말했지만, 내게는 그 돈이 지금 그 어느 때보다 절실하다. 지금은 우리의 운이 우리가 얼마나 악착같이 노력하느냐에 달렸어. 라파르트가 빌려준 돈 덕분에 스케치북 등 많은 걸 샀다. 네가 보내준 돈도 고스란히 그림으로 들어갔어. 아마 마지막에 그린 건 이전에 그린 것들에 비해 팔릴 만한 가치가 있을 거야. 그러니 희망을 잃지 말고 힘을 내자.

연안을 배경으로 한 그림 여러 점을 구상해놨는데 스헤베닝언 여성들의 의상이 없어서 아직 완성을 못 하고 있어. 그래도 동봉한 크로키와 비슷한 분위기로 내가 스헤베닝언 사람들을 그럴듯하게 그릴 수 있다는 거, 너는 알 거야. 그런데 야외로 나가 인물을 보고 그려도 상당히 어설플 수 있어. 제대로 된 의상을 입힌 모델을 세워두고 손보고 다듬어야 하거든.

그 비용만 마련할 수 있으면 지금 머릿속에 떠오르는 그림 서너 점도 완성할 수 있어. 그런데 어디서 그런 돈을 마련하겠어? 방금도 말했다시피, 지금 내 수중에 있는 건 당장 갚아야 할 비용 때문에 사나흘 후면 감쪽같이 사라진다. 이 데생 2점을 그리는데 작업복에 바지며 방수복까지 여러 벌을 장만해야 했어. 모델들이 전부 그림으로 그리기 적당한 작업복을 갖추고 있는 건 아니거든. 그래서 아주 그럴듯하고 특징이 살아 있는 작업복을 입혀야 해. 네가 여기 오면 내가 크로키 전경에 배치한 인물 습작을 그리는데 얼마나 공들였는지 한눈에 알 수 있을 거야. 밖에 나가 원예가 근처 모래밭에 앉아서 작업한 거야.

네가 편지 첫머리에 우리 집 여자 문제로 더는 걱정할 게 없는 것 같다고 썼는데, 그래, 그럴 이유는 없어. 왜냐하면 내가 평정심과 용기를 잃지 않으려고 무던히 애쓰고 있기 때문이야. 그런데도 가끔 걱정되고, 심각한 고민도 생기고, 어려운 일이 끊이지 않는다. 이런 악조건 속에서도 우리 집 여자를 지킬 방법을 찾기 시작했고, 여전히 노력 중이야. 하지만 장밋빛 미래는 어디를 봐도 보이지 않는다. 어쨌든, 최선을 다하는 수밖에 없어.

테오야, 내가 지난 편지에 우리 집 여자 때문에 겪었던 문제 등을 이야기했었잖아. 무슨 일이 있었는지 얘기해줄까? *그녀 가족들이* 나서서 그녀를 내게서 떼어놓으려고 했어. 난 그녀의 어머니를 제외하곤 나머지 가족들에게는 일말의 관심도 없어. 도대체 믿음이 안 가는 인간들이거든. 그 집안 내력을 들여다보면 볼수록 그런 확신이 점점 강해져. 그런데 따지고 보니 내가 자신들을 무시했다고 해서 그런 작당 모의를 했던 거야. 그리고 끝내 그 교활한 술수를 실행에 옮기기까지 했지. 그래서 내가 그녀에게 말했어. 난 그들의 노림수가 뭔지 알 것 같으니 당신 가족과 나 사이에 한쪽을 선택하라고. 그러면서 나는 그 인간들과 연을 이어가고 싶은 마음이 눈곱만큼도 없다고 덧붙였어. 그랬다가는 불행했던 과거의 운명을 되풀이하게 되지 않을까 걱정됐거든. 가족이란 인간들의 주장은, 그녀와 그녀의 어머니가 아내와 별거 중인 쓸모없는 그녀의 남동생을 돌봐줘야 한다는 거야. 그리고 별의별 핑계를 다 댔어. 내 돈벌이가 시원찮고, 내가 그녀에게 모자라고, 지금은 모델로 이용하지만 머지않아 내칠 거고…… *세상에*, 그녀는 아기 때문에 올해 들어서 지금까지 모델 한 번 제대로 서 준 적이 없거든. 그러니 그 인간들의 비난이 무슨 근거가 있는지, 네가 직접 판단해라. 다들 나 몰래 작당 모의를 하고 있었는데 우리 집 여자가 결국 나한테 귀띔을 해준 거지. 그래서 내가 그랬어. "당신 마음대로 해요. 하지만 난 당신이 과거의 삶으로 되돌아가지만 않는다면 당신을 떠나지 않아요."

난감한 건 테오야, 우리가 힘겹게 살아간다는 이유로, 그 인간들이 우리를 갈라놓으려 한다는 거야. 게다가 하등의 쓸모없는 그 남동생이라는 녀석은 그녀에게 예전 일을 다시 하라고 부추기고 있어. 그래서 우리 집 여자한테 딱 이렇게까지만 말했어. 그 인간들과 연을 끊는 것만큼 용감하고 합리적인 일도 없다고. 그 인간들과 어울리지 말라고 충고는 했지만, 본인이 그러고 싶다면 굳이 막을 생각은 없다. 가끔 아기를 보여주고 싶다면서 가족들을 만나곤 했거든. 그러면서 받은 영향이 치명적이었던 거야. 가족들은 그녀를 불안하게 만들고 마음을 흔들어놨어. 내가 결국은 그녀를 버릴 거라고, 그러니까 그녀가 먼저 나를 버려야 한다고 말이야.

Adieu, 아우야. 정신 바짝 차리고 곧은 길만 가도록 애쓰자. 돈 문제는 어떻게 해야 할지 알거라 믿는다. 가능하면 좀 도와다오.

빈센트

289네 ____ 1883년 6월 초

테오에게

말하고 싶은 게 하나 있는데 판 데르 베일러가 저녁에 내 그림을 보고 갔어. 괜찮다고 해주니 기분이 좋더라.

내가 뭘 했는지 알아? 사실, 가능하면 조금이라도 돈벌이를 해야 할 상황이잖아. 그래서 대형 크로키 2점을 C. M.께 보냈어. 내 계획을 지원해주셨으면 하는 바람을 담은 시도였다. 모래 언덕의 인부들을 주제로 한 대형 연작을 그리겠다는 내 계획 말이야.

그리고 또 생각해보니, 코티에 씨도 이 그림에 관심을 가질 것 같더라고. 영국에서 봤는데(다른 데서도 마찬가지겠지만) 표구로 만들어 커다란 장롱이나 벽난로 위, 랑브리를 장식할 수도 있거든. 그런데 코티에 씨랑 거래하면 어떤지 너도 잘 알 거야. 개성 있는 데생을 발견하면 열정적인 관심을 보이는데 애석하게 가격은 상당히 야박하잖아. 어쨌든 그 양반도 배제할 순 없어. 어쩌면 두 그림이 잘 어울릴 장소를 마련해줄 수도 있을 거야.

혹시 네가 내 크로키를 비셀링에 씨한테도 나무 액자에 넣어 보여주고 의견을 묻는 건 어떨까? 그러면서 혹시라도 헤이그를 지나는 일이 있으면 내 화실에도 한 번 꼭 들르시라고 권해라. 그 양반이 내 그림을 그런 용도에 적합한 그림이라고 여겨준다면, 비슷한 그림을 얼마든지 그릴 수 있어. 내 그림에 관심만 있다면 용도에 맞게, 장식 효과가 더 살아 있는 그림도 그릴 수 있으니 말이야.

오늘은 새벽 4시에 나갔어. 넝마주이를 그릴 계획이었거든. 사실 이미 시작했지. 이 그림 때문에 말을 대상으로 습작을 여러 번 그려야 했어. 오늘 아침에 레인스포르에 있는 마구간에서 2점을 그렸어. 쓰레기 하치장에 가면 늙은 말 한 마리쯤은 마주칠 수도 있을 것 같아. 쓰레기 하치장은 그림의 소재로 아주 괜찮아. 그런데 다루기가 까다롭고 어려워. 손이 많이 가는 작업이 될 거야. 새벽부터 나가서 여러 점을 그려봤는데 아무래도 밝은 초록색 작은 얼룩이 언뜻 보이는 초벌화를 최종 완성작으로 가져갈 것 같아. 전경의 여성들이나 후경의 말들은 좁은 틈 사이로 군데군데 보이는 하늘로 둘러싸인 초록색 부분과 대비를 이뤄야 해서 모두(위에 대충 그린 크로키처럼) 명암 대비 효과를 줘야 해. 그래야 길게 이어지는 어두운 헛간 사이에 대비가 생기고 쓰레기들과 잿빛으로 묘사되는 인물들이 신선하고 깨끗한 것들과 뚜렷이 구분되어 보이게 만들 수 있거든.

일하는 여성들과 말들은 밝게, 넝마주이와 쓰레기들은 어둡게 처리할 거야.

전경에는 낡은 광주리나 녹슨 가로등, 깨진 항아리처럼 더 이상 못 쓰는 물건들을 배치하고.

이 그림 2점을 그리는 동안 머릿속에 무수히 많은 생각이 떠오르더라. 그러면서 이런저런 그림이 막 그리고 싶어졌는데 어디서 시작해야 할지를 모르겠어. 그때가 오기 전까지는 쓰레기

하치장 작업에 전념할 거야.

봐라, 테오야. 우리 용기를 잃지 말고 힘차게 밀고 나가야 해. 비록 식은땀이 나도록 초조해지고 어떻게 해야 할지 모를 상황이 발생할 수도 있겠지만 다른 방법은 없다. 끈기를 갖고 버티는 이들이 대부분 승리의 영광을 차지하잖아.

한마디로, 네가 보내주는 돈이 지금의 두 배가 되는 순간, 우리는 팔 수 있는 그럴듯한 그림을 그리게 되는 거야. 아, 네가 여기 와주면 얼마나 좋을까! 테르스테이흐 씨는(여전히 선입견으로 나를 대하겠다는 게 아니라면) 세피아로 그린 소형화에는 관심 있을 수도 있는데. 너라면 여기서 그 양반과의 관계를 잘 정리해줄 수 있겠지. 난 무슨 그림이든 마다하지 않고 열심히 그릴 준비는 돼 있어. 하지만 테르스테이흐 씨와 C. M.과의 문제가 해결되기 전까지는 네가 보내주는 돈이 내 수입의 전부다. 그러니 어떻게든 수를 내보기 바란다. 거기에 모든 게 달렸어. 그래서 나도 지금 이렇게 열심히 작업에 집중하고 있는 거야.

지금은 말 그대로 거의 빈털터리 신세지만 그래도 새 데생을 위해서 모델과 약속을 잡았어. 그리고 오늘은 남은 돈으로 모자와 스헤베닝언 여성용 외투도 한 벌 사야 해. 아우야, 잘 기운 여성용 외투를 손에 넣으면 넝마주이를 그린 그림 전경에 아주 그럴듯한 여성을 그려 넣을 수 있을 것 같아. 그다음에는 다른 여성 인물화들도 그릴 수 있을 거야. 스헤베닝언 사람들과 비슷한 분위기로.

(이후의 내용은 소실)

290네 ___ 1883년 6월 초

테오에게

'길들여진 비둘기'(예전에 코레조가 그림으로 자주 표현했던 순간)라는 표현을 곱씹다 보니 머릿속에 떠오르는 게 있어서 너한테 한 번 더 말하고 싶었어. 그런 순간은 지속되지 않고, 지속되지 않는 게 맞지. 우리는 그 순간을 알고, 경험하고, 잊지 않으려 해. 하지만 지속되지 않아. 왜냐하면 고통도(인간의 마음속 아주 깊이 몰래 숨어 있긴 하겠지만) 어느새 평범한 것으로 익숙해진다는 거야. 예를 들어, 우리 집 여자는 뒤에 햇병아리들을 거느리고 다니는 암탉 같아. 차이라면 암탉은 괜찮은 동물이라는 정도지.

아우야, 오늘은 아침에 양로원에 갔어. 몇 번 모델을 서줬던 노부인을 만나러 말이야. 소위 첩살이를 하는 자신의 딸이 낳은 혼외자식 둘을 손수 키우는 양반이야. 그런데 여러 가지 면을 보고 깜짝 놀랐어. 물론 외할머니가 손주들을 건사하려 애쓰고 있고, 더 사정이 딱한 사람들도 많긴 하지만, 두 아이가 거의 방치되다시피 지내더라고. 그래도 할머니의 지극정성에 깊이 감명받았어. 동시에 우리 남자들은 이런 상황에서 노부인이 건네는 주름진 손길을 외면해선 안 되겠다는 생각이 들더라.

아이들 엄마란 사람도 불쑥 찾아왔다가 휙 가버렸는데, 구겨지고 찢어진 옷차림에 머리도 빗지 않아 헝클어진 상태였어. 아우야, 그 모습을 보니, 지금 같이 사는 우리 집 여자의 1년 전과 지금의 차이가 생각났고, 그 노부인이 데리고 있는 아이들과 우리 집 여자가 데리고 있는 아이들 사이의 차이도 떠올랐어.

아, 현실만 직시하고 있어도 우리의 손길이 없으면 시들고 말라버리는 존재를 보살펴야 하는 게 너무나 자명하다는 걸 알 수 있을 텐데. 현실이 이러한 마당에 불편하다느니 몰상식하다느니 따지는 건 아무런 의미도 없는 것 같다. 나 같은 경우는, 화가라는 직업 덕분에 한편으로는 여러 불편한 문제들이 사라지지만 다른 부분에서 해결해야 할 큰 문제가 있어. 특히 경제적인 부분이 그래. 가난한 이가 가난한 이의 친구잖아. 그래서 우리 집 여자나 아이들은 절약을 배우고, 남자는 열심히 일하는 법을 깨우치는 게 좋아.

너도 다른 사람들처럼 또 다른 차원의 문제에 직면하게 될 거야. 어떻게 살더라도 문제는 생기기 마련이니까. 그러니 네 곁에 있는 여자의 다른 면들도 하나씩 들여다보며 진지하게 대비할 필요가 있어. 그녀의 성격 말이야. 단도직입적으로 말해서 그녀가 널 실망시키는 일이 발생하면 넌 이렇게 말하게 될 거야. "당신, 변했어!" 그녀도 똑같이 응수하겠지. 하지만 서로 달라지더라도 *피차* 날 선 반응을 보이지 않고, *네가 그녀의* 어떤 부분을 참고 넘기는 법을 배우고, *그녀도* 자신과 다른 *널* 받아들이고, 두 사람이 사사건건 부딪칠 일을 만들지 않으면, 내가 보기에 두 사람은 앞으로 큰 걸음을 내디딜 수 있어.

누구도 피해갈 수 없는 과정이야. 이런 위기를 통해 더 돈독해지는 사람들이 있는가 하면, 서로 갈라서는 사람들도 생긴다. 참으로 애석할 따름이지. 한마디로, *끝까지 지켜내기*가 쉽지 않다는 거야.

내 경우는 이런 위기가 지나가는 동안 우리 집에 *아이들*이 있어서 참 다행이었다. 아이들 앞에서는 무엇보다 의무감이 앞서더라. 우리 집 여자나 나 모두 말이야.

인간에게 *의무감*만큼 좋은 친구도 없을 거야. 비록 때론 단호하고 냉담한 스승 같지만, *함께 하는 순간에는* 결코 망할 일은 없거든.

내가 보기에 너는 보통 사람들보다 더 큰 불화를 겪게 될 거야. 네 친구가, 사람들이 흔히 하는 말로, 사회 하층민 출신이 맞다면 그렇다는 거야. 아버지가 그 친구에 대해 하신 말씀이(아버지 의견이야 너도 잘 알 테니, 굳이 다시 언급하진 않겠다) 내가 백 번 양보해도 사실은 사실이야. 여러 면에서 말이야. 다만 네 경우처럼 사람의 목숨을 살리는 일 앞에서는 아버지도 어떤 결론을 내려야 하는지 모르시는 것 같아. 아마, 아버지 마음도 결국에는 "je vôte pour la vie(생명을 살리는 쪽으로 기울 게다)." 아! 가끔 너무 헷갈리면 나도 스스로에게 묻곤 해. 과연 사형 선고를 내리는 *재판관*이 되고 싶은지 말이야. 내 대답은 언제나 *똑같다*. 아니, 난 언제나 사형제를 반대해왔어. 합법적이든 아니든, 파문이나 제명을 비롯한 여타 극형까지 전부 다. 우리는 비록 이 세상이 틀렸다고 말하고 우리의 선택이 우리에게 유리하지 않더라도 생명을 *보호*하고, 존중하도록 배워왔어.

아우야, 네게 이런 글을 쓰는 건, 결과가 좋든 *나쁘*든 널 지지한다고 말해주고 싶어서야.

이 편지를 읽고, 내 경우에 결과가 *나쁘다*고 속단하지 않았으면 좋겠다. 비록 일상의 소소한 불행은 늘 차고 넘치지만 내게는 감사할 이유도 또 그만큼 차고 넘친다. 나도 너처럼 어떤 상황에서 겪게 되는 '위험한' 면들을 알고 있어서(네게는 이제 시작이겠지) 내 생각을 네게 알려주고 싶을 뿐이다. 나도 그 여자가 나중에 어떻게 행동할지, 어떤 성격을 가진 사람일지 미리 따져보기 전에 우선 목숨부터 구하고 보자는 사람이야. 그러니까 난 결코 이런 말을 할 사람이 아니야. "애초에 그런 짓을 하지 말았어야지." 아마 나중에 상황이 좋지 않은 쪽으로 돌아가면 다들 그렇게 몰아갈 거라는 건 말할 필요도 없을 거야.

그리고 이 편지를 쓰는 또 다른 이유는, 너희 두 사람이 아기를 가지면 좋지 않을까 하는 내 의견을 전하기 위해서야. 너도 알다시피 대부분의 사람들이 아이를 제약이나 장애물로 여기지. 그런데 내 생각은 달라. 오히려 반대야. 사회의 따가운 시선과 타협하지 않고도 모든 상황이 정리될 수 있어. 그렇다고 해도 네가 타협해야 하는 상황과 그녀를 떠나야 하는 상황에 직면했다고 가정해보자. 이럴 경우, 네가 인간의 목숨이 귀하다는 생각에 타협을 뿌리치고 생명을 살리는 결정을 내린다면, 난 네 결정을 존중하고 인정할 거야. 내 제안은 다소 극단적인 상황의 해결책이긴 하다. 그런데 만약 그녀에게 피해가 가지 않고 남들과도 문제없이 지낼 다른 묘수가 있다면 주저하지 말고 그 방법을 실천에 옮겨라.

예를 들어 아버지가 예전에 나한테 말씀하신 걸 고려하더라도, 너한테 이런 말까지 하는 게 괜한 짓은 아닌 것 같다. 아버지는 하층민 출신의 여성과 어울리면 항상 부도덕한 일이 발생한다고 말하셨어(내 생각은 달라. 도대체 사회계층이 도덕성과 무슨 관계가 있다고. 신분은 사회와, 도덕성은 신과 관련이 있잖아). 그리고 여자 때문에 네가 가진 위치를 희생하지 말라고도 하셨지. 하지만 인간의 목숨이 걸린 일 앞에서는 솔직히 재고해볼 가치도 없는 내용이야.

그런데 아버지가 그렇게 일방적인 고집불통만은 아니야. 가끔은 상당히 이성적이시지.

여자 때문에 네게 등을 돌리는 사람들도 생길 텐데, 아무런 의무가 따르지 않는 가벼운 관계만 갖는 대다수와 달리, 영원한 관계를 추구했던 사실을 후회할 일은 없을 거야.

우리는 영원한 관계에서 엄청난 마음의 평화를 얻지. 그게 자연스럽기도 하고. 그런데 여자와의 관계에서 어떤 결과만 취하려는 사람들은 윤리라는 영원한 규칙을 허문다. 자신의 삶이 자연의 법칙과 윤리적 기준과 조화를 이루도록 애쓰는 사람은, 현대 사회에서 무너지고 있는 일부 가치관이 다시 세워지고 복원되어 더 발전하는 데 일조할 수 있는 사람이 될 수 있어. 네가 하는 일이 합리적이고 이성적이라는 사실을 의심하지 마. 수많은 이들의 냉소 앞에서 냉정하고 차분하게 대응하는 게 쉽지는 않을 거야. 그런데 오래 지속되는 관계는 생활의 활력소며 작업의 원동력으로 작용하기도 해. 그래서 후원자를 잃더라도 원동력을 얻을 게다.

걱정해야 할 위험 요소가 뭔지 알아? 과거에는 잘 몰랐는데, 이제 잘 알겠더라. 네 행동만 중요한 게 아니라, 네 곁에서 함께 지내는 여자의 행동거지도 관심의 대상이 되는 거야. 너는 외부에서 오는 영향에 확고하게, 단호하게 버틸 수 있더라도, 네 곁의 그녀는 일부의 적대감만으로도 무너질 수 있어. 또는 적대적인 사람들을 향해 그녀도 똑같이 적대적으로 반응하며 외치겠지. 말도 안 되는 소리라고, 자신에게는 통하지 않을 거라고. 성공이 눈앞에 보이기 시작할 때면 말이지.

그래, 그녀는 이제껏 겪었던 충격들 때문에 많이 변했을 거야. 아니면 여전히 널 이해해줄 수도 있지. 어떻게 대처하느냐에 따라 성공과 실패가 갈린다. 세간의 평에 어떻게 맞서느냐에 따라 인격적으로 성장할 수도, 퇴보할 수도 있어.

그리고 분명히 퇴행도 여성의 천성에 들어 있지.

하지만 너의 그녀가 지적이고 교양도 높다고 하니, 네가 지금보다 두 배는 더 믿어줘야 하지 않을까 싶다.

그녀가 지적인 교육을 받았고, 물욕에 큰 관심이 없이 검소하다면, 앞서 언급한 것들은 걱정하지 않아도 된다. 그리고 세상에 맞서 싸웠던 시간만큼 더 힘을 얻고 강해질 게다. 그러니 용기를 잃지 마.

그나저나 내 주머니 사정을 얘기하자면 네가 보내주는 돈이 아주 절실한 상황이다. 그 돈이 내게는 공기와도 같고 내 작업이 거기에 달려 있어. 내 작품 홍보를 걱정할 필요는 없다. 이제는 내 작품을 알아보는 친구 만드는 일에 실패하지 않을 자신이 있거든. 나 나름대로는 네 부담을 줄여주려고 C. M.에게 편지를 썼어. 썩 내키진 않았다. 그러니 *너도* 테르스테이흐 씨한테 편지 한 통 보내주면 좋겠다. 내가 지금 대형 다중구도 작품을 그리는 중이라고 말이야. 아! 마우베 형님이 *지금* 조금만 도와준다면, 그러면, 그러면 유화를 그릴 수 있는데! 이번 습작은 구도며 여러 가지로 유화까지 확대시켜도 될 정도로 상태가 아주 좋거든. 수입만 있다면, 이 그림들을 처분하진 않을 거야. 습작을 다 가지고 있어야 나중에 전체를 하나의 그림 속에 넣는 구상을 할 수 있거든.

네 방문을 목이 빠지게 기다린다. 네 의리와 희생이 어느 정도 성과를 내고 있다는 거, 너도 보면 알 거다, 그 성과가 점점 더 커지고 있다는 것도, 아우야. 그런데 그 성과를 내려면 돈이 너무나 필요하구나. 이번 그림을 못 팔아도 새로운 관계를 맺는 기회로 삼을 수는 있잖아. C. M.이나 테르스테이흐 씨, 마우베 형님과도 다시 가까워지는 계기가 될 수도 있어.

Adieu, 아우야. 진심으로 악수 청한다.

너를 사랑하는 형, 빈센트

(바인더용 속지에 써서 동봉한 글)

추가로 돈을 더 보내주면 좋은 이유가, 네가 여기 다녀가기 전에 더 많은 작업을 해놓을 수 있기 때문이야. 네가 오기 전에 뭐 하나라도 더 배워 발전하려고 노력하고 있다. 석판화 크레용으로 하나 그렸는데 이전 것보다 생동감이나 특징이 훨씬 잘 살아 있거든. 조금만 더 노력하면 내게 삽화를 의뢰하려는 사람이 생길 거야. 비록 겉보기에는 특출난 능력을 요구하는 직업은 아닐 수 있지만, 난 이 일을 하기 위해 태어난 사람 같다. 하면 할수록 마음에 들고 두각을 드러낼 수도 있을 것 같아.

토르숑지에 수묵화 비슷한 그림을 한번 다시 그려보고 싶어. 되도록 네가 여기 오기 전에. 그렇다고 내가 유화나 수채화를 포기했다고 오해하진 말아라. 기필코 그 영역도 다룰 거야. 하지만 무엇보다 데생이 모든 미술의 기본이라고 생각해. 데생에 쏟아부은 시간은 버리는 시간이 아니라 오히려 그 반대야.

'미래의 그림'을 생각 안 할 수는 없더라. 그 미래라는 걸 예리하고 확실하게 내다볼 수는 없지만 말이야. 그런데 네가 편지에 쓴 내용이 내 미래에 어떤 영향을 끼칠 수 있을 것 같았어. 그 덕에 우리가 더 자주 보게 될 일이 생길지, 누가 알겠어?

어쨌든, 네 방문은 내게 두 가지로 중요한 의미가 있어. 나는 어떻게든 몇 걸음 더 앞서 나갈 거야. 그러니 혹시 괜찮다면 다시 한 번 나를 도와다오.

네가 가정을 꾸리게 되면 우리가 서로를 더 잘 이해하겠지. 그러면 서로를 더 도울 수 있을 것도 같고.

네가 무슨 고민을 하게 될지 보이는 듯하다. 내 작업이 소득이 있는 결과로 이어지도록 내가 할 수 있는 게 있다면, 두 배로 더 노력할 거야.

때론 사랑은 축복인데 이 세상은 그걸 의심해봐야 할 대상으로 여기지. 그러나 축복이란, 사랑의 마음으로 일하다 보면 남들보다 많은 결실을 얻고, 두려움도 점점 사라지는 거란다. 그러니까 평정심이 점점 많아진다는 뜻이야. 한마디로 포기하지 않는 법을 배우는 거야. 이게 사회적으로 득이 되든, 실이 되든 상관없이 너는 뭐든 얻어갈 수 있다, 아우야. 그러니 네가 하는 모든 일에 축복이 있기를 기원한다. 그리고 네가 돌보는 그녀가 건강을 완전히 회복하고 상황이 나아지기를 진심으로 기원한다.

그래, 생명을 구하는 행위는 흥분되고 대단한 일이지! 그 일이 너나, 그 친구에게나 큰 축복이 될 거야. 숨어 있던 힘과 활력도 따라서 커질 거야. 편지도 고맙고 보내준 것도 고마워. 시간 날 때, 또 편지해라.

291네 ___ 1883년 6월 7일(목) 추정

테오에게

오늘 아버지 편지가 왔어. 널 언급하진 않으셨지만, 그 얘기를 좀 해볼까 해. 상황이 상황이니만큼 부모님이 네게 직접 편지하신 내용 외에 또 어떤 생각을 하고 계실지 궁금할 것 같아서. 그런데 지금으로서는 네가 특별히 걱정해야 할 건 없을 것 같다.

아버지가 여기 다녀가시고 처음 보내신 편지였는데 다정함이 묻어나고 진심이 담겨 있었어. 함께 온 소포에 외투, 모자, 담배 꾸러미, 과자, 우편환이 들어 있더라. 내가 좋아하는 성경 구절이 포함된 설교 말씀을 간추려 적으시긴 했는데 내 마음에 더 와닿은 건 농장 일꾼의 장례식에 관해 적으신 몇 줄이었다.

이렇게 시시콜콜 다 설명하는 이유는 이 편지에 분노의 감정은 물론 수상한 대목도 전혀 없었음을 네게 이해시키기 위해서야. 오히려 다소 수동적이고 체념한 느낌이더라. 특히 네가 편지로 아버지가 어떤 단어로 반대 의사를 밝히셨는지 썼던 내용에 비추어보면, 아버지가 예상 외로 더 우울하신 것도 같아.

아무래도 아버지 말씀은 충고나 주의 정도였던 모양이야. 네 단호한 결심에 대한 반발이나 반대 의사 표명이 아니라. 어쩌면 네가 아직 마음의 결정을 내리지 않았거나 충분히 심사숙고하지 않았다고 여기시는지도 모르고.

이전 편지에 밝혔다시피, 난 이번에도 아버지 말씀에 강력하게 반발한다. 완전히 반대되는 의견이야. 여기서 재정이나 종교를 반대의 이유로 내세우는 건 부적절하니, 표현을 좀 순화해서 아버지의 실수가(어쨌든 재정적으로는 실수니까) 당신의 마음가짐이나 의도가 아니라, 표현 방식이라고 말하마. 아버지가 연로하시고, 네게 애착이 크셨다는 사실도 언급하지 않을 수 없어. 그렇기 때문에 네가 끝까지 물러서지 않는다면, 결국에는 네 결정을 받아들이실 거야. 너와 소원해지거나 냉담한 관계로 살아가실 분이 아니니까. 그래, 난 어느 정도 아버지 마음이 읽히더구나. 살짝 우울해하시는 게 느껴져.

인간적인 관점으로 따져서, 내 의견을 철회하마. "말씀을 들어보니, 두 분은 네가 믿을 만한 양반이 아니다. 그러니 그들에게 더 이상 의논하지 말아라." 그런 식의 말을 했었지. 정확한 표현은 기억이 안 나. 다만 내 뜻만은 이해해줘. 내가 완강했던 의견을 철회하는 건, 두 분 말씀이 옳다고 인정해서가 아니라, 두 분 말씀에 크게 비중을 두면 안 된다는 생각이 들어서야. '말싸움'의 영역에 머물러 있는 한 전투 태세를 갖추는 게 시급한 문제는 아니잖아. 이런 식으로 응수해서 단칼에 종지부를 찍는 것도 좋지. "두 분은 미래를 너무 암울하게만 보시네요." 혹은 "제게 당장 세상의 종말이라도 닥친 것처럼 행동하라고 요구하실 순 없습니다." 지금 같은 상황에서는 두 분의 말씀에 비중을 두느니, 이렇게 대꾸하는 게 훨씬 현명한 대처일 거야.

내 생각에는 아버지 기분이 우울해진 탓에 네 문제를 과하게 고민하셨고, 그러다 암울한 생각까지 하신 것 같다. 다시 말하지만, 아버지는 편지에 네 문제는 한 단어도 적지 않으셨고, 여기 오셨을 때도 그 문제는 입 밖으로 꺼내신 적도 없어. 그런데 또 그렇게 한마디도 않으신 게 이상하기는 하다.

어쨌든 상황을 바로잡고 싶다면 네가 직접 편지를 드려라. 가볍고 쾌활한 문투로 이번 여름에 집에 들르겠다고, 조만간 뵙겠다고 해(정확한 날짜야 미리 알 수는 없겠지만).

왜냐하면 아마, 아마도 아버지는 당신이 생각을 너무 지나치게 했나 싶으실 수도 있고, 네가 어떻게 받아들였을지 불안해 하며, 네가 집에 오지 않을까봐 걱정하실 수도 있거든.

물론 나도 정확한 상황은 몰라. 그저 추측이지. 하지만 아버지는 연로하시니까 기회가 될 때면 우리가 위로해드리고 힘이 되어 드려야 한다는 생각이다.

네가 곁에 있는 여자에게 신의를 지켜야 한다는 내 생각은, 너도 잘 알 거다. 그 부분에 관해서는 단 한마디도 철회할 게 없어. 네가 해야 할 일만큼은 정당하게 다해라. 하지만 아버지 생각이 틀렸다고 해서 그 양반에게 화내지는 마.

그러니까 너한테 하고 싶은 말은, 아버지가 이 이야기를 다시 꺼내지 않는 한 그분이 틀렸다고 말하지 말라는 거야. 아마 당신 스스로 깨닫고 마음을 바꾸실 테니까.

이젠 일 얘기를 해야겠다. 노인 요양원에서 그림을 그릴 수 있게 해달라고 부탁을 했어. 남자숙소, 여자 숙소, 그리고 정원에서. 오늘 다녀왔다. 창문 앞 뒤틀린 사과나무 옆에 서 있는 정원사와 요양원 부속 목공소를 크로키로 그렸어. 목공소 작업장 앞에서 두 명의 노인과 차도 마셨고. 남자 숙소도 방문자 자격으로 둘러봤는데, 아주 충격적이었어. 엄청나게 사실적이더구나.

딱 한 명, 휠체어에 앉은 목이 가늘고 긴 노인이 단연 눈에 띄더라. 목공소 작업장은 시원한 초록색 정원 쪽으로 나 있고, 그 앞에 두 노인이 서 있는데, 그 모습이 꼭 함께 술을 마시고 있는 두 사제를 그린 메소니에 유화를 본뜬 빙험의 사진 복제화 같더라. 너도 그 그림 알 거야. 그런데 허가가 날지는 잘 모르겠다. 요양원 담당 부제(副祭)한테 허가를 받으라고 해서 말해두긴 했어. 나중에 답을 들으러 가야 해.

지금은 쓰레기 하치장을 어떻게 작업할까 고민 중이야. 스헤베닝언 여성용 외투가 한 벌 있으면 좋겠다고 했었잖아. 드디어 하나 생겼어. 허름한 모자도. 모자는 그저 그런데, 외투가 아주 마음에 들어. 예전에 방수복 생겼을 때처럼 기뻤어.

그나저나 쓰레기 하치장 그림은 축사 비슷하게 생긴 어두운 헛간에 외부에서 오는 효과를 집어넣었고 쓰레받기를 비우는 여자들도 점점 구체적으로 표현하는 중이야. 외바퀴 수레를 들고 오가는 사람들, 집게 든 넝마주이, 헛간 안에서 벌어지는 소란스러운 상황 등도 표현해야 하는데 전체적인 빛과 그림자 효과는 유지해야 해. 아니, 오히려 효과를 더 강화해야 해.

너도 아버지 말씀을 나처럼 받아들이는 것 같으니, 내가 따로 덧붙일 말은 없어. 하지만 어느 정도의 선의에 의해 마음의 평화를 유지할 수 있다면 그것만큼 기쁜 일도 없다. 지난겨울,

아버지는 내가 우리 집 여자와 같이 사는 걸 인정하지 않으셨어. 그래도 따듯하게 입을 옷가지를 비롯해 '나한테 유용한' 것들을 보내주셨지. 딱히 말씀은 안 하셨지만, 내심 우리 집 여자가 겨울을 춥게 보내지 않을까 걱정하셨던 게 분명해. 보다시피 이건 아름다운 선행이었어. 이 *하나의* 선행 덕에 그간 쏟아졌던 아버지의 무수한 잔소리와 질책을 아무렇지 않게 넘길 수 있었던 거야.

난 평생 남에게 나쁜 소리 한 번 한 적 없는 사람은 아니거든. 그런 완벽한 사람이 있을지는 모르지만 난 결코, 그런 완벽한 사람이 아니야. 따라서 지금까지 내가 한 말을 정리하면, 아버지는 내가 우리 집 여자와 사는 걸 인정하지 않았어. 아마 너보다 나를 더 인정하지 않으실 거야. 하지만 지난겨울 이런 생각을 하셨던 것 같아. '빌어먹을 여자지만, 그래도 겨울을 춥게 보내라고 할 순 없지.' 네 경우도 이렇게 생각하실 수 있어. '가련한 가톨릭 신자를 영원히 외롭게 방치할 수는 없지.' 틀림없어. 그러니 너무 걱정 말고, 용기를 내서 두 분을 안심시켜 드려라. Adieu, 아우야. 마음으로 악수 청한다.

너를 사랑하는 형, 빈센트

292네 —— 1883년 6월 11일(월) 추정

테오에게

네 편지와 동봉해준 건 언제나 반갑고 고맙다. 정말 진심으로 고마워. 네가 상황을 차분하게 받아들이고 있어서 참 다행이다. 하지만 단 한순간도, 상황이 지금과 다를 거라 예상한 적은 없었어.

지난 편지 이후, 정말 공들여서 〈쓰레기 하치장〉을 그렸어. 정말 멋진 장면이거든.

원 데생을 수차례 손보다가(여기저기를 언제는 하얗게, 언제는 검게 그렸다가) 결국 다른 종이에 옮겨서 그리기로 했어. 원 데생이 너무 해져버렸거든. 지금도 그 작업 중이야. 내가 원하는 빛의 효과를 보려면 아주 이른 아침에 일어나야 해. 어쨌든 이번 그림은 내가 상상하고 머릿속에 그린 그대로 종이 위에도 담아내고 싶어.

요양원 일은 결과가 실망스러웠어. 허락해줄 수 없다더라고. 전례가 없다나 뭐라나. 게다가 건물 마룻바닥 청소와 보수공사도 해야 한대. 뭐, 할 수 없지. 요양원은 다른 곳에도 있잖아. 다만 종종 내 화실에 종종 오는 영감님이 여기 있거든. 그 양반이 거기서 그릴 수 있게 도와주기로 했었는데.

작년 겨울에 포르뷔르흐에 있는 노인 요양원에 간 적이 있는데, 여기보다 공간은 협소했지만 특징은 훨씬 살아 있더라. 그때 밤이 가까워지자 노인들이 기둥 난로 주변으로 의자를 가져오거나 근처 벤치에 자리를 잡고 앉았는데, 그 모습이 무척 사실적이었어. 생각해보니, 포르뷔르흐에 찾아가면 그림을 그리도록 허락을 받을 수도 있을 것 같아.

하루 날을 잡아 스헤베닝언을 돌아봤는데 거기서 아름다운 장면을 봤어. 일꾼 여럿이 색이 바랜 그물을 모래언덕에 펼쳐놨다가 거둬서 수레에 싣고 가는 장면이야. 언제 한 번 그려보려고. 아니면 그물 손질하는 장면을 크게 다중구도로 그려봐도 괜찮겠어.

테오야, 목탄화를 비롯한 다른 그림에 사용할 수 있는 틀을 마련해서 많이 발전한 거야. 덕분에 편하게 작업을 하거든. 그나저나 네 말이 맞는 것 같더라. 화가들과 자주 어울려도 *좋지 않고, 간간이* 교류해야 훨씬 낫다고. 그래서 판 데르 베일러가 내 화실에 오는 게 반갑기만 하다.

그래, 자신의 분야를 잘 아는 이들과 얘기를 나누고 싶은 열망이 강해지곤 한다. 특히나 서로 추구하는 생각이 같으면, 서로에게 대단히 큰 위로와 힘이 되어주기에, 쉽게 낙담하지 않게 되니까. 고국을 영영 떠나서 살 수는 없는데, 그 고국은 자연만은 아니지. 같은 감정을 공유하는 사람들도 포함되어야, 그제야 비로소 고국이 완성돼. 그제야 비로소 집에 온 듯 편안해져.

이게 쓰레기 하치장 그림이야. 네가 얼마나 정확하게 그림을 읽어낼지는 모르겠다. 전경에는 쓰레받기를 비우는 여성들을 배치했어. 그 뒤로 쓰레기를 쌓아놓은 헛간과 외바퀴 수레를 옮기는 사람들을 배치했고. 원 데생은 좀 달랐어. 전경에 날이 안 좋을 때 늘 그러하듯 방수복 차림의 일꾼 둘을 배치했었고 여성들은 더 짙게 그렸었지.

헛간 사이사이와 길목에 서 있는 인물들 위에서 쏟아지는 빛 효과가 매우 사실적이다. 유화 소재로 아주 좋겠어. 그러고 싶다는 건 아니지만 유화에 관해 마우베 형님과 얘기할 기회가 있

으면 좋겠는데, 안 그러는 게 나을 것도 같아. 전문가의 조언을 듣고 도움을 받는다고 다 잘하게 되는 것도 아니잖아. 게다가 탁월한 전문가라고 해서 다 설명을 잘하는 것도 아니고. 어쨌든 어느 쪽이 더 나은 건지 나도 모르겠다. 일단 지금은 유화가 내 첫 번째 목표가 아니기도 하지만 삽화 잡지를 통해서 무언가를 배울 수 있다는 걸 모르는 사람에게 조언이나 도움을 받지 않은 덕분에 내가 삽화 분야에서 더 빨리 완벽한 솜씨를 갖추게 될지도 모르는 일이잖아. 가장 마음이 잘 맞는 친구는 라파르트야.

Adieu, 아우야. 좋은 일만 있기를 기원하고, 빠른 답장, 정말 고맙다.

너를 사랑하는 형, 빈센트

293네 ____ 1883년 6월 15일(금) 추정

테오에게

얼마 전에 이런 편지 썼던 거, 기억하니? "지금 커다란 빈 그림틀 두 개를 앞에 두고 있는데 그 안에 뭘 그려 넣어야 할지 모르겠다."

그 후로 한쪽에는 〈쓰레기 하치장〉을 그렸고 얼마 전부터는 두 번째 그림을 시작했어. 화실 창밖으로 보이는 레이스포르 근처 석탄 야적장이 될 거야. 석탄 더미 주변으로 언제나 사람들이 오가고 있어. 석탄 한 자루를 사려고 외바퀴 수레를 밀고 오는 사람들도 있고. 어떤 날은 석탄을 사러 오는 이들이 줄줄이 이어져서 생동감이 느껴지고 겨울에 눈이 내리면 훨씬 더 활기차 보여.

오래전부터 그려봤으면 했는데 얼마 전, 저녁이었나, 문득 창밖을 내다보다가 너무 아름다워 보여서 즉시 스케치했지. 그날의 스케치에서 구도 등의 윤곽선 말고는 거의 수정이 없어. 야적장에서 석탄 더미 위에 앉아 있던 남자가 있었는데 그 사람이 이리저리 돌아다닌 덕분에 각기 다른 장소의 인물 비율을 쉽게 측정했지.

그 뒤에는 이 그림에 쓸 인물화 습작을 여러 점 그렸어. 그런데 여기에 인물들은 작게 그릴 것 같아.

이 습작을 작업하는 동안 머릿속에 계획 하나가 구체적으로 그려지기 시작했어. 감자 캐는 사람들을 지금보다 더 크게 그리자는 거지. 내 구상을 들으면 너도 느낌이 올 거야. 일단 평지를 배경으로 살짝 모래언덕이 일자로 늘어선 모습을 추가할 거야. 인물들은 대략 30센티미터 크기로 그리고, 구도는 가로를 세로의 2배 정도로 만들 생각이야.

전경에는 한쪽 구석에서 무릎 꿇고 도구를 사용해 감자 캐는 여성들을 배치하고, 후경에는 땅을 파는 남자와 여자들을 그려야지. 이런 식으로 원근 배치를 한 다음 감자 캐는 전경의 여성들 반대편 구석에 외바퀴 수레를 그려 넣고. 전경에 무릎 꿇고 일하는 여성을 제외한 나머지 인물들은 큰 그림으로 습작을 만들어뒀기 때문에 당장 보여줄 수도 있어.

요즘은 이 그림을 본격적으로 작업하고 싶어. 밭은 대충 어떻게 그릴지 머릿속에 구상이 끝났으니까 내가 편할 때 여기저기 마음에 드는 감자밭을 돌아다니며 찾으면 되겠어. 배경 그림의 윤곽을 잡을 습작도 해야지. 본격 수확철인 가을이 오기 전에, 적어도 상세 스케치 단계까지 데생이 마무리돼 있어야 해. 색조만 정해서 그림을 완성할 수 있도록 말이야.

작년에 여기서 그런 광경을 보았고, 그전에 헤이커에서도 봤어. 장관이었지. 그러고 보니, 헤이커보다 1년 전에 보리나주에서도 광부들이 감자를 캐는 모습을 봤었네. 그래서인지 그 장면이 머릿속에서 무르익었나봐.

모든 인물들은 있는 그대로 사실적이어야 해. 그래서 의상보다 더 신경 써야 하고.

아, 흰 캔버스가 날 사로잡고 놓아주질 않아. 습작하는 동안에도 계속 새로운 구상이 떠오른다.

땅 파는 사람들은 처음 보거나 멀리서 보면 단순히 일렬로 줄지어 작업 중인 어두운 그림자처럼 보일 수 있어. 하지만 각자의 특징적인 동작들을 살려서 완성도를 높여야 해. 그러니까, 평범한 젊은이를 흰색과 밤색 천으로 기운 스헤베닝언 특유의 의상과 목덜미까지 덮이는 윤기 없는 검은 모자를 걸친 노인 옆에 그려 대조를 이루게 하고, 작지만 다부진 체구에 수수한 검은 옷을 입은 여성은 큰 키에 흰 바지, 빛바랜 파란 작업복에 밀짚모자 차림으로 맞은 편에 서서 풀 베는 사람과 대비되게 그리는 식이지. 민머리 노인 옆에 젊은 처자를 배치할 수도 있고. 이전의 습작들을 서로 이리저리 배치하다가 떠오른 생각이야. 두고 봐야지.

그나저나 라르만 씨한테 커다란 틀(낡은 액자에서 떼어낸)을 하나 사서 종이를 끼웠어. 하루하루 지날수록 생각이 또렷하게 정리되고 있다. 그런데 머릿속에서 적합한 인물들을 고르는 일이 정말 힘들어. 제한된 한 공간에서 서로 대조를 이루면서도 어우러져야 하니까. 각 인물 습작을 최소한 3점 이상씩 그려야 하나 건지겠다 싶어.

그래도 일단 데생부터 시작할 거야. 〈쓰레기 하치장〉도 마찬가지야. 첫 번째 그림이 생각했던 대로 안 풀리면 다른 그림틀에 다시 그리겠다는 말이야. 어쨌든 감자 수확 철이 오기 전에 그림을 마무리하고 싶다. 다른 종이에 다시 옮겨 그려 완전히 손봐야 하더라도 말이야.

라파르트를 만나고 오길 잘했어. 솔직히, 그 친구 화실에 다녀오고서 지금까지 설명한 이 대형화를 그리겠다고 마음먹은 거야. 구상하는 과정에서 어떤 습작을 해야 할지 정확히 깨닫게 되더라. 그래서 요즘은 의욕적으로 작업하느라 피곤할 새도 없고 기쁨은 끝이 없어. 너도 알다시피, 한동안 구상 자체를 자제해왔던 내게 혁명 같은 일이 벌어진 셈이야. 아마 때가 된 거겠지. 지금까지 스스로에게 채워서 꽉 쥐고 있던 고삐를 느슨하게 풀어서 그런지 숨쉬기도 훨씬 편해졌어. 이제껏 습작에만 몰두했던 게 매우 유용했다는 생각에는 변함 없다. 그림 전반에 걸쳐도 그렇지만 특히 인물화에서는 확실해. 끊임없이 연구해야 하는데, 그것만으로 속단할 일은 또 결코 아니야. 마우베 형님 말이 참 맞더라. 그렇게 많은 그림을 그리고, 그렇게 많은 경험을 한 사람인데도 간혹 이런 말을 하거든. "난 지금도 소를 보면서 *관절*들의 위치를 모르겠다!" 요즘 내 작업은 이런 식이야. 땅 파는 사람을 그리면서, 한쪽 다리가 다른 쪽 다리보다 앞에 나와 있고 한 팔이 다른 팔보다 앞에 있고 고개는 약간 앞으로 숙인 자세를 그릴 때, 가장 먼저 다리, 팔, 목, 뒷덜미, 뒤통수 등 다른 쪽에 가려서 잘 보이지 않는 부분 등을 상세히 그린 다음에 앞에 있는 보이는 부분을 그려서 최대한 정확하고 사실적으로 보이게 하려고 애쓴다.

네가 여기 올 때쯤이면 감자 그림자나 허상이라도 하나 그럴듯하게 그려놓을 수 있으면 좋겠다. 정말 보고 싶구나. 언제쯤 들를 수 있는지 여전히 정확한 날짜는 모르는 거냐? 이젠, 석탄 야적장 인부들에게 가봐야 할 시간이다.

가진 돈이 1.23플로린짜리 우편환뿐인데 반으로 찢겨서 바꿔줄 수 없다더라. 그러니 이제나 저제나 네 편지가 오기만을 기다리고 있다는 말은 굳이 보태지 않으마. 그래도 큰 그림틀에 종이를 끼워 넣긴 해서 네 방문을 기다리는 동안 심심풀이로 뭐라도 그릴 수 있어 다행이다. 그때까지는 모델을 부를 수 없을지도 모르니까. 그래도 부르긴 해야겠지.

스헤베닝언 외투를 얻은 건 정말 행운이었어. 상세 습작에 세 번이나 사용했거든. 쓰레받기를 든 여인 한 명, 외바퀴 수레 옮기는 여인 두 명. 네 돈이 오면 짧은 소매에 깃을 세울 수 있는 방수복하고 여성용 모자도 하나 구할 생각이야. 여성용 모자는 비싸고 구하기도 어려운데, 그래도 꼭 필요할 때 빌릴 곳은 있어. *어쨌든 곧 스헤베닝언을 무대로 한 데생도 그릴 거야.*

작년 이맘때는 내가 병원 신세를 지고 있었어. 그래서인지 작년 습작들은 하나같이 다 마음에 안 들고 사실적이지도 않아. 방금 작년 분위기는 어땠는지 보려고 석탄 야적장 데생들을 다시 찾아봤거든. 오늘 보니 지저분하고 대충이고, 성급하게 마무리한 느낌이야. 그 이후로 인물 데생만큼은 심혈을 기울여서 그렸어. 유화는 간간이 그릴 생각만 할 뿐이야.

Adieu. 시간 되면 편지하고. 좋은 일만 있기를 바란다. 악수 청한다.

너를 사랑하는 형, 빈센트

라37네 ___ 1883년 6월 15일(금) 추정

친애하는 벗, 라파르트

자네한테 편지를 쓰고 있었는데 자네의 편지가 도착했어. 자네 소식은 언제나 반갑다네. 데생 작업에 진척이 있다니 다행이야. 사실 그럴 줄 알았지. 자네가 워낙 활기차게 작업을 시작했으니 말이야.

우선, 영국 데생 화가들에 관한 자네의 설명은 아주 적절하고 정확하다는 말부터 해야겠어. 자네 작품을 보면서 자네 이야기가 상당히 진지하다는 걸 알 수 있었어. 나도 같은 생각이야.

특히 또렷하게 그은 윤곽선 부분 말이야.

밀레의 동판화 〈삽질하는 사람들〉이나 알브레히트 뒤러의 목판화, 무엇보다 밀레의 대형 목판화 〈양치는 여인〉을 떠올려봐. 그것만 봐도 또렷한 윤곽선으로 표현할 수 있는 게 확실히 느껴지지. 자네 말마따나 이런 느낌이었어. '계속 나만의 길을 걸어왔다면, 언제나 이런 방식을 원했을 거야.' 아주 좋은 말이야, 친구. 이거야말로 힘이 넘치는 언어잖아.

견고하고 강렬한 특징을 가진 데생들, 예를 들자면 레이의 그림들이 여기에 해당해. 그중에서도 자신의 식당에 장식으로 걸어두는 연작이 그래. 〈눈길 산책〉, 〈스케이트 타는 사람〉, 〈연회〉, 〈테이블〉, 〈하녀〉 등이야. 드 그루나 도미에도 이런 솜씨를 가졌고.

이스라엘스나 마우베, 마리스 등도 가끔은 힘 있는 윤곽선의 매력을 거부하지 못했어. 다만, 레이스나 헤르코머와는 *다*른 방식이었지. 그런데 이 사람들 얘기를 들어보면 윤곽선의 힘은 알고 싶지도 않은 건지, 시종일관 색조 이야기뿐이야. 그래도 이스라엘스의 목탄화 몇 점은 밀레에 버금가는 수준이야. 나는 마우베와 마리스 등을 좋아하고 존중하지만, 이 대가라는 이들이 남들에게 그림 이야기를 하거나 신중하고 부드럽게 데생을 하라고 조언해줄 때, 윤곽선의 표현력을 언급하지 않는 게 유감스럽기는 해. 마침 수채화가 유행이잖아. 사람들도 수채화의 표현력이 가장 풍부하다고 여기고. 그런데 흑백화를 너무 하찮게 여겨. 수채화에서는 검은색을 안 쓰니까, '저 시커먼 것들'이라는 표현까지 내뱉고. 그런데 지금 이런 내용만 줄줄이 쓸 이유는 없겠지.

나는 지금 4점을 동시에 작업하고 있다. 〈토탄 캐는 사람들〉, 〈모래 채취장〉, 〈쓰레기 하치장〉, 〈석탄 하역〉. 〈쓰레기 하치장〉은 다시 그렸어. 너무 덧칠을 했더니 너덜너덜해져서.

테레빈유와 인쇄용 잉크를 마음껏 쓸 엄두가 안 나서 이제껏 목탄이나 석판화 크레용, 석판화 잉크만 썼어. 그런데 〈쓰레기 하치장〉은 원 데생이 너무 훼손돼서 테레빈유와 인쇄용 잉크를 쓸 수밖에 없었는데 결과가 나쁘지 않더라고. 전체적으로 검게 표현되긴 했는데 신선한 분위기가 조금 살아나고 있어서 다시 작업을 이어갈 수 있을 것 같아. 인쇄용 잉크를 쓰기 전에는 못 쓰게 되는구나 싶었거든.

자네 화실에 다녀온 뒤로 작업에 집중하고 있어. 대형 다중구도 그림이나 습작 작업은 손을 놓은 지 오래였는데, 이번에 다시 시작하니까 열정이 타오르더군. 며칠째 새벽 4시에 일어나 그림을 그렸어. 자네가 이 데생들을 봐주면 얼마나 좋을까. 유일하게 판 데르 베일러만 봤는데, 그 친구 말을 도대체 알아들을 수가 있어야지. 전체적으로는 괜찮은데, 〈모래 채취장〉에 인물이 너무 많아서 구도가 어지럽다나. "여기 제방 위에서 수레 끄는 남자를 탁 트인 밤하늘과 뚜렷이 대비되게 그려봐. 그러면 정말 괜찮을 것 같은데. 지금 이 상태는 잘 어울리지 않아."

그래서 그 친구한테 칼데콧의 〈브라이튼 대로〉를 보여주었지.

"다양한 인물을 그려 넣고 복잡한 다중구도의 그림을 그리면 안 된다는 말인가? 그러면 내 그림은 둘째치고, 이 그림의 구도는 어떻게 생각하는지 말해주게."

"이 그림도 마찬가지야. 난 이런 그림이 마음에 안 들어. 전적으로 개인적인 의견에 불과하지만, 아름답지도 않고 흥미도 안 생겨."

그럴듯한 지적이기는 해. 그런데 곰곰이 생각해보니, 이 친구가 내 질문의 의도를 전혀 깨닫지 못했더라. 그래도 뭐, 진지한 친구니까. 함께 산책하면 즐겁고, 그러다가 눈부시게 아름다운 장면들도 발견하게 해주거든.

같이 산책하다가 모래 채취장을 발견한 건데, 이 친구는 건성으로만 보는 거야. 그래서 나는 다음날 혼자서 다시 찾아가서 〈모래 채취장〉에 여러 사람을 그려 넣었지. 그만큼 많은 사람이 현장에서 일하고 있었어. 겨울과 가을에는 시에서 일자리가 없는 사람들을 채취장으로 보내거든. 이 시기에 모래 채취장을 찾으면 정말 장관을 구경할 수 있어.

근래 정말 괜찮은 모델을 만났어. 건장한 하니케마이어르hannikemaaier*하고 밀레의 그림 속 인물을 꼭 닮은 농촌 청년이야. 수레 끄는 남자를 자네가 기억할지 모르겠는데, 예전에 내가 '잘 차려입은' 얼굴 그림으로 그렸던 똑같은 사람이야. 왜 있잖아, 안 보이는 한쪽 눈을 가린 노인 말이야. 이번에는 허름한 일상복 차림으로 그렸어. 아마 두 그림의 등장인물이 똑같은 사람이라고 알아보기 어려울 거야.

4점이 전부 가로 1미터에 세로 50센티미터 크기야.

내부 틀이 진한 검은색인 갈색 그림틀이 정말 쓸만해. 흰 그림틀을 쓰면 검은색이 너무 검게 보였는데 갈색에서는 회색 조를 띠더라고. 그리고 모든 색이 더 선명해져.

정말이지 자네가 내 그림을 봤으면 하는 이유는 내 눈에 괜찮아 보여서가 아니라, 자네 의견이 정말 궁금해서야. 전부 다 마음에 흡족한 건 아니야. 인물들이 아직 선명하지 않은 상태야. 인물화인 건 명백하지만, 각 인물의 동작에서 거칠고 과감한 힘을 실감나게 살리고 싶어.

자네 말, 정말 옳은 말이야. 지금 곧게 뻗은 자네 길을 걸어가고 있는 느낌이 든다는 말, 샛길이나 돌아가는 길로 빠질 일이 없다는 말 말이야. 나도 마찬가지야. 올해는 과거보다 더 인물화에 집중하고 있거든.

자신감을 갖게. 자네가 내 감식안을 믿는다면 말이지. 자네 인물화에는 분명히 감정이 살아 있어. 그리고 힘이 넘치고 아주 든든해 보여. 이 부분은 의심하지 말라고. 자네 자신을 의심할 일 없으니 더 과감하게 그려봐.

나는 자네가 그린 맹인들 얼굴 그림 습작이 대단하다고 생각해.

내가 그린 인물들이 예전에 모델을 두고 그린 그림과 다르다고 놀랄 필요는 없어. 나는 기억에 의존해서 그림 그리는 일은 거의 없어. 그렇게 연습한 적도 없거든.

* 풀 베는 일을 하기 위해 독일에서 네덜란드로 건너오는 일꾼

그나저나 이제는 예전보다 개인적인 감정을 배제하고 실물을 마주 대하는 게 익숙해지기 시작했어. 현기증 느끼는 일도 줄었고, *더욱더 나다운 모습으로 실물을 대할 수 있게 됐어.* 기존의 모델들 중에서 차분하고 이해심 많은 이는 여러 점 그려서 그 습작 중에서 남다른 것, 평범한 것과 달리 특징이 있고 *느낌*이 살아 있는 *습작*을 골라.

그런데 그렇게 고른 것도 부족하거나 느낌이 덜한 다른 습작과 동일한 조건에서 그린 것들이야. 그러니까 이렇게 그리는 법도 있고, 저렇게 그리는 법도 있는 거라서 이 그림도 저 그림만큼 가치가 있다는 거야. 나의 〈겨울의 정원〉을 생각해봐. 자네가 '*느낌이 온다*'고 말했었잖아. 그런데 그건 결코 우연이 아니야. 이미 여러 번 그려봤지만, 초기작에는 느낌이 전혀 살아있지 않았어. 서툴고 미숙했지. 쇠붙이같이 뻣뻣하고 경직된 그림들이었는데 반복적으로 그리다보니 서서히 감정이 살아난 거야. *어떻게 그럴 수 있냐고*? 바로, 내가 작업 시작 전에 이미 머릿속으로 그림을 그려뒀기 때문이야.

초기의 그림들은 남들이 보기에 난삽했지. 내가 이런 말을 하는 건, 자네가 알아줬으면 해서야. 내 그림들이 어떤 감정을 표현하고 있는 건, 우연이 아니라, 바로 내가 *의도적으로* 완벽히 분위기를 만들어냈기 때문이네.

자네가 최근 내가 작업에 심혈을 기울이고 있고, *크기*에 따라 비율 정하는 작업에 열중하며, 현기증이 나도록 어지러운 자연이라는 배경 속에서 두드러져 보이려고 경쟁하는 듯한 온갖 사물의 각기 다른 방식을 구분해간다는 걸 알아봐줘서 정말 기뻤다네.

전에는 대부분의 습작에 빛과 그림자를 거의 비현실적으로 사용했었어. 그러니까, 색조 사용에 일관성이 없었지. 그래서 차갑고 밋밋했던 거야.

이제는 일단 그림의 소재가 될 대상이 *느껴지면(파악되면), 보통은 다른* 스케치를 3개 이상 해. 인물화든 풍경화든 전부. 그러나 그럴 때마다 실물에 주목하지. 그러면서도 *너무 상세한 부분까지 묘사하려고 애쓰지는 않네.* 그랬다간 상상의 영역이 사라지니까. 테르스테이흐 씨나 테오나 혹은 그 누군가가 "이게 뭐죠? 풀, 아니면 양배추?" 하고 물으면 난 이렇게 대답하지. "이것도 제대로 못 알아봐줘서 다행이네요."

그런데 내 데생은 나조차도 대수롭지 않게 여기는 상세한 부분들을 잘나신 이곳 토박이 양반들이 알아볼 정도로 사물을 흡사하게 닮아가고 있어. 그래서 내 그림을 보면 이런 말들을 할 정도야. "딱 보니까 저건 레네세 부인 댁 울타리네. 저건 더 라우 씨네 과실 나무 버팀목이고."

그나저나 내가 얼마 전에 발견한 파베르 크레용 이야기를 해야겠어. 단면 두께가 이 정도 되는데 부드럽고 제도용 연필보다 뛰어날 뿐만 아니라 검은색이 아주 제대로 표현돼서 대형화에 제격이야. 이 크레용으로 회색 조의 거친 종이에 바느질하는 여자를 그려봤는데 석판화 크레용과 비슷한 효과가 나더라고. 개당 20센트고 부드러운 나무가 심을 보호하고 있고 표면은 진한 초록색이야.

깜빡 잊을까봐 생각난 김에 말하는데, 자네가 가진 「하퍼스 메거진」을 몇 권 빌려주겠나? 보턴과 애비가 삽화를 그린 네덜란드에 관한 기사가 궁금해서 그래. 자네한테 소포 하나 보내는데, 내게 있던 잡지 과월호를 몇 권 넣었어. 하워드 파일의 삽화가 있으니 차분하게 한 번 들여다보라고. 그리고 쉴레르가 삽화를 그린 에르크만-샤트리앙의 『어느 농부의 이야기』와 자네도 기억하겠지만 내가 주겠다고 약속했던 그린의 삽화 몇 장도 같이 넣었어. 자네도 혹여 2장씩 가진 그림이 있다면 내게 보내줄 「하퍼스」에 넣어서 보내주면 고맙겠네(한 사나흘 빌려줄 수 있으면 말이지). 졸라가 마네에 관해 쓴 책도 가지고 있다면 부탁하네.

아직 완쾌된 게 아니라니 정말 유감이야. 그래도 목욕이나 소던에서 받은 치료보다 자네 원기를 되찾아주는 건 아마 그림일 거야. 자네는 화실을 떠나는 순간부터 화실을 그리워할 사람이야. 예전에 마우베 형님도 자네가 있는 곳과 비슷한 일종의 공장으로(이런 표현을 써서 미안하네) 가야 했을 때 상당히 침울한 기색이었거든.

그런 곳의 치료 효과에 내가 매우 회의적이라는 건 자네도 알 거야. 난 차라리 로이터의 소설 『건초』의 등장인물 브레지히가 물의 효능에 관해 묘사한 내용을 믿겠어.

프리츠 로이터의 작품은 정말 대단해! 자네도 에르크만-샤트리앙의 작품을 좋아할 거야.

이 이야기도 빠뜨리면 안 되지. 얼마 전에 드디어 쓸만한 여성용 외투와, 썩 마음에 들지는 않지만 모자도 하나 구했어. 반팔에 깃이 서 있는 선장용 외투도 구할 거야.

자네가 그린 목탄화가 무척 궁금해. 내 동생이 여기 오면 같이 보러 갈 기회가 생길지 모르겠어. 그런데 그 녀석이 언제 올 수 있는지는 아직 몰라. 테오가 브라반트로 가면 나도 같이 갈 생각인데 그 길에 위트레흐트에 들를 수 있어. 하지만 형편이 되면 나 혼자라도 자네를 찾아갈 생각이야. 그만큼 자네 목탄화가 보고 싶다네.

그나저나 조만간 자네도 헤이그에 들러주게. 헤이그에서 열리는 결혼식에 참석할 거라고 했었잖아. 앞으로도 요즘처럼 모델 구하는 일에 큰 어려움이 없으면 이번 여름에는 다시 한 번 대형화에 도전할 거야.

지금 작업 중인 것들도 동생이 오기 전에 최대한 마무리해둘 생각이고.

「하퍼스 위클리」에서 스메들리의 그림을 본뜬 사실적인 그림을 봤어. 하얀 모랫길 위를 걷는 남자의 검은 그림자인데 제목이 〈지나간 시대〉야. 분위기만으로는 어느 목사의 그림자 같은 게, 꼭 우리 할아버지 같은 느낌이 들더라고. 나도 이런 그림을 그려보고 싶어. 같은 잡지에 애비의 그림을 본뜬 것도 있었어. 버드나무가 드리워진 시냇가에서 줄낚시 하는 어린 자매 그림이야. 「하퍼스」에 실린 데생들인데 그것 말고도 전시회 관련 기사에도 크로키 여러 점이 실려 있어.

자네한테 이 두 데생을 크로키라도 해서 보내주고 싶은데 시간이 나질 않아.

노인 요양원에서 그림을 그릴 수 있게 해달라고 부탁했었는데 얼마 전에 거절의 답변이 왔어. 뭐, 옆 동네에 또 다른 요양원이 있으니 괜찮아. 여기서 모델을 서줄 영감님 몇 분을 알게 됐거든. 그래서 호기심에 언제 한번 날을 잡고 요양원에 찾아갔지. 그런데 무엇보다 뒤틀린 사과나무 근처에서 일하던 연로한 정원사가 눈에 들어오더라고. 아름다운 장면이었어.

이제 모델이 도착했어. Adieu, 자네만 괜찮으면 「하퍼스」도 좀 빌려주게. 마음으로 악수 청하네.

자네를 사랑하는 친구, 빈센트

294네 ___ 1883년 6월 16일(토) 추정

테오에게

너한테 편지를 보내고 얼마 지나지 않아 라파르트가 소식을 전해왔어. 이 친구다운 편지이길래 너도 읽어보라고 동봉한다. 너도 이 친구를 알고 지냈지만, 요즘은 거의 본 적 없잖아. 전체적으로 진지한 어조에서, 굉장히 자신감이 붙었다는 게 느껴질 거야(물론 예전에도 괜찮았지만 말이야). 내 말에 동의할 게다. 데생이 어마어마하게 좋아졌고, 작업 자세도 아주 성실해.

일단 읽어봐. 이 친구의 발상도 아주 기가 막혀. 다 읽고 내게 다시 돌려주고.

말할 게 하나 더 있어. 대형화를 그릴 거라고 했었잖아. 그 데생, 지난번 편지 보낸 바로 그날부터 시작했어. 바로 라파르트의 편지가 자극이 됐거든. 그림에 얼마나 집중했는지 간밤에는 밤새 이젤 앞에 앉아 있었어. 이제 어떻게 그려야 하는지 감이 오기 시작했는데 이 느낌을 계속 이어갈 수 있으면 좋겠다.

구성은 더 단순하게 잡았어. 인물들이 일렬로만 서 있지. 7명을 스케치했는데, 남자 다섯에 여자 둘이야. 나머지 인물들은 후경에 아주 작게 들어갈 거고. 아마 지금까지 내가 그린 최고의 데생이 아닐까 싶어.

구상에 관한 아이디어는 라파르트가 편지에 적은 내용과 좀 비슷한 면이 있어. 그 친구처럼 나도 영국 화가들(딱히 이들을 염두에 둔 건 아닌데) 기법을 다룰 수 있게 됐어. 그렇다고 똑같이 따라 하는 건 아니고, 이런 면들에 자연히 끌렸다. 그러니까, 상대적으로 거의 따라 한 사람이 없기 때문에, 감정을 표현하는 법을 내가 스스로 찾아내야 해. 통상적인 규칙을 다소 벗어나서 마음대로 표현해보는 도전이지. (라파르트가 온갖 기계장치가 작동하는 모습을 그리는 것처럼, 다른 화가들은 시도할 엄두도 못 내는 소재나 '그림 같다'는 수식어에 *전혀 어울리지 않는* 그림을 그리는 거야.)

라파르트의 그림이 궁금하지? 졸라나 도데, 르모니에가 공장을 묘사한 글을 읽는 기분이야. 이 친구 편지에 내가 '*그림 같은 데생*'에 밑줄을 쳤어. 작년에 나한테 "그림은 색칠한 데생"이라고 주장하는 사람들에게 내가 받아친 말과 관련이 있어. "정확합니다. 그러니까 흑백의 데생은,

사실은 흑백으로 색칠한 겁니다!"

그랬더니 또 "그림은 데생"이라는 거야. 그래서 대꾸했지. "데생이 그림입니다!" 그런데 아직도 기교가 너무 형편없어서 말로밖에 설명하지 못하네. 이젠 말을 줄이고 묵묵히 작품으로 보여줘야겠다.

네 주머니 사정도 여의치 않다는 편지를 받고서 나는 정말 밤낮으로 화풀이라도 하듯 맹렬하게 그림을 그렸다.

지금 그리는 게 다섯 번째 대형 데생이야. 엄밀히 따지면 여섯 번째. 〈쓰레기 하치장〉은 두 번 그렸거든. 이 그림에 필요한 습작들은 네가 여기 오면 모두 볼 수 있어.

라파르트는 아직 인쇄용 잉크를 쓰지 않지만 나는 간간이 써. 그런데 이 친구 지적이 틀리지 않아. 그는 흰색 그림틀을 사용하는데 거기에 그림을 그리면 검은색이 더 검게 보여. 내 그림틀은 갈색에다 안쪽 테두리가 검은색이라 그림이 훨씬 밝게 보이고. 영국 화가들이 인쇄용 잉크를 쓰지 않는다는 지적은 틀린 말이야. 훨씬 강렬한 효과를 만들어내기 위해서 인쇄용 잉크를 사용하기도 하거든. 이것과 비교하면 목탄의 검은색은 훨씬 밝다. 그들은 인쇄용 잉크나 석판화 잉크, 유연(油煙)물감, 연회색 조 물감, 템페라 흑색 등을 이용해서 강렬한 느낌을 표현해내고 있어.

내가 단기간에 많은 걸 하고 있다고 놀랄 필요는 없어. 그림 그리는 행위 자체보다 그림의 구도를 결정하는 과정에서 구상하고 고민하는 과정이 더 큰 역할을 해. 그리고 나는 간밤의 경우처럼 온종일 작업에 전념하거나 수면 시간을 절반으로 줄이며 작업해도 끄떡없어. 이런 식으로 작업하면 많은 그림을 그릴 수 있는 동시에, 그만큼 진이 빠져. 이렇게 작업에 완전히 몰입하는 순간이 오면, 소위 기진맥진해서 쓰러질 때까지 버텨야 해.

나는 지금 빈털터리 상태야. 가능하면 평소보다 좀 일찍 보내주기 바란다.

오늘밤에도 그림을 그려야 해서 잠은 거의 못 잘 것 같아. 하지만 파이프 하나만 있으면 고요한 밤 시간이 작업하기 아주 좋아. 날이 밝고 동틀 때 그 분위기는 정말 장관이지. 아우야, 가능하면 속히 보내주면 좋겠다. 매사에 행운이 깃들기를! Adieu.

너를 사랑하는 형, 빈센트

295네 ____ 1883년 6월 22일(금)

테오에게

4시도 안 됐어. 밤새 폭우가 몰아치면서 비가 내렸다. 지금은 멈췄는데 모든 게 다 흠뻑 젖었어. 잿빛 하늘은 여기저기 쌓이고 뭉친 구름에 누더기처럼 찢어진 모습인데, 하늘보다 더 어둡기도 하고 밝기도 한 구름이 회색이나 황백색 덩어리로 여기저기로 떠다닌다. 이렇게 이른 시간에는 초록이 희미해지고 잿빛으로 보여. 남색 작업복 차림의 농부가 들판에 나가 데려온 갈색 말 위에 올라앉아 젖은 길을 걸어오고 있어. 그 뒤 배경으로 잿빛 마을 그림자가 드리워져 있는데, 옅은 회색 그림자 사이로 반짝이는 빨간 지붕들이 선명한 얼룩처럼 보여. 지면의 색이나 초목의 초록색이 변화무쌍하게 펼쳐지고 만물이 활기를 띠는 게, 코로보다는 도비니에 가까운 분위기야. 네가 봤다면 분명히 나만큼 이 광경을 만끽했을 거야. 이른 새벽의 자연만큼이나 아름다운 광경이 또 있을까.

어제 네 편지가 도착했는데 반가움 이상이었어. 정말 고맙다. 이번에도 주머니가 텅 비어서 상당히 고민스러웠거든. 며칠 전부터 우리 집 여자의 젖까지 말라버린 터라 무력감마저 느끼고 있었어. 그 지경에 이르니 있는 용기, 없는 용기 다 끌어모아 테르스테이흐 씨를 찾아가기로 결심하게 됐지. 더 이상 잃을 것도 없고 그것 외에 할 수 있는 것도 없겠더라고. 그래서 지난번에 편지로 설명했던 대형 스케치를 들고 그 양반을 찾아갔어. 지금은 그게, 전경에 땅과 함께 그 땅을 파는 남자와 여자 몇 명이 배치됐고, 후경으로 작은 마을의 지붕 몇 개가 얼핏 보이는 그림이 됐거든. 아무튼, 테르스테이흐 씨한테 보여주며, 이 스케치가 당신한테 쓸모있는 물건이 아니라는 건 잘 알지만, 당신이 내 그림들을 본 지 오래되었고 나도 작년 일 때문에 우리 사이에 앙금 같은 게 남아 있지 않다는 걸 직접 증명하고 싶어서 들고 왔다고 말했어. 본인도 그런 건 없다더라. 앙금 같은 거 말이야. 그리고 데생에 관해서는 작년에 수채화를 그려보라고 했었다면서 똑같은 말을 반복하는 게 싫었는지 이번에는 별말을 안 했어. 그래서 그 이후로 간간이 수채화를 그려서 화실에 여러 점이 있지만 시간이 흐르면서 개인적으로 다양한 그림에 열의가 생겼고 강렬하게 표현된 인물화 데생에 점점 더 많은 관심이 생겼다고 말했지.

그리고 이미 오래전에 돌려보냈어야 할 『바르그 데생 교본』을 작년의 그 일 때문에 여태 가지고 있어서 마음이 무겁다는 얘기도 했어. 또 그 문제로 찾아온 것도 사실이라고 했지. 왜냐하면 오래 사용해서 몇 쪽쯤 훼손되기도 했고 당시 받았던 물건 중에 돌려주지 못한 것도 있으니 지금이나 얼마 후에 내가 작업한 데생 몇 점을 받고 모든 걸 마무리해주면 좋겠다고 말했지. 이 문제를 해결하러 찾아가면 그 양반이 고마워할 것 같았거든. 과연 좋은 생각이라고 하더군. 다행히 바르그 교본도 돌려줬어.

그 참에 그 양반이 아직 보지 못한 결과물들이 화실에 많다고도 했어.

그랬더니 가져온 데생을 보니 내가 그래도 열심히 작업한 모양이라 기쁘다고 하더라. 그래서 내가 다시 물었어. 그 사실을 의심할 특별한 이유가 있는지. 그때 그 양반한테 전보가 날아들었길래, 그냥 인사하고 나왔다. 어쨌든 『바르그 교본』 건은 깨끗이 정리한 셈이야. 빌려줘서 고맙다고 다시 한 번 말했어. 아주 유용하게 사용했다는 말도 함께. 그런데 가만 생각해보면, 그 인간이 내 데생의 장점을 알아보기는 했는지 모르겠다.

내 그림을 보고 웬 미친놈이 그린 그림이라거나 터무니없는 그림으로 여긴다 해도 놀랍지 않아. 본인은 아무런 평가도 하고 싶지 않다고 말한 것만 봐도 알아. 하지만 그 인간이 내 그림을 미친놈 그림이라거나 터무니없는 그림으로 여겨도, 화내거나 그 의견을 절대적이고 결정적인 평가로 여겨선 안 돼.

언젠가는 그 인간도 나를 다른 관점에서 바라보게 될 때가 있겠지. 지금의 내 행동과 작년의 내 행동에 대해서. 시간에 맡겨두련다. 만약 내 행동이 틀렸다고만 고집한다면, 그땐 나도 냉철하게 상황을 받아들이고 담담하게 내 길을 갈 거야. 그런 인간은 애초에 없었던 것처럼.

나머지 일들은, 신경 쓰지 않을래. 네가 다시 여기 올 때까지는. 어쨌든 그 인간을 찾아간 걸 후회하지는 않아.

잘 지낸다니 반갑기 그지없다. 아우야, 후회 없도록 좋은 시간을 보내라. 나도 그런 비슷한 시간을 갖긴 했었어. 다만 경제적인 부분에서 고민이 좀 많았지. 아주 많았어. 그래도 그림 작업에는 운이 좋았어. 최근엔 정말 기쁜 마음으로 그리고 있다. 동봉하는 라파르트의 편지에 그 친구가 한 말처럼 '제대로 된 길'에 들어선 확신이 들 정도야. 이런 거야, 아우야. 이미 세상에 존재하는 것들을 신경 쓰지 않고, 묵묵히 자신의 길을 걸어가고, 정직하고 자유로운 시선으로 자연을 바라보면서, 남들이 뭐라고 하더라도 눈으로 보고 마음속에 떠오르는 걸 그냥 흘려보내지 않으면, 차분하고 단호해질 수 있고 두려움 없이 미래를 바라볼 수 있어. 물론 실수할 때도 있고, 이렇게든 저렇게든 과장할 수도 있어. 하지만 분명히 어떤 결과물을 만들어낼 수 있어. 독창적인 결과물을. 라파르트의 편지에서 읽었을 거야. "예전에는 뚜렷한 개성 없이 이런 쪽 작업도 하고, 저런 쪽 작업도 해봤는데, 지금은 적어도 내 데생이 고유의 특징은 가지고 있어요. 이제는 내 길로 접어들었다는 느낌이 드네요." 나도 거의 같은 심정이야.

얼마 전 텐느의 글(디킨스에 관한 에세이)에서 읽었어. "*Le fond du caractère Anglais c'est l'absence du bonheur*(*영국 작품 속 인물이 보여주는 본질은 행복의 부재(不在)다*)." 마음에 들지도 않고 정확하지도 않은 지적이야. 전부를 설명해주진 못하니까. 하지만 어떤 부분들은 놀랍도록 정확하게 진실이다.

칼라일의 한마디가 전형적인 영국식이지. "The result of an idea must not be a feeling but an action(어떤 발상의 결과는 특정한 감정이 아니라 특정한 *행동*이어야 한다)." 인간이 추구해야 하는 삶은, 물질적 행복이 아니라 자신의 일이고 그것도 좋은 일이라는 걸 영국에서 자주 경험한다. 아무래도 국가 기질이 아닐까 싶어. 칼라일은 또 이런 말도 했어. "Knowest thou that Worship of sorrow, the temple thereof founded some eighteen hundred years ago now lies in ruins, yet its sacred lamp is still burning(고통을 숭배할 줄 알라, 1,800년 전에 세워진 사원은 이제 폐허지만 성스러운 등불은 여전히 타고 있다)!" 드 그루가 떠오르거나 도미에에 관해 네가 편지로 써준 글이 떠오를 때면 그 두 사람에게서 칼라일이 말한 '고통의 숭배'가 느껴지는 것 같아.

테르스테이흐 씨에게 그림을 들고 갔을 때, 그 좁은 방에서 보니 내 그림이 더없이 초라해 보이더라. 주변에 다른 그림들을 두고 같이 봐야겠어. 그러면 전혀 다른 그림처럼 보일 거야. 어제도 인물들을 보다 완벽하게 표현하기 위해서 온종일 작업했어.

지난번 편지를 보낸 뒤로 감자 캐는 사람들 습작을 4점이나 그렸어. 안 그래도 요즘 주변에서 다들 감자를 캐고 있거든. 짧은 포크처럼 생긴 도구를 사용하는데 무릎을 꿇고 작업하더라. 그걸 보면서 머릿속에 구도가 떠올랐는데, 저녁에 평지에서 무릎 꿇고 감자 캐는 사람들을 그리면 괜찮을 것 같아. 예배 분위기가 느껴질 것도 같고. 그래서 아예 날을 잡고 작업 과정을 유심히 관찰했지. 한 남자가 포크처럼 생긴 도구를 땅속에 찔러넣는 걸 그리고(첫 번째 동작), 땅속에서 감자를 캐내는 다른 남자도 그린 다음(두 번째 동작), 똑같은 자세의 여성이 있고, 세 번째 남자가 바구니에 감자를 던져넣지.

오늘이나 내일, 전체를 하나의 그림으로 작업할 생각인데, 남자 하나는 민머리로 그리고 싶어. 이전 습작 중에 농촌 청년이 하나 있어. 특징이 살아 있는데, 덩치가 크고 non ebarbe(면도도 않고), 투박한 인물이야.

하지만 테오야, 내가 이 데생들을 어디에 내다 팔지는 않을 것 같아. 이스라엘스가 판 데르 베일러 그림을 보고 한 말이 떠오른다. "이 그림들은 못 팔 거야. 그러나 낙담하진 말게. 덕분에 더 많은 친구를 얻을 테고, 그 교류를 통해 나중에 다른 그림을 팔면 되니까."

언젠가 내가 그런 능력을 지니게 되고, 형편도 좀 나아지면 지금은 종이 위에 그리는 이런 스케치를 캔버스 위에 상세 스케치로 그린 다음 유화로 만들 거야. 그런데 그러려면 모델이 많이 필요해. 모델 없이는 제대로 할 수 없어. 그 외에도 머릿속에 그리는 게 몇 개 있는데 다 유화로 그릴 것들이야.

내 편지에 C. M.은 여전히 묵묵부답이다. 편지를 다시 보낼 생각은 없어. 그래서 테오야, 이 상태로는 뭔가를 해낼 가능성이 희박해. 테르스테이흐 씨를 찾아간 건 정말 불쾌한 경험이었어. 그래도 감행했던 건 그 인간도 모든 걸 용서하고 잊을 마음의 준비가 되었을 거란 기대 때문이었어. 그런데 그 인간은 확실히 그럴 마음이 없더라. 네가 얼마 전에 편지에 썼던 그대로였어. "그 양반은 어쩔 땐 내가 악수하는 방식 때문에 마음이 상하기도 합니다." 아니면 그냥 누군가가 너무 싫다고 안 만나고 마는 별종이든지.

난 여전히 힘겹다. 작년에는 알다시피, 간간이 네가 추가로 보내줬잖아. 그런데 2월인가, 아니 3월부터 너 역시 이런저런 일로 곤란해진 상황 아니냐. 솔직히 어떻게 버텨야 할지 모르겠다. 최대한 아껴 쓰는데도 순식간에 빠져나가는 돈을 붙잡을 틈도 없다. 허리띠를 졸라맨 건 우리 집 여자도 마찬가지야. 라파르트에게 받은 돈 덕분에 한동안은 편하게 지냈고 큰 그림도 그렸어. 그런데 대형화를 그리려면 모델에게 돈이 많이 들어가. 그림틀도 마찬가지고 종이 등등도 마찬가지야. 그렇다고 소형화를 덜 그리는 것도 아니고. 그러다 보니 나도, 우리집 여자도, 하루하루 버티는 게 힘들어. 부족하지 않은 게 없구나.

테르스테이흐 씨한테 진심으로 마우베 형님과 화해하고 싶다고 말했어. 그런데 아예 대꾸도 않더라. 그 양반에게 다녀온 뒤로 이런 생각이 들었어. 불미스러운 일 이후로 시간도 한참 지났고 그 양반도 대수롭지 않은 일처럼 말하길래 괜찮은 줄 알았는데, 그 양반한테는 여전히 묵직한 앙금이 남아 있었던 거야. 마치 "자네는 왜 또 나타났지? 날 좀 가만 내버려 두라고." 이렇게 말하고 싶은 사람처럼. 정확히 그렇게 말한 건 아니고, 말투는 아주 정중했지만 속뜻이야 뻔하지. 이렇게 말했어야지(what might have said).* "그래, 오해가 있었으면 풀어야지. 언제 한 번 자네 화실에 들르지." 이런 말들 말이야.

그렇지만 어쩌면 내 생각이 틀렸을 수도 있으니 다시 한 번 시간에게 맡겨두련다. 나중에 어떤 식으로든 정리되겠지. 결과가 좋기만을 바랄 뿐이야. 어쨌든 난 희망적이다. 어떤 부분은 틀림없이 나아질 거야. 그래서 작업에 열중해야 하는 거야.

무엇보다도 네가 여기 왔을 때 내 그림이 얼마나 나아졌는지 직접 확인하고, 바라건대 마음에 드는 게 있었으면 한다. 언젠가 그렇게 편지했었잖아. 느낌이 오는 게 있다고. 네 판단이 틀리고 테르스테이흐 씨가 옳다고 생각지는 않아. 적대적으로 느껴질 만큼 철저히 무관심한 그 인간이. 그래, 내가 가장 중요하게 생각하는 건, 처음부터 지금까지 날 위해 모든 걸 해준 네가 좋다고 인정하는 그림을 계속 그리는 거야. 그렇게만 된다면 네 한 번의 방문으로 내 1년간의 고민이 깨끗이 다 사라질 것 같아.

내 대형 스케치 속 인물들에게 희망을 가졌던 건, 이테르손의 말 때문이었어. 뭔가가 '거슬리고' 그들이 '침울해' 보인다고 했거든. 상냥한 표정에 전문가 행세를 하면서 한쪽으로 고개를 기울인 자세와 저음에 가까운 나긋나긋한 목소리로 자신의 느낌을 과장과 허풍을 섞어 늘어놓는 모습을 떠올려봐. 난 그 양반 감상평이 재밌었다. 에이렐만Otto Eerelman이라는 화가도 그 자리에 있었는데 이테르손에게 동의하더라. 충분히 이해할 만한 반응이었어.

너도 내 행동이 오해를 푸는 첫걸음이었다는 데 동감하지. 비록 테르스테이흐 씨야 지금 당장은 그걸 원하지 않지만. 어느 쪽이든 먼저 첫걸음을 내디뎌야 해. 이제는 이 얘기를 다시 나눌 시간이 올 때까지 기다릴 거야.

나중에 그 양반이 내 인물화들을 보며 "이건 이런저런 크기의 수채화로 그리면 좋겠네"라고 말하는 상상을 하곤 한다. 그런 일이 생기면 거절하지는 않을 거야. 하지만 기쁘고 반가워서가 아니라 그림을 팔고 싶은 마음 때문이야. 그리고 그게 전부는 아니야. 앞으로는 지금까지와는 다른 작업도 할 거야. 경험상 우리는 누군가의 그림에 무관심해지거나 반감이 들 수 있고, 그 감정이 오래갈 수도 있어. 그런데 어느 날 갑자기 그자의 작품을 보고, 반추해보고, 이전 작품을 떠올리고, 중얼거리지. "가만, 제법 좋잖아!" 그러고는 그걸 즐기고, 좋아하고, 빠

* 빈센트는 의미를 강조하기 위해 네덜란드어 옆에 똑같은 뜻의 영어 단어를 적었다.

져드는 거야.

영국 화가들의 그림에서 이런 걸 경험했어. 처음에는 다 별로였어. 나도 대부분의 이 나라 화가들과 생각이 같았지. 영국인들은 뭘 모른다고. 그런데 그 생각은 오래가지 않았어. 다른 관점에서 바라보는 법을 배웠거든.

언젠가 내가 꼭 해보고 싶은 게 뭔지 알아? 브라반트를 둘러보는 일이야! 뉘넌의 낡은 교회 공동묘지를 꼭 그리고 싶거든! 그리고 직조공들도!

그러니까, 대략 한 달쯤 브라반트에서 크로키나 스케치를 하고 대형화에 쓸 습작들을 만들어 오는 거야. 농부의 장례식 같은 장면 말이야.

지난 편지에 네가 좋은 시간을 보내고 있다고 썼기에 다시 한 번 말하는데, 나도 그렇다. 작업에 관해서는 마음이 평안하고 기분이 좋아. 또 해야 할 일이 많아서 한눈팔 틈이 없어. 그런데 돈 문제가 매사 발목을 붙잡는다. 늘어나는 지출을 감당할 수가 없어.

최근에 네가 가지고 있는 가바르니 책이 떠올랐어. 가바르니가 말하기를, 〈취객〉과 〈런던의 걸인〉은 그네들과 한 1년쯤 어울려 지냈더니 저절로 그려졌다고 했어. 넌 편지에 이렇게 적었었지. 새로운 환경이 내 집처럼 느껴지기까지는 시간이 걸린다고.

자, 여기 자리잡았던 초기에 비해 이제는 제법 내 집같이 편한 기분이 들기 시작했다. 돌이켜보면 초기에 내 행동은 깊이가 전혀 없었어. 대상을 더 강렬하고 정교하게 표현하고 싶다는 바람이 있다는 것은 앞으로 좋은 날이 찾아올 거라는 뜻이기도 해. 지금은 그림의 대상이나 모델들을(비용을 감당할 수 있다는 전제하에서) 구하지 못할 일이 없기 때문이야. 머릿속이 여러 구상들로 꽉 찼고, 아직은 고민거리에 짓눌릴 정도는 아니야.

그래도 나가는 돈은 있고, 모든 게 돈이니 가시울타리를 헤치고 가듯 번번이 장애물이 앞을 가로막는구나. 사실 더 많은 모델들을 그려봐야 하는데 더 부를 수가 없어. 정말이지 지출을 줄이려고 최선을 다하고 있다. 하지만 살림에도 돈이 들잖아. 도저히 적자를 면할 수가 없다. Qu'y faire(어떻게 해야 할까)?

혹시 헤이그에서 일하던 시절의 네 지인들 중에서, 내 그림에 관심을 가질 사람이 없을까? 내가 아는 사람은 란츠헤이르 씨뿐인데, 그 양반에게는 아주 근사하고 아름다운 그림을 가져가야 해. 사실, 또 그래서 *나중에* 그에게 그림을 팔 생각도 있어. 그런데 지금은 아직 때가 아니야. 아마 라파르트의 삼촌이었나 먼 친척 아저씨뻘이었나 그랬어. 언젠가 그 친구가 란츠헤이르 씨한테 내 채색 스케치를 보여드렸더니 괜찮다고 했다더라고.

그 양반 눈에 그럴듯해 보일 그림이 그려지면 내가 직접 라파르트를 통해 란츠헤이르 씨를 찾아갈 거야. 난 먼저 만나자는 제안하는 편이 아니지만, 작품에 관한 거라면 굳이 마다할 이유는 없다고 봐. 게다가 내 작품과 관련된 일이잖아. Adieu. 악수 청한다.

너를 사랑하는 형, 빈센트

아마 라파르트가 내가 그린 대형 데생을 보면, 굳이 부탁하지 않더라도, 틀림없이 란츠헤이르 씨에게 내 얘기를 할 게다.

296네 ___ 1883년 6월 27일(수) 추정

테오에게

요즘 내가 좀 자주 편지하지. 그런데 사실, 주변 상황에 변화가 없는 나날이 이어지다 보니 너한테 흥미진진한 내용을 전하지 못하는 게 매번 불만이었어. 조만간 그런 날이 오겠지. 네가 내 화실에 들르면 즐겁게 주고받을 이런저런 이야기가 있을 게다. 적어도 그랬으면 좋겠어. 아직 네가 직접 보지는 못했지만 지금 내가 그리고 있는 이 그림에 공감해주면 또 많은 이야기를 나눌 수 있을 거야.

이번 주에는 「파리 일뤼스트레」에서 근사한 윌리스 뷔텡의 데생 복제화를 봤어. 제목이 〈배 띄우기〉인데 어부와 여자들이 바다를 향해 배를 밀고 가는 장면이야. 왜일까, 이 그림을 볼 때마다 뷔텡의 다른 그림은 물론이고 르그로의 그림이 자꾸 떠오르는데, 그게, 전혀 다른 주제의

그림들인 거야. 일꾼들이 무릎 꿇은 자세로 삽지창 같은 도구로 감자를 캐는 장면 같은 것들. 내가 비슷한 습작을 그리고 있다고 최근에도 얘기했었잖아. 지금 이젤 위에 데생 스케치가 놓여 있어. 남자 셋에 여자 하나, 총 4명이야. 그림자 효과나 묘사 전체를 다소 세밀하면서도 과감하게 그려보려 해. 워낙 관심이 많은 주제라 오래전부터 이런 그림들을 찾아왔었어.

지금도 뷔텡의 그림(후기작일 거야)을 처음 본 날 받았던 강렬한 인상을 고스란히 기억한다. 나중에 작가 본인이 직접 동판화로 만든 작품으로 제목이 아마 〈부둣가〉일 거야. 비 오는 밤 여성들이 부두로 돌아오는 배들을 지켜봐. 그게 처음 본 뷔텡의 그림이었는데 그 뒤로 뤽상부르 미술관에 있는 그림을 비롯해 다른 작품들도 여러 점 봤지.

나는 이 화가가 상당히 성실하고 매우 진지한 사람이라고 생각해. 얼핏 보면 마구잡이로 휘갈긴 것 같지만 선이 살아 있고 정직하거든. 개인적인 친분은 전혀 없지만 그림을 보고 있으면 어떻게 그렸는지 상상이 가는 작가 있잖아.

전시회에서 본 블로머르스의 〈11월〉은 괜찮지 않았어? 난 원본은 못 보고 복제화만 봤는데, 화풍이 꼭 뷔텡 같더라. 극적 효과가 가미된 게 평소 블로머르스 그림보다 훨씬 더 열정적으로 보였어. 지금 7~8개를 동시에 작업 중이야. 크기는 각각 대략 1미터 정도. 그러니 내가 얼마나 일에 치여 사는지 상상이 갈 거야.

하지만 이렇게 작업에 전념하면 그림 그리는 기교가 훨씬 능숙해질 거야. 예를 들면, 목탄 작업에 대한 거부감이 나날이 사라지고 있다. 목탄을 착색시킬 방법을 찾아낸 덕분이기도 하고, 목탄 위에 인쇄용 잉크 같은 다른 염료를 동시에 사용한 덕분이기도 해.

이건 감자 캐는 사람들을 그린 작은 크로키인데 실제 데생에는 사람들 사이가 좀 더 멀어.

편지를 쓰는 와중에 너와 함께(좀 오래전 일이지만 너도 기억할걸) 어느 저녁, 마우베 형님 집에 들렀던 일이 떠오른다. 그 양반이 막사 근처에 살던 때였어. 그때 우리한테 자신이 그린 〈쟁기〉의 복제화 사진을 줬었지.

그때만 해도 그림 그릴 생각이 없었어. 그 형님하고 나 사이에 문제도 거의 없었고.

그나저나 그 양반과의 관계 회복이 이리도 힘들다는 게 여전히 이해가 안 간다. 더더욱 이해가 가지 않는 건, 깊숙이 따지고 들어가 봐도, 그 양반과 나는 솔직히 견해차라는 것도 없었다는 거야. 어쨌든 워낙 오래된 일이고, 지금은 유쾌한 기분을 되찾아서 작업에도 도움이 되고 자신감도 붙었어. 다 나아질 거야. 전에도 이미 겪은 일이긴 하다만 그래도 불쾌한 건 어쩔 수가 없네. 그런 인간들이 내가 해온 것들에 대해 험담하고, 내가 잘못된 방향으로 간다고 수군거리는 게 정말 화가 난다.

곧 편지할 거지? 늘 말하지만 네 편지가 가장 반갑다. 인물들을 30센티미터쯤 되게 그리는 게 작게 데생하기보다 쉽지 않을까 생각하겠지? *정반대야*. 큰 그림에다 작은 그림처럼 활력을 불어넣으려면 그 비율만큼 더 손이 가서 작업이 힘들 수밖에 없어. 잘 지내라, 아우야. 하루하루 잘 보내고, 회사 일도 잘되기를 기원한다. 악수 청한다.

너를 사랑하는 형, 빈센트

297네 ___ 1883년 7월 2일(월)

테오에게

네 편지와 안에 든 내용물은 반갑게 잘 받았다. 그리고 더 긴 편지를 쓰겠다는 약속은 더욱 반가웠다. 〈Les Cent Chefs d'oeuvre(걸작 100선)〉에 관한 자세한 내용을 전해주기 바란다. 그 전시회를 직접 봤다니 좋았겠구나.

돌이켜보면 예전에는 대중들이 걸작을 남긴 화가들 몇몇이 지닌 특징이나 의도, 천재성을 상당히 의심했었어. 그래서 그들에 관한 말도 안 되는 헛소문까지 퍼뜨리기도 했지. 그러다 보니 마치 털북숭이 떠돌이 개나 신분증 없는 떠돌이를 감시하는 순경의 시선으로 밀레나 코로, 도비니 같은 화가들을 바라봤어. 그런데 시간이 흐르니 voilà(봐라), 그들이 이제 〈걸작 100선〉의 대표 화가다! '100'이라는 숫자로 부족하면 innumerable(무수하다)로 해야겠지. 이들에게 순경의 시선을 던졌던 자들? 그들의 운명은 궁금해할 것도 없어. 남아 있는 것도 거의 없거든. 그런데 위대한 이들의 삶은 참 비극적이야. (생전에는 고까운 시선을 받으며 산 것도 맞지만) 정작 대중이 그들의 작품을 인정할 때는 이미 저세상 사람이 된 후니까. 사는 동안에는 적대적인 자들에게 비난의 대상이 되면서 온갖 어려움에 맞서 싸워야 했어. 그랬는데 이제 와 그런 화가들에게 쏟아지는 대중적인 찬사를 들을 때마다 제대로 된 친구 하나 없이 어둡고 희미한 존재였던 그들의 모습이 또렷이 떠올라. 그래서 소박한 삶을 살았던 그들이 더욱 위대해 보이고, 또 그만큼 마음이 아프다.

〈집무실에 있는 칼라일〉이라는 르그로의 동판화가 있어. 밀레나 그와 비슷한 화가들을 있는 그대로의 모습으로 상상할 때마다 머릿속에 떠오르는 그림이야. 빅토르 위고가 아이스킬로스에 대해 이렇게 말했었어. "On tua l'homme, puis on dit 'élévons pour Aeschyle une statue en bronze!'(그들은 그를 죽음에 이르게 만들어놓고서 말했다. '아이스킬로스를 위해 동상을 세웁시다!')" 어떤 화가들의 전시회 개최 소식을 접할 때마다 이 말이 떠올라. 동상 따위는 내 알 바 아니지. 그들에게 경의를 표하지 않는다는 게 아니라, 다른 생각이 있다는 말이야. 사람들은 아이스킬로스를 추방했는데, 추방은 곧 사형선고야. 대부분 경우가 그래.

테오야, 네가 화실에 올 즈음이면 아마 어디서도 보기 힘든 그런 그림들을 보여줄 수 있을 거야. 〈현대 목판화 걸작 100선〉이라 부를 만한 작품들도 보여줄게. 소위 전문가라는 사람들도 이름을 모르는 그런 작가들의 작품을 말이야.

누가 버크먼을 알고, 누가 두 명의 그린을 알고, 또 누가 레가메의 데생을 알겠어? 거의 없어.

그런데 이들의 그림을 한자리에 모아 놓고 보면 생생한 생명력, 개성, 진지한 접근법, 거리나 시장, 병원, 고아원 등지에서 흔히 볼 수 있는 대상이나 인물에 대한 이해와 표현력 등에 놀라지 않을 수 없어. 작년부터 모았는데 진작 내 기대를 뛰어넘었다.

화실에 잠깐만 들르는 일정을 잡지는 않을 거잖아, 그렇지? 지난번에 감자 캐는 사람들을 그리고 있다고 썼잖아. 지금 이젤에는 다른 그림이 올라와 있어. 같은 주제인데 노인 한 명만 그린 그림이야.

그리고 덩어리진 흙이 여기저기 흩어져 있는 널찍한 밭에서 씨를 뿌리는 사람도 그리고 있어. 지금까지 내가 그렸던 씨 뿌리는 사람 중에서 가장 마음에 들어.

습작을 예닐곱 번이나 그렸는데 이번에는 제대로 데생답게 그리려고 확실한 위치에 인물을 배치하고 밭과 하늘을 주도면밀하게 관찰했어. 다른 습작들도 있어. 잡초와 건초 태우기하고 감자포대를 등에 메고 가는 노인, 외바퀴 수레를 밀고 가는 노인 등등.

혹시나, 내가 선의를 가지고(내 고집이 틀렸다는 가정하에) 테르스테이흐 씨의 조언을 따르면(그래서 수채화를 그리면) 감자포대를 멘 노인과 씨 뿌리는 사람, 감자 캐는 노인과 외바퀴 수레 미는 노인, 잡초 태우는 노인을 수채화로도 고스란히 살릴 수 있을지 모르겠어. 결과물은 형편없을 거야. 그런 형편없는 결과물에 귀중한 시간을 쏟고 싶은 마음은 없다. 이제야 내 인물들이 레르미트가 추구했던 그런 분위기와 비슷하게 닮아가고 있거든(아직은 갈 길이 멀지만).

수채화는 인물의 생동감과 활력, 거친 동작을 표현하는 데 적당한 기법이 아니야. 채색이나 색조를 추구하는 경우라면 수채화야말로 제격이지. 동일한 인물을 두고 각기 다른 관점에서(색조나 색채), 각기 다른 의도로, 각기 다른 습작을 만들 수 있다는 건 기꺼이 인정할 수 있어. 그런데 말이다, 내 심리 상태나 내 감성에 끌려 인물의 특징, 구도, 행동에 중점을 두고 관찰한 다음 내 감정이 하는 말에 따라서 수채화가 아닌 흑백의 데생만 그린다고, 남들에게 이런 나를 비난할 권리가 있는 거냐?

그런데 윤곽선이 강렬한 수채화도 있기는 해. 레가메나 핀웰, 워커나 헤르코머(벨기에 화가 뫼니에)의 그림처럼 말이야. 그런데 이것들을 수채화로 그려내더라도 테르스테이흐 씨는 못마땅해할걸. 여전히 똑같은 말을 하겠지. "내다 팔 상품이 못 돼. 상품성이 우선이야."

그 양반 말뜻은 분명한 것 같다. "자넨 형편없는 인간이야. 형편없는 그림은 그만두라는 내 충고를 거부할 만큼 거드름을 피우는데, 제대로 된 작업 대신 연구랍시고 그러고 다니다간 우스운 꼴을 겪게 될 거야." 재작년에 이어 작년에도 테르스테이흐 씨가 궁극적으로 내게 하고 싶었던 말은 바로 이런 거야. 그리고 이번에도 그 말을 들어야 할 테고.

나한테 테르스테이흐 씨는 영원히 '안 돼'로 남을 사람 같아.

나뿐만 아니라 자기 길을 찾아가는 사람들의 기를 꺾어놓기 위해 그들의 뒤에서, 그들의 곁에서 평생 따라다닐 사람이야. 버거울 때도 있고, 혼란스럽기도 하고 심하게 말하면 완전히 방향을 잃어버릴 수도 있어.

하지만 방금 표현한 대로 영원히 '안 돼'라는 게 있는 반면, 영원히 '돼'도 있어. 그들에게는 la foi du charbonnier(광부의 신념) 같은 결기가 보이지.

그렇지만 사실을 말하자면, 그림을 그리려면 돈이 들어간다는 현실로 인해 삶은 암담해지고 미래는 더 암울해진다. 그림을 그리면 그릴수록 열심히 노력한 만큼 온갖 어려움과 돈 문제를 극복하고 수면 위로 올라오는 게 아니라 딛고 있던 땅바닥마저 무너져내리는 기분만 든다. 인물화 솜씨는 많이 나아졌는데, 주머니 사정은 많이 나빠져서 더는 버티기 힘들구나.

요즘은 바다 근처나 실제로 농사짓고 사는 땅 근처인 시골로 이사 갈 생각도 한다. 그렇게 하면 비용이 절감될 것 같거든. 돈벌이만 할 수 있다면 여기서도 얼마든지 내가 원하는 대로 지낼 수 있는데. 습작을 그리러 여기저기 다닐 수도 있고. 이곳에는 괜찮은 화실도 있고 예술계와 너무 동떨어진 지역도 아니라서 좋아. 어쨌든, 아무런 교류 없이 사는 건 힘든 일이잖아. 적어도 간간이 보고 듣는 것 정도는 있어야 하니까.

아니면 영국으로 떠날까 싶기도 하다. 영국에서 「런던 뉴스」나 「그래픽」에 버금가는 잡지가 (「픽토리얼 뉴스」) 창간됐어. 거기서 월급 받는 일자리를 구하는 것도 가능하지 않을까. 그런데 가능성을 미리 확인할 방법이 있을까?

최근에는 네 친구 소식을 묻지 않았는데 그건 너희 두 사람이 사랑한다는 걸 알기 때문이야. 그게 중요하지. 시시콜콜한 걸 묻는 게 무슨 의미가 있겠어.

조만간 네가 여기 들러주기를 바랄 뿐이다. 이렇게 가깝게 연락하면서도 서로 못 본 지가 벌써 1년이 넘었다. 긴 시간이야. 그나저나 7월 1일에 우리 집 꼬마가 한 살이 됐어. 어디 가서도 이렇게 유쾌하고 쾌활한 녀석은 보기 힘들 거야. 내 생각에 이 녀석이야말로 제 어미 건강 회복의 일등 공신이야(얼마나 건강한지 우리 집 여자의 혼을 아주 쏙 빼놓는다니까). 가끔은 도시를 떠나 시골로 내려가서 그녀의 가족들과도 연락을 끊고 지내는 게 그녀에게 더 좋지 않을까 싶기도 해. 그녀에게 좋은 기회가 될 거라는 확신도 들고. 우리 집 여자 행실이 많이 달라지긴 했어. 그런데 가족들이 여전히 나쁜 영향을 끼치고 있어. 단순한 거 하나를 가르치려 해도, 그 식구들이 어느새 수작을 부리고 무언가를 감추게 한다니까.

아무튼, 우리 집 여자는 과연 enfant du siècle(세기의 아이)라고 부를 만해. 기분은 상황에 따라 들쭉날쭉한 탓에 항상 뭔가 찜찜하게 남는 게 있어. 의기소침이나 무기력이나 이런저런 일에 대한 의지 결여 등등. 그래서 시골 생활이 그녀에게 좋을 거라 생각했던 건데, 이사 비용도 만만치가 않다. 게다가 시골이나 런던으로 떠나기로 결정한다면, 난 그보다 먼저 결혼부터 하고 싶어.

여기서는 다른 화가들과의 교류가 (절대적으로 필요하지만) 거의 없어. 그렇다고 그 상황이 달라질 거라 생각도 안 해. 어쨌든 여기에 잘 적응하고 있는 터라 될 수 있으면 이사 갈 일은 없었으면 하는 게 내 바람이야.

여기 올 수는 있는지, 그렇다면 언제가 될지, 꼭 편지해라. 지금은 여러 일에 신경을 쓰느라 신경이 좀 곤두선 상태야. 너를 다시 만나 앞으로의 이야기를 하게 될 때까지 계속 이렇게 지내지 않을까 싶다.

얼마 전에 보턴이 네덜란드에 관해 쓴 기사를 읽었어. 그의 삽화는 물론 애비의 삽화도 실려 있었는데 몇몇은 아주 환상적이었어. 그런데 거기서 아주 놀라운 구절 하나를 찾았어. 마르컨이라는 섬마을을 묘사한 내용이었는데 읽기만 해도 가보고 싶더라고. 기회 되면 그런 곳에 자리 잡아도 좋을지 모를 일이잖아?

하지만 그렇게 되더라도 예술계와는 최소한이라도 교류하며 지내야 해. 그곳 주민들 대부분이 어부들이라 당연히 예술과는 거리가 멀 텐데, 일단 화가로 먹고는 살아야 하잖아.

〈걸작 100선〉 전시회에 관해 설명해주기로 한 약속, 절대 잊지 마. 그리고 하는 일이 잘되고 여유가 생겨 추가로 뭐라도 보내줄 수 있으면 언제 보내도 상관없어.

시골 정착은, 사실 내가 자연을 좋아하긴 하지만 여러 이유로 인해 도시를 떠날 수가 없겠어. 특히 잡지와 복제화 인쇄할 기회 때문에 더 그래. 기차를 더 이상 볼 수 없는 상황은 참을 수 있는데 잡지가 없는 상황은 못 견딜 것 같거든. Adieu, 아우야. 악수 청한다.

너를 사랑하는 형, 빈센트

졸라의 『내가 증오하는 것들Mes haines』을 읽었어. 졸라의 견해는 전반적으로는 틀렸다만 흥미로운 대목들이 많이 보였다. 이 부분만큼은 사실이야. 'Observez que ce qui plait au public est toujours ce qu'il y a de plus banal, ce qu'on a coutume de voir chaque année, on est habitué à de telles fadeurs, à des mensonges si jolis, qu'on refuse de toute sa puissance les vérités fortes(대중들이 열광하는 건 언제나 지극히 평범한 것들이라는 사실을 주목하기 바란다. 우리가 매년 보면서 익숙해진 것들이라는 사실도. 그토록 무미건조하고 달콤한 거짓말 같은 것들에 익숙한 탓에 강렬한 진실을 한사코 거부하는 것이라는 사실도).'

라38네 ____ 1883년 7월 3일(화) 추정

친애하는 벗, 라파르트

여행 중일 텐데 자네한테 다시 편지를 쓰고 싶었어. 보내준 책은 고맙게 잘 받았어. 졸라가 위고에 대해 직접 했던 말은 졸라의 작품 『내가 증오하는 것들』에도 해당되는 것 같아. 'Je voudrais démontrer qu'étant donné un tel homme sur un tel sujet, le résultat ne pourrait être un autre livre qu'il n'est(이런 사람이, 이런 주제에 관해 쓴 내용이기에, 이 책이 아닌 다른 책은 될 수 없었다).' 졸라가 직접 했던 말도 마찬가지야. 'Je ne cesserai de répéter, la critique de ce livre, telle qu'elle s'est exercée, me parait une monstrueuse injustice(끊임없이 반복해서 하는 말이지만 이 책에 쏟아지고 있는 지금의 이 비판은 극악무도할 정도로 불공평하다).'

우선, 나 자신은 이런 책을 집필한 졸라에게 비난을 퍼붓는 부류가 아님을 기꺼이 밝히고 싶어. 이 책 덕분에 나는 졸라라는 작가를 제대로 알았고, 그의 약점도 알 수 있었어. 그림에 대한 지식이 부족하고 특수 분야에 대한 제대로 된 견해보다 편견을 가졌더군. 친애하는 벗이여, 만약 친구의 약점을 발견하면 그 이유로 화를 내야 할까? 아니, 나는 오히려 그 친구를 더 좋아할 거야. 그래서인지 전시회 관련 기사를 읽으며 기분이 묘했어. 내용도 엉터리고 형편없는 기사였거든. 다만, 마네의 능력을 높이 산 부분만큼은 동의해. 나 역시 같은 생각이니까. 그런데 졸라가 예술에 관해 논하는 대목을 보면 상당히 흥미로워. 인물화 전문 화가가 그린 풍경화를 보는 기분이랄까? 전문 분야도 아니고 깊이도 없는 데다 제대로 알지도 못하는데 견해가 독특하거든! 근거도 없고, 명확하지도 않은데, 적어도 생각거리를 던져줘. 그리고 독창적이면서 삶의 자극도 돼. 그래도 잘못된 건 잘못된 거고, 틀린 건 틀린 거야.

졸라가 언급한 에르크만-샤트리앙의 이야기도 흥미로워. 얼핏 보면 그림에 대한 비평만큼 가혹하지는 않아 보이지만 가끔은 매서워. 어쨌든 에르크만-샤트리앙이 작품 속에 자기중심적인 생각을 교훈처럼 섞어서 표현한다는 쓴소리는 전적으로 동의해. 게다가 에르크만-샤트리앙이 묘사한 파리의 생활은 얼치기 작가가 쓴 것마냥 어색하다는 지적도 했어. 그렇다면 역으로, 졸라는 과연 알사스 생활을 제대로 알고 있었는지 물을 수 있어. 그리고 그랬다면, 그가 크나우스나 보티에의 그림 속 인물들처럼 근사한 에르크만-샤트리앙의 작품 속 인물에 더 관심을 보여야 하지 않았을까, 되물을 수 있지.

그리고 랍비, 다비드와 『테레즈』 속에 등장하는 바그네르 등 에르크만이 상당히 자기중심적으로 묘사한 인물들을 나는 아주 대단하다고 생각해.

졸라가 미술에 대해 아는 게 별로 없다는 점은 발자크와 닮은꼴이야. 졸라의 작품에 등장하는 화가는 딱 두 명이네. 『파리의 뱃속』에 나오는 클로드 랑티에와 『테레즈 라켕』에 나오는 자. 둘 다 언뜻 보면 인상주의 화가 마네의 그림자가 드리워진 인물이야. 어쨌든 그렇다고.

발자크의 작품에 등장하는 화가들은 하나같이 다 무겁고 지루한 편이고.

이런 이야기를 계속 이어가고 싶은데, 그렇다고 내가 비평가의 입장에 선 건 아니네. 그래도 졸라가 텐느에게 한 방 먹인 건 정말 통쾌했어. 그럴 만도 했지. 수학적 분석을 내세우는 텐느는 사실 성가실 때도 있거든. 그래도 그 덕분에 텐느가 놀랍도록 깊이 있는 분석을 내놓기는 했지. 그가 쓴 디킨스와 칼라일의 평을 봐. 'Le fond du caractère Anglais c'est l'absence du bonheur(영국 작품 속 인물이 보여주는 본질은 행복의 부재(不在)다).' 이 평이 정확한지 아닌지를 논할 마음은 없어. 다만 이런 말을 할 수 있다는 건, 그만큼 그 부분에 대해 생각하고 고민했다는 증거고, 지금까지 다른 이들이 전혀 보지 못했던 어두운 부분까지 들여다봤다는 의미야. 이 문장이 의미하는 바는 아주 크네. 그래서 똑같은 부분에 대한 다른 지적이나 평가보다 훨씬 더 크게 다가오는 것 같아. 그렇기에 이 부분만큼은 텐느의 견해를 높이 사!

보턴과 애비의 그림을 마음대로 감상할 수 있어서 너무 좋아. 보턴이 그린 〈감자밭에서〉와 애비가 그린 〈종지기〉는 정말 탁월한 작품 같아. 기사의 논조는 좀 딱딱한 편이고 인근의 호텔이나 골동품 상점에 관한 내용이 더 많기는 했어. 그래도 즐겁게 읽었어. 왜냐고? 졸라의 책을 읽는 이유와 똑같지. 그가 묘사한 인물의 개성 때문에.

졸라가 밀레를 단 한 번도 언급하지 않은 건 알아? 그런데도 졸라의 작품에서 어느 시골의 공동묘지, 임종의 순간, 늙은 농부의 장례식 등을 묘사한 대목이 나와. 그리고 밀레의 작품만큼이나 인상적이지. 어쨌든, 밀레를 인용하지 않았다는 건 아마 밀레의 작품에 대해 아는 게 없었기 때문일 거야.

T. 그린의 놀랍도록 아름다운 복제화를 발견했어. 아마 C. 그린의 형제나 친척 정도 될 거야. 고아원에서 연회를 개최하고 아이들이 식탁에 앉아 있는 장면이야. 자네도 보면 분명 반할 거야. T. 그린의 〈도시의 집회〉도 가지고 있어. 작은 크기의 그림인데 친구뻘 되는 J. M. L. R.John McL Ralston의 〈브레머〉만큼 섬세하게 그려졌고 정교하게 인쇄된 복제화야.

J. M. L. R.은 아직 정확한 성은 모르고 W. M. 리들리와 형제 아니면 친척 정도로 막연히 추측만 할 뿐이야. 아무튼, 이 수수께끼 같은 화가의 다른 복제화도 2점 구했어. 〈베수비오 산에 오르기〉와 〈공놀이〉로, 괜찮기는 한데 〈브레머의 승합마차〉만큼 아름답지는 않아. 〈연어 낚시꾼〉과 〈야영지의 지원병〉도 알아. 이 작가의 이름을 확실히 각인시켜준 건 바로 이 마지막 복제화였어.

A. 헌트의 〈눈길을 걷는 수도사 행렬〉도 르그로의 그림만큼 아름다웠어. W. M. 리들리의 〈런던의 다리〉와 〈이민자들〉도 괜찮았고 시장을 배경으로 한 버크먼의 그림 2점은 과감한 선으로 여러 인물을 표현한 게 꽤 인상적이었어.

버나드의 〈햄스테드 황야〉, 〈첫 손님, 마지막 손님〉, 〈가난한 이들이 사는 법〉 등도 있어.

홉킨스의 그림 〈해변의 아이들〉은 색조가 섬세한 편이야. 밀레이가 직접 제작한 복제화 〈크리스마스 동화 구연〉도 좋아.

버킷 포스터의 겨울 풍경화와 〈크리스마스〉는 친밀한 분위기가 느껴져. 전형적인 가바르니의 그림 〈시장의 짐꾼들〉과 〈시장의 아낙들〉은 수작이고. 〈새해 선물〉도 있어.

레가메의 것도 있는데, 일본 물건을 그린 것도 있고 대형 복제화인 〈다이아몬드 광산〉은 걸작이야! 또 다른 대형화로 〈살찐 소들의 행렬〉도 있어.

M. F.의 복제화 중에 중간 크기의 〈교도소의 첫바퀴 생활〉은, 레가메의 그림만큼 근사해.

누구 작품인지는 모르는데 〈포크 그라인더〉라고 불리는 셰필드 제강소를 그린 그림도 괜찮았어. 에드몽 모렝의 화풍과 비슷한데 최대한 간결하고 밀도 있게 그린 느낌이 들어.

보다시피 그렇게 많은 건 아니지만 이 아름다운 그림들을 보고 있으면 횡재한 것처럼 만족스러워.

하워드 파일의 아름다운 여성 인물화도 있고 S. 리드의 근사한 풍경화도 있어.

물론 더 있겠지만 주요 작품들은 대략 이 정도야.

여행하면서 그림은 그리는 건가? 출발은 했는지 궁금하네.

나는 지금 〈감자 캐는 사람들〉을 작업하고 있어. 노인 혼자 감자 캐는 그림을 하나 따로 그리기도 했고 감자 수확 철이라 습작도 여러 점 만들었어. 잡초 태우는 사람과 감자포대 메고 가는 사람, 외바퀴 수레 끄는 사람 등도 그렸어. 여행에서 돌아오면 내 화실에도 들러주겠나.

〈씨 뿌리는 사람〉도 그렸어. 이번이 일곱 번째인가 여덟 번째 습작이야. 그런데 이번에는 하늘 아래, 덩어리진 흙이 여기저기 흩어져 있는 널찍한 밭에서 씨를 뿌리는 사람을 큼지막하게 그렸어. 다른 사람들에게 묻고 싶은 질문을 졸라에게도 던지고 싶어. "대구 요리가 담긴 황토색 접시와 땅 파는 사람이나 씨 뿌리는 사람 사이에서 차이점을 전혀 못 느낀다는 게 말이 된다고 생각합니까? 렘브란트와 판 베이예런(기술적인 부분만 비교하면) 사이에 차이점이 없습니까? 볼롱과 밀레 사이에 차이점이 없다고 생각합니까?"

새로 창간된 「픽토리얼 뉴스」에도 근사한 그림들이 제법 많다는 거, 자네도 알고 있나? 그런데 대부분 특별한 구석은 별로 없는 것 같아.

벗이여, 나는 우리가 더 자주 보면 좋겠어. 그런데 어쩌겠나. 시간도 있고 마음이 동하면 편지라도 해주기 바라네. 「그래픽」과 「런던 뉴스」 여름 특집호에 별로 특별할 건 없더군. 다만 「그래픽」에 칼데콧의 걸작이 1점 수록돼 있긴 해. 라인하트의 그림도 몇 점 있는데 썩 마음에 드는 건 아니야. 「런던 뉴스」에는 케이튼 우드빌의 새 그림이 소개됐어.

아마 자네는 내가 말한 복제화들에 더 관심 있지 않을까 싶어. 레가메의 〈다이아몬드 광산〉은 처음 접할 땐 눈에 잘 안 들어오는데 가만히 보고 있으면 그 아름다움이 느껴져. T. 그린의 작품은 정말 걸작이야.

아우 녀석이 파리에서 개최된 〈걸작 100선〉이라는 근사한 전시회 소식을 편지로 전해줬어. Adieu. 여행도 잘하고 잊지 말고 소식 전하고. 악수 청하네.

자네를 사랑하는 친구, 빈센트

298네 ___ 1883년 7월 7일(토) 추정

테오에게

네가 나 같다면, 한동안 보지 못한 이런저런 것들이 불쑥 보고 싶어질 때가 있을 거야. 더 복과의 관계에서 지금 그런 상황이 발생했다. 그 친구네 가서 보고 온 걸 이야기하고 싶어. 그 친구 예전에 어땠는지 알지? 어쩌면 네가 나보다 더 잘 알겠구나.

맨 처음에 눈에 들어온 건 통로를 지나가면서 본 커다란 풍차 데생이었어. 운하인지 수로 비슷한 곳 근처에 완전히 눈에 뒤덮인 풍차. 반은 낭만적인 동시에 반은 사실적인 분위기였는데 나쁘지 않더라. 마무리까지는 갈 길이 멀어 보였지만 힘차게 그려나간 흔적이 역력하고 강렬한 효과도 근사해서 언제든 기쁘게 감상할 수 있을 그림이었어. 미완의 단계에서도 감상하기에 불편하지 않아. 내 화실 벽에 이런 스케치 하나쯤 걸면 좋겠더라. 완성작도 아닌데 나한테 계속 말을 걸더라니까.

전시회에 냈던 유화의 스케치도 있었는데 그것 역시 괜찮아 보였어. 첫 번째 것보다 훨씬 더 낭만적 화풍이 느껴졌어.

그 외에도 *금빛*이 감도는 유화 몇 점에 잘 그린 습작도 여러 점 있었고. 그 친구 분위기는 작년과 대동소이했는데, 좀 더 진지하고 근엄해졌다고 할까? 몇몇 스케치에서 원숙미도 느껴지고 작년보다 색조와 색채를 제대로 썼어. 게다가 뒷배경도 확실히 탄탄해졌어. 그런데 내 눈에는 평면과 군집한 대상 간의 비율을 거의 신경 쓰지 않은 것처럼 보이더라. 코로, 루소, 디아즈, 도비니, 뒤프레 등이 명확하게 표현하려고 고민한 부분인데. 이 작가들은 이 문제에 각별히 신경을 썼다니까. 그래서 배경이 비어 있지 않고 항상 무언가가 채우고 있지.

더 복의 작품에도 훌륭한 요소들이 있기는 한데, 소재들의 배치에 상상력을 좀 덜어냈으면 훨씬 감상하기 편했을 것도 같아. 사실적인 면모를 조금만 더 갖추면 그림이 훨씬 나아질 것 같아.

더 복이 왜 다양한 시도를 안 하는지 이해할 수 없다. 나만 해도 이번 주에만 풍경화 습작을 5개나 그렸는데 하나는 어제 그의 화실에서 그렸어. 모래언덕에 있는 감자밭. 그 전날에는 밤나무가 드리워진 곳, 또 석탄이 쌓여 있는 야적장도 그려봤지. 사실 난 풍경화를 거의 그리지 않지만, 일단 그리게 된다면 얼핏 떠오르는 소재만 해도 3개나 있어.

그런데 풍경화가 전문인 이 친구는 왜 더 많은 그림을 그리지 않을까? 매번 나무 한 그루가 서 있는 모래언덕에 야생 금작화만 그린다니까! 그림 자체야 괜찮다만, 그 외에도 이 친구 관심을 끌 만한 소재는 얼마든지 있는데 말이야. 어쨌든 너도 나만큼은 알고 있을 테지. 이번에 느낀 더 복에 대한 내 인상을 말하자면, 이 친구, 그림 솜씨가 줄지는 않았어.

지난 편지에 이사를 생각 중이라고 적었잖아. 바닷가 같은 곳으로 말이야.

더 복과 스헤베닝언 쪽 집에 관해 이야기를 나눴어. 그런데 남들이 내는 월세랑 비교해보니 어디 가서 나만 비싸다고 말을 못 하겠더라. 블로머르스가 살던 낡은 집이 월세가 400플로린인 거야. 나는 1년에 170플로린인데! 그런데도 내 화실보다 큰 것도 아니야. 편의성을 따져봐도 내 화실이 낫다. 더 복도 블로머르스만큼 낸대. 작년에 들었던 평균 임대료와 비슷한 수준이었어. 그러니 해변에 자리잡을 생각이라면 스헤베닝언은 적당하지 않겠어. 차라리 훅 판 홀란트나 마르컨 같이 속세와 떨어진 곳을 찾아봐야지. 그래서 더 복에게 혹시 다락방 구석에 임시 공간을 마련해줄 수 있는지 물어볼 생각이야. 도구들만 갖다 놓을 수 있어도 번거롭게 들고 다닐 필요가 없어지니까. 피곤한 상태로 목적지에 도착하면(도착하자마자 바로 그려야 할 상황이 아닌 경우는 조금 힘들고 지쳐도 큰 상관은 없지만) 손이 일정하게 움직이지 못해서 그림에도 힘이 빠져. 날이 너무 덥거나 화구를 들고 뛰거나 오래 걸어 다니면 몸이 너무 지쳐서 제대로 작업에 집중할 수도 없고. 그래서 더 복의 화실에 화구 맡겨둘 공간만 생기면, 전차 타고 다닐 경우가 좀 잦아지긴 하겠지만 지금까지 그린 것보다 훨씬 더 진지하고 그럴듯한 바닷가나 스헤베닝언 풍경을 그릴 수 있을 것 같아.

이번 주에 더 복이 내 화실에 오기로 했으니, 그때 진지하게 얘기해봐야지. 이 친구도 이사를 생각하고 있는데, 화실은 5월까지 임대했고 그 뒤로는 비어 있을 것 같다는데, 뭐 두고 봐야지. 네 안부를 묻기에 아마 이번 여름에는 네가 찾아갈 거라고 말했다. 전시회에 냈던 대형 유화는 아직 안 팔렸대. 그랬을 거야. 넌 그 그림, 어떻게 생각하니? 평론가들 의견은 분분하더라. 이 친구 집에 공간이 생겨서 가을에는 스헤베닝언에 자주 다녀올 수 있으면 좋겠다. 이것도 두고 볼 일이지. 그런데 해변을 배경으로 그럴듯한 그림 하나 정도는 정말 그려보고 싶어.

이번 주에는 예인선하고 토탄 들고 가는 사람을 습작으로 그렸어. 감자 캐는 사람들은 여전히 작업 중이야. 더 복과 함께 여기저기 산책을 다니면 좋을 것 같아. 서로에게 해될 일은 전혀 없고, 오히려 서로에게 부족한 부분을 가르쳐줄 수도 있겠어. 더 복은 이번에도 여전히 자신의 집에 어울릴 골동품들을 사들였는데 비용이 만만치 않았을 거야.

곧 편지할 거지? 라파르트에 관한 편지와 마찬가지로 더 복에 관해서도 내 의견을 가감 없이 썼다. 너도 아마 지인들에게 들은 게 있겠지. 라파르트는 지금 여행 중이야. 내 조언대로 드디어 인쇄용 잉크로 작업을 했다고 편지했더라. 결과가 제법 괜찮게 나왔고, 특히 테레빈유가 효과적이었대. 내가 그랬잖아. 여기 화실이 편하다고. 특히, 덧창을 달고 난 뒤로 말이야. 그래서 말인데, 혹시 앞으로 변화를 겪어야 한다면 적어도 *화실을 옮기는 일만큼은 없었으면* 하는 게 내 바람이야. 다른 곳과 비교해도 여기만큼 괜찮은 곳이 없거든. 내가 직접 손보고 꾸며서 내 집 같은 곳이니 애착이 가는 것도 당연하잖아.

아우야, 뭐라도 좀 보내주면 좋겠다. 정말 필요해서 그래.

더 복도 졸라를 읽기 시작했어. 도데의 『나바브』는 읽었다더라고. 혹시 공쿠르 형제가 쓴 『제르미니 라세르퇴』는 아는지 모르겠다. 졸라와 비슷한 분위기라 괜찮을 것 같아. 조만간 한 권

구해볼 생각이야.

얼마 전에 일명 '고정기'라는 걸 주문했어. 야외 작업시 목탄을 쥘 때 고정해줘서 더 정교하게 그리는 데 도움이 되는 거라서 지금 목을 빼고 기다리는 중이야.

더 복과 산책을 다니다가 등대 뒤쪽 모래언덕에서 아주 괜찮은 감자밭을 발견했어.

안부 전한다, 아우야. 행운을 기원한다. 곧 편지하고 잘 지내라. 악수 청한다.

너를 사랑하는 형, 빈센트

요즘 레가메가 그린 데생에 푹 빠져 지내. 다이아몬드 광산을 그린 거야. 얼핏 보면 삽화 잡지를 꽉 채우고 있는 여타 그림들과 별 다를 바 없는데 자세히 들여다보면 얼마나 아름답고 흥미진진한지 몰라. 볼수록 빠져든다. 레가메라는 사람, 솜씨가 훌륭해. 이 복제화는 펠릭스 레가메*의 작품인데 일본 화풍의 그림을 자주 그리는 사람이야.

299네 ___ 1883년 7월 11일(수) 추정

테오에게

초조하게 기다려온 네 편지가 도착해서 정말 반가웠어. 고맙다.

네가 적어준 전시회 내용이 정말 흥미롭더라. 뒤프레의 어떤 유화가 특별히 마음에 들었던 거야? 다음에 꼭 다시 알려줘. 트루아용과 루소에 관한 네 묘사가 얼마나 생생한지 화풍이나 기법이 머릿속에 그려질 정도야. 트루아용이 〈시립 목초지Pré Communal〉를 그리던 시기의 유화들은 소위 *극적*인 분위기를 풍기지. 그속에 인물은 하나도 없는데도 말이야. 이스라엘스는 뒤프레의 그림(메스다흐 소유의 대형 그림)이 지닌 본질을 꿰뚫고 있었어. '마치 인물화를 보고 있는 기분이다.' 네가 편지에서 전한 *뭔지 모를 그 느낌*이 바로 그런 거였어. '동행 없이 나 홀로 찾아갈 수 있는 그 순간, 그곳에 있는 자연을 표현한 것.'

라위스달의 〈수풀Buisson〉 역시 이런 느낌을 강렬히 표현하고 있지.

자크 영감의 옛 그림들을 기억할 거야. 효과를 너무 노려서(사실은 그렇지 않지만) 과장되게 그렸다고들 하지만 그래서 유난히 아름다운 그 그림들 말이야. 물론 모두가 그 그림들을 자크의 걸작이라고 여기지는 않지.

루소 얘기나 나와서 그러는데 혹시 리처드 월리스Richard Wallace가 소장한 루소의 그림 〈숲 언저리〉를 알아? 비 온 뒤 가을 숲에 늪지대와 함께 드넓은 목초지가 끝없이 펼쳐져 있고 멀찍이 떨어진 소들이 보이는데 전경의 색조가 유난히 풍부한 그림. 루소의 걸작이지. 뤽상부르 미

* 기욤 레가메의 아들이자 프레드릭 레가메와 형제. 자포니즘이 유행하던 시기 일본을 왕래하며 일본의 그림을 들여왔다.

술관에서 본 붉은 태양 그림처럼 말이야. 이 그림들이 보여주는 극적인 효과는 그 어떤 예술적 표현보다 'un coin de la nature vu à travers d'un temperament(기질을 통해 바라본 자연)'과 'l'homme ajouté à la nature(자연에 덧붙여진 인간)'이라는 문장을 시각적으로 잘 보여줘. 렘브란트가 그린 초상화 역시 마찬가지야. 자연보다 더 자연스러워서 지금까지 경험하지 못한 새로운 사실을 알게 된 느낌을 전해주거든. 이런 그림을 마주 대할 때는 경의를 표하고, 분위기나 기법이 과장되었다는 소리를 자주 듣더라도 그냥 조용히 듣고 넘기는 게 좋아.

아참, 더 복이 내 화실에 왔던 이야기를 해야겠다. 즐거웠어. 브레이트너르도 어제 불쑥 찾아왔어. 일순간 나와의 연락을 일체 끊길래 앞으로 얼굴 볼 일은 없겠구나 생각했었는데 말이야. 반갑긴 하더라. 그래도 여기 헤이그에 처음 와서 자리잡던 초기에 이리저리 같이 쏘다닐 때 아주 괜찮은 길동무였거든. 시골까지 같이 다녔다는 게 아니라, 동네에서 그림으로 그릴 만한 인물이나 장소를 함께 찾아다녔다고.

헤이그에서 그런 목적으로 같이 돌아다닌 유일한 길동무였어. 대다수 화가들이 여기를 질 떨어지는 동네로 여기고 눈길도 주지 않았거든. 하지만 이 도시도 가끔은 장관을 연출하는 곳이잖아. 안 그래? 어제만 해도 노르데인더Noordeinde에서 왕궁 맞은편에서 건물을 허물고 있는 인부들을 봤어. 석회 가루를 잔뜩 뒤집어써서 허옇게 된 건장한 청년들과 말들이 끄는 수레들이 있고, 바람 부는 잿빛 하늘에 날도 추웠지. 그런데 정말 동네만큼은 그림 같더라.

작년에 더 복의 집에 가서 함께 동판화를 감상했던 날 저녁에 판 데르 펠던V. d. Velden이란 사람을 알게 됐어. 너한테도 아마 말했을 거야. 무척 인상이 좋았지만, 같이 있는 내내 존재감도 별로 없고 말수도 거의 없었어. 그래도 건실하고 진정한 화가라는 건 금방 알아보겠더라. 각지고 길쭉한 얼굴에 눈빛이 다소 강렬하고 대담했지만 동시에 은은한 분위기도 풍겼어. 브레이트너르나 더 복과 달리 체구는 상당히 건장한 편이야. 말투나 행동은 특별할 게 없었지만, 분위기가 상당히 강인하고 남성적이었지.

언젠가 그와 더 진지한 얘기를 나눠보고 싶다. 판 데르 베일러V. d. Weele가 도와주겠지.

마침 지난 일요일에 판 데르 베일러의 화실에 갔어. 굽잇길을 돌아가는 소 떼를 그리고 있던데, 그걸 그리려고 했던 습작이 엄청나더라. 당분간은 지방으로 가서 지낼 예정이래.

나는 요즘 기분전환 겸해서 야외에 나가 수채화를 2점 그렸다. 밀밭과 감자밭이야. 풍경화도 몇 점 데생했는데 머릿속에 그려둔 인물화의 배경으로 쓸 생각이야. 이 스케치들인데, 대충 끄적여본 거야. 위쪽은 잡초 태우는 노인, 아래쪽은 감자밭에서 돌아오는 사람들. 정말이지 인물 습작을 많이 해볼 작정이다. 나중에 큰 작품에 어우러져 들어갈 그림들 위주로.

8월 초에 네덜란드에 올 계획이라니 정말 반가운 소식이다! 매번 하는 말이지만 네가 정말 보고 싶구나.

네 여자 친구의 예술적 소양은 어떤지도 듣고 싶구나. 막연한 추측이다만, 아마 예술에 관해

Heb dezer dagen voor de verandering weer eens een paar aquarellen buiten gemaakt een korenveldje en een stukje aardappelland. En nog een paar landschapjes geteekend ook om een houvast te hebben voor terreinen van een paar figuurteekeningen die ik zoekende ben.

Dat zijn de plannen van die figuurteekeningen. in 't heel oppervlakkige. 't [illegible] [illegible] 't onderste [illegible] 't van 't aardappelland komen.
Ik denk er sterk over een aantal figuurstudies te schilderen ter wille van 't hooger opvoeren van de teekeningen vooral.

이것저것 가르치고 알려주느라 고생 좀 되겠지 싶다. Tant mieux(잘됐어)! 어쨌든 그녀도 그럴듯한 스크랩북을 만들면 좋지. 네가 내 작은 습작 중에 거기 어울릴 만한 그림을 찾아줘. 그냥 끄적인 것이지만 스케치북에 괜찮은 그림들이 있거든. 그녀가 여기 오게 될 수도 있으니 나도 준비를 좀 해놓으마.

더 복이 스헤베닝언에 그림을 그리러 가면 자기 화실에 화구들을 놓고 다니게 해줬다. 조만간 블로머르스의 화실에도 가볼까 해. 더 복과 그의 전시회 출품작 〈11월〉에 관해 이야기를 나눴어. 전시회 도록만 봐도 아주 괜찮은 그림이었어. 분명히 크로키는 가지고 있을 텐데 정말 보고 싶더라.

한동안 런던에 가 있을까 하는 계획 말인데, 아무래도 거기에 가면 내 작품이 빛을 볼 기회가 더 있을 것 같고, 거기서 활동하는 화가들과 친분을 쌓으면 배우는 것도 더 많을 것 같아. 런던에서 그릴 만한 대상을 못 찾을 걱정은 없어. 템스 강변만 걸어도 그릴 게 차고 넘치거든! 어쨌든 자세한 얘기는 네가 여기 오면 의논하자. 너와 하고 싶은 얘기와 의논해야 할 게 이렇게 많으니, 네가 시간에 쫓겨 다녀갈까봐 걱정이다.

가을에는 꼭 브라반트에 다시 가서 이런저런 습작을 했으면 해. 특히 거기 사람들이 사용하는 쟁기며 직조공, 뉘넌의 교회 공동묘지 등을 그려보고 싶어. 그런데 그리려면, 역시나 돈이 든다.

안부 전한다. 편지도 그렇고, 동봉해준 것도 고맙게 잘 받았어. 모든 게 네 바람대로 되기를 기원한다. 네덜란드에 올 때 그녀도 동행할 거니? 아니면 아직은 때가 아니라고 생각하는 거니? 나는 두 사람이 같이 왔으면 한다. 잘 지내라, 아우야. 악수 청한다.

너를 사랑하는 형, 빈센트

브레이트너르 이야기 몇 마디 덧붙인다. 방금 그 친구가 임시로 사용하는 화실에(알다시피 지금 로테르담에 있잖아) 다녀오는 길이야. 「릴뤼스트라시옹」의 데생 화가인 비에르헤Vierge 혹은 우라비에타Urabietta, 너도 알지? 브레이트너르가 아주 가끔, 꼭 비에르헤 같다. 그 친구의 괜찮은 그림이 꼭 비에르헤가 황급히 그린 그림 같거든. 그런데 그 친구(브레이트너르 말이야)가 황급히 그렸거나 대충 그리다 만 그림은(대부분 그런데) 딱히 이거다 말하기 어려울 정도로 아무것도 아니야. 기껏해야 어느 시절에 만들어졌는지 알 수 없을 정도로 아무튼 아주 오래되고 지극히 평범한 데다 색까지 바랜 벽지 조각에 지나지 않아. 그 친구가 빌린 시벤하르 씨 댁의 다락방에 들어간 순간 내 느낌이 어땠을지 상상해봐라. 온갖 성냥갑(그것도 빈 것)이 널려 있고 면도기 등등의 물건에다 매트리스 깔린 궤짝 하나가 놓여 있더라고. 그다음으로 벽난로에 기대진 물건으로 시선이 갔어. 아주 기다란 널빤지 3장. 처음에는 덧창인 줄 알았는데 유심히 살펴보니까 캔버스더라고.

첫 번째 캔버스에는 위에 그려놓은 그림을 보면 알겠지만 신비로운 분위기의 장면을 표현해 놨는데 언뜻 봤을 때는 묵시록에서 따온 주제를 그린 줄 알았지. 그런데 설명을 들어보니 모래 언덕에서 이동하는 포병대라나. 어림짐작으로 볼 때 크기가 가로 4미터에 높이가 75센티미터 쯤인 것 같았어.

두 번째 캔버스에는 그림 왼쪽 끝에 벽에 기대선 노인을 그렸는데, 오른쪽 끝에는 온갖 여성들의 형체가 무리를 지은 채로 입을 벌리고 남자를 쳐다보고 있어. 그 둘 사이에는 아무것도 없고. 설명을 들어보니 아니나 다를까, 왼쪽 남자는 주정뱅이더라고. 아무리 봐도 주정뱅이 이상으로 볼 이유가 전혀 없었거든.

세 번째는 그나마 좀 진지해. 시장인데 작년에 그리기 시작했대. 그럴듯하긴 했는데 네덜란드 시장이 아니라 스페인 시장이라더군. 문득 거기서는 무슨 물건을 팔지 궁금하더라. 물건이 어디에 숨어 있는지도 궁금하고. 어쨌든, 지구상에 이런 시장이 과연 있을지 의문이 들었어. 순진한 관람객이 보면 아마 쥘 베른의 환상소설 속 주인공들이 찾아간(발사체를 타고) 다른 행성을 그렸다고 생각했을 거야. 그 시장에서 어떤 물건을 파는지 도대체 가늠할 수 없더라고. 어렴풋이 과일 절임 같기도 하고 사탕 같기도 하고. 뭘 그린 건지 알아볼 수 없는데 그림 솜씨까지 형편없는 그림을 떠올려봐. 그게 바로 친애하는 브레이트너르의 그림이야.

좀 떨어져서 보면 색이 흐릿한 게, 꼭 바래고 썩어서 곰팡이가 핀 벽지 같달까. 내 눈에는 더없이 불쾌한 그림이다.

솔직히 어떻게 이런 그림을 그릴 수 있는 건지 이해가 안 돼. 열병을 앓는 사람이 헛것을 보고 그린 것하고 다를 바 없다니까. 시작도 끝도 없이 흉측하고 이해할 수 없는 그런 꿈 같다고나 할까.

아직 건강을 완전히 회복하지 못해서겠지. 그래서 맨정신으로 그림을 그린 것 같지는 않아. 작년에 그자가 얼마나 아팠던지 생각해보면 충분히 가능한 일이야.

작년에 나도 건강을 회복해가던 무렵(지금도 불면증에 시달리고 가끔 열이 오르기도 한다) 무리해서 그림을 그리곤 했었어. 그래도 나는, 하나님 감사하게도 그럴듯하게 그리긴 했지. 다만, 그때 왜 그런 그림을 그렸는지는 잘 모르겠다.

그러니 브레이트너르도 조만간 나아질 거야. 그 친구 그림은 이해할 수 없지만 말이야.

구석에 모래언덕을 그린 구겨진 습작이 굴러다니는데 그건 그나마 좀 그럴듯했어. 하지만 큰 그림들은 정말 아무 의미 없어 보였다니까.

판 데르 베일러의 화실에서도 브레이트너르의 다른 수채화를 1점 봤는데 역시 영 아니었어. 얼굴 그림 하나는 괜찮던데, 그가 그렸던 판 데르 베일러의 초상화는 또 형편없고. 아무래도 그 친구는 상상력을 동원한 그림 실력은 영 형편 없는 것 같다. 솔직히 고백하자면, 나도 가끔은 호프만이나 에드거 포(환상단편집, 까마귀 등)의 작품을 흥미롭게 읽긴 하지만, 브레이트너르의 작품들은 조잡해. 아무리 환상 이야기라지만 조악한 상상력에 의미 없는 표현들이 현실 세계와 전혀 연관되지 않잖아. 내가 보기엔 최악이야. 하지만 그 또한 건강 악화 때문이었던 것 같아. 판 데르 베일러에게 브레이트너르의 수채화가 2점 더 있던데, 뭔지 모를 그림이지만 제법 수채화답거든. 영국 사람들이 보면, 그래, 'weird(기이하다)'고 할 그림이야. 아무튼, 두고 보자고. 똑똑한 친구인데 기이하리만치 끝장을 보는 성격이라서 말이야.

이번 주에는 스헤베닝언으로 출발해야 해. 화구를 좀 살 여윳돈이 있었다면 진작 떠났을 거야.

내 데생을 사진엽서나 그보다 조금 큰 크기의 사진으로 찍어볼 생각인데(그림 크기가 작아지면 어떤 분위기일지 알아보려고) 테르 묄런Ter Meulen, 뒤 하털Duchatel, 질컨Zilcken 등의 데생 복제화를 찍었던 사진가한테 맡길 거야. 75센트쯤 요구하는데, 너무 비싸지는 않은 것 같지? 일단은 시험 삼아 〈씨 뿌리는 사람〉과 〈토탄 캐는 사람들〉을 찍어볼 거야. 하나는 작은 인물들이 여럿 나오고, 다른 건 한 인물이 크게 나오지. 그것들을 찍고 나서, 네게 보내줄 작품들을 미리 찍어서 보내줄 테니, 뷔오Buhot 같은 이들에게 보여주고 구매자를 물색해봐라. 그쪽에서도 복제화로 찍어낼 데생을 갖출 수 있고, 아니면 그들이 생산하는 종이 위에 내가 다시 옮겨 그릴 수도 있어.

다시 한 번, 테오야, 네게 좋은 일만 있기를 기원한다. 곧 편지해라. 지금 사진들을 인화하고 있어. 뷔오에게 기대를 걸려면 그 과정을 거칠 수밖에 없고, 나로서도 새 데생을 그리고 계속 유화도 해보려면 큰돈은 아니더라도 돈벌이가 있어야 하니까. 난 만반의 준비가 된 상태야.

끝내 C. M.은 내 편지에 입도 뻥끗 않으시는구나. 데생 2점을 동봉하는 수고까지 했는데. 테르스테이흐 씨가 내 화실에 오지 않는 것 역시 고약해. 내가 그렇게 관계 개선을 위해 노력했는데 말이다. 너무 바쁘다는 건 헛소리야. 1년에 1번도 시간을 못 낸다니, 말도 안 되지.

마우베 형님이 나랑만 관계가 틀어진 게 아니더라. 질컨과도 불미스러운 일이 있었더라고. 얼마 전에 질컨의 동판화를 봤고, 방금 사진사의 화실에서 질컨의 데생 사진도 보고 왔거든. 나는 논외로 치더라도, 마우베 형님이 질컨에게는 도대체 무슨 억하심정인 건지. 그 친구 데생은 결코 수준이 떨어지지 않거든. 형님이 변덕을 부리고 있는 거야.

브라반트 이야기를 좀 덧붙인다. 예전에 거기서 지낼 때 그린 인부들을(인물 자체나 구상 자체도) 너무 구식이라고 치부할 사람들이 분명 있을 거야. 예를 들면 땅 파는 사람이, 현대식 데생이 아니라 고딕식 성당 나무 신자석에 음각으로 새겨진 인물에 더 가깝다거나 하는 식으로. 나는 브라반트 사람들을 자주 떠올리는데, 유독 호감 가는 사람들이었거든.

내가 진심으로 너무나도 해보고 싶고 또 진득하게 포즈만 취해주신다면 기꺼이 잘 그릴 수 있는 건데, 황야의 오솔길을 걸어가는 아버지의 모습이야. 성격처럼 선명하고 힘 넘치는 윤곽선으로 그린 인물이, 먼저 설명했던 것처럼 황야를 가로지르는 좁은 모랫길 위를 걸어가지. 그 위로 열정을 품은 듯한 하늘이 펼쳐지고. 마찬가지로 팔짱을 낀 어머니 아버지도 그리는 거야. 가을날, 낙엽 쌓인 너도밤나무 생울타리 근처를 배경으로.

또한 시골 장례식을 그리게 되면 거기에 아버지를 인물로 그려 넣고 싶어. 실행하려면 분명 골치 아프겠지만 어쨌든 계획은 그래. 아무런 의미 없는 종교적인 관점 차이는 접어두고, 개인적으로 시골 마을 목사라는 이미지에 매우 정감이 간다. 그림 같고 특징이 살아 있는 인물 같거든. 언제가 될지는 모르지만 그런 인물을 그리지 않고 넘어가면 내가 사람이 아니지.

아무튼, 네가 여기 오면 브라반트행에 대해 함께 얘기하며 방법을 찾아보고 싶어. 예를 들어, 요양원 노인 그림을 보면 내가 어떤 계획을 어떻게 실행할 생각인지 대충 보일 거야.

내가 추구하는 목표는, 모든 사람이 하나도 빠짐없이 이해할 수 있는 그림이 아니야. 본질만 담아서 압축적으로 표현한 인물, 그러니까 진짜 특징이 아니고 부차적인 자잘한 부분들은 세심하고도 과감하게 빼버려야지. 말하자면, 아버지 초상화가 아니라, 아픈 사람들을 찾아가 만나고 위로하는 가난한 시골 마을의 목사님을 그리겠다는 뜻이야. 생울타리 근처의 남자와 여자도 사랑과 신의를 간직하고 함께 늙어가는 부부지, 굳이 아버지와 어머니의 초상화가 아니야. 물론 두 분이 직접 포즈를 취해주시면 나야 좋지만 말이야.

다만, 비록 그림이 당신들과 닮은 구석이 거의 없더라도 내가 진지하게 구상하고 그렸음을 이해해주셔야 할 거야. 또 정말 두 분을 모델로 세우게 되면 내가 설명한 자세로 포즈를 취하셔야 한다고 사전에 말씀드려야겠지. 뭐, 잘될 거다. 두 분이 피곤하도록 서 계셔야 할 정도로 내 그림 실력이 느려터진 건 아니니까. 나로서야, 꼭 해보고 싶은 일이야.

인물을 압축적으로 표현하는 방법을 고민 중이야. 어쨌든, 내가 보여줄 인물화 견본을 보면 무슨 말인지 이해할 거야. 브라반트행이 무슨 소풍이나 즐거운 여행이 될 것 같지는 않아. 단기간에 미친 듯이 그려야 할 테니까. 그리고 압축적인 인물 표현은 아무리 생각해도 인물의 외적인 생김새보다, 전체적인 분위기야. 학교에서나 가르쳐주는 틀에 박힌 방식으로 그린 인물, 얼굴은 정말 끔찍하다. 차라리 미켈란젤로의 〈밤〉하고 도미에의 〈술꾼의 변천사〉, 밀레의 〈땅 파는 사람〉과 대형 목판화 〈양치는 여인〉, 마우베 형님의 〈늙은 말〉 같은 그림을 감상하겠어.

300네 ____ 1883년 7월 13일(금) 추정

테오에게

스헤베닝언으로 떠나기 전에 너를 만나 이런저런 이야기를 나누면 좋을 텐데. 더 복과는 얘기가 잘 돼서, 그 친구 화실에 내 물건을 두고 다닐 수 있게 됐어. 덕분에 편하게 블로머르스도 만나러 갈 수 있겠어. 한동안은 스헤베닝언을 주 무대로 샅샅이 살피고 연구해볼 계획이야. 아침 일찍 가서 하루를 보내고 오는 식으로 말이야. 집에 있을 수밖에 없는 상황이 발생하면 가장 더운 정오 시간에 가서 저녁에 돌아오는 식으로 할 수도 있고. 이렇게 하면 그림 구상에도 도움이 되고 아무것도 안 하고 가만히 앉아서 쉬는 것보다, 달라진 환경에서 다른 일을 하면서 휴식을 할 수도 있을 것 같아.

그 외에 여전히 작업에 몰두하고 있는 게 전부야. 오늘도 노인이 모델로 왔었어. 갑자기 머릿속에 아이디어가 떠올랐었거든. 그래서 다른 작업을 새로 시작하기 전에 제대로 그려놓고 싶었어. 방문이 가능한 날 요양원에 다시 한번 다녀왔지. 그날, 창문 앞에 서서 정원사를 보고 그림으로 그렸어.

대충 그쯤에서 끝내고 싶지 않더라고. 기억에 남아 있는 최대한 비슷한 분위기로 크로키도 그려봤다.

어제는 어마어마하게 반가운 선물을 받았어. 측량기술자 두 사람이(한 사람이 더 늘어났어) 나한테 선물을 해줬거든. 바로 스헤베닝언 사람들이 입는 진짜 남성용 재킷이야. 옷깃이 제대로 서 있고 자연스럽게 물이 빠진 데다 여기저기 기워놓은 바로 그 재킷.

가능할 때마다 화구들을 바꾸거나 모자란 것도 채워 넣었고 전차표도 구해놨어.

오늘 아침에는 음화 사진 3장을 봤어. 인화되면 어떤 분위기가 나올지 궁금하더라. 삽화 잡지사에 가지고 가 이런저런 제안을 할 수 있을 정도로 좋은 결과물이 나오면 좋겠다. 오늘 그린 정원사도 나중에 사진으로 인화할 계획이야. 여기에 크로키로 그린 것보다 훨씬, 아주 훨씬 더 정교하고 주변 배경도 이것보다는 덜 단순하거든. 다음 주 중에 사진을 보낼 수 있으면 좋겠다.

그런데 아우야, 혹시 가능하면, 네가 해줄 수 있는 최대한으로 한 번 더 보내줬으면 하는 바람이다. 스헤베닝언행에 필요한 물건을 이것저것 준비하느라 벌써 빈털터리 신세거든. 꼭 많을 필요는 없고 그저 모래언덕에 올라서서 물 한 모금조차 마실 수 없는 상황만큼은 피하고 며칠 버틸 정도면 충분하다.

사진으로 인화할 건 〈씨 뿌리는 사람〉, 〈감자 캐는 사람들〉, 〈토탄 캐는 사람들〉인데 마지막 데생이 사진으로 아주 잘 어울리겠어.

아무튼, 측량기술자들 정말 괜찮은 사람들이지? 아주 친절하고 유쾌한 데다 그림 그릴 때 여러 차례 말동무도 해주곤 했어. 두 사람 모두 이제야 진지하고 그럴듯한 스케치를 그리는 수준이 됐는데 최종 시험을 앞두고 있다더라고. 한 친구는 측량사가, 다른 친구는 기술자가 될 거래.

스헤베닝언에 갈 때 가끔 우리 집 여자도 데려갈 생각이야. 모델을 서줄 수도 있고, 최소한 인물들 위치나 크기를 비교할 대상이 되어줄 수도 있으니까.

아우야, 정말 보고 싶다. 내가 작업한 그림 중에서 네 마음에 드는 것도 있으면 좋겠고, 또 내 그림 솜씨가 나아졌다는 걸 네가 확인할 수 있으면 좋겠다. 더 복은 나의 작년 습작들을 여러 점 보고 마음에 드는 게 있다더라. 그런데 내 눈에는 점점 더 마음에 들지 않아. 올해는 더 나은 그림을 그리고 싶은데.

Gisteren avond heb ik een cadeau gekregen dat mij enorm
plezier deed (van die twee landmeters – want er is een
tweede nog bijgekomen sedert) namelijk eene
zeer echt Scheveningsch-buis met staanden kraag
pittoreske verkleurd en gelapt.

사진사가 일요일에 화실로 오기로 했어. 그 양반이랑 같이 어떤 인물화가 사진으로 인화할 때 가장 잘 어울릴지 고를 거야. 네가 추가로 보내주지 않으면, 내 입장이 상당히 난처할 것 같다. 꼭 필요한 화구 몇 가지 살 돈 외에는 남는 게 하나도 없어.

스헤베닝언 특유의 낡은 외투를 얻은 건 정말 횡재수였어.

이미 몇 년 전에도 헤이그에서 살면서 너한테 이런 편지를 썼었지. 어려운 시기를 거치겠지만 점차 나아질 거라고. 그런데 근래 여러 면에서 상황이 나아지고 즐거운 일도 계속 생긴다.

Adieu. 할 수 있는 만큼은 해주기 바라고, 악수 청하며, 내 말 명심해라

형은 너를 사랑한다, 빈센트

301네 ____ 1883년 7월 22일(일)

테오에게

'미래에 대한 희망을 별로 드릴 수가 없네요'라는 구절을 읽으면서 북받치는 슬픔을 감당하는 게 쉽지는 않았지만, 편지와 보내준 것 고맙게 잘 받았다.

금전적인 부분의 얘기라면 내가 낙담할 일은 없을 것 같다. 그런데 만약 내 작업 얘기라면 내가 왜 그런 소리를 들어야 하는지 이해할 수가 없구나. 우연의 도움을 받아서라도 지금 당장 최근에 그린 데생 몇 장의 사진을 인화해 네게 보낼 수 있다면 좋으련만. 사실, 네게 사진을 보내겠다고 약속은 했는데 찾으러 갈 수가 없었어. 비용을 지불할 돈이 없거든.

그런 말을 한 네 의도를 모르겠다. 그만큼 편지도 짧았으니까. 편지를 읽으며 가슴에 비수가 꽂힌 기분이었지만 그래도 정확한 네 의도는 꼭 알고 싶다. 정말로 내 그림에서 나아진 구석이 없다는 건지, 아니면 뭔지.

경제적인 문제라면, 몇 달 전에 네가 편지에 힘든 시기라고 적었을 때 내가 말했지. "그래, 우리가 더욱 최선을 다해야 할 이유지. 필요한 최소 비용만 보내다오. 그러면 내가 최선을 다해서 잡지사에 뭐라도 팔 수 있을 만한 그림을 그리마."

그 이후로, 단순한 인물 습작보다 복잡한 다중구도에 여러 인물이 등장하는 대형화를 여러 점 작업했어.

그 사진 결과물을 드디어 처음으로 네게 보내는데(주변 지인들에게 보여줘도 상관없어) 공교롭게 너한테 '미래에 대한 희망을 별로 드릴 수가 없네요'라는 말을 들은 거야.

대체 무슨 특별한 의도가 담긴 거냐? 너무 불안하니 빨리 편지해라.

여기 〈씨 뿌리는 사람〉, 〈감자 캐는 사람들〉, 〈토탄 캐는 사람들〉 사진이야. 〈모래 캐는 사람〉, 〈잡초 태우는 사람들〉, 〈쓰레기 하치장〉, 〈감자 캐는 사람〉(한 명), 〈석탄 옮기는 사람들〉 데생도 막 마무리했어. 그리고 이번 주에는 스헤베닝언에서 낚시 그물 수선 장면(스헤베닝언 어부

의 아내들)도 그렸어.

모래언덕에서 일하는 인부들을(예전에 테르스테이흐 씨한테 하나를 보여주긴 했어) 그려놓은 커다란 그림도 2점 있는데 아직 손볼 부분이 많아. 그래도 우선 마무리하고 싶은 그림들이긴 해. 땅 파는 사람들(시에서 동원한 가난한 이들)이 모래밭 앞에 길게 줄지어 서서 삽질을 통해 땅을 고르는 장면인데 이 그림이 유난히 손이 많이 간다. 〈토탄 캐는 사람들〉을 떠올리면 쉽게 상상이 갈 거야.

아우야, 네가 그런 걱정스러운 말만 안 했어도 이렇게 침울하진 않을 텐데. 네가 그랬지. 좋은 때가 오기를 바라자고.

넌 이런 상투적인 말 한마디도 조심해야 해. *좋은 때가 오기를 바란다는 건, 감정이 아니라 현재의 행동이야*. 그런데 내 행동은 네 행동에 달렸어. 한마디로, 네가 그만큼 돈을 덜 보내면, 그만큼 작업을 덜할 수밖에 없고, 절망하게 된다는 거지.

좋은 때가 올 거라는 희망을 마음속에 품고 있어서 '지금, 이 순간'의 작업에 계속해서 온 힘을 다 쏟아부어온 거야. 언젠간 내가 뿌린 만큼 거두게 될 거란 희망을 키우고 미래에 대한 다른 걱정 없이 말이야. 그렇게 하려고 먹는 것, 입는 것 등 매주 점점 더 아끼고 줄여야 했어.

스헤베닝언 이사 문제, 그림 그리는 문제 등 어려움 앞에서 난 스스로에게 이렇게 말했다. "좋아, 끝까지 가보자." 하지만 지금은, 차라리 시작하지 말걸 하는 마음이 간절하다, 아우야. 추가 비용을 감당할 여력이 전혀 없어.

몇 주, 몇 달이 흘러가는 동안, 그렇게 애쓰고 걱정하고 절약해도, 나가는 돈이 항상 가진 돈보다 많다. 네가 보내주는 돈으로 열흘을 생활하는 게 아니라, 먼저 그간 진 빚부터 갚고 남은 돈으로 열흘을 힘겹게 버티는 거야. 게다가 우리 집 여자는 아기에게 젖도 물려야 하는데 젖이 종종 모자라거든. 나 역시 가끔 모래언덕이나 야외에서 작업하다 보면 기력이 달린다. 제때 끼니를 챙길 수 없기 때문이야. 온 식구 신발은 여기저기 깁고 닳아서 너덜너덜해. 이런 모든 상황과 소소한 불행들로 주름만 늘어간다.

하지만 테오야, 열심히 노력하면 모든 게 나아진다는 생각에라도 기댈 수 있다면 이런 불편은 아무래도 괜찮다. 그런데 네가 이렇게 말한 거야. '미래에 대한 희망을 별로 드릴 수가 없네요.' 이 말은 내게 the hair that breaks the camel back at last(낙타 등을 부러뜨리는 지푸라기)가 될 수도 있어. 등에 진 짐이 너무 무거우면 지푸라기 한 올만 더 올려도 낙타는 쓰러질 수 있어.

그래, 어떻게 해야 하겠냐? 그나저나 블로머르스는 스헤베닝언에 가서 벌써 두 번이나 만나서 이런저런 이야기를 나눴지. 내 데생도 봤고, 또 자기 화실에도 초대했어.

거기 가서 채색 습작도 몇 점 그렸는데 바다, 감자밭, 여자들이 낚시 그물 깁던 장소 등을 그렸어. 여기 내 화실에서는 감자 줄기잎 사이에 양배추를 심는 남자를 그려봤어. 그리고 낚시 그물 깁는 사람들도 큰 데생으로 그리는 중이고.

하지만 내 열정이 점점 사그라든다. 믿고 의지할 버팀목이 필요해. 좋은 때가 오기를 바라자는 네 말은, 내 미래에 대해 전혀 기대가 없다는 뜻이었냐?

정말 그래? 이런 걱정들 때문에 어쩔 수 없이 몸까지 말을 안 듣는구나. 제발 네가 여기로 와주면 좋겠구나.

네가 그랬지, 석판화 잉크의 효과가 미미하다고. 사람의 신체조건이 작업에도 영향을 끼치니 당연해. 제대로 먹지도, 마시지도 못해서 삐쩍 말라만 가고 있거든. 사실은 테오야, 작업을 위해서라도 뭐라도 좀 먹고 몸을 챙겼어야 했지만 그럴 수가 없었어. 앞으로도 그럴 거고. 어떻게든 약간의 돈이라도 마련하지 못하면 말이야.

그래서 이렇게 너한테 부탁한다. 혹시 네가 돈을 보내줄 처지가 되지 않으면, 내가 보내는 사진을 뷔오나 주변 사람들에게 보여주고 판로를 찾아봐주면 좋겠구나.

그림을 시작한 게 또 후회스럽다. 감당할 수 없는데 왜 시작했을까. 물감이 없으면 못 그리는데, 물감은 비싸고, 뤼르스 씨와 스탐 씨 가게에 아직 외상값도 못 갚았고. 그런데도 난 그림을 이토록 사랑하는구나.

이런 와중에도, 작년 습작들이 또다시 내 열정을 깨운다. 그래서 화실에 걸어두고 지낸다.

내가 너무나 좋아하는 바다도 유화로 그려봐야 해. 꼭 유화여야만 해.

테오야, 형은 네가 낙담하지 않기를 진심으로 바란다. 네가 '미래에 대한 희망을 별로 드릴 수가 없네요'라고 했을 때 난 이루 말할 수 없을 만큼 침울했어. 넌 낙담하고 지치지 말고 계속해서 지원을 해줘야 한다. 그렇지 않으면 난 오갈 데 없는 신세로 전락할 거야. 친구가 될 수 있는 사람들조차 적이 되었고, 그 상태로 달라진 건 없다. 다시 한 번 잘 생각해봐라. 난 이렇게까지 되도록 원인을 제공한 게 없다. 아무리 생각해도, 마우베 형님이나 테르스테이흐 씨, C. M.이 나한테 이렇게까지 화를 내고 심지어 내 그림 감상은커녕 말 한마디 거는 것조차 거부하게 할 만한 행동을 한 적이 없어. 물론 이런저런 인간적인 이유로 냉랭할 수야 있지만, 상대가 화해하려고 여러 시도를 하는데도 1년이 넘게 멀리하는 건 결코, 사려 깊은 행동은 아니야.

이 문제는 이런 질문으로 마무리할까 한다. 테오야, 네가 내게 그림을 그려보라고 권유했을 때, 만약 내가 화가로서 이런 문제를 겪을 줄 우리가 미리 내다보았더라면, 화가가(데생 화가가 되더라도, 무슨 차이가 있겠냐?) 되겠다는 결심을 굳히지 못하고 주저했을까?

우린 이런 상황을 예측했더라도 결코, 주저하지 않았을 거다. 모래언덕에서 보는 걸 이런저런 모습으로 담아내려면 화가의 눈과 화가의 손을 가져야 하거든.

하지만 지금도 여전히 내게 적대적이거나 무시하는 자들을 보면 때론 낙심한다. 용기가 다 사라져버려. 그러나 곧장 다시 기운을 내고, 다시 그림을 그리며 웃음을 되찾지. 왜냐하면, 희망이 별로 느껴지진 않지만, 그래도 매일 열심히 그려야만 그나마 희망이 생긴다고 믿으니까. 솔직히 말해서, 지금은 곤란한 미래든 안정된 미래든 앞날을 그려볼 여유조차 내 머릿속엔 없다. 내 의무는 현재에 집중해서 작은 이득이라도 놓치지 않는 거야. 너도 나와 관련된 현재에 집중해줘. 그래서 우리 함께 견딜 수 있는 만큼 견뎌보자. 내일이 아니라 바로 오늘을 말이야.

테오야, 그저 돈 때문이라면 날 챙겨줄 필요 없어. 다만 친구이자 형제로서라면 내 작품을 좀 이해해다오. 팔릴 만하든 아니든. 네가 그렇게 이해만 해준다면, 난 다른 건 신경 쓰지 않을 테고, 우리 함께 차분하고 신중하게 길을, 방법을 찾아갈 수 있어. 앞으로 도저히 경제적인 지원이 힘들다면, 내가 이사를 갈게. *도시에서 꽤 떨어진* 시골 동네로. 그러면 집세가 절반으로 줄 거야. 또 같은 비용으로 여기선 형편없는 식사를 했지만, 더 신선하고 건강한 음식을 먹을 수 있어. 여자와 아이들은 물론이고, 사실은 내게도 꼭 필요해. 게다가 모델을 구하는 데도 한결 장점이 있지.

알다시피 내가 지난 여름에도 열심히 그렸잖아. 그것들 몇 개를 다시 꺼내서 벽에 걸었어. 왜냐하면 새로운 습작을 그리려는데, 그것들이 유용하게 쓰이거든.

겨울부터 봄까지 실내에서 그릴 때 그 그림들이 간접적으로 큰 도움이 됐어. 최근의 습작들을 그리는 데까지도 꾸준히 말이야. 그런데 이제 한동안은, 채색을 해야 해. 데생에 더 강력한 색조를 줘야 하거든. 바닥에 앉아 낚시 그물을 손질하는 여성들의 대형 유화를 그릴 작정이었는데, 네 편지를 받으니 널 만나서 의논할 때까지 미뤄야겠구나. 석판화 인쇄물들을 받았는데, 아직도 여전히 약해. 인쇄업자 말이, 잉크를 더 썼더라면 결과물이 훨씬 좋았을 거라더라. N'importe(어쨌거나), 잡지 삽화에 어울리는 작은 크기의 스케치를 실험해본 거니까.

아, 테오야, 난 돈만 조금 더 있으면 훨씬 더 잘해낼 자신이 있어. 그런데 그 해결책이 안 보이고, 어디서든 돈 때문에 막힌다. 다른 화가들의 일대기를 읽어봐도, 다들 돈에 궁해서 그림을 그릴 수 없을 때 비참했더라.

곧 편지해라. 상황이 영 말이 아니다. 비용 때문에 스헤베닝언행도 망설이고 있다.

브레이트너르와 그 친구의 대형 그림 3점에 관한 이야기를 할 기회가 있었어. 예상대로 제정신일 때 그린 그림이 아니라더라. 왜 그렇게 그렸는지 후회스럽다면서 주정뱅이와 여인들을 다시 손본 그림을 보여줬는데 훨씬 나아. 그 외에도 그리고 있는 수채화와 편자공을 그린 유화도 보여줬어. 그나마 차분하고 맨정신일 때 그린 거래. 이 친구가 책을 빌려줬어. 에드몽 드 공쿠르가 쓴 『필로메나 수녀』인데 병원을 무대로 펼쳐지는 이야기가 나름 흥미로워. 이 작가가 『가바르니』도 썼어.

네가 돈을 좀 보내줬으면 했는데, 보내줄 돈이 없더라도 편지는 해야 한다. 당장 편지해야 해. 왜냐하면 지금 같은 상황에서 심리적으로 낙담까지 하면 정말로 다시 일어서기 힘들 수도 있기 때문이야. 사진으로 인화한 내 데생의 색조가 아직은 풍부하지 않고 자연이 불러일으키는 감정을 오롯이 담아내기에는 부족한 게 많지. 하지만 예전에 그려놓은 인물화나 초기작과 비교하면 훨씬 나아졌다는 사실은 명백해. 여기서 멈출 순 없다.

그러니 끈기를 가지고 더 열심히 해보자. 네가 정말 여기 들러주면 좋겠다. 어쨌든, 속히 편지해라. Adieu, 마음의 악수 청한다.

너를 사랑하는 형, 빈센트

테오야, 받는 돈 이상으로 쓰는 건 옳지 못한 행동이지만 작업을 중단하거나 그림을 계속 그리는 것 중에 하나를 고르라면 나는 끝까지 그림을 그릴 거다.

밀레 같은 거장들은 집행관을 두려워하지 않고 꾸준히 그려나갔어. 그러다가 몇몇은 감옥에 가기도 했고 또 다른 사람들은 여기저기 떠돌이처럼 옮겨 다녀야 했지만 내가 아는 한, 그림을 포기한 사람은 아무도 없었어.

내가 겪는 어려움, 그건 이제 시작일 뿐이야. 저 멀리서 다가올 문제들이 보이거든. 거대한 검은 그림자처럼. 그런 생각이 가끔은 작업을 방해한다.

302네 ____ 1883년 7월 22일(일)

일요일 저녁

테오에게

열이 올라서 그런 건지, 너무 긴장해서인지, 아니면 다른 이유 때문인지 아무튼 몸이 영 좋지 않다. 어쩌면 네 편지 문구에 필요 이상으로 큰 의미를 둔 탓이겠지. 아무리 다른 생각 하면서 관심을 다른 데로 돌리려 해도 불안감을 떨쳐내지 못하겠어.

별 문제 아닌 거지, 그렇지? 무슨 문제가 있는 거라면, 그게 뭔지 정확히 솔직히 말해다오.

어쨌든, 가능하면, 다음 회신 때 속히 알려줘. 뚜렷한 이유도 없이 불안한 데다 갑자기 몸도 아픈 게, 아마도 과로 때문인 것 같다.

어쨌든, 편지해라, 아우야. 사진은 잘 받았지? 불안감이 없어지기를 바라면서 밖에 나가 한 바퀴 돌고 와야겠다. Adieu.

너를 사랑하는 형, 빈센트

사실, 내게는 너 말고 다른 친구가 하나도 없어. 그래서 기분이 가라앉으면 자연스레 네가 먼저 떠오른다. 아무튼, 네가 빨리 여기를 와줬으면 하고, 널 만나서 시골 이사 문제를 상의하고 싶다.

이미 이야기한 것들을 제외하곤 특별한 일은 없어. 다만, 간헐적으로 열이 좀 오르는 증상이 있다. 마음이 불편해서겠지. 이번에도 여기저기 돈을 갚았어. 집주인, 물감, 빵집, 식료품점, 구둣방…… 그러고 나니 남는 게 거의 없다. 가장 난감한 건, 이런 생활이 매주 이어지다 보니 어느 순간에는 모든 게 견디기 힘들고, 모든 게 다 피곤하다는 거야.

당장 보내줄 돈이 없다면, 아우야, 소식만이라도 전해라. 네가 시간이 날 때 말이야. 그리고 그 '미래' 부분도, 솔직히 말해줘. 정말 곤란한 일이 발생할 수도 있는 건지. Homme avisé en vaut deux(현자는 미리 대비한다). 무엇에 맞서야 하는지 미리 정확히 아는 게 낫잖아.

오늘은 그림을 좀 그리려고 하는데, 갑자기 등골이 오싹했어. 도대체 왜 그랬는지 모르겠다. 요즘은 내 몸이 무쇠였으면 좋겠구나. 한심하게 고작 뼈와 살로 이루어진 존재라니.

아침에 쓴 편지를 우체국에 가서 보내고 돌아왔는데, 온갖 문제들이 갑자기 눈앞에 쌓이는 기분이 들며 불안감에 사로잡혔어. 미래를 전혀 내다볼 수 없어졌으니까. 달리 설명할 방법이 없어. 도대체 왜 내 작업이 결실을 볼 수 없는지 이해할 수도 없고.

진심으로 온 힘을 다해서 그림을 그린 게 실수였을까? 어쨌든 지금은 그런 기분이야.

하지만 아우야, 삶에서 자신이 가진 힘과 생각, 그리고 열의를 실질적으로 어디에 쏟아야 하는지, 너도 잘 알잖아? 상황을 고려해 판단하고 "이런저런 작업을 끝까지 해내겠다"고 말해야 해. 실패에 봉착할 수도 있고 그 실패가 반복될 수도 있어. 사람들이 작업의 결과물을 외면할 때면 벽에 부딪힌 느낌도 들지. 하지만 이 모든 걸 마음에 담아둘 필요는 없어, 안 그래? 그런 일로 애간장 태울 필요는 없다는 거야. 하지만 때론, 계속하겠다는 의지에도 불구하고 더 이상 버틸 수 없이 벼랑 끝까지 온 비참함을 느낀다.

지금처럼 다시 그림을 그리는 대신, 차라리 보리나주에서 죽을병에 걸리거나 아예 죽어버리지 않은 게 후회스러울 때도 있어. 너한테조차 짐만 되고 있으니 말이야. 그런데 나도 어쩔 수가 없다. 제대로 된 화가가 되기까지 거쳐야 할 단계가 여럿이야. 그렇게 되기까지, 그 덕분에 최고의 작품을 만들어낼 수 있는 거라면, 모든 과정의 시도와 작업은 결코 헛되거나 쓸데없는 일은 아닐 거야. 하지만 작업 결과물을 작업자의 심리상태와 그가 바라는 바를 감안해주고 전체적으로 바라보며 판단하되 요구 조건을 내걸지 않는 사람은 거의 없겠지(과연 있기는 할까?)……. 솔직히 그들이 내거는 요구 조건이 난 도대체 뭔지 모르겠다.

그냥 막막하고 캄캄하다. 아! 차라리 혼자였다면! 그런데 돌봐야 할 여인이 있고 아이들이 있어. 이 녀석들에게는 적어도 필요한 것만큼은 해줘야 한다는 책임을 느껴.

우리 집 여자는 얼마 전부터 괜찮아졌어.

내 고민거리를 이들에게 털어놓고 싶지는 않지만, 오늘은 마음이 너무 무겁구나. 유일하게 나를 위로해주는 건 그림인데, 그것에도 기댈 수 없다면 난 이제 어떻게 해야 하는 거냐?

너도 알다시피 문제는, 내가 계속 그림을 그릴 수 있어야 내 작품의 판매 가능성도 올라간다는 거야. 그림을 그리면 필연적으로 비용이 들고, 작업을 하면 할수록 그 비용은 점점 더 늘어나(물론 모든 면에서 다 그렇다는 건 아니지만). 그림을 못 파는데 돈도 떨어지면 그림 실력을 늘릴 기회도 사라지고. 그림을 계속 그릴 수 있으면 실력은 자연히 따라붙는데 말이야.

아무튼, 아우야, 나는 지금의 내 상황이 감당되지 않을 정도로 걱정이 많다. 그래서 너한테 이렇게 내 생각을 전하는 거야. 정말이지 네가 속히 여기 와주었으면…… 하지만 무엇보다 먼저 편지해라. 꼭 그래줘. 네가 아니면 누구한테 이런 고민거리를 털어놓겠냐. 남들은 상관도 없는 일인 데다, 신경도 쓰지 않는다.

303네 ____ 1883년 7월 23일(월)

테오에게

어제 편지를 보낸 뒤로도, 불안과 초조에 시달리느라 꼬박 밤을 지새웠다.

한마디로 '계속 그림을 그릴 수 있을까, 없을까?' 이 문제로 속이 타들어간다.

내가 보낸 사진을 가지고 있을 테니 그걸 보면 아마 내 심리 상태를, 그나마 이해할지도 모르겠다. 지금 작업 중인 데생들은 내 의도가 투영된 그림자다. 이미 형태가 명확한 그림자. 내가 목표로 삼고 추구하는 것은 모호한 게 아니라, 현실에 단단히 뿌리를 박고 있으며 인내심을 갖고 꾸준히 노력하지 않으면 완벽히 다룰 수 없는 것들이야. 그림을 그렸다가 쉬었다가 하는 건 내게 악몽이다. 그림은 돈이 없으면 못 그려. 아주 최소한으로 아끼며 그릴 순 있지만, 필수 재료가 완전히 바닥나서 못 그린다는 건 생각만 해도 견딜 수 없이 우울하고 절망적이다.

아, 테오야, 그림을 그리면 근심 걱정과 악몽 속에서 지내야 할 수도 있어. 하지만 아무것도 하지 않는 것과 비교하면 의미가 있지 않을까?

그러니 용기를 잃지 말고, 서로를 격려해주자. 약해지거나 당황하지 말고.

블로머르스를 만났을 때 그림 그리기에 관한 이야기를 나눴어. 이 양반은 나한테 힘을 내서 계속 그리라고 충고하더라. 난 또한 크고 복잡한 그림을 10~12점쯤 그리고 나니 이제야 전환점에 다다랐다는 사실이 실감나면서도 계속해서 과거의 방식을 고집할 게 아니라, 변화도 추구해야 한다는 사실을 깨달았어.

우선 편지로 전했던 부분부터(너도 그 문제를 언급했었잖아. 생각이 통했던 거지) 바로잡아야 해. 그러니까 빈약한 면, 뭐랄까, 밋밋하다고 해야 하나, 그런 부분을 바로잡아야 해. 그게 만성적 약점이 되도록 방치해선 안 돼. 이번에도 네 생각과 내 생각이 궤를 같이하다니 놀랍다. 비록 너는 문제점을 짧게만 지적하고 넘어갔지만, 확실히 판화와 사진을 본 사람들 눈에는 단점이 눈에 확 띄나봐. 이런 단점 말고는, 전체적으로 그리 나쁜 것 같지는 않다.

그래서 문제의 원인과 해결책을 생각해봤어. 아무리 봐도, 내 작업 능력을 정상으로 끌어올리고 내 체력도 좀 더 신경 쓰는 것 외에 다른 해결책은 없더라. 건강이 점점 더 나빠지고 있거든. 건강을 회복하려면 어느 정도 돈이 필요하다. 그러지 않으면 어떤 후유증을 겪을지, 거기서 벗어날 수 있을지 걱정하며 지내게 될 거야. 비록 이제 시작 단계지만, 최근의 데생들은 이모저

모로 봐도 이전의 것들보다 덜 빈약해 보여.

어떻게든, 여기저기서 조금의 도움을 얻고 또 호감을 얻을 수만 있다면 상황은 빨리 개선될 것 같다, 테오야.

지금의 나와 비슷한 시기를 거친 화가도 많고, 그들 대부분이 다들 이런 역경을 극복해냈어. 누구라고 굳이 열거하지는 않을게. 잠시만 생각해봐도 이름들이 떠오를 테니까. 그래도 한 가지는 말하고 싶다. 로마에 있는 프랑스 미술학교 에콜 드 롬의 학생들은 특정 기간 열심히 인물화만 그리는데, 학기를 마칠 무렵이 되면 비교적 정확하고 그럴듯한 데생은 그려내지만 보기에 즐겁진 않아. 왜냐하면 'une âme en peine(고통 받는 영혼)'이 담겼으니까. 그런데 이건 학교를 벗어나 조금만 더 자유롭게 숨 쉬어도 사라져버리지. 내가 이들만큼 실력이 뛰어나다는 게 아냐. 하지만 나도 꾸준히 인물화를 그려왔어. 정규 수업 때문이 아니라, 데생 솜씨만큼은 완벽히 다듬고 싶어서. 그런데 과로에 가까운 이 노력으로 인해 빈약하고 건조해 보이는 그림을 그리게 된 거야.

하루속히 네가 여기 와주었으면 하는 바람이야.

다시 말하지만, 내 상황이 조금만 더 편했으면 좋겠다. 즐겁고 안락하고 싶어서가 아니고, 실력을 키우기 위해서 말이야. 내가 보낸 사진을 보면서 이 편지를 읽는 거라면, 내가 내 그림의 약점을 전혀 모르지 않다는 걸 알겠지. 그 약점을 극복할 방법을 안다는 것도, 또한 극복하려는 노력을 게을리하지 않을 거라는 것까지도. 다만 지금은 이런 문제를 겪고 있어. 당장 필요한 걸 어떻게 구하지? 절대로 네 탓은 아니지만, 또 내 탓만도 아니잖아. 그러니 que faire, que faire(어떻게 해야 하지, 어떻게 해야 해)?

지금이 결코 쉬어갈 때는 아니지만 다른 주제를 다른 방식으로 그려보면서 분위기를 바꾸는 것도 괜찮을 거야. 인물화 습작은 그릴만큼 그려봤으니, 다른 그림을 그려봐야 할 것도 같아. 바다며 구릿빛 줄기잎, 그루터기 밭, 갈아놓은 밭 등등. 최근에는 그간 잃어버린 시간을 만회하려고 작업에 열중했어. 그러면서 작업과 관계된 것 이외에는 돈 한 푼 쓰지 않고 아꼈어. 그런데 이제는 그마저도 힘든 지경에 이르렀다. 당장 필요한 생필품도 못 사고 있어. 졸라맬 허리띠도 없고, 빈약하다 못해 아예 말라 비틀어버린 상태야.

너도 한번 생각해봐라. 이미 모든 게 부족한 상황인데, 들어올 돈마저 줄어든다고 생각하니 절망감에 사로잡히는 것도 놀랄 일이 아니지.

하루속히 네가 여기 와주었으면 하는 바람이야.

내가 그린 데생 10~12점을 팔 수 있을 거라는 희망이 있었는데 그것도 물거품이 됐어.

어쨌든 무슨 일이 일어나든, 난 약해지지 않을 거야. 작업에 대한 열정, 그보다 더한 열병으로 모든 장애물을 뛰어넘겠어. 파도에 밀려 암초나 사주를 마주치는 최악의 상황에서 오히려 폭우로 위기를 뛰어넘는 선박처럼. 이런 정면돌파 시도가 언제나 성공이라는 보상을 받는 건 아니지. 차라리 이리저리 돌아가는 게 나을 수도 있어. 어쨌든 내가 실패한다고 많은 걸 잃는 건 아니잖아. 신경 안 써. 하지만 삶이 시들어가게 내버려두는 대신 풍성해지게 만드는 게 자연스러운 거잖아. 또 한 번뿐인 삶인데, 과연 어떤 방식으로 살아가게 될지 무관심한 것도 아니고 말이야.

어쨌든 내가 해결할 수 있는 문제는 아니야. 평소 네가 보내주는 돈으로 이것저것 빚부터 갚고 거의 빈털터리 상태로 열흘을 지내는 나날이 반복되기 때문에, 돈을 못 받으면 버티기 힘들다. 열흘째가 되면 공허한 마음과 빈속 때문에 모래언덕으로 가는 길이 사막처럼 느껴져. 땅이 꺼지는 기분도 들고, 꼭 필요한 물건이 있어도 살 돈도 없고 외상으로 구할 수도 없어.

그러다 보니 이런 생각이 들곤 한다. 이 상황을 극복하고 계속 그림을 그릴 수 있을까? 어디로 가야 할까? 이 상황에서 벗어나려면 무얼 해야 할까?

어쨌든 내가 보내준 사진이 쓸모가 있다면, 속히 편지해줘. 아마 어색한 부분은 너도 찾기 힘들 거야. 그렇지? 테르스테이흐 씨가 말하는 '별로 관심 가지 않는 그림' 같은 구석 말이야. 그 부분에 대해서는 이제 관심도 사라질 만큼 마음이 편하다.

Adieu. 잘 지내라. 손을 꽉 잡고 악수 청한다.

너를 사랑하는 형, 빈센트

304네 ____ 1883년 7월 24일(화) 추정

테오에게

스헤베닝언에서 돌아와 보니 네 편지가 와 있더구나. 진심으로 고맙다.

편지에 든 이것저것을 보며 참 기뻤어. 우선, 미래에 대한 암울한 그림자가 너와 나의 우정을 갈라놓거나 어떤 영향을 끼칠 수 없다는 사실이 너무 반가웠어. 다음으로는 네가 조만간 여기 온다는 소식과, 내 그림에서 나아진 부분을 찾았다는 말도 기뻤다. 그런데 네 월급을 직간접적으로 6명이 나눠 쓰고 있었다는 사실이 놀라울 따름이다.*

하지만 나도 150프랑으로 모델료도 주고 데생이나 유화를 그릴 화구들도 사고, 4인 생활비에 월세도 내니, 쉬운 일은 아니야. 안 그러냐? 내년부터 내 그림으로 150프랑을 번다면(네가 여기 찾아온 시점부터 시작이야) 얼마나 환상적일까. 진지하게 논의해보자.

유화에 큰 발전이 없었던 건 정말 속상한데, 그 이유를 다시 한 번 설명하마. 처음부터 끝까지 아주 상세하게 말이야.

작년에 네가 여기 왔을 때, 이것저것 필요한 걸 장만하라고 돈을 주고 갔잖아. 그 돈으로 스

* 테오가 가족(아버지, 어머니, 빈센트, 빌레미나, 마리)의 생활비를 책임지고 있었다.

탐과 뢰르스 씨의 외상값을 깨끗이 갚으면서 그 자리에서 바로 필요한 물건을 구입해 다시 작업에 임했지. 그리고 얼마 후 네가 편지를 썼어. 곧 들어올 돈이 조금 있다고. 그러면서 '물감이 부족할 일은 없을 것'이라는 말도 했어. 그런데 사정은 달랐지. 그 이후에 어떤 일이 있었는지 너도 기억할 거야. 그래도 초겨울 무렵, 정확히는 가을이 끝나갈 즈음에 네가 돈을 더 보내주긴 했어. 그 돈의 일부로 또 뢰르스 씨의 외상값을 갚았어. 왜냐하면 가을을 보내면서, 특히 스헤베닝언에 폭풍우가 몰아칠 무렵* 유화 작업을 많이 했거든. 겨울의 문턱에 다다른 시기인 만큼 난방비 외에 다른 곳에 돈 쓸 일을 만드는 건 좋지 않다고 생각했었어. 추가로 받은 돈도 이미 얼마 남지 않은 상태였고.

어쨌든 모델들을 불러서 다시 열심히 그림을 그렸어. 그리고 그 시기에 인물화만큼은 확실히 실력이 나아졌어(내가 분명히 느꼈어).

그런데 인물화를 습작하는 동안에는 물감 살 생각도 안 했고, 수채화 그릴 생각도 안 했다. 돌이켜보면 너도 기억날 거야. 여러 차례 내게 추가 비용을 보냈다고 생각하겠지만, 실상은 그렇지 않았지. 네가 처음으로 가욋돈의 가능성을 제시했던 게 3월 무렵이었지만, 당시 넌 대출을 받아야 하는 상황이었어.

게다가 돌봐야 할 여인도 생겼고, H. v. G.** 와의 돈 문제도 있었고 설상가상으로 회사 일까지 다소 지지부진했고.

그래도 어떻게든 버텨내고 싶었어. 그래서 라파르트에게도 돈을 빌리고, 소액이지만 아버지 돈도 받았어. 그런데 어떻게 됐냐? 풍뎅이 뒷다리에 실을 묶어놓으면, 조금은 날겠지만 이내 치명적인 상황이 발생하지. 나는 작업에 돌입했지만 한 달여가 지나자 온갖 청구서를 해결하느라 허리가 끊어지는 줄 알았지. 거의 무일푼 상태로 지냈거든.

내가 하고 싶은 것도 할 수 없었고, 내 마음이 하자는 대로 할 수도 없었어. 그렇다고 낙담하고 주저앉을 일은 아니야. 더 힘차게 치고 나가야 하지.

지금 수채화의 밑그림으로 쓸만한 바다 습작을 몇 점 만들어 왔어. 전에 보낸 편지에 동봉했던 마지막 해수욕객을 표현한 아주 작은 크기의 그림하고 비슷해. 우린 최선을 다하겠지만 지금은 솔직히 힘든 시기야. 얼마 전에 시작한 작업이 있는데 결코 쉽지 않은 일이야. 유화 인물화거든. 그런데 그 비용을 어떻게 감당해야 할지 모르겠다.

게다가 화실 내부도 조금 바꿨다.

하지만 네가 곧 여기 온다니, 그건 정말 반가운 소식이구나. 글로만 전했던 내용을 네게 직접 보여주면 내가 허송세월하지 않았다는 걸 알 거야.

* 1822년 8월 22일에 폭풍우가 일었다.

** 사촌인 헨드릭 반 고흐

이제는 기력을 회복하는 데 신경을 좀 써야 해. 반드시 기력을 회복해야만 하는 시점이거든. 체력이 완전히 바닥났다. 조금만 걸어도, 내 화실에서 우체국까지만 걸어도 피곤한 건 정상이 아니잖아. 그런데 정말이야. 아, 그렇다고 그림을 멈출 수는 없어. 하지만 내 몸도 챙겨야 해. 건강이 완전히 무너져내렸다는 건 아니야. 내가 겪는 질환이 만성은 아니고 과로 때문도 아니야. 장기간 제대로 못 먹어서 영양 부족이야.

올해 가장 시급히 개선하고 싶은 부분은 바로 유화야. 그래서 말인데, 작년의 내 제안을 다시 한 번 논의했으면 한다. 그때 넌 이 문제에 별 관심이 없었어. 아무튼 여기서는 물감을 소매가로 사야 해.

그래서 말인데 혹시 네가 파리에서 파이야르 씨 가게나 다른 물감 제조상 등에게 일정량의 물감을 도매가로 구입할 수 있을까? 그렇게만 된다면 일단 물감이 모자라서 낭패 볼 일은 없을 테니까. 이런 식의 합의도 괜찮을 것 같아. 이제부터 내게 보내는 돈에서 10프랑씩 제하는 거야. 그러면 달에 30프랑, 분기에는 90프랑이 모이는 셈이잖아. 그러면 매번 너한테 자잘하게 이런저런 물감 몇 개만 부탁한다고 널 번거롭게 할 일도 없어져. 네가 도매가를 알려주면, 내가 한 분기에 필요한 양을 알려줄게. 이 방법이 어떨지 고려해주면 좋겠다. 꽤 괜찮은 해법 같아서 그래. 파이야르 씨네 가게나 부르주아 씨 가게 등 어디든 상관없어. 네가 가진 미술상의 자격이면 도매가로 물건을 주지 않을까 싶다.

내가 다른 곳에 직접 도매가 구입을 물어봤었는데, 한참만에 거절하는 답을 들었거든.

하루라도 빨리 이곳에 오도록 애써봐라, 아우야. 내가 얼마나 더 버틸지 모르겠다. 상황은 점점 감당하기 힘들어지고 있어서 이러다 쓰러질 지경이야. 솔직히, 아무리 생각해도 이런 식으로는 수입과 지출을 도저히 못 맞추겠어. 수시로 끼니를 거르지만 않았어도 몸이 이 지경에 이르지는 않았을 텐데. 끼니를 거르거나 작업을 줄이거나 둘 중 하나를 선택해야 하는 상황이 자주 발생했었고, 나는 주로 첫 번째를 택했지. 그러다 보니 지금처럼 건강이 위험 수위까지 도달한 거야. 그 여파가 내 그림 속에서도 명확하고 뚜렷하게 드러나는데 이 상태로 어떻게 더 앞으로 갈 수 있을지 걱정이다. 아우야, 이런 말은 아무에게도 해선 안 된다. 남들은 이 사실을 들으면 이렇게 떠들고 다닐 테니 말이다. "봐, 진작에 이렇게 될 줄 알았어. 그렇게 예견했었잖아!" 말로만 끝나는 게 아니라 도와달라는 부탁을 거절할 건 물론이고 끈기로 버티면서 기력을 회복하고 난관을 극복할 가능성까지 차단해버릴 거야.

지금의 내 상황을 감안하면, 내 그림에 다른 결과를 기대하는 건 힘들어.

만약 내가 바닥난 기력을 회복하면 개선 방향을 찾아볼 수 있어. 사실 휴식도 뒤로 미뤄왔어. 돌봐야 할 식구들이 있고 작업도 해야 하니까. 하지만 이제는 그럴 기력조차 안 남았어. 이런 몸으로 그림과 상황이 모두 개선되기를 바라는 건 무리야. 불과 얼마 전에야 내 그림이 내 몸 상태에 좌우된다는 사실을 깨달았어. 내 건강상의 문제는 단지 과로와 영양실조로 몸이 허약해진 것뿐이야. 내가 무슨 병에라도 걸린 듯 떠드는 사람들이 분명 있을 텐데, 터무니없는 헛소문에 불과하니 부탁인데 그런 소문을 듣더라도 그냥 혼자만 알고, 네덜란드에 왔을 때는 아무에게도, 아무 말도 하지 말아다오. 내 작업의 결과물이 빈약한 건 전적으로 내 책임만은 아니야. 바닥난 기력만 회복하면 금방 나아질 수 있어. 내가 간절히 바라는 건, 곧 찾아올 너를 맞이하는 일이야. 내가 지금까지 해온 작업의 결과물을 한자리에 모아 놓고 보면서 이런저런 이야기를 할 수 있도록 말이야.

안부 전한다. 그때까지는 자주 편지해라. 네 연락이 필요한 시점이야. 마지막에 보낸 편지는 고마웠어. 좋은 일만 있기를 기원한다.

네 편지를 다시 받게 될 날까지 아마도 굶는 날이 이어질 것 같다. 그러니 최대한 속히 답장 바란다.

(맺음말과 인사말이 없는 것으로 보아 쓰다가 만 것으로 추정된다)

305네 ____ 1883년 7월 25일(수) 추정

테오에게

아침에 3주 전쯤 내 램프를 고쳐준 사람이 찾아왔어. 그 참에 그 양반한테서 도기로 된 물건 몇 점을 샀었는데, 따지고 보면 그 양반이 강매한 거지.

그런데 오늘 찾아와서 대뜸 화를 내는 거야. 자기 이웃에게는 돈을 갚고 왜 자신에게는 갚지 않느냐고 말이야. 고함에 욕설까지 이어졌어. 그래서 돈이 생기면 즉시 주겠는데, 지금은 가진 돈이 한 푼도 없다고 받아쳤어. 그런데 그게 불에 기름을 끼얹는 결과를 불러왔지. 그래서 집에서 나가 달라고 요구하다가 결국 문밖으로 밀어냈더니, 마치 내가 그렇게 나오기를 기다리기라도 한 사람처럼 다짜고짜 내 멱살을 움켜쥐고 벽으로 밀더니 땅바닥으로 쓰러뜨리더라고.

보다시피 이런 게 내가 겪고 있는 일상의 소소한 불행 중 하나다. 문제의 남자는 나보다 덩치도 큰데, 이런 행동이 수치스럽지도 않은 모양이더라. 어쨌든 매일같이 상대하는 가게 주인들 행동도 다들 거기서 거기야. 이걸 사라, 저걸 사라 하다가 행여 다른 가게로 가버리면 자기네 가게에서 사야 한다고 통사정을 하는데, 부득이한 사정으로 일주일쯤 물건값 지불이 늦어지면 그때부터 욕설이 날아들고 해코지까지 하려고 든다니까. 뭐, 장사치들이니 어쩌겠냐? 그들이라고 허리띠 졸라매야 할 일이 없는 건 아닐 테니까. 이런 불미스러운 이야기까지 하는 건 그만큼 돈이 시급히 필요한 사정을 설명하기 위해서야.

스헤베닝언으로 그림 그리러 가면서 몇 사람에게 갚을 돈을 줄 수가 없었거든. 아우야, 이 형은 고민거리도 많고 슬프기도 하고 문제도 많다. 어서 빨리 널 만났으면 좋겠어. 너와 상의하고 결정을 짓고 싶은 문제가 있거든. 이사를 가는 게 나을지, 아닐지 말이야. 여기서 버티려면 생활비가 더 필요해. 얼마 안 되는 생활비로 버티는 게 너무 힘들어.

그렇다고 이런 상황이 내 작업의 발목을 잡는다는 건 아니야. 일상에서 소소한 불행들을 겪어도 내 열정은 식지 않고, 이런저런 시도를 해보겠다는 마음도 사라지지 않아. 더 복의 화실에 내가 그린 작은 바다 그림 2점을 두었다. 하나는 거친 바다고 다른 하나는 잔잔한 바다야. 이런 그림은 기꺼이 계속 그리고 싶어. 어제는 커다란 나무들에 둘러싸인 빨간 지붕 농가 한 채를 그렸어. 인물화로 배울 게 더 많을 것 같아서 곧이어 감자밭의 소년과 갈대밭 근처 정원의 소년을 그렸고. 인물을 더 강렬하게 표현할 수 있으면 좋겠는데. 아침에 그런 일을 겪고 나니, 이곳에서 더 나아질 희망이 보이지 않는다면 차라리 소박한 시골로의 이사를 고려하라는 신호인가도 싶다. 그렇다고 이 화실이 불편하다거나 그림 그릴 대상이 부족하다는 건 아니야. 바다와 가까운 적합한 동네를 쉽게 찾을 수 있는 것도 아니니까.

너한테 했던 말은 모두 사실이야. 몸 상태가 영 말이 아니라는 말. 어깨와 요추 사이에 통증이 느껴져. 예전부터 종종 이래서 통증이 올 때 대처법은 알고 있어. 그 외에는 기력이 너무 쇠해서 회복이 쉽지 않을까 걱정이다.

사실 얼마쯤은 체념한 상태라서 이래도 그만, 저래도 그만이긴 해. 꾸준히 신중하게 그림을 그려가면서 옛 동료들과의 관계도 다시 원만하게 회복할 계획이었는데 감당하기 버거운 문제들 때문에 다 물거품이 돼버렸어.

테오야, 이거 한 가지만큼은 꼭 너와 의논하고 싶다. 괜한 말이 아니라, 미래가 점점 더 암울해질 것 같으니 이럴 가능성에 미리 대비할 방법을 찾았으면 좋겠다는 거야.

내 화실의 습작을 비롯한 모든 작품은, 거듭 말하지만 당연히 네 소유물이기도 해. 당장 그럴 일은 없겠지만 나중에 혹시라도, 내가 세금을 못 내서 우리 집 물건들에 압류가 들어오는 경우라도 생긴다면, 이 그림들을 전부 너희 집에 옮겨놓으면 좋겠다. 작업에 참고할 습작들이기도 하지만 고생고생해서 작업한 것들이기 때문이야.

이제껏 이 동네에서 세금 내고 사는 사람은 단 한 명도 본 적 없어. 누구나 세금을 내야 하는데 말이야.

나도 그래. 세금징수원이 벌써 두 번이나 우리 집에 다녀갔는데, 부엌 의자 4개와 흰 목재 식탁을 보여주면서 그 정도로 높은 세금을 감당할 여력이 없다고 설명했지. 아마 다른 화가의 집에서는 양탄자며 피아노, 골동품 등등을 볼지 몰라도 나는 물감을 외상으로 사고 청구대금 낼 돈도 없는 처지라서 눈 씻고 뒤져봐도 사치품을 못 찾을 거라고 말이야. 우리 집에 있는 거라고는 아이들뿐인데, 그 아이들을 내놓을 수는 없지 않겠느냐고도.

그랬는데도 그 후에 세금 고지서를 보내고 독촉장까지 보냈더라. 하지만 나는 개의치 않았어. 다시 찾아온 징수원들에게 그런 종이는 아무리 보내봐야 파이프에 불 붙일 때나 사용한다고 딱 잘라 말했어. 그러고는 가진 돈도 없고, 의자 4개와 식탁 등등을 팔아도 푼돈조차 안 될 거라고도 했어. 나한테 받아 가고 싶은 액수만큼의 값어치는 못 하는 물건들이니 말이야.

그 뒤로, 그러니까 두어 달 전부터는 그냥 내버려 두더라. 같은 길에 사는 사람 중에 세금 내는 사람은 아무도 없어.

하지만 그런 경우에, 내 습작들을 안전하게 보관할 장소가 있을지 알고 싶다는 거야. 화구들을 맡겨둔 판 데르 베일러의 화실도 괜찮겠지. 그나저나 네가 여기 화실에 오거든 비록 상품 가치는 크게 없어 보일지라도 애호가들이 관심 가질 만한 그림 한두 점 정도는 찾을 수 있으면 좋겠다. 작품 수가 부족하진 않으니까.

결과적으로 크게 낙담하진 않았어. 오히려 얼마 전에 졸라의 책에서 읽은 내용에 전적으로 동의하는 바야. 'Si à present je vaux quelque chose, c'est que je suis seul et que je hais les niais, les impuissants, les cyniques, les railleurs idiots et bêtes(지금, 이 순간, 내가 가치 있는 인간이라는 생각이 드는 건, 내가 혼자고, 또 미련한 인간, 무능한 인간, 냉소적인 인간, 남 흉보기 좋아하는 멍청하고 바보 같은 인간들을 증오하기 때문이다).' 하지만 내가 계속 여기 살면, 날아드는 공격을 끝까지 버텨낼 수는 없을 거야. 이런 말을 하는 이유는 이 모든 게 시작에 불과해서야. 어떻게 보면, 비용이 절감되는 곳으로의 이사가 해결책일 수 있어. 어떻게든 돈을 절약할 수 있는 길이니 시급한 문제기는 하다.

판 데르 베일러는 전시회 출품작으로 은메달을 수상했어. 그럴 자격이 충분해. 아주 반가운 소식이었어.

이 친구 그림을 곰곰이 생각해봤어. 작업 과정 대부분을 직접 지켜보기도 했고 이 친구하고 이런저런 이야기를 나누기도 했고, 또 그림이 첫눈에 마음에 들기도 했거든. 테오야. 나도 그런 그림을 그릴 수 있을 것 같다. 마음 편하게 꾸준히 작업만 할 수 있다면 말이야.

어쨌든 꾸준히 오래 그려야 해. 그럴 방법을 찾아야 하는데 가능할지 의문이다. 판 데르 베일러가 난관을 극복한 건 힘들고 어려운 일에 자기 시간의 절반을 희생한 덕분이야. 좋아서 한 일이 아니었어. 계속 그림 그리며 먹고 사는 방법이기 때문이었지.

어쩌면, 어쩌면 나도 그럴 수 있어. 그래, 어쩌면. 개인적인 의미의 작업 외에 남들이 요구하는 그런 그림을 그릴 수 있게 되면 말이야. 계속해서 그림을 그릴 수 있다면, 내 그림을 팔아도 상관없어. 솔직히 말해서, 내가 구필 화랑에 다니던 시절 그림에 대해 가졌던 생각들 중에서, (내 취향이 변하지 않았는데도) 실제로 그리면서 유효하게 느껴진 것들은 거의 없다. 상황이 미술상들이 생각하는 것과 다르니까. 화가들의 삶도 다르고, 습작도 다르고 말이야.

도비니가 던진 농담 같은 한마디가 얼마나 설득력 있고, 그럴듯하게 들리는지, 너한테 설명할 방법은 없어. 'Ce ne sont pas mes tableaux que j'estime davantage, qui me rapportent le plus(내 눈에 훨씬 가치 있어 보이는 내 그림이 더 값어치가 나가는 것은 아니다).' 예전에 구필 화랑에 다닐 때 이런 말을 들었다면, par manière de dire(그냥 하는 말이겠거니) 여겼겠지.

Adieu, 아우야. 그런데 또 슬슬 걱정된다. 아침에 그런 시빗거리에 말려드는 것만 봐도 사람들이 얼마나 나를 막 대하는지 알겠지. 내가 실크 해트를 쓰고 그에 어울리는 정장 차림으로 나타나면 그렇게 차려입었다고 나와 거리를 둘 인간들이야. 현실을 직시하고 나니 썩 유쾌하지는 않다. 어쨌든 나도 내 작업 외에 가욋돈이라도 벌 수 있는 다른 일이 있으면 좋겠다. Adieu, 속히 편지해라. 네 편지가 빨리 왔으면 좋겠다.

너를 사랑하는 형, 빈센트

앞으로는 남들과의 관계에 신경을 조금 더 쓰고 불안감도 떨쳐낼 생각이야. 네 도움 없이 나 혼자서는 내 그림의 구매자를 찾을 수 없겠지만 네가 신경 써주면 결국은 작자를 만날 수 있을 거다. 다만 우리도 나름의 최선을 다해야겠지. 무너지지 않고 버티면서. 그러려면 무엇보다 힘을 합쳐야 한다.

널 꼭 만나야겠어. 그래서 우리 노력을 어느 방향으로 끌고 가야 할지 정해야 해. 가끔 더 복이나 다른 화가를 만나 이런저런 이야기를 나눈다만, 내가 전적으로 믿는 사람이 아니고서는 내 개인사까지 굳이 알 필요는 없으니까.

아침과 같은 사건이 빈번한 건 아니지만, 이런 불쾌한 일을 겪기 때문에 가끔은 내가 처한 상황을 이해해주고 공감해줄 누군가를 만나 대화하며 털어내고 잊을 필요가 있다. 난 이런 걸 혼자 속으로 삭이고 담아두는 데 더 익숙했어. 그런데 반복하는 일상만으로 부족하고 허전하다는 생각이 들면, 진지하고 믿을 수 있는 그런 우정을 쌓을 관계를 찾아 나서기 마련이야. 그래서 몸이 쇠약해지기 시작하고 기력이 떨어질 때마다, 솔직히 털어놓는 건데, 그럴 때마다 가끔은 마음 편하게 네 곁에 있고 싶고, 네가 보고 싶다.

이 화실에서 한 해를 정말 투쟁에 가까운 생활을 하며 버텨왔어. 작업을 지속하는 게 너무나 힘겹게 느껴질 때도 있었지만, 이제는 다시 심기일전해야 할 때야.

가능하다면(그래도 가능은 할 거야) 다시 만날 때까지 더 자주 편지해라. 계속해서 그림을 그려야 하는데 시간이 갈수록 점점 더 기력은 빠지고 몸과 마음이 약해지기만 한다. 시도 때도 없이 나타나는 과로 후유증일 거야. 스스로를 돌보지 않으면 건강이 더 악화되겠어.

더 복을 비롯한 다른 화가 동료들에게도 이런 말은 안 해. 너만은 전적으로 믿기에 이렇게 털어놓는다. 상황이 이렇다고 용기를 잃고 주저앉을 필요는 없어. 사실, 이렇게 된 건, 내가 가진 힘보다 더 많은 힘을 쓴 탓에 기력이 쇠해졌기 때문이야. 그러니 너와 나는 더더욱 소통하고 이해하고 우정을 이어나가야지. 불행이 닥쳐오더라도 우리는 함께 이겨나갈 수 있어. 아우야, 서로에게 신의를 지키는 형제가 되자. *여러모로 내가 득을 봤다. 너 없이는 지금 이렇게까지 해

* 여기서부터는 갈리마르판에는 빠져 있는 문장이다.

오지도 못했을 테니까. 넌 직접적으로 얻는 게 없지만, 다만 네 도움이 없었더라면 절대로 불가능했을 경력을 쌓아가도록 누군가를 돕는다는 자부심을 느낄 거야.

그리고 장차 우리가 뭘 성취해낼지 누가 알겠어?

계속 그림을 그린다는 게 당분간은 걱정거리만 많이 만들겠지만, 내 습작을 보면 전혀 허튼 수작이 아니란 걸 알 게다.

요사이 계속 돈이 떨어졌다고 편지를 했지. 너무 다급해서 그랬어. 건강을 너무 상하게 해서도 안 되고, 또한 자존심이 너무 다쳐도 안 되니까. 상황이 너무 악화돼서 너무 고약한 지경에 몰리면, 누구라도 주위를 둘러보고 어떻게든 좋아지려고 노력해야 하지.

306네 ____ 1883년 7월 27일(금) 추정

테오에게

어제 받은 편지에 우편환까지 들어 있어서 정말 뜻밖이었어. 내가 얼마나 행복했는지, 네게 얼마나 고마웠는지, 두말하면 잔소리일 거야. 그런데 우체국에서 우편환이 찢어진 상태라 현금으로 내줄 수가 없다더라. 결국 10플로린을 받기는 했는데 우편환을 다시 파리로 보낼 거래. 그런데 은행에서 거부하면 수령증에 서명하고 받은 10플로린을 다시 갚아야 하는데, 은행에서 받아주면 나머지 돈도 받을 수 있을 거라고 해.

네 편지를 읽다 보니 선행을 베풀었는데 난처한 결과가 발생한 경우, 과연 그에 대한 책임을 져야 하는 건지 심히 고민하는 것 같더라. 앞으로는 선한 의도로 행동할 게 아니라, 오해의 소지가 발생하지 않도록만 행동하는 게 차라리 낫겠다는 생각도 든다는 그 말, 공감한다. 나 역시 같은 고민을 해봤으니까. 인간은 양심의 목소리를 귀담아들으면(양심은 이성의 최고 단계다. 말하자면 이성 중의 이성이지) 자신이 실수했거나 멍청했다고 생각하게 되는 경향이 있어. 특히 깊이가 없는 가벼운 사람들이 자신들보다 훨씬 더 현명하고 성공적인 길을 가고 있는 모습을 보면 당혹스럽기까지 해. 그래, 그런 게 가끔 힘들지. 엎친 데 덮친 격이라고 이래저래 쌓인 자잘한 문제들이 어느 순간 해일처럼 밀려들 때도 있고. 그럴 때면 지금의 자신이 원망스럽고, 차라리 양심이 없는 게 낫다거나, 양심의 목소리에 귀 기울이지 말았어야 한다고 생각하게 될 수도 있어.

너만큼은 나를, 언제나 내적 갈등을 이겨내고, 가끔은 머리가 복잡해지기도 하지만, 계산에 따라 행동에 나설지를 판단하지 않는 사람으로 여겨주기 바란다.

지금까지 그림을 그려오면서 예술에 대한 믿음과 내가 성공하리라는 사실에 대해서는 단 한 치의 의심도 가져본 적 없지만, 몸이 힘들고 경제적으로 곤란한 지경이 되면 굳었던 신념도 흔들리고 의혹과 불신에도 사로잡히기에 마음을 다잡으려고 다시 작업에 전념하곤 한다. 우리 집 여자나 아이들도 마찬가지야. 이들과 함께 있거나, 꼬마 녀석이 신난다고 소리 지르며 네발로 기어오는 모습을 보고 있으면, 그럴 때면 모든 게 제자리에 있다는 생각이 들어.

이 녀석이 그렇게 내 마음을 편하게 해준 게 한두 번이 아니야.

내가 집에 있으면 나와 떨어지질 않아. 작업하고 있으면 어느새 다가와 옷자락을 잡아당기거나 다리를 타고 올라오려 해서 어쩔 수 없이 무릎에 앉히지. 종이나 끈, 혹은 낡은 붓만 쥐어주면 한동안 조용히 놀고. 이 밝고 쾌활한 모습 그대로 계속 크면 아주 크게 될 녀석 같아.

그런데 운명의 장난이 선을 악으로 만들고, 악을 선으로 뒤바꿔버리는 순간이 있어. 이럴 때는 도대체 뭐라고 해야 하는 걸까?

그런 생각들을 하는 건 아마 과로로 인한 후유증이겠지. 그런 생각이 든다고 의무적으로 그걸 따르거나 눈앞의 현실이 과연 보이는 것만큼 암울하다고 단정짓는 건 바람직하지 않아. 자꾸 그 생각을 곱씹으면 미칠 것 같지. 오히려 몸의 건강을 회복하고, 작업에 열중하는 게 맞아. *이 두 가지 치료법을 성실히 따라도 소용이 없다면*, 우울증이 심각한 거야. 그래도 결국에는, 정신력이 강해지면서 문젯거리들을 견디고 이겨내게 되지.

불행, 슬픔, 우울 등은 남아 있겠지만, 결국 긍정적인 일을 통해서 그 거대한 부정적인 것들과 균형을 맞춰갈 수 있어. 삶이 동화 속 이야기나 평범한 목사의 일상 설교처럼 단순하다면 그 안에서 길을 찾는 게 뭐 어렵겠어. 하지만 현실은 다르잖아. 현실은 이루 말할 수 없을 만큼 복잡하고, 선과 악의 경계가 자연에서 볼 수 있는 순수한 상태의 흑과 백처럼 뚜렷하지도 않아. 우울이라는 부정적인 흑의 세계로 빠져들지 않도록 경계해야겠지만, 백의 세계라고 다 좋은 것만도 아님을 깨달아야 해. 석회로 된 희멀건 벽 같은 백의 세계, 영원한 바리사이파 사람들처럼 위선적인 백의 세계. 이성의 목소리에 따르려는 자, 양심(최고의 이성이자 숭고한 이성)의 목소리에 귀 기울이려는 자, 정직하려 애쓰는 자는 비록, 이런저런 실수를 하기도 하고, 도중에 머리를 부딪치기도 하고, 완벽에 다다르지 못하고 오히려 약점을 드러내기도 하겠지만 결코, 길을 잃고 헤매는 일은 없을 거야.

그런 사람들은, 성직자들 특유의 편협함을 벗어나서, 마음이 더 깊고 어질고 따뜻하며 관대해.

그들을 누군가는 영 쓸모없는 사람으로 취급할지 몰라도, 스스로는 남들처럼 평범하다고 생각할 테고, 결국엔 불안하지 않고 안정감을 느낄 것이다. 양심에 종속된 존재가 되고, 양심이 자신을 대변하게 만들 거야. 냉소나 회의에 빠지지 않고, 질 낮게 비아냥대지도 않아. 그러나 단번에 그렇게 될 수는 없어. 그렇기에 내가 하고자 하는 말을 정확하게 표현한 미슐레에게 감탄할 수밖에 없지. 'Socrate naquit un vrai satyre mais par le devouement, le travail, le renoncement des choses frivoles, il se changea si complètement qu'au dernier jour devant ses juges et devant sa mort il y avait en lui je ne sais quoi d'un dieu, un rayon d'en haut dont s'illumina le Parthenon(소크라테스는 타고난 호색한이었지만 헌신, 자기 수련, 금욕을 통해 완전히 다른 사람으로 거듭날 수 있었기 때문에 죽음을 앞둔 생의 마지막 날, 재판관들 앞에 서서 마치 신이라도 된 듯 온몸에서 광채를 발휘하며 파르테논 신전을 밝혔다).'

그래! 예수님에게도 같은 현상이 나타났잖아. 평범한 일꾼에 불과하던 이가 스스로 일어나 전혀 다른 존재로 거듭났어. 그게 뭐든 연민과 사랑, 선의와 온정이 넘치는 존재였기에 지금까지도 많은 이들이 그 존재에 끌리고 있어. 보통 목수 조수는 대목수가 되었을 때 편협하고 따분하고 인색하고 건방지게 굴지. 그렇지만 예수만큼은 우리 집 뒷마당에서 보이는 작업장 주인인 목수 양반과는 다른 시선으로 세상을 바라보았어. 스스로를 대단한 집주인으로 여기면서 자신이 예수님보다 현명하다고 여기는 목수 양반과는 달랐어.

하지만 추상 세계로 너무 빠져들면 안 돼. 지금 내게 가장 중요한 건 건강을 회복하는 일이야. 그러면 머리도 더 잘 돌아갈 테니 내 기법을 수정해서 작품의 빈약한 부분을 채울 환경을 만들 수 있어.

네가 오면 다시 얘기해보자. 며칠 사이에 금세 해결할 수 있는 문제는 아니니까.

얼마 동안이라도 영양가 높은 음식을 먹는다면, 비록 내가 겪고 있는 이 병의 *뿌리는 깊을지언정 최악의 우울*은 벗어날지도 몰라. 제대로 된 치료를 받아보고 싶다. 힘과 활력이 넘치는 상태를 되찾을 수 있게. 규칙적으로 밖으로 다니면서 흥미로운 작업을 할 수 있게 된다면, 불가능한 일도 아닐 거야.

내 작품 대부분이 *빈약하고 메마른 건* 부인할 수 없어.

요즘은 그 사실이 내 눈에도 똑똑히 보이니까. 전반적이고 근본적인 방향 전환이 필요한 시점인 게 확실해. *나의 올해 작업물들을 네가 찬찬히 다 들여다보고* 뭐라고 말할지 궁금하다. 이런저런 생각들에 과연 너도 동의하는지도 듣고 싶고. 너도 나와 같은 생각이라면 분명 이런저런 장애물을 뛰어넘을 수 있을 거야. 더는 주저할 이유도 없으니 'avoir la foi de charbonnier(광부의 신념으로)'으로 헤쳐나가는 거야.

그나저나 파리의 은행에서 우편환을 받아주면 좋겠다. 조금이나마 돈을 융통해서 이렇게 보내줄 수 있어서 정말 다행이야. 덕분에 병치레할 일은 없을 것 같다. 우편환에 관해서는 소식 전할게. 어쨌든 8월 1일에도 돈을 보내주면 정말 좋겠다. 내 그림을 다 둘러본 다음에 미래의 계획을 세워볼 수 있으면 좋겠어. 나도 뭘 어떻게 해야 할지 잘 모르겠거든. 그래도 어딘가에서는 내가 할 수 있는 일이 분명 있을 거야. 나도 남들만큼 잘할 수 있는 그런 일 말이야. 런던이 조금만 더 가까웠으면 벌써 가서 이것저것 시도해봤을 거다.

정말이지 돈벌이가 되는 그림을 그릴 수 있으면 더없이 행복할 것 같구나! 그렇게만 된다면 어쩔 수 없이 네게 손 벌릴 일도 없을 텐데 . 네게도 절실히 필요한 건데 말이야. 고맙다, 잘 지내라.

너를 사랑하는 형, 빈센트

307네 ___ 1883년 7월 29일(일)과 30일(월)

테오에게

이사를 심각히 고려하게 했던 골칫거리 하나를 줄일 수 있을 것 같다. 어제와 그제, 로스다위넌Loosduinen 일대를 둘러보고 왔어. 바닷가까지 걸어갔는데 가는 길에 밀밭이 많이 보이더라. 솔직히 브라반트의 밀밭에 비하면 그저 그래. 그래도 풀 베는 사람, 씨 뿌리는 사람, 이삭 줍는 사람들을 충분히 봤지. 내게는 꼭 필요한 피사체들인데 올해 유난히 보기 힘든 이들이기도 했어. 너도 이 동네를 아는지 모르겠다. 난 이쪽은 처음 가봤어.

해변에서 습작 1점을 그렸어. 방파제 비슷한 시설이 설치돼 있는데 암석하고 돌멩이를 촘촘하게 쌓아서 제법 견고해 보이더라. 아무튼 거기 자리를 잡고 앉아서 밀물 때의 바다를 그렸어. 물이 차올라 장비를 들고 이동해야 할 때까지 있었지. 마을에서 바다로 이르는 길에 진녹색과 갈색이 어우러진 울창한 수풀이 있는데 바람에 휘날리는 모습에 이런 생각이 들더라. '아, 라위스달이 그린 〈수풀〉이 바로 여기 있었네!' 지금은 증기 전차로 오갈 수 있어. 그러니까 짐을 가져갈 수도 있고 아직 마르지 않은 습작을 가지고 돌아올 수도 있을 거야.

바다로 가는 길을 대충 스케치해봤어.

이 길을 걷는데 네 생각이 많이 났다.

너도 지난 10년 사이에 마을 인근과 스헤베닝언의 모래언덕이 고유의 특징을 점점 잃어간다는 의견에 동의할 거야. 해를 거듭할수록 분위기가 점점 더 경박해져.

특징이 살아 있는 모래언덕의 그림을 감상하려면 10년이 아니라 30년, 40년, 아니 50년 전까지 거슬러 올라가야 할 정도야. 당시만 해도 지금에 비하면 라위스달의 그림 같았지.

도비니나 코로를 떠올리는 장소를 찾으려면 모래 위에 해수욕객 발자국이 거의 보이지 않는 평지가 나올 때까지 더 가야 해. 물론 스헤베닝언도 아름다운 곳이지만 때 묻지 않은 자연은 이미 오래전에 사라지고 없어. 그런데 서두에 말했다시피 로스다위넌 일대를 돌아다니다가 천연 상태의 자연을 고스란히 간직하고 있는 환상적인 장소를 발견한 거야.

부두에서 바라본 풍경이야.

요즘 침묵이, 자연이 유려한 언어로 간간이 내게 말을 걸어온다. 마음을 가라앉히려고 모든 것을 뒤로하고, 소위 '문명 세계'가 떠오르는 요소가 전혀 없는 곳으로 가야 해.

너와 함께가 아니라서 얼마나 아쉽던지. 너도 나만큼이나 도비니의 초기작 탄생기의 스헤베닝언을 닮은 동네라고 느꼈을 텐데. 동네 자체가 강렬하고 거센 기운을 뿜어내는 듯해서, 거기 가기만 해도 힘이 넘치는 그림을 그릴 것 같은 기분이 들더라.

너도 여기 오면 같이 가보자. 문명의 그림자조차 안 보이는 곳이거든. 보이는 거라곤 조개껍데기와 라위스달의 〈수풀〉을 꼭 빼닮은 수풀이 전부야. 어디서 둘러봐도 심심할 풍경이야. 평평한 지대에 살짝 굽이진 모랫길만 보이고.

아마 너와 함께 이곳을 찾아오면 일말의 주저함 없이 내 작업의 방향을 결정할 수도 있을지 몰라. 우리가 가야 할 목표 지점이 어디인지를 보여줄 거야. 나의 우울과 주변 환경이 때마침 조화를 이룬 탓에 그런 기분이 든 건지, 다시 가도 그런 느낌을 받을지, 그건 나도 모르겠어. 하지만 현재를 잊고 싶은 마음이 들거나 밀레, 도비니, 브르통, 트루아용, 코로 등의 대가들이 이끌었던 예술적 대혁명의 태동을 느끼고 싶을 때 다시 찾아갈 거야.

너도 꼭 가보면 좋겠어. 네가 여기 오면 동행하자. 전차를 타면 로스다위넌까지 얼마 안 걸려. 계속 타고 가면 날드베이크까지도 가. 로스다위넌 너머에 있는 평지인데 미셸의 그림과 비슷한 해변 같고 역시 사람도 거의 없어.

최근에 너와 주고받은 편지 내용을 떠올리다가 미래를(현재보다는) 생각하게 되는데 네가 왔을 때, 내가 시험 삼아 수채화와 작은 크기의 유화를 그려야 할지 함께 결정하는 건 어떨까 싶어. 올해만큼은 유화를 꾸준히 그릴 여건을 조성하고 싶다.

인적 없는 모래언덕을 돌고 오니 마음이 차분해졌어. 혼자가 아니라 도비니가 그림을 그리던 시절에 살았던 노인과 대화를 주고받은 기분도 들었어. 너도 이곳을 둘러보고 나면 자연의 풍경이 머릿속에 깊이 각인될 거야.

이 편지를 쓰면서 수채화로 수풀을 그리기 시작했고 방파제도 습작으로 한번 그려봤어. 그러니까 이번 산책에서 추억거리 하나는 만든 셈이지. 오면 보여줄게. 그림을 보고 분위기가 마

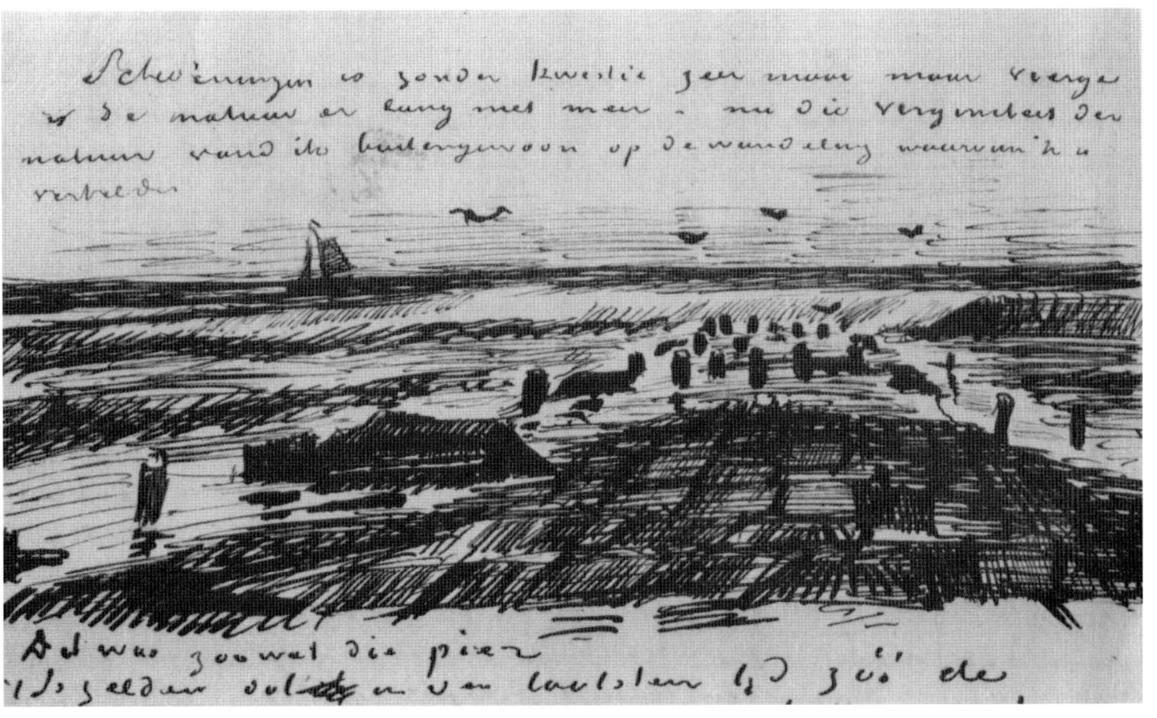

음에 들면 같이 가보자.

건강이 완전히 회복된 건 아니야. 몇몇 증상을 보니 위장에 약간 탈이 나지 않았나 싶어. 빈혈도 좀 있어서 가끔 불편하고. 그래서 더더욱 기력 회복이 시급한 거야. 그래도 이 정도면 다행이긴 하다.

여기까지는 어제 쓴 내용이야. 오늘에야(월요일) 너한테(다행히!) 파리 은행에서 훼손된 우편환을 현금으로 교환해준다는 소식을 전할 수 있게 됐어. 손해 보는 거 하나 없이 고스란히 23플로린을 받게 됐어.

너와 한 가지 상의할 일이 있는데 너도 동의해주리라 믿는다. 일전에 보낸 편지에 확실히 밝혔지. 도매가 구입 방법을 찾아보지 않고 3분의 1이나 손해를 보면서 소매가로 물감을 구입하는 건 무책임한 행동이라는 내 의견 말이야. 그런데 이 제안에 대해 작년에 네가 아무 언급이 없길래 혹시 개인용 물건을 구필 화랑 명의로 주문하는 게 마음에 걸렸나 생각했어. 그래서 나도 거기서 일한 경력이 있으니, 굳이 너를 끌어들이지 않고 동일한 혜택을 받을 수 있을지 나름대로 알아봤지. 나도 내 앞가림 정도는 하는 사람인 걸 알아주면 좋겠다!

너도 알다시피, 내가 측량사에게 그림을 지도했잖아. 그 친구 아버지가 잡화 상인이라 물감도 파는데 파이야르 위탁판매상도 겸하고 무엇보다 마우베 형님한테 물감을 대주고 있다더라고. 그 친구를 지도하면서 따로 보수는 받지 않았는데, 아버지 되는 사람이 도움이 필요하면 언제든 연락 달라고 했었어. 그래서 그 양반한테 물어봤지. 재고 물감이 제법 되지 않느냐고. 그걸 파이야르에서 받아오는 가격으로 내가 살 용의가 있다고 말했어. 앞으로 똑같은 가격으로 물감을 계속 대준다는 조건으로 말이야.

처음에는 거부 의사를 밝히다가 재고 상태를 확인해보더니 내 조건을 수락했어. 그래서 양홍색과 울트라 마린 블루색 여러 개를 포함해 대략 물감 튜브 300개를 파이야르 정가보다 싸게 사기로 했어(파이야르 정가는 50플로린인데 10플로린 할인해서). 그러니까 튜브 300개를 40플로린에 사는 거야. 게다가 이 거래 덕분에 앞으로는 필요한 건 모두 파이야르 가격으로 구입할 수 있게 됐어. 즉, 정가의 3분의 1만큼 할인을 받는다는 거야. 유화 물감뿐만 아니라 수채화 물감도 똑같이 싼 가격에 살 수 있어.

네가 여기 오면 다시 얘기하자. 알다시피 물감 튜브 300개 대금을 한 번에 다 지불할 수는 없어. 가능하면 나눠서, 월 단위로 내는 방식이 좋겠다. 3분의 1 할인된 가격으로 물건을 살 수 있으면 장기적으로는 제법 큰 이득이거든.

오늘 야외용 삼각 이젤과 캔버스를 샀어. 야외용 이젤이 있으면 밖에서 무릎을 꿇고 그려서 더러워지는 상황을 피할 수 있다. 현재 올여름에 시작한 수채화용 풍경화가 7개거든. 네가 음식을 사먹으라고 보내준 돈을 썼어. 입맛이 영 없어서. 위가 탈이 났는데, 회복되려면 한참 걸릴 것 같아 걱정이네. 네가 오기만 하면 기쁠 거야. 너만 오면 많은 일들이 잘 풀릴 것 같다.

8월 1일에 맞춰서 돈을 보내주면 좋겠다.

어쨌든 네가 오면 보여줄 유화 습작도 있어.

근처 시골 마을에 사는 청년을 모델로 구했어. 그 친구한테 이미 내가 그리려는 습작을 얘기해줬어. 그래서 이른 아침에 준비하고 같이 나가기로 했지. 모래언덕 같은 장소로 가는 거야. Adieu, 두루두루 좋은 일만 있기를 바란다. 안부 전하고, 명심해라

형은 너를 사랑한다, 빈센트

308네 ___ 1883년 8월 3일(금) 추정

테오에게

어제 보내준 편지와 동봉해준 것, 고맙게 받았어. 다행히 지난번 우편환을 23플로린으로 바꿨어. 그 덕에 가장 시급한 발등의 불은 껐는데 그렇다고 빚을 다 갚은 건 아니야. 물감값 외상이 적잖게 남아 있거든.

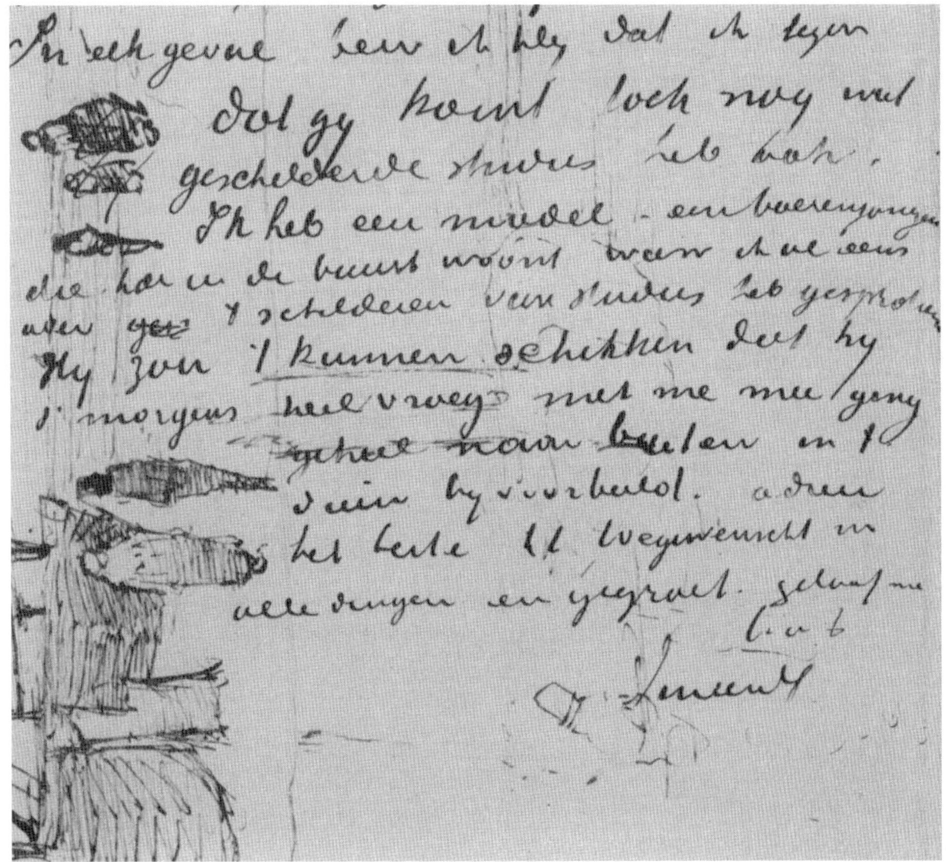
In elk geval ben ik blij dat ik zeggen
dat gy komt toch nog wel
geschilderde studies heb hoor.
Ik heb een model - een boerenjongen
die hier in de buurt woont waar ik al eens
over 't schilderen van studies heb gesproken
Hy zou 't kunnen schikken dat hy
's morgens heel vroeg met me mee ging
naar buiten en 't
duin by voorbeeld. adieu
het beste [illegible] in
alle dingen en gegroet. geloof me
t. à t.
Vincent

이번 방문 때도 작년처럼, 집에서 며칠 머물다가 이리 올 계획인지 궁금하다. 집에 간다면 내 미래나 내 작품의 판매에 관한 네 걱정이나 의심 같은 건 대화 주제로 삼지 말아주면 좋겠다. 적어도 우리가 함께 논의해서 남은 가능성을 따져보기 전에는 말이야.

테오야, 난 감자 캐는 사람들을 유화로 제대로 그려보고 싶어. 그림 주제로 아주 제격일 듯하거든. 완성작들이 팔릴지는 자신 없지만, 완성하고 나면 우리가 제대로 된 방향으로 한발 더 가까이 다가가는 계기가 될 거야. 왜냐하면 그림을 안 사겠다던 사람들도 뜻밖의 그림을 보여주면 생각이 바뀌기도 하니까.

이미 습작도 몇 개 해봤는데 아직 실제 모델을 세워두고 그릴 기회는 별로 없었어. 그런데 지금은 주머니 사정만 넉넉하면 훨씬 더 잘해낼 자신이 있어.

시기가 아주 좋아. 그렇기 때문에 지금은 쉬거나 휴가를 떠날 때가 아니야. 방법이 있는 한 어떻게든 최대한 작업에 매진할 거야. 베이센브뤼흐 씨의 경우를 따라야 한다는 네 의견에는 동의하지만, 내게는 말 그대로 불가능한 일이야. 해안의 간척지 같은 곳에 가서 2주를 보내는 건, 집에서 2주를 보내는 것보다 훨씬 비용이 많이 들어. 나는 당장 다음 2주도 어떻게 버틸 수 있을지 모르는데.

그렇다고 해서(편지했다시피) 전혀 밖으로 나가지 않는 건 아니야. 이미 기분전환을 위해 인물화에서 잠시 벗어날 생각으로 풍경이나 해변 습작을 유화로 만들어보기도 했는데, 잘할 수 있을 것 같아. 그런데 솔직히, 인물화가 다시 날 부르더라. 그 부름이 너무 강렬해서 일단 상황이 허락하는 대로 따를 생각이야. 그래서 도중에 작업을 중단하는 상황만 없다면, 감자 캐는 사람들을 유화로 완성하지 못하고 가을을 넘기는 일은 없을 거야.

데생을 기초로 한 유화 습작이 나한테 어떻게 도움이 될지는 아직 모르지만, quand bien meme(그렇더라도) 최대한 활용해볼 거야.

요즘은 모델 찾는 게 쉽지 않아. 한창 밭에서 일손이 필요한 시기거든. 주머니 사정만 괜찮으면 이런 어려움은 극복할 수 있을 거야. 어쨌든 돈벌이를 할 수 있게 되자마자(지금은 이런 생각을 할 때가 아니지만) 몇몇 사람을 불러 모델로 세우고 온종일 작업에 몰두할 거야. 모래언덕에도 데려가고 감자밭에서 감자 캐는 동작도 취해보게 할 거야. 이미 정해진 길이기도 하고 가장 짧은 지름길이기도 해. 그래서 그 길을 따를 수 있도록 최선을 다할 거야. 네가 여기 오기 전에 몇 점 더 그릴 수 있으면 좋겠다.

몸 상태가 아직은 정상이 아니야. 그나마 다행인 건, 그림 작업이 활기를 주어서 그림 그리는 중에는 몸이 아프거나 약하다는 게 걸림돌이 되지는 않더라. 그런데 자연을 마주 대하지 않을 때는 중간중간 몸이 아프고 힘들다. 현기증도 나고 무엇보다 두통에 종종 시달리는데, 그럭저럭 버틴다. 사실, 기력 회복을 가장 후순위로 미뤘어. 그것보다 더 중요한 일들이 많아 보였거든. 이렇게 지낸 지 한참 됐지.

알다시피 그림 작업에는 공이 많이 들잖아. 그렇게 공을 들였기 때문에 지금은 더더욱 포기할 수 없는 거야. 아마 여기 와서 보면, 더 힘차게 치고 나가야 할 때라는 걸 너도 느낄 거야. 내가 편지로 전했던 경제적인 부분을 네가 걱정하는 건 당연해. 하지만 내가 팔 수 있는 그림을 그릴 시기가 멀지 않았다는 사실만큼은 알아주기 바란다. 그다지 고가는 아니라도 말이야.

내 그림을 들여다볼수록 그럴 가능성이 점점 커지는 게 느껴져.

곰곰이 생각해보면 이건 그저 작업 속도의 문제다. 그리고 속도는 나중에 끌어올릴 수 있고, 잃어버린 시간도 만회할 수 있게 될 거야. 다만, 지금은 고민도 많고, 어려운 일도 많은 가시밭길을 지나는 중일 뿐인 거야.

지금부터 물감 비용이나 모델료 걱정만 없으면 상황은 아마 점점 더 나아질 거야. 그것도 상당히 긍정적으로.

아무튼 곧 네가 온다는 사실이 기쁘기만 하다.

최근에 버겁게 짊어지고 있던 고민거리 하나를 내려놓았어. 작년에, 여러 차례 인물화 습작을 그리다가 영 마음에 안 들어서 낙담했었거든. 그런데 오랜만에 다시 시도해봤더니 잘 그려지더라고. 작년보다 손재주가 능숙해진 거야. 전에는 물감을 쓰면 밑그림 크로키가 완전히 사라져서 얼마나 당황했는지 몰라. 게다가 크로키가 오래 걸려서, 모델을 오래 붙잡아둘 상황이 안 되면 결과물이 제대로 안 나왔어.

지금은 밑그림 선들이 사라져도 개의치 않아. 직접 붓으로 그려도 제법 쓸모 있는 습작이 될 정도로 형태를 만들어내거든. 내 길이 확실히 보인다. 습작을 많이 그려봐야 하는 건 당연한데, 유화가 데생보다 더 어려울 것 같지는 않아. 그러니까 올해는 유화를 계속 그릴 거야. 그러다 보면 빛이 보이지 않을까. 꼭 그렇게 됐으면 좋겠어. 올겨울에는 너한테 보내줬던 인물화 데생과 비슷한 분위기의 유화 인물화를 그려낼 계획이야. 지금이 밭에서 일하는 사람들을 따라다니며 인물화를 그려야 하는 시기만 아니었어도 당장 시작했을 거야.

판 데르 베일러는 휴가철을 맞아 여행 중이야. 이 친구가 모래를 퍼나르는 사람들을 그린 그림으로 암스테르담에서 은메달을 수상했다더구나. 이 친구한테 도움을 좀 받으면 좋겠다. 이 친구, 〈감자 캐는 사람들〉을 마음에 들어할 것 같은데 본격적으로 이 그림을 시작하면 조언을 구하려고. 라파르트가 오면 이 친구에게도 물어보고.

올해 내가 그린 첫 유화 인물화 2점은 작년과 똑같은 방식으로 그린 거야. 데생 먼저 하고 윤곽선으로 채웠지. 나는 이걸 건조 방식이라고 부르고 싶어. 다른 기법은 데생을 가장 마지막에 하고 먼저 색조 찾는 과정에 비중을 두지. 그래서 그릴 대상의 자리에 대충 색을 칠해놓고 조금씩 형태를 갖춰가면서 배색 구역을 나눠가. 이렇게 그리면 인물이 주변 공간에 둘러싸인 느낌이 들면서 섬세한 분위기가 연출돼. 여러 색이 겹치기 때문에 색조도 훨씬 섬세해지고.

내가 그린 습작 2점을 더 손보지 않으면 그 차이를 너도 구분해낼 거야.

작년과 마찬가지로 고딕 전시실에서 지금 데생 전시회가 열리고 있어. 그런데 유독 이번 전시회는 빈약한 것 같아. 처음 보는 작품도 거의 없는데 예전의 작품들을 능가하는 것들도 찾아보기 힘들더라고. J. 판 베르흐의 데생 2점 정도가 그래도 좀 봐줄 만해. 스히페뤼스의 작품과 동급의 작가들 작품이 그래도 가장 볼 만했고.

〈감자 캐는 사람들〉의 경우, 비록 일부분이긴 하지만 판 데르 베일러가 대형 유화를 그리는 과정을 지켜보았고, 라파르트의 화실에 갔을 때 그 친구가 작년에 그린 유화 습작도 전부 봤어. 다시 말하면, 유화로는 어떻게 표현해야 할지 머릿속에 대충 그림이 그려진 상태라는 거야.

가능하다면, 네가 오기 전에 모래언덕에 나가서 이 그림을 그려보고 싶어. 이른 아침이나 해 떨어질 무렵에 모델을 데리고 로스다위넌 너머의 밭으로 나간다는 뜻이야. 거기 가면 제대로 된 그림이 나올 것 같거든.

그림 구도에 변화를 줘야 할 것 같고 무엇보다 효과를 더 연구해야 할 것도 같은데 전체적으로는 일단 있는 그대로 둘 생각이야. 인물을 더욱 명확하게 묘사하고 나머지 부분을 잿빛이 감도는 연자홍색으로 연하게 색을 입혀두는 게 좋을 것 같아. 데생의 어두운 부분과 밝은 부분을 나누는 건 쉽지 않겠어. 인물들이 한쪽으로는 빛을 받는데, 반대쪽으로는 바닥과 마찬가지로 그림자가 생기거든. 그래서 인물과 바닥 사이의 색조를 비슷하게 가져가서 밝은 하늘과 대조를 이루는 검은 그림자를 만들어내야 해. 아니면 하늘하고 바닥을 전체적으로 흐린 색조로 표현해서 인물을 두드러지게 만들 수도 있어.

두 효과 모두 실제로 볼 수 있긴 하지만 그림 속에 표현한 효과는 아직 손봐야 할 게 많아. 좀 밋밋하고 빈약한 편이야. 인물의 색조도 바닥하고 구분되지 않을 정도로 너무 비슷하고. 게다가 하늘도 나머지 부분과 잘 어울리지 못하는 느낌이야. 아무튼, 색조를 전반적으로 다 수정해야 할 것 같긴 하지만 지금은 그냥 둘 생각이야.

조만간 너를 만나서 작업을 계속 이어나갈 방안을 모색할 수 있다는 생각만으로도 마음이 편해진다. 그때까지 습작을 몇 점 더 그릴게. 그러려면, 10일보다 며칠 앞당겨서 돈을 받아야 할 것 같아. 그게 가능하다면 네가 오기 전에 모래언덕에 다녀올 거야. 지금은 여기저기 갚을 돈이 많아서 못 해. 회사에서 월급 조정 결과가 실망스러울 것 같다고 편지했었잖아. 어쨌든 참담한 결과는 피했으면 좋겠구나. 기대 이상의 결과가 나온다면 또 그것만큼 기쁜 일이 어디 있겠냐. 중요한 건 우리에게 남아 있는 시간을 낭비하지 않는 거야.

아직도 사람들이 내가 모호하고 추상적인 그림을 그린다고 생각하는 게 놀랍진 않다. 내 습작을 보고 나면 내가 어떤 그림을 그리는지 알게 되겠지. 우리가 예술에 관해 나눈 이야기들, 기억할 거야. 언제나 가벼운 마음으로 힘차게 전진하자던 말. 요즘 내게 용기와 희망을 주는 건, 비록 몇 달째 유화 작업을 제대로 해본 적도 없는데, 작년 유화 습작에 비해 얼마 전의 습작이 훨씬 나아졌다는 사실이야. 시간과 공을 들여 꾸준히 데생을 연습하고 비율을 연구한 덕분이야. 그래서 지금은 작업이 훨씬 수월해졌어. 결과적으로 지금은 자연 앞에 서면, 예전처럼 데생을 그릴까 유화를 그릴까 고민하는 대신, 유화만 생각한다. 물론 실제로 작업에 들어가면 두 가지를 모두 고민해야 하지만 그 부분도 훨씬 나아졌어.

네가 오기만을 학수고대하고 있다. 유화가 성공적으로 그려지면 아마 기다리는 시간이 편하게 느껴질 거야.

그렇다고 해서 네가 올 보름 후까지 무탈하게 지낼 수 있다는 뜻은 아니다.

가능하다면, 부탁한 대로 좀 해주면 좋겠다. 10일보다 며칠 앞서서 돈을 보내달라는 말이야. 그러면 네가 오기 전에 모래언덕에 나가 습작 몇 점을 그릴 생각이거든. Adieu, 편지 고맙다. 두루두루 행운이 깃들기를 바라니 내 말 명심해라,

형은 너를 사랑한다, 빈센트

309네 ___ 1883년 8월 7일(화) 추정

테오에게

네가 오는 날을 고대하며 말 그대로 온통 네 생각뿐이다.

요즘은 네가 여기 오면 더 많은 그림을 보여주고 싶어서 습작들을 여럿 열심히 그리고 있어. 다양한 주제로 그리니 기분 전환도 되고 좋다. 보름 넘게 간척 사업지에서 일하는 인부들 집에서 기거하며 작업하는 베이센브뤼흐 씨를 똑같이 따라할 수는 없지만, 그 양반과 똑같은 마음가짐으로 자연을 바라보면서 마음의 안정을 찾고 있어.

또 한편으로는 색조 조절 기술도 제법 늘었어. 최근의 유화 습작만 봐도 색감이 훨씬 촘촘해지고 생동감도 커졌어. 예를 들면 얼마 전에 빗속에 진창길을 걸어가는 남자를 2점 그렸는데, 내 눈에는 오히려 실제 분위기보다 더 사실적이더라고.

아무튼, 네가 오면 같이 보자.

풍경을 보고 받은 인상을 습작 대부분에 최대한 살려보려고 애썼어. 그런데 간혹 네가 편지에 묘사하는 장면만큼 실감나게 그렸다고 자부할 수는 없다. 여전히 기술적으로 해결하기 힘든 부분이 있거든. 그렇지만 특히, 저녁에 보이는 도시의 그림자나 예인로와 풍차를 그린 습작은 제법 분위기가 비슷하긴 해.

그 외에, 그림을 그리지 않을 때는 여전히 불안감에 시달린다. 차츰 나아지겠지. 그리고 나도 힘을 좀 아껴두는 중이야. 인물화를 포함해서 본격적으로 그림 작업을 시작하려면 힘이 필요할 테니까.

유화를 그리면서 색조 감각이 살아나는 것 같아. 예전과는 다른 방식으로 아주 강렬하게 느껴지거든.

어쩌면 최근에 느꼈던 불안감이 내 방식에 혁명 같은 변화를 일으켰을까. 그런 변화를 끌어내려고 여러 번 노력했고 생각도 많이 했거든.

내 작품이 빈약하고 밋밋해 보이지 않게 하려고 애를 써도 결과는 대부분 마찬가지였어. 그런데 며칠 전부터는 건강 때문에 평소만큼도 작업하는 게 힘들어. 쉬는 게 도움이 되기는커녕 내 발목을 잡는 기분도 들고. 긴장이 어느 정도 풀리니까, 관절을 상세히 관찰하고 연결 구조를 분석하는 대신 눈에 보이는 대로 그냥 편하게 바라보게 되는데, 사물이 서로 붙어 있는 색색의 조각처럼 보이더라.

이런 현상이 앞으로 어떻게 변하고 어디로 이어질지 궁금하다. 내가 색조에 감각이 없다는 사실에 놀랄 때가 있어. 내 기질 탓이기도 하지만 어쨌든, 지금까지는 색 감각이 전혀 길러지지 않았어.

다시 한 번 말하지만 지금 겪고 있는 이 느낌이 어디로 이어질지 정말 궁금해. 그래서인지 최근 습작들은 이전 것들과 확연히 구분되는 것 같아.

내 기억이 정확하다면 작년에 네게 숲에서 본 나무 몸통 그림을 보냈을 거야.

솔직히 못 그린 그림은 아니다만 '그래, 이거야!'라고 할 만한 구석은 없지. 채색 화가의 습작다운 면모가 안 보이거든. 몇몇 색은 상당히 사실적이었지만, 그래도 내가 원하는 효과는 만들어내지 못했어. 여기저기 색을 두텁게 칠했지만 효과는 여전히 빈약했고. 그런데 이 습작과 비교하면, 최근 습작의 색조는 비록 똑같이 두터워도 더 사실적이야. 왜냐하면 색조가 겹치고 붓터치가 반복되면서 전체를 하나의 분위기로 녹여내서 구름과 풀 등의 매력을 훨씬 더 잘 표현해내기 때문이야.

색조 표현력이 나아지지 않아서 고민이 많았어. 그래도 나는 낙담하지 않았다.

어쨌든 이후의 일은 두고 보자.

내가 네 방문을 얼마나 기다리고 있는지 이제 이해할 거야. 너 역시 변화의 조짐을 본다면 내가 맞는 방향으로 가고 있다는 사실을 더는 의심하지 않을 거야. 솔직히, 내가 그려서 그런지 전적으로 내 눈을 믿을 수가 없더라고. 비 오는 날 그린 습작 2점을 봐. 진창길을 걷는 남자. 이 두 습작은 다른 것들과 달라. 보고 있으면 비 내리는 날의 침울한 분위기가 잘 살아나는 동시에, 남자에게서 생명력이 느껴져. 그런데 그건 정확한 데생 덕분이 아니야. 데생선 형태가 아니라 색으로 뭉쳐진 덩어리에 더 가깝거든. 그러니까 내 말은, 이 습작 2점은 우리가 눈으로 봤을 때 느꼈던 자연의 신비로운 부분을 그럴듯하게 담아낸 것 같다는 거야. 그래서 형체가 단순해 보이기도 하고 색색이 뭉쳐진 것처럼 보이기도 하지.

시간이 결과를 말해주겠지. 그런데 지금은 여러 습작에서 각기 다른 색조와 색감을 본다.

문득 얼마 전 영국 잡지에서 읽은 내용이 떠올랐어. 어느 화가가 힘든 시기를 거치며 지칠 대로 지쳐서 외딴 이탄광으로 향했어. 거기서 그는, 어떻게 표현하면 좋을까, 침울한 자연과 맞닥뜨린 거야. 그리고 그 자연을 있는 그대로, 느끼는 그대로, 보는 그대로 그려내. 예술에 식견이 있는 작가가 썼는지 읽는 내내 흥미진진했다. 며칠 전부터 그 이야기가 자꾸 머릿속에 맴도네.

어쨌든, 이 모든 것과 그 외의 다른 것들에 관해서 곧 다시 이야기하고, 또 상의할 수 있으면 좋겠다. 시간 되면 속히 편지 보내고. 돈은 빨리 보내줄수록 좋을 것 같다.

너를 사랑하는 형, 빈센트

특별한 이유는 없고, 문득 머릿속에 떠오른 생각이 있어 몇 줄 더 적는다. 내가 상대적으로 늦은 나이에 그림을 시작한 데다가, 앞으로 살 날이 얼마나 더 남았는지도 모르겠는 생각이 들었다. 아주 이성적으로 계산하고 추정해서 일종의 견적서 비슷한 걸 만든다 한들, 뭐 하나 확실히 예측하기가 불가능하다는 너무나 당연한 결론에 이르더라고.

그래도 어떤 삶을 살았는지 잘 알고 있는 여러 다른 인물들을 비교하고, 나와 어느 정도 공통점이 있는 사람들과도 비교하니 어떤 결론이 나오는데, 아주 허무맹랑하진 않아. 일단 앞으로 얼마나 더 그릴 수 있을지에 대해서, 내 몸이 quand bien même(그래도 아직) 몇 년은 버틸 수 있어. 한 6~10년쯤.* (quand bien même이라는 전제가 붙기 때문에 더 자신 있게 주장은 못 하겠다.)

그래도 그 정도 시간만큼은 확실히 버틸 것 같다. 그걸 넘어서 어느 한계를 정하는 건 공허한 숫자 놀음에 불과해. 내가 미래에 무엇을 할 수 있을지는, 정확히는 앞으로의 10년에 달렸어. 그 10년 동안 내가 몸을 사리지 않고 작업에 매진하면 마흔을 넘기지 못할지도 모르겠다. 하지만 일상의 충격을 잘 버티고 이런저런 합병증 등을 잘 다스릴 정도로 체력을 유지한다면 마흔을 넘겨 쉰까지는 상대적으로 편하게 순항하지 않을까 싶다. 하지만 지금 이런 계산을 해봐야 소용 없지. 내가 말한 대로, 앞으로 5~10년 사이가 중요해. 몸을 사리지 않을 거고, 감정적인 문제나 괴로운 일들을 피하지도 않겠어. 장수가 내게는 상대적으로 큰 관심사가 아니라서 말이야. 게다가 의사가 권고하는 대로 건강을 철저히 관리해낼 능력이 없어.

그래서 그냥, 하나만 아는 무식쟁이처럼 살아가려고. *몇 년 안에 결정적인 작업을 하나 완성해야 한다*는 목표 하나. 서두르진 않을 거야. 그런다고 나아질 것도 아니니까. 그저 완전히 침착하고 차분하게, 그리고 최대한 규칙적으로 열심히 작업해 나갈 거야. 세상사에는 큰 관심 없어. 그저 세상에 빚과 의무가 좀 있을 뿐. 지난 30년간 이래저래 이 세상에서 살아왔으니까. 그래서 고마움을 표하기 위해 데생이나 채색화의 형태로 일종의 기념품을 남기고 싶다. 특별히 어떤 화파나 유행을 따르는 게 아니라, 인간의 순수한 감정을 표현해서. 그러니 그림이 내 유일

* 이 편지는 빈센트 사망 7년 전에 쓰였다.

한 목표다. 그림에만 집중하면, 내 삶이 뒤죽박죽이 되지 않고 유일한 목표로 향하기만 한다면 내가 할 일과 하지 않을 일이 너무나 간단히 구분되지.

지금은 내 작업이 더디게 진행되고 있어. 그래서 더더욱 시간을 허비할 수 없다. 기욤 레가메는 생전에 그리 명성이 높았던 화가는 아니었어(너도 알다시피 레가메는 형제잖아. 기욤 레가메는 일본풍을 주로 그리는 F. 레가메의 형이야). 하지만 나는 그를 아주 높이 평가해. 서른여덟에 생을 마감했는데 거의 6~7년을 오직 데생에만 집중해서 아주 특징적인 그림을 그려냈어. 불편한 몸으로 힘겹게 작업에 집중한 사람이야. 모범이 되는 사람이고 아주 괜찮은 화가야.

나 자신을 기욤 레가메와 비교하는 건 아니야. 난 그만한 능력도 없으니까. 단지 자기조절이 가능하고 의지가 넘치는 사람의 예를 든 거야. 어려운 시기에도 가야 할 길을 알려주고, 끝까지 가는 방법을 찾게 해줘서 침착하고 담담하게 훌륭한 작품을 만들게 하는 그런 기발한 아이디어를 끈기 있게 밀고 갈 수 있는 사람의 예를. 나도 같은 길을 가고 있어. 몇 년 안에 마음과 사랑을 담은 작품을 만들어내야 하고 그런 작업에 전념하고 있으니까. 내 예상보다 더 오래 산다면 tant mieux(다행이지만) 굳이 그럴 가능성에 기대지는 않아.

몇 년 안에 그럴듯하고 값어치 나가는 *그림을 그려내야 해*. 이 생각이 내가 작품과 관련된 계획을 세울 때 길잡이다. 너도 내가 얼마나 더 정열적으로 작업에 임하고 싶어하는지 이해할 거야. 그래서 간단한 방법을 동원하기로 마음먹은 것도. 내가 습작들을 하나하나 따로 떼어놓고 보지 않고 전체를 한 작품처럼 여기는 이유야.

310네 ____ 1883년 8월 12일(일) 혹은 13일(월)

테오에게

이 편지를 쓰고 있는데 네가 벌써 출발했다는 반가운 소식을 들었어. 편지와 함께 보내준 것, 고맙게 잘 받았다.

얼마나 네가 보고 싶은지는 굳이 말할 필요 없겠지. 요 며칠, 몸 상태가 영 말이 아니었어. 언제나 똑같아. 심장이 때때로 심하게 두근거리지. 결국 병이라고 판명되면 어쩌나 싶어. 어쨌든, 더 자세한 건 모르겠지만, 이 문제를 집에 이야기하면 안 된다는 건 안다. 다른 사람에게도. 내 상황을 본인들 멋대로 오해할 테니까.

내가 원하는 딱 한 가지는 좋은 그림들을 그리는 거야, quand bien même(어쨌든). 아무리 미래가 암울해 보인대도, 우리가 의연히 버틸 수만 있다면 가능성이 있다.

도착 시간을 알면 기차역으로 배웅을 나갈 텐데. 혹시 내가 외출 중에 우리 집에 올 수도 있으니, 우리 집 여자한테 내가 있는 장소를 미리 말해놓을게. 널 만나는 기회를 놓칠 수 없으니 그림을 그리러 가더라도 빙크호르스트 너머로는 안 갈 거야.

내 작업물들을 보며 네가 무슨 생각을 할지 궁금하다. 네 마음에 드는 게 있을지도. 어쨌든 두고 보자.

〈감자 캐는 사람들〉 대형 유화 계획은 여전해. 내년에 완성한다고 장담은 못 하겠고, 올해 절반은 그려놓으려고. 구도는 처음 구상 그대로 할 거니까, 그렇게 시작해두려고.

내 병이 어느 정도까지 육체적인 문제인지, 신경과민 같은 정신적인 문제는 아닌지 모르겠다. 얼마 전부터, 너와 나누고픈 얘기도 많았고, 작업 얘기도 해야 했는데, 드디어 이렇게 네가 오는구나. 널 만나면 난 언제나 마음이 한결 편해지지.

너와 함께 긴 산책들을 다녔으면 좋겠다.

로스다위넌의 가시나무 덤불을 지나는 길에 라위스달의 〈수풀〉과 똑같은 장소를 발견했다고 말했던가? 바로 거기가 〈감자 캐는 사람들〉을 그리고 싶은 무대기도 해.

곧 나았으면 좋겠다. 그렇게 되도록 최대한 애써야지. 전력으로 그릴 수 없는 건 정말 끔찍하니까. 라파르트에게도 비슷한 내용의 편지를 썼어. 나는 건강 걱정하며 시간을 보내려고 이 세상에 태어난 게 아니라고. 그런데 살다 보면 양자택일의 상황을 겪게 된다고 말이야. 작품 때문에 굶거나, 끼니를 챙겨 먹으려고 작품을 방치하거나(말하자면, 비용은 들였는데 소득이 없는 경우).

난 때로 전자를 택한다. 그게 잘못이라고 생각하지 않아. 왜냐하면 작품은 남지만 우리는 사라지고, 중요한 건 창조잖아. 시간만 질질 끌면서 공상만 하고 매번 나중으로 미루느니, 단 몇 년이라도 그렇게 사는 쪽을 택할 거야. 라파르트에게도 말했어. "내 입장에선 이 모호한 문장이 진실이다. '사람은 제 목숨을 구하려고 하면 잃고, 고귀한 무언가를 위해 제 목숨을 던지는 사람은 받으리라.'"

Adieu, 아우야. 널 만날 생각에 기쁘다. 악수 청한다.

너를 사랑하는 형, 빈센트

311네 ____ 1883년 8월 14일(화)

테오에게

(엽서)

집에서 온 편지를 받았어(아버지께 대신 감사 인사 전해드려라. 내가 편지를 쓸 때는 받기 전이었어). 네가 금요일 2시 15분에 브레다에서 출발한다고 알려주셨다. 혹시 일정이 바뀌면 미리 알려줘. 내가 역으로 나갈 테니까. 네 일정이 바쁜 것 같으니, 함께 보낼 시간을 단 한 순간도 허투루 보내지 않도록 일정을 짜야겠다. 〈감자 캐는 사람〉의 유화 밑그림을 작업 중이야. 마음에 들게 그려지면 좋겠다.

정말 네가 보고 싶다. 즐거운 휴가가 되기를 바란다. 악수 청한다.

너를 사랑하는 형, 빈센트

브라반트의 논밭을 지날 때 장면들을 눈여겨 봐둬라. 마을에 가거든 직조공들이 얼마나 아름다운 소재로 작업하고 있는지도 들여다보고.

312네 ___ 1883년 8월 18일(토)

누구보다 사랑하는 동생에게

방금 집에 들어왔는데 가장 먼저, 네게 부탁하고 싶구나(의심의 여지 없이 꼭 필요한 부탁이야). 내 의도 역시 너와 다르지 않을 테니까. 뭐냐면, 우리가 한 번에 합의를 보지 못했던 사안들에 대해서 날 재촉하지 않는 거야. 나는 결정을 내리기까지 시간이 필요하거든.

아버지와 관계가 냉랭해진 이유는, 네가 굳이 이야기를 꺼냈으니 말해주마.

한 1년 전쯤, 아버지가 헤이그에 오셨어. 내가 마음의 평화를 찾으려고 집을 나온 뒤로 처음이었다(비록 지금까지 그 평화는 찾지 못했지만). 물론 이미 우리 집 여자와 동거하고 있었기에 미리 말씀드렸지. "아버지, 보편적인 정서가 그러하니, 제 행동을 용납하지 않는 사람들을 비난하진 않겠지만, 저를 수치스럽게 여기는 사람들은 아예 만나지 않겠습니다. 아버지가 이해해주세요. 아버지에게 걱정을 끼치고 싶지 않으니, 제 사정이 나아지고 제 길을 찾기 전에는 고향 집에 가지 않는 게 좋겠습니다."

"아니, 세상에 그런 말이 어디 있냐!" 정도로만 말씀하셨어도 더 공손하게 대했을 거다. 그런데 아버지는 이도 저도 아니라는 식으로 말끝을 흐리시더라. "그래, 네 생각에 더 나은 쪽으로 해야지."

그러니까, 나를 다소 수치스럽게 여긴다면(네가 말해준 내용과 일치하지) 굳이 서신을 교환할 마음이 안 든다는 거지. 아버지라도 말이야. 게다가 아버지나 나나 편지에 그리 진심을 담지도 않아. 그냥 알아두라고 해주는 entre nous(우리끼리 얘기야). 어떤 결론을 내려고 꺼낸 말이 아니다.

누군가 손가락 하나만 내밀며 악수를 청한다면, 대응책은 2가지야. 손 전체를 쥐며 악수해서 원치 않는 관계 속으로 끼어들 수 있지. 아니면 따뜻한 환대 따위는 없는 그 손가락을 뿌리치거나. 나를 간신히 참아주는 것 같은 그곳을 자발적으로 벗어나는 거야.

내가 오해한 거니, qu'en sais je(알 게 뭐야)?

너와 나의 유대 관계는 작업을 꾸준히 이어가며 시간이 갈수록 더 굳건해질 뿐이야. 예술 말이다. 난 우리가 계속해서 서로를 이해할 수 있기를 바란다.

내가 작품을 언급하면서, 뭔가 말실수를 한 것 같아 걱정이다. 네가 떠날 때 조금 마음이 상한 것 같이 보였거든.

그게 뭐였든 오해가 풀렸으면 좋겠다.

내 작품에 관해서, 내가 처음 인지한 이후로 갈수록 분명해지는 특징은 바로 기교가 빈약하다는 거야.

이게 자연스러운 결과라고 생각하지 않았다면 대단히 걱정했겠지(내가 좋아하는 여러 화가들의 초기작에서도 공통으로 보이는 부분이야). 첫 장애물을 뛰어넘기 위해 내가 애써야 하는 자연스러운 결과 말이야. 돌이켜보면 최근 몇 년은 내 인생의 가시밭길이었어. 이 가시밭길을 다 지나고 난 뒤에 내 작업에 관해서도 새로운 시기가 열리면 좋겠다.

이런 단점이 꾸준히 보이니까 바로잡는 게 시급하다. 그러니까 우리는 얼른 조치를 취해서 안정기로 들어서야 해. 그게 최우선이다. 안 그러면 아무것도 달라지지 않을 테니까. 내 작품도 그렇고, 나도 그렇고. 그 점을 좀 감안해주면 좋겠다. 지금 *당장* 내가 헤르코머, 그린, 스몰 같은 작가들에게 가서 조언을 듣는 게 좋을지, 아니면 나나 내 작품이나 둘 다 차분해질 때까지 좀 *기다리는* 게 좋을지 모르겠다. 나는 후자를 택하겠어. 머지않아 내 마음이 정리되면서 상황이 명확히 보일 것 같은데, 그 순간이 오기 전에 런던이라는 정글로 뛰어들어 길을 잃고 싶지 않거든.

네가 떠나면서 했던 몇 가지 지적, 예를 들면 내 옷차림에 관한 말들은 좀 과장된 것 아니냐? 뭐, 나도 내 잘못은 인정한다만, 최근의 내 모습을 관찰해서 나온 말이라기보다는 예전에 듣던 잔소리로 들렸거든. 단, 야외에서든 화실에서든 그림을 그릴 때는 예외고.

그 부분에 대해 정말로 날 돕고 싶은 거라면, 날 너무 몰아붙이지는 말아라.

작년에 난, 말하자면, 사회적 교류가 아예 없었잖아.

그래서 옷차림에 쥐꼬리만큼도 신경 쓰지 않았던 게 사실이야.

그것뿐이라면 고치기 어렵지 않겠지, 안 그래? 지금은 네가 주고 간 정장도 있으니 말이야.

난 정말이지, 사람들이 내 약점을 흉보지 말고 그냥 좀 눈감아주면 좋겠다.

나로선 예민할 수밖에 없는 게, 불편한 지적이 번번이 이어져서 그래. 잘 차려입는 날도 있고, 아닌 날도 있는 거잖아. 상황이 꼭, 아들과 당나귀를 데리고 가는 어느 농부의 우화*처럼 흘러가잖아. 그 이야기의 교훈은 너도 알겠지. 모든 사람을 두루 만족시키는 건 어렵다는 것.

네가 그런 말을 하니까, 화가 난다기보다 정말 놀랐다. 왜냐하면 그 문제로, 뭘 해도 험담 소재가 되어버리는 것 때문에 내가 얼마나 걱정을 많이 했는지 잘 아는 네 입에서 나왔기 때문이야. 어쨌든, 이젠 네 새 옷도 받았고 예전 것도 아직 쓸만하니, 이 문제는 더 이상 거론하

* 132번 편지 참고(제 1권 288쪽)

지 말자.

내 작품의 판매책에 관한 내 구상을 다시 한번 얘기할게. 최선의 방법은, 굳이 권장하고 설명하고 감언이설까지 덧붙이지 않더라도 자연스레 내 그림에 관심을 보일 애호가가 나타날 때까지 꾸준히 그리며 기다리는 거야. 어쨌든 애호가들이 내 작품을 원치 않거나 거절해도 최대한 품위 있게 견뎌내야겠지.

그런데 내가 나 자신을 소개하는 방식이, 이로움보다 해로움을 끼칠까봐 걱정이야. 그래서 되도록 안 하고 싶어.

사실상, 다른 사람들에게 말하는 행위 자체가 내겐 늘 고통스럽다.

그냥 두려운 게 아니라, 좋은 인상을 못 준다는 걸 너무 잘 알거든. 이 문제는, 화가의 삶이 작품과 다르면 바로잡기가 어려워. 작업에 열중해서 나중에 자연히 풀려가길 바라야겠지. 메스다흐를 봐라. 고대 코끼리나 하마 같은 양반. 그 양반 그림도 팔리잖아. 나는 아직 그 수준까지는 아니지만, 그 양반도 늦은 나이에 그림을 시작했고 정직하고 사내다운 방식을 통해 지금의 자리에 올랐어. 나머지 부분은 그냥 넘어가자. 내가 게을러서 이것저것 미완성으로 놔두는 게 아니라, 오히려 더 많이 그리려고 작품과 직접 관련이 없는 것들을 일체 미뤄두는 거야.

내가 조금만 더 발전하면, 그래서 팔릴 만한 작품을 그린다면, 당당하게 말했을 거야. 네가 판매는 도맡아서 하라고. 난 판매에 관여하지 않는다고, 아예 신경을 끄겠다고 말이야.

그런데 아직은, 아, 그런 말을 할 처지가 아니구나! 네 잘못은 아니야. 하지만 우리 두 사람의 이익과 마음의 평안을 위해서, 네가 인내심을 가져주면 좋겠다.

네게 짐이 되어서 너무 미안하다. 곧 나아질 거야. 하지만 네가 너무 버겁다면, 그냥 솔직히 이야기해라. 네 어깨에 너무 무거운 짐을 얹느니 차라리 모든 걸 포기할 거야. 그 길로 런던으로 떠나서 n'importe quoi(뭐든), 짐꾼이라도 할 거다. 상황이 좋아질 때까지 그림을 떠나 있을 거야. 적어도 화실이 생겨 유화 작업이 가능해질 때까지는.

지난날을 돌이켜보면 치명적인 전환점을 반복적으로 거쳤는데, 그게 뭐라고 정확히 설명할 길이 없는 게, 1881년 8월부터 1882년 2월 사이에 겪은 일들이거든. 그래서 내 편지에 언제나 똑같은 이름들이 거론됐지. 그게 널 놀라게 한 모양이다.

사랑하는 아우야, 난 그저 너무나 일상적인 문제들을 겪고 있는 너무도 평범한 화가일 뿐이야. 그러니 너무 걱정할 필요는 전혀 없다. 내 말은, 미래가 완전히 캄캄하다고도, 혹은 눈부실 거라고도 생각하지 말라고. 그냥 모든 걸 회색으로 보는 게 나아.

나도 그러려고 부단히 노력 중이고, 그 원칙에서 벗어날 때마다 마음을 다잡는다. 잘 있어라.

형은 너를 사랑한다, 빈센트

우리 집 여자에 관해서는 내가 성급하게 어떤 결론을 내리고 싶지 않다는 점, 이해할 거야.

네가 떠나면서 했던 말로 다시 돌아가보자. "저도 점점 더 아버지처럼 생각하게 되네요."

그래, 그럴 수 있지. 네 말은 사실이다. 나로서는 (나는 그와 똑같이 생각하고 행동하진 않지만) 그 성격을 충분히 존중하고, 단점도 장점도 아주 잘 알지. 만약 아버지가 예술을 조금 아셨더라면 아버지와 이야기를 나누기도 더 쉽고 훨씬 잘 지냈을 거야. 네가 아버지와 닮아가지만, 예술적 소양을 지녔기에, 괜찮아, 우린 계속 서로를 이해할 수 있을 거야.

아버지와 의견 충돌이 빈번했지만, 부자간의 유대감이 완전히 끊긴 적은 없어.

그러니 그냥 이대로 흘러가게 내버려두자. 너는 너대로 네가 되고, 나도 나대로 지금과 똑같이 머물러 있지는 않을 거야. 서로를 터무니없는 일로 의심하지 말고, 각자의 역할을 잘 해내자. 우린 어린 시절부터 서로 각별했고. 그것 말고도 서로를 묶어주는 요소들이 수천 가지라는 걸 잊지 마라.

네가 걱정하는 것들을 나도 염려하고, 문제를 내가 제대로 파악하고 있는 건지도 고민한다. 말하자면, 특정한 한 가지가 있다기보다, 서로 성격이 다르고 관점도 다르니까, 넌 이걸 이해하고 난 저걸 이해하는 식인 게야.

우리는 둘 다 함께 협력하는 게 좋다고 생각해.

내가 네게 너무 큰 짐만 아니라면, 돈을 덜 지원해주게 되더라도 우리 우정만큼은 꼭 간직하자. 때때로 내가 불평을 늘어놓겠지. 하지만 거긴 아무런 의도가 없어. 내 감정을 속 시원히 털어놓는 것뿐이지, 그걸 전부 다 해달라고 요구하는 게 아니다. 내가 그럴 리가 없잖아, 아우야!

결국엔 다시 주워담고 싶어질 말들을 내뱉었던 게 너무 미안하다. 그런 말들을 하지 말았어야 했는데. 혹시나 거기에 일말의 진심이 있었더라도 아주 과장되게 표현했던 걸로 받아들여주면 좋겠다. 왜냐하면 내 주된 생각은, 다른 것들이야 결국엔 서서히 다 사라져도 언제까지나 여전할 생각은, 네게 고마운 마음뿐이야.

행여, *만약에* 미래에 내가 덜 행복해지더라도, 어떤 이유에서도(다시 말하지만, *어떠한 이유에서도*), 설령 네가 지원을 딱 끊더라도, 절대로 널 탓하지 않을 거야.

정말 쓸데없는 짓이었다. 그러니까, 그렇게 격앙된 상태에서 "넌 예전이라면 더 도와줬겠지" 같은 말을 하는 게 아니었어. 잊어버려라, 안 들은 셈 쳐줘, 제발. 몇 가지만 잘 해결되면, 나머지는 시간이 해결해주지. 나만 침착하다면 말이지. 하지만 내가 신경이 곤두서 있다보니 이것도 문제 삼고 저것도 비난하고 그런다. 다른 말들도 똑같지만 여기서 굳이 다시 거론하지는 않겠어. 흥분 상태에서 내뱉은 말이라도 다 기억하고, 거기에 일말의 진심은 담겨 있거든. 모든 원칙이 절대적인 게 아닌데, 신경이 곤두설 때면 필요 이상으로 중요하게 느껴지기도 해. 나로서는, 네가 떠날 때 좀 문제를 느꼈지만, 그냥 잊을게.

정말로, 네가 지적한 내용을 신경 쓰고 있고, 내 옷차림에 대해서도 이미 편지로 얘기했어. 네 말이 다 맞아. 헤르코머나 다른 화가를 만나도 내 옷차림을 신경 쓸 거라는 거. 마지못해서 인정하는 게 아니라, 네가 말하지 않았어도 이미 알고 있었으니까. 게다가 아버지에 대한 얘기도. 요새 아버지께 편지할 일이 평소보다 자주 생겼는데, 그것들 너도 읽어봐라. 모든 일이 그렇다. 말하자면, 내가 바꿔볼 수 없는 사람이나 상황이나 사회에 대해 의견을 낼 때, 난 정확하게 말하기보다는 사실과는 다른 상상력을 더하기도 하잖니. 또한, 마치 역광으로 바라보면 모든 게 이상하게 보이듯 난 사실을 환상적인 시선으로 바라보지.

이런 사람들과 가까이 지내는 네가, 멀리서나 뒤에서 이들을 바라보며 대체 왜 이러는지 이해를 못하는구나. 내 시각이 완전히 틀렸더라도, 이런저런 상황들을 보면 다른 식으로 말하는 게 힘들었겠구나 이해해줄 수도 있잖아. 뒤죽박죽 엉망인 시기는 금방 지나갔는데, 그 짧은 기간이 계속해서 내 머릿속에서 맴돌고 있다. 그 순간들이 미래에 영향을 끼친 건 당연해. 서로를 일부러 피해온 두 사람이라도 결국 언젠가 때가 되면 정면으로 마주하게 될 테니까.

313네 ____ 1883년 8월

누구보다 사랑하는 동생에게

몇 가지 분야에서 고집을 부리는 날 이해해주면 좋겠다.

유화를 그릴 때 '시점의 오류'가 뭔지 잘 알 거야. 이건 스케치에서 이런저런 세부 묘사를 실수한 것보다 훨씬 더 심각한, 차원이 다른 일이야. 점 하나만으로도 기울기에 현격한 차이가 발생할 수 있고, 구도에서 사물의 측면이 차지하는 위치가 왼쪽이냐 오른쪽이냐에 따라서도 전체가 달라지지.

삶도 마찬가지야.

아닌 말로, 나는 가난한 화가고 아직 몇 년은 더 힘겹게 살아가야 해. 내 일과는 à peu près(거의) 밭의 농부나 공장의 인부와 비슷해. 이게 고정점(fixed point)인데, 여기에서도 수많은 결과들이 나온다. 전체로서 바라보지 않으면 일관성을 찾기 힘들어. 화가들도 다 상황이 다르니까, 당연히 다들 다른 방식으로 일과를 보내지.

각자 스스로 결정하는 거야. 나도 다른 기회와 환경에 놓였었고 몇몇 치명적인 사건들이 일어나지 않았더라면, 내 행동과 태도도 달랐겠지. 그런데 지금, à plus forte raison(하물며), 내게 주어지지 않았던 특권을 부당하게 가로챘다고 비난하면, (실제로 내가 그 권한을 가졌었더라도), 그것만으로도 내가 특정 위치에 있는 사람들과 더는 어울리지 않겠다고(심지어 가족까지도) 말할 수 있는 거야.

결론적으로 이런 사실과 마주하게 돼. 내 작품 외에는 아무것도 신경 쓰지 않겠다는 단호한 다짐. 그렇지만 이런 이야기를 해야 한다는 게 몹시 괴롭다. 왜냐하면 지극히 평범한 것들이지만, 또 공교롭게도 더 깊은 의미를 품고 있기도 해서야.

의무냐 사랑이냐, 이 사이의 내적 *갈등*보다 더 무시무시한 것도 없다. 둘 다 고차원적 가치잖아. 여기서 내가 의무를 택한다고 하면, 너는 무슨 뜻인지 알 거야.

난 이 부분에 대해 너와 함께 산책하며 나눴던 몇 마디 말들로, 아무것도 달라지지 않았고, 내가 입었던 상처들도 그대로 간직하고 있음을 알았다. 너무 깊어서 치유될 수 없는 상처야. 몇 년이 지나도 첫날처럼 쓰라릴 거다.

내가 요즘 겪고 있는 이 내적 갈등을 네가 이해해줬으면 한다.

Quoiqu'il en soit(그거야 어쨌든)('quoi[그거]'를 캐묻지 말아줘. 난 그걸 깊이 파고들 권리가 없으니까) 난 명예로운 사람으로서 두 배로 내 의무를 다하며 지내려고 극한의 노력을 할 거야.

나는 예전에도, 지금도, 그리고 앞으로도, 그녀*가 경제적인 면 때문에 그랬다고 의심하지 않아. 그보다는 솔직하고 올바른 동기였겠지. 그녀의 행동은 이해되는 면도 있지만, 다른 이들은 과장을 일삼았어. 하지만 그녀가 내게 사랑의 감정을 품었다는 게 나만의 환상은 아닌 거, 너도 이젠 알겠지. 함께 걸으며 나눴던 얘기는 우리끼리만 알고 있자. 그게, 어느 날 내가 그녀의 단호한 거부에 부딪혀서 그녀 앞에서 사라지겠다는 약속을 하는 바람에, 벌어지지 않았을 일이 벌어진 거야.

나는 그녀가 내면에서 느끼는 의무감을 존중해. 그래서 그녀가 저열하다고 의심한 적도 없고, 앞으로도 그럴 거야. 이거 한 가지만큼은 나도 확실히 알아. 의무를 벗어던지거나 타협해서는 안 된다는 것. 의무는 절대적이다. 결과가 뭐냐고? 우린 결과에 대해선 책임이 없고, *의무를 다하느냐 안 하느냐*만 선택하는 거야. 정확히 '목적이 수단을 정당화한다'에 반대되는 개념이지.

내 미래는 내가 다 마셔서 비우기 전까지는 내게서 떼어놓을 수 없는 잔이야.

그러니 fiat voluntas(당신의 뜻대로 이루어지소서)!

안부 전한다. 여행 잘하고, 곧 편지해라. 얼굴로는 영혼의 깊은 곳에서 치열하게 투쟁하는 티 한번 내지 않고 의연하게 미래를 받아들일 테니 그리 알아라.

너를 사랑하는 형, 빈센트

그런데 나를 머뭇거리게 하는 것들, 그러니까 *그녀*를 떠오르게 하는 모든 물건과 사람을 피해 다녀야 한다는 점은 이해해주기 바란다. 사실은 올해에만 벌써 여러 차례, 이 생각 덕분에 다른 때 같았으면 그러지 못했을 텐데, 단호하게 대처했다. 남들은 아마 이해하지 못하겠지만 나는 이런 식으로 잘 버틸 수 있다는 거, 너는 이해하리라 믿는다.

* 빈센트와 테오는, 만났을 때 지난 이야기를 하다가 케이에 관한 이야기를 주고받았다.

314네 ___ 1883년 8월 19일(일)

테오에게

이 편지를 쓰면서 아버지에게 보낼 편지도 함께 쓰고 있는데, 몇 가지는 굳이 두 번 쓰지 않으마. 그러니 수고스럽겠지만 아버지 편지를 읽도록 해라. 이 편지에서 다시 한 번 네게(바로 너에게!) 하고 싶은 말은, 너무 멀리 보고 너무 높이 열망하지 않는 것이 실력을 향상시키는 가장 빠른 길이라는 확신이 점점 든다는 거야. 런던으로 떠날 생각을 하면 흥이 나지만, 그게, 이런 의문도 든다. *과연 지금이* 그럴 때인가? *지금이* 적당한 때야? 사실은, 나 자신에게 더 솔직해야 하지 않을까? '인정해. 네 작품은 아직 무르익지 않았어. 네 감정과 네가 표현하고자 하는 바를 감상자들이 아직 이해하지 못하고 있잖아. 오히려 두려워하는 것 같다고. 그러니 더 노력하고 자연을 본 그대로 정직하고 힘차게 작업해야 할 시기야. 시골을 돌아다니며 황야나 모래언덕에서 그림 그릴 대상을 찾아보라고. 상황이 달라질 때까지는 다른 생각을 하면 안 돼. 왜냐하면 네 그림을 본 사람들이 여전히 탐탁지 않게 여기니까. 그러니 잘난 체 말고, 런던에 가서 작품을 보여주겠다고 고집하지 마. 더 좋은 작품을 그리는 게 먼저야.' 요즘 나 자신에게 입버릇처럼 하는 말이다. 그리고 여자에 대해서 내가 너한테 솔직히 털어놓으려는 말을 들으면, 너도 아마 당장의 런던행을 망설이는 이유들을 알게 될 거야. 아직 결정을 못 하겠어.

하지만 단순한 생각이 최선 같기도 해. 명료하니까. 그러다 보니, 최선은 그림 같은 풍경을 볼 수 있는 시골로 이사 가는 게 아닐까 싶기도 하다. 아버지나 너나, 우리 집 여자에 대한 내 감정을 이해하는지 꼭 알아야겠다. 거리로 몰아내는 대신에, 행실을 더 바르게 하기로 약속을 받고 '모든 걸 용서하고 잊는'게 어떨까.

그녀가 내쳐지는 것보다는 도움을 받는 게, 좋은 일이잖아.

오늘 아침 그녀가 이런 말을 하더라. "내가 예전에 하던 일을 다시 할 생각은 전혀 없어요. 엄마에게도 똑같이 말했고요. 그런데 내가 밖으로 나가야 한대도, 큰돈은 못 벌어요. 특히나 애들에게 돈이 많이 드니까요. 그러니 내가 거리로 다시 나간다면, 좋아서가 아니라 어쩔 수 없어서예요." 그녀가 입원했을 때의 우리 일은 언젠가 편지로 설명했을 거야. 그녀를 집으로 데려올지 말지 결정하지 못했었거든. 그때 그녀는 내게 아무런 부탁도 하지 않았어. 평소 그녀의 모습과는 상당히 대조적이었어.

정확히 어떤 표정을 짓고 있었는지 자세히 묘사할 수는 없지만 이렇게 말하는 한 마리 양처럼 보였어. "죽어야 할 운명이라면, 그대로 따르겠어요." 얼마나 딱해 보였는지 깨끗하게 용서해주지 않을 수가 없었어. 더는 뭐라 그럴 수도 없었고. 대신, 그런 티는 전혀 내지 않고 그녀에게 이런저런 약속을 받아냈어. 예를 들면, 더 규칙적인 생활하기, 더 성실하게 생활하기, 시키는 대로 포즈 취하기, 더 이상 자기 어머니 만나러 가지 않기 등등.

그래서 모든 걸 용서해줬어. 과감히 다 용서하고 잊었지. 그리고 예전처럼 그녀 편이 돼줬어.

그녀를 보고 있으면 솔직히 안쓰러운 마음이 다른 감정들을 다 삼켜버릴 정도로 강렬하게 든다. 그래서 작년에 병원에서 그랬던 것과는 달리 행동할 수가 없어. 또 그래서 지금도 그때처럼 이렇게 말해. 우리 집에 먹을 빵이 있고, 지낼 공간이 있는 한 당신 집이기도 하다고. 예전에도 그녀를 열정적으로 사랑한 건 아니었고, 지금도 마찬가지야. 서로의 절박한 필요가 맞은 것이지. 그러나, 이제 와 알았는데, 작년에 그녀 가족들이 그녀를 얼마나 심하게 몰아댔는지 그녀가 다시 타락할지도 모른다는 걱정이 든다. 아예 그녀를 데리고 이사를 가고 싶어. 도시라곤 안 보이고 어디를 둘러봐도 대자연만 보이는 시골로.

꼬맹이 녀석은 나를 아주 좋아해. 요즘은 기어오르고 두 발로 일어서기 시작했어. 내가 어디에 있든 내 곁으로 와서 쪼그려 앉아.

봐라, 테오야, 느껴지는 대로 행동하는 건, 그것도 단호하고 단정적인 행동은, 실수일 수 있고, 그렇게 수차례 속을 수 있어. 이때 '우리의 의무가 무엇'인지만 상기해도, 그래서 할 수 있는 일뿐 아니라 해야 할 일까지 한다면, 크나큰 불행과 절망에서 빠져나올 수 있다.

내 작품에 대해서, 결점들을 분명히 인정하지만, 내가 완전히 틀렸다고 생각지도 않아. 내가 성공할 거라는 것에 의심의 여지가 없다. 물론 거기까지 가려면 한참 멀었지만.

그러니 작품 말고 다른 것에서 성공하려는 시도는 오히려 위험해.

마우베 형님 혹은 헤르코머 같은 이를 친구로 뒀다면 좋았겠지. 그렇지만 그게 가장 중요한 건 아니고, 아마 그들도 그걸 첫째로 꼽지는 않을걸. 성실히 그려가다 보면, 조만간, 얼마쯤은 성공을 거둘 거야. 이런저런 화가 중에서 M이나 H처럼 평생 믿고 기댈 친구를 만날 수 있어.

묵묵히 작업에 열중하는 게, 친구가 돼달라고 *애원*하거나 쫓아다니는 것보다 *더 빠른* 길이야. 내게는 그럴 가능성도 거의 없고. 네가 더 잘 알다시피, 내 성격이 유별나서 말이다. 내 문제점을 알고 있었지만 대수롭지 않게 여겼어. 그래서 이토록 오랫동안 힘겹게 애써도 그들의 신뢰를 얻어내지 못한다는 게 믿기지 않았지. 내 단점이 *그렇게나*, 우리 집 여자의 단점만큼이나 명백한 거라면 사람들이 이렇게 해주면 좋겠다. 지금 내가 우리 집 여자에게 해준 것처럼 말이야. 아무 일도 없었던 것처럼, 앞으로 아무 일 없을 것처럼, 절반이 아니라 무조건 용서해주는 거 말이야. 혹시 C. M.에게 내가 우리 집 여자와 헤어질 거라고 말씀드렸다면 당장 그 말을 되돌리기 바란다. 난 그렇게 잔인하고 무정한 짓은 하지 않으니까. 과연 내가 여자와 함께 지내면서 행복할 수 있을지는 모르겠다. 아무래도 불가능하겠지. 어떻게든 문제가 생길 테니까. 행복은 우리가 책임질 일이 아니지만, 양심의 목소리를 어디까지 듣느냐는 우리 책임이야.

Adieu, 아우야. 뉘넌에 있는 동안 또 편지해라.

다른 식으로 표현할 방법이 없구나.

아버지께 보낸 편지를 읽어봐.

우리 집 여자를 이대로 내치면 그녀는 미쳐버릴지도 몰라. 그녀가 괴팍해질 때면 그녀를 그렇게 만드는 두려움을 달래는 식으로 여러 번 진정시키기도 했었어. 그렇게 한 해를 보내면서 그녀는 내 안에서 자신이 멍청한 짓을 하지 못하게 가로막고 문제의 원인을 잘 알고 있는 진정한 친구를 발견한 거야. 그녀는 내가 곁에 있어 주면 뭔지 모를 평정심을 느껴. 그러니 더 나아질 수 있다고 기대하는 거지. 그녀를 과거로 되돌아가게 할 모든 것에서 관심을 끊고, 그 과거도 더 이상 떠올리지 않는다면 말이지.

시골로 이사하는 게 바람직할 것 같다. 돈을 절약하기 위해서라도. 남들 말이 내가 아이들 때문에 그녀를 내쫓을 거라고 그랬대. 사실이 아니야. 그런 일이 벌어지더라도 절대로 그 이유 때문은 아니야. 하지만 이런 말도 안 되는 헛소리 때문에 그녀가 갈팡질팡하고 아이도 안 가지려 하는 거야.

사실은 말이다, 테오야, 그녀도 배울 수는 있어. 다만 똑같은 말을 수도 없이 반복해야 하고, 낙담도 된다. 그런데 자신이 하고 싶은 말을 하거나 설명해야겠다고 마음먹으면(아주 드문 경우이긴 하지만) 그렇게 타락한 여자가 얼마나 순수하게 보이는지 몰라. 폐허가 된 그녀의 영혼, 마음, 정신 속 깊숙한 곳에 무언가가 숨겨져 있는 느낌이 들 정도야.

그런 때 마주 대하는 그녀의 얼굴은 마치 들라크루아의 〈마테르 돌로로사〉나 아리 쉐페르의 초상화 속 인물 같다.

그래서 믿음이 가는 거야. 이번에도 그런 표정으로 나를 바라보고 있었기에 그 비밀스러운 감정을 존중해서 그녀의 잘못을 말없이 덮어주기로 한 거고.

아우야, 도시로 돌아가기 전에 한적한 시골 마을 위로 지는 아름다운 석양을 몇 번이라도 더 감상하기 바란다.

이사 문제는 어떻게든 집 구할 방법이 있을 거야. 우리는 이성적으로 침착하게 하기로 한 일을 해야겠지. 이 이야기는 편지로 더 나누기로 하자.

Adieu, 즐거운 시간 갖길 바란다. 우리 앞날이 지금보다는 평안하기를 항상 기원한다. 어떤 미래가 펼쳐지더라도 말이야.

너를 사랑하는 형, 빈센트

315네 ___ 1883년 8월 20일(월)

테오에게

네가 내 편지를 읽었는지, 내가 얼마나 궁금해할지 알 게다. 가장 비용이 적게 들어갈 해결책은 아무래도 시골 집을 알아보는 길 같다. 이런저런 정황을 고려했을 때 시골로 이사해야겠어.

네가 지금처럼 매달 150프랑씩 계속 지원해준다면, 아마 큰 문제 없이 버틸 수 있을 거야.

아우야, 알다시피 지금은 어디를 봐도 내 삶이 조금이라도 편안해질 수 있다는 희망이 보이지 않는다. 불평할 생각은 없어. 감당할 수 있을 때까지 버텨볼 거야.

아무리 따져봐도, 그림을 그리면 그릴수록 매번 들어가는 비용이 내가 감당할 수 있는 수준을 넘고, 먹고사는 데도 돈이 들고, 그 외에 다른 용도로도 돈이 들어가. 그런데 더 줄여야 한다면, 그러마. 결국 내 삶은 밥값만도 못한 것인데, 뭐하러 걱정하겠어? 그 누구의 잘못이 아니고, 내 잘못도 아니지.

그래도 네가 이것 하나는 인정해주면 좋겠다. 음식, 옷, 삶의 모든 편의 물품, 그리고 모든 생필품까지도 더 이상 아낄 수 없을 만큼 줄였다는 사실 말이야. 모든 것을 쥐어짰는데, 어떻게 열의가 생기겠어? 이렇게 말하면 이해가 더 쉽겠구나. 누군가 나한테 이런저런 주제의 이런저런 그림을 그려달라고 말해도, 난 거절하지 않고, 기꺼이 그렇게 할 마음이 있고, 한 번에 안 되면 여러 차례 계속해서 시도할 거야. 그런데 아무도 그런 얘기를 안 한다. 모호하고 불분명한 이야기만 해서 도움은커녕 오히려 방해만 할 뿐이야.

옷차림은, 아우야, 딱히 바라는 것 없고 그저 가지고 있는 것, 남이 주는 걸 받아서 입을 뿐이야. 아버지나 네가 입던 옷들을 받아서 입는데 마음에 들게 딱 맞지는 않아. 치수가 다르니 어쩌겠냐. 그러니 내 옷차림에 대해 네가 눈만 감아주면 비록 몇 벌 없어도 감사하며 지낼 수 있을 거야. 나중에는 이 일을 떠올리며 네게 이런 말을 할 수 있으면 좋겠다. "테오야, 그때 기억하니? 왜, 아버지가 입던 목사님 프록코트를 내가 입고 다녔던 일 말이야." 그러니 이 문제를 언급해서 티격태격하는 것보다 지금은 조용히 지나가고 훗날, 내가 제법 그럴듯한 자리에 올랐을 때 함께 웃을 추억거리로 남겨두는 게 낫겠어.

그렇게 되기까지는 네가 준 옷들이 상태도 좋으니 어디 갈 때 그 옷을 입고 다닐 생각이야. 화실에서나 야외 작업을 나갈 때 입지 않는다고 뭐라 하지 말아라. 그랬다간 괜히 옷만 버려. 눈비 오는 날에 이런저런 효과를 내보겠다고 이렇게 저렇게 그리다 보면 당연히 얼룩이 묻고 더러워지지 않겠니.

돈벌이 아이디어는 아주 간단해. 내 작품으로만 승부를 걸어야 해. 지금으로서는 남들에게 말해봐야 아무런 소용이 없어.

그렇지만 기회가 생기면 붙잡으려 애쓸 거야. 벨린판터와 스뮐더르스에 찾아갔었다고 했었잖아. 아쉽게 아직 행운은 없었지만 말이야. 뭐, 괜찮아, 네가 날 마지못해서 대충한다고 의심해서 화나게만 하지 않으면 말이지.

진지하게 생각해보면 내 열정을 의심할 수는 없을 거야. 또한 네가 나더러 사람들에게 사달라고 부탁해보라고 *강요해도 그렇게 하마. 다만 그렇게 되면*, 난 아마도 우울해지겠지만.

가능하다면 지금까지처럼 지내게 해다오. 그게 안 된다면, 네가 이 사람 저 사람에게 사달라고 부탁하라고 시켜도, 네가 그게 낫겠다고 한다면 거절하지 않을게.

다만, 아우야, 인간의 뇌는 모든 걸 다 견뎌낼 수는 없다. 한계가 있어. 라파르트를 봐. 그 친구, 뇌막염을 앓아서 지금 요양차 독일에 머물고 있잖아. 사람들에게 내 작품을 팔려고 말하고 다니는 건 날 평소보다 훨씬 더 흥분시킬 거야. 그러면 결과는? 거절, 아니면 공허한 약속이나 받아내는 정도겠지. 그런데 네 앞에서는 그렇게 흥분하지 않아. 넌 날 잘 알고 너와 대화하는 것에 익숙하니까.

솔직히 난 남들과 함께 있으면 내 작품 설명에도 힘이 덜 실려. 지금 그런 일들로 시간을 낭비하지만 않는다면, 더뎌도 확실히 발전할 수 있어. 이보다 더 나은 길은 없다. 어떤 심각한 주문도 거부하지 않을 거야. 내가 좋든 싫든. 최선을 다해서 원하는 대로 그려줄 거야. 필요하다면 얼마든지 다시 처음부터 새로 그려주고.

자, 난 *어떤 경우에도* 화를 내지 않겠다고 결심했다. 사람들이 고의적으로 괴롭히더라도.

이 이상 무슨 말을 더해야 할지 모르겠다. 시험 삼아 내게 이런저런 주문을 해봐라. 얼마든지 네 결정에 따를 테니.

현재와 지난 과거 사이에는 차이가 있어. 예전에는 작품을 만들고 평가하는 데 많은 열정을 쏟았지. 이런저런 시류를 선택하거나 이런저런 편에 적극적으로 가담하거나, 훨씬 활기찼지. 지금은 어떤 흐름이 일시적으로 나타났다가 금방 사라지는 일이 반복되는 것 같아. 전체적인 반응도 뜨뜻미지근하고. 밀레 이후로 쇠퇴한 느낌이 든다고 네게 편지했었을 거야. 정점을 찍은 후 내리막길이 시작된 거라고. 이런 분위기가 모두에게, 모든 것에 영향을 주고 있어. 예전에 드루오 호텔에서 열린 밀레의 그림 전시회에 직접 가서 내 눈으로 볼 수 있었다는 사실이 너무 감사할 따름이야.

너는 지금 뉘넌에 있겠구나.

아우야, 그곳으로 가는 내 발길을 가로막는 일이 없다면 좋았을 텐데. 너와 함께 오래된 교회 옆 공동묘지도 둘러보고 직조공들이 일하는 집도 구경하고 싶은데 그럴 수가 없구나. 왜냐고? 지금 내 기분으로는 영락없이 trouble fête(흥을 깨는 존재)가 될 게 뻔하니까.

거듭 말하지만, 딱 꼬집어 말할 순 없는데, 좀 지나친 것도 같지만, 아버지처럼 너도 나랑 함께 다니는 걸 창피해할 수도 있겠다는 생각이 들어. 난 좀 떨어져 있을게. 마음만은 두 사람 곁에 있고 싶지만.

그런데 다시 만나더라도 옷차림 지적은 없었으면 좋겠다. 아무런 다른 생각 없이 우리를 이어주는 끊어지지 않는 천륜이라는 관계를 생각하며 즐기고 싶거든. 그런데 너나 아버지가 내게 좀처럼 그런 순간을 주지 않아. 보다시피 난 내 존재를 드러내는 대신 최대한 떨어져 있으려 애쓰고 있다. 관습이라는 틀이 모든 걸 얼어붙게 만들어서는 안 되잖아. 1년에 겨우 한 번 만나는 그 짧은 순간의 빛을 가려서는 안 되는 법이다. Adieu.

너를 사랑하는 형, 빈센트

작업에 관해서는 주저하는 거 하나 없어.

너도 『동생 프로몽과 형 리슬레르』* 읽었지? 물론 네가 동생 프로몽이라는 건 아니야. 그런데 형 리슬레르가 작업에 몰두하는 방식, '그래, 이거야!' 하고 단호하게 밀고 나가는 고집, 그래봐야 무기력하고 선견지명도 없는 데다 주변에 사람이 북적이는 것도 싫어해서 부자가 된 뒤에도 전혀 달라지지 않는 모습 등등이, 볼수록 나하고 비슷해.

작품에 관해서는 아이디어도 확실하고 체계적으로 정리해둔 터라 너도 들으면 동의하게 될 거야. 그러니까 내 방식대로 작업하게 해주면 난 분명히 근사한 데생을 그려낼 거야. 단 우리가 좋은 관계를 계속 유지해야 해. 또한 그럴듯한 그림을 그리려면 비용이 든다. 작업비도 있고 생활비도 있고. 나도 최대한 노력하겠지만 너도 네 선에서 최대한 후하게 인심을 써줘야 해. 그리고 동시에 내가 다른 사람에게 도움받을 기회를 보게 되면 절대 그냥 흘려보내면 안 돼. 이 짧은 문장 몇 줄로 내가 너한테 하고 싶은 말은 다 했다.

내가 구필 화랑을 떠나던 시점에 보인 행동을 기준으로 내 성격을 오해하면 안 된다. 당시 화랑 업무가 지금 내게 예술 같은 존재였다면 아마 열정적으로 일했을 거다. 하지만 당시에는 내게 맞는 직업을 택한 건지 의심스러웠고 그래서 더더욱 수동적이었어. 내게 일을 시키면 직접 하는 게 더 낫지 않느냐고 받아쳤지. 내가 나가길 바라느냐고 묻고, 그렇다길래 나온 거야. 그거였어. 당시는 말할 때보다 침묵할 때가 더 많았어.

그들이 날 다른 방식으로 대해줬더라면, 이렇게 말해줬더라면 어땠을까? "이런 저런 상황에서의 자네 행동이 이해가 안 되는데, 설명해주겠나?" 그랬다면 결과는 달랐을 거야.

이미 설명했듯이, 아우야, 신중함이 언제나 이해받는 건 아니다. Tant pis(할 수 없지). 난 지금의 이 직업을 가져서 더 좋은데, 구필 화랑을 떠난 건 옷차림과는 무관한 문제였어.

그때 회사에서는 새로 생긴 런던 지점에 나를 보낼 계획이었어. 그림 판매 부서로. 그런데 우선, 나한테 전혀 어울리지도 않았고, 둘째로, 내가 좋아하는 일도 아니었지. 내 업무가 고객들과 앉아서 수다 떠는 일만 아니었어도 계속 회사에 남아 있었을지도 모르겠다.

한마디로, 회사에서 물어봐줬더라면 이렇게 대답했을 거야. "일은 마음에 듭니까?" "네, 그렇습니다."

"회사에 계속 남아 있고 싶습니까?" "네, 제가 월급받는 값을 하는 직원이라고 생각하신다면요. 골칫거리나 회사 분위기를 해치는 직원이 아니라."

그러면서 인쇄실로 보내달라고 했겠지. 런던의 인쇄소도 괜찮고. 조금 수정된 안일지라도, 아마 원하는 바를 얻어냈을 거야.

그런데 내게 아무것도 묻지 않았어. 그저 이렇게만 말했지. "Vous êtes un employé honnête

* 알퐁스 도데의 소설

et actif mais vous donnez un exemple mauvais pour les autres(귀하는 정직하고 활달한 직원입니다. 하지만 다른 직원들에게 좋지 않은 영향을 끼치고 있어요).” 난 아무런 반박도 하지 않았어. 날 회사에 붙잡아둘지 내보낼지에 관한 결정에 아무런 영향을 끼치고 싶지 않았거든.

하지만 내가 원했다면, 여러 부분들에 대해 반박할 수도 있었고, 그렇게 했으면 아마 회사가 날 붙잡았을 거야.

이런 이야기를 하는 건 내가 회사를 관둔 건 복장 문제와 아무 상관이 없다는 걸 네가 왜 모르는지 이해가 안 돼서야.

너한테 하는 말이고, 당연히 너한테 할 수 있는 말이라고 생각해. 어쨌든 이 직업은 나의 선택이고 포기하지 않고 지켜갈 거야. 그래서 이 말을 해야겠다. 난 우리 관계가 예전이나 다름없기를 바랄 뿐만 아니라, 우리의 관계에 항상 감사함을 갖고 살고 있다고. 더 가난해지거나 더 부자가 되거나, 삶이 더 험난해지거나 쉬워지거나, 그게 무엇이든 만족하고 묵묵히 받아들일 거야. 내 전부를 헌신하고 모든 것을 견딜 수 있어, 그래야 한다면 기꺼이.

내 바람은 딱 하나야. 네가 내 의도나 열정을 의심하지 않는 거. 나를 좀 더 상식적인 시각으로 바라봐주고, 엉뚱한 일이나 벌이는 사람이라 의심하지 말아 달라는 거. 평소처럼 차분히 계속 작업에 집중할 수 있도록 말이지.

물론 원하는 것을 찾을 때까지 도전하고, 실패를 겪겠지만, 결국엔 좋은 결과를 낼 테니까.

내가 좋은 결과물을 만들어낼 때까지 인내하고, 미리 포기하지 않고, 의심하지 않는 것, 그것이 지금 너와 내가 해야 할 일이고 앞으로도 해야 할 일이야. 이런 상황에서 경제적인 이득을 취할 방법이 있는지는 모르겠지만, (*우리가 협력하고 조화를 이룬다면*) 그림을 하나도 못 팔아서 힘든 시기도 있겠고, 이것저것 팔아서 편안해질 때도 있겠지만, 계속해서 나름의 삶을 꾸려갈 수 있다는 확신이 있어. 요컨대, 성공은 우리가 얼마나 한마음으로 움직이느냐에 달렸어. 그렇게만 된다면 충분히 가능해.

다시 형 리슬레르의 이야기로 돌아오면(너도 이 소설을 알 거라 생각하는데, 아니라면 한 번 읽어봐. 내 말뜻을 알 수 있을 테니까), 이 인물은 외모도 나와 다소 비슷하고, 대부분의 시간을 공장 다락방에서 기계장비 설계하는 일만 하면서 다른 일에는 관심도 없어. 그나마 하는 유일한 사치가, 몇 안 되는 오랜 지인과 맥주 한잔하는 일이야.

이야기 자체는 크게 중요하지 않고 자잘한 부분들에도 큰 의미는 없어. 단지 리슬레르라는 인물이 사는 방식을 말해주려는 거야. *다른* arrière-pensée*(속셈)은 전혀 없어*. 내게는 옷차림이 중요하지 않다는 걸 말하고 싶었어. 왜냐하면 내 작업 방식이(나만의 방식이래도 좋아) 혼자 일하잖아, 사람들을 상대하는 게 *아니라*. 혹시라도 나중에 생길 친구들도 이런 나를 인정하고 받아줄 거라 믿는다.

이 편지의 의미는 네가 제대로 이해해줬으면 좋겠어. 또한 나는 내 옷차림을 지적하는 사람들에게 화가 난 게 아니야. 아니, 오히려 마음이 점점 차분해지고 집중하게 된다. 나를 화나게 하는 건 전혀 차원이 다른 일들이지. 난 어디를 가든 언제나 나다울 거야. 아마도 첫인상은 안 좋겠지. 하지만 나와 얼굴을 마주 대하고 대화를 나눈 후에도 여전히 안 좋은 인상이 남아 있을 거라고는 생각지 않는다.

지금부터 나는 다시 내 작품에 집중할 거야. 나를 위해 네가 할 수 있는 건 다 해주기 바란다. 우리에게 도움이 될 게 무언지, 우리 성공을 앞당길 방법이 있는지 그 부분도 생각해보고. 너의 선의와 우정은 단 한 순간도 의심한 적 없다.

안부 전하고, 좋은 시간 보내라. 또 편지하고. Adieu.

잘 지내라, 빈센트

316네 ―― 1883년 8월 21일(화)

사랑하는 아우야

네 편지가 오늘 도착했다. 내게 여러모로 큰 힘이 되었어.

C. M.께 잘 얘기해준 부분은 정말 고맙다. C. M.께는 곧 감사 인사 전하면서 습작도 몇 점 보낼 거야. 단 우리 집 여자와 관계된 건 제외하고. 그리고 한 가지만 더. 조만간 시간 날 때 편지로 쓸게. 최대한 간결하게 쓸 생각이지만 꼭 네게 알려야 할 것들은 다 적을게. 그 편지를 받으면 혹시 내 습작에 관심을 보여 구매까지 할 사람을 만났을 때 내가 구상한 내용과 그림의 의도 등을 네가 더 쉽게 설명할 수 있도록 휴대하고 다니는 게 좋겠다. 내 생각은 이런 거야. 내 데생은 하나만 따로 떼어놓고 보면 만족스럽지 않지만, 얼핏 일관성이 없어 보이는 여러 습작을 한 자리에 모아 놓으면 서로 보완되어 완성되는 구조라는 거. 한마디로, 예술 애호가라면 하나 대신 여러 점을 구매하는 게 좋다는 뜻이야.

다시 한 번, C. M.께 얘기할 기회가 생기거든, 네 표현을 쓰든 아니면 위에 적은 내 표현을 쓰든, 작년에 드렸던 그림들에 대해 말씀드려라. 내가 의도를 좀 더 자세히 설명해드렸다면 아마도 더 쉽게 이해하셨을 거라고.

아무튼, 이건 나중에 다시 이야기하자.

라파르트가 다녀갔다는 이야기도 해야겠구나. 그 친구, 대형화를 보고는 아주 기분 좋은 평을 해줬어. 그 친구한테 좀 힘들다고 속내를 털어놓고 큰 그림을 그리느라 힘들어서 그런 것 같다고 말했더니, 그럴 가능성도 배제할 수 없겠다고 말하더라.

라파르트와 드렌터 얘기를 했어. 조만간 다시 돌아갈 건데, 이번엔 좀 더 멀리 가볼 생각이래. 테르스헬링 섬이 있는 어촌마을까지. 나도 드렌터에 가보고 싶었는데, 라파르트가 다녀간 뒤로는 더 간절해지네. 그래서 한 번 알아봤지. 내 세간살이를 그리 보내는 것이 쉬운지 어려운지. 판 헨트 앤드 로스 운송회사에서 짐차를 대여하면 가구를 비롯해(난로와 침대도) 세간살이를 옮길 수 있다더라. 포장할 상자도 거의 필요 없고.

물론 그냥 가능성만 알아보는 거야. 내 세간살이가 고가의 것들은 아니지만 새로 정착하려면 적잖은 비용이 들어가.

내 계획은 우리 집 여자와 아이들도 데려가는 거야.

물론 이사 비용과 거기까지 가는 경비가 들지.

일단 그리 가면, 황야와 토탄들로 둘러싸인 그 동네에 아주 자리를 잡을 생각이다. 현재 점점 더 많은 화가들이 거기 정착하고 있으니, 어쩌면 일종의 화가들의 마을이 생겨날 수도 있어. 생활비는 훨씬 싸지. 1년에 150~200플로린은 절약될 거야. 집세로만 말이야.

C. M.에게 그림값을 받아서 빚을 다 청산하자마자 즉시 실행하는 게 좋을지도 모르겠다.

솔직히 말하면 상황을 파악하러 미리 답사를 가볼 여유도 없어.

지금 눈앞에 드렌터 지도가 있는데 마을 이름은 없고 널찍하게 흰 부분이 하나 있어. 그 지역을 호헤베인 운하가 가로지르다가 갑자기 멈춰. 그리고 이런 글자가 적혀 있어. '토탄 지역'. 주변으로 점 몇 개와 마을 이름이 보이는데 빨간 점으로 표시된 게 호헤베인의 작은 마을이야. 그 경계에 있는 호수의 이름이 '검은 호수'인데, 이름을 듣자마자 머릿속에 제방에서 일하는 준설기사들이 떠오르더라. 오스테르회벨린이나 에리카란 마을 이름에서도 뭔가가 떠오르고. 어쨌든, 내가 그리로 조속히 옮겨갈 가능성이 있는지 네 의견을 알려줘.

정말 실행하게 된다면, 나는 라파르트의 경험대로 일을 진행하려 해. 그 친구 조언에 따라 방금 지도에 어떻게 그려져 있는지 설명한 그 한적한 동네로 간다는 말이야.

요새 지역 이름이 더 자세히 나온 상세한 드렌터 지도를 찾아보고 있어.

당장 많은 지출이 예상되지만 그 이후로는 적잖은 금액을 절약할 수 있다. 그리고 가장 중요한 건, 그런 시골에 가면 틀림없이 내가 흥이 나서 모든 것들에 마음을 열고 진지하게 그림으로 담을 테니, 그림 솜씨가 느는 건 시간 문제라는 거.

비용은 얼마나 들까? 조만간 정확히 계산해볼 거야.

가족 전체는 2.5명이지만, 요금은 3명으로 잡아야지. 내가 가진 기차 시간표에는 표 가격이 적혀 있지 않은데, 아마 1인당 10플로린 미만일 게다. 판 헨트 앤드 로스의 안내를 보면, 여기서부터 아선까지 짐차 반 칸을 빌리면 20플로린 정도 될 거래.

그런데 우리 식구가 며칠간 여인숙에 묵어야 할 수도 있어. 1인당 하루 1플로린쯤 들겠지.

여기는 집세가 어마어마해. 생활비도 높고. 돈이 가장 많이 드는 부분이 모델료인데, 이사 가면 아마 더 괜찮은 모델을 더 자주 부르거나 여기보다 저렴한 비용으로 부를 수 있겠지.

내가 드렌터에 자리를 잡으면 라파르트가 이웃이니까 더 자주 찾아와주지 않을까 싶어. 말했듯이 그가 방문했을 때 작품에 대해 논의하다가 드렌터행을 진지하게 고려하게 된 거야.

물론, 여기서 집세가 더 싼 곳으로 이사갈 수도 있어. 이 동네도 풍경이 그리 나쁘지 않거든. 다만, 내가 원하는 건 도시와 떨어진 진짜 자연을 마주 대하는 거야.

내 그림에 대한 네 평가가 얼마나 힘이 되는지 아마 넌 모를 거야. 지금 부업을 가지는 건 잘못된 방법이라는 말을 듣고 얼마나 기쁘던지.

어중간한 방법이 나를 어중간하게 만들 수 있어.

가장 중요한 건, quelque chose de mâle(뭔가 남성적인 힘)을 그림에 점점 더 불어넣는 거야. 내가 기력을 되찾지도 못한 상태에서 그린 그림을 보면서 남성적인 힘이 엿보인다고 말했던 걸 절대 후회할 일은 없을 거다.

아주 평범한 음식물에도 탈이 나는 위장이 큰 문제야. 그냥 식욕을 따른다면 신사과만 먹고 싶은 심정이지만, 그걸 따르지는 않고 있어. 그러나 내 위장이 지나치게 약해지고 있다.

드렌터행에 관한 라파르트의 편지를 기다리고 있어. 아무튼, 집주인이 포르뷔르흐에 있는 집을 싸게 임대할 수 있다고 말했었는데 그 부분이 어떻게 될지 소식 들으면 여기 남을 가능성에 대해서 정리해서 편지할게. 잘 지내라. 진심으로 다시 한 번 고맙다.

너를 사랑하는 형, 빈센트

317네 ___ 1883년 8월 23일(목)에서 29일(수) 사이

테오에게

오늘 아침에 판 데르 베일러 집에 다녀왔어. 헬데를란트에서 그려온 습작을 보여주더라. 이 친구가 해준 얘기를 들으니 더 드렌터로 가고 싶어졌어. 내가 마음속으로 점찍어뒀던 마을을 우연히 갔던 모양인데, 자연이 아주 환상적이고 특징들이 생생하다고 하는 거야.

이 친구한테 다시 한 번, 올해 유화를 좀 더 배우지 못해서 아쉽다고 말했어.

그랬더니 이렇게 말하더라. "아, 그 문제에 너무 신경 쓰지 말게. 왜냐하면, 누구나 개인적인 약점들이 있잖아. 남에게 무언가를 배우면, 자신이 이미 가진 약점에 그 거장의 약점까지 고스란히 떠안기도 하지. 그러니 괜한 고민하지 말고 자네 방식대로 차분하게 계속 그려봐." 나 역시 전적으로 동의한다. 물론 남들에게 배우려는 노력까지 게을리하는 건 너무 주제넘은 행동일 거야. 남들의 작업 과정을 직접 보고 들을 수 있는 건 행운으로 여겨야지.

그나저나 자기 어머니를 만나지 않겠다고 굳게 약속했던 우리 집 여자는 또 약속을 어겼어. 네가 볼 때는 의지가 너무 약하다 싶겠지. 사흘도 못 넘기고 이렇게 약속을 어기는데 평생 신의를 지킬 거라는 약속을 내가 믿을 거라 생각하느냐고 물었어.

그녀의 행동은 아주 사악해. 이제는 그녀가 있어야 할 자리가 내 곁이 아니라 그 잘난 가족들 곁이라는 결론을 내릴 수밖에 없겠어. 잘못했다고 말은 하지만 내일이면 그 짓을 반복할지도 몰라. 벌써부터 그런 의심이 들기 시작했어. 그녀는 당연히 아니라고 대답하지. 상황을 너무 진지하게 받아들이다가 결국 후회하지 않을까 걱정도 돼. 다시는 어머니가 사는 집으로 가지 말라는 약속을 받아낼 때, 내가 이런 이야기를 했었어. "당신이 그 집으로 돌아가는 건 세 가지 방식으로 또다시 매춘에 연루된다는 걸 의미해. 첫째, 당시에 당신은 어머니랑 같이 살고 있었고 당신을 거리로 내보낸 게 바로 그 양반이지. 둘째, 그 동네가 빈민가니까 다른 누구보다 당신만큼은 피해 다녀야 할 동네야. 마지막으로, 당신 남동생의 정부도 함께 살고 있고."

그녀도 머리가 복잡하겠지. 나도 알아. 가끔은 그렇게 온갖 고민을 하며 괴로워하는 모습에 안쓰럽다. 하지만 오래전부터, 애초에 나를 더 믿었어야지. 내가 그렇게 강조하고 본보기까지 보여줬는데도 그녀는 날 믿지 않았어. 오히려 내가 자신을 버릴 거라고 떠들어대는 사람들 말을 듣고 믿었지. 결국 그렇게 될 일이라면, 그녀도 상황을 그렇게 보고 있다면, 그녀보다 그녀 가족의 책임이 더 커. 계속해서 그 문제로 그녀의 심기를 불편하게 했으니까.

그 잘난 가족들에게서 멀리 떨어진 시골에서 한동안 지내다 보면 다시 괜찮아질 수도 있을 거야. 하지만 거기 도착하면 그녀가 이렇게 말하지 않는다고 누가 장담하겠어? "완전히 깡촌이잖아요. 왜 나를 여기까지 데려왔어요?" 그녀를 내친다는 극단의 조치는 취하지 않으려고 기를 쓰는 와중에도 그녀가 그런 식으로 행동하지 않을까 걱정이야.

졸라가 했던 말은 사실이야. "Pourtant ces femmes-là ne sont point mauvaises, leurs erreurs & leur chûte ayant pour cause 'l'impossibilité' d'une vie droite dans les commérages & les medisances des faubourgs corrompus.(그녀들에게 문제가 있었던 건 아니다. 그녀들이 잘못하고 타락하게 된 원인은 온갖 비방과 중상모략이 난무한 탓에 반듯한 생활을 이어나갈 수 없는 썩은 동네에서 살았기 때문이다)." 『목로주점』 속 이 문장으로 내가 하려는 말이 네게 전해졌을 거다.

우리 집 여자를 바라보는 지금의 내 입장과 『목로주점』의 글귀 사이에는 당연히 다른 점도 있지만 닮은 점도 있어. 소설 속에서 대장장이는 타락의 길로 빠져드는 제르베즈를 그냥 지켜보기만 했어. 그녀는 위선적이고 현실 감각도 없어서 어떤 결심을 내릴 수 없었기 때문이야.

요즘처럼 우리 집 여자가 딱해 보일 때도 없었어. 가만 지켜보니 쉴 틈이 전혀 없더라고. 지금 그녀에게 나만큼 좋은 친구는 없을 거야. 그녀가 조금만 노력하면 기꺼이 도와줄 친구가 바로 나거든. 그런데 그녀는 나를 완전히 믿지 못해. 오히려 적이 될 사람들을 더 믿어서 날 무력감에 빠뜨리고 있어. 자신이 얼마나 잘못된 길로 접어들고 있는지 깨닫지 못하는 것 같아. 어쩌면 깨닫고 싶지 않은 걸까. 그녀의 나쁜 습관 때문에 화를 낸 건 이미 오래전, 작년, 과거의 일이야. *지금은* 그런 나쁜 습관을 반복한다 해도 놀랍지 않고, 그렇게 해서라도 마음이 편해진다면 차라리 내가 받아들이고 적응할 수도 있을 것 같아. Quand bien même(그럼에도 불구하고) 그녀가 나쁜 여자라고 생각하지 않기 때문이야. 그저 평생 좋은 걸 보지 못했으니 어떻게 좋은 행동을 할 수 있겠어?

내 말은, 그녀가 선과 악을 구분할 수 있는 사람과 똑같이 책임질 일은 아니라는 거야. 그녀로서는 안다고 해도, 본능적으로는 느끼되 아주 모호하고 헷갈리게 알고 있겠지. 올바름을 구분할 줄 알았다면 그렇게 행동했을 거야.

네가 했던 말(차라리 내가 곁에 없는 게 그녀에게 더 나을 수 있겠다는 네 생각)에 나도 동의할 수 있어. 단, 첫째, 그녀가 다시는 가족에게 돌아가지 않고, 둘째, 아직은 유일하게 그녀에게 버팀목이 되어줄 수 있는 아이들과 헤어지지 않는다는 조건이면 말이지. 도대체 답이 보이지 않는 상황이다. 내 설명을 네가 올곧이 이해할지는 모르겠지만, 일단 그녀는 내 곁에 있고 싶어 해. 날 의지한다고. 그런데 스스로 우리 둘 사이를 멀어지게 하고 있는 줄 전혀 몰라. 그런 이야기를 할 때마다 "그래, 그래, 나도 알아. 당신, 나를 내치려는 거잖아요." 이렇게 받아치기만 해.

그나마 그것도 기분이 좀 괜찮을 때의 반응이지, 기분이 나쁠 때에는 아주 절망적이야. 아주 대놓고 얘기한다니까. "그래, 그래, 난 무기력하고 게으른 인간이야. 원래부터 그래서 어쩔 수가 없어." 아니면 "그래, 나 매춘부야. 이 짓 말고 내가 할 수 있는 건 그냥 물에 빠져 죽는 거야."*

투박한 데다 절반 정도나 아예 망가진 그 성격을 고려해보면(진창에서 뒹군 성격이라 해도 과언이 아닐) 그녀는 결국 이렇게 될 수밖에 없었어. 번드르르하고 그럴듯한 말로 그녀를 재단하는 건 멍청하고 주제넘은 일일 거야. 이쯤되면 너도 예전보다 더 잘 이해할 수 있을 거라 생각한다. 내가 빅토르 위고의 『레 미제라블』에 나오는 비엥브뉘 신부가 포악하고 사악하기까지 한 맹수들에게 입버릇처럼 했던 말을 그녀에게도 적용했다는 사실을 말이야. "Pauvre bête, ce n'est pas sa faute qu'elle est ainsi(가련한 것, 저것이 이렇게 된 게 어찌 저것들의 잘못이겠는가)."

넌 그녀를 구해주고 싶은 내 마음을 이해하지. 결혼이 그녀를 구원하는 길이라면 지금 당장이라도 하겠어. 그런데 과연 그게 해결책일까? 만약 드렌터에 가서도 계속 이렇게 따지면? "도대체 왜 날 여기까지 데려왔죠?" 그건 한 치도 개선될 여지가 없는 해결책이 되는 거야.

이런 상황을 명백하게 설명하거나, 완벽하게 이해한다는 건 불가능해. 하지만 그녀가 불행하고 가련한 여인이라는 사실은 너도 이해하잖아. 불안정한 기질 때문에 규칙적인 일거리도 가질 수 없는 사람이라는 것도 말이야. 게다가 레이던 병원에서 그녀가 건강이 좋지 않으니 고된 일을 *하지 말라*고 했어. 안 그래도 허약한 상태인데 아기에게 젖까지 먹이느라 항상 지쳐 있다고. 이런 이유라면 부지런하지 못한 점은 눈감아줄 수 있지 않나 싶다.

이 편지는 며칠 더 기다리다가 보낼 생각이다. 방금 아버지 편지를 받았어. 네가 집에 있는 동안 너도 읽을 수 있게 아버지께 편지를 보냈던 건, 무엇보다 두 사람, 그러니까 아버지와 네

* 시엔은 1904년 11월 12일, 강에 뛰어들어 자살로 생을 마감한다.

가 이런 점을 알아주길 바랐기 때문이야. 내가 부모님께 거의 편지를 쓰지 않는 이유는 이런저런 일들에 구구절절 설명하지 않는 게 좋겠다고 생각해서, 그러려면 아예 소식을 전하지 않는 게 가장 나은 방법이라고 생각해서야. 그런데 내가 속내를 자꾸 감춘다는 지적들이 돈다길래, 감정을 감추는 게 아니라 차라리 침묵을 지키는 게 낫다는 걸 알려주려고 했지. 아버지가 내 편지에서 그런 의도를 파악하셨을 것 같진 않다. 뭐, 상관 없어. 아마 불평이나 조언을 구하는 내용 정도로 이해하셨겠지. 전혀 아니야. 내가 이렇게 저렇게 행동한 동기와 이유를 단순히 설명한 게 전부였다고. 내 솔직함에 대한 더 이상의 오해가 없도록 말이야.

네가 크게 불편해하지 않았으면 한다. 상황이 상황이고, 어떻게든 앞으로 헤쳐나가야 하는데, 여러 신중한 숙의 끝에, 가능하면 난 그녀와 함께 있기로 했어. 그녀가 질색하지만 않는다면. 다시 말해서, 난 네가 나의 즉각적인 드렌터행 결심에 반대하지 않았으면 하는 거야. 우리 집 여자가 같이 가고 말고는 전적으로 그 여자 마음에 달렸어. 그녀는 자기 엄마와 의논하겠지. 무슨 내용일지 모르지만. 굳이 묻지도 않았다.

그녀가 같이 가겠다면, 좋아, 데려갈 거야. 그녀를 홀로 내버려둔다는 건 그녀를 매춘의 나락으로 다시 밀어넣는 것과 같거든. 거기서 그녀를 꺼내주려던 손으로 다시 그녀를 그 나락에 밀어넣을 수는 없잖아. 안 그래?

내 *작업*과 *경제 수단*을 위해서, 드렌터가 최상의 해결책 같다. 너도 같은 생각이면 좋겠다. 그러니까 우리 집 여자와 헤어지는 문제는 당분간 미뤄두고, 내가 허락만 하면 곧장 드렌터행을 실행에 옮길 수 있다는 말이야. 떠나기 전에 그녀에게 물어볼 생각이야. 나랑 같이 갈 건지, 여기 남을 건지를. 같이 가겠다고 하면 거기 가서 내가 원하는 걸 더 얻어내고 또 그녀를 더 건강하게 만들어줄 생각이야.

C. M.께 습작 몇 점을 보냈어.

네가 내 작품을 달리 바라보게 됐다니 그것만큼 반가운 소식이 없구나. 라파르트의 의견과 똑같아. 판 데르 베일러도 내 그림에서 장점을 찾아내더라고. 나는 모든 화가가 그럴듯한 그림을 그리지 못하고 헛되이 흘려보내는 시기를 거친다고 생각해. 난 이미 그 시기가 오래되었지. 그래도 내 실력은 더디기는 하지만 확실히 나아지고 있어. 그리고 지금 하는 작업 덕분에 훗날 내 작품이 더 눈에 띄는 날이 올 거야. 지금도 내 작품에는 단순함과 사실적인 느낌이 담겼지. 네가 지적했듯이 작품 구상과 실행에도 남성적인 힘이 느껴지는 편이야.

그러니 지금 내 습작에서 이런저런 특징을 느꼈다면, 나중에 그 말을 철회할 일은 절대 없을 거다. 앞으로의 내 그림들은 당연히 더 나을 것이고, 네 판단을 확신으로 만들어줄 거야.

작년에 베이센브뤼흐 씨가 말했어. "담담하게 계속 그림을 그리다 보면, 훗날 나이가 들었을 때 편한 마음으로 초기 습작을 바라볼 수 있네."

꾸준히 그리는 일을 나중으로 미룰 수는 없어. 그렇게 그림을 그리고 황야 같은 자연이 전해주는 평온함 속에 젖어들다 보면 결국엔(당연히!) 최후의 승자가 되는 길에 더 가까워질 수 있고 한 달, 두 달 시간이 갈수록 더 성장할 수 있을 거야.

요즘 그림을 그리느라 무척 바쁘다. 숲에서 습작을 여러 점 그렸지. Adieu. 곧 편지해라.

너를 사랑하는 형, 빈센트

유화 습작도 데생 습작이나 마찬가지야. 나중에 실력이 나아지면 이 인물화에서도, 저 풍경화에서도 나름의 특징이 발견될 거야. 아무튼, 모든 게 계획대로 진행돼서, 조만간 네게 드렌터를 배경으로 한 습작을 보낼 수 있으면 좋겠구나.

318네 ____ 1883년 9월 2일(일)

테오에게

편지와 동봉해준 것, 고맙게 받았다. 그래서 바로 답장하고 싶구나.

어쩌면 네 말이 사실이겠지. 우리끼리 이미 얘기했었고, 나도 여러 번 생각해봤어. 만약 우리 집 여자가 내 곁을 떠나 혼자 지내야 하면 그녀가 올바르게 살아갈까? 아이가 둘이나 있으니 아주 까다로운 상황이야. 하지만 내가 뭐라고 해야 하지? 그녀가 스스로 자초한 건데, *상황은 점점 더 악화되고 있고*. 내가 강조하는 건 바로 이 점이야.

내가 어떻게 했는지 말해줄까? 오늘 그녀와 종일 조용한 시간을 보냈어. 그녀에게 이런저런 상황을 자세하게 설명하고 내가 처한 상황도 다 말해줬지. 내 작업 때문에 가야 하고, 올해는 돈을 벌어서 버거울 정도로 빚을 갚아야 한다고. 내가 그녀와 계속 함께 있을 경우 조만간 더 이상 그녀를 도울 수 없게 될 거라는 것도 설명했어. 다시 빚더미에 올라앉게 될지도 모른다고도 했어. 왜냐하면 여기는 모든 게 다 비싸서 악순환의 고리에서 결국, 벗어날 수 없을 거라고도. 한마디로, 그녀와 내가 헤어져 친구로 지내는 게 현명하다고 말했지. 그녀와 아이들은 가족들에게 돌아가고, 그녀도 일을 찾아야 할 거라고.

자신도 내가 여기서 버티는 건 힘들다는 걸 이해했는지 어렵지 않게 상황을 받아들였어. 일단 서로 떨어져 지내기로는 합의를 봤어. 잠시일지, 영원히일지는 상황에 따라 달라지겠지. 우리 둘 다 막다른 길까지 왔는데, 같이 있으면 상황이 더 악화할 수 있거든. 내가 '영원히일지'라고 덧붙인 이유는 quand bien même(어쨌든) 우리 각자 살아가야 할 이유가 있잖아. 그녀에게는 아이들이, 나한테는 그림이. 가끔은 무언가를 억지로 해야 할 때도 있고, 우리가 원하는 만큼 괜찮아 보이지 않을 수도 있어.

그녀에게 말했어. "언제나 곧은 길로만 갈 수는 없어. 그래도 최대한 곧은 길을 따라 걸어야 해. 나도 그렇게 할 테니까. 그리고 미리 말해두지만 나라고 편하게 살 일은 없어. 어림도 없지.

그래서 다시 하는 말인데, 당신이 최선을 다하고, 모든 걸 내려놓지 않고, 내가 아이들에게 하는 만큼 당신도 아이들에게 신경 쓰고, 그래서 어쨌든 아이들에게 온전한 어머니 역할을 다한다면, 비록 당신이 남의 집 허드렛일을 하고 보잘것없는 매춘부에 불과하더라도, 수많은 단점에도 불구하고 난 당신을 언제나 좋은 사람으로 여길 거야. 나도 똑같이 결점 많은 사람이지만, 난 한결같을 거야. 배가 불러오는 가련한 임산부를 만나면 그녀를 도우려고 노력하는 사람으로 말이야. 당신이 내가 발견했을 때와 똑같은 상황이라면, 그럼 내 집에 머물게 해야지. 내가 폭풍우를 피할 지붕 하나와 빵 한 조각만 가지고 있다면. 그러나 지금은 상황이 달라졌어. 폭우가 지나가서 당신도 이제 내 도움 없이 두 다리로 가고 싶은 길로 걸어갈 수 있어. 적어도 시도는 해봐야지! 나도 내 갈 길을 걸어갈 거야. 그리고 열심히 일할 거야. 그러니 당신도 그만큼 열심히 일하면서 살아." 자, 나는 이렇게 말했다.

아우야! 이럴 필요가 없었으면 우리는 헤어지지 않았을 거야. 다시 말하지만, 억지로 헤어질 상황이 아니었으면 헤어지지 않았을 거라고. 우리는 언제나 무수히 많은 서로의 잘못을 용서해줬고, 그럴 때마다 더 가까워졌어. 우리는 서로를 너무 잘 알기에 서로의 못된 점을 찾을 수가 없어. 이게 사랑일까? 모르겠다. 하지만 우리 사이엔 아직 어떤 끈이 남아 있어.

내가 해야 할 일이라면, 나도 시간을 낭비하고 싶지 않아. 난 작업을 계속 이어가고 싶어. 계속 곧은 길로 힘차게 걸어 나가고 싶다고. 유화 분야에서도, 해야 할 일을 할 거야. 이런 식으로 작업하면 잘못될 일은 없다. 그러니까 내가 힘차게 작업을 이어나가면 그녀에게나 나에게 어떤 결과가 벌어질지는 모르지만 내가 잘만 하면 그 결과는 당연히 좋을 거야. 필요하다면 혼자 지내면서 열심히 노력해 한발 한발 앞으로 나아가는 게, 여전히 서로 붙어 지내며 서로를 방해하느라 침체기를 겪는 것보다는 훨씬 나을 거야.

이제 드렌터 얘기를 해보자.

나 혼자 떠날 경비를 마련해줄 방법이 있는지 알아봐주면 좋겠다. 혹시나 필요하다면, 집주인에게 말해서 동네 다락방 하나를 빌려서 가구는 거기 둘 수도 있어. 그런데 솔직히 지금 당장이라도 여기서 벗어나고 싶어. 특히 살인적인 집세로부터 말이야. 넌 이해할 거야. 당장이라도 드렌터로 떠나고 싶은 내 마음을. 실력을 키우려면 꼭 가야 해. 드렌터, 카트베이크, 브라반트 등등, 어디라도 좋아. 당분간만이라도 여기서 멀리 떨어진 시골에 사는 농부의 집에서 살면 좋겠어. 여기서 멀리 떨어져서 진정한 자연을 느낄 수 있는 곳에서.

그리고 꾸준히 작업을 할 수 있어야 하고 화구 등을 사는 데 들어가는 돈도 좀 있어야 해.

판 데르 베일러와 이런저런 내용에 관해 이야기를 해봤어. 어느 날인가 오후에 화실에 찾아왔더라고. 내 습작을 하나씩 둘러본 다음, 몇 점을 골라서 같이 손도 보고, 이런저런 기술도 가르쳐줬어. 결과적으로 아주 유용한 걸 가르쳐준 셈이지. 내가 떠나기 전에 시간을 내서 이것저것 더 가르쳐주겠다고 하더라고.

비셀링예 씨도 어느 날 아침엔가 찾아왔었어. 기분 좋은 시간을 보냈는데(내 솜씨가 생각했던 것보다 훨씬 나아졌다고 하더라) 커피 한 잔씩 하면서 예전 이야기를 나눴지.

판 데르 베일러처럼 비셀링예 씨도 힘이 되는 말을 해줬어. 그런데 유화에 집중해야 할 것 같아. 단도직입적으로 말하는데, 유화 습작을 적어도 100점은 그려봐야 해. 유화 솜씨를 향상시키는 길이라고. 습작은 실질적으로 도움이 되는 대상으로 그려야 해. 특징이 넘치는 자연경관 같은 것 말이야. 비셀링예 씨가 조만간 내 그림을 살 것 같아. 이르면 올가을, 아니면 겨울 즈음 견본용 그림을 보내마 약속했어. 그러니까 시골에서 얼마쯤 시간을 보낸 다음이 되겠지. 그 양반이 그림을 사지 않더라도 주기적으로 내가 어떤 그림을 그리고 있는지 알릴 생각이야.

내가 보내는 그림을 보고 감상평을 보내달라고 말했고, 내다 팔 만한 그림 양식을 알려주면 그쪽으로 더 노력해보겠다고도 전했어.

C. M.께는 20점이 넘는 습작을 보내드렸어. 못마땅하실 일은 아마 없을 거다. 그리고 나중에 교환도 가능하잖아. 지금은 너도 여윳돈이 없는 상황이니 C. M.께 이렇게 말씀드리면 어떨까. 내가 시골에 자리를 잡고 본격적으로 유화를 그릴 건데, 작은아버지 도움 없이 어떻게든 해낼 생각이지만, 혹시라도 우리 계획을 아예 외면하지는 않으신다면 많은 도움이 될 거라고 말이야.

너 역시 평소의 액수로도 유화에 도전해서 성공할 수 있을 거라 생각하잖아. 드렌터 농부의 집에서 지내면 아마 숙식비가 대략 하루에 1플로린 정도 될 거야. 초반에는 우리 집 여자 쪽에도 최대한 신경을 써서 도울 생각이야. 고민은 줄어들 것 같은데 좋은 때가 오기 전까지는 화실을 포기할 수밖에 없어. 형편이 나아지기 전까지는 잡동사니 등은 다락방 구석에 처박아둬야 해. 그리고 떠나는 거야. 아무런 짐도 없이 유유자적 혼자서, 습작의 세계로. 네 생각은 어떤지 속히 편지해주기 바란다. 편지를 받자마자 바로 답장해주면 더 좋고.

내일은 집주인을 만날 거야. 임대 계약도 마무리하고 물건들을 맡겨둘 공간도 알아보려고.

우리 집 여자도 자리 하나 정도는 마련할 수 있을 거야. 그때까지는 최대한 열심히 작업할 거야. 이사는 네 답을 기다리는 중이야. 어쨌든, 우리가 할 수 있는 부분이 뭔지 알아보자. Adieu, 아우야. 좋은 일만 있기를 바라고 하는 일도 번창하기 바란다. 그리고 내 말 명심해라

형은 너를 사랑한다, 빈센트

319네 ____ 1883년 9월 5일(수) 추정

테오에게

지금 막 네 편지를 받았어. 로스다위넌 너머 모래언덕에 다녀오는 길이야. 라위스달과 도비니에 쥘 뒤프레까지 동시에 떠오르는 장소에서 3시간 동안 비를 맞았더니 뼛속까지 젖은 느낌

이다. 바람에 휘날리다 누워버린 나무들과 비 내린 뒤의 농가를 습작으로 그려왔지. 벌써 모든 게 갈색으로 물들고 있더라. 지금 시골 풍경이 그래. 1년 중에 이 시기에만 볼 수 있는 자연이지. 아니면 뒤프레의 그림 앞에서나 느낄 수 있거나. 얼마나 아름다운지 상상력으로는 도저히 만들어낼 수 없는 장면이었어.

일요일에 빌-다브레로 산책을 다녀온 모양이구나. 그날 나도 혼자 여기저기 다녔는데. 내 산책 얘기도 해야겠다. 그러고 보니, 이번에도 너와 내가 똑같은 생각을 하고 있었나 보다. 지난 편지에 썼다시피, 우리 집 여자랑 얘기해봤어. 우리가 같이 지내는 게 불가능하다는 것도 깨달았고 그렇게 지내면 서로를 불행에 빠뜨린다는 것도 알고 있어. 하지만 우리는 서로 강한 유대감을 느끼고 있다. 시골로, 아주 멀리까지 가서 자연과 이런저런 대화를 나눴지. 그리고 포르뷔르흐에 도착한 다음, 거기서 또 레이츠헨담까지 걸었다. 그곳 자연을 너도 잘 알 거야. 위풍당당하고 근엄한 나무들이 늘어서 있고 그 옆으로는 초록색 장난감 상자 같은 별장들이 줄지어 있는 곳. 화단에, 정자에, 베란다에, 돈 많은 네덜란드 금리수입자들의 상상력이 만들어낼 수 있는 온갖 잡다한 물건들로 꾸며진 그런 별장들. 흉측해 보이는 주택들 사이로 낡았지만 화려한 집들도 몇 채 보여. 그렇게 둘러보고 있는데 바람에 밀려온 구름 덩어리가 마치 사막같이 광활한 목초지 위로 다가오더라. 바람은 어두운 잿빛 도로를 따라 흐르는 수로 반대편에 있는, 나무로 둘러싸인 주택가를 강타했어. 그 환상적인 나무들을 보고 있는데 각각의 얼굴, 아니 나무 한 그루마다 극적인 사연이 담긴 것처럼 느껴졌어. 따로 떨어져, 흔들리는 각각의 나무가 아니라 전체를 보니 그렇게 아름다울 수 없더라고. 그 순간만큼은 비에 젖고 바람에 시달리던 그 작은 마을이 너무나 흥미로웠다.

그 장면이 마치 제멋대로 행동하는 한 인간이, 아무리 별나고 변덕스럽다고 해도, 진짜 슬픔을(재앙에 가까운 참사를) 겪으면, 그 흔적을 고스란히 간직한 극적인 표정을 지니게 되는 모습 같았어. 그 순간 이런 생각이 스치더라. 현대 사회는 썩어가고 있는데 혁명이라는 역광 속에서 바라본 이 사회는 마치 거대하고 어두운 그림자처럼 보일 뿐이구나.

그래, 자연이 벌인 소동의 비극 속에서 나는 삶이 만들어내는 고통의 비극을 보았다.

파라두는 아름다운 곳이야. 하지만 겟세마네 동산은 그보다 훨씬 아름답지.

오! 그저 빛 한 줄기, 행복 한 줌이면 된다. 형체를 느끼고, 윤곽선을 드러내는 데는 말이야. 그런데 그러려면 전체가 어두워야 해.

우리 집 여자는 꿋꿋하게 잘 버티고 있다. 괴로워하는데 그건 나도 마찬가지야. 하지만 낙담하지 않고 의연하게 버텨내는 중이야. 얼마 전에 천을 좀 사서 주며 아이들 옷을 만들어보라고 했어. 내가 입던 옷도 다른 옷으로 활용해보라고 줬고. 그래서 지금 바느질로 바쁘다.

우리는 헤어져도 친구처럼 지낼 거라고 말했었지. 진심이었어. 그런데 막상 헤어져서 지내니 애초에 예상한 것보다 훨씬 마음이 편안하더라. 그녀의 단점은 천성에서 비롯된 거라 우리가 계속 붙어서 지내면 서로에게 다 치명적일 수밖에 없어. 막말로, 한 사람이 다른 사람의 잘못을 책임져야 하니까.

그래도 걱정되는 게 하나 있기는 해. 1년 뒤에는 과연 어떻게 돼 있을까?

내가 그녀와 같이 살고 있지 않을 건 확실한데, 그렇다고 그녀를 아예 안 보고 살 생각은 아니거든. 그녀도 그렇고 아이들도 너무 사랑하니까.

열정 이외의 이런 감정이 우리 사이를 이어주고 있다.

아무튼 드렌터행이 실현됐으면 좋겠구나.

필요한 게 뭐냐고 물었잖아.

많은 그림을 그릴 거라는 건 말할 필요도 없겠지? 나 스스로 달라지기 위해서라도 그렇게 해야 해. 그런데 드렌터에서 화구들을 구할 방법이 없을 것 같으니 가장 필요한 건 최대한 장만해서 가져가는 게 좋겠어. 질 좋은 물건은 오래가더라. 그러니 비싸도 그런 걸 사는 게 이득이야. 목표를 이루려면 유화를 많이 그려야 해. 거기 가면 시간을 허비할 생각도 없고 모델도 더 많이 부를 거야. 아마 모델료가 여기보다는 쌀 거야. 생활비도 저렴한 편이니, 여기에 비하면 150프랑으로 여유 있게 버틸 거다.

하지만 상황에 맞춰 준비해야겠지. 큰돈을 쓸 수 있으면 좋겠어. 사실, 다른 화가들에게는 있는데 나한테 없는 것도 많고, 꼭 있어야 하는 것들은 이제 좀 장만했으면 하거든.

드렌터에 머무는 동안 유화 실력을 키워서 돌아온 다음에는 데생 화가 협회에 정식 회원자격을 신청할 생각이다. 이번 계획이 더 나아가, 영국으로 건너갈 발판이 될 거야.

공허하거나 근거나 기초도 없는 부분이 아니라면 어느 정도의 투자는 해볼 만하지 않을까 개인적으로 생각한다. 영국행 계획 말이다.

거기서는 여기보다 확실히 내 작품을 파는 게 쉽겠지. 그런데 또 영국 애호가들은 지금 내 실력으로 그린 작품을 얼마나 좋아할지 모르겠으니, 일단 여기서 어떻게든 작품을 팔아보고 싶은 거야. 거기서 본격적으로 시작하기 전에 말이야. 내 작품이 조금이라도 팔리면 더 이상 주저하지 않을 거야. 내가 직접 영국으로 갈 수 없으면 내 작품부터 보내야지.

여기서 작품을 한 점도 팔지 못하는 한, 내가 시기를 제대로 잘못 짚었다고 볼 수 있을 것 같아. 아니면 첫 번째 성과를 거둘 때까지 지혜롭게 기다리지 못했거나. 너도 이 구상에 동의하면 좋겠다. 난 만족스럽거든. 왜냐하면 영국에서는 일단 인정받기 시작하면 진지하게 대해주는 편이야. 영국 사람들 마음에 들면 친구나 동료들을 많이 만날 수 있어. Ed. 프레르나 앙리에트 브라운을 봐. 영국인들은 이들의 그림을 처음 보자마자 마음에 들어했어.

그런데 거기서 성공하려면 일단 자기 작품을 관리할 수 있어야 하고, 의뢰받는 그림을 주기적으로 그려낼 수 있어야 해.

네 편지가 더더욱 반갑고 기뻤던 건, 내 드렌터행을 긍정적으로 말해줬기 때문이야. 그거면 충분해. 무엇을 얻을지는 나중에 따져보자. 드렌터행이 데생 화가 협회에 회원자격을 신청하는 데 도움이 되고 영국행 실행에 유리할 거야. 내 감정만 조금 더 살려서 담아낼 수만 있다면, 드렌터에 가서 그린 그림들이 영국에서 호응을 얻어낼 거라고 확신하거든.

그러니까, 난 드렌터로 가야만 해. 돈이 얼마가 들든. 여비가 마련되는 대로, 화구들을 충분히 못 챙겼어도 출발할 거다.

왜냐하면 가을의 순간들이 이미 시작됐거든. 그 기간을 놓치기 싫다.

우리 집 여자한테 뭐라도 좀 남겨줄 수 있으면 좋겠어. 당장 먹고 살 것을 말이야. 그런데 *떠날 수만 있다면*, 난 *떠날 거다*.

처음에는 그녀를 조금이라도 돕고 싶었지만, 딱히 할 수 있는 게 없어. 아무에게도 안 한 얘기다. 네게만 하는 거야.

너한테 하고 싶은 말은, 무슨 일이 있어도 다시는 그녀를 집에 들이지 않을 거란 사실이야. 내 말을 믿어도 돼. 왜냐하면 그녀는 더 이상 자신이 해야 할 일을 할 수 없거든.

아버지께도 그녀와 헤어졌다고 짤막하게 소식 전했다. 그런데 예전에도 편지로, 그녀와 함께 있고 싶고 결혼하고 싶다고 말씀드린 적이 있어. 아버지는 그 편지에 답장하실 때 다른 이야기만 하시고 정작 내 질문에는 답을 안 하셨지. 이 일이 나중에 어떻게 보일지 모르겠다. 그녀를 떠나는 게 과연 잘한 일일지 말이야. 지금은 있는 그대로도 너무 복잡한 이 상황과 결과에 대해 옳다 그르다 할 시점은 아닌 것 같다.

모든 게 순조롭게 해결되기를 *간절히 바란다*. 하지만 그녀의 앞날은 그리 밝아 보이지 않아. 내 미래도 그렇고. 제발 그녀가 정신을 좀 차리면 좋겠는데. 그런데 그럴 거였으면 *진작 그랬겠지*. 이제는 곁에 의지할 누군가가 없을 테니, 자기의 선한 충동을 따르는 게 더 힘들 게다.

이제 그녀는 내 말을 귀담아듣지 않아. *훗날* 나랑 이야기하고 싶어도, 불가능해질 거야. 나와 지낼 때는 편하게 지냈지. 다른 환경에서 살게 되면, 아마 자신이 전혀 신경도 쓰지 않고 살았던 부분들이 떠오를 거야. 나와 헤어진 뒤에, 그 차이를 절실히 느끼게 될 거라고.

우리는 서로를 이렇게 생각하고 있는데도, 훗날 함께할 수 없을 거라는 생각이 들 때마다 가슴이 아프다. 그녀도 지금은 예전보다 훨씬 믿음직스럽기는 해. 그녀 어머니가 그녀를 시켜 내게 수작을 부려보려 했는데 그녀가 거절했다더라. 이런저런 수작질들은 네가 여기 왔을 때 얘기했었잖아. 뭔지는 몰라도 일을 벌일 속셈이었던 거지.

보다시피 그녀도 정직한 구석은 있어. 그런 구석이 평생 살아남았으면 하는 바람이야. 그리고 그녀가 결혼하면 좋겠어. 그녀가 잘되길 바라고 지켜보겠다고 말했었잖아. 그건 내가 그녀에게 결혼하라고 말했기 때문이야.

적당히 괜찮은 남편을 만나면 그나마 다행일 거야. 내가 그녀에게 뿌려놓았던 긍정의 씨앗이 꽃을 피울 테니까. 무엇보다 가족의 의미에 대해서 말이야. 그리고 단순함에 대해서도. 그녀가 이 부분에 신경을 쓴다면, 나도 나중에 굳이 그녀를 운명에 맡겨버리지는 않을 거야. 왜냐하면 어쨌든 그녀에게 진정한 친구로 남기로 했으니까.

곧 편지해라. 안부 전한다.

너를 사랑하는 형, 빈센트

320네 ___ 1883년 9월 6일(목) 추정

테오에게

지난 편지에선 내 계획을 더 자세히 전하지 못했는데, 지금은 여러모로 그게 가능해졌다. 우리 집 여자에 대해선, 전에는 단순히 의심만 했었는데 이젠 확실히 알았어. 우리 집 여자는 내가 헤어지기로 결심하기 *전에* 이미 자기 미래를 알아보고 있었더라고. 내가 그런 결정을 해야 했던 건, 그녀에게도 어떤 계획이 있다는 걸 확실히 알게 되었기 때문이야.

그래서 결심했어. 난 떠나기로 한 내 계획에 모든 걸 집중할 거야.

가장 먼저 해야 할 일은 집 문제야. 그건 해결했어.

두 번째로 해결해야 할 문제는 내 물건들이야. 뭘 해도 비용이 들어간다. 왜냐하면 지금으로서는 내가 어디서, 얼마만큼 머물게 될지 모르겠거든. 여기 *화실 다락방*에 그대로 둘 수 있을지도 몰라. 집주인하고 얘기는 했어.

헤이그로 다시 돌아올지 궁금하겠지? 아니. 하지만 6개월이나 1년 후에 돌아와야 할 수도 있지. 그림 솜씨가 훨씬 나아지고, 제대로 된 유화 습작을 갖춘다면 다시 돌아와서 이곳 화가들과 친분도 쌓고 가까이 지내야 하니까 말이야.

그리고 화실은, 아마도 이 집주인이 가진 다른 적당한 방이나 괜찮은 창고를 빌릴 수 있겠어. 헤이그가 아니라 보르뷔르흐에. 도시 생활비보다 더 싸니까.

그러니 굳이 짐을 바리바리 싸들고 갈 필요는 없을 것 같아. 게다가 내가 어느 수준 이상 도달하면(물론 당장은 아니겠지. 대략 1년 후가 될 거야) 뭘 해야 할지 잘 알고, 잠시 다시 돌아올 필요도 있겠고. 왜냐고? 데생 화가 협회의 회원으로 인정받을 수도 있잖아. 말이 그렇다는 거지만 꼭 그렇게 되면 정말 좋겠다.

헤이그가 정말 흥미로운 도시인 건 너도 인정할 거야. 솔직히 헤이그는 네덜란드 예술의 중심지라고 할 수 있어. 게다가 다양하고 아름다운 것들로 둘러싸여 있어서 언제나 그림 소재들로 넘쳐나지. 그래서 예를 들어 1년쯤(그보다 이르게는 안 될 거야) 후에는 이런저런 이유로 돌아와 다소 길게 머물 수도 있을 거야. 내 물건들을 맡기고 갈 지인과는 계속 연락을 주고받을 테니까 내가 원하는 내용을 설명하면 머물 곳을 찾아줄 수도 있어. 이렇게 자유로운 사람이 되는 거야. 쓸데없는 짐 때문에 고생할 일도 없고 원할 때 언제든 떠날 수 있는 거야. 온갖 것을 다

해야 했던 때와 비교하면 네가 주는 150프랑이 이제 아주 크다. 또 나를 짓누르던 고민에서 해방되니 희망이 샘솟는 기분도 든다.

이렇게 하면 여행 경비는 대폭 줄일 수 있어.

유일한 단점이자 그림자라면, 우리 집 여자가 드렌터에 오면 행실을 바로잡을 수 있다고 기대했지만 더 이상 그런 기대를 하지 않는다는 점이야. 이런 결정을 내린 건, 물론 그녀의 행동 때문이야. 방법만 있었어도 마지막 시도를 위해 어떻게든 그녀를 드렌터로 데려가려 했을 거야. 그런데 결정의 시간은 다가오고 한 주 늦어질 때마다 내 상황은 점점 더 곤란해지는데, 그녀는 나아질 기미가 보이지 않았어.

판 헨트 앤드 로스의 계산에 따르면 짐차 절반 정도만 채우면 25플로린 정도 든다고 했어. 많지는 않지만 여기까지 와서 내 짐을 드렌터로 실어다 주는 비용이야. 그렇게 하면 포장 상자가 필요한데, 거기에 또 추가 비용이 든다. 내 물건들을 가져가는 게 편하기는 하지만 비용이 너무 올라가. 아예 거기 눌러앉을 것도 아니고.

돈이 없어 드렌터로 떠나는 일정을 늦춰야 하면 카트베이크에 가서 바닷가 풍경 습작을 그리고 오면 좋겠어. 오! 테오야. 요즘 내 기분이 어떤지 잘 알 거야. 우리 집 여자와 아이들 때문에 더없이 침울하다. 하지만 달리 방법이 없어. 그래서 작업에 온 신경을 쏟아붓고 있고, 그럭저럭 순조롭게 진행되고 있어. 전에는 할 수 없었던 작업까지 할 수 있게 됐어.

사랑하는 아우야, 네가 내 기분을 정확히 안다면! 그녀를 위해 그토록 나를 헌신하고 그토록 많은 걸 용서하고 바로잡아 주려 애썼는데. 내게는 삶이 얼마나 큰 슬픔으로 다가오는지, 네가 그걸 정확히 느낄 수 있다면 얼마나 좋을까. 그런데도 나는 그녀에게 무심할 수가 없구나. 잊고 무관심하게 지내느니 차라리 괴로워하는 쪽을 택할 거야. 내 슬픔을 다스리고 헛된 희망을 품지 않으려 내 평정심을 얼마나 끌어다 쓰고 있는지 네가 그걸 정확히 알 수 있다면 좋을 텐데. 아우야, 넌 내가 의외로 삶에 초연하게 대처한다고 생각할지도 모르겠다.

그녀에 관해 더 이상 왈가왈부할 마음은 없지만, 그녀에 관한 생각이 멈추지 않는다. 처음에 그녀를 도왔던 건 생사가 걸린 문제였기 때문이었어. 홀로서기 할 수 있도록 후원을 해줄 여력은 없었기에 어떻게든 돕겠다는 마음으로 우리 집에 들였고. 결혼이나 드렌터 동행이 가장 이상적인 해결책이겠지만, 그녀도 그렇고 주어진 여건도 그렇고 불가능해. 그녀가 고분고분하지도 않고, 행실이 바르지도 않지. 그건 나도 마찬가지야. 하지만 우리 처지가 이렇긴 해도, 진지한 애정이 우리 사이를 이어주고 있어. 나는 작업할 시간이 절대적으로 필요해. 또 그만큼 조속히 네 편지도 필요하다.

일하러 가야겠다. Adieu. 마음으로 악수 청한다.

너를 사랑하는 형, 빈센트

몇 줄 더 적는다. 얼마가 필요하냐고 물었지. 생각해봤지만 액수를 말할 엄두가 나질 않더라. 금액이 적지 않아서 말이야. 모든 가능성을 염두에 두고 상황에 맞춰서 해결하자. 따지고 보면, 해야 할 것에 비해, 할 수 있는 건 그리 많지 않을 거야. 그렇더라도 부분적으로나마 계획을 실행에 옮길 수 있다는 게 어디야. 그래서 네가 구해주는 돈으로 어떻게든 해볼게. 그곳 생활비는 저렴하니까 이곳에 살 때보다 많이 절약하고, 그렇게 아낀 돈으로 눈부시게 달라진 내 그림 실력을 보여주마.

거기 가면 물감 같은 건 소포로 받을 수밖에 없으니 당연히 여기서 최대한 많이 가져가는 게 좋지만, 그 비용 때문에 출발을 연기하는 일은 없을 거야.

그래도 올해가 탄탄한 그림 실력을 다지는 성과를 거두는 해가 되면 좋겠어. 그림 그리기를 게을리한 적도 없었고 단점, 약점도 바로잡았거든. 물론 아직도 고치고 다듬어야 할 부분이 남아 있긴 하지. 이제 남은 부분을 고칠 때가 온 거야.

이전 편지에서 우리 집 여자가 약속을 어겼는데 내 기준으로는 심각한 문제였다고 했었잖아. 다시 매음굴에 가서 일자리를 알아봤더라고. 어머니라는 여자가 부추기고 닦달했던 거야. 그녀는 그 즉시 후회하고 그 계획을 포기했어. 하지만 *이런 시기에* 그런 생각을 했다는 건 의지가 약하다는 증거야. 그녀는 이런 유혹을 "싫어!"라고 단호히 뿌리치는 강단이 부족한 사람이야(어쨌든 지금까지는).

그래서 어쩔 수 없이 계속해서 미루고 미뤄왔던 조치를 취했던 거야. 그런데 그녀는 지금의 이 상황을 그저 내가 기분이 상해서 화풀이하는 걸로 여겼더라. 그 이상은 아닐 거라면서. 그래서 떨어져 지내자는 말에 동의했던 거고. 그녀가 자기 어머니와 뗄 수 없는 관계라서 걱정했었는데, 어쨌든 좋은 길로 가든 나쁜 길로 가든 이제는 두 사람이 알아서 할 일이야.

그녀는 자기 어머니와 함께 살 계획이니 교대로 일하며 정직하게 살려고 노력하겠지. 그렇게 일할 계획도 있고, 벌써 며칠치 일감도 받아놓았대. 나도 광고를 해주고 있고. 그렇게 두 사람이 매일 일자리를 찾아다니는데 나름 재미도 붙인 것 같아. 나도 뭐 필요한 만큼 최대한 광고하는 일을 도울 생각이야. 한마디로, 두 사람에게 도움이 되거나 도울 수 있는 일은 무조건 하겠다는 뜻이야. 능력만 된다면, 떠나기 전에 몇 주치 집세도 주고 매일 먹을 빵값도 주고 싶어. 두 사람이 여유를 갖고 계획한 일을 실행에 옮기도록 해주고 싶어. 그런데 지속적인 도움은 *약속*하지 않았어. 가능할지 알 수 없으니까. 여건이 주어지는 대로 할 수밖에 없어.

하다못해 홀아비와 정략결혼이라도 하라고 조언했어. 거기에, *나를 대하던 것보다 고분고분해야 할 것*이라는 말도 덧붙였지.

그녀도 잘 알거든. 자신이 내게 얼마나 통명스럽게 행동했는지를. 앞으로는 *현명하게* 행동해야 한다는 것도. 또, 내가 *사람은 하루아침에 달라질 수 없고 한 단계씩 변한다는 걸 알기에, 자신을 탓하지 않았다*는 것도. 만약 지금의 자리를 유지하고, 자신의 힘으로 그 자리에서 더 높은 곳으로 뛰어오르고 싶다면, 나한테 잘못했던 지난날을 자책하거나 낙담하는 대신 그걸 만회하기 위해서라도 다른 사람에게 잘하면 될 거야.

지금으로선 그녀도 이런 걸 잘 알고 있어. 계속 그런 마음을 잃지 않기를 바랄 따름이야. 그런데 우리 둘 다 쉽게 낙담하고 쉽게 포기하는 약점이 있지. 반면, 처음부터 다시 시작해야 할 때는 또 두 사람 모두 인내하며 잘 버티는 편이야. 그녀의 인내심이 특히 강해. 비록 참아주기 힘든 이런저런 단점이 많지만 그녀의 내면에 이런 *장점*이 있다는 걸 알기에, 그녀의 미래가 참담하지만은 않을 거라고 생각해. *하늘도 그녀 같은 사람을 가엽게 여길 테니까*. 난 그렇게 믿고 싶어. 만약 그렇게 믿지 못한다면 그건 내 믿음이 부족하기 때문일 거야. 이 모든 걸 포기할 수 없는 한, 내가 애써서 이룩해 놓은 모든 걸 한순간에 뒤로한다는 건 불가능한 일이야.

곧 편지할 거지, 그렇지?

321네 ____ 1883년 9월 7일(금) 혹은 8일(토)

테오에게

짐은 다 쌌고 이제 여비만 마련되면 당장 떠날 수 있어. 더는 지체하지 않는 게 좋겠어. 이사를 앞두고 있으니 작업이 제대로 될 리 없잖아. 일단 시골로 내려가 자리를 잡아야 정상적으로 작업이 되겠다.

그러니까, 10일에 맞춰 돈을 보내주면 출발할 수 있을 것 같다. 곧장 갈 수 없다면 인근 마을에서 하루 이틀 정도 묵을 생각이야.

네 생각대로 됐으면 좋겠다(사실 내 생각도 비슷하다). 우리 집 여자가 좋은 방향으로 갈 수 있기를 말이야.

그런데 쉽진 않겠어. 그녀가 예전으로 돌아가지 않는 것 말이야. 그녀를 가장 잘 아는 나로서는, 좋은 길로 걸어가기에 그녀는 의지가, 무엇보다 정신력이 너무 약해.

네가 왔을 때도 말했다시피, 나는 결정을 해야 하는 상황이었고, 내 앞에는 두 가지 길이 있었어. 그런데 어떻게 하느냐는 내가 아니라 오히려 그녀에게 달려 있었지.

그녀가 진심으로 나와 함께하기로 마음먹었다면, 말로만이 아니라 상황을 엉망으로 만들 잘못을 저지르지만 않았어도, 지금과는 많은 게 달랐을 거야. 우리 상황이 아무리 위태롭고 비참해도, 그녀를 기다리는 운명은 지금보다는 나았을 거야. 하지만 그녀는 스핑크스 같이 행동했어. 이것도 아니고 저것도 아닌 행동. 그녀가 어떻게 될지 내게 묻는다면, 이렇게 말할 수밖에 없어. "예전처럼 잘할 수는 없겠지."

요즘 들어 광고 얘기도 그냥 눈속임일 뿐, 나한테 말하지 않은 꿍꿍이속을 실행에 옮기려는지 두 사람이 하루빨리 내가 떠나기를 기다리고 있다는 사실을 다시 한 번 확인했어. 그래서 더

더욱 당장 이곳을 떠나고 싶은 거야. 그러지 않으면 두 사람은 자기들 계획을 일부러 질질 끌 테니 말이야. 여느 때처럼 그녀 어머니가 뒤에서 조종하고 있겠지.

며칠 전에 계획한 걸 또다시 뒤틀어버리는 거야. 정말 지독하게 참담하다. 나한테 솔직하지도 않은 사람들을 돕다니, 나도 멍청하지, 안 그래? 그래서 당장이라도 여길 뜰 거다. 그리고 한 2주쯤 시간이 흐른 뒤에 편지를 써서 상황을 알아볼 생각이야.

두 모녀에게 상황의 심각성을 인지시키려면 내가 빨리 떠나야겠다는 생각이 들기 시작했어. 하지만 이런 시도는 위험할 수도 있어. 왜냐하면 두 사람은 순식간에 일을 엉망으로 만드는 재주를 가졌거든.

왜, 도대체 왜, 우리 집 여자는 지혜롭지 못한 걸까?

뮈세가 말한 'un enfant du siècle(세기의 아이)'가 따로 없어. 그녀의 미래를 생각하면 뮈세가 묘사한 폐허가 절로 떠오를 정도야. 뮈세에게는 이상적인 숭고함이 느껴져. 그런데 je ne sais quoi(뭐랄까), 그녀도 마찬가지야! 예술적인 구석이 전혀 없는데도 말이야.

조금이라도 있었더라면 좋았을 텐데! 그녀에게 자녀는 있지. 자녀들이 지금보다 훨씬 더 강하게 그녀의 머릿속에 자리잡는다면, 그녀를 굳건하게 붙잡아줄 거야. 비록 불완전한 형태라 해도 그녀가 가진 모성애가 그녀가 가진 최고의 장점인데, 그것만으로는 부족하다.

그녀가 무언가를 후회하고, 바로잡으려고 애쓰면서 내 도움을 절실히 필요로 할 때, 내가 곁에 있어줄 수 없다고 생각하니 마음이 쓰리다. 그런 일이 있으면 기꺼이 그녀를 돕고 싶어. 하지만 그렇게 한들 네가 너의 그녀에 대해 말했던 것처럼, 내가 우리 집 여자를 바꿀 수 있을까? "Tu m'as trouvé bien en bas, il faut que je remonte(당신은 밑바닥에서 날 만났지만, 난 위로 올라갈 거예요)." 그런데 우리 집 여자는 위로 올라가는 대신 이렇게 말할 거야. "저 밑바닥이 날 불러."

뮈세와 조르주 상드가 연인 관계였다고 들었어. 조르주는 차분하고 긍정적이고 성실한 여성이었던 반면, 뮈세는 무력하고 나태한 사람이었어. 결국 두 사람 사이에 위기가 찾아오고 헤어지게 된 거지. 뮈세는 절망하고 후회하며 진창 속으로 깊이 빠져들었고, 조르주 상드는 자신의 생활에 규칙을 세우고 작업에 매진했어. 그리고 그에게 이렇게 말했어. "이젠 너무 늦었어요. *돌이킬 수 없어.*"

물론 이런 상황에서는 말로 표현할 수 없을 정도로 가슴이 찢어지게 아팠을 거야.

테오야. 난 드렌터로 가더라도 끊임없이 그녀를 걱정할 게다. 그녀는 이미 늦은 뒤에야 정신을 차리는 사람이고, 손에 쥘 기회를 잃고 나서야 자신이 그 단순하고 순수한 걸 얼마나 원하는지를 깨달을 사람이기 때문이야.

이미 오래전부터 그녀를 비롯해 다른 사람들에게서도 이런 스핑크스 같은 면을 봐왔어. 좋지 않은 징조인 걸 알아.

우울한 눈빛으로 심연을 내려다보는 것도 못 할 짓이야. 그걸 이겨낼 유일한 방법은 열심히 작업에 매진하는 거야.

테오야, 이제 우울하지만(그녀는 또다시 팔짱만 끼고 있다), 작업에 열중해서 밀어내는 수밖에 없어. 그걸 모르는 사람은 결국 무너질 수밖에 없고 폐허를 향해 달려가는 꼴이 되지. 그녀에게 그렇게 말했고 여러 번 이해시키려 애썼는데.

보다시피 그녀는 폐허의 문턱까지 다가간 상태야. 안 그러냐?

그녀를 구렁텅이로 몰아넣을 손은 내 손이 아니야. 언제까지나 그녀 곁에 머물며 붙잡아줄 수도 없어. 누군가 경고를 해주거나 구원의 손길을 내밀 때를 분간할 줄 알아야 해.

어떤 경우는 우울함이 찾아와서 증상이 심해지다 또 어느 순간에 깨끗이 사라질 때도 있어. 그녀가 이런 경우라면 모든 게 괜찮고, 나아질 거야. 건강을 회복하고 있는 시기에는 친구만큼 좋은 우울증 치료제도 없으니까. 그 친구가 가난해도 아주 큰 도움이 돼. 그래! 나는 언제나 그녀에게 그런 친구가 돼줄 수 있지. 때때로 그녀는 나에게 못되게 굴었지만 *그럼에도* 난 그녀에게 언제나 친구가 되어주었어.

그녀는 항상 버팀목이 필요할 거야. 원한다면 멀리 떨어져 있더라도 내가 그 버팀목이 돼줄 수 있어. 단, 그녀도 의지를 갖고 버텨줘야만 해. 그녀가 내게서 등을 돌리게 하려고 기를 쓰는 사람들은(그녀의 가족들) 그녀와 아이들을 살해하는 행위에 버금가는 커다란 실수를 저지르고 있는 거야. 그런데도 멍청하게 아직도 악착같이 고집을 피우고 있다. 그들만 곁에 없었어도 그녀는 좋은 길로 들어서서 이미 저 멀리 가고 있을 텐데.

10일에 맞춰, 네가 보내줄 수 있는 최대한으로 돈을 보내주면 좋겠다. 여차하면 당장이라도 이곳을 비우고 떠날 수 있도록 말이야. 그게 최선일 것 같거든.

그렇다고 나 때문에 너무 무리하진 마라. 난 얼마든지 상황에 맞출 테니까. 그때그때 어떻게 되는지 너한테 연락도 할 거고. 드렌터로 떠날 여비가 충분히 마련되지 않으면 로스다위넌에 가서 며칠 보내며 기다릴게. 로스다위넌에서 그럴듯한 그림 소재를 발견했거든. 낡은 농가들인데 저녁 풍경이 더없이 좋더라. 상황이 여차해서 내 물건들을 어디 보관해둘 수 없게 되면 당장에 보내버릴 수도 있어. 집주인과의 거래를 마무리할 좋은 기회이기도 해. 네 편지를 받으면 집을 비울 생각이다.

내 출발은 그녀에게 시급히 이행돼야 할 독촉장의 의미를 가질 게다. 광고는 계속 돕고 있지만, 어제와 그제만 봐도 벌써 무관심한 사람들처럼 굴고 있어. 아무리 봐도 계획을 바꾼 게 아닌가 하는 생각이 들 정도야.

Adieu, 테오야. 이런 이야기들이 이미 흘러간 과거였으면 좋겠다. 지금 보내고 있는 이 나날들이 얼마나 괴로운지 모르겠다. 좋은 일만 있기를 바란다. 내 말 명심하고,

형은 너를 사랑한다, 빈센트

넌 아프지 않게 건강 잘 챙겨라. 난 한동안 고생하다가 나아졌어. 달걀을 먹는 게, 특히 체력 저하로 인한 문제일 경우, 위장을 달래주는 최고의 방법이더라.

322네 ___ 1883년 9월 10일(월)

테오에게

100프랑이 든 네 편지 방금 잘 받았다. 내일 드렌터에 있는 호헤베인으로 떠날 거야. 거기서 더 멀리 들어가게 될 텐데 목적지에 도착하면 정확한 주소 적어서 보낼게. 그러니까 이전 주소로는 더 이상 편지 보내지 말아라.

그리고 부탁인데 당장 C. M.께 내가 떠난다고 짤막하게나마 소식 좀 전해줘. (네 말대로) 예전 주소로 편지를 보내시지 말란 법도 없으니까 말이야. 혹시 이미 편지를 보내셨다면, 우체국에 반송을 부탁하는 게 나을 수도 있겠다. 왜냐하면 아직 새 주소는 없으니까. 나중에 우체국하고 집주인에게 얘기해놔야겠어.

라파르트는 이미 다른 곳으로 떠났어. 얼마 전에 드렌터를 등지고 테르스헬링으로 향했어. 그 친구가 편지에 드렌터에 관해 이렇게 썼다. '지방 분위기가 다소 딱딱한 편이고 사람들 생김새가 꼭 형님 그림 속 인물들을 닮았습니다. 생활비는 어디와 비교해도 저렴한 편입니다. 자위도스트훅(내가 가려는 곳이야) 인근이 가장 특징이 살아 있는 동네 같더군요.'

테오야, 떠날 때야 당연히 꽤나 우울할 거야. 우리 집 여자가 확실한 의지를 보여주고 나아지고 있다는 확신이 드는 만큼, 떠나는 발걸음은 더더욱 무겁고 침울할 것 같아.

어쨌든, 중요한 내용은 이미 너한테 다 설명했으니 너도 잘 알 거야.

난 앞으로 나아가야 해. 그러지 않으면 이대로 그냥 무너질 테니까.

그녀는 지금 앉아 있는 자리가 아무리 낮은 자리여도 노력하지 않으면 그대로 그 자리에 머물게 될 거야. 그녀 본인이 드문드문 잠깐씩 열의를 보일 게 아니라, 단호히 결심하고 힘차게 걸어 나가지 않는 한, 나 대신 다른 세 사람이 곁에서 도와준다 해도 나아질 일이 전혀 없을 거야.

그런데 내가 아끼고 사랑했던 아이들은! 그 녀석들을 위해 해줄 수 있는 게 없다. 우리 집 여자가 원해야 그나마 뭐라도 해줄 수 있을 거야.

계속 그 문제로 끙끙거릴 마음은 없어. Quand même(어쨌든) 나도 앞으로 나아가야 하잖아. 물감은 너무 많이 가져가지 않는 게 신중할 것 같아. 왜냐하면 내 짐들이 도착하면 또 운송비용도 내야 하고 체류비용은 물론 이동 경비도 들어갈 테니까. 그런데 C. M.의 지원만 얻는다면 이미 주문해놓은 화구들은 우편으로 부칠 수 있어. 빠르면 빠를수록 좋겠다.

아무튼, 무슨 소식 듣거든 새 주소가 생기는 즉시 알려줄 테니까 연락 바란다. 선금 100프랑을 돌려드리는 문제는 나도 네 생각에 전적으로 동의해. 네 사정이 힘들다면 나중에 더 좋은 순간을 기다려보지.

어쩐지 C. M.이 아무것도 안 해주실 것도 같다.

어쨌든, 아우야, 너만큼은 늦지 않게 이렇게 돈을 보내줬잖아. 덕분에 나는 드렌터로 떠날 수 있고. 이제 그곳에 가서 둘러보는 것부터 시작할 거야. 아무런 도움을 받지 못하더라도 충분히 아껴 쓸 수 있어. 그래서 이번에 보내준 돈이 더더욱 고맙구나. 네 결단이 옳았다는 걸 보여줄게.

일단 네가 네덜란드로 오게 될 내년까지는 거기 있을 예정이야. 널 만날 기회를 놓치고 싶지는 않거든. 그러면 사계절이 변하는 동안 지방 분위기가 어떻게 달라지는지 그 특징을 고스란히 담아낼 좋은 기회가 될 거야.

유효기간이 12개월인 국내용 여권*도 준비해놨어. 이제 내가 원하는 곳은 어디든 가서 원하는 만큼 머물 권리를 얻은 셈이야. 앞으로 나아갈 수 있다는 사실이 참 기쁘다. 이렇게 쭉 계속 서로를 도와가면 좋겠다. 일단 숙식에 50프랑쯤 들 것 같고 나머지는 전부 작업에 쓸 거야. 이런저런 여건상, 여기서는 그럴 수 없었던 부분까지 전부 다. 누구의 도움을 받을 수 없다고 해도, 가만히 앉아만 있지는 않을 거야.

안부 전한다. 오늘도 여전히 처리해야 할 일이 많아. C. M.께 짤막한 소식 전해라. 조만간 주소 알려줄게. 모든 게 일사천리로만 진행된다면 당장 내일 저녁에라도 알려줄 수 있을 거야. Adieu. 마음의 악수 청한다.

너를 사랑하는 형, 빈센트

얼마 전 네가 편지에 썼지. "아마도 형님의 *의무감*이 형님의 행동을 변화시키나 봅니다." 내 생각도 그랬어. 분명, 내 작업은 나더러 그곳으로 떠나라고 하기 때문에, 여자보다 오히려 내 작업이 직접적인 내의무가 되는 거야. 여자 때문에 내 의무를 저버릴 순 없어. 작년에는 사정이 달랐지. 지금은 확실히 드렌터로 갈 준비가 돼 있어. 하지만 둘 다 놓치기 싫어 여전히 갈팡질팡하고 있다. 사정상 그럴 수도 없는데. 돈 문제도 있지만, 무엇보다 더는 그녀를 믿을 수 없으니까.

* 당시에 네덜란드 정부는 부랑자들을 관리하기 위해 국내 여행에도 여권을 발급했다.

Drenthe

10
네덜란드
/
드렌터

1883년 9월
/
1883년 11월

2년 간의 헤이그 체류 기간은, 빈센트가 곤경에 처할 때마다 도망치듯 회피했던 과거의 태도와는 달랐다. 그는 시엔과의 관계에 대해 오랫동안 고민했지만, 결국 자신을 찾아온 테오와 많은 이야기를 나눈 뒤 '본격적으로 화가의 길에 접어들었으니 더 실력을 키우려면 그녀와의 관계를 끊으라'는 동생의 말을 따른다. 결정적으로 판 라파르트에게 드렌터에서는 생활비가 훨씬 적게 든다는 이야기를 듣자, 지금까지와는 달리 동생에게 받는 돈을 오롯이 작품 활동에 쓸 수 있겠다는 생각으로 드렌터행을 결심했다.

헤이그를 떠나기 전에 그간의 빚도 갚아야 했고 시엔에게도 얼마쯤 돈을 남겨줘야 했다. 그런데 테오가, 회사의 다른 직원들과 갈등을 빚고 있으며 미국으로 떠날 생각도 있다는 뜻을 전했다. 그러자 빈센트는 엉뚱하게도 테오에게 화가가 되어 보라면서 자신이 머무는 드렌터로 오라고 권유했다.

결과적으로 트렌터에서의 3개월은 실패였다. 빈센트는 토탄이 많이 나고 풍경이 우중충한 그곳이 브라반트를 닮아서 좋다고 말했지만, 워낙 시골이라서 물감 등을 구하기가 무척 어려웠고, 북쪽이라서 겨울이 너무 일찍 찾아오는 바람에 야외 스케치도 어려웠으며, 그가 갈망하던 화가들(특히 리베르만)과의 교류도 실현되지 않았다. 드렌터에서 남긴 그림은 6점에 불과했다.

고립된 생활 속에서 빈센트는 지나온 과거를 자주 돌아보았다. 그간 숨겼던 보리나주 생활의 참상과 비극을 하나씩 털어놓았고, 암스테르담에서 겪은 뼈저린 실패와 시엔에 대한 기억도 수시로 언급했다. 3개월 동안 테오에게 장문의 편지를 20통이나 썼지만 그의 외로움과 궁핍은 채워지지 않았고 병까지 들었다. 결국 12월에 빈센트는 급작스럽게 부모님 집으로 돌아갔다. 그에게 안전한 피난처가 되어주는 유일한 장소였다.

323네 ___ 1883년 9월 11일(화)과 12일(수)

화요일 저녁, 호헤베인에서

테오에게

방금 여기 도착했다.

기차를 타고 오면서 펠뤼어Veluwe의 아름다운 풍경을 실컷 감상했는데 여기 도착하니 캄캄한 밤이 됐더라. 그러니까 아직 뭐 하나 제대로 구경도 못 해봤지. 여인숙에 있는 널찍한 바 같은 공간(브라반트에 가면 많이 볼 수 있어)에서 편지를 쓰는 중인데, 한 여인이 감자 껍질을 벗기고 있어. 몸집이 꽤 자그마한 여인이야.

여기 사람들과 얘기를 해봤는데, 조만간 배를 타고 호헤베인Hoogeveense 운하를 따라 내려가면서 토탄 지대와 드렌터 동남부 지역을 둘러봐야겠어.

북쪽으로 올라가면 아선Assen까지 환상적인 황야가 펼쳐져 있나 보더라. 내가 가만히 앉아 있지 못할 거라는 건 너도 잘 알 거야.

헤이그 일은 다 잘 마무리됐어. 측량 기사가 역까지 배웅해줬어. 당연히 우리 집 여자와 아이들도 끝까지 내 곁에 있었지. 이별의 순간은 가슴이 찢어지는 것 같았어.

내 여건이 되는대로 그녀에게 돈이며 이것저것 주고 왔는데, 어쨌든 그녀는 힘든 시간을 보내게 되겠지.

물감은 아주 조금만 가져왔는데, 조만간 필요할 일이 많았으면 좋겠다. 오는 길에 봤던 펠뤼어가 아주 다채로워 보였거든.

네 편지를 기다리마. 역 근처의 투박한 여인숙에 짐을 풀었어.

이게 주소다. '호헤베인 여인숙, A. 하르차위커르 씨 댁.'

조금 지나면 더 시골로 들어가서 그림을 그릴 건데 일단 물감부터 장만해야 할 것 같아.

곧 긴 편지 보낼게. 지금으로선 기차 타고 오면서 본 주변이 전부라서 뭐라 더 할 말이 없다. 편지를 쓰고 있는 이 장소도 그렇고.

그냥 잘 도착했다는 소식 전하는 거야.

잘 있어라. 내일은 더 둘러봐야지. 마음의 악수 청한다.

너를 사랑하는 형, 빈센트

이 편지 받거든 바로 엽서라도 보내줘. 편지가 잘 오가는지 확인할 겸. 오늘 아침에는 아주 일찍 일어났어. 호기심을 참을 수 없었거든. 날씨는 아주 좋았어. 하늘도 맑고 반짝이는 게, 꼭 브라반트 같아. 여인숙 옆에 헛간이 하나 있는데 그 생김새는 브라반트와 달라. 당분간 여기 머물게 되면 크로키라도 한 장 그려볼 생각이야.

주변은 대부분 목초지야. 듬성듬성 나무들이 서 있고. 호헤베인을 선택한 게 좋은 생각이었던 것 같다. 어쨌든, 첫날 밤부터 배를 타고 토탄 지대 사이를 지나 프로이센 접경지대를 비롯해 즈바르터 메이르(검은 호수)까지 둘러볼 수 있다는 소식을 들은 게 어디냐. 조만간 이런저런 이야기 상세하게 전할게.

일단 물감이 조금 더 모이면 이 동네 저 동네, 이 마을 저 마을로 돌아다니며 그림을 그려볼 생각이야. 편지는 같은 주소로 보내도 괜찮다. 정확히 어디로 며칠이나 자리를 비우게 될지는 모르지만 짐은 두고 다닐 계획이거든. 숙박비는 하루에 1플로린으로 합의를 봤고 짐 같은 건 다락방에 보관하기로 했다.

항구에서 제대로 된 토탄 운반용 거룻배도 한 척 봤고 여기 전통 의상 차림으로 벌판을 오가는 여인들도 봤어. 장관이 따로 없더라. 마을 안쪽으로 들어가면 더 멋진 장면들이 보이겠지. 지금도 눈에 보이는 것들이 다 근사하거든.

어쨌든, 짤막하게나마 소식 전해주면 좋겠다. 아까 말한 그 주소로. 호헤베인 여인숙, A. 하르차위커르 씨 댁.

동네라고 해야 할지, 마을이라고 해야 할지, 어쨌든 운하를 따라 집들이 길게 이어진 모양새인데, 대부분 새집이지만 간혹 보이는 낡은 집들이 훨씬 아름답더라.

324네 ____ 1883년 9월 14일(금) 추정, 호헤베인

테오에게

여기 온 지도 며칠 됐고 이리저리 꽤 돌아다녀서, 이제 내가 찾아온 곳이 어떤 곳인지 대충 설명할 수 있을 것 같다. 여기 와서 그린 첫 유화를 작은 스케치로 그려서 동봉한다. 인근 황야의 초가집이야. 온전히 황야의 진흙과 나뭇가지로만 지어졌어. 내부에 들어가서 본 초가집이 대략 6채인데, 같은 습작을 여러 점 그릴 생각이야.

초가집 바깥에서 석양 무렵 혹은 그 직후 어둠이 내려앉는 풍경이 어떠냐 하면, 딱 쥘 뒤프레의 그림 같아. 아마 메스다흐 소장품일 텐데, 상당히 어두운 배경에 지붕에 이끼가 낀 초가집 2채가 저녁 하늘 아래 희미하고 어슴푸레 보이는 그림이야.

딱 이곳이 그렇다니까. 초가집 내부는 동굴처럼 어둡긴 해도 상당히 아름다워. 몇몇 영국 예술가들이 아일랜드 황야에서 그린 데생을 실제로 옮겨다 놓은 듯해.

A. 뇌하위스Johannes Albert Neuhuys가 비슷한 주제로 여러 점 그렸는데, 내 첫 시도보다 훨씬 시적이야. 그 대신 사실적인 면은 좀 부족하고.

시골길을 다니면서 그림으로 그려내기 딱 좋은 인물들도 여럿 봤다. 놀랍도록 진지한 분위기야. 예를 들면, 여성의 가슴이 들썩거려도 노동의 느낌이지 육감적인 것과는 정반대의 분위기야. 나이 들거나 병든 여성이면 연민과 존경심이 들지. 이곳에 전반적으로 감도는 우울함은 밀레의 그림처럼 건전한 종류의 우울이야. 다행히, 여기 남자들은 반바지 차림으로 작업을 해서, 다리의 윤곽선이 선명히 보이고 움직임도 활력이 넘쳐.

여기 와서 돌아다니면서 호기심과 영감을 얻은 신기한 장면들을 꼽으라면, *황야 한복판의* 예인선을 남자, 여자, 아이들, 희고 검은 말들이 끄는 모습이야. 마치 네덜란드 레이스베이크의 예인로에서 토탄 실은 거룻배들을 옮기는 장면 같다.

황야가 눈부시게 아름답더라. 양 떼도 보고 목동들도 봤는데 브라반트보다 훨씬 그림 같아.

화덕은 대충 Th. 루소의 〈공동 화덕〉 속 그림과 비슷하게 생겼는데 정원 한쪽에 설치돼 있었어. 오래된 사과나무 그늘이나, 셀러리 혹은 양배추 사이에. 벌통도 여기저기 보이고. 여기 사람들은 겉모습만 보면 하나같이 이런저런 병자들처럼 보여. 물이 문제일까. 열일곱 전후로 보이는 젊은 처자들을 봤는데 아름답고 건강해 보이긴 하지만 대체로 빨리 늙는 것 같아. 그렇다고 해도 몇몇 인물들은 가까이서 대하면 상당히 위엄 있고 근엄한 분위기도 풍긴다.

네다섯 개의 운하가 마을을 관통하는데 메펄Meppel, 데뎀스바르트Dedemsvaart, 쿠보르던Coevorden, 홀란즈헤벨트Hollands Veld와 이어져.

그 수로를 따라가면 여기저기 신기하게 생긴 낡은 풍차나 농장, 조선소, 수문 등이 보이고 토탄을 옮기는 배들은 어디에나 있어.

이 동네 특유의 분위기를 단적으로 말해줄게. 내가 자리를 잡고 초가집을 그리고 있는데 양 2마리와 염소 1마리가 어디선가 나타나서 초가집 지붕을 뜯어먹기 시작하더라. 염소는 아예 지붕 꼭대기에 올라서서 굴뚝을 내려다보았지. 지붕에서 요란한 소리가 들리자 여자가 밖으로 나오더니 염소 머리를 향해 냅다 빗자루를 던졌고, 화들짝 놀란 염소가 마치 영양처럼 바닥으로 껑충 뛰어내렸어.

이런 광경을 직접 본 황야 위의 마을은 스타위프잔트와 즈바르츠하프야.* 다른 마을들도 돌아다녔고. 이제 이 지방 분위기가 그려지지? 호헤베인은 거의 도시에 가깝긴 한데 인근에 보이는 거라곤 양 떼, 화덕, 황야 위에 벽토로 지은 초가집 등이야.

가끔 우리 집 여자와 아이들이 떠오르면 우울해진다. 다들 잘 지내야 할 텐데! 아, 그녀가 자초한 일이라고 말할 수도 있고, 그게 사실이지만, 그녀의 불행이 그녀가 지은 죄보다 크지 않았으면 하는 바람이야. 애초부터 그녀의 성격에 문제가 있다는 걸 알았지만 살면서 나아지기를 바랐어. 이제 더 이상 그녀를 보지 않으니 잊고 있던 기억들이 떠오르며, 그녀가 개선되기에는 무리가 있었음이 확실해진다.

그래서인지 연민만 더 커지면서 우울해지는구나. 이제는 조금도 도와줄 수 없으니 말이야.

테오야, 황야를 지나가다가 어린아이를 두 팔로 감싸안거나, 가슴에 꼭 품고 있는 가련한 여

* 호헤베인의 북동쪽에 있는 작은 시골 마을. 'Stuifzand'는 '유사(流砂)', 'Zwartschaap'는 '검은 양'이라는 뜻이다.

성을 볼 때마다 눈시울이 뜨거워진다. 그 모습에서 우리 집 여자가 보여서 그래. 쇠약한 그 모습, 헝클어진 옷차림 등이 영락없는 우리 집 여자야.

그녀의 행실이 좋지 못한 건 나도 잘 알아. 내 행동이 정당하다는 것도. 더 이상 그녀 *곁에 머물지 않고*, 그녀를 이곳에 데려오지 않은 건 당연해. 아니, 오히려 아주 현명하고 이성적인 결단이지. 너 좋을 대로 생각해도 상관없어. 하지만 병들고 가난한 여인들을 볼 때마다 가슴이 찢어지는 것 같고 마음이 약해지는 건 어쩔 수 없더라.

삶은 왜 이리 슬픔으로 가득찬 걸까! 그렇다고 우울에 빠져들 생각은 없다. 출구를 찾아 나갈 거고, 그림 작업은 내 의무이기도 한 거야. "불행은 나도 비껴가지 않는다"는 사실을 확실히 깨닫고 나니 오히려 마음이 편안해진다. 잘 지내라, 곧 편지하고, 내 말 명심하고.

형은 너를 사랑한다, 빈센트

325네 ___ 1883년 9월 16일(일), 호헤베인

테오에게

방금 네 편지 받았어. 그러니까 우편물이 잘 오가는 건 확인한 셈이다.

며칠 전 편지에 이곳과 내가 돌아다닌 곳 등을 자세히 소개했잖아. 어딜 가도 아름다운 것들만 보여. 황야는 브라반트는 물론이고 쥔더르트나 에턴 주변의 황야보다 훨씬 광활해. 특히 해가 뜬 날 정오의 햇살 아래서 보면 좀 단조로워 보이기까지 한데, 그 효과를 놓치기 싫어서 몇 번 그려보려 했지만 아직은 잘 안 되더라. 바다도 매일 그림 같은 풍경을 연출하는 건 아니야. 햇살이 효과를 만들어내는 순간을 제대로 포착할 때 바다가 가진 진정한 특징을 잘 살려낼 수 있지. 그 순간에(찌는 듯한 정오의 햇살이 쏟아지는 시간이라 황야가 결코 매력적으로 보일 시간은 아니지) 황야는 성가신 곳이며 사막처럼 지루하고 힘 빠지는 장소며 말 그대로, 견디기 힘들고 적대적인 곳으로 변해. 눈부신 햇살을 받으며 황야를 그리고 평면을 무한대 속에 빠져드는 것처럼 표현하다 보면 현기증이 일기도 한다.

그러나 결코 감각적으로 풀어내서는 안 돼. 오히려 감각과는 전혀 무관해. 지루하고 성가셔 보이는 장소가 쥘 뒤프레의 그림 속에서는 그 무엇보다 숭고하게 보이거든. 황혼을 배경으로 힘겹게 걸어가는 인물, 햇살에 뜨겁게 달궈진 광활한 땅이 은은한 자홍색 저녁 하늘과 대조를 이루는 순간, 진한 파란색 선 한 줄이 하늘과 땅을 지평선으로 가르고 있는 장면. 남녀 인물들도 마찬가지야. 마주치는 모든 사람이 그림으로 그려보고 싶은 마음이 드는 건 아니지만 가만히 보고 있으면 결국 밀레의 그림 속 인물 같은 특징이 느껴진다.

어제는 지금까지 한 번도 보지 못한 신기한 공동묘지를 발견했어. 얼마 되지 않는 땅뙈기에 촘촘히 늘어선 작은 전나무들을 떠올려봐. 얼마나 다닥다닥 붙어 있는지 마치 작은 전나무 숲처럼 보일 정도야. 그런데 입구가 하나 있어. 짧은 통로를 통과하니 풀들이 웃자란 무덤들이 나오는데 대부분 망자의 이름이 새겨진 하얀 묘석이 얹혀 있더라.

내가 그린 유화 습작을 따라 그린 크로키 같이 보낸다. 지금은 새하얀 아지랑이가 피어오르는 늪지대 목초지 위에 자라고 있는 시들시들한 자작나무들 사이로 보이는 붉은 태양을 그리는 중이야. 나무들 너머로는 나무들과 몇몇 지붕들과 함께 파란 동시에 회색이 감도는 지평선도 볼 수 있어.

C. M.이 아직도 아무 말씀이 없으시다니 참 유감이다.

물론 그 양반이 우리한테 무언가를 해주셔야 하는 건 아니지. 하지만 짤막한 답변 두세 줄조차 없는 건 좀 심하네.

그렇지만 이걸 명심하자. 내게는 갈수록 더 또렷해지는데, 우리가 얼마쯤 혼란스러운 시대를 살아가고 있다는 사실이야(개인적으로는 '*얼마쯤*'이 아니라 '엄청나게'라고 생각한다만, 내 관점을 너에게 강요하고 싶지 않다). 다른 사람들과 마찬가지로 C. M.도 낯선 이들에게는 친절하면서 on ne hait que ses amis(친구들만 미워하시지). 관심사가 오로지 사업과 예술품 거래의 수입 변동 상황뿐이라서, 추상적인 문제에 너무 매몰된 채로 지내시니 지극히 자연스러운 일 하나도(그러니까, 내가 전에도 말씀드렸고, 지금도 말씀드리는 나와 관계된 이야기들이) 불미스럽게 보일 수밖에. 문틈으로 새어들어오는 외풍처럼 달갑지 않은 거지. 왜냐하면 그 양반의 생각은 언제나 저 멀리 있거든. 나와 거리를 두는 방법도 마치 면전에서 문을 쾅 닫듯이 필요하다면 거칠고 노골적인 방법도 불사하실 양반이야.

넌 아마, 그 양반이 사려 깊지 못하시다고 말하겠지. 맞아! 나도 그렇게 생각해. 매우 친절할 수 있는 분인데 자신이 그 문제에 관심이 있을 때만 그렇고, 확실히 내 문제에는 관심이 *별로 없는* 거야. 게다가 워낙 나에 대한 편견이 있는데, 그게 쉽게 사라지진 않을 거야.

조만간 습작이 여러 점 모이면 몇 개 골라서 보내주마. 비셀링예 씨가 관심을 가질 만한 게 있는지 살펴봐다오.

그나저나 가진 돈이 거의 다 떨어져 간다. 솔직히 물감과 화구 등을 더 샀으면 했지만, 좀 더 긴 노가 없어서 아쉬워도 주어진 노로 최대한 열심히 저어나갈 수밖에. 인내심을 갖고 꾸준히 작업에 집중하면 해결되겠지. 어쨌든, 여기 온 건 정말 너무 만족스럽다, 아우야. 모든 게 다 그림 같은 곳이거든.

네 소식이 궁금하다. 나도 이런저런 걸 이해하는데, 무엇보다도 네 결정이 옳았다는 건 확실히 믿고 있어.

옳은 결정이라도, 이런저런 정황들 때문에 우리는 흔들린다. 만약 우리 의지를 가로막는 일들만 없었어도 지금과는 다른 모습으로 살아갔겠지.

나는 아마 우리 집 여자와 함께 있는 쪽을 택했을 거야. 어려움은 두 배로 커졌겠지만. 그러나 지금 와서 할 수 있는 말은, 그때는 그럴 수 없었다는 것뿐이다. 지금도 수시로 상상 속에서 그녀를 본다. 마치 유령처럼. 나를 원망하는 유령은 아니야. 내가 해주고 싶은 만큼 해줄 수 없었던 게 계속 마음에 걸린다. 어려운 시기일 거야, 너도 경험해봐서 잘 알지 않니.

올 때 물감 몇 개는 절반쯤 남았고 몇몇 개는 꽉 차 있었는데 습작을 기준으로 6점쯤 겨우 그리겠다 싶어. 그 이상은 힘들어. 그래서 다음에 돈을 받으면 물감부터 주문해야겠어. 습작 몇 점을 더 그리려면 말이야. 데생도 하긴 하는데, 유화에 주력하는 건 변함 없다.

그나저나 여기서 어떻게 환전할지 모르겠다. 여기서 안 되면 아선이나 다른 곳까지 가야 할 것 같아. 그런데 그게 해결될 때까지는(내가 더 좋은 방법을 찾거나 아선의 은행을 알아볼 때까지), 그러니까 두 차례쯤은 네덜란드 돈이나 우편환으로 보내주면 좋겠구나. 안 그러면 곤란해질 수도 있을 것 같거든.

9월 20일까지는 보내주면 좋겠다. 여기 와서 1주일 치 방값을 지불했는데, 벌써 다시 방값을 내야 할 기한이 다가오고 있거든.

뒷면에 공동묘지를 크로키로 그려봤다. 색감이 남다른 곳이었어. 야생화들이 감싸고 있는 묘석이 정말 장관이었고. 테레빈유 향이 아주 독특하고, 주변을 둘러싼 음침한 전나무 대열이 반짝이는 하늘과 주로 다갈색에 황갈색과 밤색, 노란색이 두드러지는 거친 땅과의 경계를 가르고 있는데 주변을 둘러보면 자홍색 색조가 넘쳐흘렀거든.

그림에 담아내는 게 쉽지 않았는데, 다른 효과가 들어간 습작으로도 만들어볼 생각이야. 예를 들면, 눈이 내렸을 때는 효과가 단조롭되 흥미롭겠지.

리베르만Max Liebermann 얘기는 이미 들었었는데, 네가 설명해주니, 특히나 그의 기교들을 알려주니 그를 더 잘 알게 됐다. 리베르만의 배색이 헹커스보다 *훨씬* 뛰어나(네가 적절히 잘 지적했지. 황회색과 회갈색 지붕의 색조 말이야). 네 설명은 완벽했어. *그런 식의 채색*은 정말 대단해. 그런데, 따라 하려면 제대로 배워야지. 내가 유화를 되도록 많이 그리고 싶은 이유는 내 그림에 일관성을 부여하고 싶어서야. 내 그림들에 나만의 특징적인 요소가(비록 어떤 틀 안에 가두는 건 좋지 않다고 입버릇처럼 말은 하지만) 각인되면 좋겠다는 뜻이야.

리베르만을 비롯한 여러 화가는 자신들만의 개성이 있어. 네가 편지로 묘사한 내용에 따르면 리베르만의 기법은 헤르코머의 기법과 상당히 닮은꼴이야. 헤르코머도 마무리에 극단적으로 신경을 쓰고, 잎이 우거진 잔가지 사이로 뚫고 들어오는 햇살이 만들어내는 빛과 그림자의 효과를 분석해서 그리거든. 많이들 간과하는 부분이야.

얼마 전에 헤르코머의 〈마지막 소집〉을 따라 그린 대형 판화를 봤어. 너도 아마 봤을 거야. 정말 힘이 넘치잖아. 쥘 브르통이 그린 〈광부의 딸〉을 보고 싶다. 프랑스 북부의 쿠리에르라는 곳에도 탄광이 있는 거 알고 있었어? 비 오는 날, 거기에 간 적이 있는데 인부들이 진창을 걸어서 집으로 돌아가는 모습을 보았지. 꼭 굴뚝 청소부들의 행렬 같더라. 낡은 군용외투를 걸친 우

스팡스러운 차림의 남자도 기억 난다. 여성들은 보리나주처럼 남자들 옷을 걸치지는 않았었어. 보리나주에서는 남자고 여자고 똑같이 탄광에 들어갈 때 다 해진 작업복 같은 걸 입었지.

아우야, 네 편지는 언제 받아도 반갑다. 어쨌든, 아직 C. M.께 연락 전이라면, 내가 혼자 드렌터에서 지내게 됐다고 짤막하게 소식 전해라. 그리고 내 계획에 대해서도. 그래도 아무런 답이 없으면, 아무래도 포기해야 할 것 같다. 애써줘서 고맙다.

오늘 아침에는 날씨가 우중충한 잿빛이었어. 여기 도착하고 처음으로 해를 못 본 날이다. 지금 시각이면 시골 풍경이 괜찮아 보일 것 같아서 나가볼 생각이야. 여인숙 주인들은 반듯한 사람들 같아. 남자는 역무원으로 화물 운송을 담당해. 드 그루의 그림 속에 나오는 인물 같은 양반인데 얼굴색이 가끔 보라색 양배추처럼 붉게 변하기도 해. 아무튼 대단한 일꾼이야. 그의 아내는 성실하고 단정한 사람인데 자녀가 셋이야. 어쩌면 구석 다락방을 화실로 내줄 것도 같다. 잘 지내라, 아우야. 좋은 일만 있기를 기원하며 악수 청한다.

너를 사랑하는 형, 빈센트

이미 알겠지만, 주소는 '호헤베인 여인숙, A. 하르차위커르 씨 댁'이다.

326네 ____ 1883년 9월 21일(금) 추정

사랑하는 동생에게

방금 네 편지를 받았어. 진심으로 고맙다.

이곳에서 겪은 일들을 몇 가지 말해줄게. 무엇보다 라파르트의 편지를 받았어. 테르스헬링 서부 지역에서 보냈는데, 거기서 한창 작업 중이래. 여기 드렌터의 롤더라고, 아선 인근에 있다가 옮겼다더라. 올겨울에는 그 친구 보러 가서 습작도 여러 점 그려보려 해. 알아보니까, 거기까지 왕복 차비가 3플로린 정도 되더라고. 테르스헬링 횡단까지 너무 복잡한 과정을 거치는 게 아니라면 말이야.

그래도 다른 동료 화가를 만나는데 그 정도 수고는 들여야지. 외로움도 잊을 수 있고.

네 편지 기다린다. 네가 편지지를 앞에 두고 너무 많이 고민하지 않았으면 싶다. C. M.께 우리 계획을 말씀드린 결과도 꼭 알려줘. 내가 여기 와 있다고 알렸는지, 그런데도 여전히 답장이 없으신 건지 등등.

그런 거라면 내가 직접 C. M.을 찾아뵐까 한다. 물론, 지금 당장이 아니라 나중에. 도대체 왜 답장이 없으신 건지 직접 여쭤보게 말이야. 편지로는 묻지 않을 거야. 하지만 이 침묵을 그냥 넘길 생각은 추호도 없어. 특히, 나한테는 둘째 치고, *너*에게도 아무런 답장이 없는 건 도저히 받아들일 수 없거든.

그 양반이 무언가를 해주셔야 한다고 주장한 적도 없고, 지금도 마찬가지야. 전에 해주셨던 것, 혹은 앞으로 해주실 것들에 대해선 늘 감사 인사를 드렸고, 내 습작도 보내드렸어. 적어도 50점은 될 거야. 나중에 다른 습작으로 교환할 권리까지 보장해드렸다고.

그렇기 때문에 이런 모욕을 참을 이유가 없어. 마지막으로 보내드린 습작을 받으셨는데 일언반구도 없으시다는 건 분명한 모욕 행위야. 단 한마디 말도 안 하셨다고.

그것도 모자라, 네 편지까지 외면하신 건 정말 비열한 행동이야. 그래서 더더욱 이유를 꼭 따져 물어야겠다. 조만간 직접 찾아뵐 거야. 나를 만나지 않겠다고 거부하신다고 끝날 문제가 아니야. 왜냐하면 만족할 만한 답변을 들을 때까지 결코, 포기하지 않겠다고 결심했거든. 답변이라도 들으면 다행이겠지. 그런데 그러실 마음이 없으시다면(난 그 양반한테 불손한 단어 한 번 쓴 적 없어. 편지의 어조가 냉담했을 뿐이지), 그래도 속 시원한 해명이 없으시면, 이렇게 말씀드릴 거야. '*눈에는 눈, 이에는 이*'라고. 그래서 내 차례가 되면 가차없이 모욕해줄 거야. 아주 냉정하게.

오해는 말아라, 아우야. 이번 한 번은 그냥 나를 이해해줘. 지금 이 상황의 본질은, 물론 바라는 일이기는 하지만, 단순히 경제적으로 지원하는 문제가 아니야. 내가 인간된 자격으로 정당히 요구할 수 있는 권리를 이렇게까지 무시하는 건 정말 해도 너무한 처사라는 거야. 내가 그 정도로 남보다 먼 사람이라고 해도(우리가 가족관계라고 언급한 적도, 그 사실에 기대볼 생각도 한 적 없어) 인간 말종처럼 대할 권리는 없어. 내 이야기 한 번 안 들어보고 비난을 퍼붓고, 이런저런 일로 날 탓하실 수는 없는 법이라고. 나한테는 해명을 요구할 *전적인 권리가 있어*. 침묵을 심각한 모욕으로 해석해도 지나치지 않아.

너한테는 솔직한 심정을 말해야겠어. 나는 부탁을 드리면서 답변은 당연하고 어느 정도는 미봉책이라도 찾을 수 있을 줄 알았거든. 묵묵히 참고 넘어가는 내 능력에도 한계라는 게 있다. 이 한계를 벗어난 상황에서 단호히 대처하지 못한다면 난 비겁한 겁쟁이인 거야.

그래서 이렇게 부탁하는데, 네 편지에도 여전히 답장이 없으신지 꼭 알아야겠어. 내가 상황을 파악해야 앞일을 결정하고 더 이상 이 문제를 꺼내지 않든 할 거 아니겠냐. 하지만 1년이, 아니 그 이상의 시간이 흐르더라도, 난 해명을 요구할 권리가 있고, 이 문제가 어떤 식으로든 *마무리되기* 전까지는 결코, 절대로 쉬거나 멈추지 않을 거라고 장담한다.

너는 내 심정을 이해할 거라 믿는다. 과거, 그 양반과 나 사이에 정확히 어떤 일이 있었는지 안다면 더더욱. 날 공부시키겠다는 계획에 나는 회의적이었어. 과연 지원해주겠다는 약속이 신중한 건지 말이야. 그들이 세운 계획도 너무 성급했는데, 나도 성급하게 받아들였지. 지금 생각해도, 당시 상황이 끝까지 지속되지 않은 건 정말 다행이다. 내가 고의로 실패를 유도했거든. 그리고 중도에 포기했다는 수모와 책임이 다른 사람이 아니라 전적으로 내게만 돌아오도록 상황을 만들었어. 너도 알다시피, 난 당시에도 이미 여러 외국어를 구사했으니, 그 잘난 라틴어

따위는 우습게 끝낼 수 있었어. 하지만 난, 내 능력 밖의 일이라고 선언했다. 그건 빠져나갈 구실에 불과했던 거야. 왜냐하면 당시, 내 뒤를 봐주던 양반들에게 대학, 특히 신학대학은 투전판에 불과하고 온갖 바리새인들을 양성하는 용광로 같다고 말할 자신이 없었거든.

보리나주로 떠났던 건 용기가 부족해서가 아니라고 입증해 보이기 위해서였어. 거기서 나는 학생으로 살았으면 상상도 할 수 없는 힘든 삶을 살았어.

C. M.이 날 더 잘 이해하실 줄 알았어. 하지만 그때 이후로 줄곧 날 경멸스러운 눈길로 대한 걸 돌이켜보니 무심한 양반인 거야. *그때도, 지금도*, 난 할 말이 많았지만 함구했어. 그렇다면 뭐라고 하시기 전에, 과거에도 현재에도, 내가 당신을 향해 저열한 행동을 하지 않는 걸 인간적으로 고마워하셔야지. 나한테 이렇게 모욕에 가까운 침묵으로 일관하실 이유는 더더욱 없고. 또 내가 그 잘나신 양반*과의 관계를 회복하기로 단단히 마음먹고 헤이그로 가서 자리를 잡았을 때 지난 일은 지난 일로 깨끗이 잊고 용서해주셨어야 했어. 그런데 아우야, 무작정 넘어간다고 내 마음이 *편해질 것 같지는 않다*. 이렇게 될 대로 되라는 식으로 내버려두기보다, 기분 나쁜 이유라도 차라리 들어야 속이 시원할 것 같구나.

다만, 비록 그 양반의 비난이 너를 향하고는 있지만, *난* 이 일에 *널 끌어들이지 않을 거야*. 그러고도 아무런 사과를 하지 않는 건(나뿐만이 아니라 너한테까지 똑같은 반응인 것 같은데), 잘나신 양반과도 담판을 짓고, 그간 감춰두고 있었던 온갖 진실을 C. M.께 낱낱이 까발리겠다는 내 결심을 더욱 굳게 만들어줄 뿐이야. 너는 아무것도 모르고 있고 나 혼자 문제삼는 것처럼 할 거다. 그 부분은 내가 약속한다.

스핑크스처럼 뜻 모를 침묵으로 일관하는 그 자세가 너무 경멸스럽다. 이 편지를 통해서 하는 말인데, 그 양반이 도대체 무슨 생각을 하는지는 모르겠지만, 적어도 정직이나 신의, 진지함과는 관련이 없어. 이런 게 요즘 정치 현실의 현주소라는 건 나도 잘 알아. 그런데 알다시피, 난 이런 정치 현실의 현주소에 동의하지 않아. 너무 비열할 뿐만 아니라, 이렇게 안주하다 무기력한 시대로 전락하게 될 타락의 증상들로 가득 차 있기 때문이야.

선조들이 피땀 흘려 이룩해 놓은 모든 영역이 우리의 무지와 부주의로 방치된 결과 망가지고 무너지는 모습을 보고 있으면 눈물이 절로 날 지경이야. 우리가 사는 지금 이 시대가, 이전의 시대에 비해 겉모습만 보면 훨씬 발전되어 보일 거야. 하지만 고귀함은 사라지고 과거가 만들어냈던 위대한 것들을 미래에는 바랄 수도 없을 것 같아. 한마디로, 각자가 알아서 결정하고, 알아서 살아가야 한다.

그만 다른 이야기로 넘어가자(비록 흥은 안 나지만 남은 이야기도 해야 할 것 같아서). 내가 둘러보고 발견한 것들 말이야. 주변을 둘러볼수록, 호헤베인이 점점 더 마음에 들고 아름답게 느껴

* 테르스테이흐 씨를 지칭한다.

진다. 그 생각이 쉽게 바뀔 것 같지는 않다.

C. M.께는 아무것도 기대하지 않겠어. 어쨌든 이곳이 헤이그보다 생활비가 훨씬 적게 드니까. 다만 C. M.의 지원이 없으면, 내 계획을 실행에 옮길 비용을 마련할 때까지 극심히 절약하며 지내야겠지. 그래도 우리 입장에서 잃을 건 없어. 그래도 사실 드렌터 남동쪽을 둘러보고 온 긍정적인 결과물을 내놓으려면 물감이며 이것저것 구입할 돈이 좀 필요하긴 해.

6개월쯤 후에는 얼마쯤 목돈이 마련되면 좋겠다. 그때까지 한동안은 여기서 작업하며 지낼 거야. 그러니까 타지로의 스케치 여행은 좀 미루고, 인근을 돌아다니며 작업하면 말이야. 경비를 좀 모아서 동남부 지역하고 황야 너머 아선까지 한 번 다녀올 계획이야. 그 길에 북부로 올라가 테르스헬링에 있는 라파르트도 만나고. 그 친구 숙소에서 며칠 함께 묵을 수도 있겠지.

그런데 아무것도 챙기지 않고, 어떻게 변할지 모를 상황에 대한 대비책도 없이 이렇게 두 지역을 둘러보고 올 계획을 세우는 건 정신 나간 짓이야. 그나마 인내심을 가지고 기다리면, 언젠가는 경비가 마련될 거야. 왜냐하면 헤이그 때와 비교하면 지출이 많이 줄었잖아. 다만, 길을 떠나기 전에, 라파르트에게 갚을 돈은 마련했으면 좋겠어. 그 이후에 그 친구에게 또다시 돈을 빌릴 가능성을 배제할 수는 없지만 말이야. 하지만 그때는 분명, 그 돈을 써서 정말 그럴듯한 작품을 만들어낼 자신이 있어.

처음에는 황야에서 모델 서줄 사람들 때문에 고생이 많았어. 내 작품을 우습게 여길 뿐만 아니라 나까지 조롱하잖아. 그래서 시작한 습작을 완성할 수가 없었거든. 그들이 여기서 버는 돈에 비해 후하게 모델료를 줬는데 대충하고 넘어가려고 하더라고. 이 정도 변수는 예측하고 있었으니까, 현장에서 가족으로 보이는 이들과 협상을 했지. 그래서 노부인과 젊은 처자 그리고 남자 한 명이 모델을 서줬어. 다음에도 이렇게 모델을 서주면 좋겠더라.

황야를 배경으로 습작 몇 점을 그렸는데, 그림이 마르면 보낼게. 수채화도 그려봤어. 거기다가 펜 데생도 다시 시작했어. 유화로 발전시킬 가능성은 언제든 열려 있다. 펜은 유화로 표현할 수 없는 세부적인 것을 그려 넣을 수 있지. 그래서 똑같은 주제로 습작을 2점 그리면 좋아. 대상의 구조를 파악하는 데생 하나, 채색한 유화 하나. 물론 여력도, 기회도 있어야겠지. 그런데 해놓고 보면 결국엔, 나중에 유화 습작으로 이어지더라.

이곳 황야는 이래저래 풍성해. 습지를 품은 벌판을 보고 있으면 Th. 루소 그림이 떠오른다.

신선한 공기에 여기 생활방식이 내게 너무 잘 맞아서 원기가 되살아난다. 오! 우리 집 여자도 이런 행운을 누린다면 얼마나 좋았을까! 그녀만 생각하면 마음이 아프다. 하지만 건전한 내 이성이 당시 상황에서는 다른 대안이 없었음을 계속 일깨워주고 있어.

어쨌든, 그녀가 걱정이야. 아직, 아무런 소식이 없어서 더 그래. 아무래도 내 조언을 따르지 않은 것 같아. 편지를 쓸 수도 없는 게 그녀가 여전히 바헤이네스트라트에 살거든. 그건 첫째로, 내 편지를 당연히 그녀의 어머니나 남동생이 먼저 볼 거라는 뜻이고, 둘째로, 그 두 사람은

*상대하고 싶지 않다*는 거야. 그녀가 계속 거기 머무는 한, *그녀도* 보고 싶지 않다. 어쨌든, 조만간 소식이 오겠지. 안 그러면 걱정하는 나날이 언제까지 이어질지 모르겠다. 제발 다른 곳으로 이사 가서 자기 어머니와 함께 작은 세탁소라도 차렸다는 소식이 들려오면 좋겠다.

오, 테오야! 그녀는 차라리 가족이 없었더라면, 훨씬 더 행실이 바른 사람이 됐을 거야. 그녀 같은 여자가 나쁜 사람인 건 맞아. 하지만 첫째, 나쁘다기보다 한없이, 아주 한없이 가련한 사람이고, 둘째, 성실한 사람들에게는 귀감이 될 정도로 열정과 열의가 차고 넘치는 사람이야. 예수님이 그 시대에 존경 받던 사제들을 향해 던지셨던 그 말씀의 뜻을 이제 잘 알 것 같아. "매춘부가 너희보다 먼저 하나님의 나라에 들어간다."

그녀 같은 여자들의 나쁜 성격(애초에 육감적으로 타고난 나나* 같은 인물 말고, 같은 일을 하더라도 좀 더 신경질적이지만 그나마 다소 이성적인 면도 갖춘 성격)은 바로잡는 게 불가능할 수도 있어. 프루동의 말이 타당하다는 사실을 증명해주는 사람들이거든. "La femme est la désolation du juste(여자는 정의를 황폐하게 만든다)." 여자들은 소위 이성이라고 부르는 것을 존중하지 않고, 행동은 이성과 반대로 하며, 끝없이 죄를 짓지. 그런데 그녀들 없이는 도저히 느낄 수 없는 대단히 인간적인 면을 지니고 있기도 해. 그래서 그녀들에게 긍정적인 면, 'je ne sais quoi qui fait qu'on les aime aprèsb tout(뭔지 몰라도 결국, 그녀들을 사랑할 수밖에 없는 무언가)'라고밖에 정의할 수 없는, 지극히 긍정적인 면을 느끼는 거야.

가바르니가 꽤나 진지하게 말했지. "Avec chacune que j'ai quittée j'ai senti quelque chose se mourir en moi(사랑했던 여인들과 헤어질 때마다 내 안의 무언가가 죽는 느낌이 든다)." 여인에 대한 가장 아름다운 문장은, 너도 아는 거야. "O femme que j'aurais aimée(오, 내가 사랑할 수 있었던 여인이여)." 더 이상 아무것도 알 일 없게, 이 한마디 말과 함께 영원 속으로 빠져들 수 있으면 좋으련만. 욕망과 야망에 이끌려 말도 안 되는 행동을 하는(남자들보다 더 죄를 많이 지은) 여자들이 있다는 건 나도 알아. 레이디 맥베스처럼 말이야. 치명적인 매력의 소유자들이지만 마주치지 않는 편이 훨씬 이로워. 까딱 잘못했다간 순식간에 범죄에 엮여들고 바로잡을 수도 없는 어마어마한 죄를 짓게 되기 때문이지. 우리 집 여자도 모두가 그러듯, 한순간, 경박한 행동을 하긴 했지만, 이렇게 부정적인 영향을 끼칠 사람은 아니었어. 아, 불쌍하고 가련한 사람! 처음에 내 마음을 움직였던 건 불쌍함이었고, 이미 끝난 지금까지도 여전하다. 못됐다고? Que soit(그래 맞아). 그런데 지금 우리 시대에 진정 선한 사람이 과연 있나? 판관의 역할을 할 만큼 무고하고 순수한 이가 있을까? 어림 없는 일이지! 들라크루아라면 그녀를 이해했겠지. 하나님이 은총을 베푸셔서 그녀를 더 잘 이해해주실 거라 믿는다.

이전 편지에도 썼다만, 사내아이는 나를 아주 잘 따랐어. 오죽하면 기차가 출발하기 직전까

* 에밀 졸라의 소설 속에 등장하는 인물

지 내 무릎에 앉아 있었다니까. 그 녀석과 그렇게 헤어졌지. 둘 다 한없이 슬펐을 거야. 하지만 그걸로 끝이었어.

아우야, 정말이지, 나는 목사님들처럼 아량이 넓지 못해. 그래서 아주 솔직히 말해서, 매춘부들을 못됐다고 여긴다. 그런데 그녀들에게서 너무나 인간적인 면을 느끼기도 해. 그래서 그녀들과 어울린다고 양심에 거리낄 건 전혀 없어. 그녀들이 남달리 나쁜 면을 많이 지닌 것도 아니야. 그녀들과 어울렸던 과거나, 알고 지내는 지금이나 나는 한 치도 후회하지 않아. 우리 사회가 더욱 순수하고, 보다 질서가 잡힌 사회였다면, 정말이지 그녀들을 유혹하는 능력을 지닌 사람들로 평가했을 거야. 개인적으로는 자비를 베푸는 자매 정도가 맞는 평가 같아.

지금 이 시대는 문명이 쇠퇴하는 다른 많은 시기와 마찬가지로 뒤죽박죽이 된 사회 때문에 선과 악의 경계가 모호해질 때가 많아. 그래서 이런 옛말을 다시 되돌아보는 게 당연한 것 같아. '첫째가 꼴찌가 되고, 꼴찌가 첫째가 된다.'

너처럼 나도 페르 라셰즈 공동묘지에 가봤어. 거기서 내가 한없이 존경하는 이들의 무덤을 둘러봤는데 일부러 찾아간 베랑제의 연인이 묻힌 소박한 무덤 앞에서도 그런 경외심을 느꼈다(내 기억이 맞다면 베랑제 무덤 뒤편의 구석 자리야). 그리고 코로의 애인도 떠오르더라. 이들은 말 없는 뮤즈 같은 존재였어. 온화한 거장들의 감성과 친숙하고 예리한 시적인 표현력 속에서 언제나 여성적인 아름다움을 느끼고 찾아볼 수 있어.

진지하게 하는 말인데, 아버지의 모든 감정과 의견이 틀렸다는 게 아니야. 전혀 그렇지 않아. 오히려 네가 여러 일에 아버지의 조언을 듣고 따른 건 아주 잘한 결정이었어. 네가 헤이그에 왔을 때, 그리고 떠나던 날, 우린 아버지에 관해 얘기를 나눴잖아. 당시는 모호한 느낌으로만 가지고 있었던 내용을 이제야 구체적으로 풀어놓을 수 있을 것 같다. 아버지와 *이야기할 때는* 코로를 떠올려라. 그래야 아버지가 심하다 싶을 정도로 자주 혼동하시는 극단적인 부분을 피할 수 있어. 아버지의 조언은 나도 수긍해. 그래서 조언을 따른 적도 많다. 단, 너무 신랄하게 비꼬는 내용은 제외하고. 다시 한 번 말하지만, 아버지를 비롯한 다른 사람들이며 그들 이웃들 말고도(아버지의 삶이 올곧으니까), 온화한 마음으로 올곧게 살아가는 사람들이 있다는 사실을 *지적*하고 싶다. 코로와 베랑제가 대표적이지. 어쨌든 너와 나는 그런 측면을 인지하고 있지만, 아버지나 다른 사람들은 *그걸 모르니까* 남을 평가할 때 종종 치명적인 실수를 저지르는 거야. C. M.이 드 그루를 못된 자로 여기는 것도 똑같은 실수지. 어디서 무얼 들으셨는지는 몰라도, 그건 당신이 가진 확신만큼이나 명백한 실수거든.

내 말이 근거도 실체도 없는 뜬구름 잡는 소리가 아닌 걸 입증하기 위해서라도 한 가지만 더 덧붙일게. 좋은 예가 떠올랐어.

처음에는 평범한 네덜란드적 감수성과 특징을 지녔었는데, 어느 순간부터 그 감수성에 변화가 일더니 다시 이전의 감수성을 되찾았어. 그러다가 또다시 변화를 주고. 그래, 바로 라파르트 얘기야. 그 친구, 지금은 내가 처음 만났을 때와 비교하면 훨씬 더 유연해졌고 훨씬 더 인간적인 면모를 갖췄어. 그때도 이미 괜찮았지만, 이후에 훨씬 나아졌지. 그런데 모두가 그렇게 바라보지 않을까봐 걱정이야. 그 친구도 그 문제로 마음고생하고 있어서 신경이 쓰여(전에는 원래 그렇게 무딘 친구였는데). 오죽하면 내가 농담 반 진담 반으로 '*느긋한 양심*'이라고 놀렸겠어. 그래서 잘 알아. 그런데 지금은 더 이상 그런 말을 할 수도 없어. 왜냐하면 그 친구한테 혁명에 가까운 변화가 있었거든. 우아함은 *조금 부족*하지만, 인간적인 면에서 전혀 가볍지 않을 뿐만 아니라, 드디어 어떤 천재성 같은 게 드러나기 시작했어. 라파르트는 그렇게 고갈의 시기라는 장애물을 뛰어넘었어.

진심으로 선을 추구하는 사람들을 보면 빅토르 위고가 옳다는 생각이 들어. "Il y a le rayon NOIR et il y a le rayon BLANC(세상에는 검은빛과 하얀빛이 있다)." 아버지는 검은빛의 영향을, 코로는 하얀빛의 영향을 받은 사람이지. 두 양반 모두 저 높은 곳의 빛을 받은 거라고.

그렇기 때문에 나는 못된 사람은 없다고 생각한다는 거야. 그저 검은빛이 좋지 않은 영향을 끼쳤던 거지. 네가 떠나기 직전에 기차역 승강장에서 했던 말을 곰곰이 생각해봤어. 그때는 뭐라고 대꾸할지 몰라 그냥 지나갔는데 이제는 설명할 수 있을 것 같아. 아버지는 아버지시지. 하지만 무언가, 하얀빛이라고 부르는 부분도 있어. 그 하얀빛이라는 긍정적인 토대 위에 우리는 진정한 평화를 세울 수 있는 거야. 그래서 나는 그 부분에 더 신경을 쓴다.

밀레 같은 사람은 그 누구보다 하얀빛을 타고났다. 밀레는 복음서를 가지고 있었어. 뭐 하나 묻자. 밀레의 그림과 감동적인 설교 사이에 차이가 없을까? 설교가 그 자체로 아름답고 감동적이었어도, 상대적으로 검은빛이야.

네가 요즘 고민이 많은 거 안다. 그런데 정확히 무슨 일로, 얼마만큼 고통스러운지는 모르겠어. 그래도 이런저런 문제에 관해 내 진심 어린 생각을 전하는 건 나 역시 공감하고 있기 때문이야. 나도 그만큼 많은 고민거리를 짊어지고 있으니까.

하얀빛이 점점 더 넓게 너를 밝혀주기를 기원한다. 알았지? 보내준 돈은 정말 고맙게 잘 받았어. 마음의 악수 청한다.

너를 사랑하는 형, 빈센트

327네 ____ 1883년 9월 24일(월), 호헤베인

(엽서)

테오에게

오늘 습작 3점을 소포로 보냈어. 충분히 말랐으면 좋겠다. 만에 하나 그림을 감싼 포장지가 달라붙어 있거든 미지근한 물로 떼어내면 돼. 가장 크기가 작은 습작은 꽤 우중충해 보일 거다.

계란 흰자를 푼 물을 발라서 여드레 정도 두던가, 광택제를 바르고 한 달 정도 두면 색이 살아나. 분위기를 한 번 보라고 보내는 습작이야. 다음에는 당연히 더 괜찮은 그림을 보낼게.

네가 보내주는 그것과 관련해서 답한다는 걸 깜빡했다. 부탁인데, 일단은 지난번처럼 우편환으로 보내다오. 환전소 위치를 확인할 때까지만. 그리고 수수료는 공제하고 보내라.

집에서 편지가 왔더라. 아버지가 넘어져서 다치셨대. 편지로 전하는 소식보다 더 심각한 상태가 아니었으면 좋겠다. 혹시 넌 더 아는 게 있니?

지난주에는 조금 더 먼 토탄 지대로 들어갔어. 환상적이었어. 시간이 흐를수록 아름다운 것들이 점점 더 눈에 들어온다. 지금부턴 죽 여기 머물며 그릴 생각이다. 경치가 너무 좋아서 이것들을 전부 그림으로 표현하려면 습작을 여러 점 그려야겠어. 그리고 착실하게 작업하는 길만이 그리려는 대상의 간결한 부분과 진중하고 무거운 특징을 있는 그대로 꿰뚫어보는 힘을 갖추는 유일한 길이야. 근사한 인물들을 여럿 만나긴 했지만, 다시 말하는데, 숭고함과 위엄과 중후함을 품고 있는 실물은 절제, 인내 그리고 지속적인 작업으로 다뤄야 해. 그래서 처음부터 눈에 보이는 걸 너무 가볍게만 보고 넘어가선 안 돼. 만약 모든 게 순조롭게 풀리고, 또 우리에게 운이 있다면, 아마 내가 여기 계속 머무르는 게 순리겠지.

곧 편지해라. 네 편지가 그리워지는 게, 전원생활의 아름다움을 한껏 만끽하면서도 자꾸 침울한 기분이 들어서 그래. Adieu. 마음으로 악수 청한다.

너를 사랑하는 형, 빈센트

오가는 길에 비셀링예 씨를 만나거든 안부 전하면서 내가 여기 있다고 알려라.

328네 ____ 1883년 9월 26일(수) 추정

사랑하는 동생에게

속내를 다 털어놓아야겠어. 걱정거리, 슬픔, 그리고 정체 모를 무언가에 짓눌려 끝없이 낙담하고 절망하는 나를 네게 감출 수가 없구나. 그런 게 너무 많아 일일이 다 셀 수도 없어. 이것들을 다스리지 못하면, 주체할 수 없는 이 감정들에 말 그대로 짓눌릴 것만 같아.

사람들과 전반적으로 잘 지내지 못하는 내가 원망스럽다. 너무 걱정이 돼. 왜냐하면 꾸준히 그림을 그려서 성공할 수 있느냐는 상당 부분 대인관계에 달렸으니까.

게다가 우리 집 여자와 내가 귀여워했던 사내아기 그리고 나머지 아이가 어떻게 지내는지도 걱정이야. 마음으로는 어떻게든 도와주고 싶지만, 현실적으로 방법이 없어. 지금 내게 필요한 건 외상을 할 수 있는 신용, 사람들의 신뢰, 그리고 남들의 관심과 애정이야. 그런데 아무도 날 믿어주지 않는구나. 너 말고는. 하지만 이 모든 것이 네가 짊어지게 될 짐이라고 생각하니 너무나 무기력해진다.

내가 가진 게 뭐가 있나 살펴보니, 민망하고, 부족하고, 낡은 것들뿐이더라. 비 내리는 우울한 날이 연일 이어지니까, 내가 머무는 다락방 구석에 앉으면 기분이 그렇게 서글플 수가 없다. 천장에 유일하게 한 장 깔린 유리로 들어오는 빛이 텅 빈 내 화구 가방과 털도 얼마 남지 않은 낡은 붓 뭉치를 비추는 모습이 보고만 있어도 괴롭고, 괴롭다 못해 나중에는 우습기까지 해서 울음 대신 웃음이 나온다. 내 계획과는 거리가 먼 현실이야. 작금의 상황과 작품의 진지함 사이의 관계가 너무 극과 극이라 그 웃음도 다시 멈추더라.

뭘 더 할 수 있겠어? 지난해는 네게 말했던 것보다 훨씬 더 적자로 끝났어. 라파르트에게 빌린 돈이며 네게 미처 말 못 한 빚들까지 갚았어. 다만, 라파르트에게 갚을 돈이 좀 더 남긴 했지. 그래서 더 마음이 무거워. 친구라서. 발등의 불은 일단 껐다만, 이전 물감 외상값 때문에 새로 물감을 살 수가 없다. 다시 외상으로 살 엄두는 나지 않고. 조만간 또다시 이런저런 비용 때문에 빚더미에 올라앉을 수도 있어. 네가 방문했을 때에는 긴 시간 얘기할 분위기가 아니었잖아. 지금 네게 고백하는데, 헤이그에서 견딜 수가 없었는데도 이별을 미루고 또 미뤘다. 딱 한 가지 이유 때문에. 적자가 감당하기 어려울 정도로 불어나는데도 말이야.

그녀와 헤어지는 대신 그녀와 정식으로 결혼하고 이리 데려오는 위험을 감수하려 했어. 네게 상황을 설명한 다음에 말이야. 그런데 하나만큼은 나도 확실히 알고 있었어. 당장은 경제적인 어려움이 있겠지만 드렌터행이 옳은 길이었다는 걸. 또, 그렇게 해야 그녀에게도 좋고, 내 속을 두 배로 더 힘들게 하는 내적 갈등에 종지부를 찍을 수도 있었을 테니까. 차라리 끝장을 봤을지도 모를 일이지.

아버지와 네가 내 사정을 이해해줬더라면 더 행복했을지, 아니면 불행했을지, 잘 모르겠다. 그런데 만약 입장이 바뀌어서 내가 네 입장이고, 네가 내 입장이었어도, 너와 다르게 말하고 다르게 행동하진 못했을 것 같아. 하지만 그게 그녀를 위한 길이었어. 내 입장은 이래. 결정은 네가 아니라 내게 달려 있었지(결혼 승낙을 받아낼 수 없었다는 것만 제외하고). 내가 이런 결정을 내린 건, 갚아야 할 빚이 많았고, 내 미래가 암울했기 때문이었어. 하지만 이 결정이 자동으로 갱신되는 것도 아니고, 힘들게 지낸 지난 한 해의 피로를 다 없애주는 것도 아니야. 게다가 공허함, 환멸, 우울함이 빚어낸 마음의 상처는 여전히 남아 있어. 이 모든 걸 극복하는 게 쉽지가 않다.

한마디로 말하면, 난 이렇게 여기 잘 있고, 빚은 거의 다 갚았으니 머지않아 다 청산될 테고, 이곳의 자연은 기대 이상으로 환상적이야.

그런데도 안정적으로 정착해서 활기차게 지내는 기분이 들지 않아. 실물 그대로 묘사한 내 다락방 분위기 때문인가.

앞일을 미리 알 수 있었다면 이미 작년에 우리 집 여자가 병원에서 돌아오자마자 이리 데려와서 자리를 잡았을 거야. 당시에는 빚도 없었어. 그랬다면 우린 헤어지지 않았겠지. 그녀의 나쁜 행실들은 가족들 책임이 크니까. 겉으로는 그녀를 위하는 척하면서 실은 야비한 수작을 부려서 그녀를 망쳐놓지. 그녀의 어머니가 혹시 목사의 지원을 받았던 게 아닌가 의심스럽기도 해. 왜냐하면 가족들이 얼마나 설득력 있는 사람을 끼고 영향력을 행사했는지, 내 말은 도대체 듣지를 않았거든. 거기다가 아직도 그녀한테 편지 한 통 없어. 이곳에 편지 받을 주소가 생기면 이웃이었던 목수한테 연락처를 남기겠다고 약속했었고, 그 양반한테 편지하며 그녀에게 꼭 전해달라고 부탁했었지. 헛수고였어. 그녀에게서는 여전히 아무런 연락도 없고, 목수 양반한테 온 연락이라고는 그녀가 자기 짐을 다 찾아갔다는 소식뿐이니까(자신이 가져왔던 것보다 더 가져갔더라, 아무튼). 그녀의 앞날을 걱정할 수밖에 없는 나를 너도 이해하지? 단순히 도움이 필요한 상황이라면 진작 연락했겠지. 분명히 좋지 않은 일이 벌어지고 있는 거야. 내가 무슨 걱정을 하는지 알 거야. 그녀의 가족이 이런 이야기를 하지 않았을까 걱정이라는 거. "그 인간, 곧 편지 쓸 거야. 그러면…… 그때는 또 우리 손아귀에 들어오는 거야." 그 인간들은 내 약점을 노리고 있지만 절대로 그 *덫에 걸려들지 않을 거야*.

오늘 편지를 써야겠다. 목수 양반한테 편지해서 내 주소를 정확히 알려주라고 부탁할 거야. 그녀에게 먼저 편지하지는 않겠어. *그녀가 편지를 보내오면* 상황을 알 수 있겠지.

그녀의 가족들이 그녀와 완전히 연을 끊으면 어떻게든 그녀를 돕기 위해 노력할 거야. 하지만 가족들이 그녀를 돕는 거라면, 그녀가 가족들과 잘 지내고 있고 꽤 오랫동안 문제가 없다는 뜻이니, 더 이상 내가 걱정할 일도, 그럴 필요도 없는 거야. 아니면, 목사가 이 일에 끼어든 거라면, 어떤 식으로든 도움을 받겠지. 단, 나와의 관계를 청산해야 한다는 조건이 있겠고. 그래서 그녀가 묵묵부답인 거고.

내가 하고 싶은 말은, 난 아직 이별을 받아들일 수가 없어. 지금까지도 그녀의 앞날을 걱정한다. 나한테 아무런 소식도 전하지 않으니까. 게다가 요즘은 내 미래를 생각하고, 형편없는 내 화구들이 눈에 들어오고, 가장 시급하면서 가장 필요한 걸 할 수 없는 이 상황을 마주할 때마다 참담한 심정만 들어. 돈이라도 있다면 당장, 헤이그에 두고 온 내 짐을 이곳으로 보내게 했을 거야. 그만큼 여기는 그림으로 그릴 아름다운 풍경이 많거든. 여기 다락방을(빛을 조절할 수 있도록 개조해서) 화실로 꾸미거나 다른 숙소를 구할 수도 있고. 내 화구들을 새것으로 바꾸고 모자란 것도 채워 넣었을 거야.

정말 그렇게 했으면 좋겠다. 누군가 날 믿어주고, 그렇게 할 수 있도록 도와준다면 모든 근심 걱정이 깨끗이 날아갈 텐데. 그런데 모든 부담을 너 혼자 짊어지고 있고 그만큼 날 믿어주는 사람이 더 없으니, 내 생각은 그 틀 안에 갇혀 빠져나갈 구멍이 보이지 않는구나. 경제력을 갖추지 못한 화가는, 사람들 사이에서 비교적 큰 신용을 얻어야만 지낼 수가 있어. 화가만 그런 게 아니라 구두 수선공, 목수, 대장장이들도(대충 이 정도) 어딘가에 정착하거나 다른 곳으로 옮겨

가려면 모두 신용이 필요한 사람들이야.

무엇보다 이 축축한 날씨가 발목을 잡는다. 앞으로도 몇 달은 더 그럴 것 같은데, 달리 뾰족한 수가 없네.

그럼, 어떻게 하나? 자꾸 이런 생각만 든다. 아무리 아껴 쓰려고 애써도 빚을 지게 돼. 난 우리 집 여자한테 신의를 지켰지만 결국, 끝까지 철저히 지키지는 못했지. 난 간교한 술책을 혐오하고, 신용도 없고, 더군다나 가진 것도 없어. 난 너의 신의를 결코 가볍게 여기지 않고, 오히려 정반대라서 오히려 네게 이렇게 말해야 하지 않을까 망설인다. '날 그냥 운명에 맡기고 내버려 둬. 어쩔 도리가 없으니까. 한 명이 감당하기엔 버겁지만, 다른 도움은 전혀 보이질 않아. 그렇다면 그만 포기하라는 신호가 아닐까?'

오, 아우야! 난 너무 슬프다. 이렇게 아름다운 자연에 왔고, 그림을 그리고 싶고, 지금 나한테 필요한 건 작업인데, 내 앞에 놓인 온갖 난관을 헤쳐나갈 생각을 하니 이루 말할 수 없을 정도로 아찔하다. 다시 말하지만, 내 화구들은 형편없어. 갖춰야 할 게 너무 많아. 게다가 화실도 없고, 지인도 없어. 이런 온갖 문제들을 해결하기까지 어디에, 어떻게 기대야 할지도 모르겠구나.

모델들은 구경꾼이라도 나타나면 포즈를 풀어버려. 참 난감한 상황이야. 그래서 더더욱 화실이 필요해. 헤이그에서 화실을 마련하며 했던 생각을 지금 여기서도 다시 하게 된다. 화실 없이는 절대로 성공할 수 없겠다는 생각. 헤이그에서의 일을 떠올리면, 결코 후회하지 않아. 다만, 한 1년 반쯤 일찍 드렌터로 왔으면 더 좋았을걸. 그랬으면 헤이그가 아니라 곧장 여기에 화실을 차렸을 테니까.

아버지가 편지하셨는데 도움이 필요하면 도와주시겠대. 내 고민거리는 말씀드리지 않았다. 너도 그랬기를 바란다. 아버지도 당신만의 고민이 있으실 텐데 여기 상황이 예상대로 진척되지 않는 걸 아시면 또 얼마나 걱정하시겠냐. 그래서 여기가 아주 마음에 든다고만 말했어. 자연경관만큼은 그 말이 사실이기도 하고. 날씨만 좋다면, 눈앞의 아름다움들로 나머지 것들을 다 잊을 수 있지만, 며칠 전부터 연일 비가 쏟아지고 있어. 발목이 붙잡혀 갇혀 지내는 게 어떤 건지 실감이 날 정도야. 어쩌겠어? 앞으로 나아질까, 더 심해질까? 아무것도 모르겠다. 확실한 건, 그저 내 심정이 이루 말할 수 없이 비참하다는 것뿐이야.

> In every life some rain *must* fall (모두의 삶에 비는 떨어지기 *마련이고*)
> And days be dark and dreary (그래서 어느 날은 침울하고 서글픈 것이다)*

사는 게 원래 이런 것이겠지, 딱히 별다르지 않겠지. 그런데 가끔 이런 생각은 들어. 침울하

* 롱펠로의 '비오는 날' 시를 변형했다.

고 서글픈 날이 너무 길지 않나?

어쨌든 헛간에서 모델을 세워두고 그릴 기회가 있었어. 빛이 제대로 들어오지 않아 참 아쉬웠다. 내가 해야 할 일은 거부하지 않겠지만, 상황이 이런데, *해야 할 걸 제대로 할 수는 있을까?* 이 편지는 괴로움을 호소하는 외침으로 들어라. 자유롭게 다니며 작업할 여유가 있어야 해. 이어질 겨울도 지금과 마찬가지라면 결코 좋을 일은 없겠어. 시골 풍경은 아름다워. 특히 빗속에서 그 아름다움이 더 두드러지지. 그런데 그릴 수가 없구나. 필요한 것들 없이 *어떻게* 작업을 해? 어림도 없지.

잘 지내라, 아우야. 모든 상황이 나아지기를 기원할 따름이다. 다만, 남들이 우리 형제를 더 믿어줬으면 좋겠다. 그러지 않으면 계획이 제대로 진행되지 않을까 걱정이야. 조만간 너한테 소식이 오리라 기대한다. *습작들은 잘 받았니?* 마음으로 악수 청한다.

너를 사랑하는 형, 빈센트

329네 ____ 1883년 9월 28일(금)

테오에게

오늘은 다시 날씨가 좋아져서 밖으로 나갔어. 그런데 그림을 그릴 수가 없었다. 물감 네다섯 개가 부족해서 그냥 되돌아왔어. 꼴이 우습지. 제대로 갖추지도 않고 멀리까지 나갔던 게 정말 후회스러웠어. 이런 여정을 잡아놓고 길을 나서는데 어떤 답을 얻게 될지, 또는 너무나 당연하고 정당한 내 부탁에 누가 귀 기울여줄지도 모른다면 어떤 일이 벌어질 수 있는지, 경험을 통해 너무나 잘 알고 있었기 때문이야.

내가 보리나주에서 얼마나 괴롭게 지냈는지는 너도 대충 알 거야. 그래, 여기서도 그런 일이 되풀이되지 않을까, 솔직히 걱정된다. 더 멀리 나가보기 전에 어떤 확신 같은 게 필요해. 그러지 않으면 왔던 곳으로 되돌아가는 게 차라리 나아(뭐, 말이 그렇다는 거야, 말이. 난 여기가 좋다). 결코 즐거울 일은 아니지. 예전에도 당연히 즐겁지 않았고, 지금은 더더욱 반갑지 않은 일이야. 자칫, 발 뻗고 잘 곳도 없어질지 모를 정도로 궁핍해지는 이 상황 말이야. 방랑자처럼 떠돌아야 하고, 쉴 곳도, 먹을 것도, 입을 것도 없이 계속 떠돌면서 아무것도 할 수 없는 상황.

지도를 펼쳐 놓고 몽스에서 쿠리에르까지 거리가 얼마나 되는지 한번 봐라. 난 걸어서 발렌시엔느에서 몽스까지 다녀왔어. 호주머니에 단 2프랑뿐이었지. 3월 초, 사흘 밤낮을 온몸으로 비바람을 맞으며 걸었었어. 그냥 회상해보는 거고, 그렇게까지 극단적인 상황에 내몰렸다는 건 아니야, 아우야. 하지만 아무런 대책 없이 더 먼 곳으로 돌아다니면 그런 일이 또 일어날 수도 있지. 후원자 하나 없이 먼 시골까지 돌아다니다간 큰일날 수 있다는 말이야.

길을 나서기 전에(당연히 널 못 믿어서가 아니라, 단지 상식 차원에서 취하는 예방책이야), 그러니까 어딘가로 떠나기 전에(왜 이런 걸 묻냐면, 전에 네가 편지로, 미래에 난처하거나 곤란한 상황을 겪게 될까 걱정된다고 썼기 때문이야) 너한테 평소처럼 계속 돈을 받을 수 있을지를 알고 싶다. 동시에(지금의 액수도 충분하고 그 이상이 필요한 건 아니지만), 평소 보내줄 액수로 어느 정도로 충분한지 말해줄게. 필요한 물건과 장비를 이것저것 넉넉히 챙겨서 그림 그리러 다닐 수 있다는 뜻이야. 난 동기가 뚜렷해야 더 성실하게 일하고, 공허한 말만 내뱉는 게 아니라 실천에 옮기는 사람임을 입증해 보이기 위해, 이곳 드렌터까지 왔어. 그러나 첫걸음을 뗄 땐 아무런 걱정이 없지만, 누군가 내 뒤를 받쳐주지 않는다면, 그다음 행보는 움츠러들겠지.

경험한 바로는, 사전에 확실한 합의를 요구해야만 해. 너도 내가 보리나주에서 겪은 일을 똑같이 겪거나 내 입장이 돼보면, 아마 똑같은 결론을(지금 내가 분명하고 명확히 느끼고 있는) 내렸을 거야. 그때그때의 정황과 내 상황은 내게 *오랜 친구* 같은 존재들이라고.

물감 공급책도 마련 않고 그림 그리러 돌아다니다니, 어처구니없고 한심해. 예측불허의 뜻밖의 상황에 대비해 어느 정도의 현금을 준비하지 않고 떠나는 건 위험천만한 행동이야.

아무튼, 어딜 가더라도 경탄의 시선으로 자신을 바라보며, 자신을 기꺼이 도와줄 사람만 만날 거라는 확신이 없는 한, 멀리까지 무모하게 돌아다녀선 안 돼. 여인숙 같은 곳에 가면 떠돌이 행상을 바라보듯 불신의 시선을 받을 것도 예상해야 해(떠돌이 행상으로 여길 테니까). 숙박비를 선불로 내야 할 때도 있어(지금 내가 있는 곳처럼). 그마저도 신의 가호가 따라야 있지. 여행 계획은 모든 게 다 *산문*이고 *계산*이지만, 결국 그 마지막은 *시*야. 이렇게 솔직하게 말한 적은 아마 없었을걸. 하지만 내가 장담하는데, 이러는 편이 훨씬 나아. 다시 말하지만, 널 못 믿어서가 아니라, 내가 여행 계획을 세운 이후로, 내 그림 여행에 네가 마련해줄 수 있는 돈으로밖에 해결할 수 없는 문제들에 대해 진지하게 설명한 적이 없기 때문이야.

지금 와서 너한테 이렇게 말할 수밖에 없는 건, 지난 편지들에 이곳의 모든 게 내 기대 이상이라고 말했지만(엄연한 사실이고), 내가 지금 묵는 여인숙에서는 조명 문제도 있고, 모델을 불러 작업할 공간도 없는 등 이런저런 난관에 봉착했기 때문이야. 그래서(그래야 한다면 얼마든지 적응할 수 있고, 또 그렇게 적응해 나갈 거지만) 비록 계절은 그리 우호적이지는 않지만 그림 여행을 생각한 거고 더 먼 곳까지 가보려고 계획한 거야. 어디에 도착하더라도 적어도 여기만큼 그림 그리기 적당한 곳을 찾을 수 있으리라는 확신이 있거든. 더 나은 곳이 있을 수도 있겠지. 적어도 그럴 수 있을 거라 믿어. 이제 여기 온 지 2주쯤 지났는데, 경험이라고 말할 수 있는 건, 그저 화구며 장비며 여러모로 부족하다는, 아니 모든 면에서 부족하다는 것뿐이다.

지도상에 호헤베인은 빨간 점으로 찍혀 있긴 하지만 사실 도시라고 할 수가 없어(하다못해 종탑 하나 없다). 그래서 필요한 화구들을 파는 곳도 없어. 이런 상황이라 스케치 원정이 훨씬 번거로운 게, 모든 걸 다 갖추지 않으면 아예 갈 생각을 말아야 해. 너무 앞서 나간 계절이 빨리 떠나라고 부추기지 않는 한, 그리 서두를 건 없을 것 같아. 네가 봐도 시간이 빨리 지나가는 것 같을 거야. 어쩌면 네 소식을 받기도 전에 2주가 훌쩍 지나갈지도 몰라.

그런데 겨울이 오기 전에(여긴 곧 겨울이 닥칠 거야!!! 어떻게 보내야 할지 난감하다) 황야로 더 들어가더라도 괜찮은 동네(거처)를 찾으면 좋겠다. 마음이 너무 우울하니까, 그림에 빠지고 싶은 욕구가 간절해진다. 이것만큼 좋은 치료약이자 기분전환이 없지. 그래서 좋은 장비를 요구하는 거야. 여기 계속 머물게 되더라도 마찬가지야.

지금 낡은 물감 2세트를(튜브 외관이 손상된 물건이야) 두고 뢰르스 씨와 측량사 아버지인 퀴르네이 씨와 흥정 중인데 그것 외에 붓에 캔버스에 수채화 물감에 와트먼지까지 온갖 게 다 필요하다.

네게, 괜찮다, 기다릴 수 있다고 말하는 건 거짓말이다. 솔직히 지금 당장 필요하거든.

불가능하다면, 불가능한 거겠지. 그 대신 난 더 이상 전진할 수 없는 거고.

화구가 제대로 갖춰지지 못한 상황이 내 발목을 잡더라도 낙담하지 않을 거야.

조금의 격려와 꼭 필요한 물품만 갖춘다면, 여기서도 잘할 수 있어. 시골 풍경이 아주 아름다워. 오늘은 장례식을 보았는데 배로 관을 옮기는 과정이 매혹적이더라. 코트 차림의 여자 6명이 타고 있고 남자들이 황야를 가로지르는 운하를 따라 배를 끌어. 목사는 삼각 모자에 반바지 차림으로(메소니에 그림 속 인물 같더라) 반대편에서 따라가고. 여기 오니 별걸 다 보는구나.

온갖 이야기를 다한다고 날 탓하지는 마라. 너무 서둘러서 이제야 내가 뭘 놓쳤는지 생각난 거야. 좀 경솔하긴 했는데, 달리 어쩌겠어? 작업하며 기분전환을 할 수 없으면 극도로 우울해진다는 거, 너도 알 거야. 그래서 작업을 해야 하고, 쉬지 않고 그림을 그려야 해. *나 자신조차 잊을 정도로 빠져들어서*. 그러지 않으면 짓눌리는 느낌이 가시질 않아. 다시 말하지만, 널 못 믿는 게 아니라, 내가 경험으로 깨달은 게 있어서야. 어디까지 믿고 기댈 수 있는지, 어디부터 믿고 기댈 수 없는지를 모른 채로는 절대 떠나선 안 된다고. 그러니 *완전히 솔직하게* 말해다오. 내 결정은 네 대답에 달렸으니까. 상황이 어떻든, 난 적응할 수 있다. 마음의 악수 청한다.

너를 사랑하는 형, 빈센트

그녀와의 관계가 이렇게 끝날 줄 미리 내다봤더라면, 이미 6개월 전에 헤어졌을 텐데. 비록 지금도 이별의 대가를 치르고 있지만, 그래도 너무 짧지 않고 최대한 오랫동안 그녀에게 신의는 지켜서 기쁘다. 그래도 너에게 이야기하기 전에 내 생각만으로 결정하고 싶지는 않았다. 작년을 돌이켜보며 간과하지 말아야 할 게, 내내 적자 생활을 면치 못했던 건, 우리가 안락하게 사느라 낭비해서가 아니라 헤이그의 물가가 워낙 비쌌기 때문이야. 이런저런 걸 다 알았더라면, 집세로 쓴 200플로린을 절약했을 텐데. 여기서는 *정원까지 내 것처럼 쓰면서 여인숙을 통째로* 빌려서 살아도 그 정도니까. 이것 하나만으로도 적자를 메꿨을 거야. 그녀 때문이 아니었어. 나 때문도 아니었고. 헤이그에서는 달리 방도가 없었던 거야. 다만, 그 사실을 빨리 깨달았다면 진작 여기로 왔었겠지. 게을렀던 나 자신을 탓할 수밖에. 아니, 내 무지를 탓해야겠지.

하지만 작년 한 해가 완전히 무의미한 시간만은 아니었어. 열심히 작업한 한 해였으니까. 어쨌든 지금은 차분하게 지난 시간을 돌이켜볼 수 있어. 비록 내가 원했던 것만큼 손발이 자유롭지는 않았지만(누군가에게 도움을 받더라도 완전히 자유로울 수는 없어) 그 도움이 와도 가을은 이미 오래전에 지나간 일이 돼 있을 테니까(겨울이 되기 전에 시작해놓은 습작들 일부라도 완성하면 좋겠는데) 순간순간 어려운 일들은 있겠지만 인내하며 다 해결되지 않을까. 그래도 크리스마스가 되기 전에는 그림 여행을 떠났으면 하는 바람이야. 때라는 게 있는데, 그걸 최대한 만끽해야지. 때를 놓치는 것만큼 큰 손해는 없거든.

헤이그에 습작을 70여 점 정도 두고 왔는데, 가져왔더라면 몇몇은 활용했을 텐데 아쉽다. 지금 와서 솔직히 말하는 건데, 네가 보내준 돈으로 빚을 갚아버린 게, 그때도 그랬지만 지금도 여전히 후회스럽다. 빚을 지고 살았던 건 사실이지만 빚 관계를 청산한 사람들 중에서 돈을 갚으라고 닦달한 이는 아무도 없었거든. 그러니 더 기다려도 됐는데. 나 자신부터 챙겼어야 했어. 그래야 손발이 자유로워지고 작업에 힘도 쏟아부을 수 있으니까. 거듭 말한다만, 겨울이 오기 전에는 필요한 유화 습작을 그릴 수가 없을 것 같은데 상황이 이러면 누가 나한테 고마워하겠어?

나 자신을 탓해야겠지. 그래서 마음이 더 불편한 거고. 얼마 전에, 그러니까 네가 다녀간 후에 뢰르스 씨한테 30플로린을 갚았어. 일반 물감이었으면 외상으로 구했겠지만, 지금은 3분의 1 할인된 가격으로 좀 오래된 유화 물감을 흥정 중이니 당연히 현금을 줘야 해. 퓌르네이 씨(측량사의 아버지)와의 흥정도 마찬가지야. 그 양반은 나를 믿고 거래를 하고 있는데 지금까지 전부 현금만 오갔어. 굳이 거래방식을 바꿀 필요가 없었거든. 그런데 지금 와서 그걸 바꾸면, 우리 관계에 좋지 않은 영향을 끼치지 않을까 싶어. 그 양반한테도 낡은 물감을 다량으로 구입하고 싶거든. 절반 정도 되는 양으로. 물론 그것도 현금 거래지. 게다가 붓은 물론 화구 넣을 가방, 습작 보관 상자 등등 필요한 게 많아. 이걸 모두 현금으로 구입하면 상당히 싸게 살 수도 있고 앞으로 걱정할 일도 없을 거야. 그리고 그런 걱정거리를 덜어내면, 라파르트에게 빌린 돈도 차근차근 갚아나갈 수 있을 거고.

330네 ___ 1883년 10월 3일(수) 추정, 니우 암스테르담

테오에게

이 편지를 쓰고 있는 이곳은 아주 외진 곳이야. 드렌터에서도 배를 타고 황야를 지나 한참을 들어가야 나오는 시골. 눈앞에 보이는 풍경을 너한테 제대로 전할 자신이 없다. 말로는 도저히 옮길 수가 없어. 운하를 따라 늘어선 주변으로 미셸, Th. 루소, 판 호이언, 더 코닝크de

Konincks의 그림들이 계속 이어진다고 상상하면 돼. 드넓게 펼쳐진 평원에 이어지는 형형색색의 벌판들이 지평선에 가까워질수록 점점 좁아지는데 뗏장을 지붕에 얹은 초가집, 작은 농장, 호리호리한 자작나무, 포플러, 떡갈나무들이 마치 점처럼 여기저기 흩어져 있어. 그리고 어딜 둘러봐도 토탄 더미들이 쌓여 있고. 토탄이나 사초를 잔뜩 싣고 늪지대에서 오는 배들이 쉬지 않고 지나다니더라. 여기저기에 야윈 황소들이 얼마쯤 간혹 보이고, 양과 돼지들은 더 흔히 보여.

벌판에 나와 있는 사람들은 개성이 넘치는데, 아주 간혹 엄청나게 매력적인 인물들도 본다. 한 번은 그렇게, 상중이라 금발 위에 상장(喪章)을 얹고 배를 타고 가는 부인을 그렸어. 그다음에 한 어머니와 아기도 그렸는데 그 여성은 머리에 자줏빛 숄을 맸지. 오스타더의 그림에 나오는 인물들도 여럿 보이더라. 얼굴이 꼭 돼지 같은 이도 있고, 까마귀 같은 이도 있고. 그런데 간간이 마치 가시밭 사이에 홀로 길을 잃은 백합처럼 아주 매혹적인 인물도 보여.

한마디로, 길을 나서니 정말 좋다는 말이야. 눈으로 본 게 머릿속에 꽉 차 있다.

저녁에 마주 대하는 황야가 그렇게 아름다울 수 없더라. 『뵈첼 선집Boetzel Albums』에 도비니 그림이 있는데 그 분위기와 똑같아. 이루 말할 수 없이 섬세한 연자홍색 하늘을 뭉게구름과 달리 덩어리로 뭉친 구름이 완전히 가린 모양새가 꼭 자홍색, 회색, 흰색으로 물든 솜 뭉치와 닮은꼴인데 찢어진 작은 틈 사이로 파란 하늘이 살짝 보여. 붉은 기운이 지평선을 따라 길게 이어지는 모습도 환상적이고, 그 아래 펼쳐진 어두운 밤색 황야도 장관이었어. 그리고 지평선을 따라 이어지는 태양의 붉은 기운 위로 군데군데 낮은 지붕의 초가집들이 보여.

저녁이면 이 황야가 아주 근사한 효과를 내. 영국 사람들이 보면 weird(기이한)나 quaint(진기한)라는 단어로 설명했을 거야. 『돈키호테』에 나올 법한 풍차나 구조가 기이한 도개교들이 어두운 밤하늘 아래 모습을 드러내기도 해. 이런 마을은 어둠이 내려앉으면 불 켜진 창문에서 흘러나오는 빛이 강물이나 진창, 혹은 물웅덩이 위로 반사되면서 아주 은은한 분위기가 만들어지더라.

호헤베인에서 떠나기 직전에 그린 습작 중에 지붕이 이끼로 뒤덮인 커다란 농가가 있어. 퓌르네이 씨가 보낸 물감을 받기도 했고, 네 말처럼 작업에 완전히 빠져들면 기분이 좀 나아질 것 같더라고. 실제로 그렇게 됐어.

그런데 또 가끔은, 네가 미국행을 생각하듯, 나도 자원봉사자 자격으로 동방 지역에 가보고 싶기도 해. 이런저런 일에 짓눌리다 부정적인 생각만 늘어나다 보니 드는 생각일 거야. 언젠가 너도 여기 와서 지금 창밖으로 보이는 평온한 황야를 보면 좋겠다. 보고만 있어도 마음이 편해지고 믿음이 생기면서 모든 걸 받아들이고 차분하게 작업에 전념할 수 있게 해준다. 배를 타고 오면서도 데생을 여러 점 그렸고, 이제 여기에 자리를 잡고 더 편안하게 그려봐야겠어. 즈베일로 근처인데 무엇보다 리베르만이 머물렀던 지방이야. 또 근처에 뗏장을 지붕에 올린 커다란

초가집들이 여러 채 있는데 아주 오래된 것들이라 거실과 헛간을 나누는 벽도 따로 없어. 일단 내 계획은 인근을 다 둘러보는 거야.

자연이 주는 휴식, 광활함, 차분함이 얼마나 좋은지! 끝없이 이어지는 미셸의 회화 속에 들어와 있는 기분이야. 아직 정확한 주소는 주기 어렵다. 얼마나 머물다 어디로 갈지 나도 모르거든. 하지만 10월 12일까지는 *호헤베인에 가 있을 거야*. 그러니 평소대로 *같은 주소로* 편지하면 된다. 12일에 호헤베인에 가서 찾으면 되니까.

내가 지금 머무는 곳은 니우 암스테르담이라는 곳이야.

아버지한테 10플로린 우편환을 받았는데 네가 보내준 것과 합치면 이제 유화를 어느 정도 그릴 수 있을 것 같아.

아예 여기 여인숙에 장기투숙을 할까 생각 중이야. 낡은 초가집이 있는 지역까지 쉽게 갈 수만 있다면 말이지. 조명도 나름 괜찮고 공간도 좀 나오는 편이야. 네가 아는 그 그림(마른 고양이와 관이 있는)의 경우, 비록 처음으로 그렇게 어두운 공간에서 그릴 생각을 한 건 영국 화가였을지 몰라도, 아마 그런 상황에서 그리기가 결코 쉽지 않았을 거야. 어두운 공간에서는 작업을 위해 불을 밝히기 마련이거든. 그런데 그렇게 그린 습작을 밝은 곳에서 보면 그림자 효과가 형편없어. 나도 얼마 전 똑같은 경험을 했지. 헛간에서 그릴 때 정원 쪽으로 문을 열어놨었거든. 아무튼, 내가 하고 싶은 말은 여기서는 이런저런 불편한 상황을 피할 수 있겠다는 거야. 볕이 잘 드는 방을 얻을 수 있을 것 같거든. 겨울에는 난로도 설치할 수 있대.

그리고 아우야, 네가 미국행을 접으면, 나도 하르데르베이크* 행을 접을 생각이야. 그러면 뭐가 좀 해결되지 않을까? 적어도 난 그렇게 되길 바란다. C. M.의 침묵에 관한 네 설명, 그래, 그대로 받아들일게. 네 말이 옳을 수도 있고, 아니면 의도적인 무관심일 수도 있겠지. 편지지 뒷면에 크로키 몇 개 그렸어. 황급히 쓴 편지기도 하고 많이 늦기도 했다.

너와 함께 이 일대를 돌아다니며 같이 그림도 그릴 수 있으면 얼마나 좋을까. 너도 분명히 여기가 마음에 들 거야. Adieu. 건강하고, 하는 일도 잘되길 바란다. 이렇게 돌아다니는 동안에도 항상 네 생각 한다. 마음으로 악수 청한다.

너를 사랑하는 형, 빈센트

331네 ___ 1883년 10월 7일(일) 추정, 니우 암스테르담

테오에게

며칠에 걸쳐 일대를 다 둘러보고 다시 편지한다. 정말 모든 게 마음에 꼭 들어. 완벽하게 평

* 왕립 네덜란드 육군 주둔기지가 있는 마을로 군입대 지원자들이 모이는 곳이다.

화로운 분위기라는 말이야.

또 한 가지 마음에 드는 점은 마을의 극적인 분위기야. 극적인 분위기야 어딜 가도 있을지 모르지만 여기는 판 호이언 *효과*만 있는 게 아니야.

어제는 떡갈나무의 썩은 뿌리를 데생으로 그려봤어. 여기서 '토탄 그루터기'라고 부르더라. 거의 한 세기 가까이 토탄에 둘러싸인 채 땅속에 박혀 있던 나무뿌리인데 스스로 토탄을 형성하기도 해. 토탄 지대를 개발하다가 나오는 것들이지.

이 뿌리들은 늪 같은 진흙 속에 파묻혀 있어. 몇몇은 거울처럼 반짝이는 물웅덩이 속에 완전히 잠겨 있어서 까맣게 변했고, 또 어떤 것들은 검은 평원 위에서 자라나며 허옇게 바랬어. 이런 그루터기들 사이로 하얀 오솔길이 지나고 그 너머로 검댕 같은 토탄들이 또 있어. 위로 보이는 하늘은 폭우가 몰려올 분위기야. 썩은 나무뿌리가 여기저기 흩어져 있는 늪 비스무리한 물웅덩이만큼 우울한 풍경도 따로 없다 싶기도 하고, 대단히 극적으로 보이기도 하네. 라위스달이나 쥘 뒤프레가 그려놓고 간 듯한 분위기야.

크로키로 한번 남겨볼게.

이곳 경관에서 종종 희한한 흑백의 대비가 보여. 예를 들면, 기슭에 흰 모래가 이어지는 운하가 검댕 같은 색의 평원을 가로지른다. 크로키에 그린 게 그런 장면이야. 새하얀 하늘 아래로 보이는 검은 인물들, 전경에는 모래밭을 배경으로 다양한 방식으로 흑백이 조화를 이루지.

라위스달의 〈오버르베인 세탁장〉에서도 정확히 똑같은 효과가 보이지. 전경에 구름의 그림자가 진 대로가 보이고 바로 그 뒤에 햇살이 쏟아지는 작은 벌판이 있는데, 구석에는 집 2채가 (납빛 기와지붕과 빨간 기와지붕) 서 있지. 뒤로 운하가 지나는데 위치에 따라 높이가 각기 다른 토탄 더미들이 쌓였고, 더 멀리 초가집들이 줄지어 늘어선 형체와 교회 종탑도 보이고, 검은 형체로 묘사된 사람들은 밖에서 빨래를 널어. 토탄 더미 사이로 토탄 운반선의 돛 하나가 솟아 있어. 그 위로 펼쳐진 잿빛 하늘은 빠르게 움직이는 것 같은 분위기야. 난 먹구름 낀 흐린 날 아침이면 항상 판 호이언이 떠오르는데, 그림 속 작은 집들이 꼭 판 호이언의 것처럼 평화롭고 소박해 보였어.

아무래도 드디어 나만을 위한 장소를 찾은 것 같아!

"Coming events cast their shadows before(일이 벌어지기 전에 미리 조짐이 있다)." 영국 속담이다.

네게 꼭 할 말이 있는데, 너도 알아야 할 게, 넌 아마 친구 하나 없이 우울한 시간을 보낸 경험이 없을 거야. 그런데 무슨 일이 있어도 나만큼은 전적으로 믿어도 된다고 말해주고 싶다. 왜 이런 말을 하느냐고? 네가 말했던 미국행 말이다, 아무리 생각해봐도 좋은 계획 같지 않아서 그래. 물론 뇌들러Roland Knoedler 같은 미술상이나 뭐 누군지 모를 이런저런 사람들과 친분을 쌓는 기회는 되겠지만 말이야. 아주 우울한 순간에 그런 생각이 네 머릿속을 스쳤는지도 모르고, 또 아직은 그냥 떠올려본 계획일 수도 있겠고, 어쨌든 난 이게 최종 결정은 아니고, 네가 지금 우울한 시기를 보내고 있는 증거라고 생각한다. 물론 나야 아무것도 모르지. 막연히 네 쪽 일이 그리 순조롭지는 않다는 정황만 알 뿐이야. 하지만 그 상황이 어떤지는 아주 잘 알아. 비셀링예 씨가 언젠가 런던의 어느 화랑 이야기를 해줬는데, 사실 내가 할 수 있는 말은 *과거의* 구필 화랑과(빈센트 큰아버지가 계시던 초기) 현재의 구필 화랑 사이에는 어마어마한 차이가 있다는 것뿐이야.

너 같은 사람에게는 아주 걱정스러운 상황일 거야. 모든 게 예전에 비해 힘들 테니까.

업무 능력과 열정, 개인적인 힘 등은 테르스테이흐 씨도 가졌지만, 너도 가졌어. 그런데 너한테는 견지해야 할 상황이라는 게 있어. 그게 *변할* 경우, 모든 게 너한테 이득이 되지 않는 방향으로 진행될 거라는 걸 명심해라. 보잘것없고, 무능하고, 부조리한 것이 승리하는 상황에 직면하게 될 거야.

강인한 비셀링예 씨를 봐. 그 양반은 여전히 그 자리에 있지만 과거의 빈센트 큰아버지만큼 역동적으로 활동하지 않아. 왜냐고? 상황이 달라졌기 때문이야. 센트 큰아버지는 *이제* 젊었을 때처럼 활동하실 수 없어. 그런데 너는 달라. 너는 예전에 했던 일을 *지금도* 할 수 있다고. 그래서 물어보마. 요즘은 어떤 걸 해야 사람들이 지루해하지 않을까? 비셀링예 씨도 아마 좀이 쑤실 거야. 활동적으로 움직일 수가 없을 테니까.

네게 힘이 남아 있다면 그 힘을 낭비하거나 그냥 사그라지게 내버려두지 마. 일이 생각대로 풀리지 않고 믿을 구석이 없다고 느껴지면 그 힘을 더 단순하고 간단한 걸 찾는 데 써봐. 그런데 나는 그런 부분을 거의 몰라서. 지난 1년 반 동안 미술상과 관련해서 들은 이야기라곤 비셀링예 씨가 말한 런던의 화랑이 전부다. 그러니 어쩌면 내가 핵심을 전혀 모르는 걸 수도 있지.

하지만 또 어떤 것들은 너무 남다른 면이 두드러져 그쪽 일이라는 게 원래 이렇게 뒤죽박죽인가 하는 생각도 들어. 비록 어디로, 얼마만큼 가야 정말 엉망진창인 건지는 모르지만 말이야.

아마 너는 그렇다고 대답하겠지! 그런데 화가들의 세계는 그보다 훨씬 더 엉망진창이고, 취약하고, 개인의 능력과 넘치는 열정만으로도 부족할 때가 있어. 예를 들어, 심지어 먹고 사는 문제조차 해결하지 못할 수 있고. 좋아, 전부 인정한다 해도, 가장 최소의 필요만 채운다면, 생활비가 비싼 도시 대신 물가가 싼 곳으로 옮겨가는 게 나쁠 건 없어. 좀 행운이 따라서, 같은 일을 하는 동료들도 여럿 생긴다면, 그래, 그렇게 되면, 내 말도 달라질지 모르지.

내가 지금의 여기까지 올 수 있었던 건 모두 네 덕분이기 때문에 너한테 이 말은 꼭 해주고 싶었어. 손으로 직접 만드는 직업을 가지는 게 얼마나 환상적인지, 단 한순간도 의심해본 적 없다고 말이야. 처음에는 말도 안 되는 상황에 놓일 수도 있어. 네가 처해 있는 현실과 역행하는 상황이 발생할 수도 있고. 그러면 너는 'qu'est ce que ça me fait(이런 게 무슨 대수라고)!' 하는 마음으로 미래를 바라보며 맞서나가겠지. 그 미래는 내가 애쓴다고 마음대로 풀리지는 않겠지만 그래도 손으로 만드는 직업과 더 직접적인 관련이 있어.

처음에는 굳이 혼자일 필요는 없어. 내가 장담하는데 그렇게 하면 아무것도 하지 않고 보내는 시간을 크게 *줄일 수 있다*. 때때로 잘 아는 사람에게 설명을 들으면 보름 만에 이해할 것을 1년이 넘도록 혼자 찾아 헤맬 때는 정말 죽을 맛이지. 모든 건 개인적인 노력에 달렸어. 그렇다고 해도 혼자냐 아니냐에 따라서 쉬운 일이 되기도 하고, 어려운 길이 되기도 해. 가장 끔찍한 경우는 이것저것 *꼭 알아야 할 게 있어서* 도움을 요청했지만, 다들 등을 돌릴 때야. 어이없지만, 정말 그렇게 되더라고. 어쩌면 *유별난 관례*일 수도 있겠지. 그래서 낙담하게 되고. 이런 시행착오의 과정을 거칠 수밖에 없음을 미리 아는 건 정말 고통스럽다. 나중에 알고 보면 그런 시간 낭비, 그런 비참한 일들을 다 피할 수 있었는데 말이야.

그 결과 다시는 남에게 묻지 않고, 자기 자신만 믿게 되지. 하지만 꼭 그렇게 되지 않아도 돼. 그게, '꼭 그렇게 되지 않아도 됐을' 것들이 많아. 아주아주 많다. 왜 이런 말을 하느냐면, 혹여 네게 변화가 필요하다면(너무 당연한 말이다만), 화가가 되라는 거야. 그렇게 해서 네 화가 시절의 초창기를 나와 함께하자. 비록 내가 남들보다 특별히 많이 알지도 못하고 여전히 많은 부분에 무지하다만.

올해, 내 일에 대해 더 큰 확신이 생긴다면 너에게 더 자신 있게 이렇게 말할 거야. "C. M.을 뵙고 의논해봐. 넌 그래도 그 양반하고 관계가 원만하니, 그걸 지렛대로 네 삶이 조금이나마 편했으면 한다."

나는 미술상이라는 직업을 때려치우고 한참이 지나서야 그림을 시작했지만, 넌 지금 그림을 시작한다면 바로 얼마 전까지 미술상으로 살았던 게 큰 도움이 될 거야.

그러니까 우리는 그림과 자연의 관계를 철저하게 느끼고 있어야 한다. 나도 스스로 깨우쳐야 했던 부분이야. 뒷면에 그린 크로키 중에서 토탄 지대에서 본 여성을 그럴듯한 유화로 그려보고 싶어. 그래서 다시 한 번 그 장소로 가볼 생각이야.

Adieu, 아우야. 미국행은 더 이상 고려하지 않는 게 좋겠다.

마음으로 악수 청한다.

너를 사랑하는 형, 빈센트

그리고 '나는 예술가가 아닙니다'라는 생각은 버려. 왜냐하면 예술가에게 필요한 재능과 기운이 너한테는 차고 넘치니 말이야.

말했듯이 10월 12일에는 호헤베인으로 가. 그런데 이곳으로 다시 돌아올 것 같다.

332네 ____ 1883년 10월 12일(금), 호헨베른

사랑하는 동생에게

방금 네 편지를 받았어. 한 번 읽고, 다시 한 번 찬찬히 읽어보니 전에도 이미 그런 생각은 해봤지만 막연하기만 했었는데, 이제 확실히 알겠더라.

말하자면. 너나 나나, 몰래몰래 말도 안 되는 풍차를 그리던 시기가 있었지. 그 그림들과 쉴 새 없이 이어지는 생각과 열망 사이의 관계도 참 남다르긴 했었어. 참 쓸데없었지. 우리에게 빛을 밝혀주고 보살펴줄 사람이 아무도 없었으니까(오직 화가만이 바른길로 우리를 인도할 수 있었지만, 화가들은 다들 생각이 달랐지). 극심한 내적 갈등을 겪다가 결국 낙담했어. 이십대에는 받아들이기 힘든 상황이지.

그때 내가 했던 말 때문에 네가 무언가를 포기했던 거라면, 그 당시의 내 생각이 어쩌면 네 생각과 같았던 모양이다. 그러니까, 말도 안 된다고 생각했었다는 거야. 그리고 빛 한 줄기 안 드는 필사적인 내적 갈등, 그게 얼마나 힘든 일인지 내가 누구보다 잘 알아. 아무리 애를 써도 할 수 있는 게 없고, 미쳐버릴 것 같지. 그보다 더할 수도 있고. 런던에 살 때, 저녁에 사우샘프턴 가에서 집으로 돌아오는 길에 템스 강변에 멈춰 서서 그림을 그리곤 했다. 대수롭지 않은 것들이었어. 만약 그때 원근법을 가르쳐준 친구가 있었다면 이런저런 불운도 피하고, 그림 기법을 훨씬 더 빨리 터득했을 거야. 그래, 맞아. 내게는 기회가 없었어. 테이스 마리스와 몇 번 이야기 나눌 기회는 있었지만, 보턴 앞에서는 경외심에 압도되어 말 한마디 못 붙였어. 아무튼, 당시, 첫발을 내디딜 때, 내게 그림을 *기초부터* 차근차근 가르쳐준 사람은 아무도 없었어.

다시 말하는데, 난 네 안에서 예술가를 보았고, 여전히 가능성이 충분해. 그러니 얼른 네가 예술가인지 아닌지 차분하게 되돌아봤으면 한다. 네가 그림의 기초를 배우고 이 벌판과 황야를 거닌다면 뭔가 그려낼 수 있을지 없을지를 말이야. 네가 이렇게 말했던 걸 상기해봐. "예전엔 나 자신이 자연의 일부분 같았는데, 이젠 더 이상 그렇게 느껴지지 않아요."

그게 말이다, 아우야, 네가 말했던 걸 난 아주 깊이 깊이 경험했단다. 엄청나게 불안하고 초조한 시간을 보낼 때, 가장 아름다운 풍경조차 눈에 들어오지 않았어. 내가 그 속에 없다고 느꼈으니까. 도로와 사무실만 오가며, 근심과 초조만 느꼈지.

지금 이 순간, 네 마음이 병들어 있다고 말한다고 해서 내게 화내지 마라. 그게 사실이니까, 아우야. 자연과 하나 되지 못한다는 느낌은 좋지 않아. 시급히 정상적인 삶으로 되돌아와야 해. 내 성격이 어쩌다 이렇게 까칠해졌는지, 과거를 돌아보자. 바로잡으려고 나름 애쓰는데도 도대체 왜 더 나빠지는지도 말이야.

난 자연을 마주 대할 때 예민함을 넘어서 경직되는데, 더 심각한 건, 내가 사람들을 대할 때도 똑같다는 거야.

다들 나더러 정신이 나갔다고 했지만, 난 그렇지 않다는 걸 알았어. 그래서 내면의 깊은 병을 스스로 치유해보려고 정말 노력했다. 다 헛수고였고 난 기진맥진했지. 하지만 정상적인 시각으로 되돌아가야 한다는 그 확실한 생각 때문에, 이 절박하고 걱정하고 악착같이 버티고 있는 나를 '진짜 나'와 혼동하지 않았어. 적어도 늘 이렇게 느꼈어. "그냥 어디라도 가서 뭐라도 하자. 그러면 저절로 *바로잡히겠지*. 틀림없이, 꿋꿋이 견뎌내면 다 바로잡힐 거야."

누가 그렇게 생각해? 진짜 제정신이 아닌 사람이라면. 그러니까, 그 비루한 시간들을 종종 떠올려도, 그 상황에서 내가 달리 행동할 수 없었음만 재확인한다.

그야말로 땅이 꺼지는 기분이지. 누구라도 그 상황에서는 그토록 참담한 심정일 거야. 구필 화랑에서 6년을 일하며 뿌리를 내렸어. 그리고 다른 곳으로 이직하더라도, 착실히 일해온 6년의 경험이 나에게 유용하겠지 생각했다.

전혀 그렇지 않았어. 상황이 순식간에 진행되다 보니, 생각하는 사람도, 궁금해하는 사람도, 따져 묻는 사람도 없었어. 더할 나위 없이 자의적이고, 놀랍도록 경박한 자신들의 느낌에만 의존하는 거야. 구필 화랑을 떠나니, 구필 화랑이 뭐 하는 곳인지 아무도 모르더라. '구필' 화랑이건 '아무개' 화랑이건 다를 게 없는 거지. 아무런 가치도 없는 이름. 다시 말해, 거기서 일했다고 해도 지금은 일개 '실업자'야. 그것도 하루아침에, 치명적으로, 어딜 가도 마찬가지였어. 물론 나는 어느 정도 나에게 자부심이 있기에, "내가 누구요," "이러저러한 일을 했소"라고 과시하지 않았다. 그저 더없이 진지한 마음으로, 요란한 수식어 없이, 내 전력을 쏟을 각오를 가지고 새로운 직업을 찾아나섰다. 좋아, 그랬지. 하지만 세상은 점점 실업자, 'l'homme de quelque part(근본 없는 인간)'에게 의심의 눈초리를 던졌어.

새 고용주가 뭔가 사업을 할 때, 그가 추구하는 유일한 목적은 바로 돈이었어. 내가 제아무리 온 힘을 다한다 한들, 그 고용주의 눈에 당장 쓸모 있는 직원으로 보일까? 어떻게 그럴 수 있겠어? 고용주는 계속 돈타령을 이어나가고, 나는 돌아가는 상황을 파악하려고 끙끙대겠지만, 보이고 들리는 건 영 역겨운 것들 뿐이지.

결국 직장 없는 실업자는 이런 말을 듣게 되는 거야. "우리는 당신의 능력이 필요 없습니다."

알겠어? 사람들 눈에는 그냥 직업 없는 인간으로 비칠 뿐이야. 그러니 영국이든 미국이든, 어디로 떠난들 아무 소용 없어. 어딜 가도 그저 뿌리 뽑힌 나무처럼 느껴질 테니까. 그래서 다시 구필 화랑의 문을 두드려보게 되겠지. 젊은 시절 뿌리를 박고 일했던 곳, 세상에서 가장 흥미진진하고, 가장 괜찮은 직장이자 가장 큰 회사라고 여겼기에 간접적으로 상황을 복잡하게 만든 장본인에 해당하는 그 구필 화랑의 문을 다시 두드리게 되지(난 그러지 않았어. 그땐 그조차도 못 하겠더라. 가슴이 너무 답답했거든). 그러면 아마 구필 화랑은 싸늘하게 등을 돌리며 이렇게 대답할 거야. "Nous n'avons plus à nous en occuper(당신이 어떻게 되든 우리 관심사가 아닙니다)." 이런 식으로 뿌리가 통째로 뽑혀 나가게 되는 거야. 그런데 세상은 이런 말을 퍼뜨릴 거야. 나 스스로 뿌리를 뽑아낸 거라고.

사실이 그래. 내 자리가 나를 인정하지 않는 상황인 거지. 처참한 심정에 아무것도 할 수가 없었어. 돌이켜보니, 지금 너에게 들려주듯 당시의 이야기를 누군가에게 털어놓고 싶었던 적은 없었어. 지금 이렇게 얘기하게 된 건 네 편지의 한 구절 때문이야. '이번 주에 높으신 양반들하고 이야기했는데 도저히 가만히 앉아 듣고 있기가 힘들 정도였습니다.' 나한테도 그랬다만, 설마 너까지 그런 식으로 대할 줄은 감히 상상도 못 했기에 정말 놀랐다. 아우야, 내 상황이 어떤지 네가 모르지 않잖아. 그러니 이런저런 일로 우울해져도 *혼자*라는 생각은 말아라. 혼자 견디는 건 *너무 힘들어*. 내가 몸소 경험해봐서 잘 알아. 낙담하지 말고, 꼿꼿이 서서 버텨라. 그 양반들이 그런 식으로 나와도, 절대로 굴하지 마. 다른 일자리를 보장해주는 조건 없는 제안은 받아들이지 말아라.

그런 인간들 때문에 화내지 마. 그럴 가치도 없는 인간들이니까. *끝까지 자극하고 물고 늘어져도*. 난 불같이 화를 내며 문을 박차고 나오긴 했지.

물론 그때의 내 상황과 네 경우가 다르지. 나는 당시에 가장 나이 어린 직원이었고, 넌 지금 가장 경력이 높은 직원의 하나일 테니까. 하지만 네가 회사를 떠나면서 나처럼 뿌리 뽑힌 기분이 들까봐 걱정이다. 그러니 철저히 이성적이고 냉정하게 이 상황을 바라보기 바란다. 그들에게 당당히 맞서야 해. 모든 걸 처음부터 다시 시작해야 할 상황에서 발생할 수 있는 문제들을 어느 정도 내다보고 대응책을 세우기 전에는 절대로 바닥에 곤두박질쳐지지 않게 버텨라.

상대가 극단으로 몰아붙여도 미국으로 *떠나면 안 돼*. 결국 거기나 파리나 마찬가지야. '내가 사라져주지.' 이런 생각은 절대로 하지 마. 비록 나는 그런 행동을 해버렸지만, 너만큼은 그러지 말아라. 거듭 강조하지만, 일이 이런 식으로 진행되더라도 각별히 조심하고, 의연히 버티면서 스스로를 다독여야 한다. 나는 지금 벽에 가로막힌 거라고. 황소들이나 들이받는 그런 벽에 가로막힌 거라고. 내가 황소라면, 나는 현명한 황소기 때문에 예술가로 거듭날 수 있는 황소라고 말이야. 당시에 나는, 그 벽을 들이받고 머리가 깨지는 게 싫었던 것뿐이야. 정말 그런 일이 있기를 바라는 건 아니야. 무슨 일이 있어도 벽에다 머리를 들이받을 일은 없었으면 한다.

그런데 뿌리 뽑힐 일이 있더라도, 일이 안 풀리더라도, 절망할 필요는 없다. 곳곳에 소용돌이가 치고 뾰족한 암초가 도사리고 있더라도, 피해갈 수는 있잖아. 그렇지? 암초도 피할 수 있다는 걸 너도 인정해야 하는 게, 소용돌이에 말려들어 빠져나갈 수 없으리라 포기하려 했을 때, 싸움을 계속 이어나갈 힘조차 없이 무력해진 순간, 날 끌어낸 게 바로 너였거든.

내가 말하고 싶은 건, 너만은 소용돌이와 멀리 떨어져 돌아가라는 거야. 자연과 멀어지도록 널 계속해서 끌어당길 테니까. 내 처지에 네게 구구절절 조언을 하는 게 이상하게 느껴질 수도 있을 거야. 그런데 당장 방향을 틀어서 자연과 가까워지도록 노력해라. 계속해서 네 기분에 휩싸여 자연과 거리를 두면 둘수록, 영원한 적(내 영원한 적이기도 한)에게 놀아나게 돼. 바로 신경과민. 신경과민이 우리를 어떻게 가지고 노는지는 숱하게 경험해본 내가 아주 잘 알지.

어느 길로 접어들었는데 방향을 잃은 것 같다는 느낌이 들면, 그건 자연과의 관계가 틀어졌다는 뜻이야. 그럴 때는 그냥 길을 잘못 들었다고 대수롭지 않게 여기고 지나가라. '아, 거기는 아니지!' 이렇게 말이야. 열정을 쏟아부을 만한 새로운 걸 찾아. 흥미를 붙일 수 있는 것들을 생각해보라고. 기본적으로 원근법이 가장 간단한 기법이고, 명암 대비 기법도 전혀 복잡하지 않지. 너무나 당연히 필요한 것들이야. 그게 아니었으면 관심도 두지 않았을 거야. 이런 식으로 자연과 다시 하나가 될 수 있게 노력해봐라.

아우야, 너한테 편지를 쓰면서 과거에 내가 가지고 있던 걸 되찾은 것 같다고 말하면, 믿을 수 있겠어? 풍차가 그걸 되살려줬어. 드렌터에서 지내다 보니, 예술의 아름다움을 처음으로 알아가기 시작하던 그때 그 시절 기억이 되살아난다. 너도 아마 나랑 같은 생각일 거야. 시골을 다니며 아름다운 것들을 보고 감탄하면서 차분한 마음으로 데생을 하거나 유화를 그리고 싶은 마음이 드는 건 지극히 정상적이라고. 안 그래?

이렇게 가정해봐. 벽 하나가 네 앞을 가로막고 있고, 곁에 마음 상태가 지금의 나 같은 사람이 있어. 차분한 마음에 이끌려 그와 함께 어딘가로 가보고 싶은 생각이 들지 않을까? 신경과민이 네 기분을 절망으로 도배하려는 순간, 분위기를 전환하기 위해서 말이야. 넌 그대로일 거야. 달라진 게 없어. 하지만 긴장감이 네 신경을 자극하기 시작할 거야. 그럴 때에는 네 신경이 필요로 하는 관심을 좀 줘서 달래주면 돼. 그러지 않으면 네가 돌발행동을 하도록 부추길 테니까. 너도 아마 아는 게 있을 거야.

나를 좀 이해해주면 좋겠다, 테오야. 넌 아버지와 어머니, 빌레미나와 마리, 그리고 무엇보다 나까지 도와주고 있어. 넌 아마 우리 때문에라도 단단히 버텨야 한다고 생각할지 모르겠다. 네 처지는 나도 알아. 적어도 어느 정도는 알고 있고, 이해한다. 그런데 생각해봐. 우리가 원하는 건 뭘까? 네가 원하는 거, 아버지 어머니가 원하시는 거, 빌레미나가 원하는 거, 마리가 원하는 거, 그리고 내가 원하는 건 뭘까? 우리가 원하는 게 뭐지? 쪼들리지 않고 신의를 지키며 점잖게 사는 거야. 곤란하고 불확실한 상황이 아니라, 정상적인 상황에서 일상을 누리는 거라고. 안 그래? 각자의 의견은 같을 수도 다를 수도 있겠지만, 우리 모두가 진심으로, 한마음 한뜻으로 원하는 건 그런 거야. 우리가 운명에 맞서고 싶을까? 모두 예외 없이 차분하고 평화롭게 일하고 싶은 마음뿐이야. 내가 전반적인 상황을 이렇게 보고 있다면 과연 틀린 생각일까? 좋아, 그럼 지금, 이 순간, 우리는 무엇을 마주하고 있는 걸까? 네게 재앙 같은 일이 벌어지면, 우리 모두 그 재앙을 마주하게 돼. 좋아. 폭우가 우릴 위협할 수도 있어. 우리를 위협하는 폭우가 보이니까. 벼락이 내리칠 수도 있을 거야. 좋다고. 우리는 무얼 해야 할까? 겁을 집어먹고 두려워해야 할까? 비록 우리 몸속의 신경이나 아니면 신경보다 가느다랗고 예민한 우리 심장 속의 힘줄이 충격을 받고 고통을 느낄지는 모르겠지만, 우리는 겁을 집어먹고 두려워할 사람들이 아니야.

번개가 내리치고 천둥이 울리더라도 "Nous sommes aujourd'hui ce que nous étions hier(오늘의 우리는, 어제의 우리다)."* 우리는 과연 담담하고 과감하게 우리 앞의 현실을 마주 대하는 사람일까, 그렇지 못한 사람일까? 단순한 질문이야. 그리고 나는 우리가 그런 기질을 지니지 못한 사람이라고 생각하지 않아.

미래에 대한 내 생각은 이래.

지금 우리는 각자, 서로에게 솔직하고 떳떳해. 또 우리 사이를 더 돈독하게 다지는 게 좋다고 생각해. 그래서 만장일치로, 서로를 멀어지게 하는 대립 관계를 깨끗이 털어내야 한다고 봐.

첫째, 만약 방법이 있다면 나는 네가 마리와의 관계를 공식적인 관계로 만들어 더 가까워졌으면 좋겠다. 둘째, 이런저런 정황상 절박한 상황인 만큼, 이제는 내가 브라반트에 발을 들일 수 있다고 이해해주면 좋겠다. 개인적으로는 그 어떤 대안도 찾을 수 없는 경우가 아니라면, 그리 가지 않는 게 낫겠지. 하지만 천재지변 같은 일이 발생할 경우, 내 집세라도 아낄 수 있을 거야. 브라반트에는 월세가 들지 않는 아버지의 거처를 활용할 수 있으니까.

이런저런 생각을 하다 보니, 아무래도 조만간 내 그림으로 돈을 좀 벌 수 있을 것 같다는 느낌이 들어. 지출을 최대한 줄여서, 지금보다 더 아껴 쓰면, 수중에 있는 돈이 쓰는 돈보다 많아질 테니, 적자가 흑자가 될 수 있어.

언젠가 돈을 *벌어야 하는* 상황이 발생하면 이런 식으로 돈을 벌 수 있을 거야. 다만 집에서는 그때그때 필요한 것들에 관해 인내심과 이해심을 가져야 해. 무엇보다 내가 모델을 부르는 데 협조해줘야 하고. 물론 내가 터무니없는 걸 요구하진 않아.

넌 내가 왜 집을 나왔는지 알잖아. 사실 모든 면에서 서로 맞는 게 하나도 없었기 때문이지.

그런데도 과연 같이 지낼 수 있을까? *가능할 수도 있어. 전적으로 그래야 하는 상황*이거나, 양쪽 모두 이런저런 정황상 불가항력의 상황임을 인정하고 따를 수밖에 없다는 걸 이해한다면 말이지. 당시에 이런저런 상황이 이해되기를 바랐었어. 내가 먼저 집을 나가겠다고 작정한 게

* 미슐레의 글

아니고, 당장 나가라는 말을 들어서 나왔던 거야.

어쨌든, 이런 이야기를 하게 된 건, 이런저런 정황상, *네 손발이* 자유롭게 될 것 같다는 생각이 들어서야. 내가 아버지 집으로 들어가는 게 네게 도움이 된다면, 아버지와 나는 당장에 우리의 상황과 서로의 존재를 받아들여야겠지. 그렇게까지 할 필요는 없다면(그러면 다행인데) 극구 드렌터에 *머물러야 할* 이유는 없겠어. 장소는 그리 중요하지 않으니까.

그러니 이 문제는 네 뜻에 따르겠다는 거, 알아주면 좋겠다.

오늘 아버지께 편지를 쓸 생각이야. 이런 식으로 간단히 소식만 전할 거야. '테오가 저한테 들어가는 비용을 최대한 줄이는 게 낫겠다고 판단해서, 제가 일정 기간 집에서 지내게 된다면, 저나 아버지나 지혜롭게 대처하면 좋겠습니다. 견해차가 있는 부분을 굳이 건드려 서로 곤란해질 일도 *없고*, 상황이 상황이니만큼 과거의 일을 다시 꺼낼 일도 없었으면 합니다.' 너에 대해서는 그냥 뻔한 이야기만 하마. 네가 무슨 말을 하기 전까지 마리 이야기 역시 입도 뻥끗하지 *않을* 거고.

테오야. 한 1년여 전에 네가 이런 말을 했었어. 넌 화가 기질이 없는 것 같다고. 그래서 계속 미술상으로 살아갈 거라고. 그때는 네 말이 옳다고 해야 했었어. 그런데 지금은 선뜻 그렇게 대답할 수가 없다. 왜냐하면 예술사를 들여다보면 종종 형제 화가 이야기가 언급되거든. 물론 미래는 예측할 수 없지. 미래가 어떤 식으로 진행될지는 나도 몰라. 그런데 난 네 안에 예술가적 기질이 있는 걸 확실히 알아. 네 편지 곳곳에서 드러나는 흔적들로 더 확신이 강해졌고.

그래서 네게, 시급하고도 절대적인 조언을 할 생각이야. 신경과민 증상을 조심해라. 평정심을 잃지 않도록 최선을 다해야 해. 되도록 매일 의사를 만나 상담을 받아라. 의사가 완벽히 치료해줘서가 아니라, 의사와 대화하는 과정을 통해 네가 *신경과민*에 시달리고 있다는 걸 자각하게 되니까. 중요한 건 *자신*에 대해 알아가는 거야. 신경과민 증상이 너를 어떻게 *괴롭히*든 평정심을 유지하는 게 중요해. 네가 사라져버리고 싶다는 *생각*을 하는 건 아마 신경과민의 결과일 거야. 네가 그 사실을 정확히 알고 대처하는 게 가장 현명하고 지혜로운 방법이야.

네가 경솔한 행동은 하지 *않기를* 바란다. 그리고 돈 버는 일에만 몰두하지 *않았으면* 해. 그래서 네가 화가가 되기를 바라는 거야. 평정심을 잃지 않도록 애써야 해. 잘나신 양반들이 의도적으로 너를 건드리더라도 무심해지려고 애써봐. 차라리 이렇게 답해주든지. "제게 계획이 하나 있는데 돈벌이와는 거리가 좀 멉니다. 계획한 일이 준비되면 저도 조용히 사라질 겁니다. 그런데 계속 괴롭혀서 제가 응당한 보상도 뒤로 한 채 이대로 문을 박차고 나갈 거라 기대하셨다면, *대단히 잘못 짚으셨다*는 사실, 잘 알아두셨으면 합니다. 그러니 제 행동에 무슨 문제가 없는 이상, 일부러 상황을 몰아가지 마십시오. 제가 사라져주길 바라시겠지만, 저 역시 이 회사를 지워버리고 싶은 마음뿐입니다. 하지만 우호적으로 원만하게, 그리고 확실하게 처리했으면 합니다. 그러니 제가 당당하게 버틸 거라는 점, 알아두시기 바랍니다."

네가 대단히 이성적으로 심사숙고했을 뿐만 아니라, 앞으로도 계속해서 그런 자세를 잃지 않을 거라는 사실을 제대로 보여줘야 해. 눌러앉을 생각은 추호도 없지만 때가 되기 전에는 절대로 스스로 물러나지 않겠다는 의지를. 저들이 아무리 네 삶을 방해하려 해도 이런 식으로 맞서나가라. 그 인간들은 네가 이미 다른 일자리를 알아봤다고 의심하고 있을 거야. 한없이 비열하지. 그들이 비열함의 끝을 보여주겠다고 작정한다면, 더는 상대할 것도 없어. 차라리 네가 결단을 내려. 최선의 결정은 아마, 어느 정도 조건이 되면 조용히 회사를 떠나주겠다고 차분하게 설명하는 것일 수도 있어.

다시 한번 말하지만, 아버지나 어머니, 빌레미나와 마리, 그리고 나 그러니까 한마디로, 우리 모두에게는 네 돈보다 네가 더 소중해. 사라져버리겠다는 생각은 다 신경과민의 결과일 뿐인 거야.

그러니 흐트러진 정신을 바로잡기 바란다. 적어도 그러려고 *노력해라.* 한 번에 성공할 수야 없겠지만 너와 자연, 그리고 네 주변 사람들과의 관계를 회복하도록 노력해라. 그렇게 할 수 있는 유일한 길이 화가가 되는 거라면, 불편한 것, 문제 될 것 따위를 걱정하지 말고 화가가 되는 거야. 테오야, 날짜에 늦지 않게 편지해라. 마음으로 악수 청한다.

너를 사랑하는 형, 빈센트

크로키 몇 장 동봉한다. 얼핏 단조로워 보이겠지만 찬찬히 보면 다채로움이 느껴지는 이 동네 분위기가 묻어날 거야. 딱히 대상을 골라 그린 건 아니라는 거, 보면 알겠지. 그때그때 이거 그렸다가 저거 그렸다가 하는 식이지. 일단 그려두면 종류별로 정리가 될 거야. 난 미리 세워둔 계획에 따라 작업하는 걸 좋아하지 않아. 오히려 습작을 통해 계획을 세워나가는 게 좋다. 아직 인근의 특징을 정확히 다 파악하지는 못했어. 그저 눈에 보이는 대로 그려두고, 충분히 돌아다니며 눈에 익으면, 나중에 구석구석 특징을 제대로 살려서 완성할 생각이야.

모든 과정이 다소 복잡하게 얽혀 있기 때문에 전체적으로 진행해야 해. 제대로 집중해야 해서 뭐 하나 소홀히 흘려보낼 수가 없어.

한마디로, 할 일이 많다는 거지. 방은 적당히 넓은 편인데(난로도 설치했어) 운 좋게 발코니도 있어서 황야와 초가집들을 바라볼 수 있어. 희한하게 생긴 도개교도 보이고.

아래층에는 토탄 난로가 설치된 시골식 주방이 딸린 카페가 있어. 그런 난로 옆에는 꼭 요람이 하나가 있어야 할 것 같더라. 기분이 우울하거나 도대체 풀리지 않는 문제가 생기면 아래층에 내려가곤 해.

우리 집 여자 소식을 전해듣긴 했는데, 왜 아직도 편지가 없는지 이해가 안 된다.

목수에게 그녀가 찾아와 내 주소를 묻지 않았는지 물었는데, 그치가 뭐라고 대답했는지 알아? '오긴 왔는데, 난 선생이 그 여자한테 일부러 주소를 알려주기 싫어하는 것 같아서 모르는

척 능청을 떨었지.' 이런 멍청한 인간이 있나!

그래서 그길로 곧장 우리 집 여자한테 편지를 썼어. 애초에 그치와 우리 집 여자를 대하고자 했던 방식과는 배치되지만, 이제는 숨거나 도망치고 싶지 않아. 그래서 땅을 파고 숨는 대신, 직접 편지를 썼어. 그녀의 가족이 사는 주소로. 그게 내 마음이니까. 돈도 조금 보냈고. 이 일로 곤란한 일이 생겨도 어쩔 수 없어. 위선적인 인간이 되고 싶지 않거든. 그 얼간이 목수가 보낸 편지는 호헤베인에 들렀을 때 받았어.

라파르트가 테르스헬링 섬에서 편지를 보냈는데, 위트레흐트에서 또 편지를 보내왔더라. 집으로 돌아간 모양이야. 여행 도중에 습작을 많이 그렸는데 대부분 노인 요양원에서 그린 거래. 그런데 이해 안 가는 게 있어. 의사가 건강을 위해 해안가에서 겨울을 보내라고 했었다는데 그 친구는 시골에서 겨울을 보내고 싶었다더라고. 그런데 결국, 생각을 바꾼 것 같아.

네가 편지에 리베르만에 대해 적었지. 그 사람 배색법이 청회색을 주로 사용하는데 단계적으로 갈색에서 황회색으로 변하는 기법을 주로 사용한다고 말이야. 그 사람 작품을 직접 본 적은 없었지만 여기 자연을 보고 나니 그런 기법으로 그렸다는 게 이해가 간다.

자연을 보고 있으면 미셸의 색채가 떠올라. 너도 알다시피, 미셸도 잿빛 하늘(가끔은 청회색)과 황회색 대지를 그리곤 했잖아. 정말 사실적인 그림이지.

여기서는 쥘 뒤프레 그림을 직접 보는 기분을 느낄 수 있어. 정말이라니까. 그런데 가을에는 네 말처럼 리베르만의 그림과 똑같은 장면이 펼쳐져. 만약 내가 원하는 바를 이루면(못 할 것도 없지) 동일한 색계를 사용해서 비슷한 분위기의 그림을 자주 그릴 수 있을 거야.

말이 그렇다는 거지. 그러니까 이런 식으로 바라보려면 현장의 색에 너무 집착하면 안 돼. 현장의 색은 하늘의 색감만 참고하면 그만이야. 하늘은 잿빛인데 눈부시게 밝아서 순백색으로는 빛과 화사함을 담아낼 수 없을 거야. 그런데 이 하늘을 잿빛으로 칠하면 원래의 화사함에 한참 모자라. 그래서 바닥에 갈색과 황회색 색조를 진하게 만들어줘야 해. 그런데 이런 식으로 색조를 분석하다 보니까 왜 여태까지는 이런 식으로 색을 구분해오지 않았을까 의아해지더라. 어쨌든, 초록색 들판이나 적갈색 황야를 있는 그대로의 색으로 표현하면 착각할 수도 있어.

편지는 먼저 보내주면 좋겠다. 마지막에 보낸 편지는 상당히 짧던데, 화랑에서 쓴 모양이더라.

트리에날레 전시회는 어떻게 진행되고 있니? 볼 만한 작품들이 전시돼 있겠지. 전시회 소식 궁금하다. 한참 전이 아닌 최근의 화제작들이 걸릴 테니까. 그래서 말인데, 몇 줄이라도 좋으니 여유가 될 때 소식 좀 전해주면 좋겠다.

듣기로는 리베르만이 여기 인근에 자주 보인다는데 언제 한번 마주치면 좋겠구나.

비도 잦아지고 악천후의 계절이 다가오고 있는데 그럭저럭 괜찮은 화실을 얻어서 마음이 놓인다. 밖에 나갈 수 없을 때 팔짱만 끼고 앉아 있지 않아도 되니 다행이지. 너도 여기 와서 인근을 둘러보고 가면 참 좋겠다. 저녁이면 정말 이루 말할 수 없이 경관이 아름답거든. 아마 눈 내린 뒤에는 장관일 것 같아.

칼라일의 책 『영웅과 영웅 숭배』를 읽었어. 좋은 내용이 많은데, 이게 괜찮더라. 그러니까, 유별난 것처럼 잘못 알려지긴 했지만 우리는 *용감해져야 할 의무*를 지니고 있다는 거지. 그러다 보니 사는 동안 선(善)이라는 게 손을 뻗어도 닿을 수 없이 높은 곳에 달린 빛으로 여기는 게 사실이야. 그렇기 때문에 너무 높게 날지 않고, 맑은 정신을 유지하는 길이, 가장 합리적이고 덜 피곤하게 사는 방법이라고 할 수 있어.

여기 상당히 특징적인 인물들이 있어. 비국교도 목사들인데 얼굴은 돼지 형상에 이각모를 걸치고 다녀. 거칠고 침울한 황야를 배경으로 서 있는 밀레의 그림 속 인물 같은 사람들 사이로 제법 흉측한 인상의 유대인들도 보여. 하나같이 사실적인 인물들이야. 유대인 무리와 같이 여행을 간 적도 있었는데 농부들하고 신학에 관한 이야기를 주고받더라. 그런데 이런 시골 오지에서 어떻게 이런 말도 안 되는 일이 벌어질 수 있는지 의아하긴 했어. 그 목사란 인간들은 왜 창문 밖을 내다보거나 파이프 담배를 피우지 않지? 그들은 왜 그들이 키우는 돼지만큼이라도 논리적으로 행동하지 않는 거지? 하물며 그 돼지들도 주변에 해를 끼치지도 않고, 주변 사람 흉을 보지도 않고, 같이 어울려 잘만 지내는데. 그런데 여기서 보니, 이런 목사들은 평범한 돼지 수준의 교양을 갖추기 전에 먼저 자기 수양부터 해야 할 거야. 그 수준에 도달하려면 아마 수 세기가 걸릴 테니까. 적어도 지금 내 눈에는, 평범한 돼지 한 마리가 그들보다 훨씬 뛰어나 보여.

이제 나가봐야겠다. 시간 나면 편지하고, 무엇보다 리베르만이 전시회에 어떤 작품을 출품했는지 좀 알아봐 주면 좋겠다.

안부 전한다. 별다른 소식이 없는 한 계속 같은 주소에 머물 예정이야. 좋은 일만 있기를 기원하며 마음으로 악수 청한다.

너를 사랑하는 형, 빈센트

333네 ―― 1883년 10월 16일(화) 추정, 니우 암스테르담

테오에게

난 늘 네 생각을 한다. 그러니 너무 자주 편지한다고 놀라지 마라.

게다가 상황이 조금씩 명확해진다. 생각에 생각을 거듭하면서 머릿속에서 정리가 되고 점점 구체화가 돼. 그래서 차분한 마음으로 이런 편지를 쓸 수 있는 거야. 우선, 네가 구필 화랑과 좋은 관계를 유지해가는 건 힘들겠다 싶어. 워낙 큰 회사라 더 이상 참을 수 없게 되거나 회사 전체가 썩어들어갈 때까지, 아마 적잖은 시간이 걸릴 거야. 하지만 그 회사는 이미 오래전부터 썩어온 상태라 이미 많은 부분 부패가 진행됐다고 해도 놀랄 일은 아니다.

비셀링예 씨는 *기다렸어*. 떠나기 전에. 하지만 소용없었다(그 양반은 진심으로 기다렸어). 그는 남고 싶었던 것 같아. 하지만 불가능했지. 아르노 앤드 트립 화랑 쪽에는 아예 기대도 없다. 전혀 다른 부류의 사람들이고, 내부 관계에 활력도 없거든. 오히려 오바흐 지점장에게 기대했는데, 이 양반도 한참을 기다리면서 버티다가 결국, 무너지고 말았지.

말하다 보니 회사에 대해 부정적인 이야기만 하게 되는데, 이게 전부는 아니지. 그러니 그런 부분은 넘어가자. 너와는 긍정적인 이야기만 하고 싶구나.

네가 겪은 몇몇 일들을 그냥 봐넘기기가 힘들구나. 넌 일반인들보다 졸라의 작품을 많이 읽었어. 졸라는 이 시대의 문제를 정확히 짚어내는 작가지.

언젠가 네가 말했었지. "내가 졸라가 쓴 『가정식』에 나오는 주인공 같은 기분이 들어요." 그래서 내가 그랬지. "아니야. 네가 그 인물 같으려면, 새로운 일을 시작했어야지. 하지만 넌 그자보다 깊이 있는 사람이야. 난 너의 내면에 사업가의 기질이 들어 있는지 잘 모르겠다. 난 네 안에서 예술가가 보여. 진정한 예술가."

네가 원한 건 아니었지만, 너를 뿌리째 뒤흔드는 감정적 경험을 했었잖아. 지금은 그냥 그렇게 흘러가고 있어. 왜? 어디로? 똑같은 일을 다시 시작하려고? 아닐 게다. 그보다는 더 심오한 게 있어. 넌 변화해야 해. 하지만 똑같은 일을 다른 곳에서 반복하는 게 아니라, 머리부터 발끝까지 전체적으로 거듭나는 변화여야 해. 과거의 네가 잘못한 건 없어. 전혀. 과거에 벌어진 그 상황에서 너는 너다웠다. 그 과거는 옳아. 그러나 그건 이후에 벌어질 일의 단순한 준비 과정이나 기초 다지기가 아니라, 학습한 거야. 그렇다고 확실한 해결책은 아니고, 안 그래? 왜 그 경험을 통해 진정한 해법을 찾지 않니? 그게 정확한 해답이라고 보는데.

그 자체로 너무 자명한 사실이라, 네가 생각해도 확실한 게 아니면 아예 말할 필요도 없을 거야. 게다가 신기한 게 요즘은 내게서도 어떤 변화가 느껴져.

나를 둘러싼 주변이 나를 강렬하게 자극하고 내 생각을 명령하고, 통제하고, 결정하고, 새롭게 바꾸고, 확장해서 아예 그 속에 매몰된 기분이 들 정도야. 침울하지만 평온한 황야가 내게 전해주는 느낌을 구구절절 너한테 쓸 수 있을 것도 같아. 지금 이 순간, 내 안에서 무언가 더 나은 게 생기고 있는 느낌이야. 구체적으로 갖춰진 건 아니지만 이전까지 내 그림 속에서 볼 수 없었던 요소들이 보이더라고. 그리는 게 훨씬 수월해졌어. 그리고 전에는 거들떠보지 않았던 온갖 대상들에게 끌리면서 그림으로 그리고 싶은 마음도 들기 시작했어. 물론 그와 동시에 내가 언제까지 여기 머물게 될지 확신할 수 없는 정황적 불안감도 따라붙지. 어쩌면 네가 겪고 있는 상황은 다른 양상으로 진행될 수도 있을 거야. 도래할 일들을 차분히 받아들일 수는 있지만, 유감스러운 건 사실이다.

하지만 나 혼자가 아니라 너와 내가 함께, 화가가 되어 토탄이 넘쳐나는 이 지역을 돌아다니며 동료처럼 그림 그리는 모습을 떠올리지 않을 수가 없어. 가만히 생각하면 할수록 가능할 것 같거든. 원래 일이라는 게 그렇게 별 주저함 없이 좌충우돌하면서 단도직입적으로 진행되는 거지. 마치 'une révolution qui est puisqu'il faut qu'elle soit(혁명이 일어나는 이유는, 일어나야만 하기 때문)'인 것처럼. 그게 다야. 그래서 하는 말인데 머지않은 미래에 너와 내가 *여기서 함께* 지내게 되더라도 전혀 이상할 건 없는 거야. 그냥 그렇게 되는 건데, 여기 있던 토탄 조각을 저기로 던지는 정도의 변화만 감지될 정도로 자연스럽게 진행될 거야. 그것도 순식간에. 그러고 나서 일상처럼 다시 굳어지면, 아무도 그게 변화였다는 걸 눈치채지 못하겠지.

그런데 자고로 사람은 뿌리라는 게 있어. 그래서 제아무리 비옥한 토양이라고 해도 있던 곳에서 옮겨 심어지는 건 괴로운 일이야.

그런데 새로운 토양이 더 나을까??? 현대 사회의 화가들은 과거의 청교도들과 비슷해.

광적인 신앙심이나 맹신, 찬미가 아니라 그냥 단순하고 건실한 무언가야. 엄밀히 말하면, 내가 지적하고 싶은 건 바르비종파 사람들과 그들이 전원생활을 하면서 추구하고자 했던 경향이야. 한 사람의 인간으로서 너를 바라보고 있으면 파리라는 도시와 어울리지 않는 무언가가 느껴져. 파리라는 도시가 네 마음속에 몇 년이라는 시간을 아로새겨 넣었는지는 모르겠다. 아마 적잖은 부분을 차지하겠지. 그런 게 이상하다는 건 아니야. 하지만 네 안에 'je ne sais quoi(뭔지 모를)' 무언가는 여전히 백지 상태로 남아 있어.

그게 바로 예술가적 기질이야. 지금은 잘 드러나지도 않지. 하지만 새순이 나기 시작하면 순식간에 자라날 거야.

나이 든 나무 몸통이 도끼로 난도질 되는 건 아닌가, 그게 걱정이야. 그래서 하는 말인데, 새순으로 자랄 때 완전히 다른 방향으로 자라나야 한다. 안 그러면 수명을 다 채우지 못할 수 있거든. 내가 보는 상황은 이래. 네게는 다르게 보이니?

네가 화가가 되면, 말 그대로, 넌 그냥 그렇게 스스로 기초를 쌓아올린 사람이 되는 거야. 그리고 너는 처음부터 동료, 친구, 그리고 네게 등 돌리지 않을 주변 사람을 가질 수 있어. 나는 네가 곁에 있어만 줘도 내 작업에 커다란 변화가 있을 것 같은 느낌이 강하게 들어. 내 작업에 부족했던 건 그림이 뭔지 아는 사람과의 대화, 격려, 생각의 교류였어. 이런 자극이 필요한 줄도 잊고 지낼 만큼 긴 시간 동안 교류 없이 살아왔어.

내가 세운 계획 중에는 혼자서는 엄두도 못 낼 것도 있어. 네가 보면 그게 어떤 계획인지 단번에 알 거야. 나는 누가 내 작업에 대해 하는 말이나, 나를 바라보는 시선에 극도로 예민한 편이야(제발 이러지 않고 싶지만). 회의적인 생각이 들거나 혼자라고 느껴질 때면, 무언가가 부족한 것 같고, 내 안의 모든 시도가 다 엉망이 되는 것 같아. 하지만 너라면 그 기분을 이해할 수 있을 거야. 내 비위를 맞춰달라는 게 아니야. 속으로는 흉측하다고 생각하면서 겉으로는 "아, 이 그림 참 아름답네요"라고 말하는 것도 싫어. 그런 걸 원하는 게 아냐. 그저 실패했다고 해서 성질을 긁지 않을 정도로 현명한 솔직함 뿐이야. 여섯 번째 실패하고 용기를 잃기 직전에 이렇게 말해주는 솔직함. "한 번 더 시도해 보지 그래!" 내게는 이런 한마디 격려의 말이 절실해. 너도 이해할 거야. 그런데 내게는 이런 게 아주 크게 다가와. 너도 이런 식으로 행동해야 할 상황에 놓이면 충분히 할 수 있는 행동일 거야. 우리는 서로에게 힘이 될 수 있어. 나도 충분히 널 도와줄 수 있거든. 중요한 건 그거야. 두 사람은 서로를 믿어야 하고 같이할 수 있는 게 무언지, 같이해야 하는 게 무언지 느낄 수 있어야 해. 그래야 서로 클 수 있거든. 서로에게 힘이 되어줄 수 있고. 그리고 너와 나는 서로를 더 잘 이해할 수 있을 거야.

그런데 네가 화가가 되지 않는다면, 내가 말한 이 모든 걸, 네가 할 수 있을까는 의문이야. 그리고 의심이 따라붙어. 사람들이 일깨우는 의심 말이야. 언제나 회의적이라서 그게 뭐든 믿는 법을 모르는 테르스테이흐 씨 같은 사람들의 의심.

밀레는 *믿음*이 있는 사람이었어. 'foi de charbonnier(광부의 신념으로)'라는 표현을 즐겨 썼지. 아주 오래된 표현이야. 교양 수준이든 뭐든 갖춘 사람이라고 해도 도시 사람이 아니라 자연 속의 사람이 될 수도 있어. 그게 정확히 뭐라고는 설명할 수 없어. 그 사람의 마음속에, 뭔지는 몰라도 그의 입을 굳게 걸어 잠그고 행동하게 만드는 'je ne sais quoi(뭔지 모를 무언가)'야. 그 사람이 말을 하고 있을 때도 침묵을 지키는 무언가가. 그러니까 내 말은 침묵을 지킨다는 건 묵묵히 행동하고 있다는 뜻이야. 이런 식으로 큰일을 할 수 있어. 왜냐고? 왜냐하면 '이루어질 일은 이루어지게 돼 있어!'라는 확신을 갖게 되기 때문이야. 일하라! 그래, 일하는 거야! 그다음에? 다음은 나도 모르지.

그렇다고 강요하는 건 아니다. 그냥 말만 해주는 거야. 자연의 뜻을 거스르지 말라는 거지. 내가 원하는 게 결코, 터무니없는 건 아니야. 내 마음은 이성적으로 아주 차분해. 그러니까 내가 원하는 건 아주 사소한 것들이지. 잠잘 곳과 먹을 음식 정도만 있어도 시작할 수 있다는 거야. 천재지변에 가까운 재앙부터 대비하기보다는 아주 작은 가능성을 바라보라는 거야.

그래서 하는 말인데, 그 작은 가능성을 따라가라. 미비한 그 가능성. 그게 따라가야 할 길이야. 다른 건 버리고 그 길을 따라가. 내버려두되, 화랑 사람들과의 인연은 최대한 유지해라. 그러면서 동시에 단호히 이런 말을 할 수 있도록 마음의 준비도 하고 있어야 해. "*난 화가가 될 겁니다.*" 그래서 얀, 핏, 클라스 등이 아무리 잔소리를 한들, 너한테는 통하지 않았다는 걸 보여줘야 해. 난 네가 물 밖으로 나온 물고기 같은 기분이 들 거라고 생각하지 않아. 오히려 조국에 돌아온 기분이 들 거야. 화가가 되겠다는 마음을 먹으면 구필 화랑에서 새로운 업무를 맡는 것보다 당장에 마음이 평안해지고 차분해질 거라고 믿는다.

거기에 덧붙이고 싶은 말이 있다, 아우야. 너도 남들처럼 신경 조직을 가진 인간이야. 그런데 내가 경험해봐서 잘 아는데, 그 부분은 각별히 조심해야 해. 신경과민 증상에 좌지우지되지 않도록 조심해야 한다는 거야. 너는 지금 극도로 예민한 시기를 지나고 있어. 엄밀히 말하면 가장 위험한 시기이기도 해. 넌 이대로 무너질 사람이 아니야. 그런데 네가 그런 사람이라도 위험할 건 없어. 구필 화랑을 떠나는 충격을 감수할 수밖에 없다면 새로운 일을 시작하면서 평정심을 되찾도록 노력해봐. 그러지 못하면 모든 걸 망칠 수 있어. 긴 시간 동안 네 건강과 네 의지, 그리고 더 나아가 네 일까지 그르칠 수도 있어.

여기서 황야의 공기를 마시며 생활한 지 이제 한 달이다. 내게는 절대적으로 필요한 일이었어. 시골 농부가 요람 옆에서 토탄으로 불을 피워놓고 앉아 있는 불가에 같이 앉아 있는 느낌이거든. 말도 차분해지고, 생각도 차분해졌다. 네가 속마음을 내게 털어놓은 건 아주 잘했다. 나를 믿고 있다는 것도. 조금만 더 나를 믿어라. 아니, 나를 믿지 않더라도, 내가 믿는 걸 너도 믿어주면 좋겠어. 세상 밖으로 과감히 뛰쳐나와, 자기 손으로 직접 할 수 있는 일을 하며 평안하게 사는 방법을 찾아야 해. 너는 그런 일을 해야 한다. 내가 그렇게 하라고 해서가 아니라, 네가 그렇게 믿고 있기 때문이야. 나를 믿어도 된다는 말은 굳이 할 필요도 없을 거야. 넌 내가 추구하는 게 뭔지 알고, 그게 좋은 것일 뿐만 아니라 바른길이라는 사실을 잘 알잖아.

네가 화가가 되지 않기로 결심할 경우, 나한테 무슨 일이 일어날지는 나도 몰라. 파리에 해법이 있다면 주저하지 말고 그리로 가야겠지. 그게 아니면 아버지와 합의를 보고 일단 집으로 갔다가 한동안 브라반트에 머물며 작업해야 할지도 모르고. 하지만 지금으로선 그 부분은 생각도 하고 있지 않아. 지금 내 머릿속에는 지금 작업 중인 그림과 너를 위한 계획뿐이야. 너는 의지가 있고 이성적으로 생각하며 정직한 마음을 가진 사람이야. 일정 기간, 네 마음대로 할 수 있으면, 이런 상황에서는 차분하게 화가로 한번 지내봐. 다시 말하지만, 그렇게 되면 내 작업에 큰 격려가 될 수 있어.

오늘은 감자밭을 가는 농부들을 따라다녔어. 여자들은 그들 뒤에서 땅에 떨어진 감자를 주워 담더라.

어제 크로키로 그려 보낸 밭과는 사뭇 다르지만 이 지방 특유의 분위기가 그래. 한결같은 것 같으면서도 언제나 다른 분위기. 비슷한 화풍을 가진 대가들이 그림 속에 담아내는 대상들도 똑같아 보이지만 각기 다른 특징을 가지고 있어. 오! 여기 있는 모든 게 다 특징적이야! *매우* 조용하고 *매우* 평화로워! '평화'라는 단어 말고는 도저히 이 동네 분위기를 표현할 말이 없구나. 말을 더 한다고 더해지는 것도 없고, 말을 덜 한다고 빠지는 것도 없어. 결과는 똑같아. 새로운 것을 원하는지, 스스로 다시 태어날 각오가 돼 있는지, 'ça ira(그렇게 될 거라)'라는 굳은 신념으로 침착하게 목표를 향해 나아갈 자신이 있는지가 중요한 거야.

걱정거리가 없을 거라는 게 아니야. 일이 원만하게만 흐르지도 않을 테고. 하지만 이렇게 느낄 게다. "가장 단순해 보이는 것부터 할 거야. 복잡한 건 옆으로 치워놓을 거야. 더 이상 도시에 대해 알고 싶지 않아. 도시를 벗어나고 싶어. 사무실에서 벗어날 거야. 그림을 그리고 싶어." 바로 이거야. 그러고 나면 이 일을 회사 업무처럼 여겨야 해. 물론, 그보다 훨씬, 아니 한없이 깊

이가 있는 일이지. 그래서 이 일에 온 정신을 집중해야 하는 거야.

지금은 화가가 돼 있을 미래의 너 자신과 나를 생각해봐. 난처한 일도 생기고, 장애물도 있겠지. 그래도 늘 *미래를 떠올려라. 네가 그릴 수 있는 작품을 그려보고.* 그리고 자연의 구석구석을 살펴보면서 생각해봐. 이걸 그리고 싶다고, 저걸 그리고 싶다고. 그러면서 화가가 되겠다는 확고한 신념을 헌신적으로 따라봐.

순식간에 가장 친한 친구들조차 멀게 느껴질 수도 있어. 넌 전혀 다른 세상에 들어온 거니까. 순간 이런 생각에 사로잡힐지도 몰라. '젠장! 이게 아니잖아! 길을 잘못 들었어! 내 화실은 어디 있지? 내 붓은 어디 있는 거야?' 이런 생각들은 심각한 거야. 원래 그런 이야기는 아예, 혹은 거의 하지 않거든. 그 부분에 대해 누군가에게 조언을 구하는 건 실수하는 거야. 그래봐야 얻을 수 있는 것도 없으니까.

중요한 건 그릇된 방향으로 가지 않는 거야. 의지와 용기를 가져야 하지. Quelque chose en Haut(저 높은 곳에 계신 누군가)가 이렇게 해주기를 기다리자는 말이 아니야. 하지만 저 높은 곳에 누군가가 계신 건 맞아. 적어도 밀레는 그렇게 믿었어. 밀레가 저 높은 곳에 계신 누군가를 믿었던 건 결코, 허황된 생각이 아니었다는 점에 너도 동의할 거라 믿어. 가끔 그 부분에 관한 생각을 하게 돼. 내 말은 단순히, 삶이라는 게 진지하다는 거야. 그런데 옳은 결정을 했다고 해서 내재된 문제가 일소에 해결되는 건 아니라는 거야. 그래도 어쨌든 삶이라는 건 진지하기 때문에 최대한 성실하고 건실한 자세로 임해야 해. 그래서 변화의 필요성이 요구될 때면 사람들이 말하는 것 이상으로 제대로 해내야 해.

시간이 지나면, 과거에 말이 나왔던 이야기들은 더 이상 따져 묻지 않아. 그러니 전혀 중요하지 않아.

미술상이라는 직업에 일종의 편견이 있는데, 너도 그걸 아직 떼내지 못한 것 같다. 특히 그림 솜씨는 타고나는 거라는 편견 같은 거. 물론 재능은 타고나야 하는 부분도 있지만 그렇게 결정적이진 않아. 재능을 붙잡으려면 먼저 손을 뻗어야 해. 그렇다고 쉽게 잡히진 않지만, 재능이 스스로 살아나기를 기다려서도 안 돼. 분명 무언가는 있어. 하지만 보이는 그대로 있는 건 아니야. 일을 하면서 배우듯, 그림을 그리면서 화가가 되는 거라고. 화가가 되고 싶고, 그럴 마음이 있고, 그런 느낌을 가지고 있다면 충분히 될 수 있어. 그런데 그 '힘'은 고통과 근심 걱정, 실망과 우울과 무력감의 시간 등 온갖 악재와 함께 찾아온다. 그림을 그린다는 건 일종의 집착과도 같다는 생각이 들어. 갑자기 생각하는 게 싫어서 간단한 크로키 하나를 그리게 됐어. 미안하다. 이 이야기는 그만하자. 더 이어나갈 필요가 없어 보인다.

그런데 몇 마디 더 하고 싶은 얘기가 있어. 상황을 여러 관점에서 볼 수 있거든. 그러니까 만약 먹고사는 문제만 해결된다면 자연이 너무나 흥미롭게 보여서 *당장이라도* 그림을 그리고 싶게 만드는 순간이 있어. 주저하고 더듬거리고 고민하는 문제가 아니라, 지금 당장, 눈앞에서 직접적으로 해결하고 싶은 그런 일이 될 거라는 거야.

우리는 선의와 힘, 그리고 즐거운 마음으로 세상을 대해야 해. 세상을 어둡게 봐서는 안 돼. 근심 걱정이 넘치는 상황에서도 네가 얘기해줬던 그 스웨덴 사람들이나 예전의 바르비종파 사람들처럼 즐거운 마음을 가져야 한다는 거야. 보다 넓게, 보다 힘차게, 보다 크게 바라보면서 의심하지 말고, 엉뚱한 생각도 하지 말고, 당황하지 말아야 해. 이런 식으로 지내면 어디서든 집처럼 편하게 지낼 수 있어. 하지만 다른 식으로는 결코, 마음 편할 날이 없어.

너도 나와 같은 생각일 거라는 사실에 한 치의 의심도 없어. 모든 게 최대한 차분히 진행되어야 한다는 점도 마찬가지야. 그리고 솔직히, 이런 편지를 쓰는 이유는 나도 너와 같은 생각을 하고 있다는 사실을 보여주고 싶어서야. 나도 너를 화가로 바라보고 있어. 한 사람의 예술가로 인정한다는 뜻이야. 나도 처음에 시작할 때 그림 기법에 대해 아는 게 거의 없었어. 하지만 지금은 그림을 그리면서 더 많은 걸 할 수 있다는 사실에 대해 일말의 의심도 없어. 절대적으로 모자라고 서툰 시절을 몸소 겪은 터라 네가 그림을 그리게 되면 처음부터 네게 좋은 동료가 돼 줄 수 있어. 당연한 거야. 게다가 혼자였기에 알아내기까지 오랜 시간이 걸렸던 그런 부분들도 네게 많은 도움을 줄 수 있을 거야.

그런데 솔직히 지금 상황이 정확히 어떤지는 나도 모르겠다. 하지만 그런 건 중요하지 않아. 워낙 처음 겪어보는 새로운 일이라, 상황이 이렇고, 저렇고는 솔직히 크게 상관없어.

내 말은, 어쨌든 너도 변해야 한다는 말이야. 충분히 가능성이 있는 일이야. 바라는 게 있다면 획기적인 변화여야 한다는 거야. 황소의 뿔을 단단히 붙잡아야 해. '숙명'이라는 이름의 그 황소가 만사를 주도하면 우리는 불행해지고, 우울해지고, 맞서 싸우지 않고서는 절대 벗어날 수 없어. 네가 원하는 건 뭐야? 평화, 질서, 손으로 하는 일, 예술, 그런 걸 원해? 좋아. 투기와 다를 바 없는 미술상이라는 직업을 버려라. 그리고 화가가 되는 거야. 구필 화랑이 여전히 예전과 같은 곳이라 무모한 결정일 거야. 하지만 지금의 구필 화랑은 거품으로 가득찼어. 그곳에서 앞으로 어떤 일이 벌어질지, 그곳이 어디로 향하게 될지, 그런 것 따위는 이제 관심 없어. 너도 마찬가지일 거야. 더욱이 지금과 같은 상황에서, 너는 헌신적으로 회사 일에 매달릴 수 없어. 상황이 지금과 달랐더라면 그랬을 수도 있겠지만 말이야.

다른 일이 있다면, 그래, 그 일을 해야 하고, 그 일을 하는 게 여기서 평화롭게 작업할 수 있는 기간을 보장해준다면, 그리고 네가 그 일을 해야 한다면, 다른 길로 가야겠지. 나도 그 결정에 따를 거야. 그로 인해 달라질 내 상황에 적응하고 맞춰나갈 거야. 그러니까 파리로 가거나 형편이 나아질 때까지 한동안 아버지 집에 가서 지내야겠지. 어쨌든 상황이 이렇다면, 어떤 식으로든 합리적으로 결론이 났으면 좋겠다. 하지만 이미 말했다시피, 내가 원하는 건 이런 게 아니야. 이런 식으로는 마음이 편할 리가 없지. 위험한 도박과도 같은 상황인데 너도 그렇고, 나도 그렇고 감히 결정을 내리지 못하고 있어. 그러니 잘 생각해보고 조만간 편지해라. 안부 전한다, 아우야. 마음의 악수 청하고.

너를 사랑하는 형, 빈센트

네가 해야 할 일?

Mais toi, tu te tairas (하지만 넌 침묵을 지킬 거야)

Tel que l'on voit se taire un coq sur la bruyère (황야를 돌아다니는 수탉이 침묵하듯)*

그보다 더 침착할 수는 없을 거야

334네 ____ 1883년 10월 26일(금), 니우 암스테르담

사랑하는 부모님께

보내주신 편지 잘 받았어요. 감사합니다.

A. 누님의 사망 소식은 제게도 정말 충격이었습니다. 네, 세상사라는 게 너무 갑작스럽네요! 누님이 그렇게 행복하게 지내는 건 아니라고 종종 생각했었는데, 확실히 그랬나 봅니다. 은행가와 결혼해서 행복해지는 건 쉽지 않은 것 같으니까요. 특히 요즘 같은 시기에는 말입니다. 두 분은 그렇지 않다고 하실지 모르지만, 그쪽 분야는 제가 좀 압니다.

제 기준입니다만, 세상에는 피하는 게 나은 영역이 있습니다.

다른 이야기를 하자면, 헷헤이커Het Heike** 사람들이 늘 서로를 속이며 지냈다고 하셨는데, 여기 사람들은 절대 그러지 않을 거라고 감히 장담은 못 하겠습니다. 그래도 헷헤이커 사람들이 서로를 속이거나 그게 사실로 받아들여지더라도, 하나가 되어야 할 때에는 하나로 똘똘 뭉치죠. 단합의 힘을 몸소 보여주는 사람들입니다. 작은 정원 딸린 작은 집에 사는 그 평범한 사람들은 집단으로 모여 척박한 황야를 상대로 함께 싸워나갑니다. 그들에게 그런 단점이 있다는 사실을 부인하는 건 아니지만 제게는 그리 두드러져 보이지는 않습니다.

여기 사람들도 혹시 서로를 속이는지 여태 한 번도 궁금하지 않았는데, 이렇게 생각해볼 기회가 생기니 그럴 것도 같다는 생각이 듭니다. 가장 인상적인 건 여기 와서 겪은 대부분의 일은 이미 헷헤이커에서 축소판으로 겪어봤던 일들이라는 사실이었습니다. 여기는 그 규모가 훨씬 크고 흥미로웠습니다. 특징도 훨씬 두드러진 편이고요. 적어도 개미굴이나 벌집처럼 체계적이면서 나름의 멋을 지녔다고나 할까요. 한마디로 있는 그대로의 분위기도 그렇고, 앞으로 달라질 그대로의 분위기도 찬사를 자아내기에 충분하다는 겁니다. 더 나아질 수 없을 거라는 말은 아닙니다. 그래도 다시 말씀드리지만, 여기서 긍정적인 면들을 충분히 본 터라 되도록 다른 것

* 빅토르 위고의 서사 시집 『세기의 전설』에서 인용

** 에턴에서 3킬로미터쯤 남서쪽에 있는 마을

들에 크게 관심을 두지 않으려고 애쓰는 중입니다. 특히, 아직도 이걸 전형적인 결함이라고 봐야 하는지, 단순한 우연인지 구분하는 게 쉽지 않습니다. 그 경지에 다다르려면 아직도 많은 걸 봐야 할 겁니다.

그런데 도시의 인구와 이곳 사람들을 동일선상에 놓고 보면 한 치의 주저함 없이 황야에 사는 사람들이나 토탄과 어울려 사는 사람들이 훨씬 마음에 든다고 대답할 겁니다. 네, 여기 사람들이 헷헤이커 사람들보다 서로를 덜 속이는 게 아니라고 해도 제게는 그 차이가 대단해 보입니다. 그렇다고 여기 사람들이 서로를 속인다는 건 아닙니다. 그건 아직 모르는 일입니다.

제가 묵는 여인숙의 주인은 밭을 가는 농부기도 한데 얼마 전에 이야기를 나눌 기회가 있었습니다. 문득 저한테 런던 생활은 어떤지 묻더군요. 런던에 대해 이런저런 걸 들었다면서 말입니다. 제가 이렇게 대답했습니다. 제가 볼 때에는 *일하는 농부*가, *생각하면서 일하는 농부*가 가장 교양 있는 사람이라고 생각한다고요. 이건 언제나 사실이었어요. 앞으로도 그럴 거고요. 시골에서는 이 말이 무슨 뜻인지 몸소 보여줄 수 있는 사람을 간간이 만납니다. 도시의 경우, 정말 괜찮은 아주 몇 안 되는 사람 중에서도 비록 방식이 다르기는 하지만 그만큼 기품 있는 사람을 몇은 찾아볼 수 있습니다. 그런데 제가 보기에는, 말씀드렸다시피, 도시보다 시골에서 이성적이고 합리적인 사람을 만날 기회가 더 많습니다. 그리고 대도시에 오래 살면 살수록, 미개하고 하찮고 퇴폐적인 어둠 속에 빠져들게 됩니다. 아무튼 그런 이야기를 주고받는 과정에서 여인숙 주인 말이, 솔직히 본인도 그런 생각을 했다더군요.

*차이*는 있습니다. 시골에서 지내면 사람이 더 차분해지고, 평화로워집니다. 훨씬 나아질 수 있죠. 서로 속이더라도, 도시만큼 그렇게 심하지는 않습니다. 여기서는 간간이 해가 뜬 아름다운 가을날도 경험하지만, 비바람이 몰아칠 때도 있습니다. 솔직히 말씀드리면, 비록 밖에서 그림 그리는 일이 고되거나 아예 불가능하기도 하지만 그래도 저는 궂은날이 맑은 날보다 훨씬 아름답다고 생각합니다. 걸어 다니면서 맑은 날 그린 습작과 비 내리는 날 눈에 보이는 장면을 비교해보는 것도 나름 해볼 만한 일입니다. 그렇게 비교하고 나면 기분도 좋습니다.

제 건강은 염려하지 않으셔도 됩니다. 저도 각별히 신경 쓰고 있으니까요. 이곳으로 오자마자 느꼈던 것도, 피곤하고 신경이 날카로웠던 헤이그 생활보다 훨씬 나았어요. 모든 게 잘 해결된 셈입니다. 시골 농부가 피워놓은 난로 옆자리만큼 사색에 잠기기에 좋은 장소가 또 있을까 싶습니다. 멀지 않은 곳에는 아기가 잠든 요람이 있고, 창밖으로는 우아한 초록색 들판과 바람에 휘날리는 오리나무가 보이는 그런 곳 말입니다.

지금도 간간이 밭일하러 나가는 사람들을 따라가곤 합니다. 지금도 거기 가봐야 할 것 같습니다. 안부 전합니다, 사랑하는 부모님. 코트는 아주 잘 맞고 조끼도 아주 훌륭합니다. 제 마음은 한결같습니다.

두 분을 사랑하는 아들, 빈센트

335네 ___ 1883년 10월 22일(월) 추정

사랑하는 동생에게

오늘 아침에 네 편지를 받았다. 내용이 놀랍지는 않았어. 그런데 네가 내 사업적 통찰력을 알아봐준 것에는 놀랐다. 사실 그 분야와 관련해서 사람들은 내가 몽상가에 불과하다고 평가하거든. 네 생각이 그들과 다를 거라고는 상상도 하지 못했었다.

새 고용주를 찾아볼 계획이라니 잘 생각했다. 그런데 그 양반들이 생각을 바꿀 때까지 기다리는 건, 글쎄다, 첫째로 네게는 그래야 할 의무가 없고, 둘째로 만약 네가 그래야만 하는 입장이라면 평생을 기다리게 될지도 모른다. 달리 말하면, 젊은 직원도 어느 순간, 엉망이 된 상황을 과연 자신이 정리할 수 있을까 의심하거나, 그 일을 하려면 자신이 크게 무리해야 하는 건 아닌지 의심할 수도 있을 텐데, 주정뱅이에 가까운 퇴물들한테 무슨 기대를 할 수 있겠어? 이미 방향을 잃고 헤매는 사람들한테 말이야. 쇠락은 쇠락인 거야. 몇 가지 판단 착오나 실수가 치명적으로 한 회사를 무너뜨릴 수 있는 거야. 부주의로 인한 실수를 말하는 게 아니야. 하지만 그 실수가 체면을 차리기 위한 역겹고 기상천외하면서도 우스꽝스러운 오만의 결과고, 모든 걸 돈 문제에 국한하면서 자신들은 뭐든 할 수 있고, 다 안다고 믿는 근거로 삼는 거라면, 요행으로 성공하더라도 결국은 문제에 부딪힐 수밖에 없고, 이 상황에서 덕을 보는 건, 결국, 일시적이긴 하지만 회사의 경영자 하나밖에 없어.

뭐, 항상 똑같은 이야기일 뿐이야. 하지만 비공식적이든 공식적이든 모든 부서를 비롯해 회계까지 모든 게 다 엉망이 되면서 사업이라는 걸 더 이상 이어나갈 수가 없게 되는 거야. 사업을 한다는 건, 비록 고생은 하더라도 자신이 가진 직감과 의지를 활용해 자신의 능력을 펼쳐 보이는 거잖아. 그런데 이제 그런 게 중요하지 않게 된 거지. 날개가 꺾인 셈이니까. 그래서 내 걸 그림이 없다고 네가 불평하는 거고.

이쯤 하자. 내 생각에, 구필 화랑은 거품이 가득찬 투기판에 뛰어들었어. 인과응보의 벌을 받을 거라는 거지. 거기서 6년을 일한 사람으로서, 비록 가장 눈에 띄지 않는 일개 직원에 불과했지만 10년이 지난 지금도 내 마음 한구석에는 구필 화랑의 자리가 남아 있다. 유감스러워. 정말 심히 유감스러운 일이야. 빈센트 큰아버지가 계시던 시절에는 직원 수는 얼마 되지 않았지만 적어도 자신들이 기계라도 되듯 거만하게 굴지는 않았지. 당시만 해도 협업이라는 문화가 있었어. 그래서 기꺼이 열과 성의를 다해서 일했지. 그 후로 직원 수는 늘어났지만, 예술 작품을 제대로 알고 실제로 좋아하는 직원들의 수는 점점 더 줄어들었어.

그 사실을 직접 경험한 게 한두 번이 아니야. 시간이 흐르면서 높은 자리에 앉은 양반들이 점점 거만해지는 모습을 보았고, 지금은 아예 맹목적일 거라는 게 내 생각이야. 솔직히, 그 양반들이 겪게 될 가장 좋은 일은 회사가 망해가는 꼴을 보는 거야. 엉망이 된 회사를 다시 일으켜 세우기에는 연로한 양반들이지만 적어도 착각에서 헤어나와 인간답게 살 수는 있을 테니까.

네가 그 양반들을 직접적으로 비난하지 않는 건 반가운 일이야. 잘한 일이다. 사실 넌 그렇게 행동할 줄 알았어. 그렇더라도 상황이 쉽지는 않아. 넌 그 누구보다 회사를 위해, 그 양반들을 위해서 열심히 일한 직원이야. 그러니 버틸 수만 있다면, 다른 곳에서 더 좋은 조건을 제시하더라도 회사에 남고 싶은 마음이 클 거야. 회사는 회사니까. 이런 외부적인 조건은 사실 잘 따지지 않잖아. 적어도 보이기는 그렇게 보여. 만약 구필 영감님이 조금이나마 너를 아끼셨다고 해도, 그 양반은 절대로 티를 내지 않았을 거야. 그 양반들은 그렇게 겉으로 표현하지 않는 사람들이거든. 그냥 담담하게 상황을 지켜보기만 했을 거라고.

네 편지를 통해 지금 네 상황이 여러모로 견디기 힘들다는 걸 깨달았다. 어쩌면 구필 영감님을 직접 찾아가서 그간의 속사정을 털어놓는 게 낫지 않을까 싶은 생각도 들어. 지금까지 묵묵히 참아왔는데 도대체 지금 화랑 운영을 맡은 양반들이 회사를 어디로 끌고 가는지 이제는 묻지 않을 수가 없다고 말이야. 이런 식으로는 도저히 안 되겠다고. 그렇게 말해보는 거야. 물론 그런 기회가 주어지지도 않겠지. 나도 잘 알아. 하지만 비록 지금의 자리에 비해 그럴듯하지도 않고, 보수는 적을 수 있겠지만, 네가 지금의 자리를 박차고 다른 곳으로 옮겨갈 준비가 돼 있다는 사실을 알리는 것도, 그 양반들을 화들짝 놀라게 하는 효과를 가져오지 않을까.

물론 그렇게 한다고 해서 상황이 나아질 거라고는 장담할 수 없어. 하지만 구필 영감님이 너를 신뢰하고 있는 만큼, 그 양반을 위해서 계속 일할 수도 있지 않을까.

겉으로 보이는 것만 보고 판단하는 사람의 입장에서 이 문제를 더 깊이 파고드는 건 내가 해야 할 일이 아닌 것 같다. 그러니 네가 언급했던 그 계획 이야기로 넘어가 보자.

지금 같은 상황에서(고용주를 바꿀 필요가 있다는 가정하에) 직원의 주도적인 계획을 무시하지 않는 현대식 회사는 너무 복잡해서 모든 걸 마비시키는 행정이나 일상과 마찰을 빚을 일 없는 그런 곳이 되는 거야. 네 말은, 그런 곳에 자본이 몰린다는 거잖아. 그리고 (자본보다 더 중요한) 복제화를 만들어내는 설비도 갖춰져 있고 말이야. 그런 회사의 고용주들이 좀 진지했으면 좋겠어. 제대로 된 물건을 시장에 내놓고 성공에 대한 정직한 대가를 받는 사람들처럼. 그럴 수만 있다면, 아까도 말했다시피, 얼마나 좋겠냐. 다만, 비셀링예 씨는 콜너 화랑에서 일할 당시 고용주와 마찰을 빚는 일이 많았어. (그렇다고 그 양반이 나는 물론이고 다른 사람한테 그렇게 말한 적은 없어. 오래전부터 그럴 거라 추측했는데 비셀링예 씨의 말 한마디에 확신했지. "콜너에서 일하면서 애꿎은 시간만 낭비했지.") 사람 성격이라는 게 큰일을 실현하는 것보다 말만 앞서게 할 수도 있다는 걸 알아서 묻는 건데, 네가 말한 사업을 운영하는 사람은 정말 마음가짐이 진지한지, 무언가 해보겠다는 *의지*가 진심인지도 궁금하다.

내가 볼 때는, *무언가를 할 수 있는 능력*은 말보다는 진지한 마음가짐과 의지 같은 두 가지 자세를 통해 갖출 수 있어.

솔직히, 자신이 뭘 원하는지는 알고 있어야 하는 거잖아.

이제 네가 나에 관해 적은 내용을 이야기해보자. 물론 나도 얼마간은 파리에서 지내고 싶긴 하다. 거기 가면 예술가들과 이런저런 관계를 맺을 수 있을 테니까. 언젠간 그래야겠지.

그런데 그게 가능할까? 네가 손발이 꽁꽁 묶인 처지가 아니었다면 가능할 수도 있었겠지. 나도 원하는 바니까.

네가 편지에 적은 내용에 관해서, 나도 너하고 얘기를 해보고 싶어. 그런데 정말이지, 과연 어떻게 될까? 가능하다면 나도 너를 돕고 싶어. N'importe comment(어떻게 해서든).

인쇄소에서 인쇄 과정을 직접 두 눈으로 볼 기회가 있으면 더 많은 걸 배울 수 있을 것 같다는 생각도 든다.

다만, 얼마 전부터 유화에 집중하고 있는 터라, 이 부분에 좀 더 신경을 쓰고 싶어. 그런데 다른 작업을 한다고 해서 나한테 득이 되면 됐지 해가 될 건 없을 거야. 이것저것 다 배워야겠지만 말이야. 예를 들면 나도 복제화를 그릴 수 있을 것 같아. 비슷한 작업은 얼마든지 해보고 싶어. 무엇보다 그렇게 일해서 밥값이라도 벌 수 있다면 말이지. 분명 언젠가는 의무적으로 이것저것 다하지 않아도 될 날이 찾아올 거라 믿는다. 그래도 혹시 네가 보기에 더 낫다고 생각하거나, 이런저런 이유로 너한테 도움이 될 수도 있을지 몰라서 하는 말인데, 나는 파리에 가게 된다고 해서 불편할 건 전혀 없어.

내가 너한테 사업과 관련된 조언을 한다는 건 어불성설일 수 있어. 일도 한참 전에 그만뒀으면서. 하지만 내가 다시 일하게 되면, 우리는 여러 면에서 완벽히 손발이 맞을 거야.

어쨌든, 나도 본 게 있고, 또 복제화나 출판물에 관해서도 어떤 게 더 괜찮은지 보는 눈도 있거든. 기회가 되면, 나도 어떤 식으로든 거들고 싶다.

꼭 파리로 가고 싶은 마음이 없다는 건 굳이 말할 필요도 없을 거야. 환상적인 황야가 있는 이곳에서도 잘 지내고 있거든. 네 편지가 아니었으면 파리행은 생각조차 하지 않았을 테니까. 그러니 이렇게 정리할 수 있을 것 같다. 내가 파리로 떠나는 게 사업에 도움이 된다면 기꺼이 갈게. 그런데 다른 해결책이 있는 거라면 나는 여기 토탄 지대에 머물고 싶다.

어디를 둘러봐도 그림으로 그릴 대상이 넘쳐나거든. 정말 아름다운 동네인 데다 그림을 그릴수록 더 나은 화가가 되는 기분이 들어. 그림 그리는 게 이렇게 즐거운 일이라는 거, 너도 꼭 알았으면 좋겠다.

게다가 내 손으로 직접 무언가를 만들어내는 직업은 가장 든든한 생존 수단이기도 해. 그래서 더더욱 이 분야에서 잘 될 수 있는 방법을 찾아봐야 하는 거야.

이런 말도 할 수 있어. *만에 하나*, 달리 해결할 방법이 없거나, 그 길이 더 나을 것 같다는 이유로 너와 내가 파리에서 생활해야 한다면, 감히 너한테 이런 조언을 할 생각이야. 당장, 그림을 그리기 시작하라고. 그림의 기초는 나중에 내가 가르쳐줄 테니까, 일단 그려보라고.

나 역시 아직 배울 게 많다는 건 잘 알아. 하지만 이제 무언가 구체적으로 보이기 시작할 뿐만 아니라 그림 그리는 게 점점 더 즐거워지고 있고, 다른 사람들에게 배울 건 배워가며 내 실력도 키울 수 있어. 너도 무언가 구체적으로 *볼 수 있는* 단계에 이르면 훨씬 더 좋겠지.

미술상이라는 직업에 네 마음을 다 바쳤다고 했었잖아. 그래, 잘한 거야. 그런데 내가 보기에, 너는 예술 그 자체에 더 많은 걸 쏟아부었어.

아우야, 조만간 편지해라. 네가 아무런 말이 없으면 머릿속에 끔찍한 생각들이 넘쳐난다. 그러니 특별한 일이 있으면 꼭 편지해라. 딱히 특별한 일은 없겠지만. 대신, 아무런 연락 없이 죽은 척은 하지 말아라. 내게는 괴로운 일이니.

아! 드디어 가련한 우리 집 여자한테 편지를 받았다. 그녀에게 직접 편지한 게 아주 잘한 일이었어. 아이들 때문에 걱정이 많다는데, 지금은 간간이 가정부로 일한대. 그리고 어쩔 수 없이 자기 어머니 집에서 지낸다더라. 가련한 사람들! 용기를 낸다고 다 해결되는 건 아니지만, 그래도 힘을 내야지.

스케치를 몇 장 해봤어. 동네 풍경이 너무 아름다운데 도저히 말로는 옮길 수가 없더라고. 그림 실력이 더 나았으면 좋았을 텐데! 나와 관련된 일은 네가 봤을 때 괜찮은 쪽으로 결정해라. 여기서도 배우는 게 있지만 거기 가서도 당연히 배울 게 있을 거야.

어떤 쪽으로 결론이 나더라도, 네가 더 불행할 일은 없을 거야. 그만큼 오래전에 체념했기 때문일 수도 있어. 최상의 결과는 아마 높으신 양반들이 네 능력을 더 높이 사주고, 업무에 관해서도 네게 더 큰 재량권을 주는 일일 거야. 내가 보는 최상의 결과는 이런 거야. 하지만 일이 이런 방향으로 흘러간다면 그게 아마 놀랄 일이 아닐까. 빈센트 큰아버지가 일을 그만두실 때도 이미 대우가 형편없었으니 말이야.

그 외에, 내 솔직한 생각은, 미술상과 관련된 업계 전반이 다 병들어가고 있어. 제아무리 걸작이라고 한들, 어마어마한 지금의 미술품 가격이 계속 유지될 수 있을지도 의문이야. je ne sais quoi(뭔지 모를) 현상이 업계 전체를 얼어붙게 만든 탓에, 열광하던 분위기가 온데간데없이 사라져버렸어. 과연 예술가들에게 그런 게 중요할까? 그렇지 않아. 가장 유명한 예술가들 대부분이 어마어마하게 오른 그림값 덕을 본 건 아주 최근 들어서였어. 이미 성공 가도를 달리고 있는 상황에서 말이야. 밀레를 비롯한 다른 화가들, 특히 코로는, 그림값이 폭등하는 현상이 없었더라도 그릴 그림을 덜 그리거나, 잘 그릴 그림을 대충 그릴 일은 없었을 거야. 제법 그럴듯한 그림을 그릴 줄 아는 화가라면 미술시장의 분위기가 어떻든 간에, 꾸준히 일부 애호가들의 관심은 끌 수 있을 거야. 적어도 몇 년은 그림을 그리면서 먹고 살 수 있다는 거지.

나는 다른 일, 아니 심지어 미술상으로 일하며 한 달에 1,500프랑을 버는 것보다, 화가로 150프랑을 버는 쪽을 택하겠다.

화가가 되어보니 인간보다 더 인간적인 사람이 된 기분이 들어. 어쨌든, 투기와 거품에 기반을 둔 일을 하거나 항상 관례나 접점을 찾을 수밖에 없는 일을 하는 것보다는 말이야. 그렇

Dat kleine oude woninkje zegt ge zoo eenzaam
zie zegt het alles zoo precies dat ik voor
mij er telkens aan denken moet bij veel
vele dingen.
Dit waren lui die ik op 't turfveld zag die zaten te schaften
achter een turfhoop met een vuurtje op den voorgrond.
Dit waren turfladers doch ik vrees de krabbels
zijn absoluut niet te ontcijferen.

다고 해도, 어쨌든, 이 일이 어떻게 마무리될지는 나도 궁금해. 어떻게든 마무리되어야 할 테니까. 너한테도 나쁜 일이 될 것 같지는 않다. 그렇게 될 거라는 증거도 없거든. 오히려 예를 들어, 그 결과로 네가 서른의 나이에 화가가 된다면, 그건 아마도 행운이라고 생각될 거야. 진정한 삶은(가장 활발한 시기 말이야) 서른에야 시작되는 거거든.

친구들이나 친척들은 이미 너를 나이 든 사람으로 여기고 있어. 그래도 여전히 솟구치는 힘을 느낄 수 있잖아.

하지만 동시에 자신을 되돌아볼 줄 알아야 하고 무언가를 하고 싶어야 하고 적극적이어야 해. 그 나이가 되면 솔직히 전환점이 필요한 시기니까. 그래서 때로는 잡동사니는 싹 갖다 버리고 처음부터 다시 시작해야 할 때도 있어. *바로 우리가 어렸을 때 그랬던 것처럼*, 하지만 물론, 더 성숙한 방식으로. 얀, 핏, 클라스는 줄곧 옛 방식대로만 생각하며, 새로운 방식을 멍청한 짓으로 여기고, 뭐가 좋은지 모르겠다고 말해. 좋다고. 널 직접 공격하는 게 아니라면 그들은 내버려두자고. 어차피 몽유병 환자나 다를 바 없는 사람들이니까. 그런데 너는 의심의 여지가 없어. 자연이 그걸 원하고 있고, 변하지 않는다면 그게 바로 자연을 거스르는 거지. 이런 옛말이 있어. 귀가 있는데 듣지 않고, 눈이 있는데 보지 않고, 마음은 있는데 깨닫지 못하는 것은, 마음이 무뎌졌기 때문이고, *듣고 싶지 않고, 보고 싶지 않아서* 귀를 막고, 눈을 감았기 때문이라고. 너와 나는 있는 그대로 보고, 보이는 그대로 보기 위해 눈 뜨는 게 두렵지 않을 만큼 정직한 사람들이지. 이 옛말에는 깊은 뜻이 있어. 내가 겪었던 여러 상황을 너무나 명확하게 설명해주고 있어서 때만 되면 떠올리지 않을 수가 없다.

토탄 지대에서 내가 본 사람들이야. 토탄 더미 뒤에서 잠시 쉬며 간식을 먹고 있는 모습인데 전경에는 불을 피워놓은 게 보일 거야. 토탄을 실어나르는 인부들이야. 그런데 그림이 선명하지 않을 것 같아 걱정이다.

이건 저녁 풍경의 효과를 그려본 거야. 지금도 여전히 잡초 태우는 사람을 공들여 그리는 중인데, 예전에 그렸던 유화 습작보다 색조가 잘 표현된 것 같아. 덕분에 들판의 광활함과 땅거미가 잘 나타난 것 같아. 유일하게 밝게 표현한 부분은 연기가 피어오르는 불이야. 이런 풍경을 관찰하러 저녁에 자주 나가는 편인데 폭우가 쏟아진 뒤에 진창길을 걷다가 초가집 한 채를 발견했는데 자연하고 아주 잘 어울리더라고.

다시 말하지만, 나는 파리에 가더라도, 여기 황야에서처럼 공부하고 배울 거야. 도시에서는 다른 화가들에게 무언가를 배울 기회도 많고 그들의 작업 과정을 직접 볼 기회도 많을 테니까. 아주 흥미로울 것 같다. 하지만 여기서도 굳이 다른 화가들과 만나지 않고 혼자 작업하면서 얼마든지 그림 실력을 키울 수 있어. 나만 생각한다면, 난 여기 머무는 게 더 좋아. 그렇다고 해도 네 처지가 달라지면서 내가 그리 떠나는 게 더 바람직한 것 같거나, 내가 돈벌이라도 할 수 있는 길이 보인다면, 기꺼이 파리로 옮겨갈 수 있어.

그러니 이 부분은 뭐든 주저하지 말고 솔직히 얘기해주면 좋겠다. 물론 아무에게도 아무 말 안 할 거야. 상황이 조금 나아진다면, 예를 들어 C. M.이 내 습작을 사주시거나 한다면, 나로서는 여기 남는 게 훨씬 유리해. 왜냐하면 생활비도 훨씬 저렴하고, 그림 실력도 조금 더 나아지고, 네가 직장에서 나와 화가가 되기로 결심하면, 여기만큼 그림 배우기 좋은 곳이 없거든. 정말 여기가 딱 맞아.

그나저나 C. M.이 거기 오시긴 했어? 다시 한 번 강조하지만, 당당하고 의연해야 한다. 나도 그렇게 지낼 테니까. 그리고 화가가 되기로 결심하거든 마음속으로는 즐기더라도 최대한 차분하게 진행해야 해. 그렇게 되면, 한눈에 상황이 다 보일 거야. 그리고 서른까지 남은 시간이 아마, 우왕좌왕하고 허둥거리며 지내게 될 끔찍한 시간이 될 거라는 사실을 직면하지 않을 수 없을 거야. 하지만 그 끝으로, 모든 게 달라진 환경과 더 넓은 미래도 보게 될 거야. 파리에서 생활했던 스웨덴 화가들에 대해 네가 들려준 이야기를 떠올려봐. 모든 게 불안정하고 비틀거린다는 걸 깨달은 만큼 과감히 행동해야 해. 헛수고가 될지언정 지금 이런 시기에는 이런 게 바로 우리의 임무이기도 해. 피나는 노력을 하거나, 빈둥거리며 공상을 하거나, 언제나 선택의 기로에 놓이게 된다는 거.

아무튼 아우야, 안부 전한다. 편지하고, 마음의 악수 청한다.

너를 사랑하는 형, 빈센트

336네 ____ 1883년 10월 28일(일)

사랑하는 동생에게

오늘은 일요일인데 네 생각이 한시도 내 머리를 떠나지 않는다. 지금의 상황을 적절히 표현할 말이 떠올랐어. 직장 문제는 'plus tu y resteras, plus ça t'embêtera(계속할수록 더 골치 아파진다).' 그런데 화가가 되는 문제는 'plus ça t'amusera(계속할수록 더 즐거워진다).' 여기서의 *즐거움*은 삶의 환희, 기쁘고 강한 마음 같은 진지한 의미가 담겨 있어.

내가 그랬었잖아. 얀, 핏, 클라스는 그냥 내버려 두자고. 하지만 이것저것 유심히 살펴보고 생각해보면, 좀 이상하지 않아? 형식도 그렇고 관습도 그렇고, 정말로 *나쁘지 않니?*

특정 지위를 유지하려는 행위는 비열하거나 솔직하지 못한 행동을 유발하기도 하고 때로는 의도적인 계획에서 비롯되기도 해. 비록 빛과는 아무런 상관이 없지만, 난 이걸 검은빛의 치명적인 부분이라고 불러.

바르비종파 화가들을 생각해봐. 난 그들을 단지 인간으로서 이해하는 게 아니라, *모든 것*으로 이해하고 있어. 내 눈에는 그들의 아주 사소하고 은밀한 부분까지도 생명력과 영혼으로 반짝이는 것처럼 보여. 소소한 일상의 크고 작은 불행, 재앙, 슬픔과 고통을 수반한 '예술가의 가정 생활'은 적어도 선의, 솔직함, 그리고 인간적인 면모라는 장점을 가지고 있어. '특정 지위를 유지'하지 *않는* 장점도 있고, 그런 생각조차 하지 않는다는 장점도 있고.

'amusera(즐거워진다)'라는 표현을 '흥미롭다'라는 진지한 의미로 받아들인다면, 난 기꺼이 즐거울 거야.

그리고 '특정 지위를 유지'한다는 표현은 'embêtera(골치 아파진다)'나 'abrutira(질린다)'라고 사용할 거야.

내가 이런 식으로 표현하는 게 교양 따위는 무시해서일까? 천만의 말씀. 오히려 교양을 갖춘 인간이기에, 진짜 인간의 감정을, 자연에 반하는 게 아니라 자연과 더불어 사는 삶을 존중하는 거야. 질문 하나 하자. 나를 인간으로 완성시켜주는 건 과연 무얼까?

졸라는 이렇게 말했어. 'Moi, artiste, je veux vivre tout haut, veut vivre zonder* arrière-pensée(나는 한 사람의 예술가로서 당당하게 살고 싶습니다. '살고 싶다'는 말에 다른 저의는 없습니다).' 어린아이처럼 순수하게. 아니, 아이가 아니라 한 명의 예술가답게. 선의를 가지고, 삶이 내게 펼쳐서 보여주는 그 안에서 무언가를 발견하고, 무언가를 만들어내기 위해 최선을 다할 거야. 소위 관습이라는 이름으로 사전에 합의된 그런 분위기들을 생각해봐. 현학적이어도 극도로 현학적이고, 하나같이 다 부조리해. 자신이 모든 걸 다 알고 있다고 생각하는 사람, 모든 게 자신이 생각한 대로 이루어진다고 생각하는 사람! 뭔지 모르지만, 삶에는 선이라는 게

* 프랑스어 문장을 인용하면서, 이 단어(zonder)만 without이라는 뜻의 네덜란드어를 썼다.

있고, 또 악이라는 게 있어서, 우리 위에 한없이 전지전능한 무언가가 있을 것 같다고 느끼게 하는 존재 자체를 애초부터 무시하는 그런 인간들.

자신이 하찮다는 사실을 모르고, 실상은 먼지에 불과한 데다, 크나큰 실수를 저지른다는 사실도 모르는 인간!

아이였을 때 배운 '특정한 지위를 유지'하는 것, 그러니까 우열의 존재를 중요하게 여기는 이런 개념들을 던져버리면 무언가를 잃는다고 생각하는 걸까? 나는 그렇게 해서 무언가를 잃거나, 잃지 않거나, 아예 그런 생각 자체를 하지 않아! 내가 아는 건, 경험을 통해 배우고, 형식과 개념은 허상에 불과할 뿐만 아니라 때로는 치명적일 때도 있다는 거야. 그리고, 그래, 불길하기까지 해. 그래서 내가 내린 결론은 내가 아는 건 아무것도 없다는 거야. 하지만 우리의 삶이 신비롭다는 사실, '예의범절'이라는 체계는 어디로 보나 편협하다는 사실은 알아. 그런 체계는 내게 아무런 가치도 없어.

이제 어떻게 해야 할까? 관습적인 표현은 이런 거야. "네 목표가 뭐지? 바라는 게 뭐지?" 글쎄, 나는……. 해야 할 일을 할 거야. 어떻게? 그걸 미리 알 수는 없어. 목표가 뭐고, 바라는 게 뭐냐고? 현학적인 질문을 던지는 너라고 그걸 알 수 있겠어?

사람들이 이렇게 말한다는 건 나도 알아. 목표가 없고, 바라는 게 없으면 기질도 없는 거라고. 난 이렇게 답할 거야. 목표가 없고, 바라는 게 없다고 말한 적은 없다고. 그런데 규정하기 어려운 내용을 정하라고 강요하는 행위야말로 거만하다고.

여기까지가 삶에 대한 일종의 내 철학이라면 철학인 거야. 이에 관해서 사람들이 쏟아내는 온갖 이유를 난 '골치 아프게'하는 것들이라고 생각해.

삶을 누리고 무언가를 하는 거, 그게 바로 즐거운 삶이고, 긍정적인 삶인 거야.

한마디로, 사회라는 건 그냥 있는 그대로 내버려둬. 하지만 스스로 자유롭게 생각하고 자신의 '지식'만 믿지 말고, 자신의 '이성'을 믿어야 해. (내 지식은 인간적이지만, 내 이성은 신성하거든. 물론 둘 사이에 밀접한 관련이 있긴 하지만 말이야). 내 양심은 비록, 정확하지는 않지만 내가 가야 할 길을 인도해주는 나침반과도 같아.

이전 세대의 화가들을 생각할 때마다 네가 했던 말이 자꾸 떠오르더라. "*놀랍도록 즐거운* 사람들이었어요." 그래, 네가 화가가 된다면, 너한테 이런 말을 해주고 싶어. 그들처럼 놀랍도록 즐거운 마음을 갖고 화가가 되었으면 좋겠다고. 그런 마음이 필요할 거야. 왜냐하면 때때로 너를 짓누르는 우울한 마음의 균형추로 삼아야 하기 때문이야. 즐거운 마음을 가지고 있으면 뭐든 더 해낼 수 있어. '소질'이란 걸 가지고 있어야 하는데, '손이 무겁고 다루기 힘든'이라는 뜻과 반대되는 개념으로 '소질'이라는 말보다 더 적합한 말은 없는 것 같아. 너도 그렇고, 나도 그렇고, 이런 즐거운 마음을 가질 수 없을 거란 말은 할 생각도 말아라. 내가 이런 말을 하는 건, 그런 즐거운 마음을 갖기 위해 우리가 노력해야 하기 때문이야. 우리 두 사람이 이미 그런 마음을 가지고 있다고 우길 생각은 없다. 단지, 최선을 다하자는 거야. 왜냐하면 나로서는 언제든 편지로, 네가 내 생각을 오해하지 않았다는 것을(물론 네가 이런저런 내 생각을 이해하고 있다는 건 알지만) 보여주고 싶었기 때문이야. 내 생각에, 네가 만약 지금 만나고 있는 그녀와 함께 지낼 거라고 가정하면 모든 계획에서 어마어마하게 이득을 볼 수 있어.

그러니까, 너와 그녀가 어떤 상황에 놓이더라도 천성적으로 얼마나 될지 모를 놀라운 젊음이라는 즐거움('놀랍도록' 즐거운)을 느끼는 사람이라면 그렇다는 거야. 난 불가능한 일이 아니라고 생각해(네가 그랬잖아, 현명한 아가씨라고). 그러니, 두 사람이 함께하면 혼자일 때보다 더 많은 걸 해낼 수 있어. 같은 감정을 가졌지만, 역시 똑같이 적잖은 불행 속에서 지내고 있는 두 사람은 함께 헤쳐나가기 위해 서로 힘을 합쳐야 해. 내 말은, 그게 여럿일수록, 결과가 더 낫다는 거야.

그래서 하는 말인데, 이런 거라면, 정말 이런 일이 일어날 수 있다면, 출구를 찾기 위해 힘을 합친 사람들의 모임은 그 모든 관습과 겉치레보다 상위에 있고, 한낱 세평보다 고귀해. 그 모든 qu'en dira-t-on(세평들).

모든 문제는 숙명적으로 돈과 연결되기 마련이라는 점, 나도 잘 알아. 하지만 내 말은 이거야. 일단, 이 곤란한 부분을 다룰 일을 최대한 줄여보자는 거야. 첫째, 이 문제를 너무 오래 생각하지 말고, 둘째, 사랑하는 마음으로 작업하고, 서로를 믿고 의지하고, 서로를 누구보다 잘 이해하고, 속마음까지 나누며 힘을 합치면, 그러지 않았을 때에는 견딜 수 없는 문제들을 조금이나마 달래주거나, 가끔은 아예 완벽히 해결해주기도 한다고 생각하면서.

내 곁에서 같이 예술을 논하고, 같이 느끼고, 함께하고 싶어 하는 사람이 있다면(작업에 관해서도 얻는 게 많을 거야) 나는 더더욱 나다울 수 있고, 더더욱 '나 자신'이 될 수 있을 거야. 초반을 버틸 수 있는 자금만 주어진다면, 아마 그 돈이 떨어질 때쯤이면 내가 돈벌이를 할 수 있게 될 거야. 생각하면 할수록, 처음에 느꼈던 그 느낌 그대로다.

네 마음의 일부는 구필 화랑에 남아 있지만, 구필 화랑은 너에게 말도 안 되는 일을 강요하고 있어. 이 부분이 무엇보다 너를 슬프게 하잖아. 너를 정말 괴롭히는 일이고. 여기에는 단지 돈 문제뿐이 아니라, 모든 게 걸려 있어서 네게는 정말 비통한 일이야. 이런 비통한 심정으로 회사에서 업무를 본다는 건, 그 자체로 비통한 일이고, 그 결과도 마찬가지로 비통할 거야. 이게 정말 할 만한 일일까?

난 과연 그런지 의심이 든다.

내 눈에는, 그래도 너는 젊은데, 무언가를 따지고 들 때, 생각보다 과감하게 행동하지 않는 것 같아. 이렇게라도 말해야 하지 않을까 싶어. 미술상 일은 이제 지긋지긋하지만, 예술 작품을 향한 마음은 그대로라고. 그래서 미술상의 세계를 떠나, 예술가가 되어 예술 속으로 들어갈 생각이라고.

나는 오래전에 그렇게 해야 했었어. 내가 실수했던 건 바로 관점에 따른 실수였어. 그때는 복음을 가르치고, 복음 전파를 직업으로 삼는 게 정확히 어떤 건지 몰랐으니, 이해할 수 있는 측면은 있지. 아는 게 정말 전혀 없었으니까. 그냥 이상향만 바라보며 허황된 생각만 품었던 거지.

넌 이렇게 말할 수도 있어. 예술 시장에서 지금의 우리 상황과 전혀 맞지 않는 이상향을 바라보고 있는 건 아니냐고.

그래, 네가 직접 그 답을 해보면 좋겠다. 내가 묻고, 내가 답하는 것처럼 말이야. 바르비종파나 네덜란드 학파*가 실체가 있는 집단인지, 없는 집단인지에 대해서.

아무리 예술 세계가 이러니 저러니 해도 썩어버린 세계는 아니야. 오히려, 더 나아졌고 점점 더 나아지고 있어. 어쩌면 정점을 찍었거나 그와 비슷한 수준에 이르러 있을 수도 있어. 너와 내가 살아 있는 동안, 우리가 백 살까지 살더라도 여전히 어떤 열정, 진지함이 유지될 거야. 그러니 소매를 걷어붙이고 그림을 그리는 거야. 우리 집 여자가 오더라도, 당연히 그녀 역시 그림을 그리는 거야!

여기서는 모두가 그림을 그려야 해. 판 에이크 형제 한 사람의 아내도 그림을 그려야 했었잖아? 너한테 이 말은 해주고 싶다. 여기 사람들은 불쾌하거나 숨은 의도를 가진 사람들이 아니야. 호의적인 분위기가 지배적이지. 아마 각자 자신이 가장 잘할 수 있는 걸 할 수 있을 거야. 게다가 놀라울 정도로 젊음이 넘치는 곳이기도 해.

그리고 이 말부터 해야겠다. 세상의 모든 용기, 즐거움, 열정을 가지고 있더라도, 우리가 할 수 있는 게 없어. 아무것도. 그런데 우리는 화가들이지. 우리의 *의지*가 *행동*인 거야. 이런 생각이 머릿속에 있어야 한다고 봐. 우린 하루하루를 살아가고 있어. 고된 일을 억척같이 하지 않으면 굶어 죽거나 우스운 꼴을 면할 수 없지. 우리는 이런 상황을 너무나 끔찍하다고 여기잖아. 달리 말하면 우리에게는 '놀랍도록 젊은 기운'이라고 부를 수밖에 없는 감정과 동시에, dammed seious(빌어먹게 무거운) 진중함을 가지고 있다는 뜻이기도 해.

'온몸을 다 바쳐라.'

이게 무슨 투기 같은 행위였다면 이렇게 말할 수 없지. 이건 오히려, 관습과 투기의 세계에서 벗어나려는 몸부림인 거야. 이 계획은 좋기도 하지만 평화롭기도 해. 공평하고 공정하기도 하고. 우리도 돈을 벌려고 발버둥쳐야 할 수도 있어. 다만, 그건 전적으로 문자 그대로, 먹고산다는 의미야. 우리는 절대적으로 필요한 것 외에는 돈에 대해 냉정해. 우리는 얼굴이 붉어질 일을 만들지 않을 거고, 칼라일이 말한 '*위엄 있는 감정*'을 느끼며 여기저기 돌아다니며 그림을 그릴 거야. 우리는 정직하니까. 이렇게 말할 수도 있어. 어렸을 때 실수한 거라고. 그때부터 돈벌

* 요제프 이스라엘스나 안톤 마우베 등이 포함된 헤이그 학파를 말한다.

이를 할 수 있는 일을 계속 찾아야 했었다고. 그리고 나중에, 이런저런 일이 있고 난 뒤, 손으로 할 수 있는 직업을 갖게 된 걸 잘했다고 여기게 될 거야. 이런저런 게 너무 인위적으로 느껴지거든. 이 계획을 사람들에게 얘기하면 아마 하나같이 너를 말릴 거다. 너와 함께 지내는 아가씨는 예외일 수 있겠지만.

그러니 결심이 서거든 사람 만나는 일을 피해라. 네 의지를 약하게 만들 수 있어. 그저 겉보기에 불과한 어색함을 아직 버리지 못했고, 아직 세상 물정에 밝지 못할 경우, '아무짝에도 쓸모없는'이라는 말을 하는 사람만 생각해도 6개월간 실의에 빠져 지낼 수도 있어. 물론, 그러다가도 이렇게 흐트러지면 안 된다는 걸 깨닫게 되기는 하지만 말이야.

'나는 화가다'와 '나는 화가가 아니다'라는 두 사람이 벌이는 내면의 갈등, 나도 그거 잘 안다. 바로 라파르트와 내가 그런 경우지. 때로는 끔찍한 언쟁이 될 때도 있어. 우리 같은 사람과 우리만큼 진지하지 않은 다른 사람 사이의 다른 점 때문에 벌어지는 언쟁과 똑같이 말이야. 우리 같은 사람들에게는 그런 상황이 견디기 힘들 때가 있어. 하지만 우울한 시간이 지나가면, 서광이 보이기도 하고, 솜씨가 나아지기도 하고 그래. 그런 내면의 갈등을 덜 겪는 사람들도 있어. 그건 아마 그 사람들이 쉬운 일을 하기 때문일 수도 있어. 대신, 그만큼 독창적인 특징을 키우는 건 더딜 수밖에 없겠지. 이런 갈등, 아마 너도 겪게 될 거야. 그래서 하는 말인데, 누가 봐도 좋은 의도를 가진 다른 사람들의 말에도 흔들릴 수 있는 위험 속으로 들어가고 있다는 사실을 명심해야 해.

네 안에서 이런 목소리가 들릴 수도 있어. '넌 화가가 아니야.' 그런 목소리가 들리더라도 *일단 그림을 그려라*, 아우야! 그러면 목소리도 잠잠해질 거야. 그런데 그 목소리를 듣고, 주변 사람들을 찾아가 불평이나 고민거리를 늘어놓는 사람은 활력을 잃을 수 있고, 자신의 가장 큰 장점을 잃을 수도 있어. 같은 고민으로 내면의 갈등을 겪어본 사람들, 자신들의 활동을 통해서, 네 활동에 자극을 줄 수 있는 그런 사람들만이 네 친구가 될 수 있는 거야. 쟁기를 관리하는 농부나, 내 크로키 속에서 쇠스랑으로 써레질을 하거나, 스스로 쇠스랑을 자처하는 인물처럼 지금 너 자신은 합리적인 일을 한다는 확신으로 꾸준히 작업해야 해. 말(馬)이 없으면 스스로가 말이 되는 거야. 여기서는 대부분 그렇게들 살고 있어.

이런 걸 변화라고 여겨선 안 돼. 이건 더 깊이 파고드는 거라 이해해야 해. 너는 다년간에 걸쳐 예술 작품을 보는 눈을 키워왔어. 그러니 이미 네가 하고 싶은 걸 알고 있다면, 넌 더 멀리까지 앞서나갈 수 있어. 그게 대수롭지 않다고 생각지는 말아라. 너도 얼마든지 단호할 수 있어. 네가 뭘 원하는지 네가 잘 알잖아.

귀스타브 도레가 말했지. 'J'ai la patience d'un bœuf(나는 황소 같은 인내심을 지녔다).' 언제 들어도 정말 아름다운 말이야. 나는 이 말 속에서 선의를 느끼는 동시에 정직한 자세를 추구하는 결연한 의지를 엿본다. 말 속에 여러 가지가 담겨 있다는 거야. 누가 보더라도 예술가다운

zelf daartegen vechten door eigen voorbeeld van
actie hij actieve in te opwekken -

말이야. 이런 생각을 해내는 사람들의 능력을 떠올리다 보면, 예술 작품을 팔기 위해 미술상들이 '타고난 재능'에 관해 떠드는 소리는 다 까마귀 울음소리처럼 들릴 뿐이야. '나는 인내심을 지녔다.' 얼마나 침착하면서 위엄 있는 말이냐! 까마귀 울음소리 같은 말만 없었어도 그런 말을 하지는 않았을 거야. '나는 화가가 아니다!' 이 얼마나 저속한 말이냐! 생각만으로도 저속해지는 느낌이야. 어떻게 인내심을 지니지 않을 수 있는지, 어떻게 인내하는 법을 배우지 못했는지, 어떻게 자연을 감상하고, 서서히 밀이 자라나고, 온갖 식물이 자라나는 과정을 지켜보는 법을 배우지 못한 건지. 스스로 자라거나 성장하지 못하는 건 죽었다고 여겨야 할까? 스스로 클 수 있는 기회에 일부러라도 역행해야 하는 걸까? 이런 말을 하는 건 '소질'이 있고 '소질이 없는' 이야기가 너무나 우습게 들리기 때문이야.

하지만 크고 싶은 사람은 땅바닥으로 내려와야만 해. 그래서 하는 말인데, 드렌터라는 땅에 뿌리를 내려라! 그리고 씨를 퍼뜨리는 거야. 인도(人道)에서 그렇게 말라비틀어지면 안 돼. 도시에도 식물이 자란다고 말할 수는 있겠지. 물론이야. 하지만 네가 밀이라면, 밀이 자라야 할 곳은 바로 밀밭이야.

그래, 어쩌면 금전적인 이유로, 지금이 그 순간이 아닐 수는 있어. 하지만 마찬가지로 이런저런 정황 때문에 지금이 그 순간일 수도 있는 거야. 절반의 가능성만 있어도 과감히 위험을 감수해야 한다. 평생 후회하지 않을 거라 장담할 순 없어. 네가 가진 가장 나은 부분을 키우면 사는 게 평안해질 거야. 우리는 혼자가 아니야. 우리의 작업은 하나의 원줄기로 흘러들어가는 지류처럼 만나게 되는 거야. 어려운 시기를 겪을 수도 있을 테니 난관을 헤쳐나갈 수 있도록 준비하고 계획해보자. 그리고 뒤를 돌아보지 말자. 돌아볼 수도 없어. 우리는 앞만 바라보고 가야 하기 때문이야. 하지만 친구는 물론 지인들과도 멀리 떨어진 곳에 있게 될 테니, 아무도 보지 않는 가운데 치열한 전투를 벌이는 게 얼마나 다행인지 모른다. 아는 사람들은 우리를 구속하는 존재들일 뿐이야. 승리가 눈앞에 보이고, 우리 안에서 느껴지고 있어. 작업에 관한 긍정적인 생각하는 시간을 빼고는 모든 걸 작업에 쏟아부을 거야.

너한테 하는 이 말들이 새로운 내용일 거라고는 생각하지 않아. 당연한 얘기지. 다만, 네 생각 중에서 가장 나은 부분 때문에 갈등을 겪지 않았으면 하는 게 내 바람이다. 모든 것을 낙담해서 바라보기보다는 선의로 바라봤으면 하는 거지.

밀레의 그림에서도 이런 걸 느낄 수 있어. 그는 항상 진지한 사람이었기 때문에 결코 낙담하는 법이 없었어. 하지만 모든 학파의 화가들이 이런 능력을 지닌 건 아니야. 밀레나 이스라엘스, 브르통, 보턴, 헤르코머 등이 속한 학파의 화가들 고유의 특징이지. 진지한 마음으로 단순한 사실을 추구하는 사람들은 그들 스스로가 단순한 사람들이야. 그들이 삶을 대하는 방식에는 불행한 시기가 닥쳐오더라도 언제나 선의와 용기, 그리고 선심이 담겨 있어.

내 말, 잘 생각해보고 편지로 네 생각을 알려주기 바란다. 이건 'une révolution qui est

puisqu'il faut qu'elle soit(혁명이 될 거야. 혁명이어야 하기 때문에).' 마음으로 악수 청한다.

너를 사랑하는 형, 빈센트

337네 ___ 1883년 10월 31일(수) 추정, 니우 암스테르담

사랑하는 동생에게

포대에 든 밀알의 냄새만 맡고 그게 몇 알인지 알아맞힐 수는 없어. 마찬가지로 헛간의 나무문을 꿰뚫어볼 수는 없지만, 가끔은 포대의 모양을 보면 그 안에 든 게 감자인지 밀알인지는 유추할 수 있지. 혹은 축사의 문은 닫혀 있더라도 그 안에서 들리는 소리만으로 돼지를 도살하고 있다는 걸 알 수 있어. 그러니까, 비록 완벽하지는 않더라도 내가 가지고 있는 정보를 바탕으로 지금 네가 처해 있는 상황을 파악하고 이해한 것이지, 결코 섣불리 예측한 건 아니야.

어쨌든 본론으로 돌아가자. 네가 여기서 마주 대해야 할 것이 전장(戰場)에서 소위 '숙명'이라고 부르는 것인지 한번 이성적으로 잘 생각해봐라. 친구들, 그러니까 자칭 친구라 부르는 자들과 적의 표정을 유심히 살펴보라는 거야. 뭔지 모르지만, 뭐든 잘 살펴봐. 혹시 공허함에 둘러싸인 기분이 들지는 않는지, 어디 붙잡고 있을 구석은 남아 있는지, 하다못해 그간 해오던 일이 더 힘들어지지는 않았는지 말이야. 한마디로, 그 숙명이라는 게 무언가를 위한 것인지, 아니면 무언가에 반하는 것인지 잘 생각해보라는 말이야.

이것 하나만 얘기해주면 좋겠다. 혹시 네가 여기 와서 어떤 경우, 대도시나 큰 사업체들 사이에서나 벌어질 불쾌한 일을 겪을 수도 있다고 생각한다면, 그게 나만의 착각인지 아닌지 말이야. 겉으로 보이는 게, 치명적으로 보이는지? 아무것도 할 수 있는 게 정말 없는 건지? 다시 일어서는 게 가능한 건지? 변화해야 할 이유가 여전히 없는 건지?

네가 '아니요, 그리 심각해 보이지 않습니다'라고 편지에 쓰진 않았지만, 나는 상황이 상당히 치명적이라고 생각해.

이성적으로 잘 생각해봐라. 네가 차분하게 생각하고, 멀쩡한 정신이라는 것도 알고, 네가 상황을 분석하려 애쓴다는 것도 알아. 그래서 더더욱 내가 걱정하고 있는 현실에 대해 네가 잘 파악하고 있는지 그걸 알고 싶은 것뿐이야.

아우야, 상황이 견딜 만하고, 해야 할 일이 있는 한, 너에게, "거기서 나와라!"라고 솔직하게 말할 자신은 없어. 무엇보다 네 입장을 존중하기 때문이야. 너는 비단 나만을 위해서가 아니라 우리 모두의 안녕을 위해 일하고 있는 거잖아.

그런데 상황이 이런 식이라서 계속 가봐야 어차피 지는 싸움일 뿐만 아니라, 파멸을 피할 수 없다면, 네가 지금까지 자발적으로 받아들였던 의무가 더 이상 의무가 아닌 상황이 되는 거야.

아무튼 '여기까지야, 더는 아니야'라는 단계가 있는데, 아무래도 내 예감은 네가 거의 그 단계에 가까이 온 것 같다는 거야.

네가 말한 '지금 아니면 안 된다'는 식으로 소리소문없이 사라지는 건 아닌 것 같아. 너도 그렇고 나도 그렇고 절대 그래선 안 되는 거야. 그건 스스로 목숨을 끊는 것과 다를 바 없거든.

침울함의 밑바닥까지 경험해본 사람으로서 다시 한 번 말하지만, 소리소문없이 사라지겠다는 생각은, 나도 그렇고, 너도 그렇고 절대 해서는 안 될 행동이야.

가능할 것 같지 않다는 느낌이 들어도 계속해야 하고, 결국 재앙에 가까운 결과를 피할 수 없을 것 같은 절망감 속에서도 계속해야 한다면, 우리의 양심 속에 이에 맞서는 개념이 하나 있어. *신중해라!*

네게 질문했던 내용에 관해서 내 생각이나 예감이 사실과 다르다면, 혹시 그 사실이라는 게 이미 너무도 치명적인 면을 지닌 건 아닐까? 난 네 말을 믿을 거야. '상황이 정리될 가능성이 보입니다.' 혹은 이와 비슷한 내용을 편지로 명확히 전해준다면 말이지.

만약, 여기서도 파리나 런던에서 겪었던 위기 상황에 놓이거나, 너를 짓누르는 힘에 저항하기라도 하면 더 큰 악재를 불러일으키게 된다는 게 기정사실이라면, 그때는 난파선을 뒤로하고, 현재의 네 처지를 위해서가 아니라 완전히 새로운 걸 만드는 데 네 힘과 관심을 집중해라. 사실, 이미 오래전부터, 네게 주어진 의무가 지나치게 복잡하다고 생각해왔어. 단순해야 했었는데 말이야. 현재의 조건은 시간이 흐르면 점점 더 복잡해지고, 문제가 될 거야. 그런데 내가 볼 때, 이건 네 의무라고는 할 수 없어. 나중에 알게 되겠지만, 조만간 그림의 세계에서는 의무가 무언지 명확히 알게 될 거야. 너무나 단순하고 곧게 뻗어 있어 쉽게 갈 수 있는 길이라는 것을.

내 생각이지만, 그럼에도 불구하고 이 상황을 계속 이어나간다면 삶은 점점 더 견디기 힘들어질 테고, 얻는 건 점점 더 줄어들 거야. 단지, 구필 화랑만의 문제가 아니라 미술상으로 살아가는 네 문제기도 해. 너와 내가 힘을 합쳐 돈을 많이 벌게 된다는 말을 하자는 건 아니야. 비록 (부인할 수 없는 사실이라서) 초반에는 혹독한 시련의 시간이 찾아오겠지만, 냉정함과 균형을 잃지 말아야 한다는 거야.

그래도 그림에 관한 우리의 계획을 넘어서서 바라보면, 그 숙명이라는 게 결국, 우리에게 *반하는* 게 아니라, 우리를 *위하는* 거라고 생각해. 지금의 상황을 계속 이어나가는 건(아무리 봐도 흐름에 역행하는 거야) 단지 너 자신을 짓밟는 게 아니라, 네가 나까지 짓밟는 결과를 가져올 거야. 첫째, 서로가 너무 독립적이라 서로에게 버팀목이 되어줄 수 없어. 둘째, 정반대의 방향으로 가는 한, 비틀거릴 수밖에 없고, 우정을 이어나간다고 해도 결국은 서로에게 등을 돌릴 수밖에 없게 되기 때문이야. 아우야, 그림은 내게 차고 넘치게 논리적이고, 차고 넘치게 이성적인 세계며 완벽할 정도로 곧게 뻗은 길이라, 나로서는 다른 직업을 선택할 이유가 전혀 없어. 그리고 손으로 직접 하는 일을 하도록 도와준 게 바로 너였어. 너도 마음속으로 이런 생각을 했었다는 거, 나도 알아. 그렇기 때문에 너와 내가 함께 이 일을 해야 하는 거야.

내 이성과 양심이, 적어도 부분적으로는 네 생각이기도 한 이 이야기를 해주라고 강요하고 있어. *근본적으로* 모든 걸 다 바꾸는 것이 유일한 길이라고.

너한테 이런저런 조언을 해주는 주변 사람들 말과 비교하면 내 말이 유난히 다르게 느껴질 수도 있을 거야. 그들은 "다 나아질 거야," 혹은 "자네가 원하는 변화가 곧 찾아올 걸세!"라고 말하며 어물쩍 넘어가려들 거야. 난 굳이 네 비위를 맞출 생각은 없어. 그러니 듣기 좋은 소리는 하지 않을게. 하지만 너를 격려하고 힘이 되어주는 일이라면 뭐든 불사할 거야. 너에게 용기, 그 무엇보다 큰 용기와 그 무엇보다 평온한 마음을 채워줄 수 있는 일이라면 말이야. 단, 그림과 관련해서.

파리와 관련된 일은 간단하게 이것만 염두에 두면 좋겠다. 전장에 서서 눈을 크게 뜨고 잘 살펴봐. 다가오는 숙명이 네게 반하는 것인지를. 그들이 고집하는 대로, 파리에 계속 남는다면, 몇 년은 버티겠지만, 결코, 마음의 평화는 찾을 수 없을 거고, 네가 그림을 그리게 되는 것만큼 남들에게 도움이 될 수도 없을 거야.

파리는 정작 *네가 해야 할 일*에 반하는 일을 하도록 만들 거야. 나는 이런 상황을 위선적인 위치라고 부르고 싶어. 그러니 이제, 남에게 도움이 되겠다는 생각은 일단 접어두고 생각하자. 그리고 솔직한 말로, *장기적으로 봤을 때*, 그런 생각이 과연 정직한 건지도 잘 모르겠어. 네가 만약 정신력이 약하거나 멍청한 *인간*들을 파리로 오게 한다면, 그들에게 도움이 아니라 해가 되는 행동이야. 그들은 파리 생활에 열광하게 될 테니까.

나를 이해해주면 좋겠다. 지금까지는 모든 게 다 그럴만한 이유가 있었어. 그런데 *이제는* 시대가 방향의 전환을 요구하고 있어. 지금까지 보지 못한 획기적인 방식으로, 또 그 어느 때보다 단호한 방식으로.

용기를 잃거나 포기하거나의 문제가 아니야. 지금은 오히려, 재앙의 급소를 찌르고, 더 나은 땅에서 위로 솟구치려는 강력한 원칙을 심어야 할 적기야.

재앙이 다가와도 우리의 용기와 진지한 의지는 꺾이지 않아. 세상이 우리를 향해 하고 싶은 독한 말을 다 쏟아낸다고 해도 너나 나는 의연할 수 있어. 우리는 오히려, 될 수 있는 한 많은 돈을 버는 일과 다른 목표를 가진 고된 삶을 살아갈 마음의 준비를 한 사람들이기 때문이야.

가장 중요한 우리의 목표는 손으로 하는 일을 통해 거듭나고 자연과 더불어 사는 거야. 남들에게 신의를 지키고 일관성 있는 모습을 보여주는 것이야말로 가장 중요한 의무라는 거지. 우리의 목표는 사업을 중심으로 돌아가는 대도시와 달리, 신과 함께 거니는 거야.

우리가 세운 목표로 인해 손해 보게 될 사람은 아무도 없어.

우리의 믿음은(비록 그렇게 말할 사람들의 눈에는 위선적으로 보일지 모르겠지만) 이런 거야. 바로 신은 스스로 돕는 자를 돕는다는 그 말 그대로. 그들이 그런 방향으로 노력과 관심을 기울이고, 소매를 걷어붙이고 그런 방향으로 이끌어나가는 한은 말이지.

시간이 흐르면서 밀레가 저 높은 곳에 있는 무언가를 믿기 시작했다는 게 이해가 가. 밀레가 말하는 방식은 아버지와 전혀 달라. 밀레는 모호하게 이야기하는 편이야. 그런데 밀레의 모호함 속에는 아버지가 하시는 말씀보다 더 많은 게 담겨 있어. 그리고 밀레에게서 볼 수 있는 이런 특징을 렘브란트의 그림, 코로의 그림 등 몇몇 화가의 작품 속에서 느낄 수 있어. 그들이 장황하게 설명을 늘어놓지 않더라도 말이야. 무언가의 끝은 굳이 설명할 수 있어야 한다기보다, 실질적으로 믿을 수 있어야 하는 거야.

아무튼, 테오야, 딱히 단정지을 수는 없지만 그래도 확신에 가깝게 굳어가는 감정이 하나 있어. 그 감정에 의하면 첫 번째 의무는 마음을 드높이 올리는 것이라는데, 그 감정이 내게 형제로서, 또 친구로서, 내 형제며 친구인 너에게 이런 말을 하라고 요구한다. 단순한 원칙에 기반한 삶을 살아가는 게 어떻겠느냐고 말이야. 그 원칙이라는 걸 달리 표현할 수는 없을 것 같고, 느낌상으로 네가 가져야 할 *의무는 파리의 업무*로 사람을 끌어들이는 게 아니라, 거기서 사람들을 나가게 하는 것이라고.

이런 감정, 너도 어느 정도는 동의할 수 있지 않아? 잘 생각해봐라. 시간이 있으면 정말 곰곰이 생각해봐. 직접 느끼고 경험하면서 시간을 가져봐. '나는 화가가 아니다'는 식으로 표출되는 머뭇거림은 화가가 되기 위해 해야 할 일을 네가 거부하지 않는다면 충분히 이해될 수는 있어. 우리가 능력이 있는지, 없는지를 우리 자신이 정확히 판단할 수 없듯, 남들도 정확히 판단할 수 없어. 오로지 '그렇게 할 방법'만이 이렇게 이어지는 거야. 다른 생각 안 하고 목적을 달성할 때까지 최선을 다하겠다는 뜻으로. '그렇게 하지 않을 방법'은 또 이렇게 이어질 수 있어. 그럼에도 불구하고 그렇게 할 수 없다는 걸 미리 알고 있다는 뜻으로.

어느 날 갑자기 자기 일에 확신이 생길 수도 없고, 앞일은 더더욱 내다볼 수도 없어. 그저 막연하게 추측만 할 뿐이지. 그렇다고 해도 양심이라는 건 인간에게 일종의 나침반에 해당하기 때문에 대양에서는 이 길과 저 길, 북쪽과 남쪽, 오른쪽과 왼쪽을 구분하게 해주는 역할을 해. 따라서 물살이 예상치 못한 방향으로 흘러가거나 우호적인 친구인 척 손짓하는 해안이 나타나더라도 이렇게 말할 수 있어야 해. "그래, 하지만 가만 보니 방향이 틀렸네!" 그래, 네가 볼 때, 무엇보다 최근에 겪은 일도 있는데 파리에서 계속 돈을 번다는 것은, 그게 남을 위해서라 할지라도, 실망스러운 파타 모르가나fata morgana*에 지나지 않아. 방향을 잡고 다가가면 다가갈수록 뒤로 물러나며, 너를 엉뚱한 곳으로 끌고가는 그런 신기루 말이야. 네가 주저하고, 의심한다는 건 나도 충분히 이해해. 지속적으로 경중을 따져보는 네 자세도 충분히 존중하고. 지금 당장 무언가를 결정하라고 강요할 마음은 없어. 단지, 진지하면서도 단호하게, 내가 보기에 명백한

* 특정 현상의 신기루를 지칭하는 이탈리아어

사실 하나만 말해줄게. 너는 지금 기로에 서 있어. 그래서 파리에 계속 남겠다고 결정하기 전에 진지하게 생각해봐야 해. 내가 아니라, 이 시대가 너한테 이렇게 말하고 있어. "거기 잠깐 멈춰보게! 자네 원하는 게 뭔가? 파리에 남고 싶은가? 좋아! *그렇게 결정했다면*, 나도 굳이 상관하지는 않겠어. 하지만 그게 그냥 쉽게 되는 것도 아니고, 자네가 숙명의 벽에 부딪히지 않을까 걱정이야. 그리고 그 길을 따라가며 마음의 평안을 얻을 수 있을지도 상당히 의문이고."

숙명을 빼고는 다 그림에 반하고 있는 게 보여. 숙명을 빼고는 다 파리를 우호적으로 여기고 있는 게 보여.

왜냐고 설명할 수는 없지만, 그 숙명 속에서 하나님이 보인다. 하얀빛의 주인이자 언제나 결정권을(좋지 않은 건, 어쨌든, 좋지 않은 거라 오래 가지 못해) 가진 하나님. 그분 곁에서는 검은빛도 영향력이 약해져.

지금 네 앞에 놓인 상황은 아주 무시무시하고 끔찍해. 내가 아는 말로는 도저히 표현할 수가 없을 정도야. 내가 침묵을 지키는 게 배은망덕하고 비인간적이라고 생각하는 네 형이자 친구가 아니었다면 너한테 아무런 말도 하지 않았을 거야. 어쨌든, 네가 격려를 해달라고 말하면서 입바른 소리는 사양한다고 했으니 나는 이렇게 말하고 싶다. 고요한 황야에서 보이는 것들 속에서 너와 나를 내려다보고 계시는 하나님의 존재가 느껴진다고.

진심으로 우러나는 마음의 악수 청한다.

너를 사랑하는 형, 빈센트

여기는 정말 특징이 넘치는 동네야.

이런 질문을 받았다고 상상해봐. 갑자기 40년 전의 세상으로 돌아가면 화가가 되고 싶냐는 질문. 코로 등의 화가가 젊었을 때 보고 느꼈던 것들이 그대로 남아 있는 그 시대로. 대신 혼자서는 안 되고 동료가 하나 있어야 하는 상황이라고. 왜 이런 걸 묻느냐고? 왜냐하면 승합마차와 끌어야 하는 거룻배 이상의 교통수단도 없고, *내가 경험한 다른 어느 곳보다 모든 것이 다 순수한 처녀지 같은 이 동네*에서 지내는 내 기분이 마치 내가 방금 너한테 말한 그 시대에 사는 기분이기 때문이야.

드렌터는 아마 기차 타고 지나가며 얼핏 본 게 전부였을 거야. 그것도 오래전에. 그런데 드렌터 동쪽으로 더 들어간 외진 곳으로 오면 전혀 다른 분위기를 느낄 수 있어. 정말 판 호이언이나 라위스달, 미셸 등이 살았던 시절의 분위기, 그러니까 *오늘날* 바르비종파 화가들의 화풍 속에서도 거의 찾아보기 힘든 그 분위기가 고스란히 살아 있어.

내 눈에는 그게 상당히 중요한 것 같아. 왜냐하면 이런 분위기의 자연은 다른 분위기의 자연이 절대 일깨울 수 없는 것들을 일깨워주기 때문이야. 예전의 자유롭고 유쾌한 정신 말이야. 그런 정신적인 분위기는 신경과민에서 비롯된 주저함을 잠재울 수 있어. 이런 동네에서 동료 하나 없이 *혼자* 지내게 될 경우 과묵해지고, 고집만 늘 것 같기는 해. 그래서 나 역시, 네 도움이 절실한 거야.

네 생각을 하는 건, *나*를 위해서가 아니라, *너*를 위해서야. 결국, 그 두 마음이 하나로 합쳐지는 것이긴 하지만.

338네 ___ 1883년 11월 11일(일)

테오에게

언젠가, 네가 편지로 우리 각자의 얼굴에 드러나는 차이점에 관해 이야기했잖아. 아주 잘 읽었어. 그러면서 나는 다소 사상가형에 가깝다고 결론 내렸었지. 내가 뭐라고 해야 할까? 물론 나한테 사상가 기질이 있기는 하지. 그런데 내가 가진 건, 나름 정리된 그런 사상이라고 할 수도 없어. 난 사상가라고 부를 수 있는 사람은 아니야. 너를 떠올리면 전형적인 행동가가 떠올라. 그런데 또 동시에 독립적이지는 않고, 오히려 상당히 감상적이면서 *사상가* 기질도 동시에 가지고 있어. 그래서 내 결론은, 너와 나 사이에는 차이점보다는 비슷한 점이 더 많다는 거야. 차이점이 아예 없다는 건 아니야. 하지만 최근 들어, 너를 더 잘 알게 된 이후로는 이전에 생각했던 것에 비해 차이점이 더 줄어든 것 같아.

우리의 기질과 생김새를 잘 관찰해보니, 청교도와 우리 사이에 유사성이 아주 두드러진다는 사실을 발견했어. 특히 크롬웰 시대의 사람들하고. *메이플라워호*에 몸을 싣고 구대륙을 떠나 아메리카 대륙으로 건너가 거기에 터전을 잡고 단순한 삶을 살기로 결심했던 그들 말이야.

시대는 변했어. 그들은 숲을 개척했고, 우리는 그림을 그리며 단순한 삶을 살아가게 될 거야. 역사 속에서, 몇 안 되는 필그림 파더스들의 주도로 행해진 일이, 얼마나 위대한 결과를 가져왔는지는 나도 잘 알아. 우리는, 첫째, 이런 '위대한 결과'에 집착하지 않았으면 한다. 우리는 우리가 가야 할 길만 추구하되, 최대한 정직하고 바른 삶을 살아가면 좋겠어. 결과를 내다보는 건 *네가 할 일도, 내가 할 일도 아니야.*

필그림 파더스를 거론한 건 얼굴 생김새 때문이야. 붉은 털에 각진 이마를 가진 그 사람들 외모를 잘 들여다보면 사상가 같지도 않고, 또 그렇다고 행동가 같지도 않지만, 오히려 두 가지 특징이 절묘하게 섞였다는 걸 발견할 수 있어. 보턴의 그림에서 이런 특징을 가진 청교도를 봤어. 그림에 대해 아는 게 전혀 없었더라면 *네*가 모델을 선 게 아닌가 생각했을 정도야. 그 정도로 네 얼굴과 닮았거든. 안개 낀 바다를 배경으로 바위에 앉아 있는 남자야. 기회가 되면 나도 그런 모습을 보여줄 수는 있어. 같은 생김새 속의 다른 분위기 같은 것 말이야. 그런데 내 옆모습은 특징이 좀 덜 살아 있을 것 같아.

아버지가 예전에 너와 나를 놓고 야곱과 에서의 이야기를 깊이 생각하셨어. 사실 그렇게 봐도 잘못된 건 아니지. 그나마 너와 나 사이의 관계가 야곱과 에서처럼 적대적이지 않다는 게 다행이야. *다른 점*이 있다면, 사실, 성경 속에는 모범적인 형제 관계가 더 많이 나오긴 해.

나한테 사상가 기질이 있다는 생각을 자주 해봤었는데, 아무리 생각해도 그건 나답지 않은 것 같아. 왜냐하면 아쉽게도 사물을 깊이 들여다볼 필요성을 느끼는 사람은 현실 감각이 떨어지는 몽상가에 가깝다는 편견이 있는데, 이 편견이 또 사회적인 통념처럼 용인되고 있잖아. 그런데 나는 스스로도 깊이 있는 성찰을 못 해서 문제가 생기는 사람이잖아.

그런데 칼라일이 재구성한 청교도와 크롬웰 이야기를 읽다 보니, 생각하는 행위와 행동하는 행위가 서로 완전히 상반되는 것도 아니고, 일반적으로 두 행위 사이에 뚜렷한 차이가(마치 상반된 행위처럼) 있는 것처럼 상상들을 하는데 사실은 그렇지 않다는 걸 알게 됐어. 우리한테 화가 기질이 있느냐, 없느냐의 문제를 의심하는 건 너무 추상적인 문제야.

하지만 그 문제를 생각해보는 것 자체에 대해서는 반대하지 않긴 하지만……. 그저 데생과 유화를 동시에 잘할 수 있게 되기를 바랄 따름이다.

*내 삶의 계획*이라면 유화와 데생을 최대한 많이, 최대한 그럴듯하게 그려내는 거야. 그래서 내 삶이 끝나는 날, 애정과 아쉬움이 교차하는 심정으로 내 지난 시간을 돌아보면서 이렇게 말하고 떠났으면 좋겠어. "오! 더 그릴 수도 있었을 텐데!" 그렇다고 해서 최선을 다하지 않겠다는 건 아니야. 설마 그럴 리가 있겠어. 어떻게 생각해? 너는 반대 의견이니? 나나 너 자신에게?

그림을 그리겠다는 생각이 네 머릿속에 뿌리를 내리라고 얼마나 빌었던지 '나는 화가인가, 화가가 아닌가?'라는 질문은 추상적인 영역으로 넘어갔고, 이제 인물이나 풍경의 구도를 어떻게 잡을 것인가와 같은 구체적인 질문이 더 중요해졌어. 그게 훨씬 더 흥미로운 내용이거든.

테오야, 나는 나 자신이 화가가 아닌지, 어느 정도 화가인지를 궁금해하기보다, 팔과 다리, 머리가 어떤 식으로 몸통에 붙어 있는지 알아보는 게 더 궁금하다.

그런데 너는 너 자신에 대해 깊이 생각하는 대신, 진창이 된 땅 위에, 가장자리로 은은한 빛이 엿보이는 잿빛 구름에 가린 하늘을 더 많이 생각하는 것 같다. 그래, 나도 알아. 가끔씩 어쩔 수 없이 그런 생각이 마음속에 가득해지지. 아우야, 머릿속이 이런 질문으로 꽉 찰 때도 있어. *과연 신이 존재할까, 존재하지 않을까?* 그렇다고 후자라고 해서 방탕하게 살아도 된다는 뜻은 아니잖아.

예술도 마찬가지야. '나는 화가인가, 아닌가?'와 같은 질문 때문에 데생을 하지 않고 유화를 그리지 않는 상황이 발생해서는 안 된다. 정의 내릴 수 없는 것들이 너무 많아. 거기에 시간을 쏟아붓는 건 시간 낭비야. 그런데 일이 잘 풀리지 않거나 모르는 문제에 부딪히면, 결국 또 그런 생각이나 풀 수 없는 문제 속으로 빠져들지. 이런 상황에 발목이 잡혔을 때 빠져나오는 가장 좋은 방법은 새로운 시선으로 내가 하는 일의 실용적인 측면을 살펴보는 거야.

내가 볼 때, 너나 나는 사상가면서 동시에 행동가 같은 청교도적인 특징을 가졌고, 또 너나 나나 사상가였기만을 바라거나 행동가였기만을 바라는 것도 *아니니*, 단순한 원칙과 그럴듯한 일이 필요한 나는 우리가 서로 다른 길로 가야 한다는 생각도 인정하고 싶지 *않고*, 너와 내가 서로 대척점에 서는 건 더더욱 받아들일 수 *없어*.

네가 계속 파리에 남아 일하겠다는 건 판단 착오 같다.

내 결론은 형제 화가가 되는 것이야.

네 천성에 어울리냐고? 너 자신이 과연 화가가 될 수 있을지를 *의심하면서* 네 천성과 아무런 소득 없이 힘겹게 소모전을 벌이는 건 그만큼 너의 자유를 방해하는 행위가 될 거야.

유감스럽지만 내가 그랬기에 잘 알아. 어쨌든, 우리가 가진 기질로 인해, 우리가 우리 스스로에게 적이 될 수도 있겠지만, 이제는 인간이 행동하면 신이 이끌어주신다는 게 무슨 뜻인지 확실히 알 것 같아. 우리가 잘하거나 잘못하거나 그 모든 것을 관장하는 한없이 강력한 힘이 있다는 거야. 지금 네가 처한 상황에서 지혜롭게 행동해야 해. 어쩌면 화가의 길을 택하는 게 가장 현명할 수 있지. 내가 붓을 드는 모습을 보면 정말 내 마음이 놓일 것 같다. 그렇게만 되면, 눈앞의 재앙이나 실패에 비중을 두지 않고 후회하지 않을 방향으로 향하는 미래에 대한 확신에 큰 의미를 둘 수 있을 거야.

하지만 지금 당장은 연애 문제만이라도 네가 마음의 안정을 찾기를 바란다. 그렇게만 되면 넌 더 강한 사람이 될 수 있어. 왜냐하면 사랑을 받으면 날개가 생기고, 용기와 힘과 자신감이 생기기 때문이야. 사랑을 받으면 우리는 단순한 인간이 아니라 *완벽한* 인간이 될 수 있지. 빠르면 빠를수록 좋아.

어쨌든, 가능한 많은 일 중에서, 너 스스로 화가가 되는 게 너의 길임을 깨달았으면 하는 게 내 바람이야. 그래서 하는 말인데, sans le savoir(모르는 사이에) 청교도가 된 사랑하는 아우야, 머지않아, 네가 파리에서 보낸 시간이 앞으로 보낼 시간보다 많아질 날이 올지도 몰라. 네게는 인색하고 야박했던 구시대가 저물고, 네 앞으로 새로운 세상이 열릴 날이 올 거야.

그러니 많든 적든, 어느 정도는 이렇다는 걸 생각해라. 그런데 이런 생각은 결코, 네게 도움이 되지 않는다는 건, 알아두기 바란다. "빈센트, 형님, 그만하십시오! 이제 그런 말은 그만하시라고요!" 왜냐하면 그 말에 나는 이렇게 답할 테니까. "테오야, 네게 그런 말을 계속하는 건 내가 아니라 *네 내면*의 목소리일 거야!"

On le contient plus malaisément (그것은 훨씬 힘든 일이다)
Que la source des grands fleuves (큰 강의 수원을 담고 있는 것보다)*

* 쥘 미슐레의 글에서 인용

테오야, 우리 집 여자한테 몇 차례 소식이 왔었다. 여전히 남의 집 살림을 해주거나 여기저기 잡일을 하면서 지내는 모양인데, 어쨌든 최선을 다하는 것 같기는 하다. 이해할 수 없는 내용을 두서없이 써 내린 편지를 보내오는데, 지난 과거를 후회하는 내용도 보이더라. 아이들은 건강히 잘 지내고 있다네.

그녀를 향한 연민의 정이 아직은 식지 않았기에, 비록 또다시 그녀와 함께 지내고 싶은 마음이 있거나 그런 가능성을 기대하지 않지만, 그래도 인연의 끈은 남았으면 하는 바람이다. 연민은 사랑과 다르니까. 하지만 연민의 정이 깊구나.

다른 이야기를 해보자, 아우야. 여기는 오늘 눈이 내렸어. 그런데 하늘에서 떨어진 건 눈송이가 아니라 우박이었어. 어마어마한 우박. 효과 때문에 눈이 온다고 말하는 거야.

이곳 경치는 그만 이야기하련다. *너무 많이* 말한 것 같아서 말이야. 그려야 할 것이 차고 넘친다. 나 스스로도 놀랄 정도로 머릿속이 온통 너도 이 일을 하게 될지 모른다는 생각으로 꽉 차 있다. 조만간 확실히 정해지면 좋겠다. 그래야 공동 작업 계획 같은 것도 세울 수 있으니까. 드렌터는 정말 아름다워. 나를 따뜻하게 꼭 감싸주고 모든 게 만족스러워서 평생 여기 머물 수 없다면, 차라리 아무것도 쳐다보지 않는 게 나을 정도야. 형언할 수 없을 만큼 아름다운 곳이야.

진정한 마음의 악수 청한다.

너를 사랑하는 형, 빈센트

339네

테오에게

이미 너한테 편지로 전한 이야기인데, 그 뒤로도 황야를 돌아다니며 곰곰이 다시 생각해봤어. 이미 여러 차례 생각해본 문제들이었어. 예전을 돌아봐도, 요즘을 둘러봐도 심심치 않게 보인단 말이지. 형제 화가들의 작품이 비슷하기보다 각기 다른 느낌을 주는 거 말이야. 완전히 서로 다른 분위기의 그림을 그리면서도 서로를 완전히 보완해주는 역할을 해. 예를 들면, 아드리안과 이사크 오스타더 형제가 그래. 아마 너도 여럿 알고 있을 거다. 판 에이크 형제도 있고, 요즘은 쥘과 에밀 브르통 형제도 있어. 몇 명만 예를 든 거야.

같이 작업하면 분위기가 정말 좋을 것 같다. 둘이 작업하면 생산적인 결과를 얻을 수도 있고, 서로에게 힘이 되어줄 수 있으니까 우울할 시간도 없을 것 같아.

아우야, 나도 서른에 가까운 나이에 *시작*했다는 말을 다시 반복할 필요는 없을 거다. 다른 화가들의 이야기를 읽어봐도, 아주 어린 나이에 그림을 시작한 사람들도 결국 그 나이에 이른 뒤에야 변화하거나 진정한 화가로 거듭났다는 걸 알 수 있어. 네가 그 점을 참고하면 좋겠다. 그밖에 '*생계*'도 걸려 있다는 건 나도 잘 알지.

이런 걱정, 먹을 음식과 지낼 공간이 필요하다는 것은 전혀 잘못된 게 아니야. 오히려 너무나 너무나 당연하잖아.

그런데 나한테 그럴 능력이 없다고 말하는 사람들에게 한 가지 묻고 싶어. "친구, 당신 요구 사항이 뭔가요? 어느 수준의 삶을 원합니까?" 당신은 코로가 그랬던 것처럼, 집에 먹을 게 떨어지면 빵집에서 아무 빵이나 사 들고 들판에 나가 먹어도 괜찮은 사람인지? 따지고 보면, 너도 코로의 기질을 가지고 있고 이런저런 상황에 잘 적응할 수 있어.

네 말이 맞아. 그러니까 *생계*는 완전히 해결되진 않아도, 얼마든지 꾸려갈 수 있는 거야. 네가 조만간 여기 오는 게 가능할지 점쳐보고, 그에 따른 장단점을 따져보다가 나 혼자 지내면서 필요했던 생활비가 우리 두 사람에게 충분할지, 조금 부족할지도 생각해보게 됐어.

네가 조금만 날 도와주거나 너와 수다를 떨고, 진지한 대화를 나누고, 이런저런 생각을 주고받을 수만 있다면, 아마 여러모로 내 작업이 활력을 띠게 될 거라는 확신이 들어.

말 그대로, 작업을 하지 않으면 하루가 가지 않는다는 생각으로 매일 열심히 그림을 그리고 있어. 망치질도 해봐야 대장장이가 될 수 있듯이 데생 하나, 유화 습작 하나 그릴 때마다 한걸음씩 앞으로 나아가는 게 확실히 느껴져. 지금은 길을 따라 걷는 기분이 들어. 그리고 그 길 끝에 종루가 보이는 것 같아. 다만, 이제 도착했다 싶으면 땅에 기복이 생겨 처음 보는 길로 다시 이어져서 다시 따라가야 하지. 얼마나 더 오래가야 내가 그림을 팔 수 있을지, 그건 아직 모르겠어.

그래도 그날이 오면, 절반의 해결책만 찾게 되는 건 아닐 거야. 온 힘을 다해 작업에 임했으니까. 동시에 여러 일을 하고 있어서 내 활에는 시위가 한 개 이상이니 활도 여러 발 갖추는 거야. '빵'이라는 구멍을 이런 식으로 채울 수 있을 거야. 상황은 언제든 달라질 수 있어. 이렇게 열심히 하는데도 아직 그림 1점 제대로 팔지 못하고 있지만, 분명히, 기회는 찾아올 거야.

그나저나 우리에게 필요한 생활비는 최소한 한 달에 150프랑은 돼야 해. 200프랑이면 더 좋지. 그러니 이 정도 금액을 융통해줄 사람을 찾아야 하는데 우리가 작업한 그림이 담보가 될 거야. 우리가 그린 그림을 팔아 돈벌이를 해서 수입이 지출보다 많아지게 될 때까지, 그러니까 빚을 다 청산하기까지 대략 2년쯤 걸린다고 가정해보자.

월 200프랑으로 잡고, 1년이면 12×200=2,400프랑. 아니, 그냥 1,500프랑이 든다고 하자.

이 정도 금액은(너와 내가 함께 그림을 그린다는 가정하에) 우리가 이미 스스로 많은 부분을 투자했고, 기초도 다졌기 때문에 충분히 벌 수 있을 거야. 게다가 나는 이제 그림에 대해 제법 많이 알아. 데생은 물론이고 유화 기법도 나름 터득한 상태란 말이야. 어쩌다 그렇게 된 게 아니라 열심히 노력해서 얻은 실력이지. 그래서 말인데, 이것도 분명히 우리의 시도가 칼로 물 베기가 아님을 추가로 보장해줄 거야.

테오야, 네가 스스로에게 확신이 없고 너 자신을 모르겠다면, 난 이 문제를 두고 너하고 진지한 대화를 나눌 수 없다. 이미 말했다시피, 난 네 안에서 예술가의 기질을 봤어. 그리고 점점 더 확신한다. 넌 그렇게 말할 거야. 아무것도 만들 수 없을 거라고. 그래, 지금은 당연히 그럴 수 있어. 하지만 1년 정도 열심히 노력하고 상황이 명확히 보이는지 기다려 봐봐. 일종의 심리적 전환점을 마련하지 못한다면 아무리 피나는 노력을 한다고 해도 모두가 다 화가가 될 수 있는 게 아니라는 걸 너도 깨닫게 될 거야. 그리고 네 안에 사색의 힘, 성찰의 힘, 분석의 힘, 자연의 아름다움을 느끼는 감각이 내재돼 있다는 걸 깨닫게 될 거야. 바로 이것들이 너를 화가로 만들어줄 원동력이야. 비록 지금은 네가 가진 힘을 다른 곳에 쏟아붓고 있어 예술에까지 신경 쓸 힘이 남아 있지 않겠지만 말이야. 이런 활동이 네 미적 감각을 움직이는 원동력이 된다면, 너는 진정한 화가가 될 수 있어.

잠시 생계와 관련된 문제로 돌아가 보자. 사람들이 불가능하다고 말하는 것 중에는 따지고 보면, 가능한 것도 많아. 네가 직업을 바꿔야 하는 상황에 놓였어(정말 그렇다는 게 아니라, 그렇게 가정하자는 거야). 일단 다른 회사에서 일자리를 찾을 수 있겠지. 아주 좋아. 그런데 이렇게 되면 전경이 아니라 후경으로 보이는 먼 미래가 과연 밝을까? 아니, 어둠 속에 잠겨버릴 거야. 그렇다면 이번에는 네가 화가가 된다고 가정해보자. 그러면 먼 미래가 아니라 눈앞의 가까운 미래가 어둠에 잠길 거야.

주도적인 네 자세는 너를 화가로 만들어줄 수 있고 그건 아무도 가로막을 수 없어. 하지만 주도적인 네 자세는 몇몇 고용주의 눈에는 탐탁지 않게 보일 수도 있어. 갓 그 자리에 오른 사람이거나 어려운 시기를 지나고 있다고 해도 말이야. 비셀링예 씨와 같은 일을 겪게 될 수도 있어. 그 양반도 구필 화랑에서 일하던 시절에는 주도적인 자세로 많은 일을 벌였지.

그러니, 사람들이 불가능한 일이라고는 해도, 따지고 보면 가능한 일이 많다는 거야. 그럴 수밖에 없는 상황이라면, 내가 부모님 댁으로 들어가 사는 게 왜 불가능한 일이겠어? 별 이유도 없이 그러겠다는 게 아니라, 우리 둘이 드렌터에서 버티는 게 불가능할 경우를 말하는 거야. 아, 돈을 융통할 수 있으면 좋겠지! 하지만 그 이야기는 제쳐두고 첫 번째 가정에 집중하자.

힘든 시기를 보내야 할 수도 있지만, 아우야, 둘이 함께한다면 얼마나 즐겁겠냐! 형언할 수 없을 만큼 아름다운 자연 속에서 우리 둘이, 그것도 *손으로 하는 일*을 하면서 지낸다는 게 말이야. 상상할 엄두도 나지 않을 만큼 짜릿하면서도, 이게 너나 내게는 워낙 행복한 일이라 또 한편으로는 이건 우리가 아니라, 다른 이들에게나 가능한 일이 아닌가 하는 생각도 든다. 행복한 일이라는 게 워낙 우리 삶에 인색했었잖아.

우리에게는 1,500플로린의 신용이 필요해. 그걸 어디서, 또 어떻게 구할지, 그건 사실 나도 잘 모르겠어. 그래도 그 돈을 어떻게 활용할지는 말해줄 수 있다. 일단 내가 묵고 있는 여인숙 주인하고 협상할 생각이야. 아마 1,000플로린을 주면 2년간 지금 내가 쓰고 있는 방에서 우리 둘이 지내게 해줄 거야. 숙식이 해결되지. 그러면 다른 잡다한 가사도 신경 쓸 일 없을 테니, 우리는 그저 평안하게, 그리고 열정적으로 그림만 그릴 수 있어.

2년은 결코 짧지 않아. 주변 여건만 유지된다면, 네가 어느 정도의 그림 실력을 갖추는 데 충분한 시간이야.

그래도 우리에게는 다량의 물감을 구입하고 제대로 자리잡는 데 들어갈 돈이 남을 거야.

그 무엇도, 정말 그 무엇도 우리의 용기를 꺾고 좌절시킬 수 없을 거야. 우리는 성공*해야 하고*, 또 성공할 거다. 숙식 문제는 당연히 해결하게 될 거고. 왔던 길로 되돌아갈 수는 없어. 우리는 꼭, 기필코, 무슨 일이 있어도 앞으로 나아가야 하고, 그래야만 해. 그래서 성공해야 해.

네 경우는 나랑 다른 방식으로 접근하는 게 좋겠어. 나는 이런 시기를 거쳤고, 지금까지도 과거에 했던 것들을 하고 있긴 하지만 *너는 곧장 유화부터 시작해라*. 여기서 유화를 그리는 게 아마 네 마음에 꼭 들 거야.

곧바로 미셸의 풍경화 같은 그림이 나올 거야. 여기서는 보이는 풍경이 다 그런 분위기거든. 네가 제대로 된 방향으로 갈 수 있게 도와줄 자신이 있어. 얼마 전부터 그런 비슷한 주제로 그리기 시작했거든. 미셸의 화풍을 고스란히 살려냈다고 자부할 수는 없겠지만, 너도 나만큼만 그림에 대해 알게 되면 너만의 길을 찾아갈 수 있을 거라고 감히 말할 수는 있어.

네가 여기 오면 나는 인물화에 조금 더 집중해볼 생각이야.

지금 이젤에 올라와 있는 풍경화를 대충 옮긴 크로키야. 네가 이런 유화 습작을 곧바로 그렸으면 좋겠어. 풍경을 한눈에 끌어안고 단순한 선과 빛과 그림자의 대비를 구분하는 법을 배웠으면 좋겠어. 오늘 저 위의 풍경을 직접 보고 왔지. 전형적인 미셸의 풍경화 배경 같은 곳이야. 실제로 본 그 자연의 대지는 경이롭더라. 습작의 완성도가 다소 떨어지지만, 현장에서 본 효과가 정말 인상적이었어. 이 크로키처럼, 빛과 그림자의 효과가 정말 탁월했었거든.

아래쪽 그림은 연두색 밀밭이야. 앞에 시든 풀 더미가 보이고, 집 뒤로는 토탄 더미 두 개가 쌓여 있어. 살짝 보이는 황야와 청명한 하늘이 인상적이었어.

이런 분위기를 말하는 거야. 넌 이런 그림부터 시작해야 해. 너는 처음부터 데생에 몰두할 필요는 없을 것 같아. 이런 말들, 정말 진심으로, 아주 진지하게 생각해보고 쓰는 거야. 오래전부터 마음에 담아둔 내용이거든.

네가 구필 화랑에서 아무런 문제가 없었다면 이런 말들 꺼내지도 않았을 거야. 하지만 지금 상황에서는, 내 경제적 여건이 형편없지만 않았어도 당장 이리 내려오라고 간곡하게, 그리고 단호히 말했을 거다.

동네 풍경은 정말 근사해. 어디를 둘러봐도 너를 보며 이렇게 외치고 있어. "그림을 그려라!" 경관이 정말 특징적이면서도 다양해. 아우야, 어떤 상황에서도 경제적 곤란은 언제든, 어디서든 겪을 수 있는 문제야. 그런데 그 어려운 시기가 결과적으로 영원한 평화의 시간으로 귀결될 수 있는 곳이 과연 어딜까? 그 누구도 방해할 수 없는 거대한 평화 말이야. 내가 할 수 있는 최

Ik voor my vooral als gy hier waart zou
geloof meer en meer afstemmen me concentreeren
Ik zal u even de landschapjes op krabbelen
die ik opgezet heb

Hierdoor 't genre van studies dat ik zoude verlangen
gy direkt aangreept. Het landschap groot leeren
aankyken in zyn eenvoudige lynen en tegenstellingen
van licht & bruin. 't Bovenste zag ik heden was
geheel à la Michel. De grond was superbe
in de natuur. Myn studie is my nog niet ryp genoeg
maar het effekt greep my aan en was wel gauw
licht & bruin zoo als ik het u hier teeken

선은 이런 거야. 제대로 자리잡을 때까지 걸리는 2년이라는 기간 동안 우리에게 전적으로 필요한 비용에 대한 담보로 기꺼이 내 습작 전부를 내놓겠어. 돈을 구할 방법이 분명 있을 거야. 최소한의 비용으로도 버틸 수 있어. 어차피 너나 나나 충분히 절약하며 생활할 테니까.

계획해놓은 게 많은데, 낡은 화구들을 교체하는 데 100프랑을 썼으면 좋겠어. 어떻게 됐든, 대략 2년은 여기 머물 수 있다는 확신이 있었으면 좋겠어. 지금으로서는 앞날이 어떻게 변할지 알 수가 없어. 그래도 당장 다른 곳으로 옮겨야 하는 상황이 아니라는 것만이라도 알면 마음이 편할 것 같다.

내가 준비 중이라고 설명한 계획은 언제든 수정될 수 있어. 하지만 본질적인 부분만큼은 그대로 지키고 싶다. 2년간 평화롭게 그림 그리며 생활할 수 있도록 준비하자는 계획만큼은.

2년 후에는, 주기적인 수입이 생겼으면 좋겠고, 너와 내가 같은 방식으로 계속 작업을 할 수 있는 조건에서 고정적인 일감이 있었으면 한다.

계획은 간단해. 사람들이 너에 관해서도 수근거릴 텐데, 미셸의 풍경화 같은 이 작고 볼품없는 호헤베인이라는 마을까지는 도보로 6시간이나 떨어져 있으니, 전혀 문제 될 게 없어, 안 그래? 모든 것을 멀리하고 떠나는 거야. 서른에 가까워지면 구필 화랑은 아마 꿈처럼 아련하게 느껴질 거야. 네가 그곳에서 높은 자리에 있긴 했었는지, 대표가 너를 항상 격에 맞춰 대해줬는지, 그런 기억도 아득해질 거다.

내가 파리로 가는 경우의 수도 있겠지. 뭐, 그렇게 되면, 우리 계획이 엉뚱한 방향으로 흘러가는 거지만, 그 길이 최선이라면 받아들여야지. 하지만 이 방법은 전적으로 네 상황에 달렸어. 그런데 내가 더 걱정되는 건, *네가 화가가 되지 않고* 다른 직장을 구하는 거야. 그러면 상황은 정말 더 심각해질 테니까. 어떻게 다른 식으로 표현할 말이 없다.

넌 사업을 하는 사람이야. 사업가로서의 어떤 편견 때문에 내 생각과 계획을 거부하지는 않을 거라 믿는다. 경제적 어려움은 어디서든 겪을 수 있어. 그렇잖아. 그런 건 피할 수 없는 상황이야. 그리고 내 제안은 단단한 기반을 가진 해결책이야. 왜냐하면 네 손으로 직접 하는 일이기 때문이지. 뒷걸음질치는 일일까? 천만에. 오히려 제대로 전진하는 길이거든. 과감한 결단인 거야. 광부의 신념처럼 힘이 넘치는 결정. 그러니 광부의 신념을 한 번 가져봐. 아우야, 마음의 악수 청한다.

너를 사랑하는 형, 빈센트

곧 편지해라.

바르비종파를 생각해봐. 그 숭고한 이야기를. 거기서 시작한 사람들은 처음에 그곳에 도착했을 때, 이후의 그들과는 확연히 다른 사람들이었어. 지역이 그들을 만들어낸 거야. 그들의 머릿속에는 한 가지 생각밖에 없었어. 도시는 의미 없다. 시골로 가야 한다. 이런 거였겠지. 일하는 법을 배워야 하고, 다른 일을 해야 한다고. 지금의 자신과는 전혀 다른 사람이 되어야 한다고. 아마 이런 생각도 했을 거야. 자신은 아무것도 아니라고. 그래서 자연 속으로 다시 들어가야 한다고.

적어도 내 생각은 그래. 그리고 어쩔 수 없는 상황으로 인해 내가 파리에 갈 수밖에 없는 거라면, 거기서 할 수 있는 걸 찾을 수 있을 거야. 그렇다고는 해도 내 미래는 아무리 생각하고, 다시 봐도, 여기서가 한없이 나을 것 같다.

테오야, 너의 경우는 유별나기도 하고, 정말 흥미롭기까지 해. 과감하게 실행에 옮겨봐. 그러려면 광부의 신념을 가져야 해. 무슨 일이 있어도 꼭 그런 신념을 지니고 있어야 해. 그러니 유별난 너의 경우를 이성적으로 잘 생각해봐. 노골적으로, 직접적으로 말할 수밖에 없는 나를 원망하지 말기 바란다. 하지만 내가 생각하는 걸 그대로 말할 수밖에 없어. 너는 미술상으로 남더라도 빠져나갈 길이 있다고 보고 있을 거야. 그런 너를 보면 나는 네가 비셀링예 씨와 비슷한 일을 겪게 될 거라는 생각이 들어. 그 양반, 아주 괜찮은 분이야. 개인적으로는 높이 평가하고 또 좋아하는 분인 건 맞아. 그런데 지금도 그 양반에게 이런 말을 해주고 싶어. "선생님, 화가가 되세요. 선생님은 지금 같은 이 시대에 미술상의 일을 하시기에는 너무나 올곧고 재능이 넘치는 분이십니다." 하지만 그 양반한테 이런 말을 할 때는 아니야. 반대로, 네가 더 노력하고, 또 *주도적인 자세*로, *손으로 할 수 있는 일*에 매진하면, 넌 이런 생각을 하게 될 거야. 더 이상 주저할 일 없이, 당장 대양으로 나가야겠다고.

그러고 나면 일종의 부정적인 열의가 네 일부를 잠식할 거야. 그러면 긍정적인 열의가 생겨나는 걸 느낄 거다. 평화로운 해안이 바라보이는데, 아주 아름답지. 그런데 예술가의 삶이라는 대양의 깊고 깊은 비밀은 은밀하면서 동시에 진지한 매력이라고 할 수 있어. 그와 동시에 천상의 무언가가 네 안을 파고들 거야. 좋아, 너는 비셀링예씨가 아니야. 너는 전혀 다른 존재야. 넌 쥘 뒤프레가 바다를 배경으로 한 그림 속에 나오는 한 척의 배야. 더 작기도 하지만, 더 크기도 해. 넌 예술가지만 할 수 있는 게 아무것도 없어. 아니, 그렇지 않아! 포기하는 행위가 널 이미 변화시킨 거야. 너의 능력, 너의 무능, 그런 건 이 경우에 전혀 중요하지 않아. 전혀 아니야. 이 삶의 변화는 너의 천성까지 모조리 뒤바꿔놓을 거야. 네 생각은 물론 이해력까지 통째로 변화시켜서 뭐라고 말로 표현하기보다, 그냥 작업을 하고 싶은 마음이 들게 만들 거야. 네 작품은 추해 보일 거야. 좋아. 추해 보이게 내버려 둬. 성가시고 짜증은 나겠지만 그렇다고 낙담하지는 말아라. 얼마간 그렇게 고전하다 보면, 어느 순간, 네가 봐도 마음에 들 뭔지 모를 스케치가 그려질 테니까. 그게 바로 전조가 되는 거야.

좋을 때도 있고, 나쁠 때도 있을 거야. 언제는 괜찮은 것 같은데, 또 언제는 전혀 안 될 것 같은 기분만 들기도 해. 하지만 그러면서 점점 광부의 신념을 갖게 되는 거야. 그리고 그 믿음은 비록, 또다시 우울한 기분에 빠져들 수도 있겠지만, 널 지탱해주는 버팀목이 되어줄 거야. 머지 않아 예술이라는 현실이 아주 진지하게 보일 날이 찾아올 거야. 그래서 남들이 예술에 대해 논하는 이야기가 그저 까마귀 울음소리처럼 들리게 될 거야. 황야가 네게 말을 걸어오고, 소리 없는 자연의 목소리에 귀 기울이게 되고, 자연이 점점 너를 우호적으로 받아줘서 결국은 친구가 될 날이 찾아올 거라고. 그 순간부터 네 작품은 평온해지고 아름다워지는 거야.

그런데 자연이 헌신을 요구한다. 그러고 나서 자신의 요구에 반해 투쟁하기를 강요하지.

아주 솔직히 말하자면, 너에게 솔직하지 않을 수 없으니까, 이 말은 꼭 할 수밖에 없다. 테오야, 화가가 되어라. 그 세계를 떠나, 여기 드렌터로 와라. 그런 너를 보며 남들은 뭐라고 호들갑을 떨 게 분명하다. 하지만 미셸이 그려놓은 것 같은 풍경을 보며 6시간을 걷다 보면 그런 이야기도 더는 들리지 않을 거다. 저속한 세상과 멀어지기 때문이지.

잠에서 깨어 일어나면 마당에 불을 지펴놓고 그 옆에 요람을 갖다 놓은 농부들을 볼 거야. 여기 오면 네 생각도 더 나아질 테고, 코레조가 말했던 "anche io*(나도 이제 화가다)"를 실감할 거야. 사람들이 그러겠지. 너는 화가가 아니라고. 그러면 이렇게 대답해라. 그러거나 말거나.

테오야, 네가 여기로 오면, 내게는 동료가 생기고, 그러면 작업에 큰 도움이 될 거야. 아무튼, 너도 친구 없이 지내게 될 일은 없지. 라파르트와도 더 가까운 사이가 될 수 있어. 비셀링예 씨도 너를 배척할 일은 없을 거야. 어쩌면 네게 그런 결정을 내리지 말라고 충고할 수도 있는 양반이지. 네가 여기로 오면 너는 순식간에 많은 그림을 그릴 수 있을 거야. 나 혼자서는 벅차다. 그림이 뭔지 아는 동료와 함께할 수 있으면 좋겠어.

그리고 파리로 가게 된다고 했을 때 가장 마음에 들고, 또 내 그림 실력 향상에 가장 도움이 되는 건 바로 너와 함께 지낼 수 있다는 부분이야. 그렇게 되면, 내가 이런저런 생각을 했을 때 그림이 뭔지 알고, 그런 시도를 해보는 게 합리적이라는 걸 이해할 수 있는 사람과 의견을 교환할 수 있잖아. 나도 파리에 가고 싶어. 왜냐하면 네가 있으니까. 파리에 있더라도 외롭게 혼자 지내지 않는다면 그림 솜씨도 훨씬 나아질 거야.

이 정도면 충분히 이야기한 것 같다. 생계며 화실이며, 그런 문제를 해결하지 않아도 우리 계획을 실행할 수 있다고 우기는 건 아니야. 하지만 내가 말하는 최소한만 있으면 '불가능'이라는 말을 단호히 제거할 수 있어. 개인적으로 세운 간단한 계획이 하나 있어. 황야를 돌아다니며 눈에 띄는 것들을 그림으로 그리고 황야의 공기를 마음껏 들이켜면 원기도 회복되고, 새 기분이 들면서 더 나아지지 않을까 싶어.

자, 아우야. 여기 와서 이 황야와 감자밭에서 나와 함께 그림을 그리자. 밭을 가는 사람들을 따라다니고, 목동이 가는 길을 따라다니자. 여기 와서 같이 앉아 불을 쬐고, 여기 와서 황야를 쓸고 가는 강풍을 맞으며 새롭게 거듭나라.

* '나도 역시'라는 뜻의 이탈리아어

벗어나라. 미래야 나도 모르지. 어떤 일이 기다리고 있을지, 순풍이 불지, 아닐지. 하지만 다른 말을 할 수는 없어. 파리에서 순탄한 미래를 찾을 생각은 말아라. 미국에 가서 그걸 찾겠다고 생각하지도 말아라. 어차피 언제나, 어디를 가든, 똑같으니까. 실질적으로 바꿔라. 하지만 그런 변화는 황야에 와서 찾아봐라.

안부 전한다. 곧 편지해라. 마음으로 악수 청한다.

너를 사랑하는 형, 빈센트

339a네

테오에게

내가 생각하는 최고의 삶이란, 단연코, 의심의 여지 없이, 저 높은 곳의 *불가사의할 정도의 무언가*와 함께 긴 세월, 자연 속에서 거니는 삶이다. 자연보다 더 높은 그 무언가에 걸맞은 이름은 찾을 수가 없어. 농부일 수도 있고 받아들여질 상황이 되면 목사나 교사일 수도 있어. 또 상황이 정 그렇다면 화가일 수도 있어. 왜냐하면 그게 가장 그럴듯한 삶이거든. 네가 바로 그게 되는 거야. 한 인간으로서 야외에서 자연을 벗 삼아 지내면서 손으로 하는 일을 하면 너는, 그 시간을 거치면서, 네가 정말 그렇게만 하면, 더 낫고, 더 괜찮고, 더 깊이 있는 존재가 될 수 있어.

난 그렇게 굳게 믿어. 처음부터 어느 정도 재주도 갖추고, 유리한 정황 덕에 어느 정도 특권도 좀 누리고 그런 건, 내 생각에, 별로 중요하지 않아. 처음에는 자연과 잦은 접촉이 필요하다는 강한 믿음으로 움직여야 해. 그리고 이런 길을 가야만 길을 잃지 않고, 최대한 곧게 뻗은 길로 나아갈 수 있다는 믿음으로 움직여야 해. 그리고……(해독 불가능한 단어가 이어짐). 거기에 이런 확실한 사실이 추가된다. 삶이 편안한 경우, 금리수입자처럼 사는 건 별 도움이 안 돼. 반면, 힘겨운 나날, 성공하지 못한 노력과 시도가 사람을 더 나은 사람으로 만들어주는 법이지.

내 생각에, 철저히 홀로 작업하지 않는 게 가장 좋아. 왜냐하면 자신의 작품 속에 너무 빠져들다가 길을 잃을 수 있거든. 조언을 주고받는다면 서로를 바른길로 이끌 수 있어.

사람들에게 말하면 아마 다들 이렇게 대답할 거야. "자네, 무슨 생각하는 건가! 이런저런 걸 포기하겠다니, 어떻게 그렇게 무모한가!" 다들 미쳤냐고, 큰 실수하는 거라고 말하겠지. 그런데 나는 '무모함'은 내가 말했던 삶의 방식, 화가의 삶의 방식에 전혀 들어맞지 않는 단어라고 생각해. 오히려 도시와 도시의 삶에 자신을 옭아매는 행위야말로 무모한 행동이라고 생각해.

사람들은 네가 한가롭게 공상이나 하고 있다고 말하겠지만, 나는 네가, 지금 네가 살아가는 시대에서 현명하게 미래를 내다보고 있다고 생각해. 막말로, 그런 감정적인 경험을 하고서는 한가로운 공상이나 하는 건 불가능하거든. 우리는 지금 환멸의 시대를 살고 있어. 그렇지 않다고 우겨도 내게는 통하지 않아.

이런저런 일이 이렇게 저렇게 흘러가는 걸 생각하면 이루 말할 수 없을 정도로 우울해져. 사람들은 내가 철부지 10대처럼 경솔하다고 말하고 싶겠지! 어림도 없는 소리! 아무렴! 네 마음의 기준으로 봐도 우리는 그 누구보다 진지하잖아! 달콤하고 부드러운 걸 기대한 건 아니었을 거야. 설마! 바위와도 맞서 싸워야 한다는 건 너도 잘 알 거야. 자연은 치열한 전투 없이, 네게 져주거나 고분고분해지지 않는다. 보통 이상의 인내심이 필요하고.

사람들은 네가 화가가 되겠다고 하면 과연 제정신인지 의아해할 거야. 장미향 꿈을 꾸거나 달나라에 가 있는 거라고. 내가 물을게. 그들이 뭘 알지? 이런 식의 터무니없는 생각이나 하는 그들이 대체 뭘 아느냐고? 하지만 세상은 이런 식으로 돌아가. 오해 중에서도 그냥 너무나 흔한, 그저 그런 오해이자 실수에 불과해. 그런데 이런 생각은 세간의 의견과 정반대기 때문에 그냥 잊고 지나가야 해. 좋지 않은 거나 상식에 어긋나는 걸로 여기기도 해. 천성적으로 너무나 평온하고 즐겁고, 차분하다고 해도, 한없이 침울해지기도 하지. 달리 수가 없다고 여기면서. 그래서 이런 생각을 하는 게 차라리 실질적으로 도움이 된다. 아무것도 하지 않으면 내 힘과 활력을 낭비하는 거라고, 자연으로 들어가 새롭게 거듭나겠다, 전혀 다른 방식으로 도전하겠다, 이렇게 나 자신을 정비하고 준비해서 몇 년 안에 전혀 새로웠던 땅을 단단히 밟아 다지겠다고.

나는 *소위* '상식'(왜곡된 기사, 말도 안 되게 진실과 다른)이라는 것을 잘 참지 못한다. 자고로 상식이란 필요하면 사용하고 도움을 얻어야 하는 건데, 남들이 가지 않는 길로 가거나, 위험을 무릅쓰려고 하면 절대 적용할 수 없다고들 하기 때문이야. 말했다시피, 나는 이런 기준은 참아줄 수가 없어. 왜냐하면 내가 가진 상식이 이끄는 대로 가면 이렇게 편협할 수 있나 싶을 정도의 지혜와 도저히 봐줄 수 없는 몇몇 인간들이 보여주는 절반의 진심과는 전혀 다른 결과로 이어지거든.

오, 한없이 사소한 일들! 오, 끝없는 저 망설임! 좋은 건 좋은 것이고, 검은 건 검은 것이고, 하얀 건 하얀 것이라는 사실을 믿지 못하는 저 불신!

사랑하는 아우야, *더는 말을 잇지 못하겠다. 지금 이 순간*, 너무 행복해서 무슨 설명을 하려 해도 두서없이 마구잡이로 튀어나올 뿐이야! 너무 기뻐서 테르스테이흐 씨나 아버지처럼 차분하게 글도 못 쓸 지경이야.

나는 네가 가진 예술가적 기량을 너무 믿기 때문에, 당장이라도 네가 붓이나 크레용을 손에 들면 그게 어색하든 아니든, 뭔가 그럴듯한 걸 그려낼 수 있을 것만 같다.

네 생각을 표현하게 되기까지, 그러니까 네 안에서 드는 단순한 생각, 활력이 넘치는 생각, 평화로운 생각 등을 겉으로 표현해내기까지, 마음속에 있는 것들을 작품 속에 표현해내기까지 거쳐야 할 과정이 여럿 있어. 하지만 때가 올 거야. 어느 정도의 실력을 갖추지 않은 이상, 처음에는 있는 그대로 그림을 그리는 게 쉽지 않아.

그런데 너에게는 이미 뭔지 모를 무언가가 있어. 파리에서 본 크로키를 비롯해 네가 말 대신 설명한 몇몇 그림을 통해 엿볼 수 있었어. 네 첫 데생이나 습작에서도 그런 걸 보고 싶어. 아버지를 떠올리면, 아버지의 장점은 무엇보다 자연을 대하는 자세가 아닐까 싶어. 그런데 내 눈에 보이는 아버지의 단점이라면, 그럴 가치가 없는 것들에 너무 큰 가치를 부여하신다는 거야.

내게 아버지는 위인들의 사생활에 대해 아셔야 할 때 아무것도 아시는 게 없었던 그런 분이야. 그러니까 지금도 그렇고, 과거에도 그랬고, 앞으로도 그렇고, 현대 문명의 영혼이 무언지 모를 분이라는 거야. 그게 뭘까? *가장 위대한 사람*들이 지닌 영원한 가치, 단순함과 진리야. 뒤프레, 도비니, 코로, 밀레, 이스라엘스, 헤르코머는 물론 미슐레, 위고, 졸라, 발자크 등은 말할 것도 없지. 대가, 예전 시대와 얼마 전의 시대를 살았던 대가들이 가지고 있던 단순함과 진리. 아버지는 그런 게 부족했어. 더 나은 대의명분에나 어울릴 근엄함과 함께 평생 가지고 오신 그 편견들이 아버지의 길을 가로막고 방해했던 거지.

아버지는 내게 검은빛이다. 왜 하얀빛이 되실 순 없는 걸까? 아버지께 아쉬운 건 그것 하나야. 너무 심하다고? 그래도 어쩔 수 없어. 너만큼은 하얀빛을 찾기 바란다. 하얀빛. 알았지?

마음의 악수 청한다.

너를 사랑하는 형, 빈센트

내가 하얀빛을 가지고 있다고 말하는 게 얼마나 당치도 않은지, 그건 굳이 말하지 않을 거야. 하지만 하얀빛이 존재한다는 건 자신 있게 말할 수 있어. 그리고 지금도 그걸 찾고 있고. 그것만이 유일하게 단순한 진리라고 생각해.

339b네

테오에게

얼마 전부터 여러 갈래로 나누어지는 생각을 그냥 내버려두고 지내는 중이야. 영국 속담처럼, "일이 벌어지기 전에 조짐이라는 게 있기 마련"이기도 하고, "우리는 어떤 하루가 펼쳐질지 전혀 모르"기도 하지. 됐어, 내 예감은 이러니까. 네가 구필 화랑을 떠날 거라는 예감. 오만방자할 뿐만 아니라 가만히 두고 볼 수 없을 정도로 기분 나쁘게 굴어서 더 이상은 그 회사에 남아 있을 수 없게 만들어버릴 테니까.

적어도 구필 화랑에 그다지 애사심을 갖지 않고 다녔던 정직한 사람들이 그곳을 떠날 때 겪었던 일은 그런 식이었어. 아무튼, 어떤 일이 벌어질지는 네가 두고 볼 일이지만, 관계가 좋아질 거라 기대하지 않는 편이 좋아. 테오야, 나는 살다가 겪게 되는 수천 가지 일에서 화해할 수 있는 길이 보이면 얼른 그 길을 택하는 편이야. 그런데 경험해 보니 언제나, 상황이 지혜롭게 수습될 이유가 이만큼 있으면, 상황의 수습을 가로막을 이유가 또 저만큼 있더라.

그러니 아우야, 언젠가, 머지않은 어느 화창한 아침에 느닷없이 예상치 못한 폭우가 쏟아져 뿌리째 뽑혀 나갈 수도 있어. 그렇게 시간이 점점 지나면서 정말 큰 해를 입을 것 같은 느낌도 들 수 있어(왜냐하면 정말 끔찍한 일이니까). 아마 계속 회사 일을 할 마음이 남아 있을지, 너 스스로도 의심하게 될 거야.

그런 상황이 발생하면, 현명하고, 침착하고, 이성적으로 행동하고, 화가가 되는 가시밭길에 대해서 내가 하는 말을 귀 기울여 듣기 바란다. 초반에는 온갖 수모를 겪을 테지만 끝내는 확실한 승리와 영광으로 이어지고 미술상으로 일하면서 결코 느껴보지 못한 절대적인 평화를 경험하게 될 테니까.

너와 나는 형제면서 또 친구기도 하잖아. 불행이 이런 관계를 더 돈독히 만들어주고 우리 사이를 더 가깝게 만들어준다면, 나는 그걸 단순히 또 하나의 불행으로 여기지 않고 긍정적인 시각으로 다시 바라볼 거야.

테오야, 나는 때때로 이런 생각을 했었어. 혼자가 아니라면 가난한 예술가로 사는 것도 견딜 만하다고. 동시에 생산적이기도 하고. 기억해라, 네가 구필 화랑에 남지 않을 것 같다는 예감 말이야, 그건, 일이 벌어지기 전에 조짐이라는 게 있기 마련이라는 글을 처음 써 보낸 뒤로 내내 내 머릿속에서 맴돌고 있어. '그럴 일은 없어! 테오는 남게 될 거야'라고 나 스스로 다짐하듯 되뇌어도 소용없었어. 이제는 이런 *idée fixe(고정관념)*까지 생길 정도다. 네가 뿌리째 뽑혀나가 방향을 잃고, 지친 끝에 다른 지점에서 네 자리를 찾으려다 이런 생각을 하게 될 거라고. '더는 못 하겠어, 이번에도 실패할 거야, 나는 미술상으로서 재능이 부족해. 나의 청춘을 줄곧 구필 화랑에서 보냈는데, *그런데 이제는 끝이야!*' 내 예감으로는 지금 네 기분이 이와 비슷하지 않을까 싶어.

네 기분이 정말 그렇다면 난 그게 무모하지도, 터무니없지도, 그렇다고 나쁜 것도 아니라고 생각하기 때문에 우리는 우리가 가진 힘과 우리 자신을 믿으면 된다고 본다. 예술에 대한 우리의 사랑이 우리 마음에 광부의 신념을 불러일으켜서, 우리 이전 사람들이 했던 말, 우리 이후 사람들이 할 말을 할 수 있었으면 한다. 그러니까 주어진 여건은 불길하고, 가난한 것도 사실이지만, *그래도 한 가지만큼은 단단히 붙들고 있을 수 있지. 바로 그림.*

네 말, 나도 충분히 공감해. 이런저런 상황에도 불구하고 다시 한 번 회사에 남아서 최선을 다해보고 싶다는 네 마음 말이야. 그게 너 자신을 위한 게 아니라, 다른 사람들이 잘되기를 바라기 때문이라는 것도. 좋아, 하지만 회사가 너를 밀어내는 순간, 그런 식의 의무감은 멈추지. 그래서 드는 예감인데, 네 생각도 곧 달라질 거고, 또 그 의무감이 너를 다른 길로 인도할 거야.

사랑하는 아우야, 온 가족을 부양하기 위해 지금까지 네가 들인 노력을 당장에 포기할 필요는 전혀 없어. 비록, 지금까지는 내가 이 문제를 거론할 자격이 없다고 생각해왔지만, 오히려 지금 같은 상황에서는 이런 제안을 해야 할 것 같다. 너와 나뿐만 아니라 아버지, 어머니, 빌레미나, 마리 등 우리 모두가 이것만큼은 이해해야 하고, 다같이 힘을 합쳐야 하며, 구필 화랑에서 시작될 참사로 인해 향후 몇 년간 재도약을 위해 몸을 낮추고 지내야 한다고.

그 기간이 끝나갈 무렵이면, 아마 너와 내가, 지금 너 혼자 벌고 있는 수준의 돈벌이를 할 수 있어야 할 거야. 그때까지는 우리 모두에게 힘겹겠지만, 진심과 사랑으로 서로를 보듬고 힘들어하는 서로를 위로해줘야 해.

하지만 네가 마음에도 들지 않은 일을 억지로 하는 건 별 도움이 되지 않아. 오히려 모든 걸 더 엉망으로 만들지.

넌 반드시 *광부의 신념*을 가져야 해. 그리고 대담하게 시작하는 거야. 화가.

아우야, 난 네가 또 다른 일에 눈을 돌렸다가, 첫째로 시간을 허비하고, 둘째로 또다시 실패하고 뿌리째 뽑히는 크나큰 충격에 사로잡히거나 셋째로 얻는 것보다 잃는 게 더 많아지지 않을까, 그게 정말 걱정이야. 그럼에도 불구하고 네가 원한다면, 무슨 일이 있어도, 새로운 길로 접어들어, 새로운 일을 선택한다면, 그게 파리가 됐든, 미국이 됐든, 어디가 됐든, 네가 가고자 하는 길을 갈 수 있도록 너를 붙잡지 않으마. 하지만 내 예감을 아까도 이미 명확하게 밝혔다. 내 생각이 틀렸는지는 네가 판단해라. 내게는 결과가 어느 정도는 명확히 보이거든.

아우야, 나의 조언은 전혀 새로운 일을 해보라는 거야. 광부의 신념으로 예술을 대해봐. '할 줄 아는 게 없습니다, 저는 예술가가 아닙니다, 저한테 있지도 않은 재능이 있다고 말씀하지 마세요'라고만 말하지 말고(나에겐 투덜대는 소리로만 들려). 그거야말로 *착각이다*. 아우야, 너와 나의 미래가 걸린 대단히 진지한 일이니만큼, 지금 같은 상황에서는 광부의 신념으로 그림을 그리는 것이 옳은 길이라고 다소 거칠게 설명한 것이니 좋지 않은 부분만 너무 크게 받아들이는 우를 범하지는 않았으면 좋겠다.

집에서도 이것 한 가지는 알아둬야 해. 무슨 일이 있어도 너와 나는 지금과 똑같은 목표를 바라볼 거라는 사실을 말이야. 그러니까, 우리 둘에 관한 부분은 물론 다른 부분에 관해서도 그렇다는 거야. 그런데 길 하나가 막혀서 새 길을 다시 만들어야 하는데, 그러려면 다른 사람들이 이 부분에 대해 아무런 이의를 제기하지 않아야 하고, 방해하지도 말아야 해. 필요하면 우리를 돕기도 해야 해. 부모님과 다른 가족들은 우리 계획을 존중하고 간섭하는 일은 없어야 한다. 아우야. 다른 방법으로 성공할 수 있다는 말로 너를 위로해줄 수 없어 마음이 무겁다.

어쩌면 더 일찍 시작하지 않은 게 실수일 수도 있어. 아니, 분명해. 하지만 우리가 받은 교육이나 우리가 받았던 영향을 감안하면 이런 실수는 충분히 이해되지. 이는 단순히, 지금이라도 우리가 어렸을 때라면 결코 가질 수 없었을 단호한 마음가짐으로 작업을 시작하라는 것을 의미하는 또 하나의 이유일 거야. 내 눈에는 모든 게 이렇게 보여. 우리가 가진 모든 힘을 '그림 그리기'에 집중해야 한다고. 조난사고를 겪고도 뗏목으로 무사히 해안에 도달하겠다는 그런 단호한 집념으로 무장하고. 열과 성의를 다해 그림을 그려야 한다는 거야.

Adieu, 아우야. 진심으로 마음의 악수 청한다.

너를 사랑하는 형, 빈센트

340네 ___ 1883년 11월 2일(금)

테오에게

즈베일로에 다녀온 이야기를 좀 하고 싶다. 리베르만이 오래 머물며 마지막 전시회에 출품한 〈빨래 너는 여인들〉의 습작을 그린 곳이고, 테르 묄런Termeulen이나 율러스 박하위전도 장기간 머문 곳이야.

한번 상상해봐. 새벽 3시에 작은 이륜마차를 타고 황야를 가로지른다(여인숙 주인이 아선 장에 가는 길을 따라나섰어). 그 길을 동네 사람들은 '제방'이라고 부르는데, 두둑하게 쌓아올릴 때 모래가 아니라 진흙을 썼기 때문이야. 일전에 거룻배를 탔을 때보다 훨씬 편하더라. 출발할 때 막 동이 트기 시작하며 수탉들이 황야 여기저기 흩어져 있는 초가집에서 일제히 울어대기 시작했어. 우리가 지나온 집들은 대부분 외떨어진 곳에 있어서, 집을 둘러싼 앙상한 포플러나무들이 노랗게 물든 잎사귀를 바닥에 떨구는 소리까지 들릴 정도였지. 흙담과 너도밤나무 울타리로 둘러쳐진 작은 교외 묘지에 세워진 낡은 종루도 보였어. 황야와 밀밭이 넓게 펼쳐진 그 풍경은 눈을 돌릴 때마다 영락없이 코로가 그린 가장 아름다운 그림이었다. 오직 코로만이 그려냈던 그 적막감, 신비로움, 평화로움. 즈벨일로에 6시 도착했을 때도 여전히 어둑했어. 그 이른 새벽에 진정한 코로의 작품을 감상한 거야.

이륜마차로 마을로 들어가는데, 그렇게 아름답더라! 집이며 축사, 헛간, 양우리의 지붕이 온통 이끼로 뒤덮였어. 이곳의 주택들은 화려한 청동색 떡갈나무들을 사이에 두고 널찍이 떨어져 있어. 이끼는 황록색 색조가 두드러지고, 땅은 적색이나 청색이나 노란색이 진한 잿빛 라일락과 어우러지고, 밀밭은 초록색 중에서도 이루 말할 수 없이 맑은 색조였어. 물먹은 나무 몸통의 검은색은 황금비 같은 가을 나뭇잎과 대조를 이루는데, 아직 가지에 매달려 바람에 느슨하게 빙글빙글 도는 나뭇잎들은 마치 술 장식처럼 보였어. 아무튼 포플러나무, 자작나무, 보리수, 사과나무에 간신히 붙어 있는 그 나뭇잎들 사이로 하늘이 보였어.

구름 없이 깨끗한 하늘이 빛나는데, 흰색은 아니고 뭐라 설명하기 힘든 연보라색이랄까, 빨강과 파랑과 노랑이 얼룩진 흰색에 가까웠어. 모든 걸 녹여낸 분위기로, 아래쪽에 수증기를 머금은 엷은 안개까지도 녹아든 듯 보였지. 모든 색을 품은 섬세한 잿빛 색조라고 정리할 수 있을까.

그런 즈베일로에 왔는데, 화가가 한 명도 없는 거야. 사람들 말이 *겨울에는 아무도 찾아오지*

않는대. 난 꼭 겨울에 와보고 싶었는데. 화가가 없다니까, 여인숙 주인의 귀가를 기다리느니 차라리 걸어서 돌아가며 그림을 그리기로 했어. 그래서 리베르만이 대형 유화로 그렸던 작은 사과나무 과수원을 스케치했다. 그러고는 이륜마차를 타고 온 길을 되짚어 걸어갔지.

이때가 즈베일로 일대가 막 자라기 시작한 밀밭으로 뒤덮이는 시기라서 어디를 둘러봐도 내가 지금까지 봐온 가운데 가장 은은한 초록색이 끝없이 펼쳐져 있었어. 그 위로 저 높이 솟은 하늘은 연보랏빛을 머금은 하얀색이었는데 그 색조가 얼마나 섬세한지 그림으로 도저히 담아낼 수 없을 것 같더라. 그런데 다른 효과의 기본에 대해 알려면 꼭 알아야 하는 기본적인 색조인 것 같아.

끝없이 넓고 평평한 대지는 검은색이었어. 거기에 섬세한 연보랏빛 하얀 하늘. 그 대지는 밀알의 싹을 틔우고, 그 싹은 마치 곰팡이처럼 대지 위로 피어오르지. 이게 바로 습기를 머금은 드렌터의 비옥한 대지야. 브리옹Gustave Brion의 〈천지창조 마지막 날〉을 떠올려봐. 난 어제서야 그 그림의 의미를 이해한 것 같다.

드렌터의 척박한 대지도 비슷해. 다만 땅이 마치 그을음처럼 훨씬 더 검다. 밭고랑의 연보랏빛 검은색과도 달랐어. 영원히 썩어가고 있는 황야의 잡초와 토탄으로 뒤덮인 듯 암울한 분위기야. 어디를 둘러봐도 그래. 끝없이 펼쳐진 토탄 지대를 배경으로, 간간이 뗏장을 지붕에 얹은 초가집들이 보였지. 비옥한 대지에는 작고 낮은 벽에 어마어마한 이끼로 뒤덮인 지붕을 가진 보다 원시적인 형태의 농가와 양우리들이 보였는데. 떡갈나무들이 주변을 둘러싸고 있고.

몇 시간 동안 이런 지역을 걷노라면 끝없이 펼쳐진 대지, 곰팡이처럼 퍼져나가는 밀밭과 황야, 그리고 무한한 하늘밖에 없는 듯이 느껴진다. 말도 사람도 벼룩만큼이나 하찮아. 제아무리 크다 한들 아무 감흥이 없고 오로지 하늘과 땅만 있어.

그런데 티끌 같은 하나의 점으로서 다른 점들을(무한대라는 건 제쳐두고) 보다가, 그 검은 점 하나하나가 전부 밀레라는 걸 깨달았어. 작은 옛날 교회를 지나왔는데, 맞아, 정확히 뤽상부르 미술관에 걸려 있는 밀레의 〈그레빌 교회〉 분위기야. 그림 속 삽을 든 작은 농부가, 여기에선 울타리를 따라 양 떼를 몰고 가는 목동이지. 그림 속 뒷배경으로 보이는 바다 대신 막 자라기 시작한 어린 밀밭이 바다처럼 펼쳐져 있고, 밭고랑이 파도를 대신하고. 전반적인 인상이 똑같아.

몹시 분주히 밭을 가는 농부들이며 모래 화차, 목동들, 도로를 정비하는 인부들, 퇴비를 실은 수레 등을 봤어. 도로 옆 여인숙에서 물레 앞에 앉은 노부인을 데생으로 그려봤는데 작고 어두운 그 윤곽이 마치 동화에서 툭 튀어나온 분위기였지. 노부인이 앉아 있던 창문을 통해 맑은 하늘과 초록 들판 사이로 난 오솔길, 풀을 뜯는 거위들이 보이더라.

석양이 내릴 무렵에 찾아오는 적막감, 그 시간만의 평화로운 분위기를 떠올려봐!

가을 잎들이 달린 커다란 포플러나무들이 줄지어 선 오솔길도. 군데군데 진창이 생긴 널찍한 길도 떠올리고. 그 시커먼 진창의 오른쪽으로도, 왼쪽으로도, 끝없는 황야가 펼쳐져. 뗏장을 얹은 초가집 몇 채가 만들어내는 삼각형 형태의 어두운 그림자, 창문으로 들여다보이는 난로의 빨간 불씨, 표면에 하늘을 반사시키고 안에선 뿌리가 썩고 있는 탁한 황색 물웅덩이도 보이지. 땅거미 지는 저녁에 물웅덩이 위로 비쳐 보이는 희멀건 하늘을 상상해봐. 흰 바탕에 온통 검은색인 상황을. 그 진창길 위로 목동이라는 투박한 인물과 절반은 털로, 나머지 절반은 진흙으로 뒤덮인 타원형 덩어리가 서로 밀고 밀리고 있었어. 그 양 떼가 다가와 네 곁을 둘러싸며 지나가면, 너도 방향을 돌려서 따라가게 돼. 말 안 듣는 양 떼는 그렇게 힘겹게 진창을 걸어갔어. 그런데 저 멀리, 농가 하나가 보이더니 이끼로 덮인 지붕, 포플러나무 사이에 놓인 짚단과 토탄 더미도 하나씩 모습을 드러내. 양우리도 어두운 삼각형 모양의 그림자처럼 생겼어. 활짝 열린 문이 무슨 소굴 같더군. 그 끝으로 보이는 널빤지 틈새로 하늘이 보인다. 털과 진흙으로 뒤덮인 행렬은 시커먼 동굴 같은 우리 속으로 몰려 들어가고, 목동과 등불을 들고나온 여인이 우리 문을 닫았어.

땅거미 질 무렵에 마주한 양 떼의 귀환은 내가 어제 들은 교향곡의 피날레였어. 하루가 마치 꿈결처럼 지나갔어. 아침부터 밤까지 가슴이 미어지는 듯한 음악 같은 풍경에 취한 탓에 먹고 마시는 것조차 까맣게 잊었지. 물레 앞 노부인을 그렸던 여인숙에서 먹은 캄파뉴 한 조각에 커피 한 잔이 전부였더라고. 새벽녘부터 황혼까지 하루를 다 보내고 밤도 지나 다음날로 넘어가는 동안에도 나는 여전히 그 교향곡 속에 푹 빠져 있었다. 숙소로 돌아와 난로 앞에 앉고서야 허기가 느껴지더라. 아니, 게걸스러울 정도로 밀려오더군.

여기서 보내는 하루는 이런 식이지! 걸작 100선 전시회장 한복판에 서 있는 기분이 따로 없어. 이런 하루에서 건져온 게 뭐냐고? 크로키 몇 점에 불과하지. 그런데 당연히 다른 게 하나 더 있어. 무엇보다 그림을 그리고 싶다는 차분한 욕망.

속히 편지 보내주기 바란다. 오늘이 금요일인데 네 편지가 아직 도착하지 않았어. 이제나저제나 기다리고 있다. 환전하려면 호헤베인으로 갔다가 되돌아와야 해서 시간이 좀 걸리거든. 상황이 어떻게 돌아갈지는 알 수 없잖아. 그리고 이제는 한 달에 한 번 돈을 보내주는 게 가장 간편할 것 같아. 그게 아니더라도 아무튼 속히 편지 바란다.

마음의 악수 청한다.

너를 사랑하는 형, 빈센트

341네 ___ 1883년 11월 12일(월) 혹은 13일(화)

사랑하는 동생에게

편지 고맙게 잘 받았다. 네 말대로 짧긴 하더라. 요새 사람들은 사업이나 사실과 관련된 이야기가 아니면 이런저런 *생각*을 편지로 주고받는 걸 쓸데없고 불필요한 행위로 여기는 것 같다. 그래서 형식도 간결해지긴 했는데, 그런 편지는 항상 뭐가 좀 부족하거나 실망스럽더라.

어쨌든, 아우야, 네가 좀 덜 무뚝뚝한 투로 편지해주면 좋겠다. 뭐, 워낙 바빠서 그랬겠지만 말이야. 너무 순식간에 해치우는 식으로 진행하는 것보다 시간을 두고 여러모로 살펴보자는 네 제안은 현명하고, 전혀 틀린 말도 아니야. 그런데 거기에 네가 덧붙인 한 가지에는 내가 아주 솔직하게 대답하고 싶다. 네가 구필 화랑에 남을 이유도 많지 않은지 다시 한번 생각해보라고 했지. 그래, 아우야, 당연히 예전에도 생각했고 사실, 지금껏 너한테 말은 안 했지만, 지금도 그 점을 생각해보고 있다. 그런데 네가 '남을' 이유를 다시 한 번 생각해보라고 하니, 아주 솔직하게 내 생각을 말해줄게.

우선 이것부터 알아두면 좋겠다. 난 구필 화랑이 우리에게 실질적인 도움이 될지 점점 더 의심이 들기 시작했어. 분명히 말하지만, 너를 비롯해서 부모님과 나까지 전부를 말하는 거야. 경제적인 부분만이 아니라 다른 이득까지 따져봤지만 역시나 회의적이다. 영향력 있는 인사들과 직간접적으로 친분을 쌓을 기회 같은 거 말이야. 한마디로, 모든 걸 다 따져봐도, 과연 *남을 이유가* 있는지 물음표만 떠오르더라.

이건 자명하다. 부모님도 나도 힘든 시절, 네가 말 그대로 우리를 먹여 살렸다는 사실. 네가 도와주고 보호해준 덕분에, 우리 모두 무너지지 않고 버틸 수 있었다. 특히 내 상황은 이루 말할 수 없을 정도로 심각했었지. 지금 나는, 어떤 사물이나 사람 앞에 서면 일말의 주저함 없이 확실하고 분명하게 그 대상을 그려낼 수 있는 수준에 이르렀어. 완벽하진 않더라도 전반적인 구도, 배율, 원근을 살려서 표현할 수 있다는 말이야. 그럴 필요가 있었고, 무슨 일이 있어도 해내야 했어. 그 경지까지 다다를 수 있었던 건, 네 도움이 나와 적대적인 세상 사이에 일종의 장벽을 쌓아주고 울타리가 되어준 덕분이었어. 물질적인 어려움 때문에 걱정하고 고민할 일도 없던 탓에 오롯이 그림 그리기에 집중할 수 있었던 거야. 부모님과의 사정은 자세히는 몰라도, 어쨌든 온 식구가 너한테 고마워한다는 건 잘 알아. 구필 화랑을 향해서도 간접적으로는 고마워하고 있잖아. 사실 그래서 지금까지는 나도 최대한 '남을' 이유를 인정해왔던 거야. 그런데 미래를 생각하면, 이제는 '이득'과 '남을 이유' 뒤에 물음표를 달아야 할 때야. 지금까지는 네 도움이 절대적이었지만, 이제는 그 구조에 변화를 주는 다른 해결책을 찾아야 한다는 생각이 든다.

발아세(發芽勢)는 찬바람을 맞게 두는 게 아니잖아. 그런데 내 경우가 딱 그랬어. 너는 그 자리에 없었지만 'ni fait, ni à faire(아무짝에도 쓸모없다)'는 빈센트 큰아버지 말씀이나, 결정적인 시기에 말 같지도 않은 말로 대충 때우면서 차갑게 등을 돌렸던 H. G. T.씨의 행동은 이제 막 싹을 틔우려던 밀알에게는 찬바람처럼 치명적이었어. 그래도 겨울 밀알은 가까스로 땅에 뿌리를 내리고 근근이 겨울을 버텨냈어. 적어도 겨울을 무사히 난 셈이지. 그렇기 때문에 아우야, 내가 너한테 이런 말을 하는 건 너무 치사하다. "나에게 계속 *돈을 보내줘야 하니* 구필 화랑에 그대로 남아라." 물론 결정은 네가 해야 하지만, 이 해법은 개인적으로 결사반대야. 오히려 이 부분만큼은 조심하라고 꼭 말해주고 싶구나. 미술상이라는 직업은 분명 너를 배신할 거라는 사실. 그렇기 때문에 너의 경제적 지원을 얻어내기 위해서 네가 그런 결정을 내리도록 부추기고 싶지 않은 거야.

비록 우리가 계속해서 좋은 친구 관계를 유지하고 언제나 형제라는 사실을 마음으로 느꼈으면 좋겠지만, 다시 한 번 강조하는데, 만약 네가 영원히 구필 화랑에 눌러앉기로 마음먹는다면 더 이상 네 경제적인 지원은 받지 않을 생각이다. 왜냐하면 넌 네 결정을 후회하게 될 테니까. '내가 지금 무슨 진창에 빠진 거지?' '형님과 부모님은 왜 나를 이 지경으로까지 몰고 오신 거지?' 이렇게 자문하게 되겠지. 난 그런 결정 내리는 일에 동참하고 싶지 않아. 이게 구필 화랑에 '남을' 이유를 묻는 질문에 대한 내 솔직한 대답이다.

어떻게 할 생각이냐고? 삽화가 자리를 알아봐야겠지. 어디든 나를 받아준다면 가서 일할 생각이야. 네가 그 기회를 마련해줄 수도 있고. 「르 모니퇴르 위니베르셀」 같은 잡지사에 나를 추천해줄 수도 있지 않을까 싶다. 꼭 이렇게 되기를 바라는 건 아니지만 말이야.

유일한 기회가 주어진다면, 난 차라리 파리나 런던이나 헤이그, 그러니까 대도시에 있는 인쇄소나 잡지사에서 운을 시험해보고 싶어. 그러면서 동시에 데생이나 유화를 그려서 파는 방법을 찾아보고 그다음에 다시 드렌터로 돌아오면 좋겠어.

그렇게만 된다면, 난 기꺼이 힘든 과정도 불사하고 *강제로라도* 생산성을 끌어올릴 거야. 그리고 주기적으로 보내는 생활비를 더 이상 보내지 않아도 된다고 자신 있게 말할 거야.

아우야, 네가 *구필에 남든* 화가가 되기로 마음먹든, 우리는 적잖은 압박감을 받을 수밖에 없을 거야. 그리고 상황이 이럴수록, 우리는 견고한 동료애로 서로에게 힘이 돼주어야 해. 어쨌든 미래에 관한 내 결정은 변함없다. 네 도움에 늘 고마운 마음이고, 또 앞으로도 그럴 거야. 말로 다 표현할 수 없을 정도로. 하지만 네가 구필 화랑에 남겠다면, 난 위에 적은 내 결심대로 할 수밖에 없어. 하지만 네가 내게 등 돌리지 않는 이상 우리의 우정은 변함없을 거야.

만약에(완전히 불가능하다고는 생각하지 않는데) 상황이(*네 의지가* 더 강하지만) 너를 화가의 길로 인도한다면 가장 좋겠지. 그렇게 되면 우리는 유일한 목적을 달성하기 위해 당연히 서로 힘을 합칠 뿐만 아니라 어려운 일도 함께 헤쳐나갈 거야.

네가 구필 화랑에 남는 상황을 받아들이고, 또 네 결정을 이해하는 문제에 관한 내 생각을 너도 잘 알 거라 생각한다. 나는 과거를 통해서 구필 화랑이 내게 어떤 의미였는지를 깨달았어.

지난날을 돌아보고, 지금의 현재를 보면서, 앞으로의 미래로 눈을 돌려보니 너에게 이렇게 외치고 싶었어. "조심해!" 개인적으로 파리 생활은 내 신경을 긁을 것 같고, 거기에 자리를 잡고 머무는 건 우리 둘 모두에게 좋지 않을 것 같다.

어쩌면 내게 파리라는 곳은 일정 기간 머물며 사람들을 만나기에(헤이그에서는 전혀 그러지 않았어) 딱 좋은 도시일지도 몰라. 대부분의 시간은 시골에서 지내고 싶다. 유화나 데생과 관계없는 일이라면 내게는 아무것도 중요할 게 없거든. 잘 지내라, 아우야. 시간에게 조언을 구하고 기다려라. 마음으로 청하는 진심 어린 악수 받아라,

너를 사랑하는 형, 빈센트

아우야, 내가 비셀링예 씨에게 겨울이 지나기 전에 드렌터에서 그린 유화 습작을 보여드리겠다고 약속한 거, 기억할 거야. 이 편지와 함께 습작 6점을 보낸다. 기회 되거든 그분께 다 보여드리고 안부 인사도 전해드려라. 그런데 그림들이 애호가들의 구미를 당길지는 솔직히 잘 모르겠다.

이제 밖에서 그리기는 글렀어. 너무 추워졌거든. 그렇지만 여기서 계속 살 수 있으면 참 좋겠다. 집세도 많이 안 들어. 아! 그런데 동료라도 있으면 참 좋을 것 같아. 허름한 초가집 하나 빌리면 여인숙에서 지내는 것보다 훨씬 더 편하고, 덜 불안하게 지낼 수 있으니 말이야.

어쨌든 이미 말했다시피, 인내하고 기다리면서 순리에 따르도록 하자.

혼자 살 집을 구한다? 그건 너무 외롭고 슬픈 일이야. 주변이 이래저래 번잡해야 일할 맛도 나고 무엇보다 정체된 생활을 피할 수 있는 법이거든.

게다가, 테오야, 여기 이곳은 이루 말할 수 없을 정도로 아름다운 동네야. 내 습작만으로 너한테 여기가 얼마나 아름다운 곳인지 보여줄 수가 없어. 갈 길이 멀다. 이 지역의 진면목을 그림으로 표현하려면 아직 배워야 할 게 많아. 이것도 시간이 해결해줄 문제야.

그런데 이 한 가지는 말할 수 있어. 여기 와서, 이 지역의 영향을 받아서 마음의 안정과 믿음, 용기를 얻었다. 네게도 이런 마음가짐이(정신건강에도 좋고, 너 자신과 네 영혼을 되찾는 데 도움이 될 테니까) 예전에 함께 풍차를 그리던 그 시절보다 더 실질적으로, 절대적으로 필요할 것 같은데. 혹시 내가 아무 근거도 없는 공허한 말을 늘어놓으며 상상의 나래를 펼친다고 네가 오해하고 있는 건 아닌지 걱정이다.

그래서 사실 정말로 어렵다는 거, 나도 인정해. 내가 뭘 해야 할지 알아내는 거 말이야. 사회에서 돈이란 참 노골적인 역할을 하는 물건이야. 너는 잘 알겠지. 당연히 나도 대충은 파악하고 있어. 다만, 나는 강렬한 희망을 여전히 간직하고 있다. 비록 첫 몇 년은 힘들겠지만, 그림이 결국에는 우리가 가진 재능을 이끌어내 난관을 극복하게 해줄 거라고. 만약 죽어야 한다면, 죽겠어. 이 상황에서 내가 유일하게 할 수 있는 말이야.

이미 말했듯이, 네가 구필 화랑에 남겠다면 난 네 경제적 지원을 거절해야겠지. 그렇다고 내가 내 그림 솜씨를 과대평가한다고는 생각지 말아라. 내 그림이 상업적으로 가치 있다고 생각하지는 않아. 그런데 이제는 다른 사람보다 더 많은 지원을 받고 싶지 않다. 목적을 달성해서가 아니라, 'je grandirai dans la tempête(환경이 어려울수록 더 빨리 성장한다)'고 믿기 때문이야.

나한테 구필 화랑에 '영원히, 확실하게 남는다'는 말을 무슨 의도로 쓴 거냐고 물을지 모르겠다. 그건 이런 거야. 겨울이 문턱까지 찾아왔는데 난 황야에 있어. 그럼 그림 그리는 것 외에 내가 할 수 있는 게 뭐가 있을까?

그런데 봄이 찾아오고 3월이 됐는데도 너는 여전히 구필 화랑에서 일하고 있다면? 회사에서 큰 문제도 없고 굳이 회사를 떠날 이유도 없어. 이렇게 회사에 남는 상황을 '영원히, 확실하게 남는다'고 표현하는 거야. 그리고 나는 다른 길을 찾아 나설 거야. 엄밀히 말하면 위험할 수도 있는 막다른 길로 나를 몰아간다는 거지. 옛말에 과감한 이들에게 행운이 따른다고 했어. 물론 매사에 신중해야 한다는 옛말도 있고. 그런데 둘 다 원칙은 하나야. 정신적으로 나약하거나 용기가 부족하면 치명적인 실패를 비껴갈 수 없다는 사실.

그렇기 때문에 나는 언제나 위험을 무릅쓸 각오가 돼 있어. 모자라게 하느니 과하게 할 거야. 위험을 무릅쓰다가 벽에 머리를 박아야 할 상황이 발생하면, 머리를 들이받을 거다. 여기까지만 하자. 내가 경제적인 지원이 필요하다는 이유로 네가 어쩔 수 없이 회사에 남는 건 바라지 않는다. 네가 남고 싶다면, 남아. 그런데 나 때문에 그러지는 말라는 거야. 그건 내가 봐도 결코, 네게 좋은 해결책이 아니기 때문이야.

다시 한 번 진심 어린 마음의 악수 청한다.

너를 사랑하는 형, 빈센트

내 말을 엉뚱하게 받아들이지 않기 바란다. 네가 남는다고 내가 적대적으로 나올 거라고 짐작하지 말라는 말이야. 나는 너를 있는 그대로의 모습으로 대할 것이다.

관건은 단순해. 무슨 일이 있더라도 나 때문에 네가 네 의지에 반하는 일을 한다는 소리는 듣고 싶지 않다는 거. Je ne veux point que la poche d'autrui pâtisse de mes hardiesses(뻔뻔하게 남의 주머니에 손을 넣고 싶지는 않다는 거).

342네 ___ 1883년 11월 26일(월)

테오에게

11월 26일 월요일에 배달되는 우편물이 도착했는데 네 편지는 거기에 없었다는 말을 해야겠구나. 왜냐하면 네 편지를 가지러 호헤베인까지 다녀와야 하는데, 그러면 거의 빈털터리 신세가 돼. 그곳 다음 우편물에 네 편지가 포함돼 있더라도 우편환을 바꾸면 돈은 28일 저녁이나 29일 오전에야 받을 텐데.

어떻게 해도 적자가 발생한다. 내 말은, 아마 다음에 네 편지가 12월 1일쯤 올 것 같은데, 아무래도 그 날짜에는 편지를 받을 수 없을 것 같거든. 니우 암스테르담에 온 뒤로, 모든 편지가 항상 늦게 도착하더라고.

이전에 약속했던 것처럼, 짤막한 소식이라도 미리 전해줬으면 편지가 늦어져도 이런 감정이 조금씩 피어오르지는 않았을 거야. 그러니까, 상호이해와 존중이 자리잡아가기 시작한 솔직하고 진지한 우리 관계에 모호한 조짐이 조금씩 느껴진다는 거야.

어쩔 수 없이 머릿속에 떠오르는 이런저런 생각은 차치하고라도, 네게 설명한 이 내용은 나한테는 상당히 실망스럽고, 또 화가 난다. 그런데 내 마음을 가장 무겁게 만드는 건 따로 있어.

바로 너에 대한 막연한 걱정이다. 비록('왜냐하면'이 낫겠다) 어제 집에서 보낸 편지를 받았는데, 거기 너의 '좋은' 소식이 담겨 있었기 때문이야. 편지를 읽고 내가 내린 결론은, 네가 겪고 있던 위기가 손발이 묶이고, 방향을 틀어, 멈춘 것 같다는 거다. 어떤 수식어를 쓰느냐는 중요하지 않아. 네가 얘기했던 내용을 거의 확인해주는 거였으니까. "상황이 달라지기까지 당분간 더 문제 될 건 없습니다."

솔직히 이 상황이 절반만 마음에 든다고 네게 넌지시 전하기는 했다. 아니, 네 미래가 안심된다기보다 걱정스럽다고 표현하는 게 맞겠구나.

내 마음을 이해해주고 *오해하지 않았으면* 한다.

지금은 네가 솔직하지 않다고 의심하지는 않아. 이 부분을 내 논리의 출발점으로 여겨주면 좋겠다.

나는 너를 정직한 사람으로 생각하기 때문에, 재앙에 가까운 일이 벌어지더라도 지금까지 너는 상대적으로 안전하다고 생각했었어.

그런데 다른 관점에서 보면, 네가 위험에 처했다는 생각이 든다. 네가 마음이 여려서야.

모든 위협이 제거됐다고 가정해보자. 모든 걸 한쪽으로 몰아넣었다고 말이야. 그래도 이것만큼은 마음속에 담아두면 좋겠다. 영국 속담을 상기시켜주고 싶어. "Fear the storm but dread, the calm treacherous enchanted gound(비바람을 조심하라, 그러나 *매력적인 땅 위의 위선적인 평온함은 두려워하라).*" 은은한 물살이 너도 모르게, 바르지 않은 길로 은밀하게 너를 이끌고 간다고 가정해보자. 내가 파리 생활에서 독약이라고(이런 표현을 써서 미안하다) 부르는 것들이(위선적인 그 분위기) 스멀스멀 네 땀구멍 속으로 파고든다고 말이야. 몇 년이 지나고야 그 사실을 깨닫고 나면, 이런 생각이 들 거다. 길을 벗어났다고. 경솔했다고. 충분히 궁금해하지도 않았고, 편한 것만 추구하다 너무 많은 걸 잃었다고.

아우야, 마지막에 보낸 편지에 넌 이런 글을 적었었어. '금융 분야에 대한 새로운 흐름을 따라가는 중입니다.' 그 말을 읽자마자 나는, 유감스럽다고 생각했다. 만약 네가 '인쇄 분야의 기술혁신에 대해 알아보는 중입니다'라던가 '의욕에 넘치는 무명 예술가 몇 사람을 발굴했습니다'라고 말했다면, 한마디로, 네 업무나 예술과 관련이 있는 거였다면 기꺼이 박수를 보내겠지만, 다른 것도 아니고 금융 분야라고 하니(미안한 말이지만) 도무지 믿음이 가지 않는다.

아우야, 네 문제에 내가 마음을 놓지 못하고 있는 게 잘못이라고 생각하니? 그리고 두 번째로, 내가 내 일과(주로 네가 하는 일에 달려 있지만) 네 일을 혼동하지 않는다는 건 알고 있는 거야? 지금은 내 일이 네 일에 달려 있기 때문에 걱정되는 건 없어. 난 네가 걱정일 뿐이야. 하나의 인간으로서, 한 명의 남자로서, 성실하고 정직한 한 남자로서의 네가 걱정이라고. 내가 궁금한 건 이런 거야. 너는 피해를 보지 않을까? 네가 약해지지 않을까? 인간적인 관점에서 말이야. 내가 너한테 이런 질문을 하는 건, 파리는 파리기 때문이야.

솔직히 내 정신력이 강하지 않다는 거, 나도 잘 알아. 그래서 내 이야기 말고, 예전에 어떤 일을 겪은 사람 이야기를 하마. 사람들이 말하기를, 그 사람은 언젠가 자신이 마법에 걸린 대지에서, 자신을 한없이 나약하게 만드는 마법에 걸린 분위기에 젖어 지냈다는 사실을 깨닫자마자, 그 섬에서 벗어나려고 그길로 나무 기둥이나 뗏목 하나에 몸을 의지해 바다로 뛰어나갔다더라. *이대로* 사느니 바다로 뛰어나가는 게 덜 위험할 것 같다면서. 그야말로 아주, 정말 현명하게 행동했다고 생각한다.

'*이대로*'를 구체적으로 설명하지 않는 건 이해해줘야 해. 그냥 간단히 말해서, 우리를 조금씩 취하게 만드는 무언가가 있다는 건 꼭 알고 있어라. 그 무언가는 내가 정직하게 행동하는 한 이렇게 보여야 하는 걸 순식간에 그 반대로 보이게 만들 수 있다는 것도.

내 말이 좀 우울하게 들리지. 맞아. 그런데 순간순간, 우리 미래에 암흑이 드리워진 것 같은 기분이 들긴 해. 그래도 너한테 편지했듯이, 내 운명이 어딘가에 발목이 잡힐 거라고는 생각하지 않아. 도중에 장애물을 얼마나 만나든 그런 건 중요치 않아. 숙명의('숙명'만큼 적절한 단어를 찾을 수가 없어) 위협보다 더 무시무시한 힘이 있을 수도 있어. 쓰러지면 안 되는 사람은 쓰러지지 않을 거야. 그래서 나는 그냥 받아들이고 아무 일도 없었다는 듯이 행동하고 있어.

너의 경우, 내가 이미 말했듯이, 네가 정직하고 진지하다고 믿는 한(그 반대의 경우라고는 생각하지 않아), 비록 행운과 불운이 교차하는 부침은 있을지언정, 너 역시 안전할 거라고 믿어. 설령, 그게 보이는 것을 넘어서는 어떤 특정한 현실 속에서만 그럴지라도 말이야.

하지만 '좋은' 소식이라며 집에서 보내온 편지를 읽으면서 헛웃음만 났다. 지극히 평범한 단어만 사용하신 탓에 나한테는 아무런 설명도 될 수 없었거든. 그런데 거기에 일이 상당히 유리하게 돌아가고 있다고 하셨더라고. 그래서 생각했지. 좋아, 그렇게 말씀하시고, 그래서 마음이 놓이신다면, 그렇게 마음을 놓으시라고. 딱 그렇게만 생각했었어.

너와 관련된 마지막 내용은 이런 글이었어. '그런데 내년에는 그 사람들(너희 회사 사람들),

중요한 일을 계획하고 있나 보더라. 그 녀석(너)도 더 힘들 일은 없을 것 같다.' 중요한 일이라는 게 네게는 단순히 인간적인 차원의 일은 아닐 거라 생각된다. 아마 그보다 더 고차원적인 문제가 아닐까. 영국 사람들은 이런 말을 쓰더라. 'What shall he do with it(그는 이 문제를 어떻게 해결할까)?'* 그 사람의 성격이나 그 사람의 태도, 한마디로 그의 영혼에 관한 문제인데, 내가 보기에 아직 정해진 건 없는 것 같아. 아마도 네 생각과 의지에 많은 게 달려 있지 않을까 싶다.

그래도 이건 알아둬라, 아우야. 네 선택이 어떻든, 네가 이런 결정을 내리든, 내리지 않든, 그래서 네가 더 형편없어지거나, 훨씬 나아지거나, 돈이나 일과 관련한 우리의 직접적인 관계가 더 가까워지거나 멀어지거나, 이런 일로 인해 우리가 서로 등을 돌리게 될 거라고는 단 한 번도 생각해본 적 없다는 사실 말이야. 행여 나중에 우리 사이에 관점의 차이, 견해차, 원칙의 차이 등을(지금까지 그런 게 겉으로 드러난 적은 없지만) 우리 관계를 무시하는 핑계로 삼지는 *않을* 거라는 것도. 그러니까 우리가 여러모로 닮은 형제라는 사실 말이야. 다시 한번 강조하는데, 이 모든 게 우리 두 사람을 안심시켜줄 수 있으면 좋겠다. 너도 그렇고, 나도 그렇고 우린 스스로 합리적이라고 생각하는 걸 할 자유가 있는 사람들이잖아, 안 그래? 서로를 탓하거나, 적대적으로 굴거나, 공격적으로 대할 이유도 없고, 이런저런 견해차가 우리 사이의 걸림돌이 되지 않는다는 사실을 항상 확실히 해두면, 하나님 감사하게도, 비록 서로에게 관심이 떨어지는 시기를 겪을지는 몰라도 우리 관계가 허황된 일이나 온갖 음모에 흔들릴 일은 없을 거야.

그런데 아쉽게도, 모두가 다 이런 관계를 유지하며 지내는 건 아니야. 내가 언급했던 돈과 관련된 문제에 대해서는 이 말을 꼭 해주고 싶어. 절대로 이 부분은 논쟁거리로 삼지 말자고. 행여 내가 돈이 없어서 곤란한 처지에 놓이게 된다고 해도, 널 원망할 일은 결코 없을 거다.

그나저나 우리가 모으고 있는 자산은, 나도 내 작품으로 투자한 셈이니까. 어쨌든 나도 기꺼이 동참하는데(난 언젠가는 돈이 쌓일 거라는 희망을 버린 적이 없어) 비록 우리가 실수하게 되더라도, 그럼에도 불구하고 우리 실수는 치명적이거나 회복 불가능한 실수가 아니기 때문에 나는 그 자산에 손 댈 마음은 추호도 없다. 지금 이 편지나 내가 보낸 지난 편지들을 어떤 불신이나 의심의 뜻으로 읽지 말아라. 단지 파리에서 벌어지게 될지 모를 상황의 여러 측면에 대해 경계하라는 뜻일 뿐이니까. 주의하라는 거지, 꼭 내 뜻을 받아들이라는 강요는 아니야. 내게는 수상하고 불안한 징후가 보여서 그러는 거야.

그리고(*이 말은 꼭 해야 하는데*) 너한테 답을 강요하는 것도 아니다. 부탁이 있다면 내 편지를 요구사항으로 받아들이지 말라는 거야. 그저 이런저런 걱정들에 네 걱정까지 더 하고 있는 상황을 이해시키기 위한 설명이니까. 마지막으로 모든 문제 중에서도 가장 중요한 부분을 다

* 셰익스피어의 『오델로』에 나오는 문장이자, 에드워드 불워 리턴(Edward Bulwer Lytton)의 저서 제목이기도 하다.

둬보자. 네 여자 친구는 괜찮은 사람이냐? 진지한 사람이면서 단순한 친구인지 궁금하다. 두 발로 단단한 땅 위에 서 있는 현실감이 있는 친구인지, 아니면 내가 과대망상증이라고 부르는 위험한 잡초 사이에서 같이 자라고 있는지, 그것도 궁금하다. 레이디 맥베스가 떠오르는구나.

맥베스는 신실한 사람이었는데…… 마법에 걸렸던 거야. 두 사람이 정신을 차리고 현실로 돌아왔을 때는 애초에 원했던 것보다 훨씬 더 사악한 악의 영향력 아래 놓였다는 걸 깨닫지. 그리고 맥베스는 무너졌어. 그래도 위엄있게 무너졌어. 가능하다면(재앙이 몰려오지 않을까 걱정하고 있다는 건 사실이 아니야) 스스로 타락하는 경우를 제외하곤 전체적으로 걱정할 게 없다고 좀 안심시켜주면 좋겠다. 이제 내가 네 생각을 하면 어떤 부분을 제일 걱정하는지 알게 됐으니 말이야.

너무 직설적이었던 것 같다. 그런데 이 부분에 대해 안심하고 싶다는 내 마음을 정확히 네게 알리고 싶었어.

다시 말하지만, 세세한 부분까지 요구하는 게 아니야. 하지만 이런 식으로 무너지는 사람들이 있는 건 사실이야. 더 늦기 전에 정신을 차리는 사람도 있고. 단순히 괜찮은 여성은 축복 같은 존재지만 세상에 빛을 발하고 싶은 여성은 남자를 타락시킬 위험 요소야. 이런 악의 기운이 존재한다는 걸 네게 알린다고 해서, 네 경우가 그렇다는 건 아니야. 반대로, 네가 간단한 대답만 해주면 안심하고 더 이상 이런 질문을 할 일도 없을 거야.

나랑 같이 살았던, 우리 집 여자는 어떤 사람이었을까? 얼굴에 곰보 자국이 남아 있고 야윈 데다 나이도 들고, 애가 둘이나 딸린 매춘부야. 한마디로 *괜찮은* 여자는 아니지. 그런데 그녀는 너무나 불행한 삶을 살아서 *레이디 맥베스가 될 수도 없었어*. 그렇기 때문에 과거에는 그녀가 무례하고 사악했었지만, 불행을 겪으며 사악한 기운도 줄어서(그런 기운이 있었다면) 이제는 그녀가 타락한 정도를 따지는 게 무슨 의미가 있나 싶어. 너한테 이런 말까지 하는 건 어떤 연관성을 끄집어내고 싶어서가 아니야. 나와 우리 집 여자와의 관계를 레이디 맥베스와 비교하기에는 그 차이가 심하게 커. 하지만 네 곁에는 사람을 현혹할 능력을 갖췄을 뿐만 아니라 세속적인 야망을 채우기 위해 발산하면 치명적일 수 있는 매력까지 겸비한 여성이 있어.

나는 개인적으로, 우리 집 여자가 꼬리표처럼 악평이 따라다니고, 애가 둘이나 딸린 데다, 가난하기까지 해서 심히 불행하고 어마어마하게 힘들게 살았기 때문에, 비록 그녀가 바른 사람이 아닌 걸 알았어도 그녀를 끊어낼 수 없었어. 아무도 내가 그녀를 보러 가거나 말을 걸거나 편지를 하거나 우연히 돈이 생기면 돈을 보내는 걸 막을 수 없을 거야. 남들이 무슨 생각을 하든, 무슨 말을 하든, 상관없어. 그런 일로 기분이 나빴던 것도 오래전 일이야.

그런데 너의 경우, 그 매력이라는 게 묘하게 작용해 옳고 그름을 판단하는 마음의 기준을 마비시킬 *수가 있어*. 다시 한 번 강조하지만, 지금 네 경우가 그렇다는 게 아니야. 그리고 또 한 번 강조하지만, 지금 네가 그러냐고 묻는 것도 아니야. 그냥 그럴 수 있다고 알려주는 거야. 이미 이렇게 알려줬고, 또 더 이상 그런 생각 할 이유도 없으니 여기까지만 하기로 하자. 너를 걱정해서 한 말이니 이해해주면 좋겠고, 또 그럴만한 이유가 있어서 꺼낸 말들이니, 날 원망하지 않았으면 한다. 이게 내 바람이다.

그나저나 내가 보낸 습작 받았니? 그 뒤로도 커다란 유화 습작 하나에 도개교도 2점을 그렸는데 하나는 분위기가 좀 다르게 그렸어.

눈이 내리면 이 습작들을 활용해서 눈 덮인 효과를 좀 더 자세히 살려볼 생각이야. 선이나 구도는 그대로 두고 말이야. 조만간 네 소식이 도착하면 좋겠다.

아직 지평선 위로도 보이지 않는 이런저런 일들이 네게 어떤 영향을 끼칠지는 걱정하지 않아. 다만, 인간으로서의 네가 걱정일 뿐이야. '그는 이 문제를 어떻게 해결할까?' 그리고 네 업무 능력과 네 힘에 관해서도.

마음으로 악수 청한다.

너를 사랑하는 형, 빈센트

어제 퓌르네이가 최종 시험에 합격했다는 소식을 전해 들었어. 그 친구, 이제 시간 여유가 생겨서 다시 그림을 그릴 수 있게 됐다더라.

그리 크게 걱정은 않는다만, 네 송금이 *거의 열흘이나* 늦어지는 이유가 궁금하긴 하다.

343네 ____ 1883년 12월 1일(토)

테오에게

편지와 동봉해준 것 고맙게 받았다. 네 편지를 읽고 너의 침묵이 이해가 됐어. 넌 '*당분간은 편해졌다*'고 생각하는데, 난 마치 허무주의자들이 황제에게 보내는 듯한 *최후통첩*을 보냈잖아.

다행히, 너나 나나 그 부분에 전혀 문제는 없다.

그런데 *네 관점은 알겠지만,* 딱 거기까지다. 무엇보다도, 내 말 뜻은 그런 게 아니거든. 단순히 '널 말라 죽게 하면서까지 성공하고 싶지 않다'(나 때문에 너의 예술성을 짓눌러야 한다면 내 예술가 기질을 펼치고 싶지 않다)는 거야. 형 때문이든, 여자 때문이든 누구 때문에 예술가 기질을 억눌러야 하는 상황은 절대 용납할 수 없다. 내가 적절치 못한 표현을 좀 신경질적으로 풀어냈을 수는 있지만 내 진심은 이거였어. 이제는 내 뜻을 이해할 수 있겠지?

지난 편지는, 네게 아무런 소식이 없으니까, 상황도 이해가 안 가고 도대체 뭐가 문제인지 알 수가 없었기 때문이야. 마리에 관해서는 네 편지를 받기도 전에 이미 그 답을 알고 있었어. 그녀와의 첫 만남에 대해 네가 편지에 썼던 내용이 떠올랐거든. 그런 만남에 *괜찮고 안 괜찮고*

는 없으니까. 그러니까 내 편지는 이렇게 이해해야 해. '아우야, 아무런 대꾸도 없는 게 꼭 이런 식으로 나를 저버리는 느낌이 드는데, 혹시 이게 *의도적*인 반응이라면 내게는 배신과 다름없지만, 설마 그런 일은 *없을 거라* 믿는다. 그러니 침묵하고 가만히 있지만 말고, 설명이라도 해주기 바란다.' 그나저나 레이디 맥베스 이야기는 아주 제대로 이해한 것 같다. 그래, *질문이 아니라* 주의사항이었어. 그냥 알아두라고. 진짜로 그럴 수도 있고, *오해*일 수도 있으니까.

그런데 아우야, 이건 좀 알아줬으면 한다. 사실, 너를 제외하곤 아무하고도 교류가 없는 상황인데, 마음대로 생활할 수도 없고, 쪼들린 생활을(그나마 간이 뜯겨나가는 것 같은 고통을 겪는 것보다는 형편이 낫다는 생각에 아무런 말도 하지 않았지만) 이어가고 있는데 네 편지마저 늦어지면 *정말 불안하다*는 점 말이야. 전혀 괜찮지 않다. 그래, 이게 고문이라는 건 알겠지만, 내가 꼭 이런 것까지 당해야 하나 싶은 마음도 들어. *널 말라 죽게 하면서까지 성공하고 싶지 않다*던 말을, 너는 최후통첩으로 받아들인 모양인데, 그건 정말로 죽어갈 때도 그렇지만 형편이 좀 나아졌을 때도 나의 확신이다. 내가 사는 게 *좀 편해졌다*고 결론을 내린 모양인데, 그건 너무 피상적일 뿐만 아니라 경솔한 판단이다. 표현이 그런 식으로 비친 모양인데, *속마음*은 전혀 그렇지 않아.

이 말은 다시 한 번 하고 싶다. 이곳에 온 뒤로, 부족한 물건들을 좀 채워야 했고, 물감도 사야 했고, 여기저기 돌아다녀야 했고, 숙박비도 내야 했고, 우리 집 여자한테 돈도 조금 보내야 했고, 빚도 갚아야 했다. 그러니 계속 *쪼들리며* 지낼 수밖에 없었어. *완곡히* 표현한 거야. 거기에 외로움이라는 유별난 고문이 더해졌는데, 내가 사는 게 좀 편해졌다거나, 앞으로도 상황이 크게 달라지지 않는 한 그렇게 지낼 수 있을 거라 여길 수는 없을 거야.

'고독' 대신 '외로움'이라고 썼는데, 화가가 어딘지 모를 외진 곳에서 외로움에 휩싸여 지낸다고 하면 아마 십중팔구는 그 화가가 미쳤다거나, 살인범이라거나, 방랑자라고 여길 게다.

그래, 뭐 소소한 불행에 불과할 수도 있겠지. 하지만 불행은 불행이야. 비록 활력이 넘치고 아름다운 풍경이기는 하지만, 외지인에게는 두 배로 낯설고, 두 배로 불쾌한 일이지. 그래도 난 이 시기를 꼭 거쳐야만 하는 어려운 시기라고 여기고 있어. 그런데 힘들어도 너무 힘들구나. 특히 모델을 부탁해도 좀처럼 허락해주지 않을 때 심정이 그래.

돌이켜보니, 너와 나 사이에 어떤 식으로 오해가 생겼는지 이제는 확실히 알겠다. 네가 심하게 우울한 순간이 있었던 것 같은데, 그때 네가 이런 편지를 보냈어. '저 양반들 때문에 회사 생활이 아주 힘이 듭니다. 이제는 제가 *그만두길 기다리느니 아예 쫓아낼* 생각인 것 같습니다(꼭 내 경우처럼).' 그러면서 그림을 그려볼 생각이 있다거나 적어도 화가가 되는 것에 대한 반감은 없다고 말했었지.

좋아. 그래서 나는 네가 화가가 될 가능성에 대한 내 생각을 에두르지 않고 말하게 된 거야. 네가 원한다면 *넌 화가가 될 수 있다*고. 아무도 그렇게 생각하지 않는다고 해도 *나*만큼은 네 안에서 *예술가*를 본다고. 넌 *손에 붓을 드는 순간*부터 예술가가 될 수 있다고.

그 상황에서 네게 했던 말을 지금 다시 하는데, 이건 불행을 예방하기 위해서야. 언젠가 너한테 불행이 닥칠 수도 있어. '환골탈태'하기까지 너한테 부족한 게 바로 그 불행이라는 거야. 나는 네가 그 불행이라는 재앙을 겪고 나면 보다 나은 인간이 될 수 있다고 믿는다. 동시에(필연적으로, 어쩔 수 없이) 영원히 고통스러울 상처가 동반되겠지만 말이야.

그런데 오직 불행만이 가져올 수 있는 이 상처는 너를 *바닥으로 끌고 내려가는 게 아니라, 우뚝 서게 해주지*.

이제 와 하는 말이지만, 네 최근의 편지들은 이 편지와 다른 어조였어. 타고 갈 배의 정비를 마친 거면 이대로 순항하면 좋겠다.

하지만 네게 했던 말은 진심이야. 불행이 닥쳐와 너와 회사와의 관계에 영향을 끼치거나, 그런 일이 정말 벌어진다면, 난 이렇게 말할 거야. 똑같은 일을 다시 시작하기보다, 새로운 직업을 택하라는 신호라고.

그런데 잘 정비된 배를 타고 순항할 수 있는 한, 굳이 고깃배로 갈아타고 먼 대양으로 나가라는 말은 절대 아니다. 나라면 개인적으로 완벽히 정비를 마쳤다고 해도 구필 화랑이라는 배에는 다시 오르고 싶지 않을 것 같지만 말이야. 예전에 나는 이런 생각까지 했었어. '부디 내 위로 재앙이 쏟아지게 하소서!'

처음에는 네 편지의 분위기가 왜 달라졌는지 알 수 없었어. 지난날을 돌이켜보던 중에, 유난히 우울했던 내용의 편지가 떠올랐는데 그게 내겐 제법 감동적이었어. 그리고 네가 그 편지를 썼을 때가 구필 화랑이 네게 *고약하게 굴던* 시기였다는 걸 알게 됐지(내게도 그런 시기가 있었어). 정황은 달랐지만, 너나 나나 구필 화랑 어르신들한테 똑같은 말을 한 셈이야. "*제가 나가기를 바라신다면, 굳이 버티면서 거부하지는 않겠습니다.*" 네 경우는 상황이 정상으로 돌아가는 것 같아 보인다. 어쩌면 그렇게 해결될 것도 같고. 그렇게 되는 걸 반대하지는 않는다. 그게 너한테 나쁠 것 같지 않거든. 왜냐하면 이런 상황에서는 현실적으로 *받아들일 만한* 조건을 내놓을 가능성이 크니까. 그리고 무언가가 의심스러운 부분이 있었다면 네가 받아들이지도 않았겠지.

'네가 회사에 남기로 한다면, 난 네 경제적 지원을 거부한다'와 비슷한 말을 했던 건, 네가 한 말에 대한 대답이었어. '부모님과 다른 식구들을 도우려면 회사에 남을 수밖에 없습니다.'(물론 정확히 나를 지칭하진 않았지). 나를 거론하지 않는다는 게 네게는 민감한 문제일 수도 있어. 난 그 상황을 받아들일 수 없었다. 내 말은, 네가 희생하는 걸 받아들일 수 없다는 거야. 네 의사와 상관없이, 남들 때문에 남겠다는 그 희생. 넌 그걸 최후통첩으로 받아들였던 거고.

네가 회사에 남기로 한 게 '다시 즐겁게 일할 이유'가 있는 거라면 진심으로 네 결정을 응원하고, 배도 새롭게 정비했다니 축하해주고 싶다. 비록 나라면 다시 그 배에 오르진 않겠지만 말이야.

세레Charles Emmanuel Serret에 관한 내용은 상당히 흥미로웠어. 거칠고 힘겨운 삶을 살아온 화가가 뒤늦게 만개해 근사한 작품들을 그리고 있다니, 시커먼 가시덤불이나 그보다 조금 낫다고 봐서, 어느 순간, 지구상에서 가장 섬세하고 가장 순수한 꽃을 피워내는 늙은 사과나무가 떠오르더라.

그래, *투박한 남자가 꽃을 활짝 피워냈을 때*, 정말 보기 아름답지. 하지만 그 꽃을 피워내기까지 그가 겪었을 한없이 추운 겨울은 또 얼마나 길었을까. 뒤늦게 그의 진가를 알아본 사람들은 상상도 할 수 없을 정도일 거야.

*예술가의 삶, 예술가로 산다는 것*은 특별하기도 하고, 아주 심오해. 그 끝을 알 수 없을 정도로.

이해할 수 없었던 너의 침묵으로 인해, 나는 그 이유를 높으신 양반들과 다시 문제가 생겼다고 판단했고, 거기다가 나는 또 나대로 이곳 사람들의 불신 때문에 견디기 힘들어서 아버지께 이런 편지를 보냈었어. 너한테 아무런 소식이 없는데 어떻게 해야 할지 모르겠다고. 그러면서 돈을 좀 빌려달라고 말씀드렸어. 그리고 나도 나지만, 네가 걱정이라고 말했지. 무엇보다 네 미래를 생각해보니, 차라리 어렸을 때부터 같이 그림을 그리지 않은 게 후회스럽고, 지금이라도 왜 형제 화가가 될 수 없는 건지 모르겠다고도.

혹시 아버지께 그런 말씀을 들었다면, 이제 그게 어디서 시작된 내용인지 알겠지. 그런데 아버지한테는(아직 아무 답장도 못 받았지만) 너한테 상황이 달라질 때까지 구필 화랑에 머물기로 했다는 소식을 받았다고 다시 말씀드릴 예정이야. 그리고 구필 화랑이 우리 가족에게 이런저런 영향력을 끼친다는 말도 덧붙일 건데, 그건 아버지가 아니라 네게 전하고 싶은 말이다. 그런데 그 영향력이 묘하게 *악영향이면서 긍정적*이기도 해. 지금은 긍정적인 영향을 주고 있긴 하다. 어쨌든 우리가 정체될 상황을 피하게 해주고 있으니까. 내 마음이 비통하고 쓰라렸다는 걸 이제는 네가 이해할 수 있지 않을까 싶다. 그러니 이제 날 원망하는 일도 없었으면 하고.

계속 최후통첩으로(*네*가 쓴 말이지, 내가 먼저 쓴 건 아니잖아. 어쨌든 내 의도는 전혀 그런 게 아니었어) 받아들일 거라면, 뭐, 나도 네 뜻은 존중하겠다만, 적어도 그 최후통첩을 먼저 날린 사람은(앞으로도 그럴 일은 없고) 내가 아니다. 네 *해석*은 내 *의도를 너무 벗어났*어. 예전에 구필 화랑의 의사에 반해서 행동한 적은 많지만, 네 의사에 반해서 행동한 일은 거의 없다고 생각하거든. 그렇기 때문에 최후통첩이라는 말을 꺼낼 사람이 있다면 그건 너지, 내가 아니라는 거야. 그래도 네가 내 의도를 네 방식으로 해석하겠다면, 나도 굳이 *이의*를 제기하진 않으마.

마음의 악수 청한다.

너를 사랑하는 형, 빈센트

아우야, 네 마지막 편지를 받고 나니 막연히 크기만 했던 걱정이 사라졌다. 남자로서의 너에 대한 믿음이 더 굳건해졌다는 뜻이야.

간단히 말하면, 나는, *어쩌다 보니* 네가 경제적인 어려움을 겪게 된 거라고 봐. 아낄 수 있는 게 있으면 일단 최대한 아껴라. 그러니까, 돈을 조금이라도 *모을 수 있으면 모으라*는 거야. 지금은 나도 가진 게 없지만, 머릿속에 구상해둔 계획에 관심을 보일 사람들을 최대한 찾아볼 거야. 만약 나와 함께 드렌터로 올 사람이 아무도 없다면, 혼자라도 여기 정착할 수 있도록 돈을 융통했으면 좋겠어. 내 생활은 여유롭지도 않고, 가진 것도 없어. 오래전부터, 네 경제적 상황이 상당히 불안하다는 건 알고 있었어. 너 혼자 워낙 많은 짐을 지고 있었으니까. 그런데 이제 너도 네 상황이 좀 안정기로 접어들기를 바라는 것 같은데, 파리는 네 미래에 적대적인 곳이라는 게 내 생각이야. 다시 말하지만, 만약 내 예측이 틀렸다면, 너를 비롯한 모두가 날 비웃어도 상관없어. 나 자신도 나를 비웃을 테니까. 신경과민 때문에 미래를 너무 암울하게만 보고 있는 거라면, 신경과민 증상이 나를 가지고 노는 거겠지. 하지만 그래도 나는 숙명이 네게 위해를 가하지 않을까 걱정이다.

집에 가면* 더 편하게 편지를 썼을 거야.

물론 드렌터가 작업하기에는 좋은 환경이지. 그런데 다른 각도로 상황을 보면서 다시 시작하는 것도 필요할 것 같다. 주머니 사정도 신경 써야 하니까. 소규모로. 지금은(네가 처음으로 생활비 지원을 건너뛴 거, 충분히 이해한다) 부족한 25플로린 때문에 6주쯤 고전을 면치 못할 것 같기는 해. 넌 이 부분까지는 미처 생각하지 못했겠지. 아무리 사소한 어려움이라도 그게 쌓이면 상황이 휘청거릴 수 있다. 예를 들어 지난주에 헤이그의 집주인 편지가 왔는데, 내 물건들을 보관하려고 빌린 헛간 사용료와 우리 집 여자한테 전해달라고 부탁한 돈 등 총 10플로린을 갚지 않으면, 내 세간살이를(습작을 비롯해서 복제화, 책 등 나한테는 없어서는 안 될 것들) 처분하겠다더라. 솔직히 헛간 사용료를 요구하는 게 정당한지 심히 의심스럽기는 하지만 어쨌든 내 물건들을 안전하게 보관해주는 조건으로 합의한 내용이긴 해. 그 외에도 새해까지 여기저기 갚을 돈이 있어. 그리고 또 라파르트에게 빌린 돈도 있고. 그래서 최대한 아끼는 중이야. 그러니 나는 여유가 전혀 없지.

계속 이렇게 지낼 수는 *없어*. 해결책을 찾아야 하는 상황이야.

네 탓을 하는 건 결코 아니야. 하지만 작년에는 더 아끼고 싶어도 아낄 게 없는 상황이었어. 일을 하면 할수록, 형편은 더 궁해져. 아무래도 이 상황을 혼자 힘으로 해결할 수는 없겠어.

* 이때부터 빈센트는 부모님의 뉘넌 집으로 돌아갈 생각을 했던 것으로 추정된다.

Nuenen

11

네덜란드

/

뉘넌

1883년 12월
/
1885년 11월

반 고흐 목사는 전해에 아인트호벤 근처의 시골마을인 뉘넌으로 새로 부임했다. 빈센트는 뉘넌의 목사관으로 왔지만 막막했다. 케이로 인해 불거졌던 갈등은 그대로 남아 있는 상태에서, 아버지의 목사관으로 숨어들 듯 돌아온 처지가 실패처럼 여겨졌기 때문이다. 아마도 곧 드렌터로 되돌아갈 계획이었겠지만 뉘넌 생활은 2년이나 이어졌다.

뉘넌 같이 작은 마을에서 빈센트처럼 특이한 화가가 눈에 띄지 않을 리 없었다. 더군다나 점잖고 선한 목사님의 장남이 예배에도 참석하지 않고, 모든 관습을 무시한 채 여자들과 스캔들을 일으키니 모두의 입방아에 오르내렸다. 아버지는 장남이 돌아온 지 2주 후에 차남 테오에게 이런 편지를 보냈다(1883년 12월 20일). '형이 어떻게 지내고 있는지 무척 궁금하겠지. 처음에는 절망스러워 보였지만 조금씩 나아지고 있다. 세탁장 공간을 자신이 쓰고 싶다는구나. 어쨌든 우리는 이 새로운 경험을 잘 이끌어나가려고 애쓰고 있다. 옷차림에 대해서도 일절 지적하지 않고 있단다. 다만 이곳 사람들의 시선이, 빈센트가 과묵하게 지내는데도 그의 기행들을 알아차리는구나.'

빈센트는 아버지가 내준 목사관의 별채를 화실로 쓰면서 브라반트의 사람들(직조공, 농부 등 동네사람들)과 풍경을 그렸다. 뉘넌 시절에 그린 회화가 180여 점이고 데생이 240여 점이었다. 아버지도 처음엔 큰 기대가 없었는데, 점점 발전하는 그림을 보고 놀라워했다. '형은 아주 열심히 그림을 그린다. 벌써 우리 마음에 쏙 드는 그림들을 몇 점 그렸어.'

하지만 빈센트는 부모에서 계속 과격한 불만을 표출했다. 테오가 그런 형의 태도를 지적하자, 테오에 대한 태도도 극과 극을 오갔다. 수많은 요구사항을 내세우면서도 자신이 학대받는 사람이라고 주장했다. 몇 달에 걸쳐 동생에게 쏘아붙이다가 화해하기를 반복하는데, 자기 뜻에 따라주지 않으면 관계를 끊겠다는 협박도 일삼았다. 심지어는 편지를 '네 돈을 받지 않겠다'로 시작했다가 '돈 좀 보내달라'는 통사정으로 끝맺는 경우도 있었다.

1884년 1월 17일, 어머니가 대퇴부 골절상을 입는 사건이 일어났는데, 빈센트의 정성스러운 간호에 부모는 장남이 예전으로 돌아왔다고 여기고 기뻐했다. 5월에는 색스톤의 성당 별채(성당지기 스하프라트의 집)에 더 넓은 화실을 구해나갔고 이때 판 라파르트도 방문했다. 어머니의 병문안을 오는 많은 이웃들과도 인사를 나눴다. '처음 왔을 때보다 이곳 사람들과 많이 친해졌다. 이건 내게 의미가 커. 일에만 빠져 있다 보니 기분전환을 못 하면 너무 힘들거든. …… 하지만 이런 관계가 언제까지나 갈까…….'

아니나 다를까, 병문안을 오던 39세의 이웃 여성 마르호 베헤만Margot Begemann과 자주 산책을 하며 가까워졌고, 빈센트는 결혼까지 생각했다. 하지만 열정적인 사랑은 아니어서, 양쪽 집안의 반대에 부딪치자 순순히 포기했다. 그런데 베헤만은 절망해서 음독을 시도, 반 년이나 뉘넌을 떠나 위트레흐트의 병원에 입원했다.

부모는 또다시 장남에게 실망했고, 이즈음부터 동네 사람들이 확연히 목사관 발걸음을 끊었다. 판 라파르트가 다시 뉘넌으로 빈센트를 만나러 왔다.

겨울이 와서 야외 스케치가 힘들어지자, 빈센트는 농가를 방문하거나 모델을 불러서 그리기에 전념했고, 밀레처럼 브라반트 농부들의 생활상을 그려내려 했고, 들라크루아처럼 색채를 쓰려고 연구했다. 훗날 인상주의 화가의 대표주자로 불리게 될 그의 입에서 이런 말이 나오는 건 흥미롭다. "인상주의라는 화파들이 있다는데 난 그것에 대해 잘 모르겠다. …… 네 말을 들어보니 인상주의라는 건 내 생각과는 다르더구나. 내게는 이스라엘스의 그림이 훨씬 더 엄청나. 붓질이나 색채를 모두 변화시키고 싶은데, 다만 색채는 더 어두워질 거야(402번 편지)."

그런데 1885년 3월 27일, 황야를 가로질러 걸어서 심방을 다녀오던 반 고흐 목사가 목사관 문턱에서 의식을 잃고 쓰러졌고 곧 사망했다. 이후 유산 상속 문제를 둘러싸고 여동생들과 극심한 갈등을 겪자 빈센트는 아예 목사관을 나와서 성당 옆 화실에서 지냈고, 계속 모델들을 불러서 그림 그리기에 열중했다. 마침내 더 흐로트의 초가집 안에서 〈감자 먹는 사람들〉을 그려서 테오에게 보낼 수 있었다. 그런데 훗날 자신의 대표작이 되는 이 〈감자 먹는 사람들〉 때문에 빈센트는 여러 불운을 겪는다. 우선 친구 라파르트와 크게 다퉜다. 라파르트가 그림에 대해 부정적인 의견을 냈다는 이유였다. 빈센트는 라파르트의 편지를 그대로 되돌려 보내는가 하면, 계속해서 의견을 철회하라고 종용했고, 그러다가 결국 관계가 소원해지고 편지 왕래가 끊겼다.

또, 모델이 되어준 더 흐로트 가족의 딸 호르디나가 임신하는 사건이 일어났는데, 마을 사람들의 의심이 빈센트에게 쏠렸다. 성당의 신부가 공공연하게 '그림의 모델을 서지 말라'고 신자들에게 당부하자, 빈센트는 뉘넌에서 더욱 고립되었다.

그러자 10월에 암스테르담으로 미술관 탐방 여행을 다녀온 후, 모델을 구할 수도 없는 뉘넌을 떠나서 더 많은 화가들과 교류하고 작품을 감상할 수 있는 도시로 갈 것을 결심했다. 결국 1885년 11월 23일 브라반트를 그린 작품들을 모두 남겨두고 안트베르펜으로 떠났다.

이듬해 어머니도 뉘넌을 떠나 브레다로 이사했는데, 반 고흐의 작품들을 최초로 목록화한 드 라 파이유는 이사 과정에서 있었던 일에 대해 말했다. '1886년 5월, 반 고흐의 어머니가 뉘넌을 떠난 뒤, 이사를 담당했던 인부들은 반 고흐의 그림 일부를 상자에 넣어 브레다에 있는 어느 돼지고기 정육점 주인의 창고에 맡겨 둔다. 하지만 반 고흐 본인조차 이 사실을 까맣게 잊었다. 그 그림들은 나중에 어느 고물상에게 팔렸는데, 그는 자신의 눈에 별 가치가 없어 보이는 그림들을 땔감으로 태우고, 남은 그림은 수레에 싣고 이곳저곳으로 다니며 개당 10센트를 받고 팔았다. 대부분은 브레다에서 재단사로 일하던 마우언이라는 자가 구입했다'.

이 시기에 테오가 형의 그림을 어떻게 생각했는지는, 누이에게 쓴 편지에 드러나 있다(1885년 10월 13일 편지). '형님은 삶의 모든 경험을 겪고 세상에서 벗어나 버린 사람 같아. 이젠 기다려주며 형님이 천재인지 아닌지 지켜볼 때다. 내 생각에 형님은 천재거든. 그는 대단한 화가가 될 거야. 하지만 세속적 성공이라면 헤이여달과 같을 게다. 몇몇 사람들은 알아보지만 대중에게는 이해받지 못하는 화가. 하지만 진짜 예술적 재능을 알아보는 이들은 형님을 칭송할 거야.'

344네 ____ 1883년 12월 6일(목) 추정

테오에게

내가 여기 집으로 올 뜻을 구체적으로 밝히지 않았는데 이곳에서 보내는 편지를 받으면 좀 의아하겠구나. 무엇보다 12월 1일 편지 고맙게 잘 받았다. 여기 뉘넌으로 도착했더라.

3주 전부터 건강이 안 좋아. 감기와 신경과민에 시달리다 보니 온갖 병들이 다 찾아오네.

당장 털고 일어나야 하는데, 기분전환 거리를 못 찾으면 더 악화될 것만 같다.

집으로 돌아온 데는 여러 이유들이 있어. 하지만 솔직히, 절대로 오고 싶지 않았다.

여정의 시작은 호헤베인까지 황야를 가로지르는 6시간짜리 산책이었다. 폭풍우가 몰아치며 눈과 비가 쏟아지는 오후였어.

이 여정 덕분에 힘이 좀 났지. 아니, 실은 내 마음이 대자연과 조우하면서 둘 사이의 친화력이 발생해 진정되고 위로를 받았다고 봐야 할 거야. 집으로 돌아가면, 앞으로 할 일에 대한 날카로운 영감이 떠오를 것만 같더라고.

드렌터는 정말 좋은 곳이다만, 거기서 버티려면 해결해야 할 것들이 있어. 일단 돈이 있어야 하고, 외로움을 견딜 수 있느냐도 관건이다. 아버지께 이런 말을 하면, 이미 결정난 문제로 치부하고 단칼에 매듭을 지어버리실 거야. 그런데 나는 조급하게 결정하고 싶지 않아. 일주일쯤 지내면서 분위기를 파악해야 알 수 있지. 요즘은 솔직히 뭘 해야 할지, 여전히 헤매고 있다.

어떤 문제에 대해 생각하거나 이야기할수록, 오히려 명확한 결론에 도달하는 게 점점 더 힘들어지더라. 사람들은 그냥 일순간 더 그럴듯해 보이는 한 가지를 택해버리지. 그런데 난, 문제들을 한순간 싹 놔버리질 못하고 계속 생각한다. 가끔은 남들은 이미 결정된 문제라고 여기는 데도 그걸 한참이나 붙잡고 생각하고 있는 거야.

아, 정말이지 너무 힘들다, 아우야. 내게는 양심이 걸린 문제들인 경우가 많거든. 내가 너한테 너무 큰 짐이 된 건 아닌가, 돈벌이도 안 되는 사업에 돈을 받으려고 네 우정을 악용하는 건 아닌가, 그런 생각들.

넌 「르 모니퇴르 위니베르셀」 얘기를 또 했지.*

만약, 조만간 수많은 대형 미술상 회사들이(잡지사도 포함해서) 어느 날 갑자기 우뚝 성장했듯이 똑같이 어느 날 갑자기 몰락할 거라고 단언한다면, 네겐 내가 너무 비관적으로 보이니? 예술품 거래 시장은 비교적 단기간에 예술 작품 숫자와 비례해서 엄청 커졌어. 그러다 보니 너무 은행가들의 투기판처럼 변했고 지금까지도 여전히 그래(완전히 그렇다는 건 아니야). 그런 분위기가 *지나쳐*! 그렇다면 이 투기판 같은 시장의 거품이 삽시간에 꺼질 수도 있잖아, 과거 튤립 파동 때와 똑같이? 그림이 어떻게 튤립과 같냐고? 물론 어마어마하게 다르지. 그림은 좋

* 테오가 잡지사 취직을 제안했고, 빈센트도 고려해보고 있었다.

아하지만 튤립은 싫어하는 나는 그 차이를 누구보다 잘 안다.

하지만 말이다, 부자들이 이런저런 이유로 고가의 회화를 사 모으는 건, 작품 속에 깃든 예술적 가치 때문은 아니라는 거야. 너나 내가 알아보는 그림과 튤립의 차이가, 그들에겐 안 보인다. 투기꾼이나 벼락부자 부류들은 그냥 그럴듯해 보이는 거면, 예전에 튤립을 사듯, 지금도 그냥 사 모을 거야.

물론 진지하고 신실한 예술 애호가들도 있지. 하지만 열에 하나나 될까? 예술적 가치를 정확히 이해하고 구매하는 이들은 아마 그보다도 훨씬 적을 테고. 이 논의는 끝도 없이 펼칠 수 있다만, 더 설명하지 않아도, 지금의 예술품 거래에 앞으로 더 큰 열풍이 불 거라는 데 너도 동의할 게다.

지금 천정부지로 치솟은 몇몇 그림들의 가격은, 떨어질 수 있어. 밀레나 코로도 그렇겠느냐고 묻는다면. 맞아, *적어도 가격은 떨어질 거야.*

물론 예술적 관점에서야, 밀레는 밀레고, 코로는 코로야. 그들의 그림은 한결같아. 태양처럼.

5년 전만 해도 내 생각은 달랐다. 그땐 밀레의 그림 가격은 유지된다고 생각했어. 그런데 그 후로, 정확히는 밀레가 복제화도 많이 만들어지는 등 많이 알려졌는데도 불구하고 푸대접받던 과거(난 밀레가 대중의 관심을 끌지 못하고 무명으로 묻힐까봐 걱정했었어)나 마찬가지로 여전히 오해받는 게 내 눈에 보였기 때문에, 밀레의 그림을 더 잘 이해한다고 해서, 나중에 그들이 지금처럼 비싼 값을 주고 그의 그림을 살지 의문이 들더라. 렘브란트의 그림 가격도 가발의 시대에는 하락을 면치 못했잖아.

단도직입적으로 물으마. 넌 현재의 그림 가격이 계속 유지된다고 보니? 난 솔직히, 아니라고 본다.

하지만 어쨌든 밀레는 밀레고, 렘브란트는 렘브란트고, 이스라엘스는 이스라엘스야. 다른 화가들도 그렇고. 그들의 그림이 고작 몇 푼짜리든 1,000플로린 지폐 수백 장에 달하든 중요하지 않아. 말했다시피, 나는 예술품 거래는 관심도 없어. 단지 네 생각이 나면, 이 직업이 정말 네 마음에 드는지, 특히나 나중에 더 이상 두고 볼 수 없을 정도로 역겨운 모습이 드러나게 되지 않을지, 자꾸 물어보게 된다. 넌 이렇게 말하겠지. 어떤 상황이든 적응할 방법은 많다고. 혹은 상심이 되더라도 버텨야 한다고 말할까? 그러자, 뭐가 됐든 기꺼이 네 뜻을 따를 거야. *상심*하게 되더라도, 그전까지는 어쨌든 뭐든 할 자유가 있잖아. 너나 나나, 우린 우리니까. 우리 두 사람 모두 예술에 대해 누구보다 진지하기에, 이해하기 힘든 어처구니없는 일이 일어나더라도 각자의 방식으로 생각하는 밀레에 대한 의견은 변함없을 거야.

그런데 하나만 묻자. 막대한 거금을 들여 예술 작품을 구입하는 기류가 점점 시들해지면, 해마다 막대한 고정비를 지출하는 대형 예술품 거래사들은 이익이 줄어들 텐데 어떻게 버텨나가지? 곧 막심한 손해가 발생할 텐데. 그렇게 큰 나무들은 도끼질 한 번으로 무너지지는 않지만, 안에서부터 벌레가 먹어들어가면 나중에 도끼질 한 번 하지 않더라도 그냥 바람에도 쓰러져. 그게 언제냐고? 정확한 시기야 나도 모르지.

이 질문에 대해서 전반적인 대답을 해주면 좋겠다. 예를 들어, 네가 보기에(결국엔) 네가 몇 번 언급했던 「르 모니퇴르 위니베르셀」 같은 회사가 (혹은 프티Georges Petit 같은 미술상이나 아르노 앤드 트립 화랑 등이) 온전히 영향력을 행사할 가능성 같은 것 말이야. 나는 솔직히, 장기적으로 보면 희박하다고 생각하거든. 파산을 면치 못할 것 같기도 해.

그런 정황을 지켜보는 것도 편치는 않겠지. 차라리 토탄으로 불을 피운 난롯가에서 그림이나 그리는 게 나을 거야.

이런 예술품 거래 사업이 qu'est ce que ça me fait(나랑 무슨 상관이냐) 할지도 모르지. 다만, 다만, 개인적으로 빈털터리 신세가 되어 불쾌해지지만 않는다면.

넌 파리에서 침착하게 잘 지냈어. 트립 같은 사람보다도 간결하면서도 평온하게 말이야.

너는 눈에 보이는 그대로 바라보려는 성향이 있는 데다, 나만큼이나 *기를 쓰고* 분석적으로 바라보려는 경향도 있어. 그런데 전후 사정을 알면서도, 기회 같은 상황을 이용해서(*너조차도*) 이득을 취하지 못해.

너는 더러운 물에 들어가서 이것저것 건져낼 성격이 아니라는 거야.

그런데 단도직입적으로 물어볼게. 지금 상황은 어떻니? 「르 모니퇴르 위니베르셀」 같은 회사의 고용주는 구필 화랑 임원이 직원들에게 요구하는 것과 다른 걸 원한다고 생각해? 난 「르 모니퇴르 위니베르셀」이나 구필 화랑이나, 트립, 프티까지 다들 거기서 거기 같다. 이 회사 중 한 곳에서 내쳐진 입장으로서, 나머지 곳들도 얼마든지 나를 내쳤을 거라 확신한다. 구필 영감님이 "자네 같은 친구는 우리 회사에 있을 필요가 없어"라고 말했다면, 다른 회사 사장님들 생각도 다들 비슷할 거야.

너도 그래, 아마 다른 회사로 옮기더라도 구필 화랑에서와 똑같은 경험만 반복해서 겪을 게다. 업계가 불황이 되고 작품 가격이 하락하면, 다른 직장을 알아봐야 하는 상황. 솔직히 열정적으로 신이 나서 할 일은 아니지.

그래서 너한테 우리 시대에 대한 믿음이 있는지 묻고 싶은 거야. 넌 네 분야의 일이 앞으로도 계속 지금의 수준으로 유지될 것 같니?

네가 그렇다면야 더 이상 따져 묻지 않고 네 의견을 존중하마. 하지만 난 *큰 회사들이 과연 버틸 수 있을지 의문스러워*. 그러니 네 의견을 편지해 주면, 이야기를 이어나가기가 훨씬 쉬울 것 같다.

요즘은 네 생각을 하면 마음이 편치 않아. 비록, 불안감에서 비롯되긴 했지만 내 생각을 네가 이미 알고 있는 내용에 더해서 알아두면 좋겠다 싶어서 이렇게 전한다. 첫째로, 난 거품이 잔뜩 들어찬 대형 회사들이 버티지 못할 거라 생각하고, 둘째로, 설사 그 회사들이 살아남더라도 직간접적으로 그 회사를 상대해야 할 일은 없었으면 좋겠어.

그런데(이건 전혀 다른 차원의 이야기인데) 내가 만약 여기저기서, 이런저런 걸 해서 자력으로 돈벌이를 할 수 있게 된다면, 무슨 기회가 주어지든 불평하지 않을 거야.

이런저런 일을 하는 게 내 의무라면, 좋아, 그게 고역이라도, 죽어도 하기 싫은 일이라도 마다하지 않을 거야.

폭우를 뚫고 황야를 거쳐 밤길을 걸으면서 네 생각을 참 많이 했다. 어딘가에서 읽었던 이런 글귀가 떠오르더라. 'Deux yeux éclaircies par de vraies larmes veillaient(진정한 눈물 덕에 깨어 있는 두 눈).' *환상에서 깨어난* 기분도 들었어. 그래서 속으로 되뇌었지. 아, 형편없는 가치를 지닌 것들을 그토록 믿고 있었구나. 어둠 속에서, 외로움에 눈물을 흘리곤 했던 내 두 눈이, 도대체 마법을 풀고, 환상을 걷어가고, 동시에 날 *깨운* 그 강렬한 고통을 느끼는데 왜 눈물을 흘리지 않는 걸까?

지금도 여전히 궁금하다. 내가 이토록 걱정하고 있는 이 많은 것들에, *테오는 무덤덤한가*?

내가 우울증 때문에, 뭘 해도 예전처럼 즐기지 못하는 걸까?

한마디로. 혹시 내가 황금과 금박을 구분하지 못하고 있나? 혹시 다 자란 꽃을 시들었다고 여기고 있는 걸까? 도대체 뭐라고 답을 해야 할지 모르겠어. 넌 알겠니? 모든 분야에서 이미 심각한 쇠퇴의 과정이 진행되고 있는 게 아니라고 확신하니?

감히 단언하는데, 나는 인정 받는 괜찮은 화가가 되어(아직도 갈 길이 멀지만) 빚지고 살 일만 없다면, 영원히 가난하더라도 세상 그 누구보다 행복할 수 있어.

*이 시대*의 네덜란드 화가들, 메스다흐, 이스라엘스, 블로머르스, 마리스 등의 거물들이라 해도, 20년쯤 앞서간 선배들만큼 많은 돈을 벌지는 못할 거야. 그들만큼의 솜씨를 갖추지 못하면 어림도 없는 일이야. 가격을 천정부지로 올려놓는 시대는 미래에 관한 어음을 발행하는 것과 마찬가지야. 감히 말하는데, 우린 그런 불행의 시대로(후세의 미래를 암울하게 만드는) 진입하고 있는 거야.

넌 센트 큰아버지만큼 현명하고 유능한 데도 큰아버지가 해내신 건 못 할 수도 있어. 왜냐고? 이 세상에 아르노 앤드 트립 같은 곳이 너무 많아서야. 네가 순한 양이라면 그들은 이루 말할 수 없을 정도로 쩨쩨한 족속들이야. 아우야, 부탁인데, 이런 비유를 불쾌하게 받아들이지는 말아라. 나는 늑대가 되느니 양이 되는 게 낫다고 생각해. 죽이는 사람보다 죽임을 당하는 게 더 낫고, 카인이 되느니 아벨이 되는 게 더 낫다. 난 내가 늑대가 아니었으면 좋겠어. 아니, 엄밀히 말하면, 내가 늑대가 아니라는 건 알아.

상상만이 아니라, 이 현실사회에서 너와 내가 정말 양이라고 가정해보자. 좋아. 분명히 포악하고 굶주린 늑대가 돌아다닐 테니, 우리가 잡아먹힐 가능성이 아예 없다고는 말 못 해. 좋다고! 하지만 뭐 딱히 기분이 좋지는 않지. 그래도 어쨌든, 남을 망가뜨리는 것보다, 내가 망가지는 편이 더 낫다. 그러니까 내 말은, 남이 돈 벌게 해주는 기술, 능력, 재주를 가지고 있지만 내 앞에 가난한 삶이 기다리고 있다고 해서 평정심을 잃을 이유는 없다는 거야. 돈에 아예 무관심한 건 아니지만, 난 늑대는 부럽지 않거든. 마음의 악수 청한다.

너를 사랑하는 형, 빈센트

지금까지 이야기한 부분에 대한 네 의견이 정말 궁금하다. 내가 집을 떠나기 전까지는 알려줬으면 한다. 일단 마음의 안정과 확신을 되찾기까지 여기 머물 거야.

345네 ____ 1883년 12월 7일(금) 추정

테오에게

테오야, 어젯밤에 네게 편지를 쓴 다음에 거의 뜬눈으로 밤을 보냈다.

마음이 너무나 아파서. 2년 만에 처음 집에 돌아왔을 때, 물론 두 분은 날 반갑고 따뜻하게 맞아주셨다만, 두 분의 상황 인식은 맹목적이고 절망적일 정도로 '몰이해'라고밖에 말할 수 없을 정도로 정말, 요만큼도, 털끝만큼도 달라지지 않으셨더라.

사실, 아버지가 노하시기도 했지만, '지긋지긋하다'는 이유로 날 집에서 내쫓으시기 전까지, 우리는 좋은 방향으로 가고 있었어. 당시의 상황이 내 성공과 실패를 가를 수 있는 결정적인 순간이었음을 이해해야 한다. 집에서 쫓겨나면서 사는 게 몇 배나 더 어려워져서 견디기조차 힘들 지경이었다고.

무엇보다 호의적인 반응에도 불구하고, 환대에도 불구하고, 그 외에 이런저런 모든 것에도 불구하고, 아버지의 반응에서 강철처럼 단단하면서 동시에 얼음처럼 차가운 무언가가 느껴진다는 걸, 지금은 느끼는데 그때는 몰랐었다면, 겉으로는 자상해 보이시지만 모래같이 퍽퍽하고 유리나 양철 같이 딱딱하다는 걸, 다시 말하지만, 지금도 느끼고 있는데, 그때는 그걸 몰랐었다면, 아마 그토록 화가 나진 않았을 거야.

(편지지 여백에 적은 글)

이제는 환대나 호의는 내게 중요치 않다. 두 분이 예전의 행동에 일말의 후회도 없으시다는 사실이 슬플 따름이야.

난 다시 우왕좌왕하기 시작했어. 내면의 갈등이 너무 강렬해서, 정말 견디기 힘들 정도야.

이런 걸림돌 같은 게 없었더라면, 주도적으로 길을 나선 것도 나였고 자존심을 먼저 굽힌 것도 나였는데, 아마 내가 지금처럼 이런 편지를 쓰고 있지 않았을 거라는 거, 너도 이해할 거다.

만약 좋은 결과를 냈던 라파르트 부자처럼, 우리가 여기서 시작했을 때도 좋은 결과가 있었던 것처럼 약간의 배려와 진심을 느낄 수 있었다면, 아버지가 나를 집에서 쫓아내고 얼씬도 못하게 한 게 잘못임을 깨달으셨다면, 그랬다면 나도 긍정적인 미래를 기대했을 거야.

전혀, 그런 건 전혀 없었다.

아버지는 예전이나 지금이나, 그때 그렇게 행동한 걸 전혀 잘못이라고 생각하지 않으셔.

아버지는 너나 나나 다른 사람들과 달리 후회라는 걸 모르시는 양반이야.

누구나 실수를 할 수 있고 헛수고를 할 수도 있다는 생각 대신, 아버지는 자신만의 정의라는 기준이 따로 있어. 아버지 같은 사람을 보면 안쓰럽다(*그렇다고 그들에게 화를 낼 수도 없어*). 나보다 훨씬 더 불행한 사람들이거든. 왜냐고? 자신의 장점을 엉뚱하게 사용하는 바람에 오히려 그게 단점이 되어버리니까(그들은 검은빛을 지녀서 주변으로 어둠을 퍼뜨리지).

두 분의 환대는 유감스러웠어. 잘못을 인정하지는 않고, 그냥 모든 걸 편하게 여기는 그 반응이 내게는 두 분의 잘못된 행동보다 더 심각한 문제처럼 보였어. 뭔가 흔쾌히 이해되고, 내 기분은 물론 간접적으로 두 분의 기분도 나아지게 할 적극적인 분위기 대신, 내가 느낀 건 내 열정과 에너지에 납으로 봉인을 해 억누르듯 모든 게 다 느리고 망설이는 분위기뿐이었어.

인간적인 내 지적 능력은 나한테 계속 이렇게 말해. '부자 사이의 부조화가 돌이킬 수 없는 치명적 현실임을 인정해.' 한편 아버지와 나를 향한 안쓰러운 마음은 이렇게 말해. '*돌이킬 수 없다고?' 천만의 말씀*. 궁극의 화해로 나아갈 수 있는 가능성은 무한해. 그 가능성에 기대를 걸어야 해.' 그런데 유감스럽게도 그 화해라는 게 왜 환상처럼 느껴지는 걸까?

아마 너는 내가 모든 걸 다 검게만 본다고 생각하겠지.

삶이라는 게 워낙 끔찍한 현실이고 그 속에서 우리는 평생을 돌아다니게 돼. 그래서 우리의 감정이 어느 정도 비관적이라고 해도 현실에서 본질적으로 달라지는 건 아무것도 없어. 아무튼 밤에 잠이 오지 않을 때마다 해본 내 생각은 이래. 폭우가 쏟아지는 어느 날 저녁, 서글픈 석양을 바라보며 황야를 지날 때 했던 생각도 마찬가지야.

일상에서 낮에는 마치 멧돼지처럼 무감각할 때도 있어. 사람들이 날 보면서 거칠고 투박하다고 느끼는 게 충분히 이해가 가. 지금은 그렇지 않은 편이지만, 좀 어렸을 때는 이런 문제가 우발적인 일이나 사소한 일, 근거 없는 오해에서 비롯됐다고 여기고 대수롭지 않게 넘겼어. 그런데 나이가 들어가면서 점점 그게 아니라는 생각이 들더라. 더 중요한 이유가 하나 둘 눈에 띄더라고. 그러니까 삶이라는 게 참 '희한하다'는 생각이 든다, 아우야.

내 말투가 많이 격앙되어 있지. *가능하겠다* 생각했던 일들이, 다음 순간에는 *불가능해* 보여서 그래. 한 가지는 확실하다. 상황이 순조롭지 않고, 나를 배려하는 열의는 전혀 없다는 거 말이다.

라파르트를 만나러 가서 그 친구한테 나도 집에 정착할 수 있어서 만족스럽다고 말해줄 생각이야. 그런데 이 해결책의 모든 장점이 아버지에게서 느껴지는 Je ne sais quoi(뭔지 모를) 분위기와 대립하는 것 같아. 게다가 유감스럽게도 이건 고칠 수 없는 문제라는 생각이 들기 시작했어. 그렇게 되니 낙담하게 되고, 무력감만 느껴지더라. 어느 화창한 날 저녁에는 얼마쯤 여기 머물러도 좋다고 말했다가, 바로 다음날에 다시 생각해봐야겠다고 통보하시더라고. 그래, 하룻밤 자면서 다시 생각해보시겠지. 생각해볼 시간이 무려 2년이나 있었는데!!! 생각할 기회가 오기를 기다릴 게 아니라 그 2년 동안 당연히, 충분히 생각해보셨어야 할 문제가 아니었을까 싶다.

그렇게 흘러간 2년은 내게 하루하루가 근심과 걱정으로 가득찬 시간이었는데 두 분은 아무 일도 없이 그냥 평온하셨나 보더라. 근심과 걱정으로 고민할 일도 없고 말이야. 넌 그러겠지. 두 분이 겉으로 표현을 안 하실 뿐이지, 속으로는 다 느끼신다고. *아니, 내 생각은 달라*. 나도 너처럼 생각했을 때가 있었다만, 아니었어. 인간은 *느끼는 대로 행동한다*. 우리의 행동이나 결정, 망설임이 우리라는 사람을 드러내 보여주는 거야. 입술에서 흘러나오는 듣기 좋은 말이 아니라. 선의나 의견 같은 건 *아무 의미 없다*는 거지. 너도 나에 대해서, 네 마음대로 생각할 수 있어, 테오야. 그런데 아버지가 적극적이지 않다고 말하는 건 단순히 근거 없이 그래 보이기 때문은 아니야. 난 예전에 봤던 걸 지금도 다시 보고 있다. 그때 난 아버지한테 *대놓고 반기를 들었지*. 무슨 문제가 됐든, 나는 해결책을 원하지도 않고, 어떠한 해결책도 불가능하게 만드는 한 사람에게 반기를 들고 있어.

(편지지 여백에 적은 글)

두 양반 모두 *과거에 나한테 아무 잘못도 안 했다고 생각하신다*. 정말 *너무하네!*

젠장, 아우야. 라파르트 부자는 현명하게 문제를 풀어갔는데, 여기는 도대체 뭔지!!! 네가 했던 모든 것, 지금도 하는 모든 것의 4분의 3이 모두 무의미해졌어. 두 분의 잘못으로. 정말 안타깝다, 아우야. 마음으로 악수 청한다.

너를 사랑하는 형, 빈센트

345a네 ____ 1883년 12월 8일(토) 추정

테오에게

아직 이른 시각이야. 어제 쓴 편지에 분명히 해둘 게 있어서 몇 자 더 적는 거야. 그런데 네가 입이 무겁고 상황 판단이 빠른 아이라서, 이 얘기를 한다는 걸 알아주기 바란다.

아버지 어머니와 2년 전 일*의 고통에 대해 이야기는 나누지 않았다. 그저 *부차적인* 정황 이

* 1881년 12월, 빈센트는 사촌인 케이 포스를 사랑한다고 공개적으로 밝힌 뒤, 에턴의 집에서 나가야 했다.

야기만 꺼냈지. 두 분은 *그녀 이름*조차 입에 올리지 않으시더라. 좋아. 두 분이 굳이 그 얘기를 내게 하실 이유도 없고, 그건 나 역시 마찬가지야. 그런데 내가 간접적으로 핵심을 건드렸지. 아버지한테 그랬거든. 2년 전 내가 집에서 나갈 수밖에 없도록 상황을 몰아가신 건 크게 잘못 하셨다고. 나에게 막대한 경제적 손실을 초래했으며, 결국 극단의 상황으로 몰고 갔다고 말이야. 내 의지대로 행동할 수 있었으면 그러지 않았겠지만, 어쩔 수 없이 단호하게 지내야 했다는 것도.

반 고흐 일가와는 정반대인 라파르트 일가의 분위기도 말했지. 라파르트도 이런저런 문제에 관해서 자신의 아버지 의견에 반하는 행동을 할 때가 있음을 강조해서 설명했어. 하지만 라파르트 부자는 상황이 극단으로 치닫는 것만큼은 서로 피했어. 라파르트도 비록 자신이 그린 그림으로(그래도 분위기는 진지하고 아름다워) 동전 한 푼 못 벌었지만, 그 친구는 지금도 여전히 위엄 있게 당당히 지내. 장비도 화실도 갖추고 있고, 아무튼, 가족들도 그 친구가 그림 그리느라 빚지고 살지 않도록 지원을 아끼지 않지. 테오야, 네가 힘닿는 한 계속해서 나를 도와준 건 정말 숭고하고 용기 있고 통찰력 있는 행동이었다는 말도 했어. 특히, 예전에 아버지가 조금만 덜 대쪽 같고, 조금만 덜 완고했더라면, 그러니까 한마디로, 덜 우둔하셨으면, 네 지원이 훨씬 더 효과적으로 쓰여서 지금은 이미 반쯤 성공했을 거라는 말씀도 드렸다.

결국은 내가 과거 문제를 건드렸다. 동시에 이 말도 했어. 이번에도 극단적인 상황을 피하기가 어려울 것 같다, 나와 가족의 관계가 전반적으로 원만하지 않으니 이대로 계속 과거사를 묻어두고 가다가는 더 이상 참을 수 없을 것 같다.

네 돈을 계속 받는 게 과연 옳은지 그른지 심사숙고하다가, 그래도 체면은 차려야겠다는 생각이 들었어.

솔직히 말하는데, 우리 가족의 심리 상태, 특히 아버지와 C. M.의 경우 점점 더 대하기 힘들어지는 느낌이야.

너와의 관계에서 내 입장은 이래.

한편으로는 네 성격도 나와 마찬가지로, 우리가 배운 원칙들을 거스를 가능성이 크다고 생각해. 그래, 내 말은, 점진적이든 급진적이든 네 마음속에 어떤 전환점이 생겨서 삶의 가치관을 바꿔야 한다는 생각이 들거나 결국, 화가가 되기로 마음먹을 수도 있다는 거지.

또 한편으로는, 네가 지난여름 말했듯 완전히 상반된 부분도 있어. "점점 아버지를 닮아갑니다."

그 말이 사실이라면, 그러니까 네가 점점 더 '반 고흐'다워지고, 아버지나 C. M.을 닮아가며, 계속해서 그 업계에 머무른다면, 넌 나와 전혀 다른 삶의 가치관을 택했다는 뜻이기도 해. 장사꾼 기질이 있다는 거야. 정치인에 딱 어울리는 기질! 더 솔직히 말하면, 네가 정말로 그렇게 된다면 나는 너와의 관계를 더 돈독히 다지기보다, 더 이상 너와 가깝게 지내지 않고 네게 등을 돌릴 생각이야. 왜냐하면 우리가 더 이상 어울릴 수 없다는 뜻이라는 걸 잘 알기 때문이야.

나는 지금 부모님 집에서 지낸다. 매일 아버지를 보고, 아버지의 말씀을 듣고, 아버지가 어떤 분인지 느끼고 있다고. 이 상황이 좋을 리 없다. 아무렴. 그런데 네가 그런 아버지와 같고, 그런 아버지를 점점 더 닮아간다면, 차라리 우리는 각자의 길로 가는 게 현명하겠다.

아버지에게 말씀드린 내용으로 돌아가 보자. 난 2년 전에 그렇게 심하게 언쟁했던 건 잘못이었다고 말했어. 난 그렇게 내쫓겼으니까(누구의 잘잘못인지는 중요하지 않아). 만약 아버지가 당신 스스로에게 논리적으로 행동하셨다면 아버지는 당신의 원칙에 따라 이런 언쟁을 막으셔야 했었어. 그랬더니 이렇게 말씀하시더라. "그래 좋다. 그런데 난 그때 일을 후회하지 않는다. 내 행동은 다 너 잘되라고 한 거고, 내 굳은 신념에 따른 거다." 그래서 내가 그랬지. "인간의 신념이란 때로는 *양심*에 배치되기도 합니다, 그러니까, 때로는 *해야 한다고 믿는* 행동이 *해야 할* 일과 배치된다고요."

나는 아버지께 말했다. 성경을 찾아보면 우리의 신념이라는 게 정확하고 공정한지 확인해주는 문장이 여럿 있다고.

그리고 아버지는 너무 오랫동안 양심을 건너뛰고 과격한 열정으로 결론짓는 게 습관이 되셨다고. 무척 부당하고 독단적이고 비난받을 만한 방식이지. 고집스럽게 신념에만 기대고, 양심을 건너뛴다니 말이야.

이쯤 하자. 난 철벽에 가로막힌 기분이야. 아버지와 내 의견은 양립하기도 힘들어. 그런데 아버지는 그 철벽을 가리고, 나를 다른 곳으로 돌아가게 하시거나 내가 문제 삼는 걸 꺼리시기만 해. 난 이렇게 끌려다니고 싶지 않아서 말씀드렸어. "아버지, 이게 아버지의 자만심 때문이라고 생각합니다. 그 감정을 앞세우시는 건 아버지나 저, 모두에게 치명적일 수밖에 없습니다."

그랬더니 이러시더라. "그럼 내가 네 앞에 무릎이라도 꿇기를 기대했던 거냐?"

그래서 그렇게 생각하시고 이런 반응을 보이신다니 정말 유감스럽다고 받아치면서 더 이야기해봐야 소용없겠다고 잘라 말했어.

아버지한테, 나한테 잘못한 부분을 인정하시라고 강요하는 게 아니야. 다만, 적어도 지난 2년 동안, 내가 이해한 만큼은 아셔야 하잖아. 큰 잘못을 하셨다는 사실, 하지만 굳이 누가 부탁하지 않더라도 그 즉시 바로잡을 수 있는 실수였다는 사실 말이야. 그럼 이게 누구 잘못이냐?

아우야, 아버지는 넓은 아량으로 관대하며 개방적이고 인간적인 모습 따윈 포기하고, 편협하고 쩨쩨하게 굴자고 작정한 분 같다. 2년 전, 상황을 극단으로 몰고 간 건 목사로서의 자만심이었어. 그 자만심이 이번에도 우리 관계에 악영향을 끼치고 있지.

네게 중재를 부탁하는 게 아니야. 그냥 개인적으로 하나 묻고 싶은 게 있어. 우리는 지금 서로 어느 편에 서 있는 거냐? 너도 역시 '반 고흐' 집안사람이냐? 난 너를 언제나 내 동생, '테오'로만 여겨왔어.

성격이나 성향을 놓고 보면, 나는 여러모로 가족들과 *다른 편*에 속하지. 사실상, '반 고흐' 집안사람이 아니라는 거야. 하지만 네가 유명인사가 되고, 이 세상에서 아버지나 C. M. 혹은 센트 큰아버지 같은 역할을 하는 사람이 된다면, 좋아! 그게 뭐든, 난 간섭할 마음도 없고, 그걸 깎아내리고 싶은 마음도 없어. 그냥 조용히 지낼 거야. 하지만 지금과 같은 형제 관계를 계속 유지하는 게 적절하다고 생각하기에는 우리의 길이 점점 더 멀어질 것 같다는 느낌이 든다. 내 마음을 이해해주면 좋겠다. 그게 아니라면, 시간이 알아서 해주겠지.

앞으로 3년 사이에, 이런저런 문제를 바라보는 네 시각이 나와 비슷해질 수도 있어. 왜냐고? 예술과 예술가들을 접하면서 영향을 받을 테고, 그로 인해 편협하고 딱딱한 시각에서 벗어나 보다 솔직하고 우호적인 시각을 갖게 될 테니까. 아우야, 혹시 여력이 되면, 내가 여기서 벗어날 방법이 있는지 알아봐 주기 바란다. 안부 전하고, 내 말 명심해라,

형은 언제나 너를 사랑한다, 빈센트

346네 ____ 1883년 12월 15일(토) 추정

동생에게

아버지 어머니가 내 문제에 번번이 *충동적인* 반응을 보이신다(*이성적인* 반응이 아니라).

마치 커다란 털북숭이 개 한 마리를 집에 들일까 말까 하는 것처럼, 나를 받아줄까 말까 고민하시는 눈치야. 그 개는 젖은 발로 집에 들어가겠지. 털도 지저분한 상태로. 아마 온 식구들을 불편하게 할 거야. *게다가 시끄럽게 짖을 테고*. 한마디로, 더러운 짐승이지.

좋아. 그런데 그 짐승은 인간의 사연을 지녔고, 비록 한 마리 개에 지나지 않지만 인간의 영혼을 가졌어. 게다가 감수성이 예민한 인간의 영혼을 지닌 탓에, 다른 평범한 개들과 달리 남들이 자신에 대해 어떤 생각을 하는지까지 느끼지.

내가 그런 개에 비유될 수 있다는 사실, 인정해. 그런다고 달라지는 건 없으니까.

이 집은 내게 너무 좋은 곳이야. 아버지 어머니는 물론 다른 식구들도 남다른 기품이 있고(그런데 깊은 배려심은 없지) 그리고…… 그리고, 다들 목사님 같아. 모두가 목사님 같다고!

개는 집에 들여 보내주면, *이 집에서* 자신을 참아주고 견뎌주겠다는 뜻으로 받아들일 거야. 그래서 자신이 있을 개집을 찾아보겠지. 글쎄, 그 개는 한때 아버지의 아들이었잖아. 바로 그 아버지가 아들을 너무 밖으로만 돌게 내버려둬서 사나워진 거야. 그런데 세상에! 아버지는 수년간 이 중요한 사실을 까맣게 잊고 지냈다니, 부자(父子) 관계에 대해 *진지하게* 생각해본 적도 없다니, 무슨 말을 더 하겠어?

그런데 말이야, 그 개는 물 수 있어. 포악해질 수도 있고. 그러면 순경이라도 나서서 총으로 사살하겠지.

오, 그래, 이게 정확한 진실이야. 틀림없어.

한편으로, 개만큼 훌륭한 경비원도 없지.

그러나 여긴 평화로우니 그런 거 필요없다고 하겠지. 평화를 위협하는 위험 따위는 전혀 없다고. 그래서 나도 입을 꾹 닫고 있는 거야.

개가 유일하게 후회하는 일, 그건 집으로 돌아온 거야. 황야에서 지낼 때보다 집에서의 시간이 더 외로우니까. 다들 환대해주는 것 같더니만. 그렇게 지치고 힘이 빠져서 돌아온 게 이 짐승의 실수야. 되돌릴 수 있다면 좋겠고, 다시는 같은 실수를 하지 않겠다고 다짐한다.

여기 온 후로 경비가 안 드는데 네가 두 번이나 송금해준 덕분에, 여행 경비는 물론이고, 내 옷이 너무 낡았다고 아버지가 사주신 옷값도 내가 냈어. 거기다가 라파르트에게 25플로린도 갚았고.

너도 안심했으리라 믿는다. 너무 부주의한 행동들이었으니까.

사랑하는 테오야, 동봉한 편지를 쓰고 있을 때 네 편지가 도착했어. 네 편지를 유심히 읽었고, 지금부터는 거기에 대한 답장이다.

우선, 아버지 입장을 대변하는 네 태도가 참 고귀하다는 말부터 해야겠구나. 내가 아버지를 *힘들게 한다*고 비난까지 하면서 말이야.

네 이런 성격은 참 훌륭하다만, 넌 지금 아버지의 적도, 네 적도 아닌 사람에게 싸움을 걸고 있다. 내가 아버지나 네게 하고 싶은 말은 단지 심각한 문제들에 대해서 생각해보자는 거였고, 그저 내가 느끼는 대로 말했을 뿐인데. 너한테 물어보자. 왜 이렇게 된 걸까? …… 네 답변 중에는 여러모로 나한테 익숙한 문제들도 더러 있었어. 네가 반대한 부분 중에는 나 역시 반대하는 것들도 있었고. 하지만 설득력이 많이 떨어져. 어쨌든 이번에도, 네가 선의로, 화해와 평화를 원할 뿐이라는 건 안다. 그건 전혀 의심하지 않아. 다만, 아우야, 네 지적에 대해서 이런저런 반박을 할 수도 있지만, 그러면 이야기가 너무 길어져, 그러니 단도직입적으로 말하마. 아버지, 너, 그리고 나까지, 우리 세 사람 모두 화해를 원해. 그렇지만 아무래도 그건 어렵겠다.

뭐, 걸림돌은 나겠지. 무슨 말이냐면, 내가 너나 아버지를 '*곤란하게*' 하는 일이 없어야겠지. 하지만 난 두 사람에게 그렇게 해주지 못하고 있고. 그래서 넌, 내가 고의로 아버지를 못살게 구는 비열한 인간이라고 보는 모양이다. *정말 그러니?*…… 좋아! 앞으로는 최대한 아버지나 너에게서 떨어져 지내마. 아버지를 찾아가지도 않고, 너만 괜찮다면 기존의 내 제안대로 3월 말쯤까지 우리의 경제적 관계를 청산하자(서로 자유롭게 생각할 수 있으려면 필요해. 네가 *번거로울* 일이 없도록 하기 위해서기도 하고. 넌 아예 이 생각을 굳힌 모양이라서 염려가 된다만). 다만 얼마간의 시간 여유만 줘. 새로운 시도를 시작해볼 시간적 여유…… 성공할지는 의문스럽지만 내 양심상 더 이상은 어영부영 미루는 걸 용납할 수가 없다.

이 편지는 넓은 아량으로 차분히 읽거라, 아우야. 최후통첩 같은 걸 보낼 마음은 없어. 하지만 너와 나의 감정이 너무나 다른 길로 향한다면, 그래, 그렇다면, 아무렇지 않은 척 싹 덮고 지낼 필요는 없지. 사실, 네 생각도 같지 않나?

넌 내 생각을 아주 잘 알아. 네가 *내 삶의 구원자*고, 내가 그 사실을 절대 잊지 않을 거라는 거. 너와 나 사이에 본의 아니게 생긴 오해로 *사이가 끊어지더라도*, 난 영원히 네 형제며 네 친구로 남을 거야. 동시에, 내가 버틸 수 있게 기꺼이 도움의 손길을 뻗어준 점 등 여러모로 고마운 마음, 평생을 가져갈 거야. *돈은 빌리면 갚을 수 있지만, 네가 보여준 배려심은 갚을 수도 없지.*

그래서 하던 말을 이어가자면, 이번에 완전한 화해에 이르지 못해서 실망스럽다. 앞으로 언제든 화해가 가능해지기를 바란다만, 너희 모두가 날 이해하지 못하는데 가능할까. 어쩌면 *영원히* 이해받지 못할까봐 두렵다.

가능하면 편지 받자마자 평소처럼 돈을 좀 보내주면 좋겠다. 여기서 나가기 전에 아버지한테 손 벌릴 일은 없었으면 해서. 곧 나갈 생각이다. 지난 12월 1일에 받은 돈에서 아버지한테 23.8플로린을 드렸어. 전에 14플로린을 빌렸고, 9플로린으로 신발과 바지를 사주셨거든. 그리고 12월 10일에 받은 돈에서도 25플로린은 라파르트의 돈을 갚았어. 그랬더니 1/4플로린 동전에 몇 센트 남았다. 내 전 재산이야. 몇 가지 더 보태자면, 11월 20일에 보낸 돈은 12월 1일에 받고 대부분 드렌터의 숙소비로 냈어. 계산 착오로 밀린 게 있어서 바로잡았지. 남은 14플로린으로 아버지한테 빌린 돈도 갚고 여행 경비로 썼고.

여기를 떠나서 라파르트에게 갈 거야.

그다음에는 마우베 형님을 찾아가고.

그다음에 모든 문제를 차분하게, 차근차근 해결할 생각이다.

아버지에 관해 솔직하게 털어놓은 내 의견 중에서 철회하거나 번복할 건 거의 없어. 네 반대 의견도 충분히 존중하겠다만, 대부분 수긍할 수 없고, 오히려 이미 편지에 쓴 것 외에 머릿속에 떠오르는 게 더 많아. 격한 표현들을 썼다만, 그것도 나름은 조절한 거야. 어쨌든 나도 아버지가 장점이 많다는 건 아니까. 그래도 감정 조절이 결코, 쉽지는 않았다.

지금까지 나이 서른 살에 *'어린애'*가 될 수 있는 줄 정말 몰랐다. 같은 서른 살들 중에는 그 누구보다 많은 경험을 했을 텐데 말이야. 잘 생각해봐. 내가 편지에 쓰는 글이 어린애 말투인지. 내 말투에 대한 네 해석까지 내가 책임질 수는 없어. 안 그래? 네가 알아서 읽을 문제지.

아버지 집에서 나가면, 아버지 생각에 더 이상 신경 쓰지 않겠어.

생각을 굳이 입 밖으로 내뱉지 않는 게 정중한 태도야. 하지만 나는 예나 지금이나 화가의 가장 첫 번째 의무를 진정성이라고 생각해. 남들이 내 말을 들어주든 아니든, 나를 제대로 이해하든 오해하든, 그게 나에 관한 진실을 바꿀 수는 없어, 언젠가 네가 해준 말이야.

아우야, 헤어지게 되든 어떻든, 누가 뭐래도 난 네 친구다. *네가 아는, 혹은 짐작하는 것 이상*

으로. 악수를 건넨다.

너를 사랑하는 형, 빈센트

어떤 경우에도, 난 아버지의 적도, 네 적도 아니야. 영원히 그럴 일도 없고.

347네 ___ 1883년 12월 16일(일) 추정

테오에게

마우베 형님이 이런 말을 한 적이 있어. "그림을 꾸준히 그리면, 그래서 이제껏 해왔던 것보다 더 깊이 파고들면, 너 자신을 찾게 될 거야." 벌써 2년 전 일이다.

요즘 자꾸 이 말이 떠오른다.

난 나 자신을 찾았거든. 바로 그 개.

표현이 과장된 측면은 있지. 실제 차이점은 그보다는 덜 유난스럽고, 그렇게 극적이지도 않아. 하지만 인물에 대한 분석은 근본적으로 맞아. 어제 편지에 묘사했던 털북숭이 양치기 개가 바로 나라고, 그 개의 삶이 내 삶이고. 지엽적인 부분은 빼고 본질만 따져봤을 때 말이지. 억지라고 할 수도 있겠지만 내 생각은 변함없어.

인격은 제쳐두고 그냥 인물을 분석하듯이, 마치 너, 나, 아버지가 아니라 그냥 전혀 모르는 이방인을 논하듯이, 그렇게 작년 여름을 다시 떠올려봐. 헤이그에서 나란히 걷고 있는 두 형제를(*낯선 이들로 봐라. 너와 내가 아니라*).

한 사람이 말해. "난 어느 정도 사회적 지위를 유지해야 해. 난 돈도 벌어야 해. 화가가 될 수는 없겠어."

다른 하나가 말하지. "난 점점 개가 되어가고 있어. 내 미래는 점점 더 거칠고 추악해지다가, *빈곤에 이를 운명*이겠지. 그래도, 그렇더라도, *난 화가가 될 거야*."

하나는 어느 정도 사회적 지위와 경제력을 유지하는 미술상.

다른 하나는 가난하고 소외된 화가.

그 두 형제의 더 이전 과거가 눈앞에 선하다. 네가 그림의 세계에 갓 발을 들이고 이런저런 책을 읽기 시작하던 그 시절 말이야. 레이어비크의 풍차 옆을 거닐던 두 사람, 한겨울 이른 아침에 눈 덮인 황야를 가로질러 함Chaam으로 소풍을 가던 두 사람. 그만큼이나 *감정, 생각, 믿음*이 아주 똑같았었는데, 궁금하구나, 지금도 같을까? 내 질문은 그러니까, 이 관계가 과연 어떻게 끝날까? 두 형제는 영원히 헤어질까, 아니면 다시 한 번 함께 길을 찾아 걸어갈까?

단언하는데, 나는 *개처럼 사는 길*을 택하겠어. *개*로 남아서, *가난*하겠지만, *화가*가 되고, *인간*으로 남아 자연을 누리겠어. 자연에 등 돌리는 사람, 이런저런 체면 차리기에만 급급한 사람,

자연에서 꽤나 멀어져버렸음을 스스로 인정할 수밖에 없을 정도인 사람, 아, 그게 계속되었다간 순식간에 가장 단순한 흑백도 구분하지 못하는 지경에 이르지. 한마디로, 남들에게 그래 보일 것 같은 모습이나 자신이 그럴 거라 생각했던 모습과 정확히 정반대가 된다는 거야. 예를 들면, 넌 여전히 '평범함'이라는 단어를 심각하게 두려워해. 특히나 그 단어의 부정적인 의미에 대해서. 왜 네 영혼이 가진 최고의 장점을 죽이고 소멸시키려는 거냐? *그러면, 아, 그랬다가는* 네 두려움이 진짜로 일어나. 너는 진짜로 평범해지고 말 거야. 사람이 어떻게 시시하고 평범해지냐고? 오늘은 여기에 맞췄다가 내일은 저기에 적응했다가, 그렇게 '세상'이 지시하는 대로만, 절대로 세상에 맞서는 일 없이 대중여론의 발걸음만 뒤쫓으면 그렇게 되는 거야. 내 말뜻을 제대로 이해해야 해. 넌 원래부터 이런 인간들보다 훨씬 낫다는 소리야. 내가 아버지를 힘들게 한다고 여겨서 아버지 편에 서서 쓴 네 편지를 읽으며 깨달았지. 그런데 미안한 말이지만, 이 상황에서 나와 각을 세우는 건 네가 상황을 잘못 전달받았다는 뜻이지. 난 정말로 네 행동을 높이 평가한다. 그래서 말인데, 더 이성적으로 생각하고 네 강렬한 분노의 방향을 틀어서 나 말고 다른 세력들에 맞서라. 그러면 아마도 덜 속상할 게다.

나는 아버지를 비난하는 게 아니라, 예를 들어 밀레 영감과 비교해보면 그렇다는 거야.

밀레의 세계관은 깊고 방대해서 아버지의 사고방식이 상대적으로 사소해 보이지. 네 눈에는 나의 이런 시각도 끔찍해 보일 수 있겠어. 하지만 어쩔 수 없다. 그것이 내 강한 신념이고, 숨길 이유도 없잖아. 너도 아버지를 코로와 비교했으니까. 내가 보는 아버지? 코로의 부친과 비슷한 사람이지, 코로 본인과는 전혀 닮지 않았어. 결국, 코로는 자신의 아버지를 사랑했지만, *아버지의 뜻을 따르지는 않았지*. 나도 아버지를 사랑해. 우리의 견해차가 내 앞길을 가로막지 않는 한은 말이야. 그 어떤 알량한 자존심 때문에 그토록 원해왔던 완전하고 결정적인 화해를 확실하게 실행할 수 있는 길을 가로막고 있을 때는 결코, 사랑할 수가 없다. 내가 집으로 들어오기로 결심했던 건, 아버지나 너한테 더 이상 경제적인 부담을 지우기 싫어서였어. 오히려 시간, 돈, 힘을 아끼는 식으로 네 돈을 최대한 효과적으로 활용하고 싶었기 때문이야.

라파르트 부자의 예를 든 게 그렇게 비난받을 행동이니? 라파르트의 아버지가 우리 아버지보다 경제적으로 여유롭지만, 자칫 힘들 수도 있었던 상황을 서로 힘을 합해 슬기롭게 극복하고 좋은 결과를 가져온 사람이라고 예를 든 게? 그렇다면 가족 간의 불화를 멈추고 싶어서 "여기까지, 더는 그만!"이라고 외치는 나도 비난받아야 하겠네? 확실하고 결정적인 화해를 원하는 게 뭐가 잘못이지? *겉으로만* 그럴듯해 보이지 *언제든 깨질* 게 뻔한 화해에 만족하지 않는 게 잘못이냐고? 조건이 따라붙는 화해라니, 세상에! 그런 건 필요 없어. *기꺼이* 화해하든지, 아니면 *시늉도 내지 말아야지*. 진심이 아니면 아무 소용이 없고, 더 상황이 악화될 수도 있어.

넌 아버지에게 반발하는 날 *비겁하다*고 말한다. 이건 말뿐인 반기에 불과해, 폭력을 전혀 수반하지 않는. 게다가 이 일은 다르게 바라볼 수도 있다. 사실은 내가 더 슬프고 실망스럽다고 말이야. 그래서 말투가 더 심하고 단호한 거야. 왜냐하면 아버지의 흰 머리를 보고 있자니 제대로 된 화해를 하기까지 남은 시간이 어쩌면 그리 많지 않을 수도 있겠다는 생각이 들거든. 임종의 순간에 맞이하는 화해는 아무 의미 없어. 나는 *살아생전에* 화해하고 싶어. 아버지가 선의이신 건 나도 잘 안다. 다만, 선의에서 멈추지 말고 실질적인 상호간 합의까지 도달했으면 하는 거야. 늦더라도 안 하는 것보다는 나을 테니까. 그런데 결국 모든 방식의 화해가 불가능하다면, 아! 그것만큼 유감스럽고, 그것만큼 슬픈 일이 또 있을까!

네가 그랬지. 아버지는 신경 쓰실 다른 일이 많다고. 아, 좋다, 좋아, 그런데 연초부터 연말까지 내내 아버지의 마음을 어지럽게 하는 것들이 하나같이 별 대수롭지 않은 것들이라는 게 빤히 보여. 그래, 내 말이 바로 그거야. 아버지는 화해해야 할 필요성도, 잘못을 바로잡아야 할 필요성도 못 느끼시는 거야. 신경 써야 할 다른 것들이 너무 많거든. 그러니 그냥 그 일들에 매달리시게 둬라. 너 역시 *신경 쓸 다른 일들*이 많지 않니? 아버지가 그러시더라. “그래도 우린 항상 네게 잘 대했다.” 그래서 내가 그랬어. “세상에, 정말 그렇게 생각하세요? 전 아니거든요!”

레이어비크의 풍차 곁을 거닐던 시절로(딱 그때와 같은 상황이 영원히 이어지는) 과연 돌아갈 수 있을까? 가난한 두 형제 화가가 자연과 예술을 향한 감정을 공유하던 그때처럼. 아니면 사회적 지위나 부가 보장되는 시대가 승리할까? 아, 그러라지. 어차피 오래가지 못하니까. 서른을 맞이하기도 전에 실망하게 될 테니까. 그런데 내 예측이 틀린다면, 정말 틀린다면, 그렇다면 *어쩔 수 없지.*

마음으로 악수 청한다.

너를 사랑하는 형, 빈센트

(동봉한 다른 편지)

사랑하는 아우야, 가슴 아픈 문제를 다루는 터라 다소 적절치 못한 말들을 쓰더라도 이해해주기 바란다. 단지 형제로서, 친구로서 차분하게 너한테 속내를 털어놓는 내 정성만 받아주면 좋겠다.

테오야, 전에는 수시로 아버지와 언쟁을 벌였어. 이렇게 억압적으로 말씀하셨거든. “원래 그런 거다.” 그래서 내가 이랬지 “아버지, 지금 스스로 모순되는 말씀을 하시네요. 속마음과 정반대되는 말씀을 하시면서, 그걸 인정하고 싶지 않으신 겁니다.” 테오야, 솔직히 아버지와 언쟁을 피하려고 애쓴 지 오래야. 왜냐하면 중요한 문제에 관해 전혀 생각을 안 하실 뿐만 아니라, 그럴 마음도 없으신 걸 알았거든. 당신만의 지론 같은 게 있어서 사실에 기반해서 따져 생각하지 않고, 그건 지금도, 앞으로도 마찬가지야. 아버지처럼 살아가는 사람이 *너무 많아.* “모두가 이렇게 생각한다”(첫째로 사려 깊고 존경받는 목사님들의 견해)에서 늘 확신을 얻으시지. 체계나 관습 말고는 근거가 전혀 없으니까, 공허하게 무너질 수밖에 없어. 아버지는 진실과 마주 보며 씨름할 생각이 없어. 하지만 깊이 생각하려 하지 않는 당신 자신이야말로 스스로의 적이야. 이렇게 말하지 않는 사람도(특히 젊은 사람이면) 마찬가지고. "나는 어떤 체계에 근거하는 것보다, 내 이성과 양심에 근거해 행동하고 싶습니다." 아버지가 심성이 그른 분도 아니고, 아버지를 비난하고 싶은 마음도 없지만, 난 아버지 이야기보다 차라리 더 진실된 이야기를 하는 사람들에게 귀를 기울일 거야.

아우야, 난 밀레, 코로, 도비니, 브르통, 헤르코머, 보턴, 쥘 뒤프레, 이스라엘스, 그 외 여러 화가를 정말, 진심으로 마음속으로 존경하는데(*나 자신*을 감히 *이들과* 비교할 수는 없어. 갈 길이 멀지), 이들에 견줄 만한 실력도 (당연히!) 없고. 그래도 비록, 내 입으로 이런 말을 하는 게 오만해 보이겠지만, 그래서 더욱 이 말을 하고 싶어. "*당신들*이 길을 보여준다면, 난 아버지나 시시한 이들, 혹은 그 누구든 그들이 거쳐간 길보다, 당신들이 걸어간 길을 따라가겠습니다."

내가 보기에, 아버지나 테르스테이흐 씨는 들라로슈, 뮐레르, 뒤뷔프 계열의 예술가들과 궤를 같이해. 내가 이들의 능력을 높이 평가할 수도 있고, 이들에 관한 이야기를 일절 꺼내지 않을 수도 있고, 그들의 가치를 인정할 수도 있고, 어느 정도는 존경심도 가질 수 있어. 하지만 그렇다고 해서 이 말까지 안 할 수는 없어. "제아무리 이름 없는 평범한 화가나 일반인도, 자연이라는 참된 진리와 직접 대면해 맞서는 한 당신들보다 훨씬 나은 사람들입니다."

그래, 아우야. 아버지도, 테르스테이흐 씨도 나한테 위선적인 평안만 줄 뿐이야. 날 자유롭게 놔주지도 않고, 자유와 참된 진리를 추구하려는 내 욕망을 인정하지도 않고, 무지와 어둠 속에 갇힌 것 같은 내 감정에 관심조차 가지려 들지 않아.

나 혼자 알아서 해야 했기에, 아직 빛을 만나지 못했고, 원하는 바도 이루지 못했어. 좋아. 하지만 그 사람들의 체제를 버리고 나니까 내 노력이 헛되지 않을 것 같다는 약간의 희망이 생기더라. 적어도 눈감기 전에는 하얀빛을 볼 수 있을 것 같아. 아직은 그걸 찾지 못해 마음이 찢어지게 아프지만 말이야. 그래도 검은빛을 검은빛이라고 말한 사실과 당장에 관심을 끄고 신경쓰지 않았던 사실을 한 번도 후회한 적 없어. 가끔 이 문제를 언급해야 할 때가 있긴 하지만, 솔직히 내 실수라는 건 인정해.

나도 내 나름의 의견이 있는 사람이라서 널 보면서 이렇게 묻는 거야. 도대체 어떻게 하실 생각인 걸까? 테오야, 얼마 전 헤이그에서 만나 다소 언쟁이 일었을 때, 네가 이런 말을 했었어. 넌 자꾸 아버지 쪽으로 기운다고. 그래서 내가 그랬지. 네 양심에 따라 움직이고 결정해야 한다고. 그러면서 아버지가 세상을 보는 방식이나, 테르스테이흐 씨가 세상을 보는 방식이 비슷하다는 점을 네게 이해시키려 했었어. 난 그 방식들이 전혀 마음에 들지 않는다는 것도. 그래서 세상에 검은빛과 하얀빛이 있고, 두 분의 빛은 밀레나 코로처럼 가볍고 은은한 빛이 아니라 구태의연한 검은빛이라는 걸 깨달았지.

이 문제에 대해 너보다 4년을 더 생각했고, 4년을 더 살았고, 심적으로 훨씬 더 차분한 상태야. 시간과 경험을 통해 이런저런 건 버리고, 이런저런 건 관심을 끄는 게 좋다는 걸 깨달았거든. 너를 비롯한 다른 이들에게 마음을 열고 이야기할 기회를 자제하고 싶은 마음은 없지만, 그렇다고 너한테 어떤 영향을 끼치고 싶은 마음도 없어.

그래서 이런 결론을 내렸다.

아버지와 테르스테이흐 씨가 내게 *의무*라고 강요한 것들은 *무늬*만 의무였지. 두 양반이 *실제로* 했던 말은 이거야. "돈을 벌어라, 그러면 제대로 살게 된다." 하지만 밀레는 나한테 이렇게 말하고 있어. "*제대로 살아라*(최소한 그러려고 노력하고, 날것의 진실들을 추구하며), *그러면 돈벌이도 이뤄지고, 그 과정에서 정직하지 못할 일도 없다.*"

과거에도 느꼈지만, 지금은 더더욱 절실히 느끼는데(비록 당신들 스스로는 올바른 의도였다고 할 테고, 나도 그게 속임수라고 의심하지 않지만, 그 가치는 냉정하게 평가하지. 그리고 그냥 무시한다) 아버지나 테르스테이흐 씨나 C. M. 또 누가 있지? 아무튼 그 옛날, 그 양반들의 영향력은 나를 자연에서 *멀어지게* 했어. 반면, 밀레는 내 영혼을 지배하던 절망감을 알아보고, 나를 자연에 가까이 *다가가게* 해줬어. 그 누구도 할 수 없는 일이었어.

내 젊은 시절은 이 검은빛에 지배를 받아서 어둡고, 싸늘하고, 척박했지. 솔직히 말해서, 네 젊은 시절도 마찬가지였다, 아우야. 이번엔 네가 듣기 좋은 말만 하지는 않을 거야. 사실, 나 이외에 누구를 나무라고 싶은 마음은 없어. 하지만 검은빛은 이루 말할 수 없을 정도로 잔인해. 이루 말할 수 없을 정도로. 지금도 수많은 것을 보면서 쏟아내고 싶었지만 억눌러왔던 눈물이 느껴진다. 눈물을 참고 있는 만테냐의 인물화 속 주인공처럼!

하지만, 아우야, 수많은 것들로 인한 내 슬픔은 이제 기존의 문제적 체제와는 확실히 *작별*했음을 의미한다. 이로 인해 고통스러웠지만, 이제 나는 진심으로 그곳에 속해 있지 않아. 그리고 지금 네게 형제 대 형제로, 그리고 친구 대 친구로 말하는데, 어둡고 엉뚱한 방향으로 흘러갔던 우리의 젊은 시절은 잊고, *앞으로는* 밝고 은은한 빛을 찾아 나서자. 내 머릿속에는 하얀빛이나 선의라는 이름밖에 떠오르지 않아. 이미 그 빛을 찾아서 가지고 있다고 상상하지 말고, 광부의 신념을 갖고 그 빛을 찾고, 그것을 믿어보자.

내가 아버지나 테르스테이흐 씨에게 화를 냈다만, 그렇다고 증오심이나 앙심을 품은 적은 없다. 그 양반들이 부럽지도 않고, 그 양반들이 행복하다고 여기지도 않아. 난 그분들의 적이 아니고, 그분들을 증오하지 않아. 그분들을 내 적이라고 여기지 않는다고. 물론, 그 양반들의 영향력이 좋은 기억을 남겨준 적은 없지만. 나쁜 의도를 가진 분들은 아니야. 당신들 양심의 목소리에 귀 기울일 줄 아는 분이라는 것도 알아. 그런데 감히 말하는데, 그 양심이 뭔가에 씐 것 같아. 코로나 밀레의 양심은 아무리 봐도 그런 의심 드는 부분이 없거든. 차분하고 평온한 느낌 외에는 느껴지지 않아.

다시 말하지만, 난 아직 그 수준까지 가려면 멀었어. 그저 습작 하나, 그림에 대한 이런저런 노력, 자연을 향한 새로운 사랑, 자연을 상대로 한 행복하거나 불행한 투쟁, 이 모든 것들이 더듬거리며 한 발씩 목표로 나를 다가가게 해주는 거야. 종교적인 감성은 아버지가 얀 큰아버지만큼은 못 하신 것 같아. 남들은 그 반대로 보겠지만 말이야! 정말이지, 아버지는 믿음이 있는 사람과 정반대되는 행동을 하신다. 아무튼 이런 게 있어. 그림을 그리려면 정말로 굳은 광부의 신념 같은 걸 가져야 해. 왜냐하면 성공을 미리 보장받을 수도 *없고*, 아무도 잘될 거라고 기대하지 *않기* 때문이지. 그런데 테오야, 너와 나는 비록 만테냐나 조토의 인물화 속 주인공처럼 숱한 눈물을 참고 살아왔지만, 우리의 우울한 기억을 모조리 날려버릴 은밀한 희망을 품을 수 있어. 이런저런 어려움을 겪어야 하는 초기 시절은 눈물로 뿌리는 파종의 시기라고 할 수 있어. 하지만 잘만 참으면 아주 먼 훗날, 수확해 거두어들일 수 있다는 은밀한 희망을 미리 느낄 수 있다. 마음의 악수 청한다.

너를 사랑하는 형, 빈센트

동봉한 편지를 쓴 뒤에 네 지적들을 더 곱씹어보다가 다시 아버지와 얘기를 나눴어. 여기 계속 머물지 않겠다는 내 결심은 확고해. 식구들이 어떻게 볼지, 결과가 어떨지는 중요하지 않아. 그런데 대화가 새로운 방향으로 흘러가더라. 집에 돌아와서 2주가 흘렀는데 나는 아직도 30분도 안 지난 기분이라고 이야기했거든. 우리가 서로를 더 잘 이해했더라면 지금쯤 이런저런 사안들을 다 해결했을 거라고. 난 허비할 시간이 없어. 그래서 어떻게든 결단을 내려야 해. 문을 활짝 열든지, 아니면 아예 닫든지. 엉성하게 걸친 해결책은 필요 없어. 전혀 도움도 안 되고.

결론이라고 내린 게, 작은 골방에 내 공간을 마련해준다는 거였어. 필요하면 물건도 두고 화실로도 사용하라고. 거기 들어 있던 물건들을 빼기 시작했어. 일단락 짓기 전에는 고려대상도 아니었어.

이전 편지에서보다 아버지에 관해 더 이해되기 시작한 부분들이 있어서, 이건 네게 꼭 얘기해야겠다. 강경했던 내 입장이 조금 누그러들었어. 왜냐하면(어느 정도는 네 편지를 읽은 덕분인데) 어떤 내용들은 내가 아무리 설명해도 아버지가 이해하실 수 없겠다는 걸 깨달았거든. 아버지의 관심은 내 이야기 중 *일부*에만 국한되는데, 전후 사정 같은 맥락이 없으면 도저히 이해할 수 없는 내용들이니까. 이렇게 된 이유야 많겠지만 연로하신 것도 하나의 원인일 게다. 나도 *너만큼이나* 연로하고 쇠약해지신 부분은 존중해. 물론 네가 내 말을 곧이곧대로 믿지 않을지도 모르겠지만. 아버지의 지적들 중 일부는 나도 수용할 수 있어. 노화나 그런 이유들 때문에. 내 말은, 만약 정신이 멀쩡한 다른 사람이 그런 지적을 했으면 가만 있지 않았을 거라는 거야.

미슐레의 말도 떠오른다(그도 동물학자의 말을 인용했어). 'Le mâle est très sauvage(수컷은 거칠다).' 내 나이쯤 되니, 사람들이 강렬한 열정을 갖게 된다는 걸 알겠다. 내게도 아마 그런 게 생겼을 테니, 어쩌면 이렇게 *거칠어진* 것도 당연해. 하지만 나보다 약한 사람 앞에서는 내 열정을 굽히고 싸우지 않지.

하지만 분명히 말하는데, 사회적 지위가 있는 사람, 특히 영적인 삶을 인도하는 임무를 가진 자와 *말싸움*을 벌이는 건, 용납될 뿐만 아니라 비겁하다면 절대로 할 수 없는 행동이야. 결국, 동등한 위치에서 싸우는 거야!

이 점을 잘 생각해봐. 난, 이런저런 이유로 모든 언쟁을 그만둘 준비가 돼 있어. 아버지가 더 이상은 어떤 주제에 관해서 명확하게 판단하실 수 없다는 생각이 자꾸 들어서야. 그런데 나이가 들면 따라서 커지는 힘도 있지.

이 문제를 더 깊이 파고들다가 문득 깨달았는데, 네가 미술상이 된 건 너 자신의 기질보다는 아버지의 영향이 더 커. 그러니 장사꾼으로 남겠다는 네 생각이 아무리 확고해도, 언젠가 제 진정한 기질이 너도 모르는 사이 강하게 반발하며 겉으로 드러날 거야.

구필 화랑에서 일을 시작했을 때 우리가 똑같은 생각을 했다는 것을 안다. 너나 나나 화가의 길을 생각했어. 하지만 너무 비밀스러워서 서로에게조차 터놓고 말할 엄두도 못 냈지. 그 일이 지금 일어나고 있고, 몇 년 후엔 더 *끈끈*해지겠지. 미술품 거래 시장의 환경이나 상황들은, 이미 우리가 이쪽 일을 시작했을 때보다 상당히 많이 달라졌고, 앞으로도 더욱 달라질 테니까 말이야.

당시 나는 나를 너무 가혹하게 억눌렀고, 게다가 내게 화가로서의 재능이 없다는 편견에 사로잡힌 나머지 구필 화랑을 *떠난 후에도* 그림은 생각조차 안 하고 다른 곳을 기웃거렸지(첫 번째 실수에 이은 두 번째 실수였어). 내 재능에 낙담했기에, 몇몇 화가들에게 상담을 청할 때도 지극히 소심하고 소극적인 자세였으니 그들이 알아차릴 리가 없었어.

이런 말을 하는 건 나처럼 생각하라고 *강요하는 게 아니야*. 그저 형제에게, 친구에게 속마음을 털어놓고 싶을 뿐이야.

내 관점은 때로 과장될 수도 있어. 당연해. 하지만 그 관점의 본질, 가치, 의미 속에는 일말의 진실이 *담겨 있어*.

우리 집 현관문을 다시 열려고 노력하고, 화실까지 마련한 건, 순전히 나만 좋자고 했던 건 아니야. 난 이렇게 보고 있어. 많은 면에서 너와 아버지, 그리고 나는 서로를 이해하지 못하고 있지만, 그래도 어떻게든 서로 협력하려는 의지는 늘 지니고 있었어. 우리 사이가 서먹해진 지 워낙 오래되었는데, 한편으로는 그래서 더 이상 나쁠 것도 없다. 세상 사람들 눈에 우리 사이가 지금보다 더 멀어져 보인다거나 사태가 극단으로 치닫는다고 보일 염려가 없다는 거야.

라파르트가 이런 말을 하더라. "인간은 토탄 조각이 아니기에, 다락방에 내던져지고 거기서 자신의 존재가 잊히는 상황을 견딜 수 없습니다." 그러면서 내가 부모님과 한집에 같이 살지 못하는 상황이 매우 안타깝다고 적었어. 이 부분을 잘 한번 생각해봐라.

내 행동이 변덕스럽고 오만방자하다고 우기는 건 좀 심해. 어쩌면 네가 나보다 더 잘 알겠구

나. 그렇게밖에 할 수 없었고, 다른 대안도 없었는데 그걸 자기들 마음대로 해석해버리다니 말이야. 바로 이런 편견(내가 파렴치한 의도를 품고 있다는 믿음)이 타인을 대하는 나를 더더욱 차갑고 무관심하게 보이게 만들었던 거야.

아우야, 하나만 더! 이 시기의 네 삶에 대해 심사숙고해라. 너는 많은 부분에서 왜곡된 시각을 가질 위험에 노출돼 있어. 그러니까 다시 한 번 네 삶의 목표를 점검해봐야 *더 나은 방향으로* 이끌고 갈 수 있다. 네가 이런 걸 모른다고 생각해서 하는 말이 아니야. 스스로가 옳게 가고 있는지 잘못 가고 있는지 구분하기가 지독하게 어렵다는 걸 갈수록 실감하기 때문이다.

348네 ____ 1883년 12월 18일(화) 추정

테오에게

네 편지와 라파르트의 편지가 동시에 도착했어.

우선 보내준 돈 고맙다.

그리고 너와 라파르트 모두, 내가 집에 머물게 된 걸 기뻐해줘서 고맙다는 말도 전한다. 안 그래도 여기 오게 된 것이 심히 낙심되고, 무척이나 후회스러웠기에, 그 말이 큰 힘이 됐어. 아버지와 대화할 때마다 je ne sais quoi(왠지 모르게) 의도적으로 화해의 분위기를 차단하신다는 느낌이 들었거든. 나로서는 절망적일 수밖에 없는 게, 이건 아무리 봐도, 여전히 남아 있는 썩은 뿌리가 나중에 언제든 예전처럼 상황을 더 어렵게 만들 수 있다는 징후니까.

그런데 네 편지는 물론, 총명하고 사려 깊고 진심이 담긴 라파르트의 편지가(너와 그 친구의 편지에는 모두, 내가 집으로 돌아온 게 긍정적인 결과를 낼 수 있다는 의견이 담겨 있었어) 아직 모든 걸 다 잃은 게 아님을 일깨우고 인내심과 지혜를 더 발휘하도록 힘이 되어줬다.

아우야, 내 문제에 관해서는 인내심을 가져주기 바란다. 내게 숨은 의도가 있다고 의심하지도 말고.

난 아버지의 여러 면모를 속속들이 잘 알아. 그런데 직면하는 문제마다 그냥 대충 넘길 수는 없잖아. 이런저런 부분들에 아버지 의견도 들어봐야 하고, 그래야 예전에 하신 말씀과 비교도 할 수 있지. 그래서 덜 민감한 문제를 몇 가지 꺼내 봤는데, 그것만으로도 충분히 결과가 걱정스럽더라.

"그 부분들은 아예 얘기도 꺼내지 마세요"라는 네 충고는, 그래, 아주 정확했다.

하지만 솔직히, 옛날 그 일이 핵심이잖아(어쨌든 나한테는). 아버지와 함께 새로운 미래를 대비하는 것도 대단히 중요하지만, 그렇다고 해서 나한테 모든 걸 다 용서하고 덮어두라고 강요할 수는 없는 법이야.

지금으로선, 그리고 네 편지를 받은 이후에는 아버지와 최대한 잘 지내고 있어. 아버지도 어떤 타협점 같은 걸 만드는 데 반대하시는 분위기는 아니야.

게다가, 타당한 의도가 있을 거라는 네 말에 나도 전적으로 동의한다. 나한테 나쁜 일이 일어나기를 바라고 그러셨겠냐. 뭐, 가끔 결과적으로 그렇게 되긴 했지만, 그렇다고 또 고의로 내 앞길을 가로막을 거라고 생각지도 않아. 비록, 어쩌다 결과적으로 훼방을 놓는 일이 있긴 했지만(마우베 형님 표현대로라면, '선의가 아예 없지는 않을') 말이야. 그런데 아버지 성격이 상당히 달라졌어. 완고하신 거야 여전하지(대부분은 이 사실을 몰라. 말했잖아, 아버지 성격은 어둡다고. 검은빛). 그리고 어느 면에서는 상당히 편협하고, 얼음처럼 냉정하셔. 뭐라고 정의는 못 내리겠다만, 고스란히 느껴져. 생각도 많이 해보고, 가까이서 아버지를 유심히 관찰하면서, 아버지의 여러 면을 파악한 덕에, 아버지에게 이런저런 걸 맞춰드리려고 애는 쓰는데, 아무리 봐도 아버지의 면모가 그리 *좋아 보이지는 않아*. 솔직하거나, 단순명쾌한 면은 전혀 없고.

아버지 성격을 가만히 들여다보고 있으면, 여전히 je ne sais quoi(왠지 모르게) 걱정되는 부분이 있어. 그리고 무엇보다 예전처럼 그게 치명적으로 작용할 가능성도 엿보인다.

테오야, 라파르트가 편지에, 내가 에턴에서 여름을 보냈을 때(그러니까 그녀를 만났던 때) 아주 많이 달라졌다고 써서 깜짝 놀랐다. *아무것도 모를 텐데, 뭔가* 일어났다고 느꼈나봐. 그러니까, 아버지, 어머니를 비롯한 나머지 식구들이 당시 그 일에 너무 둔감했던 게 아닌가 싶어.

테오야, 너도 나와 같은 생각이라면, 정말이지 이렇게 말해주고 싶구나. 그들은 지금도 정말 둔감하다고. 너도 그걸 알아야 해.

그렇기 때문에 내가 아버지가 어떤 생각을 하시는지 알기 위해 아버지와 나누는 대화 내용에 비중을 둘 필요가 없어. 비록 여러 면에서 내 일도 편해지고, 또 작업에 집중하는 데 필요한 평정심을 얻을 수는 있겠지만, 지금은 이 초기 과정이 별로 중요하지 않아. 그러나, 처음부터 je ne sais quoi(왠지 모르게), 아버지에게서, 막연하지만, 미래와 관련해서 크게 걱정되는 무언가가 느껴져.

아버지와 평화적인 관계를 유지하기는 힘들어. 예전에 내가 왜 그렇게 반항했었던지 다시 한 번 이해하고 있다. 우리 노력이 무용지물이 될 거라는 말은 아니지만, 쉽지는 않겠다. 너는 아마 나도 항상 유념하고 있는 문제를 지적하겠지. 형도 여러 면에서 잘 지내기 어려운 사람이라고. 그래, 맞아. 그 점도 충분히 고려하고 있어. 그런데 내게는 그럴 만한 이유가 있어. 내가 어딘가에 열정적으로 반응하거나 무언가에 몰입하는 건 그림을 그리거나 글을 쓰거나 작곡하는 사람들과 똑같은 이유 때문이야. 어쩔 수 없이 그렇게 되거든.

아버지도 똑같을 거라고? 아니, 경우가 달라. 넌 이렇게 말하겠지. "하지만 아버지도 사색가이고 작가시잖아요." 내 대답은 이거야. 난 아버지가 다른 방식으로 생각하고 글을 쓰셨으면 좋겠다. 내 눈에 아버지는 전혀 행복해 보이지 않거든. 이렇게 말하는 내 심정은 네가 상상하는 것보다 더 슬프고, 다 진심이야. 이런 내 의견에 공감해줄 수 없겠니?

이런 절망의 순간에, 지난번 편지를 쓴 거야. "아무리 해도 *안 되겠다.*" 내가 할 수 있는 건, 당장에, 두 번 볼 일 없게 영원히 아버지와의 연을 끊는 것뿐이라고 생각했지. "그렇게 안 하면, 내가 결코 존중할 수 없는 원칙을 주장하는 사람과 뜻을 같이해야 하는데, 머리부터 발끝까지 맞는 게 전혀 없는 사람과 뜻을 같이하는 것처럼 보이는 것조차 정말 싫다."

그런데 오늘 네 편지와 함께 라파르트의 편지도 도착했어. 그 친구 편지의 어투가 이해도 가고 고맙기도 하더라. 그렇게 다시 아버지와 이야기를 나누고서, 잠정적인 합의를 이뤘다. 진정 국면으로 들어가는 거지. 그런데 '이거다!' 할 해결책으로 이어지는 게 아니라 아무리 봐도 여전히 '이거다!'와 거리가 먼 상황의 연속이 될 수도 있을 거야. Que faire(어떻게 해야 할까)?

여기서 밝히는데, 나는, 라파르트의 이 생각에 동의한다. "최대한 *오랫동안* 집에서 지내세요." 아주 힘줘서 강조하더라고.

이 조언을 뒷받침하는 이유야 많지. 오! 테오야, 이 해법에서 내가 찾아낸 수많은 가능성을 너도 볼 수 있으면 얼마나 좋을까! 미래에 대한 확신까지 말이야! 그게 정말 가능하면 좋겠다.

아버지는 말씀과 행동에 항상 모순이 있어. 그런데 내가 그 사실과 함께, 정작 당신 자신은 그 사실을 인지하지 못한다는 것을 깨닫기까지는 적잖은 시간이 걸렸어. 그랬기에 아버지가 하신 일을 도대체 어디까지 더 하고 싶으셨던 건지 알 수 없을 때가 대부분이었던 거야. 내가 상황을 어떻게 보고 있는지 너한테 솔직히 털어놓는 거야, 아우야. 아버지는 당신이 *뭘 하는지*도 늘 모르셔. 말에는 단어 하나까지 철저히 신경 쓰시면서, 행동은 아주 마음대로라고.

한마디로, 여기서 지내면서 좋은 결과를 끌어내는 건 *어려울* 거라는 말이다.

하지만 지금은 서로 꼭 지켜야 할 합의를 먼저 보는 게 절대적으로 필요한 상황이야.

그래서 내가 두 분에게 제안했어. 굳이 사용할 일 없는 공간이 있으면 나한테 내달라고. 내 물건을 보관하는 창고로 쓰면서, 만일의 경우, 화실로도 쓰겠다고 말이야. 특히 화실 부분은 나 혼자 결정하는 게 아니라, 너와 내가 봤을 때, 경제적인 이유로 인해 어쩔 수 없이 내가 집에서 작업하는 게 바람직하고 필요하다고 판단하면 그렇게 하겠다는 거야. 어쨌든, 사업은 사업이고, 이 방법이 너나 나한테나 최상의 해결책이라는 건 확실하잖아.

사실, 내게는 이미 오래전부터 이런 피난처가 필요했었어. 우리가 계획한 사업을 실현하기 위해서라도 이 해법이 꼭 필요해.

난 충분히 가능한 해결책이라고 본다. 그래서 너와 나 사이에 이를 실행에 옮겨야 한다는 합의가 있고, 또 아버지와 마찰을 빚더라도 내가 2년 전처럼 심각하게 받아들이지 않으면 내 탓을 않겠다고 약속해주면, 기꺼이 감행할까 해.

내 속도에 맞춰서 천천히 갈 거야. 아버지한테 그 말들을 꺼내지 말라는 네 조언도 따르마. 단, 너만큼은 내가 마음의 문을 활짝 열고, 이런저런 이유로, 이런저런 이야기를, 미주알고주알 다 털어놓을 수 있는 사람이 되어줘야 해.

그러면 아버지에게 그 이야기를 꺼낼 일도 없지. 하지만 이 냉랭한 기류는 걷어내야 했어. 뉘넨에 도착하고 내가 한 게 그 일이야. 이번 기회에 아버지와 풀어야만 했어. 그런데 *그 이야기는 일단 넘어갈게.*

이제 아버지께 방을 내 마음대로 바꿔도 좋다는 허락을 받았다.

네가 동의해주면, 앞으로 다른 곳에서 지낼 돈이 바닥날 때마다 사용할 수 있는 내 창고 겸 화실이 생기는 거야. 앞으로의 일에 관한 결정과 사업 이야기는 아버지가 아니라 너하고 먼저 할 생각이다. 너와 내가 힘을 합하면, 아버지를 설득하는 것도 가능할 테니까. 그렇게 하면 점점 나아질 거야. 내가 확실한 계획을 실행에 옮기려 한다는 걸 긍정적으로 봐주기 바란다. 지금 같은 상황에서는 화실 공간 하나 마련하겠다는 결심이 좋은 방법 같거든(화실에 틀어박혀 지내겠다는 건 아니야).

그러니 이 정도로 하고, 이 편지를(지난번 편지가 아니라) 우리의 출발점으로 삼자. 아우야, 지금까지는 굳이 묻지 않았지만, 파리 쪽 일을 네가 어떻게 생각하는지 나도 대단히 궁금해하고 있다. *난 네가 원하는 걸 했으면 한다. 그게 그림 그리는 일이라도 말이야. 왜냐하면 난 네가 화가로서 우뚝 설 수 있다고 확신하거든.*

마음의 악수 청한다.

너를 사랑하는 형, 빈센트

그래, que faire(뭘 해야 할까)? 이 말은 해야겠어. 2년 전과 같은 일은 다시 겪고 싶지 않다. 평화로운 분위기가 *나 혼자 잘한다고 유지되는 게 아니야*(예전에도 마찬가지였어). 과연 아버지 같은 사람과 화목하게 지내는 게 가능할까? (아니, 화목은 둘째치고, 과연 아버지를 이해할 수 있을지조차 의문스러워.)

어쩌면 넌 내가 상황을 여기까지 몰고 온 게 이해되지 않을지도 모르겠다. 예를 들어서, 만약 누군가가 너, 라파르트, 나를 나무란다고 가정해보자(그것도 부당한 이유로). 그러면 우리는 그에 응수하고, 받아치며 발톱을 드러내겠지. 그런데 우리는 그 누구보다 우리답기 때문에 상대에게 *절대로* 이렇게 말하지 않아. "당신은 나를 비난할 자격이 없습니다." 그 대신 이렇게 말하지. "*아무리 그런 식으로 비난해도, 난 절대 꺾이지 않습니다.*" 그런데 아버지는 *대수롭지 않*은 의견, 어떤 일을 논하다가 나온 불가피한 의견일 뿐 상대를 나무라는 말이 아닌데도, 신성모독으로 받아들이셔. 어떤 일을 시작하기에 앞서, 서로 이해하는 과정에서 피해갈 수 없는 그런 사소한 의견일 뿐인데도 말이야. 프루동은 이런 말을 했었어. 'La femme est la désolation du juste(여자는 의로움을 황폐하게 만드는 존재다).' 스스로가 의로운 사람이 아니고, 그래 보이는 사람이 아니라도 무슨 뜻인지 느끼고 이해할 수 있는 말이야. 목사 대다수가(특히 우리 아버지 같은 사람은 더더욱) 여자는 아니지만, 때로는 그들의 말과 행동 속에서 어떻게 설명할 수 없는 실망스러움이 느껴지기도 해.

이런 묘한 특징을 어떻게든 분석해보려고 애썼지만, 내게는 여전히 수수께끼다. 그저 빅토르 위고의 말만큼 적절한 정의는 도저히 찾아볼 수가 없어. 'Il a le rayon noir(그는 검은빛을 가졌다).' 누군가의 말인데 이런 것도 있다. '잔인한 남자 중에서 가장 온화한 사람.'

왜 이런 말을 하냐면, 내 생각을 네게 정확히 알려주고, 우리가 지금 어떤 문제에 직면해 있는지 설명하기 위해서야. 아마 이제는 너도 내가 평소에 얼마나 차분하게 지내는지 슬슬 이해할 수 있지 않을까 싶다.

하지만 뭘 해야 하지? 할 수만 있다면, 집에 화실을 하나 갖추면 정말 좋겠어. 라파르트는 바라는 대로 됐더라고. 편지에 이렇게 썼어. '형님이 집에 정착할 수 없다는 상황만큼 큰 불행이 어디 있나 싶습니다.' 맞는 말이야. 2년 전에도 잔혹할 정도로 절실히 느꼈던 사실이야. 집을 떠나야 했던 그 순간에도, 그 이후에도. 아버지도 고의는 아니셨겠지. 하지만 2년이 흐르고서도, 내가 이 모든 걸 다 설명했는데도, 아버지는 내가 얼마나 힘들었을지 공감은커녕 이해조차 못 하신다(생각만 해도 등골이 오싹할 정도인데). 2년이나 지난 지금도, 당신은 *당신의 신념과 원칙을 따랐을 뿐*이라고만 하시더라. 정상적인 사람이라면, 아니, 너나 내가 똑같은 행동을 했더라면, 아마도(확신이기도 한데), 아마 오래전부터 후회하고 있었을 거야. 우리가 옳던 그르던 상관 없이. 넌 그러겠지, 아버지한테 나쁜 의도는 없을 거라고. 그럴 순 있어. 그런데 의도라는 것과 그 의도에 따른 결과는 엄연히 달라. 아버지의 의도는, 그래, 분명 좋았을 거야. 하지만 그렇다고 해서 높으신 양반이 그런 비슷한 의도로 행동하지는 않으셨으면 한다.

(348번 편지에 동봉한 또 다른 편지)

아버지가 어떤 식인지 넌 알지? 예를 들어, 과거의 당신 언행을 되돌릴 생각이 없다고 말씀하신 후에, 그 말은 무자비함 그 자체인데, 그 말이 끝나기 무섭게 이렇게 또 한마디를 덧붙이는 식이야. "하지만 우린 관용이 부족하진 않다."

무자비와 연결된 관용이라…….

이것 역시 사실은, 의로움을 황폐하게 만드는 것이지.

자, 이게 아버지의 마음이야. *어리석은 분*이야. 내게 아버지와의 대화는 완전한 절망이다.

이 아버지가, 내 아버지가 아니었다면 신경도 안 썼지. 그런데 멀쩡히 살아 계신 아버지가 이 세상에 없다고 여기고 살 수 있겠어? 못 할 짓이야.

하지만 난 무자비함이 깔린 관용을 아무 생각 없이 수용할 수 있는 사람이 아니야.

C. M.도 2년 전, 그 후로도, '용서할 수 없다'는 말을 수시로 했어. 그리고 C. M.과 아버지 같은 양반들은 그 말을 절대 철회할 분들이 아니야. 오히려 1년 내내 쓰면 또 모를까. 그러니 '관용'은 뭐…….

세상에! 이렇게 고약한 경우가 또 있을까. 그런데 이걸 받아들이고, 동의하라고? 아니, 차라리 큰소리로 맞받아치고 언쟁을 벌일 거야. 난 이런 사람이다, 아우야. 그럴듯한 이야기를 믿는 건 네 자유지만, 그렇다고 내가 위선적인 궤변에 동의해 그 완고하신 양반들하고 화해할 수 있을 거라고 기대하지는 말아라.

실질적이고 완전한 화해라면 나도 기꺼이 응하겠어. 하지만 그게 아니니까, 차라리 세상 사람이 다 알도록 반목과 갈등을 드러내고 공개적으로 단절을 선언하겠어.

Viivre tout haut(삶에 오롯이 충실하는 것)은 의무다. 위선자처럼 살아선 안 돼.

빈센트

349N ____ 1883년 12월 21일(금), 헤이그

테오에게

아버지 어머니와 합의점을 찾았다. 지금까지 세탁실로 써온 공간을 개조해서 창고 겸 화실로 쓰기로 했어. 그길로 내 습작과 복제화 등의 물건을 정리해서 집으로 보내려고 여기 헤이그에 왔어. 이 일을 할 사람이 나밖에 없거든.

온 김에 라파르트네 집에 찾아가 하룻밤 묵었지. 진심으로 반갑게 맞아주면서 지금의 상황이 오래 지속될까 걱정하는 내 마음을 얼마쯤 달래줬다.

그 친구 그림(수채화)과 유화 습작도 봤는데 *아주 근사해*.

특히, 테르스헬링의 노부인 요양원을 배경으로 한 그림. 너도 그 친구 그림풍이 많이 바뀐 게 보일 거야.

우리 집 여자도 다시 만났어. 당연히 그녀가 많이 보고 싶었거든. 이제는 그녀와 다시 시작할 수 없다는 걸 실감했다. 그래도 아예 남처럼 되긴 싫어.

아버지와 어머니가 동정과 연민의 경계는 사회가 정해놓은 게 아니라는 사실을 이해하셨으면 좋겠다. 너는 이해하잖아. 이런저런 정황을 놓고 보면, 그녀는 그래도 꿋꿋하게 잘 버티고 있는 것 같더라. 그녀 때문에 힘들었던 지난 시간을 잊어야 할 이유가 되더라. 지금은 그녀를 위해 해줄 수 있는 게 전혀 없어. 그저 힘내라는 격려의 말 외에는.

그녀에게서 여자의 모습이 보이고, 어머니의 모습이 보였어. 진정한 남자라면, 그런 여성을 만나면 기회가 닿는 한 어떻게든 보호해주고 싶어 했을 거야. 내가 그렇게 했던 사실이 전혀 수치스럽지 않고, 앞으로도 수치스럽게 여기지 않을 거다.

급한 마음에 몇 자만 적었다. 마음의 악수 청한다.

너를 사랑하는 형, 빈센트

이곳 주소야 : 코스트하위스 1호, 아센델프츠트라트 16번가.

물론, 여기 오래 머물 건 아니야.

350네 ____ 1883년 12월 26일(수) 추정

테오에게

어젯밤 뉘넌으로 돌아왔는데 당장에, 마음에 담아두고 하고 싶었던 말들을 털어놔야겠다.

내 세간살이와 습작 등은 포장해서 소포로 보냈어. 아버지 어머니가 이미 공간을 비워두셔서 돌아오자마자 새 화실에 짐을 풀 수 있었다. 여기서 그림이 많이 늘면 좋겠어.

알아두라고 하는 말인데, 우리 집 여자와 긴 얘기를 했고, 이번에는 확실히 마무리지었다. 그녀는 그녀대로, 나도 나대로 살기로. 더 이상 세간의 잔소리 들을 일 없도록 말이지.

이렇게 헤어졌으니, 헤어진 상태로 지내게 되겠지. 다만, 이래저래 따져봤을 때, 절충안을 택하지 못한 게 아쉬울 따름이었어. 서로에 대한 애정은 여전히 남아 있거든. 워낙 깊고 견고하게 뿌리를 내린 터라 쉽게 썩어 없어지지는 않을 거야.

지금부터 몇 가지 이야기를 할 건데, 딱 한 번만 하고 다시는 꺼내지 않을 생각이니 네가 편한 대로 받아들여도 상관없어. 다시 생각해보든 무시하든, 그건 네 자유니까 내가 이래라저래라 할 문제는 아니야. 너와 네 양심이 결정할 문제지.

네가 알아뒀으면 하는데, 지난여름 네가 찾아와서, 우리가 나눴던 이야기, 그로 인한 결과를 돌이켜보면 깊이 후회가 된다. 이미 지나간 과거지만, 아무리 생각해봐도, 우리의 처신이 그리 바르지 않았다는 사실은 부인할 수가 없어. 지금은 네가 해준 말과 너란 사람을 달리 보게 됐어. 예전과는 전혀 다른 시각으로 너를 보고 있다는 얘기야.

그러니까 지금은 너나 다른 사람들이 내가 그녀와 헤어지기를 바란 이유를 알 것 같다.

네 선의는 추호도 의심하지 않아.

결정은 내 몫이었지. 그런데 내가 잘못을 했다면, *가장 먼저* 나부터 탓해야겠지만, *그다음은* 네게도 책임이 있어. 나를 이렇게저렇게 압박해서 당황스럽게 만들었으니까. 첫째로, 한없이 괴로운 과거사를 건드려 내 마음을 혼란스럽게 했고, 둘째로, 그녀와 헤어지는 거야말로 '나의 의무'라고 단언했던 일.

좋다! 만약, 이 모든 게 너 스스로 생각해서 한 말이었다면, 나도 더 이상 거론하지 않겠다. 그런데 네 생각을 전적으로 너만의 생각으로 여기기엔, 네 관점 속의 내 모습이 전혀 나를 닮지도 않았고, 또 네 주장은 몇몇 사람들이 늘 하는 말과 너무 닮았어. 네 의견에는 나도 동의할 수 있어. 비록, 네 의도는 네가 생각하는 것과 다를 수 있겠지만 말이야. 시간이 지나면 상황이 더 명확히 보일 테니, 지금은 더 이상 논할 필요가 없을 것 같다.

넌 내가 아는 남자가 너도 아는 여자를 버렸던 일을 거론하면서 "결과가 좋았다"고 말했어.

사실일 수 있지. 정말로. 그런데 그 경우를 나와 그녀의 관계와 비교할 수 있을까? 그건 다른 문제라고. 정말로 결과가 좋았는지 내가 직접 확인해보고 싶다. 그런데, 친구여, 난 결과가 심히 의심스럽거든. 우리 집 여자는 그래도 할 일은 한 사람이야. 두 아이를 먹여 살리기 위해 열심히 일했어(특히 세탁부로). 성치도 않은 몸을 이끌고 말이야. 의무는 다한 셈이지.

너도 알다시피, 난 그녀를 집에 들였지. 레이던 병원의 의사들이 산모 본인은 물론이고 아이의 생명까지 위태로울 수 있으니 편안히 지내야 한다고 권고할 정도로 출산 과정이 순탄치 않았으니까.

빈혈에 폐결핵 초기 단계가 의심스러울 정도였지. 우리 집에서 지내는 동안 그녀의 상태는 나빠지지 않았어. 여러모로 건강을 회복했고 결국에는 고약한 증상들이 다 사라졌다.

그리고 지금 이렇게 된 거야. 그녀도 걱정이지만, 내 자식처럼 돌봤던 사내 녀석도 걱정이야. 건강이 예전보다 안 좋아 보이더라고.

아우야, 또다시 비참하게 지내고 있는 그녀를 보니 역시나 가슴이 아프구나. 이게 다 내 잘못인데, 너는 그렇지 않다고 하겠지.

이제는 늦었지만, 그녀의 성격과 행동이 왜 변덕스러운지 잘 알겠더라. 전에는 일부러 그런다고 생각했는데, 신경과민 탓이었어. 어쩔 수 없었던 거라고.

나한테 여러 번 말했었거든. "가끔은 *내가 뭘 하고 있는지도 모르겠어요.*"

이런 여자는 상대하기가 어렵지. 이게 나는 물론 네게도 핑계가 됐어. 거기다가 돈 문제라는 걸림돌도 있었고. 지금도 절충안을 찾을 수는 있다. 적절한 방법 같은 것. 비록 지금 당장은 더 힘들고 어렵겠지만, 그게 훨씬 더 인간적이고, 훨씬 덜 잔인할지도 몰라. 그렇다고 해도, 그녀에게 이런 희망을 주고 싶지는 않았어. 단지 자신과 두 아이를 위해 혼자 일해야 하는 *지금의 이 길에서* 절망하지 않도록 위로하고, 용기를 주고, 격려만 해줬어. 그녀를 보고 있자니 예전처럼 연민의 정이 되살아나더라. 그렇게 헤어진 뒤로 최근까지 그 감정이 남아 있었나봐.

그런데 아우야, 네가 그런 식으로 이야기하니까, 이 일로 우리의 우정은 심하게 흔들린 것 같은 느낌이다. 우리는 분명히 잘못한 게 없어. 그런데 네 생각에 변함이 없다면, 나도 널 예전처럼 대할 수는 없을 것 같다. 그녀와 살림을 차렸다는 이유로 다들 내게 손가락질하던 당시에도 너 혼자만 내가 그녀를 도울 수 있게 지원해줬어. 새로운 해결책을 찾아 나서는 게 아예 필요 없는 건 아니지만, 내 생각에 우리, 아니 적어도 나는 너무 멀리 온 게 아닌가 싶어.

여기 집에 화실이 생겼으니, 이제 돈 문제로 크게 난처할 일은 없을 것 같다.

이 말로 편지를 마무리해야겠다. 혹시 마음이 동하거든 잘 생각해봐라. 지금까지의 내 말을 듣고도 작년 여름과 여전히 같은 생각을 고집하겠다면, 나도 예전처럼 너를 높이 평가할 수는 없을 것 같다. 그건 그렇고, 앞으로 있을지 모를 네 일신상의 변화에 대해서는 한마디도 언급하지 않기로 마음먹었어. 네 마음속에 두 개의 자아가 공존하면서 서로 싸우고 있다는 생각이 들었거든. 내 사정도 마찬가지다만, 네 살 더 먹은 네 형은 이런저런 문제들을 스스로 정리해서 해결한 반면, 너는 여전히 속을 끓이고 있는 듯하구나. 어쨌든, 내가 한 말 잘 생각해봐라. 물론 무시할 수도 있겠지만 그렇게 하는 게 좋을 것 같다. 너한테는 내 감정을 숨기지 않고 솔직히 다 털어놓고 싶었어.

전에도 말할 기회가 있었고, 지금도 기회가 돼서 다시 하는 말이지만, 가난과 병에 시달리는 버림받은 가련한 여성에게 과연 어디까지 할 수 있느냐고 묻는다면, 내 대답은 여전하다. *한도 끝도 없이* 해줄 수 있다고.

그런데 우리의 잔인함도 그 끝이 없기는 마찬가지더라.

마음으로 악수 청한다.

너를 사랑하는 형, 빈센트

350a네 ____ 1883년 12월 28일(금) 추정

테오에게

우리 집 여자에 관한 말들, 내 진심이라는 거 알아주면 좋겠다.

이것도 알아줬으면 하는데, 네가 지난 여름의 방문 때 안겨준 실망감을(네 생각보다 상당히 컸어) 네 탓을 할 마음도 없고, 그리 중요하다고 생각지도 않는다. 그런데 다른 문제가(그러니까 비참한 생활을 이어가는 그녀를 보며 비통한 심정이 되었다는 사실) 너와 나 사이를 가로막는 장애물로 남을 것 같다. 다시 한 번 *어려운 상황을 겪고 있는 그녀를 도울 수 없다면* 말이야. 당시, 네 언행은 경솔했어. 깊이 생각도 해보기 전에 말부터 뱉었고, 그마저도 충분한 근거도 없는 내용이었어. 에두르지 않고 아주 솔직히 말하는데, 너는 지혜를 겸비하고도 어떻게 아버지와 똑같이 그렇게 *잔인할* 수 있는 건지 모르겠다.

다시 말하지만, 잔인해. 왜냐고? 불행한 삶을 사는 힘 없는 여자와 아이들에게 지원을 끊는 것보다 더 잔인한 행동이 과연 뭐가 있을까? 별일 아니라고, 내가 괜한 억지를 부린다고 우길 생각은 말아라. 단순히 한 매춘부와 그 매춘부가 낳은 사생아의 개인사라고 너 스스로를 납득시키지도 마. 나는 오히려 그렇기 때문에 진심으로 그들에게 연민의 정을 느껴야 한다고 생각하니까. 그래서 나는 공허한 말 대신, 그걸 몸소 실천했어.

네가 편지에서 *단 한 번*도 우리 집 여자를 언급한 적이 없었음을 지금에서야 깨달았다.

그걸 알게 된 이상, 나도 전처럼 너를 대할 수는 없겠다.

물론 너야 좋은 의도를 가지고 그런 식으로 반응하고 행동했겠지. 나도 잘 알아. 네가 모든 사람과 평화롭게 지내려고 노력한다는 것도 잘 알고(내 생각에는 불가능한 일이지만). 아마 너는 스스로 잘못한 게 있는지도 모를 거야. 그런데 모든 사람과 두루두루 잘 지내는 것과 스스로의 양심을 따르는 건 서로 양립할 수가 없어. 넌 네 *양심*을 왜곡했어.

나 같은 경우를 겪거나, 나 같은 상황에 놓인 사람들이 전부 네 주장을 반박하는 것도 아니겠지. 하지만 모두가 그렇지 않더라도, 적어도 난 네가 못마땅할 뿐만 아니라, 정치적인 네 태도를 경계하라고 말하고 싶다. 내가 보기에도 넌 지나치게 정치적이야.

왜냐하면 지금은 네 눈에 공평해 보일지 모를 일들로 인해 훗날(아주 먼 훗날), 네가 후회할지도 모르기 때문이야. 지금은 내가 왜 이런 생각을 하는지, 그 이유를 너한테 말하지는 않을 거야. 어차피 해도 믿지 않을 테니까.

우리 집 여자와 헤어져 있는 동안, 그녀의 삶이 조금이나마 나아지기를 바라면서 이래저래 공들인 일이 다 수포로 돌아갔어. 그래서 상황이 더 복잡하게 꼬였다. 아직 바로잡을 방법이 있을까? 과연 그럴 방법이 있을까?

사실, 이건 *돈만의* 문제가 아니야. 그 가엾은 여인도 나를 그리워하고 있어. 내가 그녀와 두 아이를 그리워하듯이. 예전에도 이들을 사랑했고, 지금도 사랑해. 아니, 오히려 사랑은 예전보다 더 커졌지.

그래서 부탁하는데, 지난여름, 네가 우리 집 여자나 아이들, 그리고 나에게 해준 것들을 생각해서라도, 예전 편지에서 내가, 그녀는 물론, 나 자신에게도 해를 끼치고 있다고 말했던 부분은 취소해주길 바란다. 앞으로는 아예 언급을 말았으면 해!

그리고 지난 편지(지난여름 이후 처음으로 그녀와 관련된 내용을 암시했던)에서 너는, 네 표현을 따르자면 내가 '그 사람'을 드렌터로 데려가고 싶어 한다고 했었지. 하지만 *그러고 싶어도* 그럴 수가 없었어. 당연히 돈이 없었으니까.

너도 이해해야 하는 게, 아우야, 네가 보내주는 돈이 이제는 반갑지 않다. 그 이유는 너도 잘 알 거야. 전에는 당연히 반가웠지. 나를 위해서도 그랬고, 나랑 같이 살던 불쌍한 우리 집 사람들에게도 그랬으니까.

연말에 전하는 참으로 슬픈 편지구나. 쓰는 나도 서글프고, 받아서 읽을 너도 슬프겠지만(그냥 무시하고, 변명을 지어내는 건 네 자유지만, 잘 판단해서 결정하기 바란다), 가련한 그녀에게는 더 끔찍한 일일 거다.

잘 지내라.

너를 사랑하는 형, 빈센트

다시 그녀 소식을 전해 들었다. 의사를 만나게 했었는데 그 뒤로 이런저런 걸 알게 됐어.

게다가, 아우야, 알다시피, 너를 위협했던 재앙이 해결됐다는 네 소식에도 난 싸늘했잖아. "참 안됐네, 친구!"라고만 했지. 그 이유는 나중에 알게 될 거야. 그 심각한 문제가 재앙만 못하다는 말은 아니다만……. 살아보니까, 사회에서 인정받는 한자리를 차지하려고 이것저것하는 것보다, 비록 가혹할지는 몰라도 차라리 천재지변을 몸소 겪는 게 나을 때도 있더라.

내 경우는 불행과 실패로 점철된 삶이었지. 때로는 상당히 괴롭고 난처해. 하지만 그렇다고 언제나 행복하고 성공하는 사람들이 부러운 건 아니야. 그들의 행운이 어디서 오는지 누구보다 잘 알거든. 제롬의 〈죄수〉를 예로 들어볼게. 결박되어서 바닥에 누워 있는 남자는 아마 곤경에 빠진 상황이겠지. 그런데 나는 그 남자를 비웃으며 데려가는 다른 남자들보다 차라리 결박된 남자의 입장이 더 낫다고 생각한다는 거야. 너한테 극단적인 상황에 대해 설명하려는 것이지, 내가 죄수의 운명과 내 운명을 혼동해서가 아니야. 물론 죄수가 느끼는 심리적 압박감이 나보다 훨씬 크겠지만 말이야. 그런데 뭐라고 꼬집어 말할 수는 없지만, 우리 사회에서도 이런 비슷한 상황이 발생한다.

개인적으로, 네가 이런저런 권한을 가진 자들과 잘 지낼 거라고 해서 널 *축하할 마음은 없다*. 이번만큼은 내 처지를 네게 제대로 설명하는 게 쓸데없는 짓 같지는 않아. 다만 해석은 네 마음대로 해도 그만이다.

처음에는 너도 그녀를 연민의 시선을 바라봤다는 사실은 잊지 않았어. 하지만 나 역시, 그녀의 잘못을 눈감아주지 않았고, 지금도 여전해, 그러면서도 한편으론 그때나 지금이나 그녀를 도울 방법을 찾아다니니, 너도 이런 내 감정을 이해하고 존중해줘야 하지 않을까 싶다. 그랬다면, 너만큼도 모르는 사람들의 비난에 맞서 더 힘차게 날 변호해줄 수도 있었고, 나도 나대로 그녀를 포기하는 상황까지 내몰리지는 않았을 거야.

아직은 너무 늦지 않았다고 생각하기 때문에 이렇게 알리는 거야. 상황이 더 나빠지면, 이렇게 말할 여유조차 없을 테니까.

351네 ____ 1884년 1월 4일(금) 추정

테오에게

1월 1일에 보낸 편지와 동봉한 것을 받고 고맙다는 인사도 못 전했다.

형제애라는 게, 같은 관점을 가지고 있느냐에 따라 크게 달라지는 것 같다. 전에도 강조한 부분이지만, 우리의 견해차가 현격히 벌어지겠다고 느껴. 이미 그렇게 된 걸 수도 있고. 내가 그런 견해차를 인정('가정'이 아니라)하는 건, 내가 그래서야. 다시 말하지만, 나는 있는 그대로의 내 모습으로 너를 대하고 싶어. 왜냐하면 매우 고마운 일이다만, 네 돈을 받으며 내 의견을 억누르고 지내느니 차라리 네 지원 없이 사는 게 낫다는 사실에 나 홀로 갈등하고 싶지 않기 때문이야. 게다가, 지금은 확실하다고 여기는 것들이 훗날, 시간이 흐른 뒤에 보면 더 이상 그렇게 보이지 않을 수도 있기 때문이야. 이건 지금 다룰 문제는 아니긴 하다.

넌, 내가 언젠가 철저히 고립된 생활을 하게 될 수도 있다고 말하는 것 같구나. 절대로 그럴 일은 없을 거라 장담하는 것도 아니고, 그렇다고 다른 상황을 기대하는 것도 아니야. 난 그저 버티고 살 만하면 그걸로 만족할 수 있어.

그래도 이 말은 해야겠다. 나는 혹시 모를 그런 상황을 당연한 운명처럼 받아들일 마음은 없어. 왜냐하면 지금이든 나중이든, 나 자신을 남들과 똑같은 한 개인으로 여길 권리를 빼앗길 만한 잘못을 저지른 적도 없고, 앞으로도 그럴 일은 없기 때문이야.

그렇기 때문에 혹시라도 그런 상황이 벌어진다면, 그건 다른 이들 책임일 거야. 좋아. 이제부터 나 자신을 다른 사람처럼 생각할 거야. 그러니까, 나 스스로를 객관적으로 바라보며 장점과 단점을 두루두루 살피겠다는 거지. 어쩔 수 없이 상대적으로 고립된 생활을 해야 했던 사람들 이야기를 여럿 알고 있어. 서로의 모습이 자신들이 원하는 것과 다르다는 이유로 말이야.

여기 두 부류의 사람이 있어. 하나는 개인적인 성격이나 기질이 전혀 없는 부류와, 다른 하나는 성격이나 기질은 가지고 있지만, 이쪽이나 저쪽 모두 원하지 않는 그런 부류라고 할 수 있어.

고립된 생활은 수감생활처럼 힘든 일이야. 지금으로선 과연 이게 내 운명이 될지, 그렇다면 또 어느 정도가 될지, 뭐라고 예견할 수는 없어. 그건 너도 모르는 일이야. 개인적으로는 교양 있는 사람들과 어울리는 것보다 우리가 지금 논하는 이런 단어나 용어들이 뭔지도 모르는 사람들(예를 들면 농부나 직조공)과 함께 지내는 게 훨씬 즐겁다. 내게는 참 다행이야. 그래서 여기 온 김에 직조공들 작업하는 과정을 유심히 관찰하고 있어.

혹시 너는 직조공들이 모델인 그림을 많이 봤는지 모르겠다. 내 기억에는 얼마 없었던 것 같아서 말이야. 지금까지 직조공을 대상으로 수채화 3점을 그렸어. 이 사람들 그리는 게 쉽지 않은 게, 안 그래도 협소한 그들의 작업장에서 그리기에 적당한 거리를 확보하는 게 어렵거든. 아마 이런 이유로 다들 시도했다가 실패하지 않았을까 싶다. 그런데 방적기 두 대가 돌아가는 곳을 찾았는데 거기서는 작업을 할 수 있겠더라고.

라파르트가 드렌터에서 그린 습작이 있었는데 아주 근사했어. 전체적으로 색조는 어두운데, 사실 따지고 보면 직조공들이 대부분 힘들게 사는 편이잖아. 그리고 목재 판매상도 크로키로 그렸는데 분위기만 대충 살려봤어.

바람이 하나 있다면, 어떤 문제에 관해서 너만큼은 남들과 다른 의견을 가져주기를 바라는 내 심정을 네가 깨닫고 이해해줬으면 좋겠어. 물론 너도 나름의 입장이 있겠지만, 내 바람이 그렇다. 그렇다고 너를 *내 의견*에 동조하는 새 신도로 만들겠다는 건 아니야. 내 생각이 남들 생각보다 낫다고 우길 마음도 없어. 하지만 갈수록, 내 의견은 물론 다른 *모든* 의견을 아예 무의미하게 만드는 무언가가 있다는 생각도 들기 시작했어.

그게 바로, 우리 의견으로는 어떻게 바꿀 수 없는 '진실, 사실'이야. 진실과 사실을 나나 다른

사람들의 의견과 혼동할 일은 없을 거야. 그건 관점을 잘못 판단하는 실수가 될 테니까.

어떤 경우에도 풍향계가 바람의 방향을 바꿀 수 없듯이, 의견이라는 것도 근본적인 진실을 바꿀 수는 없어. 동풍이 불고 북풍이 부는 건 풍향계 덕분이 아니잖아. 마찬가지로, 제아무리 그럴듯하더라도 누군가의 의견이 진실을 더 진실답게 만드는 건 아니야.

잘 이해했는지 모르겠다. 내가 설명하고 싶었던 건, 내가 생각했던 내용을 곰곰이 되짚어보다 보니 상대가 누구든, 단지 어떤 의견을 가졌다고 해서 그 사람에게 화를 내는 게 쉽지 않다는 사실이야. 내 개인적인 의견이 남들의 의견보다 우월하다고 생각지는 않아. 하지만 나는 적잖은 사람들이 *절대 진리*에서 벗어나 경솔하게 살아가고 있다는 사실을 강조하고 싶은 거야. 그러니까 내 의견이 더 우월하고, 옳다고 생각하기 때문에 화를 내는 건 아니야.

세상에는 인류만큼 오랜 역사를 지니고 있고, 쉽게 사라지지 않을 무언가가 있어.

정확히 어느 민족인지는 모르겠는데, 그 민족 사이에 전설처럼 전해 내려오는 한 아름다운 우화가 있어. 실제로 일어난 역사적 사실이 아니라 그냥 상징적인 의미를 가진 우화일 뿐이야. 이 우화에 따르면, 인류는 한 형제로부터 유래되었다는 거야. 그런데 이 형제에게 세상에 존재하는 것 중에서 마음에 드는 걸 선택할 기회가 주어졌는데, 하나는 금을 선택했고, 다른 하나는 책을 골랐대. 그런데 금을 선택한 사람은 만사가 순탄했던 반면, 책을 고른 다른 형제는 형편이 어려웠다는 거야.

전설에 따르면(뚜렷한 설명은 없고), 책을 고른 형제는 춥고 척박한 지역으로 쫓겨났다더라고. 그 뒤로 그는 책을 읽기 시작했고 거기서 많은 걸 배워나갔대. 그런 식으로 점점 살 만한 환경을 만들어나갔고, 문제를 해결하기 위해 이런저런 도구들도 만들고 열심히 노력하고 힘겨운 싸움을 이어가면서 힘을 갖추게 되었다고 해. 결국 책을 고른 형제는 훨씬 더 강해졌고, 다른 형제는 점차 쇠락의 길을 걸었대.

더 오래 살아남은 책을 고른 형제는 *세상 만사가 금을 중심으로 돌아가지 않는다*는 진리를 깨닫게 되지.

그냥 전해 내려오는 전설에 불과하지만 내게는 깊은 의미가 있었고, 또 그 안에서 나도 진리를 깨달았어.

'책'은 모든 책 혹은 문학을 의미하는 게 아니야. 양심이자 이성이고, 또 예술을 의미해.

'금'도 단순히 돈을 의미하는 게 아니라, 동시에 무수히 많은 것을 상징하는 물건이야.

내 해석을 그대로 받아들이라는 강요로 받아들이지는 마. 해석은 각자의 몫이지.

하지만 내 해석을 강요하는 것과 그 해석에 한마디를 덧붙이는 건 전혀 다르지. 가끔은 아무런 말도 하지 않는 게 오히려 더 위선적일 때가 있는데, 난 그런 경우는 피하고 싶어.

아무튼, 고립되었든 말든, 난 거기에 적응해갈 거야. 계속 그림을 그려야 하니까. 그리고 내 의견에 관한 설명을 하려니 텐느의 말이 떠오른다. 'Il me semble que pour ce qui est du travailleur personellement, on peut garder ça pour soi(일꾼의 사생활의 영역은 간섭하지 않아야 한다).' 달리 말하면, 내 개인사를 혼자만 간직하지 않았던 게 잘못이었다. 내가 그녀를 돕기로 했다고, 네가 다시 내게 돈을 보내야 한다는 의무감을 가질 필요는 전혀 없다. 과거에도 그런 의무감을 가질 필요는 없었지만, 지금은 더더욱 그럴 필요가 없어. 자발적인 행동이었겠지만, 전에도 몇 번 말한 대로, 앞으로도 늘 *네게 의무감*이라는 감정을 품고 지낼 거다.

네 일이 번창하기를 기원한다.

너를 사랑하는 형, 빈센트

(동봉된 낱장의 편지글)

언젠가 흥미로운 글을 하나 읽었는데, 사람은 나이가 들어가면서 정말로 변해간다더라. 코로의 전기에서 그가 루이-프랑수아 프랑세에게 영향을 끼쳤다는 다음 문장을 읽었어. 'à trente ans Français ignorait ce que c'est qu'un ton neutre(나이 서른에, 프랑세는 무채색의 의미를 모르고 있었다).'

내가 하고 싶은 말은. 예술가로서나 *인간*으로서나 어느 정도 나이가 될 때까지 완고하고, 엄격하며, 감히 말하자면, 강철같이 거친 방식으로 세상을 바라보고, 무언가를 하는 경향이 있지만, 그 나이에 이르면, 유연해지고 지혜롭고, 또 더 인간적인 견해를 갖게 된다는 거지.

그러니 너도 한 사람의 인간이자, 한 사람의 일꾼으로서, 당연히 보다 자연스럽고, 보다 차분하며, 보다 너다운 사람이 될 수 있다는 사실을 잘 알고 있으면 좋겠다.

가끔은 네가 예전처럼 자연스럽지 않다는 느낌이 들기도 한다. 지금처럼 말이야. 지난여름, 헤이그에서도 그랬어.

지금으로선 크게 신경 쓸 일은 아니야. 아직은 네 성격이나 정서가 완전히 굳어질 시기가 아니기에 좀 신기할 따름이었어. 또 그렇기도 해서 흥미를 갖고, 유심히 관찰하게 된 거야. 나도 그런 시기를 겪었거든. 나도 변해가던 시기에 정확히 그와 비슷한 마음이었어. 그렇다는 거야.

아버지와의 대화를 몇 가지 털어놔야겠다. 아버지께, 요즘 같은 기분에, 지금 같은 상황 탓에, 같이 살았던 우리 집 여자한테 돌아가고 싶은 마음이 불쑥불쑥 든다고 말했어. 그래, 결혼까지 결심할 수 있어. 그런데 네가 알아둬야 할 게(아버지가 굳이 이런 것까지 아실 필요는 없지) 우리 관계가 잘될 리 없고, 다시 그녀와 같이 사는 건 미친 짓이라고 결론 내린 뒤로, 내 입장이 달라진 건 없어. 그저 아버지가 먼저 '부권' 문제를 거론하시길래, 제대로 짚고 넘어가려고 꺼낸 말이었지. 다시는 이런 해법에 기대실 일 없게 말이야. 아버지가 법적인 문제로 나와 적대 관계가 되는 건 정말 지혜롭지 못한 일이라고 말씀드렸지.

게다가 만약 내가 결혼을 결심했을 때 이런 법적 절차를 내세우시려면 내 앞길을 가로막기 위해 세우는 장애물을 법적으로 그럴듯하게 보이게 만들려고 속임수를 쓰고 위증할 사람까지 동원해야 할 거야.

내 앞길을 이런 식으로 가로막더라도 나는 차분하고 침착하게 나를 변호하고, 내 권리를 주장하고, 포기하지 않을 거다.

아마 판사도 원만하게 분쟁을 조정할 필요성을 강조할 거야.

아무튼 이런 내용으로 아버지께 내 결혼 문제를 말씀드렸지. 내가 같이 살았던 우리 집 여자와 결혼을 결심하면 어떤 일이 벌어지게 될지를 설명한 거야. 하지만 그녀와 다시 살림을 차리지 않겠다고 했던 결심을 내가 뒤집지 말라는 법도 없다는 사실을 너도 알아둬야 해. 그녀도 내 결심은 잘 알고 있어.

만약 내가 결심을 뒤집으려면 여러 가지 일이 동시에 일어나야 해. 그런데 지금 당장 그럴 일은 없을 것 같다. 그러니 그 부분에 대해 걱정할 건 없다. 아버지께도 똑같이 말씀드렸어. 미리 알아두시라고. 법적인 절차를 동원해서 어떻게 해보시려 해도, 부권이라는 법 제도로 내 발목을 붙잡을 수 없다는 사실을 말이야. 아버지는 틈만 나면 이 문제를 거론하셨어. 두루뭉술한 표현으로 말하시지만 그 뜻은 분명했지. 대신 나는 에두르지 않고 직설적으로 말씀드렸어. 그런 생각을 하고 계신다는 게 억지스럽고 이해가 가지 않는다고.

어쨌든, 나는 결혼이라는 게 내게는 최고의 해결책이 될 수 있다고 생각했었어. 그런데 지금은 그쪽으로는 전혀 생각도 없고, 함께 살았던 우리 집 여자와는 더더욱 그럴 일도 없다.

351a네 ___ 1884년 1월 6일(일)에서 18일(금) 사이

친애하는 퓌르네이*

오늘 아침에 조만간 인도로 떠날 예정이라는 소식을 전하는 자네 편지, 잘 받았어.

그날이 이렇게 빨리 찾아올 거라고는 예상치 못했었는데. 자네가 그곳에서 성공하기를 진심으로 기원하네. 어쩌면 네덜란드에서 오래 살면서 이런저런 그림을 많이 그렸던 것보다 훨씬 쉽게 적응할지도 몰라. 이곳의 우중충한 잿빛 서글픔에 너무 깊이 빠져들면, 인도 같은 곳에서는 그림 그리는 게 더 어려울지도 몰라. 그런데 지금 같은 상황에서는 그곳의 자연에 파묻혀 작업하다 보면 분명, 성공의 길이 열릴 거라 믿어. 또 인도에서 신기하고 그림 같은 소재를 접하게 될지 누가 알겠어.

프랑스를 비롯한 여러 나라의 화가들은 알제리나 이집트에 가서 흥미로운 그림들을 많이 그렸지. 아마 인도에서도 비슷한 결과가 있을 거라 믿어.

* 빈센트에게 그림을 배웠던 젊은 측량사로 편지 285, 300, 307, 323, 329, 342번에 언급되었으며, 이 편지와 419번 편지의 출간은 퓌르네이의 동생, A. L. C. 퓌르네이 박사의 동의하에 진행되었다. 빈센트는 종종 퓌르네이의 아버지에게 화구를 구입했다

최근 몇 년간, 중국이나 일본으로 건너간 화가들도 여럿 있어. 그들이 거기서 가져온 것들도 상당히 흥미로웠어.

아직도 자네가 그림에 대한 열정을 지니고 있다니 정말 기뻐! 자네는 꾸준히 그림을 그리면, 분명 예상을 뛰어넘는 결과를 보게 될 거야. 게다가 측량사라는 직업상 대부분의 시간을 야외에서 보내잖아.

여기 브라반트에는 마음에 드는 것들이 많아. 적어도 시골 풍경만큼은 확실히 인상적이야. 지난 몇 주간, 작업하는 직조공을 비롯해서 나무 파는 상인, 실내에서 작업하는 여직공, 정원사 등을 그렸어. 모두 수채화로 그렸지. 크로키로 그린 그림 몇 장 동봉하네.

그리고 자네 아버지한테 주문할 물건들 목록도 같이 보내. 주로 수채화용 도구들이야. 자네가 직접 붓을 골라줘도 좋을 것 같아. 너무 얇거나 두껍지 않고, 평상시 많이 사용하는 물건들로 말이야. 대충 이 정도 되는 물건으로.*

* 빈센트는 편지에 자신이 원하는 크기의 붓을 그렸다.

지난여름 같이 거닐었던 일을 종종 떠올리는데, 정말 즐거웠어. 영원히 기억에 남을 거야.

자네를 잊을 일은 없을 거야. 인도에 도착한 뒤에도 소식 전해주면 정말 고맙겠어. 나도 종종 내가 그린 그림을 크로키로 그려 보내지.

아무튼 안전한 여행 되길 기원하고, 모쪼록 하는 일도 잘되고, 무엇보다 그림 그리기에도 좋은 결과가 있기를 기원하네. 진심 어린 마음의 악수 청하네,

자네를 사랑하는 친구, 빈센트

남은 잔금과 이번 주문에 들어가는 비용을 1월 20일경에 드려도 괜찮을지, 자네 아버지께 여쭤봐주면 좋겠어.

352네 ____ 1884년 1월 17일(목)

사랑하는 동생에게

짤막하게 소식 전한다.

어머니가 사고를 당하셨어. 헬몬트에서 기차에서 내리시다 다리를 다치셨다.

아버지 말씀이, 의사가 대퇴골 시작 부분의 골반이 부러진 것 같다고 했대.

뼈를 바로잡는 과정은 내가 지켜봤는데, 결과가 썩 나쁘지는 않아서 혹시 단순 탈골이 아닐까 하는 생각이 들더라. 의사 말이 큰 위험은 없으니 안심해도 된대. 단지, 연세가 있으셔서 회복까지는 시간이 좀 걸릴 거라네.

에두르지 않고 어머니 소식을 전한 건, 네가 그 방식을 더 낫다고 여길 것 같아서야. 장담하는데 지금으로선 내가 말한 것 이상으로 심각한 상황은 아니다. 아무튼 그날그날 소식 전하마. 같은 우편물에 라발가의 네 주소로 편지도 한 장 보낸다. 그래야 네가 집에 있거나 화랑에 있거나 최대한 빨리 소식을 받을 테니까. 내일 의사가 다녀가면 또 소식 전하마. 어쨌든, 한바탕 난리가 났었지. 근처 농가에서 그림을 그리고 있었는데 나를 찾으러 사람을 보냈더라고.

어머니는 지금 조용히 쉬고 계신다. 잘 지내라, 아우야, 마음으로 악수 청한다.

너를 사랑하는 형, 빈센트

353네 ____ 1884년 1월 18일(금)과 19일(토)

테오에게

약속대로, 오늘 의사가 다녀가서 이렇게 소식 전한다. 어머니는 간밤에 별 탈 없이 잘 쉬셨어. 회복력은 휴식에 달렸다는데 의사도 안심이 된다더라. 그래도 상태가 정확히 어떤지 물어보니까 역시 대퇴골 골절상이 확실하대.

너도 알다시피, 네가 보내준 돈으로 남은 빚을 갚으려고 했었어. 그런데 여기저기 갑자기 돈 들어갈 일이 생길 때도 대비해야겠다는 생각이 들어서 아버지께 그 돈을 쓰시라고 말씀드렸어. 빚은 뭐 나중에 갚아야지. 어쩌다 보니 그 돈을 안 쓰고 잘 가지고 있었네. 그나저나 어머니가 회복하시려면 시간은 확실히 좀 걸릴 것 같다. 마음의 악수 청한다.

너를 사랑하는 형, 빈센트

토요일 아침.

간밤에도 별일 없이 조용히 지나갔고 어머니도 편히 주무셨다는 소식 전하려 몇 줄 더 적는다. 너한테 안부 전하라고 하시더라. 그나저나 회복하실 때까지 들어갈 비용이 만만치 않겠다.

테오야, 어떻게든 내가 돈벌이 할 수 있는 방법이 뭐 없을지 다시 한 번 신중히 생각해주면 좋겠다. 아무래도 돈 들어갈 일이 많아질 것 같아서 그래. 그러니 내 그림이 돈이 될 가능성을 찾아보자. 내가 그림 그리러 여기저기 다닐 경비만이라도 해결할 수 있게 말이야. 그것만 가능해져도, 평소 나한테 주는 돈을 어머니 치료에 고스란히 사용할 수 있을 테니까.

직조공을 모델로 수채화를 그리고 있다고 편지했었잖아. 그 그림들 몇 개라도 빨리 완성해야 할 텐데, 그럼 그리기에 쏟아부을 시간이 그리 많지 않다. 특히 요즘은 집에 머물러야 할 시간이 점점 길어져서 말이야.

오늘 의사가 다녀갈 텐데, 아무튼 곧 엽서라도 한 장 쓰마.

354네 ____ 1884년 1월 21일(월)에서 24일(목) 사이

테오에게

뼈를 바로잡은 상태에서 붕대를 감고 움직이지 않으신 덕에, 지금까지는 어머니 상태가 비교적 괜찮다.

하지만 이래저래 우울한 날의 연속이다. 게다가 아무것도 못 하시고 계속 누워 계셔야만 하는 것도 시간이 흐르면 고역일 텐데, 어머니가 걱정이야.

집에 오겠다는 네 편지를 받고 지난 며칠간 식구들끼리 상의해봤어. 어머니는 당연히 반기고 좋아하시겠지. 하지만 신중히 생각해볼 문제야. 그러니까 이별, 네가 돌아갈 때가 문제다.

게다가, 네가 여기까지 찾아오면, 어머니가 당신 상태를 실제보다 더 위중하게 여기실 가능성도 무시할 수 없어.

그래도 널 보면 정말 즐거워는 하시겠지.

네 방문에 관해 이렇게 글을 적는 이유는, 너는 분명히 오기로 마음먹은 모양인데, *불쑥 찾아오는 것보다* 어머니께 편지부터 드리는 게 낫겠다고 생각해서야.

난데없는 불행이 찾아와 행여 어머니 상태가 나빠지면, 그 즉시 전보로 소식 전할 테니 그 부분은 걱정하지 말고. 물론 집에 오고 말고는 전적으로 네가 결정할 문제야. 당장 위독하실 일은 없지만 상황이 또 어떻게 변할지는 아무도 장담할 수 없는 일이긴 하다.

아마 아버지가 너한테 이미 상세한 소식 전하셨겠지만, 조만간 또 편지하실 거야.

요즘은 편지 쓸 정신도 없는데, 시간마저 없구나. 어머니 곁을 지키는 거 아니면, 이웃에 사는 직조공을 찾아가 그림을 그리고 있거든. 유화 습작 2점을 작업 중이야.

또 편지해라. 마음의 악수 청한다.

너를 사랑하는 형, 빈센트

라39네 ____ 1884년 1월 20일(일) 추정

친애하는 벗, 라파르트

지난 며칠 사이, 우리 가족이 마음고생 한 일이 있어 짧게나마 소식 전하네. 어머니가 기차에서 내리시다 화를 당하셨어. 자못 심각한 게 대퇴골 골절상을 입으셨거든.

뼈는 제대로 바로잡힌 것 같아. 다행히 어머니도 큰 통증 없이 편히 지내시는 편이셔. 하지만 이 일로 우리 가족이 얼마나 걱정했을지는 굳이 말하지 않아도 알겠지. 그나저나 내가 집에 와 있어서 다행이다 싶어. 여동생들도 몸이 좋지 않아서 이것저것 내가 할 일이 많거든.

어쨌든 두 여동생도 잘 버티고 있기는 해. 평소 수스테르베르흐에서 지내는 아이*가 가장 허약해. 자네가 여기 왔을 때 집에서 본 아이**는 얼마나 활기차고 힘이 넘치는지, 뭐라고 한 단어로 설명하기가 힘들어.

어머니 상태는 이래저래 신경 써야 할 게 많아. 의사 말이, 완쾌는 되시겠지만, 회복이 최대한 순조롭더라도 6개월은 지나야 다시 걸을 수 있다더라고. 게다가 한쪽 다리가 짧아질 거란 말도 덧붙였어.

의사가 한 명도 없는 마을을 상상해봐. 아니, 엄밀히 말하면 의사가 한 사람 있긴 하지만 아버지가 싫어하시지. 그래서 에인트호번에 사는 의사를 매번 마차로 모셔와야 하는 상황이야.

아무튼 큰일을 겪는 중인데 어떻게 마무리될지는 나도 잘 모르겠어.

하루하루 살아가긴 해야 하는데, 하루하루가 고생이네.

그래도 어머니가 차분히 평정심을 유지하셔서 다행이야. 덕분에 우리도 힘이 나니까.

조만간 소식 전해줘. 그나저나, 내가 다녀간 후에 새로 시작한 그림은 뭐가 있나?

나는 여전히 〈직조공〉을 그리고 있어. 그런데 집안의 우환으로 한동안은 그림에 신경을 못 쓸 것 같아 걱정이야. 신경 써야 할 일들이 많아졌거든.

말했다시피 정물을 보고 구아슈로 습작 여러 점을 그려봤어. 조만간 이 습작을 바탕으로 수채화를 그리려고 해. 요즘은 집에서 시간을 보내야 하거든.

부모님이 자네한테 안부 전하라 하시네. 어머니는 사고를 당하신 날 아침, 장을 보러 뉘넌에서 헬몬트까지 기차를 타고 가셨었어. 헬몬트에 도착해서 내리는 과정에서 발을 헛디디신 모양이야. 마차로 집까지 모셔와야 했지. 그나마 그 과정에서 악화되지 않으셔서 뼈를 바로잡을 수 있었던 거야(비록 충분히 상황은 좋지 않았지만). 그나마 불행 중 다행인 셈이야. 그렇다고 해도 걱정할 게 한두 가지가 아니야.

시간 되면 곧 편지해주게. 마음으로 악수 청하네.

자네를 사랑하는 친구, 빈센트

* 둘째 여동생 리스

** 막내 여동생 빌레미나

355네 ___ 1884년 2월 3일(일) 추정

테오에게

오늘 네 편지와 동봉해 보내준 것 잘 받았다. 진심으로 고맙다.

지금까지는 어머니의 회복 정도가 상당히 만족스러운 수준이야. 시간이 지날수록 갑자기 악화할 위험은 줄어들고 있어. 그리고 아무래도 뼈가 아무는 건 시간 문제겠지. 하지만 부러진 뼈가 다 붙더라도 어머니 거동이 예전 같진 않을 게다. 후유증도 있을 테고, 아버지도 마음고생이 이만저만이 아니라서, 아마 순식간에 더 늙으신 것 같다.

이런 일이 있을 때 내가 집에 있어서 다행이다 싶어. 그리고 사고 덕분에 몇몇 문제들은(나와 부모님의 견해 차이가 심각했었지) 완전히 묻혔다. 우리 사이는 꽤 좋아졌어. 아무래도 원래 예정했던 것보다 뉘넌에 더 오래 머물게 될지도 모르겠구나.

초반의 경악과 공포 분위기가 가신 덕분에 나도 어느 정도는 내 작업을 챙길 수 있게 됐어. 매일 같이 직조공을 대상으로 유화 습작을 *그리고 있다*. 드렌터에서 보냈던 유화 습작들보다 솜씨가 더 나아진 것 같아. 복잡한 기계장치로 구성된 방직기의 베틀 한가운데에 직조공이 앉아 있는데, 데생으로 그리면 제법 근사하겠어. 네가 편지로 조언해준 대로 몇 장 그려볼 생각이야.

어머니의 *사고가 있기 전에*, 한동안은 생활비를 내지 않기로 아버지와 합의했었어. 그렇게 해서 연초에 빚을 청산하려고. 새해와 1월 중순에 네가 보내준 돈으로 갚을 생각이었지. 그런데 그 돈을 아버지께 드리고 나니, 이번에는 물감 비용이 차례를 기다리고 있구나.

그런데 다행히도 스트리커르 이모부가 아버지께 100플로린을 보냈어. 참 감사한 일이지. 어쨌든 결과적으로, 집에 머물면서 난 경제적으로 득을 본 게 전혀 없는 셈이 됐다. 그래도 계속 열심히 그림에 몰두할 거야.

내년 정도 되면, 아버지도 어머니 사고로 발생한 경제적인 손실이 얼마나 컸는지 지금보다는 더 절실히 깨달으실 거야. 그동안 내 그림으로 어떻게든 돈벌이할 방법을 찾아보자. 어쨌든 *두 분은* 평생 먹고살 걱정은 없잖아. 아버지 연금이 지금 버시는 것과 비슷할 테니까. 그런데 아우야, *불쌍한 여동생*들은 가진 게 전혀 없다. 지금 같은 시대에 누가 돈 없는 처자와 결혼하려 하겠어. 그 아이들 삶은 또 얼마나 팍팍할까. 제대로 되는 것도 없고, 매사에 장애물만 만난다고 생각하겠지.

그래도 속단은 하지 말자.

어머니는 꼼짝없이 침대에 누워 계셔야 하는데, 그게 또 다른 건강 문제를 일으킬까봐 염려된다. 무엇보다 욕창이 생기지 않도록 신경 써야 해. 그래서 시트를 갈 때 사용할 간이 들것을 하나 만들긴 했는데 꼭 필요한 경우에만 쓸 거야. 움직이지 않고 누워 있는 게 최우선이니까.

다행히 어머니 기분이 한결같고, 힘든 상황에도 불구하고 크게 불평하지 않으신다. 소소한

일로도 즐거워하시고. 얼마 전에 어머니를 위해서 울타리와 나무로 둘러싸인 교회를 그렸어. 여기 크로키로 그려서 보낸다.

내가 시골의 자연을 얼마나 만끽하는지 잘 알지. 조만간 네가 오면, 직조공들이 사는 초가집을 구경시켜줄게. 방직기를 돌리는 사람들과 옆에서 실 감는 여자들을 보면 너도 강렬한 인상을 받을 거야.

가장 최근에 그린 유화 습작은 방직기를 돌리고 있는 남자(상반신과 손) 인물화야.

지금은 방직기를 그리고 있고. 떡갈나무 재질인데 낡아서 녹갈색으로 변했고 제조연도가 1730년이라고 새겨져 있더라. 방직기 옆으로 초록 잔디밭이 내다보이는 작은 창이 있고, 그 옆에 꼬마가 유아용 의자에 앉아서 북의 왕복운동을 몇 시간이고 쳐다본다. 이 장면을 실제처럼 그려봤어. 진흙 바닥으로 된 협소한 공간을 차지한 방직기, 직조공, 작은 창, 유아용 의자, 이렇게.

마네 전시회에 대해 좀 상세하게 적어주면 고맙겠구나. 마네의 그림에서는 늘 한결같이 독창적인 느낌을 받는다. 혹시 졸라가 마네에 관해서 쓴 글 읽어봤니? 마네의 그림을 몇 작품밖에 보지 못해서 너무 아쉬워. 나야 개인적으로 마네를 이 시대의 거장으로까지 꼽지는 않지만, 졸라 같은 작가가 마네를 거의 *숭배*하듯 평가하는 게 과도하진 않지. *존재 이유*가 분명한 능력 있는 작가인 건 사실이고, 그것만으로도 대단하니까. 졸라가 『내가 증오하는 것들』에 잘 써놨지. 다만 나는 졸라의 결론에 *동의하지는 않아*. 졸라는 마네가 예술에 있어서 현대적 개념의 새 지평을 연 장본인이라고 평가해. 그런데 나는 다른 많은 화가에게 새 지평을 열어준 현대 화가는 마네가 아니라 바로 밀레라고 생각하거든.

안부 전한다. 마음의 악수 청하고,

너를 사랑하는 형, 빈센트

온 가족이 안부 전한다. *어머니께 더 자주 편지해라.* 네 편지가 어머니께 소소한 기쁨이다.

355a네

테오야

비록 내가 부탁했던 100프랑에다 매달 체류비로 아버지께 드릴 50프랑을 더 얹어주겠다는 네 제안은 무척 고맙긴 하지만, 나로서는 그 50프랑을 단호히 거절할 수밖에 없다.

내가 집에 이토록 오래 머물면서 한 푼도 보태지 않는 모습이, 네게는 무례하고 제멋대로인 행동으로 보였나 보다. 난 그림을 잘 그리려고 그랬을 뿐, 개인적으로 누린 것은 전혀 없다. 그런데도 여전히 물감이며 화구를 사는 데 쓴 거액의 청구서들을 해결해야 한다. *그래도 결국엔 이것이 내게 이롭다고 여겼어.* 지금은 아버지와 그런 합의를 맺기에 좋은 시점이 아닌 게, 난 결코 여기 오래 머물 마음이 *없기* 때문이야. 혹은 내가 너무나 머물고 싶더라도, 그럴 수 없는 상황이지. 그런데도 네가 편지에 적었던 그 합의를 맺어야겠다면, *나는 빠라.* 그러니까, 순전히 아버지와 너 사이의 문제로 합의하면 되지, 난 관여시킬 필요 없다고.

나로서는 '*제멋대로*'라는 부분이 걸릴 수밖에 없다. 네가 체류비를 내주면서 여기 거주한다면 말이야.

사정이 다시 나아지면, 아예 화실에 가서 생활할 생각이야. 적어도 반나절 동안만이라도.

너와의 관계가 멀어지고, 거기에 체류비 문제까지 겹치는 게 내게는 너무 버겁다. 점차 다른 방법을 찾아보마. 소위 '내 미래 계획'이라고 불렀던 것들이 이래저래 실패로 돌아갈 것 같은데, 이 상황이 네게는 반가울지도 모르겠구나! 그렇다고 해서 내가 너의 의견을 수용해야 하는 건 아니다. 난 여전히 *네 관점이 옳지 않다*고 생각하니까. 난 화실을 포기할 수 없다. 그림을 그릴 고정된 장소가 반드시 필요해. 그리고 누구도 나더러 마을을 떠나라 마라, 강요할 수 없어. 하지만 이런 가능성을 예상하고 준비하고는 있다. 왜냐하면 *작년에 우리 사이의 관계가 지속되지 못할 거라는 가능성을 내다보지 못했다고 자책하기 때문이야.*

잘 있어라.

빈센트

네 편지에 밑줄로 강조한 부분에 대해 이의가 있어 여기 이렇게 옮겨 적었다. '*우리가 좋은 형제로 지내던 시절에 서로 합의한 대로* 형님께 매달 보내드리는 150프랑에서 50프랑을 아버

지께 드리면 좋겠습니다.'

우선 사실관계부터 잘못됐다. '우리가 좋은 형제로 지내던 시절'에 내가 아버지께 50프랑을 드리기로 합의한 건 사실이 아니야. 당시, *정원에서* 너와 무슨 이야기를 나눴는지 정확히 기억하고 있어. 합의는커녕, 이런 부류의 약속 같은 건 애초에 거절했고, 마지막으로 내가 강조했던 건 대형 유화를 그리고 이런저런 비용을 충당해야 해서 돈이 필요하다는 내용이었어. 거기서 무슨 합의가 있었다면, 그건 내 사정이 나아진 훗날을 위한 내용이었어.

이 편지를 쓰는 이유는, 내 체류 비용에 관해 아버지와 어떠한 합의를 맺는 것에도 반대한다는 뜻을 명백히 밝히기 위해서다.

체류비 50프랑에 대해 더 이상의 오해가 없도록, 아버지에게 네 편지와 함께 오늘 이 편지도 읽어보시라고 할 거야. 이 문제에 대해서 난 더 이상 듣고 싶지 않으니, 아버지와 의논해서 정해라. 다시 한 번 말하지만, *나는 체류비 50프랑에 합의한 적이 없다*. 합의했다면 약속을 지켰겠지. 하지만 그날의 대화를 전부 기억하는데(내가 했던 말은 완전히 반대였어), 당분간 돈 들 곳이 너무 많아서 *그럴 여유가 없다*는 취지였다.

내가 죽게 되면(*그런 일이 발생한다면 피하진 않겠다만, 그렇게 되기를 바라는 건 아니야*) 넌 해골 위에 걸터앉는 셈인데, 해골은 안정적인 지지대가 될 수 없어. 하지만 내가 살아서 그림을 그리는 한, 난 평생 네게 고마워할 거야. 하지만 내가 왕성하게 그림을 그리고 있다고 느낄 때 그렇고, 그렇지 못할 경우엔 그 마음을 지키기가 힘들기에, 이렇게 무엇이 잘못됐는지 감히 대놓고 말하는 거야. 그때 네가 내 말을 듣지 않았다면, 그 후로 내가 나쁘게 보이면서(그 감정을 정확히 분석해보지도 않았을 테고), 어떤 예감이 스쳤겠지(*내 잘못 때문이 아니라, 너 자신의 행동과 마음가짐의 결과로*). 이렇게까지 되는 건 충분히 피할 수 있었는데. 아우야, 각자의 길을 가자, 당분간은 친구처럼. 이래야 너나 나에게 해롭지 않다. 계속 함께하다가는, 결국 이렇게 되면서 안 좋은 결말을 맞을 거야.

감히 말하는데, 네가 네 감정을 보다 정확히 분석할 수만 있으면, 네가 말하는 '불신'이라는 것과 다른 결론에 도달할 수 있을 거다. 무엇보다 너와 나 사이에 무슨 일인가 벌어질 것 같다는 예감, 무언가가 잘될 것 같지 않다는 그런 예감 같은 거. 넌 정상에 있어. 그게 나같이 바닥에 있는 사람들을 불신하는 이유가 될 수는 없어. 그리고 나는 자발적으로 그 바닥에 남아 있는 거야.

355b네

테오에게

집에 돌아가면, 내 편지가 한 통 더 와 있을 거야. 거기에는 이런저런 것들을 철회해달라고 적혀 있을 텐데, 지금은 오히려 그러지 말라고 부탁한다.

왜냐하면 넌 '여러 부분에서 생각이 달라졌다'고 말하겠지만, 난 네 말을 믿을 수가 없거든. 넌 딱 그런 사람이라서, 앞으로도 그렇게 쉽게 마음을 바꿀 *가능성도 없다*. 몇 년이 지난 뒤에, 다시 이 이야기를 하게 되면 아마 다른 식으로 바라볼 수도 있겠지만, 과연 그런 날이 올지는 의문이다. 무엇보다 다시 이 문제를 거론할 일이 없을 것 같기 때문이야.

다음달에 네가 보내는 돈에서 100프랑을 제외한 나머지는 다시 돌려보낼 거다. 그러니 딱 100프랑만 보내. 우리가 서로 합의한 대로, 그 이상이 아니라, 딱 거기까지만 기대할 수 있게.

나는 나대로, 나머지 부분을 채울 방법을 찾아보마. 장기적으로 보면, 어떻게든 성공할 거야.

안부 전한다.

빈센트

(엽서)

제발 부탁인데, 내가 너와 좋은 친구로 지내고 싶어 하지 않는다고 생각하지 말아라. 이 문제는 어쩔 수 없는 상황들 때문에 그렇게 된 것이잖아. 노력해도 좋아질 게 없어. 한마디로, 누구도 상황을 개선시킬 수 없게 됐다.

네 성격도 이제 굳을 대로 굳어버린 듯하다. 그건 나도 마찬가지야. 우리가 갈 길은 같은 방향이 아닌가 보다. 솔직한 말로, 난 너한테 악감정 같은 건 없어. 너도 나한테 똑같은 감정일 거야. 하지만 우리가 사이좋게 지냈던 그 시절로 돌아가고 싶다면, 우리는 모니에의 소설 속에 나오는 조제프 프뤼돔처럼 살아야 해. 남부럽지 않을 정도로 무능하고, 어마어마하게 평범한 사람. 그런데 *나는 그렇게는 살 수 없다*. 너도 그렇겠지? 아무튼 난 관심 없어. 신경도 안 쓰고, 그런 고민도 안 해.

356네 ____ 1884년 2월 13일(수)

(엽서)

테오에게

오늘, 네 주소지로 작은 화판 3개와 수채화 9점을 소포로 보냈다. 무사히 도착하거든 받았다고 연락해라. 그중에 네 마음에 드는 그림이 있다면 참 좋겠다. 어머니는 여전하셔. 나는 지금도 직조공들을 그리고 있는데 나중에 몇 점 또 보낼게.

안부 전한다.

너를 사랑하는 형, 빈센트

357네 ___ 1884년 2월 18일(월)부터 23일(토) 사이

테오에게

너를 위해서 유화 습작을 바탕으로 직조공 데생 5점을 그렸다는 소식 전하려(내 펜 데생에 대해서 아무런 언급도 하지 않은 편지에 대한 답장으로) 이렇게 몇 줄 적는다. 이번에 그린 건 분위기가 좀 다른 게, 너에게 보낸 펜 데생보다 생동감이 조금 더 잘 드러나는 느낌이야.

아침부터 밤까지 그림을 그리는데 유화 습작이랑 펜 데생 외에 수채화도 그리고 있어. 요 며칠 네 생각을 많이 했는데 네가 예전에 리스에게 준 책 때문에 더 그런 것 같다. 그 책을 내가 빌렸거든. 프랑수아 코페François Edouard Joachim Coppée의 시집 말이야. 기억 나는 건 몇 편밖에 없지만, 그때도 깊은 인상을 받았던 것 같아.

코페는 진짜 예술가야, qui y mettent leur peau(작품에 마음과 영혼을 쏟아붓는). 그래서인지 가슴 아픈 속사정을 털어놓고 있다는 느낌도 들어. 타고난 예술가적 기질 덕에 보이는 많은 것들에 감동했고, 삼등석 대합실에 모여 밤을 보내는 이민자들을(어둡고, 칙칙하고, 우울한 분위기) 그리기도 했어. 그뿐만 아니라, 전혀 다른 분위기로, 미뉴에트에 맞춰 춤을 추고 있는 후작부인도 그렸는데 마치 와토의 인물화처럼 매력적이야.

지금, 이 순간에 빠져드는 것을(우연히 처하게 된 상황에 몸과 마음이 완전히 사로잡혀 그 안에서 영감을 얻는 것을) 과연 막을 수 있을까? 그럴 수도 있고, 그러고 싶다고 해도, 그 안에서 벗어나면 뭐가 다를까? 그냥 보이는 걸 보고, 느끼는 걸 느끼게 내버려둘 수는 없는 걸까? 어쨌든 그것만큼 무언가를 만들어내는 확실한 방법은 없을 테니까.

〈슬픔 속의 욕망〉이라는 제목의 마지막 시가 상당히 인상적이다. 네 기억이 되살아나게 여기 옮겨적을게.

모든 게 살아가고, 모든 게 사랑한다! 그런데 나 홀로 슬프게 서 있네
봄 하늘 아래 죽은 나무처럼
이제 갓 서른이지만, 더 이상 사랑도 할 수 없는 나는
아무런 미련 없이 정부의 곁을 떠난다

의식이 흐릿해지는 환자처럼
지긋지긋할 정도로 평범한 방 안에서
하는 일이라고는 멍청하고 단순하게
카펫 위에 새겨진 꽃의 수를 세고 있네

가끔은 죽음이 가까이 다가오기를 바라기도 하지만

그 모든 기억, 아련하고 달콤한 그 기억을
밀어내고 있네, 선조의 초상화가 부담스러워서
눈을 돌리듯

그토록 많은 눈물을 흘리게 했던 옛사랑도
무심해진 이 마음에서 흔적도 없이 사라졌네

오, 흐릿해진 얼굴에, 아련해진 기억이여
내일 다시 만나더라도, 알아보지 못하리니
먹다 남긴 음식 위에 턱을 괴고 앉은 여인이여
창백한 얼굴에 지그시 눈을 감은 진지한 여인이여

모습을 보여주오! 아직도 당신에게 힘이 있어
욕망도 사라지고 불까지 꺼진 이 가련한 마음을 동요시킬 수 있다면

그래서 여인의 눈빛으로 나를 무한대로 밀어 넣어줄 수 있다면,
한 번의 입맞춤으로 모든 자연을 꽃피울 수 있다면

오시오 – 좌초된 배에서 내린 선원처럼
던지시오 – 바다에서는 보물과도 같은 한 시간의 숨을 벌기 위해서
오시오 – 당신께 모든 걸 약속하리다, 영혼과 마음, 피와 살까지
모든 걸 – 단 한순간의 믿음, 단 한순간의 취기를 위해서라도

이런 시도 있어.

〈잠재운 고통〉
벼락 맞은 떡갈나무 같아 보이는 당신
당신에게서 남편의 모습, 아버지의 모습이 보이네
죽음이 자유롭게 하리라는 생각에
그 옛날 총구를 갖다 댔던 그 이마를 통해서

당신은 모든 것을 다 잊을 수 없네

당신은 우리의 고통, 우리의 절망을 알고 있네
마음속에 독기를 품은 당신
잃어버린 위대한 사랑, 무너진 희망 때문에

당신은 망각 속에 빠져들지 않고, 요란한 곳을 찾아다녔네
요란한 연회와 노래가 이어지고, 영광과 욕설이 난무하는 곳
바람이 요동치는 바다 위를 한참 동안 떠돌면서
그러니 그 누가 당신의 고통을 잠재울 수 있으리?
오, 외로움이여, 너에게 부족한 건 오직 리듬일 뿐
아기의 요람을 흔들어주는

또 이런 시도 있어.

오, 나의 마음이여, 너는 그렇게 연약하고, 그렇게 비겁했던가
막 풀려나 여전히 족쇄를 차고 절뚝거리는 도형수처럼?
조용하라, 너는 네가 무슨 벌을 받고 있는지 누구보다 잘 알고 있으니까
나는 더 이상 괴로워하고 싶지 않다. 그래서 네게 명한다
다시 한 번 부풀어 오르고, 몸부림친다면
기필코 - 눈물을 삼키고 - 너를 부숴버릴 테니
아무도 알 수 없으리. 다리가 잘려 나가는 그 끔찍한 순간
소리 지르지 않으려고, 이를 악물고 버티는
그 모습을 보게 되리니

한 편의 시지만, 가장 감동적인 구절이기도 해. 나는 〈슬픔 속의 욕망〉이 상당히 사실적인 시라고 생각해. 쓰러지기 직전인 지친 사람의 마음속에, 마치 생전 처음 경험하는 것처럼, 순간순간 피어오르는 끝없는 욕망을 잘 그리고 있거든. 머릿속에 렘브란트의 〈유대인 신부〉와 토레가 했던 말이 떠오른다. 토레와(그의 전성기에) 테오 고티에 등의 여러 작가들이 등장한 이후로 많은 게 달라졌어. 훨씬 더 단조로워졌지. 이제는 마음속에 작은 불씨라도 간직하고 싶다면, 남에게 최대한 보여주지 말아야 해.

지난주에 보낸 그림들을 받았는지 모르겠다. 펜 데생은 한 일주일 정도 더 가지고 있어야 할 것 같아. 지금 이젤에 올려두고 동시에 작업하는 그림을 마무리하는 데 필요할 것 같거든.

어쨌든, 조만간 보낼게. 그런데 소포는 잘 받았는지, 요금은 제대로 부과된 건지 알려주면 좋

겠다. 왜냐하면 데생 같은 건 손으로 쓴 편지처럼 분류해서 요금을 따로 부과하더라고.

안부 전한다. 받게 될 그림으로 무언가 해볼 수 있으면 좋겠다.

너를 사랑하는 형, 빈센트

며칠 전에 아버지가 네게 어머니 소식 전했을 텐데, 그 이후로 달라진 건 없다. 오늘 의사가 하는 말이, 처음에는 큰 기대를 하지 않았었는데, 예상외로 회복이 빠르다고 하더라.

라40네 ____ 1884년 2월 25일(월)*

친애하는 벗, 라파르트

이렇게 오랫동안 소식 한 번 없다는 게 결코 달가울 리는 없겠지.

아마 자네도 나와 같은 생각일 테니, 오늘은 이 부분을 직접 거론하지는 않겠네. 좋은 소식이 있는데, 처음에 걱정했던 것보다 어머니의 회복 속도가 빠르다더라고. 의사 말이 한 3개월 후면 완전히 회복하실 것 같다네. 그나저나 우리가 애초에 약속했던 일이 생각나는데, 겨울 무렵에 자네한테 내가 그린 수채화를 보내준다고 했었잖아. 그런데 자네한테 아무런 소식이 없어서, 나도 솔직한 말로, 아무것도 보내고 싶지 않더라고. 그래서 비록, 수채화는 몇 점 그려뒀지만 보내지 않았던 거야.

요즘은 주로 〈직조공〉들 채색에 공을 들이고 있는데 여간 힘든 게 아니더군.

요 며칠 날이 좀 풀렸길래 밖으로 나가 작은 공동묘지를 찾아갔어. 그리고 〈직조공〉 펜 데생을 5점이나 그렸어.

지난겨울에는 목판화 복제화에는 신경 쓸 여력이 없었지. 그래도 오켈리의 〈아일랜드 이민자〉라는 근사한 복제화, 엠슬리의 면 방직공장, 「그래픽」 크리스마스호에 수록된 복제화인 〈바다에서 위험에 빠진 사람들〉을 구하긴 했어.

자네도 쥘 브르통의 시를 알고 있나? 요즘 그 시를 다시 읽고 나서, 프랑수아 코페라는 또 다른 시인의 프랑스 시를 읽었어. 〈겸허한 사람들〉과 〈산책과 내면〉. 시가 정말 아름다워. 코페의 시도 마찬가지고.

일꾼이나 화류계 여성들을 그린 인물 스케치도 있는데 감정이 정말 풍부하게 배어나와. 그나저나 성 도미니크회 수도사는 얼마나 완성했는지 궁금하네. 왜 아무런 소식도 없는 건가?

안부 전하네.

빈센트

* 우체국 소인의 날짜가 2월 25일이다.

(봉투 뒷면)

추신 : 나한테 물레가 하나 생겼어.

358네 ___ 1884년 3월 2일(일) 추정

테오에게

편지 고맙게 받았다. 어머니는 잘 지내셔. 의사가 처음에는 다시 걸으려면 반 년은 걸릴 거라더니, 지금은 석 달을 이야기한다. 그리고 어머니께 직접 이렇게 말했어. "이게 다 따님 덕분입니다. 따님처럼 이렇게 지극정성으로 환자를 돌보는 사람은 보기 힘들지요." 빌레미나는 정말 그런 찬사를(칭송까지도) 받을 자격이 있어. 평생 기억에 남을 정도야.

애초부터 그 아이가 거의 모든 짐을 짊어져서, 어머니가 크게 고생하실 일이 없었어. 단적인 예로, 그렇게 오래 누워 계시고도 욕창이 거의 없으셨던 건(처음엔 꽤 심각했어) 전적으로 빌레미나 덕분이야. 그 아이에게 결코 달갑지 않은 일들이었을 텐데 말이야.

들어봐라, 아우야. 네가 데생에 관해 지적한 글을 읽자마자 나는 곧장 직조공을 그린 새 수채화 1점에 펜 데생 5점을 보냈어. 솔직히 나도 네 지적에 동의한다. 내 그림에 개선해야 할 점이 많지. 하지만 동시에, 너 역시 그 그림을 좋아할 애호가를 찾는데 더 힘을 쏟아부어야 한다는 게 내 생각이야. *지금까지 단 한 점도 못 팔았다는 건*(괜찮은 가격이든 헐값이든), *시도조차 안 했다는 거야.*

화를 내는 게 아니야. 다만 이번만큼은 에둘러 말하지 않을 거다. 계속 이러면 결국에는 내가 이 상황을 참을 수 없을 거야. 그러니 너도 네 입장을 계속 솔직히 말해주면 좋겠다.

팔릴 그림이니 안 팔릴 그림이니, 그런 진부한 말장난은 않겠어. 이렇게, 새 그림을 보내는 게 내 대답이다. 이건 얼마든지 기쁘게 할 수 있어. 그게 최선의 방법이라고 생각하니까. 다만 너도 속내를 솔직히 말해줘야 한다. 내 그림을 신경 써서 팔 마음이 있는 건지, 아니면 네 체면상 도저히 판매할 수가 없는 건지, 솔직한 네 뜻을 알고 싶다. 지난 일은 지난 일이니 넘어가자. 난 지금 미래를 바라보고 있어. 그래서 어떻게든 내 그림을 팔겠다고 단단히 마음먹은 거야. 네가 내 그림을 어떻게 생각하든지 말이야.

일전에 네가 그랬었어. 넌 *장사꾼*이라고. 좋다. 장사꾼에게는 사사로운 감정을 들이밀면 안 되고 이렇게 말해야겠지. '선생, 내가 선생께 내 데생을 위탁하면, 선생이 고객들에게 그 그림을 보여준다고 믿어도 되겠습니까?' 그렇다고 할지, 아니라고 할지, 아니면 절충안을 내놓을지는 전적으로 장사꾼의 몫이겠지. 다만 어느 화가가, 장사꾼이 자신의 그림을 이미 세상 빛을 볼 수 없다고 판단한 것을 알면서도 그에게 그림을 맡기겠니? 그건 정말 미친 짓이지.

아우야. 너나 나나, 엄연한 현실 속에 살고 있잖아. 특히나 서로가 서로의 앞길을 방해하기를 원치도 않으니, 툭 터놓고 솔직히 얘기해보자. 네가 내 그림을 못 팔겠다고 한다면, 좋아, 나도 기분 나빠하지 않을게. 그렇다고 내가 네 의견을 정확한 신탁처럼 떠받들어야 하는 건 아니지. 안 그래? 그럼 너는 그러겠지, 대중은 이런저런 사소한 흠집 하나에도 의혹을 품는다고. 자, 들어봐. 그럴 수 있어. 그런데 *장사꾼인 네가 대중보다 훨씬 더* 의심하고 있잖아. 벌써 여러 차례 그런 모습을 봐왔어. 그리고 먼저 문제를 제기하는 건 너야.

나도 어떻게든 버티고 헤쳐나가야 한다, 테오야. 너만 믿어왔는데, 나는 여전히 몇 년 전과 똑같이 제자리걸음만 하고 있어. 지금도 넌 내 작품에 대해 이렇게 말해. "*거의 상품성을 갖췄는데 다만*……." 에텐에서 브라반트가 배경인 최초의 크로키를 보냈을 때도 넌 정확히 이렇게 말했었다.

그래서 진부한 말장난이라고 하는 거야. 그러니 나로서는 이런 결론을 내릴 수밖에 없어, 너는 앞으로도 똑같은 말만 계속 반복하겠지. 나도 지금까지야 될 수 있으면 미술상과의 교류를 피해왔지만, 앞으로는 내 작품을 팔아줄 판매상을 최선을 다해 찾을 생각이다.

네가 내 작품에 전혀 관심이 없다는 걸, 이제는 아주 명쾌하게 알겠다. 하지만 나로서는 좀 난처하고 두렵구나. 사람들이 "아니, 이상하네. 자네는 자네 동생이나 구필 화랑과 거래하는 거 아니었어?"라고 물을 텐데, 이렇게 대답해야 하니까 말이야. "그건 구필 화랑과 반 고흐 화랑 어르신들 심기를 불편하게 하고 체면을 깎아내리는 일이라서 말입니다." 이렇게 대답하면 그들이 나를 얼마나 불쾌하게 생각하겠어. 그래도 이미 마음의 준비는 꽤 해뒀다. 다만 너와의 관계가 갈수록 더 무심해지지 않을까 걱정이다.

낡은 교회와 또 다른 직조공을 완성했다. 아니, 드렌터에서 그려온 습작들이 그렇게 다 형편없었다는 거냐? 여기서 그린 습작들을 보내기가 망설여진다. 아니, 안 보내련다. 보려면 봄에 여기 와서 봐라.

그나저나 마리에 관해 쓴 글이 이제 이해가 간다. 원래 맥빠진 여자가 아니고서야, 그렇게 까다로운 아버지와 지나치게 독실한 자매들 사이에서 지내는 게 무슨 재미가 있었겠어. 그 마음 나도 충분히 알겠다. *여자들도 남자 못지않게* 어떻게든 정체에서 벗어나고픈 강한 욕망이 있어. 처음에는 멋들어지게 때려치우며 시작되지만, 결국에는 자신이 꽁꽁 얼어붙어서 정체되어 간다는 게 느껴지자마자 후회로 끝나게 될 정체 말이야! 알퐁스 도데가 독실한 여성들에 관해 작품에 이렇게 썼지. '두 얼굴이 서로를 직시하며 사납고, 차갑고, 단호한 눈빛으로 노려본다. 그와 그녀 사이에 대체 무슨 일이? 항상 같은 문제지.' 그래, 딱 바리사이파 사람들과 독실한 여성들의 눈빛이 이런 식이야. 맞아, 너와 나, *우리 사이*에도 늘 같은 문제야.

좋다. 내 작품에 관한 네 의견을 어떻게 받아들여야 할까? 구체적으로 드렌터에서 그려온 습작을 보자. 아주 추상적인 것들도 있어. 내가 봐도 그래. 하지만 야외에서 대상들이 하는 말만 듣고, *내 의견은 말하지 않으며 보이는 대로만* 침착하고 차분하게 그린 것들까지 왜 질책을 들어야 하지? 미셸한테 너무 영향을 받은 건 아니냐고? (어둑해질 무렵 초록 벌판의 가운데 있는 초가집과 뗏장을 지붕에 얹은 큰 오두막을 그린 습작 말이다.) 넌 아마 낡은 교회의 묘지 그림에도 똑같은 말을 할 거다.

하지만 묘지를 그릴 때나 뗏장을 얹은 오두막을 그릴 때나 미셸은 머릿속에 떠올리지도 않았어. 난 단지 내 눈앞의 대상에 집중했을 뿐이야. 그런데 미셸이 그 앞을 지나갔어도, 아마 그 대상과 풍경에 끌려 걸음을 멈췄을 거야. 내가 미셸에 버금가는 대가라고 생각지는 않지만, 그렇다고 무턱대고 미셸을 모방하지도 않아.

안트베르펜에 가서 좀 팔아볼까 싶다. 정확히는 드렌터에서 그려온 습작이 될 텐데, 검은색 나무 액자에 끼울 계획이야. 이미 목수에게 부탁해놨어. 내 그림에는 검고 진한 틀이 잘 어울리거든. 싸게 잘 만들어줄 거야.

아우야, 무슨 액자 얘기냐고 기분 상해하지 말아라. 내 작품에 고요하고 그럴듯한 분위기를 심어주려는 것뿐이야. 난 내 그림이 어디 구석에 처박히길 원치 않아. 그렇다고 고급 액자에 담겨 유명 화랑에 전시되고 싶다는 것도 아니야. 알겠어?

이쯤이면 절충안이 나오는 게 맞겠지. 나에 관한 네 입장을 정확히 알고 싶다. 매번 하는 말이지만, 넌 여전히 애매하게 에둘러 말하기만 하는데, 내 생각에 넌 내 그림을 *남들에게 보여주지 않을 거고* 앞으로도 크게 달라지지 않을 것 같구나.

네 행동이 옳은지 그른지는 거론하고 싶지도 않다.

넌 이렇게 말하겠지. 미술상들의 태도도 너와 비슷할 거라고. 하지만 너는 내 그림에 신경은 못 써줘도 돈을 대주지만, 다른 미술상들은 어림도 없다고. 돈 없이는 내가 아주 곤경에 처하게 될 거라고. 내 대답은 이렇다. 현실 속 상황은 네 말처럼 그렇게 명확하지 않고, 과연 그럴지는 내가 하루하루 살면서 알아낼 거라고.

전에도 말했다시피, 이 문제를 이달 안에 마무리짓고 싶다. 결단해야 해. 어차피 봄쯤 집에 들른다니 *지금 당장* 최종 의견을 내라고 강요하지는 않으마. 하지만 나로서는 지금 이 상황을 받아들일 수 없다는 건 알아둬라. 어딜 가도, 특히 집에서 다들 날 지켜보며 묻는다. 그림을 그려서 무얼 하는 거냐고, 그걸로 돈을 벌 수 있냐고 말이야. 거의 모든 이들이 그것 신경 쓰고, 그것만 알고 싶어 해.

그 마음은 충분히 이해한다만, 이런 난처한 상황이 지속되니 참 끔찍하다. 봐라, 마냥 손놓고 있을 수 없는 상황이야. 왜냐고? 그럴 수 없으니까. 아버지나 코르 큰아버지에게도 냉담하게 구는데, 왜 굳이 너라고 달라야 하지? 네가 그 두 분과 똑같은 전술, 그러니까 모든 일에 함구하는 태도를 취하는 걸 알게 됐는데 말이다. 내가 아버지나 너보다 더 나은 사람인 건가? 아닐 게다. 갈수록 선과 악을 구분하기가 힘들구나. 하지만 네 전술이 화가에게 결코 통하지 않는다는 건 확실히 안다. 그 화가는 문제가 생기면 툭 터놓고 해결해 나가야 하는 존재거든.

한마디로, 문을 열거나 닫거나, 둘 중 하나뿐이야. 어쨌든, 이젠 너도 이해했겠지. 미술상은 화가에게 *중립적일 수 없어*. 명확하게 거절하든 감언이설로 에둘러 말하든 *차이가 없다*. 오히려 그럴듯한 온갖 감언이설로 거절당하면 더 분노하게 된다고.

지금은 감이 안 오더라도, 나중에는 더 잘 이해될 게다. 난 나이 든 미술상을 보면 안쓰럽더라. 여유로운 생활, 아니 풍족한 생활을 한다고 해서 그게 만병통치약은 아니거든. 특히 인생의 말년에는 더더욱 그래. Tout se paye(모든 일에는 대가가 따르지). 그들은 대부분 *노년*을 얼음 같은 사막에서 보내게 되더라고.

하지만 아마 네 생각은 다르겠지. 이렇게 말할지도 몰라. 병원에서 생을 마감한 화가를(어쨌든, 그 수가 적지 않지) 죽은 매춘부들과 한데 모아 공동 묘혈에 파묻는 장면을 보고 있으면 그렇게 슬플 수가 없다고. 무엇보다, 죽는 게 사는 것보다 낫다는 생각이 들어서.

좋아, 왜 예술가의 손에 항상 돈을 쥐여주지 않느냐고 미술상을 탓할 수는 없어. 하지만 이 훌륭한 미술상은, 온갖 감언이설만 늘어놓으면서 정작 마음속으로는 나를 수치스럽게 여기고 내 작품을 무시하기 때문에 비난받아 마땅하다.

그래, 난 네가 솔직하게 '형 작품은 별로야'라거나 이런저런 이유들로 신경을 못 썼다고 말해주는 걸 탓할 마음은 없어. 그런데 집안 구석 어딘가에 처박아두고 아무에게도 보여주지 않는다면 옳지 않다. 더욱이 내게는 그럴듯한 그림이라고(아니었던 거지!) 칭찬해놓고서 말이야. 네 말이 *전부 거짓이라고 생각하진 않는다*. 그러나 네 스스로 내 그림을 누구보다 잘 안다고 말해놓고서 이렇게까지 꿈쩍도 하지 않는 걸로 봐서는, 네가 내 작품을 매우 하찮게 여긴다고 판단할 수밖에 없다. 그런 너한테 뭘 더 바라겠어?

내 그림 솜씨가 여전히 서툴다고 판단한 네가, 어떻게든 내 실력을 끌어 올려주려고 애쓰고 있다는 걸 내가 알았다면 어땠을까? 예를 들면, 마우베 형님한테 기댈 수도 없는 상황이니 다른 화가를 소개해주는 식으로 말이야. 그러니까 그게 뭐든, 아무리 사소한 일이라도, 네가 정말로 내가 성공하리라 믿고 그렇게 되기를 바라는 마음이었다는 걸 행동으로든 어떻게든 보여줬더라면 어땠을까? 그런데 그런 건 없었지. 돈은 주었지만. 그게 다였어. "그림을 계속 그려봐요" 혹은 "인내심을 가지세요"라는 말 외에는.

그런 말만으로는 부족해. 버려진 느낌에 무력해지고, 공허할 뿐만 아니라 굳어버린 느낌만 든다고.

나라고 남들과 다를 게 뭐가 있겠어. 나도 남들처럼 이런저런 욕구도 있고 욕망도 있어. 그러니 누가 나를 마음대로 부리려 하거나 나에 관한 일에 묵묵부답으로 일관하면 당연히 반발해.

악화일로로 치닫는대도(내 경우가 그럴 수도 없지) 무슨 상관이야. 상황이 나빠지면, 벗어나고 이겨내기 위해서 운을 시험해보고 노력해야 해.

아우야, 우리가 힘을 합쳐 일해보자고 하던 당시, 내 마음이 어땠는지 다시 한번 언급하지 않을 수가 없구나. 내가 여자 문제부터 꺼냈었잖아. 지금도 생생히 기억난다. 첫해에 널 로센달역까지 배웅해주며, 혼자 사는 게 지긋지긋해서 이보다는 차라리 성질 괴팍한 매춘부하고라도 같이 사는 게 낫겠다고 말했어. 아마 너도 기억할 거야.

거의 신비주의 사상에 경도된 광신도처럼 종교적인 사상에 빠져 살았던 2년간의 이야기는 그냥 넘어가자. 나조차 이해할 수 없는 일이라, 뭐라고 설명해야 할지도 모르겠으니까. 하지만 그 외에는 언제나 치열하게 살아왔어.

지금은 주변의 모든 게 점점 비인간적이고 차갑고 우울하게 느껴진다. 이 상태로 지지부진하게 제자리걸음만 하고 *있을 수 없다고* 말한 건, 도저히 더는 못 참겠다는 게 아니라, 우리가 의기투합했을 그 당시에 내가 네게 했던 말을 떠올려보자는 의미인 거야.

작년에 널 못마땅해한 건, 네가 그저 냉정하게 체면 차리기 행태만 반복해서였어. 내게 무익하고 쓸데없는 행동이지. 그런 자세는 뭘 하더라도, 특히 예술 분야에서는 앞길을 가로막는 장애물로 작용할 뿐이다.

내 생각을 솔직히 털어놓는 거야. 일부러 네 기분을 상하게 하려는 게 아니라, 가능할지는 모르겠다만, 내가 왜 예전처럼 즐거운 마음으로 널 형제로, 친구로 여기지 못하게 되었는지를, 네가 직접 보고 느꼈으면 해서다.

내 삶이 보다 *활기가* 넘쳐야, 더 힘차게 붓을 놀릴 수 있어. 참고 기다려서야 털끝만큼도 실력이 늘지 않아. 만약 네가 체면치레를 또다시 반복한다면, 내가 그 첫해처럼 널 대하지 않더라도 원망하지 말아라. 잘 지내라.

너를 사랑하는 형, 빈센트

직조공을 그린 내 수채화나 펜 데생 그리고 지금 작업 중인 데생이 그렇게 형편없어 보이지는 않는 것 같아. 만약 나 스스로 '그림이 이렇게 형편없으니 테오가 남에게 보여주지 않을 만해'라고 결론짓게 되면, 그렇더라도 지금의 이 가식적인 관계에 반대한 내 결정이 옳았다는 반증이 되는 거야. 그리고 이 상태를 변화시키기 위해 최선의 노력을 할 거다. 좋은 쪽으로든, 나쁜 쪽으로든, 다만 현상 유지라는 건 받아들일 수 없어.

네가 이런 글도 썼었어. 나를 볼 때마다, 당신 시절에는 모든 게 지금보다 낫다고 우겨대면서, 정작 자신도 달라졌다는 사실을 모르는 노인이 떠오른다고. 이런 말을 듣는다고 좌절할 내가 아니야. 왜 이런 말을 하지 않느냐고 물은 적도 있었지? 이렇게 되고 싶다, 저렇게 되고 싶다, 이런 말 말이야. 그래! "이렇게 되고 싶다, 저렇게 되고 싶다" 큰소리치는 사람들은 완벽해지려는 노력을 거의 하지 않거든. 목소리만 큰 사람들은 대부분 아무것도 하지 않아.

우리의 협력 관계가 제대로 이어지지 않겠다는 생각이 처음 들었을 때는 정말 견딜 수가 없었어. 새 기준에 맞춰 다시 관계를 재정립할 방법만 있다면 더없이 기쁠 것 같았지. 하지만 안 될 게 명백한 일을 될 수 있다고 믿으며 스스로를 속이는 것도 한계가 있어. 아마 그렇게 의기소침해진 탓에 드렌터에서 네게 화가가 되라고 여러 차례 편지했을 거야. 하지만 네 일에 느끼던 환멸이 사라졌다는 말과 구필 화랑과의 사이도 더 좋아졌다는 사실을 깨닫자마자 그 기대는 깨끗이 버렸어. 그때만 해도 네가 정말 진지한 건지 반신반의했어. 그런데 이후에, 지금은 더더욱 잘 이해하고 있어. 네게 화가가 되라고 쓴 건 내 착각 때문이었을지도 몰라. 이미 그때 너는 회사 일도 순조롭게 풀리고, 성가신 일들도 다 정리된 터라 새로운 마음으로 열심히 회사 생활을 하겠다고 말했는데 말이야.

다만, 너와 나 사이에 여전히 거짓이 남아 있어서 무척 유감이다. 지금은 지원금 명목으로 10플로린을 받는 것보다, 내 그림을 팔아서 스스로 5플로린을 버는 게 더 중요해.

너는 요즘 들어 편지로 이런 말을 반복했지. 단호한 말투로. 미술상의 자격으로나(이 부분은 굳이 강요하지 않을게. 네 탓을 할 마음도 없다), 개인의 자격으로도(이 부분은 좀 불만이다) 내 그림을 팔기 위해 애쓴 적 없고, 애쓰고 있지도 않으며, 당분간도 그럴 생각이 없다고 말이야.

이런 상황에서 바보같이 앉아만 있을 수는 없어. 그래서 나도 단도직입적으로 말하는데, *네가 내 작품에 아무런 관심이 없다면 나는 너의 지원을 거부하겠다*. 그 이유를 분명히 말하마. 더 이상 부연설명이 필요없을 정도로 분명하게 말이야.

처음부터 지금까지 네가 이어온 경제적 지원의 의미를 부정하거나 축소하겠다는 뜻이 아니야. 바로, 의미가 퇴색해가는 네 지원을 계속 받는 것보다, 이 고되고 시원찮은 일을 하면서 버텨가는 게 나를 위한 길 같아서다. 애초에 네 지원이 없었으면 아예 버틸 수조차 없었지. 하지만 이제는 아무쪼록 나 혼자 어떻게든 해내야 할 때가 온 거야. 비록 출구는 보이지 않지만, 이렇게 하는 편이 우리가 큰일을 하도록 *이끌어주지도 못할* 길을 묵묵히 따르는 것보다는 나을 테니까.

형제의 도리는 둘째치고, 경제적 지원 말고는 네가 할 수 있는 게 아무것도 없다면, 그 돈도 그냥 네가 가져라. 감히 말한다만, 사실은 *작년부터 내내,* 네가 준 도움은 딱 돈뿐이었어.

그리고 말로는 마음대로 알아서 하라고 해놓고는, 예를 들어 우리 집 여자와 같이 사는 문제 등 너를 비롯한 다른 사람들이 못마땅하게 여기는 문제에 관해서는 네 뜻을 따르는 게 나를 위한 길이라며 *지갑을 열었다 닫았다* 했었지. 그래, 너나 다른 사람들의 마음에 당연히 안 들겠지. 하지만 난 그따위 생각이 옳은지 그른지에 쥐뿔도 관심 없어.

어쨌든 우리 집 여자와의 문제는 네가 원하는 대로 됐잖아. 끝났어. 하지만…… 그 알량한 돈을 받겠다고 네 윤리적 잣대에 따르는 일은 절대로 안 해!

사실, 지난 여름에 내가 그 문제로 고전하고 있을 때 네가 반대했던 건, 이해가 안 가는 건 아니다. 하지만 앞으로 어떤 일이 벌어지게 될지 눈에 선해. 내가 또다시, 당신들이 사회 하층민으로 보는 여자와 교제하게 되었을 때, 너와 이렇게 똑같은 관계로 지내다가는 똑같은 반대에 부딪힐 테지.

내게 지금과는 다르게, 꽤 번듯하게 살아갈 만큼의 금액을 지원해줬다면 당신네들이 반대할 권리도 있겠지. 그런데 어쨌든, 너나 아버지나 C. M.이나 누구 하나, 그러니까 항상 이것도 저것도 반대할 사람들이 그만큼 충분한 돈을 주는 것도 아니잖아. 그렇다고 내가 뭐 대단한 걸 요구한 것도 아니고 말이야. 게다가 난 사회의 상층민, 하층민을 따로 구분하지 않는다고.

내가 괜한 허세를 부리는 게 아니라는 거, 이제 알겠어? 다시 똑같은 일을 벌인다고 해도 마찬가지라는 거? 기회가 생기면, 난 하층민 사람을 만나 교제하는 쪽을 택할 거야. 그건 당연히 내 자유니까.

왜냐하면 첫째, 나 자신이 상층민 사람도 아니고, *그런 사명감도 없으니까*, 둘째, 당신들이 말하는 소위 그 '사회적 지위'라는 품위를 유지하는 데 필요한 충분한 돈을 누구에게 받는 것도 아니고, 그만큼 벌지도 못하기 때문이야.

우린 아마 영원히 같은 문제에 봉착할 거야.

한번 잘 생각해봐. 나랑 똑같은 일을 하는 사람 중에서 과연, 누군가에게 받는 경제적 지원 속에 사회적 체면을 지켜야 하는 의무사항이 포함돼 있는데, 그 지원이라는 것도 넉넉지 않아서 수지타산을 맞추는 건 고사하고 빚쟁이 신세를 면할 수 없다면, 그 지원을 단호히 거부할 사람이 어디 나 하나밖에 없을지. 단순한 돈 문제라면 막무가내로 거부하지는 않아. 남들이 그러듯, 나도 네 뜻에 따랐을 거야. 그런데 지금 우리 문제는 전혀 그런 차원의 문제가 아니잖아. 네가 했던 말에 따르면, 내 그림이 상품적 가치를 가지게 될 때까지는 아직도 수년은 더 걸려. 좋아, 그렇다면 나는 *그 잘난 반 고흐 일가*의 손아귀에 놀아나느니, 차라리 궁핍하게 사는 쪽을 택하겠어(이미 해본 일이기도 하고).

아버지와의 언쟁에서 내가 후회하는 건 딱 하나야. 왜 10년 전에 대들지 못했을까? 너도 이런 식으로 고집스럽게 아버지 뒤를 따른다면, 점점 깨닫게 될 거야. 너 자신이 얼마나 고리타분한 인간이 될지, 네가 얼마나 남들을 성가시게 할지 말이야. 넌 그렇게 말할 거야. 성질 괴팍하고 쓸데없는 인간들일뿐이라고.

난 알아. 정확히 안다고. 왜냐하면 우리는 서로를 존중하며 이끌어주던 친구 사이였기에 아는 거야. *지원*을 받으면 퇴보하게 된다는 걸 인정할 수밖에 없다는 걸 나는 너무 잘 알아. 테오야, 그래서 난 네 지원을 받고 싶지 않다.

왜냐고? 그런 거니까. 그런데 우리 관계가 점점 더 그렇게 될 위험에 놓이고 있어.

넌 내가 조금이나마 머리를 식힐 기회를 만들어주는 데 너무 인색했어. 나도 가끔은 사람도 만나 교류하고 이따금 이런저런 기분 풀이도 할 필요가 있잖아. 하지만 더 중요한 것도 없이 지내야 하는 판에, 이런 게 다 무슨 소용이겠어? 달라질 건 아무것도 없을 거야. 얻을 것도, 잃을 것도 없어.

한번 잘 생각해봐, 이 친구야. 내가 하나도 숨김 없이 말해보지. 내가 따져본 득과 실에 대해 말이야.

넌 내게 *아내도, 자식도*, 일감도 줄 수 없어.

돈, 그래 그건 줄 수 있다.

하지만 더 중요한 게 없는 마당에, 그 돈이 무슨 소용이지? 네 돈은 부질없어. 매번 하는 말이지만, 그 돈으로는 노동자가 가정을 제대로 꾸리기에도 부족해. 그런데 예술가가 자기 집도 하나 마련할 수 없으면 예술을 꽃피울 길은 없어.

웃기긴 하지만 풋내기 시절부터 누차 너한테 얘기했었어. 나는 착한 여자를 만날 수 없으면 악독한 여자라도 만날 거라고. 아무도 없는 것보다는 나쁜 여자라도 있는 게 나을 테니까.

그 반대로 이야기하는 사람은 숱하게 만나봤지. '무(無)자식'을 걱정하기보다 '유(有)자식' 신세가 될까 걱정하는 사람들.

하지만 난, 여러 차례 실패를 경험하긴 했지만 원칙을 쉽게 버리는 사람이 아니야.

그래서 난 미래가 두렵지 않은 거야. 과거에 내가 어떻게 행동했고 왜 그랬는지 잘 알고 있기 때문이야.

그리고 나와 똑같이 느끼는 사람들이 있다는 것도 알기 때문이야.

넌 의심스럽다고 했었지. 그런데 그렇게 의심한다고 너한테나 나한테나 무슨 도움이 되지? 의심하면 뭐가 나아져? 정확히 그 반대라는 걸 제발 너도 깨닫기를 바란다. 의심하고 경계한다고 말해준 건 그만큼 너도 솔직하다는 뜻이라, 나도 그에 대한 대답을 하마. 그러지 않았으면 대답할 생각도 하지 않았을 거야. 내 답은 간결해. 너나 아버지나 다른 누구에게도 악감정은 없다. 오히려 최악의 상황을 피하려고, 아예 너와의 연을 끊고 다른 동료를 찾아볼까 진지하게 고민하기 시작했어. 우리가 계속 함께 가면, 아버지와 나의 관계처럼 머잖아 마찰을 빚게 될 텐데 *나는 더 이상 굽히고 싶지 않거든*. 그뿐이야. 나에게는 내 아버지와 동생을 사랑할 의무가 있지만(*당연히 아버지와 너를 사랑하고*) 한편으로는 지금 우리가 혁신과 변화의 시기를 살고 있기 때문에 많은 것들이 구닥다리가 되었고, 그래서 나는 아버지나 너와 시야도, 감성도, 가치관도 달라졌어. 추상적인 이상과 불완전한 나 자신을 혼동하지 않으려 항상 애쓰는 터라 거창한 표현 대신 아주 간단하게 말할게. 친구로 남는 최선의 방법은 각자의 길로 가는 것이 아닐까 싶다. 이렇게 말하는 나도 여간 괴로운 게 아니야. 하지만 감내할 수밖에 없구나.

너도 알게 될 거야. 비록 내 미래는 암울하지만 나는 두렵지 않다. 심지어 차분하기까지 해. 하지만 마음속은 엄청나게 복잡하다. 여전히 의무감이 예리하게 나를 찔러대기도 하고, 실망감도 커서야. 내 경력의 출발점인 너의 도움과 지원이, 나를 이끌어주기는커녕 내 경력을 끝장내버린 걸림돌이라는 사실이 *도저히 믿기지 않아서야*.

하지만 그 길을 계속 따라가면, 난 엉뚱한 길로 가게 될 뿐이야. *여기서 끊지 않으면*, 몇 년도 지나지 않아 우리의 언쟁은 격렬해질 게 뻔하다. 결국 서로를 증오하게 되겠지.

아직은 다른 곳에서 해법을 찾을 시간적 여유가 있어. 만일 누군가와 싸우게 되더라도, 적어도 그 상대가 내 동생은 아닐 테니까. 네가 봐도 여러 가능성을 다 따져보고 냉철하게 판단한 것 같지 않아?

나는 마냥 슬픔에 잠겨 있는 사람도 아니고, 멋대로 날뛰는 사람도 아니야. 너와의 관계를 끊겠다고 결심하니 마음이 차분해졌다. 왜냐하면 예전처럼 *계속 가다가는*, 우리는 서로를 돕기보다 서로의 앞길을 막아서는 사이가 될 거라고 확신하기 때문이야. 그러니 당장이라도 관계를 끊는 게 나아.

라파르트 말이 뚜렷한 대책이 없으면 안트베르펜으로 가지 말라더라. 그런데 앞으로의 일이 어떻게 될지 누가 알겠어? 그래도 어쨌든 여기 화실을 최후의 보루로 여기고 남겨둔다면, 지금이 결단을 내려야 할 시간이야. 이 나라를 영영 떠날 생각이 아닌 한, 집에 있는 화실은 남겨둘 거야. 너도 내 마음을 이해할 거야, 테오야. 종종 긴 산책을 하면서 이런저런 생각을 하는데, 나는 아버지와 그랬던 것처럼, *제2의 아버지(너 말이야)*와도 언쟁을 벌이고 싶지는 않다. *아버지는 한 분이면 족하다*. 다소 표현이 거칠다만 내 생각을 정확히 대변하는 단어야. 어떻게 받아들이냐는 네 몫이다. 그리고 네가 알아둬야 하는 게, 나는 아버지께도 공격적으로 반응한 적 없고, 네게도 그러고 싶지 않다, 아우야. 생판 모르는 남이었다면 싸웠을지도 모르지만, 꾹 참아 넘긴 것도 여러 번이다. 그래야지 어쩌겠냐! 이런 상황에 무력감을 느끼게 되는 거야. 저기 어딘가에 내 마음에 들면 하고, 안 들면 안 할 수 있는 그런 활동 무대가 있겠지. 거기서는 나도 생판 모르는 남들과 남들처럼 살 수 있을 거야. 그런 곳에서는 주장할 권리도, 따라야 할 의무도 없을 거야. 격식 차릴 일도 없을 거고(당연히 남에게는 절대로 해를 끼치지 않고 자신감 있게 꿋꿋하게 버텨서). 이런 게 내가 있는 힘껏 찾아다니는 이상향이야.

하지만 가만히 앉아서 주어지는 것들만 순순히 받아들였다가는 나중에 대가를 치르기 마련이야. 그렇기 때문에 스스로 행동해야 해. 이곳 뉘넌에서 그림을 그리면서 새로운 거래처를 찾는 게 진일보하는 길이다. 그런데 불행히도 두 가지 모두 돈이 들고, 실제로 돌파구를 마련할 가능성도 희박하지. 게다가 (시간도 돈인데) 내 방식은 아무래도 돈을 모을 수 없을 것 같아. 그래도 어쨌든 내가 왜 이런 결정을 했는지 이해하겠지? 이대로 계속가다간 네가 제2의 아버지가 될 거야. 너야 선의로 행동하는 거겠지만, 네가 나를 전혀 이해하지 못하니까 아무것도 진전되지 못해. 그게 문제야.

라41네 ___ 1884년 3월 2일(일) 추정

친애하는 벗, 라파르트

지난번에 보내주겠다고 약속한 코페의 시 몇 편 동봉하네. 〈슬프게〉를 읽으면 왠지 이폴리트 불렝제르Hippolyte Boulenger가 그린 〈요사팟의 계곡〉에 나오는 포플러나무 길이 떠올라. 가을 정취가 물씬 풍기거든. 아마 자네 마음에도 들 거야. 짧은 시집에 괜찮은 작품이 더 있는데 여기저기서 몇 편 정도만 추려서 옮겨적었어.

근래에 밖으로 나가서 유화를 몇 점 그렸는데 그중 하나도 크로키로 그려서 보내.

어머니 건강은 점점 나아지고 있어. 가골(假骨)이 단단히 형성돼서 석고를 벗겨냈어. 그래도 앞으로 6주 정도는 여전히 다리를 수평 상태로 고정해 놓고 지내셔야 해. 어제는 들것 같은 것으로 거실에 모시고 나갔어. 조금 더 좋아지시면 밖으로도 한번 모시고 나갈 생각이야.

코페의 시 외에 아랍의 우화도 한 편 적어 보낼게. 이번 주에 레셉스가 쓴 『수단 여행기』에서 읽은 내용인데 이야기가 마음에 들고 정말 사실일 것 같은 생각도 들더라고. 이런 관점에서 보자면, 인간이 그렇게 고상한 역할을 하는 것만은 아니야. 뭐, 이런 경우가 가끔이라고 여겨야겠지. 일반화할 수는 없겠지. 왜냐하면……. 촛불을 켜는 게 나방을 위해서일까? 정말 그런 거라면, 그런 식으로 자살하는 것도 괜찮을지도 모르지.

하지만 촛불이 불타는 날개를 보면서 키득거리고 있다면?

아무튼 내용이 상당히 인상적이었어. 난 아무리 생각해도 영혼의 깊은 곳에는 우리가 그 실체를 알고 나면 가슴이 찢어지게 아플 무언가가 있을 것 같아. 살다 보면 순간순간, 인간이 역겨워질 때가(당연히 자기 자신까지 포함해서) 있잖아. 그런데 제아무리 정당한 근거가 있다고 해도, 그런 불만은 품고 있어 봐야 다 부질없어. 어차피 인간은 일찍 죽는 법이니까.

인간의 비열함에 대한 우리 생각이 근거가 없는 주장이라면, 우리는 우리 자신에게 더 큰 실수를 하는 거야. 내 생각에, 죄악 중에서도 가장 큰 죄악은 독선이고, 독선을 몰아내려면 평생에 걸쳐 잡초를 뽑듯 뽑아내야 해. 우리 네덜란드 사람에게는 더더욱 힘든 일인 게, 우리 교육이 우리 자신을 지독할 정도로 독선적인 인간으로 만들었기 때문이야. 그런데 이런 이야기는 그만두지.

다시 말하지만, 자네가 그린 데생을 기회가 될 때마다 주변에 보여주라고 했던 조언은 전적으로 내 생각에서 비롯된 건 아니야. 나는 주변에서 종종 '왜 그림을 팔지 않느냐'는 잔소리를 듣는 편이야. 이런 말도 들어. "남들은 다들 자기 그림을 파는데, 왜 당신은 그러지 않습니까?" 그때마다 나는 이렇게 대답해. 나도 나중에 그림을 팔고 싶다고. 그런데 그 경지에 오르는 가장 확실한 방법은 계속해서 꾸준히 노력하는 길밖에 없다고. 지금 당장 내 작품을 시장에 내놓으려고 애써봐야 건질 것도 거의 없지만, 난 그래도 신경 안 써. 어쨌든 나는 최선을 다해서 내 길을 걸어가면 되는 거니까. 하지만 내 그림을 팔 기회가 생긴다면, 그 가능성이 어떻게 되든 결코 대충 넘기지는 않을 거야. 그림을 팔지 않는다는 잔소리도 잔소리지만 가끔은 적자 생활 때문에 곤란할 때도 있기 때문이야. 그래도 다시 한 번 말하지만, 나는 지금 당장 직접적인 결과가 나오지 않는 상황도 미리 대비해뒀어.

이미 주변에 내 그림을 하나둘 보여주기 시작했으니(나로서는 정신 나간 짓이지!) 나한테는 내 열정을 자극하는 좋은 기회가 될 거야.

안부 전하네. 마음으로 청하는 악수와 함께.

자네를 사랑하는 친구, 빈센트

359네 ____ 1884년 3월 5일(수)에서 9일(일) 사이

테오에게

조만간 네게 펜으로 데생한 직조공을(먼저 보낸 5장보다 크고 방직기가 옆에서 보이는) 보낼 건데 먼저 받은 것과 합치면 그럴듯한 연작처럼 보일 거야. 이 연작은 회색조의 앵그르지 위에 올려놓고 사람들에게 보여주면 분위기가 제법 살아날 거다.

그런데 이 직조공들이 내게로 되돌아오면 실망이 클 것 같구나. 행여 이 그림들이 주인을 못 만나면, 네가 보관하면서 브라반트의 장인 연작의 시작으로 여겨도 좋을 것 같다.

이 연작은 기꺼이 그릴 수 있거든. 어쨌든 브라반트에서 한동안 머물게 될 테니, 열정적으로 그려나갈 생각이야.

다만, 조건이 있다면, 이 연작들은 전집의 개념으로 모든 그림이 한자리에 모여 있어야 해. 가격을 저렴하게 낮춰서라도 그렇게 만들 생각이야. 비슷한 그림들을 지금도 여러 장 그리는 중이기는 해. 그런데 선택은 네 결정에 따를게.

그림과 관련된 부분까지 관계를 단절할 마음은 없어. 다만, 내가 펜 데생을 보낼 때마다 사람들에게 보여주면 괜찮을 것 같다는 점을 확실히 알리고 싶은 것뿐이야.

그리고 네가 전한 소식에 대해 한마디 하자면, 나는 끝까지 밀고 갈 방법이 없다면, 무언가는 결코 잊어선 안 된다고 생각한다.

특히, 이런 거 말이야. 만약 그녀가 너를 사랑했고, 애정을 품고 있었으며, 너 또한 그런 마음이었다면, 이 시기를 사랑과 관련된 네 인생의 행운으로 여겨야 할 거야.

이건 그녀와 간접적인 관계만 있을 뿐, 그녀가 아름답거나 추하거나, 젊거나 늙었거나, 착하거나 괴팍하거나, 그런 부분과는 아무런 상관도 없어. 두 사람이 서로를 사랑했다는 게 사실 그 자체야. 서로 헤어지는 마당이라고 그 사실을 무시하거나 잊으려 하면 안 돼. 피해야 할 암초는 바로 *자의적 해석*이야. 마치 여자가 남자에게 의무감을 가져야 한다는 식으로 생각하면 안 된다는 거지. 여자를 떠나는 남자가 그녀에게 의무감을 가져야 하는 거야. 내 생각이지만 그게 더

정중하고, 더 인간적인 태도야. 너도 아마 같은 생각일 거야. 사랑은 언제나 근심 걱정을 가져오지. 그게 사실이야. 하지만 사랑은 우리에게 힘을 실어주기도 해. 중요한 건 그거야.

개인적으로, 나는 연애 경험이 그리 많지 않아. 아마 너도 마찬가지지 않을까 싶다. 이 부분에 대해 우리가 어렸을 때 배운 건 거의 엉터리였어. 경험을 통해 다시 배워야 하는 거야. 그렇게 배우는 우리 모두가 괜찮은 사람들이고, 이 사회도 괜찮은 사회라면 참 좋을 거야. 그런데 경험을 통해 깨닫게 되는 건 우리가 이 사회에서 그리 가치 있는 존재가 아니라, 먼지와 같고, 이 사회 또한 우리에게 큰 가치 있는 사회가 아니라는 사실이야. 최선을 다하든, 무기력하게 행동하든, 언제나 아슬아슬하게 주변만 스쳐갈 뿐이야. 우리가 원했던 것과 항상 다른 결과가 나올 뿐이라고. 하지만 결과가 좋든 나쁘든, 다행이든 불행이든, 뭔가 한다는 건 *아무것도 하지 않는 것*보다 언제나 좋은 거야.

어쨌든 빈센트 큰아버지 말씀대로, 조심하기만 한다면(가차없고 오만한 꼭두각시가 되지 않도록) 우리가 원하는 만큼 좋은 사람이 되도록 노력할 수 있어. 안부 전한다.

너를 사랑하는 형, 빈센트

360네

테오에게

어제저녁에 네 편지와 동봉된 100프랑을 받았다. 여기서 지내는 동안 돈 쓸 일이 거의 없으니 이참에 작년부터 이어온 적자 생활을 청산할 수 있을 것 같다.

굳이 이 말을 쓰는 이유는, 나도 너만큼이나 뒤죽박죽된 상황을 좋아하지 않고 다른 사람과 한 약속은 지키는 사람이라는 걸 보여주고 싶어서야. 지금은 돈벌이 되는 일에 무심할 수 없는 상황이야. *오히려 반대로*, 아주 관심이 많다.

끝이 좋으면 다 좋다는 말이 있어. 예전의 기준으로 계속 네 돈을 받는 문제에 대해 내가 양심에 거리낀다고 얘기했었잖아. 이제 나도 적자를 면할 같으니 이 문제는 마침표를 찍어도 될 것 같다. 나로서는 네 경제적 지원에 *한없이 고마운* 마음뿐이야. 이 마음은 평생토록 변하지 않을 거다. 연말에 이래저래 빚을 좀 지게 됐었어. 그런데 단 한 번도, 이게 네 탓이라고 생각한 적은 없어. 어쨌든 더 이상 물건값 갚을 일이 없어서 얼마나 기쁜지 모르겠다.

물감을 비롯한 화구 등을 파는 상인들에게 정직하게 다 계산해서 빚을 갚았거든.*

너에게 이미 큰 빚을 지고 있는데 예전의 기준대로 계속 돈을 받으면 그 빚만 더 커지잖아.

미래를 위해서 제안을 하나 한다. 너한테 내 그림을 보낼 테니, 네가 보기에 괜찮은 것들을 갖

* 하지만 빈센트는 어머니가 다치자 여유자금을 아버지에게 드렸고 결과적으로는 빚을 청산하지 못했다.

되, 3월 이후부터는 너한테 받는 돈을 내가 일해서 번 돈으로 여기면 어떨까. 그리고 처음에는 지금까지 평소에 보내주던 액수보다 적게 보내도 상관없다.

네 생각은 어떨지 모르겠지만, 지금까지 네게 받은 돈을 언젠가는 갚아야 할 돈이라고 여긴다고 힘줘서 말하고 싶다. 내가 그림으로 성공하면, 분명히 네게 다 갚을 거야. 지금은 언감생심 꿈도 못 꿀 일이니 여기까지만 하자.

3월경에 수채화 몇 점을 보낼 계획이야. 네가 거절하면 다른 사람에게 가져가겠지만, 웬만하면 너와 거래를 했으면 한다. 내 수채화에 이런저런 단점이 있겠지만, 세상 사람들에게 팔 그림으로 내놓는 게 바보 같은 짓은 아니라고 생각해.

어젠가부터 라파르트도 그렇게 하고 있어.

나야 썩 내키진 않지만 그래야 한다는 생각이 들어.

그래서 3월부터는 정기적으로 여기저기에 내 그림을 보낼 계획이다. *우선은 너한테 먼저 보낼 건데*, 마음에 들지 않으면 굳이 억지로 살 필요는 없어.

이런 식으로 하면 우리 사이에 이견이나 의견 충돌이 생겨도, 길게 해명하거나 무엇보다 언쟁할 일을 피할 수 있을 것 같다. 언쟁이라는 건 우리 같은 관계를 지속해온 사람들 사이에서는 어쩌면 피할 수 없는 일이기도 하다.

다시 한 번 말하지만, *예전의 기준대로* 지내는 게 양심에 자꾸 걸린다. 하지만 기준은 어떻게 달라지더라도, 너와 원만한 관계를 유지할 수 있으면 그 이상은 바라지도 않는다.

나한테 사게 될 그림들을 *즉시* 여기저기 팔아야 한다고 강요할 생각은 없어.

당분간이겠지만, 미술상의 입장이 아니라, 나 같은 사람, 다시 말해, 이제 막 시장의 문을 두드리는 사람을 위한다는 마음으로 내 작품을 시장에 유통만 시켜준다면 그것만으로도 충분하다.

하지만 3월부터는 너한테 그림을 보내지 않는 한, 너한테 돈을 받지 않겠다. 받더라도 최소한만 받을 거야.

예전처럼 가벼운 마음으로 너와 관계를 유지하는 게 너무 힘들어서 그래. 기준을 다른 방식으로 바꿀 수 있다면 그건 괜찮을 것 같다. 물론, 네가 싫다면 굳이 강요할 마음은 없어.

의무감 없이 편하게 너를 대할 수 있었으면 하는 게 내 마음이고, 마찬가지로 너도 의무감 없이 나를 대해주기를 바랄 뿐이야. 내 그림이 네 마음에 들면 참 좋겠지만, 혹시 마음에 안 들거나 내 그림을 맡기 싫다고 해도 너를 나무랄 생각은 추호도 없다. 아무리 견해차가 있더라도 난 우리가 언제까지나 형제로 살고, 형제처럼 지낼 수 있으면 좋겠어.

그리고 너나 아버지가 별다른 대안이 없으니 집의 세탁실을 내 화실로 개조하는 일에 반대하지 않았으면 좋겠다. 그림으로 돈벌이가 되면 아버지 집에 있지 않고 다른 화실을 구해 나갈 생각이야.

여기 온 이후로 하루도 빠지지 않고 아침부터 밤까지 직조공이나 농부들을 찾아가 그림을 그리고 있어. 내 제안에 너도 동의해주면 정말 좋겠다. 혹시 네게 더 좋은 생각이 있다면 들어 보고 싶구나.

안부 전한다. 보내준 건 고맙게 받을게. 마음으로 악수 청한다.

너를 사랑하는 형, 빈센트

361네

테오에게

네 편지 잘 받았다. 지금 내 손에 들린 네 편지와 비슷한 어조로 써서 보냈던 내 편지와 서로 엇갈렸나 보다. 보면 알겠지만, 네 추측대로 그리 경솔하게 쏟아낸 말은 없을 거야. 차분하게 내가 해야 할 말만 했기 때문이야. 비록 평소의 말투와 다르겠지만(중요한 문제니까), '깊이 생각하지 않고 황급히' 한 말이라고 여겨준 점은 내가 고맙게 생각해야 할 것 같구나.

그런데 바로 그런 생각이(내가 깊이 생각하지 않고 황급히 내뱉은 말이라고 여기는) 우리가 더 대화를 나눠봐야 나아질 게 없다는 지점에 다다랐다는 증거지. 그러니 그 부분을 더 깊이 이야기할 필요는 없을 것 같다.

네가 그랬지. 경제적인 부분을 의논해야만 한다고. 내 생각도 그래.

그런데 아우야, (네게 큰 신세를 졌다는 사실을 부인하는 건 아니지만, 예전에도 했던 말을 여기서 다시 하자면) 이건 알아두기 바란다. 돈이라는 건 빌리면 *갚을 수 있지만*, 네가 보여준 배려심은 갚을 수도 없어.

하지만 내가 원하는 건 이런 거고, 내가 원하는 걸 너도 받아들여주면 좋겠다. 앞으로는 내가 가진 건 내 재산으로 여길 수 있는 방법을 찾아야겠어.

남들의 의견이나 허락을 받지 않고, 내 마음대로 쓸 수 있는 *돈만* 받겠다는 뜻이야.

자유를 빼앗기는 대가로 200프랑을 받느니, 100프랑만 받고 내 자유를 누리는 게 낫겠어.

우리의 마음이 더 잘 맞았다면, 지금까지 해온 대로 하는 게 최선이겠지.

하지만 그건 이제 불가능하고 현명하지도 않은 행동이 됐어. 견해차가 이토록 벌어졌으니까.

너나 나나, 혼란한 상황이나 소란스러운 일을 피하는 성격이었다면, 아마 조용히, 차분하게, 하지만 단호하게 그 일이나 상황을 차단해서 서로 멍청하다거나 성급하다는 비난을 퍼붓는 상황을 피했을 거야.

3월까지는 평소 받던 대로 돈을 받았으면 한다. 그렇게 되면 밀린 빚을 깨끗이 갚고 필요한 화구들도 좀 장만할 수 있을 거야. 이게 필요한 첫 번째 조치야.

작년, 1883년은 내게 유난히 힘들고 슬픈 해였어. 그 마지막은 슬프다 못해 비통하기까지

했지.

더 얘기해서 뭐 하겠냐.

3월 이후에는 각자의 길을 가는 거야. 그렇더라도 내가 너무 짐이 되지 않도록, 아버지께는 간간이 이런저런 명목으로 돈을 좀 보내드리면 좋겠다.

이건 전적으로 다, 너와 아버지 사이의 일이어야만 한다. 부득이한 경우에는 나도 나대로 아버지께 뭐라도 드릴 생각이야. 그게 얼마가 될지는 나도 몰라. 하지만 내가 꼭 하고 싶은 말은, 지금의 상황에서는 너와 내가 한 곳을 바라보고 갈 수 없기 때문에, 금전의 형식으로 네가 제공하는 지원이 어떤 식으로든 내 자유를 침해하고 내 생활을 통제하고 간섭한다면, 단호히 거부한다는 거야.

너는 내 마음대로 하게 해주겠다고 말하겠지. 그래 맞아. 그런데 우리 사이에는 무언가 불편한 부분이 여전히 남아 있어. 어쨌든, *다른 사람 일도 아니고 내 일에서 자유롭지 않을 바에는*, 차라리 돈을 조금 덜 받더라도 다른 사람에게 받는 게 나을 거야.

내 말을, 내가 너와 완전히 등 돌리고 지낼 거라는 뜻으로 받아들이지는 말아라. 오히려 그 반대야. 너는 능력 있는 미술상이니, 내가 네 눈에 보기에 팔릴 만한 그림을 그리게 되면, 당연히 다른 누구도 아닌 네게 팔 생각이거든. 하지만 내 입장이 곤란해질 일 없는 그런 사전 합의가 우선되어야 할 거야. 그것만 된다면, 말 그대로, 난 당연히 네게 내 그림을 팔 거야.

편지 고맙고, 상세한 설명도 진심으로 고맙다. 잘 지내고, 내 말 명심해라,

형은 너를 사랑한다, 빈센트

362네 ____ 1884년 3월 10일(월)

테오에게

아니, 이건 아닌 것 같다. 네가 편지에 amour traînant(맥 빠진 사랑)에 관해 썼고, 이 문제에 직면하는 순간, 관계를 끊어버렸다고 했지.

그래! 그건 남자다운 행동이야.

경우는 좀 다르지만, 나는 맥 빠진 사랑이 아니라, 맥 빠진 우정을 경험하고 있긴 하다.

혹시 같은 해법을 적용할 수 있지 않을까?

'이건 아닌 것 같다'고 말한 이유 중 하나는, 평소에 보내던 것의 3분의 1만 보내면서, 나머지도 *보내긴 하겠지만*, 내 사정이 급하지 않다면 월말에 보내도 되겠냐고 물었기 때문이야. 세상에! 나만 괜찮은지, 과연 그걸 나한테 물을 필요가 있을까? 지난달에, 내가 가지고 있던 돈의 4분의 3을 빚 갚는 데 쓴 건 너도 알잖아. 그런데 3월 10일까지 한 푼도 못 받아도 불평 한 번 안 했어.

다만 여기 오면서 진 빚을 3월 초에는 해결해주겠다고 약속했는데, 이제 말일까지 또 기다려야 하니, 내가 이걸 반가워해야 할지, 말아야 할지는 네가 알아서 생각해라.

아우야, 내가 너와 나의 우정을 주저하지 않고(적어도 지금의 관계) 퇴색된 관계로 여긴다면, 넌 아마 '형제답지' 못한 행동이라고 생각하겠지. 예전에는 이런 문제에 애간장을 태우면서 근심 걱정만 했을 거야. 지금은(애간장 태울 일은 없어. 네가 나를 어떻게 생각하든 상관없고. 난 그냥 알아. 그만큼 우리는 항상 친구처럼 지냈고, 서로를 존중했으니까) 네 경제적 지원이 무슨 후견제도같이 변해가는 상황을 묵과할 수 없다. 난 네 피후견인이 되고 싶은 마음은 없으니까, 테오야. 그런 건 원하지 않아. 왜냐고? 당연한 거야. 이게 바로 현재의 우리 관계가 향해 가는 종착지기 때문이야.

그렇기 때문에 내 그림에 대한 네 의견은 한심하다. 너는 그 어떤 전시회에도 내 작품을 보낼 생각이 없으면서 전시회 심사위원이 내 작품을 어떻게 평가할지를 예로 들었어. 더더욱 한심하고 무의미한 건, 말끝마다 덧붙이는 칭찬 아닌 칭찬이야. 이것만, 저것만 어떻게 하면 내 그림을 어떻게 해볼 수도 있을 것 같다는 그 말.

네가 레르미트를 좋아하지 않는다면, 그건 네 탓인 거야. 나도 너와 마찬가지로 밀레를 최고의 화가라고 생각해, 하지만 세상에나, 너만큼 레르미트의 작품을 많이 본 사람이 비교 대상을 잊고 있을 만큼 관심이 없었다니……. 이렇게 쩨쩨할 수가 있는 건지 모르겠다. 그런데 네가 점점 더 그렇게 변하는 것 같아 걱정이야.

그리고 세상에, 내가 언제 내 작품을 전시회 같은 곳에 출품하겠다고 했었냐! 삽화 잡지사 같은 곳에 보내자는 말은 분명히 했었지. 뷔오를 통해서 말이야. 그 계획을 성사시켜보려 너를 닦달한 건 나도 부인하지 않는다.

내가 그렇게 열심히 하는 동안, 네가 진심으로 내 그림을 여기저기 팔아볼 생각이 있었으면, 당연히 정말로 괜찮은 작품이 나오기 전까지는 아무에게도 보여주지 말자는 내 제안을 따르지 않았겠지. 그런데 넌 다른 생각을 가지고 있었고, 사람들에게는 내 존재에 대해 입도 뻥끗하지 않았을 뿐만 아니라 너 자신도 믿지 않을 말을 했어.

그러는 동안, 내 삶이 너무 외롭거나 우울하지 않고, 내 입장이 곤란해질 일이 없었다면, 그렇다면 나도 현재에 잘 적응하고 어느 정도 자유도 느꼈겠지. 그런데 지금은 어떻게 됐지? 넌 나한테 *아무것도* 해주지 않았어. 기분전환 기회 한 번 만들어주지 않았어. 때로는 그런 기회가 간절했는데, 누구 만날 기회, 여행 기회 한 번 주지 않았다고.

한마디로, 나라는 존재를 모르고 사는 것만큼 너한테 편한 게 없다는 사실을 나도 느끼겠더라.

1년 전으로 거슬러 올라가는 일이야. 그리고 나는 지금 우리가 이런 식으로는 좋을 게 하나도 없다는(*네게도, 내게도*) 사실과 이런 식으로 계속 가는 건 멍청한 짓이라는 사실을 말하고 있는 거야. 멍청한 짓.

너의 최근 편지들을 읽고 있으면, 곧 벌어질 단교의 책임을 내게 돌리려고 미리 손을 쓰는 느낌도 들더라.

반 고흐 가문다운 권모술수가 눈에 보인다는 거야. 그런 수작에 동참하는 게 즐겁다면, 내 굳이 말리지는 않겠다. 아버지도 똑같은 반응을 보이실 거야. 작년 한 해 동안 내가 어떤 기분이었는지, 우리 우정에 대해 어떤 생각을 했는지 똑똑히 기억하고 있어. 그래서 *지금 같은 관계, 이건 참을 수 없어*.

이런 내용을, 이런 식으로 표현하면 내가 실수하는 거냐? 결과에 대해서 *어쨌든 내가 책임을 지면* 될 거 아니냐, 테오야. 넌 그렇게 날 떼어놓을 수 있고. 무엇보다 경제적인 지원을 포함해 내가 단호히 우리 관계를 끊으면, 내게는 남는 게 아무것도 없다. 그런데 그건 반 고흐 가문의 전략이 통하는 상황과 정반대의 경우가 되는 거지.

해석은 너 편한 대로 해라.

너는 이런 이야기를 했었지. 내 데생이 그럴 가치가 있다면, 그러니까 밀레나 도미에의 작품에 견줄 정도가 되면 신경을 써줄 수 있다고.

그 말은 진심으로 믿지만, 그런 경우라면, 차라리 내가 다른 사람에게 알아보면 되지 않을까. 구필 화랑이라는 회사가 밀레나 도미에 등의 작품을 주로 거래하니 그런 생각을 할 수도 있겠다 싶지만, 고가로 거래되기 전에는 밀레의 작품에 신경도 쓰지 않았고, 도미에도 마찬가지였다. 밀레와 도미에가 그림을 막 시작했을 때, 구필 화랑은 쥘 브르통이나 대단하신 폴 들라로슈 나으리에게 더 큰 관심을 보였어. 개인적으로 전혀 대단하실 게 없는 나으리라고 생각하지만 말이야. 구필 화랑이 그런 곳이다.

안부 전한다.

너를 사랑하는 형, 빈센트

후회할 거라는 건 이미 알아. 우리 관계를 끊으면, 분명, 뼈저리게 후회할 날이 오겠지.

우리 관계의 끝이(비록 네게 직접적인 피해는 없겠지만) 네게도 썩 달갑지는 않을 거다.

하지만 네 입으로 그랬지, 맥 빠진 사랑은 끊어버려야 한다고. 솔직히, 내가 다시 구필 화랑과 좋은 관계를 회복하지 않는 이상 우리 관계는 참을 수 없게 될 거라고 종종 생각했었어.

어쨌든, 난 구필 화랑을 상대로 어떤 잘못도 하지 않았다. 6년을 뼈 빠지게 일한 게 죄라면 또 모를까. 그게 그렇게 큰 죄라서, 이렇게 서로를 미워하게 된 거겠지. 안 그러냐? 사업이라는 게 그런 거니까 말이야.

넌 너무 '높으신 분'이 된 터라, 내 그림이나 내가 예전부터 이렇게 저렇게 해야 한다고 누차 얘기한 부분에 신경 쓸 겨를이 없었을 거야. 헤이그에서 겪었던 시련을 말하는 거다.

형제애 얘기가 나와서 하는 말인데, 이런 것도 진정한 형제애라고 할 수 있는 거야? 막말로, 네 글을 보고 어떻게 아무렇지 않을 수 있겠어? *그러니까* 인내심을 더 가지라고?

이보게 친구, 그 인내심이라는 거, 그건 내 작품활동에 정말 필요한 거야. 그런데 내가 주변 사람들에게 쉽게 화를 내는 건, 그들이 비열하게 공허한 말만 남발하기 때문이야. 네 말처럼. 그러니까 '인내심을 더 가져요.'

그래, 지금 나는 너와 언쟁 중이다. 그럴 때도 됐으니까.

넌 처음에 헤이여달이나 뷔오에게 내 그림을 보여주곤 했어. 그런데 왜 지금은 그러지 않지?

솔직히, 매번 물러터진 모습만 보인 나 자신에게 *화가 난다.* 게다가 너는 질리도록 같은 말만 반복하잖아. 더 열심히 일해라, 인내심을 가져라(난 별것도 아닌 일로 화를 낸 건 아니라고). 그러면서도 너는 내가 그림을 그려 만족감을 얻는 일에 손가락 하나 까딱하지 않잖아.

363네 ___ 1884년 3월 15일(토)에서 19일(수) 사이

테오에게

너한테 아무 소식이 없는 게 좀 의아하다. 지난 편지에 조금 더 기다릴 상황이 되지 않으면 바로 알려달라고 했잖아.

그래서 더 기다리는 건 힘들 것 같다고 편지했건만, 왜 내 답장보다 네 답장이 더 늦어지는 건지 모르겠구나. 지난 편지에 내가 그랬지. 우리 우정이 맥 빠진 관계가 된 것 같은데, 나는 이게 결코 누구에게도 도움이 되지 않을 것 같다고. 이 말을 반복할 필요는 없다고 생각해. 기다리는 건 절약하는 게 아니야. 시간은 돈이라잖아. 기다리는 게 절약이라면, 물감이 없어서 기다리는 것도 절약하는 거라는 *말도 안 되는* 논리가 성립되잖아. 내 일과 네 일이 다르다는 건 너도 잘 알 거다. 어쨌든, 너 스스로 깨닫지 못한다고 해도, 내 시간과 인내심까지 버려가면서 중언부언 설명하고 싶지는 않다.

나한테 힘이 남아 있는 한, 퇴보하는 상황을 체념하고 받아들이라고 강요할 수는 없어.

너는 용의주도한 면을 키우고 상대를 존중하는 법 등등을 더 배울 필요가 있어. 그렇게 너도 한자리 차지하게 될 거야. 당연히 초라한 자리지. *그런 자리로 직행하는 길이니까.* 내 말 때문이 아니라, 네가 주변을 둘러보고, 귀 기울여 봐도 비슷한 경우를 수천 번도 넘게 볼 수 있어.

브라트가 아프다면서? 같이 일한 시간은 얼마 안 되지만 그때도 어딘가 아픈 사람 같아 보였어. 그 친구 때문에 다른 일은 뒷전으로 밀린 것 같구나.

어쨌든, 내 마지막 편지에 답장 바라면서, 다른 해결책을 찾아볼 의향이 있는지, 없는지, 그리고 너는 무슨 생각을 하고 있는지도 알려주기 바란다.

어머니는 조금씩 나아지고 계시다.

안부 전한다.

너를 사랑하는 형, 빈센트

우리 사이가 조금이라도 더 원만했다면, 서로의 사생활에 간섭하지 않는다는 조건까지 명문화할 필요는 없었을 거야. 조금이나마 내 작품에 관심을 기울여줬으면 네가 이렇게까지 내 그림을 소홀히 대하지도 않았을 거고. 이런 식으로까지 말하는 이유는 우리가 의기투합해 시작한 일에 네가 얼마나 무심해졌는지, 네가 얼마나 싸늘해졌는지 자각하라는 뜻에서지, 내가 우리가 합의했던 내용의 성격에 지나치게 큰 비중을 두고 있기 때문은 아니야.

문제는 우리가 서로를 잘 이해하고 있느냐, 그렇지 못하냐야. 서로에게 싸늘한 마음인지, 따뜻한 마음인지 단순한 문제라고.

나도 너처럼, 이렇게 문제를 질질 끄는 부분에 대해 졸라의 지적이 옳다고 생각해. 질질 끄는 건 사람을 지치게 하고 진을 빼놓을 뿐이야. 하지만 이런 생각을 해볼 수는 있어. 질질 끄는 맥 빠진 관계를 만든 건 무엇이지?

도시보다 시골을 더 좋아하는 나는 너와의 관계를 끊고 싶은 마음은 없어. 하지만 이런 맥 빠진 관계를 이어나가는 건 참을 수 없다. 밤낮을 가리지 않고 열심히 일하고 있지만 네 곁으로는 한발짝도 가까이 다가가지 못하고 있어. 이 상황은 내 기회를 걷어차버리는 행동과 다를 바 없다고 생각해. 그 결과도 나중에 고스란히 내가 책임져야 할 테고. 지금 당장 내 그림을 사지는 않겠지만, 잠재적으로 그럴 가능성이 있는 애호가들에게 내 그림을 보여준다면, 그것만큼 좋은 일도 없을 거야. 그렇게만 된다면, 나도 이런 문제는 신경 쓰지 않고 오로지 그림에만 집중할 수 있을 테니까.

그런데 내 그림을 *지금 너처럼 구석에 두는 행동은 방치야*. 내 지적을 현학적인 잘난 척으로 받아들이고 말고는 네 선택이야. 그런데 내 눈에는 이 상황에서 *너야말로* 현학적으로 행동하고 있지 않나 싶다. 그럴 필요도 없는데 말이야. 내가 평소에 받던 걸 아직 받지 못했다는 걸 감안하면, 우리가 서로 잘났다고 여기기 시작하면, 서로 좋을 게 하나도 없다는 생각이 들게 될 거야.

내가 매일같이 절실해지는 돈의 필요성을 느낄 일이 없었다면, 라파르트처럼 내 습작은 내가 보관하고 싶어. 그런데 네 지적대로, 우리 사정을 라파르트와 비교할 수는 없지. 다만 내 사정은 점점 더 갑갑해진다. 오늘은 9번째 직조공 유화 습작을 집으로 가져간다. 그림이 곧 돈인데, 물감 살 돈이 모자라 기다려야 하면 시간을 낭비하는 셈이야. 이런 경우가 종종 있어. 어쩌겠어. 아무튼 네가 내 그림에 조금만 더 관심을 가져줬어도, 더 빨리 돈 벌 기회를 찾을 수도 있었을 거야. *네 태도가* 결국 다른 사람들에게 좋지 않은 인상을 심어준 거야. 정말이지 네 태도는 신뢰감을 주지 않는다고.

라42네 ____ 1884년 3월

친애하는 벗, 라파르트에게

편지와 함께 쥘 브르통의 시 몇 편 동봉하네. 자네가 모르는 시여도, 자네 마음에 쏙 들 거라 장담해. 오늘, 아니 엄밀히 말해 며칠 전부터 자네가 데생으로 가지고 있는 방직기를 유화로 작업하고 있어. 그리고 〈겨울 정원〉을 어떤 색조로 칠할까 고민 중인데 어느덧 봄의 정원을 마주하게 됐어. 배경이 전혀 다른 분위기를 띠게 된 거지.

안부 전하네.

자네를 사랑하는 친구, 빈센트

이번에는 잔소리를 좀 해야 할 것 같네. 지난겨울 자네 집에 갔었을 때, 자네가 내 열정에 부정적인 반응을 보였잖아. 그러면서 정확히 기억은 나지 않지만, 야프 마리스는 열정을 뭐라고 정의했다고 말했었지. 하나님 감사하게도, 그 양반은(야프) 그 이론을 자신의 삶에 적용하지는 않았어. 뭐 몇 차례 특별한 자리에서 그 비슷한 말을 하긴 했지만, 어떤 상황에서도 꾸준히 그림을 그렸어. 자네 말대로라면, 만약에 열정이 어느 수준을 넘어 지나치다는 생각이 드는 순간, 새들도 노래를 멈춰야 하고, 화가들도 붓을 내려놓는 게 더 나은 상황이 되는 거잖아.

그러니 『매미』를 한번 읽어보게. 더는 말 않을 테니.

363a네 ___ 1884년 3월 24일(월) 추정

테오에게

아무래도 네가 내 부탁을 제대로 이해하지 못한 것 같다. 그래서 다시는 이런 오해나 아무튼 비슷한 일이 발생하지 않도록 다시 한 번 말할게.

1월 말인가 2월 초 무렵, 너한테 이런 편지를 보냈었어. 집에 돌아왔더니 식구들이 내가 네 돈을 받는 것을 상당히 불안정한 해법으로, 그래(직설적으로 말하마), 덜 떨어진 불쌍한 사람에게 주는 *적선*으로 여기더라고 말이야.

아무 상관도 없는 사람들(동네 토박이 원로 같은 사람들)에게 이런 이야기를 대놓고 하는 것까지 직접 들었어. 오죽하면 매주 두세 번씩, 모르는 사람이 나만 보면 이런 걸 묻더라. "왜 당신 그림은 하나도 안 팔리나?"

이 정도면 일상이 얼마나 즐거울지는 네 판단에 맡긴다.

거기다가 이런 일까지 있었어. 지난여름, 이런저런 상황에 순순히 따르는 게 나한테 이롭다고 설득하면서 네가 날 좌지우지하려 했을 때, 난 이런 결심을 했었어. 계속 나를 쥐고 흔들어대면 그냥 그대로 끌려가겠노라고. *다만 내가 정반대 방향으로 떠밀려가지만 않는다면 네 손짓대로 따라가겠노라고*. 다시 말해서, 내 사생활이 보장되지 않는다면, 네 경제적 지원을 거절하겠다는 뜻이야. *내 작품*이(*내 사생활이 아니라*) 내 재정 상태에 달렸다는 것도 설명하려 했었잖아. 어쨌든, 내가 버틸 수 있느냐 없느냐는 네가 대주는 150프랑에 달려 있는 게 사실이니까.

그래서 1월 말 무렵에, 이런 편지를 썼었어. 보다 분명하고 확실한 합의점에 도달하지 못하는 한, 지금까지 해온 방식을 더는 이어나가지 않겠다고 말이야.

내가 원하는 건(정말로 내가 원하는 것. 더는 바라지도 않아) 예전 기준대로 이어가되, 내가 주기적으로 내 그림을 네게 보내는 걸 공식적으로 합의하자는 거라고도 말했지. 그리고 3월 말 무렵에 시험 삼아 그림을 보내겠다고도 했어.

그런데 너는 답변을 얼버무렸어. 어쨌든 네 이전 태도에 비하면 대답이 모호하고 불분명했다. "빈센트 형님, 형님의 제안과 불편한 마음, 충분히 이해해요. 그렇게 하세요. 매달 말일에 형님이 그림을 보내시고, 저는 저대로 150프랑을 보내겠습니다. 그 돈은 형님이 일해서 버신 돈이라고 여기셔도 됩니다."

그냥 별 생각 없이 이런 답변을 한 건 *아니었겠지*!

그래서 생각했지. 3월경에 그림을 보내자. 어떻게 될지 한 번 보자. 그래서 수채화 9점에 펜 데생 5점을 보내면서 여섯 번째 데생을 작업하는 중이고, 네가 예전에 궁금해했던 낡은 방직기 유화 습작도 작업 중이라고 설명해줬어.

그런데 네 대답이 여전히 *모호하고 알 듯 모를 듯*하길래, 이렇게는 안 되겠다고 다시 한 번 힘줘서 말하는 거야.

내 그림을 네가 여전히 그다지 받고 싶어 하지 않는다는 인상을 받았어. 여전히 그런 거라면, 난 네 후원을 받을 자격이 없다거나 네가 내 그림을 형편없는 수준으로 여긴다고 생각해야 할 것 같다. 그런데 나는 주기적으로 그림을 보내겠다는 *제안을 철회한 적이 없다*.

네가 보내줄 150프랑이나 아니면 그게 얼마든, 그 돈을, 네게 보낼 그림에 대한 대가로 여기고 싶다는 마음은 사적인 영역에 해당하는 거야. 내 그림의 값어치에 관한 부분과는 아무런 상관도 없어.

하지만 그렇게만 된다면, 나는 나보고 금리수입자처럼 산다거나 '*완전히 놀고먹는*' 사람으로 여기며 잔소리하는 사람들 앞에서 보다 당당할 수 있을 것 같다.

그리고 내 미래에 대한 너의 신뢰라고 생각할 수도 있겠지만, 굳이 꼭 그래야 한다고 강요할 마음은 없다. 다시 말하지만, 네가 내린 결정이 과거에 있었던 결과를 바꿔놓을 수는 없어. 너의 도움을 깎아내리고 과소평가할 마음은 추호도 없다. 너에 대한 고마운 마음은 평생 간직할 거야.

우리 관계를 계속 이어갈지, 말지는 너 편한 대로 결정해라. 뭐 대충, 올해 안으로.

아무튼 편지를 마치며 다시 한 번 강조하지만, 규칙적으로 그림을 보내겠다는 내 제안을 거절하면 나도 너와의 관계를 끊을 생각이다. 받은 그림으로 네가 뭘 하더라도 그건 상관 않겠다. 뭐 애호가들을 찾아 보여주든, 말든 굳이 따지지 않겠다는 말이야. 그렇다고 해도, 간혹 기회가 되면, 예전에 그랬던 것처럼 사람들에게 보여주면 좋긴 하겠다(그냥 적당히 알아서). 이번에는 명예가 달린 문제라고 생각된다. 우리의 합의가 *재조정되느냐*, 관계가 *끊어지느냐*.

안부 전한다.

너를 사랑하는 형, 빈센트

여섯 번째 펜 데생을 보내지 않았지. 왜냐하면 기회가 될 때 내 그림을 사람들에게 보여주면 좋겠다던 말처럼, 라파르트에게(그 친구도 아는 사람이 많거든) 보냈기 때문이야. 원래 나한테 되돌려 보내줬어야 하는데, 그 그림과 〈겨울 정원〉 2점까지 그 친구가 가지고 있어.

이전에 보낸 편지에서 유화 습작은 보낼 엄두가 나지 않는다고 했었잖아. 너는 드렌터에서 그려온 유화 습작도 시시하다고 했으니. 이번 건 네 마음에 들 리 없겠더라고. 하지만 다시 그린다고 해도 똑같이 그릴 것 같기는 하다. 이번 달에는 다음 데생들을 마무리해서 4월 중으로 네게 보낼 계획이야.

〈겨울 정원〉, 〈우듬지를 쳐낸 자작나무〉, 〈포플러나무 길〉, 〈물총새〉.

(동봉된 다른 편지)

내가 나중에라도 듣고 싶지 않은 소리가, 이런 약속, 저런 합의가 다른 이의 견해, 그러니까 네 생각이 아니라 내 주장이었다는 소리야. 언젠가 C. M.이 나에 관해 그렇게 말했다고 알려준 게 너였어. 그 얘기 때문에 아무래도 합의에 대해서 확실히 해둘 필요성을 느끼게 됐어.

우리 합의 내용을 재조정하는 문제에 대해 내가 여러 번 말했었잖아. 이 편지는 그 문제에 대한 추가적인 요약 정도가 될 거야. 지금 당장 분명한 답을 요구하는 게 무리가 아닐 정도로 그간 모든 측면을 충분히 설명한 것 같으니까.

(테오의 편지를 받고 나서 쓴 게 분명해보이는 또 하나의 편지)

내가 보낸 데생에 관한 네 편지 내용으로 되돌아가 보자. 넌 아무래도 내 상상력이 지나친 것 같다고 지적했어.

내 결론은 이렇다.

1. 내 그림에서 그래도 성향이나 색조, 느낌 등 괜찮아 보이는 게 몇 가지 있었다니 그나마 다행이다. 넌 어떨지 모르겠지만, 난 그것만으로도 정말 기쁘다.

2. 네가 밀레와 레르미트의 화풍을 비교했는데, 이번만큼 네가 밀레에 관해 평소와 달리 적절하고 감각적으로 잘 표현한 적도 없었던 것 같다. 그런 좋은 인상을 주고서도 레르미트를 또다시 깎아내린 점이 유감스럽기는 했지만 말이야. 이번에도 네 시각에 대해 한마디 안 할 수가 없다. 넌 너무 세세한 것까지 따지고 드는 경향이 있어. 왜 좀 더 넓은 마음으로 보면서 두 사람이(마치 렘브란트와 마스를 닮은) 같은 열정을 가진 화가라고 생각하지 못하는 거냐? 왜 그렇게 세세하게 구분해서 굳이 누가 우위에 있는지 서열을 따지려 들지?

3. 네 편지에는 아무리 찾아봐도 한 가지가 빠졌다. 내 질문에 대한 네 대답 말이야. 우리 관계를 이어나가야 하는지, 여기서 끊어야 하는지.

시급한 질문이잖아. 내 작업이 물감과 화구 마련에 달렸으니(어느 정도는 인정할 수밖에 없다), 이건 다시 내가 돈을 받느냐 안 받느냐와 연관되는 문제인데, 그 대답이 없는 네 편지가 나에게 대체 무슨 소용이냐.

적어도 정해진 날짜에 맞춰 돈을 보내줄 형편이 되지 않는다고 미리 알려주기라도 했으면, 편지를 쓰면서 평정심을 유지하는 게 이리 힘들지는 않았을 게다. 지금은 여유가 없으니 언제쯤 보내겠다는 식으로 말이야. 그런데 아무 답이 없어. 필요할 때 말만 하면 회신에 곧장 돈을 보내겠다고 말한 게 너였는데 아무런 반응이 없어서 의아하다고 했는데도 말이야. 게다가 조금 더 일찍 받았으면 한다고 미리 알렸는데도 묵묵부답이라니.

그때 대답이라도 해줬으면 좋았을 텐데, 아무런 말이 없어 정말 유감이었다. 뭐라고 말만 해줬어도 네가 내 삶을 힘들게 만들려고 *일부러* 이렇게 무관심한 거라고 상상하지는 않았을 거야. 게다가 네게 남는 돈이 없다고 널 탓할 수는 없잖아. 하지만 고의든 아니든, 네가 무관심해서 그런 거라면, 당장 그런 못된 습관을 버리면 좋겠다고 말할 자격은 내게 충분히 있고, 화도 낼 수 있다고 생각한다.

이미 말했듯이, 안트베르펜에 가서 돈을 좀 만들어볼 계획인데, 이런 말을 덧붙이지 못하는 한, 네 편지 내용은 받아들일 수 없어

(고흐는 여기서 펜을 사용해 '난 그렇게 생각하지 않는다'라는 부분과 이어지는 선을 그었다)

나를 대하는 네 입장이나 너를 대하는 내 입장이나 지금은 서로 서먹서먹한 터라 질문을 하고 답을 하는 것도 그럴 수밖에 없을 것 같다.

어쨌든(우리가 서로를 걱정하는지, 아닌지에 대한 부분은 논외로 치더라도) 앞으로 1년간은 평소처럼 네게 돈을 받을 수 있다고 기대할 수는 있는 거냐? 내가 어디에 의지할 수 있는지를 알아야 하는 게, 만약 그게 가능하다면, 모델을 세우고 그림을 그릴 수 있을 정도의 공간이 나오는 화실을 얻으려고 그래.

지금 내 화실은 이런 모습이야. 석탄을 쌓아두던 곳으로 석탄 투입구와 하수도 등이 있어. 이게 작년보다 훨씬 나아진 상태라니 그 전엔 어땠는지 상상도 가지 않는다. 그래도 네 편지를 읽다 이런 구절이 나와서, 더더욱 불평을 못 하겠더라. '그래도 작년에 비하면 형님 사정이 나아지지 않았습니까.' 글쎄다. 내가 그린 구조도에 대한 네 편지의 표현, *'난 그렇게 생각하지 않는다.'*

이 말은 해야겠다. 난 솔직히, 네가 이런저런 상황이 엉망이라는 걸 아는지 모르는지는 아무래도 상관없어. 어차피 나더러 더 열성을 보여야 한다고 주문하는 것도 아니니까. 게다가 이런저런 걸 향상하는 데 필요한 걸 네가 구해주는 한, 네가 온갖 것을 시시콜콜하게 간섭한다 해도 난 전혀 불평할 게 없어.

지금 이 편지가, 네 편지만큼이나 차갑게 느껴졌으면 하는 바람이다. 보내준 건 고맙게 받았

Dat wat ik tegenwoordig tot heeft de volgende geographisch ligging

en mijn verbeeldingskracht is niet sterk genoeg om de vooruitgang te vinden op den toestand

고(덕분에 필요한 걸 장만했으니) 적어도 1년간 네게 돈을 받으면서 그 대가로 네게 그림을 보내는 식으로 합의가 될 수 있다면, 더는 바랄 것도 없을 것 같다.

무엇보다 안트베르펜에서든 어디서든, 내 그림이 팔리면 그 즉시 네게 소식 전하마. 그러면 150프랑에서 그만큼은 빼고 보낼 수 있잖아.

라파르트에게는 내 일에 관해서 자세히 이야기하지 않았어. 아무튼, 최근 들어 너와의 관계가 예전 같지 않다는 말은 안 한 상태야.

라파르트를 잘 아는 네가, 그 친구 그림을 한 번도 본 적 없고, 그 친구가 뭘 하고 있는지 전혀 모르고 있다니, 너 스스로 생각해봐라. 내가 얘기해준 것 외에 전혀 아는 게 없다는 걸 말이야. 그래도 그 친구, 언젠가는 중요한 인물로 세간의 관심을 받게 될 사람인데 말이야. 예전에는 예술에 일가견이 있는 네 앞에 서면, 라파르트도 작아진 기분이 들었을 거야. 그런데 그 친구, 파리에 다녀온 뒤로 어마어마하게 달라졌어. 그동안 너는 혹시 네 자리에 안주하고 있었던 건 아니었을까???

(편지에 따로 적어 넣은 쪽지)

네 편지에 밀레에 관한 아름다운 구절이 있더라. 밀레의 그림에 대한 네 평가는 레르미트에 대한 평가보다 훨씬 긍정적이지. 다만 나는 레르미트의 작품에도 호감을 좀 가져주면 좋겠다는 거야. 누가 제일인지, 누가 그다음인지, 그런 무의미한 순위 매기기에 열을 올리지 말고. 아무런 의미도 없고 오히려 멍청한 짓이야. 그런데 그런 바보 같은 짓을 하는 사람들이 적지 않지. 그 둘 중에 누가 *최고인지, 누가 더 나은지* 괜한 일에 아까운 힘을 낭비하는 대신 이미 *평범한 수준을 뛰어넘은* 두 사람의 작품을 즐기는 그런 사람이 되도록 해. 렘브란트와 니콜라스 마스, 판 데르 메이르를 비교하는 게 무슨 의미가 있겠어? 말도 안 되는 짓이잖아, 안 그래? 그러니까 그만둬.

밀레에 관해서 이거 하나는 묻고 싶다. 밀레에게 아내와 자녀들이 없었으면 지금의 밀레가 될 수 있었을까? 그는 주변에서 어렵지 않게 영감을 얻었어. 자신이 노동자 가정에서 성장했으니 서민들의 삶을 깊이 알았지. 다만 평범한 여타 서민들에 비해 감수성이 한없이 풍부했었어. 밀레가 입버릇처럼 하던 말이 있다. "하나님은 대가족을 축복하신다." 그가 살아온 궤적을 들여다보면, 정말로 그 말을 믿었던 것 같아.

밀레가 과연 상시에의 도움 없이 그 자리에 오를 수 있었을까? 아마 아니었을 거야. 밀레는 왜 처음에 자신을 경제적으로 도와줬던 친구들과 관계를 끊었던 걸까? 상시에는 문제의 원인을 유추할 수 있도록 상세한 설명을 하고 있어. 그 친구들은 밀레를 시시한 사람으로 여겼기 때문에 그의 그림도 비슷한 선상에 두고 평가했지. 그렇게 깎아내리다가 관계가 틀어졌던 거야. 그런데 상시에는 그 시기의 일을 자세히 설명하지는 않았어. 밀레에게는 유난히 골치 아픈 시기였기에 그가 별로 기억하고 싶어 하지 않았다는 걸 깨달은 건 아닐까. 상시에는 밀레가 매번 첫 번째 부인과 힘겨웠던 지난날을 떠올릴 때마다 머리를 감싸쥐고 형언할 수 없는 슬픔과 어둠에 또다시 짓눌리는 것 같은 동작을 반복했다고 적고 있어.

두 번째 결혼은 행복했지만 그는 예전의 친구들과는 관계를 끊었지.

라43네 ____ 1884년 4월 추정

친애하는 벗, 라파르트

자네 편지 잘 받았어. 정말 반가운 편지였네. 자네가 내 데생의 장점을 발견했다니 그것도 정말 기쁜 소식이었지.

그림 기법에 관한 일반론을 다룰 의도는 없지만, 내 그림의 색채가('색채'라는 표현을 써도 될지 모르겠지만) 지금보다 더 힘이 들어가면, 사람들은 내가 그림 기법도 제대로 숙지하지 못했다고들 더 수군거릴 거야. 덜하는 게 아니라.

그러니까 자네 지적에 전적으로 동의하네. 작품 속에 표현하려는 부분을 더 힘줘서 강조해야겠어. 이 부분을 보완하려고 애는 쓰고 있는데, 대중들이 그걸 알아줄 것 같지는 않아. 그렇다고 해도 내 견해에는 변함이 없네. 자네 작품을 보면서 "이 양반은 돈 벌려고 그림을 그리나?"라고 묻는 대중들의 논리는 잘난 체하는 자들의 논리와 똑같다는 거. 독창성은 돈벌이를 방해할 뿐이라고 철석같이 믿는 *잘나신* 양반들 말이야.

정당성을 갖춘 논리적 주장이라고 내세울 근거를 댈 수 없어서 이걸 그냥 자명한 이치라고 우기는 행위는, 이미 얘기했다시피, 이 잘나고 위선적인 인간들이 버릇처럼 써먹는 수작이지.

자네는 내가 정말로 그림 기법을 무시하고 배우려 들지도 않는다고 생각하나? 아니야, 당연히 배우려고 하지. 표현할 게 있으면 표현할 수 있을 정도로는(그걸 못 해내거나 만족스럽게 안 되면, 기법을 연마하려고 부단히 노력하네). 하지만 내 언어가 수사꾼들처럼 유려한지에는 쥐뿔도 관심 없어(자네가 했던 비유잖나. 유용하고 진실되고 꼭 필요한 이야기를 할 때, 굳이 이해하기 어려운 용어들을 써서 말한다면 화자에게도 청자에게도 대체 무슨 이득이 있느냐고).

이 부분을 조금 더 얘기하겠네. 왜냐하면 이런 역사적인 현상을 신기하게도 자주 목격해서 말이야.

오해는 말게. 청중이 다른 외국어를 이해하지 못한다면 화자는 당연히 청중의 모국어를 사용해야지. 이걸 인정하지 않는 건 그게 이상한 거 아니겠어?

문제는 두 번째 부분이야. 여기 한 사람이 할 말이 있어서 당연히 그 청중들의 모국어로 말했다고 치세. 그런데 청중들은 그가 말한 *진실보다*, 그가 *달변이 아니라는 점만* 자꾸만 지적하는 거야. 게다가 그가 영 '어눌하다'고 *경멸하기까지* 해.

그 사람은 *단 한 명*, 아주 소수의 청중만 일깨울 수 있어도 행복했을 거야. 그 소수의 청중은 수사로 가득찬 장광설에는 관심이 없고, 참되고 유용하고 필요한 내용, 그래서 그들의 지식과 지평을 넓혀주고 일깨워주는 내용에 귀 기울인 거야.

자, 이제 소위 '기법의 대가'로 유명한 화가들 이야기로 돌아와 보세. 특정 색채들의 조합이나 지독하게 뻣뻣한 데생이, 진정 예술의 목표이고 예술적 '극치'인가? 절대로 아니지. 코로, 도비니, 뒤프레, 밀레, 이스라엘스를 봐. 누가 뭐라 해도 선구자였던 대가들 말이야. 그들이 색의 절묘한 조화에 어떤 공을 세웠는지 따지는 건 무의미한 일이야. 그들의 작품은, *그림 이상이야*. 번드르르한 광대들의 그림과는 차원이 다르다고. 도데의 『누마 루메스탕』 속에 묘사된 장광설이 평범한 기도문이나 시와 다르듯이 말이야.

그렇기 때문에 화가가 *기법을 익히는 이유*는, 자신의 느낌을 더 정확하고 확실하고 깊게 표현하기 위해서여야 해. 이런저런 시도들을 과감히 줄일수록 더 좋지. 왜 이런 말을 하냐면, 내 눈에는 *자네의* 기법이 하베르만Haverman보다 더 낫단 말일세. 자네의 붓칠은 개성 있고 독특하고 매우 적절하면서도 *섬세*하거든. 반면에 하베르만의 그림은 천편일률적이야. 항상 아카데미풍만 느껴지지 자연스럽지가 않아.

예를 들어, 난 자네가 그린 직조공이나 테르스헬링의 여인들 같은 크로키가 참 좋아. 대상의 핵심이 정확히 표현되었지. 하지만 하베르만의 그림은 보고 있으면 불편하고 싫증이 나.

나는 앞으로도 자네가 똑같은 지적을 듣지 않을까(자네한테는 축하할 일이지만), 그게 걱정이야. 기법이 어떻느니, 피사체가 어떻고…… 온갖 부분들까지. 사실 자네의 붓놀림은, 이미 대단히 개성적이지만 앞으로도 점점 더 발전하게 될 텐데 말이야.

그렇다고 해도 감정이 담긴 그림을 가장 선호하는 애호가들은 늘 있지. 비록 아쉽게도 토레나 테오필 고티에 같은 사람이 살던 시대는 지나갔지만…….

지금 이 시기에도 기법을 그토록 강조하는 게 과연 현명한 건지 자네도 한 번 곰곰이 생각해 보라고. '자네가 그렇게 그리고 있지 않나' 하고 말할지도 모르겠군.

솔직히 그걸 후회하고 있어. 하지만 확실한 건, 내가 지금보다 기교가 탁월해지더라도 사람들에게 '*나는 그림 그릴 줄 모른다*'고 말할 거라네. 이해하겠어? 지금보다 완벽하고 간결한, 나만의 기교를 확실히 세우게 되더라도 말이야. 난 헤르코머가 자신의 예술학교를 개원하면서 *그림 좀 그린다*는 사람들을 향해서 했던 말이 참 인상적이었어. 그는 학생들에게, 나처럼 그리지 말고 반드시 너희들 각자의 개성대로 그리려고 노력하라고 강조했어. '내 목표는 전형적인 형태에서 자유롭게 그리게 하는 것이다. 헤르코머식의 그림을 따라하지 말아라.'

그렇지, Entre lions on ne se singe pas(사자는 서로를 따라 하지 않으니까).

아무튼, 나는 최근에 직조공을 위해 실을 감는 아가씨와 홀로 작업하는 직조공을 몇 점 그려 그려봤지.

자네가 내 최근 습작들을 얼른 봐줬으면 하는 조바심이 들어. 내 그림이 대단히 마음에 들어서가 아니라, 그걸 보면 자네가 금방 알 테니까. 내가 지금도 끊임없이 연습하고 있고, 이런저런 기법에 크게 신경을 쓰지 않는 이유가 난관을 피해 가려고 잔머리를 굴리는 게 아니라 그게 내 방식이 아니어서라는 걸 말이야.

거기에, 자네에게 여기 브라반트의 분위기를 보여주고 싶은 마음도 커. 내 생각에는, 이곳이 브레다 인근보다 훨씬 아름답거든.

요 며칠은 더욱더 아름다웠네. 인근에 존 엔 브뢰헐Son en Breugel이라는 마을이 있는데 정말 놀라울 정도로 브르통 부부가 살았던 쿠리에르와 닮은꼴이야. 하지만 인물들은 거기가 훨씬 더 낫지. 형체를 눈여겨보기 시작하니까, 어느 순간 '네덜란드 전통 의상'이 꼴보기 싫어지더라고. 외국 관광객들에게 판매하는 사진첩에 나오는 그런 의상들처럼 말이야.

라파르트, 나는 기법들에 대해 이러니 저러니 일반론을 떠들어대는 걸 정말 싫어하네. 하지만 가끔은 어떤 구상이 떠올라서 그것을 어떻게 구현하면 좋을지, 자네하고든 누구하고든, 시급히 의논해야 할 때도 있어. 실질적인 논의까지 낮잡아보는 건 아니네. 그렇다고 해도 어쨌든 내 원래 신념과 모순되지는 않아. 내가 적절히 설명했는지 모르겠군. 한 단어로 표현하기가 힘든데, 말하자면 내 생각은 부정적인 것이 아니라 긍정적인 것이야. 예술은 우리가 가진 기교, 지식, 훈련을 훨씬 뛰어넘어 장엄하고 숭고하다는 긍정적인 생각. 예술은 비록 인간이 손으로 만들지만, 단지 손만으로 빚어진 결과물이 아니라, 더 깊은 심연인 인간 영혼에서 길어올린 무언가와도 같다는 생각. 난 예술에서 효율과 기교를 강조하는 대다수 전문가들을 보면 거의 종교적 수준의 독단과 독선 같다고 생각해.

나는 문학이나 예술 분야에서도 작가의 영혼이 담겨진 작품들에 강하게 끌려. 예를 들어, 이스라엘스나 볼롱이나 모두 기교가 뛰어나지만, 나는 볼롱보다 이스라엘스가 더 좋아. 왜냐하면 그의 작품에서 더 많은 걸 보거든. 대상을 위엄 있게 재현하는 것 이상이 담겼어. 명암도 독특하고, 색의 조합도 뭔가 달라. 명암, 소재, 색의 조화를 정확히 재현하면서도 그 이상의 '무언가'까지 살려냈다는 말이야. 내가 볼롱보다 이스라엘스의 작품에서 더 많이 본다는 문제의 그 '무언가'는, 엘리엇이나 디킨스의 작품에서도 보이는 특징이야.

소재의 선택이 달랐던 것 아니냐고? *아니*, 그 선택 역시 *결과*에 지나지 않아.

내가 하고 싶은 말은 이런 거야. 엘리엇은 글재주가 탁월한 대가지만, 그 재주를 뛰어넘는 천재성을 지녔어. 그렇기 때문에 그녀의 소설을 읽다 보면 우리 자신이 더 나은 사람이 될 수도 있어. 그만큼 그 책들이 우리를 깨어나게 하는 특별한 힘을 지니고 있다는 거지.

지금껏 전시회들에 대해 이런저런 생각들을 써왔지만, 솔직히 말하자면 별로 큰 의미를 두고 있지는 않았어. 그런데 우연히 생각이 거기까지 다다랐다가, 내 예전 생각들을 검토해보고 좀 놀랐지. 내 생각을 오롯이 다 설명하려면 이 설명을 꼭 덧붙여야겠어. 몇몇 그림에는 완전히 솔직하고 선한 면이 담겨서, 그 그림들은 누구에게 가든(선인이든 악인이든 정직한 이든 거짓말쟁이든, 누구의 수중에 떨어지든) 언제나 선한 영향력을 발산하는 것 같아. '너희의 빛으로 사람들의 앞길을 비춰라.' 나는 바로 이것이 모든 화가의 의무라고 믿어. 하지만 사람들의 앞길을 비추는 그 빛이 꼭 전시회에서만 나와야 한다는 법은 없잖아. 그러니까 난 그저, 예술이 대중에게 다가갈 때 전시회보다 더 많은 기회, 더 나은 기회가 있어야 한다고 바랄 뿐이야. 양초는 침대 밑에 숨길 게 아니라 촛대 위에 올려놔야지. 자, 이 정도면 충분히 설명한 것 같다.

최근에 엘리엇의 『급진적인 펠릭스 홀트Felix Holt, the Radical』를 다시 읽었어. 네덜란드어 번역이 훌륭하더군. 자네도 읽었길 바라네. 혹시 아직 못 읽었다면 어떻게든 구해서 읽어보게. 삶에 대한 이런저런 견해들이 담겼는데 아주 탁월해(심오한 내용들이 유쾌한 형식으로 표현되어 있어). 무엇보다 힘이 넘치는 소설이라 몇몇 장면은 마치 프랑크 홀 같은 화가들의 그림 분위기가 고스란히 느껴지기도 해. 세상을 바라보는 방식과 생각이 그렇다는 거야. 엘리엇만큼이나 정직하고 선한 작가는 보기 드물지. 네덜란드에서는 『아담 비드』는 유명해도 이 책은 잘 알려지지 않았어. 『성직자의 일상 풍경Scenes from Clerical Life』도 마찬가지고. 안타까울 따름이야. 이스라엘스의 그림을 사람들이 잘 모르는 것만큼이나 안타까워.

코로에 관한 책자 하나 동봉하네. 아직 읽어보지 않은 거라면, 자네도 대단히 흥미로울 거야. 그의 상세한 일대기도 담겨 있거든. 예전에 전시회에 갔다가 구입한 책자야.

이자가 화가로서 자리 잡고 인정받기까지 어쩌나 오랜 시간이 걸렸던지 아주 인상적이었어. 나잇대에 따라 달라지는 그의 화풍을 유심히 관찰해보라고. 나는 그의 진정한 초기작에서(물론 이미 수년에 걸친 습작의 결과물이겠지만) 더없이 솔직하고 굳건한 면모를 발견했어. 그런데도 사람들은 그 작품들을 경멸했다니! 코로의 습작들은 내게 일종의 배움의 교재기도 했어. 습작 간의 차이에도 놀랐지만 다른 풍경 화가들과 다른 점에도 깜짝 놀랐지.

그 습작들을 자네가 그린 시골 공동묘지와 비교하고 싶은 생각마저 들었어. 코로의 습작에 비하면 자네의 그림에서는 기법이 조금 부족하지. 하지만 그림에 실린 감정은 똑같이 느껴져. 영혼을 불어넣고 본질을 담으려는 그 노력 말이야.

이 편지에서 내가 하고 싶은 말은 이런 거야. 대부분의 사람이 쉽게 속아 넘어가고 자신들은 갖추지 못했다고 입을 모아 말하는, 그 기법의 비밀을 제대로 파헤쳐보자는 거야. 우리의 작품이 기교만 부린 게 아니라 꾸밈이 *없는*, 그런 반듯한 그림으로 보이도록 하자는 거라고.

난 그 경지에 이르려면 턱없이 부족하지. 나보다 훨씬 앞서가는 *자네도* 아직은 그 경지에 다다르지 못했다고 생각하네. 이 편지가 궤변만 늘어놓은 게 아니라는 점을 자네가 알아주면 좋겠어.

자연은 가까이 접하면 접할수록, 자연에 더 속속들이 끌리게 되고, 자연히 화실 분위기가 나는 것들에 점점 덜 끌리게 된다고 생각해. 그렇다고 화실 분위기가 나는 그림을 무조건 비판하지는 않아. 다른 화가들이 화실에서 작업하는 모습을 *보고* 싶기도 하고, 다른 화가들의 화실에 자주 가보고 싶기도 하거든.

Niet in de boeken heb ik het gevonden (책 속에서도 못 찾았지만)
En van 'geleerden' — och, weinig geleerd (아, '학자들'에게 배운 것도 거의 없다)

자네도 알다시피 헤네스텃의 말이야. 우리는 이 말을 이렇게 비틀 수 있겠지.

niet in't atelier heb ik het gevonden (화실에서도 못 찾았지만)
En van de schilders / de kenners — och, weinig geleerd (아, '화가들, 감정사들'에게 배운 것도 거의 없다)

자네는 내가 화가들을 감정사들과 동류로 묶어서 충격받았을 수도 있겠군.

그러나 여전히 "이 양반은 돈을 벌려고 그림을 그리는 건가?"라고 묻는 잘난 멍청이들의 말을 듣고 차분하게 있기는 정말 힘들어. 아침부터 밤까지 그런 말 같지도 않은 말을 듣고 있으면 결국, 스스로에게 화가 난다네. 지금 내가 그런 상태야. 어쩌면 자네도 똑같지 않을까 싶어. 물론 무시해 버릴 수도 있겠지만, 음정과 박자가 틀린 노래를 계속 들어야 하거나 괴롭히기로 작정하고 따라다니는 손풍금 악사한테 쫓기다 보면 화가 치밀어오르기 마련이지. 작정하고 따라다니는 손풍금 악사라는 비교가 정말 그럴듯하지 않아?

어딜 가든 천편일률적으로 똑같은 노래만 울려댄단 말이야.

아, 나는 자네에게 말하는 그대로 할 생각이야. 사람들이 내게 이런저런 소리를 해대면, 그들이 말을 끝내기도 전에 내가 대신 그 말에 마침표를 찍어버릴 거야. 악수할 때 손바닥이 아니라 손가락만 내미는 사람을 하나 아네. 아버지의 지인인 목사 양반인데, 어제 그 양반이 와서 여전히 손가락을 내밀기에 나도 태연하게 똑같이 손가락을 내밀어 맞부딪혔지. 악수 대신 말이야. 그 양반, 아마 할 말을 잃었겠지만, 자신이 나를 무시하듯, 자신을 무시하는 내 마음은 읽었을 거야.

얼마 전에도 이런 비슷한 농담 아닌 농담으로 누구 하나를 열받게 한 일도 있었지. 그런다고 내가 잃을 게 있을까? 전혀. 왜냐하면 이런 인간들이야말로 정말 우리를 화나게 하거든. 자네가 했던 말에 대해 이런저런 이야기를 한 이유는, 기법에 관해 이래저래 자랑을 늘어놓는 인간들의 말을, 과연 선의를 가지고 하는 말이라고 여기는지 궁금하기 때문이었어.

*자네가 문제의 그 '고상한 화실 분위기'를 피해 그리려 애쓴다는 걸 알기*에 자네한테 이런 말까지 하게 된 거야.

364네 ___

테오에게

250프랑이 동봉된 네 편지, 방금 받았어. 이 편지를 내 제안에 대한 대답으로 여겨도 된다면, 나도 만족한다고 말하고 싶다. 불필요한 서신교환이나 언쟁을 피하기 위해서라도 단도직입적으로 말하는데, 평소에 받던 그 돈을(계속 받을 수 있다면) 내가 직접 일해서 번 돈으로 여길 수 있었으면 좋겠어. 매일같이 듣는 돈벌이도 못 한다는 잔소리에 당당히 대답할 수 있도록 말이야.

당연히 매달, *내가 그린 그림을* 네게 보낼 거야. 그 그림들은 네 말대로, 네 소유의 재산이야. 그래서 네가 그 그림을 누구에게 보여주고 말고는 전적으로 네 권한에 달려 있다는 점에 동의할 뿐만 아니라, 네가 그것들을 폐기처분하고 싶다고 해도 아무런 불만을 제기하지 않을 거야.

지금은 내가 돈벌이가 절실한 상황이라, 이런 말도 받아들일 수 있어. "돈은 달라는 대로 줄 수 있지만, 형님이 그린 그림은 구석에 처박아두거나, 태워버릴 겁니다." 상황이 이러니, 난 이렇게 대답할 거야. "좋아, 돈을 다오. 내 그림 여기 있다. 난 더 나은 화가가 되고 싶어. 그러려면 돈이 필요해. 어떻게든 돈을 마련해야 하니, 네가 뭐라고 한들 눈곱만큼도 신경 쓸 마음은 없지만, 이건 해도 되고, 저건 하면 안 된다는 조건 없이, 나에게는 유용할 뿐만 아니라 절대적으로 필요한 돈을 매달 받을 수 있다면, 너와의 관계를 끊지 않고, 어떻게든 이어나갈 거야."

내가 너와 네 돈을 대하는 입장이나 네가 나와 내 작품을 대하는 입장이 아마 평형을 이룰 테니, 이 균형이 유지되는 한, 어떻게든 적응해나갈 생각이야.

너한테 돈을 받고, 그 대가로 너한테 그림을 보내고, 그런 식으로 내 사회적 지위에 대해 한마디 할 수 있는 상황이 되면, 더 이상 서로 함께 할것도 없고, 편지 쓸 일도, 이야기할 일마저 없어진다고 해도 상황이 달라질 때까지 어떻게든 적응해나갈 거야.

네가 내 그림을 찢어버리거나 어디 구석에 처박아둔다거나 어딘가에 판다고 해도, 난 네게 잔소리는커녕, 싫은 소리도 할 수 없겠지. *넌 네가 돈 주고 샀다고 생각할 테니까.*

고맙게도 네 회사 동료인 브라트에 대해서 내가 다소 무례한 표현을 사용했다고 지적했더라.

내가 기억하는 한, 내가 파리 구필 화랑에서 일할 때도 아픈 사람처럼 보였다는 말이 전부였는데 말이다. 그리고 내 기억이 나를 속이는 게 아니라면, 나는 그 친구와 비교적 잘 지냈는데, 어디서 내가 그 친구를 못 견뎌했다는 이야기를 전해들었는지 의아할 따름이다. 시간도 한참 흘러, 그간 많은 게 달라졌으니 내 기억도 지워져서 희미하긴 하겠지만, 당시 내가 알고 지낸 사람들(그들을 떠올리는 일은 거의 없거나 아예 없지만) 중에서 나한테 불만을 가질 사람은 아마 없을 걸로 안다. 하지만 브라트에 관해서는 무관심으로 일관하는 대신, 네가 편지로 소식도 전한 터이니, 아픈 사람들에게 응당 그러듯, 내가 걱정한다고 안부 전하면서 그런 처지에 놓인 사람 모두에게 바라듯, 그 친구에게도 마음의 평안이 찾아오기를 기원한다고도 전해주면 좋겠다. 그런데 이런 기원이 그 친구에게 무슨 소용이 있을까(별 소용없겠지) 싶다. 그러다 보니 사실, 어쩔 수 없이 이런 기원을 해야 하는 상황이 아니고서는 그냥 아무 말 없이 지나가는 편이지. 그런데 이거는 물어야겠다. 혹시 그 친구에게, 내가 네게 보내는 편지에, 네가 나를 나무란 그런 내용을 정말로 써서 보냈다고 말을 전한 건지, 아니면 내 편지에서 그런 내용을 네가 상상한 건지 말이야. 왜냐하면 그런 내용은 찾아볼 수 없을 테니까.

내 편지에 답장하려다가 포기했다고 적었잖아. 나도 마찬가지였어. 네게 여러 번 편지를 쓰려다가 나 역시 똑같이 포기했어.

다만, 나한테 산 그림을 네가 어딘가에 처박아두거나 찢어서 버릴 수 있다고 해서 내가 최선을 다하지 않고 그림을 대충 그릴 일은 없다는 사실은 알아주면 좋겠다.

이번 달에는 네게 보내려고 펜 데생을 몇 점 그렸어. 우선, 지금 라파르트에게 가 있는 것들이 몇 개 있는데, 그 친구 편지를 보니, 다 마음에 든다더라고. 무엇보다 〈울타리 너머〉와 〈물총새〉에 감정이 살아 있는 것 같다고 했어. 게다가 〈겨울 정원〉 초기작 3점도 마음에 든대.

이것들 외에도 네 소유가 돼서 네 마음대로 처분해도 될 유화 습작도 여러 점 있어. *네가 원한다면*, 보내도록 할게. 다만, 네가 내 그림을 받게 되는 것도 좋긴 하지만, 일단 내 작업 때문에 그러니 내가 조금만 더 보관하고 있으면 좋겠다.

커다란 습작이 하나 있는데 붉은 천을 작업하고 있는 직조공을 그린 거야. 밀밭 한가운데 있는 작은 교회도 그려봤고, 근처 오래된 마을을 배경으로 그린 풍경화도 하나 있어.

라44네 ____ 1884년 4월 추정

친애하는 벗, 라파르트

내 데생에 관한 글이 담긴 자네 편지, 정말 반가웠어. 〈방직기〉는 현장에서 처음부터 끝까지 크레용으로 다 그린 습작이었어. 힘들었지. 방직기 가까이 앉아 있어야 했던 탓에, 비율을 측정하는 게 유난히 힘들기도 했고. 그래도 직조공 그림자라도 그려 넣었던 건, 이런 말을 하고 싶어서야. 여러 개의 널빤지를 이어붙인 때가 탄 시커먼 떡갈나무 덩어리가 회색조의 배경과 대비를 이루고, 그 한가운데 검은 원숭이 같기도 하고 난쟁이 같기도 하고, 아니면 유령 같기도 한 인물이 아침부터 밤까지 널빤지를 두드리며 작업하는 모습을 상상해보라고. 내가 본 직조공의 자리에는 윤곽선과 점으로 일종의 형체를 그려넣었지. 그러니까 그 형체를 그리던 순간에는 팔이며 다리며 비율을 전혀 생각하지 않았다는 뜻이야.

공들여서 마지막 손질을 한 뒤에, 무엇보다 참을 수 없었던 건, 방직공의 형체를 그려넣은 부분에서 널빤지 덜커덕거리는 소리가 들리지 않는다는 사실이었어. 그래, 맞아. 이건 기계 그림이야. 그런데 이걸 기계 설계도 옆에 나란히 둬봐. *내 그림에서는 확실히 유령이 느껴질걸*. 사실은 전혀 기계 그림이 아닌 거야. 혹은 je ne sais quoi(뭔지 모를 무언가이지). 만약에 그 방직기를 직접 설계한 기술자가 그린 그림 옆에 내 습작을 세워도, 내 그림에서는 땀에 젖은 손으로 만져서 손때가 탄 떡갈나무의 결이 강렬하게 느껴지지. 그리고 바라보고 있으면 (*방직공을 전혀 그려넣지 않았어도*, 혹은 그를 아주 이상한 비율로 그려넣었더라도) 그 *일꾼*이 반드시 떠오르게 된다네. 설계사의 설계도에서는 전혀 그렇지 않은데 말이지. 일종의 한숨이나 탄식도 널빤지 사이로 간간이 흘러나올 걸세.

나는 자네가 그린 기계들도 좋아해. 왜냐고? 자네가 *조정장치만* 그려도 난 그걸 돌리게 될 *꼬마가* 머릿속에 떠오르고, 어떻게 설명할 수는 없지만 그 꼬마의 존재가 생생하게 느껴지거든. *자네*가 그린 기계 그림을 단순히 한 *기계의 모델을 보여주는 그림*으로만 보는 사람은 자네의 예술적 감수성을 이해하지 못한 거야.

그런데 이런 기계를 그릴 때, 습작 이상의 가치를 부여하고 싶다면, *스스로가* 기계 설계사가 된 것처럼 여기며 그려야 한다는 자네 의견에 나도 전적으로 동의하네.

어쨌든 자네 의견에 전적으로 동감이야(나도 언젠간 꼭 그렇게 *그려보고 싶어*. 딱 맞는 모델만 찾는다면). 이 *흑백화*가 뒷배경의 검은 점 같은 형제를 중앙에 배치해서 시작점이자 *심장*으로 삼으면 훨씬 더 깊이 있고 세련되게 마무리되었겠다는 점 말이야. 나머지는 전부 종속된 배경으로 묻히고.

〈겨울 정원〉이 마음에 든다니 나도 기뻐. 나한테 꿈을 심어주는 정원이거든! 그 뒤로 다른 정원을 하나 더 그렸어. 똑같은 소재인데 거기에도 유령 같은 검은 점 하나를 그려넣었어. 이번에는 인간의 형체를 닮지 않은, 그냥 단순한 점에 불과해. 이것도 자네한테 보냈어. 세피아로 그린 크로키 〈늪에서〉하고 펜 데생으로 그린 〈우듬지를 자른 자작나무〉, 〈포플러나무 길〉, 〈울타리 너머〉, 〈물총새〉, 〈겨울 정원〉 등도.

두루마리로 말아서 보냈으니, 그걸 받으면 다른 것들과 함께 작품 보관함에 넣어서 봐주면 좋겠고, 되돌려 보낼 때도 구겨지지 않도록 신경 써주면 고맙겠어. 회색조의 종이도 한 장 보낼 건데, 그 위에 올려두고 내 그림을 보면, 입체감이 훨씬 살아나 보일 거야.

나는 전시회에는 크게 흥미가 없어. 다만 내 *관심사*는 이런 거야. 난 당연히 매일 그림을 그리는데, 이런 습작을 매주 1편 이상씩은 꼬박꼬박 그려내지. 그래서 말인데, 언젠가 어떤 예술애호가가 이것들을 내게서 전부 구입할 수도 있지 않을까 하고 늘 생각해. 한두 점이 아니라 50여 점씩 말이야.

많은 수의 화가들이 이런 식으로 자신이 그린 습작과 이별한다는 건 알아(그들도 *가능한 방법만 있다*면 아마 자신이 보관하고 싶었을 거야). 하지만 대신, 그들은 돈을 받아서 자신들의 생활을 할 수 있지.

자네가 만나는 사람들에게 그림을 보여주라고 부탁하는 건, 다시 말하지만, 그들 중에서 내 그림을 좋아하게 될 사람을 *언젠간 찾을 수도* 있기 때문이야. 그런 일이 없다면, 어쩔 수 없지. 하지만 내 생활이 점점 편해지기는커녕 점점 더 어려워지고 있는 터라, 내 그림을 팔 수 있는 자리를 마련하거나 그럴 기회를 찾아 나서는 게 내게는 의무이기도 해. 그래서 기회가 있을 때마다 그림을 이런저런 사람들에게 소개해달라고 부탁하는 거야. 사람들이 내 그림을 무시한다면, 괜찮아, 그것도 예상하고 있어. 확실한 건, 그렇게 기다리는 동안 단지 내 작품만 소개되는 그런 전시회를 열고 싶은 마음은 *전혀* 없다는 거야.

일반 예술 애호가들, 특히 그림에 흥미가 있는 사람들과는 어떤 *공감대*를 발견할 가능성이 엿보여. 조금 믿을 수 있고 신뢰도 가지. 하지만 미술상들처럼(단 한 명의 예외도 없이) 겉으로만 애호가인 자들에게는 *어떠한* 감정도, 믿음도, 신뢰도 찾아볼 수가 없어. 그저 피상적 평가와 일반화, *관습적* 비평들뿐…… 천편일률적인 구태의연함밖에 없다네. 거기에 맞서 싸워봐야 시간만 낭비하는 일이야, 괜히 건강만 망*친다고*.

그러니 언젠가, 기회가 될 때마다 그림을 주변 사람들에게 보여주기 바라네. 단, 너무 열성적으로 강요는 하지 않았으면 좋겠어. 다시 한 번 말하지만, 나로서는 이럴 수밖에 없어. 이런 상황에 놓이지 *않았더라면*, 내 습작을 보관하지, 절대로 팔지 않아. 하지만…… 이런 거지.

안부 전하네. 요즘 다시 그림을 그리고 있어.

자네를 사랑하는 친구, 빈센트

가끔은 펜 데생과 유화만 그리면 어떨까 하는 생각을 해.

365네

테오에게

이번 달에 보낼 데생이 여전히 라파르트에게 가 있다. 그렇지만 않았어도 벌써 너한테 보냈을 텐데. 조만간 라파르트가 여기에 며칠 와 있을 예정인데 그때 가져다 달라고 말은 해놨어.

네가 코르를 그렇게 생각한다니 참 마음이 놓인다. 아버지 어머니께 보낸 편지로 알게 됐어. 브라트도 건강이 좀 나아졌다니 다행이야. 지난번에 나한테 보낸 편지는 네 오해 때문이었다는 거, 너도 알았겠지. 그렇지? 네가 확실히 잘못 알고 있었다는 걸 확인했기를 바란다.

라파르트 이야기를 조금만 더 이어갈게. 사실, 너와 나 사이가 그리 원만하지 않은 터라, 그 친구한테 네 이야기를 자주 할 필요는 없겠지.

하지만 그 친구가 곧 이곳 집에 방문할 텐데, 네가 안부조차 묻지 않다니 매우 예의에 어긋난다고 생각되는구나. 라파르트와 친분도 있으면서, 그 친구 작품을 하나도 본 적이 없고, 내가 말해준 것 외에는 어떤 작업을 하고 있는지조차 모른다는 게, 이렇게 눈곱만큼도 관심을 주지 않는 게 과연 옳은 일인지 자문해봐라. 그 친구는 사람들이 작품을 주목하게 될, 중요한 인물이 될 거야. 언젠가 라파르트가 날 방문했을 때, 예술에 조예가 깊은 너를 보고 스스로 초라하게 느꼈었지. 그때 이후로 그는 엄청나게 발전했다!

이런 이야기를 듣고 후속 조치를 취해서 네가 손해 볼 일은 없을 것 같다. 그냥 네가 그 친구와 다시 친분을 이어나갔으면 하는 바람이야.

무엇보다 그 친구, 그림 솜씨가 나를 훨씬 능가하거든. 이런 이야기를 하는 건, 그저 네 일을 게을리하지 않았으면 한다는 마음을 전하고 싶은 것뿐이다.

근래에 너와 나 사이에 불화가 있었다는 사실을 털어놓으면, 그 친구가 어떻게 생각할까.

그런데 최근에 내 그림을 볼 기회가 있었던 그 친구가 내 그림을 확실히 마음에 들어하더구나. 난 그 친구에게, 너와 나 사이가 더없이 좋다고 말할 수 있었으면 좋겠다.

그렇다고 이 이야기를 끝도 없이 물고 늘어질 생각은 없어. 곧고 뻣뻣한 줄로 예술을 나눠서 이거는 보여줄 것들, 이거는 구석에 처박아둘 것들, 이렇게 나누고 싶다면, 그건 네 사정이니까.

지금은 역겨워서 그 이야기는 더 하고 싶지 않다.

라파르트의 그림에 대한 다른 사람들의 평을 듣다 보면 너무 어이가 없어서 내 귀를 의심할 때가 종종 있어. 하지만 그 친구는 웃어넘기지. 남들의 허세에 압도되지 않고 좌절하지 않으려면 이런저런 상황도 대비해야 하고, 자신에 대한 믿음이 있어야 해. 화가에게 가장 중요한 건, 자신의 작품에 쏟아지는 혹평을 보상해주는 진정한 마음을 가진 친구의 존재야. 너도 라파르트의 그림을 보면, 분명 호감을 갖게 될 거야. 그리고 또 그만큼, 그 친구도 그런 네 반응을 모른 체하지는 않을 거고.

라파르트도 나처럼 단순한 호감을 얻었다고 만족하지 않고, 누가 뭐라고 하든, 신경 쓰지 않고 앞으로 나아갈 거야.

어머니는 걷는 법을 다시 배우셔야 한다는 것 외에는 잘 지내신다. 다리 운동을 하시면 조금씩 움직임이 부드러워지실 거야. 어쨌든 훨씬 안 좋을 수도 있었어. 안부 전한다.

너를 사랑하는 형, 빈센트

366네 ____ 1884년 4월 초

테오에게

이 편지에, 지금 다른 것들과 동시에 작업하고 있는 유화 크로키 1점 동봉해 보낸다. 오후에 바라본 꽃이 만개한 나무 그림이야. 라파르트가 여기 올 때 가져오기로 한 내 그림 중에 이 분

위기를 표현해본 게 3점 더 있어. 배경으로 삼았던 뜰의 분위기가 고풍스럽기도 하고 동시에 투박하기도 한 게 놀랍도록 사실적이었는데, 그게 상당히 인상적이었어. 그래서 그렸다가 찢어버린 습작 3점을 빼고도 펜 데생으로 3점을 더 그렸지. 따로 떼어놓고 별도로 그리거나 아무 생각 없이 되는대로 그리면 표현하기 상당히 까다로운 그런 상세한 것까지 그림에 옮겨서 분위기를 살려보고 싶었거든.

그래도 내 그림에 개인적으로 희망을 거는 이유는, 쓸모없이 시간과 힘만 낭비한 거라 여기기엔 정말 많은 공을 들였기 때문이야.

다시 말하지만, 소위 전문가라는 예술 감정사들이 점점 더 기를 쓰면서 진부한 평들을 쏟아내도, 난 그저 어깨만 한 번 으쓱할 뿐이야.

라파르트는 지금 모델을 세워두고 그린 유화 몇 점을 작업 중인데 조금만 더 하면 완성할 수 있겠다더라고. 지금 당장 오는 대신 편지를 먼저 보내왔는데, 5월경에 올 예정이고, 실례가 되지 않는다면 전에 비해 오래 머물러도 되느냐고 묻더라. 여기서 그림을 좀 그려보고 싶어서 그렇대.

그 친구가 와 있을 때, 너도 여기 들를 수 있으면 좋겠다.

그나저나 내가 내 그림에 지나친 희망을 걸고 있다고 여기지는 말아주기 바란다. 자신이 공들인 실질적인 결과물로 몇몇 사람의 마음을 움직여서 겉치레에 불과한 괜한 찬사 말고, 그들의 이해를 받을 수 있으면 그걸로 족하다는 게 내 생각이야.

그러고도 무언가가 더 주어지면 정말로 감사한 일이겠지만, 그 이상의 것은 되도록 너무 바라지 않는 게 좋아. 그렇더라도 내 그림을 사람들에게 보일 필요는 있는 것 같아. 그래야 몇 안 되는 친구들도 단순한 행인 이상의 감상자가 될 수 있을 테니 말이야. 그렇다고 해서 대다수가 하는 말이나 행동을 아무 생각 없이 따라 해서는 안 돼.

안부 전한다.

너를 사랑하는 형, 빈센트

367네 ___ 1884년 4월 30일(수)

테오에게

네 생일, 진심으로 축하한다.

지난번 편지에 아주 중요한 소식이 담겼더라. 적어도 이젠 상황이 명확해져서 너도 만족스럽지 않을까 싶다.

네 다음 편지가 벌써부터 기대된다.

나는 요즘 직조공을 큰 유화로 작업 중이다. 방직기를 정면으로 바라보고 그린 건데, 흰 벽을 배경으로 작업하는 직조공을 작고 어둡게 그려 넣었어. 동시에 지난겨울에 시작했던, 빨간 천을 짜고 있는 방직기도 그리고 있지. 이건 방직기를 측면에서 그렸다. 그밖에 황야도 2개 작업 중이고, 우듬지 잘라 낸 자작나무도 하나 있고.

방직기를 제대로 표현하는 게 여전히 힘들다. 실제로 보면 대단히 엄청나게 아름다운 물체야. 회색 벽을 배경으로 그 앞에 놓인 낡은 떡갈나무 재질의 방직기는 꼭 한 번은 제대로 그려보고 싶은 소재야. 직조공을 주인공으로 한 인물화도 색조와 색감을 잘 살려서 네덜란드를 대표하는 회화의 범주에 들 수 있도록 애써야 한다는 게 내 생각이야. 조만간 직조공 그림을 2점 더 그리고 싶은데, 이번에는 인물을 전혀 다른 방식으로 그려볼 거야. 그러니까 방직기 뒤에 앉은 게 아니라 손으로 실을 고르는 모습이라든지.

저녁에 보니 불을 켜두고 작업하는데 그 모습이 꼭 렘브란트 회화 같은 분위기였어. 요즘은 다들 벽에 거는 등불을 쓰더라. 얼마 전에 직조공한테 작은 등을 하나 받았는데 밀레의 〈밤샘〉에 나오는 것과 똑같아. 예전엔 작업할 때 이런 걸 켰던 거야.

또 얼마 전에는 달빛 속에서 색색의 천을 짜내는 직조공을 지켜보았다. 네가 여기 오면 꼭 데려갈 생각이야. 당시, 직조공들은 실을 고르고 정리하려고 달빛을 상대로 몸을 숙인 터라 어둡게 보였는데 그게 색색의 실과 대비가 되더라고. 그리고 하얀 벽 위로 방직기의 그림자도 만들어졌어.

잘 지내라. 가능하면 곧 편지하고.

너를 사랑하는 형, 빈센트

라45네 ____ 1884년 3월 21일(금)에서 28일(금) 사이

나의 벗, 라파르트

나는 물론이고 우리 부모님 역시 자네를 우리 집에 초대하려 하니, 언제, 자네가 원하는 날짜에, 이곳에 와서 며칠 보내면 어떤지 묻고 싶네.

어머니는 이제 거실에서 안락의자에 앉으실 정도로 많이 회복되셨어. 그리고 바퀴 달린 의자로는 밖에도 나가실 수 있어. 거동도 조금씩 하시는 편이고. 처음의 걱정에 비해 굉장히 좋아지셨지. 밖에 나가면 나무에 꽃이 만개했고 본격적인 더위는 찾아오기 전이라서 긴 시간 여기저기 산책하기에도 아주 좋아.

며칠 전에 자네에게 펜화 3점을 더 보냈네. 〈배수로〉, 〈늪지대 소나무〉, 〈갈대로 지붕을 엮은 집〉이야. 자네가 좋아하는 소재들일 거야. 어떻게 그렸냐면, 펜선의 윤곽선 처리를 더 뚜렷하고 자연스럽게 하려고 애썼고, 내가 본 구조나 형태를 어떤 계산적으로 혹은 의도적으로 간과해버리지 않고, 또, 큼직큼직한 사물의 색조를 결정지을 효과를 내가 본 그대로 살리려고 했어. 자잘한 부분들을 전체적으로 들여다보면, 내가 고의로 이런저런 것들을 모두 소홀히 지나친 건 아니라는 걸 자네도 이해할 거야. 어디서 그림을 그리든 상대적으로 짧은 시간 내에, 빛과 어둠의 효과는 물론, 그 순간에 느껴지는 자연의 영혼 그리고 전반적인 분위기 등의 본질을 살리려면 어쩔 수 없는 측면이 좀 있었어. 이 세 가지 요소는 발현되는 시기가 각기 다른데 요즘이 바로 이것들을 동시에 볼 수 있는 시기야.

자네가 이곳에 올 수 있을 거라 기대해도 되겠지? 자네 화구는 꼭 가져오고 자네 작품도 가져올 수 있으면 더 바랄 것도 없을 거야. 〈테리스헬링의 여인들〉은 물론이고 자네의 〈직조공〉도 다시 보고 싶거든.

나도 안부 전하지만, 우리 부모님도 자네한테 안부 전하신다네.

자네를 사랑하는 친구, 빈센트

여기 올 때 내 그림들도 좀 가져다주면 좋겠네. 자네만 괜찮다면 다른 그림으로 다시 한 번 시도해봐도 괜찮을 것 같거든.

그리고 자기 그림을 여기저기 보여주는 건, 괜찮은 생각 같아. 좋아하는 사람만 있는 건 아니겠지만, 상관없어. 그래도 주변에 그림을 보여주는 게 좋아.

아마 몇몇 사람에게 보여줬을 텐데, 보기 싫다고 한 사람도 있을 테고, 비웃는 사람, 자기가 보기에는 이렇게 저렇게 하는 게 낫겠다고 말하는 사람도 있었을 거야. 그래도 계속해서 새로운 그림을 보여주다 보면, 전부는 아니라도 몇몇은 생각이 달라질 거야.

당장이라도 자네한테 내 유화 습작을 보여주고 싶은 마음이야.

368네 ____ 1884년 5월 12일(월)에서 15일(목) 사이

테오에게

마지막에 보내준 편지에 너무 오랫동안 답장을 하지 못했는데, 그 이유를 설명할게. 우선, 네 편지와 동봉해 보내준 200프랑은 정말 고맙게 잘 받았다는 말부터 전한다. 다음으로는 최근에 임대한 널찍한 화실 공간 정리를 막 마쳤다는 소식도 전한다.

큰 방과 작은 방이 연결된 구조의 화실이야.

한마디로 지난 2주간 할 일이 어마어마했다는 말이지. 집에다 차린 협소한 공간에 비하면 훨씬 쾌적하게 작업에 집중할 수 있을 것 같아. 네가 직접 보면 내가 굳이 왜 이런 공간을 빌렸는지 인정해줄 거라 믿는다.

게다가 최근에는 일전에 말했던 커다란 직조공 유화를 주로 작업했어. 지금은 이젤 위에 너도 잘 아는 작은 교회 종루 유화가 올라와 있는 상태야.

전시회 소식은 아주 흥미로웠어. 네가 퓌비스 드 샤반느의 작품을 그런 시각으로 보고 있다니 반가웠다. 나 역시 네 의견에 전적으로 동의해.

너와 나는 같은 시각으로 채색에 능한 화가들을 바라보고 있어. 나는 퓌비스 드 샤반느의 그림 앞에서 경탄하는 사람이긴 하지만, 마우베 형님의 황소 풍경화나 이스라엘스의 유화를 보며 네가 느끼는 감정을 나도 똑같이 느낀다는 사실은 달라지지 않아.

내 배색법에 대해서도 할 말이 있는데, 여기서 그린 것들은 은색 색조보다 암갈색이나 흑갈색 등의 갈색 색조가 느껴지지 않니? 분명, 이 부분을 지적하는 사람들이 있을 거야.

네가 여기 와서 직접 보면 확실히 알 수 있을 거다.

요즘은 그림 여러 개를 동시에 작업하느라 정신이 없는 편이야. 라파르트는 주말 무렵에 올 수 있다더구나. 정말 반가운 일이지.

그 친구가 올해가 가기 전에 한 번 더 와서, 오래 머물다 갔으면 하는 바람이다.

이번에 올 때 내 데생을 가져올 텐데, 받자마자 바로 네게 보내마.

그건 그렇고, 작년에 있었던 신상의 변화에 대해서는 아무래도 나도 너와 생각이 같다는 걸 인정해야겠지. 내 사정도 나아졌고, 그게 또 원하던 변화였으니까.

그렇다고 해도, 잘 끌고 나가고 싶었던 관계를 포기할 수밖에 없었던 상황은 아무리 생각해도 여전히 우울할 따름이다.

어머니는 계속 좋아지시는 것 같아. 어제는 바퀴 달린 의자로 내 새 화실도 둘러보고 가셨어.

요즘은 주변 사람들과의 관계가 상당히 좋아졌다. 사람들과의 교류에 비중이 커졌는데, 가끔은 기분전환도 필요하니까. 내가 외로움에 시달리면 작업도 덩달아 고통을 받으니까. 그래도 이 원만한 상황이 언제든 틀어질 수 있음은 유념하고 지낸다.

그나저나 뉘넌 사람들 인상은 괜찮은 편이야. 에턴이나 헬보이르트 사람들보다는 나은 것 같아. 여기 온 지도 제법 됐는데 분위기도 평온하고 그래.

동네 사람들 행실은 목사님 설교에 따라간다는 말은 사실이다. 이 동네 사람들도 워낙 그런 편이라, 나는 뭐 적응하는 데 아무런 문제도 없어.

*우리가 꿈꿨던 브라반트*와 거의 비슷한 기분도 들어.

솔직히 말하면, 브라반트에 정착하겠다고 마음먹었던 애초의 계획이(물거품이 돼버렸지만) 다시 새록새록 머릿속에 떠오른다. 이런 막연한 계획은 순식간에 무너질 수 있는 터라 헛된 희망을 품지 않는 게 중요해. 아무튼 그렇다고. 상황이 달라지기 전까지는 해야 할 일이 많다. 다시 널찍한 공간에서 모델을 세우고 작업할 수 있게 됐어. 다만, 이 상황이 언제까지 지속될지는 모르겠다.

안부 전한다. 전시회 때문에 바쁘겠지만, 그만큼 흥미롭고 신나는 시간이기도 하잖아.

보내준 것, 다시 한 번 고맙다. 안 그래도 이사 문제 때문에 필요한 터였어. 새 화실을 보고 나면 내가 왜 이런 선택을 했는지, 너도 이해해줄 거라 믿는다. 잘 지내라. 마음의 악수 청한다.

너를 사랑하는 형, 빈센트

온 집안 식구들이 안부 전하면서, 자신들에게도 편지하라고 한다.

369네 ___ 1884년 5월 28일(수) 추정

테오에게

라파르트가 열흘쯤 묵을 예정으로 이곳에 왔다는 소식 전한다. 아울러 그 친구가 묻는 안부도 함께 전한다.

예상했다시피, 이번 기회에 둘이서 여기저기 많이 돌아다니면서 작업하는 직조공도 여럿 보고, 시골에서 만날 수 있는 아름다운 그림 소재도 많이 발견했어.

라파르트는 여기 자연에 아주 많은 관심을 보였어. 사실 나도 점점 이곳이 마음에 들고.

아, 그리고 내 펜화를 가져왔으니, 이제 너한테 보낼 수 있게 됐다.

그린 지 오래되진 않았는데, 그 뒤로는 다른 방식으로 그려.

요즘은 유화만 그린다.

네가 와서 보고 그럴듯한 면을 발견할지 정말 궁금하네.

지난겨울에 네가 편지로 이렇게 말했어. 내 수채화에서 배색이나 색조가 여기저기 나아진 것 같으니, *계속 그렇게 해나가면* 좋겠다고 말이야.

보면 알겠지만, 그 이후로 나는 여전히 그런 식으로 노력 중이고, 이후에 그린 수채화에서도 그런 특징이 두드러지고 있어.

방금 방직기 앞에 서 있는 직조공 인물화를 그렸어. 인물 뒤로 기계가 보이는 그림이야. 그리고 집 뒤로 난 정원의 연못을 배경으로 풍경화도 작업 중이야! 라파르트도 여기서 작은 크기의 직조공을 그렸는데, 아주 근사해 보이더구나. 그리고 앉아서 실 감는 여인의 상반신도 그렸지.

라파르트가 머무는 동안 나는 저녁을 배경으로 직조공의 초가집을 다시 그렸어. 드렌터에서 본 초가집 비슷한 분위기로.

라파르트는 여러 인물을 배치하고 위트레흐트의 어시장을 크게 그릴 계획이래.

이번 여름에 네가 오면 이 친구의 다른 그림들도 보여주고 싶다. 내가 그랬듯 자신도 그런 걸 조만간 보내주겠다고 약속했거든. 각자 어떤 작업을 하고 있는지 서로 알 수 있게 말이야.

새 화실은 완전히 마음에 들어. 공간도 넓고 건조한 편이야. 조만간 네 소식 들으면 좋겠다. 화실을 새로 꾸리니 들어가는 게 많다. 그나마 식비가 들지 않아서 크게 도움이 된다. 안 그랬으면 요즘 같은 시기에 지금처럼 그리는 건 *꿈도 못 꾸지*. 그러니 아마 네가 여기 오면, 내 실력도 많이 달라진 걸 확인할 게다.

적어도 라파르트의 의견은 그래. 그나저나 나는 이 친구하고 채색 부분에서는 경쟁할 마음이 전혀 없어.

안부 전한다. 곧 편지하고, 마음의 악수 청한다.

너를 사랑하는 형, 빈센트

〈직조공〉 데생은 내가 지금 작업하고 있는 유화를 보고 그린 거야. 기계장치 외에 방직기의 밝은 부분과 어두운 부분까지 표현해놨어. 그런데 이것만 보고 유화도 비슷할 거라 예단하지는 말아라. 유화는 이렇게 건조하지 않거든.

라46네 ____ 1884년 5월 말에서 6월 초로 추정

친애하는 나의 벗, 라파르트

오늘 자네한테 편지를 썼어. 테르스헬링에서 보낸 편지가 내 편지와 어긋난 모양이네.

여행에서 돌아오는 길에 많은 작품을 가져올 거라니, 듣던 중 반가운 소식이야. 자네 습작에 대한 설명을 들으면 아주 *그럴듯한* 작품을 그렸구나 싶어. 자네가 그린 〈어시장〉 밑그림을 보지 못한 게 여전히 후회스러워.

이미 말했듯이, 내가 편지에 썼던 내용 있잖아. "이 부분들을 이 상태로 유지하려면, 내 생각에는, 명암 대비 효과로 처리해야 할 것 같아." 이 말은 아무래도 잘못했던 것 같아. 왜냐하면 자네 의도와 맞지 않을 수도 있고, 만에 하나 그리자이유 기법이 오히려 역효과를 낼 위험도 있어. 하지만 자네 크로키에서 인물이 *차지하고 있는 위치*는 집이나 거리, 하늘의 위치에 비해 아마 유화와 거의 일치할 거야. 그래서 처음 봤을 때 나머지 것들 때문에 인물이 사라지고, 인물이 살아남기 위해 주변과 *투쟁*하는 것 같은 분위기가 느껴져 다소 놀라긴 했어.

그래서 초반의 밑그림을 못 봐서 아쉽다는 거야.

따지고 보면, 자네 짐작대로, 내가 무언가를 놓쳤던 건 아니야. 문제적 그림을 그린 건 내가 아니라 *자네*잖아. 내 판단의 근거는 자네도 부인하지 않을 사실이야. 그러니까 *자네는 유화를 그리고 있잖아*.

그리고 유화는 그린 사람이 자네건 누구건, *한 가지* 대상을 *아주 분명한* 방식으로 이야기해야 하고.

판 데르 베일러에게는 내가 다른 사람들과 정반대의 이야기를 했던 기억이 나. 암스테르담에서 있었던 전시회에서 상을 탄 그림이었는데, 여러 가지 다양한 걸 그려놓았는데도 *일체감*과 형식이 흐트러지지 않은 점이 상당히 마음에 들고 대상을 보고 그린 사실적인 습작과는 전

혀 다른, *제대로 된 유화* 같다고 말했었어.

어쨌든, 자네 밑그림은 못 봤고 작은 크로키만 봤지만, 자네 그림에는 믿음이 가. 분명, 아주 괜찮은 결과물이 나올 거라는 사실은 믿어 의심치 않는다고. 하지만 내 말은 여전히 유효해. 다시 말하지만, 전경에 모든 걸 다 담을 수 있을지도 모르겠고, 유약하다고 일컬을 수 있는 불분명하고 우툴두툴한 여러 개의 색이 너무 혼재하는 건 아닐까 걱정이기도 해. 올여름, 나도 〈직조공의 집 내부〉를 그리면서 똑같은 경험을 했어. 전경에 온갖 색이 다 쌓이다 보니 그림을 더 이어나갈 수가 없었지. 후경에 배치해야 할 것들까지 전경에 포함해서였어. 그러다 보니, 단단한 기초가 될 전경이 부족하게 된 거야. 그렇게 나 자신을 탓한 경험이 있어서 자네한테 이렇게 말하는 거야.

거의 모든 화가들이 겪을 수 있는 실패의 경험이지. 그리는 대상을 *커다란* 캔버스로 옮겨서 충분히 해결할 수 있는 문제기도 해.

그나저나 자네 혹시 「런던 뉴스」에 실린 프랑크 홀의 〈퇴장〉을 본 적 있나? 위트레흐트에 갔을 때 톰슨의 〈목동〉과 함께 가져온 그림이야.

안부 전하네. 10월에 다시 와주면 좋겠어. 그럴 수 있다면, 언제 가능한지 미리 알려주고.

마음의 악수 청하네.

자네를 사랑하는 친구, 빈센트

370네 ___ 1884년 6월 6일(금) 추정

테오에게

지금도 네가 찾아왔던 그 기분 좋은 시간을 종종 떠올리곤 한다. 조만간 또 그런 시간이 왔으면 좋겠다. 긴 시간이 흐르기 전에 말이야.

그 뒤로, 실 잣는 여인을 정말 열심히 그리고 있어. 여기 스케치 하나 동봉해 보낸다. 크기도 제법 큰 편이야. 색조는 좀 어둡게 칠하는 중인데 인물은 파란색으로 처리했고, 약간 쥐색 계열의 숄을 걸친 모습으로 그렸어.

비슷한 분위기로, 작은 창문 앞에서 밑실감개 옆에 앉은 노인도 그려보고 싶어. 네가 가진 액자 크기를 얼른 알았으면 좋겠다. 그래야 빨리 그림을 시작하지. 크기가 적당하면, 실 잣는 여인을 액자에 맞게 작은 유화로 그릴 수도 있을 것 같아.

여기 샤를 블랑의 『이 시대의 예술가들』에서 발췌한 내용을 몇 구절 적어볼게.

> 외젠 들라크루아가 사망하기 3달 전, 우리는 팔레-루아얄 회랑에서 그와 마주쳤다. 밤 10시경이었고, 나는 폴 슈나바르와 함께 있었다. 만찬을 마치고 나오는 길이었다. 그 자리에서 예술

에 관한 열띤 토론이 진행되었고, 우리 두 사람은 밖으로 나와서도 계속 관련 대화를 이어가고 있었다. 우리는 무의미한 대화에 활기와 열정을 더해 이야기를 이어나가고 있었다. 색과 관련된 주제로 넘어갔을 때였다.

"개인적으로, 위대한 채색 전문가들은 어느 지역 고유의 색을 사용하지 않는 사람들이라고 생각해." 그렇게 내 주장을 펼치려던 순간, 로툰다 홀에서 걸어오는 외젠 들라크루아가 눈에 띄였다.

그는 우리 쪽으로 걸어오며 소리쳤다. "저 양반들, 분명, 그림 이야기를 하고 있겠지!" 내가 대답했다. "그렇습니다. 안 그래도, 개인적으로는 역설이라고 할 수는 없는 그런 명제를 설명하려던 참이었는데, 선생만큼 명확한 판단을 내리실 전문가도 따로 없을 것 같습니다. 저는 위대한 채색 전문가들은 어느 지역 고유의 색을 사용하지 않는 사람들이라고 생각합니다. 그리고 선생께는 더 이상의 설명이 필요없겠네요.

외젠 들라크루아는 눈을 껌뻑이며 평소 습관대로 뒤로 두 걸음 정도 물러서더니 이렇게 대답했다. "아주 정확한 지적입니다. 이런 예를 들어드리지요(그는 손가락으로 포석의 더러운 회색 색조를 가리켰다). 만일 파올로 베로네제에게, 머리가 금발이고 살갗은 이 포석과 비슷한 색조인 아름다운 여성을 그려달라고 말하면, 그는 그렇게 그릴 겁니다. 그리고 그 그림 속의 여성은 금발일 겁니다."*

'빈약한 색'이란, 그림 자체의 색을 의미하는 게 아니야. '빈약한 색'은 예를 들어, 강렬한 적갈색이나 진파랑색, 황록색과 같이 사용될 경우, 들판이나 막 싹이 돋고 있는 밀밭의 은은하고 상쾌한 초록색을 사실적으로 표현할 수 있어.

그런데 특정 색들을 '빈약한 색'이라고 이름 붙인 더 복은 아마 내 말을 절대 반박할 수 없을 거야. 왜냐하면 언젠가, 그 친구가 이런 말 하는 걸 들었거든. 코로의 그림을 보면 밤하늘이 상당히 밝은 색조로 그려졌지만, *그 자체로는 상대적으로 어두운 회색 색조*라고.

조만간 식구들이 네 편지에 고맙다는 답장을 보낼 거야.

다시, 채색의 문제로 돌아가서, 길거리 포석의 지저분한 회색으로 밤하늘이나 금발의 여성을 칠할 수 있다는 건, 가만히 생각해보면 *이중적인 의미*가 있어.

우선 '밝게 보이게 하는' 게 아니라 밝아 보이는 짙은 색이 있기 때문이야. 솔직히 이건 색조의 문제에 해당하지. 하지만 색상 자체로 보면, 상대적으로 적색 기운이 빠진 적회색은 어떤 색과 인접하는지에 따라 각기 다른 붉은 색조를 띠게 되는 거야.

파란색이든 노란색이든 마찬가지야.

* 불어 원문을 적었다.

어떤 색을 보라색이나 자홍색 색조 바로 옆에 칠하고 노란 색조가 분명히 드러나게 하고 싶으면 그 색에 점 크기 정도의 노란색을 섞으면 충분해. 붉은색 표면 위에 빛이 쏟아지는 효과를 내려고 주홍색, 빨간색, 크롬색 등을 섞어서 시도한 사람도 있었는데, 결과는 신통치 않았지.

그런데 야프 마리스는 여러 수채화에서 불그스름한 색에 글라시 효과로 살짝 황적색을 입혀 그럴듯하게 칠해냈어. 이렇게 빨간 지붕 위로 쏟아지는 햇살의 효과를 완벽히 재현해냈어.

언제 시간이 나면 들라크루아에 관한 이 대목 몇 구절 더 옮겨적어 보내줄게. 색과 관련된 예외 없는 불변의 법칙에 관한 내용이야. 사람들이 '*색*'을 말할 때, 대개는 *색조*를 말하는 거라고 생각해.

어쩌면 요즘은 *채색 전문가*보다 *색조 전문가*가 더 많다는 생각도 든다. 물론 색이나 색조는 짝을 이뤄서 봐야 하는 개념이지만, 엄연히 서로 다른 거야.

나도 네 의견에 전적으로 동의해. 사실, 요즘, 어떤 문제에 조언을 줄 수 있는 사람, 설명이나 깨달음을 줄 수 있는 사람 중에서 전문가 티를 내지 않고, 결국은 지루하고 평범한 이야기에 불과한 것들을 거창한 말로 과대 포장하지 않는 사람을 만나서 이야기하는 게 점점 더 어려운 세상이 된 것 같다는 말 말이야.

그런데 지금도 여전히 *자연*으로부터는 많은 걸 배울 수 있어.

안부 전한다. 네 액자 크기 꼭 알려주고. 명심해라,

형은 언제나 너를 사랑한다, 빈센트

371네 ____ 1884년 6월 중순

테오에게

지난 편지에 실 잣는 여인 외에 커다란 남자 인물화도 그려보고 싶다고 했었잖아. 작은 크로키 1장 동봉한다. 내 화실에 왔을 때 같은 데서 그린 거라고 말했던 습작 2점 기억하니?

프로망텡이 쓴 『과거의 대가들』을 읽었는데 정말 흥미로웠어. 책 여러 대목에서 내가 요즘 신경 쓰는 부분을 다루고 있더라고. 사실 헤이그 생활을 청산할 때부터 줄곧 신경 쓴 문제라고 할 수 있지. 이스라엘스도 자주 거론했던 문제라고 들은 바 있고. 그러니까 색을 칠할 때에는 흐린 색부터 시작해서 잿빛 색조를 가미해가며 상대적으로 점점 밝은 색조를 칠해야 한다는 거야. 한마디로, 어두운 색조와 반대되는 색으로 빛을 표현하는 거지. '너무 검다'는 말을 네가 뭐라고 할지 아주 잘 알아. 하지만 다른 한편으로는, 딱 한 가지만 말하자면, 잿빛 하늘을 고유의 색으로 표현해야 한다는 건 아직 수긍이 가지 않아. 마우베 형님은 그렇게 했지만, 라위스달은 그러지 않았고, 뒤프레도 마찬가지였어. 코로는, 도비니는???

그리고 인물화도 풍경화와 마찬가지야. 내 말은, 흰 벽을 칠하더라도 이스라엘스는 르노나 포르투니와 전혀 다른 방식으로 칠했을 거라는 말이야.

그런 배경 색이라면 인물들이 당연히 달라 보일 거야.

네가 이런저런 새 인물의 이름을 나열할 때마다, 그들 작품을 *전혀* 본 적이 없어서 이해가 안 갈 때도 많아. '인상주의'에 관한 네 설명을 들어보니, 내가 생각했던 것과 전혀 다른 것 같더라. 하지만 명확히 와 닿지는 않아.

나 같은 경우, 이스라엘스의 그림을 보면서 이런저런 걸 느끼곤 하는데, 다른 그림이나 새로운 건 별로 관심이 가지 않는 편이야. 프로망텡은 라위스달에 관해 이렇게 말했었어. 요즘 사람들은 그보다 기법 면에서는 *훨씬* 뛰어날 거라고. 카바와 비교해도 훨씬 뛰어날지 모른다고도 했어. 카바는 뤽상부르에 전시된 그림을 봐도 그렇고, 그 단순한 멋 때문에 라위스달과 비슷하다는 평을 받는 작가이기도 해.

그렇다면 라위스달과 카바의 말이 거짓이고 불필요한 것들인가? 그건 아니야. 이스라엘스나 드 그루도 마찬가지야(드 그루는 너무나 간단하지).

하지만 정확히 그런 용어를 동원해 그런 거라고 명확히 말하는 것만으로도 부족하다는 걸까? 매력적이고 부드러운 말투로 설명하면 훨씬 듣기 좋을 수도 있을 거야. 그런 식으로 표현한다고 해서 깎아내릴 건 아니지만, 그렇게 한다고 해서 사실이 더 아름답게 미화되는 건 아니야. 사실은 그 자체로 아름다운 거니까.

뒷면에 그린 그림은 대략 가로 105cm에 세로 95cm *크*기고, 실 잣는 여인은 가로 100cm에 세로 75cm야. 두 그림 모두 흑갈색과 암갈색 색조로 그렸는데 어둡고 먼지 들어찬 실내 느낌을 살리기 위해 따뜻한 명암 대비 효과로 표현하는 게 적당한 것 같아. 아르츠라면 이런 색조를 탁하다고 여겼을 거야.

테오야, 이미 *오래전부터* 나는 흑갈색이나 암갈색의 묘미를 앗아가 버리는 화가들의 출현이 아주 못마땅했어. 두 색조는 잘만 활용하면 정말 아름다운 분위기가 연출되고, 풍부하고 고풍스러운 배색 효과가 나는 동시에 남다른 느낌도 살거든. 게다가 고유의 특징도 지니고 있고.

하지만 이 색조들은 활용법을 배워야 해. 평범한 색과 다르게 사용해야 하기 때문이야. 아마 흑갈색과 암갈색 색조를 처음부터 성공적으로 사용할 가능성은 희박하기 때문에 다들 시도하기 두려워하는 것도 당연해. 나는 *1년 전쯤* 처음 시도해봤어. 실내를 묘사하려고. 처음에는 결과가 무척 실망스럽긴 했는데, 그 배합이 만들어내는 아름다운 색조는 여전히 머릿속에 고스란히 남아 있어.

너는 나보다 예술에 관한 책 이야기를 많이 듣지. 혹시 프로망텡이 네덜란드 화가들에 관해 쓴 책처럼, 전문적인 지식을 갖춘 사람이 쓴 괜찮은 저서를 듣거나 읽었다면 나를 위해 몇 권 사주면 정말 좋겠다. 특히 *기법*에 관한 내용으로. 책값은 당연히 주기적으로 송금하는 돈에서 공제하고 보내주기 바란다. 이제 이론을 제대로 공부해볼 생각이거든. 미술의 이론이 영 쓸데

없는 건 아니라고 생각해. 그리고 이런저런 시도를 하고 연구하는 과정에서 실질적인 의미를 가진 용어로 표현된 길잡이 같은 이론을 바탕으로 하면 본능적으로 느끼고 추정하는 것들을 확실한 내용으로 구체화할 수 있을 것 같아.

한 권의 책에서 이런 내용이 *한두 개*에 지나지 않더라도, 가끔은 단지 읽는 것으로 끝낼 게 아니라 구입해서 소장해야 할 때도 있어. 지금이 바로 그럴 때라고 할 수 있지.

토레나 블랑의 시대에 쓰인 것들은 유감스럽게도 이미 오래전에 다 잊힌 내용이야.

이거 하나는 정확히 짚고 넘어가자.

혹시 원 색조[un ton entier]와 가미된 색조[un ton rompu]가 뭔지 알아? 물론 그림을 *보면* 금방 알 수 있겠지. 말로 설명할 수 있느냐는 말이야. 이런 게 중요하다는 거야. 그림을 그릴 때는 본능적으로 행동에 옮기지만, 색에 대해 말할 때는 전문가처럼 이런 내용을 알아두면 유용하거든.

대다수는 사실 자신들이 *듣고 싶은 것들만* 듣는 편이지만, 이런 이론은 정확한 의미가 있어.

색의 법칙은 이루 말할 수 없을 정도로 환상적이야. 무엇보다 단순한 우연의 결과가 아니거든. 사실, 요즘 세상에 갑작스러운 기적이나 하나님이 자기 마음대로 이런저런 걸 하는 거라고 믿는 사람도 없잖아. 오히려 자연을 존중하고, 자연에 더 감탄하며, 자연을 믿는 분위기이지. 같은 이유로, 나는 예술에서 '선천적인 천재'나 '영감' 등의 낡은 생각을 무시만 할 게 아니라, 철저히 조사하고, 아예 기회로 삼아, 확인할 건 확인하고, 바꿀 건 바꿔야 한다고 생각해. 그런 천재가 세상에 존재한다는 사실이나, 천재성이 타고나는 거라는 사실을 부인하는 건 아니야. 하지만 이 사실을 통해, 이론이나 교육이 무의미한 것이라는 결론을 내린다면, 이런 결론은 절대 받아들일 수 없어.

실 잣는 여성이나 얼레 옆에 선 노인의 그림에 적용했던 기법으로 다시 한 번, *같은 그림*을 제대로 그릴 수 있었으면 좋겠어. 아니, 나중에 훨씬 더 잘할 수 있도록 노력해볼 거야.

대상을 직접 보면서 그린 이 두 습작은 지금까지 나답게 그릴 수 있었던 대부분의 습작에(데생 몇 점을 제외하고) 비해, *훨씬 나답게* 그린 그림이야.

검은색의 경우는 우연인지, 이 습작에는 아예 사용하지 않았어. 검은색보다 더 강렬한 효과가 필요했거든. 시에나 블루와 섞은 남색이나 프러시안 블루와 섞은 번트 시에나 블루 등은 순수한 검은색보다 훨씬 진한 느낌이야. 사람들이 '자연에 검은색은 없다'고 말하면 이런 생각이 들어. 말하자면, 색에도 검은색은 없다고 말이야.

그렇다고 해서 채색 전문가들이 검은색을 아예 사용하지 않는다고 착각하면 안 돼. 검은색에 파란색이나 빨간색, 혹은 노란색 성분이 조금만 섞여도 회색이나 짙은 적회색, 황회색, 청회색이 되는 거거든. 무엇보다 샤를 블랑의 책 『이 시대의 예술가』에서 흥미로웠던 부분은 벨라스케스의 기법을 다룬 내용이었어. 그가 사용하는 그림자 효과와 중간 정도의 색조는 대부분 *무색의 차가운 회색조*로 표현돼 있는데, 이 주요 성분은 주로 검은색과 약간의 흰색이야.

그러니까 중립적인 무색의 환경 때문에 '안개'같이 희미한 작은 붉은 점 하나도 두드러져 보이는 거지.

잘 지내고, 전할 말 있으면 곧 편지해라. 가끔은 네가 뤼 뒤프레를 나만큼 좋아하지 않는 게 의아하다.

난 예전에 봤던 그의 그림을 다시 보면, 아름답다는 느낌이 줄어드는 게 아니라, 오히려 항상 본능적으로 느꼈던 그 아름다움보다 *훨씬 더 아름답다*는 생각이 들 거라 확신해. 뒤프레는 코로나 도비니보다 채색 능력이 탁월한 편이야. 물론 두 사람도 채색에 일가견이 있지. 도비니는 색 활용이 *대담*하기까지 했고. 하지만 뒤프레의 채색에는 근사한 교향곡처럼 *완성도*도 느껴지고, *의도*가 분명히 보일 뿐만 아니라 *힘*도 느껴져. 작곡가로 치면 베토벤 정도가 되지 않을까. 교향곡은 엄청나게 계산적이지만 동시에 단순하면서, 끝없는 깊이가 느껴지는 게 꼭 자연 같지. 뒤프레의 그림을 보는 내 느낌이 그래.

그럼 잘 지내라. 마음의 악수 청한다.

너를 사랑하는 형, 빈센트

372네 ___ 1884년 7월 2일(수) 추정

테오에게

네 편지와 동봉된 200프랑 진심으로 고맙게 잘 받았다. 그리고 큰 습작을 보고 그릴 실 잣는 여성을 넣을 액자 크기를 알려준 것도 고맙다.

브레이트너르가 잘 지내고 있다니 듣던 중 반가운 소식이다. 그 친구를 마지막으로 만났을 때 받았던 인상은, 너도 알겠지만 그닥 좋지 않았거든. 그 친구 집에서 본 대형화 3점 때문이었지. 도대체 현실인지, 상상의 세계인지 구분할 수 없었던 그림들 말이야. 하지만 당시 작업하던 수채화는(모래언덕에 서 있는 말들) 스케치 단계였음에도 불구하고 훨씬 나았어. 그때 봤던 그 특징들만으로도, 네가 말하는 그 친구 그림이 괜찮을 것 같다는 게 충분히 이해가 가.

데생 화가 협회 부분은 첫째, 너도 잘 알고 있는 이런저런 작업을 하던 중이라 까맣게 잊고 있었고, 둘째, 네 편지 덕에 다시 생각나긴 했지만, 솔직히 별로 끌리지는 않는다. 여름에 말했던 것처럼, 보나마나 입회를 거부당할 게 뻔해. 물론, 이렇게 거부당하는 것도 이듬해면 털어낼 수 있을, 어쩌면 필요한 악재라고 여길 수도 있어. 막말로, 존재 이유가 있는 악재일 거라고.

하지만 이미 머릿속에서 완전히 지워진 일인 데다 현재 작업 중인 수채화도 없어. 지금 당장 급하게 새 작업을 시작한다고 해도 올해는 이미 늦었다.

그리고 말했다시피, 지금은 다시 직조공의 집 내부에서 그린 대형 습작에 집중하고 있어. 당장 다른 작업을 할 여력이 없어. 그리고 무엇보다 헤이그에 있는 그 양반들과 얼굴을 마주해야 할 텐데, 그래서 좋을 일은 하나도 없거든.

직조공 습작 2점 중 하나는 방직기 일부에 인물 한 명과 작은 창문 하나를 그려 넣었고, 다른 하나는 작은 창문 세 개가 난 집안 내부를 그린 건데 창밖으로 보이는 누런 풀들이 방직기에 걸린 파란 천과 직조공의 파란 옷과 대조를 이뤄.

그런데 여기 온 뒤로, 자연을 둘러보면서 요즘, 가장 인상적인 부분은 적당한 모델이 없어서 아직 그림으로 옮기지도 못했어. 반 정도 익은 밀밭의 색은 지금, 황금에 다시 금칠한 것도 같고, 다소 짙은 색조가 들어간 게 붉은색이나 금빛을 입힌 청동색 같기도 하고 그래. 이 색조가 빈약한 코발트색의 하늘과 아주 극명한 대조효과를 이루고 있어.

이런 장면을 배경으로 서 있는 거칠고 씩씩한 이미지의 여성들을 떠올려봐. 얼굴과 팔다리는 햇볕에 그을렸고 투박하고 더러운 남색 옷차림에 짧게 쳐올린 머리 위로 베레모 모양의 검은 머리쓰개를 얹은 여성들. 그녀들이 여기저기 보랏빛과 초록색 잡초가 자라는 먼지 나는 오솔길을 통해 밀밭을 가로질러 일하러 가는 모습을 말이야. 어깨에 괭이를 걸치거나, 겨드랑이에 호밀 빵 한 덩이를 낀 채로, 물병이나 구리 커피포트를 손에 든 채로.

며칠 사이 비슷한 장면을 여러 차례 봤어. 정말 아름다운 풍경이었어.

풍요로운 동시에 소박하고, 또 상당히 예술적이면서 세련된 그런 풍경이지. 머릿속에 계속 맴도는 장면이기도 해.

그런데 가진 물감이 넉넉지 않아서 큰 그림을 그리기 전에 신중할 수밖에 없어. 게다가 내가 머릿속에 그리는 인물(투박하고 평평한 얼굴에 낮은 이마, 두툼한 입술, 각지지 않고 둥근 윤곽, 마치 밀레의 그림 속 인물처럼)처럼 생기고, 그 인물 같은 옷차림을 한 모델을 세워두고 그리려면 적잖은 비용이 들어간다.

대단히 정확해야 하기 때문에, 옷 색깔을 따로 떼어놓고 생각할 수가 없어. 왜냐하면 가미한 남색 색조와 가미한 코발트 색조 사이에 색조 효과가 나타나기 때문이야. 거기에 밀밭의 오렌지색과 청동빛이 감도는 적색의 은은한 조화가 더해지는 거야.

아마 여름 분위기를 표현하는 방법이 되지 않을까 싶어. 내 생각에, 여름 분위기를 표현하는 게 쉽지는 않을 것 같아. 무엇보다 효과가 그리 아름답지도 않거나, 표현해내는 게 불가능할 것 같아. 적어도 내 생각은 그래. 반대로, 땅거미나 여명, 황혼 등은 좀 다를 거야. 내 말은, 여름에는 단순하면서 동시에 풍부한 햇살의 묘미를 포착하는 게 쉽지 않다는 거야. 다른 계절만큼 특징적이고 아름다운 효과가 나타나는 순간이 드물어.

봄에는 막 움튼 밀이 은은한 초록색 빛을 발산하고 사과나무에 분홍 꽃이 피기 시작하지.

가을에는 노란 나뭇잎과 보라색 색조가 대비를 이뤄.

겨울에는 눈이 내려서 검은 그림자로 효과를 낼 수 있어.

그런데 여름은 전체가 파란색과 밀밭의 오렌지색이나 금박을 입힌 청동색 색조의 대비라고 놓고 보면, 이런 식으로 각기 다른 그림을 그릴 수 있어. 그리고 보색(빨간색과 초록색, 파란색과 오렌지색, 노란색과 보라색, 흰색과 검은색)을 통해서 대비효과를 주면서 각각의 계절 분위기도 살릴 수 있어.

그나저나 네 영국 출장 계획은 대체 어떻게 진행되고 있냐?

어머니 다리는 요즘 좀 회복이 더딘 편이다. 아직 다리를 잘 못 쓰셔.

안부 전한다. 그리고 보내준 편지와 내용물, 다시 한 번 고맙다는 말 전한다. 내 말 명심해라,

형은 언제나 너를 사랑한다, 빈센트

내 생각에 가장 나은 방법은(액자 말이야) 비슷한 크기의 틀을 여러 개 사서, 어느 게 가장 적합한지 끼워보는 거야.

373네 ____ 1884년 7월 20일(일) 추정

테오에게

아버지 어머니께 보낸 편지에 8월 4일에 런던에 갔다가 오는 길에 집에 들르겠다고 했다더구나. 정말이지 네가 여기 왔으면 했는데 반가운 소식이다. 그간의 내 작업들을 네가 다시 한번 꼭 봐줬으면 했었어.

마지막으로 작업한 건 커다란 습작으로 수레를 끄는 황소 그림인데 검은 소하고 붉은 반점이 난 소야.

저녁에, 벌판에서 바라본 낡은 종탑에도 다시 관심을 쏟기 시작했어. 전에 그렸던 것보다 큰 습작을 만들어봤어. 밀밭 한가운데 서 있는 종탑으로.

라파르트가 네 포스마르의 책을 나한테 돌려줘서 읽기 시작했는데, 나만 그런 건지 모르겠지만, 내용이 정말 지루해서 무슨 설교 말씀 같더라. 너도 다시 읽으면 똑같이 생각할걸.

도데의 『사포』 읽어봤어?

아름다운 이야기야. 힘이 넘치고 묘사가 실감 나서 여자 주인공이 살아 있다는 착각이 들 정도지. 숨소리까지 *들리는* 듯해. 책을 *읽는* 중인 줄도 잊게 된다.

여기 오면, 새 〈직조공〉들을 보여주마.

이곳 풍경이 갈수록 마음에 들고, 새 화실도 좋아진다.

여기 오면, 같이 직조공들의 집과 농가에 가보자. 라파르트는 아마 10월경 다시 올 것 같아. 지금은 드렌터에 다시 가 있을 거야.

오늘은 짤막하게만 소식 전한다. 할 일이 많아서. 이른 아침에 일을 시작해야 하거나, 밤늦게 작업할 때가 많아. 그 시간이면 모든 게 아름다워 보이거든. 말로 표현할 수 없을 정도로.

안부 전한다. 내 말 명심하고,

형은 너를 사랑한다, 빈센트

374네 ____ 1884년 8월 4일(월) 추정

테오에게

네가 런던에 있는 동안 짤막하게나마 소식 전하고 싶었다. 마지막에 보내준 편지와 그 안에 든 150프랑, 고맙게 받았어.

나도 거기로 가서 너와 함께 런던 거리를 돌아다니고 싶은 마음이다. 강 주변의 오래된 동네를 비롯한 런던 시내가 우중충하게 느껴지는, 런던다운 날씨면 더더욱 좋겠지. 하지만 너무나 매력적인 특징을 지닌 분위기라서 이 시대의 몇몇 영국 화가들도(프랑스 화가들에게 보고 그리는 법을 배워서) 그럴듯하게 그리기 시작하는 추세야. 그런데 너나 내가 관심을 가질 만한 영국의 예술 작품을 보는 건 불행히도 힘든 일이야. 전시회에 출품되는 것들은 *대부분 관심이 가지 않는* 것들이거든.

여기저기 돌아다니다가, 내가 아직도 영국 회화를 마음속에 품고 있는 이유를 깨닫게 해줄,

그런 작품을 만날 수 있었으면 하는 바람이다. 밀레이의 〈싸늘한 10월〉이나 프레드 워커나 핀웰의 삽화 같은 그림들 말이야. 내셔널 갤러리에 있는 호베마의 작품도 주의 깊게 봐야 해. 그리고 컨스테이블의 아름다운 회화도 놓치면 안 돼. 무엇보다 〈밀밭〉 같은 작품은. 그리고 사우스 켄싱턴에 있는 〈계곡의 농가〉도 꼭 가서 봐라.

네게 가장 큰 울림을 주는 그림이 뭔지 궁금하고, 그 그림들 속에서 네가 무얼 보게 될지도 궁금하다.

지난주에는 매일같이 밭으로 나가서 수확하는 광경을 지켜보면서 작품 하나를 구상했어. 에인트호번에 사는 사람한테 줄 건데, 부엌을 장식할 그림을 찾더라고. 여러 성인(聖人)을 그린 그림으로 부엌을 장식할 생각이라 하더라고. 그래서 메이에레이Meierij에 사는 농부의 일상을 연상시키는(동시에 사계절을 상징하는) 6개의 연작은 어떨지 생각해보라고 권했지. 적어도 그의 식탁에 앉게 될 사람들에게 위에 언급한 성스러운 인물들보다는 확실히 식욕을 돋워줄 수 있을 테니까. 그러고는 내 화실에 왔다 간 뒤에 결국 그렇게 하기로 했어.

그런데 자신이 나무판에 직접 그리겠다는데 과연 제대로 된 결과물이 나올까? (그래도 구성하고 축소형으로 그림을 그리게 될 건 나야.)

어쨌든 친구처럼 지내고 싶은 사람이야. 전직 금은 세공사인데 진귀한 골동품을 수집하고 되팔고를 세 차례 정도 해서 지금은 어마어마한 부자가 됐는데 아주 고급스러운 떡갈나무 장을 비롯해 온 집안을 진귀한 가구들로 장식하고 살아. 벽과 천장을 자신이 직접 장식했는데, 제법 그럴듯해 보이기도 해. 그런데 부엌에는 무슨 일이 있어도 유화를 걸고 싶다는 거야. 그래서 나무판 12개에다 꽃을 그리기 시작했어.

이제 가로로 긴 나무판 6개가 남았는데 거기다가 아까 말한 그림을 그리게 한 거였어. 씨 뿌리는 사람, 밭 가는 사람, 목동, 추수, 감자 캐기, 눈밭에서 수레 끄는 소, 이렇게.

괜찮을지는 잘 모르겠어. 확실히 정한 건 아니거든.

어쨌든 내가 그린 첫 번째 나무판을 마음에 들어 했고 또 다른 주제를 그린 스케치에도 관심을 보였어.

네가 여기 올 날이 기다려진다.

이곳이 점점 더 마음에 들어. 가끔은 이런저런 게 그리울 때도 있지만, 그럴 때마다 작업에 집중한다.

오가는 길에 마주칠 일이 있거든 오바흐 씨에게 안부도 전해주기 바란다.

네가 올 때쯤이면 농부들이 밭을 갈고, 양별꽃 씨를 뿌리고 있을 거야. 아니면, 거의 끝나가고 있거나. 추수를 마친 밭 위로 지는 석양을 보곤 하는데, 기가 막히게 아름답다.

잘 지내라.

너를 사랑하는 형, 빈센트

라47네 ___ 1884년 8월 중순에서 9월 초 사이

친애하는 벗, 라파르트

오랫동안 자네한테 편지하지 못했어. 사실은 내 마지막 편지의 답장을 기다렸었지. 그런데 답장이 없는 걸로 보아 아무래도 자네가 드렌터로 떠난 것 같다고 생각하게 됐지. 그리고 나 역시 정신없이 바빠서 편지 쓸 여유가 없기도 했어. 그러니 잠시라도 짬 내서 그간 어떻게 지냈는지, 그리고 무엇보다 〈어시장〉은 어느 정도 완성했는지 소식 좀 전해주면 좋겠어.

내 근황이라면, 여름에 에인트호번에 다녀왔네. 거기 금은 세공사를 하면서 많은 돈을 번 양반의 집에 갔었어. 진귀한 골동품을 수집한 뒤 서너 번에 걸쳐 되팔아서 큰돈을 벌었다더라고. 이 양반이 그림도 좀 그리는데 자기 집을 장식하겠다고 마음을 먹은 거야(아름답기도 하지만 흉측해 보이는 골동품들이 다시 집에 넘쳐나기 시작했거든). 내가 갔을 때 집에 가로 1.5m에 세로 60cm 크기의 나무판이 6개 있었는데, 거기에 현대판 고딕 양식으로 그려놓은 데생 밑그림으로 〈최후의 만찬〉 비슷한 그림을 그려넣을 생각이라 하더라고.

그래서 아무래도 부엌이니만큼 나중에 식탁에 둘러앉을 사람들이 신성한 인물들보다 현지 농민들의 일상 풍경을 접하면 식욕이 더 살아날 거라고 말해줬지. 반박하지 않더라고. 그 양반이 내 화실에 다녀간 뒤에 농민들의 일상 풍경 연작 6개를 크로키로 그렸어. 씨 뿌리는 사람, 밭 가는 사람, 추수, 감자 캐기, 목동, 겨울(수레 끄는 소). 그래서 지금은 유화 6점을 작업하는 중이야. *내 작업*이기도 하지만, 그 양반 부엌에 들어갈 크기로 그리고 있어. 모델료와 물감값은 받기로 했어. 그래도 유화는 내 소유가 될 거야. 똑같이 옮겨 그린 다음 나한테 돌려주기로 했거든. 이런 식의 합의 덕분에 작업하기로 한 거야. 내가 모든 비용을 감당해야 했다면 꿈도 못 꿀 일이지. 그래서 기쁜 마음으로 작업에 임하고 있다. 그 양반이 옮겨 그릴 때 주의 사항을 알려줘야 하는 게 좀 번거롭기는 해. 이미 최종 크기의 캔버스에, 그러니까 가로 1.5m에 세로 60cm 캔버스에 각각 씨 뿌리는 사람, 밭 가는 사람, 목동을 그려놨고 추수와 겨울에 수레를 끄는 소는 작게 스케치해둔 상태야. 보시다시피, 팔짱만 끼고 가만히 앉아 있을 틈이 없어.

혹시 내가 실 잣는 여성과 또 다른 직조공을 그리는 중이라고 얘기했던가?

상시에가 쓴 J. F. 밀레에 관한 훌륭한 책을 한 권 선물 받았고, 블랑이 쓴 『데생 기술의 기초』는 내가 직접 샀어. 『이 시대의 예술가』에 언급돼 있었거든. 포스마르의 책과 비슷한 내용을 다루고 있는데 나는 블랑의 책이 더 나은 것 같아. 자네도 관심이 있으면 블랑의 책과 밀레의 책을 보내줄게.

안부 전하네. 우리 부모님께서도. 내 말 명심하게,

나는 자네를 사랑하네, 빈센트

375네 ___ 1884년 9월 16일(화) 추정

테오에게

왜 답장이 없는지 의아했을 게다. 150프랑을 동봉한 네 편지는 잘 받았어.

고맙다는 말을 전하려고 펜을 들었었다. 특히나 내 편지의 뜻을 정확히 이해해줘서 고맙다고 말이야. 또 나는 100프랑만 *기대*했었는데, 사실 내 작품이 팔리지 않는 한 그 돈으로는 수지타산이 안 맞는다고 썼다. 그런데 150프랑이면 추가된 50프랑은 내게는 일종의 횡재인 셈이니, *애초에 헤이그에서* 합의했던 금액은 100프랑이었으니까. 만약 우리 관계가 절반만 양호한 것이라면 더 받을 생각은 없다고도 적었다.

그런데 그 편지를 끝마칠 수가 없었다. 그 뒤로도 계속 시도했지만 도저히 다른 말을 이어갈 수가 없더라. 테오야, 끔찍한 사건이 있었다.

그런데 사람들은 거의 몰라. 이런 일이 있었는지 짐작도 못 하고 있는데, 앞으로도 계속 몰라야 해. 그러니 너도 굳게 입을 다물어야 한다. 아주 끔찍했거든! 모든 이야기를 털어놓자면 책 한 권도 부족하지만 그렇게까지 할 수는 없고. 사정은 이렇다. X라는 아가씨가 가족들과의 불화로 인해 절망한 나머지 극약을 삼켰어. 그녀의 자매들이 그녀는 물론이고 내 험담을 끊임없이 늘어놓으니까 감정을 주체할 수가 없어서 이런 행동까지 벌인 거야(*심리적 동요 상태*가 계속 이어졌으니 그럴 만도 해). 테오야. 나는 그녀가 보이는 몇몇 증상에 대해 이미 의사에게 물어봤었어. 그 일이 있기 사흘 전에 그녀의 오빠와 단둘이 만나 그녀가 신경쇠약 증상을 보여 걱정이라는 말까지 전했다. 그리고 이런 말까지 해야 하는 건 유감이지만, 내 생각에, X의 가족들이 X에게 이런 식으로 행동하고 말하는 건 경솔하다고도 했어. 그런데 소용이 없더라. 그들은 그냥 나한테 2년만 기다리래. 난 단호히 거부하면서 결혼에 관한 문제라면 지금 당장이 아니면 아예 접는 게 낫다고 덧붙였어.

테오야, 너도 『보바리 부인』을 읽었으니 보바리 부인이 신경발작으로 사망했다는 거 기억하겠지. 딱 그랬어. X는 극약을 삼켰다는 것만 달랐지.

그녀는 나와 평화로이 산책을 하면서도 수시로 이런 말을 했었어. "당장 죽어버리고 싶어." 그런데 나는 그 말에 크게 신경 쓰지 않았어.

그러던 어느 날 아침, 그녀가 바닥에 쓰러졌어. 그때도 나는 몸이 허약해서 순간적으로 그런 줄만 알았지. 그런데 점점 상태가 악화되는 거야. 몸을 뒤틀고 말을 잇지 못하고, 알아들을 수 없는 말을 웅얼거리면서 축 늘어졌다가 경련을 일으키고. 비슷하긴 했지만 확실히 신경발작은 아니었어. 그 순간, 의혹이 덮쳐오길래 설마 몹쓸 걸 삼킨 거냐고 물었지. 그녀는 소리쳤어. 그렇다고! 난 따지고 생각할 겨를도 없이 움직였어. 그녀는 이 사실을 아무에게도 말하지 않겠다고 맹세해달라고 강요했지. 나는 이렇게 대답했어. 당장에 그 몹쓸 것을 토해내면 원하는 대로 다해주겠다고. 손가락을 목구멍에 쑤셔넣어서라도 그 몹쓸 것을 당장 토해내지 않으면 다른 사람을 부를 거라고. 이후의 일은 너도 쉽게 짐작할 거다.

그녀는 제대로 속을 게워내지 못했고 나는 그녀를 데리고 오빠인 루이스를 찾아가 사실을 알렸지. 그리고 그녀에게 구토제를 먹이라고 말한 다음 그 길로 에인트호번으로 가서 의사인 판 더 로 씨를 만났어.

스트리크닌을 삼켰던 거야. 극소량이었지. 아마 자신을 마취시키려고 클로로포름이나 아편 팅크 같은 약도 섞었나봐. 그런데 그게 알고 보니 스트리크닌의 해독제에 가까운 약효를 가지고 있었던 거야. 어쨌든 그녀는 의사가 제때 처방해준 해독제를 마시긴 했지. 그런 다음 곧바로 위트레흐트에 있는 의사에게 데려갔어. 가족들은 그녀가 여행을 떠났다고 둘러대는 중이야. 아마 그녀는 신체적인 건강은 완전히 회복할 테지만 정신 건강은 한동안 그리 온전치 못할 거야. 나아질지, 악화할지, 그건 두고 볼 일이야. 어쨌든 지금은 잘 돌봐주는 사람들과 같이 있어. 이 일로 내가 얼마나 혼비백산했을지 너도 쉽게 상상이 갈 거다. 다행히 지금은 극약의 성분이 몸에서 다 빠져나간 모양이야.

세상에, 도대체 사회적 지위라는 게 무슨 의미가 있는 거야? 품위 있는 그 양반들이 그토록 매달리는 종교라는 게 무슨 의미가 있다는 거냐고? 정말이지 몰상식한 일들이 이 사회를 정신 나간 사람들의 집합소로 만드는 것 같다. 세상이 거꾸로 돌아가는 것 같다고. 아, 신비주의니, 종교니, 그게 도대체 뭐라고! 지난 며칠간 오만 가지 생각을 다했고, 이런 불미스러운 일에 온 신경이 쏠려 있었다는 걸 알아주기 바란다.

스스로 목숨을 끊으려다 실패했으니, 그녀는 무서워서라도 당분간은 이런 행동을 반복하지 않을 거야. 그러고 보면, 자살 미수는 자살 욕구를 억누르는 최고의 억제제가 아닐까 싶다. 그렇지만, 만에 하나 신경쇠약 증상이 도지거나 뇌염 같은 병에라도 걸리는 날엔…….

그 외에는 뭐 그녀도 잘 지내는 편이야. 다만 합병증이 걱정이긴 해. 사랑하는 내 아우, 테오야. 나는 지금도 심장이 벌렁거린다.

안부 전한다. 곧 편지해라. 왜냐하면 여기서는 대화를 나눌 사람이 아무도 없어. Adieu.

빈센트

첫 번째 보바리 부인, 너도 기억하지?

376네 ___ 1884년 9월 16일(화) 추정

테오에게

희망이 생겨 이렇게 소식 전한다. 환자가 건강을 온전히 회복할 것 같다. 물론 후유증은 걱정된다. 악성이나 만성이 될 수 있는 신경질환 같은 것 말이야.

어쨌든 많은 부분이 주변에서 지켜보는 사람들이나 가족에게 달려 있어. 이 사람들이 그녀에게 해줄 수 있는 건 아무 일도 없었다는 듯, 그냥 따뜻하게 대해주는 거야. 적어도 지난 일을 언급하는 것만큼은 삼가야지. 오늘 이런저런 다양한 소식을 쓴 그녀의 편지를 받았는데, 그녀의 오빠도 받았다더라.

위험한 요소는 두 가지가 있어, 테오야. 급성 신경질환은 신경쇠약이나 뇌염의 형태로 발현될 가능성이 있고, 또 우울증이나 광신도가 될 가능성이 다른 하나야. 그래도 환자가 첫 증상을 보이자마자 바로 치료를 받았고 그녀와 비슷한 상태의 사람이 균형을 되찾을 수 있도록 돌봐줄 수 있는 환경에서 지내고 있어. 오래전부터 알고 지낸 의사 선생 부부댁에 머무는 중이야. 덕분에 어떤 형태로든 병이 발발하면 단시간 내에, 병을 차단하고, 피하고, 억누를 수 있으니, 오래지 않아 이전처럼 차분하게 지낼 수 있게 될 거야.

그녀가 편지로 내게 털어놓은 비밀을 너한테 들려주면, 이번 일로 내가 얼마나 신경이 곤두섰을지 충분히 짐작이 될 거야. 그녀의 가족은 아무도 그녀의 마음을 이해해주지 않았고, 어떻게든 관심을 다른 곳으로 돌려보려던 시도조차 여의치 않자, 거의 대부분, 방 안에서 혼자 내가 빌려준 책만 읽었다더라.

도대체 B의 가족을 어떻게 생각해야 할지 모르겠다. 가족이란 사람들이 애초부터 그녀에게 호의적이지 않았고, 그녀가 떠나던 날조차, 비록 사건의 전모는 모른다 해도, 친절한 말 한마디 건네는 사람이 없더라. 나는 그녀의 오빠를 통해서, *다른 자매들이 뚜렷한 이유나 근거도 없이 그녀를 의심한 것에 당장 사과하라*고 말해줬어. *첫째, 그런 의심은 신중하지 못한 행동이고, 둘째, 그렇다는 사실을 입 밖으로 표현한 것도 잘못된 행동이며, 셋째, 계속 그런 식으로 몰아가면, 결국에는 그녀를 무덤으로 몰고 가는 꼴이 될 거라고*. 적어도 어느 정도 효과는 있었어. 그래서 그녀의 자매와 올케(루이스의 아내)가 처음에 비하면 아주 호의적이고 다정하고 친절한 어투로 그녀에게 편지를 보냈어. 다른 가족들이 오빠인 루이스 B를(극약에 관한 전모를 다 아는 유일한 가족) 의심하긴 했지만, 전모를 다 아는 나와 루이스가 반박했지. 그래도 처음부터 그나마 그녀에게 호의적인 편이었어.

행여 나중에, 이런저런 상황을 의심하는 누군가가 그녀의 자살 시도 등에 관한 이야기를 캐묻거든 시치미 뚝 떼고 모른 척해야 한다. 그런데 아버지나 어머니가 아니면 너한테 그걸 물을 사람도 없을 것 같다.

이 일을 겪으며 『보바리 부인』에 나오는 대목이 떠오른다고 한 이유를 이제 너도 알겠지. 이쪽 환자가 소설의 진짜 주인공인 두 번째 보바리 부인을 닮았다는 건 전혀 아니야. 첫 번째 보바리 부인이면 모를까. 작품 속에 별로 언급도 되지 않고, 그저 자신의 재산과 관련해 청천벽력 같은 소식을 전해들은 뒤, 어떻게, 왜 죽었는지에 관한 설명만 나오는 첫 번째 부인.

이쪽 환자가 절망했던 이유는 첫 번째 보바리 부인과는 다르지만, 나이가 많다는 식의 싫은 소리를 들은 건 마찬가지였어. 어쨌든 앞으로 2, 3주 정도 지켜보면 신경질환의 위험이 있는지 알 수 있을 것 같다.

안부 전한다. 나는 지금도 심장이 벌렁거린다. 아버지 어머니께는 아무 말 말아라.

너를 사랑하는 형, 빈센트

377네 ____ 1884년 9월 21일(일) 추정

테오에게

그녀를 만나러 위트레흐트에 다녀온 이야기를 전하려고 몇 자 적는다. 그녀의 담당 의사 선생님과도 이런저런 이야기를 나눴어. 환자의 건강과 앞날을 위해 내가 할 수 있는 게 무언지 그 양반한테 물어보기도 했어. 계속 그녀를 만나도 되는 건지, 포기해야 하는 건지.

이 문제에 관해서는 의사의 조언만 따를 생각이야. 그녀의 건강이 많이 나쁘다고 전해들었는데(그래도 나아지고는 있대) 그녀를 어렸을 때부터 알고 지냈고 그녀의 어머니도 진료했던 의사 말이, 그녀가 예전부터 허약한 체질이었고 앞으로도 크게 달라지지는 않을 거라더라. *두 가지 상황*이 그녀에게는 위험이 될 수 있다는 게 의사 생각이야. 지금으로서는 너무 허약한 상태라 결혼도 힘들지만, 이별의 상황을 과연 그녀가 극복할 수 있을지 의문이라고.

의사는 시간이 다소 흐른 다음에야 결별이냐 아니냐, 어느 쪽이 최선일지 확실한 의견을 줄 수 있을 것 같다고 했어.

어쨌든 나는 그녀의 친구로 남을 생각이야. 어쩌면 우리가 *서로에게 너무* 집착하고 의존했을지도 몰라.

거의 온종일 그녀 곁에서 지냈어.

그리고 그날, 라파르트의 집에 찾아갔었는데, 그 친구, 어딘가로 여행 중이더라고.

지난 주에 헤르만스 씨에게 보낼 유화 6점의 마지막 작품 밑그림 작업을 했어. 〈땔감을 주워 눈길을 걷는 사람들〉이야. 그러니까 6점 모두 그 양반 집에 있다는 뜻이야. 복제화를 만든다고 했거든. 그 양반 작업이 끝날 때쯤이면 그림도 모두 마를 테니 다시 이젤에 올려놓고 여기저기 손을 좀 봐서 진짜 그럴듯한 유화로 만들 계획이야. 원래 용도로 쓸 나무판 위에 걸린 6점이 한 자리에 모여 있는 모습을 네가 보면 얼마나 좋을까 싶다. 데생은 상당히 정교하게 옮겨 그리지만, 채색 솜씨는 영 아닌 양반 같아. 내 그림은 따뜻한 회색조를 적극적으로 활용했어. 때로는 뜨거운 느낌까지 드는 회색을 사용했는데 그래야 그 집 부엌의 스타일과 내장재와 조화를 이룰 수가 있거든. 안부 전한다.

일전에 네가 편지에 쓴 내용을 그대로 믿으면 안 된다. "확실히 그녀는 천사 같은 환자군요."

전혀 아니거든. 의사도 전적으로 같은 생각이야. 예전부터 성격이 불안정했다고 하더라.

아마 언젠가, 네가 마음속에 품고 있던 결혼에 대한 이론을 실행에 옮기게 될 때, 그러니까 안정적인 생활이 보장된 다음 누군가에게 청혼하게 되면, 네 머릿속에 내가 떠오르는 것도 무리는 아닐 거야.

비록 종류는 다르지만, 나한테는 두 번이나 아주 슬펐던 경험이 있는 게 사실이잖아. 아무튼 그렇다는 거야. 너도 경험하게 되겠지만, 마음속에 담아둔 이론이라는 게 언제나 바라는 결과를 가져오지는 않더라.

어느 정도 사회적 지위를 갖추고, 어느 정도의 수준을 유지하게 되면 아내가 생기고 자식도 생기고 행복한 삶을 살게 되겠지.

그게 사회가 해주는 아름다운 약속일 테니까. 그런데 과연 사회가 그 약속을 지켜줄까?

일반적으로 사회는, *모든 사람들*에게 *어떤 행동*도 못 하게 해서 실망시키지.

너한테 이렇게까지 말을 하는 건 나무라는 잔소리가 아니라(나무라다니, 당치도 않아) 누구보다 너를 위하기 때문이야.

자주 하는 생각인데, il y a du bon en tout mouvement énergique(힘찬 움직임에는 선의가 담겨 있는 것 같아).

테오야, 이제야 무엇이 그녀를 이토록 절망하고 질겁하게 만들었는지 알 것 같다. 그게 뭔지 알아? 그날 밤 *가족*들이 *그녀*를 몰아붙였어(네가 나에게 그랬던 것처럼). 그때 난 네게 화를 냈다(이젠 다 지난 일이지만). 그녀가 나와 비슷한 기질이었다면, 그 상황에서 화를 내고 받아쳤겠지. 그런데 그 말들은(그녀의 형제자매가 한 말은 당연히 네가 나한테 했던 말과 다르겠지) 그녀를 절망시키고 침울하게 만들어서 그런 짓을 하도록 만들었던 거야.

내가 만약 네 입장이었다면, 옆에서 관망하는 입장일 테니, 이런저런 생각을 하다가 이렇게 말했을 거야. 그렇게 생각한다면, 생각하는 대로 하게 하라고.

하지만 그녀는 *형제자매들의 꾸지람에 끌려다니다가, 자신이 큰 잘못을 했다고 믿게 됐지. 하지 말아야 할 일은 하나도 안 했지만* 모두에게 버림받았다고 생각하게 될 정도로 상처를 받았던 거야.

너를 사랑하는 형, 빈센트

(편지지 여백에 적은 글)

조금씩 누그러지고는 있지만, 여전히 자매들에게 화가 난 상태야. 게다가 자매들도 자신들이 했던 말들을 대부분 철회하고 취소했어. 단지 하나만 계속 고집을 피우고 있어. 언젠가 나한테도 무례하게 굴길래 내가 아주 호되게 받아쳤지.

(함께 동봉된 글)

그녀가 자랑스럽게(대여섯 정도 되는 여자들에게 시달린 끝에 스스로 극약을 삼킨 일로 많이 허약한 상태였지만) 말하는 모습을 보니 정말 감동적이었어. 무언가에서 승리하고, 평온을 얻은 것처럼 말하는 그 모습 말이야. "나도 마침내 사랑을 했어요!"

그녀는 이전에는 한 번도 사랑을 해보지 않았다.

난 요즘 *몸이 아플* 정도로 화가 나곤 하는데, 이 분노를 떨쳐내거나 극복할 방법이 도통 보이질 않는다. 앞으로 어떻게 해야 할지……. 나는 그녀의 사회적 체면이 훼손되지 않도록 *언제나 그녀를 존중*해왔다(마음만 먹으면 그녀를 내 마음대로 휘두를 수 있지만 말이야). 어쨌든 그녀는 전과 다름없이 자신의 사회적 자리에 머물 수 있을 뿐만 아니라, 현실을 제대로 깨닫는 날에는 자신을 몰아세웠던 자매들에게 보상을 받아내거나 그녀들에게 복수할 좋은 기회를 얻게 될 수도 있을 거야. 나도 기꺼이 그녀를 도울 거야. 하지만 그녀는 여전히 상황을 깨닫지 못하고 있어. 계속 이러면 *너무 늦을지도* 모르지. 아무튼 말이야.

그녀를 더 일찍 만나지 못한 게 아쉬울 따름이다. 한 10년 전쯤 말이야. 그녀를 보고 있으면 마치 능력 없는 수선공으로 인해 훼손된 크레모나 바이올린을 보고 있는 기분이 들어.

어쨌든 내가 그 존재를 알게 됐을 때, 그 바이올린은 이미 심하게 훼손된 상태였거든.

처음에는 아마 희귀본의 가치를 지니고 있었을 거야. 물론 *지금도* 어느 수준의 가치는 지니고 있긴 해.

내가 케이를 다시 본 건 그 사건이 있고 1년 후에 찍은 사진이 전부야. 그녀의 아름다움이 꺾였을까? 아니, *더욱 아름다웠다.*

신학에 푹 빠진 사람들(자신들만 모를 뿐 거의 신학자들이야)은 말하기를, *여성의 평온이 무너지는 건 때론 정체감과 우울감이 깨져서*라고 한다. 정체감과 우울감은 많은 사람들에게 스며들어 있고, 때론 *죽음보다 더 나쁜* 것인데 말이야. 다시 살아내야 하고, 다시 사랑해야 한다는 게 끔찍하게 느끼는 사람들이 있으니까, 자신이 어디까지 갈 수 있는지 신중하게 따져봐야 한다고 말이다. 그런데 이기심 말고 다른 동기로 그런 행동을 했다면, 그땐 여성 스스로 *화를 내고*, 혹은 사랑하기보다 오히려 증오할 것이다.

하지만 그런 행동을 한 남성은 *쉽게 경멸하지 않고*, 다만 남성다움이 상실된 이들을 경멸하지. 참으로, 삶이란 심오하다. 무레*는 이런 부분을 충분히 깊이 생각하지 않거나 우습게 여기는 사람을 'dupe(멍청이)', 심지어 'bête(얼간이)'라고 부르지.

* 에밀 졸라의 소설 『여인들의 행복 백화점』에 등장하는 인물

라48네 ___ 1884년 9월 21일(일)

친애하는 벗, 라파르트

편지와 함께 블랑Charles Blanc과 프로망텡Eugène Fromentin의 책을 돌려보내네. 그간 책을 빌려줘서 정말 고마웠어. 자네한테도 이미 말했다시피 『이 시대의 예술가』를 읽은 다음에 같은 저자의 『데생 기술의 기초』도 구입했는데, 자네가 원한다면 얼마든지 빌려줄 수 있어.

지난주에 우연히 하루 일정으로 동네 사람하고 위트레흐트에 갈 일이 있었어. 자네 집에 들르긴 했는데 아무도 없더라고. 그날 바로 집으로 돌아와야 했던 터라, 오는 길에 다시 들를 수가 없었네. 자네 작품을 볼 수 없었던 게 너무 아쉬울 따름이야. 자네가 그린 〈어시장〉을 봤으면 했거든. 자네가 어디에 있는지 말해줄 사람도 없더라고. 설마 아직도 드렌터에 있는 건가?

자네를 만나면 우리 집에 초대할 생각이었어. 혹시 올 수는 있나? 이미 편지로 두 번이나 소식을 전했었는데 아무런 답이 없군.

안부 전하네.

자네를 사랑하는 친구, 빈센트

일전에 말했던 6점을 작업하는 게 얼마나 기쁜지 모르겠어. 밑그림은 완성했어. 내가 그린 건 이미 그림을 주문자에게 보냈지. 그 양반이 그림을 다 옮겨 그리면 원본은 내가 가질 거야. 그림을 돌려받으면 마지막 손질을 해야겠지. 이게 그림의 주제들이네.

〈감자 심는 사람들〉

〈소가 끄는 수레〉

〈추수〉

〈씨 뿌리는 사람〉

〈목동, 폭우 효과〉

〈땔감을 주워 눈길을 걷는 사람들〉

다만 이런저런 제약 때문에 손이 묶인 기분이야. 정해진 크기에 맞춰서 그려야 하는 데다 내 생각에는 각 그림당 인물이 두세 명이면 충분한데, 그림을 부탁한 사람은 굳이 대여섯 명을 꼭 넣겠다고 하거든. 그래도 기쁘게 작업했고, 지금도 그런 마음으로 하고 있어.

378네 ___

테오에게

보내준 편지와 안에 동봉된 것, 고맙게 잘 받았다.

내 얘기를 들어봐. 네가 편지에 쓴 다른 내용들은, 그래, 다 좋아. 그런데 그 스캔들에 관해서는, 예전과 달리 초장에 싹을 잘라버릴 준비가 잘돼 있어.

아버지, 어머니가 이곳을 떠나시더라도 걱정할 거 하나 없어.

나한테 이렇게 말하는 사람들이 있어. 그 여자한테 뭐하러 신경을 쓰느냐. 사실이야. 한편 그녀에게 이렇게 말하는 사람들도 있어. 그 남자한테 뭐하러 신경을 쓰느냐. 그것도 사실이고.

그것 말고도, 그녀와 나는 충분히 슬프고, 충분히 고통스러웠어. 하지만 우리 중 누구도 후회하지 않아. 잘 들어라. 내 생각에, 아니 엄밀히 말하자면, 나는 그녀가 나를 사랑한다는 확신이 있어. 또 내가 그녀를 사랑한다는 확신도 있고. 내 마음은 진지해.

이게 바보 같은 짓이냐? *네가 그렇게 보면* 그렇겠지. 하지만 내 눈에는, 이런 바보 같은 짓을 하지 않는다는 *현명한* 사람들이 나보다 더 바보 같아 보인다.

이게 네 논리나 그와 비슷한 다른 사람들의 논리에 대한 내 대답이다.

순전히 *설명*하고자 하는 말이지, 적개심을 표출하거나 너한테 상처를 주고자 하는 의도는 전혀 없어.

네가 옥타브 무레Octave Mouret를 좋아한다고 하면서, 너와 닮은 면이 있다고 했었잖아. 나도 작년부터 2권(『여인들의 행복 백화점』)을 읽고 있는데 1권(『가정식』)에서보다 더 마음에 들긴 하더라.*

일전에 들었는데, 『여인들의 행복 백화점』이 졸라의 명성에 딱히 일조한 게 없다더라고. 그래도 나는 그 작품 속에서 *훌륭하고 위대한* 문장들을 몇몇 읽었어.

책을 뒤적이다가 널 위해 옥타브 무레의 말을 몇 구절 적어볼 생각이야.

너는 지난 1년 반 정도 동안 부르동클**의 *대열*로 옮겨가지 않았어? 예전에도 그랬지만 지금도 여전히, 나는 네가 무레를 닮도록 더 노력했었어야 한다는 생각이다. 둘이 처한 상황이 어마어마하게 다르다는 것, 그래, 정확히 말하자면 천양지차인 점은 차치하더라도, 난 *네 생각보다는* 훨씬 더 무레가 걸어간 방향으로 가고 있어. 특히 여성관에 대해서만큼은 말이야. 여성은 필요할 뿐만 아니라 사랑해야 할 존재라고. 무레는 이렇게 말했지.

"Chez nous on aime la clientèle(저희 가게는 여성 고객님을 귀하게 모십니다)."

네 입에서 '식었다'는 말을 들었을 때, 내가 얼마나 후회했었는지 기억해봐.

다시 한 번 힘줘서 강조하는데, 내가 했던 모든 말은, 내 표현이다만 '기조Guizot스러운' 영향력에서 벗어나야 한다는 경고야. 왜냐고? 사람을 초라하게 만드니까. 난 네가 초라한 인간으로 전락하는 꼴을 보고 싶지 않아. 그만큼 너를 아끼고 사랑하기 때문이지. 그래. 난 지금도 너를 아끼고 사랑하기에 네가 이렇게 무감각해지는 모습을 보고 있으면 가슴이 찢어지는 것만 같

* 서로 다른 소설이지만, 옥타브 무레가 공통으로 등장하는 〈루공 마카르〉 총서에 해당한다

** 『여인들의 행복 백화점』 등장인물

아. 상황이 녹록지 않은 건 안다. 내가 널 잘 모르고, 내 생각이 틀렸을 수도 있지. 그래도 어쨌든 네가 무레의 이야기를 다시 읽어보았으면 한다.

이제껏 무레가 원하는 것과 내가 원하는 것에는 커다란 차이가, 절대로 맞닿을 수 없는 거리가 있다고 말했지. 하지만 그 둘 사이에도 유사성이 있을 수 있어. 이런 거지. 무레는 파리의 현대 여성을 좋아해. 그래 좋다고.

그런데 밀레와 브르통은 촌부를 보면서 *같은 열정*을 품었어. 이 두 가지 열정은 결국 똑같은 거야.

졸라의 글을 다시 한 번 읽어보라고. 황혼이 질 무렵, 반쯤 어둠에 잠긴 방에 있는 여성들, 대부분 서른은 넘겼고 오십을 바라보는 사람도 포함된 여성들을 어떻게 묘사하는지. 어둡고 묘한 분위기의 그 공간에서.

환상적이야! 그래, 숭고하지.

그런데 나는 밀레의 〈만종〉을 볼 때 똑같은 숭고함을 느낀다. 똑같이 어스름한 황혼녘이고, 똑같이 무한한 감정을 들게 하거든. 뤽상부르 미술관에 전시된 브르통의 외로운 인물을 그린 그림이나 〈샘〉에서도 마찬가지 감정이 들어.

넌 내가 성공하지 못했다고 얘기하겠지. 이기느냐 지느냐, 난 그런 건 아무래도 상관없어. 사람은 어떤 상황에서든 감정을 느끼고 행동하기 마련이고, 그 감정들이 겉모습이나 말보다 한결 진실되니까.

이 문제의 여성과는 과연 어떻게 될지, 솔직히 아무것도 모르겠어. 하지만 그녀나 나나 서로 *바보* 같은 짓은 하지 않을 거야.

행여 철 지난 종교 문제가 *또다시* 그녀의 발목을 붙잡고 얼어붙게 만드는 건 아닐지 그게 걱정이야. 수년 전에도 그녀는 그 빌어먹을 문제로 완전히 무너져서 *죽음의 문턱*까지 갔었잖아. 오! 나는 현대식 기독교 신자는 아니야. 물론 그 *창설자*는 숭고하지. 하지만 현대식 기독교의 실태를 너무나 잘 알아. 그 얼음장 같은 차가움에 나조차 젊은 시절 마비되었었으니까. 하지만 그 이후, 나는 나만의 방식으로 복수했어. 어떻게? 그들, 그러니까 신학자들이 *죄악*이라고 분류하는 사랑을 숭배하는 식으로. 존경받을 만한 독실한 여성 신자 *대신* 매춘부를 더 존중하는 방식으로.

저쪽 진영에서는 여전히 *여성*을 유해하고 사악한 존재로 여기지만, 나는 정확히 그 반대라고 생각해.

안부 전한다.

너를 사랑하는 형, 빈센트

옥타브 무레의 말들 옮겨적어 본다.*

"멍청해지고 고통스러워하는 걸 거부한다고 해서, 당신 자신이 강하다고 여긴다면, 그것만큼 멍청한 일이 또 있을까?"

"재미는 보셨는지?"

무레는 무슨 말인지 이해하지 못하는 눈치였지만 바보짓이나 삶에 관한 무의미한 고문에 관한 이전의 대화 내용을 떠올리고는 대답했다.

"물론이지. 이렇게까지 살아본 적은 없었으니……. 아! 이보게, 놀리지 말게! 고통으로 죽는 것만큼 짧은 순간도 없을 테니까."

"난 그녀를 원해. 그녀를 가질 거라고! 그리고 그녀가 나를 피해 달아나거든, 내가 어떤 식으로 나를 치료할지 보라고. 이게 무슨 말인가 싶겠지. 행동에는 보상이 따른다는 말이야. 행동하고, 창조하고, 무언가에 맞서 싸우고, 누군가를 이기고, 누군가에게 지고, 인간의 모든 기쁨과 건강이 그 안에 있는 거야!"

상대가 중얼거렸다. "죽어가는 간단한 방법이지. 좋아, 차라리 죽는 쪽을 택하겠어. 죽기 위해 죽는 거지. 그래, 지겨워 죽느니, 열정에 겨워 좋아 죽는 쪽을 택하겠어."

나뿐만 아니라 그녀 또한 이 역경들을 겪어왔다. 그래서 처음부터 그녀에게 대단한 면이 있다는 걸 알았던 거야. 다만, 그녀가 젊은 시절에 그렇게 휘둘리며 살았다는 게 이루 말할 수 없을 만큼 안타까워. 전근대적인 종교에 심취한 가족들은 *그녀를 통제하고 억눌러서 한없이 수동적인 사람으로 만들어버렸어.*

그 인간들이 그때 그 시절, 그녀를 가만히 내버려뒀었다면 얼마나 좋았을까! 여자 형제 대여섯이 그녀 하나를 좌지우지하려 들지만 않았어도!

시간을 내서라도 도데의 『복음주의자L'évangeliste』에 묘사된 그 여성들의 간계를 다시 읽어봐라. 모든 게 정확하게 일치하는 건 아니지만, 별반 다를 게 없어.

아, 테오야, 내가 왜 달라져야 하는 거냐? 예전에 나는 수동적이고 온순하고 차분한 사람이었지만, 지금은 그렇지 않아. 하지만 난 더 이상 애가 아니잖아. 난 그냥 나다워진 거야.

마우베 형님을 봐라. 그 양반도 *걸핏하면* 화를 내고 온순하지 못하잖아. 아직은 내 실력이 그

* 불어 원문을 적었다.

양반에 한참 못 미치지만, 언젠가는 지금보다 훨씬 더 앞서 있을 거다.

괜한 말이 아니라, 적극적인 사람이 되고 싶다면, 엉뚱하게 잘못될까봐 겁내선 안 돼. 실수를 두려워해선 안 된다고. 다들 더 나은 사람이 되고 싶다고 생각하면서도 *아무런 손해 없이* 이루려고 해. 말도 안 되는 소리지. 그런데 바로 네가 그러고 있다고!

그렇게 했다간 정체되고, 시시해져버리지.

하얀 캔버스가 멍하니 너만 바라보고 있다면, 그 위에 어떤 색이든 흩뿌려봐라.

화가를 향해 '*넌 아무것도 못 해*'라고 말하는 새하얀 캔버스를 바라보고 있으면 얼마나 의기소침해지는지 넌 모를 거다. 캔버스는 멍청한 눈빛을 가지고 있는데 몇몇 화가들은 그 눈빛에 매료돼 스스로 바보가 되기도 해. 새하얀 캔버스를 마주 대하는 걸 두려워하는 화가가 적지 않아. 하지만 그 새하얀 캔버스도 진정으로 열정에 넘쳐서 '넌 아무것도 못 해'라는 조롱을 과감히 잠재워버리는 화가를 만나면 꼼짝도 못 해.

삶이라는 게 그래. 인간에게 한없이 시시한 텅 빈 면만 보여줘서 낙담시키고 절망시키지. 꼭 이젤 위에 올려놓은 텅 빈 캔버스처럼. 하지만 삶이 아무리 시시하고 덧없고 *활기 없어* 보여도, 신념이 있고 힘이 있고 마음 따듯하고, 거기에 식견까지 갖춘 사람이라면 그럴듯하게 때우는 말에 쉽게 넘어가지 않아. 적극적으로 뛰어들어서 뭔가 깨뜨리고 휘저어놓지. 그런 사람을 두고 '다 부숴버린다'고, 신성함을 더 더럽힌다고들 손가락질한다. 그 인정머리 없는 신학자들, 어디 마음대로 지껄여보라지.

테오야, 난 그녀가 한없이 안쓰럽다. 나이도 그렇지만, 엄밀히 말하자면, 무엇보다 늘 불행처럼 따라다니는 간과 담낭의 질환 때문에 그래. 이런저런 격한 감정의 파고를 겪으며 더 악화되고 있고. 뭘 더 할 수 있을지 알아보고 있다만, 반드시 유능한 의사의 조언에 따라 결정할 거야. 그래야 그녀가 힘들지 않을 테니까.

너와 내가 같은 길을 걸어서 언젠가 같은 곳에 도달하더라도 의견은 서로 대립할 수 있을 것 같아서 하는 말인데, 내가 너한테 너무 의존적이라는 잔소리는 듣고 싶지 않다. 내가 노력해야 할 부분에 대해서 아직도 두 가지 마음이 교차하고 있다만, 그래도 확실한 건 여기 계속 머물진 않을 거라는 거야. 문제는 어디냐는 건데…….

왠지 나의 파리행은 네가 원치 않을 것 같다. 나한테 좋은 일에 네가 별 이유도 없이 반대한대도, 뭐 어쩔 수 없지. 좋아, 괜찮아. 그러나 나도 쉽게 포기할 수는 없어. 너답지 않게 그토록 단호한 말투로 편지를 쓰지만 않았더라도, 다시 생각했을 게다. 하지만 일이 이렇게 된 마당이라, 네 말에 신경 쓸 수 없을 것 같다.

한마디로, 난 여기서 벗어날 *기회*(그런 게 한 번이라도 있기는 했었나)를 놓치고 싶지 않다. 지원이 줄어드는 한이 있더라도 말이야. 너한테 돈을 받기 때문에 내 그림을 팔 기회를 놓치고 있었으니, 우리는 당장 각자의 길을 가야 할 거야.

앞으로도 몇 년간은 내 데생을 팔 수 없을 거라는 네 이야기를 들으니, 나는 극명한 입장 차이를 느꼈다. 넌 존엄성을 지킬 수 있지만, 난 매번 '테오야, 25플로린이 필요한데 좀 줄 수 있겠니?' 하고 부탁하고 그때마다 거절당할 테지. 아침부터 밤까지 아무리 열심히 작업에 몰두해도 그림을 못 파니까. 그러니 이런 생각을 하게 됐다는 게 당연한 것 같지 않아?

네 성격 중에 이해할 수 없는 부분이 있어. 너한테 데생을 보내면서, 돈벌이라도 할 수 있게 여기저기 삽화 잡지사에 내 소개를 좀 해달라고 부탁하는데, 너는 귓등으로도 듣지 않고 *손가락 하나 까딱하지 않더라*.

그런데 나에겐 이렇게 말할 자격도 주어지지 않는다. "생활비를 더 아껴쓸 수가 없구나."

그래, 이렇게 된 마당에, 이런 얘기는 그만하자. 하지만 이런 식으로 계속 갈 수는 없다.

한마디 더 보태자면, 내가 하고 싶은 일을 하든 말든, 너한테 허락을 구하지 않을 거야. 네 눈치를 보지도 않을 거고. 예를 들어, 내가 파리에 가고 싶어지면, 네가 동의하는지 반대하는지 따위는 묻지 않고 가겠다는 거야.

379네 ___ 1884년 9월 22일(월)에서 28일(일) 사이

테오에게

지난 편지에는 다른 말을 담을 수가 없었다. 나한테는 이런 상황이 우리 두 사람에게만 책임이 있는 그런 갈등이 아니라, 우리 둘 사이에 생기는 불행한 말싸움 같은 느낌이 든다.

머잖아 들라크루아 전시회가 열린다니, 좋은 일이야. 아마 〈바리케이드〉를 볼 수 있겠구나. 나는 들라크루아의 전기에서 제목만 읽었어. 1848년에 완성된 그림일 거야.* 드 르뮈의 석판화 복제화는 너도 알 거야. 드 르뮈가 아니면 아마 도미에일 수도 있어. 어쨌든 1848년의 〈바리케이드〉를 그린 작품이야. 네 머릿속에도 너와 내가 1848년이나 그와 비슷한 시기에 사는 모습이 그려졌으면 하는 바람이다. 나폴레옹의 쿠데타가 있던 시절이잖아. 악의적인 이야기를 하자는 게 아니라(그럴 의도는 전혀 없어) 당시 전반적인 사회 분위기와 관련해서 너와 나 사이에 생긴 차이점을 한 번 짚어보고 싶다는 뜻이야. 1848년의 시대를 예로 들어보자.

당시 서로 반대편에 있던 사람들은 어떤 사람들이었을까? 그들 중 과연 누가 인간적인 사람들이었을까? 루이 필립의 대신인 기조가 한쪽에, 학생들과 함께하는 미슐레와 키네가 다른 쪽에 있었지.

기조와 루이 필립부터 보자. 그들은 과연 포악하고 전제적인 사람들이었을까? 딱히 그렇지는 않았어. 내 생각에 그들은 아버지나 할아버지, 구필 영감님 같은 이들이야. 그러니까, 겉으

* 이 작품의 실제 이름은 〈민중을 이끄는 자유의 여신〉인데, 〈1830년 7월 28일〉로 불리기도 한다.

로 보기에는 존경할 만하고, 상당히 근엄하고 진지하지. 그런데 자세히 들여다보면, 하나같이 표정들이 어찌나 음산하고 창백하고 무력한지 속이 뒤틀릴 지경이야. 너무 심하다고???

각자 처한 상황은 달랐지만, 사고방식은 똑같았어. 내 말이 틀렸다고 생각하니?

그러면 미슐레와 키네, 빅토르 위고(나중에)를 예로 들어보자. 이들의 차이가 뭘까? 이들의 적은 그렇게 대단했을까? 맞아. 그런데 그런 식으로 피상적인 비교는 하지 않을 거야. 예전에는 기조의 저서를 미슐레의 저서만큼이나 훌륭하다고 생각했었어. 그런데 세상사를 깨달아가면서 그 차이를 알겠더라고. 게다가 *모순되는* 점까지 말이야.

한쪽은 빙빙 돌면서 제자리걸음만 하다가 희미해지며 사라지는 반면, 반대편은 대조적으로 무한한 빛의 반사광을 붙잡지. 그 뒤로 많은 일이 벌어지는 거야. 하지만 나는 너와 내가 *그 시대*를 살았더라면, 너는 기조의 편에, 그리고 나는 미슐레의 편에 섰을 거라는 생각이 들어. 우리 자신의 모습 그대로 남아 있다면, 우리는 애석하게도 마치 〈바리케이드〉를 앞에 두고 마주 보고 선 적처럼 대치했을 거야. 너는 정부를 대표하는 군인의 입장에서, 나는 혁명가 혹은 반역자의 대열에 서서.

1884년 현재는 우연의 장난인지, 뒤의 두 숫자가 앞뒤만 바뀐 상황이고 우리는 이렇게 서로를 마주 보고 있어. 그래도 지금, 너와 나 사이에 바리케이드는 없다.

하지만 너와 나의 생각이 같은 방향을 향하고 있지는 않아.

Le moulin n'y est plus mais le vent y est encore(풍차는 사라지고 없지만, 바람은 여전하구나).

너와 나는 서로 다른 각자의 진영에 서서, 서로를 바라보고 있어. 서로 도움 될 게 없는 상황이지. 네가 원하든, 원치 않든, 넌 앞으로 가야 하고, 나도 앞으로 나가야 해. 그래도 우리는 형제이니 서로에게 총구를 겨누지는(비유적인 의미로) 말자.

물론, 우리 두 사람은 나란히 같은 편에 선 사람처럼 서로를 도울 수는 없을 거야. 그럴 수는 없어. 왜냐하면 그렇게 가까워지면, 서로에게 분노의 불을 옮겨버릴 위험이 있기 때문이야. *내 고약한 성격*이라는 총알은 너를 향하지는 않는다, 아우야. 하지만 네가 속한 진영을 겨누고 있는 건 사실이야. 마찬가지로 *네 악의*가 나를 직접 겨냥한다고는 생각지 않아. 너는 바리케이드를 향해 *총을 쏘면서* 그래야 한다고 생각하지만, 어쩌다 보니 내가 그 바리케이드 건너편에 있게 된 거지.

내 말을 잘 곱씹어보기 바란다. 딱히 반박할 수 없을 거야. 지금 우리 상황을 이것만큼 잘 요약할 수도 없을 것 같다.

아무래도 운명은 우리 형제를 서로 다른 진영으로 떨어뜨려 놓은 것 같다. 네 생각에 변화가 생겨, 결국 우리가 바리케이드의 같은 편에 설 수 있기를 바랐는데 말이야. 어쩌면 너는 너대로, 내가 생각을 바꿔 네 쪽으로 건너오기를 바랐을 수도 있겠다. 어쨌든 나는 편을 바꿀 의향은 전혀 없어. 그래서 네가 있는 진영으로 총을 쏘겠지만, 너를 맞추지 않으려고 애쓸 거야. 너도 마찬가지로 내 쪽을 향해 총을 쏴야겠지만, 나를 맞추지 않도록 애써주면 좋겠다.

내 비유를 잘 이해했으면 좋겠어. 너나 나나 정치적으로 행동할 건 아니지만 우리는 사회라는 곳에 살고 있잖아. 그리고 그 사회에서는 편을 정해 서야 할 때가 있는 게 사실이야. 구름이 자기 마음대로 이런저런 폭우에 붙었다 떨어질 수 있을까? 자기 마음대로 양극, 음극의 전기를 지닐 수 있을까? 물론, 인간은 구름이 아니지. 하지만 개개인은 인류의 구성원이야. 그리고 그 인류는 각각 다른 집단으로 이루어져 있어. 개개인이 서로 대치하는 집단에 속하게 되는 게 과연 어디까지가 자유의지에 따른 것이고, 어디까지가 운명에 의한 것일까?

어쨌든 그런 일이 벌어진 건 1848년이었고, 지금은 1884년이야. 풍차는 사라지고 없지만 바람은 여전해. 네가 과연 어느 편에 서 있는 건지, 스스로 잘 생각하기 바란다. 나도 내가 어느 편에 서 있는지 생각하고 있으니.

안부 전한다.

빈센트

이런 일이 있었어. 내게 20플로린을 주면서 데생이나 채색 스케치를 그려달라는 부탁을 하기에 주문을 받아들였는데, 혹시 마르호 베헤만이 나를 위해 우회적으로 손을 쓴 게 아닌가 의심이 들어서 조사해봤더니 역시 그랬더라. 그래서 돈은 사양하고 데생 하나를 고스란히 옮겨 그려서 그녀에게 보냈어. 절실히 필요했던 돈을 거절하려니 참 쉽지 않더라. 그 돈을 받으면 *pons asinorum(미봉책)*은 되었겠지만, 그런 미봉책으로 연명하는 것보다 나은 방법이 있지 않을까? 난 그렇다고 생각해. 너도 그렇고, 나도 그렇고, 다른 사람들도 그렇고, 모두가 미술상 세계의 무레가 됐으면 좋겠다. 예술품 구매 고객을 많이 확보하는 데 성공한 무레 말이야.

넌 이렇게 말할 수도 있겠다. 테르스테이흐 씨가 무레 같은 인물이 아니겠냐고. 따지고 보면 그럴 수도 있지. 그렇더라도 미술상은 얼마든지 많아질 수 있어. 예술 작품을 돈 주고 살 고객들이 10배나 늘 수도 있기 때문이야. 그런데 날이 갈수록 점점 더 그 필요성이 피부에 와닿을 정도로 느껴지고 있어.

구태의연한 관습에 얽매이지 않고 예술 작품을 사고파는 무레가 여럿이 나온다면 박수 치며 환영할 일이다. 왜냐하면 그만큼 할 일이 늘어나는 거니까. 반면, 그런 무레를 볼 수 없는 상황에서는 예술품 거래의 환경 자체가 통째로 달라질 수도 있어. 기존의 중재자 없이 화가들이 나서서 상설 전시회 등을 조직해 획기적으로 환경을 바꿀 수도 있을 테니까. 나는 너 자신이 여전히 젊고 패기 넘치는 사람이라는 사실을 알고, 또 그렇게 느끼기를 바란다. *단, 너 스스로가 젊은이답게 과감하게 행동해야겠지만.*

그림 그리는 화가가 되지 않을 거라면 무레처럼 미술상인 동시에 화가인 그런 사람이 되어야 해. 나는 (지금이야 이러지도 저러지도 못하고 있지만) 수년 내로 물감과 화구들을 구입한 막

대한 청구서를 충분히 감당해낼 수 있을 것 같다. 난 정말 열심히 그릴 거야(진심이다). 어영부영 시간을 보낼 생각은 추호도 없어. *죽을 힘을 다해 그림을 그리거나, 아니면 죽어버릴 거다.*

라49N ____ 1884년 9월 24일(수)에서 29일(월) 사이

친애하는 벗, 라파르트

짤막하게 소식 전하네. 어제 부모님이 자네가 언제쯤 오는지 물으시더군. 10월 중일 듯한데 정확한 날짜는 모르겠다고 말씀드렸어. 우리끼리 말이지만, *자네는 언제나 환영이니 언제든 자네 편할 때 찾아와도 상관없어*. 그런데 우리 부모님이 11월보다 10월 방문을 은근히 바라시더라고. 왜냐하면 11월에 손님이 찾아올 예정이어서, 그때는 나도 다른 곳에 가서 지내야 할 수도 있거든.

그러니까 내 말은, 나뿐만 아니라 우리 부모님도 자네의 방문을 기대하고 있는데, 자네가 올 수 없다고 하면 다들 실망할 것 같다는 거야. 더 나아가, 이 편지로 인해 자네의 방문 기간이 짧아진다면, 편지 쓴 것 자체를 후회하고 낙담할지도 모르겠어.

부모님께서 은근슬쩍 나한테 그 사실을 흘리신 이유는 11월의 손님들이 나와 마주치고 싶어 하지 않아서야. 다시 한 번 말하지만, 나한테만 돌려서 하신 말씀이야. 11월, 아예 12월 중순까지는 내가 집에 없었으면 하시는 눈치였어.

그러니까 *나는* 물론이고 *부모님도 자네가* 오기를 기다리고 계시다는 건 엄연한 사실이고, 만약 자네가 올 수 없게 된다면 다들 크게 낙담하실 거야.

나는 이미 11월에는 여기저기 돌아다닐 계획이라고 말씀드렸어. 엄밀히 말하면 불편할 사람이 없게 하기 위해서지. 부모님께서 내가 자리를 비워줬으면 하고 바라시니까.

그러니 최대한 오래 머물 수 있도록 *10월*에 와주면 좋겠어. 이미 지난 편지에 말했던 것처럼 말이야. 나는 11월 중에는 무조건 어딘가로 가야 해. 여기 날씨는 아주 좋아. 너무 오래 미루지 않았으면 좋겠네. 안부 전하고, 마음의 악수 청하네.

자네를 사랑하는 친구, 빈센트

솔직히 말하네만, 나는 11월에 이곳을 떠나 있는 게 상당히 불편해. 그래서 브라반트 등 되도록 멀지 않은 곳에 있을 계획이야. 부모님이 초겨울 무렵이면 늘 왔다가 크리스마스 직전까지 머무는 손님을 기다린다고 말씀하시길래, 내가 선수 치듯 여기저기 다닐 일이 있다고 말했는데, 사실은 불가피한 경우가 아니라면 *어디 갈 생각은 전혀 없었어.*

그리고 하나 더. 만약 자네가 기차를 탈 계획이면 에인트호번을 거쳐서 오게. 내가 역에서 기다릴 테니까. 내가 장식용 그림 6점을 그렸다고 했잖아. 그 그림을 받아 간 양반 집에 들러서 오자는 거야. 지금 내 그림을 옮겨 그리고 있을 거야. 6점 모두 가져갔거든. 아주 괜찮은 사람이야. 금은 세공사 출신이라 교회 등에서 동이나 철로 된 장식품을 세공하는 일을 했다더라고. 아마 위트레흐트에서 오전에 기차를 차면 정오 전후로 에인트호번에 도착할 거야. 그 양반 집으로 가는 최선의 방법이지. 그다음에는 저녁에 기차나 도보로 뉘넌에 가세.

380네 ___ 1884년 9월 30일(화)

테오에게

편지에 사진 2장 동봉한다. 차후에 직조공을 그린 그림 사진 2장 더 보낼 계획이야.

일단 사진 12장을 만들 거야. 브라반트를 배경으로 한 연작에, 헤르만스 씨를 위해 그린 6점을 합쳐서 말이야.

그리고 사진들을 삽화 잡지사에 보낼 생각이었어. 일자리를 얻거나 적어도 이름 정도는 알릴 수 있을 테니 말이야.

그러다 그냥 포기했다. 사진사가 가져온 결과물이 영 신통치 않았거든. 명암 대비 효과를 전혀 살리지 못하더라고. 나중에 다시 손을 보긴 했는데 그마저도 형편없었어. 그림에 밝게 처리된 부분을 검게 만들지를 않나, 또 그 반대로 만들지를 않나.

그래도 직조공으로 한 번 더 시도해 볼 생각이야. 대신, 이번에는 명함 크기로 만들어볼 거야. 삽화 잡지사 본사와 멀리 떨어진 곳에서 살고 있으니 사람들을 직접 만나 대화하는 방식 외에 다른 길을 찾아봐야 할 것 같거든.

이번 겨울에는 비슷한 데생 여러 점을 그려서 「런던 뉴스」에 보낼 수 있으면 좋겠어. 너도 이미 잘 알고 있겠지만 「런던 뉴스」가 「그래픽」보다는 나은 것 같거든. 그나저나 얼마 전에 나온 「그래픽」에 프랑크 홀의 아름다운 데생 1점하고 양들이 있는 풍경화도 수록돼 있더라.

요즘은 작업을 많이 했어. 흥분한 탓에 과로한 게 아닌가 걱정이 들 정도로 작업에 몰두했지. 기분이 침울하기도 해. 이런저런 일로 신경 쓰다 보니 온몸이 마비된 것 같은 느낌도 들어.

먹지도 못하고, 잠도 못 잘 정도야. 내 말은, 충분치 않다고. 그래서 많이 약해지기도 했고.

그래도 위트레흐트에서 좋은 소식을 전해들은 만큼 어떻게든 이 난관을 헤쳐나갈 거야.

하지만 그녀가 건강을 완전히 회복하기까지 오랜 시간이 걸리지 않을까, 그게 심히 걱정이다. 나 역시 난관을 헤쳐나가기까지 오랜 시간이 걸릴 수 있어. 테오야, 나는 여전히 너와 내가 바리케이드의 반대편에 서 있는 현실이 안타깝기만 하다. 이제는 더 이상 볼 수 없는 그런 *포석 형태*의 바리케이드가 아니라, 이 사회에 엄연히 존재하며 집요하게 편을 가르는 그 바리케이드를 사이에 두고 말이다.

도미에였나 레르미트였나, 정확히는 기억나지 않지만 둘 중 한 사람이 그린 석판화의 주인공이 떠오른다.

*형제*가 바리케이드 *같은 진영에서 같은 대의명분으로* 투쟁하다가, 차례로 쓰러지는 내용이야.

어쩌면 우리 이야기가 될 수도 있었지만, 그렇게 될 일은 결코 없을 것 같다. 나는 내 앞날이 순탄치 않을 거라는 사실을 잘 알고, 남들 말처럼 *번창*할 수는 없을 거야.

어쩌면 아버지도 이런 견해차가 발생하는 게 나쁜 의도보다 운명으로 인한 것임을 어렴풋이 느끼시는 듯하다. 다만, 내가 누군가를 슬프게 할 일이 없기를 바라는 만큼, 아버지가 내 앞길을 막지 않으셨으면 좋겠다. 그림 덕분에 심각하고 치명적인 상황을 여러 차례 피했다는 생각도 가끔 한다. 앞으로도 내 목표는 계속해서 브라반트를 주제로 그리는 거야. 그렇게 그려나가면 언젠가는 벨기에에서 내 그림을 좋아하는 애호가들을 만날 수 있고, 팔 수도 있겠지.

그리고 내가 딛고 있는 땅이 단단해졌다는 느낌이 들면, 다시 광부들 틈으로 돌아가고 싶다.

내 작품에 호감을 가져달라고 부탁하지는 않을게. 하지만 뭔가 보이는 게 있으면 나한테 꼭 얘기해줘. 라파르트는 다시 드렌터와 테르스헬링으로 떠났어. 그럴듯한 습작 주제를 찾아낸 것 같더라. 아마 10월 경에 여기 와서 며칠 있을 것 같아.

안부 전한다.

너를 사랑하는 형, 빈센트

씨 뿌리는 사람의 그림 크기는 실 잣는 여자하고 거의 비슷해. 땅 색깔은 무채색으로 표현하긴 했는데 약간 분홍 색조가 들어갔고 바탕은 밝은 초록색으로 처리했어.

남자가 입은 작업복은 파란색이고 바지는 갈색이야. 발에 찬 각반은 좀 더러운 천처럼 보이게 효과를 냈어. 사진과 달리 실제 그림에서는 머리가 하늘과 뚜렷이 구분될 것 같아.

그나저나 테오야, 그 바리케이드에 관해서 한마디만 더 하자면, 너도 알다시피 나도 한때는 기조의 편에 서 있었다.

그런데 그 사실에 후회가 들자마자 일말의 미련도 없이, 단호하게, 과감하게 반대편으로 건너온 거야.

요즘 젊은 사람들은 나를 전혀 원하지 않아. 좋다 이거야. 아무래도 상관없어. 나도 84년 세대보다 48년 세대를 더 낫다고 생각하니까. 인간적으로나 그림으로나, 이전의 시대가 훨씬 낫다고. 난 기조 부류의 사람들이 싫어. 혁명가와 미슐레, 바르비종파 풍경 화가들이 좋다.

생각하는 건 네 자유겠지만, 나는 모든 걸 성체처럼 다 받아먹을 수는 없다.

구필 화랑이 밀레와 도미에를 전문적으로 다루는 화랑이라니, 너무 심한 과장이야. 그런 헛소리를 믿을 정도로 내가 멍청하다고 생각한 거냐? 세상에! 주변 사람들에게 그런 생각을 심어주려다가는 언젠가 호되게 당하는 수가 있어.

독창적인 작가들을 가리키는 구필 화랑의 시계는 항상 느리다. 그들이 미는 신인 작가가 누구인지, 아마 내가 너보다 더 잘 알 거야. 구필 화랑이 그나마 좋은 실적을 거뒀던 건 마우베 형님이나 마리스 같은 네덜란드 화가들을 밀어줄 때였어. 그걸 바로 H. G. T.가 추진했지.

브르통은 어느 정도 예외로 봐야 할 거야. 하지만 당시, 밀레, 뒤프레, 코로, 도비니가 신인일 때는? 구필 화랑이 그 사람들, 신경이나 썼냐?

브르통의 성격이 밀레나 코로와는 천양지차라는 거, 너도 잘 알 거야. 구필 쪽에서 그 양반을 덜 불편해한 것도 이해가 갈 정도니까. 도미에, 특히 신인 작가 시절의 도미에를 떠올리면서 기조스러운 분위기의 구필 영감님까지 섞어서 상상해보면……. 그 대비가 너무 가관이라 웃음이 절로 난다.

구필 화랑은 여전히 정통성을 내세우며 다른 화랑을 낮잡아보지. 자신들이 훨씬 우월하다는 듯이. 따지고 보면 다들 그 나물에 그 밥인데 말이야!

사실상 모든 미술상이 밀레와 도미에를 등한시했어. 코로의 습작을 다루는 미술상의 방식을 본 어느 애호가는 'l'excellent leur échappe toujours(특출한 작가들은 언제나 미술상들을 피해간다)'고 말하더라. 정말 적절하고 적확한 지적이야. 원래 애호가라는 사람들은 대부분 진부한 의견만 늘어놓는데 말이야. 모니에의 소설 속에 등장하는 조제프 프뤼돔처럼.

아무튼 이 주제로 장광설을 늘어놓으면 네가 지루하겠지. 나도 그러니 말이다.

안부 전한다.

막 어머니 편지를 읽었어. 내가 두 분께 우리 사이의 불화에 관한 이야기를 입에 올리는 일이 점점 줄어들고 있다고 네게 설명하셨다는데, 나로서는 마음이 놓인다. 두 분께는 잘 지낸다고 말씀드렸었어. 그냥 지나가는 말로 불쑥, 좀 소원해졌다는 말을 꺼내기 전까지는. 이런 식으로 말이지. 너는 구필 화랑에 매인 몸이고 구필 화랑은 앞으로도 나를 위해 무언가를 해줄 일이 없다고. 그래서 묻는 건데, 그런 일이 있기 전까지는 이제 앞으로 좀 나아가도 되는지 궁금하다. 내가 그렇게 해주기를 바라는 것 같기도 해서 말이야.

또 묻고 싶은 게 있는데, 코르는 왜 구필 화랑에 취직하지 않니? 너나 나는 그 녀석 나이에 거기서 일을 시작했는데. 듣기로는, 코르는 학교에 보내 2년을 더 공부시킨다더라. 아버지는 코르를 '영사'로 만들겠다는 화려한 계획을 세우신 모양이다. 가족들은 물론, 아버지가 이 문제를 상의하기 위해 편지를 돌린 지인들조차 영사의 업무가 뭔지도 모르면서 말이야.

내가 크게 신경 쓸 문제는 아니야. 그런데 영사라는 직업을 생각하다 보니, 마을에 살던 한 노부인이 떠오르더라. 그 양반, 군인 경찰 같이 잘생긴 남자들을 보면 눈이 호강한다며 좋아하곤 하셨거든. 아무튼, 코르에게는 구필이라는 이름이 한 번도 거론되지 않으니 참 의아하다. 왜일까? 네가 거기서 일하는 한, 코르도 거기서 일하는 게 내 눈에는 당연한 것 같거든. 나중에 가까이 살면서 서로 도와줄 수도 있고 말이야. '영사'나 '공증'이나 '우체국' 관련 업무에서 일하는 것보다 성공할 가능성도 크고, 배울 수 있는 것도 많을 텐데 말이야. 물론 다들 괜찮은 직업이긴 하지. 내가 아는 한, 코르도 자신이 뭘 좋아하는지 잘 모르고 있어. 책으로만 보고 큰 줄기만 알 뿐이지. 아직은 그냥 착한 녀석이긴 하지만 조만간 현실 세계에 발을 들여 실질적인 일을 해야 할 시기야. 그러지 않으면 순식간에 초라해질 수 있어. 그러다 손바닥만 한 사무실에 붙잡혀 지내게 되면 허세나 부리는 무능한 인간으로 전락할 수 있어.

381네 ____ 1884년 10월 9일(목)

테오에게

여기 직조공 그림 사진 2장 보낸다. 다음 주에는 헤르만스 씨에게 그려준 장식 그림의 주제 2점을 너한테 보낼 수 있으면 좋겠구나.

네 지적들, 적어도 지난 18개월간 네가 나한테 지적한 내용을 내가 독설로 받아들였다는 건 너도 모르지 않을 거야. 행여, 내가 그 이후로, 독설이 뚫고 들어올 수 없는 두꺼운 가죽 같은 옷을 어떻게 찾아 입어야 하는지 몰라 허둥대고 있다고는 생각하지 말아라. 살갗이라는 게 타거나 그을리면 독설도 쉽게 뚫지 못하는 법이거든. 그러니까 대수롭지 않게 여긴다는 뜻이야.

무엇보다 나는 네 지적이 선의에서 나왔다고 생각한다. 네가 그 이상 뭘 더 바라겠니?

하지만 이 말은 다시 한 번 해야겠다. 네가 준 돈이 너나 나에게 별 큰 도움이 되지 못했던 건 전적으로 내 잘못만은 아니야. 나보다는 무엇보다 너한테 별 소득이 없었다는 사실에 가슴이 아프다.

넌 아마 언젠간 나아질 거라 말하겠지. 맞아, 그럴 거야. 하지만 어떤 변화 같은 게 있어야 해. 나도 나지만, 너도 마찬가지야.

너한테 하고 싶은 말이 있다면, 겨울에, 어쩌면 당장 다음 달부터 어딘가로 가 있을 생각이야. 안트베르펜이나 헤이그를 염두에 두고 있었는데, 요 며칠 사이 더 나은 아이디어가 떠올랐어. 우선, 얼마 정도 도시에서 지내고 싶다는 마음이 들었어. 드렌터와 뉘넌에서 꼬박 1년을 넘게 보냈더니 환경에 변화를 주는 것도 괜찮을 것 같거든. 기분 전환도 될 테고 말이야. 게다가 내 기분도 사실, 근래 들어 내가 원하는 만큼 밝고 즐겁지도 않았고, 그럴 수도 없었잖아.

자 이런 거야. 스트라케라는 조각가가 덴보스에 사는데, 거기서 데생 학원 원장으로 있어. 그 양반 제자가 만든 테라코타를 우연히 봤는데, 그 자리에서 그 양반이 인근에서 예술에 조금이라도 관심 있는 사람들을 호의적으로 대한다는 이야기를 들었어. 게다가 학원을 운영하기 때문에 모델도 여럿 고용하고 있어서 누드를 그리거나 조각을 원하는 사람이 있으면 모델을 세워두고 작업할 수 있게 해준다더라고. 물론 모델료는 내겠지만 그렇게 비싸지는 않을 거야. 그리고 화실 사용료를 낼 일도 없어.

그쪽 사정을 더 정확히 알아볼 생각인데, 브레이트너르가 코르몽의 화실에서 지냈던 것처럼 나도 스트라케 씨 학원에서 잠시 지내는 게 불가능할 것 같지는 않아. 그렇게 되면 너무 멀리 가는 것도 아니고, 비용도 최대한 아낄 수 있어.

아주 괜찮은 해부학 관련서를 구했다. 존 마셜이 쓴『예술가를 위한 해부학』이야. 제법 고가였는데 평생 아주 유용하게 쓸 책이야. 아주 괜찮아. 그 외에 브뤼셀 예술학교하고 안트베르펜 예술학교에서 사용하는 교재도 구했어.

그러다 보니 주머니가 텅 비어버리더구나. 네가 이런 사정을 좀 이해해주기를 바란다. 하늘에 맹세코, 부모님 집에서 지내는 동안 체류 비용을 한 푼도 내놓고 싶지 않아서가 아니라, 나로서는 도저히 불필요하다고 볼 수 없는 물건들을 구하다 보니 여유가 없다는 걸 말이야.

많은 문제를 해결할 수 있는 열쇠는 바로 인체에 대한 고차원적인 지식인데, 그 지식을 얻으려면 적잖은 돈이 들어갈 수밖에 없어. 그리고 나는 *채색, 명암 대비, 원근, 색조, 데생* 등 모든 게 한마디로, 화학이나 대수처럼 공부할 수 있고 또 공부해야 하는 정확한 법칙에 따른다고 생각해. 이 같은 관점이 그리 *쉬운 건 아니야. 어림도 없지*. 그런데 "오! 모든 건 타고나야지!"라고 말하는 사람은 이런 걸 한없이 가볍게만 여긴다. 그래, 그렇게 생각하면 어려운 게 뭐가 있겠어! 그런데 현실은 그렇지 않다는 거지. 본능적으로 아는 게 아무리 많다고 해도, *본능의 단계에서 이성의 단계로* 넘어가려면 적어도 3배 이상은 노력해야 해.

헤르만스 씨한테 그림을 그려줬다고 내가 돈을 벌었다고는 생각지 말아라. 첫날부터 작업에 필요한 틀에다, 캔버스에 물감을 구입하고 받은 청구서를 보니, 필요한 재료를 사라고 그 양반한테 받은 돈을 이미 넘어버리더라. 그래서 청구서를 깨끗이 해결하지 못한 상태로는 작업하기가 힘드니, 그 양반 명의로 물건을 구입하던지, 아니면 선금을 달라고 했지. 그랬더니 세상에, *청구서가 왔다고 당장 돈을 낼 필요는 없다는 거야. 기다려도 된다는 거지.*

그래서 내가 그랬어. *받는 즉시 돈을 내야 한다고*. 그랬더니 25플로린을 주더라.

나중에 모델에게 들어간 비용은 받았는데 거기에는 내가 들인 시간과 노력의 비용은 포함되지 않았어. 그런데 그 뒤로는 그 양반 돈이 무슨 색깔인지 도통 볼 수가 없더라고. 나도 굳이 달라고 하지는 않았지. 오히려 그 양반이 내 그림을 좋아하는 걸 보면서 받을 건 충분히 다 받았다고 여겼다. 게다가 그림 소유권도 나한테 있는 거니, 거기에 어떤 공을 들이든, 그건 내 마음이잖아. 아무튼 그건 그건데, 이후로 틀이며 캔버스며 구입비가 20플로린쯤 더 들었는데, 지금까지 한 푼도 못 받았어. 그래도 그 양반, 결과물에 만족하고 기뻐했으니, 돈을 달라고 말해도 괜찮을까? 개인적으로는 상대가 *만족할 때 가격을 올리는 것보다 조금 내리는 게 더 신중한 자세*인 것 같아. 그게 그렇게 큰돈이 아니라서 받거나, 못 받거나, 큰 차이가 없을 때는 말이야. 내 방식대로 해야 한다면, 난 아마 그렇게 할 것 같아. 남들에 비해 싸게 작업하면, 그만큼 애호가들과의 관계를 넓혀나갈 수 있을 테니까.

헤르만스 씨는 상당히 괜찮기도 하고 친하게 지내고 싶은 사람인 데다 돈도 제법 많아. 그런데 인심은 후하다기보다 좀 인색한 편이지. 단순히 인색한 정도가 아니야. 그래도 *어쨌든 형편없는 수준이기는 하지만 한 푼도 못 버는 것보다는 나은 셈이지*.

아무튼 상황이 이렇다는 걸 파악한 다음에도 나는 그 양반을 호의적으로 대했어. 내게는 그래도 마음도 맞고, 유쾌한 친구 같은 양반이거든. 예순이 넘은 양반이 마치 이십 대 청년처럼 열정에 넘쳐서 내 그림을 따라 그리는 걸 보고 있자니 가슴이 뭉클하더라고.

그림 솜씨는 좀 그렇긴 하지만 자세만큼은 진지해. 벌써 6개 중에서 4개를 그렸어. 그런데 그림에 담아내는 감성은 역시 다르더라. 감수성이 딱 중세시대 농민 화가 브뤼헐이야.

언젠가 네가 그랬지, 내가 언제까지나 고립된 생활을 할 것 같다고. 내 생각은 달라. 내 성격을 단단히 잘못 짚은 거야.

나는 삶에도 생각에도, 지금보다 덜 열정적으로 임할 생각이 전혀 없다. 퇴짜도 맞고, 종종 실수도 하고, 가끔은 정말 틀리기도 하겠지만, 이런 방식으로 해나가는 게 맞아. 난 틀리지 않았다.

최고의 걸작이고 최고의 거장이라고 해서 흠도 없고 편견도 없는 게 아니다.

다시 말하는데, 다들 지금이 길들여진 시대라고 말하는데, 절대로 그렇지 않아. 확실히 말하는데, '84년이 '48년 때만큼이나 강렬하게 대치한다는 주장은 전혀 *과장이 아니다*. 이건 네가 말한 '격차' 같은 것과는 완전히 다른 문제야. 나는 '진영'을 말하고 있는 거야. 딱히 너와 나에 관한 이야기가 아니라. 하지만 너와 나 역시 *어디든* 속하기는 하지, 안 그래? 의식을 했든 아니든, 왼쪽이든 오른쪽이든 한쪽으로 치우쳐서 서 있는 게 사실이다.

나는 어쨌든 parti pris(선입견)을 가지고 있다. 만약 네가 '난 좌든 우든 어디로도 치우지지 않을 자신이 있다'고 말한다면, 글쎄, 난 그게 과연 가능할지 대단히 회의적이다. 특히나, 그랬을 때의 실질적인 이득도 모르겠고.

위트레흐트에서 반가운 소식을 전해 들었어. 그녀가 건강을 잘 회복하고 있고 얼마간 헤이그에 다녀올 거라더라. 그렇다고 해도 아직은 안심할 수 없어. 그녀의 편지를 잘 읽어보면, 우리가 처음 알게 됐을 때보다 자신감도 좀 생긴 것 같고, 생각도 건전해졌고, 편견도 많이 줄어든 느낌이다. 둥지가 사라졌다고 불평하는 새소리 같다고 할까? 나만큼 사회에 화가 난 것 같지는 않지만, 둥지를 훔치면서 그 일에 재미가 들려 신나게 웃는 못된 꼬맹이가 있다는 사실은 잘 알고 있어.

얼마 전에 헬보이르트의 목사님이 돌아가셨다더라. 아마 아버지를 그 자리에 다시 모시려고 할 것 같아. 적어도 헬보이르트의 친척들은 아버지의 의중을 떠보시겠지. 다만 고작 이틀 전에 돌아가셔서 교구에서 연락이 왔는지는 모르겠다. 하지만 곧 올 거라고 본다.

하지만 아버지는 그 자리는 거절하실 거야. 이건 더 확실하다.

나는 바리케이드라고 부르고 너는 격차라고 지칭하는 그 부분은, 불가피하다. 스스로의 잘못으로 쇠락해가는 구사회가 있고, 새롭게 태어나 성장하고 진화하는 신사회도 있다는 거야.

한마디로, *혁명의 원칙*도 있고, *반혁명의 원칙*도 있다는 말이야!

그래서 묻는 건데, 구사회와 신사회에 적당히 걸쳐 양쪽을 아우르는 원칙은 없다는 걸, 네가 직접 겪어보지 않았니? 잘 생각해봐라. 결국엔 왼쪽이든 오른쪽이든 한쪽으로 입장이 정리된다.

격차가 아니야. 내 말은, 그땐 '48년이었고 지금은 '84년인 거야. 그땐 포석으로 친 바리케이드가 있었고, 지금은 포석이 아니라 옛것과 새것의 '융합 불가'라는 바리케이드가 서 있다. 아! '48년처럼 '84년에도 확실히 있어!

안부 전한다.

너를 사랑하는 형, 빈센트

382네 ___ 1884년 10월 22일(수)

테오에게

여기 사진 몇 장 더 보낸다. 헤르만스 씨에게 그려준 장식 그림 분위기가 이런 건데, 2장은 유화야.

라파르트가 와 있는데 네 안부를 묻는구나. 소녀의 얼굴을 그린 습작이 있는데 아주 근사해. 그리고 농가 한 채와 소가 끄는 수레 2개도 그렸어. 다른 것들도 그릴 계획이라더라고.

나는 외투를 걸친 목동 얼굴을 그렸는데 크기는 실 잣는 여성하고 비슷해.

그리고 우듬지를 쳐낸 버드나무 습작도 2점 그렸는데 뒷배경으로 포플러나무의 노란 잎사귀와 벌판을 그려 넣었어.

가을 효과가 넘쳐나는 시기라 요즘 여기 풍경이 아주 장관이다. 아마 보름 정도 지나면 그나마 나무에 붙어 있던 잎사귀들도 우수수 다 떨어져 진짜 chûte des feuilles(낙엽들)이 되겠지.

지금 그리는 이 목동을 성공적으로 그리면 그 *옛날 브라반트 감성*을 고스란히 담아낸 그림이 될 것 같아. 아무튼, 아직은 그리는 중인데 앞으로 어떻게 될지 두고 봐야지.

생각이 명쾌하게 정리가 되었다면, 네가 얼마 전에 보낸 내 편지에 답장을 해줬겠지. 나는 여전히 익숙한 슬픔도 겪고 새로운 슬픔도 겪으며 지내고 있지만, 나의 미래에 대한 의구심은 점점 사라지고 있다. 내 그림에 대해서도, 나 자신에 대해서도.

하지만 두 측면 모두에서 힘들게 싸워야 할 거야. 숱한 반대에 부딪히며, *매번은 아니더라도*, 꽤나 많은 사람들에게 나쁜 인상을 남기겠지.

그림을 그리는데, 열정이 하루하루 더 강해지고, *마치 스무 살로 돌아간 것처럼* 신이 난다.

조만간 안트베르펜에 꼭 가야겠다. 예전에는 거기서 화랑 사람들도 못 팔 거라는 그림들을 많이 팔았지. 그땐 뭔가 팔겠다고 마음 먹으면 거의 팔았었어. 네 말이 맞는 것 같다. 난 내 그림의 판로를 직접 찾는 게 더 낫겠어. 한마디로, 내가 나의 미술상이 되는 거지. 잘 있어라.

너를 사랑하는 형, 빈센트

383네 ____ 1884년 10월 25일(토) 추정

테오에게

내가 그린 습작의 작은 사진 몇 장 보낸다. 큰 사진은 이미 너한테 있어.

기회가 생길 때 내 그림을 보여줄 수 있게 가지고 있으라고 보내는 거야.

라파르트는 아직 여기 있는데, 1주일 더 머물겠대. 여기서 그린 그림이 아주 마음에 드는 모양이다.

실 잣는 여성을 그리고 얼굴 인물화 습작도 여러 점 그렸어. 벌써 10점 가까이 되는데, 하나같이 다 근사해.

우리는 인상주의에 관한 이야기를 많이 나눴는데, 아마 그 친구 작품은 그쪽 계열로 분류해도 될 것 같다. 그런데 여기 네덜란드에서는 인상주의가 정확히 어떤 화풍을 의미하는지 이해하는 게 쉽지 않아. 그래도 그 친구나 나나 최근의 시류에 관심이 많아. 이전에 알지 못했던 새로운 개념이 태동하는 것 같더라. 몇 년 전과 비교해 상당히 다른 화풍의 그림이 보여.

내가 마지막으로 그린 건, 커다란 습작이야. 노란 잎의 포플러나무들이 늘어선 길인데 햇살이 이미 바닥에 떨어져 뒹구는 나뭇잎을 여기저기 비추면서 온화한 분위기를 만들어내는 동시에 기다란 나무 그림자와 이리저리 교차하는 장면을 담아냈어. 길 끝에는 작은 농가 한 채가 있고 그 위로 나무 따라 늘어선 가을 잎사귀 사이로 파란 하늘이 펼쳐진다.

여기서 올 한 해 동안 쉬지 않고 열심히 그림을 그리면 아마 내 그림 기법도 많이 달라지고 채색에도 변화가 있을 것 같다. 지금은 밝다기보다 다소 어두운 편이야.

라파르트의 작품도 그 주제가 전에 비하면 좀 제한적인 것 같아. 인물화들도 그 효과만 놓고 보면 쿠르베의 인물화 습작이 떠올라. 그런데 한 가지 확실한 건, 그림이 기가 막히게 근사하다는 거야.

그 친구와 이런저런 이야기를 나눈 끝에, 나는 그냥 여기 머물면서 그리는 게 다른 곳으로 옮기는 것보다 낫겠다고 결정했다. 라파르트의 방문 덕분에 내 작업에 관한 새로운 아이디어가 떠올랐어. 아이디어가 넘치다 보니, 당장 실천에 옮기지 못하고 차일피일 미루고 기다리는 게 너무 힘들다. 게다가 새해가 오기 전에 물감 외상값을 청산하고 싶은데, 돈이 전혀 없는 실정이야.

안트베르펜으로 가게 되더라도 열심히 그림을 그리고 싶은데, 그러려면 모델도 불러야 하지만 지금으로서는 거기에 들어갈 비용이 아마 상당하지 않을까 걱정이야.

라파르트도 이런저런 상황을 감안했을 때 지금 당장 가지 않는 게 좋다는 의견이더라. 여기서 몇 개월 정도 더 작업을 하고 누드화 습작도 그릴 수 있는 화실 공간을 한 번 찾아보래. 여기서 인물화 한 30점쯤 작업하면 안트베르펜에 가서 기회를 잡을 수도 있을지 몰라. 그래서 그 30점을 작업할 예정이야. 이미 목동을 그리고 있으니 작업을 시작했다고 볼 수 있지.

라파르트도 이번 여름에 드렌터와 테르스헬링에서 비슷한 작업을 한 덕분에 실력이 놀랄 정도로 늘었다더라고.

두 일꾼과 한 여성을 그린 레르미트의 〈선술집〉 복제화를 봤는데, 혹시 너도 이 그림을 알아?

라파르트와 멀리까지 소풍을 다니고 다양한 집들을 방문했는데, 이 황홀한 가을 효과 덕분에, 더없이 아름다운 것들을 보았다. 새로운 모델들도 찾았고.

내년에 이 근방에 화가들이 더 올 것 같다. 얼마나 기쁜지! 다른 화가들과 교류 없이 너무 오래 홀로 지내서는 안 되거든. 뭐, 조만간 새로운 사람들을 사귈 것 같다. 잘 있어라. 라파르트도 안부 전하는구나.

너를 사랑하는 형, 빈센트

384네 —— 1884년 11월 2일(일) 추정

테오에게

편지 잘 받았다. 동봉해준 것도 고맙고. 또다시 힘든 시기를(반년 정도 될 것 같은데) 맞게 됐다는 말을 전해야 하는 너도 언짢겠지만, 그 소식을 전해 듣는 나도 마찬가지다.

네 편지와 동봉된 것을 받기 전에, 아마도 네가 달가워하지 않을 일을 이미 벌였다만, 네 의견에 별로 신경 쓰지 않는다는 말을 전하게 되어 미안하구나. 마우베 형님, 가능하다면 테르스테이흐 씨까지, 다시 관계를 회복해보려고 다시 한 번 시도했어. 잘 될지 모르겠다만, 일단 내가 더 자유로워졌다. 나처럼 *꼬박 1년 혹은 그 이상을* 예술계와 아무런 교류가 없이 지내면, 아무리 의지가 좋아도, 결국 한계에 도달하고 새로운 숨통이 필요해지거든.

너는 아마 이런 걸 느낄 수도, 이해할 수도 없을 거야. 네가 그랬지. 계속 그림을 그리라고. 네가 아는 건 그게 전부야. 널 *원망*하는 건 아니야. 하지만 그리 현명한 말이 아니었다는 건 알아두기 바란다.

정확한 지적이긴 하다. "혁명의 문제를 논할 시간에, 좋은 그림들을 그려야 목표를 성취해낼 수 있을 겁니다." 너무 맞는 말인 게, 네가 그 말을 편지에 적는 동안, 나는 내 그림을 발전시킬 직접적인 조치로 '마우베 형님의 화실에서 그림을 그려도 되느냐'고 물어본 거야.

네 말은 늘 모순돼. 저 문장 바로 다음에 이렇게 또 묻다니 말이야. "미술품 거래제 개혁 문제에 대해 새로운 의견을 제시해도 될까요?"

내가 네게 한 가지 의견을 내도 되겠니? 너와 나 모두의 관심사에 관해서. 일반론적인 문제로 골머리를 앓지 말고, 나의 마우베 형님과 테르스테이흐 씨 문제에 신경을 써라.

내 그림을 소개해서 돈을 벌게 도와줘. 그냥 돈만 보낼 게 아니라, 네 영향력을, 네 공감력과 순수한 우애를 발휘해달란 말이다. 내가 시도한 방법도, 네가 진작에 적극적으로 중재해서 이뤄졌어야 해.

마지못해서가 아니라 적극적으로, 망설이지 말고 해줘. 만약의 상황에 대비해 빠져나갈 구멍 따위는 만들지도 말고.

나는 무언가 그럴듯한 걸 그려낼 힘은 있어. 무엇보다 돈벌이도 할 수 있다고. 그리고(네가 그렇게 말했잖아) 내 그림 솜씨가 나아져서 이래저래 독립할 수 있다면 지금보다 훨씬 사정이 나아질 것이다.

그리고 시간이 조금 지나서, 내 입지가 다소나마 탄탄해지면 예술품 거래제 개선과 관련된 제안을 기꺼이 할 거야. 지금도 몇 가지 생각은 있어. 개인적인 경험에서 비롯된 것들이야. 화가를 불편하게 하는 요소들, 화가의 삶을 견딜 수 없게 하는 그런 장애 요소들 말이야.

이 편지에 그런 이야기를 할 분위기는 아닌 것 같아, 지금은 이 말만 하마. 너나 나나, 앞으로 나아가기 위해 돈이 필요하다면, 돈이 없어서 우리가 가진 힘의 절반밖에 활용할 수 없다면, 그 돈이 더 생기도록 어떻게든 수를 내야 한다. 이런 식으로 생각하지 마. "앞으로 반 년은 재정적으로 힘들 테니, 지금 있는 걸 최대한 아껴 쓰세요." 꼭 필요한 건 어떻게든 찾아지겠지.

마우베 형님과 테르스테이흐 씨한테도 편지 썼다. 네가 나를 지지해준다면, 그것만큼 좋은 일도 없을 거다.

너를 사랑하는 형, 빈센트

오해는 말아라. 마우베 형님이나 테르스테이흐 씨한테 원망조의 편지를 쓰지는 않았으니까. 오히려 아주 힘을 줘서 이렇게 말했어. 다시 한번, 마우베 형님 지도하에 습작 몇 점이라도 그릴 수 있게 해달라고.

내가 부탁한 건 그게 다야. 나한테 필요한 것도 그게 다고. 돈 문제는 그 두 사람하고 이야기할 필요도 없지. 만약 내가 100프랑이라는 여윳돈을 만들지 못하면, 네가 어떻게든 좀 구해줘야 한다. 헤이그에서 더 버티기가 힘들기 때문이야. 만약 네 사정 때문에 불가능하다면, 아버지가 빌려주실 수도 있을 거야. 어떻게든 돈을 구할 때까지 계속 시도할 거야.

그래도 결과가 신통치 않거든, 그때는 어쩔 수 없이 마우베 형님한테 부탁해야 해. 들어줄 때까지. 어떻게든 형님한테 배우면 내 작업에도 도움이 되고 내 그림 솜씨를 키울 수 있는 조언을

얻을 수 있을 거야. 그리고 다시 한 번, 유능한 화가의 화실에서 그림을 그리게 되는 셈이지. 그 다음에는 일사천리로 진행될 거야. 전시회도 열고, 그림도 팔고.

'A912'*라고 했던 건, 빈말이 아니었어, 테오야! 너한테 부탁하는 거야. 나와 *함께* 발전할래, 아니면 그냥 뒤처질래?

나는 앞으로 나아가고 싶다. 그것도 너와 함께. 하지만 잔소리 반복하는 일만큼은 없어야 해.

아버지도, 너도 내게 필요한 돈을 구해줄 수 없다면, 라파르트에게 부탁할 수도 있어.

그러니 용기를 내자. 함께 앞으로 나아가자. 목표를 달성할 때까지 악착같이 함께 노력하자.

네가 *원치 않는다면,* 난 혼자라도 고삐를 쥐고 달릴 생각이다.

그러니 네 생각을 알려주기 바란다.

물론, M이나 T에게 아무런 연락을 받지 못할 수도 있어.

행여 연락을 받으면 네게 즉시 알리마. 아무런 소식이 없으면 다시 한 번 시도해봐야지. 나 혼자, 아니면 너와 함께. 아무튼 그건 너 편할 대로 하자.

*라파르트는 잘 헤쳐나가더라. 다른 동료 화가*들도. 그런데 솔직히 이 사람들도 인내심으로 버티긴 하더라. 우리도 함께 헤쳐나가야 해. *함께 헤쳐나가야 한다*는 생각을 늘 기억해라.

마우베 형님을 처음 만난 이후로 그냥 빈둥댄 적이 없어. 데생의 기법, 색의 활용, 각종 기법들을 꾸준히 배웠다. 늘 새로운 걸 배웠어. 하지만 지금은 마우베 형님 같은 현명한 이가 곁에서, 나 자신의 문제에 빠져들지 않게 막아주고, 작업이 너무 늘어져서 지칠 때 사기를 올려줬으면 한다. 앞으로 나가야지. 돌발 상황이 생겨서 실패해도, 실패하면, 또 시도하면 돼.

새로운 열의로, 힘차게 해나가는 게 중요하다. 그러면 우리 사이의 문제도, 서로 만족스럽게 자연히 풀릴 거야.

올해 작년보다 더 많은 돈을 쓴 건 사실이야. 첫째, 내 작업 때문이었고, 둘째, 내 개인적인 일 때문이었어. 후회는 하지 않는다. 어쨌든 그림 솜씨도 나아졌고 덕분에 나중에 내 상황이 더 나아질 테니까. 다만 몇백 플로린 더 쓸 수 있었으면 참 좋았겠다. 그래도 얻은 게 있다면 지금은 오전 중에 모델을 세워두고 얼굴 그림 하나 정도는 쉽게 그려낸다. 그리고 색감도 정확해지고 힘도 좀 넘치는 편에다 그림 기법에도 개성이 담기고 있어.

내가, 돈이 필요하고, 더 있어야 한다고 말할 때마다 사람들이 험담하는 이유도 잘 알고 있어. 하지만 화가로 살아가려면 소위 운영 자금이라는 게 꼭 필요해. 하다못해 구두 수선공도 그런 게 필요하니 말이야. 운영 자금이라는 건 몇 년이 지난 다음부터는 이윤을 낼 수 있어. 예를 들면 시작이 20퍼센트 정도 들고 나중에 상환할 수도 있어.

내가 네게 받는 그 돈이(5,000프랑이라고 치자) 운영 자금인 셈이다. 이것의 수익이(둘이 합

* 네덜란드어 원문 편지에 쓴 단어 'A912'는 '행동하다'는 뜻의 프랑스어 단어 Agir로 추정된다.

심해서 애쓰면 20퍼센트까지 올릴 수 있어) 나의 예상과 너의 판단력이 옳았다는 증거가 되지. 사업성도 보장되고. 이런 결과를 내기 위해(5,000프랑으로 20퍼센트의 수익을 올리기) 너의 협조가 필요한 거야. 이 숫자들은 사실이다. 이 일에 동참할 믿음과 여력이 있는지는 네가 결정할 문제야.

이런 결과를 내기 위해 난 정말 열심히 일할 거다. 그런데 너도 예전에 말했던 대로 해줘야 해. 내 편에 서줘. 중립을 지키는 게 아니라 적극적으로 지지해줘라.

다시 한 번 완전한 확신을 가지고, *사업적인 관점에서*(네가 편하다면 '미술상의 관점'으로 불러도 좋고) 말하마.

성공을 확신할 때만 사업을 실행하는 건 최선이 아니야.

quand même(그렇더라도) 사업을 해야, 그러니까, 뭔가를 해보고 움직여야, 정체된 시간과 불모의 땅을 싫어해야, 더 길이 넓어지고 수익도 커지는 거야.

그래서 또 같은 얘긴데, (괜히 빙빙 돌리거나, 반대로 너무 심각하게 생각하지 않고, 그냥 단순한 확신을 가지고서) 이 얘길 과거에도 네게 한 적이 있다. 몇 년 후에 네 성격이 어떻게 변할지에 대해서도. 투쟁을 멈추지 않아야 한다는 마음을 품고, 정확히 어느 부분에 집중해야 하는지를 파악한 다음, 결사적으로 달려드는 자세보다 더 나은 건 없을 거다. 뜨뜻미지근한 성격을 (부르동클의 기질처럼) 가진 사람들만이 주저하는 거야. 이런 성격들도 나름의 장점은 있지만, 사업을 일궈내고 성공으로 이끌어 가면서 승리하는 문제 앞에서는 결단을 내리지 못하고 주저하지.

물론, 사업이라는 게 처음부터 잘 굴러가는 것도 아니고, 또 모든 길이 막힐 때도 있지.

그래서(안 그래도 지금 발전하고 있다는 경험을 하는 터라) 인물 그림을 50여 장쯤 그려야겠어. 최대한 빨리, 차근차근 하나씩. 계산은 이미 다 해놨어. 그런데 거기에 온 힘을 다 쏟아부을 수 있을지는 모르겠다. 내 말은, 내 힘과 내 노력을 있는 대로 다 쏟아붓고 싶어도 추가로 *돈이 더 있어야* 가능하다는 거지. 일단 번듯한 외투도 한 벌 장만해야 해. 예전보다 옷차림에 신경을 쓰고 있고, 또 이것저것 필요한 것들이 있어. 게다가 돈의 대부분이 물감에 들어가니, 100프랑 정도 여윳돈이 있어야, 최대한 이른 시일 내에, 전속력으로 일해서(절약 차원에서 절반의 속도로 일하는 대신. 그런다고 절약이 되는 것도 아니고) 내 계획을 실현할 수 있어. 본격적인 사업 비슷하게 몸소 일을 벌이고 나야 테르스테이흐 씨나 마우베 형님의 신뢰도 끌어올 수 있을 테니까. 그래서 말이야, 여윳돈을 구해주는 게 정말로 불가능하니? *쇠도 뜨거울 때* 두드려야 한다는 말이 있다, 아우야. 그 불을 지펴다오.

Adieu.

너를 사랑하는 형, 빈센트

385네 ___ 1884년 11월 14일(금) 추정

테오에게

너도 아버지의 헬보이르트 부임 여부가 궁금하겠구나. 아버지는 헬보이르트 교회의 처우가 지금 뉘넌 수준만큼 되지 않는다면, 그쪽 교구의 제안을 고려조차 할 수 없다고 잘라 말씀하셨어. 그런데 보수의 차이를 맞추는 데는 큰 이견이 없는 것 같더라고. 그쪽 입장에서는 전보다 대략 150플로린 정도가 더 들어갈 거야. 아무튼 아버지가 오늘 편지를 쓰실 거야. (아직 결정된 건 하나도 없지만) 아버지가 '진지하게' 헬보이르트 신자들의 제안을 고려해보실 것 같아. 그쪽 사람들은 제법 적극적인 자세야. 이 문제는 내게도 중요해. 왜냐하면 나는 두 분을 따라 헬보이르트로 갈 마음이 *눈곱만큼도 없거든*. 아무튼 정확한 진행 상황을 너한테 알리고 싶었을 뿐이다.

꽤 추운 날씨지만 지금도 밖에서 그린다. 제법 커다란(대략 1미터 넘는) 그림인데 에인트호번 너머 헤넵에 있는 낡은 물레방아야.

마지막 손질은 현장에 직접 가서 하고 싶은데 아마도 올해 마지막 야외작업이 될 것 같다.

지난번 편지 이후로, 잡역부 얼굴 그림 2점을 포함해서 이래저래 습작을 그려봤어.

지금, 에인트호번에 그림 그리기를 배우겠다는 사람이 셋 있어. 정물화를 가르치는 중이야.

네가 여기 온 이후로 내 그림 실력은 확실히 나아졌어. 기법도 그렇고, 채색도 그렇고. 그리고 지금도 앞으로도 계속 나아질 거야. 그림에서는 il y a les premiers pas qui coûtent(첫걸음 내딛기가 중요해). 그다음에는 쉬워지는 거고. 상수(上手)도 손에 쥔 것 같아. 그걸 지렛대로 삼을 수 있을 것도 같고.

너도 알 거야. 내가 지난날의 잘못을 바로잡아보려고 마우베 형님과 테르스테이흐 씨에게 다시 손을 내밀었다는 거 말이야.

그걸 후회하지 않아.

그런데 두 양반, 내가 내민 손길을 뿌리치더라. *단호하게*. 그렇다고 기죽을 내가 아니다.

전시회에 출품했는데, 거부당한 정도로 여기고 넘어갈 거야.

한 번에서 여러 번, 장애물에 걸려 넘어지는 건 당연한 거잖아.

그래서 다시 하는 말인데, 난 내 행동을 전혀 후회하지 않아. 당장은 아니겠지만 다시 한 번 시도할 수도 있어. 그렇다고 오래 걸릴 건 아니야.

또 하고 싶은 말이 있다면, 이 상황에서 네가 단지 중립적인 자세만 유지하지 않고, 내가 가고자 하는 길로 갈 수 있도록 옆에서 도와준다면 정말 고맙겠다는 거야. 어쩌면 마우베 형님도 그렇고, 테르스테이흐 씨도 그렇고, 내가 잘못 판단했던 것 같아. 아마 훗날, 이런저런 부분을 자신들이 단단히 오해했었다는 사실을 알게 될지도 모르지. 아직은 깨닫지 못한 모양이다.

어쨌든 나로서는 과거의 내 행동에 관해 잘못을 솔직하고 당당하게 인정했으니, 앞으로는 좀 수준 높은 그림을 그리면 두 사람에게 찾아가 당당히 보여줄 생각이야. 이제 두 사람한테 사과할 일은 없다는 뜻이기도 하지. *한 번이면 족해*. 사실, 이렇게까지 할 *필요도 없었어*. *무조건* 사과할 필요까지는 없었다는 거야. 이제는 두 사람이 *마음을 여는* 게 관건인데, *네 마음이 동하면* 이렇게 될 수 있게 도와줘. 그게 아니라면 신경 쓰지 않아도 괜찮다. 하지만 머잖아 다시 부탁하게 될 거야.

지난 번 편지를 어떻게 받아들였는지 모르겠다. 나쁜 의도는 없었어. 내 사업은 *번창할 수 있어*. 우리 모두에게 이익이 되려면 모든 힘과 역량을 집중해야겠지.

T와 M의 거절에 대한 답신을 보냈다. 이렇게 썼지. '*테르스테이흐 씨 말에 동의합니다. 옛 인연들을 회복하려고 애쓰느니 새로운 친구를 만드는 게 낫겠다고 하셨죠. 제 생각도 똑같았습니다. 그럼에도 불구하고, 저는 앞으로는 옛 인연들과의 관계도 회복하고, 오히려 더 돈독해질 거라고 확신했습니다.*'

너에게도 똑같이 말해줄 수 있겠구나. 난 너와의 관계도 지금보다 더 *좋아질* 거라고 믿는다.

솔직히 말해서, 지난 1년 반에서 2년 동안에 넌 나에 대해 지나치게 중립적인 태도만 취했어. 난 너의 *진심*을 무엇보다 바랐는데, 우리 우정은 싸늘하게 식었고 서로 소원해졌지. 이런 지적이 너무 시시콜콜하다고 느낀다면, 그렇지 않다. 이런 점을 이전에도 지적했었고, 지금 다시 진지하게, 실질적으로 하는 거야.

(따로 적어서 동봉한 글)

마르호 베헤만이 조만간 뉘넌으로 돌아올 거야. 우린 좋은 친구로 지내왔어. 그녀는 내 조언에 따라 돌아오는 거야. 행실이 바르지 못하다고 그녀를 다그치면서 돌아오지 않기를 바라는 자매들에게 밀리지 말라고 했거든. 가족 전체가 그녀에게 빚을 지고 있다 해도 과언이 아니야. 과거에 그녀의 오빠가 사업에 실패했을 때, 그녀는 자신의 돈을 대주기도 했었어.

이 일의 핵심은 이런 거야. 만약 그녀와 내가 서로 사랑하고 친밀한 사이라면 어떻게 될까? 그렇게 지내온 지 오래되긴 했지만, 우리는 남들에게 손가락질당할 그런 행동은 한 적 없어. 나로서는 이 문제에 다른 사람들이 간섭하고 화를 내는 게 이상하다. 그런데 그게 다 나를 위한 거고, 그녀를 위한 거라고 생각한다는 것도 이해할 수 없어.

오히려 우리한테 전혀 도움이 되지 않는 행동이거든.

주변 사람들이 좋은 의도로 이런저런 행동을 한 거라 믿고는 싶지만, 그녀의 오빠인 루이스 베헤만도 그렇게는 생각하지 않더라. 그나마 그 사람하고는 대화가 좀 된다. 상황이 이렇게 심각하지만 않았어도 그 사람은 인간적이고 차분하게 행동했을 거야. 내 앞에서 그런 일이 있었을 때, 다른 자매들은 방해했지만, 그 오빠라는 사람은 적극적으로 개입했었어. 아무튼 나하고는 앞으로 어떻게 대처해야 하는지에 대해서 뜻이 같은 사람이야.

게다가 그 일이 있기 사흘 전에 내가 이미 조짐이 있다고 알리기도 했었어. 당신의 여동생이 걱정스럽다고.

그녀는 주변 사람 모두에게 선행을 베풀고 부탁도 들어줘. 그들이 아프거나 어려운 일이 있을 때마다. 그녀와 내가 가까워진 건, 어머니가 편찮으시던 시기였어. 얼마 전에도 편지했었어. 뉘넌에 아픈 사람이 있으면 가서 찾아가 보고, 도움이 필요한지 알아보라고 하더라. 이런 부분에서는 정말 수천 가지 성격을 가진 사람 같다니까. 과장을 다 덜어내고 보자면 상당히 유감스러운 오해가 있었다고 할 수 있지.

아무튼, 너는 전후 사정을 다 알고 있는 셈이니 *그날 밤처럼 말하지는 않았으면 좋겠다.**

내 얘기만 했더라면, 그건 내가 감내할 문제이지, 너에게 뭐라 할 생각은 없어.

다만, 순전히 상황 *설명*을 위해서 말해주자면, *그녀의 자매들이 그녀에게, 네가 나에게 말했던 것과 똑같이 말한 거야*. 그걸 듣고 그녀는 절망했다. *네가 책임질 일은 전혀 아니야*. 넌 *나에게*(그런 말로 쓰러지지 않는) 말했지, 그녀에게 말한 게 아니니까. 진짜 잘못한 사람은 그녀의 자매들, *특히 1명*에게 있다. 점점 무정하고 냉혹해진, 그리고 여전히 *부루퉁해서 앙심을 품고* 있는 사람.

넌…… 네가 만약 앙심을 품었다면 *나에게 직접* 말해줘야 한다. 내가 널 의심하기 전에.

난 너에게 더 이상 아무런 악감정이 없다.

라50네 ___ 1884년 11월

친애하는 벗, 라파르트에게

런던 전시회에서 은메달을 수상했다니 진심으로 축하하네. 예전에 내가 그 수상작을 보고 한 말이 있어서, 나도 정말 진심으로 기뻐. 얼마 전인, 지난 금요일에 이런저런 이야기를 하던 중에 그 그림 얘기를 했었잖아. 〈실 잣는 여자〉의 *색감이* 지금까지 내가 본 자네 그림 중에서 가장 낫고 안정적으로 보인다는 말이야.

〈직조공〉도 남다른 작품이었어. 그날 내가 그렇게 말했었잖아.

어두운 색감으로 유화를 시작한 다음 점점 밝게 끌어올리는 기법은 예전에 〈실 잣는 여성〉을 그릴 때도 내가 봤었지. 그게 상당히 독특한 기법이라고 했었어. 그 금요일에도 그 그림에 관한 이야기를 했었고. 정말 남다른 특징이 있다고 말이야. 이후에 그린 것들에서는 볼 수 없는 특징이라고.

자네가 다녀간 일을 떠올리면 좋은 기억만 남아 있어. 자네가 여기 오면 올수록, 아마 여기

* 일전에 테오가 집에 왔을 때 형의 행동을 문제삼아 격한 언쟁을 벌였던 일을 의미한다.

자연에 더 끌리게 될 거야.

자네가 떠난 뒤로 난 〈물레방아〉를 그리기 시작했어. 역 근처에 있는 작은 카페에서 내가 이것저것 물어봤던 그 물레방아 말이야. 자네도 기억할 거야. 거기서 만난 노인 양반하고 이런저런 얘기도 했었잖아. 호주머니에 늘 잔돈이 부족해 보인다고 했었던 그 양반.

아무튼 자네랑 같이 가서 봤던 그런 물레방아랑 비슷비슷해. 그런데 이건 양쪽으로 빨간 지붕 건물이 하나씩 있고 정면으로 바라본 그림에 포플러나무가 주변을 감싸고 있어. 가을에는 정말 그럴듯해 보일 거야.

책을 보내줘서 정말 고맙네.

아마 성령강림축일에 동생, 테오가 여기 올 것 같아. 그런데 이틀 정도만 파리를 비울 수 있어서, 축일 정도만 여기서 보낼 거야. 테오도 자네의 수상 소식을 기뻐할 거야.

Adieu. 조만간 긴 편지 보내겠네. 내 말 명심하고, 마음의 악수 청하네.

자네를 사랑하는 친구, 빈센트

386네

테오에게

어제 헤넙에서 그린 물레방아 습작을 집으로 가져왔어. 거기서 정말 즐겁게 작업한 그림이고 덕분에 에인트호번에서 사람도 사귀게 됐는데, 기필코 나한테 그림을 배울 거라기에 그 사람 집에 찾아갔지. 그리고 그 길로 수업을 시작했어.* 그날 저녁 바로 정물화를 시작했는데 이번 겨울 동안 한 30여 점을 그리겠다고 나한테 약속하기에 나도 도와주기로 했어. 가죽 만지는 사람인데 시간도 있고 돈도 좀 있는 편이고 나이도 마흔 정도 된 것 같아. 어쩌면 헤르만스 씨와의 거래보다 훨씬 더 현실성이 있지 않을까 싶어. 그나저나 헤르만스 씨는 여전히 열정적인 데다 여전히 첫날만큼 진지하게 그림을 그린다. 거의 온종일 그림만 그리고 있다고 봐도 될 정도야. 반면, 새로 알게 된 이 사람은 채색에 대해서 빨리 배울 것 같아.

그나저나 내 생각에, 사람들한테 비용을 좀 부담하게 해야겠어. 직접 돈을 받겠다는 게 아니라 이렇게 말하는 거지. "물*감이* 좀 필요합니다." 왜냐하면 끊임없이 그림을 그리고 싶거든. 있는 힘의 절반만 쏟아부을 필요 없이, 아침부터 밤까지 힘닿는 대로 계속.

내가 모든 사람이 내 그림 전체를 다 좋아해 주기를 바란다고 생각지는 말아라. 오히려 지금은 마우베 형님이나 T가 나와 거리를 두고 있는 이 상황이 그렇지 않은 상황보다 훨씬 더 편하다는 생각이 들 정도야. 내 행동을 잘 이해해라! 결국엔 내가 그들을 설득할 수 있다고 믿었던

* 안톤 케르세마커르스(Anton Kerssemakers). 그는 1912년 4월 14일에서 12일까지 주간지 「더 암스테르다머르」에 빈센트와의 추억에 관한 글을 기고했다.

거야. 이런저런 사정들에도 불구하고 말이야.

지난 수년간 데생과 채색의 기초를 탄탄히 익혀서(그들이 상상하는 것보다 훨씬 노력해서) 일정 수준에 다다랐다는 자신감이 없었다면 그들에게 연락하진 않았을 거야. 이길 *가능성*이 생겨서 새로운 싸움을 걸었던 거야.

이긴다고 *확신*하는 건 아니지만, 그래도 새로운 기회를 모색해보려 한다. 대중들에게 호소해봐도 나쁠 게 없어. 바로 이 싸움으로 난 더 강해질 거야. 비난과 악의, 반대와 반감 등을 통해 더 배울 수 있어.

하지만 너한테 쓴 글에 관해, 다시 한번 강조해야겠다. 습작 몇 점을 완성하겠다고 다짐하고 철저히 계산까지 했었는데, 돈이 바닥나버렸어. 그런데 무슨 일이 있어도 이 계획은 더 이상 미룰 수가 없다. 새해가 다가오는 이 시점에 갚아야 할 돈은 남아 있고, 이달에 내야 할 돈은 내가 알아서 다 처리하긴 했어. 그러다 보니 작업에 들일 비용이 부족한데, 지금 같은 상황에서는 이런 일이 있으면 안 돼. 그래서 어떻게든 돈을 융통해보려고 기를 쓰는 중이야.

내가 할 수 있는 건, 그림 가르치는 사람들에게 물감이라도 어떻게든 부탁해보는 거야.

네가 이런 부분을 알아줬으면 좋겠다. 마우베 형님과 테르스테이흐 씨에게 손을 내밀었지만 거절당했기 때문에, 나는 직접적으로든 간접적으로든 얼른 또 다른 성취를 보여줘야 하고, 그러기 위해서 모든 힘을 모아서 작품을 *최단 시간에* 완성해야 해. 비록 더 큰 비용이 들더라도. 이 비용은 반드시 *회수될 거다*. 난 내가 한 말은 지켜. 그러니 이제부터는 적어도 투자한 돈에 이윤이 생기는지 살펴봐야 해.

네가 다녀간 후로 내 색에 변화가 생겼다. 네가 왔을 때 이미 그런 조짐은 있었어. *내가 지금 편지에 쓰는 습작들과 몇 달 내로 완성될 그림들을 보면*, 너도 확실히 알게 될 거야. 빚까지 생겨가며 그렸지만, 색에 있어서만큼은 어떤 경지에 올랐어. 내 잘못은 아니지만, 어쨌든 이런 상황에서 돈이 떨어졌다. 내가 예산보다 더 많이 그렸기 때문이지. 하지만 지금 절약하고 아낄 수는 없어. 쇠는 뜨겁게 달궈졌을 때 때려야 하니까! 이전 편지에 '네 의견에 별로 신경 쓰지 않는다'고 썼었지. 무척 무례한 말투로 들렸겠지만, 어떤 방면들은 조심하기보다 열정으로 밀어붙이기로 결심했다는 뜻이었을 뿐이야. 그게 더 내 성격에 맞고, 또한 나는 냉정한 계산식을 결국엔 견뎌내지 못했을 테니까 말이다. 하지만 나도 *계산은 한다*. 내가 부탁한 여윳돈, 그냥 일회성에 그치는 부탁이 아니야. 이런 거야. 11월 20일경에 20프랑의 여윳돈을 보내고, 12월 1일에는 평소에 보내던 걸 보내는 거지. 그리고 12월 20일에 다시 20프랑을 추가로 보내고, 그다음 1월도 마찬가지로. 이게 가능해지면 11월~1월까지, 3개월이 끝나갈 무렵에는 정리가 돼서, 1분 1초도 낭비할 시간이 없는 작업을 하는 동안에 어쩔 수 없이 작업을 중단해야 할 일은 없을 것 같다는 거야.

네가 여력이 돼서 더 보내주면 그것만큼 반가운 일도 없겠지만, 적어도 위에 적은 만큼은 내가 받을 수 있도록 애써주기 바란다.

나도 새로 알게 된 사람들에게 어떻게든 물감이라도 지원받을 수 있도록 애써볼 계획이야.

T와 M의 관심을 끌고 관계를 다시 이어갈 좋은 기회가 있을 거야. 난 그렇다고 생각해. 두 사람의 관심은 채색기법으로 끌어와야 해. 내가 조금만 수고를 들이면, 두 사람에게 내가 색감에 대한 개념과 감각을 지니고 있다는 사실을 보여주고 관심을 끌어올 수 있어. 그나저나 초상화를 그려달라는 사람들은 점점 많아지는 것 같은데, 그럴 능력이 있는 사람은 또 그리 많지 않아. 나도 특징을 살린 얼굴 그림을 그릴 수 있게 좀 배우고 싶기도 하다. 얼마 전부터 나도 이 부분에 관심이 커졌는데, 색감에 점점 자신감이 생긴 덕분인 게 사실이야. T나 마우베 형님에 관한 문제는 네가 당장 신경 쓸 필요는 없어. 다만, 1월 말경에, 내가 계획해 놓은 얼굴 그림 50점을 완성하고 나면, 네가 나서서 그 두 양반한테 넌지시 운을 한번 띄워주면 좋을 것 같다.

그나저나 헤르만스 씨가 정식으로 내 왕복 여행경비를 대준다고 약속했어. 목적지는 어디라도 상관없다더라고. 안트베르펜에 가고 싶다면, 그 양반한테 약속을 지키라고 말하면 될 것 같아. 어쨌든 그렇게 해서 올겨울에는 거기서 교류할 수 있는 인맥을 만들 수 있으면 좋겠다. 물론, 처음부터 그게 가능하지는 않겠지만 말이야.

안부 전한다. 11월 20일경까지, 최소 20프랑은 보내줘야 이 달을 어떻게든 버틸 수 있다. 마음의 악수 청한다.

너를 사랑하는 친구, 빈센트

386a네 ―― 1884년 12월 9일(화) 추정

테오에게

완전히 솔직하게 말하려면 어떤 단어가 적절할지 아직도 잘 모르겠지만, 어쨌든 난 지금 숨기는 것 하나 없이 내 마음을 말하기로 마음 먹고서(네가 못 믿어도 상관 없고), 한참을 고민해 본 끝에 나의 이 감정을 더 명확하게 표현해줄 단어를 찾았다.

우리는 *상호간의 이익을 위해서* 각자의 길을 가는 게 좋겠다.

네 입지 때문에 우리가 서로 친밀하게, 자주, 진심으로 교류할 수가 없는 게 사실 아니냐? 예를 딱 하나만 들어보면, 네 입지 때문에 난 파리의 네 집에 갈 수가 없지. 공부를 위해서건 경제적인 이유에서건, 얼마나 유용하고 필요한 일이건, 너무나 적절한 상황이 되어도, 안 돼. 왜냐하면 다른 사람들처럼 너도 역시, 내 성격에 대해서, 내 행동거지에 대해서, 내 옷차림에 대해서, 내 언행에 대해서 할 말이 많을 테니까. 나름 중요한 요소들이라(바로잡을 방법이 없으면) 시간이 흐르는 사이 우리 형제 사이를 갈라놓게 될 것들이지(몇 년 전부터 실제로 그러고 있었어). 거기에 내 과거도 걸림돌이 될 거야. 그리고 너는 스스로를 구필 화랑의 신사분으로 여기지만, 나는 혐오의 대상이자 까탈스러운 상대로 생각하니까. 이 정도면 됐지! 이런 상황이니, 네가 나처럼 정확히 사태를 파악하고, 양쪽의 입장을 남자답게 정면으로 바라보고 나면, 과연 나한테 반박이라는 걸 할 수 있을까?

그렇다고 내가 지금 너를 나무란다고 생각지는 말아라. 지금은 그럴 때가 아니야. 난 단지, 상황을 명확히 해두기 위해 이런 말을 하는 것뿐이야. 나는 네가 우리 관계를 중요하게 생각해서, 우리 관계가 *멀어지는 상황만큼은 피하고* 싶을 거라 생각했었어. 그렇게 신중하게 행동하고, 능숙하게 대처하면서 어떻게든 더 만족스러운 해결책을 찾을 거라 생각했었지. 예를 들면, 내가 테르스테이흐 씨나 마우베 형님과 관계를 회복할 수 있게 돕는 식으로 말이야. 굳이, 내 입에서 그 양반들과 잘 지내야겠다는 말이 나오지 않게. 그런데 넌 이 문제에 관해, 선입견을 품고 있었고 아예 신경 쓰지 않는 쪽을 택했지. 어쨌든 내가 이 문제를 거론했을 때, 전혀 호의적이지 않았잖아. 그런 생각을 하는 나를 이상하다 하고, 번번이 이 문제를 회피했어.

전혀 너답지 않은(딱하기까지 하더라) 행동이야. 그나마 매달 나한테 꼬박꼬박 돈을 보낸 것만큼은 존경하고 높이 산다.

요약하자면(너한테 고마운 마음을 가지고 있는 건 기꺼이 인정하지) 너와의 관계를 끊어야 하고, 테르스테이흐 씨를 비롯한 예전의 지인들과도 관계를 끊어야 하는 상황이라면, 나로서는 *그 빈자리를 채울* 수밖에 없어.

내게도 미래라는 게 있는데, 난 그 미래를 향해 나아가고 싶거든. 한 여성이 나를 마음에 들어하지 않는다면(좋아, 나도 어쩔 수 없이 그 여성을 원망하겠지) 하지만 보상받기 위해 분명히, 다른 곳으로 눈을 돌렸을 거야. 우리 관계도 마찬가지야. 나를 억지로 너한테 떠넘길 마음도 없고, 강제로 너를 끌어올 마음도 없어. 하지만 하고 싶은 말이 있다면, 네 행동은 친구로서, 더 나아가 형제로서 봐도 너무 매정하다. 돈 문제 말고, 아우야. 그 얘길 하는 게 아니다. 인간적으로 넌 내게 아무 의미가 없고, 나도 너에게 아무 의미도 없어. 우린 서로에게 더 의미 있는 존재일 수 있었는데. 아니, 그래야만 했다.

뭐, 이런 논쟁은 그만두자. 모든 일엔 때가 있는데, 싸울 시간은 끝났으니까. 지금은 헤어질 시간이야, 아우야. 다만, 널 가장 사랑하는 사람들이 있고, 그들은 의심하면 *안 된다*는 걸 부디 기억해라. 그들의 공감이 사라지는 건 그들을 향한 네 불신 때문이야. 네가 더 굳게 신뢰했었더라면, 그랬다면 훨씬 더 좋았을 텐데.

마리가(기억하지, 병들어 힘들어할 때 네가 도왔던 그 아가씨) 네 마음 씀씀이와 네 도움에 고마워하면서도 나와 비슷하게 느끼지 않았으리라는 법도 없어. 자연스럽게 그런 생각이 든다.

이거 한 가지는 아주 편하게 말하고 싶어. *우리가 각자의 길을 가게 되면*, 그건 내게는 힘든 변화의 과정이 될 텐데, 무엇보다 나한테는 경제적인 문제가 큰 걸림돌이 될 것 같다. 그런데 어떻게든 헤쳐나갈 거야. 하지만 단호히 부탁하는데, 내게는 그 무엇보다 중요한 이 시기에, 나를 솔직히 대해주면 좋겠다. *너 역시 각자의 길을 가는 것에 동의한다*는 걸 안다. 그렇기에 이 문제는 순리대로 해결되겠지.

나의 안트베르펜행에 찬성하는지 솔직히 말해다오. 이곳 화실을 그대로 두는 문제에 대해서도. 월세가 워낙 싸서 놓치기가 정말 아깝고, 그렇게 두고서 필요할 때 창고로 쓰거나 은신처로 삼을 수도 있거든.

그리고 무리한 부탁이 아니라면, 내가 이 상황을 버틸 수 있도록 좀 도와주면 좋겠다. 다른 때보다 연말이 되니 돈 문제가 버겁기만 하구나. 이 전환의 과정이 짧기만을 바랄 따름이야. 가지고 있던 게 손에서 빠져나가는데, 대체할 걸 찾지도 못한 상황을 고스란히 느껴야 하는 건 진짜 고문과 다를 게 없구나. 문득문득, 네가 왜 마리와 헤어졌는지 그 이유가 궁금해질 때가 있어. 자세한 사정은 알 수 없겠지만, 그녀가 생각만큼 괜찮은 사람이 아니었기 때문이겠지. 안 그래? 네 생각이 옳았겠지만, 네가 그녀를 *이해해주지 못했기* 때문일 수도 있어. 내 경우도 그래. 나도 생각만큼 괜찮은 사람이 아닐 수 있을 거야. 그런데 너는 나를 이해하니? 혹시 나에 대한 감정이 너를 잘못된 방향으로 이끈 건 아닐까? 그런데 그런 걸 판단할 여력도, 의지도 없다.

프루동이 말했지. '여자는 의로움을 황폐하게 만드는 존재다.' 그런데 이 말을 반박할 수 있지 않을까? '*의로움은 여자를 황폐하게 만드는 존재다!*'

이렇게도 말할 수 있을 거야. '*예술가는 금융가를 황폐하게 만드는 존재다.*' 그리고 그에 대한 반박도 가능해. '*금융가는 예술가를 황폐하게 만드는 존재다.*'

보다시피(감히 내가 결론 내릴 문제는 아니지만) 모든 문제는 각기 다른 두 가지 측면이 있다는 게 내 생각이야.

이제 내 분명한 의도를 너도 알 거라 믿는다. 나는 우리 두 사람을 위해서라도 이 전환의 시기가 짧았으면 하는 바람이야. 그리고 너 역시 각자의 길을 가기로 한 셈이니, 이거 하나는 묻고 싶다. 과연 어떻게 해야 최대한 빨리, 그리고 만족스럽게 지나갈 수 있을까?

마음의 악수 청한다.

너를 사랑하는 형, 빈센트

386b네

사랑하는 동생에게

편지와 돈은 고맙게 잘 받았다.

나도 네 말이 사실이라고 생각한다. 여러 차례 편지를 썼지만 결국 끝낼 수 없었다고 했지. 나 역시 마찬가지야. 벌써 두세 번 넘게, 쓰던 편지를 불 속으로 던져버렸어. *너무 표현이 신랄*

한가 싶다가, 너무 슬퍼하기만 하나 싶기도 하고. 너에게 무슨 말을 해야 하지? 네 편지는 매우 정확했는데, 마치 문화장관부 장관의 말투였다고 할까?

하지만 내게는 별로 소용도 없고 만족스러운 내용도 아닌 편지였다는 사실만은 변하지 않는다. 특히 이 구절. '나중에, 형님이 자신을 더 명확하게 표현할 수 있게 되면, 형님의 작품에서 나타나겠죠. *그땐* 저희의 행동도 지금과는 *달라질 겁니다*…….' 얼마나 솔깃한 약속이냐! 그런데 나 같은 사람한테는 장관이 던지는 파타 모르가나에 불과할 뿐이야. 나는 나중이 아니라 지금 당장, 접근이 가능한 시장이 필요한 사람이거든.

잘 들어라. 네 입지를 생각해서라도, 나는 당장 나한테 판로를 개척해달라고 너한테 요구할 권한은 없어. 형편없는 삼류 미술상에게도 그런 부탁은 안 해. 물론, 그런 미술상은 상대하지 않았으면 하지만. 아무튼 말이야. 그래서 하는 말인데, 너도 그런 신기루 같은 말에 만족하라고 강요하지 않았으면 좋겠다. 그러기에는 내가 너무 현실적인 사람이다.

너를 장관에 비유한 걸 부정적으로 보지 않았으면 고맙겠다. 원래 높은 데서 편하게 지내시는 분들은 비슷한 환경에서 나오는 희미한 빛에는 별로 관심을 기울이지 않는다는 거, 나도 잘 알긴 안다. 이게 딱히 고집스러운 행동이라고 할 수는 없어. 그래서 나도 이따금 고집스러운 인간들이 모여 있는 성소에 오줌을 갈기는 행위를 하기는 하지. 일반적으로.

본론으로 들어가자. 내가 지금은 하루에 2.5플로린을 비용으로 쓴다는 거, 너도 이미 알고 있을 거야. 1플로린은 모델에게 주고, 나머지로 캔버스나 물감 등을 사기 때문이야. 여기서 더 줄일 수는 없어. 그런데 아직도 갚아야 할 청구서가 몇 장 더 남아 있는 상황에서 나는 안트베르펜으로 떠나야 한다.

생활이 너무 팍팍해서 요즘은 기분전환은커녕 즐거울 일도 없어서 막말로, 인내심으로 마음을 무장하는 중이야.

집에서도 서로 심각하게 얼굴 붉힐 일은 없지만, 내가 계속 여기 *눌러앉아* 있다고 생각하니 갑갑하신 모양이더라. 뭐, 나도 두 분 심정 충분히 이해한다.

하지만 아직은 떠날 수가 없어. 아예 떠날 수도 없고, 잠깐 가 있을 수도 없어. '잠깐'이라고 해도 여기 화실은 그대로 둘 수 있으면 좋겠어. 습작 여러 점을 작업 중인데다 안트베르펜에 거처를 마련할 때까지는 말이야.

이런 점을 생각해줘. 금전적인 부분에서 어떻게든 네가 힘을 좀 써줄 수 있다면, 진짜 조화를 이룰 순 없지만, 평화를 유지할 수 있는 가장 실질적인 방법이 되지 않을까 싶다.

나 자신은 물론 다른 사람들도 평화로웠으면 좋겠어. 지금은 아니지만, 나중에 그렇게 될 거라고, 내 작품에 관해서 네가 그렇게 말했었잖아. 그런데 네가 나중 운운했던 내용은 아무리 봐도 신기루에 지나지 않을 거라는 생각이야.

지금으로서는 모든 게 신기루일 뿐이니, 나는 안트베르펜에 가서 운을 시험해봐야겠다.

안부 전한다, 마음의 악수와 함께.

너를 사랑하는 형, 빈센트

387네 ___ 1884년 11월 24일(월) 추정

테오에게

너도 이미 아버지가 헬보이르트 교구 목사 자리를 거절하셨다는 건 알고 있겠지.

아버지의 결정이 나와는 결코, 무관하지 않아. 어쨌든 난 두 분이 그리 가신다고 했어도 따라갈 생각은 없었으니, 여기 화실에 남거나 안트베르펜으로 갈 테니까. 아무튼! 아무리 생각해봐도 나한테 가장 좋은 건, 그냥 간단히, 지금 있는 그대로의 상황이 지속되는 거야. 그러니까 여기 남아 있는 게 되겠지.

솔직히, 최근의 근황만 놓고 보면 썩 나쁘지 않거든. 여기서 작업한다고 돈벌이를 더 할 수 있다는 건 아니지만, 정말 괜찮은 친구들을 사귀었고, 그 관계가 앞으로 더 좋아질 것 같기도 해.

지난주에는 에인트호번에 사는 사람 집에 가서 정물화를 그리기도 했어.

새로 알게 된 사람인데, 일전에 가죽 다루는 사람이라고 얘기했었잖아. 아무튼, 이 양반, 그림에 아주 열심이야. 그런데 나도 좋은 관계를 이어나가려면 이 사람들을 위해서 뭐라도 해야 하잖아. 결과적으로 보면, 내가 손해 볼 건 없어. 나로서는 말 상대가 생기는 거라 즐겁게 작업할 수 있으니까.

헤르만스 씨 집에 가면 오래된 항아리나 골동품 등 진귀하고 아름다운 물건이 제법 많은데, 조만간, 그 양반 물건 중에서, 예를 들면, 고딕 양식의 소품 같은 걸 그린 정물화로 네 방을 장식하면 어떨까 싶은데, 네 의견이 궁금하다. 지금까지는 헤르만스 씨하고 간단한 소품들만 주로 그렸거든. 그런데 오늘은 이런 걸 묻더라고. 뭐 그리고 싶은 게 없느냐고. 자신이 그리기엔 어렵겠지만 혹시 그리고 싶은 게 있다면 내 화실로 가져가 그려도 된다더라. 그래서 묻는 거니, 혹시 괜찮은지, 답해주면 좋겠다. 그럴듯한 걸 골라서 널 위해 그림 하나를 그릴 생각이야. 이미 1점은 마무리했어. 그나저나 이달 말까지 너한테 부탁한 것 말이야(추가로 20프랑을 더 보내는 거), 네가 꼭 그렇게 해줄 수 있으면 좋겠다.

상황은 나아지고 있는데, 들어가는 비용이 줄지를 않는다. 그래도 쉬지 않고 열심히 일하면 해결할 수 있을 거야.

그러니 어떻게 수를 낼 수 있거든, 내가 부탁한 걸 꼭 보내주기 바란다. 그게 없으면 이어질 날들이 너무 힘들어지고, 필요 이상으로 작업에 지장을 받게 되기 때문이다.

내 작업 결과물로 꼭 갚아줄게. 더는 군말하지 않겠다.

어쨌든 헤르만스 씨에게 소품 하나를 빌려 널 위한 그림은 그릴 거야. 그리고 나중에 보면 알겠지만, 내 색감이 상당히 나아졌어. 물레방아도 하나 다시 작업 중이야.

안부 전한다. 마음의 악수와 함께.

너를 사랑하는 형, 빈센트

네가 힘든 시기를 보내고 있다는 건 *알지만* 어떻게든 앞으로 나아가야 해. 모든 게 결국은 나아질 거다. 두고 봐라. 결국은 변할 거라고. 좋은 방향으로.

388네 ___ 1884년 12월 6일(토) 추정

테오에게

보내준 편지와 동봉된 것, 진심으로 고맙게 받았다. 성 니콜라스 축일에 맞춰 보내준 것도 마찬가지로 잘 받았어.

우선, 네 편지를 받고 다소 놀랐다는 말부터 전하는데, 왜냐하면 아버지와 어머니, 그리고 나 사이에 베헤만 가(家) 따님들에 관한 심각한 이야기는 없었거든. 안 그래도, 얼마 전에 그 사람들이 아버지 어머니를 찾아왔는데(한 번이 아니라 여러 번), 그 여자들이 예전보다 더 자주 찾아오거나 덜 찾아오는 게 나랑 무슨 관계가 있는지도 모르겠고, 나는 일말의 관심도 없어.

예전에 한 번 그 여자들한테 단도직입적으로, 당신들 행동거지는 잘 봐줄 수가 없다고 말했었거든.

어쨌든 그녀들이 집에 들락거리는 건 그 일과는 아무 상관이 없다. 부모님과 그녀들 사이의 일이지, 나와도 상관이 없어. 나는 베헤만 가 사람들을 늘 예의 있게 대했고, 문제를 일으키지 않았어. 그런데 그들이 *나를*, 그리고 (내가 더 화가 나는 건) *마르호를 공격하기 시작했다*. 그래서 내가 일부러 그녀들을 피해 다닌 거야. 왜냐하면 그 인간들의 행동에 대한 비난을 철회할 마음도 들지 않고, 숨길 수도 없을 것 같았거든. 너도 알고 있을 거야. 이 말을 하는 건 상황을 보다 명확히 밝히기 위해서지, 널 괴롭게 하려는 게 아니라는 걸. 너도 아주 잘 알고 있을 거야. 나는 네 이해를 돕기 위해 분명히, 내가 해야 했던 말을 했다는 사실을. 그래서 네 해석이 *잘못됐다*고 편지로 전했던 거고(실질적으로 옳은지, 그른지, 판단은 네가 해라. 그런데 나는 전이나 지금이나 잘못됐다고 생각해).

내 주관적인 확신은(이 문제에 관한 내 개인적인 의견이 있는데), 내 개인적인 '왜'와 내 개인적인 '그래서'라고 할 수 있어. 나로서는 적절히 잘 적용이 되는데, 너를 비롯한 다른 사람에게는 설명하기가 쉽지 않다. 더욱이 그 '왜'와 '그래서'에 전혀 관심도 없고, 호감도 들지 않는다면 더더욱 그렇겠지.

(편지지 여백에 쓴 글)

보내준 건 고맙게 받았어. 내가 여윳돈의 필요성을 강조하는 건 더 앞으로 나아가기 위해서라는 걸 네가 알아주면 좋겠다. 너를 위해서나, 나를 위해서나, 서로 손해 보지 않고 평화롭게 각자의 길을 갈 수 있게 되는 날까지 말이야.

그러니 자기들 말하고 싶은 대로, 자기들 생각하고 싶은 대로(아마 네가 의심했던 것 이상으로 아주 제멋대로 말하고 생각하고 있지) 하라지. 하지만 이것 하나만큼은 네가 알아줬으면 한다. 내가 어떤 결실을 보지 못했다고 해서, 이거나 저건 시작하지 말았어야 한다고 여기는 건 절대 아니라는 사실을 말이야. 오히려, 이런저런 걸 성공하지 못해서 계속해서 연거푸 시도해야 할 때, 나는 그게(가끔은 똑같은 방식으로 공을 들이지는 못하지만) 같은 방향으로 다시 한 번 도전해야 할 타당한 이유라고 여기는 사람이야. 내가 하려는 건 충분히 심사숙고해본 일이고 내가 원하는 게 뭔지도 잘 알아. 내 작품의 존재 이유를 누구보다 잘 인식하고 있다는 건 말할 필요도 없고.

개인적인 생각인데, 혁명 *이전*과 *이후*의 본질적인 차이점은 여성의 권리를 인정하게 됐다는 사실과 이를 통해 남성과 여성이 동등한 권리와 동등한 자유를 누릴 수 있는 여건을 조성하게 됐다는 것이야.

지금은 이 부분에 관한 이야기를 할 여건도, 시간도, 그럴 마음도 없어. 그러니 이만큼만 할게. 내가 볼 때, 기존의 윤리체계는 *뒤집혔어*. 그런데 시간이 그걸 *바로세워서 쇄신*해주면 좋을 것 같다.

네가 '의심스럽다'고 말하는 건 아마 날 위해서일 거야. 그래 좋다! 굳이 네 생각을 바꾸려고 애를 쓰진 않을게. 어쨌든 네가 나한테 그런 느낌을 준 건 사실이니까. 그리고 그런 '증상'이 과히 달갑지 않다고 너한테 이미 전에도 이야기했었고, 또 그래서 더더욱 잘했다고 칭찬할 수도 없다.

굳이 말하자면, 이것 역시 주관적인 생각에 지나지 않아. 그러니 괘념치 말아라. 경계를 하든, 경계를 풀든, 그때그때 네 기분에 따라 결정해라. 나도 네 기분이 나한테 끼칠 영향이나 결과에 알아서 적응하도록 노력할 테니까. 그 외의 것들은, 내가 일전에 우리는 바리케이드를 사이에 두고 서로를 바라보는 사이라고 한 내용으로 갈음하면 될 것 같다. 너는 네 원칙에 따라, 네 보기에 그럴듯한 걸 하고, 나는 내 원칙에 따라 행동하는 것이지. 다만, 가능하다면 최대한, 정 반대편에 서는 일만큼은 피했으면 좋겠다. 그래도 우리는 형제 사이이니 말이다. 내가 몇 살 더 먹은 형이다 보니, 어떤 부분은 너와 다르게 경험하고, 또 너와 다르게 해석할 수도 있을 거야. 그런 탓에 네가 하는 행동, 네가 하는 말을 전부 이해하고 받아줄 수 없을 때도 있어. 그렇다고 내 의견을 모두 네가 받아들여야 한다고 우기는 것도 아니다. 다만, 내가 원하는 건, 서로를 솔직하게 대했으면 하는 거야.

서로 발목 잡는 일만큼은 피하자는 걸 원칙으로 삼는다면, 전에도 이미 말했듯이, 나는 에인트호번이나 안트베르펜에 가서 최대한 많은 사람을 만나 인맥을 쌓고 싶어. 기회가 닿는 곳이라면 그게 어디든 상관없어.

그런데 그게 당장 내일부터 가능한 일은 아닐 거야. 내가 그렇게 보는 이유는 아주 간단해. 네가 나와 내 작품에 신경 쓰는 건, 개인적인 관심이 아니라 후원인의 자격이라는 걸 너무 노골적으로 드러내고 있기 때문이지. 그래, 대단히 고마운 일이야! 네가 주기적으로 돈을 주는 거니 그 말이 사실이긴 해. 그냥 차갑고 무정하게, 아무런 말도 없이, 그 어떤 친근감도 전해주지 않으면서. 나는 억척스레 작업을 하고 있는데. 그러다 점점 깨달아가는 것 같아. 길동무가 되어 같은 길을 걷는 대신 각자의 길을 가야 할 순간이 다가오고 있다는 걸 말이야. 경제적인 측면으로 보자면 너와의 결별이 내게 이로울 것 같지는 않다. 어쨌든 어느 상인이, 그게 투기꾼이더라도, 먹고 잘 곳과(지붕 밑 다락방이라도 만족한다) 약간의 물감을 제공해준다면, 아주 흔쾌히 나 자신이라도 팔 거야(이것도 '판매'라고 볼 수 있다면). 네 후원보다는 나을 테니까. 자, 이게 내가 가진 패야. 과연 내가 결과를 낼 수 있을까? 그렇다면 언제쯤? 이건 뭐라고 정확히 대답할 수는 없어. 하지만 그 성공까지 아직 가야 할 길이 멀다고 생각하는 한 누구보다 열심히 작업에 임할 거야.

유화의 전망을 어둡게 하는 그림자는 물감 청구서야. 이 문제 때문에 지금은 생활이 편하지만은 않아. 일단 네가 준 돈에서 40플로린(80프랑)을 여기에 썼어. 거기에 목수에게 이것저것 부탁한 게 있어서 또 비용을 내야 했어. 그래서 너는 이것저것 치러야 할 비용을 다 치르고도 여전히 100프랑이 남았을지 모르지만, 나한테 남은 건 25프랑도 채 안 돼. 상황이 달라지지 않는 한, 먹는 데 들어가는 돈은 없다고 할 수 있지만 남은 돈으로 한 달 동안 그림을 그려야 하잖아. 그런데 모델에게 줄 돈도, 물감 살 돈도 없어서 그럴 수가 없을 것 같다.

그런데 치러야 할 비용이 여전히 남아 있는 한 이런 반가운 전망이 1월에도 계속될 것 같구나. 나중이 아니라 지금 당장 절대적으로 여윳돈이 필요하다고 불평하게 된 이유는 적어도 그림은 계속 그려야 하기 때문이야. 제발! 경제적인 문제로 인해 작업을 멈출 수밖에 없는 이 상황이 정말 못마땅할 따름이다. 그렇다고 나 자신만 탓할 수도 없는 문제야. 내가 빚에 쪼들리는 이유가 내 낭비벽 때문이 아니라 그만큼 열심히 작업을 하고 있기 때문이거든.

네가 이 상황을 나처럼 바라보지 않거나, 내 주장의 근거를 찾을 수 없다고 한다거나, 내 말을 믿을 수 없다면(넌 아마 이렇게 생각하고 있겠지) 나로서는 딱히 할 말도 없고, 네가 믿지 않는다고 해도 크게 신경 쓰지 않는다. 네가 나와의 관계를 어떻게든 청산하려고 고의로 그렇게 하는 게 아닌 이상은 말이야. 그런데 만약 그런 의도였다면, 방향은 제대로 잡은 것 같다. 지름길로 목적지까지 가게 될 테니까.

예전에는 내가 수시로, 우리 관계를 유지해야 한다고 애원하다시피 네게 부탁했었지. 이제는 더 이상 그러자고 말을 할 수가 없다. 다시 말하지만, 나는 다른 사람들에게 더 이상 의존하지 않으려고 지나칠 정도로 작업에 몰두하고 있어. 나는 점점 더 내 후견인을 자처하는 사람처럼 행동하고 있고 지극히 객관적인 관점에서 내가 이 문제를 거론하면, 너는 대꾸조차 하지 않더라. 이건 아니다, 아우야. 내가 생각하는 명예와 형평성의 기준에서 보면 지금의 이 상황이 지속되게 내버려둘 수는 없어. 잘 들어라. 아버지는 *나를 줄곧 심히 의심하셨어*. 너도 알 거야, 그 분위기. 그러니 나는 오죽했을까. 나를 항상 "이보게, 친구"라고 부르시고, 항상 당신이 옳다고 생각하셨지만, 그렇다고 보는 눈이 남다르시지는 않았지. 네 시각에 맞춰보자면, 어쨌든 선의로 그러셨을 거야. 그런데 언젠가, 내가 속내를 있는 그대로 드러낸 적이 있었어. 나에 관해 아버지같이 생각하던 사람들은 내 친구가 아니라고. 그런 사람들은 2×2=4인 것처럼 명백히, 단순한 적이 아니라 최대의 적이라고. 나를 못 믿겠다고 했던 네게도 똑같이 답해줄게. 그래도 차이가 있다면(난 그 차이를 있는 그대로 받아들이고, 충분히 고려해) 아버지는 나를 불신하신 적이 없다고 하시고, 너는 네가 직접 말로 시인했다는 거지. 이 차이가 많은 걸 다르게 하긴 하지만 내가 볼 때에는 그거나, 그거나야.

나도 고집스럽게 우기고 싶지는 않아. 그래서 솔직하게 말하는데, 나는 아버지나 너의 의견에 조금도 동의하고 싶지 않다. 그리고 이 상황이 지속되면 머지않아 우리 사이에 틈이 생겨 갈라질 수 있다는 사실은 알아두기 바란다. 너무나 명백해. 그러니 아버지와 견해를 같이하는 네게, 굳이 나에 대해 좋게 생각해달라고 부탁할 일은 없다는 것도 알아둬라. 너와 아버지의 생각에 비하면, 내 생각이 좀 혁명적일 수도 있어.

단지, 네가 불신의 덫에 걸려 있다는 이유만으로, 내가 뜬금없이, 말도 안 되는 짓을 하거나 화를 내면서 아까운 시간을 낭비할 처지가 아니다. 하지만 네가 그 불신의 덫에서 빠져나오지 못한다면, 그 덫은 점점 더 네 마음속으로 파고들 테고, 그렇게 되면 나는 서로에게 피해가 가지 않도록 진지하게 너와의 결별을 고민하게 될 거라는 사실은 알아둬라. 비록 내가 뜬금없이 정신 나간 짓을 하는 건 좋아하지 않지만 말이야.

상황을 억지로 바꿀 일 없이 평화롭게 각자의 길을 가도록.

다른 사람들이 나를 어떻게 생각하는지까지 돌아볼 겨를이 없다. 앞으로 나아가야 하니까. 중요한 건 그거야.

그래서 어느 정도는 내 기분 내키는 대로 내 길을 가고 있어. 믿을 건 믿고 안 믿을 건 안 믿으면서.

너도(이성적으로) 네 상황을 고려하면서 지내잖아, 그렇지 않아? 성공과 실패, 네 일의 쇠락과 번창에 대해서 말이야. 그러니 내가 하는 일에 관한 입장이 너와 비교해 덜 이성적인 건 아니라는 사실은 너도 알아주면 좋겠다. 그리고 앞으로도 계속 이 일을 해나갈 것이고, 신속하게 정리해나갈 거야.

여기 화실은 그대로 유지하기로 결정했다. 정작 다른 곳에 살면서 드렌터 황야에 화실을 두고 사는 스탕줄렝처럼 말이야. 애초에 은신처로 여기며 빌린 곳이니, 계속해서 은신처의 역할을 하게 해야지. 결과적으로 에인트호번에 거처를 마련하는 건 정신 나간 짓인 탓에 생각조차 해보지 않았어. 나중에 안트베르펜에 방 하나를 빌리는 건 괜찮을 것 같다. 그런데 첫째, 지금은 가진 돈이 없고, 둘째, 실력을 키우기 위해서, 모델을 고용할 비용이 있는 한, 일단 얼굴 그림 여러 점 부터 완성하고 싶어.

내가 애꿎은 시간만 낭비하고, 그림 그리기를 멈춰야 하는 상황을 피할 수 있도록 어떻게 손을 좀 써주면 좋겠다. 안트베르펜에 거처를 마련하고 내가 일한 대가로 물감 비용은 감당할 수 있게 될 때까지 몸이 부서지도록 일할 거야.

이건 네가 이해해줬으면 좋겠다. 난 누군가와 싸우고 언쟁하고 싶어서 너와 관계를 끊겠다는 게 아니야. 평화를 유지하기 위해 그렇게 하려는 거야. 다른 가능성이 열리기 전까지는 더 이상 버틸 수가 없을 것 같다. 단지 경제적인 가능성만을 말하는 게 아니야. 머물게 될 집이라는 게 원래 편안한 곳이어야 하잖아. 아버지와 어머니를 탓하자는 건 아니지만 부모님 집에서는 도저히 적응하기가 힘들다. 네 말을 들으면 나를 이해할 수 없다는 건데, 나 역시 그런 너를 이해할 수가 없어. 그러니 원망하지 말고 용기를 내고 마음을 다잡겠어. 내가 할 일은, *아무도 손해 보지 않고 각자의 길을 갈 수 있도록 작업에 집중하는 거야*.

행여, 내가 너나 부모님을 상대로 싸우는 걸 좋아하는 사람이라 여기지는 말아라. 나는 천성적으로 싸우는 걸 싫어하는 사람이니. 너를 비롯한 다른 사람들은 그 반대로 여기지. 하지만 사실은 그 정반대야. 삶을 견디기 위해 내게 필요한 건, 평온과 진심 어린 마음이야.

그렇게 생각하는 사람들 앞에 서면, 그저 어깨 한 번 들썩이는 것 외엔 할 수 있는 게 없어. 나에 대해 그런 생각을 가진 사람들을 친구로 여기는 건 심사숙고해야 할 일이다. 그게 내 아버지나 형제라고 해도. 그 사람들의 생각이 나를 슬프게 하지만 낙심하지 않을 만큼 나 자신에 대한 믿음을 갖고 있다는 사실에 만족할 따름이야.

따지고 보니, 가야 할 길은 이미 정해진 게 아닌가 싶어.

(결말 부분 소실)

388a네 ____ 1885년 1월 31일(토) 추정

테오에게

지금 애타게 돈이 오기를 기다리는 중이다. 심지어 평소보다 며칠 더 일찍 보내줄 수 있을 거라 기대도 했었어.

얼굴 그림 50여 점을 그리려면 추가로 비용이 들어간다고 이래저래 설명했었잖아. 그런데 그런 내가 의심스럽다는 네 편지를 받고 마음이 상해서, 결국, 내가 이렇게 어려움을 겪게 된 것도 다른 이유가 있는 게 아니라 바로 네 불신 때문이라는 말까지 내뱉었잖아. 어쨌든 왕성하게 작품활동을 할 수만 있다면, 그림을 팔지 못하더라도 난 개의치 않을 거야.

아무튼 나는 할 수 있는 걸 하는 중이고, 덕분에 점점 나아지고 있어. 그러니 내가 의심스럽다는 그 말은 철회해야 할 거다. 네 속은 너만이 아는 거니까. 그런데 내가 할 수 있는 말은, 불신은 결국 더 심각한 오해를 낳는다는 거야.

가끔은 이렇게 성급히 판단하고 나중에 후회하고 괴로워하는 네 모습을 보고 있으면 안타깝기 짝이 없다. 그런데 말해 무엇하랴? 내 보기에 이건 집안 내력 같으니 말이야.

항상 드는 생각이지만, 아마 쥔더르트 시절과 그 이후 첫 몇 년간이 집안 분위기가 가장 좋았어. 그 이후로는 계속 악순환의 연속일 뿐이고. 지금까지 계속!

그런데 쥔더르트 시절이 괜찮았다고 여기는 게 나만의 상상은 아니었는지 모르겠다. 그럴 가능성이 아주 커 보인다.

어쨌든 지금은 좋을 게 전혀 없다는 건 나도 너무나 잘 알고 있다.

아무튼, 안부 전한다.

너를 사랑하는 형, 빈센트

지난여름 이후로 널 볼 때마다 앞도 제대로 잘 보이지 않는 색안경을 쓰고 세상을 바라보는 것 같더라.

너는 아마 색안경을 썼다고 크게 달라 보이지는 않을 거라 말하겠지.

아마도 그렇겠지. 그런데 그런 색안경을 너를 위해 쓰고 다니는 건지 궁금하다. 혹시 네 행동방식과 사고방식 때문에 그런 색안경을 쓰고 보는 건 아니냐?

다른 한편으로는 파리를 제대로 안다는 건 대단한 일이라는 게 내 생각이야. 그러니까 완전한 파리지앵이 된다는 거 말이야(내가 말하는 사람은 분석력이 있고 강철처럼 단단하며 소위, 기민하다는 사람을 말하는 거야). 파리지앵 닮아가는 걸 가지고 쩨쩨하게 뭐라고 하지는 않을 거야. 내 성격이 워낙 그러니까. 네가 원하는 게 그런 거라면, 그래, 파리 사람처럼 행동하고, 파리 사람이 되어야겠지. 내 마음에 드네, 안 드네, 따질 문제는 아닌 것 같다.

세상에는 대단한 것들이 있어. 바다와 어부, 밭고랑과 농부, 광산과 광부.

그런데 *파리의 보도들과 그런 파리를 속속들이 알고 있는 사람들 역시 대단한 것 같아.*

다만, 나에 대한 네 불신이 내 작업을 방해하고 있다는 사실을 계속 모른 척하는 건 단단히 실수하는 거야. 나는 너와 다르게 생각하고, 느끼고, 행동했을 테니 말이야. 모든 건 다 그럴만한 이유가 있을 거다. 지금의 내 상황도.

내가 드렌터에서 너도 화가가 되어보라고 편지했었을 때, 너는 이런 답장을 했었어. 내가 네 일에 관해 너무 모르고 있다고. 그래, 그건 네 지적이 옳아. 그런데 그 반대의 경우도 엄연한 사실이다. 내가 뭘 하고 있고, 내 사정이 어떤지, 너 역시 제대로 아는 게 없다는 뜻이야. 그러니 의심은 거두기 바란다. 전혀 의심할 상황이 아니니 말이야. 서로에게 호감을 갖고, 말고, 그런 건 아무래도 상관없어. 어쨌든 우리가 각자의 길을 가더라도, 내가 실력을 쌓는 길이 우리 사이가 더 나빠지는 걸 막을 수 있는 유일한 방법일 거야.

388b네 ____ 1885년 2월 2일(월) 추정

테오에게

내가 지난번에 보낸 편지를 읽고 '유난히 불쾌하다'고 했지. 나도 할 말이 참 많다.

우선, 이 문제를 논해보자. 얼마 전에 네가, 편지로 긴장된 집안 분위기를 언급했었어. 그런데 지난 15년간, 난 너를 비롯한 다른 사람들한테 그런 불쾌한 지적을 당하고 기분 나쁜 잔소리를 끊임없이 들어왔다.

그런데 너는 무엇보다 나를 믿을 수 없다고 했어. 한 번만 찌르고 말았으면 나도 굳이 받아치지는 않았을 거야.

하지만 네 불신에 관한 추가적인 행동이 나한테는 너무 심하다 싶어서, 여러 차례 네 말을 취소하든지, 해명하라고 부탁했었잖아. 적어도 나한테 그런 말을 하려면 충분한 이유가 있어야 하는 거니까.

내 마지막 편지에, 나는 네 불신을 색안경에 비유했었어.

그리고 불신이라는 건 커다란 오해를 불러일으키는 법이라는 말도 했고.

그건 사실이야.

그랬더니 너는 이렇게 받아쳤지. 나더러 자신이 변한 건 까맣게 잊은 채, 자신이 젊었을 때는 모든 게 다 지금보다 나았다고 말하는 노인네 같다고. 그런 말로는 날 화나고 당황하게 만들 수는 없을 거야.

의심은 내가 너한테 하는 게 아니고, 네가 나한테 하는 거라고 네 입으로 그랬잖아. 그러니 노인네 같다는 그 말은 너한테 적용해본 다음에 나한테도 적용할 수 있을지 잘 생각해봐라. 아무리 봐도 그게 맞는다면, 나도 달라질 테니까.

집안 분위기에 대해 편지로 쓴 모든 내용이 너무 사실적이지 않나 걱정이다. 내가 아주, 질리도록 몸소 경험한 그 상황들 말이야.

네가 편지로 물었지. 형님은 왜 더 이상 이런 말을 하지 않느냐고. '이렇게 되겠다, 저렇게 되겠다.' 거창하게 그런 말을 떠벌리는 사람들은 대부분 발전의 노력을 거의 하지 않는 사람들이기 때문이야. 그런 말을 하는 사람들은 말만 하고 실천에 옮기지는 않는다고.

내 희망 사항을 굳이 얘기해야 하는 거라면, 우리 사이가 지금보다 좋아지기 전까지는 말할 생각 없다.

이제 너도 이유를 아는 셈이야. 남은 힘은 작업의 완성도를 끌어올리기 위해 써야 하기에 한탄하고 앉아 있을 시간이 없다. 그나저나 「릴뤼스트라시옹」을 보내주지 않은 건 좀 아쉽다. 르누아르의 작품은 항상 예의주시하는 터라 그가 최근에 「릴뤼스트라시옹」에 발표한 그림은 다 소장하고 있거든. 전에 말했던 그 데생은 정말 아름다워. 아마 네 마음에도 들 거다.

여기 서점에서는 그 잡지 과월호를 구할 방법이 없어. 그래서 네가 구해줬으면 하는 거지. 너무 번거로우면 그냥 내버려 둬라. 굳이 그렇게 고생해가며 찾아달라는 부탁은 아니니.

그리고 네 불신에 관해서, 이거 하나는 알아두기 바란다. 내가 별 반응을 보이지 않는 건, 너나 다른 사람들이 나에 대해 멋대로 생각하기 때문이라기보다, 네 성격이 결국 그 상황에 적응하면, 아무리 불신하고 의심해도 만족스럽지 않을 거라는 사실을 미리 알려주고 싶어서야.

너 자신이 나를 너무나 잘 알기 때문에 나를 의심하는 거라고. 이미 여러 차례 단정적으로 얘기한 터라, 네 말에 강하게 항변할 수밖에 없다. 아버지와도 비슷한 일을 겪었는데, 제2의 아버지를 상대하고 싶은 마음은 추호도 없다.

아버지와의 관계는 내가 초장부터 침묵을 지키는 대신 언성만 높이지 않으면 크게 나빠질 것도 없다.

그러니 내 생각을 가감 없이 너에게 밝힌다고 서운해하지는 말아라. 그리고 아우야, 내가 열심히 작업에 임하는 건, 단시일 내에 네 경제적 부담을 덜어주지 못할까 걱정돼서야. 그럼에도 불구하고, 너나 내가 원하는 것 이상으로, 현재의 이 상황이 지속될 수도 있지만, 어떻게든 열심히 일하면 완전한 실패로 귀결될 일은 없을 거다. 너도 너 나름대로 애써달라고 부탁하는 건, 우리가 서로 마찰을 빚게 될 상황을 피하기 위해서야. 이런 상황도 내가 비용을 감당할 방법을 찾아내면 더 이상 겪을 일도 없게 될 거다. 내 작업이 문제가 될 일도 없을 거야. 지금처럼 말이야.

절망할 이유는 없어. 하지만 지금은 너나 나나 곤란한 상황이지. 쉬지 않고 작업에 임해야 하는데 비용은 만만치 않게 들어가고, 모델이 없으면 또 그림을 그릴 수가 없어. 이렇게 작업 환경이 척박하고 성가시고 힘든 마당에 너한테 의심까지 사고 있으니 나로서는 정말 난감하기 이루 말할 수 없구나. 아무튼 이 시기를 잘 넘겨야 할 것 같다. 화가라는 직업이 편하게 놀고먹는 자리는 아니니까.

보내준 건 고맙게 잘 받았다.

안부 전한다.

너를 사랑하는 형, 빈센트

389네 ___ 1885년 1월 23일(금) 추정

테오에게

지금 작업 중인 얼굴 그림 중에서 몇 개 골라 스케치로 그려 보낸다. 기억에 의존해서 그냥 쓱쓱 그린 거야.

이번 달에는 남는 게 거의 없다고 편지했었잖아. 지난달하고 거의 비슷하다는 거, 아마 너도 알 거야.

과거 그 어느 때보다도 지금, 모델에게 줄 돈이 있는 한 쉬지 않고 계속해서 그려야 해.

매달 말일만 되면, 어떻게든 버티기 위해서 절실히 필요한 것들을 포기해야 하는데, 이게 얼마나 서글프고 힘든 일인지 말로는 설명 못 하겠다. 여기 있는 동안, 어떻게든 얼굴 그림 50점 정도는 완성해야만 해. 그래야 겨울을 지나는 동안에도 다양한 얼굴들의 모델을 상대적으로 쉽게 섭외할 수가 있거든. 그런데 겨울은 이렇게 지나가고 있는데 하루도 쉬지 않고 그림을 그리지 않는 이상, 내가 원하는 만큼, 내게 필요한 만큼 그려낼 수 없는 게 현실이다.

그래서 쉬지 않고 그림을 그리는 거고, 또 무엇보다 이렇게 힘주어 너한테 말하는 거야. 절반만이라도 좋으니, 어떻게든 월말에 추가로 돈을 좀 보내달라고.

많이도 필요 없다. 20~30프랑이면 충분해.

나중에 거기에 50프랑을 더 얹어 받는 것보다, 그만큼이라도 당장 받는 게 더 절실하다.

쉬지 않고 열심히 작업하면 얼굴 그림 50점은 이번 겨울에 완성할 수 있을 거야. 그런데 그러려면 매일매일 작업에 몰두해야만 해.

그리고 이 길이 적어도 지금보다는 서로에게 도움이 되는 방향의 결론을 내릴 수 있는 길이면 좋겠다.

안부 전한다. 빌린 돈이 있거나 돈을 빌릴 수 있다면 그렇게라도 보내주기 바란다. 연말에 한꺼번에 물감 비용을 처리하고 싶지 않아서, 이미 말했다시피, 이달에 일부를 갚았어. 그러다 보니, 작업에 차질이 생겨버렸는데 이건 정말 참을 수 없는 일이야.

라파르트에게 폴 르누아르 데생 모음집을 받았어. 『법정 세계』라는 모음집인데 변호사, 범죄자 등이 여럿 나와. 너도 봤는지 모르겠다. 아주 근사해 보였어. 내가 볼 때 르누아르는 도미에나 가바르니와 어깨를 나란히 할 수 있는 작가야.

너를 사랑하는 형, 빈센트

390네 ___ 1884년 12월 16일(화) 추정

테오에게

요즘은 내가 계획한 얼굴 그림 연작을 작업하느라 정신이 없다. 마지막에 작업한 그림을 작은 크로키로 그려 동봉한다. 저녁에는 주로 기억에 의존해서 파지 위에 이런 그림을 다시 그리며 시간을 보내는 편이야. 나중에는 수채화로 그려볼 수도 있을 것 같아. 하지만 유화가 먼저야.

이제 내 얘기 잘 들어라. 내가 드 그루 영감의 작품을 좋게 생각할 뿐만 아니라 어느 정도 존경심을 가지고 있다는 건 예전부터 너도 잘 알고 있었을 거야. 그런데 *요즘은 유독* 그 영감님 생각이 자주 난다. 드 그루의 작품을 거론할 때, 역사를 다룬 몇몇 작품에(비록 아름다운 작품이기는 하지만) 관심이 집중되는 건 옳지 않다고 생각해. 마찬가지로 작가인 콩시앙스의 감수성과 궤를 같이하는 작품에만 집중되는 것도 옳지 않아. 드 그루의 작품이라면 무엇보다 〈식사기도〉, 〈성지 순례〉, 〈가난한 이들의 무리〉를 먼저 꼽아야 해. 간소한 브라반트 사람들을 화폭에 담은 그림들 말이야. 드 그루는 테이스 마리스만큼이나 환영받지 못한 예술가야. 다른 점이 있긴 하지만, 두 사람 모두 격렬한 반대에 부딪힌 경험을 공유하고 있어.

지금은 대중이 좀 아는 게 많아졌는지는 모르겠지만, 이것 하나만큼은 알겠더라. 하고 싶은 것과 하는 것에 대한 경중을 진지하게 따져보는 게, 전적으로 불필요한 일은 아니라는 사실.

지금도 여전히 그 옛날, 드 그루가 두들겼던 낡은 모루를 두들기고 있는 신인 작가들의 이름을 여럿 댈 수 있어. 만약 드 그루가 당시, 중세 의상을 걸친 브라반트 사람들을 그렸다면 아마 레이스와 어깨를 나란히 하는 작가로 천재성을 인정받았고, 막대한 부도 거머쥐었을 거야.

그런데 그는 그러지 않았지. 그리고 세월이 흐른 *지금*, 사람들은 그냥 중세에서 관심을 돌려버렸어. 레이스는 여전히 레이스이고, 테이스 마리스는 테이스 마리스이고, 빅토르 위고의 『노트르담』은 여전히 『노트르담』인데도 말이야.

하지만 *당시에는 환영받지 못했던* 현실주의에 *지금은* 그 어느 때보다 관심이 쏠리고 있다.

개성 있고 진지한 감성이 담긴 현실주의에.

그래서, 나는 곧게 앞으로 뻗어갈 거야. 그러니까 일상에서 볼 수 있는 지극히 평범하고 단순한 대상을 위주로 작업할 생각이야.

세상에, 어떻게 다른 사람도 아닌 네가 이해하지 못하는지, 아니, 이해해볼 마음조차 없는지 모르겠구나. 내가 여기에 화실을 두고 유지하고 있기 때문에 돈을 그림에 모두 투자할 수 있었지, 그렇게 안 했다면 나는 물론이고 다른 사람들까지도 완전히 실패했을 거라는 사실을 말이야. 그렇게 안 했다면 색상과 채도라는 난제를 해결하기까지 3년은 더 *끙끙*대야 했을 거야. 바로 돈이 없어서 말이야. 여기 와서 자리잡은 게 고작 1년 전이다. *내가 좋아서* 온 게 아니라, 그림을 그리려면 어쩔 수가 없었어. 그렇기 때문에 네가 나에게서 기회를 빼앗고, 마땅히 대안도 마련되지 않았는데 *지금* 여기를 나가라고 등을 떠밀다니, 정말 어처구니가 없다. 난 내 그림을 위해서라도 얼마간은 더 여기 머물러야 한다. 그림에 확실한 발전이 보이기만 하면, 그 즉시 여기를 떠나서 이곳에서 쓰는 만큼의 생활비를 벌 수 있는 곳으로 갈 거야.

뉘넌

그런데 뒷걸음질쳐야 하는 상황은 필요하지도 않고, 내가 그런 일을 겪어야 할 이유도 없어. 보다시피, 그러고 싶은 마음도 없고.

지금까지 네게서 독립해 홀로 서겠다는 마음을 먹은 적은 없었어. 그런데 우리가 함께할 수 있는 가능성이 거의 없다는 사실을 네가 너무나 분명히, 피부에 와닿게 느끼게 한 터라, 미래를 위해서라도 받아들이기로 했지. 그래 맞아.

한 가지만큼은 꼭 알아둬라. 너한테 돈을 부탁하긴 했지만, *아무 대가 없이* 받기만 한 건 아니라는 사실 말이야. 너한테 받은 돈으로 작업한 결과물을 너한테 보냈잖아. *지금은* 그 결과물이 늦어지고 있기는 하지만, 더 앞서 나갈 수 있는 올바른 길로 가고 있어.

이 편지를 쓰는 이유는 이전 편지와 마찬가지야. 월말이라 손발이 묶인 상황이다. 남은 거라곤 모델에게 줄 이삼일 치 보수가 전부야.

10~12일이 지나면 이달에도 역시 빈털터리가 되니 난감할 따름이다.

똑같은 부탁이지만, 이번에는 훨씬 심각해서 그러니, 어떻게든 이달을 넘길 수 있게, 20프랑 정도라도 융통해줄 수 없겠니? 내 시간을 유용하게 쓸 수 없다고 생각하니 마음이 찢어지는 것 같다. 안부 전한다.

너를 사랑하는 형, 빈센트

391네 ____ 1884년 12월 30일(화)

테오에게

보내준 것 고맙게 받았다. 네 덕분에 겨울을 나는 동안 많은 작업을 할 수 있어서 더더욱 고맙다. 겨울에는 모델 찾는 일이 수월한 편이거든.

앞으로 이삼일 후면 펜 데생으로 그린 얼굴 그림 습작 12점을 받게 될 거야.

어쨌든 나는 인물화 그릴 때가 가장 좋더라. 그리고 헤이그에서 그렸던 예전 것에 비해, 근래에 작업한 인물화들이 훨씬 더 특징이 살아 있는 느낌이야. 오히려 인물화에 더 집중해야 하는 게 아닌가 싶을 정도로.

그런데 인물은 항상 어딘가를 배경으로 서 있잖아. 그래서 어쩔 수 없이 주변을 그려 넣어야 할 때도 있어.

어머니가 이 편지에 몇 줄 보태고 싶어 하시기도 하고, 며칠 내로 네게 데생도 보내야 하니 이번에는 짧게 소식 전한다.

이 얼굴 그림으로 무얼 할지는 나도 아직 모르겠다. 하지만 그림의 대상에서 특징을 뽑아내 최대한 살리고 싶었어.

대신, 내가 이 그림을 왜 그렸는지, 이것들이 나한테 어떤 도움이 될지는 아주 잘 알고 있어.

뉘넌

그나저나 네가 받았다는 그 그림이 뭘까?* 그런데 그림과 관련된 전설이 좀 혼란스러운 게, 네 말에 따르면 그림 속 인물이 단테풍이라고 하는데, 그런 인물이라면 사람들을 나락으로 끌어당기는 사악한 영혼이잖아. 전설 속 인물과 네가 말한 인물은 도저히 양립할 수 없거든. 왜냐하면 냉정하고 엄격한 단테라는 인물 자체가 자신의 눈 앞에 펼쳐지는 광경을 보면서 분개하고 반감을 갖게 되고, 중세의 잔혹한 폐습과 편견에 항거하는 인물이기 때문에 분명, 그 누구보다 진지하고, 성실하고, 고귀하다고 봐도 과언이 아닐 거야. 한마디로, 사람들은 단테를 이렇게 평가하고 있어. 'Voilà celui qui va en enfer et qui en revient(지옥을 경험하고 거기서 살아 돌아온 사람).' *지옥에 갔다가 돌아온 것과 남들을 지옥으로 끌어들이는 사악한 행위는 엄연히 다른 거잖아.*

그렇기 때문에 사악한 인물을 두고 단테 풍이라고 말하는 건, 단테라는 인물을 전혀 이해하지 못했다는 뜻이야.

메피스토 같은 인물도 강렬하긴 하지만 단테가 그리는 인물과는 달라. 그 시절에 사람들은 조토를 이렇게 평가했어. 'Le premier il mit la bonté dans l'expression des têtes humaines(최초로 인간의 얼굴에 '선량함'을 담아 그린 화가).' 조토는 감수성이 넘치는 터치로 단테의 얼굴을 그렸어. 너도 그 낡은 초상화 잘 알잖아. 그래서 나는 단테의 표정이 아무리 슬프고 우울하게 보이더라도, 근본적으로는 한없이 선량하고 부드러운 표정이라는 결론을 내렸어. 또 그래서 더더욱 네가 받았다는 그 그림이 궁금하다.

새해 복 많이 받기 바란다.

너를 사랑하는 형, 빈센트

392네 ____ 1885년 1월 23일(금) 추정

테오에게

이번에도 얼굴 그림 크로키 몇 장 동봉한다. 새해를 잘 맞이했다는 소식, 월 1,000프랑을 받는 자리를 제안받았다는데 거절했다는 소식, 전해들었다. 구필 화랑 사람으로 거기 남겠다는 결정, 나도 이해한다. 가장 규모가 큰 화랑이고, 아직도 많은 경쟁사들을 거뜬히 이기는 곳이니까.

하지만 해를 거듭할수록, 미술상이라는 직업이 지금까지 걸어왔던 관행대로만 해나가서는 힘들어지겠다는 생각이 든다. 그렇다고 이제 와서 새로운 사업 모델을 찾아낼 수 있을까? 아마 어렵겠지.

* 스웨덴 화가 요제프손의 그림 〈나이아스〉의 습작. 후에 유화로 그려진 작품이 유명해진다.

하지만 새로운 전략을 세워두지 않는 한, 날이 갈수록 위험 요소는 커지게 될 테고, 예를 들어 대형 화랑 한두 곳이 문을 닫게 되면 어딘가에서 가격 하락 현상이 발생하게 되는데, 이 현상이 결과적으로 업계 전체를 공황 상태로 만들어버리지 않을까?

사실, 이런 위험이 당장 내일로 임박한 건 아니지만, 언젠간 이렇게 되리라 충분히 예측할 수 있어. 예술 작품의 가격은 상대적으로 단시간 내에 훌쩍 뛰어올라 지금에 이르렀어. 길게 잡아도 대략 40여 년 사이야. 언덕에서 굴러떨어지는데 그보다 더 오래 걸릴까? 그렇지 않아. 올라가는 것보다 내려오는 게 훨씬 빠르지. 그런데 예술 분야가 남다른 게, 언제나 작품을 사려는 대중의 수가 늘어날 가능성을 기대할 수 있다는 거야. 그런데 과연 그 새로운 대중들을 계속 끌어낼 수 있을까? 그러지 못할 경우, 예술 작품을 사려는 대중의 구매력이 순식간에 올라간 것처럼 다시 바닥으로 곤두박질치지 않을까, 난 그게 걱정이야.

지금까지 내가 경험한 새해의 분위기는 침울하고, 전망은 암울했기에 성공적인 미래보다는 투쟁의 나날에 대비하며 사는 편이야.

시골 바깥 분위기는 쓸쓸해. 벌판에는 흙과 눈이 뭉쳐 얼어버린 딱딱한 덩어리들이 굴러다니고, 며칠 안개가 끼면 바닥이 질퍽거리고, 아침저녁으로 붉은 태양이 뜨고 지고, 까마귀 떼, 마른 풀, 썩고 말라비틀어진 작물들, 시커먼 총림, 우중충한 하늘을 향해 뻗은 철사처럼 뻣뻣한 포플러나무와 버드나무 가지들.

오가는 길에 이것들을 보고 있으면 어두컴컴한 겨울날, 침침한 실내 분위기와 잘 어울린다는 생각이 들기도 해. 이런 분위기는 농부와 직조공의 외모와도 조화를 이뤄. 직조공들은 힘겹게 살아가고 있는데, 그들이 불평하는 소리는 들어본 적이 없어. 직조공 한 사람이 쉬지 않고 일하면 일주일에 대략 60미터 길이의 천을 짠다더라고. 직조공이 실을 짜는 동안 여자는 옆에 앉아 실을 감아줘야 해. 실패를 돌려주는 거지. 그러니까 2인 1조의 작업이야.

그렇게 작업한 천으로 직조공이 버는 돈은 일주일에 대략 4.5프랑쯤 될 거야. 그런데 요즘은 그 천을 제조업자에게 가져가면 주로 듣게 되는 소리가, 다음 일감은 일주일이나 보름이 지나야 할 것 같다는 이야기라더라. 임금도 낮은데 일감마저 사라지고 있다는 거지.

그래서 이 사람들 표정에서 근심 걱정이 읽힐 때가 종종 있어.

광부들과는 또 분위기가 사뭇 다르기도 해. 내가 파업은 물론 온갖 사고를 겪는 광부들하고 1년여 동안 같이 지내봤잖아. 거기는 더 참담했지. 그런데 가만 보고 있으면 여기 사정도 딱할 때가 많아. 그런데도 여기 사람들은 침묵으로 일관하고 있어. 말 그대로, 선동적인 연설이나 구구절절 늘어놓는 장광설은 여기서 한 번도 들어본 적이 없어. 하지만 표정들은 증기선에 실려 영국으로 건너가는 마차용 말이나 양처럼 그리 행복하지 않아.

네가 보내줄 수 있을 걸 기다리면서 안부 전한다. 남은 건 1플로린도 채 되지 않는데, 내일 모델이 올 예정이야. 몇 시간 정도 작업을 하고 나면 다음날에는 빈털터리가 될 듯하다. 그런데

혹시 아냐, 네 편지가 도착할지도 모르지.

너를 사랑하는 형, 빈센트

393네

테오에게

혹시, 1884년 10월 24일에 발간된 「릴뤼스트라시옹」 2174호를 구해준다면 정말 고맙겠다. 과월호이긴 하지만 잡지사 사무실에 찾아가면 구할 수 있지 않을까 싶다. 거기에 폴 르누아르가 그린 리옹의 직조공 파업 사태를 그린 것과 이미 동판화로도 찍어낸 오페라 연작의 하나인 〈하프 연주자〉 데생이 수록돼 있어. 동판화는 정말 아름다웠거든.

그리고 라파르트에게 얻은 『법정 세계』라는 모음집도 있는데 아마 F. G. 뒤마가 운영하는 「파리 일뤼스트레」에 실린 거라 너도 알 거야. 그런데 나는 직조공 데생이 가장 마음에 들어. 인물들의 풍성한 몸집 등이 인상적이라, 개인적으로는 밀레, 도미에, 르파주의 데생과 나란히 놓아도 결코 손색이 없어 보여.

르누아르가 처음부터 다른 작가의 그림을 따라 그리지 않고 정물을 그리면서 어떻게 여기까지 올 수 있었는지, 애초부터 자신의 고유한 기법을 갖추고는 있었겠지만, 어떻게 지금까지 이런저런 기법을 구사하는 쟁쟁한 사람들과 조화롭게 지낼 수 있었는지 등을 생각해보니 이런 사실을 알 수 있었어. 자연을 따라 그리면 해를 거듭할수록 그림이 좋아진다는 것.

나 역시 매일 깨닫는 사실은, *처음에* 자연을 붙들고 씨름하지 않는 화가는 *절대로* 성공하지 못한다는 거야.

대가라는 사람들을 유심히 관찰하다 보면, 어느 순간, 그들이 일상 깊숙이 파고든 사실을 알 수 있어. 내 말은, 우리가 보고 느끼는 방식이 그들과 비슷해질수록, 소위 그들의 작품이라고 부르는 것들을 우리 일상 속에서 발견한다는 거야. 이런 생각도 들어. 예술 비평가나 애호가들이 자연과 더 친숙하다면, 그들의 평이나 판단은 그림 속에 파묻혀 살면서 그것들을 비교하는 일상을 보내고 있는 지금보다 더 나을 거야. 물론, 그 자체만 놓고 보면 나쁠 건 없지만, 한 측면만 보잖아. 그런데 자연을 고려하지 않고, 깊이 파고들지 않는 한, 탄탄한 기본기를 갖출 수는 없어.

이 부분만큼은 내 생각이 틀리지 않았다는 거, 이해 못 하겠니? 좀 더 명확히 내 생각을 밝히자면, 나는 이런 게 참 유감스러워. 네가 그림을 보면서 아름답다고 느끼는 그 대상, 풍경을 전혀 모른다는 거 말이야. 그런 풍경 속에 담긴 집에 들어가 본 일도 없고, 그럴 생각도 한 적 없고, 거기 사는 사람들과 교류한 적도 없지. 네 위치에서도 쉽게 할 수 있는 일이라고 말하는 건 아니야. 긴 시간, 다각도로 자연을 바라보고서야 대가들이 가장 감동적으로 그려내는 그림의 기본 바탕은 삶과 일상이라는 확신에 도달할 수 있기 때문이지. 이건 예나 지금이나 언제나 하나의 사실로 존재하는 든든한 시의 기본 바탕이자 충분히 깊이 파고들어야 깨닫게 되는 내용이기도 해.

Ce qui ne passe pas dans ce qui passe(흘러가는 것 중에서 흘러가지 않는 것), 그게 남는 거야.

미켈란젤로가 근사한 상징적 의미를 담아 했던 말을, 비유가 전혀 담기지 않은 밀레의 말에서 찾아볼 수 있어. 어쩌면 밀레가 한 이야기를 통해 더 쉽게 시각을 갖추게 되고 '믿음'이라는 걸 갖게 되는 것 같아. 나중에 내 그림이 더 나아진다고 해도, 지금과 크게 달라질 건 없을 거야. 내 말은, 똑같은 사과인데 나중에 조금 더 익었을 뿐이라는 거지. 애초에 생각했던 걸 바꾸고 달리 생각하지도 않을 거야. 그렇기 때문에 이 원칙을 나 스스로에게 적용하면, 지금의 내 그림이 형편없다면, 나중에도 형편없는 건 마찬가지일 거야. 그런데 내가 나중에 그럴듯한 그림을 그리게 된다면, 그건 지금도 그럴 수 있다는 뜻이기도 해!

도시인들 눈에는 그냥 풀로 보일지 몰라도, 어쨌든 밀은 밀이야. 반대의 경우도 마찬가지고.

그러니까 사람들이 내가 하는 거나 내 방식을 좋아하거나 말거나, 내가 할 수 있는 건 자연이 가진 비밀을 나한테 털어놓을 때까지 자연과 씨름하는 것 하나밖에 없어.

지금도 여전히 다양한 얼굴과 손을 그리는 중이야. 그간 몇 점 더 그려봤어. 네가 보면 그럴듯해 보일 수도 있고, 아닐 수도 있을 거야. 내가 뭘 어떻게 할 수 있겠어? 다시 말하지만, 나는 다른 길은 전혀 몰라.

그런데 네가 하는 이 말은 도대체 못 알아듣겠더라. '형님이 지금 작업하는 그림은 나중에 봤을 때 더 괜찮아 보일 수도 있습니다.'

내가 네 입장이었다면, 나 스스로를 믿고, *지금 당장* 그럴듯한지, 아닌지, 독립적인 의견을 내놓았을 거야.

어쨌든 네 마음속 결정은 너만이 알 수 있는 거니까.

이번 달이 아직 저물어갈 때도 아닌데, 내 주머니는 텅 비어버렸다. 나는 할 수 있는 한, 최대한 열심히 그림을 그리고 있어. 끊임없이 모델을 연구해야 제대로 된 방향으로 키를 고정해 놓을 수 있기 때문이야.

1일이 되기 며칠 전에 뭐라도 보내주면 좋겠다. 이유는 평소와 다를 바 없어. 월말은 항상 힘든 시기라서. 작업에는 비용이 들어가는데, 작업의 결과물은 팔지 못했어.

하지만 이 상태가 오래 지속되지는 않을 거야. 왜냐하면 내가 이 작업을 하는 건, 단지 들어간 비용을 건지는 게 전부가 아니기 때문이야. 궁극적으로는 독립된 생활을 하기 위해서지. 그 외에는 자연이나 야외 분위기, 실내 분위기 등등 지금으로서는 아주 환상적이야. 그래서 시간 낭비하지 않으려 최선을 다하고 있어.

안부 전한다.

너를 사랑하는 형, 빈센트

394네 ___ 1885년 2월 5일(목)에서 26일(화) 사이

테오에게

보내준 「릴뤼스트라시옹」 과월호 정말 고맙게 잘 받았다. 너무 반가운 물건이었어. 르누아르의 다른 데생들도 진짜 근사하더라. 다 처음 보는 것들이었어.

그런데(널 번거롭게 하려는 의도는 전혀 없지만) 내가 너한테 편지로 설명했던 그림은 여기 있는 르누아르의 다른 데생과 분위기가 전혀 다른데, 내가 말한 그림은 없더라고. 어쩌면 그 그림이 수록된 과월호는 재고가 더 없는가 보다. 그 그림 속 인물의 체구가 상당히 인상적이거든. 방직기가 멈춘, 어느 직조공의 화실 내부였는데 노인 하나가 앉아 있고, 여성 여럿과 아이 하나가 주변에 모여 가만히 서 있는 그림이었어.

'84전시회 특별호에도 복제화가 없더라. 그런데 특별호를 보다가 흥미로운 그림들을 몇몇 발견했어. 무엇보다 퓌비스 드 샤반느의 그림이 괜찮더라고.

아르피니의 〈저무는 해〉도 괜찮았을 것 같더라. 크로키가 소개된 페렝의 유화도 근사했어.

에밀리 레비가 그린 소녀의 초상화도 상당히 인상적이었어. 〈기모노 입은 소녀〉. 그리고 베일의 〈해조 태우는 여성들〉 유화, 알몸의 여성 셋을 그린 콜렝의 〈여름〉도 근사했어.

나는 여전히 얼굴 그림에 집중하고 있다. 낮에는 온종일 유화를 그리고 저녁에는 데생하는 식으로 작업 중이야. 유화 작업을 벌써 30점 했고, 데생도 그만큼 했어.

이 정도면 금방 그림이 좋아지겠어.

인물화 작업에 많은 도움이 될 것 같아. 오늘은 살색* 바탕에 흑백으로 얼굴 하나를 그려봤어.

파란색도 어떤 분위기인지 연구 중이야. 여기 농부들은 주로 파란색 옷을 입고 다녀. 잘 익은 밀이나 너도밤나무 울타리의 마른 나뭇잎의 배경이 짙은 파랑이나 밝은 파랑 등 살짝 바랜 색조를 살려주고 금색 계열이나 적갈색 색조와 대비를 이루면서 잘 어우러지는 덕에 처음 볼 때부터 아름다운 효과가 상당히 인상적이었어. 여기 사람들은 본능적으로 파란 계열의 옷을 입는데, 이렇게 아름다운 파란색은 생전 처음이었어. 거친 리넨 재질의 옷감으로 자신들이 직접 짠 옷인데 검정 날실에, 파랑 씨실이 교차하면서 검은색과 파란색 줄무늬가 들어가 있어.

비바람 속에서 색이 바래거나 변하긴 했지만, 색조가 상당히 차분하고 섬세해서 피부색을 돋보이게 해줘. 그리고 오렌지색이 들어간 모든 것에 반응할 정도로 적당히 파란 색조를 유지하는 동시에 그 조화를 깨지 않을 정도로 살짝 빛이 바랬어.

* 네덜란드어로 작성된 편지 원본에 '피부색'으로 표기되어 있다.

그런데 이건 단지 색조의 문제인데, 지금 내가 더 중요하게 생각하는 건 형태야. 형태를 설명하려면 아무래도 배색을 단색으로 하는 게 가장 적절할 거야. 강도와 명암에 따라서만 색조가 달라지거든. 쥘 브르통의 〈샘〉은 진짜 거의 한 가지 색으로 그려졌어. 그런데 정말로 확실히 조화를 이루게 하려면 각각의 색을 반대되는 색과 같이 개별적으로 연구해봐야 해.

집 정원에 덮인 눈이 아직 녹지 않아서 습작 몇 점을 더 그려봤어. 눈 온 뒤로 풍경이 사뭇 달라졌다. 저녁이면 다갈색 잡목림과 그 위로 더 올라와 듬성듬성 서 있는 시커먼 포플러나무들 사이로 보이는 집들이 그림자를 만들어내고, 그 위로는 자홍색과 금색이 환상적인 조화를 이루며 하늘을 뒤덮고 있어. 눈앞에 보이는 것들은 생기 잃은 초록과 그 사이를 가르고 있는 검은 흙 그리고 배수로 주변에 서 있는 시들고 마른 갈대야. 나도 이것들을 바라보면서, 다른 사람들처럼 아름답다고 느끼지만, 나한테는 여전히 인물의 비율이 훨씬 더 중요하게 다가온다. 타원형 얼굴의 비율을 어떻게 잡을지 등등. 얼굴 그림을 완전히 자유자재로 그리기 전까지, 다른 부분은 크게 신경 쓰지 않을 거야.

얼굴의 비밀을 풀지 않고서는 나머지 것도 이해할 수 없어. 얼굴이 나머지 분위기를 좌지우지하기 때문이야. 그래도 도비니나 아르피니, 라위스달을 비롯한 몇몇 화가들이 풍경 그 자체에 완전히 압도된 이유를 알 것 같더라. 그들의 작품을 보고 있으면 만족스러운데, 그 이유는 화가 본인들이 하늘과 땅, 물웅덩이, 덤불의 존재를 오롯이 느끼며 만족스러워했기 때문이야.

그래도 이스라엘스가 뒤프레의 풍경화를 보고 한 말이 참 그럴듯했어. "아무리 봐도 인물화 같다니까!"

안부 전하면서 「릴뤼스트라시옹」을 보내줘서 다시 한 번 고맙다는 말 전한다.

너를 사랑하는 형, 빈센트

395네 ____ 1885년 3월 2일(월) 추정

테오에게

이 달에는 속히 돈을 보내줘서 정말 고맙다. 적절할 때 받아서 아주 큰 도움이 됐어. 레르미트의 근사한 목판화 복제화도 잘 받았어. 내가 모르고 있던 희귀한 작품이라 더 고마웠다. 지금까지 내가 본 건 밀밭의 여인들, 교회의 노부인, 여인숙의 광부(뭐 하는 사람인지는 모르겠다), 그리고 〈추수〉 등이었어. 그 외에는 전혀 없었거든. 무엇보다 나무꾼을 다룬 그림 분위기를 살린 건 하나도 본 적 없어. 만약 「르 몽드 일뤼스트레」에서 이런 구도의 그림을 매달 싣는 거라면, 분명히 〈전원의 계절〉 연작에 속하는 그림일 거야. 이 연작을 보고 수집할 수 있게 됐다니, 너무나 기쁘다. 다달이 네가 좀 보내주면 정말 좋겠다. 여기서는 알다시피, 도대체 그럴듯한 걸

Ik denk over een paar grootere doorwerkte dingen
en als het eens was dat ik helderheid kreeg
om de effekten
die ik opstoog heb weer te geven – in
dat geval zou ik die studies in kwestie nog
hier houden want dan zou ik ze er zeker van
noodig hebben – het is b.v. zoo iets:

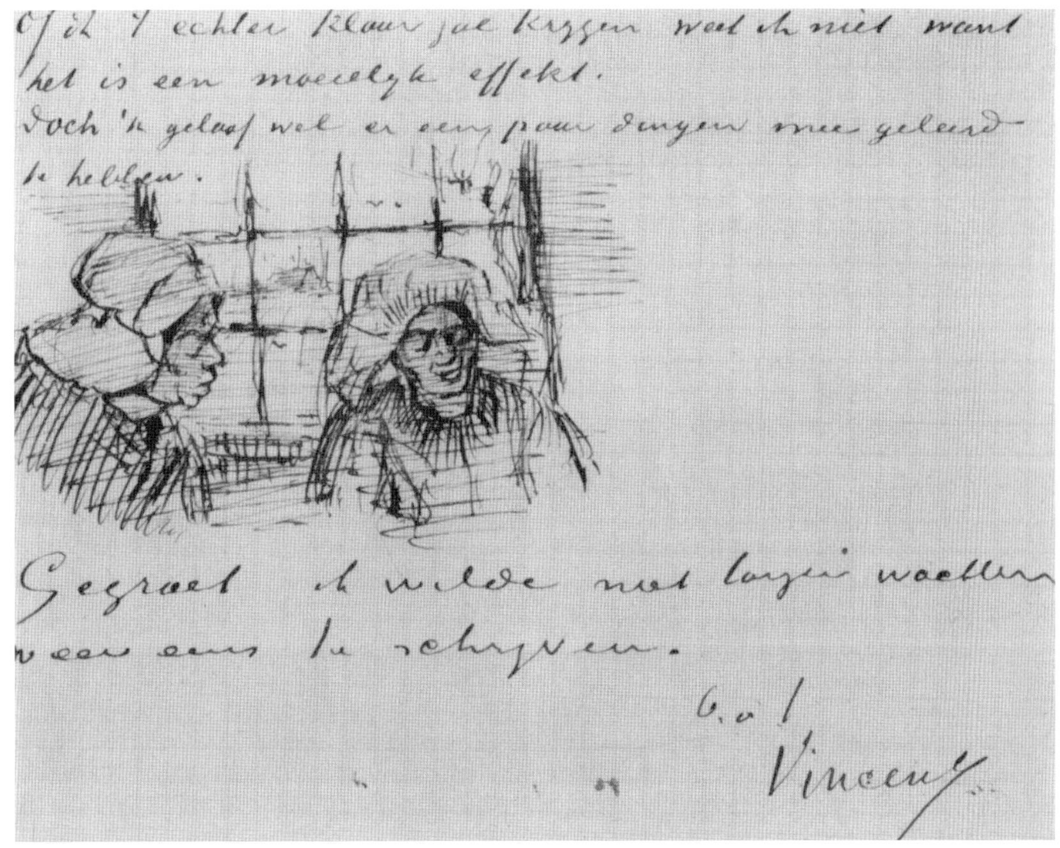

Of ik 't echter klaar zal krygen weet ik niet want
het is een moeielyk effekt.
Doch 'k geloof wel er een paar dingen mee geleerd
te hebben.

Gegroet ik wilde niet langer wachten
weer eens te schryven.

t. à t.
Vincent

볼 수가 없거든. 그런데 나로서는 가끔, 이런 그림들을 봐줘야 해. 그러니 다음에 돈을 보낼 때에는 딱 잘라 20프랑 정도를 제하고 보내더라도 이런 그림이 실린 잡지가 있거든 그걸 좀 보내주기 바란다.

완성작 중에서 마음에 드는 그림이 있으면 전시회에 출품하도록 도와주겠다는 네 제안은 정말 고맙게 생각한다. 우선은 그렇고, 다음으로, 6주 전에만 이 소식을 전해들었어도 출품을 목적으로 그린 작품 하나를 골라 너한테 보내려고 했었을 거야.

그런데 지금으로선 출품작으로 보내고 싶은 게 전혀 없다. 알다시피, 최근에는 얼굴 그림만 그린 데다 말 그대로 모조리 다 *습작*일 뿐이라, 이것들이 가야 할 곳이 있다면 그건 바로 화실이야. 그래도 당장 오늘, 그림 하나를 시작해서 너한테 보낼 생각이야.

왜냐하면 유용하게 활용할 수 있을 것 같거든. 비록 습작이긴 하지만, 만약 전시회 관계자들을 만나는 자리가 있을 때 보여줄 수도 있을 테니 말이야.

그래서 노부인 얼굴 그림 하나와 젊은 처자 얼굴 그림 하나, 그리고 아마 두 사람의 얼굴 습작 1점 이상씩은 받게 될 거야.

다양한 얼굴 그림에 대한 네 감정을 전한 편지를 토대로 생각해보니, 지붕에 이끼가 낀 초가집에서 걸어나오는 이 두 사람 얼굴이, 비록 습작이긴 하지만 네가 영 탐탁지 않게 볼 것 같지는 않더라고.

6주 전에만 전시회 소식을 알았더라도, 실 잣는 여성이나 실 감는 여성의 전신 유화 작업을 할 수 있었을 거야.

자케 스타일의 여성 얼굴 그림에 관한 이야기를 좀 해보자. 예전 것들 말고, 요즘 그림들로. 우리 여동생들 같은 여자들 얼굴 그리는 화가들이 자케의 얼굴 그림에 대해 그렇게 반응하는 (분명, 그럴 만한 동기가 있을 거야) 건 나도 충분히 이해할 수 있어. 휘슬러도 여러 차례 그럴듯하게 그린 게 있고, 밀레이나 보턴도 마찬가지야. 예전에라도 비슷한 그림을 그린 적이 있는 화가만 말하는 거야. 반면, 팡텡-라투르의 경우는 극소수이긴 하지만 그래도 내가 본 건 상당히 수준급이었어. 샤르댕 화풍이 느껴졌거든. 대단한 거야. 그런데 나는 이런 젊은 여성들이 나를 위해 모델을 설 수 있게 할 정도로 친화력을 갖춘 사람이 아니야. 내 여동생들과는 더더욱 그럴 수 없지. 게다가 나는 원피스 입고 다니는 여자들에게 편견 같은 게 있어. 우리 동네에는 치마와 캐미솔을 걸친 사람들이 대부분이야. 그런데 네 지적이 사실이긴 해. 특히, 이런 여성들을 그리는 게 충분히 가능하다는 것 말이야. 그리고 요즘의 자케나 판 베이르스의 그림에 대한 반응도 다 그럴 만한 이유가 있다는 지적도.

그런데 이런 게 있어. 샤르댕(이 이름을 적어도 팡텡-라투르 등이 보여준 그런 반응의 대명사로 정리해보자), 그러니까 샤르댕은 프랑스인이니까 프랑스 여성들을 그렸어. 그런데 제법 괜찮은 집안 출신의 네덜란드 여성들은, 내가 볼 때, 프랑스 여성들에서 흔히 발견할 수 있는 매력이 상당히 부족한 편이야. 따라서 제법 괜찮은 집안 출신의 네덜란드 여성들은 그림의 모델로 삼거나 머릿속으로 떠올리기 적합한 상대가 아니라는 거지. 그런데 일부 식모 중에서 샤르댕의 그림 속 인물을 꼭 빼닮은 사람들이 있어.

요즘은 낮에는 물론 밤에도 불을 밝혀놓고 초가집에서 작업 중이야. 그런데 팔레트에서 색을 구분하는 게 참 쉽지 않다. 벽에 생기는 커다란 그림자처럼 빛으로 표현된 조명효과를 최대한 살려보려 했거든.

그나저나 레르미트의 〈벌목꾼〉은 지난 몇 년간 본 것 중 가장 아름다운 그림이었어. 그림 속 그 작은 인물들이 하나같이 살아 있는 듯하고 존재 자체가 적절할 수 있는지 모르겠다! 다시 한 번 이 그림을 보내줘서 고맙다는 말 전한다.

너를 사랑하는 형, 빈센트

396네 —— 1885년 3월 9일(월)에서 23일(월) 사이

테오에게

너한테 약속한 얼굴 그림 몇 점이 준비되긴 했는데 아직 그림이 다 마르지 않았다. 전에 편지에 썼다시피, 실내가 어두운 초가집에서 그린 것이고 습작에 불과해. 예전에도 데생 습작들을 네게 보냈었잖아.

그게 계속 이어지지 않았던 건 내 의도가 아니었어. 작업은 열심히 했는데, 내가 그린 습작 10점 아니 20점 중에서 남들에게 보여줄 만한 건 고작 하나 정도에 불과해서 그랬어. 몇 안 되는 그것들이 지금은 별 가치가 없어 보이지만, 나중에는 근사한 그림이 될 수 있을 거야.

단지, 다른 습작과 비교했을 때 그렇다는 게 아니야.

어쨌든, 이 얼굴 그림들을 다시 한 번 그려보고 싶고, 다 말라서 마무리하게 되면, 얼굴 그림 몇 점에다가 실 잣는 여자를 작은 크로키로 그려서 보내줄게. 그리고 이 상황에 계속 머물러 있을 필요는 없어. 사실, 거의 꼬박 1년 동안 유화에만 매달려온 터라, 애초에 네게 보냈던 유화 습작에 비하면 제법 그럴듯하다고 감히 자신 있게 말할 수 있어.

그런데 레르미트의 환상적인 벌목꾼을 보고 있으면 내가 이런 수준의 그림을 그리기까지 아직 갈 길이 멀다는 느낌이 들어. 하지만 내가 그림을 구상하고 연구하는 방식, 그러니까 언제나 자연으로 나가거나, 어두운 초가집 안까지 찾아 들어가는 등의 측면에서 보면, 그의 작품은 보면 볼수록 내게 힘이 되고 격려가 된다. 이제는(얼굴이나 손을 상세히 묘사하는 등) 레르미트 같은 작가들이 멀리서 뿐만 아니라, 아주 가까운 거리에서 농부의 얼굴을 유심히 관찰했었다는 걸 알겠더라고. 그것도, 유려하고 자신감 넘치는 솜씨로 그림을 구상하고 그려내는 지금이 아니라, 그런 실력을 갖추기 이전인 예전부터 말이야.

'On croit que j'imagine…… ce n'est pas vrai…… je me souviens(사람들은 내가 상상한다고 하는데…… 그건 사실이 아니고…… 기억한다).' 기가 막히게 구도를 잡는 어느 화가*가 한 말이야.

솔직히 아직은 내 그림을 아무에게도 보여줄 수 없을 것 같아. 데생도 마찬가지고. 그런데 습작은 꾸준히 만들고 있어. 그리고 사실, 이 습작 덕분에 분명, 능수능란하게 구도를 잡게 될 내 모습이 구체적으로 보이는 것 같아. 그런데 어디까지가 습작이고, 어디부터가 작품인지 구분이 쉽지 않더라. 지금 머릿속으로 대형 그림을 몇 개 구상하고 있는데, 원하는 효과를 살릴 방법을 찾아내면 그렇게 그린 습작은 여기에 둘 생각이야. 언젠가 분명히 필요할 때가 있을 테니까. 예를 들면 이런 거야.

실내에서 역광을 받고 창문 앞에 앉아 있는 인물화.

* 구스타브 도레로 추정된다.

이미 얼굴 그림 습작으로 그려봤어. 역광을 받은 얼굴, 정면으로 햇살을 받는 얼굴 등. 그리고 실 잣는 사람, 재봉하는 사람, 감자 깎는 사람은 전신 인물화로도 여러 번 그려봤어. 정면하고 측면 모두. 그런데 효과를 살리는 게 쉽지 않다.

그래도 덕분에 이것저것 배울 기회는 될 거야.

안부 전한다. 더 이상 편지 쓰기를 미루고 싶지 않았어.

너를 사랑하는 형, 빈센트

397네 ____ 1885년 4월 4일(토) 추정

테오에게

내 감정도 아마 네 감정 같을 것이다. 네가 처음 얼마간은 평소처럼 도무지 일에 집중할 수 없었다고 편지에 적었던 것처럼, 나도 똑같은 경험을 했어.*

우리가 모두 기억하게 될 날이기도 했지만, 전체적으로 분위기가 두렵다기보다, 엄숙했던 날이었지. 누구든 언젠가는 죽기 마련이야. 중요한 건 살면서 무얼 하느냐지.

오늘은 그나마 다시 그림이 좀 그려진다. 첫 두 얼굴 그림은 형편없었어. 오늘은 젊은 아가씨를 그렸는데, 거의 어린아이 얼굴 같아 보여. 색은 선명한 빨간색과 연한 초록색으로 얼굴색과 대비효과를 줬는데, 네가 가지고 간 것과 비슷한 분위기야.

그래, 말 나온 김에, 말아서 가지고 간 그림은 무사히 잘 가지고 갔는지 궁금하다. C. M.이 어린아이 얼굴 그림에 관해 이야기하셨을 때 이런 걸 생각하신 거라면, 오늘 그린 걸 보내드릴 수도 있겠지만……. 그 양반이 정확히 이런저런 주문을 하시는 게 아닌 이상, 굳이 그 양반과의 연락은 피하고 싶다.

조만간 파란 바탕에 루나리아 꽃과 마른 잎을 정물로 그릴 생각이야. 그 양반이 이런 이야기도 하셨었거든.

당연하겠지만 내 계획은 열심히 그리는 거야. 그러려면 최대한 빨리 물감 청구서를 해결해야 해. 예년에는 대개 이 시기면 내가 다 알아서 해결하고 새 물감도 장만했거든. 그런데 올해는, 최근 몇 달 사이 그림을 어마어마하게 그려서 평소보다 물감이 많이 필요한 상황이야.

네가 여기 와 있는 동안, 굳이 이 이야기를 꺼내서 네 기분을 언짢게 하고 싶지 않았지만, 네가 나도 언젠가 달라질 거라는 말도 했고, 마우베 형님이 언제까지나 블루멘달에 남아 있을 것도 아니니, 나도 언제까지나 계속 여기 머물러 있지는 않을 거야. 그런데 거처를 옮기는 게 나한테 과연 좋은 일인지는 잘 모르겠어. 여기 화실도 괜찮고 주변 경관이 너무 아름답거든.

* 아버지 사망 이후 보낸 첫 편지

이건 알아둬라. 나는 전원생활 하는 화가들이 보여줄 수 있는 가장 좋은 예가 바르비종파의 활동이라고 믿는 사람이라는 사실 말이야.

우리가 그림으로 그리는 배경 속에 둘러싸여 사는 게 좋은 건, 자연경관이 매일매일 새롭게 달라지기 때문이야.

전원생활의 장점 두 가지는 더 많은 그림을 그릴 수 있는데 비용이 덜 들어간다는 점이지.

지금부터 네가 다시 돌아올 여름까지 남은 시간이 대략 3달 정도야. 매일매일 열심히 작업하면 그때까지 대략 너를 위해 얼굴 그림 습작 20점 정도는 더 그릴 수 있고, 네가 원하면 20점 정도를 더 그려서 안트베르펜으로 가져갈 수도 있을 거다.

그런데 무엇보다 먼저, 물감 비용을 해결해야 해. 지난 2월에도, 지난 3월에도 잠자코 보내긴 했지만, 솔직히 그랬다고 내 삶이 편했던 건 아니다.

여기 날씨가 다시 추워지고 있어. 추위가 아주 매서워. 날이 조금이라도 풀리면 밖으로 나가서 교회 주변 풍경을 그려볼 계획이야. 오늘 그린 얼굴 그림은 여기 크로키로 남기는 커다란 흰 머리쓰개 쓴 얼굴과 분위기가 비슷해. 아마 짝을 이루는 그림이라고 해도 될 정도야.

금박 입힌 판지 위에 두 그림을 걸어두면 금박 때문에 훨씬 나아 보일 거야.

안부 전한다. 마음의 악수와 함께, 네가 자주 왕래해주기를 기대하면서.

너를 사랑하는 형, 빈센트

398네 ____ 1885년 4월 6일(월)

테오에게

얼마 전 일 때문에 여전히 마음이 무겁다. 그래서 지난 일요일과 마찬가지로, 이번 일요일에도 그림을 그렸어.

여기 남자 얼굴 하나와 네가 가져간 그림과 비슷한 분위기의 커다란 루나리아 꽃 정물 크로키 동봉해 보낸다. 특히, 정물 전경에는 아버지 담배쌈지와 파이프를 넣었어. 네가 보기에 괜찮으면 기꺼이 너한테 보내줄게.

어머니는 잘 지내신다. 지금은 여기저기 편지를 쓰시느라 분주하셔. 물론, 상심이 아주 크시다.

네가 아직도 기억하는지 모르겠지만, 지난 1월에 들판이 눈으로 뒤덮이고 붉은 태양이 안개를 뚫고 솟아오르는 장면을 보면서 이렇게 무겁고 우울한 한 해의 시작은 처음이라고 했던 거 말이야. 모두에게 힘든 시간이지. 물론, 내가 나 편하고 좋자고 화실에서 생활하는 게 아니라는 건 너도 이해할 거다.

어째 내 상황은 점점 더 힘들어지기만 하냐. 그래도 내가 나가는 게 다른 식구들에게도 나을 것 같아. 무엇보다 어머니가, 건강상의 이유로 시골을 찾는 사람이 있으면 하숙 같은 걸 치실 마음도 있으신 것 같아서 말이야. 하숙이 여의치 않으면, 세라도 내놓으시겠대. 어떻게든 들어가는 비용은 감당해야 하니까. 이런 결심을 하게 만든 아나와의 언쟁이 상당히 마음에 걸린다. 그 아이가 나중에 너한테 이런저런 말을 했다고 해서, 나한테 쏟아냈던 힐난이 사라지는 건 아니잖아. 앞으로 있을지, 없을지도 모를 일에 대해서 근거 없이 비난을 해대는데, 얼마나 어이가 없었는지 모르겠다. 그런데도 자기 말을 번복할 생각이 없는 눈치더라. 좋다고. 그냥 어깨 한 번 들썩이고 끝낸 내 심정, 너는 이해할 거야. 그리고 남들이 나에 대해 자기들 멋대로 생각하고 떠들더라도 이제 별로 신경 안 쓰여. 나한테 멋대로 하더라도 상관하지 않아.

그런데 사실은 달리 대안이 없다. 그러니 지금부터라도 앞으로 벌어질 불쾌한 경험들에 대비책을 마련해야겠지. 그래서 나는 이렇게 결심했다.

어머니, 빌레미나, 코르는 내년쯤 레이던으로 갈 것 같아. 그러면 브라반트에 남는 가족은 유일하게 나 혼자다.

난 여기서 죽을 때까지도 살 수 있어. 사실, 난 이 지방에 깊이 뿌리내리고 살면서 전원생활을 그림으로 남기기를 원하니까. 그렇게 살면서 밭도 갈고, 쟁기질도 할 수 있겠지.

네 생각은 다르다는 거 알아. 내가 다른 길로 가기를 원하는 것도. 도시에서 할 수 있는 일에 대해서는 네가 나보다 훨씬 많이 알겠지. 그런데 여기 시골은 나한테 집 같은 곳이야.

그렇다고는 해도, 대중에게 인정받는 게 쉽지는 않을 것 같더라.

그래도 그렇게 되는 날까지, 의기소침해서 지내지는 않을 거야. 언젠가 들라크루아에 대해 이런 글을 읽었다. 그의 그림 17점이 대중들에게 외면을 받았었다고. 17차례나 거절당했었다고 친구들에게 담담히 이야기했었대.

선구자들이란, 정말 대단한 용기를 가진 자들 같다. 하지만 지금도 투쟁은 계속 이어지고 있어. 과연 내 여력이 어디까지 이르게 될지는 모르지만, 나도 그 투쟁에 동참하고 싶은 마음이야.

그러니까 테오야, 내 말은, 예전에 우리가 같이하려고 했던 걸 계속해나갔으면 좋겠다는 거야. 그러는 동안 나는 다중 구도의 커다란 그림 그리는 일에 최선을 다하는 동시에 초가집에서 막 그려서 가지고 나온 습작을 너한테 보낼 생각이야.

물론, 사람들은 완성도 안 됐네, 흉측하네, 또 그런 말들을 하겠지만 *그래도 그들에게 내 그림을 보여줄 거야*.

왜냐하면 도시에 사는 사람 중에서 평생을 거기서 벗어나지 못하고, 전원생활에 대한 향수를 가지고 살아갈 사람들도 있다는 확신이 들기 때문이야. 이런 사람들은 진정성에 깊은 감명을 받기도 한다. 그래서 남들이 싫어하는 것도, 마다하지 않을 수가 있어. 예전에 시골 풍경을 담은 아무 그림이나 보고 싶어서 몇 시간을 찾아 헤맨 적이 있었어.

이제는 내 작품을 주변에 보여줘야 할 것 같아. 분명, 내 그림을 좋아할 사람이 조금씩 생길 거야. 상황이 우리를 그렇게 하도록 몰고 있어. 그러니 머지않아 그럴듯한 작품을 만들어낼 수 있을 거야. 지금은 물감 비용 해결하느라 정신이 없다. 게다가 캔버스에 물감에 붓도 필요해.

아버지가 돌아가시면서, 네가 남은 가족들을 위해 많은 일을 해줬다는 걸 감안하면, 이런 생각이 들어. 일단, 네가 이전 같은 때, 봄이나 여름에 따로 챙겨주던 가욋돈을(내게는 없으면 안 되는 부분이지만) 더 이상 줄 수 없는 상황이라고 가정해보고, 정말 그렇게 된다면, 상속 문제에서, 내가 200플로린쯤 받고, 나머지는 다른 식구들 몫으로 돌리는 게 정당하다고 생각하지 않니? 네가 당장에 나를 도와줄 수 있다면, 내 몫의 유산 전체를 다른 가족을 위해 포기할 수도 있어.

내가 내 몫의 유산을 그들에게 넘겨야 한다고 생각하지는 않는다. 다만, 네가 도와준다면, 그 덕분에 그들이 더 많은 몫을 받게 되는 거지.

내가 화실에서 지내게 된다면, 장 하나는 짜서 넣어야 할 것 같아. 물건들을 보관할 공간이 전혀 없거든. 그리고 조명 부분도 좀 신경 써야겠어. 이사해야 하는 상황은 내게 화재만큼이나 커다란 악재야. 어떻게 되든 끊임없이 노력하면 버틸 수 있을 거다. 화실에서 지내게 되면, 밤마다 수채화를 주기적으로 그려볼 생각이야. 여기 방에서는 도저히 방법이 없어.

아나에게도 내가 원망이나 앙심을 품었다고 생각지는 말아라. 단지, 이렇게 하는 게 어머니한테 도움이 될 거라고 여기는 게 아쉬울 따름이야. 그건 정말 유감스럽고, 바보 같고, 현명하지 못한 일이거든. 어쨌든 다 같이 있는 동안 나와 어머니, 빌레미나 사이에 서로를 헐뜯고 비난할 일은 없어야겠지. 그런데 이거 하나만큼은 확실히 알겠더라. 어머니는 이해하지 못하신다. '그림은 신념'이고, 대중의 여론이라고 해서 무작정 따라가지 않을 의무가 있으며, 그림은 양해가 아니라 '끈기와 투지'로 완성된다는 걸 말이다. 게다가 그녀와 나 사이에는 "나는 널 신뢰할 수 없다"는 문제가 있는데, 아버지와의 갈등이 그대로 물려진 셈이다. 아, 이럴 수가.

저녁에는 모델들 앞에서 계속 작업을 이어나갈 생각이야.

이번 주에는 저녁에 식탁에 모여앉아 감자를 나눠 먹는 농부 일가족을 유화로 그려보려고. 어쩌면 낮에 작업할 수도 있어. 아니면 밤에도 하고 낮에도 할 수 있고. 넌 둘 다 아니라고 말할 수도 있겠구나. 그럴듯하게 그릴 수도 있고, 그러지 못할 수도 있어. 어쨌든, 각기 다른 인물들의 얼굴 습작부터 시작할 거야.

안부 전하면서 마음의 악수도 청한다.

너를 사랑하는 형, 빈센트

399네 ____ 1885년 4월 9일(목)

테오에게

너한테 아직 아무런 소식이 없어 좀 의아하다. 아마 요즘은 이일 저일로 바빠서 편지에 답할 여력이 없다고 하겠지. 그건 나도 이해한다.

이미 늦은 밤이지만, 이 말을 다시 한 번 하고 싶었다. 최근에 좀 소원하긴 했지만, 앞으로는 다시 서신 교환이 활발해졌으면 한다는 말을 말이야.

편지에 내가 그린 습작 두 점의 크로키 2장 동봉한다. 여전히 식탁에 감자를 올려두고 나눠 먹는 가족을 그리는 중이야. 지금도 막 그 사람들 집에서 오는 길이거든. 이번에는 낮에 시작했는데 등불을 켜야 할 때까지 작업하다 왔어.

이런 구도로 그릴 생각이야.

이건 아주 커다란 캔버스에 그린 건데, 지금 이 스케치 상태로 봐도 생명력이 느껴진다.

그래도 C. M.은 분명, '형편없는 그림'이라는 식으로 평하실 거야. 형편없지 않은 그림이 어떤 건지 알아? 자연 속에서, 우리가 빠른 속도록 작업하게 만드는 아름다운 빛의 효과야.

이제는 알겠어. 위대한 대가들은 특히, 경험이 무르익은 시기에는 생명력을 유지하면서 마무리하는 능력을 유감 없이 보여준다는 거. 내게는 아직 버거운 일이야.

그래도 지금 내 수준은 내가 보고 느낀 그대로를 감정을 살려 표현할 수 있을 정도는 돼.

항상 문자 그대로 똑같이 살릴 수 있는 것도 아니고 가끔은 사실에 충실하지 않을 때도 있는데, 그건 각자가 자기 기질대로 자연을 바라보기 때문일 거야.

너한테 해주고 싶은 충고는 이런 거야. 시간을 허비하지 말아라, 그리고 내가 최대한 많은 작업을 할 수 있게 해주고, 이제부터는 내 습작을 전부 네가 보관해줘.

paar studies die ik maakte terwijl ik tevens
bezig ben op nieuw aan die boeren om
een schotel aardappels.
Ik kom er daarnet van thuis – en heb bij het
lamplicht nog gewerkt er aan – ofschoon
ik het bij dag ditmaal heb aangezet.

Ziehier hoe de compositie nu geworden is
Ik heb het op een vrij groot doek geschilderd ~~[illegible]~~
~~[illegible]~~ en zooals de schets nu is zit geloof ik er wel
leven in –

그림에 아직 서명은 하고 싶지 않은 게, 이것들이 다른 유화들처럼 시장에 풀려나갔는데, 나중에 그린 이가 유명해졌다고 해서 남들이 되사는 그런 상황은 없었으면 해서야. 그래도 주변 사람들에게 보여주는 건 괜찮을 거야. 조만간 내가 너한테 제안했던 방식으로 그림을 사겠다는 작자가 나올 수도 있을 테니 말이야. 〈습작 전집〉 같은 식으로.

앞으로는 규칙적으로 오전에 나가서 가장 먼저 눈에 들어오는 대상을 그릴 계획이야. 집에서 일하는 사람들이나 밭에서 일하는 사람들이나 가리지 않고. 벌써 그렇게 하고 있기도 하고.

예술품 거래를 위한 새로운 방식을 찾고 있는 것 같던데, 애호가들의 관심을 끄는 건 딱히 새로운 방식은 아니겠지만, 세월이 흘러도 그 가치에는 변함이 없어.

작품을 구입할 때 보증해주는 것도 마찬가지야. 하나만 물어보자. 예술 애호가라면, 당장 시장에서 유통되는 완성작 1점을 적당한 가격으로 구입하는 것보다, 똑같은 돈을 주고 한 화가의 서로 다른 스케치 20점을 소장하고 있는 게 더 낫지 않아? 내가 네 입장이라면, 너는 아직 이름이 알려지지 않은 젊은 화가들을 많이 알고 있으니, 그들의 *유화 습작*들 시장에 내놓고 반응을 살폈을 거야. 그냥 막 내놓는 게 아니라, 금박이나 검은색 혹은 짙은 빨간색 브리스톨 판지에 얹어서 말이야.

그런데 내가 고객들에게 보증을 해줘야 한다고 말했잖아.

모든 화가가 습작을 많이 만드는 건 아니지만, 그래도 다들(특히 젊은 화가들) 최대한 많은 습작을 만들어봐야 하지 않아? 어느 화가의 습작을 소유하고 있다는 건 분명(개인적인 생각이긴 하지만), 화가와 그 사람 사이에 쉽게 깨지지 않는 관계가 형성돼 있다는 뜻일 거야.

너도 알다시피, 화가가 돈벌이를 제대로 하지 못하는 동안 지원하고 보호해주는 사람들이 있지. 아무튼 그렇다고.

하지만 양쪽 모두가 불행한 결말로 끝나지 않았던 경우가 도대체 몇 번이었을까? 후원자는 들인 돈이 아까울 수도 있어. 돈을 완전히 날렸거나, 그런 기분이 들기 때문에. 한편 화가 입장에서는 더 많은 믿음과 인내심 그리고 관심을 받아야 한다고 생각할 수도 있어. 하지만 대부분은, 어느 한쪽의 무관심에서 비롯된 오해가 일을 키운다.

우리 사이에는 이런 일만큼은 없었으면 한다.

내 습작들이 네게 다시 힘을 실어줄 수 있으면 좋겠어. 사실, 너나 나나, 너한테 빌려 읽은 책에서 지구가 거론한 '용맹한' 세대에 속한 사람은 아니잖아.

그래도 시간이 흐르고 보니, 그때 그 시절의 열정을 간직하는 게 꼭 그리 권장하지 못할 일은 아닌 것 같다. 기회는 용감한 사람을 찾아간다는 말이 어느 정도는 사실인 것 같아. 뭐가 어떻게 됐든, 행복, la joie(?) de vivre(삶의 기쁨?), 그걸 즐기고 싶다면 제대로 일하고, 과감히 일해야 하는 법이니 말이야.

내 생각은 이래. 많이 그리고, 많이 만들어내고, *우리가 가진 단점, 우리가 가진 장점을 포함*

한 우리 자신답게 해보자고. '우리'라고 말한 건, 네가 들이는 돈 때문이야. 그 돈을 내게 대주려고 네가 얼마나 힘겹게 일하고 있는지를 잘 알기 때문이야. 또 그렇기 때문에 내 작업 결과물이 성과를 내게 되면, 그 작품의 반은 네가 만든 거라 여겨도 된다. 넌 충분히 그렇게 말할 자격이 있으니까.

「르 샤 누아르Le Chat noir」에 있는 사람하고 얘기 좀 해보고, 혹시 내가 그린 이 감자 먹는 사람들 크로키에 관심이 있는지도 한 번 물어봐라. 만약 관심이 있다면, 어느 정도 크기를 좋아하는지도. 나는 어떤 크기라도 상관없으니까.

안부 전하면서 마음의 악수 청한다.

너를 사랑하는 형, 빈센트

399a네 ___ 1885년 4월 9일(목)

(짧은 엽서)

케르세마커르스 선생께

다음 주 토요일에 그림을 그리러 갈 수 있을지 모르겠습니다. 여기서 감자 심는 사람들 등의 습작 몇 점을 작업 중인데 그날에도 그리러 가야 할 것 같기 때문입니다.

토요일이 안 되면, 다음주 월요일에는 꼭 가겠습니다. 선생만 괜찮으시다면요.

빈센트

400네 ___ 1885년 4월 13일(월) 추정

테오에게

어제 보내준 등기우편과 내용물, 진심으로 고맙게 받았다. 그래서 이렇게 바로 답장하면서 작은 크로키도 하나 보낸다. 가장 최근의 습작인데 이전 크로키보다 조금 더 정교해졌어.

내가 원하는 수준에는 아직 한참 못 미쳐. 사흘을 내리 아침부터 밤까지 그렸는데, 토요일 저녁부터 더 이상 덧칠을 할 수 없었어. 완전히 말라야 해서 말이야.

오늘은 에인트호번에 가서 작은 석판을 하나 주문했어. 새로 시작할 석판화 연작의 첫 작품에 사용할 거야. 네가 여기 왔을 때 내가 물어봤었잖아. 구필 화랑의 방식으로 석판화를 찍어내면 비용이 얼마나 드냐고. 아마 네가 100프랑이라고 했지. 그런데 *특별히 에인트호번에서는* 지금은 잘 쓰지 않는 예전 방식이 여전히 쓰이고 있고 훨씬 저렴하다.

석판 가공에 그레이닝 작업, 종이, 거기에 50장 찍어내는 비용까지 해서 3플로린이야.

그래서 전원생활 연작을 찍어볼 생각이야. 농부들의 가정 생활들.

오늘은 지인과 집에서 몇 시간 거리에 있는 곳까지 산책하고 왔어. 너한테 그가 그린 첫 수채화도 보여줬었어. 작은 인물이 들어간 수채화.

브르타뉴, 카트베이크, 보리나주의 자연경관은 상당히 매력적이고 극적이야. 그런데 이곳의 황야와 마을도 그에 못지않게 아름다워. 게다가 여기서 지내는 동안만큼은 전원생활을 주제로 한 그림을 그릴 대상이 차고 넘칠 거야. 오로지 주시하고 그리기만 하면 돼.

데생이나 수채화도 정말로 다시 그려보고 싶은데, 화실에서 지내게 되면 저녁에 작업할 방법과 시간이 생길 것 같다.

네가 보내준 100프랑 덕분에 *이루 말할 수 없이* 기분이 좋다. 전에도 말했듯이, 꼭 처리해야 할 비용 때문에 난처했거든. 사람들이 닦달하는 건 아닌데, 그들에게도 필요한 돈이라는 걸 내가 너무나 잘 알아서 말이야. 그래서 유산 분배를 논의할 때 내 몫을 조금은 남겨야겠다고 편지했던 거야.

지금은 그럴 필요는 없어. 올해도 어김없이 힘들겠지만.

하지만 밀레의 말을 계속 떠올리고 있다. '*Je ne veux point supprimer la souffrance*, car souvent c'est elle qui fait s'exprimer le plus énergiquement les artistes(*고통을 회피하지 않겠다.* 고통이야말로 예술가의 표현력을 가장 강렬하게 끌어올려주기 때문이다).'

5월 1일에 이사할 생각이다. 물론 어머니나 여동생들과는 별문제 없이 잘 지낸다. 그래도 이렇게 하는 게 길게 보면 모두에게 편할 것 같아. 같이 사는 게 그리 쉬운 문제는 아니거든. 전적으로 어머니와 여동생들 탓도, 전적으로 내 탓도 아니야. 그저 사회적 지위가 중요한 사람들과 사회적 시선 따위 개의치 않는 전원화가 사이의 견해차가 원인이지.

나 자신을 전원화가로 지칭했는데, 그게 사실이기도 하고, 앞으로는 더 분명해질 거야. 여기 생활이 마음이 편하거든. 내가 그 옛날에, 밤이면 광부나 토탄 캐는 사람들의 집, 불가에 앉아 그들을 바라보고, 여기서는 직조공이나 농부들의 생활상을 관찰한 게 괜한 짓은 아니었더라. 작업 때문에 다른 생각할 겨를도 없어. 온종일 농부가 일하는 모습을 지켜보고 있노라면 어느새 나도 그 속으로 빨려들어가 다른 생각을 할 수가 없거든.

네 편지를 보니, 전시회에서 보면 대중들이 밀레의 작품에 무관심한데 이런 상황은 예술가는 물론이고 미술상들에게도 맥빠지는 일이라고 썼더구나. 나도 같은 생각이야. 그런데 무엇보다 밀레 자신도 이런 상황을 느꼈고 잘 알았어. 상시에Alfred Sensier의 책을 읽다가 내가 놀랐던 건, 밀레가 화가로서 첫발을 내딛던 순간을 회상하는 부분이었어. 정확한 문장은 기억나지 않지만 그 의미는 기억난다. '내가 화려한 신발을 신고 부유한 삶을 사는 신사였다면 이런 무관심이 정말 괴로웠겠지만, puisque j'y vais en sabots je m'en tirerai(*난 나막신을 신고 다니니까 잘 헤쳐나갈 수 있다*).' 그리고 실제로 그렇게 했지.

그러니까 잊지 않고 싶은 건 '나막신을 신고 다닌다'는 문제야. 그건 바로 먹고 마시고 입고

자는 것이 농부들이 만족하는 수준에서 나도 만족한다는 거야.

밀레는 그렇게 살았고 *다른 걸 원하지 않았어*. 그리고 내 생각에, 밀레는 *한 인간*으로서 다른 화가들에게, 이스라엘스나 마우베처럼 부유한 이들이 보여주지 못한 길을 보여줬어. 그래서 다시 말하지만, 밀레는 '*대부 밀레*'야! 모든 면에서 젊은 화가들에게 조언자이자 길잡이니까. 내가 아는 화가 대부분은(사실 많이 알지도 못해) 이 점을 부정하려 들 거야. 나야 밀레와 같은 생각이고 그의 말을 전적으로 믿지.

내가 밀레의 말을 상세히 설명하는 이유는 '*도시 사람*이 농부를 그리면 생김새들은 *제법 근사한데*, 본의 아니게 자꾸 파리 외곽 변두리가 떠오른다'던 네 편지 내용이 생각나서야. 나도 전에 종종 그런 인상을 받았거든(바스티엥 르파주Jules Bastien-Lepage가 그린 〈감자 캐는 여성〉은 확실히 예외야). 그런데 그건 화가 자신이 전원생활에 충분히 깊이 뛰어들지 못해서가 아닐까? 밀레는 이런 말도 했었지. 'Dans l'art il faut y mettre sa peau(예술에 마음과 영혼을 다 바쳐야 한다).' 드 그루의 장점 하나는, *진짜 농부*를 그린다는 거야(그런데 나라에서는 그에게 역사화를 그리라고 했으니! 그는 그것조차 성공적으로 그리긴 했지만, 자기 본연의 모습을 표현할 수 있었더라면 얼마나 더 좋았을까!). 벨기에 사람들이 아직도 드 그루의 진가를 인정하지 않는 건 명백히 수치스러운 일이자 크나큰 손실이야. 그는 밀레에 버금가는 대가의 반열에 올라야 할 인물이라고. 대중은 그를 모르고 진면목은 더더욱 몰라서, 도미에나 타사에르처럼 여전히 무명이지만, 몇몇 사람들은(예를 들자면 멜르리Xavier Mellery) 드 그루의 감성을 담아서 그림을 그리고 있어.

얼마 전에 한 삽화잡지에서 멜르리의 그림을 하나 봤어. 거룻배 갑판실에 모인 *선원 일가족*의 그림이었어. 남편과 아내와 아이들이 테이블 주변에 선 모습이었어. *대중적인 인기*에 대해서 몇 년 전에 르낭이 쓴 글을 읽은 적이 있는데, 그게 계속 생각이 나고 실제로 그렇게 믿기도 한다. 누구든 뭔가 훌륭하고 쓸모 있는 일을 성취해내고 싶다면, 대중의 호감이나 인정은 기대하지도 말라는 거야. 오히려 아주 소수, 혹은 단 한 명의 인정밖에 못 받을 거라면서.

혹시 「르 샤 누아르」 사람을 만나거든, 이 작은 크로키라도 보여줘라. *그들이 원하면 더 잘 그려서 보내주마*. 이번 건 네게 지난 그림과의 구도 및 효과의 차이를 더 자세히 설명하느라 급하게 그린 거라서. 안부와 고맙다는 말, 그리고 마음의 악수 청한다.

너를 사랑하는 형, 빈센트

이 그림을 석판화로 찍을 생각이라는 말은 굳이 「르 샤 누아르」 사람에게 할 필요 없겠다. *출간용이 아니고*, 전적으로 개인 소장용이니까. 어쨌든 그쪽에서 필요 없다고 해도 상관없어. 나야 내가 원하는 걸 석판화로 찍어내는 것뿐이다.

401네 ___ 1885년 4월 18일(토) 추정

테오에게

이번에는 색에 관한 흥미로운 이야기 몇 페이지 동봉해 보낸다. 들라크루아가 믿었던 위대한 진리에 해당하는 내용이야.

거기에 덧붙여, 'les anciens ne prenaient pas par la ligne, mais par les milieux(예전 사람들은 윤곽선이 아니라 중앙에서부터 시작했다)'는 말도 알아둬라. 그러니까 대상의 윤곽선부터 그리기 시작한 게 아니라 원형이나 타원형 형태부터 시작했다는 거야.

특히, 이 내용은 지구가 쓴 책에서 읽은 건데, 안 그래도 오래전부터 고민해온 부분이기도 했어. 그림의 느낌과 생명력이 대중에게 전해지면 전해질수록 비판은 물론 분개하는 사람들, 문제 삼는 사람들이 나오겠지만 장기적으로는 결국, 이런 비판을 잠재울 수 있다는 게 내 생각이야.

포르티에Portier* 씨에 관해 네가 전해준 소식은 정말 반가웠어. 문제는 그 양반 생각이 언제

* 파리에서 활동하던 미술상

까지 달라지지 않을 건지야. 그래도 비록, 드문 경우기는 하지만, 광부의 신념을 가진 사람들, 대중의 여론에 이리저리 휘둘리지 않는 사람들이 있다는 건 알아.

내가 그린 그림 속에서 어떤 개성을 발견했다니, 이것만큼 반가운 일도 없을 거야. 게다가 나는 점점 더 나다운 모습을 갖추기 위해 애쓰고 있는 것도 사실이야. 내가 만들어낸 걸 아름답게 보던지, 추하게 보던지, 그런 건 크게 중요하지 않다. 포르티에 씨의 의견까지 무시한다는 건 아니야. 오히려, 그런 의견이 옳다는 사실을 입증해줄 그림들을 더 그릴 수 있도록 노력할 거야. 같은 편지에 석판화 인쇄물도 몇 장 같이 넣었어. 초가집에서 그린 유화 스케치*를 조금 더 손보고 다듬고 수정해서 유화 최종본으로 만들고 싶어. 아마 그걸 보면 포르티에 씨가 여기저기 사람들에게 보여줄 수도 있고 아니면 전시회에 출품할 수도 있을 거야. 어쨌든 내가 직접 경험하고 느끼면서 그린 그림이라 내 눈에도 남들이 짚어내는 *단점이* 하나하나 다 보일 거야. 그렇다고 해도 단점 하나 없다는 몇몇 그림에 비해 *생명력*만큼은 분명 넘치는 분위기가 될 거야.

그리고 앙리 필이 한마디 거들면 「르 샤 누아르」도 이 그림을 거절하지는 않을 거다.

나도 관심이 있는 게, 홀로서기를 하려면 석판화 찍어내는 기술도 배워야 하거든.

스케치에 유화를 그릴 때 석판화 작업을 새로 할 생각이야. 그래야 지금처럼 아쉽게 인물의 위치가 뒤바뀌는 상황을 바로잡을 수 있으니까.

어머니도 몇 자 적어서 보내신다니, 편지가 너무 길어지지 않도록 여기서 이만 마친다. 나중에 긴 편지 쓰마. 편지 고맙다. 마음의 악수 청한다.

너를 사랑하는 형, 빈센트

(들라크루아의 프랑스책 원문을 일부 옮겨적어서 첨부했다)

옛사람들은 3원색인 노란색, 빨간색, 파란색만 인정했고, 현대 화가들은 그 외의 색은 받아들이지 않는 실정이다. 사실, 이 세 가지 색은 분해하거나 분리되지 않는 유일한 색에 해당한다. 태양 광선이 일곱 가지 색으로 분리된다는 건 세상 모두가 아는 사실이고, 뉴턴은 이를 7원색이라고 명명했다. 보라색, 남색, 파란색, 녹색, 노란색, 주황색 그리고 빨간색. 그런데 혼합색에 해당하는 세 가지 색을 '원색'의 범주에 넣을 수 없다는 건 자명한 사실이다. 주황색은 빨간색과 노란색, 초록색은 노란색과 파란색, 보라색은 빨간색과 노란색을 섞어서 만들기 때문이다. 남색도 원색으로 분류할 수 없는 게, 파란색 계열에 들어가기 때문이다. 따라서 옛사람들과 마찬가지로, 세상에 존재하는 기본색은 세 가지밖에 없다는 사실과 이 중에서 두 가지 색을 골라 섞게 되면 2차색이라 부르는 세 개의 혼합색을 만들어낼 수 있다는 사실을 인정해야 한다. 주황색, 초록색, 보라색.

* 빈센트가 여러 번에 걸쳐 '초가집에서 그린 그림'이라고 지칭하는 그림은 〈감자 먹는 사람들〉이다.

현대 학자들이 정립한 이 기본 원리는 색에 대한 기발한 이론을 형성하는 몇몇 법칙을 끌어냈다. 외젠 들라크루아는 이런 이론을 본능적으로 터득한 후에 다시 과학적으로 철저히 파고들어 이해했다(르누아르의 『데생 기술의 기초』 3판 참고). 원색 중에서 두 가지 색을 섞을 경우, 예를 들어, 노란색과 빨간색을 혼합하면 주황색이라는 2차색을 만들 수 있는데, 이 2차색은 앞에서 사용하지 않은 세 번째 원색과 같이 놓고 비교하면 가장 밝게 보인다. 마찬가지로 빨간색과 파란색을 섞어 보라색을 만들면, 이차색인 보라색은 노란색과 대비할 때 가장 두드러져 보인다. 그리고 노란색과 파란색을 섞어 초록색을 만들면 초록색은 빨간색과 대비할 때 가장 밝아 보인다. 그래서 각각의 삼원색과 이런 관계에 있는 2차색을 보색이라고 한다. 파란색은 주황색과, 노란색은 보라색과, 빨간색은 초록색과 보색이다. 각각의 혼합색은 혼합에 사용되지 않은 다른 원색과 보색관계다. 그리고 상호 대비되는 이런 효과를 동시대비 효과라고 한다.

두 가지 보색을 동일한 채도로 사용하고 나란히 붙여놓으면 각각의 색이 너무 강렬히 대비되는 탓에 계속해서 바라볼 수 없을 정도로 자극적이다. 그리고 특이한 현상은, 서로 붙어 있었을 때 극명히 대비되는 이 색을 서로 혼합하면 색감이 사라진다. 따라서 파란색과 주황색을 같은 채도로 사용해 혼합하면 주황색은 주황색의 색감을 상실하고, 파란색도 파란색의 색감을 잃게 되고, 혼합색은 두 색의 색조를 파괴하고 무미건조한 잿빛 계열의 색을 만들어낸다.

하지만 두 보색을 각기 다른 채도로 사용할 경우, 색조 파괴 현상이 부분적으로만 일어나기 때문에 회색 계열에 해당하는 가미된 색조를 얻을 수 있다. 이런 식으로 순수한 색조와 가미된 색조의 두 가지 보색을 나란히 놓으면 새로운 대비효과가 만들어질 수 있다. 대등하지 않은 대비효과로 인해 둘 중 한 가지 색이 도드라지게 되고 우세한 색의 채도가 월등히 높지만 그렇다고 두 색의 조화가 깨지는 것은 아니다.

순수한 색조를 가진 비슷한 두 색을 나란히 배열할 때, 농도를 달리해, 짙은 파랑과 옅은 파랑으로 만들면 농도에 따른 또 다른 대비효과를 만들 수 있고 비슷한 색이기 때문에 색의 조화도 유지할 수 있다. 따라서 비슷한 색을 나란히 배열할 경우 한 가지 색이 순수한 색조고, 다른 한 가지 색이 가미된 색조라면, 예를 들어, 순수한 파란색과 회색조의 파란색을 나란히 배열할 경우 유사성이 대비효과를 완화함으로써 또 다른 대비효과를 얻을 수 있을 것이다. 그러니까 한 가지 색을 강조하고, 유지하고, 완화하고, 중화하는 확실한 방법이 여러 가지라는 사실을 알 수 있는 것이다. 이는 나란히 배열하거나 원래 색과 다른 부분에 찍어보는 식으로 확인해볼 수 있다.

이런 색을 강조하거나 균형을 맞추려고 보색의 대비효과와 비슷한 계열의 색이 갖는 유사성을 활용하는 것이다. 다른 말로 설명하면, 순수한 색조와 가미된 색조를 반복해서 사용한다는 뜻이다.

402네 ___ 1885년 4월 21일(화)

테오에게

편지와 함께 석판화 인쇄물도 여러 장 받게 될 거다. 포르티에 씨한테는 원하는 만큼 가지시라고 해라. 그 양반한테 보내는 편지도 동봉하는데 네게는 너무 길고 결과적으로 별 도움 안 되는 내용일 거야. 그런데 꼭 전해야 할 말을 더 짧게 설명할 수가 없었고 또 그 양반의 직관적인 감정이 정당하다는 걸 설명하기 적절한 때라는 생각도 들었어. 그리고 그 양반에게 전하는 이야기는 너한테도 이미 다 했던 이야기야.

인상주의라는 화파가 있다는데, 난 별로 아는 게 없다. 내가 확실히 알고 있는 건, 독창적이고 가장 중요한 거장들이 있고, 그들을 중심으로(마치 회전축처럼) 풍경화가와 전원화가들이 포진해 있다는 사실이다. 들라크루아, 코로, 밀레 등을 말하는 거야. 이건 내 생각이지, 제대로 분류된 내용은 아니다.

내 말은, *데생*에도 *채색*에 대해서만큼이나 (사람이 아니라) 규칙들, 법칙들, 근본 진리들이 있다는 거야. 그 진리를 하나라도 발견했다면, 그걸 *끝까지 파고들어야 해.*

예를 들어, 데생에서 인물을 그릴 때 원부터 그리는데, 이건 타원형 데생에서 파생된 거야. 고대 그리스 시절에 시작된 원칙인데, 아마 세상이 끝날 때까지 유효할 게다. 채색에서도 코로가 프랑세의 질문을 받고 했던 말이 영원한 숙제로 남아 있지. 프랑세가(이미 명성이 자자했지)

코로에게(무명이었고 그나마도 악평만 많았다) 찾아가서 이렇게 물었어. "Qu'est ce que c'est qu'un ton rompu, qu'est ce que c'est qu'un ton neutre(가미된 색조는 무엇이고, 중간 색조는 무엇입니까)?"

말보다는 팔레트로 보여주는 게 더 확실한 부분이야.

그러니까 장문의 편지를 통해 내가 포르티에 씨한테 설명하고 싶은 건 들라크루아를 비롯한 선대 화가들에 대한 굳건한 믿음이라는 거야.

마찬가지로 내가 요즘 그리는 그림들은 다우나 판 스헨덜이 즐겨 그렸던 램프 조명 장면들과는 달라. 네덜란드 화가들이 찾아낸 가장 아름다운 발상이, *빛*을 품은 *어둠*에 색을 더한 일이었다는 건, 아무리 생각해도 놀라운 업적이다. 아, 그냥 내 편지를 읽어보면 이해가 안 되진 않을 거야. 그림을 그리다가 문득 머릿속에 떠오른 주제들에 대해 적어놓은 거야.

〈감자 먹는 사람들〉이 제발 잘 그려졌으면 좋겠다.

붉은 기운이 감도는 일몰도 그리는 중이야.

전원생활을 그려내려면 많은 분야들에 숙련되어야 해. 그런데 비록 물질적인 부분에 대한 어려움은 여전하지만, 한편으로는 정말 이렇게 마음의 안식이 될 정도로 편하게 작업할 수 있는 여건이 되는 일이 또 어디 있겠나 싶기도 해.

지금은 이사가 더 걱정이다. 어려운 문제야. 그런데 비록 물질적인 부분에 대한 어려움은 여전하지만, 한편으로는 정말 이렇게 마음의 안식이 될 정도로 편하게 작업할 수 있는 여건이 되는 일이 또 어디 있겠나 싶기도 해.

다른 이야기를 해보자. 밀레가 그린 인물들에 대해 대단히 놀라운 평가가 있지. '*Son paysan semble peint avec la terre qu'il ensemence(그가 그린 농부는, 그 농부가 일구는 땅의 흙으로 그려진 것 같구나)!*' 얼마나 정확하고 진실된 표현인지! 또한, 이름도 없지만 모든 것의 토대가 되는 색을 팔레트에서 만들어낼 줄 아는 것이 얼마나 중요하냐! 아마도(감히 *확신*하는데) *색조*의 문제, 더 정확히는 가미된 색조와 중간 색조가 다시금 네 관심사로 떠올랐을 거다. 미술상들은 색에 대해 대단히 모호하고 자의적으로 얘기하는 편인데, 사실은 화가들도 그래. 지난 주에 지인의 집에서, 대단히 사실적으로 잘 그린 노부인의 초상화 습작을 보았는데, 헤이그 미술학교 출신(그냥 영향을 받았다고 볼 수도 있고) 학생의 작품이었어. 그런데 채색은 물론이고 데생에서도 머뭇거림이 느껴지고 시야도 좁아 보였다. 블로머르스의 초기작이나 마우베 형님이나 마리스의 어느 그림에서 봤던 것보다 그런 느낌이 훨씬 더했어. 그런데 이런 현상이 점점 유행처럼 번지고 있어. 사실주의라는 단어를 문자 그대로의 사실, 그러니까 *정확한* 데생과 고유의 색을 사용하는 것으로 해석이라도 하는 건가. 그게 전부는 아닌데 말이야!

안부 전한다. 마음으로 청하는 악수와 함께.

너를 사랑하는 형, 빈센트

403네 ___ 1885년 4월 28일(화) 추정

테오에게

여전히 〈감자 먹는 사람들〉을 그리느라 여념이 없다는 말과 얼굴 그림을 다시 습작으로 만들어보고 손도 수정했다는 소식을 전하고 싶었어.

이 그림에 *생명력*을 불어넣으려고 최선을 다하는 중이야.

그림이 완성되면 포르티에 씨가 뭐라고 말할지 정말 궁금하다.

레르미트의 그림은 정말 훌륭해. 정말 마음에 들어.

느낌이 살아 있어. '큰 크기와 작은 크기로 착실히 연구한' 느낌이. 그런데 무엇보다 풍부한 상상력과 다각도로 고민한 부분이 두드러져. 혹시 이후에 출간되는 잡지에도 연작이 계속 실리는지 신경 써서 봐주면 정말 좋겠다. 그리고 큰 크기의 그림을 완성하면 어느 주소로, 어떤 방식으로 보내야 할지 알려주기 바란다.

〈감자 먹는 사람들〉은 *정말 그럴듯하다는 확신*이 들지 않는 한 절대로 보내지 않을 거야.

그런데 잘 진행되고 있어. 아마 지금까지 네가 봐온 내 그림과 전혀 다른 결과물이 되지 않을까 싶다. 적어도 그건 분명해.

나는 무엇보다 그림 속에 생명력을 표현하고 싶어. *기억에 의존해서* 그 생명력을 묘사하고 있는데 그림 자체에 대한 기억까지 동원하고 있어. 내가 얼굴 그림을 얼마나 많이 그렸는지는 너도 알잖아!

지금도 밤마다 찾아가서 현장에서 이런저런 부분을 손보고 있어.

그런데 유화를 그리다 보니 내 머리도 동원되는 것 같더라. 내 말은, 내 생각, 내 상상력을 말하는 거야. 습작을 만들 때에는 이 정도는 아니거든. 습작을 그릴 때에는 상상력이 발휘되지 않아. 오히려 올바른 상상력을 갖추기 위해 현실 속에서 상상력의 자양분을 찾는 정도지.

알다시피, 포르티에 씨에게 이렇게 말했어. 지금까지는 '*습작*'만 만들었지만, 조만간 '*유화*'가 완성될 거라고. 이 결심은 꼭 지킬 거야.

조만간 밖에 나가서 그린 습작 몇 점 보낼 계획이야.

들라크루아의 말을 비중 있게 논하는 게 이번이 두 번째구나. 첫 번째는 색에 대한 이론이었지. 그 뒤에 그가 다른 화가들과 회화 기법, 특히 *그림 창작*에 대해 나눈 대화 내용을 읽어봤어.

들라크루아는 최고의 그림은 기억으로 그리는 거라고 했어. 'Par coeur(마음으로)!' 당시 상황에 대해 묘사한 글에 따르면, 늦은 밤, 다른 화가들이 집으로 돌아가려 할 때, 들라크루아는 평소처럼 활력과 혈기가 넘치는 모습으로 화가들을 향해 대로에서 이렇게 외쳤다더라고. '마음으로! 마음으로!' 아마 조용히 길을 가던 행인들도 매우 놀랐을 거야. 자케도 친구네 집에서 저녁에 그런 토론을 벌인 때면, 자정이 넘어서 혹은 그밤 내내 아들을 시켜서 들라크루아에게 메시지를 전달했다고 해. "J'ai encore par la présente l'honneur de vous assurer que votre M.

Ingres n'est qu'un imagier, et que Daumier le surpasse infiniment(감히 다시 말씀드리는데, 앵그르는 그럴싸한 흉내쟁이일 뿐이고, 도미에가 월등히 앞섭니다)." 대충 이런 내용이었어."

너한테 더 자세한 소식이 오기 전까지는 이 그림을 보낼 생각은 없어. 아직 완성 전이기도 하고.

가장 어려운 부분이 얼굴과 손 그리고 전체적인 조화야. 어쩌면 네가 얼마 전에 편지로 내게 전했던 부분을 이 그림에서 찾아볼 수 있을지도 모르겠다. 그리고 개인적이긴 하겠지만 이 습작을 보고 있으면 다른 화가들이 떠오를 수도 있을 거야. 가족같이 닮은 화가들. 내 예전 습작에는 없던 부분이지. 그래도 아마 내 습작들을 나란히 놓고 비교하면, 어떤 공통점 같은 걸 찾을 수는 있을 거야.

레르미트의 그림과 다른 삽화 잡지를 보내준 거, 다시 한 번 고맙다는 말 전한다. 「르 샤 누아르」는 잡지 제목은 마음에 드는데 정작 내용은 그저 그런 것 같아. 「라 비 모데른」에서 쥘 뒤프레에 관한 일화가 실려 있어서 정말 반가웠어. 가끔은 이런 생각이 들어. 발자크의 『인간희극』에 나오는 문제의 화가, 미스티그리(기민한 풍경화가)가 혹시 젊은 시절의 쥘 뒤프레가 아니었을까?. 솔직히 발자크가 머릿속에 어떤 사람을 모델로 삼아 쓴 건지는 모르겠어. 그리고 또 뭐, 그 인물이 주인공도 아니고.

지구가 말한 것처럼 타원형으로 데생을 시작하는 다른 화가가 누구인지 알아? 앙리 필이야. 'Ne pas prendre par la ligne mais par le milieu(윤곽선이 아니라 중앙에서부터 시작한다)'는 건 진리야. 뫼니에, 멜르리, 라파르트도 주로 이런 식으로 그렸어. 그리고 알레베도.

안부 전한다. 마음의 악수와 함께.

너를 사랑하는 형, 빈센트

404네 ___ 1885년 4월 30일(목)

테오에게

네 생일을 맞아 진심으로 건강과 평온이 깃들기를 기원한다. 마음 같아서는 생일 날짜에 맞춰서 〈감자 먹는 사람들〉을 보내주고 싶었는데. 작업은 차근차근 잘 진행되고 있지만 아직 완성 단계가 아니어서 말이야.

유화 채색은 상대적으로 단시간에, 그것도 대부분 기억에 의존해서 마쳐야 하는데, 얼굴과 손의 유화 습작을 그리느라 겨울을 다 보냈어. 그리고 채색에 집중한 요 며칠은 정말이지 치열한 전투 같기는 했지만 아주 열정적인 시간이었다. 간간이 실패에 대한 두려움이 스쳤지만, 그림을 그린다는 것도 '행동하고 창조하는' 과정이야.

직조공들이 체비엇cheviot이라고 부르는 직물이나 형형색색 격자무늬의 화려한 스코틀랜드 직물을 짤 때, 그들이 하는 일은 체비엇에 다른 색을 가미하거나 회색 색조를 입히고, 각기 다른 색으로 이루어진 격자무늬는 강렬한 색들끼리 서로 부딪히지 않도록 균형감을 줘서 멀리서 보더라도 조화롭게 보이도록 하는 거야.

빨간색, 파란색, 노란색, 황백색, 검은색 실로 짜서 만들어낸 회색하고, 초록색, 주황색 혹은 노란색 실을 짜서 만들어낸 파란색은 *단색*과는 느낌이 전혀 달라. 단색은 들끓는 것처럼 강렬한 느낌을 전해줘서 더 거칠고 차갑고 생기가 없어 보이기 마련이야. 하지만 직조공도, 심지어 그 문양이나 색 배합을 직접 만든 전문가도, 필요한 실의 수나 방향을 언제나 확실히 예측할 수 있는 건 아니야. 결코 쉽지 않은 일이지. 붓 터치로 전체를 조화롭게 만드는 것만큼이나 어려운 일이야. 내가 이곳 뉘넌에 도착해서 그렸던 초기 유화 습작들 옆에 지금 그리고 있는 그림을 나란히 놓고 보면, 색감이나 생명력이 다소 더 생생해진 게 느껴질 거야.

색조 분석 문제는 조만간 너도 깊게 고민해보게 될 거다. 예술에 관한 전문가이자 비평가라면 자기 분야의 이런저런 내용에 대해서만큼은 *확실히* 알고 있어야 하니 말이야.

그래야 스스로도 만족하고, *자신의 견해를 입증*할 수도 있으니까. 하지만 무엇보다, 예술에 호기심이 생겨서 너 같은 사람에게 묻는 이들에게 몇 마디 말로 간략히 설명해줄 수 있어야 하기 때문이야.

그나저나 포르티에 씨 말이야, 아무리 그 양반 사견이래도 아주 신경이 안 쓰일 순 없지다만, 스스로 한 이야기는 결코 뒤집는 일이 없다는 그의 발언도 아주 높이 산다. 그렇기 때문에 내 첫 습작들을 벽에 걸지 않겠다고 해서 기분 나쁠 일도 없어. 그러나 본인을 위해 그려달라고 할 거면, 그 유화는 *반드시 전시용으로 걸겠다*는 조건을 지켜야만 해.

〈감자 먹는 사람들〉은 확실히 *황금색과 잘 어울리는 그림*이야. 아니면 잘 익은 밀밭의 깊은 색을 가진 벽지로 도배된 벽에도 잘 어울릴 거야.

이런 환경이 아니라면 절대로 걸어선 안 돼.

어두운 배경에서는 진가가 드러나지 않거든. 특히나 흐릿하고 밋밋한 배경에서는 더 볼품없어 보여. 무척 어두운 실내에서의 순간을 담은 그림이라서 말이야.

*사실*은 실제 장면도 일종의 금색 테두리에 들어 있었어. 난로의 열기와 불빛이 흰 벽을 가득 비췄거든. 그림에서는 잘려나갔지만, 실제로는 그 모든 게 함께 비춰진 모습이 관찰자의 눈에 비친 장면에 가깝지.

다시 한 번 강조하는데, 이 그림은 꼭 황금색이나 짙은 동색 테두리의 액자에 넣고 감상해야 해.

이 그림의 가치를 제대로 감상하고 싶다면 내 말을 꼭 기억해라. 이 그림을 금색 계열 옆에 두면 *빛이 전혀 없는 곳에 두어도* 빛이 느껴질 거야. 또한 밋밋하거나 새까만 배경에 뒀을 때 보여지는 대리석 무늬 같은 점들도 사라지지. 그림자를 파란색을 활용해 칠했기 때문에 금색이 가장 잘 어울려.

어제 이 그림을 에인트호번에 사는 지인에게 가져갔어. 그도 그림을 그리거든. 사흘쯤 후에 다시 가서 계란 흰자로 닦아낸 다음 세부를 손볼 거야. 나름 채색과 배색을 열심히 연구하는 사람인데 내 그림을 꽤나 마음에 들어했어. 전에 석판화로 찍어낸 내 습작도 봤었는데, 내가 이렇게까지 채색과 데생의 수준을 끌어올릴 줄은 예상하지 못했대. 이 사람도 모델을 두고 작업해서, 농부의 얼굴이며 손의 생김새를 너무나 잘 알더라. 근데 손 얘기가 나오니까, 이제는 손을 그리는 자신만의 새로운 방식을 발견했다는 거야.

내가 〈감자 먹는 사람들〉에서 정말로 보여주고 싶었던 건, 이 농부들이 램프 불빛 아래서 집어먹는 감자가 바로 그들의 손으로 땅을 일구고 수확해서 식탁에 차린 것이라는 사실이었어. *손으로 하는 노동*을, 그들이 정직하게 일해서 얻은 정직한 식사를 보여주고 싶었다.

우리같이 좀 배웠네 하는 치들과는 전혀 다른 삶의 방식을 말이야. 그래서 난 사람들이 이 그림을 보고서 그저 예쁘네, 잘 그렸네, 말하고 그치는 게 정말 싫다.

겨우 내내 손에 여러 색의 실을 쥐고 어떤 문양으로 직물을 짤지 고민했어. 아직은 투박하고 거친 문양의 직물처럼 보이겠지만, 나름의 규칙에 따라 공들여 고른 실들로 짠 결과물이다. *사실적인 전원생활*을 그렸다고 보일지도 모르겠다. *사실이고*. 그런데 꼭 맥빠지게 순박한 시골 농부 그림만 찾아다니는 자들이 있어. 하지만 내가 마침내 깨달은 건, 농부들의 거칠고 투박한 모습이 담긴 그림이 더 좋다는 거야. 상투적으로 굳어진 참한 분위기의 인물을 그리는 게 아니라.

내 눈에는 시골 아낙이 고상한 귀부인보다 훨씬 아름다워 보인다. 때가 묻고 기운 자국에 시간, 바람, 태양이 더 없이 섬세하게 장식된 파란 치마와 웃옷 차림의 그녀들이 말이야. 그녀들이 귀부인의 드레스를 걸치는 순간, 진정성은 사라져버려. 농부도 퍼스티언*으로 된 옷을 걸치고 밭에서 일하고 있을 때가, 일요일마다 신사복 차림으로 교회에 나가 앉아 있을 때보다 훨씬 더 멋지지.

마찬가지 이유로, 전원 그림을 아기자기하고 참한 통속화로 취급하는 건 잘못이다. 농부 그림에서는 베이컨의 훈제 향, 감자에서 모락모락 피어오르는 김이 느껴져야지! 그건 비위생적인 게 아니야. 마굿간에서는 고약한 배설물 냄새가 나야 마굿간이고. 밭에서는 익어가는 밀 냄새며 감자 냄새, 비료, 두엄 냄새가 나야 진짜 건강한 거야. 특히 도시 사람들에게는 더더욱 그래야 *유익하지*.

농부를 그린 그림에서 향수 냄새가 나서는 안 돼.

이 그림 속에 네 마음에 드는 부분이 있는지 궁금하다. 그랬으면 좋겠구나. 안 그래도 지금, 포르티에 씨가 내 그림에 신경 써주겠다고 했다는 반가운 소식만큼이나, 습작 외에 그에게 보

* 면 직물의 종류

여줄 중요한 작품이 생겨서 기쁘다. 뒤랑 뤼엘 씨에게, 비록 그 양반은 큰 관심을 보이지는 않았다만, 그래도 이 그림은 보여줘라. 추하다고 여길 수도 있지만(뭐, 상관없어) 어쨌든 보여줘봐. 우리가 얼마나 애쓰고 있는지 보여주는 셈이니까. 그러나 이런 소리를 들을지도 몰라. "Quelle croûte(이렇게 조잡한 그림이 있나)!" 나도 이미 각오했으니 너도 마음 단단히 먹어라. 그래도 우린 끈기 있게 *진실한 그림, 정직한 그림*을 내놓아야 해.

전원생활을 그리는 건 진지한 작업이다. 그래서 예술과 삶에 진지한 사람들에게 진지한 생각거리를 던져주는 그림을 그리려고 노력하지 않는다면 나 자신을 탓하고 나무랄 거야.

밀레나 드 그루 같은 화가들이 좋은 *본보기*지. 그들은 '더럽다, 조잡하다, 지저분하다, 냄새난다' 따위 핀잔은 귓등으로 흘려들었어. 그런 말에 흔들리는 건 수치야.

그러면 안 돼! 농부를 그리려면 스스로 농부처럼 생각하고 행동해야지.

농부가 아닌 다른 사람이 될 수 없다는 생각으로 그려야 한다고.

나는 이런 생각을 자주 해. 농부들은 그 자체로 동떨어진 하나의 세계고, 여러모로 볼 때 그들의 세계가 식자들의 세계보다 뛰어나다는 생각. 모든 면에서 다 그렇다는 건 아니야. 그들이 예술 등의 세계는 잘 모르니까.

내가 큰 그림에만 매달리느라 다른 건 신경도 못 썼을 거라 생각할지 모르겠지만, 작은 습작들도 몇 점 해놨어. 작업을 다 마치고 그림이 마르면 보내주마. 캔버스는 작은 상자에 넣을 거야. 작은 것들도 같이 담아서.

발송을 너무 오래 지체하면 안 될 것 같아서 서두르는 거야. 그래서 이 그림의 두 번째 석판화 작업은 포기해야 할 것 같아. 그래도 포르티에 씨의 의견이 반영돼야 한다는 건 나도 충분히 이해해. 그래야 그 양반을 영원히 친구처럼 믿고 의지할 수 있을 테니까. 진심으로 그렇게 됐으면 좋겠다.

이 유화 작업에 너무 정신을 쏟다 보니, 이사 문제를 까맣게 잊고 있었다. 꼭 해야 하는데. 고민이 줄어들 날이 없네. 하지만 이런 장르의 그림을 그리는 화가들의 삶이 다 그런 고민의 연속인데, 나만 편하고 싶다는 건 아니야. 이들이 힘든 상황에서도 꿋꿋이 그림을 그려냈듯이, 나도 물질적인 *어려움은 있지만 꺾이거나 무너지진 않을 거다*. 아무렴.

〈감자 먹는 사람들〉은 그 끝이 보이는 것 같다. 너도 알다시피, 유화 작업은 완성 단계 직전 며칠이 항상 위험해. 아직 칠이 마르기 전이라서 자칫 큰 붓으로 손보다가는 그림을 아주 망쳐버릴 수가 있으니까. 그래서 아주 가는 붓으로 가볍고 차분하게 손질해야 해. 그래서 그림을 친구네로 옮겨 놓은 거야. 그에게는 내가 그림을 손보다가 망치지 않게 각별히 신경 써달라고 부탁했고, 후반 작업을 꼭 그의 집에 가서 하고 있지. 너도 보면 알겠지만, 매우 독창적인 그림이다.

안부 전한다(오늘까지 끝마치지 못해 정말 유감이다). 다시 한 번 건강과 평온을 기원한다. 마음의 악수 청하고, 내 말 명심해라.

형은 너를 사랑한다, 빈센트

지금도 같이 보낼 작은 습작들 작업 중이야.

혹시 전시회 특집호는 보냈니?

405네 ____ 1885년 5월 2일(토) 추정

테오에게

점심에 네 편지가 왔기에 그 길로 바로 답장하고 싶었다. 전시회 특집호 분위기가 무척 궁금하다. 무엇보다 롤 그림의 복제화가 어떻게 나왔을지가 알고 싶어.

뒤랑 뤼엘 씨가 데생에 전혀 비중을 두지 않는다는 건 놀랄 일도 아니지.

포르티에 씨가 데생이 괜찮아 보인다고 칭찬한 게 과장이 아니었으면 하는 바람이다. 적어도 이제는 더 잘할 수 있거든. 지금도 달라지고 있는데, 예전에 주저하고 결단력 없이 그렸던 부분들이 눈에 보일 정도로 달라졌어.

아마 〈감자 먹는 사람들〉을 보고 나면 내 말이 무슨 말인지 알 거야. 포르티에 씨도 이해할 테고. 그런데 그림이 상당히 어두운 편이야. 흰색은 거의 사용하지 않았다고 봐도 된다. 빨간색이나 파란색, 노란색, 주홍색, 프러시안 블루, 나폴리 옐로우 등과 섞었을 때 나오는 무채색만 사용했어.

그래서 색 그 자체는 상당히 어두운 회색 계열이지만 그림에서는 하얗게 보여.

왜 이런 방식을 사용했는지 설명해줄게. 일단 그림의 배경이 작은 등불로 불을 밝힌 어두운 실내야.

칙칙해 보이는 테이블보, 연기로 검게 변한 벽, 여성들이 밭에 나가서 일할 때 뒤집어쓰는 때 묻은 머리쓰개 등을 *눈을 깜빡이면서 보고 있으면* 등불의 불빛에 비치면서 *아주 짙은 회색*으로 보여. 그런데 등불이 내는 적황색 불빛은 밝게 보여. 앞서 말했던 흰색처럼 보일 정도로 밝게 보인다는 거야.

그리고 피부색이 있어. 이 색은 별생각 없이 그냥 대충 사용하면 흔히들 살색이라고 하는 색과 비슷하다는 거, 나도 잘 알아. 그런데 나는 그림을 시작할 때, 황토색, 황갈색, 흰색을 약간씩 섞어서 만들었어.

그런데 색이 *너무 밝아서* 어울리지 않더라고.

어떻게 해야 하나? 얼굴은 이미 공들여 칠해놓은 뒤잖아. 그래서 주저하지 않고 다시 칠했어. 과감하게. 그래서 지금은 피부색이 당연히 *껍질을 까지 않은 먼지 묻은 감자 색*하고 거의 비슷해 보여.

이 작업을 하면서 밀레가 그린 농부들에 대한 다른 사람들의 평이 정말 그렇다는 걸 다시 한 번 실감했어. '그가 그린 농부들은 그들이 일구는 땅의 흙으로 그린 것 같다.'

집 안에서나 집 밖에서 일하는 그 사람들을 볼 때마다 나도 모르게 그 말이 떠오르더라.

만약 밀레나 도비니, 코로에게 흰색을 쓰지 않고 눈 덮인 풍경을 그려보라 했다면, 그들은 분명, 그렇게 그렸을 거야. *그림 속의 눈이 하얗게 보이도록.*

석판화에 대해 네가 지적한 부분 말이야, 효과가 불분명한 것 같다고 한 거, 내가 봐도 그런 것 같더라. 그런데 내 잘못 때문만은 아니야. 석판공 말이, 내가 석판에 흰 부분을 거의 남겨두지 않아서 제대로 찍혀 나올 것 같지 않다고 하더라고. 그래서 그 말에 따라 군데군데 뜯어내서 빛이 들어오는 부분을 만들어냈어. 원래 데생 그대로 석판화를 찍어냈다면, 전체적으로는 인쇄물이 더 어둡긴 했겠지만, 덜 어색해 보였을 거고, 입체감도 살아 있었을 거야. 이 유화를 어떻게 해야 할까? 작년에 그린 실 감는 여자만큼 큰 그림이라서.

그림을 가지고 다시 초가집에 찾아갔어. 직접 보고 손봐야 할 게 있었거든. 하지만 성공적으로 마무리할 수 있을 것 같아. 이것도 말이 그렇다는 거지, 솔직히, 내가 작업한 것 중에서 완성됐다거나 준비됐다고 생각하는 건 하나도 없어.

네가 원한다면 더 작게 그릴 수도 있고 아니면 데생으로도 그릴 수 있어. 얼마나 좋아하는 주제인지 말 그대로 꿈속에서도 보인다니까.

여기 내가 거친 스케치로 그려놓은 장면도 괜찮지 않아? 저녁에 초가집에 찾아갔는데, 그 집 사람들이 등불 밑이 아니라, 작은 창문 앞에 모여 앉아 식사하고 있더라고. 얼마나 아름답던지! 그 색도 얼마나 남다른지 몰라. 내가 창가에서 역광을 받은 인물들 그린 거 기억하지? 딱 그 효과였어. 분위기는 조금 더 어둡고.

그래서 두 여성과 실내는 솔직히, 짙은 초록색 비누 색하고 거의 비슷해 보여. 그런데 왼쪽의 남자 얼굴은 열린 문틈으로 들어오는 빛 때문에 살짝 밝게 보여. 이런 조건에서 사람의 얼굴과 손은 쉽게 말해 10센트 동전 색하고 비슷하게 보이지. 광택 없는 구리색 말이야. 그리고 빛이 어루만지고 있는 남자의 작업복 부위는 세상 그 무엇보다 섬세하게 빛이 바랜 파란색으로 보여.

나한테 편지할 때, 이 유화를 어떻게 하고 싶은지 답해주기 바란다. 당연히 포르티에 씨에게도 새 그림을 보내야지. 그런데 그 양반에게 보내는 건 중간 크기로 그리고, 이 큰 건 안트베르펜으로 보내는 건 어떨까 싶다.

근래 들어 몇 년간 *밝은* 색조로 그린 현대 유화를 거의 본 적이 없는 것 같다.

그래도 계속 생각해봤어. 코로, 밀레, 도비니, 이스라엘스, 뒤프레를 비롯한 여러 화가도 *밝은 유화를 그렸어*. 그들이 그린 그림 구석구석을 들여다보면 깊이 있고 다양한 색조를 활용했다

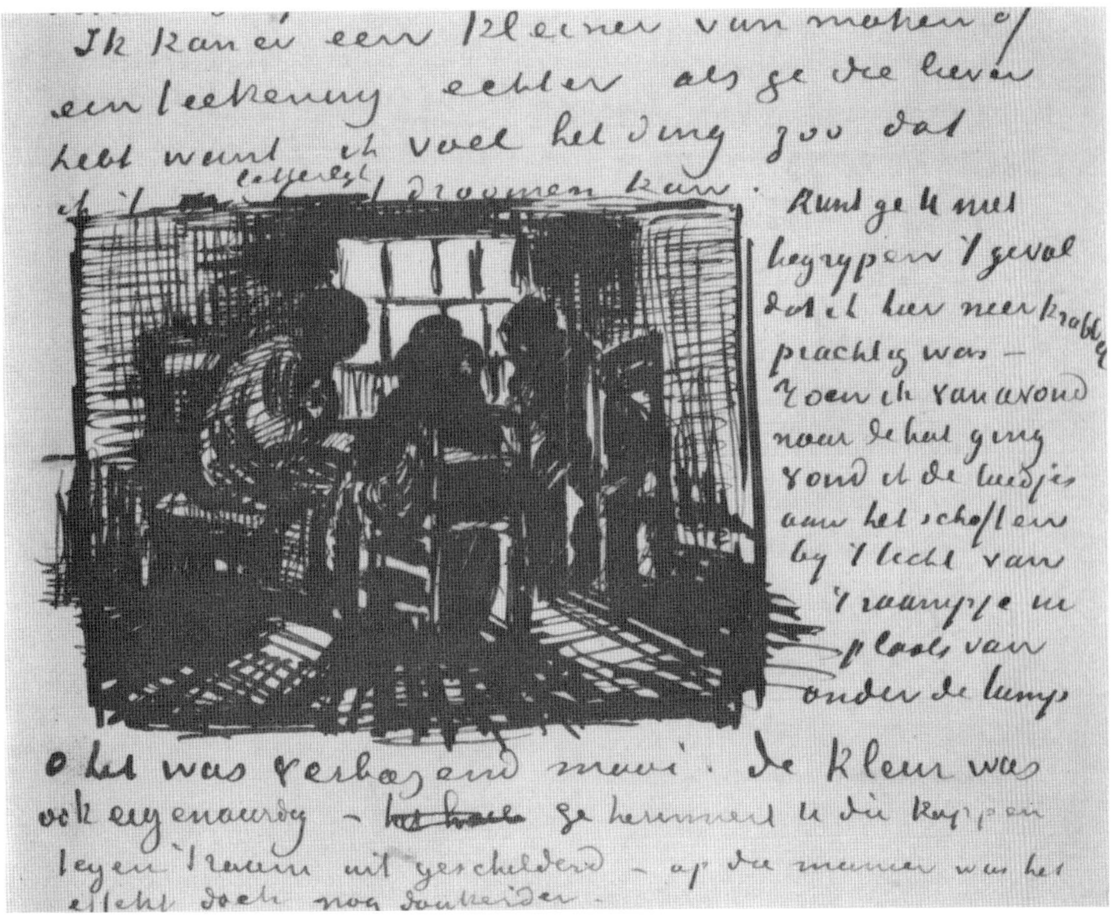
Ik kan er een kleinen van maken of een teekening echter als ge die liever hebt want ik voel het ding zoo dat ik 't letterlyk droomen kan. Kunt ge u niet begrypen 't geval dat ik hier neerkrabbel prachtig was — toen ik van avond naar de hut ging vond ik de luidjes aan het schoften by 't licht van 't raampje in plaats van onder de lamp o het was verbazend mooi. De kleur was ook eigenaardig — ge herinnert u die koppen tegen 't raam uit geschilderd — op die manier was het effekt doch nog donkerder.

는 걸 알 수 있지.

그런데 내가 언급한 이들 중에서 문자 그대로 고유의 색으로 유화를 그린 사람은 단 한 사람도 없어. 처음에 시작한 색조를 그대로 따라갈 뿐이었지. 이들은 자신들의 생각을 그대로 밀고 나갔어. 색이나 색조, 데생 모두에서. 그리고 이들이 만들어내는 빛은, 예외로 여겨지는 편인데, 짙은 회색 계열에 가깝고 그림 속에서는 대비효과로 더 밝게 보여. 이런 부분들은 네가 매일같이 보고 느껴야 할 진리라고 할 수 있어.

안부 전한다. 눈을 그리면서 밀레가 흰색을 전혀 사용하지 않았다고 말하는 건 아니라는 거, 넌 이해할 거라 믿는다. 그를 비롯한 '색조 전문가'들이 마음만 먹으면 당장이라도 들라크루아가 파울로 베로네제에 대해 이야기한 방식으로 그림을 그릴 수 있다는 뜻이었어. '색 자체로는 거리의 먼지 같은 색으로도 백인 여성, 금발 머리 여성, 나체의 여성을 그릴 수 있다.'

마음의 악수 청한다.

너를 사랑하는 형, 빈센트

이 그림을 통해서 사물을 바라보는 나만의 방식이 있다는 걸 너도 알게 될 거라 믿는다. 하지만 이게 다른 사람들과 비슷할 수도 있어. 특히, 벨기에 사람들. 그런데 벨기에 사람들이 요제프 손의 유화를 거부했다는 사실은 정말 충격적이야. 그런데 그렇게 거부당한 화가들은 왜 힘을 합쳐서 무언가를 하지 않았을까? 뭉치면 힘이 될 텐데.

406네 ____ 1885년 5월 4일(월)과 5일(화)

테오에게

작은 상자를 너한테 보내기 앞서서 몇 자 적는다. 상자는 발송자 부담으로(안트베르펜이나 혹은 가능하면 목적지까지) 네 주소지인 라발가로 보낼게.

네가 운송료를 더 내야 할 수도 있는데, 선지불한 건 안트베르펜까지의 비용이라서 그래. 그래도 네가 추가 비용까지 냈는데, 그림이 마음이 안 들까봐 걱정이다.

일단 그림을 받으면 잠시 시간을 들여 감상해라.

나야, 당연히 포르티에 씨가 뭐라고 말할지는 알 수 없겠지.

비평이라면 나도 내 그림에서 얼마든지 지적할 수 있어. 비평가 대다수가 발견하지 못했을 흠집들.

그래도 자신 있게 이 그림을 너한테 보내는 건, 다른 유화들과는 대조적으로 전원생활의 토속적인 분위기와 생기가 살아 있어서다. 오스타더 같은 옛 화가가 살았던 시절과도 다르고, 전혀 다른 방식으로 그려진 유화지만 전원생활의 한복판에서 끌어온 독창적인 그림이기 때문이기도 해.

예를 들어, 전시회 특집호에서 여러 작품을 봤는데, 굳이 말하자면, 흠잡을 데 없이 완벽하게 그려지고 칠해진 것들이더라. 그런데 그중에서도 보면 볼수록 지루한 그림이 여럿이었어. 감흥을 주는 것도 아니고, 생각하게 만드는 것도 아니고, 별다른 열정 없이 그냥 그렇게 그려진 그림처럼 보였지. 반면, 내가 보내는 그림에는 열정이 담겨 있다.

전시회 특집호에 소개된 쥘 브르통의 〈종달새〉, 롤, 팡텡-라투르의 그림과 베르니에의 〈콘월 해안〉 등과 몇몇 작품이 괜찮았어. 정말이야. 진짜 환상적이었어. 그런데 인기 있는 몇몇 그림들은 아무리 냉철히 보더라도, 감히 말하지만, 진짜 지겨워 죽을 정도로 형편없었어.

레르미트의 〈삽 든 여인〉은 살아 있는 것처럼 사실적이었지! 마치 *그림을 그릴 줄 아는 농부*의 솜씨처럼 대단했어.

내가 너였다면 당장에 레르미트의 그림을 사서 10년 동안 소장하고 있을 거야. 50센트로 구입할 수 있는 대가의 그림이기 때문이거든. 이보다 더 나은 복제화가 또 어디 있겠어?

소문에 랑송이 타개했다더라. 몇 년간 그 양반 작품을 지켜봤는데 하나같이 다 괜찮았어. 작은 크로키 속에도 생명력이 넘쳐났었지.

이런 화가의 죽음, 그러니까 레가메나 르누아르에 버금가는 화가의 죽음은 막대한 손실이고 공백을 만들지. 랑송의 데생은 정말 대단했어. 방대하고 힘이 넘치거든.

티소의 전시회가 개최되고 있다는데 너는 다녀왔는지 모르겠다.

모든 건 화가가 그림 속 인물에게 얼마나 생기와 열정을 불어넣을 수 있느냐에 달려 있어. 그렇기 때문에 그 인물이 생기를 지니는 한, 알프레드 스티븐스의 인물화나 티소의 인물화는 진정 아름다운 작품이라고 할 수 있어.

레르미트나 밀레의 농부들이 아름다운 건, 그들이 생명력을 지니고 있기 때문이야.

어느 학파를 추구하든, 그러니까 이스라엘스의 풍을 선호하든, 헤르코머의 풍을 선호하든, 아무튼 각기 다른 개념을 추구하더라도 하나의 작품에서 감정이 살아 있고 생명력이 넘치면 아름다운 작품인 거야.

복제화로 제작되지 *않은* 작품 중에도 근사한 게 있을 거야. 그런데 예를 들어, 1870년이나 1874년 전시회를 떠올리면 그때 수준이 정점을 찍고 그 이후로 쇠락의 길을 걷는 것 같다는 생각이 들어. 뵈첼 선집을 들춰봐도 대가들의 그림, 예를 들어, 밀레의 그림은 수록돼 있지 않아.

나도 아는 게 별로 없는 터라 내가 제기할 문제는 아닌 것 같다. 대신 너는 다르지. 그래도 너는 도비니, 코로, 밀레, 뒤프레, 이스라엘스, 헤르코머, 브르통 등의 작품을 수도 없이 봤으니……. 나는 전혀 못 봤던 것들까지 말이야. 요즘은 매일 이런 생각을 하고 있어. 이 화가들이 *보기보다* 낮은 색조를 사용하는 것 같다는 생각. 그림은 밝아 보이는데, 가만히 들여다보고 비교하다 보면, 마우베 형님이 사용하는 회색조만큼이나 낮아 보여. 당연히 그 형님의 수작(秀作)을 제외하고 하는 말이다. 몇 개만 예를 들면, 포스트 씨의 소장품인 노쇠한 말들의 행렬하고, 2년 전에 전시회에 출품한 그림인데 물가로 거룻배를 끌고 가는 그림 같은 것.

여기서는 보고 듣는 게, 거의, 아니 아예 없다고 해도 과언이 아니야. 그래서 그림을 직접 보면서 이 문제를 살펴보거나 확인해볼 형편이 안 돼. 그래도 작업하는 과정에서 스스로 찾아보고, 자연 앞에서 고민하고 생각하다 보니, 색에 관한 문제 때문에 쉴 틈이 없다. 전에도 여러 번 이런 이야기를 했을 거야. 밀레가 활용한 색과 기법을 고스란히 느끼게 해준 이 한 문장, '그가 그린 농부들은 그들이 일구는 땅의 흙으로 그린 것 같다.' 이 한 문장만큼 내가 설명하고 싶은 내용을 충실히 전달해주는 말도 없고, 내 주장의 근거가 되는 내용도 없을 거야.

마우베 형님이나(밝은색으로 그릴 때) 제대로 교육받은 다른 네덜란드 화가들이라고 해서 (밝은색으로 그리는) 현대 프랑스 화가들이나 과거의 네덜란드 화가들과 다른 배색법을 사용하는 건 아니야. 팔레트가 간소하다는 말이지. 그런데 여기 네덜란드에서는 밀레, 뒤프레, 도비니, 코로에 비하면 흰색을 많이 사용한다.

네가 보게 될 그림이 어떤 것들인지 편지로 알려주면 정말 반가울 것 같다.

「그래픽」에서 프레드 워커의 데생 25선의 전시회에 관한 비평을 읽었어. 워커가 이미 10여 년 전에 사망한 건 너도 잘 알 거야. 핀웰도 마찬가지고. 이 사람들 이야기를 하고 보니 이들의 작품도 생각나고, 두 사람 모두 놀랍도록 기교가 넘쳤다는 게 떠오르는구나. 마리스, 이스라엘스, 마우베가 네덜란드에서 해낸 일을, 이들은 영국에서 해냈어. 그러니까 관습을 밀어내고 그 자리에 자연을 옮겨놓고, 학문적 빳빳함과 답답함을 밀어내고 그 자리에 감정과 느낌을 채우는 일. 최초의 '색조 전문가'들이니만큼 말이야.

핀웰이 그린 들판의 농부들도 기억나고, 워커의 〈대피항〉 등을 비롯해 소위, 흙으로 그린 것 같은 느낌을 전해주는 다른 그림들도 떠오른다. 어떤 결론을 내리려면, 더 많은 그림을 봐야 할 것 같아. 하나만 물어보자. 혹시 이 문제에 관해 머릿속에 떠오르는 거 없어? 포도주에는 당연히 수분과 물 입자가 함유돼 있어. 포도주는 액체니까 물하고는 불가분의 관계야. 그런데 물 함유량이 너무 많아지면 포도주 맛이 싱거워지겠지. 포도주에 물을 타도 되듯, 흰색을 사용해서 빛을 그릴 수도 있고, 그려야 한다는 게 내 생각이야. 그렇다고 해도, 지금처럼 순수하고(?) 밝은(?) 시대에, 포도주에 너무 물을 많이 섞거나, 색색의 포도주에 흰 물감을 너무 많이 섞지 않도록 조심은 해야 할 거야. 그래야 온기나 빛의 효과가 너무 무뎌지거나 무미건조해지지 않을 테니까.

그런데 어딜 가야 이런 관점에 대해 배울 수 있는지 알아?

바로 레이스의 회화야. 초기작 말고 중기와 후기작에서.

그 시기 작품 중에서 〈스케이트 타는 사람들〉과 〈성벽을 도는 사람들〉이 인상적이었어.

두 그림 속에서 등장인물들은 눈을 밟고 있어. 그런데 그 어느 그림에서도 회색조를 느낄 수는 없지. 마치 현대 네덜란드 화가들이 눈을 그린 것만큼이나 밝게 보이거든. 언젠가 네가 인상파 회화라고 보여줬던 밀레의 작은 그림 말이야, 그게 뤽상부르에 전시된 거야?

그 색조에 비하면 네덜란드 풍경화 다수는 흰색이거나 다채로운 색조라고 할 수 있을 정도야. 내가 깨달은 건, 그 색조는 주로 빨간색과 파란색, 노란색 그리고 많지는 않고 아주 소량의 흰색을 섞어서 만들었을 거라는 거야.

그 그림을 본 게 10~12년 전인데, 자연에서 이런저런 효과를 발굴하려고 혼자 애쓰는 과정에서 이래저래 생각을 하면 할수록, 진정한 프랑스 화가들은 지금처럼 흰색을 많이 사용하지 않았던 것 같아.

아르츠에게 주기적으로 모델을 서주던 스헤베닝언 출신의 여성이 있었는데, 지금도 똑똑히 기억하는 건 그녀 역시 몇몇 매춘부들처럼 하얗고 밝았어. 어쩌면 그래서 아름답고, 또 그래서 더 그림으로 그리기 좋았던 것일 수도 있어.

하지만 농부나 어부 등 도시에서 멀리 떨어진 시골 사람들은 어디를 가더라도 제각각 다 다른 모습이야. 이들을 보면 흙이 떠오르고, 그 흙으로 빚어낸 사람들처럼 보여.

쥘 브르통의 시에서 이런 구절을 읽은 기억이 나. 아마 밀레(저녁에 감자밭을 지나 집으로 돌아가는 키 작은 농부)에게 헌정한 내용이었을 거야.

Par le crépuscule & le hâle (저녁놀에 한 번, 햇살에 한 번)
Le paysan deux fois bruni (두 배로 그을린 피부를 가진 농부)

내가 밝은 색조의 유화를 싫어한다고 여기지는 말아라. 아니야, 정말 좋아해. 바스티엥-르파주(완전히 새하얀 바탕에 새하얀 의상을 입은 신부의 갈색 얼굴)의 그림은 정말 환상적이야. 안 그래? 눈이나 안개, 하늘을 그린 네덜란드 회화는 또 얼마나 많은데. 환상적이잖아.

내가 하고 싶은 말은 단순히, 하고 싶은 대로 할 수 있다는 거야. 야프 마리스도 어느 날은 상당히 밝은 그림을 그렸다가 바로 다음날, 아주 어두운 색조를 사용한 밤을 배경으로, 도시 사람의 얼굴을 그릴 수도 있다는 거지. 내가 지적하고 싶은 게 바로 이런 거야. 카바의 그림이나 뒤프레의 그림 중 몇몇은 비록 흰색이 거의 섞이지 않은 빨간색과 파란색 그리고 노란색으로만 그려졌음에도 불구하고 이후에 고안된 회색조의 개념에 결코, 밀리지 않는다는 사실 말이야.

여기까지는 어제 쓴 내용이다. 방금 다른 내용물도 담긴 네 편지가 도착했어. 진심으로 고맙다. 전시회에 관한 내용, 정말 흥미롭게 읽었다. 베나르의 그림에 대해 네가 말하는 걸 보니, 전에 내가 설명했던 혼합색, 파란색을 섞은 주황색, 주황색을 섞은 파란색 등을 잘 이해한 것 같더라. 다른 색조도 얼마든지 있어. 그런데 주황색과 파란색의 경우가 가장 논리적이야. 노란색과 연보라색, 빨간색과 초록색도 마찬가지고.

그림 넣을 상자는 완성됐어. 그림*은 바닥에 깔아서 보내는데 상자는 가벼운 편이야. 하루나 이틀 정도는 잘 건조되게 말려야 할 거야. 그리고 유화 습작 10여 점도 같이 보낸다.

우데의 그림은 어땠는지 더 얘기해주면 좋겠다. 렘브란트도 똑같은 주제로 큰 그림을 그렸었는데 이건 내셔널 갤러리에 전시돼 있지.

이사 중이라 엉망이다. 보내준 것, 다시 한 번 고맙다는 말 전하면서, 마음의 악수 청한다.

너를 사랑하는 형, 빈센트

* 〈감자 먹는 사람들〉

407네 ____ 1885년 5월 6일(수)

테오에게

어제 우편으로 유화 습작 몇 점을 보냈고 오늘 수요일에는 V1이라고 표시한 상자에 유화를 넣어서 주소지까지 별도의 운임이 발생하지 않도록 처리해서 보냈다.

상자가 도착하거든 잘 받았다는 소식과 함께 별도의 운송비가 더 들지는 않았는지 꼭 알려주면 좋겠다. 나중에도 물건 보낼 때를 대비해 확실히 알아두고 싶거든. 이대로 잘 도착하면, 2플로린도 채 되지 않는 금액이라, 파리에서 보내는 운송비에 비하면 저렴한 편이라고 할 수 있어. 그러니 나중에는 더 큰 그림도 시도해 볼 수 있을 것 같아.

이 그림을 네가 어떻게 생각할지는 모르겠지만, 이번이든, 아니면 다른 그림이든, 액자 처리는 좀 신중했으면 한다.

지금으로선 가진 돈을 새로운 그림 그리는 데 활용하면 더 좋을 것 같아. 액자는 그림이 여러 개 모인 다음에도 할 수 있으니까. 적어도 나한테는 그게 가장 나은 방법일 것 같다는 거야. 지금 작업하는 습작의 수만 보더라도, 네가 주는 돈으로는 현실적으로 감당이 안 될 것 같거든. 지금도 월세로 25플로린을 내야 했어.

하지만 이 그림은 금색이나 동색으로 된 틀에 넣어서 감상해야 해. 그래야 반점 같은 게 사라지고 빛이 훨씬 더 깊고 그윽해 보이는 효과가 살아나거든. 그런데 그림 뒤에, 예를 들어 황토색 종이를 대놓고 감상하면 똑같은 효과를 얻을 수 있어.

포장할 때까지 그림이 다 마른 상태는 아니었지만, 운송 중에 크게 훼손될 일은 없을 거야.

아직 더 작업하고 싶었는데 계속하면 색이 바래고, 또 여러 번 여기저기 이동한 터라, 이제는 작별해야 할 때라고 결심하게 됐어. 다른 작업을 시작할 때라고.

이사는 이제 끝났어. 식구들은 네가 생각했던 것과는 다른 입장인 것 같다. 나더러 '자기 방식'만 고집한다더라. 어쨌든 내게는 이러거나 저러거나 아무 상관 없으니 더는 이야기하지 않을 생각이다.

작업을 해야 해서 오늘은 이만 줄인다. 잘 지내라.

보내는 그림하고 똑같은 크기의 틀을 2개 만들었어. 이 크기의 그림 서너 점을 더 그리면 그때 액자를 만드는 게 좋을 것 같아. 하나만 만들면 비용이 너무 들어가니, 그림을 *여러 개 그려* 두는 게 나을 것 같아.

안부 전한다. 마음의 악수와 함께.

너를 사랑하는 형, 빈센트

408네 ____ 1885년 5월 22일(금) 추정

테오에게

보내준 편지와 안에 든 50프랑, 고맙게 잘 받았다. 시기가 아주 적절했던 게 안 그래도 이사 때문에 좀 그랬었거든. 화실에서 지내게 됐으니 장기적으로는 시간을 많이 아낄 수 있게 된 셈이야. 예를 들면, 여기서는 이른 아침부터 작업할 수 있는데, 집에서는 이런저런 사정 때문에 그럴 수가 없었거든.

요 며칠, 데생 작업에 몰두했었어.

벌판 한가운데 서 있는 낡은 종루를 허물고 있어. 거기서 나온 목재나 슬레이트, 고철 등을 파는 경매가 열렸는데, 십자가도 보이더라.

목재 파는 사람들을 수채화로 그려봤는데 괜찮은 것 같아. 그리고 교회 주변의 무덤들을 배경으로 다른 수채화도 시작했는데, 아직은 과연 완성할 수 있을지 모르겠어.

그래도 내가 표현하고 싶었던 게 무언지는 확실히 보여. 그래서 세 번째로 그리면 성공할 수도 있을 거야. 실패하면 실패하는 거지 뭐. 벌써 2장이나 그렸다가 지우긴 했지만, 또 도전해볼 생각이야.

생각 있으면, 너한테도 경매를 배경으로 한 그림 보내줄게.

지금 이젤 위에는 어둑해지는 시각에 본 초가집을 그린 커다란 습작이 올라와 있어. 그리고 얼굴 그림도 6점 있고. 그래서 너한테 편지를 받고도 잘 받았다는 소식도 못 전했던 거야.

지금 힘닿는 대로 최대한 작업에 몰두하고 있어. 조만간 에인트호번에 사는 지인하고 같이 안트베르펜 전시회에 가볼 계획이거든. 가는 길에 그림도 몇 점 가져가서 팔아볼 생각이야.

포르티에 씨가 〈감자 먹는 사람들〉을 봤는지 무척 궁금하다. 신체에 관해 네가 지적한 부분은 아주 정확했어. 사실, 신체는 얼굴만큼 중요하지는 않아. 그래서 다른 방식으로 그려볼 생각이야. 몸통부터 그리고 얼굴을 가장 마지막에 그리는 식으로.

그러면 전혀 다른 결과물이 나올 거라는 생각이야. 다만, 네가 잊지 말아야 할 게 내 그림 속에 있는 사람들이 뒤발 카페에 놓인 그런 의자에 앉아 있는 사람들과 자세가 다를 수밖에 없다는 점이야.

내가 본 가장 아름다운 장면은 그냥 무릎 꿇고 있는 여성을 봤을 때였어. *맨 처음*에 보낸 크로키에 있는 인물이야.

아무튼, 이 그림은 내 의도대로 그리고 칠한 그림이다. 언젠가 다시 한번 그려볼 생각인데, 그때는 다른 방식으로 그릴 거야.

요 며칠간, 집중적으로 얼굴 데생 작업을 하는 중이야.

전시회에 관한 폴 망츠의 기사가 담긴 「르 탕Le Temps」은 고맙게 잘 받았어.

아주 오랜만에 읽어본 정말 제대로 된 기사였어. 정말 괜찮은 내용이더라. 특히, 도입부. 컴컴한 오두막에서 기나긴 북구의 겨울밤을 보낸 뒤 태양이 떠오르기를 기다리는 라플란드 사람들처럼, 우리도 예술계를 밝혀줄 빛을 기다린다는 그 문장 말이야.

그리고 바로 밀레에 관한 이야기로 이어지더라. 우리에게 이론의 여지 없이 새로운 빛을 일깨워주고, et qui restera(영원히 그렇게 남을 사람인 밀레에 대해서).

그리고 레르미트를 밀레의 뒤를 잇는 후계자로 지칭했어. 글에 상당히 힘이 넘치고 보는 눈이 예리하고 시야도 넓어.

반면, 롤을 commençant(신인)으로 평가한 점은 좀 아쉬웠어. 롤에게는 모욕에 가까운 평이거든. 수작이랄 그림도 이미 여러 점 그린 데다, hors ligne(독보적인 위치를 지녔는데 말이야).

이미 〈광부들의 파업〉 이후로 남다른 평가를 받아왔어. 그런데 망츠는 롤의 그림 속에 표현된 노동자들이 힘들게 일하는 것처럼 보이지 않는다고, 그건 꿈 같은 일이라고 지적하고 있어. 재치 있는 문장인 동시에 어느 정도는 사실이기도 해. 다만, 사실일 수 있는 이유는 밭에서 일하는 단순노동이 아니라, 파리이기 때문이지.

대도시 노동자들의 모습은 롤이 그린 모습 그대로야.

라파르트가 안트베르펜 전시회에 작품을 출품했어. 근사한 그림 같더라고. 그런데 그렇게 보는 사람이 거의 없는 것 같아. 내 눈에는 괜찮아 보이는데. 어쨌든 라파르트는 대단한 친구야.

졸라의 『제르미날』은 다 읽었어? 나도 얼른 읽고 싶다. 보름 정도 안에 다 읽고 돌려줄게. 레르미트의 5월 그림은 이미 출간됐는지 궁금하다.

망츠의 기사에서 몇 단어로 정리한 배색에 관한 내용은 상당히 논리적이고 괜찮더라. 'des bleus cendrés que nous aimons(우리가 사랑한 회청색)'이나, 레르미트의 그림에 대해서도 'les herbes de la prairie sont très vertes, le taureau est brun roux, la jeune fille est rose, voila l'accord de 3 tons(들판의 잔디는 초록색, 황소는 적갈색, 젊은 처자는 분홍색이니, 3가지 색조가 조화를 이룬다)'고 말했다.'

안부 전한다. 마음의 악수를 청하면서.

너를 사랑하는 형, 빈센트

베나르의 그림이 흥미롭다는 말을 이해할 것 같다.

망츠의 기사에서 열정에 관해 짤막하게 언급한 부분이 있는데 너도 읽었는지 모르겠다. 그리고 더 읽다 보면 'le grain de folie qui est le meilleur de l'art(광기의 씨앗이 바로 최고의 예술)'이라는 내용도 있어.

네가 편지에 이렇게 썼다는 거, 나도 잘 알아. 그는 장사하는 사람이라기보다, 열성 지지자에 더 가깝고, 그 모습이 더 어울린다고.

너로서는 최대한 호의적으로 표현한 걸 거야.

그런데 나는 열정이라는 개념이 상인이라는 직업과 양립할 수 없다고 생각지는 않아. 무레와 부르동클을 떠올려봐. 망츠는 'cette maladie qu'on appelle sagesse(양식[良識]이라 부르는 고질병)'에 대해서도 짤막하지만 깊이 있는 한마디를 남겼어.

너한테 무슨 말을 해줘야 할까? 언젠가 미래와 경험이 내가 말로 설명하지 못한 걸 대신해줄 거야. 감히 말하는데, 열정을 가진 사람은 스스로 우위에 있다고 여기는 계산에 능한 사람들보다 훨씬 더 계산에 능할 때가 있어. 그렇기 때문에 본능, 영감, 충동, 양심은 많은 이들이 생각하는 것과 달리 최고의 길잡이가 될 수 있어. 어쨌든 나는 'mieux vaut crever de passion, que crever d'ennui(지겨워 죽느니, 열정에 겨워 좋아 죽는 게 낫다)'고 생각하는 사람이니까.

네 관점을 아직도 결정적인 관점이라고 여기지 않는 내가 신기할 따름이다.

유산 관련 서류가 이번 주에 도착했다. 난 내가 말한 대로 할 생각이야. 어머니는 어머니 명의로 변경하고 싶어 하시는데 난 아무래도 상관없어. 난 내가 말한 대로 할 생각이니까. 웬 부인 하나가 세 들어 살 거라더라. 그런데 너도 알겠지만, 식구들은 내가 집에 나타나는 게 별로 반갑지 않을 테고, 나 역시 집에 가서 식구들 만나는 게 달갑지 않은 상황이야. 그냥 이따금 보는 걸로 충분할 거야. 솔직히 나는 우리 식구들이(내 관점은 네 생각이나 다른 식구들 생각과 정반대인데) 결코, 진지하지 않다고 생각해. 다른 식구들이 곱게 보이지 않는 이유가 있는데, 나한테는 하나같이 다 그럴 만한 이유야. 아버지의 사망과 유산 상속 문제가 결국은 뒤돌아보지 않고 식구들을 떠나게 된 계기가 됐어. 왜냐하면 여동생 셋이(셋 전부) 차분해지기는커녕 훨씬 더 날카로워질 거라는 걸 예상했거든. 지금도 이미 상당히 적대적이야! 어머니가 거동을 못 하시는 동안 빌레미나가 얼마나 잘했는지 내가 편지로 그 아이 칭찬했던 거 한 번 떠올려봐라. 그런데 그것도 잠깐, 지금은 다시 얼음장처럼 차갑게 굴더라. 도데의 『복음주의자』는 읽어봤어? 읽어봤으면 내 생각을 내 말보다 더 잘 설명해주는 문장을 너도 읽었을 거다.

네가 나와 가족을 다시 이어주려 애쓰고 있다는 거, 나도 다 안다. 그런데 아우야, 나는 다른 식구들이 못 되길 바라지도 않고, 해를 끼치고 싶지도 않아. 동시에 어떤 영향도 받고 싶지 않다. 첫째, 아무도 나를 이해해주지 못하기 때문이고, 둘째, 이해하려 들지도 않기 때문이야.

다음 주가 되면 낡은 종루를 철거할 거래! 첨탑 부분은 이미 떼어냈는데 이 장면을 지금 유화로 작업 중이야. 새 데생에는 인물을 상체부터 그리고 있는데 결과적으로 더 강렬하고 풍성해 보여. 50여 장으로 부족하면 100장, 그걸로도 모자라면 그 이상을 그릴 거야. 내가 표현하고 싶은 걸 고스란히 표현할 수 있게 될 때까지. 그러니까 모든 게 둥글고, 형태의 시작이나 끝이 따로 없어서 모든 게 살아 있고 조화롭게 보이는 그림을 그릴 때까지.

지구의 책에서 다룬 게 바로 이 문제잖아. 'Ne pas prendre par la ligne mais par le milieu(윤곽선이 아니라 중앙에서부터 시작한다).'

망츠는 'le modelé est la probité de l'art(모사[模寫]는 정직함의 예술)'이라고 말했다. 앵그르

의 말 'le dessin est la probité de l'art(데생은 정직함의 예술)'을 변형한 거야. 그리고 이런 말도 덧붙였어. 'Je voudrais marquer le contour d'un fil de fer(철사로 윤곽선을 만들어 보여주고 싶다).' 에베르는 'l'horreur de la ligne(윤곽선에 대한 공포)'까지 있었지.

신조라는 건 어차피 말도 안 되는 헛소리라고 주장하는 사람들도 있어. 유감스럽게도 이 또한 하나의 신조야.

그렇기 때문에 자신의 길을 따라가야 하는 거야. 그리고 무언가를 창조하고 그 안에 생기를 불어넣으려 노력해야 해.

사람들이 테이스 마리스에게 지긋지긋하고 역겹다는 생각이 들어, 더 이상 그림을 그릴 수 없게 만들지만 않았어도 그는 벌써 놀라운 작품을 만들어냈을 거야.

테오야, 난 종종 그 양반 생각을 한다. 너무 괜찮은 작품을 그린 화가였거든.

몽상일 뿐이지만, 정말 대가야!

세상에, 이 양반이 이제 막 그림의 세계에 입문한 신인이었다면! 분명, 주축 인물이 됐을 거야. 네덜란드 학파는 젊은 화가들이 필요하거든. 무언가를 해내고 보여줄 수 있는 젊은 화가들.

온갖 두려움에 휩싸인 채로 작업을 해서는 안 되는 법이야. 그런 사람들이 너무나 많아. 색조를 못 낼까, 배색을 망칠까 걱정만 한다고. 이런 근심 걱정이 사람을 겁쟁이로 만드는 거야. 이스라엘스, 마리스, 마우베, 뇌하위스 같은 진정한 화가들은 이따금 전혀 다른 방식으로 그림을 그려. 그러면서 이렇게들 말하지. 사용하는 색의 범위를 과감하게 넓혀보라고. 뿜어내야 할 열정을 억압했던 탓에, 열정을 지닌 사람이 보이지 않고, 확실하고 과감한 그림을 그릴 사람을 찾을 수 없을 때에는 심지어 개들까지 절망에 울부짖게 할 수도 있어. 아직은 그럴 단계로까지 전락하진 않았어. 나도 알아. 하지만 이것만큼은 확실해. 열정을 지켜야 한다는 것. 그러지 않으면 *가발의 시대*라고 불리는 그런 지식만 차고 넘치는 세상이 될 수도 있어. 과거의 학파들이 걸어왔던 역사 속의 길을 확인해보면, 그들이 어느 길로 갔는지 알 수 있을 거야. 망츠의 네 번째 기사는(마지막) 정확히 필요한 만큼 준엄하고 신랄했어.

레르미트와 관련된 부분을 유심히 들여다봐. 정말 아름다워!

C숙모와 잠깐 이야기할 기회가 있었는데 네가 여름에 한 번 들린다고 했다더라. 그때까지 지금 막 그리기 시작한 것과 비슷한 얼굴 그림 여러 점을 데생으로 그려둘 생각이야.

안부 전한다.

몇 마디 또 덧붙이는데, 색에 관해서는 들라크루아가 주장한 내용을 깊이 파고드는 것만큼 좋은 건 없을 거야. 비록 나막신 등등의 차림새를 이유로 미술계에서 배척당한 지는 오래됐지만, 망츠의 기사를 통해 깨달은 건, 아직도 무언가를 알고 있는 전문가와 애호가가 있다는 사실이야. 토레나 테오필 고티에가 알아봤던 그런 것들을.

자칭 문명화됐다고 주장하는 사회가 만들어낸 추상적인 개념이 기만에 불과하다는 사실을. 이미 1848년부터 취향을 개혁해야 한다고 주장했던 이들이 힘주어 외쳤던 내용과도 연결되는 거야. 네덜란드에서는 이스라엘스를 능가하는 이는 나오지 않을 거야. 개인적인 생각이지만, 그는 영원한 대가로 남게 될 거다.

벨기에의 경우 레이스나 드 그루가 비슷한 위치에 있어.

내가 지금 무언가를 따라 하라고 부추기는 게 아니라는 건 알아주기 바란다. 그런 건 전혀 아니니까.

너는 나보다 많은 걸 봤잖아. 나도 네가 본 만큼 보고 싶고, 매일같이 네가 접하는 걸 접하고 싶어. 그런데 지나치게 많이 봐도 깊이 생각하는 걸 방해할 수도 있어. 그렇다는 거야.

내가 궁극적으로 하고자 하는 말은, 너나 너희 회사 다른 직원들이나 마찬가지로, 어느 정도 나이가 되면, 기본적인 원리를 다시 들여다보고 공부해야 한다는 거야.

그러니까 전문가로서 색의 혼합, 원근법 등등의 원리를 화가만큼, 혹은 *이론상으로는 화가보다 더 잘 알고 있어야* 한다는 거야. 왜냐하면 너는 네가 팔 그림이 만들어지는 과정에서 화가들에게 이런저런 조언을 하고 그들과 대화도 해야 하는 사람이기 때문이지. 주제넘은 말을 하는 것 같아 미안하지만, 이런 지식은 네가 생각하는 것보다 실상에 많은 도움이 되고 여타 다른 미술상들의 평균 수준 이상으로 너를 끌어올려줄 수 있어. 그게 사실이고. 이럴 필요가 있는 게, 이 평균 수준이라는 게 따지고 보면 수준 이하거든.

나는 이런저런 경험 덕분에 어떤 미술상이 무언가를 잘 알고 있는지, 그렇지 않은지 알아보는 눈을 갖게 됐어.

그런데 대충 되는 대로 이런저런 작품을 팔았다가 곧바로 후회하는 모습을 자주 본다. 그들이 하나의 작품이 만들어지는 과정에 대해 아는 게 전혀 없기 때문이야.

그래도 너는 지구의 책과 같이 이런저런 양질의 서적을 통해 많은 걸 공부한 사람이잖아.

색에 관한 문제 등을 더 깊이 연구해봐. 나도 그렇게 할 테니까. 그리고 오가는 과정에서 관련된 책을 접하거든 내게도 보내주면 좋겠다.

요즘은 들라크루아의 방식으로 손과 팔 데생을 연습 중이야. 윤곽선이 아니라 중심에서부터. 덕분에 타원을 출발점 삼아 그리는 연습을 충분히 하고 있어. 이렇게 해서 단지 손을 그리는 게 아니라 손이 움직이는 동작을 표현해내는 방법을 배우고 싶다. 수학적으로 정확한 비율의 얼굴이 아니라 깊이 있는 표정 같은 거. 예를 들면, 땅 파던 인부가 고개를 들고 바람을 킁킁거리는 표정, 입을 열고 말하는 그런 순간 말이야. 한마디로, *생명력*을 말하는 거야.

409
Waarde Theo, Zooeven heb ik Germinal ontvangen waar
ik onmiddelijk aan begonnen ben. ik heb er een 50
pagina's van gelezen – die ik prachtig vind.
ik heb er ook eens geloopen.

409네 ____ 1885년 5월 28일(목) 추정

테오에게

방금 『제르미날』을 받자마자 읽기 시작했다. 벌써 50페이지나 읽었는데 흥미진진해. 예전에 소설의 무대가 된 비슷한 곳을 내가 직접 지나갔었잖아.

방금 그려온 얼굴 그림 크로키야. 마지막에 네게 보낸 습작에 똑같은 얼굴이 있을 거야. 크기가 가장 큰 건데, 공들여 작업했다. 이번에는 붓 자국을 매끄럽게 다듬지 않았어. 게다가 색조도 전혀 달라. 이번처럼 흙으로 그린 것같이 강렬하게 그린 건 처음인데 다른 것도 이런 식으로 그려 볼 계획이야.

상황이 나아지면(여행 경비를 마련할 정도로 돈벌이를 하게 되면) 광부들의 얼굴을 그려보고 싶다. 어떻게든 내가 하고자 하는 계획을 완벽히 실행에 옮길 때까지 열심히 작업할 거야. 능숙한 붓질로 작업 속도를 끌어올려서 1달 후에는 습작 30여 점을 만들 계획이다. 제대로 된 돈벌이를 할 수 있을지 장담할 수는 없지만, 그림을 많이 그릴 수 있을 만큼만 돈을 벌 수 있으면 난 만족한다. 중요한 건 하고 싶은 걸 한다는 거니까. 그래, 언젠가 광부들도 그려야 해!

포르티에 씨가 〈감자 먹는 사람들〉을 보고 뭐라고 했어? 물론, 그림에 이런저런 흠결이 있다는 건 나도 알아. 하지만 얼굴 그림 하나씩 작업할 때마다 점점 그림에 힘이 넘치는 게 내 눈에도 보여. 감히 단언하는데, 〈감자 먹는 사람들〉은 이후에 그릴 그림들과 비교해도 절대로 뒤지지 않을 거야.

작년에는 색 문제 때문에 번번이 좌절감을 맛보았는데 이제는 자신감이 생겼어. 편지할 기회가 되거든, 어떻게 하는 게 좋을지도 알려주면 좋겠다. 지금 그리는 것들을 그냥 내가 보관했다가 안트베르펜에 가져가는 게 좋을지, 아니면 작업을 마치자마자 너와 포르티에 씨에게 바로 보내는 게 좋을지. 나는 아무래도 상관없다. 얼굴 그림 7점에 수채화 1점을 완성했어. 그러니까 바로 보낼 수도 있어.

안부 전하면서 지금 읽고 있는 『제르미날』 보내줘서 정말 고맙다. 정말 걸작이야.

너를 사랑하는 형, 빈센트

410네 ____ 1885년 6월 2일(화) 추정

테오에게

이번 달에는 늦지 않게 돈을 보내줘서 정말 고맙다. 그림* 평도 만족스러웠어. 포르티에 씨와 세레 씨가 이런저런 지적을 했다는 거나 그래도 두 사람 모두 내 그림에서 괜찮은 부분을

* 〈감자 먹는 사람들〉

발견했다는 내용 말이야. 나도 내 그림에 대해 이런저런 지적을 할 수 있어. 그 두 사람보다 훨씬 더 신랄하게 할 수도 있지. 예를 들어 인물의 상체에 관한 지적 같은 것. 어쨌든 두 사람에게 덮어놓고 내 작품 칭찬만 해주기를 바랐던 건 아니거든. 두 양반을 만날 자리가 있으면, 앞으로 구릿빛이나 초록색 비누 같은 색조는 쓰지 않을 거라고 전해라. 그런데 이렇게 해서 이중적인 효과를 낼 수 있으면 좋겠어. 내 말은, 더 밝은 색조와 실물과 비슷하게 그림을 그릴 수 있었으면 한다는 거야. 그러면서 동시에 구릿빛보다 더 구릿빛답고, 초록색 비누보다 더 초록색 비누 같은 색조를 발견할 수 있었으면 하는 마음도 있어.

어두운 초가집 안에서 역광이 비칠 때 혹은 어둠이 내려앉을 때, 매일같이 신기한 효과들을 목격하게 되는데, 이런 효과와 비교하면 내 그림은 너무 밝아 보여. 다른 대안이 없어서 이 효과를 초록색 비누나 닳고 해진 10센트 동전의 구릿빛에 비교했던 거고, 다른 대안이 없어서 그 색으로 칠했던 거야. 나도 어두운 색조를 능숙하게 다루고 싶어. 너한테 여러 번 이야기했던 것처럼, 농부가 일구는 땅의 흙으로 그린 것 같은 농부를 그리고 싶다고.

이번 주에는 V2라고 표시한 작은 상자를 너한테 보낼 생각이다. 내용물은 이렇게 될 거야.

유화 〈초가집〉 1점
수채화 〈초가집〉 1점
수채화 〈철거로 인한 경매〉 1점
유화 습작 12점

습작 중에서 내가 『제르미날』을 읽자마자 거의 반사적으로 그린 얼굴 그림도 하나 들었어.

> "그녀가 어떻게 죽었는지 내가 얘기했었던가?" "누구?" "내 아내. 러시아에서." 에티엔은 모호한 동작을 취했다. 평소 그는 물론 남들과도 굳이 어울리려 하지 않고 차가울 정도로 냉정하기만 했던 상대가, 떨리는 목소리로 불쑥 속내를 털어놓고 싶어 한다는 사실이 놀라울 따름이었다. 그가 아는 건 아내라는 여자가 정부였다는 것과 그녀가 모스크바에서 교수형을 당했다는 사실뿐이었다. 수바린은 말을 이어나갔다. "마지막 날, 그 광장에 나도 있었지……. 비가 내렸어. 서투른 탓도 있었지만, 장대비 탓에 우왕좌왕하고 있었어. 네 사람 교수형 집행에 20분이나 걸렸지. 그녀는 꼿꼿이 서서 기다리고 있었어. 그녀는 나를 보지 못했어. 그래서 군중들 사이에서 나를 찾았어. 내가 경계석 위로 올라서자 그녀가 나를 발견했어. 그 순간부터 우리는 서로에게서 눈을 떼지 않았어. 두 번에 걸쳐 고래고래 소리를 지르며 사람들의 머리를 밟고 그녀가 있는 곳으로 건너가고 싶은 충동을 느꼈지.
>
> 무슨 소용이라고? 남자 하나가 줄어들면, 군인 하나가 줄어드는 셈이거든. 그리고 그녀의 눈

빛을 통해 그녀가 무슨 말을 하고 싶었는지 알 수 있었지."

나머지 것들과 좀 다른 것도 하나 있어. 옆모습을 그린 얼굴. 이런 배경이 바탕이야. '별 하나 보이지 않는 칠흑같이 어두운 밤, 허허벌판에.'

반대편에 있는 광차 운반 담당하는 여성의 표정이 꼭 큰 소리로 우는 소 같아 보이는데, 이 페이지에서 착안한 얼굴이야. '사람들이 자라나고 있었다. 복수를 꿈꾸는 검은 군대가 밭고랑에서 서서히 싹을 틔워 다가올 세기의 수확을 위해 자라나고 있었다. 머지않아 그 싹이 대지를 뚫고 나올 것이었다.'

그런데 이 얼굴 표정은 내가 표시해둔 습작이 훨씬 낫다. 소설 읽기 전에 그린 거 말이야.『제르미날』을 떠올리지 않고, 그냥 벌판에서 감자를 심다가 묻은 흙을 그대로 뒤집어쓴 채 집으로 돌아오는 농촌의 아낙을 떠올리며 그린 얼굴.

아무래도 초가집 역시 다른 방식으로 여러 점 그려야겠어. 아주 인상적인 소재야. 이 초가집 두 채는 거의 쓰러지기 일보 직전인데, 갈대로 이어붙인 지붕을 나눠 쓰고 있는 모습이 마치 한몸처럼 붙어서 서로가 서로에게 의지하고 있는 두 노인 같아 보이더라.

네가 봐서 알겠지만, 집이 두 채야. 굴뚝도 이중이고. 이런 초가집이 여럿 있어.

시간만 더 있었다면『제르미날』이야기를 계속하고 싶구나. 정말 흥미진진한 이야기야. 한 대목만 더 옮겨 적으마.

"빵을 달라! 빵을 달라! 빵을 달라!" "멍청한 것들!" 엔보 씨는 똑같은 말을 되풀이했다. "나라고 행복한 줄 알아?" 아무것도 이해 못 하는 무지한 인간들에게 화가 치밀어올랐다. 그들처럼 지치지 않고, 그냥 기회가 될 때, 거리낌없이 성관계를 갖고 살 수 있다면, 기꺼이 가진 걸 다 내줄 수 있을 것 같았다. 그들을 자신의 식탁에 앉혀놓고, 꿩고기로 배를 채우게 하는 동안 울타리 뒤에서 여자들을 넘어뜨리고 올라타서, 자신보다 먼저 그녀들을 자빠뜨린 이들을 비웃을 수만 있다면! 단 하루만이라도, 자신에게 굽신거리는 비천한 인간 중에서도 가장 하찮은 사람이 되어 아내의 뺨을 후려갈기기도 하고 이웃집 여인들과 바람도 피울 수 있는 자유를 누릴 수만 있다면, 자신이 받은 교육, 자신의 재산, 화려한 삶, 사장의 권력까지 모조리 내줄 수도 있었다. 차라리 먹지를 못해서 굶어 죽기를 바랐다. 텅 빈 배에 경련이 일고, 머리가 빙빙 돌 정도로. 어쩌면 이렇게 해서 영원한 고통을 없애버릴 수 있지 않을까도 싶었다. 아! 짐승처럼 살면서, 아무것도 소유하지 않고, 가장 추하고 더러운 탄차 운반부를 따라 밭을 갈면서, 그런 삶에 만족할 수만 있다면. 멍청한 것들! 혁명주의 몽상가들은 이 세상의 불행을 더 확산시키면서, 사람들을 본능의 충족이라는 상태에서 끌어내 채울 수 없는 정념의 고통 속으로 몰아넣는다.

포르티에 씨에 관해 한 말, 미술상이라기보다 열정적인 사람에 가깝다고 했던 말, 그래서 그 양반이 내 그림을 적극적으로 알릴 것 같지 않다고 했잖아. 그런데 그건 지금으로서, 너나 나나 뭐라고 단정할 수는 없을 것 같다.

혹시 만나게 되거든 솔직하게 이야기해라. 내가 그 양반에게 기대가 크다고. 되도록 많은 사람에게 내 그림을 알려주면 좋겠다고. 내 그림에 호감을 보여줘서 나도 크게 고무된 터라 최선을 다해 작업한 그림을 보내겠다고. 낙담하지 않고 열심히 작업할 거라고. 그리고 이 말도 전해라. 머잖아 파리의 대중 일부는 제아무리 솔깃해 보이더라도 더 이상 관습적인 것에 눈을 돌리지 않게 될 거라고. 왜냐고 물으면, 딱히 뭐라고 대답해야 할지는 모르겠지만, 초가집과 들판의 먼지가 느껴지는 그림들이 아주 충실한 친구들을 만나게 될 것 같기 때문이라고 전해라.

그러니 그 양반도 하루아침에 낙담할 필요는 없는 거야. 그리고 너나 나도, 그 양반이 당장, 아니면 조만간, 어떤 성과를 내지 못하더라도 원망하지 말자. 다만, 그 양반도 나름 사람들에게 내 작품을 보여주고 소개해야 하고, 나도 계속해서 그 양반에게 그림을 보내야겠지.

포르티에 씨가 내 그림에 대한 평을 직접 써서 보내주면, 내게는 많은 도움이 될 거야. 불편해할 이유도 없고. 한마디 덧붙이고 싶은 게, 정말이지 루브르와 뤽상부르 미술관에 다시 가고 싶어. 그리고 조만간 밀레, 들라크루아, 코로를 비롯한 여타 화가들의 배색법도 꼭 배워야겠어. 그런데 지금은 그리 시급한 일은 아니야. 그래도 작업을 하면서 이렇게 공부한 게 많은 도움이 될 때가 있을 거야.

그래서 자연이 필요한 거고, 그림이 필요한 거야.

난 매일같이 그림의 색조, 색의 농도, 색의 대비에 대해 생각해. 레르미트의 5월 연작은 출간됐는지 모르겠다. 안부 전한다. 마음의 악수와 함께.

너를 사랑하는 형, 빈센트

411네 ___ 1885년 6월 9일(화) 추정

테오에게

오늘 먼저 말했던 상자를 보냈다. 편지에 설명한 것 외에 〈농부의 묘지〉라는 유화도 넣었어.

세세한 부분은 굳이 살리지 않고 그냥 넘어갔다. 내가 보여주고 싶었던 건 이 황량한 분위기였어. 살아생전 자신이 직접 손으로 일궜던 그 밭에 *대대손손* 잠들어 있는 농부들의 무덤에서 느껴지는 분위기. 죽음과 장례가 마치 가을이면 으레 떨어지는 낙엽처럼 얼마나 대수롭지 않은 일인지도 표현하고 싶었어. 그냥 흙을 살짝 파내고 나무로 된 작은 십자가 하나 꽂아주면 그만이라는 듯. 주변에 펼쳐진 들판은 무덤가 잔디밭이 끝나는 지점인 작은 울타리 너머로 마치 수평선 같은 지평선과 맞닿으면서 끝을 알리는 가지런한 경계를 만들고 있어.

이 황량한 무덤이 나한테 하는 말은 제아무리 단단한 기초를 쌓은 신앙과 종교라 해도 결국은 썩어 없어진다는 사실이야. 농부의 삶과 죽음도 마찬가지야. 묘지의 흙에서 나고 자랐다가 시드는 풀과도 같고, 꽃과도 같아.

'Les religions passent, Dieu demeure(종교는 사라져도, 신은 남는다).' 이런 말을 남긴 빅토르 위고도 얼마 전에 땅에 묻혔지.

이 두 주제의 그림을 네가 마음에 들어 할는지 모르겠다. 그림을 그리는 동안 지붕에 이끼 낀 초가집을 보고 있으면 자그마한 굴뚝새 둥지가 떠올라. 어쨌든 한번 봐봐.

이 기회에 다시 한 번 설명해야겠다. 보다 명확한 다른 말로 말이야. 내가 왜 전에도 그랬고, 지금도 이렇게, 현재의 네 관점이 정말로 네 확신이라고 생각하지 않는지 그 이유를. 구필 화랑은 그림에 대해 무언가를 배우기에 적당한 곳이 아니야. 화가에 대해 배우는 건 말할 것도 없지. 그러니까 거기서는 자유롭게 주관적으로 그림 보는 법을 배울 수 없다는 뜻이야. 구필 화랑 사람들이 높이 평가하는 화가가 누구지? 바로 폴 들라로슈야.

들라로슈가 세월의 시련에 제대로 버티지 못한 인물이라는 건 굳이 말하지 않아도 되겠지. 단순히 말하면, 지금, 그의 편을 들어주는 사람은 아무도 없어.

그 시련에 버티지 못할 인물이 하나 더 있어. 실력도 더 낫고, 그럴듯한 작품 한두 개 정도는 만들어냈지만 머지않아 쓰러질 인물. 바로 제롬이야.

그나마 〈죄수〉나 〈시리아의 목동〉은 느낌이 살아 있는 그림이야. 진심으로, 기꺼이 하는 말인데, 그 어떤 그림에 견주어도 결코, 뒤지지 않을 정도야. 하지만 그는 고작해야 제2의 들라로슈로 평가될 뿐이야. 두 사람 모두 각자의 시대상을 고려해보면 비중이 비슷한 인물이라고 할 수 있어. 내가 하고자 하는 말은, 어느 정도 확신이 있어서 하는 말인데, 해를 거듭할수록, 주변 사람들로 인해 네가 피곤해질 일이 점점 더 많아질 거라는 거야. 요는 사람이 피곤해지면 자신은 물론 남들까지도 소홀히 대하게 된다는 거야. 이런저런 조언이나 교훈에도 불구하고 나는 피곤해지는 게 '스스로를 위해' 긍정적이고 실용적인 측면이 있을 수 있다는 말을 도저히 받아들일 수 없었어. 대부분의 사람은 대략 서른 전후가 되면 스스로를 돌아보고 반성하면서 변화를 도모하기 마련이야. 이 부분을 네가 차분히 생각해봤으면 좋겠다. 솔직히, 내가 구필 화랑에서 예술에 대해 배우고 들었던 것 중에서 타당한 근거를 가진 내용은 단 하나도 없다. 그런데 만약, 지금도 통용되고 있는 예술과 관련된 것들에 대한 진부한 시각을 뒤집어놓을 수 있다면, 다시 말해, 예나 지금이나, 들라로슈를 하늘처럼 떠받드는 이들은 높이 평가하고, 이에 반대하는 사람들은 이단으로 여기는 그런 시각, 그런 시각을 뒤집어놓을 수 있다면, 모두가 순수하고 맑은 공기를 들이마실 수 있게 될 거야. 그러니까 아우야, 예기치 못한 전환점 같은 건 어느 상황에서나, 어떤 일에서나 있을 수 있는 거야. 거의 규칙에 가깝다고 해도 과언이 아닐 정도로.

어쨌든 네가 여전히 미술상으로 남아 있게 될지 내가 아직도 의심하고 있는 이 상황이 묘할 따름이다. 내가 한 말을 마음에 담아두거나 굳이 대답할 필요는 없어. 내 생각이 이렇다는 걸 알아두라는 뜻이지, 무의미한 대화를 주고받기 위해서가 아니야.

하지만 마법에 걸린 땅에서는 온전히 자유로울 수 없어.

아무튼, 내가 보낸 작은 상자가 너한테 무사히 도착하고 그 안에 든 것들이 네 마음에 들었으면 좋겠다.

내일은 다른 마을로 갈 예정이야. 이번에도 초가집인데 크기는 좀 작게 그릴 거야. 지난 일요일에 여기 사는 젊은 친구하고 굴뚝새 둥지를 구하러 한참을 돌아다니다가 발견한 집이야.

아마 보드메르가 봤으면 감탄했을 그런 동네였는데 새 둥지를 6개나 찾았어. 어린 새끼들도 다 자라 떠난 빈 둥지만 고른 거라 양심에 크게 거리낄 것도 없었지. 아름다운 물건이야! 나한테 몇 개 더 있는데 아주 근사해.

안부 전한다. 곧 편지해라. 마음으로 악수 청한다.

너를 사랑하는 형, 빈센트

유화 2점을 포르티에 씨나 세레 씨에게 보여주기 전에 그 위에 네가 광택제를 좀 발라주면 좋겠다.

농부의 무덤이 특히 색조가 바랜 느낌이 드는데, 같은 캔버스 위에 원래 그린 게 있었는데 완전히 긁어내고 다시 그려서 그래. 첫 그림은 완전히 실패했거든. 그래서 아예 처음부터 다시 그리기로 한 거야. 반대편에 자리잡고, 밤 대신 이른 아침에 가서 그렸어.

다른 그림은(초가집) 원래 목동을 그렸다가 그 위에 다시 그린 거야. 지난주에 헛간 탁자 위에 양을 올려놓고 양털 깎는 모습을 봤었거든.

이번에 포르티에 씨에게 전혀 다른 분위기의 그림을 보여줄 수 있어서 만족스러워. 조만간 전신 인물화를 보내려고 지금 정신없이 데생에 집중하고 있어.

그런데 야외에서 초가집을 그리고(네 생각에는 내가 미셸을 따라 하는 것 같겠지만 전혀 아니야) 그림에 어울릴 대상을 찾아다니다가 초가집이 너무 아름답다는 생각이 들면서 굴뚝새 둥지를 떠오르게 하는 대표적인 '인간 둥지'를 몇 개 더 찾아내고 싶어졌어. 그러니까 그림으로 그려내고 싶다는 거야.

난 다음 같은 사실을 전혀 의심하지 않아. 요즘 시대에 농부를 그림의 주제로 삼아 작품에 심혈을 기울이는 사람은 다수는 아닐지라도, 수준 이하가 아닌 일부 대중의 관심을 끌어올 수 있다는 사실. 그런데 그렇다고 해서 월말이나 중순 이후의 생활이 유난히 어렵다는 사실은 달라지지 않을 거야. 젊은 농부들도 사정은 마찬가지야. 하지만 그들은 그래도 즐겁게 살아가고 있어.

일요일 같은 때, 너도 여기 와서 이 청년들과 함께 여기저기 다닐 수 있으면 좋겠다. 30분이 넘게 개울에서 질벅거리며 돌아다닌 탓에 온통 진흙투성이가 된 채로 돌아왔어. 하지만 내게는 그림 그리는 일이 마치 사냥처럼 자극적이고 매력적인 일이야. 따지고 보면 사냥하고 다를 게 없어. 그림의 대상이 될 모델이나 그럴듯한 장소를 찾아다니는 일이니까.

다시 한 번 안부 전하면서 좋은 일만 있기를 기원한다. 늦었다. 내일은 새벽 5시에 그림 그릴 곳에 나가 있어야 해. 잘 지내라.

412네 —— 1885년 6월 15일(월)

테오에게

아마 조만간, 작은 상자 하나를 받을 거야. 비슷한 그림 하나가 더 있다고 너한테 말하고 싶긴 했어. 흙벽을 쌓아올려 만든 흰색 초가집을 그린 건데, 가로로 살짝 긴 그림이야.

어제 찌는 듯이 더운 오후에 숲 하나가 불타는 광경을 목격했어. 아무것도 없는 황야 한가운데 만들어진 숲이었는데, 구름처럼 자욱이 퍼지면서 하늘을 향해 수직으로 뻗어올라가는 검은 연기와 흰 연기가 진짜 가관이더라. 화마가 삼킨 건 단지 황야의 일부와 솔잎, 마른 가지에 지나지 않았어. 몸통은 그대로 서 있었어.

얼굴 데생하느라 정신이 없다. 그래도 유화로 작업하기 전에 100번 정도는 데생을 해봐야 해. 그래야 돈과 시간을 절약할 수 있거든.

아마 전보다는 둥글고 꽉 찬 느낌의 인물을 그릴 수 있을 것 같아.

그런데 빈털터리 신세라 월말까지 어떻게 버텨야 할지 모르겠다.

가끔은 여전히 그림 한 점 팔지 못했다는 사실에 낙담할 때도 있어.

그래도 단단히 마음먹고 버티면서 주저앉지 않을 거야.

다른 이들도 그렇게 버티고 있잖아.

안부 전한다.

너를 사랑하는 형, 빈센트

혹시 레르미트의 5월 연작은 아직 나오지 않은 거냐?

다시 한 번 말하지만, *무관심* 속에서도 열심히 작업하고 있어. 이렇게 버티는 게 쉽지는 않지만, 쉽다는 건 또 대수롭지 않다는 뜻이기도 하잖아.

농부의 삶을 그림에 담아내는 건 좋은 일이야. 다른 이들이 이기는 싸움은 *계속되고* 있는데 우리도 다시 이길 수 있어. 전원생활을 전문으로 그리는 화가의 수는 많기는커녕, 앞으로도 몇 백 명이 더 생겨도 좋다는 게 내 생각이야.

프랑스에서 시작된 아이디어가 제법 괜찮은 것 같더라. 읍사무소 같은 관공서에 전원생활과 관련된 장면을 담은 그림, 전시회에 출품됐던 그림들로 장식하는 아이디어 말이야. 아마 다른 곳에서도 따라 하게 될 것 같아.

하지만 전원생활을 주제로 한 그림들이 가가호호 걸린다면, 그게 더 좋겠지. 삽화 잡지나 복제화 같은 매체를 통해서 대중에게 더 가까이 다가갈 수도 있어. 그러니 내가 의기소침해진 것도 일시적인 현상일 뿐이야.

집에서 소식 전해왔더라. 네가 세레에 대해 이런저런 이야기를 하면서 그 양반이 나한테 호의적이라고 말했다던데……. 그런데 그 양반은 도대체 화가인지, 미술상인지, 아니면 애호가인지, 그걸 모르겠다. 아직도 아는 게 전혀 없어. 보낸 상자에 원래 『제르미날』도 넣어 보낼 계획이었는데 막판에, 책이 그림 사이로 미끄러져 들어가 그림을 훼손할까 불안해서 생각을 접었어. 나중에 다른 상자에 보내거나, 그냥 우편으로 돌려보내마. 정말 괜찮은 소설이야.

라51네

친애하는 벗, 라파르트

자네한테 온 편지를 받았네. 나로서는 놀랄 일이었지.

여기, 자네 편지 돌려보내네. 잘 지내게.

빈센트

(판 라파르트가 빈센트에게 보낸 편지)

1885년 5월 24일, 위트레흐트에서

친애하는 벗이여!

형님한테 소식 받고 얼마나 반가웠는지 모릅니다. 비록, 내용은 기대했던 것과 전혀 다르긴 했지만 말입니다.

아버님께서 작고하셨다는 소식은 정말로 뜻밖이라 더 상세한 소식을 기다리고 있었는데 이후로 무소식이시더라고요. 제 기억으로는, 사실, 요즘 신문을 대충 훑어보기만 할 뿐, 부고나 소식란은 거의 들여다보지도 않는 터라 「헷 니우스 판 덴 다흐」를 보고도 전혀 모르고 있었습니다. 아무튼 부음 소식을 받자마자 이미 신문을 통해 소식을 알고 있던 친구를 찾아갔습니다.

혹시 제가 형님 아버님이나 형님네 가족 일에 별 관심이 없다고 판단하시고, 단순한 예의 차원에서 이런 가슴 아픈 소식을 부고 통지서 한 장 전송하는 걸로 마무리하신 겁니까?

그런 거라면, 정말 단단히 오해하신 겁니다.

형님이 보내신 것과 관련해서 드릴 말씀이 있는데, 그 전에 잠시 지난번 형님 편지 내용에 대해 짤막하게 몇 마디 드리겠습니다. 자기 의견을 말로 표현하는 기술에 관한 이야기 말입니다. 저도 작정하고 노력해보니 말로는 어려운데 글로는 잘 설명할 수 있겠더군요. 형님의 작업 방식에 대해 제가 편지로 쓴 글은 제 생각을 고스란히 전하는 내용입니다. 다만, 공을 들이지 않은 터라 문투가 유려하지는 않았을 겁니다. 전에도, 지금도 여전히 형님의 작업 방식에 대한 제 생각이 틀렸기를 바라고 있었는데, 형님이 보내신 그림을 보면서, 개인적으로도 제가 그렇게까지 생각했다는 사실에 적잖이 충격을 받았었습니다만, 괜한 기우가 아니었다는 걸 알게 된 탓에 심히 유감스럽습니다.*

그림을 이런 식으로 그리셨다는 건, 진지하게 작업에 임한 게 아니라고 형님도 인정하실 겁니다. 다행인 건, 형님은 이보다 훨씬 나은 그림을 그릴 수 있다는 사실입니다. 그런데도 왜 이토록 모든 걸 피상적으로 바라보고, 경박하게 표현하신 겁니까? 왜 인물들의 동작을 제대로 연구하지 않은 겁니까? 그림 속 인물은 말 그대로 포즈만 취한 모습입니다. 뒤에 보이는 저 여인

* 빈센트는 판 라파르트에게 〈감자 먹는 사람들〉의 석판화 인쇄물을 보냈었다

의 자그마한 손을 보세요. 사실성이 떨어지지 않습니까! 커피 주전자와 테이블, 주전자 손잡이에 얹힌 저 손은 또 뭡니까? 그리고 저 냄비는 누가 들고 있는 건지, 아니면 내려놓은 건지, 불분명하지 않습니까? 도대체 뭡니까? 오른쪽의 저 남자는 무릎과 배, 폐를 가지면 안 될 이유라도 있는 겁니까? 아니면 등허리에 감췄나요? 그리고 오른쪽 팔은 1미터도 채 안 될 정도로 짧다는 겁니까? 거기다가 이 남자는 반쪽짜리 코로도 만족해야 한다는 겁니까? 왼쪽 여자는 코가 있어야 할 자리에 주사위 달린 기다란 파이프가 붙어 있는 겁니까?

그런데 이런 그림을 그려놓고, 거기에 감히 밀레나 브르통 같은 화가의 이름을 거론하신 겁니까? 너무하신 거 아닙니까! 제 생각에 예술은 이렇게 안일하게 여기고 다루기에는 너무나 숭고한 분야가 아닐까 합니다.

안부 전합니다. 언제나 진정한 벗,

A. G. A. 판 라파르트

413네 ___ 1885년 6월 22일(월) 추정

테오에게

편지와 안에 동봉해 보내준 것 고맙게 잘 받았어. 정확히 내가 바라던 거라서 덕분에 월말까지 월초처럼 작업할 수 있을 것 같다.

세레 씨가, 너한테 편지로 이런저런 얘기를 전해 들어 내용은 다 기억하고 있었는데, 이름만 모르고 있던 바로 그 화가였다니, 이렇게 반가울 수가! 하고 싶은 이야기는 많지만 이 편지는 그렇게 길게 쓰지 못할 것 같다. 요즘은 종일 뙤약볕 아래 있다 집에 돌아오면 머리가 어질어질해서 도저히 편지를 쓸 수가 없거든. 세레 씨 말에 동의해. 조만간 짤막하게나마 편지 한 통 쓸 생각이야. 그 양반하고 가깝게 지내고 싶거든. 이미 얘기했다시피, 요즘은 얼굴 데생 작업에 집중하고 있어. 그런데 무엇보다 세레 씨에게 보낼 생각으로 작업 중이야. 내가 한 인물의 통일성과 그 형태를 전혀 고려하지 않고 그림을 그리는 사람이 아니라는 걸 보여주고 싶어서.

윌리스 씨는 가끔 볼 일이 있나 궁금하다. 경매 장면을 그린 수채화를 그 양반이 마음에 들어하지 않을까? 이 그림이 비셀링예 씨 마음에 들었으면 그 양반이 가져가는 게 가장 좋을 텐데 말이야. 언젠가 그 양반한테 얼굴 그림 몇 점을 드리기도 했고 얼마 전에는 석판화*도 보내드렸어. 그런데 잘 받았다는 말 한마디 없으신 걸 보니, 다른 걸 또 보냈다가는 욕만 먹지 않을까 싶다.

따지고 보면, 그런 일이 실제로 벌어지긴 했어. 라파르트와는 벌써 몇 년째 가깝게 지내왔잖

* 〈감자 먹는 사람들〉

아. 그런데 지난 3개월 동안 소식 한 번 없던 그 친구가 뜬금없이 편지 한 통을 보내왔는데 그 내용이 실로 오만방자하고 상당히 모욕적이었어. 무엇보다 의심스러웠던 건, 분명히 헤이그에 다녀온 뒤에 쓴 편지 같다는 거야. 아무래도 친구 하나를 영원히 잃었다는 확신이 든다.

내가 쓰디쓴 시련을 겪은 게 바로 고향 같았던 헤이그였어. 나로서는 그곳과 관련된 모든 감정, 불쾌한 일들을 깨끗이 잊고 다른 일들만 생각할 충분한 이유가 있고 권리가 있다고.

너는 윌리스 씨를 잘 아니까 그 양반하고 이런저런 이야기를 하다가 이 수채화 이야기를 슬쩍 끼워 넣을 수 있잖아. 대신, 상황 봐가며 적절할 때 그래 주면 좋겠다. 만약 내 그림으로 돈을 벌 수 있게 되고 얼마 되지 않더라도 딛고 설 단단한 땅만 주어진다면, 언젠가, 너 역시 손으로 직접 할 수 있는 일을 하고 싶다는 생각이 들 때, 그러니까 더 자세히 설명하자면, 『제르미날』에 나오는 엔보처럼, 나이 차이 등 이런저런 것과 상관없이, 그때는 너도 그림을 그리는 거야! 미래라는 건 언제나 우리가 상상했던 것과는 다르잖아, 안 그래? 미래는 정확하게 예측할 수 없는 법이야. 그림 그리는 일의 단점은 그림을 팔지 못해도 돈이 필요한 상황이 계속 이어진다는 거야. 그림 실력을 키우기 위해 계속해서 물감도 필요하지, 모델에게 들어가는 돈도 있지. 이 단점이 참 고약해. 하지만 그것만 제외하면, 개인적으로는 그림 그리는 일, 더 정확히 말하자면 전원생활을 그린다는 건, 비록 삶 이외의 문제에서 골치가 아프거나 비참할 때도 더러 있긴 하지만 마음의 안정을 찾을 수 있는 길이라고 생각해. 그림 그리기는 *고향*과도 같은 거야. 그래서 엔보가 겪었던 그 향수병 같은 건 겪을 일이 없어.

내가 편지에 옮겨 적었던 『제르미날』의 한 대목은 정말 인상적이었어. 그 대목을 읽는 순간 나도 정말 말 그대로, 그런 욕망을 느꼈거든. 국경지대의 하니케마이어르*나 간척사업에 동원된 일꾼처럼 살고 싶다는 욕망. 교양과 문명이 토가 나오도록 지긋지긋하게 느껴졌기 때문이기도 했어. 이 계획을 정말 실천에 옮기면 좋을 것 같아. 가능하면 문자 그대로 실현하는 거야. 그래야 더 행복할 수 있을 테니까. 적어도 정말로 살아 있다는 기분이 들 테니까. 마치 겨울에 눈 속에 파묻힌 기분, 가을에 떨어지는 노란 낙엽을 보는 기분, 한여름에 익어가는 밀밭을 거니는 기분, 봄에 자라는 풀을 밟는 행복한 기분일 거야. 여름에는 높은 하늘 아래, 겨울에는 연기를 뿜어내는 굴뚝 아래 서 있는 풀 베는 사람과 농촌의 아가씨와 함께하는 기분일 거야. 그리고 그 느낌은 언제나 그랬고, 앞으로도 영원히 그럴 거고.

짚단 위에서 자고, 거친 호밀 빵을 먹게 될지도 몰라. 뭐, 길게 보면, 이게 건강의 비결이기도 해.

더 긴 글 쓰고 싶지만 이미 말했다시피, 머리가 어질어질해서 글을 더 잇지 못하겠다. 그래도 세레 씨에게 보내는 글 몇 자는 적고 싶어. 너도 읽은 내용이야. 그 양반한테 조만간 그림을

* 풀 베는 일을 하기 위해 독일에서 네덜란드로 건너오는 일꾼

보내겠다고 했잖아, 내가 그린 얼굴 습작을 보여주고 싶다고.

너를 사랑하는 형, 빈센트

세레 씨는 좋은 그림을 그리는 것과 파는 건 차원이 다른 문제라는 네 생각에 동의하는구나. 그런데 그건 사실이 아니야. 대중들이 결국, 밀레의 작품 전체를 접하게 되자, 파리와 런던의 대중들은 그의 그림에 열광했어. 그 과정에서 밀레의 그림을 거부했던 그 유명인사들이 누구였더라? *전문가*를 자칭하는 미술상들이었지.

414네 ___ 1885년 6월 28일(일)

테오에게

너한테 편지를 쓰고 싶었어. 일요일이기도 하고 우데의 그림에 대해서 너한테 말하고 싶은 게 있었는데 깜빡 잊고 있었거든. 〈어린아이들을 내게 오게 하라〉. 맞아, 괜찮은 그림이야. 그런데 새로운 그림은 아니야.

농부의 자녀들 여럿이 등장하는 밝은 실내 분위기와 이스라엘스나 아르츠의 그림처럼 신비로운 인물로 묘사한 예수님이 등장하지 않아서 좋아. 그래서 훨씬 아름답고.

아이들도 특징이 잘 살아 있어. 그런데 과연 아이들은 로브리숑이나 프레르, 아니면 크나우스나 보티에가(전성기 시절에) 그린 아이들보다 더 잘 그렸다고 할 수 있을까?

대수롭지 않은 내용으로 여기진 말아라. 방금 내가 언급한 사람들은 무엇보다 예전에는 인물들을 특징적으로 잘 그려내는 대가들이었으니까.

그런데 우데의 그림은 들여다보고 있으면 마치 새로 지은 벽돌집이나 학교, 감리교 교회 건물같이 차가운 느낌이 든다는 거야. 이 그림이 무수히 많은 장점이 있기는 하지만 미안하게도 나는 드캉이나 이자베 등, 정통파와 비교해 다소 벗어난 기법을 구사한 사람들의 그림이 그립긴 하다. 한마디로, 우데의 그림에서는 뭐랄까, 폐병에 걸린 분위기가 느껴져. 코로나 뒤프레, 밀레의 그림은 모든 면에서 건전한 그림이라고 할 수 있지.

그런데 내가 지금 이렇게 말하는 건, 단지 복제화만 본 것이기 때문에, 만약 실제 그림을 보게 되면 그 기법이 또 마음에 들지도 모르겠어.

내가 밝은 색조로 그리는 화가들을 얼마나 좋아하는지 잘 알 거야. 그런데 네가 보다시피, 너무한 경우가 있고, 그래서 망츠가 이 점을 정확히 언급하기도 했잖아. 'Ceux qui rêvent toujours partout le maximum des clairs, trouveraient d'une intensité un peu noire les verts de M. Harpignies(언제 어디서나 최대한 밝은 색조를 쓰려는 이들은, 아르피니의 초록색을 검다고 여긴다).'

정확한 지적이었어. 봐라, 이들은 강렬하고 색이 들어간 빛에 반사되는 역광효과나 거기서 만들어지는 그림자 등을 마치 불경스러운 이단 집단처럼 여기고 있어. 게다가 이른 새벽이나 해 질 무렵의 저녁에는 밖에 나가지도 않는 사람처럼 굴어. 도대체 이들은 한낮의 빛이나 가스, 가스 등, 심지어 전기 등 외에 다른 빛은 보고 싶지도 않다는 거야, 뭐야?

이런 모든 게 나한테 얼마나 작용했는지 문득, 나위연의 〈이삿날〉이나 레이스의 초기작, 카바, 디아스, 르푸아트뱅 등의 작품이 보고 싶다는 생각이 들어서 나 스스로도 놀랄 때가 있어.

어쩌면 네 눈에는 끝없는 내 자기 항변으로만 보일 수도 있겠다.

가장 먼저 밝혔다시피, 나는 우데의 그림을 아름답다고 생각해. 그런데 아름답다고 생각하면서 감상한 뒤에 느껴지는 뒷맛이 깔끔하지 않다는 거야. 아니, 긍정적이고 고무적인 느낌이 없다는 거지. 그래서 이런 화가들의 후기작이 전작을 능가하지 못하는 것처럼 보이는 거야.

아무튼 우데의 이 그림은 구필 화랑이 아주 자랑스럽게 여길 최고의 작품 중 하나야. 아마 크나우스의 작품도 구필에서 가지고 있을 거야. 로브리숑도 마찬가지고. 내가 이 작품들을 그냥 기계적으로 싫어하고 내치는 건 절대 아니야. 전혀 그렇지 않아. 일전에 네게 이런 말을 했을 때, 예로 들 수 있는 그림들이라는 뜻이야. "구필 화랑 어르신들이 좋아하실 그림이다." 이런 말을 했을 때의 상황도 설명해주는 그림이지. 'Beaucoup, mais beaucoup de talent, autant que possible, du genie? *Non* (재주는 정말 많이, 온갖 것을 다 가진 듯한데, 천재성? 그건 *전혀 없어*).'

우데의 이 그림은 독일적인 색채가 아주 짙어(망츠는 자신의 기사에서 마이에르하임을 '정물주의자'라는 단어로 은근슬쩍 비꼬고 있어. 너도 느끼지 않았어?). 보이는 것보다 훨씬 독일적인 색채를 풍기거든.

오! 이 잘나신 분들, 남들보다 뭐든 잘하고, 더 아는 잘나신 양반들, 새로운 흐름을 주장하며 아르피니를 비난하는 잘난 양반들, 단언컨대 너도 이 인간들은 견뎌내기 힘들 거다. 이 인간들은 모니에가 새롭게 쓴 또 다른 프뤼돔이라고 할 수 있어.

긍정적이고 건설적인 이야기를 하자면, 편지에 클로젠의 그림을 본뜬 목판화 복제화를 같이 넣었다. 클로젠은 독일 색채가 넘치는 그림으로 시작했었는데 뇌하위스처럼 약점을 극복하고 자신의 한계를 넘어섰어.

이 목판화 복제화를 동봉한 이유가 바로 이거야. 뭐랄까, 영국의 미술과 관련된 무언가가 핀웰과 프레드 워커의 작품을 떠올리기 때문이야. 이쪽 분위기는 역시 밀레와는 또 다른 느낌이야. 너도 알게 되겠지만, 한참을 들여다보고 있어도 질리는 법이 없거든. 절대 잃어버리지 말아라. 이런 희귀한 복제화는 구하기도 힘들지만, 브리지먼의 그림과 혼동해서는 안 돼.

작은 목판화 복제화도 넣었는데, 다른 복제화에 비해 남성적인 힘은 다소 떨어지지만, 감수성만큼은 강렬하고 역시 독창적인 분위기가 느껴지는 그림이야.

나는 매일같이 얼굴 그림 데생에 집중하고 있어. 적어도 100장 정도는 그려야 하거든. 어쩌면 마무리하기 전에 더 그려야 할 수도 있어. 예전 것들과 다른 분위기로 그리려고 노력 중이야. 거기에 농부의 특징, 특히 이 지역 농부들의 특징을 살려서 담아낼 생각이거든.

곧 추수의 계절이 돌아온다. 이 시기에 밀을 수확하고 감자 캐는 장면을 그림으로 담아내야 해. 그런데 또 이 시기가 모델을 구하는 건 두 배로 힘든 시기기도 해. 그래도 찾아야 해. 왜냐하면 시간이 흐를수록, 지나치게 성실하게 살 수 없다는 것과 언제나 끊임없이, 도데가(『망명한 왕가』의 어느 페이지와 얼마 전에 읽은 『내 책의 역사』에서) 말한 것처럼, '모델 사냥'에 전념해야 한다는 사실을 깨달아가고 있기 때문이야.

세레 씨가 가을 수확에 관한 습작을 봐주면 좋겠다. 모델을 보고 그린 습작 상자를 언제쯤 보낼 수 있을지 정확하게는 모르겠어. 하지만 너무 늦어지지는 않을 거야. 마지막에 보낸 것과 비슷한 분위기의 초가집 두세 점 정도는 수확이 끝나기 전에 보낼 수 있을 거야. 낡은 종루 그림이 제법 그럴듯하다고 여긴다면 나만의 착각인 걸까? 너도 같은 인상을 받지 않았어?

두 그림 모두 광택제 바르기에 괜찮을 정도로 적당히 잘 말랐을 거야. *그 작업이 꼭 필요한* 이유가 두 그림 모두 원래는 캔버스에 다른 걸 그렸었기 때문이야. 혹시 언제쯤 여기 올 생각인지 알 수 있을까? 레르미트의 새 그림은 또 없는지도 궁금하다.

안부 전한다. 마음으로 청하는 악수와 함께.

너를 사랑하는 형, 빈센트

다시 한 번 말하지만 밝은 색조의 그림을 그리는 화가는 여럿을 예로 들 수 있어. 나중에는 아예 백악처럼 하얗거나 기름칠한 것처럼 반들반들하게 느껴질 정도로 말이야. 이런 그림을 하도 많이 봐서 조심하는 거야. 또 그래서 우데의 그림이 한결같이 다 좋아 보이는 것도 아니고. 라파엘리가 그린 〈두 대장장이〉는 아주 괜찮았어.

415네

테오에게

며칠 전에 벵케바흐라는 사람이 찾아왔어. 위트레흐트에 사는 화가인데 매일 라파르트를 보는 사람이야. 풍경화를 주로 그리는데, 나도 이름은 몇 번 들었어. 라파르트와 함께 런던 전시회에서 메달도 수상한 경력이 있는데, 아무튼 그가 여기 와서 네게 보낼 초가집 그림과 내 얼굴 데생을 봤지.

그 사람한테 라파르트와 감정 상할 일이 있었다는 사실이 심히 유감스럽다고 말했지. 헤이그 사람들과 함께 내 그림을 흉보면서 말도 안 되는 소리를 주워들은 게 아니고서는 한동안 내가 무슨 그림을 그렸는지도 모르는 친구가 나한테 그런 말을 했다는 게 도저히 이해가 가지 않는다고 말이야. 벵케바흐에게 예전에 라파르트가 괜찮다고 평가했던 얼굴 그림들을 보여줬어. 얼마 전에 그린 것들도. 그러면서 이런저런 점을 좀 바꿨고 또 앞으로도 계속 수정하고 보완할 생각이긴 하지만, 지금 내가 찾고 있는 방향도 무시할 수는 없다고 이야기했어.

그랬더니 아무리 봐도 라파르트가 편지 내용을 철회해야 할 것 같다고 대답하더라.

아무튼 그 사람한테 색에 관해서도, 나는 항상 어둡게 칠하는 경향만 있는 건 아니라는 것도 알려줬어. 내가 그린 초가집 중에는 밝고 환한 것도 몇 개 있거든. 나는 삼원색인 빨간색, 파란색, 노란색을 출발점으로 삼지 절대로 회색을 기초로 삼지 않아.

색조 이야기를 많이 나눴어. 벵케바흐 말이, 자신이 보기에 야프 마리스도 초기 수채화에는 적갈색, 회갈색, 붉은색 계열을 자주 사용한 것 같다고 하더라. 그래서 초기작을 요즘 그린 그림과 같이 놓고 보면 아마 거의 벌겋게 보일 거라고. 이스라엘스의 그림도 마찬가지야.

색 이야기를 하고 보니, 이 이야기를 계속하면 너를 즐겁게 하기보다, 골치 아프게 하는 게 아닐까 하는 생각도 들어. 왜냐하면 결국은 나머지 이야기도 더 이어나가야 할 것 같거든. 그래도 이미 전에 이 문제에 관한 이야기를 한 바 있으니, 내 주장이 뭐고, 어떤 결론을 내렸는지도 대충은 알 거라 짐작한다. 정확하고 실질적인 배색법을 찾아내고 유지하려면, 특히 요즘 같은 경우, 머리가 희끗희끗해진 대가들의 그림을 모사하는 사람들은(대가가 아니라) 언제, 어디서 그린 그림이더라도 모든 걸 밝게 그리라고 주장하는데, 좀 더 강렬한 계열의 색조를 활용하고 꾸준히 지속하는 게 좋아.

아무튼 벵케바흐는 낡은 종루를 그린 그림이 마음에 든다고 하면서도 작년에 그릴 때 암갈색 물감을 많이 사용한 게 좀 아쉽다고 말하더라. 아무튼 전체적으로 상당히 독창적인 느낌이 든다고 했어. 예전에 그린 것들에 대한 반응도 마찬가지였어. 물레방아, 밭을 가는 황소, 나무가 늘어서 있는 가을 길 등등.

그런데 무엇보다 반가웠던 건, 벵케바흐가 내 인물화를 높이 평가했다는 사실이야. 밀레 풍의 느낌이 든다더라고. 비용 때문에 고민할 일 없고, 더 많은 공을 들일 수만 있다면 분명히 더 나은 그림을 그릴 자신이 있어. 그나저나 이번 달에도 돈이 없어 걱정이다. 1플로린도 채 남지 않았으니 말이야.

앞으로도 어려움이 많을 거야. 다만, 무조건 나를 원망하지는 말아주기 바란다. 그래도 꾸준히 밀고 나가면, 머지않아, 지금 우리가 뿌린 걸 거둬들이게 될 날이 올 테니까.

그래도 돈 문제 때문에 네 어깨를 무겁게 해서 걱정이다. 어떻게든 그 짐을 덜어주고 싶은 게 내 마음이야.

네덜란드에 오거든 테르스테이흐 씨에게 조언해주지 않겠니? 테르스테이흐 씨는 확신이 서면 과감하게 추진하는 성격이야. 마우베 형님도 비슷하고.

인물화 그리기에 열심인 사람들이 많다면 우리가 도움을 받거나 좋은 기회를 잡을 가능성은 그리 크지 않겠지. 그런데 그런 사람들이 아주 많지는 않아. 예전에 비해서도 훨씬 줄었어.

다만 버티는 게 힘든 일인 거야. 나로서는 도대체 여기서 더 비용을 줄일 수 있을지 의문이야. 모델을 더 써야 하는 상황인데, 도대체 어떻게 해야 할지 모르겠다.

우리가 괜한 헛수고를 하는 거라고 말해선 안 돼. 이건 지는 싸움이 아니야. 남들도 버텨냈으니 우리도 버텨낼 수 있어.

라파르트에게는 편지에 썼던 그 내용을 모조리 취소하라고 답장했다. 테오야, 버티면서 작업에 집중하는 게 관건이야. 이렇게 썼어. 우리는 우리끼리 싸우는 것보다 함께해야 할 다른 일이 정말로 많다고. 지금은 농부와 일반 대중을 그림에 담아내는 사람들끼리 힘을 합쳐야 할 때라고. 그렇게 뭉쳐야 더 큰 힘을 낼 수 있는 거라고.

어쨌든 혼자 힘으로는 아무것도 할 수 없어. 그런데 여럿이 모여서 일치단결할 수 있다면 무언가를 해낼 수 있어.

너도 낙담하지 말아라. 더 많은 친구를 찾고 만날 수 있을 거야. 그러면 더 힘차게 움직일 수 있어. 어쩌면 사소한 갈등이 농민전쟁을 촉발할 수 있을지 몰라. 지금도 여전히 어디를 가더라도 밀레 같은 선구자의 생각을 어떻게든 가로막으려 기를 쓰는 심사위원 같은 부류의 화가들이 득세하고 있거든.

안부 전하면서, 혹시 가능하다면, 10프랑 정도라도 좀 보내주면 좋겠다. 월말까지 버틸 수 있도록.

너를 사랑하는 형, 빈센트

라52네 ___ 1885년 7월 6일(월) 이전

친애하는 벗, 라파르트에게

한두 가지 이유 때문에 자네한테 이 편지를 쓰네. 쓰고 싶어서가 아니라 바로잡을 게 있어서야. 자네 편지를 가차없이 곧바로 돌려보냈던 건 두 가지 이유 때문이야. 내 생각에는 두 가지 이유 모두 타당하고. 우선, 내가 보낸 석판화에 대한 자네의 지적이 모두 옳고, 내가 아무런 이의를 제기할 수 없다고 치세. 그렇더라도 자네는 내 다른 작품들까지 깎아내릴 권한은 없어. 아주 모욕적인 언사로, 아니, 싹 무시하는 태도가 더 맞겠군.

둘째로는, 자네가 나뿐 아니라 우리 가족이 자네가 준 것 이상으로 환대해줬다고 해서, 우리 아버지가 돌아가셨을 때 자네한테 달랑 부고 한 장만 알려주었다고 *불평할 권리는 없어. 나*는 더더욱 그럴 의무가 없고. 아버지 부고 이전에도 이미 자네는 내 편지에 아무런 답장을 하지 않았으니까. 게다가, 아버지의 부고에 자네는 어머니 앞으로 조의를 표하는 서신을 보냈네. 그걸 받은 우리 가족들은 자네가 그 편지를 왜 나에게 쓰지 않았는지 의아했지. 물론 내가 자네의 서신을 기다렸던 건 아니네. 지금도 그렇고. 자네는 내가 수년간 가족들과 사이가 원만하지 않았다는 걸 잘 아는 사람이야. 아버지가 돌아가신 직후에, 가까운 일가 친척들에게 알리는 일을 *어쩔 수 없이* 내가 했어. 그러나 다른 가족들이 속속 도착하면서 나는 완전히 손을 뗐지. 그러니 장례 과정에서 뭔가가 빠졌다면, 그건 내가 아니라 우리 가족들 책임이야. 그런데 딱 자네만 예외적으로 챙겨서 물어봤는데, 가족들이 자네를 깜빡했다고 하더군.

이 문제에 대한 설명이 너무 길었던 것 같네. 아무튼 내가 자네에게 다시 펜을 든 건, 이 부분에 대한 자네의 쓴소리에 답변하기 위해서도 아니고, 그림에 대한 자네 평을 또 반박하기 위해서도 아니야. 자네가 보냈던 편지를 다시 한 번 읽어봤을 거야. 그런데도 여전히 자네 글이 적절해 보인다면, 정말로 내가 '진지하게 작업에 임한다면, 훨씬 나은 그림을 그릴 수 있을 것'이라고 생각하고 있다면, 좋아, 자네를 그런 착각 속에 빠져 살게 내버려두는 게 낫겠네.

단도직입적으로 말해서, 내가 이 편지를 쓰는 이유는 이거야. 먼저 상대를 모욕한 건 내가 아니라 *자네*지만, 이런 말싸움 때문에 우리 관계를 아예 끊어버리기에는 자네와의 인연이 오래되었지. 화가 대 화가로서 말이네. 이건 자네와 내가 그림을 그리는 한 지속되겠지. 우리가 서로 친분을 계속 유지하든 아니든 상관없이 말이야.

밀레가 문제였지. 그래, 벗이여, 내가 대답하지.

'거기에 감히 밀레나 브르통 같은 화가를 거론하신 겁니까?' 그 말에 답을 하자면, 나한테 시비 같은 건 걸지 말라는 거야. 보다시피, 난 내 갈 길을 갈 뿐이야. 그렇다고 난 누구와도 싸우고 싶지 않아. 지금 이 순간도 자네와 싸울 마음이 전혀 없어. 자네 좋을대로 얼마든지 떠들게. 그런 의견 따위에 난 전혀 개의치 않을 거야. 이 문제는 잠시 접어두세. 자네가 수차례 했던 지적, 내가 인물의 형태를 전혀 신경을 쓰지 않는다는 말에는 대꾸할 가치도 못 느끼네. 게다가 이 친구야, 자네도 그토록 근거 없는 지적을 할 입장이 아니지. 날 오랫동안 알았으면서, 그동안 내가 한 번이라도 모델 없이 인물을 그리는 걸 본 적 있나? 나는 없는 형편에서도 어떻게든 마련한 돈으로 모델을 세웠어.

예전 편지에서는 그토록 지겹도록 '기법' 이야기를 반복해 놓고, 이번 마지막 편지에만 그 말이 쏙 빠져 있더군. 거기에 대해 편지를 했는데 자네가 답을 하지 않으니 내가 얼마나 난감하던지. 그래서 그때 했던 얘기를 다시 한 번 하자면, 사람들이 점점 '*기법*technique'에 관습적인 의미를 부여하고 있지만 그 단어가 갖는 진정한 의미는 '*지식*'이라는 거야. 자, 메소니에가 이렇게 말했지. 'La science nul ne l'a(지식, 아무도 가져본 적 없는 것).'

여기서 우선, 지식은 *기술*에 국한된 좁은 의미가 아닐세. 거기에는 자네도 이견이 없을 거야. 그런데 그게 다가 아니야.

하베르만의 경우에, 흔히들(자네도 그럴 테고) 그가 다양한 기법을 지니고 있다고 말하지. 하지만 하베르만뿐이 아니야. 그 정도의 예술적 기법을 구사하는 화가가 얼마나 많은가? 자케라는 프랑스 화가가 있는데, 아마 그자가 더 뛰어날걸. 내 주장은 간단해. 아카데미에서 가르쳐준 공식대로 천편일률적이고 계산된 붓놀림으로 정확히 얼굴을 그리는 기술은 현대 회화 예술이 시급히 필요로 하는 부분과는 전혀 맞지 않는다는 거야.

자네가 하베르만을 '다양한 기법을 지녔다'고 말하는 대신 '솜씨가 전문가급이다'고 했다면, 그 말에는 동의할 수 있어. 이 말을 덧붙이면 내 말뜻을 더 정확히 이해할 걸세. 하베르만에게 아름다운 여인이나 소녀의 얼굴을 그리게 하면 그 누구보다 잘 그려내겠지만, 그를 농부 앞에 데려다 놓으면 아마 시작도 못 할 거야. 내가 알기로 그의 예술은, 꼭 보고 그릴 필요없는 소재들에 국한돼 있어. 밀레나 레르미트와는 완전히 정반대고, 카바넬과 궤를 같이하지. '솜씨 좋은 전문가' 말이야. 솜씨는 기가 막히지만 우리의 기억에 남을 걸작도 남기지 못했고, 예술 발전에 일조한 것도 없는.

이렇게 간청하는데, 이런 사실을 밀레나 레르미트의 방식과 혼동하지 말아주게. 예전에도 말했고 지금 다시 한 번 하는 말인데, 다들 너무나 아무렇지 않게 '기법'이라는 단어에 관습적인 의미를 부여하고 왜곡할 의도로 사용해대고 있어. 이탈리아와 스페인의 화가들이 기법이 풍부하다고 입이 마르도록 칭찬들을 하지만, 그들이야말로 그 어느 화가보다 관습적이고 틀에 박혀 있어. 안타깝지만 하베르만 같은 이들이 가지고 있는 '전문가 솜씨'는 순식간에 진부해질 걸세. 그럼, 그때는 그게 무슨 가치가 있나?

정말 궁금해서 묻네만, 자네가 나와 관계를 끊으려는 진짜 이유가 대체 뭔가? 내가 이 편지를 쓰는 더 정확한 이유는, 나는 밀레를, 브르통을, *농부*와 *시골 보통 사람*들을 그리는 모든 화가들을 사랑하고, 자네가 그중의 하나라고 보기 때문이야.

이보게 친구, 자네를 진정한 친구로 여겨서 하는 말은 아니라네. 왜냐고? 자네는 진정한 친구의 역할을 하지 않았거든. 직설적으로 한마디 하려 하는데 이렇게 말한다고 날 탓하지 말게. 이게 처음이자 마지막이 될 테니까. 자네가 보여준 우정만큼 야박하고 메마른 친구 관계가 세상에 또 있을까 싶어. 하지만 첫째, 그걸 따져 묻기 위해 자네한테 편지를 쓰는 건 아니고, 둘째, 이런 친구 관계도 바로잡을 수 있다고 생각해. 그나저나 괜찮은 모델들을 찾을 기회를 발견한 터인데, 나는 동료들에게 이런 사실을 숨길 정도로 치사한 인간은 아니야. 오히려 어느 화가가, 그게 누구든, 이 동네에 온다고 하면 기꺼이 우리 집에 머물게 해주고 길잡이도 되어줄 용의가 있어. 아무렴 그래야지. 왜냐하면 모델을 찾는 게 쉬운 일도 아니고, 거처를 찾는 이를 나 몰라라 해도 안 되니까. 그래서 하는 말인데, 그림 그리러 여기 올 마음이 있다면, 우리 사이의 언쟁 때문에 불편해할 필요 없어. 비록 나는 화실에 혼자 나와 살고 있지만 우리 집에서 묵어도 괜찮아.

물론, 자네는 여전히 실컷 비웃고 있을 수도 있겠지. 뭐, 상관없어. 난 워낙 욕먹고 비난받는 일에 익숙해서 웬만한 일로는 꿈쩍도 안 해. 자네 같은 사람은 아마 자네가 보낸 편지를 받아보고 내가 얼마나 태연했는지 상상도 못 할 거야. 무심하니 앙심 품을 일도 없지. 대신, 이렇게 편지로 자네에게 답장할 선견지명과 평정심은 차고 넘쳐. 나와 관계를 끊고 싶다면, 좋아. 그런데도 여전히 여기 와서 그림을 그리고 싶다면, 서신으로 이렇게 언쟁을 벌인 일은 무시하게.

나는 자네가 지난번에 여기 와서 그린 것들이 아주 괜찮다고 생각했고, 지금도 그 생각은 변함없어. 친애하는 벗 라파르트, 그때 그림들이 그토록 근사했기에, 자네가 여기 또 여기 와서 그림을 그리고 싶지 않을까 생각했고, 원한다면 얼마든지 오라고 말하는 거야. 그런데 내가 솔직히 하는 말인데, 자네 그림 실력은 충분히 높이 평가하네만, 과연 그 실력을 앞으로도 계속 유지할 수 있을지는 염려가 되네. 자네가 사회적 지위나 입장 때문에 이런저런 악영향을 고스란히 받다 보면 지금보다 실력이 떨어질 것 같아서. 같은 화가로서, 자네 작품이 걱정된다는 거야. 나머지는 내 소관이 아니니까.

그래서 화가로서 화가한테 말하는데, 좋은 그림 소재를 찾으러 여기 오고 싶다면, *이전과 달라진 건 아무것도 없어*. 난 화실에 혼자 나가 살고 있지만, 자네는 전처럼 여기 와서 머물러도 돼. 여기서 지낸 며칠이 자네에게 도움이 됐고, 또 여전히 도움이 될 거라는 게 내 생각이야. 그래서 이 말도 덧붙이는 거야. 마음 편히 그림을 그릴 다른 곳이 있다면, 그렇게 해! 내가 아쉬울 이유는 전혀 없으니까. 또 그렇게 된다면, 나도 여기서 작별을 고해야겠지.

자네가 *자네 그림* 얘기는 전혀 하지 않았기에 나도 내 그림 이야기는 안 했어.

다시 한 번 일러두는데, 밀레와 관련해서 나한테 시비는 걸지 말게나. 밀레를 논하는 건 거부하지 않겠지만, 밀레를 두고 말싸움을 하는 건 싫으니. 잘 있게.

빈센트

416네 ____ 1885년 7월 6일(월)

테오에게

보내준 돈, 네 편지, 그리고 라펠엘리 작품집 카탈로그, 고맙게 잘 받았다. 수록된 데생들이 하나같이 다 위엄 있어 보이더라. 그리고 'la caractéristique(특색)'에 대한 그의 생각도 아주 흥미로웠어.

그의 글은 마음에서 우러난 단순한 단어들과 격정적으로 휘몰아치는 예술가적 감성으로 버무려진 글이었어. 몇몇 단어들은 라파엘리 본인도 읽는 이만큼이나 제대로 이해하지 못한 느낌도 들었고. 그러니까 전체적으로 보면, 그럴듯한 아이디어로 꽉 찬 동시에 허점도 많은 글이야. 다른 글보다 더 적극적으로 읽었는데 내용이 상당히 난해한 편이더라.

끝까지 읽고 나니, 그가 주장하는 내용이 전체적으로 만족스러웠어. 군데군데 남달리 격정적인 감정을 드러내긴 했지만, 건전하고 진실된 주장도 적지 않았어.

테오야, 내가 우데의 그림을 직접 본다고 해서 이전에 느꼈던 인상을 취소할 거라고는 생각지 말아 주면 좋겠다. 다시 한 번 말하지만 우데는 크나우스나 로브리숑과 같은 길을 걷게 될 화가라는 게 내 생각이야. 개성이 살아 있는 그림 몇 점을 그린 이후로 자기 기법에 발목이 잡혀, 시간이 갈수록 '바르게' 그리기는 하겠지만, 그럴수록 그의 그림은 점점 더 메마른 느낌이 들 거라는 거야.

나는 화가로서 라파엘리가 우데보다 훨씬 더 낫다고 생각해.

내가 레르미트의 앞날을 비관적으로 보며 의심하는 경우를 본 적은 없을 거다. 그러니 나는 언제나 의심만 하는 사람은 아닌 거야. 오히려 몇몇 사람에 대해서는 끝없이 신뢰하는 사람이라고. 내가 직접 본 라파엘리의 작품은 편지로 이야기했던 〈두 대장장이〉가 유일해.

라파엘리도 그렇고 무엇보다 레르미트도 그렇고 이런 사람들은 라파엘리가 말하는 'conscience(신념)'을 가진 사람들이야.

우데에게 부족한 게 바로 이 부분이야. 그는 자신이 뭘 표현하고 싶어하는지도 모르게 되는 건 아닌가 걱정될 정도라고.

너는 또 우데가 사용하는 은빛 색조의 회색이 아름답다고 말하면서, 내가 직접 그림을 보면 생각이 달라질 거라고 했지. 그런데 아우야, 그렇지는 않다. 이제는 워낙 다양하고 화려한 회색을 경험한 터라 예전처럼 은빛 색조의 회색을 접한다고 매료될 일은 없어.

조만간 *틀에 박힌 방식*으로 회색을 사용한 그리기에 질리게 될 날이 올 거야. 언젠가 그 이면에 숨어 있는 단점이 눈에 보이기 시작할 거라고!

다만, 이 말은 꼭 해야겠다. 네가 오해하지 않도록. 어쨌든 그런 그림이라도 아름다운 작품들이 계속 나오기를 바라고 있고, 지금 내가 회색 조의 그림을 무조건 반대한다는 건 아니야. 이 얘기는 조만간 다시 하자. 그리고 비록 우데의 그림에 이런저런 흠결을 지적했지만, 그 전에 분명히, 상당히 괜찮고 아름다운 그림이라고 언급한 사실은 잊지 말아라. 무엇보다 전체 그림 4분의 3을 차지하는 중심인물인 아이들을 잘 표현했어.

이제 나가봐야 한다. 더 지체하면 안 될 것 같아. 하루하루가 피곤의 연속이다. 집에서 제법 멀리 떨어진 황야에 나가서 그림을 그리기 때문이야.

새로운 인물을 또 몇 명 발견했어.

너도 돈 문제로 힘들다니 참 유감스럽다. 그림을 그리다 보면, 가끔, 어마어마하게 돈이 들어갈 때가 있어. 그런데 요즘이 아주 중요한 시기야. 이 시기가 지나가버리기 전에 머릿속에 떠오르는 것들을 어떻게든 그려봐야 하거든.

'Il nous faut un art de force vive(우리에게 필요한 건 활력이 넘치는 예술이다).' 라파엘리가 그렇게 말했어. 인물과 관련해서 그런 활력이 넘치는 모델을 찾으려면 그게 또 고역이야.

불평하는 게 아니라, 관습적으로, 관학풍으로 인물을 그리면 되던 시절은 다 지나갔어. 엄밀히 말하면, 대다수가 그런 그림을 원했던 거지. 이상도, 이하도 아닌 오직 그런 것만. 이제 반응이 나타날 거야. 내 바람이지만, 그렇게 반응하는 사람들이 크게 일을 벌여주면 좋겠어.

예술가들은 특징을 부르짖고 있어. 대중도 곧 이에 동참할 거야. 장담하는데 우데의 그림 속 예수님은 유난히 측은해 보여. 특징이 없다고. 그나마 아이들은 볼만하지.

내가 레르미트와 라파엘리를 좋아하는 건 그들의 그림 속에는 깊이 있게 생각한 흔적과 진솔함 그리고 총명함이 느껴지기 때문이야.

여기서 몇몇 인물들을 찾아서 그림으로 옮겨놨어. 삽을 든 여성인데 뒤에서 보고 그렸고, 다른 하나는 허리를 숙이고 이삭을 줍는 여성, 그리고 다른 하나는 정면에서 그린 건데 얼굴을 거의 바닥에 가까이 대고 뿌리를 캐는 여성까지.

1년 반 가까이 여기 머무는 동안 농부들의 특징을 살리기 위해서 그들의 표정과 동작을 유심히 살펴봤어. 그래서 그런지 어린아이들을 모아놓은 가운데, 우데가 그린 것 같은 산타클로스를 보고 있자니 참을 수가 없더라고(아이들은 아주 괜찮았지만!). 장담하는데 우데 본인도 알 거야. 그가 이런 그림을 그린 건 자신이 사는 지역의 유지들을 위해서 그린 거야. 자기들 생각에 '관습적'인 무언가를 연상시키는 그런 '대상'을 그려달라는 요구 때문이었지. 우데는 그들을 위해 이런 그림을 그렸어. 그러지 않았으면 굶어 죽었을 테니까. 며칠 내에, 편지 한 장 쓰지 못할 정도로 피곤하지 않은 날이 있으면 내가 라파엘리의 그림에서 느낀 남다른 특징에 대해 다시 한 번 설명하는 글을 써 보낼게.

안부 전한다. 마음으로 청하는 악수와 함께.

너를 사랑하는 형, 빈센트

417네 ___ 1885년 7월 12일(일) 추정

테오에게

지난번 편지는 급하게 서둘러 썼어. 요즘은 집에서 2시간 거리에 있는 장소에서 그림 작업을 하는 탓에, 하루가 꼬박 필요하거든. 황야 한가운데 있는 아름다운 초가집을 몇 점 더 그려야 해서 그래. 지금까지 그린 건 마지막에 그려서 너한테 보낸 2점만큼 큰 거 4점과 작은 거 여러 점이야. 아직 다 마르지도 않았고, 손봐야 할 부분도 군데군데 남아 있어. 다 마무리가 되면 너한테 보낼 생각이야. 그리고 세레 씨에게 보여주고 싶은 얼굴 습작도 같이 보낼 수 있으면 좋겠다. 너한테 말하고 싶은 게 있는데, 크기가 큰 그림들이 6점 정도 되다 보니, 앞으로 당분간은 작은 그림 위주로 그려야 할 것 같아. 라파엘리나 망츠가 언급한 내용이나 다른 기사들을 읽어봐도 그렇고, 또 지난 전시회만 봐도 사람들이 전반적으로 어마어마한 크기의 그림들을 내놓는 경향이 있는 것 같아.

관련 내용의 기사는 어디서도 본 적 없지만, 지난 전시회의 경우 'le salon des marchands de couleur(물감 상인들의 전시회)'라고 불러도 과언이 아니었을 것 같더라.

네가 여기 오기 전에 그림을 보낼 거야. 그러지 않으면 차일피일 늘어질 것 같거든.

그리고 이 그림 다음에는 전혀 다른 걸 그려볼 계획이야.

내가 황야에서 가져온 그림을 보면 사실적인 분위기가 묻어나는 게 느껴질 거야. 초가집 내부 분위기는 정말 근사해. 이제는 내가 그림을 그리러 가는 집의 식구들하고도 아는 사이가 됐어.

요즘 네 형편은 어떤지 궁금하다. 금전적인 부분 말이야. 좀 나아졌으면 하는 바람이다. 돈 문제로 힘들다는 네 글을 접하니 심히 고민이 되는구나. 월초에 내야 할 것들이 한둘이 아닌데 남은 거라고는 정확히 5플로린이 전부니 말이야. 더군다나 월말까지 버티기에는 아직 남은 날이 더 많은 실정이고.

다음 달에도 돈 들어갈 일은 여전해. 모델에게 상대적으로 적잖은 비용을 지출하는 것 외에 내가 써야 할 돈도, 쓸 수 있는 돈도 없는 상황이야. 이곳 사람들도 마찬가지거든. 자발적으로 포즈를 취해주는 일이 없어. 돈 문제가 걸려 있지 않으면, 모델을 서줄 사람도 없을 거다.

그나마 사람들 대부분이 넉넉지 않은 형편에 적잖은 수의 직조공들은 일감이 없는 상황이라, 그나마 모델을 찾을 수 있었어. 그런데 인물의 특징을 제대로 포착하기 위해 내가 원하는 동작을 취하게 하려면 그것도 또 돈이 들어가. 모든 게 다 돈 문제야.

상시에가 쓴 책을 읽어봤으면 알겠지만, 몇천 프랑에 달하는 유산을 상속받은 밀레는 그 돈을 쓰면서 편하게 사는 대신(그 역시 형편이 넉넉지는 않았어) 즉시 자신의 고향으로 여행을 떠나서 그곳 농부들을 화폭에 담았어. 그는 유산을 그렇게 썼고, *그의 결정은 옳았어*. 폴 뒤부아도 비슷했다. 부모님에게 물려받은 유산을 대부분 모델에게 쓰면서, 사는 내내 돈 문제로 걱정했대. 나는 물려받을 유산조차 없으니, 당장 내가 원하는 걸 다 할 수도 없는 처지다. 이런 상황에서 이런 말을 해서 정말 미안하기는 하지만, 만약 세레 씨와 네가(나는 당연히 그럴 거라 생각하는데) 내가 그린 다른 인물화를 보고 싶어 한다면, 모델에게 더 많은 돈을 써야만 해.

그나저나 가로세로가 각각 몇 미터씩이나 되는 캔버스를 전시장 안에 어떻게 배치하는지 그게 궁금하다. 아무튼 그렇다고.

초가집 중에는 아주 밝게 그린 것도 몇 개 있어. 그런데 다시 한 번 말하지만, 비록 내가 회색조의 회화를 좋아하기는 해도, '은빛 색조의 회색' 계열을 제외하고, 어두운 효과를 낼 수 있는 화가들 그림이 점점 마음에 들더라. 내가 지금 생각하고 있는 건, 만약 뜻하지 않게, 이번 달에 네 형편이 조금이나마(아주 조금이라도) 나아져서, 뭐라도, 어떻게든 보내줄 수 있다면, 너한테 유화 4점을 보내는 일이야. 그게 아니면(앞부분을 다시 읽어봐라) 도저히 보낼 방법이 없거든. 추가로 뭘 받지 못하면, 다음달에 보내주는 걸 받자마자 바로 보낼 생각이야. 어쨌든 세레 씨에게 보여줄 얼굴 습작을 보내기 전에.

그런데 얼굴 습작을 보내면 네가 여기 올 때 다시 가져다주면 좋겠다. 유화 그릴 때 필요할 것 같아서 그래.

대략 한 뼘 내외가 될 크기의 인물을 그릴 때 참고할 건데, 정작 그림 안에 들어갈 인물은 더 작아질 수도 있을 거야.

안부 전한다. 마음으로 청하는 악수와 함께.

너를 사랑하는 형, 빈센트

418네 ____ 1885년 7월 14일(화) 추정

테오에게

일전에 편지에 썼던 유화 4점 말이야, 아예 네게 보내버렸으면 좋겠다. 내가 계속 가지고 있다가는 또 덧칠을 할 텐데, 그럴 바에야 황야에서 작업을 마치고 가져온 이 상태로 네가 가지고 있는 게 더 낫겠거든. 그런데도 보내지 못하는 건, 돈 문제로 힘든 상황이라고 말한 너한테 운송비를 부담하게 하고 싶지 않아서야. 내가 지불할 여력은 없고.

밀레가 살았다는 생가를 직접 본 적은 없지만, 내가 그린 작은 '인간 둥지' 4점들과 비슷한 분위기일 것 같다.

하나는 이 근방에서 '상중(喪中)인 농부'로 불리는 양반의 집이야. 다른 하나는 선량한 부인의 집인데, 처음에 갔을 때 신비로울 거라곤 전혀 없이 밭에서 삽으로 감자를 캐고 있었거든. 그런데 무슨 마법이라도 부릴 수 있는지 동네사람들은 '마녀 얼굴'이라고 부른다.

너도 기억할 거야. 지구의 책에서, 어쩌다가 들라크루아의 그림 17점이 무더기로 거부당했는지 설명한 내용 말이야. 그걸 보면 (적어도 내 생각에는) 그를 비롯한 몇몇 당대의 화가들은 전문가와 비전문가 모두에게 인정받지 못했던 것 같아. 아무도 그들을 이해하지 못했고, 그들의 그림을 사려고 하지 않았지. 지구가 책에서 '용맹한 사람들'이라고 지칭한 건 정당했어. 그들은 어차피 지는 싸움이라고 자조하지 않고 *꾸준히 계속 그림을 그려나갔거든*.

너한테 다시 한 번 하고 싶은 말은, 들라크루아의 실패 사례를 우리의 출발점으로 삼아 앞으로 더 많이 그림을 그려나가야 한다는 거야. 어쩌다 보니 나는 가장 달갑지 않은 사람이겠구나. 돈을 부탁해야 하는 처지니까. 그렇다고 당장 수일 내로 내 그림이 팔려서 상황이 극적으로 변할 일도 없고. 이미 충분히 힘든 상황이지. 그래도 어쨌든, 우리 두 사람에게는, 난관이 따라와도 힘을 합쳐 열심히 일하는 게, 지금 같은 시대에 가만히 앉아 철학적으로 관망만 하는 것보다는 낫지 않을까?

미래는 나도 몰라, 테오야. 하지만 모든 건 끊임없이 변한다는 불변의 진리는 알고 있어. 10년

전을 떠올려봐라. 모든 게 달랐지. 주어진 조건도, 사람들 취향도, 모든 게. 그러니까 앞으로 10년 후에는 분명히 또 많은 게 달라져 있을 거야. 하지만 노력은 남는다. 그리고 노력했던 걸 후회하는 사람은 없어. 더 노력할수록 더 좋아지지. 난 팔짱 끼고 가만히 앉아 있기보다, 차라리 노력했다가 실패하는 쪽을 택하겠어.

포르티에 씨가 내 그림을 거래해줄 적임자인지 아닌지 모르겠지만, 어쨌든 지금은 그가 필요하다. 이게 내 계획이야. 앞으로 한 1년쯤 꾸준히 작업하면, 지금보다 더 많은 작품들이 모일 테고, 그러면 굳이 설명을 덧붙이지 않아도 내 그림이 알아서 말을 할 게다. 그래, 지금 내 작품에 호감을 보이는 사람, 포르티에 씨처럼 내 그림을 주변에 종종 소개하는 사람들에게 도움이 되지. 그렇게 또 1년이 흐르면, 내 그림들이 그들의 컬렉션에 더 모여서 한마디도 하지 않아도 내 그림들이 스스로 말을 할 거라니까. 혹시 포르티에 씨를 우연히 만나게 되거든, 이런 말을 전해주면 좋겠다. 나는 전혀 포기하지 않았고, 오히려 당신에게 더 많은 그림을 보낼 계획이라고. 그러니 너도 이런저런 사람을 만날 기회가 있으면 꾸준히 내 그림을 보여주기 바란다.

우리가 대단한 그림을 남들 앞에 내놓게 될 날이 그리 멀지 않았다. 너도 잘 알겠지만, 점점 개인 전시회도 많아지고, 공통점이 있는 화가들의 작품을 한자리에 모아놓은 전시회도 많아지는 현상은 이루 말할 수 없이 반가운 일이잖아. 회화 시장의 이런 현상은 감히 생각해봤을 때, 다른 어떤 사업보다 전망이 밝다. 부그로 그림은 자크 그림 곁에 두면 안 된다거나 베일이나 레르미트의 인물화를 스헬프하우트나 쿠쿡Koekkoek의 인물화와 같이 배치하지 말라는 등의 사실을 사람들이 깨닫기 시작했다는 건 참 다행이야. 라파엘리의 데생을 여러 장 펼쳐 놓고 보면서, 나 스스로 과연 이 독보적인 화가를 정확히 파악할 수 있는지 판단해본다.

라파엘리는 레가메와는 다르지만 그 역시 개성이 매우 강한 화가야.

그림을 내가 계속 가지고 있다간, 수시로 손보고 덧칠을 할 게 뻔해.

벌판이나 초가집에서 그려서 가져온 그 상태 그대로 너와 포르티에 씨에게 보내면, 비록 단점들도 포함되겠지만, 고친답시고 자꾸 덧칠하고 손보는 것보다 나은 상태를 유지할 수 있지 않을까.

그런데 네가 이 습작 4점과 초가집을 그린 작은 습작 여러 점을 가지고 있다가 이전에 내 작품을 전혀 본 적 없는 사람들에게 보여주면, 내가 '초가집'만 그린다고 오해할 수도 있겠다. 내 얼굴 그림 연작도 마찬가지고. 하지만 전원생활은 실로 다양한 활동들이 이뤄져서, 이 모든 걸 다 화폭에 담으려면, 밀레가 'travailler comme plusieurs nègres(노예처럼 일한다)'고 말했던 것과 똑같이 억척스럽게 그려대야 해.

누군가는 쿠르베의 말에 웃을지도 모르겠다. "Peindre des anges, qui est ce qui a vu des anges(천사를 그린다니, 대체 누가 천사를 봤다고)!" 하지만 난 이 말까지 덧붙이고 싶어. "〈하렘의 심판Justices in the Harem〉*이라니! 도대체 누가 하렘의 심판 과정을 직접 봤다고?" 혹은 "소 싸움? 누가 소싸움을 직접 봤는데?" 줄줄이 예를 들 수 있어. 무어인, 스페인과 관련된 것들, 추기경들, 역사화들 그리고 지금도 여전히 남아 있는 이 역사화들은 가로 세로 크기가 몇 미터씩 된다니까! 도대체 왜 이렇게 멋대로 크게 늘려서 그렸지? 대체 뭘 하려고? 불과 몇 년만 지나면 대부분 곰팡내만 느껴질 텐데. 무미건조하고 지루해지기만 할 텐데.

그런데 지금 봐도 잘 그린 그림들이긴 해. 요즘 전문가란 사람들이 벵자맹 콩스탕의 그림이나 어느 스페인 화가가 그린 추기경의 연회 장면 앞에 서서 뭔가 알겠다는 듯한 표정으로 습관처럼 하는 말이 있어. '탁월한 기법'. 그런데 똑같은 전문가들이 전원생활에서 영감을 얻은 작품이나 라파엘리 등의 화가가 그린 데생 앞에 서면, 똑같은 표정으로 기법에 대한 비판부터 늘어놓을 거야.

너는 이런 내 생각이 옳지 않다고 여길지 모르겠다. 하지만 난 *화실 안에서* 그려진 이국적인 그림들에 넌더리가 나! 제발 밖으로들 나가서 보라고! 현장에서 그리란 말이야! 얼마나 많은 일들이 벌어지는데! 예를 들면, 네가 받게 될 4점의 습작 위에 내려앉았던 파리만 해도 족히 100마리는 넘을 거다. 먼지나 모래는 말할 것도 없고, 캔버스는 2시간 넘게 황야를 가로지르고 울타리를 넘어서 들고 다니다가 나뭇가지 등에 긁히지. 뙤약볕 아래 몇 시간씩 그림을 들고 황야에 도착하면 피곤하다는 생각만 몰려드는 데다, 모델들도 전문 모델들처럼 차분하게 포즈를 취하지 못하고, 시간이 흐르면서 그림에 담고 싶었던 효과가 사라지는 일이 다반사야.

넌 어떨지 모르겠다만, 나는 현장에서 그릴수록 전원생활에 점점 더 빠져든다. 그러면서 카바넬풍에는 더 이상 관심이 가지 않아. 자케나 벵자맹 콩스탕의 최근작도 마찬가지야. 탁월한 기법으로 치장되었지만 말문이 막힐 정도로 지독하게 무미건조한 이탈리아나 스페인 화가들의 그림도 그렇고. 자크의 말이 떠오른다. '*Imagiers(흉내꾼들)!*' 내가 어느 *편을 드는 건 아니야*. 나는 전원생활과 전혀 다른 그림을 그린 라파엘리의 그림도 좋아하고, 농부와는 전혀 다른 소재의 알프레드 스티븐스, 티소의 그림도 좋아해. 난 근사한 초상화도 좋아하지.

졸라는 평소 그림에 대해 상당히 잘못된 시각을 가진 것 같았는데, 『증오Mes haines』에서는 예술 전반에 관해 아주 멋진 말을 했더라. 'Dans le tableau(l'oeuvre d'art) je cherche, j'aime l'homme—l'artiste(그림[예술작품] 속에서 나는 한 인간을 찾아 사랑하게 된다. 바로 예술가를)!'

봐라. 정확한 말이다. 하나만 물어보자. 우리가 탁월한 기법이라고 칭찬하는 그림들 뒤에 과연 어떤 사람이 있을까? 예지자? 관찰자? 아니면, *사색가? 아무도* 없을 때가 대부분이야. 그런데 라파엘리의 작품에는 *누군가* 있어. 레르미트의 작품에도 *누군가* 있어. 여러 무명 화가의 그

* 벵자멩 콩스탕(Benjamin Constant)의 그림

림 속에서도 어떠한 *의지*, *감정*, *열정*, *사랑* 등이 느껴져.

전원생활의 풍경 혹은 (라파엘리처럼) 도시 노동자의 삶을 담은 그림의 기법은 자케나 벵자맹 콩스탕이 공들여 그린 그림에 사용된 기법과는 난이도의 양상이 달라. 무엇보다 농부와 마찬가지로 온종일 초가집 안에서 살다시피 지내야 하고, 여름에는 뙤약볕 아래서 종일 벌판에 있어야 하고, 겨울에는 눈과 추위를 견디면서 실내가 아니라 야외에서, 산책하듯이가 아니라 매일 고되게 야외 작업을 해야 하는 어려움을 말하는 거야.

그래서 물어보는데, 이런 점을 고려했을 때, 전문가입네 하면서 실질적으로 큰 의미도 없고 점점 더 관습적인 의미로 변해가는 이 '기법'이라는 단어를 그 어느 때보다 강력한 무기처럼 *남발*해대는 이들의 비평에 반대하는 내가 잘못이냐?

'상중인 농부'와 그의 초가집을 그리려고 고생을 마다하지 않고 걸었던 것까지 생각하면, 감히 단언하는데, 자신들의 생각에 가장 기상천외한 소재로 이국적인 그림을 그리겠다고(그게 〈하렘의 심판〉이든 〈추기경의 연회〉가 됐든) 돌아다닌 화가들보다 내 여정이 훨씬 더 길고 힘들었어. 왜냐하면 파리에서 아랍인, 스페인인, 무어인 모델 등은, 돈만 주면 얼마든지 찾아. 그런데 라파엘리 같은 화가는 파리의 넝마주이들을 그리기 위해 그들이 사는 동네로 찾아가서 작업을 해. 훨씬 힘든 일이고, 작업도 진지하게 이뤄지지.

농부나 넝마주이나 이런저런 일꾼들처럼 그리기 쉬운 소재가 어디 있나 싶겠지만, *일상에서 보는 평범한 사람들이 그림으로 표현하기 가장 어려워*. 땅 파는 사람, 씨 뿌리는 사람, 아궁이 위에 냄비를 올리는 여인, 재단사 등을 데생이나 유화로 그리는 법을 가르치는 미술학교가, 내가 알기로는 하나도 없다. 웬만한 주요 도시에는 아랍인이며 루이 15세 등등 역사화의 모델들을 다양하게 갖추고 있는 미술학교가 하나씩은 있어. 한마디로, 모든 인물이 있는데, 단, 현존하지 않는 인물이어야 해.

너와 세레 씨에게, *밭일 연작의 시작*이 되는 작품으로 땅 파는 사람이나 잡초를 뽑거나 이삭을 줍는 아낙네들을 그린 습작을 보내면, 내가 알아두면 도움이 될 실수들을 찾아내겠지. 난 물론 전적으로 수용할 거야. 하지만 아무 소용없겠지만 한 가지만 지적하자면, 아카데미에서 그려지는 인물들은 모두 똑같은 방법으로 그려져서 사실 더할 나위 없이 좋아. *흠잡을 데가 없다*. (내가 무슨 말을 하려는지 짐작하겠지.) 동시에 *전혀 새롭지가 않다*고.

밀레, 레르미트, 레가메, 도미에의 인물화는 달라. 역시나 하나같이 근사한 그림들이지만 *아카데미적 작법과 다르다*. 학원식 교육으로 그린 인물이 제아무리 정확하다고 해도 모더니즘의 핵심, 그러니까 생생한 인물의 *진짜 행동*이 빠져 있다면, 설령 앵그르가 그렸더라도(〈샘Source〉은 예외야. 그건 예전에도 새로웠고, 지금도 새로우며, 앞으로도 계속 새로울 그림이니까) 이 시대에서는 *쓸모없다*는 게 내 생각이야.

그럼 넌 이렇게 묻겠지. 그럼 언제가 되어야 인물화가 쓸모없지 않을까? 크고 작은 결점들은 계속 존재할 텐데 말이지. 땅 파는 사람이 실제로 땅을 파고 있을 때, 그리려는 농부가 실제로 농부일 때, 그리려는 농촌 아낙이 실제로 농촌 아낙일 때야. 이게 새로운 거냐고? 맞아. 오스타더나 테르 보르흐Terborch의 그림을 보면 아주 작게 그려진 인물들조차 일하는 방식이 지금과 다르거든.

난 이 주제에 관해 할 말이 많아. 또 내가 새로 시작한 그림을 얼마나 더 잘 완성하고 싶은가와 몇몇 작가들의 작품은 내 그림보다 얼마나 높이 평가하는지도. 그래서 묻는 건데, 과거 네덜란드 화파의 회화에서 땅 파는 사람이나 씨 뿌리는 사람이 주인공인 그림이 기억나니??? 그들이 *진짜 일꾼*을 그려보려고 했던 적은 있을까? 벨라스케스는 〈물장수〉의 주인공을 이런 평범한 사람들 사이에서 찾았을까? 아니야. *땀 흘려 일하는 모습*, 그거야말로 옛 그림 속에 등장하는 인물들이 하지 않는 행동이지!

요즘은 지난겨울에 눈밭에서 본 당근 캐는 아낙을 그리느라 고생했어. 밀레도 이런 그림을 그렸고 레르미트도 그랬어. 전원생활을 주제로 그림을 그리는 이 시대의 화가들(이스라엘스)은 이런 장면을 그 무엇보다 가장 아름답게 여겨. 그런데 지금 이 시대에도 이런 화가들의 수는 어찌나 적은지. 진심으로 인물을 위한 인물화를 그리려는 화가, 오직 땀 흘려 일하는 일꾼에게서만 포착되는 동작과 굴곡을 살리려는 화가들을 좀처럼 찾아볼 수 없다는 거야. 으레 그러려니 여겼던 자세로만 그렸던 네덜란드 선대 화가들을 비롯해서 옛 화가들은 회피해버렸던 바로 그 행동을 그리려는 화가, 말하자면 *움직임을 움직임답게 그리려는* 화가들 말이다. 그림 속 인물이, 신체와 동작이 더할 나위 없이 조화로우면서도, 동시에 *고스란히 눈밭에서 당근을 캐고 있어야* 하는 거지. 명확한 설명이 됐니? 그랬으면 좋겠구나. 세레 씨에게도 이 말을 전해주거라.

더 짧게 설명해 보마. 카바넬의 누드, 자케의 귀부인, 바스티엥-르파주가 아니라 아카데미 출신 파리 사람이 그린 농촌 아낙은, 팔다리의 길이나 신체 구조 등이 항상 똑같을 거야. 천편일률적으로 상당히 매력적이면서 비율이나 해부학적으로 정확한 느낌. 그런데 이스라엘스, 도미에, 레르미트가 그린 인물은 *형태*가 도드라져('도미에'를 기꺼이 포함시킨 이유야). 신체 비율이 현실과 동떨어져 자의적이고, 아카데미 출신들의 눈에 해부학적으로 인체 구조가 엉망으로 보일 때가 많지. 하지만 이들의 그림은 *살아 숨 쉰다*. 무엇보다 들라크루아의 작품도 마찬가지야.

여전히 내 설명이 부족한 느낌이다. 세레 씨에게 이렇게 전해라. *내가 그린 인물화가 아름다워 보인다면 나는 절망할 것*이라고. 내 그림이 아카데미 방식처럼 정확하기를 바라지도 않는다고. 그러니까 내 말은, 땅을 파고 있는 남자의 *사진을 찍으면* 아마 땅 파는 모습처럼 보이지 않을 거라는 거야. 그래서 난, 비록 한눈에 봐도 다리 길이가 길고 허리나 넓적다리가 널찍해 보여도 미켈란젤로의 인물화를 훌륭하게 여긴다는 것도 전해라. 내 마음속에서 밀레와 레르미트까지 진정한 화가인데. 이 세 화가는 딱딱한 분석과 관찰로 *대상*을 그린 게 아니라 *느낌*을 그려서라고. 내가 가장 원하는 것이 바로 이들처럼 정확하지 않게 그리기야. 현실 속 대상을 대단히 변형하고 수정하고 대체해서 그리기. 그래, 거짓말이라고 칭해도 좋을 그런 분위기로 만드는 거라고. 하지만 이 거짓말은 있는 그대로의 진실보다 더 사실적이지.

편지를 얼른 마무리짓고 싶지만, 이 말은 꼭 더 해야겠다. 시골 농부나 도시 대중의 삶을 주로 그리는 화가들은 비록, 상류사회의 일원으로 여겨지지는 않지만, 파리에서 이국적인 하렘이나 추기경 연회 따위나 그린 이들보다 세월의 힘에 더 오래 버티고 살아남을 게다.

어려운 시기에 대뜸 돈을 부탁하는 사람이 얼마나 달갑지 않은지, 나도 잘 안다. 그런데 변명을 하자면, 아주 평범한 장면을 그림으로 옮기는 게 때로는 가장 힘들고 가장 돈도 많이 들어서 그렇다. 생활비의 대부분이 그림에 들어간다. 내 체력이 비바람을 거뜬히 이겨내는 농부들과 비슷해지지 않았다면, 결코 이 생활을 버텨내지 못했을 거야. 왜냐하면 내 안위를 위해 쓸 돈은 전혀 안 남거든. 그러나 날 위한 편의 따위 원치 않는다. 농부들이 지금의 삶 외의 다른 것을 원치 않듯이 말이야. 내가 원하는 건 그저 물감, 그리고 무엇보다도 모델이다. 인물화 데생에 대한 내 생각을 밝혔으니, 내가 얼마나 진지하게 열정적인지 이젠 너도 알았을 게다.

얼마 전에 네가 편지로, 세레 씨가 〈감자 먹는 사람들〉 속 인물의 신체 구조에 일부 오류가 있다고 '확신에 차서' 지적했다고 알려줬지. 하지만 내 답변에서 너도 봤다시피, 나도 그 오류를 알고 있어. 다만 내가 강조하고 싶은 건, 여러 차례 그 초가집에 가서 희미한 불빛 아래서 본 장면의 느낌, 마흔 번도 넘게 얼굴들을 그린 뒤에 내가 받았던 인상이 그랬다는 거야. 그러니까 나는 다소 다른 관점으로 내 그림을 바라봤다는 거지.

형태 이야기가 나와서 말인데, 여기에 대해서도 할 말이 아주 많아. 라파엘리가 '*특색*'이라는 단어로 강조했던 대목, 나는 그게 괜찮은 아이디어고 매우 적절하다고 생각해. 또 그의 그림이 뒷받침하고 있기도 하고. 그런데 라파엘리처럼 파리에 살면서 문학계와 예술계 사람들과 어울려 지내는 사람의 생각은 나처럼 시골에서 농부들과 어울려 사는 사람과는 달라. 그러니까, 그들은 자신들의 모든 생각을 담아낼 한 단어를 찾는데, 라파엘리가 앞으로의 인물화 성향을 규정짓는 단어로 '특색'을 제시한 거야. 이 부분은 나도 동의해. 그 의도는. 그런데 이 단어의 적절성은 좀 많이 떨어진다고 본다. 그렇다고 내가 사용하는 표현이 더 적절하고 더 효과적이라는 주장도 절대 아니야.

밭 가는 인물에 '특색'이 있어야 한다는 말 대신 난 이렇게 말하겠다는 거야. '농부는 농부다워야 하고, 밭 가는 사람은 밭 가는 사람답게' 그려야 그 그림이 진정한 현대성을 띤다고. 하지만 이렇게까지 말해도, 사람들은 거기서 내가 원하지도 않는 결론을 끌어낼지도 모르겠다. 계속해서 구체적인 예를 열거하더라도 말이야.

모델료가 사실 지금도 이미 부담인데, 그걸 줄이는 것보다는 오히려 조금 더 늘리는 게 (아주 많이) 바람직하다. 내게는 단순히 '작은 인물'을 그릴 수 있는 것과는 차원이 다른 문제기 때문이야. *일하고 있는 농부의 인물화*, 다시 한 번 말하지만, 이런 그림이야말로 전적으로 현대적인 그림이자, 현대 예술의 정수다. 이건 그 옛날 그리스 화가들도, 르네상스 시대의 화가들도, 네덜란드 화파의 화가들도 손대지 않은 영역이었어. 이게 바로 내가 집에서 매일같이 생각하는 부분이야.

오늘날의 크고 작은 대가들과(큰 대가들은 밀레, 레르미트, 브르통, 헤르코머 정도고, 작은 대가들은 라파엘리나 레가메) 고전 화파들과의 차이점은 솔직히, 예술과 관련된 기사 등에서 거의 찾아볼 수가 없어. 너도 가만히 생각해봐라. 농부나 일꾼들의 인물화는 처음에 특수한 '장르'로 시작됐지만, 영원한 거장 밀레를 통해 지금은 현대 예술의 중심을 차지하게 되었고, 앞으로도 영원히 그렇게 남을 거야.

도미에 같은 화가들도 높이 평가해야 해. 그들 역시 선구자 역할을 한 사람들이니까. 에네르Jean Jacques Henner나 르페브르Jules Joseph Lefevre가 새롭게 변화시킨 단순한 현대식 누드 인물화도 남다르고 탁월한 결과물이야. 보드리Paul Jacques Aimé Baudry를 비롯해 메르시에나 달루Jules Dalou 같은 조각가들 역시 상당히 그럴듯한 작품을 만드는 작가들이야. 하지만 농부나 일꾼들은 알몸으로 일하지 않기 때문에 굳이 그들의 알몸을 상상할 필요도 없어. 농부와 일꾼을 그리는 화가들은 많으면 많을수록 좋은 일이야. 내게도 그것만큼 더 좋은 일도 없을 거야.

참 긴 편지였다. 지금도 내가 하고 싶었던 이야기를 명확히 풀어냈는지는 잘 모르겠다. 어쩌면 세레 씨에게 다시 짤막한 편지를 쓸지도 모르겠다. 그렇게 되거든, 우선 네게 먼저 보낼 테니 읽어보기 바란다. 내가 인물화에 얼마나 큰 비중을 두고 있는지, 그 부분을 정말 명확하게 설명하고 싶어서 그래.

라53네 ____ 1885년 7월 15일(수) 추정

친애하는 벗, 라파르트

자네 편지 잘 받았어. 지금까지 받아본 가장 무미건조하고 군소리가 많은 편지였어.

그래도 자네가 '적어도 제 쪽에서 친구 관계를 끊을 의도가 있다는 생각이 더 커지는 건 막아야겠다는 생각에 형님 편지 받자마자 이렇게 회신합니다.' 이렇게 말을 하니, 나로서도 다시 한 번 이 말을 해야 할 것 같아. 이 동네에 그림을 그리러 오는 사람이라면 자네는 물론 다른 화가라도 내 화실에서 머물 수 있다는 말 말이야. 무슨 말인지는 확실히 알겠지? 이 기회를 활용하느냐, 마느냐는 전적으로 자네가 결정하는 거야.

내가 조언을 하자면, 자네도 그렇고, 내일 만나게 될 벵케바흐도 그렇고, 가끔 여기 와서 지내면 이래저래 도움이 될 거야. 그림으로 그릴 아름다운 것들이 정말 많거든. 기회를 활용하고 싶다면, 좋아! 그렇지 않다고 해도 상관없어! 다만, 자네가 여기 오더라도, 우리는 각자 알아서 자기 할 일만 하는 거야.

석판화에 관해 몇 가지 해명할 게 있어. 그건 단 하루 만에, 기억에 의존해서 작업한 거야. 구도를 찾느라 고생고생하고 전혀 다른 방식으로 작업한 뒤에 새로운 방식으로 제작하려다 나온 결과물이야. 요컨대, 새로운 시도에 불과했던 거야. 나중에 석판을 손봐야 할 거야.

비록 자네가 보고 놀란 팔이나 코 등 흠결이 좀 남아 있기는 했지만 원래 명암 대비 효과는 괜찮았어. 나중에 그린 유화에도 효과는 마찬가지야. 유화에도 모자란 부분은 있긴 하지만 동시에 장점도 많아서 이 그림 그린 걸 절대 후회하지 않아.

자네가 보낸 이 편지, 그게 과연 나한테 도움이 됐는지, 그리고 굳이 이런 편지를 쓸 필요가 있었는지는 잘 모르겠어. 그래도 자네가 내게 가지고 있던 믿음이 송두리째 흔들렸다는 말이나, 자네가 덧붙인 다른 말들이 내게는 무의미하게 들린다는 건 알아두기 바라네. 자네가 한 말은, 남들이 이미 내게 여러 번 했던 말에 불과해. *나에 대해 무슨 말을 하든, 나를 어떻게 생각하든, 그건 그 사람들 소관이야.* 그들이 끝없이 반복하는 후렴에까지 귀 기울일 필요는 없잖아. 부모님은 물론 선생님들, 잘나신 구필 화랑 양반들과 온갖 친구며 지인들까지 나한테 듣기 싫은 소리를 하면서 다 선의에서 그런 거다, 모든 게 다 나를 위한 거라고 했었는데, 그 짐이 내게는 너무나 무거웠어. 그래서 그들이 뭐라고 하든 아예 신경을 끊어버리고 나니, 더 나빠질 일이 없더라고. 이보게 친구, 내 장담하는데 분명한 사실이야.

그래도 대답의 형식으로 이 말은 해주고 싶어. 자네 그림 솜씨가 남다르다는 점은 사실이야. 그런데 친구, 그 말이 자네가 항상 옳다는 뜻도 아니고, 그럴듯하고 진심이 담긴 결과물을 만들어내기 위해 자네의 방식과 자네가 간 길 외에 다른 대안이 없다는 뜻도 아니야. 자네와 이런저런 이야기는 나누고 싶지만, 그렇다고 내가 자네한테 조언을 바란다고는 생각지 말게. 그 내용이 좋아질 일도 없겠지만 말이야. 자신만이 알고 있는 지식이라는 말이 나왔으니 말인데, 그런 걸 누가 가지고 있지? 이 말이 떠오르는군. '지식, 그건 한 번도 가져본 적 없다.' 이 상황에 어울릴 말이지. 모두가 자신만의 지식을 필요로 해. 당장 나부터도 그렇고. 그게 좋은 쪽이든, 나쁜 쪽이든 자기만의 성향에 관한 지식을 필요로 한다고. 그렇다고 해서 자네가 이런 지식을 갖추지 못하고도 스스로를 속인 적이 단 한 번도 없다고 착각하지는 말게. 섣부른 판단으로 남들을 예단해서 애먼 사람들을 무자비하게 공격한 적이 없다고 우기지는 말게. 모든 사람이 다 그럴 수 있네. 그렇기 때문에 서로 이해하고 합의해야 하는 거야. 그런 자네가 자신만의 지식을 언급해? 그건 아닐세, 이 친구야. 자네가 이 문제를 언급하다니 정말 유감이야. 왜냐하면 그거야말로 자네에겐 약점이 아닌가 걱정하고 있었거든. 적어도 한 사람의 인간으로서 말이야. 그래도 어쨌든 *자네를 떠올리면 무슨 생각이 드는지* 명확하게 설명해볼게.

자네 작품에 대한 내 견해는 이래. 지금 자네가 그리고 있는 작품들은 정말 훌륭해. 그런데 뭐가 됐든 내가 자네에 대해 생각하는 건 정말 숨김없이 다 말하는 거야. 그만큼 또 자네를 오래 알아오기도 했으니까. 한때(자네가 병을 앓기 조금 전후로) 자네는 한 사람의 인간으로서 훨씬 덜 빳빳했고, 훨씬 더 진지하고, 훨씬 더 온화하고, 대범하며, 훌륭하고, 올곧은 사람이었어.

그런데 지금 나를 대하는 라파르트는 고등교육기관을 들락거리며 배운 게 있다는 사실을 뻐기고 싶은 듯 심히 현학적으로 말하고 행동하는 사람이 됐어.

친구가 이런 모습으로 변했다는 게 *유감스러운데,* 더 안타까운 건, 그 좋았던 시절, 나아지고, 좋아졌다고 생각했던 *친구* 하나를 잃게 됐다는 사실이야. 이 일을 겪으면서 이런 생각을 하게 됐어. 그 친구 작품은 어떻게 변했을까? *이 짧은 기간 동안* 대범함과 진지함 그리고 품위가 역시 떨어진 건 아닐까? 내가 어떤 결론을 내렸는지 알아?

내 생각을 명확히 전하기 위해 쓴 글이 반 페이지도 넘어가지 않았는데 벌써, 내가 자네 작품에서 가장 중요한 본질이 사라지고 있지는 않은지 걱정하고 있다는 걸 자네도 알 수 있을 거야. 아마도 이게 바로 단순명료하게 밝히는 내 생각이 아닐까 싶어.

내게 단점은 많을지 모르지만, 나는 화가가 되겠다는 염원을 이루는 데 필요한 의지가 넘치고, 다른 이들에게 호의를 베풀고 싶은 마음 역시 차고 넘쳐. 나는 자네한테 작업 방식이 경솔하다는 잔소리를 듣고 있기에는 인정이 넘치는 사람이야. 자네 편지에 마음 쓸 일도 없고, 마음 쓰지도 않아. 나한테 무언가를 가르치고 이해시켜줄 누군가가 필요하다는 자네 확신에 대해 한마디 할게. 나한테 무언가를 가르치고 이해시켜줄 그 누군가는 *나 자신*이 될 수도 있어. 그리고 나는 굳이 그런 사람의 도움 없이도 잘할 수 있어. 자네처럼 귀에 못이 박히도록 무지막지하게 잔소리만 하는 사람이라면 더더욱 말이야. 안부 전하네. 비록 군데군데 제법 타당해 보이는 내용도 있지만, 자네 편지는 전체적으로 공정하지는 않았어.

빈센트

자네 작품 얘기는 단한마디도 없는 터라, 나도 내 작품 얘기는 하지 않겠네.

라54네 ____ 1885년 7월 16일(목) 추정

친애하는 벗, 라파르트

오늘 벵케바흐와 이야기를 했어. 자네가 우리 사이의 일에 대해 이런저런 이야기를 한 듯하기에 나도 이런저런 말을 했지. 자세한 이야기는 빼고. 이 모든 게 다 오해에서 비롯된 일이라 여길 수 있으면 좋겠다는 정도로만. 그리고 내 작품에 대한 비난은 받아들일 수 없지만, 이따금, 아니 자주라고 할 수도 있겠지만, 아무튼 그럴듯한 결과물을 만들어내기 전에 서툴거나 설익은 그림을 그릴 때가 있다는 건 기꺼이 인정한다는 말도 했어. 아무튼 좋다고.

자네 지적 중에서 일부는 타당한 것도 있었지만 전체적으로 보면 딱히 그렇지 않아.

사실, 벵케바흐는 자네가 했던 말을 취소할 거라 생각하더라고. 그 친구에게 얼굴 그림을 보여주면서 전에는 일정한 선으로만 표현하다 보니 인물의 얼굴에 있는 굴곡이 다 살아나지 않아서, 형태와 일관성에 좀 더 힘을 줬기 때문에 이전과 달라 보일 거라고 설명해줬지. 안 그래도 좀 신경 쓰이던 부분이었거든.

우리 사이가 이렇게 된 게 어쩌면 다행일 수도 있어. 자네 표현대로 하자면, 이제는 자네의 믿음이 전처럼 쉽게 흔들리지 않을 테니까.

이런 불쾌한 일이라면 오래전부터, 온갖 사람들에게 당해왔어. 나 자신은 그런 대접을 받을 사람이 아니라고 항변하면 할수록, 비난은 거세지고 아예 내 이야기는 듣지도 않았지. 우리 부모님과 우리 가족, 테르스테이흐 씨를 비롯해 구필 화랑에서 일할 때 알게 된 여러 지인은 사사건건 나를 비난했어. 오죽하면 나중에는 그게 아니라고 그들을 설득하느라 시간 낭비하는 대신(낭비할 시간도 없지만) 아예 그들에게 등을 돌려버렸지. *지껄이고 싶은 대로 지껄이고, 멋대로 생각하고 행동하게 내버려두고, 나도 아예 신경을 끊어버렸다고.*

그러니 이번같이 불쾌한 일은 난데없이 갑자기 발생한 일이 아니야. 자네는 그럴 거라 생각할지 모르지만 말이야. 자네도 남들의 영향에 *휩쓸린* 셈인 거야.

이제 조금이나마 상황 파악이 되고, 자네로서도 조금이나마 진지하게 생각해볼 기회가 된 거라면, 다시 말하지만, 우리가 이렇게 언쟁을 벌인 일이 결과적으로는 다행일 수는 있을 거야.

그렇다고 내 뜻을 접는다는 건 아니야. 다만 이 언쟁이 지루하게 이어지는 걸 바라지 않고, 우정이 흐지부지한 상태로 시들어가는 걸 원치 않는 것뿐이지.

진심 어린 관계로 남든지, 아니면 여기서 끝을 내든지!

마지막으로 말하는데, 난 자네가, 내가 돌려보낸 편지를 시작으로 그간 나한테 편지로 했던 말들을 기탄없이, 아무런 단서도 달지 말고 거두어주기를 바라네.

나를 위해서도 그렇지만 자네를 위해서도 그래 주게. 그렇게 해야, 비록 아예 이해가 안 가는 건 아니지만, 썩 보기 좋지 않았던 자네의 행동을 되돌릴 수 있네. 그렇게 해야 오해를 청산할 수 있는 거야. 선의였다면 계속 두고만 볼 수 없는 그런 오해. 그걸 방치하는 건 악의로 가득찼다는 뜻이야. 최근 편지들에 적은 내용을 자네가 조건 없이 거둬가면, 우리 우정은 새롭게 다시 태어날 수 있어. 이런 불화를 거치면서 더 단단해지고 더 올곧은 관계로 나아갈 수 있다고.

내 제안에 답해주기 바라네.

가족과의 문제는 아버지가 돌아가시면서, 아무래도 지금까지 이어져 온 오해가 끝도 없이 이어질 것 같다는 예감이 들더라고. 그래서 상황을 명확히 하기 위해 그냥 간단하게 이렇게 설명했지. 내가 사물을 바라보는 관점이나 살아가는 방식이 나머지 식구들과 너무 다른 나머지 훗날이 되더라도 도저히 서로를 받아들일 수 없을 것 같다고. 나는 전적으로 내가 생각한 대로, 나답게 살아야겠다고. 따라서 내 몫의 유산은 포기하기로 했지. 지난 몇 년간, 아버지와의 관계라고 해봐야 심한 반목과 갈등뿐이었는데, 지금에 와서 그런 권리를 내세우고 싶지도 않고, 행사하고 싶은 마음도 없었기 때문이야. 이 길이 가족들과 또 다른 불화를 겪게 될 상황을 미연에 방지하는 길이었다는 거, 자네도 이해할 거야. 그렇게 마무리를 한 덕에 그 외의 문제에 관해서는 가족들과 큰 문제는 없어. 그런데 자네가 알아둬야 할 게 있는데, 가족들과의 문제에서는 비록 내가 단호한 해결책을 동원하긴 했지만 그렇다고 해서, 물론, 진심으로 자네와의 관계를 회복하고 싶은 마음이긴 하더라도, 자네가 내게 제기했던 이런저런 문제점들을 내가 다 인정한다는 뜻은 아니야. 내 제안은 여전해. 몇 가지 타당한 부분이 없지는 않지만, 자네가 편지로 했던 말들을 조건 없이 되돌리는 것.

안부 전하네.

빈센트

라55네 ____ 1885년 7월 21일, 에인트호번

친애하는 벗, 라파르트

지긋지긋하게 반복되는 잔소리는 이제 제발 그만두기 바라네. 첫째, 이건 마치 경건한 목사 두 사람이 천상의 행복으로 이르는 길의 지리적 위치에 대해 열정적으로 토론을 이어가다가, 어느 순간, 서로의 얼굴에 가발을 냅다 집어던지는 행위와 아주 닮은꼴이기 때문이야. 가발도 이 행위의 일부가 되는 거야. 그런데 자네는 어떻게 여전히 우리가 전진할 수 있을 거라 여기는지 모르겠어. 제아무리 선의를 끌어온다고 해도 말이야. 왜냐하면 사실상, 우리는 임계점에 다다랐기 때문이야. 다만, 자네나 나한테는 집어던질 물건만 없을 뿐인 거야. 이제 모든 게 내 능력 밖의 일이야. 서로에게 무언가를 집어 던지는 행위로 정점을 찍을 수 없는 언쟁을 애초에 시작한 게 너무나 유감스러워. 그렇게 마무리지어야 할 일인데도 말이야.

어느 관점에서 보면 참으로 어처구니없고 유치한 언쟁처럼 보이는데, 생각할수록 더 그런 것 같아. 그래서 더 이상 끌고 가지 않을 생각이야. 정말 우스꽝스럽기 짝이 없으니까.

자네도 이성적으로 생각해서 여기서 이만 종지부를 찍게나.

한 인간의 머릿속에서 나오는 모든 생각이 전부 다 의식에서 비롯되는 건 아니야. 자네 의식이 그런 말을 적으라고 자네에게 시켰나? 그런 글을 쓰는 게 자네 *의무*였나? 그럼 뭐지? 쓸데없는 소리야. 그냥 비웃고 넘어가라고!

그런데 만에 하나, 자네가 그런 편지를 쓴 게 의무라고 생각되고, 그런 글을 쓴 게 자네 *의식*이 그렇게 시켜서 한 일이라고 생각되면 나는 굳이 그 일을 가까이서 지켜볼 마음은 전혀 없네. 거기가 *끝일 테니* 말이야.

마지막으로 남은 건, 그림 그리러 이곳에 올 의향이 있는지를 묻는 일이야. 만약 그럴 거라면 대략, 언제쯤 올 수 있을지 알려주게. 자네가 온다면 예전처럼, 우리 어머니 댁에 묵을 수 있도록 말해둘 테니까.

안부 전하네.

빈센트

419네 ____ 1885년 7월 29일(수) 추정

테오에게

좋은 시간 보내라고 짤막하게 몇 자 적어 보낸다.*

네 친구 봉어르와 함께 잠시 여기 들러주면 기쁠 것 같다. 저녁 시간 전인 대략 오후 3~5시면 괜찮을 거야.

그 시간대가 네게도 적당할 것 같기도 해. 그러면 저녁 시간 내내 집에서 보낼 수 있을 테니까.

밭에서 밀을 베기 시작하는 시기라, 나도 덩달아 바쁜 편이야. 알다시피, 그게 며칠만 하는 작업인데 놓칠 수 없이 아름다운 광경이거든.

그런데 오늘은 오후 3~5시 사이에는 화실에 있을 예정이야.

저녁에는 담소나 잠시 나눌 겸, 어머니 댁에 들를 생각이고.

계속 일만 한다고 날 탓하지는 말아다오.

마음의 악수 청한다.

너를 사랑하는 형, 빈센트

(봉투 겉면에 적힌 주소는 '퓌르네 씨, 코르터 포턴, 헤이그')

1885년 8월 3일, 뉘넌

친히 엽서를 보내시고 저를 생각해주신 점에 감사드리며, 회신과 함께 이런저런 소식도 함께 전합니다. 아버지가 돌아가신 후 어쩌다 여기 이렇게 혼자 살게 되었는지에 대해 편지로 알려드렸고, 조금만 더 기다려주시면 곧 신속히 돈을 보내드리겠다고도 말씀드렸지요.

선생께서는 아마 제가 지금도 파리에서 미술상으로 일하는 동생에게 도움을 받는다는 사실을 알고 계실 겁니다. 요즘은 작업에 진척이 있어 아마 예전에 비하면 그림을 팔 기회가 많이 늘어날 걸로 예상했습니다. 그런데 공교롭게 지금 이 시기에 경제적 지원이 모조리 끊겼고, 제가 하는 작업 이외의 것에 신경을 쓸 수 없는 처지에 놓였습니다. 아버지를 여읜 일과 오로지 나 자신만 믿으며 홀로 서겠다는 결심으로 인해 제 형편은 전보다 훨씬 더 팍팍해졌습니다.

* 테오는 휴가를 즐기는 중이었다.

그런데 제 앞으로 환어음을 발행하신다니요! 그러셔도 저는 현금으로 상환해드릴 능력이 없습니다. 수중에 들어오는 돈이라야 10플로린이고, 그나마도 5플로린일 때도 있지만, 그렇게 돈이 생겨도 캔버스도 사야 하고, 물감도 장만해야 하고 붓도 마련해야 합니다! 처지가 이런데 선생께서 대금 상환을 요구하신다면, 상황을 극단으로 몰고 가실 수밖에(선생의 돈을 끝끝내 받으시려고) 없을 테니, 제 가구나 다른 집기들을 내다 파셔야 할 겁니다. 제 세간살이는 낡은 의자 두 개, 나무를 투박하게 깎아 만든 작업대가 전부입니다. 한마디로, 별 가치가 없는 것들뿐입니다. 제가 사는 동네에서는 이것들을 전부 내다 팔아도 10플로린도 못 건질 겁니다.

이렇게까지 하신들 얻으실 게 뭐가 있겠습니까? 그래도 그렇게 하시겠다면, 저는 솔직히 아무 상관 없습니다. 다만, 이렇게 하시는 게, 결코, 선생의 돈을 돌려받을 방법은 아닐 겁니다. 대신, 기다려주신다면, 일체를 다 상환해드리겠습니다.

선생께서 제 앞으로 환어음을 발행하신다면, 이런 극단적인 조치를 그래도 감행하신다고 해도, 제가 더 유리할 수 있습니다.

제가 가진 건 오직 하나입니다. 그런데 그 하나의 가치가 꾸준히 오르는 중입니다. 제가 그린 유화와 데생을 말씀드리는 겁니다.

제 그림에 대해서 좋은 평도 듣고, 안 좋은 평도 듣고 있습니다. 다들 나름의 생각이 있는 법이니까요. 이것들을 돈 대신 선생께 드려 채무변제를 받을 수 있다면, 그러실 의향이 있으신지요? 아니면, 제가 이것들을 팔아 돈을 마련할 때까지 기다려주시겠습니까? 보시다시피, 저는 비양심적인 사람이 아닙니다. 선생 돈은 꼭 갚을 겁니다. 방법만 생긴다면 말입니다.

아니면 제 그림들을 보내드릴 테니, 주변에 계신 애호가들에게 보여주실 수는 있으신지요?

그렇게 되면 더없이 좋을 것도 같습니다.

아버지가 돌아가신 뒤 상속받은 유산도 없습니다. 단 한 푼도요!

첫째, 제 아버지가 그리 부유하신 분도 아니었고, 둘째, 아버지 유산에서 자기 몫을 달라고 주장하는 자식들도 없었습니다.

선생께서 제 그림을 받아서 팔면 결코, 손해 보실 일은 없을 겁니다. 당장이라도 보내드릴 수 있습니다. 실망하시지는 않을 겁니다. 이런 식으로 저는 선생께 돈을 갚을 수 있고, 동시에 선생께 다시 물감을 살 수 있을 겁니다.

안 그래도 지금, 돈이 부족한 만큼 물감도 바닥난 상태입니다.

워낙에 빚지는 걸 두려워하는 성격이라, 빚이 불어나도록 방치한 건 아닙니다. 가진 돈을 쓰는 일도 거의 없고, 물감도 제가 직접 이것저것 갈아 만들어 사용하고 있습니다.

선생께 기다려주십사, 부탁드리는 건 저 역시 돈이 생기길 기다리는 중이기 때문입니다. 기다리는 제 마음이 아마 선생보다 더 초조할 겁니다.

환어음 발행에 관해서는 제 입장을 분명히 말씀드립니다. 상황을 극단으로 몰고 가지 마시라고 간곡히 부탁드리지는 않겠습니다. 그렇게 하신다 해도, 말씀드렸다시피, 제가 더 유리할 테니 말입니다. 막말로 제가 가진 건 화구가 거의 전부입니다. 어쨌든 회신 부탁드립니다. 그런데 이건 알아두셨으면 합니다. 굳이 어음을 발행하신다고 해도, 선생께서는 목적을 이루실 수 없습니다. 제가 상환하지 않겠다고 작정하고 버티면, 선생도 권한을 잃게 되실 테니 말입니다. 하지만 선생께서 제 그림을 받아서 팔아보시거나 제가 여기서 그림을 팔아서 돈을 마련할 때까지 기다려주신다면, 돈을 받으실 수 있을 겁니다.

이런 말씀을 드리게 되어 저도 유감스럽습니다만, 지금 제 처지가 이렇습니다. 건강에는 아무 문제 없습니다. 그러니 *돈을 돌려받지 못하실 일은 없을 겁니다*. 그날은 올 겁니다. 하지만 저도 기다려야 합니다. 선생보다 더 초조한 마음으로, 더 긴 시간 동안 말입니다.

안녕히 계십시오.

빈센트 반 고흐, 배상

마지막으로 한 말씀만 더 드리겠습니다. 제가 정직하지 못한 사람이었다면 시도 때도 없이 선생한테 소액의 빚을 지고, 어음을 발행하시든 말든 신경도 쓰지 않았을 겁니다! 그런데 저는 상대적으로 큰 빚을 지고 있는 상태가 아니라 그런 걱정까지 할 일은 없습니다. 저는 항상 열심히 일하기 때문에 헛일할 일은 없을 겁니다. 선생도 그렇고, 제가 여전히 25플로린을 빚지고 있는 뢰르스 씨도 그렇고, 환어음을 발행하시려거든 그렇게 하시라고 해도, 결국, 손해를 보는 건 제가 아니라, 선생들이 되실 겁니다.

마지막으로 말씀드리는데, 저는 그런 어음이 두렵지는 않습니다. 저도 남들처럼 실제로 현금을 가지고 물건을 삽니다. 그리고 수중에 가진 한도 내에서 생활합니다. 몇 주 동안 먹는 것을 제외하고는 단돈 1플로린도 쓰지 않고 지낼 때도 더러 있습니다. 작년에는 좋지 않은 일도 겪어야 했습니다. 어느 집 부엌에 장식할 그림 여러 점을 그렸는데 돈을 한 푼도 받지 못했습니다. 당시 그렇게 고생하고도, 작업에 들어간 비용조차 회수하지 못해 아직도 수지를 맞추지 못하고 있다는 점을 좀 참작해주시면(작년에 선생과 뢰르스 씨에게 구입했던 물감이 바로 이 작업에 사용됐던 겁니다) 제가 얼마나 힘들게 버텼을지 이해하실 겁니다. 저는 변변한 친구 하나 없는 사람입니다. 그렇지만 선생께선 돈을 돌려받지 못하실 일은 없을 거라 감히 말씀드립니다.

그렇더라도, 선생께서 헤이그에서 주변 분들께 제 그림을 보여주실 수는 없을지요? 그게 가장 좋은 방법일 겁니다. 만약 그래 주신다면, 선생은 물론 저도 도와주시는 길이 될 겁니다. 고가에 팔리기를 바라는 것도 아닙니다. 얼마 되지 않을 겁니다. 그러니 한 번 시도해주시면 좋겠습니다. 지금은 가진 돈이 정말 단 한 푼도 없습니다. 지금이 특히 힘든 이유는 모든 지원에서 홀로서기를 하는 중이기 때문입니다.

419b네 ___ 1885년 8월 6일(목) 추정

테오에게

우리가 나눈 대화 중에서 내 마음을 아프게 했던 건, '올해는 네게 힘든 해가 될 것 같구나'라고 얘기했을 때 네가 한 대답이었어. '형님은 그게 즐거우신 것 같습니다.' 그러면서 나한테 무언가를 기대할 수도 없을 것 같고, 나란 사람은 고마움을 표현하는 대신 곤란한 일만 만들 거라고 본다는 말과 함께. 그건 사실도 아니고, 네가 나를 이렇게 보고 있다니 정말 속상하다.

내가 너한테 해주고 싶었던 충고, 해주고 싶었던 말은 이런 거였어. 전에 내가 언급했던 그림 사업을 쓸데없는 괜한 일로 여기지 말고, 못된 계모가 그러듯 매몰차게 대하지 말라는 거야. 왜냐하면 언젠가 그 사업은, 대형 선박이 좌초하면 구명보트의 역할을 할 수도 있기 때문이야. 내 생각은 지금도 그렇고 앞으로도 여전할 거야. 즉, 폭풍우가 몰아치거나 내 불안이 근거 없는 괜한 기우에 지나지 않더라도, 적어도 이 구명보트만큼은 물 위에서 떠다닐 수 있도록 잘 관리하자는 거야. 지금의 나는 네가 예인해주는 작은 나룻배에 불과하지. 그런데 가끔은 네게 무거운 짐처럼 느껴지기도 해서 원하면 언제든 연결돼 있는 밧줄을 끊어버릴 수도 있어. 그런데 작은 나룻배를 모는 사람으로서, 예선 밧줄을 끊는 대신, 언젠가 필요할 경우, 유용하게 쓸 수 있게 배에 난 구멍이나 틈을 메우고, 모자란 물건들을 채워달라고 부탁하는 거야.

자 이제, 선의에서 나온 내 간절한 바람을 의심한다면, 나는 똑같은 말을 되풀이할 수밖에 없어. 더 힘을 줘서. 왜냐하면 물감 청구서가 무거워 내 나룻배가 점점 물에 잠기는 게 눈에 보이기 때문이야. 그래도 어떻게든 물이 새들어오는 걸 막기 위해 최선을 다하고는 있어. 이성을 잃지도 않았고 절망하지도 않는다. 다만, 우리 둘이 똑같은 폭풍우를 만나게 될 경우, 난 너를 향해 있는 힘껏 큰소리로 외칠 거야. 내 생각에 우리에게 도움이 될 방향으로.

내 질문에 대한 네 답을 이렇게 요약해볼게. 그러니까 폭풍우를 만나게 될 수도 있지만, 그럴 경우라도 널빤지 등으로 배를 보강하거나 모자란 물건을 채운다고 해서 나아질 것도 없고, 상황이 여의치 않을 경우, 자의는 아니더라도 어쩔 수 없이 예인 밧줄을 끊을 수 있다는 점도 알아둬야 한다는 거잖아.

네가 내 선의를 의심하지 않는 한, 네 답변을 새겨들을 용의는 있다.

그런데 이 편지에, 또다시 큰소리로 네게 도움을 요청하는 건, 우리 둘의 이익을 위해서지, 네 생각대로, 단지, 내 이기심 때문은 아니다. 폭풍우가 몰아치면, 어쨌든, 내가 그리 쓸모없는 사람이 아니기를 바라고, 또 그러지 않을 수도 있을 것 같아. 나도 어떻게든 쓸모가 있을 거야. 하지만 중요한 순간이 되기도 전에 내 배에 여기저기 물이 새들어오면(어떻게든 피하고 싶은 상황이다), 그것도 불가능해져. 이런 상황은, 어떻게든 혼자 힘으로 피해가려고 애쓰는 중이야. 아무 이유 없이 너를 부르는 건 아니야. 위험한 상황이 두렵지는 않다. 아무렴. 하지만 위험이 나룻배를 탄 사람까지 위협하게 되는 상황에는 대비해야 하잖아.

나의(나는 '우리'라고 말하고 싶다) 그림 사업이 조금씩이나마, 훗날, 우리가 함께하게 될 사업의 핵심으로 자리잡을 수 있도록 애쓰는 걸 말도 안 되는 생각이라고 여기지 않는다면, 나는 이 일이 제법 그럴듯한 사업이 될 수 있을 거라고 강조하는 바다. 우리가 충분히 교감하며 힘을 합친다면, 제법 그럴듯한 사업이 될 수 있어.

내가 너와 다른 생각을 하고 있다고 해서, 내가 악의를 품고 있다거나, 너, 다른 식구들을 상대로 음흉한 계획을 품고 있다고 의심은 하지 말아라. 다른 식구들 이야기가 나와서 말인데, 내가 뭐를 한 것도 없고, 뭐를 할 권리도 없다. 나는 전적으로, 그리고 앞으로도 영원히, 그들 일에 관여할 생각이 없기 때문이야. 그래서 그들에게 조언해줄 것도 없고, 물어볼 질문도 없어. 난 내 입장을 견지할 뿐이고, 그들에 대한 내 입장 역시 달라진 건 없어. 어차피 서로의 이익을 위할 수 없는 관계가 됐으니 말이야.

그리고 너에 관해서는, 지금도 그렇고, 앞으로도 마찬가지로, 관심사가 그림인 사람으로서, 역시 관심사가 그림인 다른 사람을 대하듯 하되, 다른 일에는 전혀 관여하지 않을 거야.

그래서 시작으로 너와 함께 논의하고 싶은 문제는 바로 이런 거야. 비록, 위기도 있고 시련도 있을 테고, 또 그만큼 너나 나나, 굉장히 애써야 할 일이 많겠지만, 나만큼이나 너도 연관이 있는 이 작은 그림 사업에 같이 힘을 보태는 게 어떨까 싶다. 장담하는데, 비록, 네가 바라는 만큼, 나 역시 폭풍우를 만날 일은 없기를 바라지만, 행여 그렇게 되더라도 작은 나룻배 한 척이 네게 실질적인 도움이 될 수도 있을 거다.

안부 전한다.

너를 사랑하는 형, 빈센트

420네 ___ 1885년 8월 17일(월) 추정

테오에게

물감 상인에게 연락을 받았어. 내 작품을 자신에게 보내라는 답장이 왔다. 그런데 최대한 빨리 보내달라더라고. 지금 헤이그에 관광객이 많은 시기라서 그렇대. 맞는 말 같아.

그래서 그림을 보낼 상자도 사고 운송비도 내야 하니 돈을 좀 보내줬으면 좋겠다. 원하면, 다음달에 보내줄 돈에서 미리 제해도 상관없다. 당장 가진 돈이 없는데, 그림들을 지체하지 않고 보내는 게 내게는 정말 중요한 일이라서 그래.

솔직히 네가 다녀간 뒤로 마음이 편치는 않더라. 그 어느 때보다, 앞으로 다가올 시간이 네가 상상했던 것 이상으로 힘들 거라는 생각이 들었기 때문이야.

이번에도 역시 이렇게 힘줘서 말할 생각인데, 그림을 수단으로 계속해서 물에 떠 있으려 애써도 모자랄 판에, 너는 엉뚱한 곳에 힘을 낭비하고 있어. 불과 얼마 전에 네가 편지로 그랬지,

다시 믿음이 생겼다고, 내 그림이 제법 괜찮다고.

이런저런 잔소리를 끊임없이 늘어놓는다는 이유로 내가 너한테 악의를 가지고 있다느니, 적대적이라느니, 그런 말을 하는데, 앞으로의 미래가 심히 걱정되는 상황에서, 잔소리 같은 말이 아니라 다른 말을 할 수 있을지, 네가 가만히 생각해봐라.

내가 보기에, 너는 순풍에 돛 단 듯 순탄하게 살아가는 부류의 사람이 아니야. 이런 말을 했다고 나를 원망하고 싶다면 얼마든지 그렇게 하고, 네 마음 내키는 대로 나를 대해도 상관없다.

너한테서 다른 면모를 발견한다면, 내가 했던 쓴소리들은 얼마든지 뒤집을 용의가 있어. 하지만 네가 여기 왔을 때 내가 했던 말은, 그건 여전히 유효해.

"제가 한 해에 파는 그림의 값어치가 500,000프랑 가까이 됩니다." 네가 아무리 이런 말을 하더라도, 그게 그리 대단해 보이지 않는 이유는 다가올 해부터는 네가 말한 저 매출액의 반은 커녕 그 5분의 1도 채우지 못할 게 자명하다는 걸 확신하기 때문이다.

터무니없을 정도로 높은 금액이라 전혀 사실처럼 느껴지지도 않을 금액이거든. 예술 그 자체는 든든해. 문제는 거기서 오는 게 아니야. 'Être un comptoir, cela passe(회계사가 되려는 시절은 지났다).' 내가 한 말이 아니라, *냉혹할 정도로* 예리하게 앞날을 예견하는 누군가가 한 말이다.

나는 전에도 그랬고 네가 화가가 되기를 바라고, 너 자신도 그렇게 생각하기를 바란다.

그 어느 때보다 단호하고, 힘차게 이 말을 강조하는 이유는 지금의 미술품 거래 시장이 여러모로 튤립 거래 시장하고 너무나 닮아가고 있기 때문이야. 모든 상황이 우연과 돌발상황에 좌지우지되는 사업 분야처럼 말이야.

계산상의 착오를 하고, 사소한 실수 하나만 하더라도 지금 네가 채웠다는 그 막대한 액수의 매출액이 어떻게 될까? 그 수치는 구필 화랑이 겪게 되는 돌발상황에 따라 엎치락뒤치락 달라질 거야.

예술에 대한 해박한 지식을 갖추는 것과 예술을 직접 실행에 옮기는 것은 네가 생각하는 것보다 훨씬 더 긴밀한 관계로 이어져 있어. 개인적인 목적으로 예술 작품을 사고파는 것과 대규모 판매상을 상대로 거래하는 것은 차원이 다른 일이야. 모든 분야가 다 마찬가지잖아.

그러니까 열심히 일하는 것도 좋지만 동시에 지혜롭게 일해야 하는 거야. 너도 나만큼이나 고생하고 있지만(뒤에서 돈을 대주는 게 얼마나 큰 고생이냐) 이렇게 고생한다는 게 그만큼 주도적이고 힘과 의지가 넘친다는 증거잖아. 그런데 시간이 흐를수록, 네 경제적 지원이 두드러지게 야박해지는 이 상황을 나는 어떻게 생각하고, 무슨 말을 해야 하는 걸까?

내 생각에, 이제는 내 작품을 알리기 위해서 뭐라도 해야 할 시간이 온 것 같다. 안트베르펜 여기저기에 일단 알아본 데가 있어. 조만간 정확한 연락이 올 거야. 그러면 내 그림들을 그곳으로 보낼 수 있을 거야. 내가 시도하려는 일이 그럴듯해 보이면, 성공을 거둘 수 있게 도와주면 좋겠다.

네가 네 입으로 그랬었지. "Where there's a will there's a way(뜻이 있는 곳에 길이 있습니다)." 그래, 그대로 믿을 생각이다. 과연 네가 함께 앞으로 나아가고 싶은 의지가 있는지 알고 싶거든.

안부 전한다.

너를 사랑하는 형, 빈센트

세레 씨와 포르티에 씨에 관해 몇 마디 전할 말이 있다. 두 양반에게 사실대로 전해라. 습작 보낼 준비는 마쳤는데, 대금 청구서로 갈등을 빚고 있는 물감 상인에게 돈을 갚아야 하는 처지라서, 그 사람에게 외상으로 산 물감으로 여러 점의 습작을 그렸는데 그 그림을 보낼 테니, 나를 닦달하는 대신 그 그림을 주변에 팔아보라는 제안을 했다고 말이야. 상황이 이렇게 돼서, 그 사람에게 내 습작을 보내야 한다고.

그리고 세레 씨에게 보여주라고 네게 보냈던 데생이 필요해졌어. 당장 실행에 옮겨야 할 작업이 하나 생겼거든. 그래도 어쨌든 네가 여기 내 화실에 왔을 때 두 눈으로 직접 봤다는 걸 그 양반이 알았으면 하니, 그 양반에게 내 화실에서 봤다고 말해주면 좋겠다. 그 외에는 네 생각을 있는 그대로 전해도 아무 상관 없어. 네 의견까지 내 마음대로 좌지우지할 마음은 없으니까.

하지만 이렇게까지 해야 하는 상황을 네가 뭐라 그러지 않는다는 게 나로서는 슬픈 일이다.

정말이지, 그렇다고 해도 이런 대책 자체를 거부하는 건 아니야. 물감 상인이 내 화를 돋우려고 내 세간살이를 전부 내다 팔겠다고 통지문을 보내오더라도, 두 팔 벌려 환영할 생각이야. 어쨌든 충분히 그러고도 남을 양반들이니까.

이 이야기는 할 만큼 한 것 같다. 나는 해야 할 말을 한 거야. 그러니 너는 내 조언이나 제안을 듣고 싶은 만큼만 들어라.

어쨌든 이 사람들이 정말로 내 물건들을 처분하겠다면(30플로린도 채 안 되는 돈을 가지고 이렇게 나를 심하게 흔들어댄다) 나도 굳이 막을 생각 없고, 하고 싶은 대로 하라고 둘 거야. 하지만 정말 이런 일이 벌어진다면, 불과 얼마 전에 네가 여기 다녀갔으니, 거의 네 눈앞에서 벌어지는 일이라 해도 과언이 아닐 거야.

무슨 일이 있어도 지금 내가 다다른 경지에서 멈출 수는 없어. 물감은 매일 같이 필요한 물건이야. 난 더 앞으로 나아가야 해. 그날 당장 필요한 걸 사야 할 경우, 어제 진 빚을 갚는 건 다음으로 미뤄야 해.

연말까지 이어질 내 상황을 자세히 설명하면 다음과 같다.

나를 들들 볶는 상인 세 사람에게 갚아야 할 돈이 첫 번째 사람에게는 45플로린, 두 번째는 25플로린, 세 번째는 30플로린이야. 정확히 갚아야 할 총액이 이 정도야. 시간이 가면서 늘어나긴 했지만 어떻게든 최선을 다해서 갚아나갈 생각이야.

그래서 적자가 100플로린이고.

거기에 11월 방세가 25플로린.

총 125플로린(250프랑)

네가 9월, 10월, 11월, 12월에 돈을 보낸다고 가정하면 150프랑×4=600프랑. 그러면 새해가 될 때까지 내가 쓸 수 있는 돈은 350프랑이 남아. 그런데 지금 내가 가진 게 아무것도 없다는 점과 이번 달을 버텨야 한다는 점도 염두에 두기 바란다.

그러니까 8월부터 내년 1월까지, 거의 5개월 동안 먹고살며 그림 그리는 데 쓸 수 있는 돈이 350프랑이라는 거야.

한 달에 150프랑으로 버틸 수는 있어. 부족하지만 버틸 수 있는 최소한의 액수야.

그런데 4개월 동안 250프랑으로 물감 비용에 월세까지 감당해야 한다면 작업은커녕 이러지도, 저러지도 못할 것 같아. 그러다 결국, 닦달하는 사람들에게 이렇게 외치게 될 거야. 그래, *내 세간살이며 뭐며 다 가져다 팔고, 그 대신, 작업만 하게 해달라고.*

이번달에는 그 사람들을 달래기 위해 주머니를 탈탈 털었어. 그 덕에 진짜 힘들었지.

이 문제에 관해 한마디만 더 하자면, 만약 내 그림이 그럴듯하지도 않고 볼품도 없다면 '*저도 더 할 수 있는 게 없습니다*'라는 네 말이 옳다고 인정할게.

그런데 내가 그린 크고 작은 유화 습작이나 데생이 내 실력이 많이 나아졌다는 사실을 네게 입증해 보인 이상, 과연 네가 했던 '저도 더 할 수 있는 게 없습니다'는 그 말이 과연 네가 할 수 있는 마지막 말인지는 모르겠다.

세레 씨에게도 말하고, 포르티에 씨에게도 말해라. 두 양반에게 설명해드려. 내가 원하는 건 오로지 계속해서 그림을 그리는 일이라고. 다만, 내 그림을 좋아해 줄 애호가를 만날 기회가 없는 거라고. 왜냐하면 내가 하는 일이 농부들을 그리는 일이라, 일하는 공간이 도시가 아닌 시골이기 때문이라고.

라56네 ____

친애하는 벗, 라파르트

유감스럽게도 여태 자네에게 아무런 답장이 없군. 생각할수록, 자네와의 관계를 정리하는 게 힘들지 않겠다는 생각이 들어. 전혀 자네답지 못했던 내용의 그 편지를 군말 없이 철회하지 않는 한은 말이야. 다시 한 번 하는 말인데, 나는 자네 생각이 틀렸다는 걸 스스로 인정한다면, 이번 일을 단순한 오해로 여기고, 다시 우리 우정을 예전처럼 이어갈 용의가 있어.

그런데 이 일을 그냥 이 상태로 넘기고 싶지는 않아서 그러니, 이번 주까지 답장을 주기 바라네. 자네가 답장한 내용에 따라 나도 마음을 먹고 결단을 내릴 생각이야.

이번 주까지 아무런 답이 없으면 더 이상은 자네에게 아무런 소식도 받고 싶지 않아. 자네가 내 그림과 내 성품에 대해 지적했던 부분이 타당했는지는 아마 시간이 평가해줄 거야. 진심을 담아 선의로 한 말이었는지도.

안부 전하네.

빈센트

421네

테오에게

그제 쓴 편지에 몇 마디 덧붙일 말이 생겼다. 어제 라파르트에게 편지 한 장을 받았는데, 우리의 갈등을 말끔히 해소해주는 내용이었어. 지금 작업하고 있는 벽돌 공장 유화의 크로키를 보내왔더라고. 상당히 독창적인 분위기긴 하지만 비슷한 분위기로 표현된 다른 그림을 찾아보면, 너도 알고 있는 〈안트베르펜의 광부들〉을 그린 뫼니에의 화풍이 떠오르더라.

라파르트는 위트레흐트 외곽에 작은 집을 하나 얻었대. 그런데 화실로만(빛이 위에서 내려오는) 사용할 생각으로 벽돌 공장 근처에 얻었다더라고. 지금은 다시 테르스헬링으로 돌아간 터라, 자연 속에 파묻혀 지내고 있을 거야. 개인적으로는 도시에서 작업하는 것보다는 훨씬 나을 거야. 사실, 나는 우리 사이의 일이 이렇게 정리가 되기를 바라고 있었어. 그 친구의 비판을 받아들이기 힘들었듯이, 우리 사이의 일을 이 상태로 내버려둘 수가 없었어. 더욱이 경제적인 어려움 때문에 작업도 심히 영향을 받고 있었거든.

이 문제를 해결하는 데 너 혼자 애쓰라는 게 아니라 당연히 힘을 함께하자는 거야(나 혼자 애쓰는 것도 아니고). 그렇게 할 수 있는 최선을 다해 상황을 나아지게 만들자는 거야.

너 역시 어려운 형편이고, 네 생활도 편치는 않다는 거, 나도 잘 안다. 그래서 더더욱 네 노력을 고맙게 여기는 거야. 그래도 주어진 목표를 달성하기 위해 고생하는 건 불행한 일이 아니야. 그러기 위해서 치열하게 투쟁하는 건 정직한 승리를 이루기 위한 전제조건이기도 해. 그림을 그리면서 막대한 비용이 들어가는 일을 매번 피할 수는 없어. 그렇게 피하는 게 또 능사도 아니고. 모델에 들어가는 돈이나 그림에 필요한 화구 장만하는 일을 주저하면 결과가 좋을 수가 없어. 그런데도 상황이 이 지경까지 이르고 보니, 앓는 소리를 안 할 수가 없다.

다시 한 번 말하는데, 내가 말했던 작은 그림 사업을 계속 추진해보자. 조만간 이 사업이 절대적으로 필요한 순간이 오기 때문이야. 하늘에서 폭우가 위협을 해올 때면, 배들이 물에 잘 떠 있을 수 있도록 정비를 잘 해둬야 해.

헤이그의 물감 상인은 뢰르스 씨야. 지금은 프락티제인스후이 아니라 몰렌스트라트에 산다.

그림을 하나만 보내지 말고 더 보내라고 하더라. 그래야 기회가 늘어난다고. 그러면서 내주겠다는 진열장은 2개에 불과해. 하지만 본인도 돈이 궁한 상황이니 적극적으로 나서줄 거야.

그래서 초가집 몇 점에, 낡은 종루, 작은 인물화 여러 점을 보낼 생각이야. 그 양반이 이 그림들을 소개하는 동안 나는 보조를 맞추기 위해서 계속 새 그림을 작업할 거야.

헤이그에 사는 두 번째 물감 상인도 설득할 수 있었어. 그런데 나한테 문제는 계속해서 작업을 이어갈 수 있느냐는 거야.

네가 떠난 뒤에 작은 그림 하나를 더 그렸는데(눈밭에서 무를 뽑는 아낙네 정도 크기야) 밀을 수확하는 장면이야. 밀을 베는 남자, 그걸 단으로 묶어서 쌓는 여자, 그리고 풍차. 네가 데생으로 본 장면과 비슷해. 일몰 이후의 저녁 분위기가 나도록 효과를 줬어. 그리고 실내의 풍경을 그린 습작도 몇 점 더 그렸어.

포르티에 씨와 세레 씨와 다시 한 번 논의해보는 게 좋을 것 같아. 내 사정이 여전히 좋지 않다고 말해서 그 양반들도 어떻게든 수를 내게 해보자는 거야. 물론 나도 최선을 다해서 새 작업 결과물을 두 사람에게 보내야겠지. 그림을 포장해서 보낼 방법을 찾아보자.

유화 습작 3점을 더 그렸어. 감자밭에 있는 아낙네들인데, 첫 번째 습작은 너도 본 거야.

라파르트가 벵케바흐하고 얘기했다는데, 편지에 어떤 투로 이야기를 시작했는지는 언급이 없더라. 아무튼 지금은 테르스헬링에 가 있는데 여전히 여기로 그림 그리러 오고 싶어 해.

안부 전하면서 네 앞길에 성공과 번영이 있기를 기원한다.

너를 사랑하는 형, 빈센트

라57네 ___ 1885년 9월

친애하는 벗, 라파르트

자네 편지와 유화를 옮겨 그린 크로키 잘 받았어. 아주 괜찮은 소재인 것 같아. 구도나 균형은 흠잡을 데 하나 없는 것 같더라고.

사소한 부분 하나만 지적해도 될까? 유화가 다 완성돼서 수정이 불가능하다면 이런 말도 안 하겠지만, 그래도 선과 관계된 부분이 아니니만큼 조금만 바로잡으면 더 낫지 않을까 싶어서. 그림 가운데 있는 인물, 쇠스랑을 들고 있는 여자를 보자고. 위치는 아주 괜찮은데, 바닥에 갈퀴질하는 동작이 그림의 중심인물에게는 다소 비중이 떨어지는 동작이 아닌가 싶어.* 전경에 배치된 인물에게 *벽돌을 들게* 하는 건 어떨까? (움직임을 아주 적극적으로 표현하는 동작인 동시에 전체 분위기에 잘 어울리는 특징도 살릴 수 있으니까.) 그리고 쇠스랑은 그림상에서 봤을

* 라파르트는 이후에 빈센트의 지적을 받아들여 그림을 수정한 것으로 추정된다.

때 돌멩이를 들고 그냥 후경에서 자리만 차지하고 있는 인물에게 들려주고.

혹시 작업 진행 과정에 차질 없이, 이런 수정이 가능할지 한 번 생각해보라는 거야. 전혀 대수롭지 않은 게 아닌 것 같아서 하는 말이야. 이 부분에 대한 비판이 따를지도 몰라. 이 인물이 그 자리에 서 있는 건 *괜찮아* 보이는데, 선을 건드리지 않으면서도 보다 흥미로운 *동작*으로 표현할 방법은 없을까? 너무 섭섭하게 여기지 말게. 아직 밑그림 단계니 이 정도의 의견을 제안하는 게 크게 문제가 될 건 없을 것 같다는 게 내 생각이야. 그렇다고 내 관점을 자네에게 강요하는 건 전혀 아니야. 나는 크기가 큰 그림일수록 움직임을 실감나게 표현하는 게 중요하다고 생각할 뿐이야. 물론, 지나친 요구라는 건 나도 알아. 그리고 선과 선들의 균형이 분위기를 좌지우지할 수 있다는 것도 알고.

그런데 선들을 매끄럽고 투박하지 않게 처리할 수도 있을 것 같아. 이 부분은 내 생각이 틀리지 않을 거야. 그러니까 중심인물을 말하는 거야. 그래서 아무 말 안 하고 그냥 넘어갈 수가 없었던 거고. 내 조언이 좀 과하다고 생각되면, 벽돌을 나르는 *두 여인* 중 한 사람만이라도 허리를 숙이고 벽돌을 내려놓는 동작으로 표현해서 두 사람이 똑같은 일을 하는 것처럼 보이지 않도록 수정하는 건 어떨까. 그래도 두 사람이 허리를 숙이는 동작이니 결국, 똑같을 것 같긴 하네. 어쨌든 크게 중요한 건 아니야. 사실, 내가 *맨 처음* 지적했던 부분이 가장 타당한 것 같아.

내 작업 이야기를 하자면, 자네도 석판화로 본 〈감자 먹는 사람들〉은 내가 우중충한 초가집 실내에서 등불 하나만 켜두고 완성하려 애쓴 그림이야. 사용된 색의 계열이 좀 어두운 편이라 흰 종이 위에 표현되는 *밝은* 색조들이 잉크 덩어리 같은 느낌이 들지만 그림에서는 밝은 얼룩처럼 보여서, 결과적으로 어두운 계열의 색과 어느 정도 균형을 이루게 돼. 예를 들면, 프러시안 블루는 아무것도 섞지 않고 그대로 사용했어. 배색에 심혈을 기울이다 보니, 인물들 상체를 표현하는 데 다소 소홀한 편이야. 이 점은 스스로도 자책하네. 그런데 얼굴과 손만큼은 아주 신경 써서 표현한 거야. 왜냐하면 나머지 다른 부분들이 대부분 어둡게 처리됐기 때문에 두 요소가 가장 중요한 부분이었거든. 결과적으로 효과 면에서 보자면 석판화에 나온 것과는 전혀 다른 분위기라는 거지. 그러니까 내가 이렇게 그렸을 거라고 자네가 생각한 부분에 대한 해명이 좀 되었으면 좋겠어. 게다가 유화 속에 담긴 데생도 석판화와도 다르고, 저녁에, 초가집 안에서 등불 하나에 의지해 대강 그렸던 스케치와도 분위기가 달라. 그 스케치는 지금도 내가 가지고 있어.

자네가 다녀간 이후로 얼굴 그림 유화를 여러 점 그리고 농부들 인물화도 데생으로 여러 점 그렸어. 땅 파는 사람들, 풀 뽑는 사람들, 수확하는 사람들 등등. 이런 작업을 하면서 틈틈이 직간접적으로 아주 중요한 문제에 대한 고민을 해왔었어. 바로 색 문제야. 빨간색과 초록색, 파란색과 주황색, 노란색과 보라색 등의 혼합 비율, 그러니까 언제나 어울리는 보색과 보색 상호 간의 영향력 등을 연구해왔다는 거야. 자연도 역시 빛과 어둠이 서로 영향을 주고받는 건 마찬가지야. 매일같이 생각하고 고민하는 또 다른 부분이 있는데, 자네는 내가 이 부분을 간과한다고 오해하는 것 같아. 그건 바로 형태와 형태에서 볼 수 있는 입체감, 대략적인 윤곽 그리고 부피를 재현하는 방식이야. 여기서 윤곽선은 처음이 아니라 나중에 신경 쓸 부분이 되지.

여기 작은 크기의 크로키 2점을 동봉해 보내는데 모두 유화로 그린 것들이야. 요즘은 주로 작은 크기의 그림들을 작업하고 있어.

여전히 *농부*들의 움직임에 관심을 집중하는 터라 매일같이 풍경을 그릴 수밖에 없어. 벵케바흐가 나를 보러 왔을 때도 초가집을 작업하고 있었지.

목판화 복제화 수집품 목록도 레르미트의 대형 복제화 4점 말고는 새롭게 추가된 게 없어.

레르미트는 정말 모든 면에서 제2의 밀레라고 해도 과언이 아니야. 레르미트의 작품을 보고 있으면 밀레를 보고 있는 것처럼 흥분을 감출 수가 없어. 천재성도 밀레에 버금간다네.

내 동생이 얼마 전에 여기를 다녀갔어. 파리에서 벌어지고 있는 일들에 대해 이런저런 이야기를 들려줬는데 흥미진진하더라고. 외젠 들라크루아 전시회도 성공적이었대. 인물화가인 라파엘리와 채색 풍경 화가인 클로드 모네에 관해서도 이야기해준 게 있는데 역시 흥미로웠어.

그 외에는 자네도 잘 알다시피, 우리가 사는 이 시대가 화가들에게는 *황금의 시대*가 아니라 철의 시대에 더 가깝잖아. 내 말은 하루하루 사는 것도 힘들다는 거야. 적어도 내 경우는 궁핍한 생활의 연속이야. 그래도 내 의지뿐만 아니라 어쩌면 내 힘도 꺾이기보다는 오히려 더 커지고 단단해지고 있어. 내가 완전히 무너져 내릴 때까지 비판해야 한다고 생각했거나, 생각하는 사람이 자네 혼자라는 생각은 말게나. 지금까지 내가 해본 유일한 경험이 바로 이런 거였으니까. 한마디로, 이렇게 나를 비판하는 사람이 한두 명이 아니었기 때문에, 자네의 비판을 비롯한 남들의 비판에 더 잘 대응할 수 있고, 앞으로는 더 잘 할 수 있을 거야. 내가 바라는 것들이 충분히 이루어질 수 있다는 확신을 가지고 말이야.

비록, 내 방식을 자네한테 강요하지도 않았고, 자네 방식을 그대로 받아들이기는 했지만, 아무런 조건을 달지 말고 자네의 비판을 철회하라고 했던 건, 마치 전제 군주처럼 자네 의견을 꺾고 무력화하려는 게 아니야. 자네는 그렇게 생각할지 모르지만, 전혀 그런 의도는 없어.

한 가지는 아주 정확히 짚고 넘어가야겠는데, 내가 자네한테 격분했던 건 석고 모델을 보고 그림 그리는 사람처럼 행동한 것 때문이야. 솔직히 말하는데, 지금도 다시 그럴 수 있어.

다른 문제들에 관해서는 나라고 해서 언제나 차분히 앉아서 지켜볼 수는 없는 법이야. 가끔은 누가 내 몸에 손을 얹고 있는 기분도 들어. 그래서 내 확신이 내 일부이듯이 내가 이 문제와 한몸처럼 느껴지기도 해.

석판화에 문제가 있는 게 사실이야. 다른 여러 작품도 마찬가지일 거야. 그런데 지금 내가 그리고 있는 다른 작품들을 통해서 내가 추구하는 게 뭔지 충분히 보여줄 수 있다고 생각해. 사람들은 내 작품을 제대로 평가할 능력도 없고, 그럴 마음도, 진심도 없어. 내 그림은 전체를 봐야 하고, 내 의도와 내가 원하는 바도 같이 고려하면서 평가해야 해. 내가 그림에 담아내고 싶은 건, 자신들의 집에서 일상을 보내고 있는 농부들의 모습이야.

그런데 자네는 내 그림이 전체적으로 *힘이 빠져 보인다고* 평가했어. 그러면서 단점이 장점보다 훨씬 많다고 주장했지.

*내 작품*에 대해서도, *내 생각*에 대해서도 그런 식으로 말했잖아.

그런데 나는 그걸 인정하지 않아. 전혀 인정하지 않는다고.

농부들을 그림에 담아내는 건 결코, 쉽지 않은 일이라 '힘이 빠져 보이는' 그림을 그리는 사람들은 엄두도 낼 수 없어.

그런데 나는 적어도 엄두를 내서 시도했고 어느 정도 기반도 닦아놨어. 결코 쉬운 일은 아니거든. 게다가 유화를 그리거나 데생을 하다가 중요하고 도움이 되는 것들을 발견하기도 하는데, 그게 자네가 생각하는 것보다 훨씬 유용하고 중요하기도 하다네, 친구. 하지만 나는 하는 법을 배우기 위해서 아직 내가 할 수 없는 것들을 위주로 연습하고 있어. 이 부분에 관한 이야기가 길어지면 나도 나지만, 자네도 지루할 거야. 그래서 마무리하자면, 이 일은 쉽지 않은 일이고, 우리같이 농부와 일반 대중의 생활상을 그림으로 그리는 화가들은 최대한 서로 힘을 합치는 게 현명하다는 거야. *서로 싸울 게 아니라,* 서로 힘을 합쳐서 밀레를 비롯한 이전 세대의 다른 선구자들이 치열하게 투쟁하며 성취한 진보적인 개념들을 여전히 가로막고 있는 사람들과 싸워야 하는 거라고. 화가들 간의 치명적인 싸움만큼 어리석은 일은 없어.

자네와 내 경우도 마찬가지야. 논쟁은 여기서 멈춰야 해. 우리는 *같은* 목적을 추구하는 사람들이잖아.

자네가 열망하는 것과 내가 바라는 게 *똑같지는 않을* 수 있겠지. 하지만 내가 볼 때에는 그 두 가지가 완전히 상반된 게 아니라 서로 *평행*을 이룰 수는 있어. 자네와 나 사이에는 성향이나 원칙에 있어 접점이 많은 편이야. 그런데 이 같은 접점이 여전히 남아 있는 이상, 자네의 비판은 전체적으로 모순될 수밖에 없어. 왜냐하면 *내 작품을 비판하기 위해 들이댄 잣대*는 자네 작품을 시금석으로 삼아 찾아낸 특징이 되는 셈이니까.

자네나 나는 일반 대중들 사이에서 그림의 소재를 찾네. 우리는 현실에 존재하는 실물을 대상으로 습작을 그리려는 경향이 있는 사람들이야. 그게 *목적*이 될 수도 있고, 그게 *방법*이 될 수도 있지. 다시 말하면 우리는 공통점이 아주 많다는 뜻이야. 우리 두 사람이 사실 *대조적*이라는 말, 동의하지 않아. 데생 기법이나 유화 기법도 마찬가지야. 자네가 여러모로 나보다 교육 수준도 높고 유식하다는 건 인정해. 하지만 나가도 너무 나갔어.

기법 면에 대해서 논하자면 상황은 이래. 나는 여전히 그 비법을 풀어내기 위해 애쓰고 있어. 그러다 몇 가지를 발견하기도 하지만 여전히 여러모로 부족한 편이야. 그래도 나는 *내가 왜 지금의 방식으로 그림을 그리고 있는지*는 정확히 알고 있어. 그리고 탄탄한 기본기를 바탕으로 이런저런 실험을 하는 거야.

마지막으로, 벵케바흐하고 이런 이야기를 했었어. 나만큼 자질이 부족해서 괴로워하는 화가는 없을 거라고. 다만, 그렇다고 해서 내 방향이 틀린 거라고는 생각하지 않는다고.

가끔 보면 나한테는 이중부정으로 긍정이 되는 경우가 있는 것 같아. 내 데생이나 유화 중 아무거나 골라보자고. 자네가 원하는 그림이나, 내가 상대적으로 편한 마음으로 자네에게 추천하는 그림이나 아무거나. 잘 살펴보면 데생이든, 배색이든, 색조든 아마 사실주의자들이라면 절대로 하지 않았을 실수를 여럿 발견할 거야. 내가 봐도 부정할 수 없는 부정확한 부분들이 보일 테고 필요할 경우에는 나 자신이 그 누구보다 큰 소리로 그 부분들을 지적할 거야. 부정확한 부분이나, 불완전한 부분.

하지만 앞으로도 그런 실수나 오류가 있는 그림들을, 비판적인 시각으로 보면 그런 단점이 더 잘 보이는 그림들을 계속 그릴 수도 있어. 하지만 그 그림들은 단점을 압도하는 고유의 생명력과 존재 이유를 갖추게 될 거야. 그 그림의 특징과 그 안에 담긴 혼을 제대로 알아보고 감상할 수 있는 사람들을 위해서. 내가 비록 단점은 많은 사람이지만 그렇다고 자기들 생각대로 손쉽게 나를 회유할 수는 없을 거야. 나는 내가 느끼는 걸 그리고 싶을 때나 내가 그리는 걸 느낄 때, 내가 추구하는 목표가 무엇인지 너무나 잘 알고 있고, 또 옳은 방향으로 나아가고 있다는 사실을 누구보다 확신하기 때문에 남들이 하는 말 따위는 전혀 개의치 않아.

하지만 이 모든 게, 가끔은 내 삶을 엉망으로 만들 때가 있어. 내 험담을 하거나 나를 적대적으로 대하고 무시한 사람 중에는 분명히 나중에 후회할 사람들도 있을 거야. 아무튼 사람들의 이런 비난과 힐난에 맞서기 위해 내가 선택한 건 고립의 길이었어. 그래서 그림의 대상이 되는 농부들 외에는 말 그대로, 그 누구와도 만나지 않고 지내고 있어.

이 상황은 계속 유지할 생각이야. 어쩌면 내 화실에서도 나와서 초가집에 자리를 잡게 될지도 몰라. 소위 '교양 꽤나 있다는 사람들'이 수군거리는 소리를 듣지 않기 위해서.

하지만 자네와 내가(아주 진지하게 하는 말인데) 여전히 친구로 지낼 수 있는 이유는 자네한테서 내가 아주 높이 사는 그런 성향을 발견했기 때문이야. 자네는 일반 대중의 마음속 깊은 곳까지 꿰뚫어볼 수 있고, 그렇게 시작한 걸 중도에 포기하지 않을 정도의 의지가 넘치는 사람이야. 우리 두 사람이 서로에게 도움이 될 수 있고, 서로에게 버팀목이 될 수 있다고 말하는 건(우리가 관습에 휘둘리지 않는 한) 자네는 점점 이름을 알리면서, 더 강렬한 작품을 만들어낼 사람이기 때문이고, 그렇게 되면 하나의 성향을 갖춘 화가들과 다른 성향의 화가들 사이의 투쟁을 촉발할 수도 있기 때문이야. 또 그렇게 되면 뜻을 함께하는 여러 화가가 힘을 합치는 게 유리할 거야. 각기 다른 서로의 관점을 주고받는 것과 각자의 그림을 서로 감상해서 나쁠 건 없다는 게 내 생각이거든.

여기 어제 작업한 습작을 보고 그린 세 번째 크로키도 동봉하네.

안부 전하고. 다시 한 번 강조해야 할 것 같은데, 자네 그림 속에서 중앙을 차지하고 있는 여성의 동작에 대해 지적한 내용, 잘 생각해보기 바라네. 그림의 구도는 정말 기가 막히게 잘 잡았고 전체적으로도 찬사를 받을만한 그림이야. 그리고 벵케바흐를 만나거든 내가 한 이야기도 같이 전해주면 좋겠네.

자네를 사랑하는 친구, 빈센트

내 크로키를 보면 그림 속 인물들에게 어떤 동작을 하는 것처럼 보이게 만들려고 애쓴 흔적이 느껴질 거야. 무언가를 하고 있다는 생각이 들도록.

자네 그림에서는 적어도 한 사람은 허리를 숙이고 무언가를 하고 있어서 괜찮아 보여. 그런데 *수직선* 여러 개로 *한창* 동작 중임을 표현하는 건 한계가 있는 것 같아.

422네

테오에게

네 편지 잘 받았다. 그리고 안에 든 20프랑도 잘 받았어. 정말 고맙다.

뢰르스 씨에게 여러 주제의 그림 7점을 보냈다. 연작의 분위기가 더 살아나라고 작은 채색

스케치 12점도 같이 넣었어. 그리고 비셀링예 씨에게 그림을 보냈으니까 가서 한 번 보시라는 내용의 편지도 썼고. 그런데 이 그림들을 너한테 보내지 못한 게 아직도 못내 아쉽다.

우리가 뢰르스 씨에게 돈을 갚고, 네가 이 물건을 가져갔다면, 여기서 몇 점을 골라 비슷한 그림이 적당히 모였을 때, 우리도 나름대로 네덜란드에서 그림 팔아볼 기회를 만들 수도 있었을 거야. 이런 식으로 하면, 우리가 힘을 키우면서 핵심이 되는 알짜는 계속 소유할 수 있거든. 그런데 네가 말했다시피, 이미 엎지른 물은 다시 담을 수가 없구나.

네가 편지에 일상 풍경 속의 인물화를 이야기했기에 그에 대한 일종의 답으로 이 편지에 몇 장 같이 보낸다. 액자에 넣으면 나아 보일지는 의문이긴 하다. 밭에 나갔을 때 더 괜찮은 소재가 눈에 보이면 조속한 시일 내에 몇 장 더 그려 보내마.

편지에 따르면 여전히 가계부상의 수입보다 지출이 더 많은 걸로 보아 허리띠를 더 바짝 졸라매며 절약하지 않은 것 같다고 하는데, 물론 그럴 수도 있을 거야. 그런데 그 원인이 과연 뭘까? 그래, 아우야, 바로 다른 가족들 때문이야! 지금의 상황이 계속 이어지면 *너도 버티기 힘들 거야*. 그리고 내 장담하는데, 그 덕에 나도 고전을 면치는 못할 거다. 그래, 부득이한 경우라면 다른 식구들로 인해 지난 몇 해에 비해 더 힘든 시기를 보내야 한다 해도 감수하겠다. 다만, 네 돈이 다른 식구들을 행복하게 만들어주고, 뭐든 할 수 있게 도와주기는 하는 거냐? 그리고……. 그렇게 하고 나면 너도 그렇고, 다른 식구들도 그렇고, 나중에 모두가 그 결과에 만족할 수 있을까?

솔직히 내 개인적인 경험을 돌이켜보면, 구필 화랑에서 보낸 몇 년이라는 시간이 고향 집을 상당히 그리워하게 만들었었어. 그런데 집으로 돌아온 일이 또 위기로 닥쳐왔고, 결국 완전히 홀로서기를 하게 된 일을 떠올리니, *내가 아는 모든 게* 달라졌고, *내가 아는 모든 사람이* 다 달라져서, 제대로 된 게 하나도 없는 것 같다는 생각이 든다. 괴로웠던 그 시절을 생각하다 보니, 지금의 어려운 상황이 훗날, 네가 밟고 올라설 단단한 밑바탕이 되어주지 않으면 어쩌나 걱정도 든다.

그래서 어쩔 수 없이 이런 말을 할 수밖에 없는데(널 나무라려는 것도, 겁주려는 것도, 낙담하게 하려는 것도 아니지만, 뼈 아픈 현실이라서) 아무래도 너라는 별은 저물고 있다는 생각이 들어. 아니, 이미 지고 있을지도 몰라. 그래서 다시 한마디 덧붙이는 거야. "스스로 거듭나야 해! *그림을 그리는 일이든, 그림을 파는 일이든 그 안에서* 다시 거듭날 수 있는 길을 찾아야 해. 너만이 할 수 있는 일을 벌이면서!" 이 정도면 내 의도가 널 나무라거나 탓하거나 감정을 상하게 하려는 게 아니라는 건 분명히 알겠지. 치열하게 살았고, 지금도 여전히 그 어느 때보다 치열하게 살고 있는 한 사람으로서 하는 말이야. 아무튼. 생에서 한 해씩 앞서 나갈수록 시간이 쏜살같이 흘러가는 것 같다. 더 많은 일이, 더 빠른 양상으로 진행되는 느낌이야.

네가 제대로 이해했으면 하는 마음에서 단도직입적으로 말하는데, 네 상황에 변화가 필요하다면, 나는 그게 너무 자연스럽고, 그럴 만하다는 생각이 들어서, 불평만 하기보다는 차라리 더 긴밀하게 협력해 남들이 우리를 뒤흔들지 못하게 만들어야 한다고 본다. 다만, 우리 두 사람 모두 예술을 향한 용기와 힘 그리고 진심 어린 사랑을 지니고 있음을 입증해야 해.

나는 순풍에 돛 단 듯 편하게 살기는커녕(어림도 없지) 시종일관 크나큰 난제를 끌어안고 지내왔어. 그래도 괜찮아. 하지만 외부 상황이 점점 더 힘들어지더라도, 내 내면의 힘, 그러니까 작업에 대한 내 의지는 점점 더 커지고 있어. 그리고 새로운 수입원이나 새로운 기회, 다시 돌아오는 기회는 얼마든지 있을 거라고 생각해.

아까도 말했다시피, 최근에 그린 데생 몇 점 동봉하는데 이달 내로 몇 장 더 그릴 거야. 마지막에 그린 크기로. 그러니까 콩 껍질 벗기는 아낙 데생처럼.

안부 전한다.

너를 사랑하는 형, 빈센트

423네

테오에게

보내준 편지와 안에 든 150프랑 잘 받았다. 레르미트의 새로운 그림 2장도 오늘 도착했어.

레르미트는 정말 인물화에 탁월해. 그냥 종이 위에 자기 마음대로 던지고 그린 게 인물이 되거든. 그리고 색이나 색조가 아니라 렘브란트처럼 빛에서부터 출발해서 그림을 그려. 그가 능수능란하게 구사하는 모든 게 정말 놀라울 따름이야. 그림의 소재를 자유자재로 다듬는 것 같은데, 그게 또 아주 상당히 사실적이기도 해.

요즘 사람들이 푸생 이야기를 많이 하더라. 브라크몽도 마찬가지고. 프랑스 사람들은 고전화가 중에서는 푸생을 위대한 대가로 여기고 있어. 푸생에 대해서는 아는 게 거의 없지만, 나는 레르미트와 밀레 역시 푸생에 버금가는 화가임이 틀림없다고 생각해. 차이가 있다면, 푸생은 최초의 씨앗이고 나머지 화가들은 속이 꽉 찬 이삭이라고 할 수 있어. 그러니까 나는 *현대 화가들의 수준이 한 차원 더 높다*고 생각해.

지난 보름간 잘나신 목사 양반들 때문에 아주 곤혹스러웠어. 그 양반들 의도야 당연히 선의였겠지. 그리고 남들보다 자신이 내 문제에 개입하는 걸 당연히 여겼을 거야. 그러니까 다시 말해서, 나보다 낮은 위치에 있는 사람들과 어울리면 안 된다고 일장 연설을 늘어놓는 거야. 정확히 그런 식으로 말했어. 그런데 나한테 말한 것과는 달리 '낮은 위치에 있는' 사람들에게는 거의 협박조에 가까운 말투로 다시는 내 그림의 모델이 되어주면 안 된다고 강요하지 뭐냐. 그래서 내가 시장님을 찾아가서 무슨 일이 있었는지와 목사 양반들이 한 말을 고스란히 전하면서 목사 양반들은 자신들 교구에서 물질적인 일과 상관없는 영적인 문제에나 신경 쓸 일이지, 이런 문제까지 일일이 개입할 권한은 없다는 점을 강조했어. 어쨌든, 지금까지는 더 이상 반대에 부딪히는 일은 없었는데, 아무래도 이 상태로 계속 가지 않을까 싶어.

내 그림의 모델을 서주던 젊은 처자가 아이를 가졌는데, 그 양반들은 내 아이라고 여기고 있어. 전혀 사실이 아니거든. 아이를 밴 당사자의 입을 통해 직접 진상을 전해들었고, 뉘넌 어느 교구의 신자 하나가 이 일의 배후에서 추악한 역할을 했다는 사실을 내가 알고 있는 이상, 목사 양반들도 나를 어떻게 할 수는 없어. 적어도 이번 일로는 말이야.

보다시피 농부들 집과 일터로 찾아가서 그리는 게 어려워졌어.

그래도 목사 양반들, 이번에는 원하는 대로 할 수 없을 거야. 어쨌든지 이번 겨울에도 먼저 모델이 돼주었던 사람들을 계속 그릴 수 있으면 좋겠다. 대대로 브라반트에서 살아온 토박이들이야.

이런 상황에서도 데생 몇 점을 또 그렸어. 그런데 요즘은 밭에 나가서 포즈 좀 취해달라고 하면 기꺼이 나서주는 사람이 없다.

다행인 건, 목사 양반의 평판이 아직은 괜찮지만, 점점 떨어지는 추세라는 사실이야. 어쨌든 꽤 곤란한 상황이다. 이 중상모략이 계속된다면, 아무래도 여길 떠나야 할지도 모르겠다. 굳이 사람들한테 안 좋은 인상을 심어주는 게 무슨 도움이 되느냐고 할지 모르겠지만, 때로는 그래야 할 필요도 있어. 내가 유하게 나왔으면, 나를 무자비하게 짓밟고도 남을 사람들이야. 내 작업을 이런 식으로 방해한다면, 나로서도 '눈에는 눈, 이에는 이' 식으로 나가는 것밖에는 방법이 없어. 목사 양반은 내 그림의 모델을 거부하는 사람들에게 돈까지 약속했다더라고. 그런데 사람들은 오히려 당당하게 목사 양반 돈을 받느니, 나한테 돈을 받겠다고 대답했다네.

그러니 이 사람들이 모델을 서주는 건 오로지 돈이 목적이라는 걸 너도 잘 알 거야. 여기서는 공짜로 얻어낼 수 있는 건 없어.

라파르트가 그림을 판 적이 있느냐고 물었잖아. 그 친구 요즘 주머니 사정이 예전에 비해 넉넉하다는 건 나도 알아. 최근에는 누드화를 그리느라 한 모델을 며칠에 걸쳐 연달아 부르기도 했어. 게다가 벽돌 공장 유화 작업에 필요해서 공장 근처에 장소를 하나 빌려서 빛이 위에서 들어오게 집을 개조까지 했어. 그리고 드렌터를 한 바퀴 돌고 테르스헬링으로 간 것도 알고. 이 과정에 들어가는 돈이 상당할 테니, 아마 여기저기서 돈을 벌고 있지 않을까 싶어. 워낙 가진 돈이 있긴 하지만 어떻게든 돈벌이를 하지 않는 상황에서는 이렇게 지내는 게 불가능해. 가족이나 지인들에게 자신의 그림을 팔 수도 있을 거야. 그래도 어쨌든 자기 그림을 파는 건 파는 거잖아.

레르미트에 온통 정신이 팔린 터라 오늘저녁에는 긴 얘기를 못 하겠다. 밀레와 레르미트의 작품을 떠올리면 현대 예술도 마치 미켈란젤로나 렘브란트의 명작만큼 강렬하게 다가온다. 고전 예술의 힘은 무한대라고 하는데, 현대 예술 역시 마찬가지야. 고전 예술이 *천재성*을 보여주고 있다면, 현대 예술도 *천재성*을 보여주고 있어. 슈나바르 같은 사람은 아마 내 생각에 동의하지 못할 거야. 하지만 현대 예술이 지니는 천재성에 믿음이 간다는 게 내 입장이야.

나는 예술을 전적으로 믿는 사람이야. 그래서 내 작품을 통해 표현하고 싶은 게 있어. 그리고 그것을 표현하기 위해서라면 목숨까지도 내놓을 각오가 돼 있어. 잘 있어라.

너를 사랑하는 형, 빈센트

424네 ____ 1885년 9월

테오에게

네게 보내줄 그림 몇 가지를 챙겨뒀다는 소식을 전하려 펜을 들었다.

브라크몽의 책은 여러 번 읽고 생각도 많이 해봤어. 색에 대해서 그가 설명하는 내용이 새로운 건 아니지만, 결국은 들라크루아가 정립한 이론과 일맥상통하는 내용이야. 그가 정의하는 데생은 이런 거야. '형상을 만들어가는 게 데생이고, 데생이 곧 형상을 만들어가는 것이다.' 사실, 이것도 역시 새로운 것은 아니야. 이런저런 진리를 적어둔 부분도 더러 있긴 하지만 이 정의만큼 시선을 끄는 내용은 없었어.

아무튼 책은 괜찮았어. 자주 생각이 나는 책이야.

너한테 보내려고 준비해둔 건 간단한 정물화야. 감자가 든 바구니, 과일, 구리 냄비 등등. 그런데 각기 다른 색으로 형상을 만들어보려고 시도했어. 포르티에 씨가 이 그림을 보면 좋겠다. 돈이 생기는 즉시 바로 네게 보내마. 지금은 월말이라서.

혹시 이번달에 레르미트의 새 그림이 출간된 건 없는지 궁금하다. 뒤셀도르프의 쉰펠트라는 상점에 물감을 부탁해서 구했어. 여기서는 쉽게 찾을 수 없는 게 있거든.

〈감자 먹는 사람들〉 색감이 그리 좋지 않았던 건, 적어도 일정 부분, 물감 때문이기도 해. 그런 생각을 하게 된 건, 커다란 정물화 하나를 그리면서 동일한 색조로 표현하려 했었는데 결과가 마음에 들지 않아서 다시 그렸는데도 결과가 똑같더라고. 새로 구매한 망가니즈 블루를 사용하면 전에 쓰던 것보다 더 나은 결과물이 나올 것 같아.

안부 전한다.

너를 사랑하는 형, 빈센트

425네 ____

테오에게

네가 보내준 편지와 안에 든 150프랑, 잘 받았다는 소식을 조금 더 일찍 전하고 싶었어.

레르미트의 〈9월〉도 잘 받았다. 정말 근사하더라. 네가 편지에 루브르에 전시된 푸생의 그림

als ik meer tijd er voor heb
Tegen den winter zal ik van dit soort gevallen eenige
teekeningen maken
la nichée et les nids daar houd ik hard van – vooral die menschennesten
die hutten op de hei en hunne bewoners –

이야기를 했잖아. 나도 푸생의 그림을 좋아해. 그런데 사실, 푸생의 그림을 본 건 언제인지 기억도 나지 않을 정도로 오래전 일이다. 그래서 말인데, 그림을 좀 봐야 할 필요가 있는 것 같아. 아니, 그러도록 노력해야 해. 이제는 시간을 좀 내서 간간이 여기저기 다녀봐야 할 것 같아. 내 그림을 좋아해 줄 애호가들 만나는 일을 뒷전으로 미루고 싶지는 않거든.

가장 하고 싶은 건, 렘브란트와 프란스 할스의 그림을 감상하는 일이야. 이번 주에는 암스테르담 박물관에 다녀올 예정이야. 에인트호번에 사는 지인하고 같이 갈 계획인데 이 사람 습작은 너한테 보여줬었어.

내 그림을 파는 데 도움 될 인맥을 만들 기회가 생기면 절대 놓치지 않을 거야. 끈질기게 노력하면 분명히 뜻한 바를 이룰 거라는 확신이 있어.

작업에 관해서는 지난번에 얘기했다시피, 계속해서 정물을 그리는 중이야. 아주 기쁜 마음으로 그린 건데, 너한테 보내줄게.

이 그림들을 파는 게 쉬운 일이 아니라는 건 나도 알아. 그런데 이런 그림은 그리면 그릴수록 도움이 되는 게 사실이야. 그래서 이번 겨울에 더 많이 그릴 생각이야.

조만간 감자를 그린 커다란 정물화 하나를 받게 될 텐데, 내가 구체적으로 실현하고자 했던 게 물질적인 느낌을 최대한 살리는 거였거든. 그렇게 해서 무게나 점도 등이 느껴져서, 예를 들어 만약 머리 위로 날아들면 기분이 어떨지 전달되도록.

목사와의 일은 크게 신경 쓰지 않아. 물론, 독실한 토박이 신자들은 여전히 고집스럽게 나를 의심하고 있어. 어쨌든 목사라는 인간은 이 모든 일의 책임을 나한테 뒤집어씌우고 싶어 하는 게 분명해. 그런데 내가 책잡힐 일을 한 게 없으니, 소문이 돈다고 해도 나는 초연할 수 있어. 어쨌든 내 그림을 방해하지 않는 한, 나도 그 인간들에게 별 관심을 두지 않을 거야. 소문의 당사자였던 처자의 식구들과도 잘 지내. 전에도 그 집에 들어가서 그림을 그렸고, 지금도 전처럼 찾아가서 그림을 그린다.

요즘 내가 관심을 갖고 그리는 정물은 새 둥지야. 벌써 4점이나 그렸어. 그림 속에 이끼나 마른 나뭇잎, 잔디, 진흙 등의 색을 잘 살려놔서, 자연을 좋아하는 사람들의 취향에는 잘 맞을 수도 있을 것 같아.

암스테르담에 다녀온 뒤가 될 주말쯤에 다시 편지할게. 다음달 월세 때문에, 암스테르담에 가느라 돈을 써야 하는 게 사실 좀 내키지도 않고, 싫기도 해. 그런데 꼭 필요한 일이야. 아무튼, 다음에 더 긴 편지 쓰마.

너를 사랑하는 형, 빈센트

더 많은 그림을 보고 나면 분명, 내 그림도 훨씬 나아질 수 있다고 생각해. 왜냐하면 그림을 직접 눈으로 보면 어떤 방식으로 그렸는지 알아볼 수 있을 것 같거든. 푸생 같은 화가는 모든 걸 미리 생각하고 또 보는 이들을 생각하게 만드는 화가야. 그의 그림은 모든 게 현실인 동시에 상징이기도 해. 밀레와 레르미트의 그림 역시, 모든 게 현실이면서 동시에 상징이야. 이들은 우리가 사실주의 학파라고 부르는 사람들과는 전혀 달라.

겨울에 시간이 좀 나면 이런 것들을 데생으로 그려볼 거야. 새끼 새들과 새 둥지. 마음속에 담아둔 아이디어도 하나 있는데, 그건 인간 둥지야. 황야에 서 있는 오두막과 거기 사는 사람들.

라58네 ____ 1885년 9월*

친애하는 벗, 라파르트

오늘 자네 주소로 새 둥지가 담긴 바구니를 보냈어.

화실에 새 둥지가 여럿 있는데 내가 가진 것 중에서 2개씩 있는 걸 골라서 보낸 거야. 개똥지빠귀, 티티새, 유럽 꾀꼬리, 굴뚝새, 방울새 등등.

자네는 외젠 들라크루아에 대해 들은 이야기가 있나? 얼마 전에 실베스트르가 쓴 훌륭한 기사 하나를 읽었어. 기억나는 부분만 대충 옮겨 적어볼게. 'Ainsi mourut, presqu'en souriant, Eugene Delacroix—peintre de grande race, qui avait un soleil dans la tête et un orage dans le coeur—qui—des guerriers passa aux saints, des saints aux amants, des amants aux tigres, et des tigres aux fleurs(머리에는 태양을 이고, 마음에는 폭풍우를 담고 살았으며, 전사를 성인으로, 성인은 연인으로, 연인을 호랑이로, 호랑이를 꽃으로 만들었던 위대한 화가, 외젠 들라크루아는 그렇게 웃는 표정으로 생을 마감했다).'

너무 인상적인 구절이었어. 왜냐하면 기사는 전반적으로 그의 모든 그림 속에서 볼 수 있는 색감, 색조 그리고 색의 분위기가 삼위일체를 이루고 있다는 사실을 설명하는 내용이었기 때문이야. 흰색과 검은색, 노란색과 보라색, 주황색과 파란색, 빨간색과 초록색이 만들어내는 대조, 혼합, 상호 간의 영향 등등.

들라크루아가 친구에게 쓴 편지 내용도 있었어. 'La chapelle où j'ai peint ma piéta était tellement obscure que je n'ai pas su d'abord comment peindre pour faire parler mon tableau. J'ai été obligé alors de peindre dans le cadavre du Christ les ombres avec du bleu de prusse, les lumières avec du jaune de chrôme pur(내가 〈피에타〉를 그린 예배당**은 너무 어두워서 어떤 식으로 내 그림이 말하게 만들 수 있을지 알 수 없었지. 그래서 어쩔 수 없이 그리스도의 시신 곁에 있는 그림자는 프러시안 블루로, 빛은 크롬 황색으로 칠해야 했어.' 실베스트르는 이런 말을 덧붙

* 지금까지 취합된 서신중 라파르트에게 보낸 마지막 서신에 해당한다.

** 파리의 마레 지구에 있는 생드니-뒤-생 사크르망 성당

였어. 'Il faut être Delacroix pour oser cela(들라크루아가 아니면 감히 엄두도 낼 수 없는 시도였다).'

다른 데서 읽은 내용도 있는데 'lorsque Delacroix peint, c'est comme le lion qui dévore le morceau(들라크루아가 그림을 그리는 모습은 마치 살점을 뜯어먹는 사자 같다).'

실베스트르의 기사는 바로 이 문장과 궤를 같이하는 내용이야.

정말이지 프랑스 화가들은 천재적인 사람들이야! 밀레, 들라크루아, 코로, 트루아용, 도비니, 루소, 도미에, 자크, 쥘 뒤프레도 빼놓을 수 없지! 레르미트는 이들의 뒤를 잇는 신인에 해당해.

들라크루아에 관한 이야기가 더 있어. 한 번은 그가 친구와 논쟁을 했지. 과연 꼭 대상을 직접 보고 그림을 그려야 하는지에 대해서. 들라크루아는 자연 속에서 습작을 얻어야 하지만, 실제 유화 작업은 기억한 바에 따라 해야 한다고 했지. 그와 친구는 그런 이야기를 하며 대로를 걷고 있었는데 점점 열띤 토론으로 분위기가 변해가고 있었어. 두 사람이 헤어질 순간이 왔지만, 그 누구도 서로를 설득하지 못했던 거야. 들라크루아는 친구에게 작별 인사를 하고는 상대가 멀어질 때까지 잠시 기다리다가 두 손을 모아 입으로 가져가 손나팔을 만든 뒤 길 한복판에서 지나가던 고상한 행인들이 화들짝 놀랄 정도로 큰소리로 이렇게 외쳤어. "기억한 대로! 마음으로!"

이 기사를 읽는 내내 얼마나 흥미진진했는지 모른다네. 들라크루아와 지구에 관한 이야기도 있었어. 동판 화가인 브라크몽이 쓴 『데생과 색』이라는 책을 읽었는데 괜찮더라고.

들라크루아에 관해 조금 더 이야기하자면, 실베스트르는 이런 글도 썼어. 'On dit que Delacroix ne dessine pas, dites que Delacroix ne dessine pas comme les autres(사람들은 들라크루아가 데생을 하지 않는다고 하는데, 그게 아니라 들라크루아는 남들처럼 데생을 하지 않는다고 해야 정확하다).'

이보게 친구, 만약 사람들이 마우베, 이스라엘스, 마리스 같은 사람들이 데생을 하지 않는다고 지적하면, 우리도 이렇게 똑같이 받아쳐야 하는 거야!

한 가지 더 있어. 지구라는 화가가 청동으로 된 골동품 하나를 들고 들라크루아를 찾아가서 진품인지를 물었어. "이건 고대의 물건이 아니라 르네상스 시대 물건일세." 지구가 그 이유를 물었지. "이보게 친구, 이건 아름다운 물건이야. 그런데 이건 선으로 시작되잖아. 고대 사람들은 중심에서부터, 덩어리부터, 그리고 가운데 핵심에서부터 시작했지." 그러고는 이렇게 덧붙였어. "그러니 이걸 보게." 그는 종이 위에 타원 몇 개를 그린 다음, 작은 선들을 그어 타원들을 연결했어. 별 대수롭지 않은 선으로 그는 뒷발로 일어서려는 말 한 마리를 그려냈어. 생명력이 넘치고 당장이라도 움직일 것 같은 말을. 제리코와 그로는 그리스인들에게 먼저 덩어리를(언제나 계란 형태의) 그린 다음 거기서 타원의 위치와 비율에 따른 윤곽선과 움직임을 표현하는 기술을 배운 거라 하더라고. 그리고 내 생각이긴 하지만 나는 제리코가 가장 먼저 이런 기술을 전수한 게 바로 들라크루아였을 거라고 생각해.

자네한테 묻겠네. 정말 아름다운 진실이 아닌가?

그런데……. 석고상을 보고 따라 그리는 사람들이나 미술학교식 교육을 통해 이런 기법을 배울 수나 있을까? 난 아니라고 생각하네. 미술학교에서 이런 식으로 가르쳐준다면, 당장이라도 기꺼이 찾아가겠지만, 그게 아니라는 걸 나는 누구보다 잘 알고 있어.

벵케바흐에게 전시회에 관한 폴 망츠의 기사를 주면서 자네에게도 전해주라고 부탁했어. 전해주던가? 아주 괜찮은 기사거든. 자네도 나처럼 새 둥지를 바라보고 있으면 기분이 즐거워지지 않을까 상상해봤어. 굴뚝새나 유럽 꾀꼬리는 정말이지 예술가가 따로 없겠다는 생각이 들 정도거든. 정물화 소재로도 아주 괜찮아. 안부 전하네. 마음의 악수도 함께.

자네를 사랑하는 벗, 빈센트

426네 ____ 1885년 10월

테오에게

이번 주에 암스테르담에 다녀왔다. 박물관 구경 외에 다른 건 할 시간도 거의 없었지. 사흘을 묵었어. 화요일에 출발해서 목요일에 돌아왔으니까. 결과는, 희생을 감수하고 다녀오기를 정말 잘한 것 같다. 다시는 이렇게 오랜 시간 동안 다른 그림을 감상하지 않고 지내면 안 되겠다는 생각이 들더라.

벌써 몇 차례 미루고, 연기한 여행이었어. 물론 경비 때문이었지. 이 여행이나 다른 일들도. 하지만 다시는 그래선 안 되겠어. 내 그림에 정말 중요한 일이야. 옛 그림들을 들여다보니, 기법에 관한 부분만큼은 예전에 보이지 않았던 것들이 이제는 눈에 들어오고 알아보겠더라고. 정말이지 말이 따로 필요없었어.

렘브란트의 〈야경〉 왼쪽에 있던 그림을 기억하나 모르겠다. 그러니까 〈포목상 조합의 이사들〉과 짝을 이루는 그림인데 프란스 할스와(지금까지 전혀 모르고 있던 그림이야) P. 코더의 그림이었어. 장교 스무 명 정도가 나란히 서 있는 그림. 혹시 눈여겨본 적이 있어? 이 그림 하나 보려고(무엇보다 그 배색 효과) 일부러 암스테르담을 찾더라도 아깝지 않을 정도였어. 그림 속에 보면 가장 왼쪽 끝에 액자와 닿는 부분에 똑바로 서 있는 기수(旗手)가 있는데 머리부터 발끝까지 회색조의 색으로 칠해졌어. 이걸 일단 연회색이라고 하자. 남다른 무채색 계열인데 아마 주황색과 파란색이 서로 만나 중성화가 되도록 잘 섞어서 만든 것 같아. 이 색을 기본으로 해서 여기는 좀 더 밝게, 저기는 좀 더 어둡게 하면서 모든 인물을 회색 하나로 칠한 것 같은 인상을 주고 있어. 그런데 가죽으로 된 신발은 각반이나 짧은 바지, 저고리 등과는 재질이 달라. 그래서 각각 다른 색으로 표현돼 있어. 하지만 같은 계열의 회색으로 칠해진 거야.

이 회색에 이제 파란색과 주황색 그리고 약간의 흰색이 들어가게 돼. 저고리를 감싸고 있는 새틴 재질의 리본은 한없이 은은한 파란색 계열이고 띠와 깃발은 주황색, 옷깃은 흰색이야.

주황색, 흰색, 파란색은 예전 네덜란드 국기에 들어간 색이지. 회색 바탕에 눈에 확 띄는 주황색과 파란색을 서로 맞붙여놓으면 두 색이 절묘하게 서로 섞이는데, 나는 이걸 전극(어디까지나 색에 관한 이야기야)이라고 부를 거야. 그러니까 두 전극이 서로 맞부딪히면서 흰색이나 회색 근처에 가면 서로가 가지고 있던 성질이 사라져버리지. 그림의 다른 부분에는 다른 계열의 주황색과 다른 계열의 파란색이 이런 효과를 만들고 있어. 또 다른 부분에서는 환상적인 검은색과 세련된 흰색이 똑같은 효과를 내고 있고. 스무 개쯤 되는 얼굴에서 생동감도 느껴지고 혼이 살아 있는 느낌도 드는데 마치 한 가지 색으로 칠해진 것 같은 분위기라고! 서 있는 인물들의 자태도 훌륭하고.

그런데 그림 왼쪽 구석에 주황색과 흰색, 파란색으로 칠해진 남자만큼 흠잡을 데 없는 인물은 정말 처음이야. 정말 환상적이었어.

들라크루아가 봤으면 흥분을 감출 수 없었을 거야. 정말 문자 그대로 못 박힌 듯 그 자리에 서 있을 정도였어. 그리고 웃는 표정으로 노래 부르는 인물도 기억할 거야. 검은색이 들어간 초록색과 암적색 상의를 걸친 남자. 윤기 없는 레몬 같은 노란색 상의를 걸친 남자의 얼굴은 색조 대비효과 때문에 웅장하고 과감한 구릿빛과 포도주 같은 붉은색(자주색?)으로 칠해져 있어.

뷔르제가 렘브란트의 〈유대인 신부〉에 관해 글을 쓴 게 있어. 델프트의 페르메이르에 관해 썼을 때와 밀레의 〈씨 뿌리는 사람〉에 관해 썼을 때, 프란스 할스에 관해 썼을 때처럼 오직 그 그림 하나에 집중하고 헌신적으로, 자신의 모든 역량을 발휘해 쓴 글이야. 〈포목상 조합의 이사들〉은 렘브란트 최고의 역작이라고 할 수 있을 만큼 완벽한 그림이야. 하지만 〈유대인 신부〉는(진가를 인정받지 못한) 은밀하면서도 한없이 정감이 가는 그림이지. 마치 불의 손으로 그린 것 같거든. 잘 보면, 렘브란트는 〈포목상 조합의 이사들〉을 그릴 때 실물에 상당히 충실하게 그렸어. 비록, 그의 그림에서는 언제나, 한없이 근엄한 분위기를 최고조로 끌어올린 듯한 인상을 받기는 하지만 말이야. 물론, 이 그림에서도 그런 느낌은 여전해. 다른 그림도 그렇고. 하지만 렘브란트는 다른 분위기도 연출할 수 있는 화가야. 초상화를 그릴 때처럼 문자 그대로 실물에 충실해야 할 필요가 없다고 판단할 때도 그렇고, 시적인 분위기를 연출해야 할 때면 시인, 그러니까 창작자가 됐어. 그 모습이 바로 〈유대인 신부〉에 잘 드러나 있어.

"Il faut être mort plusiers fois pour peindre ainsi(이렇게 그리려면 몇 번은 죽었다가 다시 태어나야 한다)!"

들라크루아도 분명, 이 그림을 그렇게 이해했을 거야! 프란스 할스는 언제나 현실에 기반을 두고 있는 화가라고 할 수 있어. 반면, 렘브란트는 신비로운 세계 속으로 깊이 파고들어 이 세상 그 어떤 언어에도 없는 단어로 이야기해. *마술사*라고 불러도 과언이 아니야. 정말 힘든 일을 하니까.

각기 다른 정물화 여러 점을 준비해뒀는데 다음주에는 받게 될 거야. 거기다가 암스테르담에서 오가는 길에 급하게 산 기념품 두 가지하고 데생 몇 점도 같이 보낼게. 그리고 조만간 공쿠르의 소설 『셰리』도 보낼 생각이야. 공쿠르의 소설은 언제 읽어도 문체가 참 마음에 들어. 진정성도 느껴지고. 공들인 흔적이 느껴져!

암스테르담에서 이스라엘스의 유화도 2점이나 봤어. 〈잔드보르트의 어부〉와 최근에 그린 그림인데 누더기 같은 옷을 걸친 노부인이 남편의 시신이 누워 있는 침대 곁에 웅크리고 앉아있는 장면이었어.

두 그림 모두 위엄 있는 분위기가 느껴졌어. 바리사이파 사람들처럼 의미 없고 위선적인 말을 동원해가며 그림의 기법이 이러니저러니 지적하고 싶은 사람들은 마음대로 지껄이라 그래. 진정한 화가는 감정이라고 부르는 의식에 따라 움직이는 사람들이거든. 그들의 영혼과 머리가 붓을 위해 움직이는 게 아니라, 붓이 그들의 영혼에 따라 움직이는 거야. 그래서 새하얀 캔버스는 진정한 화가를 무서워할지언정, 진정한 화가는 새하얀 캔버스를 두려워하지 않아.

암스테르담에서 또 빗캄프를 비롯한 여러 현대 화가들의 그림도 볼 수 있었어. 빗캄프가 단연 뛰어나. 그 사람 그림을 보고 있자니 쥘 브르통이 떠오르더라고. 다른 그림들도 보긴 했는데 그냥 마음으로만 생각하고 굳이 여기 언급은 하지 않을게. 다들 나름의 기법이라는 걸로 무장을 했다고는 하는데 내가 보기에는 그 기법이라는 게 빈약해 보일 따름이었어.

너도 알 거야. 그저 회색에 차가운 색조를 쓰면서 그게 남다르다고 여기고 있거든. 실상은 그저 밋밋하고 빈약하고 유치한데 말이야. 요즘은 이른바, 밝은 계열의 남다른 색이라고 부르는 색조로 작업하는 화가들을 위해서 일부러 평범한 색에 순백색을 혼합하는 그런 색조를 만들고 있어. 세상에나!

개인적인 생각이지만, 기법 면에서나 색의 혼합에 대해서나 형상화에 대해서나 〈잔드보르트의 어부〉는 들라크루아급, 그것도 들라크루아의 걸작에 견줄 수 있다. 그리고 차갑고 밋밋한 회색조는 기법 면에서 이젠 큰 의미가 없어. 하나의 색에 불과할 뿐이고, 색에 관해서는 이스라엘스의 그림이 한 수 위야. 야프 마리스나 빌럼 마리스, 마우베, 뇌하위스 등 각자 특징적인 계열의 색으로 작업하는 다른 화가들, 블로머르스 등을 언급하는 게 아니라는 건 너도 잘 알아둬라. 그런데 테오야, 이런 대가들의 학파도, 뒤를 이을 계승자도 계속 줄어들고 있다.

포도르 미술관에도 다녀왔어. 드캉의 〈목동〉도 거장의 손길이 느껴지는 작품이지. 메소니에의 작품 기억나니? 스케치로 그린 〈임종〉 말이야. 디아즈는?

거기다가 보스봄, 발도르프, 나위연, 로휘선 등 40년 전 독창적인 화풍을 개척했던 화가들의 그림을 감상하는 건 언제 봐도 즐거운 일이야.

로휘선의 활력은 가바르니와 닮은꼴이지.

내가 보내려는 정물화는 색에 관한 습작이야. 다른 것들도 그릴 건데, 쓸데없는 일이라고 여기지는 말아라. 어느 정도 시간이 지나면 색이 우중충하게 변하겠지만, 1년 정도 숙성하게 두면 아주 잘 마를 테고 그 위에 광택제를 든든히 바르면 지금보다 훨씬 나아질 거야. 네 방 벽에다가 내 습작 여러 점을 예전 것부터 지금 보내는 것까지 압정으로 고정해 걸어두면, 아마 연관관계가 느껴지는 습작도 있을 테고, 나란히 붙어서 색감이 어울리는 습작도 있을 거야.

'너무 어둡다'는 말이 나와서 말인데, 내 습작이 너무 어두워 보인다는 지적이 나는 반갑다. 안 그래도 유치하고 차가운 계열의 색으로 구성된 그림이 점점 더 많아지는 터였기에 더더욱 반가울 따름이야.

〈잔드보르트의 어부〉를 한번 봐. 어떻게 그려졌는지도 말이야. 무슨 색이 들어갔어? 빨간색, 파란색, 노란색, 검은색, 칙칙한 흰색, 그리고 갈색(고루 잘 섞이고, 적당히 가미된)으로 칠해진 게 맞아? 이스라엘스가 어둡게 그려선 안 된다고 말했을 때, 분명, 그의 의도는 요즘의 화풍을 옹호하는 주장은 아니었을 거야. 그가 궁극적으로 하고 싶었던 말은 그림자에도 색을 줘야 한다는 뜻이었어. 그렇다고 해서 그게 검은색이든 갈색이든 군청색이든 어두운 계열의 색조를 배제해야 한다는 건 더더욱 아니야.

그런데 이런 생각을 한다고 나아질 건 뭐지? 품위 있는 무능력자들을 생각하느니 차라리 렘브란트나 프란스 할스, 이스라엘스 같은 화가들을 떠올리는 게 나을 거야.

글이 길었던 것 같다. 그런데 너는 색에 관한 내 이론에 동의하지 않을 수도 있을 거야. 어쩌면 요즘, 많은 이들이 '섬세한 회색'이라고 부르는 색이 보기 흉한 회색이라고 주장하는 내가, 네 눈에는 비관적으로 비칠 수도 있을 거야. 어쩌면 위대한 대가들의 방식은 달랐다는 이유로 손과 얼굴, 눈에 대한 마지막 손질 과정을 비판하는 내가 비관적으로 보일 수도 있을 거야. 또 어쩌면 다행스럽게, 다시 시작하게 된 예술에 관한 공부와 연구를 통해 네가 보는 눈이 조금씩 달라질 수도 있을 거야.

너한테 또 부탁이 있다. 이번에 함께 암스테르담에 다녀온 에인트호번의 지인이 C. M.의 가게에서 뷔르제가 쓴 『네덜란드의 미술관(판 데르 호프와 로테르담)』을 구입했어. 그런데 C. M.의 가게에는 먼저 나온 『헤이그와 암스테르담의 미술관』이 없지 뭐냐. 그게 꼭 필요한데. 재발행도 불가능한 터라, 혹시 네가 구해줄 수 있지 않을까 해서 물어본다. 그렇게만 되면, 그 사람이 10프랑 정도, 실은 그보다 적으면 좋겠지만, 어쨌든 비용은 낼 수 있다고 하거든. 비용은 곧바로 보낼게. 그 지인이 부탁하더라고. 어떻게든 네가 힘 좀 써주면 정말 좋겠다.

혹시 구하게 되거든 먼저 읽어봐라. 정말 좋은 내용이야(나는 그 사람을 따라 C. M.의 가게에 들어가지는 않았어)!

암스테르담에 갔을 때 화판에 유화로 그림을 2점 그렸다. 작은 크기인데 순식간에 그렸지. 하나는, 나 자신도 놀랐는데 기차 시간보다 일찍 도착해서 역 대합실에서 그린 거고, 다른 하나는 오전 10시에 미술관으로 떠나기 직전에 그린 거야. 아무튼 이것들도 너한테 보낼게. 붓질 몇 번으로 그냥 쓱쓱 그린 것들이긴 해도 말이야.

그런데 아우야, 월말이라 하는 말이지만 남은 게 하나도 없다. 어떻게 해야 하니? 혹시 20프랑이든 얼마든 좀 보내줄 수는 없을까? 다음달에는 다시 물감 대금도 치러야 하고 11월 1일에는 월세 25플로린도 내야 하거든.

내 작업에 도움이 될 인맥에 관해서는 지인하고 다시 이야기해봤는데, 헤이그에 또 가게 되면 이것저것 그간 그린 것들을 들고 갈 생각이야. 시장 분위기가 전반적으로 느슨해진 것 같은데, 이 상황 덕분에 오히려 내 그림을 노출할 기회를 쉽게 잡을 수 있을 것 같거든.

제대로 일을 벌이려면 그림부터 많이 그려둬야 해. 이게 내가 전하고 싶은 말이다. 업계가 침체기인 만큼 오히려 더 열심히 일해야 하는 거야! 그렇게 하면 언젠가는, 모든 항구가 우리에게 문을 걸어 잠그기는커녕 커다란 돛 위에 성공의 빗자루를 달아놓을 수 있을 거다.*

안부 전한다.

너를 사랑하는 형, 빈센트

427네

테오에게

오늘, V4라고 표기하고 정물화 몇 점을 넣은 상자를 발송자 부담으로 해서 보냈다. 암스테르담에서 화판에 유화로 그린 2점은 다소 훼손됐어. 정말 유감스러워. 여행하는 과정에서 그림이 젖었는데, 마르면서 화판이 틀어졌고, 그 위로 먼지까지 내려앉았지 뭐냐. 그래도 네게 보내긴 했다. 이제는 나도, 어디서든, 1시간 안에 그리고 싶은 게 있으면, 자신이 받은 인상을 분석하고, 자신이 본 것을 설명하는 것과 같은 감성으로 표현하는 법을 깨닫기 시작했다는 걸 보여주고 싶었거든. 이건 느낌과는 차원이 다른 거야. 인상을 경험하는 그런 거랑은. 인상을 경험하는 것과 그걸 분석하는 것 사이에는 많은 차이가 있다. 그러니까 *분해했다가 다시 조립한다고* 볼 수 있지. 그런데 순식간에 무언가를 뚝딱해내는 작업이 즐겁기는 하더라.

네덜란드 고전 회화를 다시 보면서 무엇보다 놀랐던 건 그림 대부분이 순식간에 칠해졌다는 사실이야. 할스, 렘브란트, 라위스달을 비롯한 여러 대가는 그림을 시작할 때 과감한 붓질로 그림을 완성한 다음 웬만해서는 다시 손을 대지 않았어. 한마디만 더 추가하면, 대가들은 그림이 마음에 들면 그 위에 덧칠하는 일이 없었다는 거야.

특히 렘브란트나 할스가 그린 손이 무엇보다 인상적이었어. 살아 있는 듯한 느낌을 주지만

* 네덜란드 어부들이 성공을 기념하는 방식

요즘 사람들이 '완성'이라는 단어에 억지로 부여하는 그런 의미로 '*마무리되지 않은*' 분위기 때문이야. 특히 〈포목상 조합의 이사들〉이나 〈유대인 신부〉 같은 그림과 프란스 할스의 그림에 나타나는 손은 남달랐어.

얼굴도 마찬가지야. 그 눈이며 코, 입 등 첫 붓놀림으로 그린 다음 어떤 식으로도 덧칠 한 번 하지 않았지. 웅거나 브라크몽은 화가들이 그린 그대로 작품을 판화로 새겼어. 덕분에 동판화를 통해 유화가 어떤 방식으로 그려졌는지 알 수 있는 거야.

테오야, 지금 같은 시기에 네덜란드 고전 회화를 감상하는 건 정말 필요한 일이야! 프랑스 회화도 마찬가지야. 코로, 밀레 등의 작가 그림들. 나머지 것들은 엄밀히 말하면, 없어도 상관없다. 어떤 사람들에게는 그들이 생각하는 것 이상으로 안 좋은 영향을 끼칠 수도 있거든.

붓질을 시작해서 단번에 그려버리다니! 그런 프란스 할스의 그림을 보고 있으면 즐거울 따름이지! 모든 게 정교하고 하나같이 공들여 다듬어 그린 그림들(이런 건 또 얼마나 많은지!) 보는 것과는 또 다른 맛이야.

가는 길에 메소니에 그림도 봤어. 포도르 미술관에 있는 거 말이야. 브라우어르, 오스타더, 테르보르흐 등 네덜란드 거장의 그림들을 본 같은 날이었어.

메소니에도 그들처럼 그렸어. 생각하고, 철저히 계산한 다음에 되도록 첫 붓질을 시작한 다음 한 번에 그려내는 식으로.

내 생각에, 잘못된 부분은 여러 번 붓을 대서 수정하는 것보다, 팔레트 나이프로 걷어내고 처음부터 다시 하는 게 더 나은 방법 같아.

루벤스의 그림도 보고 디아즈의 그림도 봤어. 말하자면 거의 동시에 봤는데 세상에, 서로 전혀 다른 분위기의 그림인데도 두 그림 모두, 색이 제대로 자리를 잡고 주변 환경과 잘 어울리면 형체에 힘을 실어 표현한다는 믿음을 입증해준다는 공통점을 가지고 있었어. 적어도 디아즈는 뼛속까지 화가였고 손가락 끝까지 성실한 화가였어.

포도르에 있는 디아즈의 그림은 스케치 단계의 그림 같긴 한데, 몇 년간 제대로 된 회화를 본 적 없어서 그런지 오히려 이런 그림을 다시 보니 즐거웠다. 옛 거장들의 솜씨를 감상한 뒤였는데도 더할 나위 없이 좋아 보였어.

현대 회화에 대해서 조금 더 언급해야 할 것 같은 게 요즘 점점 더 많아지고 있더라고.

'밝은 그림'이 화두로 떠오른 게 10~15년 전이야. 시도는 좋았어. 이런 식으로 해서 대작들이 탄생했다는 건 부인할 수 없는 사실이니까. 그런데 같은 밝기, 정확히 똑같은 밝기로(당시 사람들은 '한낮'의 색조라느니 '특유의 색'이라느니 그런 표현을 사용했지) 네 귀퉁이를 칠해버린 그림들이 미친 듯이 쏟아져나오면서 진정한 의미가 점점 퇴색했지. 과연 좋은 시도였을까? 난 그렇게 생각하지 않아.

판 데르 호프에 있는 라위스달의 그림 〈풍차〉. 바깥 풍경의 진수를 보여주는 그림 아니야?

거기 하늘이 없기를 해, 공간이 좁아 보이기를 해? 그런데 다른 화가들 그림에 비하면 어두운 분위기가 지배적이야. 게다가 하늘과 땅도 마치 하나를 이루듯 서로 맞붙어 있어.

네덜란드의 코로라고 할 수 있는 판 호이언의 그림 중 뒤퍼르 소장품이 하나 있어. 어느 가을, 폭우가 몰아치기 직전의 분위기 속에서 모래언덕 위에 서 있는 떡갈나무 두 그루를 그린 웅장한 그림인데, 정말 그 앞에서 한참을 넋을 잃고 바라봤었어.

그래, 어떤 느낌, 마치 쥘 뒤프레의 그림이나 라위스달의 〈수풀〉을 볼 때와 똑같은 느낌이었어. 하지만 그 그림에는 하얀색보다, 평범한 황토색 색조가 지배적이었어. 그리고 카위프의 그림(판 데르 호프에 있는 〈도르드레흐트의 풍경〉, 불그스름한 황금빛 색조가 가득한)에도 역시 황토색이 사용됐어! 프란스 할스의 색깔, 그걸 두고 윤기 없는 레몬색이라고 하든, 담황색이라고 하든, 뭐라고 불러도 상관없지만, 그 색은 도대체 뭐로 만들어냈을까? 그림상으로 보면 완전히 밝게 보이거든. 하지만 흰색과 대비효과가 있어야 해!

네덜란드 고전 회화의 대가들이 가르쳐주는 교훈은 내가 볼 때, 데생과 채색을 하나로 여겨야 한다는 것 같아. 브라크몽도 그런 이야기를 한 적 있어.

지금은 많은 화가가 이런 교훈을 따르지 않고 있어. 온갖 것으로 데생은 하면서 어울리는 색은 사용할 줄을 몰라. 정말이지 테오야, 하베르만 같은 사람이 늘어놓는 '기법' 이야기를 듣는 게 얼마나 지루하고 괴로우며 개탄할 일인지 모르겠구나! 라파르트 이야기는 꺼낼 생각도 없다. 사실, 그 친구도 비슷한 이야기를 하지만, 다행인 건 그림 솜씨가 말솜씨보다는 나아.

화가들의 모임에서 이런저런 지인을 만들고 싶은 생각은 추호도 없다. 기법에 관한 이야기를 조금 더 하자면, 이스라엘스가 그린 예전 그림인 〈잔드보르트의 어부〉만 보더라도, 날카롭고 차가운 색으로 천편일률적으로 평이하면서 남다른 부분까지도 똑같은 그런 기법과 달리 명암 대비 효과가 훌륭하게 살아 있고 그림을 통해 그럴듯하면서도 기초가 튼튼한 기법이 느껴져.

〈잔드보르트의 어부〉를 들라크루아의 옛 그림 〈단테의 뗏목〉 옆자리에 가만히 걸어두고 봐봐. 같은 계열의 그림이야. 난 그렇다고 믿지만, 온통 환한 색조로 그려진 요즘의 그림에는 점점 더 반감이 심해질 뿐이야. 남들에게 그럴듯한 '기법이 없다'는 말을 듣는 것만큼 끔찍한 건 없을 거야. 하지만 알고 지내는 화가들이 아예 없기 때문에, 또 결국은 그런 이야기를 들었다는 것 자체를 잊게 될 수도 있어. 오히려 '기법'을 거론하는 사람들이야말로 가진 '기법'이 없거나 빈약한 사람들이지. 전에도 편지에 이런 말을 했었잖아. 하지만 지금 내가 네덜란드에서 내가 그린 그림을 사람들 앞에 내놓으면 무슨 말을 듣게 될지, '기법'을 가진 사람들에게 어떤 대접을 받게 될지, 지금 당장 미리 알 수 있어.

아무튼 나는 네덜란드 고전 회화라면 기꺼이 찾아가서 편한 마음으로 감상할 수 있고, 이스라엘스의 그림은 물론 그의 화풍과 직접적으로 이어지는 다른 화가의 그림이라면 더더욱 기꺼이 찾아가 감상할 거야. 신세대 화가들이 보여줄 수 없는 그림이거든. 그들은 오히려 이스라엘스의 화풍과 대척점에 서 있는 사람들이야.

이스라엘스 본인은 물론 마리스, 마우베, 심지어 뇌하위스도 유행처럼 번지고 있는 이런 성향을 상당히 불쾌하게 바라보고 있다는 걸 느꼈어. 한때는 극단적일 정도로 현실주의자였던 메스다흐의(너도 기억할 거야) 유화와 데생 최근작은 마치 '색조 전문가'의 작품 같은 분위기를 풍겨. 심지어 신비주의적인 성향도 느껴질 정도야. 아무튼 그래.

빗캄프의 솜씨도 수준급이야. 화풍이 마치 쥘 브르통이나 바스티엥-르파주를 닮았는데 쥘 브르통이 따뜻하다면, 빗캄프는 상당히 차갑다. 이 부분이 참 바로잡기 힘든 점이지. 따뜻한 분위기를 얻어내려면 따뜻한 색으로 칠해져야 하는데, 그 부분을 해결하지 못하면 차가운 분위기도 얻어낼 수 없어.

그들이 소위 '밝은 색조'라고 부르는 건 대부분, 칙칙한 화실 색조라고 할 수 있어. 생기를 잃은 도시의 칙칙한 화실 색조, 새벽에 밝아오는 여명이나 저녁에 지는 석양을 한 번도 지켜본 적 없는 듯한 색조, 한낮만 존재하는 오전 11시에서 오후 3시까지 모든 게 두드러져 보이지만, 그만큼 무미건조하고 특징도 사라져 무력해 보이는 색조.

그런데 테오야, 이 모든 걸 뒤로 하고, 내가 지금 가진 게 전혀 없다. 유화 작업이 많아지면 그만큼 비용이 많이 들어가. 그나마도 간신히 버티는데 월말이 되면 상황이 참 비참해진다. 돈이 없으면 전쟁도 할 수 없다는 말은 불변의 진리인데, 그림도 마찬가지야. 전쟁의 결과로 남는 건 슬픔밖에 없어. 전쟁은 모든 걸 파괴해버리니까. 그런데 그림 그리기는 씨 뿌리는 행위와 같아. 화가 본인이 언제나 직접 곡식을 거두어들이지 못할 때도 있지만 말이야.

넌 어떻게 지내니? 회사 일은 어떻고? 내 직감이 정확하다고 장담할 수는 없지만, 암스테르담에 갔을 때 이리저리 다니면서 보이는 화랑의 진열장들을 유심히 관찰해보니, 이쪽 분야 사업도 활발하다기보다, 다소 가라앉은 분위기 같더라.

열정과 무모함은 오늘 이 시대의 잘못은 아니야. 막말로 누구하고 대화라는 걸 제대로 해본 적은 없지만, 간접적으로나마 대중의 의견은 드문드문 살피고 다녔어. 과연 앞으로 어떻게 될지, 예술품 거래 시장에 어떤 바람이 불어올지에 대해서. 네가 그림에 치어 살게 될 것 같지는 않던데, 그렇지 않아?

겨울에는 내가 감상했던 옛 그림의 다른 부분들, 특히 솜씨나 기술에 대해서 더 알아볼 생각이야. 사실, 필요한 것들을 많이 봐뒀거든. 그런데 무엇보다 단번에 그리는 기술은 바로 네덜란드 고전 회화의 거장들이 아주 잘 사용하는 기술이었어.

붓질 몇 번으로 쓱쓱 그림을 그려내는 이 기술에 요즘 사람들은 별 관심이 없지만, 결과가 말해주잖아. 프랑스의 여러 화가, 그리고 이스라엘스가 그 기술을 전수해서 보여주고 있어.

미술관을 돌아다니는 동안, 시종일관 머릿속에 들라크루아가 떠오르더라. 왜 그랬는지 알아? 할스의 그림 앞에 가도, 렘브란트의 그림 앞에 서도, 라위스달의 그림을 보면서, 그 외 여러 화가의 그림을 대할 때마다, 이 말이 떠올라서야. 'Lorsque Delacroix peint, c'est comme le lion qui dévore le morceau(들라크루아는 그림을 그릴 때, 살점을 뜯어먹는 사자 같다).' 이렇게 사실적인 묘사가 또 어디 있을까? 테오야, 나는 스스로 기법이 있다고 자랑하는 사람들의 집단을 '기법 전문가 모임'이라고 부를 생각인데, 이 인간들을 생각하면 얼마나 별 볼 일 없고, 보잘것없는지 모르겠더라! 그러니 이거는 알아둬라. 만에 하나, 나는 이 모임의 회원들을 상대하거나, 오가는 길에 마주치게 되면 아무것도 모르는 사람처럼 굴 거야. 비를로크*처럼 말이지. 물어뜯을 만반의 준비를 한 채로.

나는 질질 끌거나 엉뚱한 방향으로 흘러가는 상황을 끔찍이 싫어하는 사람이야.

그런데 이건 정말 치명적이라고 생각하지 않아? 억지로 마무리하는 방법, 그것도 모두 똑같은 식으로(이런 걸 '마무리'라고 하던데), 빛과 어둠이 있어야 할 자리에 무미건조하고 천편일률적인 회색만 난무하는 이런 상황 말이야. 정말 개탄스러운 일이다. 상황이 이렇게까지 됐다니. 아무튼 나는 이런 것들은 다 거꾸로 가고 있다고 생각해. 나는 이스라엘스가 훌륭한 화가라고 생각하고, 옛 화가들은 물론 신인 화가 중에서도 좋아할 수 있는 화가들은 얼마든지 많아.

이 편지를 읽는 동안 네가 지루했을 수도 있겠다는 걸 진작에 깨달았어야 했나 싶구나. 그런데 그런 생각은 한순간도 하지 않았어. 그나저나 하고 싶은 말은, 루브르나 뤽상부르, 그 외 다른 곳에서 받은 인상을 좀 편지로 전해주면 좋겠다.

그리고 괜찮으면 곧 편지도 부탁한다. 월말이 다가오니 생활이 몹시 힘들다. 비록 시의적절하지 않은 추가 비용이 들기는 했지만 다녀오기를 잘한 것 같다. 그래서 말인데, 새해가 되면 상황이 더 힘들어질 것 같다. 그래도 위험을 무릅쓰지 않는 사람은 아무것도 얻을 수 없는 법이니, 그림 그리는 일 때문이라면, 어쩔 수 없이 힘겹게 살아야 한다고 해도 언제나 기쁠 따름이다.

안부 전한다. 내가 보낸 그림들이 온전한 상태로 도착하면 좋겠다.

공쿠르가 샤르댕, 부셰, 와토 그리고 프라고나르에 관해 쓴 책이 있어. 이 책을 읽어야 하는데, 혹시 너나 네 지인 중에 이 책을 가진 사람이 있을까? 아마 아닐 가능성이 크긴 하겠지만. 아니면 이 책이 흥미로운 내용인지 아닌지, 네가 알아봐줄래? 안부 전한다.

너를 사랑하는 형, 빈센트

* 가바르니의 그림 속에 등장하는 부랑자

428네

테오에게

오늘, 네 편지와 동봉해 보내준 것, 잘 받았다. 무엇보다 편지 내용 중에서 더 자세히 설명해 주고 싶은 것들이 몇 개 보여 더더욱 반가웠어. 바로 본론으로 들어가서, 사과가 담긴 바구니 정물화 습작에 관해 지적한 내용, 그거 정말로 네 머릿속에서 나온 내용이 맞는 거야??? 왜냐하면 내가 아는 한, 예전에는 네가 그런 것까지 들여다보는 일은 없었잖아. 어쨌든 우리는 올바른 길로 가고 있어. 색에 대해서 서로 같은 견해를 가지고 있는 거니까. 그 부분을 더 연구해봐라. 더 많은 걸 알게 될 거야. 뷔르제와 망츠, 실베스트르는 그 부분을 제대로 알고 있었어.

이 습작을 어떻게 칠했는지 설명하자면, 아주 간단해. 초록색과 빨간색은 서로 보색이잖아. 그래서 사과 중에는 그 자체로 아주 형편없는 빨간색으로 칠한 것도 있고, 그 주변으로 초록색도 좀 들어갔어. 사과 한두 개는 거의 분홍에 가까운데, 이 색이 그림 전체 분위기를 살려주고 있어. 이 분홍색은 위에 말한 빨간색과 초록색을 적절히 가미해서 얻은 분홍 계열의 색이야.

바로 이런 게 색상 간의 연관관계라는 거야. 여기에 두 번째 대비효과가 추가되는데, 배경과 전경이 대비를 이루게 돼. 하나는 파란색에 주황색을 섞어서 나온 무채색이 들어가고, 다른 하나도 똑같은 무채색인데 노란색을 약간 추가해서 변경한 색이 들어가. 그런데 가장 즐거운 일은, 직접적인 방법이나 간접적인 개인적 경험을 통해서 색의 조합을 만들어내는 일이야.

습작 중 하나는 아마 네 눈에, 다양한 회갈색의 향연처럼 보일 거야. 그렇게 그린 거니까, 그렇게 보였겠지. 사실 3점 모두(감자를 그린 습작) 그렇게 그렸어. 차이라면 하나는 적갈색, 다른 하나는 짙은 적갈색, 나머지 하나는 황토색과 적황색을 사용한 것.

마지막 그림, 그러니까 가장 큰 그림이 내가 보기에 가장 나은 것 같아. 비록 배경을 일부러 무광에 검은색으로 칠하긴 했지만 말이야. 원래 황토색 자체가 불투명색이기 때문이야. 가장 큰 감자 그림의 경우 불투명색인 황토색에 투명색인 파란색을 가미했어. 적황색은 황토색과 만나서 주황색이 되고 이 조합에 파란색을 섞으면 보다 더 중성적인 색을 띠게 돼. 그리고 이렇게 얻은 중성적인 색 옆에 놓이면 앞에 열거한 색들이 더 빨갛거나 더 노랗게 보여. 이 그림 전체에서 가장 밝은 부분은 그냥 황토색으로만 처리한 부분이야. 이 무광의 노란색이 여전히 두드러져 보이는 건, 중성적이긴 하지만 보라색 계열의 색에 둘러싸여 있기 때문이야. 적갈색에 파란색을 섞으면 보라색 색조가 나오잖아. 안 그래?

새 둥지를 그린 습작들도 배경을 일부러 검은색으로 처리했어. 그렇게 하면서 내가 의도했던 건, 자연의 상태 그대로를 보고 그린 게 아니라, 인위적인 연출이 있었다는 점을 드러내는 거였어. 자연 상태의 새 둥지는 전혀 다른 모습이잖아. 사실, 우리가 새 둥지를 볼 일은 거의 없어. 새를 보기는 해도.

수집해 놓은 새 둥지에서 하나 가져다 그리는 경우, 솔직히 자연 상태에서 배경이며 구도가 어떻게 다르다는 점을 설명할 수가 없잖아. 그래서 아예 검게 칠해버린 거야. 사실, 정물화는 배경에 색이 들어가야 아름다운 건 맞아. 암스테르담에서 마리아 포스의 정물화 여러 점을 볼 기회가 있었는데 정말 근사했어. 블레즈 데고프의 그림보다 아름답고, 실질적으로 판 베이에런에 버금가는 수준이었어. 그러면서 이 여성 화가의 손에서 탄생한 차분하고 침착한 정물화는 암스테르담의 다른 화가들이 그린 시건방진 정물화보다 훨씬 더 예술적 가치가 있다는 생각이 들었어. 정말 인상 깊게 감상한 그림이었어. 특히, 금색 꽃병과 굴 껍데기, 반 잘라놓은 코코넛 껍질과 빵 부스러기가 있는 그림이 압권이었어.

조만간 블랑의 책을 보내줄게. 『18세기의 예술』을 빨리 읽어보고 싶으니 좀 구해주기 바란다. 그리고 공쿠르가 샤르댕에 관해 쓴 책 내용도 정말 궁금하다.

라 카즈가 소장하고 있는 렘브란트의 그림은 정말로 렘브란트의 말기 감성을 고스란히 담아놓은 분위기가 전해졌어. 이 그림을 본 게 12년 전이었는데도 로테르담에서 본 파브리티위스의 초상화만큼이나 강렬한 인상을 받아서 그런지 지금도 기억이 생생해. 내 기억이 정확하다면 라 카즈가 소장한 그림 중 여성의 누드화 역시 아름다웠는데, 마찬가지로 말기 감성을 고스란히 지니고 있었어. 그래, 렘브란트의 〈해부학 교실〉도 정말 놀라웠지. 그림 속 인물의 피부가 무슨 색이었는지 기억나? 흙색이었어, 특히 두 발이. 프란스 할스의 그림 속에 나오는 인물들의 피부색도 흙색이야. 여기서 말하는 흙색이 어떤 의미인지는 너도 잘 알 거라 믿는다. 적어도 그런 색이 자주 쓰였어. 가끔은, 실질적으로는 대부분이라고 말해야겠지만, 아무튼, 의상의 색조와 얼굴의 색조가 만들어내는 대비효과도 있어.

빨간색과 초록색은 반대되는 색이야. 뒤퍼르가 소장하고 있는 할스의 〈노래하는 남자〉는 피부색이 암적색 계열의 색조인데 검은 소맷자락에 녹색 색조가 들어가 있고, 소매에 달린 리본에는 암적색과 결이 다른 붉은색이 들어가 있어. 너한테 편지로 이야기했었던 주황색과 흰색, 파란색으로 구성된 인물의 경우 얼굴은 상대적으로 중성적인 색에 해당하는 흙색이 약간 가미되어 보랏빛이 감도는 분홍색인 반면 의상은 프란스 할스 식의 노란 가죽색으로 대비를 이루고 있어. 윤기 없는 레몬 같은 누런 얼굴의 남자는 양 볼에 희미하게 보라색 색조가 가미돼 있어. 더 짙은 색은 의상이고, 얼굴은 더 밝은색이야. 이건 절대 우연이 아니야. 적어도 정원에 있는 자신과 아내를 그린 초상화에는 두 가지 자흑색과(자청색과 적자색) 단색의 흑색(황색 계열의 흑색?)을 찾아볼 수 있어. 다시 말하면, 적자색, 자청색과 검은색, 검은색, 그러니까 가장 짙은 세 가지 색인 거지. 그래서 그림 속 인물의 얼굴이 상당히 밝아 보이는 거야. 할스의 그림임에도 불구하고 말이야.

아무튼 프란스 할스는 색채 전문가 중에서도 단연 으뜸인 화가야. 베로네제, 루벤스, 들라크루아, 벨라스케스에 버금가는 색채 전문가라고.

밀레와 렘브란트, 이스라엘스 같은 화가들의 경우 색채 전문가라기보다 조화를 추구하는 사람들이라는 평이 더 어울리는 것 같아.

그런데 검은색과 흰색은 과연 사용해도 되는 걸까, 그러면 안 되는 걸까? 이 색이 금단의 열매라도 되는 걸까?

난 그렇게 생각하지 않아. 프란스 할스가 만들어내는 검은색 색조가 27가지야. 그럼 흰색은? 너도 알 거야. 색채 전문가라 할 수 있는 현대 화가들이 일부러 흰 배경에 흰색을 칠해서 그린 그림이 어떤 건지 말이야. 과연 무슨 뜻일까? 그럴 수 없다는 걸까? 들라크루아는 그런 그림을 휴식이라고 부르면서 그런 용도로 활용했어. 그런 부분에 편견을 가져선 안 돼. 그런 그림들도 있어야 할 자리가 있는 거고, 그렇게 다른 것들과 함께 어우러지면 또 그리는 사람 입장에서는 모든 색조를 사용할 수 있는 거잖아.

아는지 모르겠지만 아폴의 그림 중에서 흰 배경에 흰색을 칠한 그림이 있는데 나름 분위기가 괜찮아.

헤이그의 어느 숲을 배경으로 일몰을 그린 그림을 암스테르담에서 봤는데 그 분위기가 정말 이루 말할 수 없을 정도야.

검은색과 흰색은 모두 나름의 이유와 의미를 지니고 있어. 그렇기 때문에 두 색을 배제하는 사람은 색을 제대로 활용하지 못하는 사람이야. 두 색을 중성적 색조로 여기는 게 아마 가장 논리적인 자세라고 할 수 있어. 흰색은 가장 밝은 빨간색과 파란색, 노란색을 최대한 활용한 조합으로, 검은색은 가장 어두운 빨간색과 파란색, 노란색을 최대한 활용한 조합으로 만들어낸다고 해. 나는 이 주장에 반대하지 않고, 오히려 정확하다고 생각해. 그래! 빛과 어둠, 그러니까 명암에 관한 색조는 흰색부터 검은색까지 4가지 계열의 조합과 직접적인 관련이 있어. 이런 식이야.

1번 계열	노란색에서	자주색으로
2번 계열	빨간색에서	초록색으로
3번 계열	파란색에서	주황색으로
[합하면]		
4번 계열 (중성적인 계열 빨간색+파란색+노란색)	흰색에서 (가장 밝은 빨간색+파란색+노란색)	검은색으로 (가장 어두운 빨간색+파란색+노란색)

내가 흑과 백, 명과 암, 흰색과 검은색을 이해하는 방식이야.

빨간색과 초록색을 섞어서 녹적색이나 적록색을 만들어 거기에 흰색을 더하면 녹-연홍색이나 연홍-녹색이 되는 거야. 거기에 검은색을 더하면 녹-갈색이나 갈-녹색이 되고. 이해하기 쉽지?

노란색과 보라색을 섞어서 자황색이나 황자색을 만들 수 있는데, 이걸 한마디로 중성적인 노란색 혹은 중성적인 보라색이라고 할 수 있고 거기에 흰색과 검은색을 추가하면 회색을 얻어. 결국, 회색과 갈색이 관건인 거야. 원래 성질이 어떻든, 그 안에 빨간색과 노란색, 파란색의 함유량이 얼마든, 밝은색이나 어두운색을 만들려 할 때 관건은 회색과 갈색이라는 거야.

내가 볼 때, 회색과 갈색의 밝고 어둠을 이야기한다는 건, 이 색을 정확히 구현해낸다는 뜻이야. 실베스트르가 들라크루아에 관해 이야기한 부분이 아주 흥미로웠어. 들라크루아가 자신의 팔레트에서 우연히 어떤 색조를 만들어냈는데, 보라색이 감도는 형언하기 힘든 색조였어. 그래서 가장 밝은색에도 쓰고, 가장 어두운색에도 써보고는 이 뭔지 모를 색으로 빛처럼 밝은 부분도 칠하고, 어두운 그림자처럼 짙은 부분도 칠했다더라고.

중성적인 색감의 종이와 관련된 경험도 전해들었는데, 이런 종이는 빨간 바탕 위에 얹어놓으면 초록색으로 보이고, 초록색 바탕 위에 놓으면 불그스름해 보이고, 주황색 바탕에서는 푸르스름하게, 파란색 바탕에서는 주황색으로, 자주색 바탕에는 누런색, 노란 바탕에서는 자주색으로 보인다고 해.

테오야, 흙색 계열의 색조를 그림상에서 밝게 보이려 한다고 가정해보자. 들라크루아가 베로네제의 능력을 언급하며 말했던 내용대로 해보자는 거야. 베로네제는 진흙 같은 색으로 금발 머리를 가진 알몸의 여성을 그리는데, 그림상으로 보면 하얀 살결에 금발 머리를 가진 여성처럼 보이게 하는 화가거든. 자 그런데 짙은 남색이나 남보라색, 적갈색의 극명한 대비효과가 없었으면 과연 이게 가능했을까?

그림 어디에 어두운 그림자가 있는지 찾아보는 너는, 그 그림자가 어둡거나 더 나아가 컴컴할 경우, 가치가 떨어진다고 생각하는 너는, 너 자신이 옳다고 생각하니? 난 그렇게 생각하지 않는다. 왜냐하면 그렇게 보면 들라크루아의 〈단테의 뗏목〉이나 〈잔드보르트의 어부〉도 별 가치 없는 그림이 되기 때문이지. 강렬하고 선명한 짙은 남색과 흑자색을 볼 수 있으니까. 렘브란트와 할스는 검은색을 활용하지 않았을까? 그럼 벨라스케스는??? 하나의 검은색이 아니라 다시 말하지만 무려 27가지나 활용했어. 그러니까 '검은색을 사용하지 않는다'는 말을 할 때, 그게 정확히 무슨 뜻인지 알고는 있는 거냐, 테오야? 네가 하고자 하는 말이 뭔지도? 솔직히 너도 다시 한 번 생각해보면 이런 결론에 이르게 될 거야. 나는 네가 색조에 관한 부분을 엉뚱하게 배우고, 제대로 이해하지 못했다고 생각해. 아니면 건성으로 배웠거나 건성으로 이해했거나. 그런데 이렇게 생각하는 사람들이 사실 너무 많아! 거의 대부분이지. 하지만 들라크루아와 당대의 여러 화가 덕분에 너는 결국은 제대로 이해하게 될 거야. 그리고 네가 보기에 검은 바탕의 내 습작의 경우 밝은 부분이 좀 희미하다고 생각되지 않아?

그리고 실물보다 더 희미한 색으로 칠한 부분의 경우, 어두운 부분을 더 어둡게 한 것뿐만 아니라 같은 비율로 밝은 곳도 더 어둡게 처리했는데, 색조의 비율을 잘 지킨 게 맞지? 내 습작들은 엄밀히 말해, 내려갔다 올라가는 색조의 운동이라고 할 수 있어. 그리고 이건 잊지 말아라. 내 그림에 보이는 흰색과 회색 이끼는 문자 그대로 진흙 색으로 그린 건데 습작에서는 밝게 보이는 거야. 잘 지내라. 안부 전한다.

너를 사랑하는 형, 빈센트

보색과 관련된 부분, 동시대비 효과와 관련된 부분, 그리고 서로 만나 중성적으로 섞이는 보색에 관련된 부분이 첫 번째이자 가장 중요한 문제야. 둘째는 같은 계열의 두 가지 색의 상호작용이야. 예를 들어 주홍색 옆에 있는 암적색, 자청색 옆에 있는 자홍색 같은 거 말이야. 세 번째는 밝은 청색과 더 어두운 청색의 대비, 분홍색과 적갈색의 대비, 레몬 같은 노란색과 담황색의 대비 등에 관한 부분이야. 이 중에서 무엇보다 첫 번째 부분이 가장 중요한 내용이야.

혹시 색과 관련된 이 부분을 다룬 책들을 보게 되거든, 내용이 괜찮은지 살펴보고 다른 걸 뒤로 미루더라도 꼭 보내주기 바란다. 꼭 알아둬야 해서 그래. 하루도 공부하지 않고 지나가는 날이 없다.

429네

테오에게

검은색에 관한 네 생각을 담은 편지, 기쁜 마음으로 읽었다. 게다가 네가 검은색에 대한 어떤 편견도 가지고 있지 않다는 걸 깨달았어.

마네가 그린 〈투우사의 죽음〉 습작을 분석해 설명해준 내용도 아주 괜찮았어. 편지 전반에 걸친 내용이 예전에 네가 설명해준 파리의 모습을 글로 읽었을 때랑 똑같은 느낌이었다. 그러니까 너는 마음만 먹으면 말로 무언가를 그림처럼 묘사할 수 있다는 거야. 색에 관한 법칙을 연구하다 본능적으로 보면 위대한 거장에 대한 믿음을 갖게 되고, 우리가 아름답다고 생각하는 게 왜 아름답게 보이는지, 그 이유까지 깨닫는 경지에 이르게 돼. 자의적이고 피상적인 판단이 난무하는 요즘 같은 시대에 필요한 자세야.

그러니 내가 요즘의 미술품 거래 시장을 비관적으로 보고 있다고 해도 뭐라 그러지는 말아라. 그렇다고 나 자신이 낙담하는 건 전혀 아니니까. 내가 이런 생각을 하게 된 이유는 다음과 같아. 그림 가격이 묘하게 요동치는 분위기가 아무리 봐도 예전 튤립 파동 때와 비슷하다는 내 관점이 일단 옳다고 가정해보자. 이렇게 가정하면, 세기말 튤립 시장의 경우와 마찬가지로 미술품 거래 시장도 세기말, 투기와 연관된 여러 분야 시장이 불쑥 생겼다가 홀연히 사라져버린 것처럼 자취를 감춰버릴 수도 있다는 거야. 순식간에 말이야. 튤립 파동으로 시장은 사라졌지만, 튤립 재배는 여전히 계속되고 있어. 나는 좋을 때나, 나쁠 때나, 나만의 정원을 가꾸는 평범한 정원사로 지내는 데 만족해.

단단히 굳어 있던 내 팔레트는 지금 녹아가고 있고, 초기에 겪었던 불모와 가뭄의 시간도 이제 다 지나갔어.

지금도 여전히 무언가를 해보려 하면, 부족한 부분도 많고, 쩔쩔매는 경우도 많지만, 다양한 색들이 서로 합의라도 본 듯 스스로 자리를 찾아가고, 또 한 가지 색을 시발점으로 삼으면 이 색에서 어떤 분위기가 나오고, 어떻게 해야 생명력을 불어넣을 수 있을지가 마음속에 그려져.

쥘 뒤프레는 풍경화 분야에서는 들라크루아 같은 인물이야. 자신만의 색채를 조화롭게 꾸며서 실로 다양한 분위기를 표현해내는 화가거든. 더없이 은은한 청록색과 섞어서 만든 파란색, 그리고 온갖 종류의 반짝이는 색조로 바다를 배경으로 한 풍경화를 만들어내거나, 진한 적포도주 같은 색에서 강렬한 초록색까지 알록달록하게 표현된 잎사귀와 짙은 갈색으로 강조한 주황색, 그리고 회색과 자주색, 파란색과 흰색 등이 들어간 하늘, 또 그리고 이와 대비되는 노란 나뭇잎 등으로 가을 풍경을 만들어내기도 해. 검은색과 자주색, 붉게 타는 듯한 색조로 석양을 만들어낼 때도 있어. 엉뚱한 분위기 때문에 지금도 잊히지 않는 그림이 있는데, 정원을 그린 그림이야. 그림자는 검은색, 태양은 흰색, 그리고 순수한 초록색, 붉게 타는 듯한 빨간색과 진한 파란색, 흑갈색이 들어간 녹갈색과 연갈색으로 물든 노란색 등이 조화를 이루고 있어. 각각의 색들이 저마다 할 말이 있다고 외치는 그런 분위기였어.

나는 항상 쥘 뒤프레를 좋아해 왔어. 아마 시간이 흐를수록, 그의 진가는 지금보다 더 높이 평가될 거야. 언제나 강렬하고 극적인 분위기를 흥미롭게 그림에 담아내는 진정한 색채 전문가기 때문이야.

그래, 들라크루아와 형제 같은 화가야.

다시 말하지만, 검은색에 관한 네 생각을 담은 편지와 네가 해준 말, 정말 괜찮았어, 특정한 고유의 색을 쓰면 안 된다는 지적도 옳아. 그런데 그것만으로는 만족스럽지 않아. '특정한 고유의 색을 쓰면 안 된다'는 말 속에는 더 많은 뜻이 담겨 있어. 진정한 화가는 특정한 고유의 색을 쓰지 않는 사람이라는 내용은 언젠가 블랑과 들라크루아의 대화 도중에 나온 이야기였어.

이렇게 이해할 수도 있지 않을까? 그러니까 실물의 색에서 출발해 칠하는 대신, 자신의 팔레트에 있는 색에서 출발하는 게 진정한 화가의 모습이라고. 내가 하고 싶은 말은, 그려야 할 얼굴이 하나 있어서 실물을 앞에 두고 바라보고 있으면 이런 생각을 할 수 있잖아. 이 얼굴은 적갈색과 자주색, 노란색이 어우러지면서 조화를 이루고 있다고 말이야. 그래서 팔레트에 자주색, 노란색, 적갈색을 짜놓고 하나씩 서로 섞겠지. 그리고 실물을 보면서 색조가 들어갈 정확한 순서나 위치 등을 파악할 거야. 바보 같은 실수를 하지 않고 합리적으로 바라보기 위해서 실물을 꼼꼼히 관찰하고 연구할 거고. 그런데 내가 칠한 색이 일상에 잘 어울리듯 내 그림과 잘 어울리기만 한다면, 내 색이 실물과 정확히 똑같지 않더라도 신경 쓰지 않을 거야.

쿠르베의 초상화는 힘이 넘치고 자유분방해. 어두운 부분은 적갈색과 금빛, 차가운 자주색 등의 그윽하고 아기자기한 색조로 처리됐고, 검은색으로 전경에 힘을 줘서 다른 것들을 멀리 보이게 하고, 흰색 천으로 눈의 피로도 덜어줘서 실물과 끔찍할 정도로 똑같은 색으로 칠한 다른 화가들의 초상화보다 훨씬 아름다워.

진지하고 진중한 자세로 관찰하면 남자의 얼굴도 그렇고 여자의 얼굴도 그렇고 하나같이 정말 이루 말할 수 없이 아름다운 대상이야. 그렇지 않아? 그런데 실물에서 서로서로 어우러지는 색조의 아름다운 향연은 공을 들여서 문자 그대로 똑같이 옮겨오는 순간 가치가 사라져버려. 이 아름다움은 동일한 계열의 색을 활용해, 굳이 치명적일 정도로 똑같을 필요도 없고, 그냥 비슷하게만 재구성해서 표현해도 그 가치를 살려낼 수 있어.

팔레트 위에 섞어놓으면 알아서 만들어지는 아름다운 색조를 현명하게 사용하는 것, 다시 말해서, 팔레트, 직접 섞어보고 아름다운 색조를 만들어내는 경험에서 출발하는 건, 맹목적으로 기계처럼 자연을 베끼는 것과는 차원이 달라.

또 다른 예를 들어볼게. 나무와 노란 나뭇잎 등이 포함된 가을 풍경을 그린다고 가정해보자. 내가 이 그림을 노란색의 조화로 구상했다면 내가 칠할 기본적인 노란색이 실제 나뭇잎의 노란색과 똑같거나 다르다고 해서 큰 차이가 있을까? 아니, 달라지는 건 거의 없어. 중요한 건, 아니 모든 걸 좌우하는 건 비슷한 계열의 색조를 다양하게 받아들일 수 있는 감수성이야.

너는 낭만주의로 기우는 경향을 위험하다고 판단할 수도 있고 '사실주의'에 대한 배신으로 여길 수도 있을 거야. 실물보다 색채 전문가의 팔레트를 더 믿는 자세를 '상상에 의존해 그림 그리기'로 간주하고 싶다면, 그렇게 해라! 들라크루아, 밀레, 코로, 뒤프레, 도비니, 브르통 외에도 30명이 넘는 다른 화가들은 이 시대 회화 예술의 한 획을 그은 사람들이잖아? 이들은 모두 낭만주의를 극복하고 뛰어넘은 사람들이지만, 모두 낭만주의에 자신들의 뿌리를 두고 있잖아? 지금은 소설과 낭만주의의 시대야. 회화도 상상력과 감수성을 겸비해야 해. 사실주의와 자연주의도 예외일 수 없어. 졸라는 창작을 하지만 대상 앞에 거울을 들고 서 있지는 않아. 그는 놀라운 방식으로 만들어내고 창작해서 시적으로 꾸밀 수 있어. 그래서 그토록 아름다운 거고. 자연주의나 사실주의나 그 어느 쪽도 낭만주의와 떼어놓고 볼 수 없어.

나는 1830년~1840년대에 그려진 회화를 보면 여전히 가슴이 두근거려. 폴 위에의 그림, 〈잔드보르트의 어부〉 같은 이스라엘스의 초기작, 카바, 그리고 이자베의 그림이 그래.

그런데 '특정한 고유의 색을 쓰면 안 된다'는 말은 정말 진리라는 생각이 들어. 그래서 솔직히, 실물과 정확히 똑같거나 거의 비슷한 그림보다, 실물보다 사실성이 다소 떨어지는 그림을 보는 게 마음이 편하더라.

현실을 고스란히 옮기기 위해 공들여 애쓴 그림보다, 다소 불분명하고 미완성 상태인 것 같은 수채화가 훨씬 보기 좋아.

'특정한 고유의 색을 쓰면 안 된다'는 표현의 뜻은 넓게 볼 수 있어서 화가들이 자유롭게 색을 고를 수 있다는 의미이기도 해. 하나의 전체를 이루면서도 서로 긴밀히 연결되어서 다른 계열의 색과 대비시켜 최대한 두드러져 보이게 할 수 있는 그런 색들을 화가들이 마음대로 골라서 쓸 수 있다는 뜻이야. 어느 부잣집 양반의 초상화가, 내가 단 한 번도 본 적 없고 신을 두려워할 것만 같은 경건하게 생긴 한 남자의 얼굴색이 진주모 빛에 가깝고, 물과 우유를 섞은 것 같은 별 의미 없는 색이 이런 거라는 사실을 정확히 알려주고 있다고 한들, 그게 나한테 뭐가 중요하겠어? 그런데 초상화의 주인공은 후세에게 자신의 모습을 알리는 게 의무라고 여길 정도로 스스로를 존경받을 인물로 여기기에 실물과 똑같을 때 만족스러워해.

색은 그 자체로 무언가를 표현하고 있어. 그 사실은 부정할 수 없고, 그걸 잘 활용해야 해. 아름답게 만드는 건 실제로 아름답다는 말, 그 말도 맞는 말이야. 베로네제는 〈가나의 결혼 피로연〉에서 사교계 사람들의 초상화를 그리면서 어두운 보라색과 환상적인 황금 색조를 활용해 자신이 가진 팔레트가 얼마나 풍성한지를 직접 보여줬어. 그리고 전경에서는 찾아볼 수 없지만, 하늘색에 가까운 환한 파란색과 진주모 빛의 흰색도 다 생각해뒀어. 이 색은 뒤에다 아주 적절히 잘 배치해서 이 색 자체만으로도 대리석 궁전과 하늘 주변을 다르게 보이게 하고 여러 인물의 특징까지 아주 잘 살리고 있어. 미리 생각해둔 색의 조합으로 자연스럽게 탄생한 뒷배경 색은 정말 환상적이야.

내 생각이 잘못된 걸까?

베로네제의 그림은 궁전과 등장인물들을 하나의 덩어리로 여기고 그림을 그릴 사람들과는 다른 방식으로 그려진 게 아닐까?

건축양식이며 하늘이며 모든 게 평범하게 처리되고 등장인물보다 비중이 떨어지는 건, 인물들을 더 그럴듯하게 보이게 하려는 계산에 따른 거야.

이런 게 바로 진정한 그림 그리기지. 대상을 똑같이 옮기는 것보다 훨씬 아름다운 행위거든. 대상을 떠올리고, 주변을 그 대상에 맞춘 다음, 거기서 나머지 것들을 뽑아내는 거야.

실물을 보고 그린 습작, 현실과의 싸움, 난 이런저런 구실로 이런 방법을 막고 싶지 않아. 나 자신 역시, 수년간 이런 방법으로 작업하면서 실질적인 소득은커녕 매번 실패만 거듭했었어. 그렇다고 이런 실수를 하지 않았기를 바라는 건 아니야.

내 말은, 언제나 같은 방식만 고집하는 건 멍청하고 정신 나간 짓 같아 보일 수도 있지만, 그 과정에서 내가 들인 노력이 모두 허사였다는 건 아니야. 의사는 이렇게 말해. 죽이면서 시작해서 치유로 끝낸다고. 실물을 그대로 따라가려다 보면, 별 소득도 없고, 언제나 엉뚱한 결과로 이어지기 마련이야. 그러다 결국은 차분하게 팔레트를 출발점으로 삼게 되는데, 그러면 실물이 자연스레 따라오게 돼 있어. 그런데 상반된 이 두 가지 경우는 서로가 독립적으로는 존재하지 않아. 별 소득이 없어 보일지라도, 애쓰고 노력하면 실물과 더 가까워지고, 실물에 대한 정직한 지식도 덤으로 얻을 수 있어. 귀스타브 도레(종종 예리한 지적을 하는)가 한 적절한 말이 있어. '나는 기억한다.' 나는 가장 아름다운 걸작들이 대부분 화가의 머릿속에서 비교적 자유로운 방식으로 그려졌다고 생각하지만, 그림의 대상이 되는 실물에 대한 연구와 고민은 그 끝이 없을 거라는 생각을 버릴 수는 없을 것 같아. 가장 위대하고 강력한 상상력의 산물이자 그 앞에 선 우리를 숙연하게 만드는 것들 역시 현실에서 비롯된 것들이야.

마네의 습작에 관한 네 설명에 대한 화답으로 정물화 1점을 보낼게. 펼쳐 놓은 가죽 정장의 성경책(그러니까 혼합한 흰색)인데 배경은 검은색이고 전경은 황갈색이고 맨 앞에 노트는 레몬 같은 노란색으로 칠해봤어. 단 하루 만에, 단번에 완성한 거야.

이미 네게 말한 내용이지만, 그간 고생하고 애쓴 게 헛된 일만은 아니었다는 걸 네게 보여주고 싶어서 그린 거야. 그러니까 이제, 그림 그리는 속도가 상대적으로 빨라졌고, 주어진 사물이 어떤 형태건, 어떤 색이건 고민하지 않고 거침없이 그려나갈 수 있다는 말이야.

요즘은 가을 풍경을 몇 점 습작했어. 곧 또 편지할 텐데, 검은색에 관한 네 의견이 아주 마음에 들었다는 소식을 당장이라도 전하고 싶은 마음에, 황급히 이 편지 먼저 보낸다.

안부 전한다.

너를 사랑하는 형, 빈센트

430네 ____ 1885년 11월 4일

테오에게

방금 네가 보낸 편지와 그 안에 동봉해 보내준 것 잘 받았다. 진심으로 고맙다. 편지 받자마자 네게 답장을 하고 싶었던 건, 군데군데 디드로의 말을 인용한 부분이 자주 나오던데 나도 디드로가 그 시대와 참 잘 어울리는 인물이었다고 생각하기 때문이야. 그건 볼테르도 마찬가지야. 이들의 글, 특히 이들이 쓴 편지, 가급적 평범한 주제에 대한 편지를 읽어보면, 이들이 얼마나 명석하고 번득이는 생각을 하고 있었는지를 새삼 깨닫게 돼. 그런데 이들이 혁명을 이끈 주역이라는 사실은 잊지 말아야 할 거야. 그리고 자신이 사는 시대는 물론 공허하고 수동적인 다른 사람들의 마음속에 결정적인 방향을 심어주고 모두가 한 방향으로 향해 함께 나아갈 수 있도록 설득하고 이끌기 위해서는 천재성이 필요하다는 사실도 잊으면 안 될 거야. 그래서 나는 이들에게 경의를 표하고 싶어.

조만간 가을 나뭇잎을 담은 습작 2점을 받게 될 텐데 하나는 노란색(포플러나무), 다른 하나는 주황색(떡갈나무)이야.

지금, 내 머릿속을 지배하고 있는 건 색에 관한 법칙이야. 이런 걸 어렸을 때 배울 수만 있었다면! 대부분의 화가가 겪는 일이기도 해. 긴 시간 동안 그 답을 찾아 헤매는 건 일종의 숙명 같은 거지. 아마 색에 관한 법칙을 처음으로 정립한 건 분명, 들라크루아일 거야. 그는 모두를 위해 색의 농도와 상호관계를 명확히 정의했어. 그가 정립한 색에 관한 법칙은 뉴턴이 발견한 중력, 스티븐슨이 발명한 증기기관에 버금가는 미술계의 광명이라고 할 수 있어.

우리 집 정원의 연못을 그린 가을 풍경 습작도 하나 있어. 꼭 캔버스에 옮겨놓아야 할 근사한 풍경이거든. 작년에 한 번 시도하긴 했었어.

이번에 그린 건 구도가 좀 경직돼 보여. 오른쪽에 나무 두 그루가(주황색과 노란색) 서 있고, 가운데는 두 군데에 회녹색 덤불, 왼쪽에는 황갈색 나무 두 그루가 있어. 전경으로는 검은 연못이 있는데 전경에 깔린 잔디는 시든 상태야. 후경은 울타리 하나를 그리고 그 너머는 밝은 초록색으로 칠했어. 하늘은 나머지 부분과 강렬한 조화를 이루게 하려고 청회색에 진한 파란색으로 처리했지.

아마 그림을 보면 분명히, 너무 어둡다고 생각할 수도 있을 거야. 그런데 습작을 어둡게 그리는 시기는 그리 길지 않을 거다.

습작을 넣어 보내는 상자에 샤를 블랑의 책과 어머니가 네게 보내는 성경책도 같이 보낼게. 이 성경책으로 정물화를 그린 거야.

붓질하다가 물감이 뭉쳐서 울퉁불퉁 튀어나온 부분들이 군데군데 있는데, 크게 신경 쓰지 말아라. 한 1년 정도(6개월이면 충분하다) 그대로 둔 다음 면도칼로 바로 긁어내면 연하게 칠했을 때보다 더 고른 색감을 얻을 수 있어. 특히 밝은 부분의 색감을 보다 강렬하고 안정적으로 유지하려면 이런 식으로 물감을 많이 써서 뭉치게 하는 게 효과적이야. 긁어내는 방법은 옛 프랑스 화가들이 자주 사용한 방식인데 요즘 화가들도 여전히 따라해. 투명 물감을 엷게 칠하는 글라시 방식은 캔버스에 원래 칠해놓은 부분이 완전히 마르기 전에 바르면 오히려 윤기가 완전히 사라지고 시간이 지나면 유지되는 게 아니라 아예 지워지는 것 같아. 마른 후에는 유지가 되거든.

내 화실에 있는 습작의 색감이 시간이 갈수록 나빠지는 게 아니라 나아지고 있다고 네가 지적해줬잖아. 그건 일정 부분, 물감을 많이 써서 뭉치게 만든 덕분이기도 하지만 내가 기름 성분을 거의 쓰지 않았기 때문이야. 한 1년이 지나면 물감에 들어 있던 얼마 안 되는 기름 성분이 완전히 마르면서 뭉친 부분이 제대로 된 임파스토 효과가 나는 거야. 물감이 뭉친 부분이 잘 마르도록 유지하는 게 관건인 것 같아. 코발트색처럼 효과가 오래 지속되는 물감이 비싸다는 게 유감스러울 따름이다.

크롬산염이나 꼭두서니 등의 인조 물감으로 대체해야 하는지는 잘 모르겠지만 이건 확실히 알아. 몇몇 그림, 특히 미국의 석양을 그린 그림들은(너도 알잖아, 크롬산염 물감으로 글라시 처리를 한 그림들) 효과가 지속되지 않는다는 거. 반면, 도비니나 뒤프레의 그림은 견고해.

헤이그에 전시된 델프트의 페르메이르의 그림은 전부 빨간색, 초록색, 회색, 갈색, 파란색, 검은색, 녹색, 흰색 등 강한 색조가 사용됐는데도 색감이 환상적으로 유지되는 게 참 신기하지?

너도 기억할 텐데, 암스테르담에 있는 하베르만의 그림은(아름다운 건 아니야) 되는대로 막 그린 그림이라 흘러가는 시간이 치명적인 약점이 되지 않을까 싶다. 이 그림을 굳이 언급한 이유는 세간에서 소위 그의 기법을 거론하며 어마어마한 찬사를 보내기 때문이야. 기법 면에서만 보자면 아리 쉐페르나 들라로슈의 방식으로 잘 그려진 그림이긴 해. 하지만 제대로 된 강렬한 느낌의 작품을 찾는 애호가들 사이에서는 이들의 기법에 대한 비판이 끊이지 않아. 유화에서 유분이 빠져나가면 흉측하게 갈라져. 최근에 포도르 미술관 소장품 중에서 그런 그림을 봤었어. 그런데 실베스트르는 들라크루아가 자신의 그림을 거의 기름에 담가두다시피 할 정도로 기름에 적셨다고 하는데, 내 추측으로는 아마 임파스토를 적극적으로 활용해서 한 1년여 정도 묵혀둔 다음, 그림이 완벽히 마른 뒤에 그 위에 기름을 부었을 거야. 그러면 그림이 망가질 일은 없거든.

안부 전한다.

너를 사랑하는 형, 빈센트

이번달에는 새로 소개된 레르미트의 그림은 없는지 궁금하다. 그리고 어서 빨리 공쿠르의 책이 왔으면 좋겠다.

431네

테오에게

어제저녁에 공쿠르의 책을 받았다. 받자마자 바로 읽기 시작했는데, 물론, 나중에 다시 차분히 읽어봐야겠지만, 오늘 아침부터 벌써 전체적인 내용이 대충 파악이 되더라. 내가 얼마나 노심초사 이 책을 기다렸는지 알겠지?

나는 공쿠르가 부셰를 지나치게 추켜세운다고 생각지는 않아. 만약, 내가 부셰에 대해 아는 게 그윽한 파란색(하늘), 구릿빛(남자의 얼굴) 그리고 진주모 빛이 들어간 흰색(여자의 얼굴)의 세 가지 색이 대비효과를 이룬 그림과 오를레앙의 공작부인과 얽힌 일화 등이 전부였다면, 그가 일가를 이룬 화가라고 해도 인정했을 거야. 지나치게 추켜세운다고 보지 않는 이유는, 선량한 사람을 등쳐먹지 않으면서도 부그로나 페로의 그림을 '저속하다'고 말하듯, 부셰의 그림을 '저속하다'고 표현했기 때문이야. 감동적인 맛이나 친근한 맛이 부족한 건 사실이잖아.

내가 볼 때, 공쿠르는 부셰를 높이 평가하지 않았던 게 분명해. 공쿠르는 루벤스가 우월하다는 사실을 결코, 부인하지 않았을 거야. 루벤스는 부셰보다 더 많은 작품을 남긴 사람이야. 부셰도 그에 뒤지지는 않을지 모르지만, 여성을 모델로 한 누드화를 더 많이 그린 화가야.

루벤스는 바로 위에 내가 말한 감동적인 맛이나 친근한 맛을 떨어뜨리지 않는 편이야. 특히, 부인의 초상화에서는 평소보다 훨씬 더 뛰어난 기량을 보여줬지.

샤르댕은 또 어떻고!

그간 샤르댕이라는 화가에 대해 더 알고 싶었어(와토는 내가 상상했던 그대로였어). 하층민 출신에 코로와 마찬가지로 순박한 사람이었지만 슬픔이 많았고, 굴곡진 삶을 살았어.

책 내용은 정말 훌륭하더라. 라 투르는 재치가 넘치고 볼테르 같은 화가였지.

파스텔화에 대해 더 알고 싶어지더라. 나중에 언젠가 파스텔로도 그릴 생각이야. 유화로 사람 얼굴을 그릴 정도 실력이면 파스텔은 몇 시간 만에 배울 수 있을 거야.

공쿠르가 샤르댕에 관해 쓴 부분들이 상당히 마음에 들었어. 나는 진정한 화가들은 사람들이 '완성'이라는 단어에 부여하는 그런 의미로 그림을 마무리하지 않는다는 생각이 들어. 그러니까 코를 들이대고 자세히 확인해봐야 할 정도로 철저히 평가하는 방식.

기법에 관한 한 완벽할 정도로 최고의 그림이라고 평가받는 그림들을 아주 자세히 들여다보면, 여러 색이 나란히 배치된 그림들인데, 어느 정도 거리를 두고 봐야만 그 효과를 최대치로 감상할 수 있어. 렘브란트는 결과적으로 많은 어려움을 겪어야 했음에도 불구하고 이런 방식을 고집했어(귀하신 분들은 판 데르 헬스트를 더 높이 평가했어. 아주 가까이 다가가서 감상할 수 있다는 이유로).

이렇게 놓고 보면, 샤르댕도 렘브란트만큼 위대한 화가라고 할 수 있어. 이스라엘스 역시 비슷한 반열에 올려놓을 수도 있어. 개인적으로 항상 이스라엘스가 대단한 화가라고 생각해왔어. 특히, 기법에 관해서는 더더욱. 본느모르*는 모두가 이 사실을 알고 이렇게 생각할 수 있다면, 그것만큼 좋은 건 없을 거라고 했지. 하지만 이런 식으로 작업하려면, 어느 정도는 마법사의 능력을 갖춰야 하는데, 그게 또 배우기가 쉽지 않아. 미켈란젤로는 '내 방식은 사람들을 대단히 멍청하게 만드는 방식이다'고 말했었어. 그런데 이 비관적이고 냉소적인 말은 채색에 관해서 그의 방식을 시도해 본 사람들에게는 결코, 틀린 말이 아니었어. 그의 방식은 겁쟁이나 의존적인 사람들은 감히 따라 할 수 없는 방식이야.

내 그림 실력도 좀 늘었다.

어제 겪은 일이 있는데, 최대한 정확히 너한테 설명해줄게. 알다시피, 우리 집 정원 너머로 우듬지를 쳐낸 떡갈나무 세 그루가 보이잖아. 네 번째로 그 장면에 도전했어. 사흘 내내, 네가 가지고 있는 〈초가집〉과 〈농부의 묘지〉 크기 정도 되는 캔버스 앞에 앉아 있었어.

* 에밀 졸라의 소설 『제르미날』에 등장하는 인물

문제는 가발처럼 나무 위를 덮고 있는 털 뭉치 같은 갈색 나뭇잎들이었어. 이것들을 어떻게 형상화해서 형태를 잡고 색을 입힌 다음 색조까지 맞춰야 하나. 저녁에 캔버스를 들고 에인트호번에 있는 동료를 찾아갔어. 이 친구 집 거실이(회색 벽지에 가구는 금색이 들어간 검은색이었어) 제법 근사한데 거기 캔버스를 걸어놨지.

정말이지 뭔가 그럴듯한 걸 그려낼 것 같다는 강한 확신이 드는 건 또 처음이었어. 내가 원하는 효과를 낼 수 있도록 성공적인 배색법이 머릿속에 계산이 되는 느낌까지 들었어. 그 색은 연한 초록색과 잿빛이 살짝 감도는 흰색인데 튜브에서 바로 나온 순백색 같았어(보다시피, 내가 비록 어두운 그림을 그리는 편이지만 그 정반대 되는 경우에 대한 편견도 없고, 더 극단적인 끝에 대한 편견도 없어).

에인트호번의 동료는 재력도 좀 있고, 내 그림에 호감도 많은 편이지만(거기 그렇게 걸어보니까 색의 조합에서 나오는 평화롭고 은은하면서도 살짝 쓸쓸한 분위기 덕분에 그림이 상당히 마음에 들어 보이더라고) 이 그림은 못 팔겠더라.

내 그림이 한 애호가의 마음에 든 셈이니 그 동료에게 줬어. 그도 내가 준다고 하니, 별말 없이 받겠다고 했지. 말이라고 건넨 게 '정말 괜찮은 그림입니다'가 전부였어.

아직은 내 그림이 그 정도로 괜찮다고 생각하지는 않아. 일단 샤르댕이나 렘브란트를 비롯해 네덜란드와 프랑스의 옛 화가들 그림을 더 봐야 하고, 더 진지하게 고민해봐야 해. 지금보다 물감을 덜 사용하면서도 더 강렬한 그림을 그리고 싶거든.

내 지인과 그림에 대한 그의 견해에 관해 논하자면, 만약 정신도 멀쩡하고 이성적인 사람이 있는데, 그림을 그리기 시작한 지 불과 1년밖에 되지 않았지만, 매일같이 집에서는 정물화를 그리고 밖에 나가서도 이런저런 그림을 그렸다고 해도, 그림의 진가를 알아보는 전문가의 경지에 오르지 못할 수도 있고, 자기 스스로가 자신을 화가로 여기지 않을 수도 있어. 그렇다고 해도, 그가 다른 여럿보다 훨씬 더 침착하게 바라보고 판단할 수도 있는 거야.

굳이 한 가지 더 설명하자면, 이 친구는 기질적으로, 그냥 오가다 만날 수 있는 아무나가 아니야. 원래는 성직자가 될 사람이었는데, 어느 순간, 그 길을 포기하고 거기서 발을 뺐어. 브라반트에서는 그러기가 쉽지 않은 일이거든. 그에게서는 넉넉한 인심과 진심이 느껴져. 졸라가 언젠가 소설 속에서 보여준 그런 모습과도 같다고 할까? 무레는 자신의 학교 동창생과 이야기를 나누다가 심각해지면서 이런 말을 해. 과거의 영향력에서 벗어나는 게 결코, 쉽지 않았다고. 살고 싶다는 생각만 들었고, 그렇게 해서 살게 됐다고. 변화를 도모하는 많은 사람이 무미건조한 감리교도적 사고방식을 넘어서지 못하고 뒤로 물러서고 있어. 강력한 조치를 취하지 않기 때문이야. 그런데 내 동료는 달라. 그는 돈 좀 있는 사람 중에서도 사내다운 사내야.

공쿠르 형제가 동판화도 찍고 데생도 했다는 거 알고 있었어? 그러니까 이제부터 내가 너한테 데생을 하고 유화를 그리라 한다고 해서 그걸 비현실적이라고 일축하지 말기 바란다.

넌 분명, 실패하지 않을 거야. 네가 조금만 마음을 쏟으면 분명, 그 결과가 결코, 보잘것없지는 않을 거다. 그리고 막말로, 미술상으로서나, 전문가로서나, 동종업계 사람들보다 우월하다는 느낌이 들게 해줄 수도 있어. 이런 우월감은 솔직히 꼭 필요한 요소야.

다시 내 동료 이야기를 이어가자면, 내가 이 친구를 처음 만난 건, 대략 1년 전, 커다란 물레방아를 그릴 때였어. 너도 알 거야(말이 나와서 말인데, 이 그림도 이제 색이 무르익기 시작한다). 이 친구가 내 습작을 이렇게 묘사하더라. 지붕 몇 개, 측면이 보이는 주택들, 공장의 굴뚝, 저녁 하늘의 어두운 분위기. 파란 하늘은 주황색, 아니 적갈색에 가까운 반사광을 받으며 연기처럼 피어오른 구름 사이로 지평선을 넘어가면서 강렬한 빨간 기운으로 변하는 모습. 덩어리처럼 붙은 주택은 어둡게 보이지만 벽만큼은 따뜻한 색감으로 칠해졌고, 그 그림자가 위협적으로 보이는 것 같다고도 했어. 전경에는 땅거미 내린 황야와 모래, 검은색, 시든 풀, 한마디로 정원 같아 보이는 것 같다고도 했어. 몸통만 남아 검고 암울해 보이는 사과나무 몇 그루. 여기저기 노란 나뭇잎으로 뒤덮인 작은 나무들. 혼자서, 정말 자기 혼자서 이런 묘사를 하더라고. 풍경에 대한 견해에서 느껴지는 그 감수성이 정말 대단하지 않아? 물론, 1년 만에 화가가 되는 건 아니야. 또 그래야 할 필요도 없고.

그래도 조짐이라는 게 상당히 긍정적이잖아. 벽에 가로막힌 것 같은 무력감이 드는 대신 희망이 보이더라고.

앞으로 어떤 미래가 펼쳐질지는 나도 모르겠어. 화려한 악마 같았다는 라 투르에 대한 글을 읽고 있는 순간만큼은, 젠장, 화려한 악마라는 수식어가 기가 막힐 정도로 잘 어울린다는 생각이 들었어. 그는 물욕이 심했다는 점만 빼놓고 보면 인생을 꿰뚫어보고 그림을 예리하게 이해한 화가였어.

난 얼마 전에 프란스 할스의 그림을 보고 왔다고! 내가 얼마나 열광했었는지, 너도 잘 알 거야. 암스테르담에서 돌아오자마자 네게 장문의 편지로 이야기했었잖아. 단번에 그림을 그려내는 기술이며 그런 이야기하고 함께. 그런데 라 투르의 관점과 프란스 할스의 생각이 어쩌면 그렇게 똑같은지 모르겠더라. 특히, 바람만 세게 불어도 가루가 되어 날아가버릴 것처럼 부서지기 쉬운 파스텔로 그림에 생명력을 불어넣는 그 과정이 닮은꼴이야. 나중에 내가 뭘 하게 될지, 어떤 미래가 날 기다리고 있을지는 모르겠어. 하지만 최근에 내가 배우고 깨달은 내용만큼은 잊지 않았으면 좋겠다. 그림을 시작하자마자 단번에 완성하는 기술. 대신, 정신적인 것을 비롯한 모든 것을 다 담아내고 심혈을 기울이면서.

지금은 목탄으로 밑그림을 그리는 대신 약간의 데생과 붓으로 유화 그리는 재미에 푹 빠져 살아.

네덜란드 옛 화가들은 그림에 힘을 불어넣기 위해 어떻게 했을까 생각하다가, 진정한 의미의 데생 작품을 상대적으로 거의 못 봤다는 사실을 깨달았어. 하지만 선대 화가들의 데생은 정말 대단할 따름이야! 그런데 대부분, 붓으로 시작해서, 붓으로 이어나가, 붓으로 완성한 다음 더 채우지도 않았어.

판 호이언이 그랬어. 뒤페르 소장품에서 본 그의 그림, 폭풍우가 몰아칠 것 같은 날, 모래언덕에 있는 떡갈나무를 그린 그림하고 카위프의 〈도르드레흐트의 풍경〉이 딱 이런 식이었어.

놀라운 기법이지만 별 대수롭지 않은 방식으로, 색에 크게 신경 쓴 것 같지도 않고, 그냥 한없이 단순하게 그려진 것 같은 그림이야.

하지만 인물화든, 풍경화든, 그걸 그린 화가들은 자신의 그림이 단순히 거울 앞에 비친 실물과는 전혀 다르다는 사실을 사람들에게 입증해 보여주려는 성향 같은 게 있어. 상상의 산물과도 다르고, 단순한 복제품이 아니라 재창조한 작품이라는 사실을 말이야.

여전히 네게 들려주고 싶은 말은 차고 넘친다. 특히, 샤르댕에 관한 글을 읽다 떠오른 내용 중, 색에 관한 부분, 특정한 고유의 색을 쓰면 안 된다는 내용 등등. 난 이 말이 정말 멋진 말이라고 생각해. '어떻게 그 뜻을 간파할 수 있을까? 이가 빠진 입이 이렇게 섬세할 수 있는지 어떻게 설명할 수 있을까? 그저 '노란' 붓질 몇 번 하고, '파란' 붓질 몇 번이면 끝이다!'

이 글을 읽던 순간, 헤이그에서 본 델프트의 페르메이르의 그림이 떠오르더라. 〈델프트 풍경〉. 아주 가까이서 보니 대단했어. 몇 걸음 떨어져서 막연히 생각했던 색과는 전혀 다른 색으로 칠해졌더라고.

안부 전한다. 공쿠르의 책이 얼마나 마음에 들었는지 너한테 즉시 소식 전하고 싶었어.

너를 사랑하는 형, 빈센트

432네 ____ 11월

테오에게

식구들이 3~5월 사이에 이사 갈 생각이라면 네게는 놀랄 일일까? 혹시 그 전에 어머니에게 무슨 일이라도 생기면 더 놀랄 일이겠지? 가족들이 사는 집 앞을 지날 때면 문득, 그런 생각이 들곤 한다. 나이가 든다는 건 묘한 거야. 그런데 남편보다 오래 사는 아내는 그리 많지 않은 것 같더라. 어머니가 달라지신 게, 가끔은 정신이 멀쩡하신데, 최근 몇 달 사이 보니, 순간순간 멍하실 때가 있어. 그렇다고 크게 걱정할 일은 아니야. 한동안 신경 쓰실 일이 많았으니, 이해할 수 있어. 공허하다는 생각, 홀로 남겨졌다는 생각도 드셨을 테니까.

지금은 차분하고 평온하게 지내시는 것 같아. 다른 감정이 애도의 자리를 대신한 게 분명해.

내가 파악한 건 이 정도야.

어머니도, 아버지처럼 어느 날 갑자기 쓰러져서, 그대로 조용히 돌아가시지 말라는 법도 없다는 생각이 들어. 이런 말을 하는 이유는, 이 모든 게 내게 충격적으로 다가와서다. 내가 빌레미나에게 이런 이야기를 했더니 그 아이도 어머니가 이전 같지 않으시다면서 걱정하더라.

이것만 빼면, 어머니는 잘 지내시는 편이야. 그래도 내가 방금 말한 그런 일들을 떠오르게 하는 증상들이 나타나는 건 사실이긴 해. 조만간 여행을 가실 텐데, 암스테르담에 사는 아나한테 가셨다가 코르도 찾아가실 것 같아. 이렇게 다니시는 게 나쁜 일은 아니잖아. 안 그래도 자식들을 한 번씩 더 보고 싶어 하시니까. 그런데 자식들한테 작별 인사를 해야만 할 것 같은 예감 때문일 수도 있겠다 싶더라.

이 달 월세를 내면서 그 기회에 주인에게 화실을 비우겠다고 말했어. 일전에 네게 말했던 그 이웃들 때문에 내가 사는 집이 집 같지 않더라고. 목사 양반이 더 이상 내 문제에 관여하는 것 같지는 않지만, 여기 사람들이 여전히 목사를 두려워하는 건 알겠어. 하지만 이전 일도 있고 하니, 변화를 줘보는 게 나을 것도 같아.

마지막에 그린 유화는 제법 크기가 커. 헐벗은 황야에 덩그러니 남아 있는 낡은 풍차인데 밤하늘 아래 검은 그림자가 드리워져 있어.

행여 집에 무슨 일이 생기거든 바로 전보할게.

이렇게 너한테까지 털어놓을 정도로 걱정이 된다. 어머니가 이따금 판 더 로 박사를 찾아가시기는 하니, 아마 무슨 일이 있으면 박사도 우리한테 연락할 거야. 하지만 어머니까지 아버지처럼 갑자기 돌아가신다고 치면, 당장 며칠 뒤가 될 수도 있고, 몇 년 후가 될 수도 있어. 아무도 모르는 일이라는 거야. 정신이 멀쩡하시고 차분하시다면, 여행을 다녀오시고 발작이 있을 수도 있어. 그러니까 머지않아서. 고통 없는 최후가 찾아올 수도 있는 거야. 물론, 정신이 혼미해지거나 판단이 느려질 수도 있는데, 이런 경우는 심각한 상황을 걱정해야 할지도 모른다. 이 두 가능성에 다 대비하는 게 과연 틀린 생각인지 너도 곰곰이 생각해보기 바란다. 고통 없이 죽는 것과 그렇지 않은 것에 대해서.

안부 전한다. 마음의 악수와 함께.

너를 사랑하는 형, 빈센트

내가 무슨 근거로 이런 말을 했는지 네가 알았으면 해서 다시 말한다. 어머니가 간간이 평온해 보이신다는 것 외에 특별한 건 없어. 건강도 좋아 보이시고. 안색이 너무 좋으셔서 오히려 그게 걱정이야.*

* 이 편지가 흥미로운 이유는 빈센트의 어머니가 빈센트보다 17년을 더 살았기 때문이다.

433네 ___

테오에게

공쿠르의 책에서 다음과 같은 문장을 읽었는데, 네가 밑줄을 쳐놓은 문장이야. 샤르댕에 관한 부분. 화가들이 형편없는 보수를 받는다는 사실을 지적하면서 이런 말을 덧붙였지. '뭘 해야 할까? 어떻게 될까? 하층민 생활을 하든가, 굶어 죽든가. 사람들은 첫 번째 해결책을 선택한다.' 또 이런 말도 있었어. '몇몇 순교자를 제외하면 대부분은 검술 사범이나 군인 혹은 희극인으로 살아가기도 한다.'

사실상 지금 이 시대도 사정은 여전히 마찬가지야. 네가 이런 내용에 밑줄을 쳐놓은 걸 보니, 너도 내가 앞으로 뭘 할 건지 궁금해할 것 같다는 생각이 들더라. 안 그래도 여기 화실을 떠나겠다고 너한테 말까지 해놨으니 말이야.

우리 시대는 샤르댕이 살았던 시대와는 완전히 달라. 지금은 몇 가지 간과할 수 없는 사실이 있어. 화가들의 수가 훨씬 많아졌다는 거야. 지금은 화가 본연의 임무 외에 다른 일을 한다면, 대중은 곱지 않은 시각으로 바라봐. 나는 그런 마음을 먹을 사람이 못 돼. 그래서 이렇게 말할 거야. 계속 그림을 그리라고. 습작을 100점 그리고, 그것도 모자라면 200점을 그려서 다른 일까지 해야 하는 상황을 뛰어넘는 실력을 갖추라고.

다음으로는 가난에 익숙해져야 한다는 거야. 군인이나 막노동꾼은 온갖 궂은날에도 바깥에서 생활하면서 건강을 유지할 뿐만 아니라 그저 평범한 음식과 누울 자리만으로도 만족한다는 사실에 주목해야 해. 이런 생활방식은 일주일에 1~2플로린 버는 것과 같은 결과를 가져와.

어쨌든 사람이 이 세상에 태어난 건 단지 편하게 살기 위해서도 아니고 꼭 남들보다 잘살아야만 하는 것도 아니잖아.

조금 더 편하고, 조금 덜 편하다고 해서 크게 달라지는 건 없어. 어쨌든 평생 젊음을 붙잡아 둘 수는 없는 법이니까.

그렇게 될 수만 있다면 얼마나 좋겠어! 진정한 행복을 주는 것, 물질적인 행복을 가져다주고, 평생 젊음을 유지하게 해주는 건 여기 없어. 여기보다 사정이 낫다고 하는 아라비아에 가도 없고 이탈리아에 가도 없어. 내 생각에는 하층민 사람들과 어울려 지내는 게 건강을 유지하고 늘 새롭게 살 수 있는 가능성이 큰 것 같아. 내 생각이 그렇다는 거야. 그래서 나는 다른 생각은 하지 않고 그림 그리기에서 행복을 찾으려 노력하고 있어. 하지만 돈벌이를 하려면 초상화 그리는 일을 간과해서는 안 될 것 같다. '닮음'에 관해서는 사람들을 만족시키는 게 결코, 쉬운 일은 아닐 거야. 그래서 자신 있다고 장담은 못 하겠어. 그래도 불가능하지는 않을 거야. 여기 사람들이라고 다른 동네 사람들하고 다를 일은 없을 테니까. 아무렴! 시골 사람이나 도시 사람이나 틀릴 일은 없으니까. 이들은 내가 틀렸다고 말해도, 오히려 반박하며 주저하지 않고 이렇게 말할 거야. 이건 레니르 더 흐레이프, 이건 톤 더 흐로트, 이건 딘 판 데르 베이크라고. 뒷모습만 보고도 알아볼 정도야. 도시에 사는 소시민들은 초상화에 큰 비중을 두고 살아. 물론 정부(情婦)에게도 그만큼 비중을 두긴 하지. 밀레는 배를 모는 선장들이 초상화 그리는 사람을 '높이 평가'한다는 사실을 알게 됐어(아마 뭍에 있는 정부에게 주기 위해 초상화를 그렸을 거야). 이쪽으로는 아직 한 번도 기회를 노려보지 않은 것 같다. 상시에의 책에서 본 내용 기억하니? 밀레가 아브르 시절을 이런 식으로 견뎌냈다는 사실이 머릿속에서 지워지지 않을 정도로 인상 깊었어.

나는 일단, 안트베르펜으로 떠날 계획이야. 언제가 될지, 어떤 식으로 가게 될지는 나도 모르겠어. 미술상 주소를 6개 정도 받아둔 터라, 내 그림도 몇 점 가져가 볼 생각이야. 작업에 관해서는 조만간 도시 풍경을(제법 큰 크기로) 몇 점 그려볼까 구상 중인데, 곧바로 그 사람들에게 보여줄 거야.

결과적으로 좋은 성과를 얻기 위해 수단과 방법을 총동원해야 한다는 거야. 가난한 상태로 가는 거니, 뭘 해도 잃을 건 없어.

지금 사는 곳은 동네도 구석구석 잘 알고 있고 동네 사람들하고도 잘 지내 온 터라, 영영 떠난다는 실감이 안 난다. 내 세간살이라도 둘 작은 공간이라도 임대할 수 있을지 알아볼 계획이야. 그렇게 되면, 며칠간 안트베르펜을 벗어나고 싶을 때나 전원생활이 그리워질 때마다 찾을 수 있는 거처를 마련할 수 있는 거니까.

부업을 갖는 문제는 테르스테이흐 씨가 처음부터 아주 귀에 못이 박히도록 했던 말이야. 그 양반이 한 말 자체를 폄훼하고 싶지는 않지만, 귀에 못이 박히도록 한 그 말은 잔소리에 지나지 않아. 입만 열면 부업을 가지라고 잔소리하는 사람들 대부분은 무슨 부업을 가져야 하는지 구체적으로 설명도 제대로 못 해. 돈을 마련하기 위해 부업을 가져야 할 경우, 나는 잘 알고 지내는 미술상이나 화가들을 위해서 그림을 대신 팔아준다던가, 아니면 그 사람들을 위해 대신 영국 같은 외국에 나가는 일을 할 수 있을 것 같아.

물론 그림과 직접 관련 있는 이런 일자리는 예외적인 경우다. 원칙대로 하면, 화가는 오직 그림만 그려야 하는 거니까.

내가 우울하게 살기 위해 태어난 건 아니라는 사실을 간과하지 말아라. 여기 동네 사람들은 나를 '순진한 그림쟁이'라고 불러. 나는 그 순진한 그림쟁이 그대로 여기를 떠나지는 않을 거야.

드렌터도 생각해봤는데 그 계획은 실현되기 힘들 것 같아.

여기서 만든 전원생활에 관한 그림들이 안트베르펜에서 좋은 반응을 거두면 또 가능할지도 모르겠다. 여기서 그린 것들이 지금, 혹은 나중에라도 대중에게 사랑을 받으면 계속해서 비슷한 그림을 그릴 거야. 그리고 다양한 변화를 주기 위해서 이따금 드렌터도 다녀오고.

불편한 점이라면 한 번에 한 가지 일밖에 할 수 없어서 전원생활을 그림으로 담아내는 일을 하면서 동시에 도시에 나가 일을 볼 수는 없을 것 같다는 거야.

어쨌든 과감히 이곳을 벗어나기 적절한 때인 것 같아. 모델 구하기도 어려워지기도 했고 어쨌든 이사 가기로 결정은 했으니까.

내 화실이 성당지기의 집 바로 옆이잖아. 그래서 내가 거처를 옮기지 않으면 더더욱 문제가 끊이지 않을 것 같아. 당시 일 때문에 동네 사람들이 나한테 완전히 등을 돌린 건 아니야. 아마 내가 거처를 옮기고 몇 달 정도 시간이 흐르면 다들 그때 일은 잊겠지.

일단 안트베르펜에 가서 12월 1월까지 두어 달 머무는 게 최선이 아닐까?

암스테르담에 갔을 때는 하루에 50센트 하는 싸구려 식당에 머물렀는데, 이번에도 비슷한 방법으로 지낼 생각이야. 다만, 마음 맞는 화가를 만나 그의 화실에서 작업을 하면 좋겠다. 누드화를 그려야 할 일이 아예 없지는 않을 테니 말이야. 미술학교에서 그런 부탁을 하면 받아주지 않겠지만, 나도 미술학교는 사양할 거야. 그나마 조각가들이라면(분명 몇 명 정도는 있겠지) 조금 다르지 않을까 싶기도 하다. 물론, 돈이 있으면 모델은 얼마든지 구할 수 있어. 하지만 그 돈이 없으면 불가능하지. 어쨌든 거기 가더라도 누드모델이 필요한 화가들이 있을 거야. 그렇게 비용을 나눠 내는 방법도 있을 수 있잖아. 누드모델이 필요한 이유가 있어서 그런 거야.

이 편지 쓰는 동안 네가 쓴 편지가 도착했다.

필요하다면 내가 직접 판 더 로 박사를 찾아갈 의향은 있지만, 의사들이 모든 사실을 다 말해주지는 않잖아. 특히, 증상이 의심스러울 때는 더더욱. 그리고 네가 알아둬야 하는 게, 편지에도 썼다시피, 어머니 정신이 오락가락하는 일이 있긴 했지만, 앞으로 이런 일은 또 있을 거야. 나이 드신 분들에게는 자주 있는 일이야. 어쨌든 네 제안도 괜찮을 것 같다. 굳이 꼭 그 자리에 계셔야겠다고 고집하지 않으시는 이상, 이삿날, 다른 곳에 가 계시게 하는 것 말이야.

게다가 아우야, 내가 볼 때, 판 더 로 박사는 말 그대로, 자신이 줄 수 있는 조언은 어머니께 다 말씀드린 터라, 우리가 찾아간다 해도 따로 더 해줄 말도 없을 거야. 내 말은 위험한 상황을 예견했다면, 이미 우리에게 알려줬을 거라는 뜻이야. 그 양반이 아무 말이 없다는 건, 무슨 일이 생기더라도, 더 해줄 수 있는 것도 없고, 해서도 안 된다는 뜻인 거야. 의사가 이렇게 자연스럽게 흘러가게 둔다는 건, 이게 최선이라고 생각하기 때문일 거다. 판 더 로 박사는 에밀 졸라에 버금갈 정도로 주도면밀하고 생각이 깊고, 차분한 사람이야. 아무튼 필요하면 찾아가 만나볼 생각이야. 어쩌면 그 양반이 마을에 들르는 일이 있으면 어머니가 직접 만나실 수도 있을 거야. 어쨌든 뭐든 해보자. 하지만 내 생각은 물 흘러가듯 그냥 두는 게 가장 낫지 않을까 싶다.

환자 주변에서 지나치게 걱정하고 신경 쓰고 있다는 걸 환자가 느끼면, 그것만큼 또 환자한테 힘든 게 없거든. 이런 경우라면 너도 나와 같은 생각일 거다. 나이 드신 분들에게 무슨 일이 벌어질지는 솔직히 미리 내다볼 수가 없어. 심장도 정상이 아닐 테니, 지방성 변질로 인해 갑자기 사망하실 수도 있고, 5년, 아니면 10년간 고생하실 수도 있어. 격한 감정이 발병의 원인이 될 수도 있어. 그래서 정신이 멀쩡할 때보다, 멀쩡하지 않은 상태일 때, 더 오래 살게 되는 거야.

한 가지가 더 있는데, 가끔 보면 어머니가 옛일을 되새기시곤 하는데(어머니의 내면이나 머릿속은 너무 복잡해. 아마 몇 칸이나 몇 층은 될 거야) 마음속에 묻어두고 대부분 입 밖으로 표현을 안 하시거나, 못 하시더라. 항상 그렇게 과묵하게 계시니, 언젠가는 이런 말씀을 드렸으면 좋겠어. 무슨 생각을 하시는지 도저히 모르겠다고. 지금은 정신이 멀쩡하시니, 하고 싶은 대로 하시게 해드려야지. 어머니께는 그게 가장 나은 방법이고, 우리에게도 가장 정상적인 방법일 거야.

사실 날이 얼마 남지 않았다면, 고통 없이 가시는 게 어머니께는 불행이 아니라는 사실을 이해한다면, 최대한 평온하게 해드리는 게 관건인 것 같다. 상대적으로 기계적인 삶에 가깝겠지만 몇 년을 더 사신다고 하더라도 역시 평온하게 해드리는 게 관건이야.

미리 말하는데, 나는 2월경에 여행을 준비하시는 어머니 일정에 맞춰 안트베르펜으로 떠날 생각이다. 이사하시기 전에 나도 뉘넌으로 다시 돌아오긴 하겠지만, 이런저런 이유로 거기 더 오래 있어야 할 경우가 발생하더라도, 집에서 무슨 일이 생기면 그 즉시 찾아올 준비는 하고 지낼 생각이야.

지금은 이 편지를 보내야 하지만 며칠 내로 빌레미나하고 얘기해본 다음 다시 소식 전하마. 어머니가 여행을 떠나시기 전에, 판 더 로 박사를 찾아가자고 말할 거야. 어머니도 자연스럽게 생각하실 거야. 박사가 진찰하고 나면 빌레미나나 내가 기회를 봐서 어머니가 얼마나 더 살 수 있으실지 물어볼 거야. 필요한 경우, 너와 빌레미나가 좋다고 하면, 어머니가 찾아가시기 전에 내가 먼저 판 더 로 박사를 만나 우리가 알고 싶은 것들을 미리 상세히 설명할 용의도 있어. 그래야 더 꼼꼼히 어머니 상태를 진찰할 테니까.

안부 전한다.

너를 사랑하는 형, 빈센트

안트베르펜행에 대한 네 의견을 속히 알려주기 바란다. 반대하지는 않을 거라 믿는다.

434네

테오에게

판 더 로 박사가 어머니에 관해 이야기해준 내용을 짧게 전해줄게.

1. 어머니 건강은 이상 없으셔.

2. 적어도 10년은 거뜬히 더 사실 수 있대.

3. 그 기간 전에 돌아가신다면, 병에 걸리셔야 한대.

그러니까 가끔, 정신이 오락가락하시는 건 지극히 정상적인 현상이니 큰 비중을 두지 않더라고.

결과적으로 어머니는 하고 싶은 대로 하셔도 된다는 거지. 여행이나 이사를 걱정하실 필요도 없으신 거야.

얼마나 다행이냐. 어쨌든 안심할 일이야. 나는 박사 말을 믿어. 그리고 빌레미나가 지극정성으로 어머니를 돌봐드릴 테니 병에 걸리실 일도 없을 거야.

소식 전해듣자마자 바로 너한테 알리는 거야. 나도 지금은 안심이다.

솔직히 이제는 나도 안트베르펜으로 가고 싶다. 거기 가서 제일 먼저 할 일은, 방법만 있다면, 레이스의 식당을 감상하는 일이야. 너도 잘 알 거야. 〈성벽을 도는 사람들〉과 브라크몽이 동판화로 찍어낸 〈식탁〉과 〈시중드는 여인〉 등등.

올겨울에는 눈 내린 부두가 아주 볼만할 것 같다.

당연히 그림 몇 점은 가지고 갈 건데 조만간 그중에서 몇 개 골라 너한테 보낼 거야. 저녁을 배경으로 황야에서 본 커다란 풍차, 노란 잎이 달린 포플러나무들이 줄지어 선 너머로 바라다 보이는 마을 풍경, 정물화, 그리고 인물 데생 여러 점 등.

지금은 작업이 영 지지부진한 상태야. 날이 추운 탓에 더 이상 야외에서 작업을 할 수가 없게 됐거든. 그리고 이 집에 머무는 동안은 더 이상 모델을 불러서 작업하지 않을 생각이야. 어쨌든 다시 여기로 돌아오기 전까지는 말이야. 이런 식으로 물감과 캔버스를 아끼면 저쪽으로 건너간 다음에 사용할 수 있잖아. 아무튼 빨리 떠나고 싶다.

얼마 전에 뢰르스 씨에게 편지를 받았어. 내 그림에 관한 내용이었지. 테르스테이흐 씨하고 비셀링예 씨가 내 그림을 보긴 했는데 마음에 들지 않는다고 그랬대.

비록 두 양반은 부정적인 반응을 보였지만, 다른 사람들의 마음은 확실히 바꿔놓을 수 있도록 꾸준히 노력할 거야.

지구의 『기억』과 비슷한 주제를 다룬 책을 여러 권 읽었어. 에인트호번의 지인이 빌려줬어. 폴 위에를 필두로 당대 화가들과 관련된 흥미로운 일화가 상세히 소개돼 있더라. 이 책 덕분에 내가 정물화 그리는 법이나 여러 그림 기법을 능숙하게 처리하고 있다는 확신도 갖게 됐어. 그렇다고는 해도 내 방식은 여전히 개선돼야 할 점이 많고, 또 그렇게 될 거야. 네가 가지고 있는 얼굴 그림을 예로 들어보자. 개중에 분명, 그럴듯한 것도 몇 개 있을 거라고 나는 확신해. 그러니 계속 전진하는 거야.

이번 겨울을 따분하게 보낼 일은 없을 거다. 물론, 무엇보다 열심히 작업하는 게 우선이지. 전장에 뛰어드는 것 같은 인상이 네게는 생소해 보일 수도 있을 거야. 물감은 여기서 구하고 만들 수 있는 걸 가져갈 텐데, 거기 가서는 더 나은 것들을 구해볼 계획이야.

그림 틀도 대략 40개 정도 가져갈 거야. 네가 가지고 있는 얼굴 그림 크기로. 그리고 화구와 종이 등도 가져갈 거야. 상황이 어떻게 되든, 손 놓고 멍하니 있지는 않을 거야.

긴 시간 거의 혼자 그림을 그리고 배우면서 생각하게 된 건데, 비록 남들의 그림을 통해 이것저것 배우고도 싶고, 배울 수도 있고, 또 그들의 기법을 따라 할 수도 있지만, 나는 언제나 내 두 눈으로 직접 보고, 그걸 내 방식대로 그려낼 거야.

내 기법을 키우기 위해서 더 노력할 거라는 건 너무나 자명한 사실이야. 무엇보다 기회가 생기면 누드 공부를 더 많이 할 생각이야. 그렇다고 헛된 꿈만 꾸고 있는 건 아니다. 당장에 내 마음에 드는 모델을 찾아서 작업할 수 있는 것도 아니니까 말이야. 일단은 이것저것 다른 주제의 그림으로 필요한 돈부터 마련해야지. 풍경화나 도시 풍경, 혹은 전에 너한테 말했던 것처럼 초상화도 그리고, 간판이나 장식 같은 것도 할 생각이야. 그 외에 또 할 수 있는 건(이전 편지에는 이런 부업에 관한 이야기는 하지 않았는데) 그림 그리기를 가르치는 일이야. 정물화부터 가르칠까 하는데 이건 기존의 미술 선생님들 방식과는 거리가 좀 있지. 그래도 에인트호번의 지인에게 이 방식으로 가르쳐봤기 때문에 다시 할 수 있어.

네가 한 달 치 생활비를 보내주는 즉시 이곳을 떠날 수 있을 거야. 행여 반가운 우연이 찾아와 예정보다 1주일쯤 먼저 돈을 보내준다면 당장이라도 떠날 수 있어. 그런데 그런 기대는 하지 않는다. 떠나기 전에 암스테르담 미술관을 둘러보고 올 수 있었다는 사실에 만족해. 사실, 지금까지 내가 본 그림에서 배워서 유용하게 활용하는 게 정말 많거든. 시간 나거든 곧 편지해라.

이래저래 벌써 짐을 챙기는 중이라 그런지 자연스레 마음이 온통 여기가 아니라 거기에 가 있다. 쉬지 않고 열심히 그림 그리면서 그리는 법도 배우고 색에 관한 튼튼한 기초와 개념을 공부하느라 머릿속에 다른 생각할 자리가 거의 없어. 하지만 며칠간 암스테르담에 가기로 마음먹은 날만큼은 그림을 다시 볼 수 있다는 생각에 들떴지. 다른 사람이 그린 그림을 거의 볼 수도 없고, 미술계의 동향을 전혀 알 수도 없고, 다른 화가들과 전혀 교류도 할 수 없는 화가의 삶은 고단하거든. 아무튼 다녀온 뒤로 친분을 쌓고 싶은 마음이 들기는 했어. 적어도 한동안은.

한 1년 철저히 세상과 등지고 자연을 상대로 투쟁을 하고 보니 얻는 게 있더라. 용기도 생기고, 몸도 더 건강해졌어. 화가의 삶이라는 게 워낙 힘든 일이 많아서 체력이 남아날 일이 거의 없거든.

내 그림은 아무래도 상황에 맞춰가야 할 것 같다. 그러니까 미술상과 친분을 쌓으면 여기저기 보여주고 소개할 수 있는 그런 그림을 그려야겠다는 말이야. 그런데 다르다는 게 실패를 뜻하는 건 아니잖아. 얼굴 그림과 인물화를 성공적으로 그려내면 조만간 너도 볼 수 있을 거야. 풍경화 하나는 가지고 갈 생각인데, 나머지 하나도 가져갈까 고민 중이야. 노란 나뭇잎이 눈에 띄는 그림인데 네 마음에 들 것 같다. 크로키로 그려 분위기라도 대충 전해줄게.

어두운 선으로 처리한 지평선이 흰색과 파란색의 맑은 하늘과 대비를 이루는 배경이야. 어두운 선 주변으로 빨간색, 파란색, 초록색, 갈색으로 칠해진 작은 얼룩 같은 게 펼쳐져 있는데, 군데군데 있는 집들의 지붕과 과수원을 그린 거야. 들판은 초록색이야. 그 위로 잿빛 하늘이 펼쳐져 있고, 사이사이에는 위로 뻗어올라가는 검은색 나무 몸통과 노란 나뭇잎이 보여. 전경에는 노란 나뭇잎들이 바닥에 깔렸고 검은색 의상을 걸친 두 사람과 파란 옷을 입은 사람이 보여.

오른쪽에는 흑백이 조화를 이룬 자작나무 한 그루와 초록색 몸통에 적갈색 나뭇잎이 달린 나무 하나가 서 있어.

안부 전한다. 마음의 악수와 함께.

너를 사랑하는 형, 빈센트

435네

테오에게

보내준 50프랑 지폐와 네 편지 정말 고맙게 잘 받았다.

다음 주 화요일에 떠나기로 결정한 이유는 잘 생각해보면 너도 이해할 거라 믿는다. 우선, 내가 간절히 원했고, 둘째로는 여기 계속 있다가는 작업에 큰 차질이 빚어질 것 같기 때문이야. 모델을 구할 수도 없는데, 날이 추워서 밖에서도 그림을 그릴 수가 없거든.

안트베르펜에 가면 화실을 찾기 어렵겠다는 내 느낌이 정말 사실이더라. 화실은 있는데 작업을 할 수 없는 여기나 작업은 할 수 있는데 제대로 된 작업은 할 수 없는 저기 중에서 하나를 골라야 할 상황이야.

난 후자를 택했어. 그래도 마음이 얼마나 즐거운지 꼭 귀양살이하다 돌아가는 기분이야. 미술계와 완전히 연을 끊은 게 오래전 일이야. 그동안 나도 힘을 좀 키운 터라 웬만한 술책 따위는 가볍게 넘어갈 수 있고, 스스로 방어도 할 수 있게 됐어. 그러니까 내 말은, 헤이그 시절의 경우 붓질 능력이(데생은 전혀 달라) 남들보다 부족하기도 했고, 또 유화 그릴 실력이 없다, 물감 낭비다, 하며 비난을 받을 때마다 좌절하곤 했지만, 이제는 더 이상 그럴 일이 없다는 거야.

갑자기 루벤스 그림이 미친 듯이 보고 싶다. 그런데 그거 알아? 루벤스가 그린 종교화 속에 묻어나는 감성은 가만히 보면 좀 심하게 인위적이라는 거 말이야. 렘브란트나 미켈란젤로를 떠올려봐. 미켈란젤로의 〈사색에 잠긴 사람〉을 예로 들어보자. 무언가를 생각하는 사람의 자세야, 그렇지? 그런데 작은 발이 제법 단아해 보여. 반면, 손은 번개처럼 빠르게 움직이는 사자 발톱처럼 느껴지잖아. 사색에 잠긴 이 사람은 동시에 행동하는 사람인 거야. 그가 머릿속으로 무언가에 집중하지만 그 목적은 어떤 식으로든 뛰쳐나가고 행동하기 위해서라는 게 보여.

렘브란트의 감성은 달랐어. 〈엠마오의 저녁 식사〉에서 볼 수 있는 예수는 어쨌든 미켈란젤로가 만든 상반신과는 분위기가 달라. 영혼을 담고 있는 육신처럼 보이지만 적어도 상대를 설득하려는 듯한 그 동작에서는 강렬한 힘이 느껴지지. 이 그림을 루벤스의 그림, 생각에 잠긴 사람을 그린 여러 인물화 중 하나를 골라 나란히 놓고 보면, 그의 그림 속 인물들은 마치 속을 게워내려고 구석을 찾아 들어가는 사람들처럼 보여. 종교적인 주제나 철학적인 주제를 담은 그의 그림도 결과는 마찬가지야. 루벤스의 그림은 지극히 평범하고 공허해. 반면, 여성 인물화만큼은 솜씨가 남달라(부셰, 아니 부셰를 능가해). 이 부분만큼은 제대로 된 생각거리를 주는 데 어느 정도 깊이도 있어. 그가 잘하는 건(색의 조합을 활용해서) 여왕이나 정치인 등의 인물을 그리는 일이야. 그는 인물을 정확하게 분석해서 있는 그대로 그림으로 옮기는 능력이 있어.

하지만 초현실적인 장면(마법이 시작되는) 등은 전혀 아니야. 여성의 동작에 무언가 무한한 것 같은 분위기를 심어주는 것 외에는 말이야. 그마저도 극적인 분위기는 떨어지긴 하지만.

책을 읽다가 게인즈버러에 관한 부분을 발견했는데 이걸 읽고 다시 한번, 단번에 습작을 완성하는 기술을 더 연마해야겠다는 생각이 들었어.

> 다양한 효과를 가능하게 해주는 건 거친 붓질이다. 그가 남긴 즉흥적인 붓 자국은 그 자체로 꽉 찬 느낌을 주면서 보는 이들과 소통한다. 게인즈버러는 전체적인 구도를 안정적으로 끌고 가는 완벽한 방법을 간파하고 있다. 단번에 작품의 초벌 스케치를 끝내고 위아래로 살피며 조화롭게 다듬으면서도 단편적인 부분이나 너무 세세한 부분에 매몰되지 않았다. 그가 추구했던 건 평범한 효과였고 대부분 그 효과를 찾아 고스란히 옮겨놓을 수 있었는데, 이는 우리가 한눈에 들어오는 자연을 바라보듯, 그는 넓은 시각으로 캔버스를 바라보기 때문이다.

안트베르펜에 도착해서 같이 보낼 습작 몇 점 완성하면 Ch. 블랑의 책 등을 네게 보내줄게.

아직은 어디에 묵게 될지 몰라서 부탁하는데, 12월 1일에 보낼 편지는, 그때까지 나한테서 별 소식이 없으면 유치 우편으로 보내주면 좋겠다.

며칠 내로 너한테 또 소식 전할 테니 말이야.

잡지를 읽다가 쥘 브르통의 소네트 한 편을 발견했는데, 그 내용도 동봉한다.

다시 한번 이곳을 서둘러 떠나는 이유를 설명하자면, 모델을 찾는 데 어려움만 없었어도 여기서 겨울을 보냈을 거야. 그렇다고 모델을 불러 그림을 그린다고 해서 목사 양반하고 크게 부딪힐 일은 없어. 그런 일도 없었지만 내가 완전히 무시하는 터라 자기도 뭘 어쩌진 못하거든. 다만 안타까운 건, 이 상황에서도 내가 사람들을 부르면 오히려 동네 사람들이 주저할 것 같다는 거야. 내가 생각했던 것 이상으로 사람들이 목사 양반을 두려워하더라고. 누군가 과감히 모델을 서겠다고 자발적으로 나서주지 않는 이상, 아무것도 하지 않을 생각이야. 만약 내가 몇 달 정도 자리를 비우면 동네 분위기가 좀 달라지지 않을까 싶다. 그래도 달라지지 않으면, 어쩔 수 없지! 얼마 되지는 않지만, 지난겨울에는 모델을 서주고 매주 받았던 돈을 올겨울부터는 한 푼도 벌 수 없게 되는 거지.

안부 전한다.

너를 사랑하는 형, 빈센트

옮긴이 이승재

한국외국어대학교 불어교육과와 동 대학 통번역대학원을 졸업했다. 유럽 각국의 다양한 작가들을 국내에 소개하고 있으며, 도나토 카리시의 《속삭이는 자》 《이름 없는 자》 《미로 속 남자》 《영혼의 심판》 《안개 속 소녀》를 비롯하여, 안데슈 루슬룬드, 버리에 헬스트럼 콤비의 《비스트》 《쓰리 세컨즈》 《리뎀션》 《더 파더》 《더 선》, 프랑크 틸리에의 《죽은 자들의 방》, 에느 리일의 《송진》 등을 우리말로 옮겼다.

Vincent

빈센트 반 고흐, 영혼의 편지들 2

초판1쇄 펴낸날 2024년 3월 30일

지은이 빈센트 반 고흐
옮긴이 이승재
펴낸이 장영재
펴낸곳 (주)미르북컴퍼니
자회사 더모던
전 화 02)3141-4421
팩 스 0505-333-4428
등 록 2012년 3월 16일(제313-2012-81호)
주 소 서울시 마포구 성미산로32길 12, 2층 (우 03983)
E-mail sanhonjinju@naver.com
카 페 cafe.naver.com/mirbookcompany
인스타그램 www.instagram.com/mirbooks

* (주)미르북컴퍼니는 독자 여러분의 의견에 항상 귀 기울이고 있습니다.
* 파본은 책을 구입하신 서점에서 교환해 드립니다.
* 책값은 뒤표지에 있습니다.
* 이 책에 사용된 작품들 중에서 미처 저작권 허가를 받지 못한 일부 작품에 대해서는 추후 저작권이 확인되는 대로 절차에 따라 계약을 맺고 그에 따른 저작권료를 지불하겠습니다.